中华优秀传统文化传承发展工程

Project for Transmission and
Development of Fine Traditional
Chinese Culture

中国 民间文学 大系

说唱

Treasury of
Chinese Folk Literature

Collection of Telling and Singing

7-62

甘肃卷 宝卷分卷（二）

Gansu Volume:
Precious Scrolls II

中国文学艺术界联合会 中国民间文艺家协会 总编纂

中国文联出版社
http://www.clapnet.cn

图书在版编目（CIP）数据

中国民间文学大系 . 说唱 . 甘肃卷 . 宝卷分卷 . 二 / 中国文学艺术界联合会 , 中国民间文艺家协会总编纂 . -- 北京 : 中国文联出版社 , 2024. 11. -- ISBN 978-7 -5190-5605-6

Ⅰ . I277

中国国家版本馆 CIP 数据核字第 2024QD9351 号

中国民间文学大系·说唱·甘肃卷·宝卷分卷（二）

Zhongguo Minjian Wenxue Daxi
Shuochang Gansu Juan Baojuan Fenjuan (Er)

总编纂	中国文学艺术界联合会 中国民间文艺家协会
终审人	姚莲瑞
复审人	邓友女
责任编辑	王素珍
责任校对	胡世勋 田宝维
书籍设计	XXL Studio
排版制作	水行时代文化
责任印制	陈 晨
出版发行	中国文联出版社有限公司
地址	北京市朝阳区农展馆南里 10 号，100125
电话	010-85923025（发行部），010-85923091（总编室）
印刷	北京雅昌艺术印刷有限公司
开本	635×965，1/8
字数	1180 千字
印张	78
版次	2024 年 11 月第 1 版
印次	2024 年 11 月第 1 次印刷
书号	ISBN 978-7-5190-5605-6
定价	880.00 元

中华优秀传统文化传承发展工程

中国民间文学大系出版工程领导小组

中国民间文学大系出版工程学术委员会

中国民间文学大系出版工程编纂出版工作委员会

总序

　　5000多年的中华文化源远流长、灿烂辉煌，滋养着中华民族生生不息、发展壮大，积淀着中华民族最深沉的精神追求，镌刻着中华民族独特的精神标识，也蕴藏着解决当代人类面临难题的传统智慧，是涵养社会主义核心价值观的精神之源，更是我们在世界文化中站稳脚跟的坚实根基。中华优秀传统文化是我们必须世代传承的文化根脉、文化基因，在实现"两个一百年"奋斗目标和中华民族伟大复兴中国梦的历史进程中，追溯中华文化的源流、探究中华文化的传续、前瞻中华文化的走向，对于为中华民族精神家园立根铸魂、为新时代中国特色社会主义事业发展凝心聚力，具有重大意义。

　　编纂出版《中国民间文学大系》（以下简称《大系》）是新时代传承发展中华优秀传统文化的国家级重点工程。党的十八大以来，以习近平同志为核心的党中央高度重视中华文化的传承发展。2017年1月，中央印发《关于实施中华优秀传统文化传承发展工程的意见》（以下简称《意见》），编纂出版《大系》列为其中的重大工程。《意见》从建设社会主义文化强国，增强国家文化软实力，实现中华民族伟大复兴中国梦的高度，深刻阐述了中华优秀传统文化传承发展的重要意义、指导思想、基本原则和总体目标，对传承发展工程的主要内容、重点任务、组织实施和保障措施等作出了重要部署，是当前和今后一个时期指导我们传承发展好中华优秀传统文化的重要遵循。民间文学是中华优秀传统文化中最主要的基础资源之一，它鲜明而又直接地反映着人民群众的日常生活和价值观、审美观。中国民间文学大系出版工程（以下简称大系出版工程）由中国文联负责组织实施，是中华优秀传统文化传承发展工程的重点项目之一，也是中国民间文学遗产抢救保护与传承的民心工程。这一工程的主要任务是以客观、科学、理性的态度，收集整理民间口头文学作品及理论方面的原创文献，编纂出版《大系》大型文库，完善中国口头文学遗产数据库，为中华民族保留珍贵鲜活的民间文化记忆。在编纂同时，开展一系列以中国民间文学为主题的社会宣传活动，促进全社会共同参与民间文学的发掘、传播、保护，形成全社会热爱、传承优秀传统民间文学的热潮，形成德在民间、艺在民间、文在民间的共识，推动民间文学知识普及与对外交流传播。

民间文学产生于民间，流传于民间，具有与生俱来的人民性。习近平总书记在文艺工作座谈会上的讲话中指出，"人民既是历史的创造者、也是历史的见证者，既是历史的'剧中人'、也是历史的'剧作者'"。因为民间文学活动本身就是人民的审美生活，是人民不可缺少的生活样式，具有浓厚的生活属性。民众在表演和传播民间文学时，就是在经历一种独特的生活方式。人民创作、人民传播和人民享受，是民间文学人民性的具体表现。

民间文学是培育和践行社会主义核心价值观的重要载体。首先，民间文学是宝贵的历史文化遗产，是中华民族祖祖辈辈集体智慧的结晶，积淀着中华民族特有的极为丰富的思想道德和文化意识形态。其次，民间文学是人民群众自己的文学和学问，具有最为广泛的人民性，没有哪一种文学艺术形式拥有如此众多的作者和观众。它对人们的生活方式和思想观念所产生的潜移默化影响也是最为深刻和久远的。再次，民间文学是人民群众最为喜闻乐见和熟悉的审美方式，也是最为便利的文学活动形式。每个地方都有祖辈延续下来的传说、故事、歌谣、谚语、小戏、说唱等等，为当地人耳熟能详。这些民间文学一旦进入当地人的生活世界，便释放出强大的感化能量。

新中国成立后，党和政府十分重视民间文艺的传承保护。民间文学搜集抢救整理成果丰硕，为编纂出版《大系》奠定了坚实基础。1950 年 3 月，我国民间文学、民间戏剧、民间音乐、民间美术、民间舞蹈等领域的文艺家与研究家发起成立了中国民间文艺研究会（以下简称民研会；1987 年更名为中国民间文艺家协会），开始在全国范围内统一组织实施中国民间文艺的传承与研究工作。在民研会成立大会上，代表们讨论并通过了《征集民间文艺资料办法》。1979 年 9 月，全国少数民族民间歌手、民间诗人座谈会在京召开，众多民间歌手和艺人恢复名誉，抢救保护民族民间文化遗产工作也随之重启。1984 年 2 月，中宣部印发《关于加强少数民族文学研究和资料搜集工作的通知》。同年 5 月，文化部、国家民委、民研会印发《关于编辑出版〈中国民间故事集成〉〈中国歌谣集成〉〈中国谚语集成〉的通知》，全国各地大批民间文艺专家和民间文艺工作者代表们会聚起来，形成强大的学术力量和社会力量，开始了民间文学抢救整理工作。1987 年至 2009 年，在全国普查、采录的基础上，全国各地民间文学"三套集成"陆续编辑出版。"三套集成"从酝酿、立项到全面实施，历经近 30 年，全国 30 个省区市（不含重庆、港澳台）编纂出版 90 卷（102 册），总计 1 亿多字，一大批珍贵的各民族神话、传说、故事、歌谣、谚语等民间口头文学作品，成为民间文学爱好者和研究者的通用读本。进入新世纪以来，中国民间文化遗产抢救、中国民族民间文化遗产保护等工程又相继开展，取得扎实而宝贵的工作进展。为了进一步适应今后文化发展以及科学技术进步带来的阅读、研究与利用的实际需要，2010 年 12 月，中国民间文艺家协会启动实施了中国口头文学遗产数字化工程，已陆续完成 10 多亿字民间口头文学记录文本的数字化存录，最终将形成体系完备的"中国口头文学遗产数据库"，以有效避免因各种因素造成的纸质资料遗失和损坏，并使阅读、检索和利用这些作品及资料变得更为方便、快捷和准确，从而实现更大范围的资源共享。新中国成立 70 年来，民间文艺工作的实践与经验，数十亿字民间文艺资料的积累与储备，数十万民间文艺工作者的心血和智慧，是我国民间文艺事业发展的宝贵财富，也为《大系》的编纂工作确立了综合实力和巨大优势。

大系出版工程是新时代中国民间文学保护、传承工作的扩充、延伸、深化、升华，更是民间文学创造性转化和创新性发展的理论探索和实践行动。《大系》文库按照神话、史诗、传说、故事、歌谣、长诗、说唱、小戏、谚语、谜语、俗语、理论 12 个门类进行编纂，计划到 2025 年出版大型文库 1000 卷，每卷 100 万字，共 10 亿字。该工程制订的长期规划、分步骤分阶段分类别的运作策略和实施举措，保障了项目的可持续性发展和科学化运用。

《大系》既是有史以来记录民间文学数量最多、内容最丰富、种类最齐全、形式最多样、最具活态性的文库，也是在民间文学搜集整理领域开展的新时代综合性成果总结、示范性的本土文化实践活动。它将几千年来在民间普遍传承的无形精神遗产变为有形的文化财富，从而避免在全球化语境下民间文学遭遇民众文化失语和传统经典样式失忆的尴尬与窘境，为世人了解中国民间文艺发展规律、应对社会转型和变革所带来的传统文化衰微之势，提供了文化复兴的有效良方和经验范式。

《大系》充分吸收当代民间文学研究的新成果、新理念，在选编标准上，始终坚持正确的政治导向，坚持优秀传统文化的标准，萃取经典，服务当代。各分卷编委会着力还原民间文学的本真形态，忠实保持各民族作品原文意蕴，在内容、形式、类型等方面力求反映出民族风格和当地口承文化传统特点，按照科学性、广泛性、地域性、代表性的"四性"原则，在各类文本中，精心编纂出具有民间文化传统精神和当代人文意识的优秀作品文库。

编纂出版《大系》，我们始终坚持具有鲜明导向的指导思想和基本原则。《大系》汇集全国各地民间文艺领域上千名专家、学者，计划用 8 年的时间对民间文学 12 个门类进行搜集整理、编纂出版，是一项复杂的系统工程。《大系》既是党中央交给中国文联的一项重要的文化建设任务，又是民间文艺界的一项重大学术研究活动；既是一项中华民族大型文化精品创建工程，又是一次中国民间文学主题实践宣传活动；既要深入田间地头调查搜集采录第一手资料，又要坐在书斋静下心来进行归纳整理研究。《大系》具有很强的政治性、学术性、专业性、群众性。我们的指导思想是，始终高举中国特色社会主义伟大旗帜，全面贯彻落实习近平新时代中国特色社会主义思想和党的十九大精神，紧紧围绕实现中华民族伟大复兴中国梦，深入贯彻新发展理念，坚持以人民为中心的工作导向，坚持以社会主义核心价值观为引领，坚持创造性转化、创新性发展，坚定文化自信，增强文化自觉，树立正确的价值观、历史观、审美观，积极思考和探索民间文学的继承与发展等时代命题，坚持交流互鉴、开放包容，关注民间文学新的时代内涵和现代表达形式，使我们民族创造的民间文艺更接地气、更有底气、更具生气。

《大系》编纂出版工作确立了"三个坚持"的基本原则：一是坚持社会主义先进文化前进方向和正确价值取向，对民族民间文学中的制度风俗、思想观念、价值理念、乡规家风等加以梳理和诠释，去粗取精、去伪存真，发掘民间文学蕴含的核心价值观，充分发挥民间文学在"美教化、厚人伦、移风俗"等方面的特殊作用；二是坚持广泛性和代表性相结合，在广泛普查和科学分类的基础上，加强对各民族民间文学精神与思想内涵的挖掘和阐发，把强调先进价值观与突出地域文化特色、民族风格密切结合起来，推动建设中华民族和合一体的共同精神家园；三是坚持学术性与普及性相结合，以民间文学理论研究成果和当代文化思想为学术指导，加强民间文学各类别经典文本呈现、精品范本出版，促进民间文学的创造性转化和创新性发展，并注重与时代发展相适应，实现从口耳相传到多媒体传播的时代变化，激活其当代价值，高标准、高质量、高要求地打造体现中国精神、中国形象、中国文化、中国表达的经典传世精品。

编纂出版《大系》是新时代赋予我们的光荣职责和神圣使命。我国各民族民间文艺积淀深厚，灿烂博大，与人民生活紧密联系着，是中华优秀传统文化的土壤和基石。千百年来，我国民间文学薪火相传、生生不息，深深融入中华民族的血脉，深刻影响着中国人的精神世界，印刻着中华民族独特的文化记忆，鲜明地表现着广大人民群众的精神向往、道德准则和价值取向，充分彰显着中国人的气质、智慧、灵气、想象力和创造力，是中华文化的亮丽瑰宝和鲜明标志，不论过去还是现在，都有其永不褪色的价值。但同时也要看到，民间文学又是脆弱的。随着转型期社会的深刻变革和城镇化带来的高速发展，民间文学赖以生存的土壤正在迅速流失，不少优秀民间文学正在成为绝唱，更多的民间文学资源业已消失。因此，抢救与保护散落在中国大地上各区域、各民族现存的不可再生的文化遗产，按照当代学术规范和学科准则，大规模开展民间文学的搜集、整理、出版、推广、研究，激发全社会对我国优秀民间文学的热爱和珍视之情，促进民间文学保护、传承与发展，延续中华文脉，造福人民大众，为繁荣发展社会主义文艺事业提供民间文学精致文本和精彩样式，已成为热爱中华优秀传统文化有识之士的共同心声。

当前，中国特色社会主义步入新时代，在以习近平同志为核心的党中央领导下，各级党委和政府更加自觉、更加主动推动中华优秀传统文化的传承与发展，开展了一系列富有创新、富有成效的工作，有力增强了中华优秀传统文化的凝聚力、影响力、创造力。进一步发扬优秀传统，充分尊重人民群众的思想观念、风俗习惯、生活方式、民族情感、表达形式，充分尊重一代又一代民间文艺创造者、传承者的经验智慧与劳动成果，进一步凝聚共识，精耕细作，落实好、完成好大系出版工程的各项工作，不断书写出中国民间文学新的辉煌，既是新时代赋予广大民间文艺工作者的光荣职责，更是我们共同担当的神圣使命。

我们郑重呼吁：全社会都行动起来，共同承担起抢救中华民族民间文学遗产的神圣职责！

中国文学艺术界联合会

中国民间文艺家协会

2019 年 3 月 5 日

General Prologue

The splendid culture of China, with a time-honored history of more than 5000 years, has ensured the lineage, development, and growth of the Chinese nation, encompassed the deepest intellectual pursuit of the Chinese nation, engraved the distinctive cultural identity of the Chinese nation, containing the traditional wisdom to tackle today's problems faced by humanity. Moreover, the profound culture of China constitutes the spiritual source for cultivating the core socialist values, laying down a solid foundation for us to stand firm in the diverse global cultures. Fine traditional Chinese culture comprises the cultural root and gene that we must transmit from generation to generation. In the historical process of achieving the Two Centenary Goals and realizing the Chinese Dream of rejuvenation of the Chinese nation, China's fine traditional culture is of great significance in tracing the source and course of the culture of the Chinese nation while gaining a foresight of its future direction, so as to reinforce the rootedness and soulfulness of the spiritual homeland for the Chinese nation, and to pool the wisdom and strength for developing the socialism with Chinese characteristics in the new era.

The compilation and publication of the *Treasury of Chinese Folk Literature* (hereafter referred to as "the *Treasury*") is one of the national key projects for transmitting and promoting China's fine traditional culture in the new era. Since the 18th National Congress of the Communist Party of China (CPC), the CPC Central Committee with Comrade Xi Jinping at its core has been attaching great importance to the transmission and development of traditional Chinese culture. In January 2017, the central authorities issued the Opinions on Implementing the Project for Transmission and Development of Fine Traditional Chinese Culture (hereafter referred to as "the Opinions") in which the compilation and publication of the *Treasury* is included as one of the key projects. With a perspective of building China into a country with a strong socialist culture, strengthening its cultural soft power, and realizing the Chinese Dream of the rejuvenation of the Chinese nation, the Opinions not only profoundly expounds the significance, guiding ideology, basic principles, and the overall objectives of transmitting and developing China's fine traditional culture, but also conceives a holistic strategy for a series of projects on their main content, key tasks, organizational implementation, and supporting measures. It is, accordingly, a crucial guideline for us to better transmit and develop fine traditional Chinese culture at present and in the near future.

As one of the most fundamental resources in China's fine traditional culture, folk literature reflects, directly yet vibrantly, the daily life, values, and aesthetics of the people. The Publishing Project for the *Treasury of Chinese Folk Literature* (hereinafter referred to as "the Project"), organized and implemented by China Federation of Literary and Art Circles (CFLAC), is one of the key projects under the framework of the Projects for Transmission and Development of Fine Chinese Traditional Culture, and also a people-to-people exchange project for salvaging, preserving, and transmitting Chinese folk literary heritage. In an objective, scientific, and rational manner, the main tasks of the Project are 1) collect and collate the first-hand materials of folk oral literature and original documents of theoretical studies, 2) set up a large-scale textual library through compiling and publishing the *Treasury*, 3) enrich the Chinese Oral Literature Heritage Database, and 4) keep folk cultural memories alive for the Chinese nation. At the same time of compilation, a series of social publicity activities centered on the theme of Chinese folk literature should be carried out to promote the participation of the whole society in the exploration, dissemination, and safeguarding of folk literature, to unfold vigorous mass campaign for practicing and transmitting the fine traditional Chinese culture, and to reach the consensus that the people are the source of morality, art, and literature, giving impetus both to the popularization of folk literature knowledge and cultural exchanges and communication with foreign countries.

It is precisely because its origin is in the people while its spread is among the people, folk literature stands in the immanent affinity to the people. General Secretary Xi Jinping of the CPC Central Committee pointed out in his speech at the Forum on Literature and Art, "The people are both the creators and the observers of history, and both its protagonists and playwrights." Since folk literary activity itself has shaped not only the aesthetic life of the people, but also the indispensable life model of the people, it bears a strong life-attribute. When people perform and disseminate folk literature, they are experiencing a specific way of life itself. The affinity to the people of folk literature is alive in the concrete manifestations that it has been created, transmitted, and enjoyed by the people.

Folk literature is an important carrier for fostering and practicing core socialist values. Firstly, folk literature is the irreplaceable historical and cultural heritage, representing a crystallization of the collective wisdom handed down for generations of the Chinese nation, while testifying the accumulation of the distinctive and profound philosophical thoughts, moral essence, and cultural ideology attributed to the Chinese nation. Secondly, folk literature stands for people's own literature and learning and boasts the most extensive affinity to the people. No form in literature can match folk literature in terms of the number of creators and audience, and no literary form has exerted such profound and long-lasting yet subtle influence on people's mode of life and way of thinking as folk literature. Thirdly, folk literature is one of the most celebrated aesthetic means that is familiar to the average people and is also the most easily-accessible form of literature. No matter where it is, there must be legend, tale, song and ballad, proverb, drama, telling and singing, as well as other oral genres that are widely known to the local people for generations. Accordingly, once entering the life-world, folk literature will release powerful inspirational appeals.

Since the People's Republic of China was founded in 1949, the CPC and the competent authorities of government at all levels have been attaching importance to transmitting and promoting folk literature and art. The work of collecting, salvaging, and collating folk literature has yielded fruitful results, which lays a solid foundation for the compilation and publication of the *Treasury*. In March 1950, with the initiative of artists and researchers from related fields, such as folk literature, folk operas, folk music, folk fine art, folk dance, and so forth, the Chinese Society for Folk Literature and Art Research (hereafter referred to as "the Society," which was officially renamed as the Chinese Folk Literature and Art Association in 1987) was established. The Society immediately embarked on organizing and implementing the promotion and research work of folk literature and art in a unified way throughout the country. The "Measures for Collecting Materials of Folk Literature and Art" was discussed and adopted at the founding assembly of the Society. In September 1979, the National Symposium of Ethnic Folk Singers and Folk Poets was held in Beijing, with the aim of restoring the reputation of folk singers and artists who had been degraded during the Cultural Revolution, and the work of salvage and preservation of the folk cultural heritage was also resumed along the event. In February 1984, the Publicity Department of the CPC Central Committee issued the Notice on Strengthening the Research and Data-Collection of Ethnic Literature. In May 1984, the Ministry of Culture, the National Ethnic Affairs Commission, and the Society jointly issued the Notice on Compilating and Publishing *The Collection of Chinese Folktales, The Collection of Chinese Songs and Ballads, and The Collection of Chinese Proverbs*. Many experts and workers devoted to folk literature and art from all over the country were convened to form a strong academic force and social synergy and started to dedicate themselves to salvaging and collating folk literature. From 1987 to 2009, the Three Collections of Folk Literature were successively compiled and published on the basis of the nation-wide survey and collection. After nearly 30 years from preparation, project approval to full implementation, the Three Collections finally came into view of readers in 90 volumes (102 copies) in 30 provinces and autonomous regions (apart from volumes of Chongqing, Hong Kong, Macao, and Taiwan), with a total of more than 100 million characters in Chinese. Since then, a great amount of folk oral literary texts, such as myth, legend, folktale, folk song and ballad, proverb, and so forth, have become the general readers both for folk literature enthusiasts and scholars.

Since the beginning of the new century, the Project for Salvaging Chinese Folk Literature and the Project for Safeguarding Chinese Ethnic Folk Cultural Heritage have both been implemented by the Chinese Folk Literature and Art Association (CFLAA) and made remarkable achievements. In order to further adapt to the actual needs of reading, research, and utilization brought about by cultural development along with scientific and technological advancement in the future, in December 2010, the CFLAA initiated and implemented the Project for the Digitization of Chinese Oral Literature Heritage and has hitherto completed the digitization of the folk oral literature of over one billion Chinese characters. The goal of the digitization project is to create a well-established system of the Chinese Oral Literature Heritage Database, to effectively avoid the loss and damage of printed materials caused by various factors, to make reading, retrieving, and using these texts and materials more convenient, fast, and accurate, thereby enabling a wider range of resource sharing.

Over the past 70 years, the practices and experiences of folk literature and art, the accumulation and preservation of folk literary data in billions of Chinese characters, as well as the efforts and wisdom of hundreds of thousands of cultural workers, have constituted the invaluable assets for the development of Chinese folk literature and art, and also established the comprehensive strength and considerable advantage for the compilation of the *Treasury*.

The Project is not only the augmentation, extension, intensification, and sublimation of the preservation work of Chinese folk literature in the new era, but also the theoretical exploration and practical action in transforming and boosting folk literature in a creative way. The *Treasury* is to be compiled under 12 categories, namely myth, epic, legend, folktale, song and ballad, long poem, telling and singing, folk drama, proverb, riddle, folk adage, and theory. It is planned that by 2025, 1000 volumes with one million characters each and one billion characters in total will be registered. The sustainable development and scientific applying value of the Project will be ensured by its long-term planning and holistic measures with operation strategies for implementation in phases, steps, and categories.

The *Treasury* is not only the library that documents the largest number of folk literary texts with unprecedented resources in terms of content, genre, form, style, and living nature throughout history, but also provides a summarization of the comprehensive achievements in the field of collecting and collating folk literature, demonstrating local cultural practices in the new era. It turns the intangible spiritual legacy that has been generally transmitted for millenniums among the masses into tangible cultural wealth, thereby obviating the dilemma and predicament of folk literature suffering both from cultural aphasia of the folks and amnesia of the fine traditional patterns in the context of globalization. To understand the laws governing the evolution of Chinese folk literature and art, to cope with the decline of traditional culture brought about by social transformation, the *Treasury* provides an effective prescription and experience paradigm for cultural rejuvenation.

The *Treasury* fully draws on the new achievements and new conceptions gained in contemporary folk literature research. With regard to the selection criteria, it always adheres to the orientation of the people-centered and the standards of fine traditional culture to make the past serve the present. The editorial committees of each collection and each volume strive to represent the cultural reality and diverse implication of folk literature collected from Chinese people of all ethnic groups, giving specific attention to maintaining ethnic characteristics and local feature of oral-based cultural tradition in terms of content, form, genre, type, and so forth. In accordance with the Four Principles, namely, Scientificity, Extensiveness, Locality, and Representativeness, the well-elaborated Treasury collects fine folk literature works from all kinds of texts that are embedded with traditional cultural ethos and contemporary humanistic perception.

The compilation and publication of the *Treasury* always upholds the guiding ideology and basic principles with well-defined orientation. As a collaborative undertaking of thousands of experts and scholars in the field of folk literature and art across the country, it is a complicated systematic project that is planned to take 8 years to collect, clarify, collate, compile, and publish the folk literature materials under 12 categories. The *Treasury* is not only a crucial task entrusted to the CFLAC by the CPC Central Committee, but also a significant academic research project in the field of folk literature and art; it is not only a large-scale cultural project for promoting fine works of the Chinese nation, but also a promotional activity in practice highlighting the theme of Chinese folk literature; it is thus necessary both to go deep into the field to investigate, collect, and document the first-hand data, and to sit down at the desk to conduct induction, collation, and research with a will.

The *Treasury* is highly political, academic, professional with a strong connection to the grass-roots. Our guiding ideology includes to uphold socialism with Chinese characteristics and comprehensively implement Xi Jinping's Thought on Socialism with Chinese Characteristics for a New Era and the guiding principles of the 19th CPC National Congress; to make the unremitting endeavor to the realization of the Chinese Dream of national rejuvenation and push forward the new development concepts in an all-round way; to adhere to the people-centered approach, the guidance of the core socialist values, and transform and boost traditional culture in a creative way; to have full confidence in culture, enhance cultural consciousness, foster sound values and outlooks of history and aesthetics, and actively ponder over and explore into propositions put forward by the times, including the transmission and development of folk literature; to persist in deepening exchanges and mutual learning in a spirit of openness and inclusiveness, while ensuring the attentiveness of new connotation of the times and the contemporary form of expressions introduced in folk literature. In accordance with the above-mentioned guiding principles, the folk literature created by the Chinese nation should be more grounded, more uplifted, and more energetic.

The compilation and publication of the *Treasury* has established the basic principles of the Three Adherences. First, to adhere to leading direction of advanced Socialist culture and sound value orientation. In the process of clarifying and annotating the conventional custom, idea, conception, and family tradition carried in the ethnic and folk literature, we should discard the dross and keep the essential, eliminate the false and retain the true, explore the core values contained in folk literature, and to give full play to the special role of folk literature in the aspects of "giving depth to human relation, fostering sound moral values, and breaking with undesirable customs." Second, to adhere to the combination of extensiveness and representativeness. On the basis of extensive survey and scientific classification, we should strengthen the exploration and elucidation of the literary spirits and ideological connotation of folk literature among various ethnic groups, integrate the manifestation of sound values with prominent regional cultural characteristics and ethnic features, and promote the construction of a common spiritual homeland of harmony and unity for the Chinese nation. Third, to adhere to the combination of academicity and popularization. Under the professional guidance of the theoretical research results of folk literature and contemporary cultural thoughts, we should strengthen the presentation of fine texts in various categories of folk literature and the publication of quality model-texts, promote the creative transformation and innovative development of folk literature, and lay stress on keeping pace with the times, facilitating the appropriate transition from word of mouth to multimedia communication, and activating its contemporary value. With high standards, high quality, and high requirements, the *Treasury* aims to create a fine library that exemplifies Chinese spirit, Chinese image, Chinese culture, and Chinese expression that will be handed on from age to age.

The compilation and publication of the *Treasury* is the glorious duty and sacred mission delivered to us by the new era. Closely connected to the people's lives, folk literature and art of all ethnic groups of Chinese nation are profoundly developed and accumulated with its splendid, extensive, and broad spectrums, offering soil and cornerstone for the growth of fine traditional culture with Chinese features. For thousands of years, the Chinese folk literature has been passed on from generation to generation, running deep in the blood of the Chinese nation with great influence on the spiritual world of the Chinese people, and thus establishing the Chinese nation an imprint of the distinctive cultural memory. The folk literature in China thus evidently represents the spiritual aspirations, moral principles, and value orientations of the broad masses of the people, fully demonstrating the temperament, wisdom, intelligence, imagination, and creativity of Chinese people, thereby, endowing Chinese culture with the bright gem and distinctive symbol, which has its values that never faded, no matter in the past or at present. At the same time, however, we should be aware of the fact that folk literature is fragile. With the profound transformation of society and the rapid development brought about by urbanization during the transitional period, the soil that folk literature lives on is rapidly losing; many expressions of fine folk literature are becoming swan songs, and more and more folk literary resources have disappeared. Therefore, it has become the shared aspirations of those of vision to salvage and safeguard the existing nonrenewable cultural heritage scattered in various regions and ethnic groups in China, to undertake collection, collation, publication, promotion, and research of folk literature on a large scale in accordance with contemporary academic norms and disciplinary criteria, to motivate the whole society to love and cherish China's fine folk literature, to strengthen the protection, transmission, and development of folk literature so as to continue the lifeline of Chinese culture, and benefit the people's wellbeing, as well as to provide exquisite texts and wonderful formats of folk literature for the prosperity and development of socialist literature and art.

At present, the socialism with Chinese characteristics has entered a new era, the CPC committees and governments at all levels, under the leadership of the CPC Central Committee with Comrade Xi Jinping at its core, have been more conscious and more active in promoting the transmission and development of fine traditional Chinese culture, and launched a series of innovative and productive work, which has effectively enhanced the cohesion, influence, and creativity of fine traditional Chinese culture. In order to further carry forward the fine traditions, we should 1) fully respect the people's ideological concepts, customs and folkways, lifestyles, feelings and sentiments, as well as their ways of expressions, 2) fully respect the experience, wisdom, and labor outcomes of bearers and practitioners of folk literature and art in generations, 3) further consolidate consensus to carry out intensive and meticulous operations, to implement and complete all the work of the Project, and to make new achievements in Chinese folk literature. All these tasks are not only the honorable responsibilities of the practitioners of folk literature and art in the new era, but also the noble mission that we share.

We hereby earnestly call on the whole society to take actions together on the solemn duty of salvaging folk literary heritage of the Chinese nation.

China Federation of Literary and Art Circles (CFLAC)
Chinese Folk Literature and Art Association (CFLAA)
March 5, 2019

（陈婷婷　安德明　巴莫曲布嫫 译；侯海强 审订）

中国民间文学大系出版工程编纂出版工作委员会
"民间说唱"编辑专家组

组长   苑　利

副组长   吴文科   常祥霖   崔　凯   孙立生

组员   (按姓氏笔画排序)

　　　　　　　丁　琳   田　莉   庄丹华   刘文峰   齐　易
　　　　　　　孙宏亮   李永平   岳永逸   郜冬萍   秦华生
　　　　　　　耿　柳   顾　军   郭学东   崔长武

联络员   王添艺

序言

一

民间说唱又称“民间曲艺”或“曲艺”，泛指以说的形式、唱的形式或是有说有唱的形式来演绎故事、刻画人物、抒情说理、写景状物的一种传统表演艺术形式。

在中国传统表演艺术中，民间说唱以道具简单、通俗易懂、形式多样、成本低廉著称。其最主要的特点是“一人多角，跳进跳出”的叙述方式。与“一人一角”的代言体——传统戏剧不同，民间说唱讲究的是“一人多角”，即通过演员的一张嘴，既能让他讲述故事，推动情节发展，又能通过动作、语言模仿出各种各样的人物角色。简单地说，平时在戏剧中，生、旦、净、末、丑是需要多人扮演的，但在民间说唱中，只要通过表演者所扮身份的“跳进跳出”，即可完成对生、旦、净、末、丑各类角色的就地转换，不但表演灵活，同时也节约了演出成本，实现了表演艺术的低成本运营。

与广义的曲艺不同，我们这里所收录的不是文人创作的“曲艺”，而是产生并广泛流行于民间的，或是虽为文人创作但已经被完全“民间化”了的“民间说唱”。

在钟敬文民间文学分类体系中，民间说唱是其中重要一环。它虽与作家创作的曲艺存在渊源关系，但仍有很大不同——民间说唱产生并流传于民间，在传承过程中常改常新，并不存在署名权问题（个别的或以家族名义传承的作品除外），而作家创作的曲艺作品一旦定型，很少有大的改动，强调著作权是它的基本特征。本丛书所录虽不排斥已经在民间广泛流传的历史上文人创作的名篇巨作（如《车王府曲本》），但它更强调的是那些产生并流传于民间的不带有署名权的已经被完全民间化的民间说唱作品。从这个角度来说，1949年以后由作家创作的曲艺作品，并不在本《中国民间文学大系》收录之列。

需要特别说明的是，从表现形式看，流传于少数民族地区的史诗、叙事诗，虽然确属民间说唱，但因体量庞大，在《中国民间文学大系》中已经独立成卷，同样不在"说唱卷"考虑之列。

民间说唱体裁丰富，形式多样，在民间具有广泛的影响力，但遗憾的是，这一体裁却很少进入民间文学界的主流话语体系。究其原因，很可能与其"不伦不类"的社会地位有关——对于从事民间文学研究的专家来说，民间说唱并不属于那种纯而又纯的"民间文学"，故很少有人投以关注的目光；对于从事作家文学研究的专家而言，民间说唱又过于通俗，很难登堂入室，被纳入作家文学的行列，并得到文学家的青睐。但客观地说，民间说唱自有它的优势——从专业程度看，民间说唱的专业化程度，远远高于任何一种民间文学形式；而从演出成本看，民间说唱的演出成本又远远低于其他专业级表演艺术门类。这便使它具有了一个更为广大的消费群体，它的社会影响力不容低估。

二

在我国，民间说唱历史悠久。早在典籍《礼记》《国语》《左传》中，便有关于民间说唱艺人倡优（又称"俳优"）的记载。在其后的《史记·滑稽列传》中，还详细记载了优孟、优旃、淳于髡三位俳优用调侃、戏谑的形式向统治者进谏，并最终说服君王的故事。这种更接近"生活态"的民间说唱艺术形式，在今天的藏族、维吾尔族还都有保留。这些活在当下的民间说唱表演艺术形式，可以使我们更加清晰地窥测到历史上民间说唱的原初样貌。

我国的民间说唱在汉代有了一个比较大的发展，这一点在出土文物中多有展现。如1957年在四川成都天回镇汉墓中出土的汉代"说书俑"，1963年在四川郫县宋家林汉代砖室墓中出土的汉代"说唱俑"，1979年在扬州邗江胡场一号西汉墓中出土的汉代木质"说书俑"，1982年在四川新都三河镇马家山崖墓中出土的汉代"说唱俑"，1986年在绵阳市河边乡九龙山汉代崖墓中出土的汉代"说唱俑"，2006年在四川金堂县赵镇沱源汉墓中出土的汉代"说唱俑"，都说明民间说唱在汉代就已经成为人们喜闻乐见的表演艺术形式了。

唐代，我国民间说唱步入成熟期。快速成熟的原因有二：一是这一时期中国的大都市快速崛起。城市人口的高度集中为民间说唱市场地位的确立奠定了坚实基础。二是随着丝绸之路的再次开通，印度佛教大举进入中土。为弘扬佛法，宣教士们考虑最多的便是如何用一种更为通俗易懂的方式，将那些艰涩难懂的佛教教义表述出来，于是人们想到了"变相"和"变文"。

所谓"变相"，就是画有佛本生故事的画布。所不同的是，这种绘有佛本生故事的

"变相"不是单张，而是一幅接一幅地绘制在长长的画布上。宣讲教义时，和尚师父们会将这种被称为"变相"的连环画画布悬挂在寺前广场旗杆的横梁上，然后，通过绳索的拉动变换画幅，为人们讲述佛祖的故事。所谓"变文"，就是通过通俗易懂的语言，将"变相"上描绘的佛祖故事以及其中蕴含的道理，讲述给广大信众。其实，"变文"最初只是解读"变相"过程中的一个配角，但因其通俗易懂、故事性强，很快便喧宾夺主，成为一门独立的表演艺术。可以说，"变文"这门表演艺术对后来的小说、讲史、宝卷、说诨经均产生过重要影响。

宋代的民间说唱是在唐变文的基础上发展起来的。虽说这些民间说唱在宋真宗时曾一度遭禁，但并未影响到这些民间说唱在宋代的高度繁荣。其基本标志是：

1.演出形式的高度商业化。这一时期，民间说唱已经从寺庙走进市井。在市场经济的推动下，作为商演场所的"勾栏""瓦舍"，如雨后春笋般地迅速发展起来。例如，仅见于《东京梦华录》的北宋开封京版瓦舍就有10座，见于《武林旧事》中的南宋临安瓦舍有23座。这些勾栏瓦舍的出现，足见民间说唱在宋代的高度繁荣。

2.表演队伍的高度专业化。宋代民间说唱艺人大致可分为两类：一类是在勾栏瓦舍从事专业性演出的专业型艺人，一类是在露天摆摊撂地儿的乡土艺人。但无论哪一种，在表演上都已达到了专业级水平。这一点与民间文学的非专业性传承完全不同。

3.说唱种类的进一步精细化。宋代，是我国民间说唱发展繁荣的重要时期，一批独具特色的民间说唱艺术形式，如北宋的"诸宫调""说话""说诨话""说经""小说""合生""商谜"，南宋的"像生""陶真"等迅速发展起来。从说唱艺术的品种来看，可以说，宋代是中国民间说唱品种最多、发展程度最高的历史时期之一。

4.传播范围的高度普及化。民间说唱素以简洁明快、短小精悍、成本低廉著称。由于成本低廉且又通俗易懂，这一表演艺术形式立足城市后，很快便从城市向周边乡村蔓延。从南宋诗人陆游《小舟游近村舍舟步归》中的"斜阳古柳赵家庄，负鼓盲翁正作场。死后是非谁管得，满村听说蔡中郎"这几句诗文，已不难看出此时的民间说唱已经将其触角伸向了偏远的乡村，并受到乡村社会的热烈欢迎。

元明两代基本上承袭了唐宋传统，但在表演形式上有新的突破，词话、评话、弹词、鼓词等说唱形式，开始成为元明两代民间说唱艺术的新热点。

清代在延续前朝的基础上，又开发出了许多新的艺术品种，如"十不闲""数来宝""山东琴书""山东柳琴""山东快板""河南坠子""三弦书"等等。随着满蒙入关以及满蒙文化的流入，这一时期，民间说唱也增添了不少满蒙文化成分，如"子弟书""好来宝""蒙古族说书""满族说部"等，都是在这样一个时代背景下产生的。

1949年中华人民共和国的成立，让民间说唱迎来了自己的春天。这一时期，民间说唱艺人不仅被纳入新体制，进入院团，成为新中国文艺队伍中的一员，民间说唱也开始登堂入室，走进了灯火辉煌的大剧场。与此同时，许多民间说唱艺术院团还走出国门，在传播中华文化上作出了重要贡献。

当然，由于一些历史原因，这一时期，中国的民间说唱也遭遇到了前所未有的磨难，许多杰出的人民艺术家受到打压，许多传统曲目被束之高阁。有些传统曲目作品虽然被传承了下来，但在传播过程中，也很难躲过被肢解、被改编、被改造的厄运。但在表现形式上，民间说唱并未受到太大伤害，绝大多数曲种不但被保留下来，有些曲种还通过"旧瓶装新酒"的方式，创作出了诸如《送女上大学》（京东大鼓）、《奇袭白虎团》（快板书）、《铁打的骨头举红旗的人》（单弦）这样一大批脍炙人口的说唱文学作品。

三

民间说唱的主流分类至少有四五种之多。但从各省曲种分布及保有情况看，民间说唱的蕴藏量以及蕴藏种类并不完全相同。为便于操作，我们将民间说唱大致分为"韵文体民间说唱""散韵相间体民间说唱"与"散文体民间说唱"三个大类。各省在编撰省卷本时，须根据各曲种在本省影响力的大小，将本省民间说唱分为"韵文体民间说唱""散韵相间体民间说唱"和"散文体民间说唱"上、中、下三个大的部分。然后，再根据各曲种流传数量的多寡、影响力的大小以及产生年代的先后，分别置放在这三个大类的下面。

（一）韵文体民间说唱

所谓"韵文体民间说唱"，是指采用韵文体形式讲述故事、刻画人物或抒情说理、写景状物的民间说唱表演形式。这部分民间说唱的最大特点是有腔有调、有辙有韵。总之，有鼓板丝弦伴奏，以唱为主，是韵文体民间说唱的基本特征。这类民间说唱包括大鼓、渔鼓、弹词、琴书、好来宝(蒙古族)、乌力格尔（蒙古族）、喇嘛玛尼（藏族）、折嘎（藏族）、大本曲(白族)、甲苏(彝族)、盘索里（朝鲜族）、子弟书（满族）等。无乐器伴奏，只靠击节吟诵，具有一定节奏感与音乐性的民间说唱被称为"韵诵体"。山东快书、快板、金钱板、赞哈(傣族)、哈巴（哈尼族)等，都属于这类作品。这类表演艺术也一并包括在了"韵文体民间说唱"中。

（二）散韵相间体民间说唱

所谓"散韵相间体民间说唱"，是指采用有散有韵、有说有唱、散韵结合的形式来讲述故事、刻画人物或抒情说理、写景状物的民间说唱艺术形式。如坠子、评弹、西河大鼓、东北大鼓等，均属"散韵相间体民间说唱"。

（三）散文体民间说唱

所谓"散文体民间说唱"，是指采用散文体形式来讲述故事、刻画人物或抒情说理、写景状物的民间说唱形式。散文体民间说唱以说为主，北方的评书，南方的评话、评词，满族的说部等都属于这一类。这类民间说唱继承了古代说话艺术传统，明末清初渐趋成熟。在南方，这种散文体民间说唱形式被统称为"评话"，比较著名的有扬州评话、南京评话、苏州评话、杭州评话以及湖北评话、四川评话、福州评话等等。在北方，这种散文体民间说唱被统称为"评书"，比较著名的有北京评书、天津评书、辽宁评书，在满族地区被统称为"满族说部"。

另外，以说、学、逗、唱为主要表现手段的相声，也一并纳入散文体民间说唱。

四

民间说唱的价值是多方面的，究其要者，主要表现在以下几个方面：

（一）民间说唱可以帮助我们认识历史

民间说唱是祖先在历史上创造，并以活态形式传承至今的民间文学样式。由于它本身就是历史的一部分，故可以帮助我们认识历史，具有重要的历史认识价值。它的历史认识价值主要体现在两个方面：一是通过它的曲调、唱腔可以帮助我们了解历史上各地区最具民族特色与地域特色的民歌曲调以及最具特色的民间说唱艺术表现形式；二是通过它的表演内容可以帮助我们了解历史上流传下来的各种各样的历史信息，从而使得这些民间说唱具有了重要的历史认识价值。在历史上的中国，尽管不乏典籍且史书充栋，但平民们的历史知识并非来自《史记》《汉书》，而是来自《三国演义》《水浒传》《三侠五义》《白眉大侠》《隋唐演义》《封神演义》《明英烈》《薛家将》这样一些民间说唱以及形形色色的民间传说、故事、神话。这些民间文学作品在细节上虽不如正史准确，但历史脉络清晰可见，人物更加鲜活，细节更加清楚，语言更加生动。千百年来，民间说唱已经成为普通百姓了解自身历史的重要窗口。

（二）民间说唱可以帮助我们教化社会

社会的发展仅有经济的推动是远远不够的，还需要有强大的精神力量作支撑。民族精神以及优秀的传统道德，是推动社会发展的重要力量，也是维系社会秩序的重要手段。而充当民族精神与传统道德"教化者"之重要角色的，正是形形色色的民间故事家和各种各样的民间艺人。他们通过一个个故事、一台台小戏、一出出说唱，在普及历史知识、讲述中华传统的同时，也在继承古代"高台教化"传统的基础上，用一个个生动有趣的历史故事，一个个可歌可泣的历史人物，表达着自己的爱憎，教化着底层民众，濡染着文明世风，承担着弘扬传统道德与民族精神的重要使命。故艺谚有"说书唱戏劝人方""一世劝人以话，百世劝人以书"的说法。在我们看到的民间说唱中，无论是京东大鼓《老来难》《拆西厢》、单弦《坐楼杀惜》《卓二娘》，还是西河大鼓《呼家将》、河南坠子《王婆骂鸡》《李逵夺鱼》，都无不传达着中国人最传统的价值观和积极向上的道德理念。中国社会之所以能够延续数千年而不衰，不能不说民间说唱发挥了重要作用。

需要特别指出的是，与作家文学相比，民间文学更容易以通俗易懂的方式，渗入底层社会，在一定程度上弥补书面文学的不足。《杨家将》《岳飞传》《响马传》《明英烈》《包公案》《大红袍》《刘公案》《封神榜》《济公传》中代表正义力量的忠臣、清官、侠客、义士、孝子、贤能，以他们的忠勇、仁慈、友善、公平、仗义、廉洁、孝顺，深深地影响着一代又一代的中国人。这些民间文学作品在全体国民世界观、人生观、价值观的形成上发挥了积极作用。

（三）民间说唱是作家创作的重要源泉

在中国文学史上，许多作家创作都是直接来源于民间说唱的。可以说，将一部文学作品从一种体裁移植到另一种体裁的做法，在没有版权意识的传统社会中比比皆是。将民间传说故事改编成小说、戏剧肯定会有相当大的难度，因为两者无论是表现形式，还是表现内容，都有巨大差距。但将民间说唱改编成戏剧，将传统评书改编成小说，则会容易得多。另外，从曲种进化规律看，中国的戏曲品种基本上都来自民间说唱。如黄梅戏源于采茶调，评剧源于对口莲花落，吉剧源于二人转，等等。由此可见，只要保护好民间说唱，我们就可以在客观上为未来的文学家、艺术家保留下更多的艺术创新资源。

（四）民间说唱也是作家文学广泛传播的重要推手

说唱文学的另外一个功能，便是作家文学通俗化的一个重要推手。在中国文学史上，我们并不乏作家创作的鸿篇巨著。在识字率并不高的传统社会中，这些鸿篇巨著仅仅通过文本这样一条渠道是很难传播开去的。或许是民间艺人已经意识到了这一潜在市场，便将他们喜欢的小说，改编成通俗易懂的评书、评话，将他们喜欢的成本大戏，改编成通俗易懂的鼓词小曲，并在民间广泛传播。如蒲松龄的《聊斋志异》、施耐庵的《水浒传》、曹雪芹的《红楼梦》、许仲琳的《封神演义》，几乎都经历过这样一种通俗化、说唱化的过程。有些鸿篇巨著，甚至还被改编成了少数民族民间说唱，并在少数民族地区广泛传播。

五

与《中国民间文学大系》其他卷本相比，"说唱卷"在搜集整理上自有它的难度。其难度在于：

首先，20 世纪 80 年代国家开始启动"中国民族民间文艺十大集成志书"编纂出版工作。在这个过程中，我国曲艺工作者虽然也参与了这套丛书的编撰工作，各省市也分别出版了本省的《中国曲艺音乐集成》和《中国曲艺志》，但并没有像传说故事、歌谣谚语那样出版县卷本。而且，这些省卷本虽然也节选了部分经典作品，但重点基本上放在了对本省民间说唱资源的介绍。另外，节选作品也很难展现出原著的全貌。这在客观上也为本丛书"说唱卷"的出版增加了难度。

其次，受时代局限，"中国民族民间文艺十大集成志书"所录民间说唱作品存在着一定程度的改编改造问题，有些原汁原味的非常优秀的民间说唱作品并没有被收录进来。

此次编撰，我们将在前辈们辛勤努力的基础上，解放思想，查漏补缺，将中华民族历史上创造并以各种形式传承或保留至今的优秀的民间说唱作品，系统地发掘出来，为子孙后代保留下更多更好的民间说唱资源。

六

为保护好地域文化的独特性与人类文化的多样性，为保护好一个民族最优秀的民族文化遗产，各省份在选篇时把握了以下原则：

（一）择优选篇原则

"说唱卷"不是各省份民间说唱作品的简单集成，而是尽我们的力量，将历史上传承下来的最好的作品打捞出来，留给我们的子孙后代。为此，在选篇时，第一步，要先列出本省份民间说唱的所有体裁，并根据影响力的大小排出顺序。第二步，要从各种体裁中选出最重要、最有代表性的作品。第三步，从最重要、最有代表性的作品中，选出最优秀的民间艺人演唱的知名度高、最拿手的作品。

相邻省份的作品容易出现重复，应相互沟通，避免雷同。原则上，如果作品内容相同，曲种相同，内容、形式又没有大的变化，建议选择相对具有源头性质的作品、重要集散地的作品或是著名艺人的作品。如果作品内容相同，但曲种不同，则原则上都可保留。

（二）代表性原则

选篇时，要充分考虑到作品的地域代表性、民族代表性和文化代表性，具有地方特色与民族特色者优先录用。

（三）全面性原则

要充分考虑到体裁与题材种类的全面性、系统性，各省民间说唱的所有体裁原则上都应尽量照顾到。

（四）原生性原则

编撰《中国民间文学大系》是要保护中华民族的文化基因，要把历史上真实出现过的中华文明重要组成部分的民间文学作品留给我们的后人，为他们了解中华文明的历史，为他们创造新文学、新艺术、新科学、新技术留下宝贵的第一手资料。为此，在编撰过程中，原则上我们不对入选作品进行任何修改，以确保中国民间说唱的基因不因我们的参与而发生改变。

民间说唱往往有说有唱，有词有谱。考虑到记录曲谱会占用大量篇幅，且很难通过记录对原有作品进行精准还原，故决定取消曲谱记录环节。取而代之的是，将搜集到的照片、手抄本影印件等形形色色的原始资料收入书中，尽量还原民间说唱作品的原始面貌。

七

"说唱卷"原定出版 40 卷，即原则上每个省、自治区、直辖市各出一卷。这对于那些民间说唱资源并不十分丰厚的地区来说，也许是个非常不错的设计，但对于那些民间说唱资源相对丰厚的省份来说，显然是远远不够的。更为重要的是，民间文学中的大部头，如以扬州评话、苏州评话、南京评话、杭州评话、福州评话以及湖北评话、四川评话等为代表的南方评话，以北京评书、辽宁评书、天津评书为代表的北方评书，以满族说部为代表的少数民族说书，以及各种各样的善书宝卷，几乎都集中在了民间说唱部分。这些大部头作品即或集其精华出版，其总量也应在百卷以上。因此，我们决定各省份原则上按原计划各自出版一卷具有综合性特点的"说唱卷"（资源丰富的省份适当增加卷数），让本省份的民间说唱资源在这里得到相对集中的展示，而评书、评话、满族说部以及宝卷等大部头作品，则根据各省份实际情况另行规划。

今天，我们启动的为期八年、出版成果规模宏大的《中国民间文学大系》，不仅在中国文学史上是史无前例的，就是在世界文学史上恐怕也是空前绝后的。我们有幸能参与到这样一项伟大的中华民族文化复兴事业中来，深感荣耀。但作为"说唱卷"编撰工作的组织者，我们也深感责任重大。记得半年前，为此事冯骥才先生曾说过这样一段话："对于我们来说，这也许是最后一个机会——现在我们能搜集多少，整理多少，刊印多少，我们的子孙就能看到多少，得到多少，享用到多少。"先生所言极是，要想不愧对先人，不贻误后代，我们能做的，只有扎扎实实地工作，用实际行动报答祖国和人民对我们的信任。

苑利 崔凯 孙立生 常祥霖 吴文科

2019 年 7 月 8 日

本卷主编　李贵生

中国民间文学大系出版工程甘肃省工作领导小组

组长　　　　　　王登渤

副组长　　　　　张有为

成员　　　　　　徐黎丽　　杜　芳

领导小组工作办公室

主任　　　　　　杜　芳

成员　　　　　　陈宇菲　　赵　璐

中国民间文学大系出版工程甘肃省专家委员会

顾问　　　　　　郝苏民　　赵逵夫　　王正强　　兰却加　　武　文

主任　　　　　　徐黎丽

副主任　　　　　杜　芳

委员　　　　　　（按姓氏笔画排序）
　　　　　　　　王国明　　王贵生　　白晓霞　　刘文江　　齐玉花
　　　　　　　　李贵生　　周　琪　　胡　颖　　徐　凤　　戚晓萍
　　　　　　　　满　珂　　雒　鹏

《中国民间文学大系·说唱·甘肃卷·宝卷分卷（二）》编委会

1

2013 年民乐县高虎（右）、高维连（左）念唱《苦节图宝卷》
摄影 李贵生

2

2014 年 1 月 24 日古浪县大靖镇安文荣（右一）老先生在家念唱《方四姐宝卷》
摄影 李贵生

3

2016 年 5 月 14 日张掖市陌上书会代福周念唱宝卷
照片提供 李贵生

4

2017 年山丹县河西宝卷传承人陈多祝夫妇在民乐县太和村念唱宝卷
摄影 李贵生

5

2017 年 12 月 20 日临泽县河西宝卷传承人牛登举、王学友在民乐县太和村念唱宝卷

摄影 李贵生

6

2017 年 12 月 20 日高台县河西宝卷传承人刘银花夫妇在民乐县太和村念唱宝卷

摄影 李贵生

7

2017 年 12 月 20 日武威市凉州区河西宝卷传承人赵旭峰（右三）、李卫善（右四）及其徒弟在张掖市民乐县太和村演唱凉州宝卷

摄影 李贵生

8

2018 年 7 月 6 日国家级非遗项目河西宝卷代表性传承人乔玉安迎接"河西宝卷访谈行"访谈组

照片提供 李贵生

9

2018 年 7 月 6 日在乔玉安（右一）家采访

照片提供　李贵生

10

2019 年 10 月武威市凉州区河西宝卷传承人赵旭峰（右三）、李
卫善（右四）及其徒弟在凉州宝卷传习所演唱凉州宝卷

照片提供　赵旭峰

11

2019 年 12 月 29 日《宝卷》主编王吉孝先生为采访者签名赠书
（王吉孝家）

摄影　李贵生

12

2020 年 9 月 24 日古浪县宝卷传承人钟长海（右三）等在古浪
县城念唱河西宝卷

摄影　李贵生

13

2020 年 9 月 25 日武威市凉州区河西宝卷传承人赵旭峰（右四）、
李卫善（右五）及其徒弟在凉州宝卷传习所演唱宝卷
照片提供　赵旭峰

14

2020 年 10 月 11 日酒泉市肃州区河西宝卷传承人郑会在家念唱
河西宝卷
摄影　李贵生

15

河西宝卷传承人郑会收藏的宝卷
摄影　李贵生

16

2020 年 10 月 12 日民乐县河西宝卷传承人张成舜、张龙在民联
镇太和村宝卷传习所念唱宝卷
摄影　李贵生

17

2020 年 10 月 12 日民乐县河西宝卷传承人王林在家用"快手"直播念唱宝卷

摄影 李贵生

18

河西民俗博览园宝卷馆（2020 年拍摄）

照片提供 高尔戈

19

河西民俗博览园宝卷馆（2020 年拍摄）

照片提供 高尔戈

20

河西民俗博览园宝卷馆收藏的新抄本《敕封平天仙姑宝卷》（2020 年拍摄）

照片提供 高尔戈

21
河西民俗博览园念唱宝卷前的"走灯"仪式（2020年拍摄）
照片提供 高尔戈

22
河西民俗博览园念唱宝卷前的上香仪式（2020年拍摄）
照片提供 高尔戈

23
河西宝卷传承人牛登举在河西民俗博览园念唱宝卷
（2020年拍摄）
照片提供 高尔戈

24
2021年宝卷爱好者与学生在河西民俗博览园一起念唱《高老庄宝卷》
照片提供 任积泉

25

2021年宝卷爱好者与学生在河西民俗博览园一起念唱宝卷
照片提供 任积泉

26

2021年中学生念唱新编时事宝卷《战瘟神宝卷》
照片提供 任积泉

27

2021年河西宝卷创作组给小学生教唱新编《高老庄宝卷》
照片提供 任积泉

28

2021年河西学院殷志华副教授给小学生教唱宝卷
照片提供 任积泉

29

2021 年小学生念唱新编《高老庄宝卷》

摄影 李贵生

30

2021 年小学生念唱新编宝卷《下屋兰宝卷》

照片提供 任积泉

31

2021 年甘州区代福周夫妇（正中）在家念唱宝卷

照片提供 代福周

32

2021 年 1 月 24 日嘉峪关市宝卷传承人李义广（右三）、毛学智（右二）在毛学智家念唱宝卷

摄影 李贵生

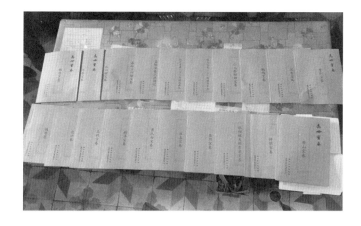

33

李义广、毛学智收藏的河西宝卷
摄影 李贵生

34

2021年6月河西宝卷研究者、爱好者在张掖市甘州区南华书院
研讨河西宝卷
照片提供 任积泉

35

2021年12月武威市凉州区河西宝卷传承人赵旭峰（右四）、李
卫善（右五）及其徒弟在凉州宝卷传习所演唱宝卷
照片提供 赵旭峰

36

2022年甘州区河西宝卷传承人代兴位（中）、代继生（右）在
河西宝卷传习所念唱宝卷
照片提供 代继生

37

2022 年甘州区河西宝卷传承人代兴位和徒弟、孙子在河西宝卷
传习所念唱宝卷
照片提供 代继生

38

甘州区宝卷世家代氏收藏的部分宝卷（旧抄本）（2022 年拍摄）
照片提供 代继生

39

甘州区代氏新抄写的宝卷（2022 年拍摄）
照片提供 代继生

40

2022 年代福周和代兴位在代兴位家一起念唱宝卷
照片提供 代福周

41

2022 年 2 月 10 日甘州区代氏新建的河西宝卷传习所揭牌

摄影 李贵生

42

2022 年甘州区河西宝卷传承人代继生介绍河西宝卷传习所收藏的资料

照片提供 代继生

43

2022 年 5 月 21 日甘州区文联召开"守正与创新"新创河西宝卷研讨会

照片提供 李贵生

44

2022 年 5 月 21 日甘州区文联召开"守正与创新"新创河西宝卷研讨会

照片提供 任积泉

45

2020 年 9 月 25 日中国民间文学大系出版工程社会宣传推广活动"河西宝卷"田野调查专家与国家级非遗传承人李作柄老先生（左三）在李作柄家合影留念

照片提供 李贵生

46

2020 年 9 月 25 日中国民间文学大系出版工程社会宣传推广活动"河西宝卷"田野调查专家在武威市凉州区召开座谈会

照片提供 杜芳

47

2020 年 9 月 26 日中国民间文学大系出版工程社会宣传推广活动"河西宝卷"田野调查专家在永昌县范继忠先生家合影留念

照片提供 杜芳

48

2020 年 10 月 10 日中国民间文学大系出版工程社会宣传推广活动"河西宝卷"田野调查专家在嘉峪关宝卷传习所调研

摄影 李贵生

49

2020 年 10 月 13 日中国民间文学大系出版工程社会宣传推广
活动"河西宝卷"田野调查专家在张掖市甘州区南华书院合影
留念
照片提供 杜芳

50

2020 年 10 月 14 日中国民间文学大系出版工程社会宣传推广活
动"河西宝卷"田野调查专家在河西民俗博览园合影留念
照片提供 杜芳

51

2021 年 9 月 27 日中国民间文学大系出版工程实施项目编纂工作
(西北片区)培训交流会(兰州宁卧庄宾馆)
照片提供 杜芳

52

2021 年 9 月 27 日中国民间文学大系出版工程实施项目编纂工作
(西北片区)培训交流会专家、领导与项目主编在兰州宁卧庄宾
馆合影留念
照片提供 杜芳

目录

概述

"甘肃"取其境内"甘州（张掖）""肃州（酒泉）"二地的首字而成，西夏曾置甘肃军司，元代设行省时以"甘肃"命名，简称"甘"。因省内大部分地区在陇山（六盘山）以西，且唐代曾在此设置过陇右道，故又简称"陇"。

甘肃，古属雍州，地处我国西北地区，位于黄河上游，东邻陕西，南接四川、青海，西与新疆接壤，北与宁夏、内蒙古毗邻，是古丝绸之路的黄金路段。

甘肃省境跨越三大高原——黄土高原、青藏高原和内蒙古高原，海拔大多在 1000 米以上，四周为群山峻岭所环抱。北有六盘山、合黎山和龙首山，东为岷山、秦岭和子午岭，西接阿尔金山和祁连山，南接青泥岭。境内地势起伏，山岭连绵，地形错综复杂，风光奇异：有直插云天的皑皑雪峰，有一望无垠的辽阔草原，有莽莽漠漠的戈壁瀚海，有郁郁葱葱的次生森林，有神奇碧绿的湖泊佳泉，有江南风韵的自然风光。

甘肃省省会兰州，地处中国陆域版图的几何中心，是西北地区重要的中心城市、工业基地、综合交通枢纽、丝绸之路经济带的核心节点城市，是黄河唯一穿城而过的省会城市，源远流长的黄河文化、丝路文化，中原文化、西域文化在这里交相辉映。

甘肃东南部的天水、陇南地区是山川锦绣、物产丰富、民俗奇特的天然膏沃之地，与其相邻的甘南、临夏两个自治州，是藏、回、东乡、保安、撒拉等少数民族的集聚地，民情风俗独具一格，宗教活动丰富多彩。甘肃东部的庆阳、平凉地区，是具有悠久革命历史的老区，境内除众多的革命遗迹外，还有黄帝登临、广成子修炼得道的道家圣地崆峒山，西王母设宴招待周穆王的王母宫山，以及菩萨山、公刘庙等名山大刹。

甘肃中部是定西市、白银市。定西市地处黄土高原、青藏高原和西秦岭交汇地带，是中华民族黄河文明的重要发祥地，是举世闻名的马家窑文化命名地，是天下李氏寻根祭祖地，是齐家、寺洼、辛店等史前文化交汇地，也是全国重要的书画作品集散地；绵延300公里的战国秦长城西起定西市临洮县。白银市是绚丽多彩的旅游胜地，黄河文化、丝路文化、红色文化在这里交相辉映。白银市国家地质公园黄河石林被誉为"中华自然奇观"；1936年10月，红军一、二、四方面军在会宁胜利会师，白银市会宁县被列为全国"红色旅游城市"。

甘肃西北部是河西走廊，是甘肃著名的粮仓，也是昔日铁马金戈的古战场和古丝绸之路的交通要道。河西走廊的历史文化源远流长，名胜古迹灿若星河，是一条灿烂夺目的"文化长廊"。这里出土的敦煌遗书、居延汉简以及中国旅游标志马踏飞燕举世闻名，敦煌莫高窟、瓜州榆林窟、张掖马蹄寺石窟、武威天梯山石窟等大小石窟星罗棋布。

甘肃是一个历史悠久、文化底蕴厚重的省，是中华民族和华夏文化的重要发祥地之一。天水的大地湾文化距今有7800年，它将中国的彩陶历史向前推进了1000多年。中华民族的人文始祖伏羲、女娲和黄帝相传诞生在甘肃，故有"羲轩桑梓"之称。周人崛起于庆阳，秦人肇基于天水，汉代的开边政策和张骞出使西域成功开通了丝绸之路。隋唐时期，甘肃成为我国联系西域各国和欧洲的重要通道，武威、张掖、敦煌成为经济文化繁荣的国际性贸易城市，中西文化在河西走廊交流融合，说唱文学在敦煌孕育成熟。敦煌变文是后世民间说唱的源头，其后产生了各种说唱样式，如宝卷、弹词、坠子、八角鼓等。目前，在甘肃境内仍在活态传承的民间说唱有宝卷、贤孝、兰州鼓子、河州平弦、河州财宝神和河州打调等。甘肃省宝卷的活态传承地主要是河西走廊五地市和古岷州地区。

岷州宝卷的传承传播以岷县为中心，辐射周边相邻各县，如漳县、宕昌县、卓尼县、临潭县、舟曲县，范围相当于明朝岷州卫辖区。按照今天的行政区划，岷州宝卷散布于定西市、陇南市、甘南藏族自治州。据地方学者张润平先生的调查，岷州宝卷至少600多部，去其重复300余种，经常念唱的有8部。岷州宝卷全部为宗教宝卷，绝大部分是手抄本，目前调查所得的600多部宝卷中，只有3部木刻本，1部石印本。岷州宝卷主要在老年人的丧葬仪式上念唱，有时也用于其他场合，如祈求儿女、平安、升官、发财、升学等，不同的场合念唱不同内容的宝卷。岷州宝卷藏量丰富，它的起源、发展、形制、活态传承、生存语境、曲牌曲调与河西宝卷相比均表现出很大的差异性。

因岷州宝卷均为宗教宝卷，文学价值较低，所以本次编纂不拟收录岷州宝卷，只编选河西宝卷。

一、河西走廊的历史地理与古代文化

河西走廊东起古浪峡口一带，西迄疏勒河下游甘肃新疆交界处的库木塔格沙漠东缘，南北介于南山（祁连山、阿尔金山）和北山（自西向东有马鬃山、合黎山和龙首山）间，东西长约 900 千米，南北宽 50—120 千米，面积约 8.3×10⁴ 平方千米，海拔 1000—3200 米。因南北两山之间形成了一条西北—东南走向的狭长通道，形如走廊，又地处黄河以西，故称河西走廊。

走廊南边的祁连山山势高峻，终年积雪，为河西走廊提供了较为充足的水资源。河西走廊凭借祁连雪水的灌溉，形成了三块面积较大的绿洲——武威绿洲、张掖绿洲和酒泉绿洲，是甘肃最为发达富庶的农牧业区。春秋战国至西汉前期，河西走廊曾经是羌族、月氏、乌孙和匈奴等游牧民族的乐园。[1] 汉元狩二年（前 121），骠骑将军霍去病两次深入河西走廊出击匈奴，浑邪王降汉，河西走廊正式归入汉朝版图。河西归汉是河西走廊历史上最重大的事件之一。为了巩固对河西的统治，汉王朝先后向河西走廊迁入大量移民，修筑了长城烽燧，并先后设置了酒泉、张掖、敦煌、武威四郡，还派驻军队，进行大规模的屯垦经营。魏晋十六国时期，河西走廊吸引了大量的内地人口，进一步推动了河西经济文化的繁荣，特别是五凉时期，"学者埒于中原"[2]，"凉州号为多士"[3]。隋唐时期，河西走廊出现了自汉武帝以来的第二个大发展高峰期。隋朝时期，河西走廊经济繁荣，贸易兴盛，大业五年（609），隋炀帝西巡河西，在燕支山（又名焉支山、胭脂山、大黄山）大会高昌王及西域 27 国首领、使者和商人。唐代前期，河西走廊"牛羊被野，路不拾遗"；开元、天宝之际，河西走廊"闾阎相望，桑麻翳野""商旅往来，无有停绝"，是天下最为富庶的繁盛之区。"安史之乱"后，河西走廊为吐蕃所控制。天圣六年（1028）党项族占领甘、凉、肃、瓜、沙诸州，河西走廊遂为西夏所统治。元朝实行行省制度，河西走廊隶属于甘肃行省。明代，河西走廊是边疆战略经营的边塞要地。清代前期，河西走廊是清廷经略新疆的"军需总汇"，由此进入继两汉、隋唐以来的第三个大发展时期。

河西走廊是古代丝绸之路的必经之地，是沟通我国东部地区与新疆以及中亚、西亚和欧洲等地的重要经贸通道。陈寅恪先生在他的《隋唐制度渊源略论稿》一书中指出，西晋战乱后，中原文化被保留在了江东，同时也被甘肃的河西所保留，河西文化为北魏、北齐所接纳、吸收，成为后来隋唐文化的重要来源。

---

[1] 本节凡涉及河西走廊历史地理与古代文化的内容，参阅高荣主编的《河西通史》（天津古籍出版社 2011 年）相关章节内容。

[2] （唐）李延寿：《北史》卷八十三《文苑传》，中华书局，1974 年，第 2778 页。

[3] 《资治通鉴》卷一二三（宋文帝元嘉十六年十二月条胡三省注），胡三省音注，上海古籍出版社，1987 年，第 826 页。

汉魏河西走廊公私学校兴起，社会风俗变革，各类人才涌现，经济发达，政令畅通，地方官吏礼贤下士，提倡儒学，从而吸引了许多中原学者到河西避难、传业。[1]"永嘉之乱"期间，中州士人避乱河西者"日月相继"，络绎不绝。汉魏河西文化的发展，为五凉文化的繁荣准备了条件。五凉政权崇尚文教，倡明学术，使得河西走廊教育振兴，文化复苏。

河西走廊作为中西交通要道，也是佛教东渐的前沿和中转站。特别是五凉时期，佛教首先在这里留驻兴发。史称："凉州自张轨后，世信佛教。敦煌地接西域，道俗交得其旧式，村坞相属，多有塔寺。"[2]西域高僧来河西者络绎不绝，月氏人竺法护、龟兹人鸠摩罗什、中印度人昙无谶、西域人浮陀跋摩等高僧都曾在河西翻译佛经，弘扬佛法。随着佛教在河西的传播，五凉后期凿窟造像之风盛行，天梯山石窟、敦煌莫高窟的开凿就始于北凉时期。

"永嘉之乱"后，汉魏宫廷乐舞传入河西为前凉所获，河西走廊继承汉魏传统乐舞的深厚底蕴，又吸收了本土和西域乐舞的精华，不断创新发展，成为隋唐宫廷乐舞的重要组成部分。《隋书》卷一四《音乐志》（中）："（《西凉乐》）盖苻坚之末，吕光出平西域，得胡戎之乐，因又改变，杂以秦声，所谓《秦汉乐》也。"[3]

五凉文化为河西文化的进一步发展奠定了坚实的基础，并孕育了高度发达的敦煌文化，为隋唐文化的发展注入了新的活力因子。

陈寅恪说："西晋永嘉之乱，中原魏晋以降之文化转移保存于凉州一隅，至北魏取凉州，而河西文化遂输入于魏。其后北魏孝文、宣武两代所制定之典章制度遂深受其影响，故此（北）魏、（北）齐之源其中亦有河西之一支派，斯则前人所未深措意，而今日不可不详论者也。"[4]

魏晋南北朝的河西走廊是中国北部的佛教中心，到了唐代，河西走廊佛教依然兴盛。前凉张天锡所建宏藏寺，武则天时更名大云寺，寺内铜钟至今犹存。莫高窟自北凉以来开凿不断，其中唐代开凿 240 窟，塑像遗存 600 余尊。

河西走廊一直以来民族杂居共处，民族艺术交流融合，隋唐时，艺术成就独树一帜。

[1] 高荣：《河西通史》，天津古籍出版社，2011 年，第 531—540 页。下文关于河西走廊的儒释道文化，大都参阅《河西通史》第十一章《河西的古代文化》，不再一一注明。

[2] （北齐）魏收：《魏书》卷一百一十四《释老志》，中华书局，1974 年，第 3032 页。

[3] （唐）魏征、令狐德棻：《隋书》，中华书局，1973 年，第 313 页。

[4] 陈寅恪：《隋唐制度渊源略论稿》，生活·读书·新知三联书店，1954 年，第 2 页。

隋初，以西凉乐等为七部乐，隋炀帝又以清乐、龟兹、西凉、天竺、康国、疏勒、安国、高丽、礼毕等为九部乐，唐太宗平定高昌后，又增加高昌乐为十部乐。西凉乐以"中国旧乐而杂以羌胡之声"，融胡汉于一体，"自周、隋以来，管弦杂曲将数百曲，多用西凉乐，鼓舞曲多用龟兹乐，其曲度皆时俗所知也"[1]。西凉乐为乐部名，王国维《唐宋大曲考》说："西凉自为乐部总名，而凉州则为曲名。"[2] 今存唐大曲中，最重要的是《凉州大曲》，它不但形成早，而且对唐代全国的音乐发展产生了重大影响。凉州大曲外，《甘州子》《甘州》《八声甘州》等（即甘州大曲）也很有名。

如果说凉州、甘州是音乐舞蹈之乡的话，唐代的敦煌则是文化美术之邦。唐代敦煌是国际贸易都市，佛教圣地，佛教的兴盛孕育了多种宣传佛教的艺术形式，以壁画、雕塑为主的石窟艺术达到了创作的高峰，同时也出现了说唱文学——敦煌变文。

二、敦煌变文是中印文化交流融合的产物

敦煌变文是中国讲唱文学成熟的标志，"变文在中国文学史上的价值在于，它以具体的文学文本说明有说有唱、交替使用散文和韵文描述故事的叙事文学的文体——说唱文学——的正式形成。"[3]

敦煌变文内部体制各不相同，"说"类、"唱"类和"说唱"类三类俱全，项楚、张鸿勋等著名的敦煌学专家对此都有论述。项楚先生说："（敦煌变文）有的是纯韵文，有的是纯散文，有的却是韵散合用。"[4] 张鸿勋先生说："（敦煌讲唱文学）体制多样，既有说唱兼行的变文、讲经文，又有只唱不说的词文，或只说不唱的话本，还有介于说唱之间韵诵体的故事赋等等。"[5] 敦煌变文中大部分是"说唱"类："敦煌讲唱伎艺，基本上是歌唱和表白轮流相间表演。"[6] "变文的体制是散韵组合，说唱兼行，演述故事。"[7]

"说唱"类讲唱文学在文本形态上表现为散韵相间，在表演形态上表现为说唱结合。"说"与"唱"（散文和韵文）的一次组合形成一个说唱（或"散韵"）结构。敦煌变文的说唱结构比较简单，一段散文讲说后紧接着一段韵文唱词，其后散文、韵文交替出现，依次反复；散文较多用整齐的四六对句，韵文以七言为主，偶尔杂以"三三七"句式或五言、

[1] （后晋）刘昫等：《旧唐书》卷二十九《音乐志》，中华书局，1975年，第1068页。
[2] 王国维：《唐宋大曲考》，载《王国维遗书》第15册，上海古籍书店，1983年，第31页。
[3] 车振华：《清代说唱文学创作研究》，齐鲁书社，2015年，第7—8页。
[4] 项楚：《敦煌变文选注》（增订本）"前言"，中华书局，2006年，第2页。
[5] 张鸿勋：《敦煌讲唱文学韵例初探》，《敦煌研究》1982年第2期。
[6] 张鸿勋：《敦煌讲唱伎艺搬演考略——唐代讲唱文学论丛之一》，《敦煌学辑刊》1983年总3期。
[7] 张鸿勋：《敦煌讲唱文学的体制及类型初探——兼谈几部文学史的有关提法》，《文学遗产》1982年第2期。

六言。

敦煌变文在佛教十分盛行的河西走廊大放异彩，它的产生是多元文化交流融合的结果。敦煌变文的说唱形式深受佛教讲经、唱导的影响，但其散韵相间的体制以及散文与韵文的句式选择却都打上了深刻的中国文化的烙印。敦煌变文是中印文化交流融合的产物。

敦煌遗书中绝大部分是佛教经典，变文中大量使用佛经的说唱结构程式，因而敦煌变文与佛教说唱有着密切的关系。佛经除开头和结尾外，"在中间的讲经说法中，叙事的基本结构是散体讲说与偈颂吟唱相互结合。一段散说，一段偈颂。依次往复，演绎经文。"[1] 佛经的这种散说与偈颂相结合的说唱结构在敦煌变文中随处可见，"变文韵散相间的结构方式，尽管学术界很多人在中国传统的各种文体中寻找其源头，但始终不能找到如佛经这样典型者。"[2] 所以，郑振铎先生认为敦煌变文这种散韵相间、说唱结合的文体在中国是崭新的："'变文'是'讲唱'的。讲的部分用散文；唱的部分用韵文。这样的文体，在中国是崭新的，未之前有的。故能够号召一时的听众⋯⋯"[3]

佛教以"散体讲说与偈颂吟唱"的方式讲经说法，在将梵文翻译为汉语时译经者采用的散韵结合体制、四六对句、七言、五言、"三三七"句式等则明显是受了中国本土文化的影响。

散韵结合的形式肇始于先秦，到了汉代，散韵结合的文体——汉赋正式形成。赋与诗、骚一样都是押韵的，但典型的汉赋多夹杂散文句式，如《子虚赋》《上林赋》首尾部分都是不押韵的散文。六朝赋到了后期有明显的诗歌化倾向，多夹杂五七言诗句，如庾信的《春赋》首尾都是七言诗，中间也夹杂有五七言诗句，"这种赋到唐初更盛，可说是骈赋的变体。"[4] 骈赋的四六对句与五七言诗句相间的形式对敦煌变文的说唱结构产生了直接而深刻的影响，敦煌变文中如《伍子胥变文》《双恩记》《破魔变》《降魔变》《长兴四年中兴殿应圣节讲经文》等很多篇目都是散说以四六对句为主，韵文以七言诗句为主。

七言、五言和四六对句在中国文学中源远流长，而"三三七"句式，也是中土的产物。"三三七"句式早在先秦时就已产生，《荀子·成相》共五十六章，每章的句式基本都是"三，三，七。四，七"。如第一章："请成相，世之殃，愚暗愚暗堕贤良。人主无贤，如瞽无相何伥伥。"汉魏南北朝，"三三七"句式一直在乐府诗中流行。汉乐府《战城南》："战城南，死郭北，野死不葬乌可食。"北朝民歌《敕勒歌》："天苍苍，野茫茫，风吹草低见

[1]　富世平：《敦煌变文的口头传统研究》，中华书局，2009年，第52页。
[2]　富世平：《敦煌变文的口头传统研究》，中华书局，2009年，第52页。
[3]　郑振铎：《中国俗文学史》，上海书店，1984年，第190页。
[4]　王力：《古代汉语》（校订重排本）（第四册），中华书局，1999年，第1363页。

牛羊。"唐代白居易的《新乐府》继承了乐府民歌的传统,其《新乐府》五十首,采用了"三三七"句式的就超过了二十首,如《胡旋女》:"胡旋女,出康居,徒劳东来万里余。"

下面是敦煌变文《双恩记》中的一个说唱结构,其中韵文以七言为主,间杂了一个"三三七"句式。

> 善友太子说偈赞已,即入王宫,白父王曰:"我为济贫,开王库藏;又恐虚竭,不欲破除。既乏力而无门,愿入海而求宝。请王教去,不要忧烦。远至半年,便即朝觐。
> 我今入海求珠宝,普向阎浮济孤老。
> 大把忧煎与改移,广将贫困令除扫。
> 日不遥,人满道,除(随)分行装便应到。
> 特故朝参辞父王,愿王令去无忧恼。
> 坦然平道并无山,商侣稠盈不至难。
> 去约数旬谋采访,来朝半岁便归还。
> 何消驿递排家馔,自有程粮逐意餐。
> 只愿父王深体察,莫将忧恼作遮拦。
> 保持平善却归回,必没龙神与作灾。
> 损物人心终致患,利生天眼筹应开。
> 稍宽日月时通信,暂假恩情莫系怀。"
> 想得父王闻譜(者)语,大应不乐也唱将来。[1]

敦煌变文散韵相间、说唱结合的讲唱体制对宋元以后的诸宫调、宝卷等讲唱文学的形成与发展产生了深刻的影响。"变文散韵组合、说唱兼行演述故事的体制,影响到宋元以后诗赞系、乐曲系讲唱文学,如鼓子词、诸宫调、词话、宝卷等的形成和发展。"[2] 特别是宝卷,它不仅继承了敦煌变文的讲唱内容,而且在说唱结构上进行了创新发展,使讲唱文学的韵文唱词变得更加灵活多样,深受民众的喜爱,进一步丰富了讲唱文学的说唱形式。

三、河西宝卷的渊源

河西宝卷是中国宝卷的一个地域分支,与其他地区的宝卷是同源同流的关系,其源头是敦煌变文。

---

[1] 项楚:《敦煌变文选注》(增订本),中华书局,2006年,第1077—1078页。
[2] 张鸿勋:《敦煌讲唱文学的体制及类型初探——兼谈几部文学史的有关提法》,《文学遗产》1982年第2期。

郑振铎先生认为宝卷是变文的嫡派子孙。[1] 随着研究的深入，学者们将郑振铎所谓的"变文"细分为讲经文、变文、因缘、词文、话本、故事赋、俗赋、曲子词、通俗诗等不同的类型。[2] 于是，变文就有了广义和狭义两个含义，广义的变文对应于敦煌遗书中的通俗说唱文学作品，狭义的变文只指其中标名"变文"或"变"的作品以及具有"变文"特征的作品。此后，学者们将宝卷的渊源具体上溯到讲经文、因缘、变文。

宝卷和变文在形式和内容两方面都有相似之处。从形式上看，二者的文本都是散韵相间，演唱形态都是说唱结合。从内容上看，广义的变文包括僧徒依照经文为俗众宣讲佛教教义的讲经文，也包括讲解佛经故事以及讲唱中国传统历史故事、民间故事等的变文，还包括讲唱因缘、弘扬佛法、宣扬因果报应故事的"因缘"，或称"缘起""缘"。从内容上看，河西宝卷与敦煌变文有很高的相似度。然而从说唱结构来看，二者的相似点少，差异大。敦煌变文的说唱结构很简单，每一个说唱单元都由一段说白和一段韵文唱词（一般是七言）构成；而河西宝卷，特别是早期河西宝卷的说唱结构比较复杂，每一个说唱单元往往由一段说白和几段形式、作用不同的韵文唱词组成，且唱词以十言为主，七言为辅。如《敕封平天仙姑宝卷》之《仙姑修行分第一》：

> ［上小楼］劝世人及早好修，不回头无人解救。贪恋浮生，虚华景界，无尽无休。我只怕事到头，一笔都勾。破漏船，沉在苦海，想人身，不得能勾。
>
> 盖闻仙姑娘娘生于汉朝之时，观见世人，一切群生，不敬天地，不礼三光，奸盗邪淫，不忠不孝，呵风骂雨，大斗小秤，明瞒暗骗，爱欲贪嗔，多沉地狱，多失人身。于是仙姑一心发愿，立志修行，不恋世上之繁华，不贪眼前之浮尘，志心向善，念佛看经，恤孤怜寡，敬老惜贫，多行方便，永无退心。
>
> 仙姑向善苦修行，一心只要出沉沦。
> 有仙姑见世人多行不善，或为奸或为盗或为邪淫。
> 贪上财爱上利大斗小秤，嗔人有欺人无狗肺狼心。
> 不敬天不敬地呵风骂雨，破人斋破人戒毁佛谤经。
> 男不善利徒心损人利己，明中欺暗中骗昧过良心。
> 欺人孤灭人寡全然不顾，弟不恭子不孝背逆五伦。
> 女不善蛇蝎心十分刮毒，不敬公不孝婆妯娌生心。
> 哄丈夫背男儿白捏黑说，折人儿磨人女不知心疼。
> 这样人阳世间多行不善，到阴司业镜内照得分明。
> 有一日无常到谁人替你，地狱里难脱逃一十八层。
> 有仙姑看破了浮生若梦，躲三途离八难除是修行。
> 菩提心一味是广行方便，尘世上虚华界全不挂心。
> 仙姑发愿，苦志修行，不惹世埃尘。要躲轮回，赴命归根。心心向善，不断工程。广行方便，大发菩提心。[3]

［1］ 郑振铎：《中国俗文学史》，商务印书馆，2010 年，第 521 页。
［2］ 荣新江：《敦煌学十八讲》，北京大学出版社，2001 年，第 251—259 页。
［3］ 引自张掖市甘州区图书馆收藏的清刻本《敕封平天仙姑宝卷》（1698 年）。

早期的河西宝卷大都为民间教派宝卷，有"品"或"分"标题，每一"品"（或"分"）构成一个说唱单元，每个单元的说唱结构一般都是：

（1）小曲

（2）散说

（3）七言二句诗赞

（4）主唱段十字句

（5）四五言长短句

（6）五言四句诗赞

由此可见，宝卷与变文说唱结构存在很大的差异性，于是一些学者认为宝卷不是变文的"嫡派子孙"，并开始进一步探讨宝卷的直接源头。美国学者欧大年认为变文、讲经文与宝卷之间除了白文（散文）与成对的七言偈文（韵文）交替出现外，实无相似之处，[1] 这一观点夸大了宝卷与变文、讲经文之间的差异性，几乎否认宝卷与变文、讲经文之间有渊源关系。日本的宝卷研究学者泽田瑞穗指出宝卷的直接渊源要到宋元明时代僧侣创作的科仪书、坛仪书、忏法书中去找。[2] 车锡伦先生指出："宝卷是继承佛教俗讲讲经说法的传统和佛教忏法演唱过程仪式化的特点而形成的一种新的说唱形式。"[3] 陆永峰也指出，早期宝卷如《目连救母出离地狱生天宝卷》《大乘金刚宝卷》《佛门西游慈悲宝卷道场》表现出强烈的宗教信仰属性和严格的仪式规范，这些特征与科仪很接近而与讲经仪式和变文有明显的不同。

河西走廊民间教派宝卷的说唱结构源于佛教忏仪。车锡伦先生考察了佛教净土宗忏法《中峰国师三时系念佛事》，不但其开始的仪式与早期宝卷相似，其演唱过程、文本形式也极其相似。其说唱形式可以概括为：

（1）七言四句

（2）赋体（相当于散说）

（3）七言二句

（4）主唱段七字句

（5）长短句

佛教忏仪的"（1）七言四句"移到末尾且变为五言四句，并将长短句改造为四五言长短句，就形成了早期佛教宝卷的说唱结构，二者的说唱形式十分相似。早期佛教宝卷的说唱结构是：

---

[1] ［美］欧大年：《宝卷——十六至十七世纪中国宗教经卷导论》，马睿译，中央编译出版社，2012 年，第 19—22 页。

[2] ［日］泽田瑞穗：《宝卷的系统和变迁》，载车锡伦《中国宝卷研究论集·附录》，台北：学海出版社，1997 年，第 266、269 页。

[3] 车锡伦：《中国宝卷研究》，广西师范大学出版社，2009 年，第 88—89 页。

(1) 散说

(2) 七言二句诗赞

(3) 主唱段七字句

(4) 四五言长短句

(5) 五言四句诗赞

　　早期佛教宝卷接受了佛教忏法仪式化的演唱形式，伴随教徒信仰活动演唱，形成了文辞格式化的特点，这种仪式化的演唱形式，一直影响到清及近现代的民间宣卷。[1] 民间教派宝卷的说唱结构继承了佛教宝卷的传统，但也有一点变化，即加唱"小曲"，且主唱段开始大量运用十字句。"小曲"可以在说唱单元最前面，也可以在说唱单元最后面。河西走廊民间教派宝卷的说唱结构中，"小曲"在说唱单元的前面。

　　就思想内容与题材来看，河西宝卷与敦煌变文有很高的相似度，然而，就早期民间教派宝卷宣卷前的仪式与说唱结构而言，河西宝卷异于敦煌变文，直接源于宋元佛教科仪忏仪。总之，敦煌变文是河西宝卷的远源，宋元佛教科忏是河西宝卷的近源，河西宝卷"不可能是'敦煌变文的嫡传子孙，是活着的敦煌变文'，'敦煌变文的活化石'"[2]。

四、河西宝卷说唱结构的演变

　　宝卷的说唱结构发生了两次大的演变，一次是从佛教宝卷到民间教派宝卷的演变，另一次是从民间教派宝卷到民间宝卷的演变，第一次演变由简趋繁，第二次由繁趋简。

　　康熙以后，教派宝卷衰落，民间故事宝卷开始大量产生。除了教派人士改编民间宝卷外，一般俗众也参与到这一行列中。与宗教宝卷相比，民间宝卷的信仰功能逐渐减弱，教化与娱乐功能逐渐增强，随之而来的是宝卷庄严的、规范化的宗教信仰仪式开始淡化直至消亡，严整的、程式化的说唱结构开始简化。说唱结构从民间教派宝卷到民间宝卷的演变在现存河西宝卷中可以看到清晰的轨迹。

　　首先是"小曲"的消亡。

　　武威市古浪县大靖镇安文荣老先生收藏的20世纪80年代前后的手抄本《手巾宝卷》（以下凡称《手巾宝卷》均指此本），其说唱结构基本上是：

[1]　车锡伦：《中国宝卷研究》，广西师范大学出版社，2009年，第85—86页。
[2]　车锡伦：《中国宝卷研究》，广西师范大学出版社，2009年，第275页。

（1）散说

（2）七言二句诗赞

（3）主唱段十字句

（4）四五言长短句

（5）五言四句诗赞

下面是《手巾宝卷》中的一个说唱单元，其说唱结构的每个段落都符合五段式的规则。

（1）却说素珍出家，不题。再说员外找寻素珍，并无音信，前来到东京汴果国（汴梁）城内，忽然与许多的客人要上杭州，一来看个西湖景致，二来卖买（买卖）经营。众员外一见王员外面带爱（哀）色，心中不乐，便问员外："昔日相逢，喜笑忙（快）乐，你今日为何不悦？"王员外便说："列位员外那（哪）知，自因我饮酒大醉，把素珍抱（饱）打了一顿，又将她左眼挖了，夜晚之间不知往那（哪）里去了，两个孩儿逐日啼哭，要他母亲，咱不由得心内刀割一般。今日出门，一来前去散心，二来找寻张氏。"众位言说："咱们一同上杭州作卖买（买卖），找寻素珍，岂不是好？"

（2）员外听说心嗟叹，烦烦恼恼告众人。

（3）告众位老员外我回家内，吩咐妻看儿女取上金银。

贩红花和紫叶绫罗绸缎，说于他我去了妻也安心。

众员外一起说不去也罢，到家中盼儿女不得出门。

我众人凑本钱回来还我，今日好就收拾起身行程。

员外听眼流泪闷心疼泪，你众不来顾我把我思（恩）忘。

我如今写封书稍（捎）回家去，多拜上同床妻看顾儿童。

我今日上杭州不由烦恼，愁又愁儿和女依靠何人。

（4）员外烦恼，感叹伤情，何日得回程。儿女遂（逐）日，两泪纷纷。又想老母，又念父亲。有心回家，朋友拌（绊）住身。

（5）员外在路上，要上杭州城。

不住伤心泪，只想两儿童。

《手巾宝卷》是《佛说王忠庆大失散手巾宝卷》的简称，由明末南无教教团中的民间艺人编写，属于教派宝卷，其说唱结构原本是六段式，即散说前有小曲。[1] 河西走廊《手巾宝卷》的手抄本没有"品"（或"分"）标题，同时小曲也消失了。

其次是"四五言长短句"的消失。

《手巾宝卷》28 个说唱单元除了都缺小曲外，有 4 个说唱单元缺四五言长短句，其他的说唱单元中四五言长短句的句式大都不够严整，甚至难以断句。主要原因是后来的念卷人或抄卷人对四五言长短句的句式已不能理解，于是在抄写时根据自己的理解或删字，或加字，有的干脆变为整齐的四言八句、九句或十句，也有个别变成了"散说"，但基本上

---

[1]　车锡伦：《〈佛说王忠庆大失散手巾宝卷〉漫录》，《韶关学院学报》2007 年第 4 期。

保持了四五言长短句的句式面貌。

《佛说王忠庆大失散手巾宝卷》第二十一分《茴香女寺中留下王天禄到潼关关王庙》
的四五言长短句如下：

> 招军以就，声细临门，天禄就出征。阵阵得胜，马到成功，金兵见了，无不心惊。边官
> 听说，奏与朝廷圣明君。[1]

《手巾宝卷》中跟《佛说王忠庆大失散手巾宝卷》第二十一分相对应的说唱单元的
四五言长短句如下：

> 投军已毕，喜笑迎门。天禄出阵，马到成功。金兵一见，无不心敬（惊）。边官听说，奏
> 于朝廷。

两相比较，从句式上看，《手巾宝卷》的"四五言长短句"第三句缺了一个"就"字，
丢了第四句"阵阵得胜"，最后一句缺了"圣明君"三字；从内容上看，这种变化也没有
影响意义的表达。

从《手巾宝卷》的说唱结构来看，民间教派宝卷在后期传抄的过程中，先是小曲的缺
失，其后是四五言长短句的消亡。

从河西走廊民间教派宝卷后期的手抄本推断，河西民间宝卷的创编已经彻底地扬弃了
教派宝卷六段式说唱结构中的小曲和四五言长短句。民间教派宝卷神圣的、程式化的说唱
形式被撼动的同时，"七言二句诗赞"和"五言四句诗赞"的稳固地位也开始动摇了，二
者可有可无，由此形成了河西走廊民间宝卷的三种说唱结构——四段式、三段式和两段式。
同时，主唱段前后诗赞的句式也不再严整，可以是七言，也可以是五言，可以是两句，也
可以是四句。另外，主唱段为七字句的说唱结构也开始多起来。河西走廊民间宝卷的说唱
结构简化了，但是却增加了弹性，形式上变得更加灵活多样。

河西宝卷四段式说唱结构的格式为：
（1）散说
（2）五七言诗赞
（3）主唱段十字句（偶或七字句）
（4）五七言诗赞

河西宝卷四段式说唱结构进一步简化，省略主唱段后的五七言诗赞，就形成了三段式

---

[1]　车锡伦：《〈佛说王忠庆大失散手巾宝卷〉漫录》，《韶关学院学报》2007 年第 4 期。

说唱结构。三段式说唱结构的格式为：

（1）散说

（2）五七言诗赞

（3）主唱段十字句（偶或七字句）

偶尔也有省略主唱段前的五七言诗赞的情况，但非常少见。

三段式说唱结构根据五七言诗赞句式的不同又可细分为四种类型，其中"散说 + 七言二句 + 十字句"类型的结构在河西宝卷中使用频率最高。

河西宝卷的两段式说唱结构只保留了散说和主唱段，主唱段可以是十字句，也可以是七字句。根据主唱段的句式特点，河西宝卷的两段式说唱结构可分为两类：

（1）散说

（2）主唱段十字句

或

（1）散说

（2）主唱段七字句

河西宝卷的两段式说唱结构第一类的使用频率比第二类高。

中国宝卷的说唱结构在由繁到简的演变过程中，在不同的地域演化结果不同。除河西走廊外的其他地域，宝卷的说唱结构一般简化为"散说 + 七字句"的两段式说唱结构，而河西宝卷说唱结构嬗变后却形成了主唱段以十字句为主的四段式、三段式和两段式三种说唱结构类型。一部河西宝卷可以同时兼用三种说唱结构或两种说唱结构（偶尔只用一种说唱结构），每一种说唱结构类型中，诗赞部分或七言、或五言，或二句、或四句，加之主唱段以十字句为主，间或又用七字句。这些说唱元素灵活自由地搭配，使河西宝卷的三种说唱结构类型内部又形成了多种灵活多变的形式，体现了河西宝卷说唱结构的地域特征。

五、河西宝卷的分类

方步和在《河西宝卷真本校注研究》中根据题材将河西宝卷分为佛教宝卷和非佛教宝卷两大类，又将非佛教宝卷分为神话传说、历史民间故事宝卷和寓言宝卷。单纯根据题材对河西宝卷进行分类不能突出其"劝善"的内容主旨，所以将题材和思想内容相结合对河西宝卷进行分类较为合理。首先按照是否是宗教题材将河西宝卷分为宗教宝卷和民间宝卷两大类，每一类下再根据其文学特性分为文学故事宝卷和非文学故事宝卷。

（一）宗教宝卷

宗教宝卷根据其文学特性可分为文学故事宝卷和非文学故事宝卷两类。

1. 宗教类文学故事宝卷

宗教宝卷中文学故事宝卷比非文学故事宝卷要多一些。有的讲唱各种神道修炼成佛、成仙、成神的故事，如《敕封平天仙姑宝卷》《太子宝卷》《香山宝卷》《目连三世救母宝卷》《杭州买药》《七真天仙宝传》等；有的讲唱普通人物修行的故事，如《十二圆觉》《黄氏宝卷》《新刻岳山宝卷》《贫和尚出家宝卷》等。

2. 宗教类非文学故事宝卷

宗教宝卷中演释宗教经典和宣讲教义的宝卷属于非文学故事宝卷。这类宝卷在河西走廊留存的有《十王宝卷》《佛说销释报恩经卷》《达摩宝卷》《无生老母救世血书宝卷》《护国佑民伏魔宝卷》等，数量较少。

（二）民间宝卷

河西走廊民间宝卷中的劝世文和"小宝卷"是非文学故事宝卷，这类宝卷比较少，民间宝卷绝大多数是文学故事宝卷。受儒家传统文化和佛教行善积德思想的影响，河西宝卷主要说唱忠孝故事。因此，根据思想内容可把民间宝卷中的文学故事宝卷分为两大类，即家庭伦理道德故事宝卷和忠义故事宝卷。

1. 家庭伦理道德故事宝卷

家庭伦理道德故事宝卷的主题是宣扬家庭和睦、和谐，其核心是"子孝父心宽，妻贤夫祸少"。家庭伦理道德故事有的讲唱孝道故事，有的讲唱继母狠故事，有的讲唱婶母狠故事，有的讲唱婆母狠故事，有的讲唱夫妻关系故事，有的讲唱兄弟关系故事，有的讲唱悔婚故事，如《张青贵救母》《继母狠宝卷》《放饭遇亲宝卷》《紫荆宝卷》《苦节图宝卷》《红灯宝卷》等。

C014

2.忠义故事宝卷

河西走廊民间宝卷的另一个主题是宣扬忠义思想。中国的封建社会家国同构，在家父慈子孝，在朝则君明臣忠。君主贤明，臣子忠心，社会就会清明，人际关系就会和谐。忠义故事宝卷有的讲唱明君故事，有的讲唱精忠报国故事，有的讲唱铲除奸佞故事，有的讲唱惩治罪犯故事，有的讲唱侠义故事，如《康熙私访山东宝卷》《精忠宝卷》《丁郎寻父宝卷》《包公错断颜查散》等。

教化功能是宝卷"信仰、教化、娱乐"三大功能之一，河西走廊普通民众的忠君、孝悌思想教育在一个相当长的历史时期就是由宝卷承担的。因此，按照内容主旨对河西宝卷进行分类是必要的、可行的，对读者了解河西宝卷的思想内容有积极的、重要的作用。

根据河西宝卷的分类，拟编纂三卷，《中国民间文学大系·说唱·甘肃卷·宝卷分卷（一）》编选家庭伦理道德故事宝卷，《中国民间文学大系·说唱·甘肃卷·宝卷分卷（二）》编选忠义故事宝卷，《中国民间文学大系·说唱·甘肃卷·宝卷分卷（三）》编选前两个分卷未收录的民间宝卷。

六、河西宝卷的曲牌曲调

念卷时，卷本中的韵文唱词要用一定的曲牌曲调演唱，绝大部分曲调在演唱时听卷人要和唱"（南无）阿弥陀佛"，这称作"和佛"。学习念卷，实际上就是学习念卷的曲牌曲调，掌握了曲牌曲调，只要识字，就可以念卷了。

河西宝卷的曲牌曲调可以分为两类：一是保存在卷本中的明清小曲，一是活态传唱的曲牌曲调。

（一）明清小曲

宝卷往往分"品"（或"分"），每一个"品"（或"分"）包含一个"小曲"，用明清时期流行的小曲演唱。现存河西宝卷中，完整地保存了一些明清时期的曲牌曲调。

《敕封平天仙姑宝卷》共18个小曲，依次是：【上小楼】【浪淘沙】【金字经】【黄莺儿】【驻云飞】【浪淘沙】【傍妆台】【清江引】【罗江怨】【皂罗袍】【耍孩儿】【一剪梅】【锁南枝】【绵搭絮】【画眉序】【驻马听】【谒金门】【一江风】。第7分、第16分中还穿插了【哭五更】曲牌。

《护国佑民伏魔宝卷》共 24 个小曲，依次是：【上小楼】【红莲儿】【叠落金钱】【山坡羊】【耍孩儿】【傍妆台】【侧郎儿】【皂罗袍】【折桂令】【锁南枝】【驻云飞】【画眉序】【浪淘沙】【金字经】【绵搭絮】【红绣鞋】【桂枝香】【朝天子】【驻马听】【桂山秋月】【寄生草】【粉红莲】【清江引】【一封书】。

《佛说销释报恩经卷》共 24 个小曲，依次是：【皂罗袍】【清江引】【金字经】【耍孩儿】【驻云飞】【挂针儿】【挂针儿】【傍妆台】【驻云飞】【海底沉】【混元歌】【还源歌】【叹世歌】【傍妆台】【清江引】【清江引】【山坡羊】【皂罗袍】【挂针儿】【金字经】【浪淘沙】【挂金锁】【海底沉】【五更调】。

《七真天仙宝传》（凉州版），共 4 卷，32 回，每回两个曲牌。卷一的曲牌依次是：【度人船】【开金锁】【辟鸿濛】【一剪梅】【照幽灯】【西江月】【一阳复】【洗尘埃】【三棒鼓】【浪淘沙】【步步娇】【驻云飞】【满天飞】【新水令】【望远行】【梅花引】。卷二的曲牌依次是：【浮生梦】【念阿弥】【瑞仙鹤（鹤仙)】【散风云】【雌雄剑】【朝丹池】【望北斗】【灵芝草】【鹧鸪天】【步蟾宫】【贺宝筏】【月上弦】【山头月】【火烧天】【沐浴池】【院（阮）郎归】。卷三的曲牌依次是：【四朝元】【哭皇天】【归根窍】【龙宫春】【风入松】【菊花引】【狮子序】【鹅浪儿】【遍身香】【高阳台】【临江词】【锦堂月】【梅花魁】【一封书】【喜迁乔】【山坡羊】。卷四的曲牌依次是：【昼堂春】【凤凰阁】【观星象】【观天景】【红绣鞋】【香罗带】【一字禅】【风送云】【耍孩儿】【一枝花】【皂罗袍】【洞仙歌】【迎仙客】【道光明】【普天乐】【性圆明】。

代兴位收藏、代天恩抄写于 1928 年的《排本子》[1]，是宝卷曲牌曲调的汇集本，收录的曲牌曲调依次是：【清江引】【恓惶沙】【挂金锁】【浪淘沙】【小采茶】【闹五更】【皂罗袍】【皂罗袍】【傍妆台】【瓶儿经】【采茶】【粉红莲】【耍孩儿】【皂罗袍】【滴泪垂】【叠落金钱】【清江引】【海底沉】【双叠翠】【罗江院】[2]【皂罗袍】【浪淘沙】【叠落金钱】【挂针儿】【两头忙】【清江引】【楚江秋】【恓惶沙】【清江引】【叠落金钱】【皂罗袍】【哭黄（皇）天】【金鹊儿】【孤梅鸠】【番山雁】【皂罗袍】【山坡羊】【傍妆台】【侧郎儿】【折桂令】【锁南枝】【红绣解】[3]【桂枝香】【粉红莲】【金字经】【上小楼】【红莲儿】【浪淘沙】【柳摇经（金)】，去其重复共 34 种。

以上曲牌大部分已亡佚，只有【哭五更】【皂罗袍】【浪淘沙】【耍孩儿】【山坡羊】【驻云飞】【金字经】【清江引】等一小部分至今还在传唱。

[1] 参见张天佑、任积泉主编《丝路稀见抄本宝卷集成》第六册，天津古籍出版社，2019 年。收录时标题改为《曲牌本》。
[2] 罗江院，疑为"罗江怨"之误写。
[3] 红绣解，疑为"红绣鞋"之误写。

（二）现在传唱的曲牌曲调

河西宝卷现在传唱的曲牌曲调比较丰富，研究者将河西宝卷的曲牌曲调称作宝卷音乐。目前研究者和爱好者谱写了一部分宝卷音乐曲子，这为河西宝卷曲牌曲调的研究提供了便利。

我们所见已经谱曲的河西宝卷音乐有：河西宝卷整理刊印本《酒泉宝卷》《临泽宝卷》《金张掖民间宝卷》《民乐宝卷》书末所附宝卷音乐简谱，宝卷研究者汪雪的甘肃省高等学校科研项目最终成果《河西宝卷音乐集成》（修订本，未正式出版），河西宝卷市级传承人牛登举所谱的河西宝卷曲谱。

河西宝卷整理刊印本所附曲牌曲调去其重复共18种。《河西宝卷音乐集成》收录了武威市凉州区、武威市古浪县、金昌市永昌县、张掖市甘州区、张掖市临泽县、张掖市山丹县、张掖市民乐县、酒泉市肃州区等各县市区河西宝卷传承人演唱的曲牌曲调91种，是目前河西宝卷音乐研究的代表性成果。临泽县蓼泉镇河西宝卷市级传承人牛登举为宝卷谱曲11种。三者去其重复共116种。

河西宝卷的韵文唱词以十字句、七字句为主，演唱时听卷人要"和佛"，所以演唱十字句、七字句的曲调称作【十字佛】【七字佛】，【十字佛】【七字佛】是演唱河西宝卷的基本曲调，是每一个念卷人必须掌握的。

从河西宝卷音乐的同名异调现象看，不同地域的【十字佛】【七字佛】曲调往往不同。根据我们的调查，同一地域不同的念卷人所唱的【十字佛】【七字佛】曲调也可能不同，而且许多念卷人同时掌握了2种或3种【十字佛】【七字佛】曲调。单就【十字佛】【七字佛】的同名异调现象而言，河西宝卷音乐的曲牌曲调是十分丰富的，远非116种所能概括。[1]

七、河西宝卷的讲唱语境

河西宝卷是河西走廊民众讲唱宝卷的底本，说唱宝卷河西人称为"念卷"。念卷是一种特殊的口头表演艺术，其表演语境包括：社会文化背景与时空环境、抄卷传统、念卷人与听卷人（含接卷人，又叫"接佛人"）等。

---

[1] 本卷附录三《河西宝卷曲牌曲调选》收录了安文荣等四位念卷人演唱的曲牌曲调21首，跟河西宝卷传承人演唱的曲牌曲调大都同名异调。

（一）文化背景与时空环境

河西人根据仙姑传说创编、初刊于康熙三十七年（1698）的《敕封平天仙姑宝卷》正讲前有繁复的宗教仪式，这说明早期的念卷活动主要是为了满足民众的宗教信仰而组织起来的。康熙以后，民间宝卷逐渐兴盛起来，同时，念卷活动的宗教信仰氛围逐渐减弱，娱乐、教化功能逐渐增强。河西宝卷就是在满足民众的信仰、娱乐、教化需求这样一个大的社会文化背景之下活态传承的。宝卷的三大功能是抄卷、念卷活动得以延续的重要动因，是河西宝卷活态传承的推动力。

清末、民国时期及 20 世纪 80 年代前后河西宝卷流通的时空语境基本相同，念卷仪式大大简化了。念卷的场域基本上是在农户家的土炕上，时间一般是在农闲时节，特别是腊月、正月，这在宝卷卷本中都有记录。"正月新春正上元，读书人家念经卷。"（《放饭遇亲宝卷》）[1] "我念宝卷迎新春，今是古来古是今。"（《二度梅宝卷》）[2] 由于念卷人少，民众请念卷先生到家里来念卷都要预约，有的念卷人腊月、正月几乎每天晚上都被人请去念卷。念卷的仪式很简单，炕上安放炕桌，主人家摆放待客的糖茶、油馃子，念卷人净手漱口，有时献供品、上香、化表，然后盘腿坐在炕桌前尊位上，置宝卷于炕桌上，开始念唱。"桌儿方方摆炕上，又献供养又上香。大众听我来念卷，听卷之人免灾殃。"（《蜜蜂宝卷》）[3] 20 世纪 90 年代以后，民众自发组织的念卷活动逐渐减少，且不怎么讲究仪式了。

（二）河西宝卷的抄卷传统

河西宝卷主要是通过刻印和抄写的方式流传的，现存刻本主要是清刻本，抄本主要是清末、民国时期和 20 世纪 80 年代前后的，清末、民国时期的是小楷本，20 世纪 80 年代前后的基本上是钢笔抄写本。张掖市甘州区花寨乡的河西宝卷国家级传承人代兴位一家，是河西走廊收藏保护宝卷最多的宝卷世家。代氏收藏的宝卷中，10 部抄于清代，50 多部抄于民国，1 部抄于 1966 年，7 部抄写于 20 世纪 80 年代前后，其他抄写于 20 世纪 90 年代以后或抄写时间不详。其他传承人收藏的河西宝卷绝大部分是 20 世纪 80 年代前后的抄本。"我们今天看到的手抄本绝大部分为 20 世纪 80 年代的记录本。"[4] "从收集到的 30 部宝卷来看，在 1949 年以前抄写的只有 2 部，解放初期抄写的 1 部，其余都是 1979 年以来抄写的。"[5]

---

[1]　徐永成、王立泰、崔德斌：《金张掖民间宝卷》（四），张掖市河西印刷有限责任公司 2009 年印刷，第 1235 页。

[2]　何国宁、李爱文、单永生：《酒泉宝卷》（第二辑），甘肃文化出版社，2012 年，第 366 页。

[3]　何国宁、李爱文、单永生：《酒泉宝卷》（第三辑），甘肃文化出版社，2012 年，第 241 页。

[4]　何国宁、李爱文、单永生：《酒泉宝卷·酒泉民间宝卷概述》（第一辑），甘肃文化出版社，2012 年，第 4 页。

[5]　程耀禄、韩起祥：《临泽宝卷》，中国人民政治协商会议甘肃省临泽县委员会 2006 年编印，第 2 页。

抄卷是河西宝卷活态传承的重要保证，长期以来，在河西走廊形成了抄卷传统。一本宝卷少者几千字，多者四五万字，抄写要花时间、费笔墨、费燃料，还会耽误生计。抄一本宝卷实属不易，这种情况在卷本中多有反映。"我本是营尔堡田家庄人，费灯油误生计抄写经文。抄宝卷劝世人真不容易，费纸笔花功夫煞费苦心。"（《金龙宝卷》）[1] "头顶蜡烛抄此卷。"（《绣龙袍宝卷》）[2] "抄卷人儿苦用心，燃灯费油熬眼睛。花功费精误前称（程），为劝众人早回心。"（《牧牛宝卷》）[3] 宝卷是劝化人心的，所以河西走廊的民众把它看作神圣的"经卷"，抄卷者担负着劝导民众行善积德、对大众进行道德教化的责任，自然把抄卷看作神圣而光荣的事业。同时，家藏宝卷可以趋吉辟邪、护佑子孙，民众也自然把抄卷看作是"做功德"、劝化人心"积阴功"的神圣之事，这是抄卷的根本动力，它满足了道德教化的需求。"行善君子来请看，不可忽略谨慎观。劝君看完抄一本，流传在家子孙贤。"（《洞宾买药宝卷》）[4]

（三）念卷人与听卷人

念卷人往往都是抄卷人，念卷、听卷是做功德、积阴功，念卷人、听卷人自有神佛福佑，可以得到增福寿、永无灾、保平安、子孙旺、子孙贤等诸般好处。念卷的诸般好处满足了民众的世俗要求，迎合了人们祈福的心理需求，这种功利目的有时会在念卷中直接宣念出来，并固化在卷本中。"但有人，请念卷，诚心诵念；念罢卷，功德大，善心感天。……接佛人，专心接，莫说闲话；念佛人，功德大，养好子孙。"[5] "念卷之人增福寿，听卷之人永无灾。"（《紫荆宝卷》）[6] "虚心听了这宝卷，一年四季保平安。信佛之人听此卷，贵子贤孙辈辈生。"（《于郎宝卷》）[7] "念卷之人下苦心，听卷之人保平安。感谢房主多麻烦，祝你全家保安康。"（《于郎宝卷》）[8] 河西走廊念卷活动流行的时期，读书识字的人很少，能抄卷、念卷的人更少，因此，念卷人社会地位很高，被尊称为先生。"自古道念卷人要拿礼请，请着来送着去才是真心。"（《牧羊宝卷》）[9]

尽管河西宝卷发挥着巨大的作用，但抄卷人的文化水平一般都不高，有时他们在卷末也明确地指出卷中错别字多的问题。"秦朝至今几千年，未免词句有漏欠。可恨我的文墨浅，错字病句难避免。卷册字迹不规正，意思点到亦了然。"（《绣龙袍宝卷》）[10] 《酒泉宝

[1] 何国宁、李爱文、单永生：《酒泉宝卷》（第二辑），甘肃文化出版社，2012年，第184页。
[2] 何国宁、李爱文、单永生：《酒泉宝卷》（第二辑），甘肃文化出版社，2012年，第207页。
[3] 何国宁、李爱文、单永生：《酒泉宝卷》（第三辑），甘肃文化出版社，2012年，第324页。
[4] 何国宁、李爱文、单永生：《酒泉宝卷》（第五辑），甘肃文化出版社，2012年，第13页。
[5] 程耀禄、韩起祥：《临泽宝卷》，中国人民政治协商会议甘肃省临泽县委员会2006年编印，第424页。
[6] 徐永成、崔德斌：《金张掖民间宝卷》（二），甘肃文化出版社，2007年，第731页。
[7] 程耀禄、韩起祥：《临泽宝卷》，中国人民政治协商会议甘肃省临泽县委员会2006年编印，第439页。
[8] 程耀禄、韩起祥：《临泽宝卷》，中国人民政治协商会议甘肃省临泽县委员会2006年编印，第439页。
[9] 何国宁、李爱文、单永生：《酒泉宝卷》（第一辑），甘肃文化出版社，2012年，第192页。
[10] 何国宁、李爱文、单永生：《酒泉宝卷》（第二辑），甘肃文化出版社，2012年，第208页。

卷》所收《花灯宝卷》文后注曰："共收集到手抄本五卷。其中毛笔抄本三卷，钢笔抄本二卷。五个卷本来源不清，均为文化水平不太高的人所抄传。卷中错别字甚多，也不注意抄写形式，大都连成一片，没有分行格式，更没有标点符号。"[1]

河西走廊的念卷活动在 20 世纪 80 年代前后昙花一现后很快走向衰微，陷入传承困境，这与河西宝卷的口头属性息息相关。一方面是河西宝卷的时空场域限于农户炕头，不在民俗信仰活动中念唱，逐渐失去了它赖以传承的信仰功能；另一方面，念卷人普遍较低的文化素养使得念卷活动没有创新发展，缺乏表演性，落后的表演方式不能满足民众日益增长的娱乐审美需求。目前，政府文化部门、宝卷传承人、宝卷爱好者、研究者正在形成合力，共同探讨推动河西宝卷活态传承的新途径。

本卷编委会

执笔：李贵生

2022 年 9 月 12 日

---

[1] 何国宁、李爱文、单永生：《酒泉宝卷》（第二辑），甘肃文化出版社，2012 年，第 205 页。

凡例

一、 《中国民间文学大系·说唱·甘肃卷·宝卷分卷（二）》编选河西走廊流传的忠义故事宝卷24部，其中抄本10部（6部抄写于民国时期，其他4部抄写于20世纪80年代前后），引用宝卷14部。忠义故事宝卷分为四类，即明君故事宝卷、精忠报国故事宝卷、铲除奸佞故事宝卷、惩治罪犯故事宝卷。每一类内部基本按照故事发生的时间排序，时间相同的再按照宝卷题目首字的音序排序。如惩治罪犯故事宝卷中的《包公宝卷》《皮箱记宝卷》《忠孝宝卷》都是包公断案的故事，按照卷名首字的音序排序。

二、 "中国民间文学大系·说唱·甘肃卷·宝卷分卷"计划出三卷，每个分卷本的文前图片、概述以及附录都保持一致，以全面反映河西宝卷保护、传承、研究的整体情况。

三、 每个抄本正文后交代抄写者、抄写时间、收藏者、整理校注者等信息。从河西宝卷整理刊印本中编选的宝卷正文后注明刊印本的版本信息，如果刊印本中有抄写者、抄写时间、收藏者等信息，则一并注明。

四、 整理校注说明：

1. 注释时选自抄本的宝卷采用"抄本"字样，引用的宝卷采用"原本"字样。因每部宝卷的情况各不相同，所以整理校注以每一部宝卷为独立单位进行。注释中用"抄本"（或"原本"）字样说明用字情况时均指"此抄本"（或"此宝卷整理本"），而非所有的抄本（或宝卷整理本）。

2. 抄本中的繁体字整理为简化字，《现代汉语词典》收录的异体字整理为通用规范字。

3. 民国时期的抄本中有的字意义与通用规范字相同，但二者之间没有繁简、异体关系，则保留该字并进行注解。如：员——圆形；傍——旁边。如果二者同时出现，整理时都保留。对于个别出现频率特别高的字，为了阅读的方便，整理为通用规范字。如："只"具有代词义，表示"这"，将这一意义的"只"整理为"这"；"只"具有副词义，表示"一直""直到""简直"，将这一意义的"只"整理为"直"；"合"有连词、介词"和"的意思，将这一意义的"合"整理为"和"。

4. 民国时期的抄本中"哪"都写作"那"，则根据意义分别整理为"那""哪"；"她""它"都写作"他"，则根据意义分别整理为"他""她""它"；语气词"吧"都写作"罢"，则直接整理为"吧"；结构助词都写作"的"，则根据意义分别整理为"的""地""得"（如果是非结构助词的"得"写作"的"，则进行注释说明）；"已""己"如果都写作"巳"，则根据意义直接整理为"已""己"。上述各组字如果有时规范，有时不规范，则进行标注说明。

5. "不题"是旧章回小说用语,犹言按下不表。所收录的卷本中都写作"不提",直接整理为"不题"。

6. 抄本中不见于字典辞书的字,根据文意,结合汉字的构形原理确立通用规范字,并对其字形进行注释。如:"套:抄本写作'圗'。""甜:抄本写作'酟'。"

7. 抄本散文中的错别字在其后()内注明通用规范字,脱文放在〖〗里,衍文放在〔〕里;韵文中的错别字、脱文、衍文等用脚注进行注释说明。底本中残缺的字用"□"标注。
   从河西宝卷整理刊印本中引用的宝卷,也存在脱文、衍文、错别字等现象,处理方式与抄本同。引用的宝卷存在的标点问题直接改正。

8. 抄本中有一些词语或句子,可能是因为抄写讹误的原因而意义不明,对此不强作解释,以待方家考释。从河西宝卷整理刊印本中引用的宝卷也存在某些词语或句子意义不明的现象,也不强作解释。

五、 为了保持句式整齐,韵文中的对话、引文不加引号。

说唱章节提示

采录者提示

文中注释位置提示

C023

C025

明君故事宝卷

河西宝卷中有颂扬康熙、乾隆等清代治国明君的宝卷，这些宝卷中的康熙、乾隆皇帝为民做主，私访各地，诛杀反贼，惩治恶霸，救助百姓，是民众心目中的好皇帝。

1

康熙私访山东

康熙宝卷才展开，诸佛菩萨降临来。

天龙八部生欢喜，宣卷之人永无灾。

众位坐下听我言，不可交头当闲言。

善男信女用心听，听在两耳记在心。

正月新春上元日，看经念佛免灾星。

如今在的康熙王，有道明君访贤人。

却说这一本因果宝卷，出在大清天子康熙年间。风调雨顺，国泰民安，不题。湖南[1]长沙府有一官人，名叫王复同，镇宁人氏，出任做了六次知县。主人看我（他）做官清正，封他五湖道官。来到清（济）南府，做了五年。这山东六府的地方，大旱一十三年，并未落雨，下民[2]难活，寸草不生，百姓荒乱，仓库都空，并无余粮。王复同连奏了几本，康熙主子并无传旨，王复同出乎无奈，不题。只有赵让、李玉来到复同的衙门上说："你我二人将[3]各

处的农耆乡约，就说济南府三县的百姓荒乱，围定衙门，大家写上荒旱的字样，要些仓粮，度度糊口[4]。"一言未罢，来到衙门，那三班六房的将爷便问："王乡尊、赵耆老、李约保，你三人做啥[5]来了？"赵耆老说："将爷不知，有济南三县的百姓，与[6]我们递上荒旱的字样，叫我们求见大人，放些粮麦，一（以）度糊口，劳烦将爷与我们传禀进去。"张头儿接过字样一看，说："你们莫走，待我传禀。"一言未罢，来了无数的百姓跕[7]在大堂。那张头儿回禀大人得知："众百姓有了荒旱的字样。"王大[人]接在手中一看，内中写的放粮的字句。吩咐人役："晓喻[8]耆老，就说本县亲自见百姓。"张头出去说知："赵让、李玉、王乡尊、李约保，你们去说。"一言未罢，众百姓拥进衙门。大人坐了白虎大堂，众百姓叩头，口称："青天大人在上，救万民不死。"唿（胡）嚷乱吵，王大人也听不明白，又吩咐："你们不必胡吵，听大人说来你听。"正是：

大人堂上自思量，奉劝百姓回家乡。

王大人坐中堂一言告禀，叫了声众百姓你是听因。

我为你众百姓连奏几本，康熙王他那里并无批文。

上司他无有旨六部无文，我是个父母官怎救你们？

劝百姓你莫要胡思乱想，听大人把此话细说一番[9]。

多怕是朝内的奸臣压定，有道的万岁爷不得知闻。

到明天我亲自去走北京，要与那施大人说个分明。

施大人他领我去上金殿，见了主我替你告诉冤枉。

康熙王他本是有道皇上，他必然发银两救济你们。

大人堂上劝百姓，莫要吵闹仔细听。

你们今日回家去，明天我要上北京。

却说赵让、李玉又往上跪了几步，口称："青天大人在[上]，你走北京燕山，这山高路远，何日得到？几时回来？现如今县太〔老〕爷的仓里有些余粮，宽望大人

[1] 湖南：抄本写作"河南"。

[2] 下民：百姓。

[3] 将：带领。

[4] 糊口：抄本都作"胡口"。

[5] 啥：抄本都作"杀"。

[6] 与：给；给予。

[7] 跕：站立。

[8] 晓喻：告知。喻：抄本都作"与"。

[9] 番：抄本都作"方"。

开了恩点（典），暂且放与我们些度度糊口，救万民不死，再等大人上京。"正是：

　　大人敬心劝黎民，百姓再三不依从。

王大人听一言心中思想，把百姓饥饿得真乃苦难。

山东城那地方大遭年荒，各处的那仓里并无余粮。

惟[1]有那济南府有些余麦，知县官对我说不上万石。

他管着那仓粮三万八千，就开仓众百姓能打若干。

王大人他心中也把仓放，若不放又恐怕百姓造[2]反。

叫百姓你们莫胡吵横乱，听大人把此话细说一番。

去一半到县里造册放粮，去一半出城去去把信传。

一传十十传百百传千万，到明天进城来入仓打粮。

众百姓听一言满心欢喜，叩一头谢大人民之父母。

谢毕恩一齐儿[3]出衙走了，都说着王大人耿直清廉[4]。

到明天我们都进城打粮，一各各[5]都说着耿直清官。

王复同自说是百姓饥饿，等明日开了仓快快放粮。

开言来叫了声三班六房，叫书吏写批文晓喻知县。

又叫声众衙役你是听因，你快去到县里去把文升。

你就说众百姓甚是荒乱，他速快到明天开仓放粮。

　　复同大人甚清正，今放仓粮救百姓。

却说头儿张三自各自念[6]说："我今天奉大人之命，差我前去与县里送文。我若到他的班上，把文递与县里，他必然开仓放粮，也少不下与我端[7]些银钱。且[8]能多挣[9]下几千钱，我回来好好要他一场。"说说话话[10]来到县里，那县里的人役一起来问，说："张将爷，你无事不来。"张头儿把送文放粮的话说了一遍[11]。说罢，来到二堂书房，把文递与县太爷。知县王进接过文来一看，看毕说："你回去禀大人，我有几次荒旱的字样，既是大人作

主，我一定开仓放粮。"说毕，就与张头儿端了三千大钱。张头儿拿上大钱，回上衙门去了。不觉到了天明，众百姓打粮。王大人按三天把粮放完。王知县来与王复同禀明，也回衙门去了。正是：

　　知县大人来禀明，倒[12]叫复同自思忖。

知县官放毕粮来禀大人，王复同坐书房心中思忖。

私开仓放皇粮此事不小，康熙王降下罪我怎承担？

今夜晚坐书房写本奏上，到明天我一心要走燕山。

王大人坐床前心中思量，思在前想在后无有主张。

我急忙坐在这书房案前，打灯花[13]忙提笔先写本章。

王复同提起笔泪流满面，坐书案不由得[14]一阵[15]心酸。

我昨日出城去乡村私访，众百姓都说我是个清官。

回衙来我请了字号客商[16]，买卖人借与我白银三千。

我的那俸[17]季银还有两千，五千银与百姓尽数放完。

细思想世上人还有天养，救万民离不了皇朝帝王。

王大人直坐到更深夜晚，耳听得[18]谯[19]楼上鼓打三更。

却说王大人身坐书案，心里要写见君的本章，思想百姓的苦难，不由心上加忧。耳听鼓打三更，还未下笔，叫人役与大人换蜡两支。说罢，提笔动忙把本写。正是：

　　大人提笔在手中，一心写本见当今。

王大人手提笔忙把本写，一字字一行行要写分明。

奏本人王复同三叩九拜，本奏到龙案上吾主观情。

山东城六府地大遭年荒，百姓们饥饿得甚是可怜。

众官员累次儿连奏几本，臣的主并无有一句批文。

我的主坐九龙何不思忖？为什么[20]不发粮赈[21]饥

---

[1] 惟：同"唯"。

[2] 造：抄本写作"遭"。

[3] 儿：抄本写作"而"。

[4] 廉：抄本写作"凉"。

[5] 各各：个个，每一个。

[6] 自各自念：自言自语。

[7] 端：给工匠等付钱。

[8] 且：如果。抄本都作"当"。

[9] 挣：抄本都作"振"。

[10] 说说话话：说着话；不知不觉。

[11] 一遍：抄本都作"一边"。

[12] 倒：反倒意义的"倒"抄本都作"道"。

[13] 灯花：灯芯余烬结成的花状物。

[14] 不由得：抄本写作"不由的"。

[15] 阵：抄本写作"正"。

[16] 商：抄本写作"商"。客商的"商"抄本有一处写作"上"，其他都写作"商"，写作"商"时直接整理为"商"。

[17] 俸：抄本写作"奉"。

[18] 耳听得：抄本都作"耳听的"。

[19] 谯：抄本写作"樵"。

[20] 什么：抄本写作"甚莫"或"是莫"，直接整理为"什么"。么：抄本都作"莫"。

[21] 赈：抄本都作"正"。

安民。

自古说民遭难皇王搭救，山东的那黎民饥饿难忍。

十三载老天爷并无下雨，直旱得六府地寸草不生。

各仓口并无有余下多粮，臣想救众百姓又无多银。

这本上奏的都句句是[1]真，有道的皇王爷细观分明。

王大人写毕本仔细观看，一字字一行行写得分明。

开言来我又把人役又叫，叫了声人役们细听分明。

快与我鞴一匹大马一骥，我回上三堂里辞别夫人[2]。

却说王复同走到三堂，对夫人把写本上京的话说了一遍，夫人李氏急忙吩咐丫鬟与老爷端水，洗脸一毕，送出三堂去了。

辞别夫人去上京，李氏回到三堂中。

王大人辞夫人往前所[3]走，出宅门到大堂细观分明。

手下人忙拉出一匹大马，我一心上京去上殿面君。

开言来叫一声三班六房，你进前听老爷嘱[4]托分明。

有书吏和衙役忙忙跪下，尊大人有啥事细说我听。

王大人开言说人役你听，此一去又不知几时回程。

你们都在衙下莫要胡行，大人去要你们好好照应。

叫人役与老爷拉过坐马，手捧鞍上了马离了衙门。

出大门耳听得纷纷乱嚷，我观见买卖人前来送行。

王大人忙吩咐把马跕定，也只[5]得下了马相劝他们。

我做官哪些儿有何德[6]能，不敢劳买卖人一点厚心。

买卖人听一言喜之不尽，为百姓老大人远走一程。

辞别了买卖人急忙前行，又观见众百姓都来送行。

街当中设席桌叩头礼拜，两边里[7]都跪的黎民百姓。

这几年你们都多受饥困，领回粮那时节搭救你们。

众百姓听一言心中欢喜，为百姓我大人远走一程。

王复同离别了山东济南，催动马我一心要上北京。

此一去若到了北京燕山，我要遇施大人吏部天官。

同天官到金殿见了我主，舍此身破着命拿上本参。

前思想后思想正往前走，不觉得[8]来到了六柱桥上。

王复同上了桥按下莫表，再表那索奈公出来府门。

却说索奈公说："君不君来臣不臣，斩杀何必问当今。一心谋他金（锦）江山，何日才得坐龙宫。我就是索国舅，名叫索奈公，我妹子坐[9]的是照（昭）阳正宫，我本是皇亲国舅，按排坊[10]我名叫索三。我有两个侄子，一个叫索龙，一个叫索虎，他们在转化山打家截（劫）盗，非是打家截（劫）盗，明是招兵买将。昨日来了一封书信，聚够了三万八千人马，且若聚够十万人马，会通红门寺的和尚，要夺康熙主子的江山。我有一亲生儿子，名叫索景，在山东齐河[11]县治掌皇当的事情。山东地方大遭年荒，我有一个干子，他做的传本御史，我叫他压了山东的荒旱字样。若是逼反山东的百姓，路过到了转化山前，两兵合一，马踏北京，岂不是好？就是夺他康熙的江山，有何难哉？这几月，并未来个书信，我恐怕有大胆的官进京，会通哪家大人、公侯[12]王爷，上殿奏本，这还了得！"吩咐手下人抬轿上来，一来散心，二来打听山东的消息。

正是：

奈公生心不非凡，一心要夺锦江山。

索奈公我坐了八抬明轿，手下人忙跟随不敢消停。

出府门来到了花街柳巷，观见那大街上闹闹哄哄。

我坐在八抬轿用目观看，一时间抬出了锦绣皇城。

众军官骑大马前面引[13]路，索大人坐八抬好不威风。

把此话且按下一旦莫表，再表那王复同催马所行。

王复同忙催马正往前走，耳听得后边里却有人声。

正行走抬起头用目观看，观见那索奈公后边随跟[14]。

却说索奈公在轿内观看，前面走着二人，好像是官长，想必是远路来的官长。吩咐人役把他二人叫来，王复同那里听见此言，急忙跳下马来，走到面前，双膝跪下，口称："皇亲大人在上，小官王复同叩拜。"索奈公说："你

---

[1] 是：抄本写作"实"。
[2] 夫人：抄本都作"妇人"。
[3] 所：助词。用于句中补凑音节。
[4] 嘱：抄本都作"咕"。
[5] 只：抄本写作"自"。
[6] 德：抄本写作"得"。
[7] 两边里：两边。里：抄本写作"礼"。
[8] 得：抄本写作"的"。
[9] 坐：这个意义的"坐"抄本都作"做"。
[10] 排坊：排行。
[11] 齐河：抄本都作"七和"。
[12] 侯：抄本都作"候"。
[13] 引：抄本写作"迊"。
[14] 随跟：跟随。此卷中句末都写作"随跟"，倒文以叶韵。

就是山东济南的王复同么？"王大人说："就是小官。"索大人说："你不在山东镇守百姓，来在山东（京地）敢（干）其何事？"王复同说："山东天年大旱，我来求见主人救饥（济）黎民。"奈公听得此言，吩咐人役："把王复同拿回我府。"说罢，人役上前，把王复同拿到索府，设了酒席，王复同推杯不饮，索奈公说："你的见君的〔见君的〕本章拿来我看。"王复同回禀："大人在上，小官并无有拿上见君的本章。我来求见大人，与小官斟酌着写一屯（道）本章。"索大人说："你满口胡说，你做五湖道官，就是皇堂知府，他也有个底儿。"吩咐人役："与我搜俭（检）。"当时搜出三屯（道）本章，把王复同吓得抖衣所战[1]。索大人把他的本章看了一遍，吩咐把王复同压（押）在班上，打轿上朝。一言未罢，来到殿角，说："内大人，你奏吾主得知，就说皇亲要见。"内臣急忙奏知，主子登了金殿，又问皇亲有何本奏。那索奈公连忙跪下，口称："万岁得知，如今有山东的王复同，协通（同）知县私自开仓放粮。况且山东是丰收之年，广出的粮食油饼，那百姓十家就有九家富贵。就是[2]他私自开仓放粮的时节，也该得主人得知，况且我主各处无旨，六部无文。今日又来在京地，假说山东是大旱之年，拐带[3]吾主的钱粮，他是贪赃不是？要他何用？"康熙说："各处无旨，六部无文，他放仓粮，犯法不轻，就与你开消去吧。"说罢，天子回宫，奈公回府，吩咐人役把王复同推出杀场处斩[4]。日后山东官员再不敢上京奏本来了。正是：

万岁准了臣的本，一心要杀王复同。
王复同听一言泪流满面，背地里骂一声索三贼人。
实想说进京来遇个清官，谁知道偏遇的索三奸臣。
犯法人脱官衣戴了绳索，手戴铐脚戴镣[5]出了府门。
这才是为黎民想做清官，谁知道[6]今日个刀下丧身。
王复同到大街泪如雨下，哭一声街坊的爷们听言。

[1] 抖衣所战：发抖；颤抖。
[2] 就是：即使。
[3] 带：抄本都作"代"。
[4] 处斩：抄本都作"除斩"。
[5] "戴铐""戴镣"抄本写作"代肘""代料"。戴：抄本都作"代"。
[6] 道：抄本写作"到"。

我好比领就的一只神羊[7]，进杀场我的命定见阎[8]君。
索府人好比那左鬼右判[9]，拉的拉扯的扯进了杀场。
这杀场好比那枉死城隍，我好比入笼鸟不能腾空。
王复同坐在了杀场以上，亡命牌插在了脊背以上。
头顶里去掉[10]了我的三魂，阎王爷他开了酆都城门。
索奈公喊一声怒气冲冲，骂了声王复同大胆贼人。
说天堂有明路你却不走，地狱里无有门闯着自行。
进杀场抬[11]起头用目观看，刽子手提钢[12]刀一划[13]皆明。

索奈公忙披了大红员[14]领，一心儿要杀他复同归阴。
把此话且按下一旦莫表，再说那施大人坐卧不宁。

却说施大人说："我父名叫施彦红，我名叫施世纶[15]，大人把我叫成个施不全。我姑娘做的是养老宫院，我表兄是康熙王，我奉旨建修玉台，无有粮响（饷），我回京领些响（饷）银。今坐府下，心慌眼跳，不知怎的情由？"便叫施安儿走来，手下人说："伺候[16]大人。"施大人说："叫那黄天霸[17]。"黄天霸来到（道）："回禀大人，叫我有何贵言？"施大人说："我的这眼跳心惊，坐卧不安，必定有个要紧大事。吩咐人役拿来老爷的顶帽补褂，待我穿上，随我到大街市上散心散心。"正是：

大人心惊坐不安，必定有人生冤枉。
施大人坐书房心慌[18]眼跳，叫一声施安儿细听原因。
你拿来老爷的顶帽补褂，出府门到大街前去散心。
施大人拿烟袋头里所走，黄天霸领人役后边随跟。

[7] 领就的一只神羊：被带到神前献牲的羊。领就：抄本写作"令久"。只：量词"只"抄本作"支"。
[8] 阎：抄本都作"同"。
[9] 判：这里指判官。抄本写作"胖"。
[10] 掉：助词"掉"抄本都作"吊"。
[11] 抬：抄本写作"台"。
[12] 钢：钢刀、钢叉的"钢"抄本都作"刚"。
[13] 一划：一概。划：抄本都作"场"。
[14] 员：圆形。
[15] 施世纶：抄本都作"施锡龙"。
[16] 伺候：服侍；照料。
[17] 黄天霸：抄本都作"黄天坝"。
[18] 慌：抄本写作"欢"。

我一瘸[1]又一点[2]出了府门，街坊人他望我笑了几声。

施不全他心中自己思忖，他笑我施瘸子出了府门。

我的这左腿长右腿又短，脸上的这麻子千千万万。

前奔楼[3]后马勺[4]真乃难看，脊背里大背锅实在[5]难行[6]。

抹[7]掉了小帽子又无头发，豁[8]唇子还包着两个龅牙。

左耳大右耳小两个豁豁[9]，两只手十个指[10]只[11]长九个。

生下我面目丑五形不正，人把我叫成个不全之名。

我正在大街上闲游闲浪，耳听得午花门[12]炮响三声。

却说施大人说："施安儿，你前去看，锣鸣鼓响，炮响三声，做什么着哩[13]？"手下人前去一看，回来回禀："大人，杀人着哩。"施大人说："这金（京）城地方甚大，哪日不杀？哪日不斩？你前去问个明白。杀的哪家？斩的何人？什么人犯法？什么人紧（监）斩？"手下人又去问明，又来回禀："大人，王复同犯法，索奈公紧（监）斩。"施大人听罢说："好熟的个名字[14]，一时就记不起来了。哎呀，想来[15]是山东济南五湖道官，名叫王复同，我听的（得）他是惜君爱民的个清官，不知他几时〔回〕进京来，落到贼人的手中？"说："黄天霸，你前去对（让）他的人役回禀他的大人，就说我吏部天官要见。"黄天霸听言，急忙前去对索府的人役说："你们回禀你家大人，就说我家大人要见。"人役回禀索大人得知，索奈公吩咐下去说："人役，你前去对黄天霸说：'回禀天官，

我今心上有事，不准见面，改日再见面把（吧）。'"那人役对黄天霸说了一遍，黄天霸前去回禀施大人："那索大人说来[16]，你（他）〔家〕心上有事，不准见面，改日再见面把（吧）。"施不全听罢说："好不心焦！"说："黄天霸，你再去对他说，他叫我见我也要见，不叫我见我也要见。"黄天霸又去对他的人役说："你回禀你家大人，就说我家大人说来，准见也见，不准见也见。"人役回禀进去，索奈公听得此言，心中思想：那施不全是个咬牙鬼[17]儿。吩咐人役："你去答个'请'字。"人役前去到了施大人的面前说："施大人，我家大人有请。"施大人说："请也去哩，不请也去哩。"便叫黄天霸："你晓喻刽子手刀下留人。"施大人说着，往前正走，不觉来到索大人的面前，说："索大人，你好！"奈公说："承问[18]了。"索大人说："天官你好！"施大人说："罢了，罢了，且问索大人你斩的哪家？杀的何人？"奈公把王复同私自开仓放粮的话说了一遍，施大人说："索大人，你想来，那王复同未有开仓放粮，就是他开仓放粮的时节，他也与皇王爷家赈饥安民来，并无有拿到他家中肥己[19]家用。就是你皇亲大人，你做的也是大清主子的官，我做的也是大清主子的官，他王复同也做的是大清主子的官，你看我脸[20]上，暂且把他饶了。我把王复同带到我府，访问明白再处斩，你看如何？"索奈公说："施大人，你少管这些闲事。"施大人："你叫我管，我也要管；不叫我管，我也要管。"便说："黄天霸，先截（劫）了他的杀场，把王复同背到我府。"索奈公听得此言说："施大人，你先不尊（遵）法律，私截（劫）杀场，我还（和）你罢了不成？"施大人说："不成就不成，谁还怕你。"二人嚷了一会，施大人心里思想打捶[21]不如先下手，扑到跟前，一拳打掉了索三的两个门牙。索奈公说："这还了得，扭席（他）上朝。"施公说："上朝就上朝，谁还怕你。"二人说罢，来

[1] 瘸：抄本都作"蹶"。
[2] 点：踮；瘸。
[3] 奔楼：凸出的额头。
[4] 马勺：凸出的后脑勺。马：抄本写作"杩"。
[5] 实在：抄本写作"是再"。
[6] 难行：难受；心酸。
[7] 抹：脱掉（帽子）。抄本写作"拐"。
[8] 豁：抄本写作"壑"。
[9] 豁豁：豁口；缺口。抄本写作"壑壑"。
[10] 指：抄本写作"脂"。
[11] 只：抄本写作"自"。
[12] 午花门：应该指"午朝门"。
[13] 哩：抄本都作"里"。
[14] 名字：除此处外抄本都作"名子"。
[15] 想来：可能。表示猜测。

[16] 来：语气词。表示完成。相当于过、了。
[17] 咬牙鬼：口齿伶俐而难缠的人。
[18] 承问：抄本都作"称问"。
[19] 肥己：抄本都作"费契"。
[20] 脸：面。
[21] 打捶：打架。

到金殿，惊（鸣）钟[1]打点。康熙登了金殿，他二人齐奏。康熙主子说："你二人不必上气[2]，天官低头，国舅奏本。"索三说："启奏万岁得知，臣领了主子的圣旨，处斩王复同，谁知天官私截（劫）杀场，把王复同刁[3]着他的府里了，又打掉了臣的两个门牙。看到其间，他和王复同一气之人，万岁与臣作主吧。"康熙说："国舅〔低〕头，天官奏来。"施不全说："启奏万岁得知，王复同是个清官，那山东地方大遭年荒，忙（漫）说[4]王复同私自开仓放粮，就是协通（同）知县私放仓粮的时节，他替主子赈饥安民，并未拿到他家肥己家用。就是主子无旨，六部无文，王复同他也有些罪过，暂且把他下在刑部监中。我施不全旦私通王复同，连我的七十三口家眷也下在刑部监中，与我做下七十三付棺材，抬在午花门上，主子差文武两班、八大朝臣〔不拘差〕、九卿四相出京私访。若是山东丰收之年，回来把王复同连臣的七十三口家眷尽数杀在午花门上，我施不全的这黑头也献上；若是山东遭了年荒，那时节主子再作料理。"康熙说："天官言之有理[5]。"吩咐太监把王复同和施不全的家眷即刻收监，说："国舅、施公，你二人下殿去吧，为王的心里自有主意。"吩咐一毕，康熙回宫去了，这话不题。再说老皇后在宫院所坐，忽然想起先王之事来了。正是：

独坐宫院无思[6]量，想起先君事一番。

老皇后坐宫院心中思想，忽想起先君爷创立江山。
李闯王在燕山登龙即[7]位，普天下众黎民坐卧不安。
改天年立国号崇德[8]皇帝，仓库空并无有使用银钱。
吴老臣他本是忠良上将，问兵部他一定要下银钱。
他把那吴老臣宣[9]上金殿，无银钱铁箍索命丧黄泉。
立逼着吴三桂[10]三关造反，反过悔投奔我翁父驾前。

[1] 钟：抄本写作"鍾"，繁体当作"鐘"。
[2] 上气：生气。
[3] 刁：抢。抄本写作"掃"。
[4] 漫说：不要说。
[5] 言之有理：抄本都作"言者有理"。
[6] 思：抄本写作"私"。
[7] 即：抄本写作"基"。
[8] 崇德：抄本写作"孔朝"。
[9] 宣：宣上殿的"宣"抄本都作"选"。
[10] 桂：本段韵文抄本都作"鬼"。

我翁翁九头王兵多将广，我夫主顺治王坐了江山。
吴三桂他两家作了亲眷，那时节才四六分了江山。
皇太后这场话还未说尽，有道的康熙王进了宫门。

却说施国太和老皇后正在宫院思想先君之事，那康熙进宫来到皇后的面前，行礼以（已）毕，坐下，不题。有施不全暗暗地来到宫说："宫门上有人也没有[11]？"宫女说："你做什么来了？"施不全说："你奏国母得知，就说我吏部天官要见。"宫女听言，急忙奏知国母。老皇后说："这个丑官见我必有本奏。"吩咐宫女开了宫门，叫他进宫。施不全一瘸一点进了宫门，走到国母的面前，见主子也在那傍[12]坐着，连忙三叩九拜。行礼一毕，说："国母和万岁好么？"皇后和康熙说："承问了。"说："天官，你好。"施不全说："罢了，罢了。"皇后说："施不全，你进宫有何本奏？"施不全说："启奏国母和万岁得知，时（适）才我两家在金殿上动本，当（但）不知主子差哪家大人出京私访？"康熙说："我要亲自儿出京私访。"施不全听言说："真乃是有道的明君。"老皇后听言说："康熙儿呀，常言讲的（得）却好：'龙不离位，虎不离山。'这山东地方山高路远，如何得走？"皇后劝了几次，康熙只一（执意）不从，一心要出京私访。施不全说："主子一定亲自私访，还是带多少银两？多少人等？"康熙说："我带上满汉的官员，带上几员御林军，带上几千两银两。"施不全说："主子，这不是东战西杀，南征北剿，你带这些兵丁官员不大要紧，恐怕朝里的赃官走漏消息，如何是好？"康熙说："依你之言？"施不全说："依我之言，王将军王进忠带上，你二人妆[13]了客上（商）买买（卖），把名讳改了，万岁爷叫赵大太爷，王进忠叫作王忠心，你二人伙计先（相）称。若出北京有人傍（盘）问，就说你们是赵大太爷的伙计，出京贸易。"康熙说："天官言之有理。"急忙更换衣服，施不全又对镇殿[14]将军把话说明，又吩咐鞴了两匹大马，三人一齐来到午花门上。施不全说："我观见主人头上戴的树鬃帽子，身上穿的天蓝锻

[11] 没有：抄本都作"莫有"。
[12] 傍：同"旁"。
[13] 妆：装扮。
[14] 镇殿：抄本都作"正殿"。

的袍子，脚上登[1]的皂缎靴子，骑的白龙马红鬃兽。王进忠头上戴的大绒帽子，身上穿的白飘梭袍子，脚上登的皂布靴子，骑的白龙马青鬃兽。真乃打扮得也像客商买卖。"施不全也骑了一匹大马，暗暗地把他君臣二人送出城外，过了六柱桥走了。

施公大人转回京，再说康熙有道君。

康熙说我君臣出了北京，出燕山我一心要走山东。

此一去若到了山东之地，看一看我的那黎民百姓。

却不知众百姓好也不好，又不知众官员清也不清。

君臣们走了那十数余天，猛抬头观见那百姓人等。

又观见使牛的手持扎鞭，口儿[2]里不住地又是浪荡。

放羊的坐一伙都把谎喧[3]，只[4]管喧也不怕羊去吃田。

见几个小孩子耍着又玩，他言说耍儿路八岁红拳。

为王的仔细观心中欢喜，想必是这地方年成丰广。

索大人他奏本都是实言，施不全那丑官说白道谎[5]。

为王的昨日个店中用饭，我吃的羊肉泡[6]又是挂面。

这般样好年成银钱又广，还说是百姓们受了饥寒。

说着话催动马又往前走，又走了整[7]一天日落西山。

康熙王在马上四下观看，黑洞洞又不知什么地方。

王进忠忙催马头里所行，康熙王在后边紧紧随跟。

君臣们骑着马进了东门，耳听得众百姓乱乱纷纷。

有的说天年旱饿死多人，那个说横刁抢作乱胡行。

这个说父辞子外边逃命，那个说饥饿得实[8]在难忍。

这个说把树皮吃得精[9]光，那个说抱石头倒也难啃[10]。

康熙王在马上听得此言，叫忠心我二人找店安身。

君臣们拉着马东西问遍[11]，那店家都说的一样相同。

他都说我有马怕人刁抢，无处站我二人哪里安身？

正行走抬起头用目观看，只见那前面儿[12]一个寺院。

却说君臣二人来到寺院跟前，抬头观看，匾上有"观音堂"三字。王进忠上前叫门，说："此处有人也没有？"和尚说："你们是什么人？"带[13]说着那和尚走出寺门，见他二人身穿绸缎，手拉大马，也不是下贱之人，便问："客人姓甚名谁？哪里人氏？来到寺院为何？"康熙说："我们是北京燕山人氏，出京贸易为生。我姓赵，伙计姓王，各店口问便（遍），无有站处，来在寺院借宿一晚。"和尚听得此言，忙忙开了山门，把赵王二客请到寺院，让在上堂坐下。王进忠把马拉在后槽[14]拴住，康熙说："王忠心，你说与和尚，与我们造饭吃。"王进忠走出门来说："师傅，我家掌柜肚中饥饿，你与我们造些饭吃。"和尚说："客官不知，我们山东地方大遭年荒，并无米面，拿什么与你造饭？"王进忠说："多与你们些银钱，你到街上与我们买些去。"和尚说："就是街上也无卖的，你二人少站一时，说不得[15]有我的大沙米（弥）在北京化来的些米面，我与你们做上些吃把（吧）。"正是：

观音堂中把饭餐，康熙主子身有难。

有和尚和徒[16]弟忙来做饭，急忙忙搭上火又把水添。

紧赶[17]儿挖白面放在案上，切了些面旗子[18]下锅滚上。

滚一滚舀[19]两碗端在面前，叫客人你用饭莫嫌[20]酸酽。

康熙王见此饭信口胡说，问住持你饭名该叫啥名？

那和尚听得[21]问信口便说，我饭叫浪鱼儿要把沙钻。

康熙王听此言心中思量，这饭的名字凶再莫多言。

说鱼儿不在海就在江河，却怎么今日个钻在沙滩？

[1] 登：穿（鞋）。
[2] 儿：抄本写作"而"。
[3] 喧谎：聊天。谎：抄本写作"哝"。
[4] 只：抄本写作"自"。
[5] 谎：抄本写作"慌"。
[6] 泡：抄本写作"饱"。羊肉泡，指羊肉泡馍。
[7] 整：抄本都作"正"。
[8] 实：抄本写作"是"。
[9] 精：抄本写作"尽"。
[10] 啃：抄本写作"喈"。
[11] 遍：抄本写作"便"。

[12] 儿：抄本写作"而"。
[13] 带：用在动词前表示后一个动作伴随着前一个动作。
[14] 槽：抄本都作"曹"。
[15] 说不得：也许。
[16] 徒：抄本写作"伴"。
[17] 赶：抄本写作"敢"。
[18] 面旗子：面条。面：抄本写作"米"。
[19] 舀：抄本写作"要"。
[20] 嫌：抄本写作"想"。
[21] 得：抄本写作"的"。

莫不是应在了为王身上，又不知哪些儿[1]我受磨难。

康熙王正思想心中之事，又见那门外边来一老汉[2]。

手拿着两条棍年纪又大，头发白眼目花跑在跟前。

口称着财神爷大行方便，你的饭与我些压压饥寒。

康熙说他是个孤寡老汉，王忠心你与他吃上一碗。

有老汉双手儿接过饭碗，饥寒人吃了个美味香甜。

吃了饭说了谢回家去了，这个人他就是惹祸根原[3]。

那老汉回家去对妻细说，房后的那些人一一听见。

一传十十传百百传千万，都来在观音堂各各要钱。

康熙王见此事觉事不好，问和尚哪里有铸金铺面。

和尚说铸金铺还有几座，每一日要换那两串铜钱。

康熙说王忠心你是听言，现[4]银子拿二百去换铜钱。

王进忠听一言不敢怠慢[5]，拿银子二百两找寻铺面。

到铺面用天平把银称[6]过，整整地换铜钱四百余串。

在铺内央[7]了人把钱抬上，一时间抬到了观音寺中。

却说康熙见王进忠换得钱来，吩咐众贫人："你们不可胡走乱跑，听我的伙计与你们散钱。"王进忠与每人散钱三百文，把钱马（眼）看散完，还有许多的百姓胡嚷乱嘲（吵），横行乱跑。康熙说："王忠心，换来的四百串铜钱，多么[8]少了？你看，又来了许多的百姓，胡刁乱抢。"王进忠觉事不好，把串绳子一脚踏断，用手抓上乱洒（撒），百姓自（只）顾拾钱，王进忠拉马，保定主子偷走。将[9]自出了后门，又来了一伙人，都说："客官走了，我们未得钱文，把他的这两匹马抢了。"带说着，往前把康熙的马下（吓）惊，跳（跑）出东门去了。

　　按下忠心且莫表，再表康熙出东门。

　　王进忠出西门按下莫表，再表那康熙王出了东门。

　　勒[10]回马到城南用目观看，却怎么不见那镇殿将军。

为王的催动马上下找遍，又不知王进忠哪里所行。

无奈何催开马往前所走，心儿[11]里想的是镇殿将军。

我今日整整地走了一天，眼望着红日落哪里安身？

四下里睁开眼细细观看，前无村后无店哪里所行？

不由得两眼中泪流满面，哭了声王进忠哪里安身？

丢下王好似那失群孤雁，独自个在荒滩谁是亲人？

今夜晚为王的哪里所行？王进忠你怎知为王难行。

忽想起观音堂吃了那饱，到今日王果然困在沙滩。

康熙王在马上信马由缰[12]，正行走抬起头四下观看。

那前面有一棵[13]重阳大树，傍边里还有个安身地方。

进崖湾抬起头细细观看，放羊的写四字邵家河湾。

坐崖湾不由得心慌目乱，又[14]好似傍边里有人作伴。

正坐着我心上自觉发朦[15]，邵家湾睡着[16]了有道皇上。

有山神和土地不敢怠慢，邵家湾来伺候康熙皇上。

土地说我在此与君作伴，山神说重阳树我把马看[17]。

康熙王睡了个东方大亮，睁开眼那太阳到了半天。

却说康熙忽然惊醒，睁眼一看，太阳到了半天，翻起身来，把马褥子搭在马上，观见前面一条大路，急忙把马解着下来，捧鞍上马，望[18]着荒滩走了。正是：

　　　　山神土地不消停，奉[19]送康熙往前行。

有山神和土地二神便说，送真龙走去了才得安宁。

在此处走去了孔雀明王，我二人各回上各人本宫。

那山神和土地回宫莫表，再表那康熙王有道明君。

康熙王催动马走得甚快，抬起头来到了三岔路径。

东西里还流着一河大水，河南里一座山叫啥地名？

又不知哪些儿水深水浅，又不知过河去什么地方。

[1]　儿：抄本写作"而"。
[2]　老汉：抄本都作"老汗"。
[3]　根原：根源。
[4]　现：抄本写作"见"。
[5]　怠慢：抄本都作"怠忙"。
[6]　称：抄本写作"秤"。
[7]　央：央求。
[8]　么：用在两个谓词性词语之间表示选择。"多么少"意思是还有多少。
[9]　将：刚；刚要。
[10]　勒：抄本写作"捌"。
[11]　儿：抄本写作"而"。
[12]　由缰：抄本写作"游疆"。
[13]　棵：抄本写作"科"。
[14]　又：抄本写作"有"。
[15]　发朦：犯困。朦：迷糊。抄本都作"梦"。
[16]　着：抄本写作"果"。此卷中"睡着""着忙"（方言音 zhuó）、"着气"的"着"都写作"果"，直接整理为"着"。"遇着"的"着"（方言音 zhuó）有时写作"果"，有时写作"过"，写作"果"时直接整理为"着"。其他"着"抄本都作"者"。
[17]　看：看守。抄本写作"糠"。
[18]　望：向；往。
[19]　奉：抄本写作"顺"。

康熙王下了马按下莫表，再表那当方的土地神仙。

今日个明王佛君臣失散，我说与推车人去把信传。

土地神站立着等候君王，唐思海推家俱来到跟前。

却说康熙皇爷正在河岸看水，回头一看，坡下来了个推车的老汉，把车推上坡来，有土地用拐杖一捣，把车子缩[1]下坡去。那唐思海连推了几次，总未有推上坡去，康熙说："我出京以来，访的孝子，爱老惜贫。你看这老汉，推不上坡来，我不免下坡去，与他推得一把。"那唐思海正在无奈之间，观见坡上来了一人，双手过膝，两耳坠腮。思海心中暗想说："此人不是公侯就是官长。"一言未罢，康熙走到跟前，便问："老汉，高名善（上）姓[2]？哪里人氏？你推车子又走哪里？"思海说："我姓唐，名叫唐思海，居住唐家庄人氏，我走齐河县，卖这一车家俱去哩，且问客人姓甚名谁？哪里人氏？"康熙说："我姓赵，名叫赵大太爷，居住北京燕山人氏，出京贸易为生。"唐思海说："清朝家的世寺（事），了不得，旦有几个钱的，就在人前称呼太爷。"又问："客官，你走哪里去哩？"康熙说："我也走齐河县去哩，路过到观音堂，众百姓刁抢，把我的伙计失散，我在头里来了。我见你是年大之人，此车你推不上坡来，我与你搭个手儿，推上坡去，你看如何？"唐思海说："你们客商人，也不〔不〕会推车，恐怕我的家俱要紧。"康熙说："你把你的绳索去了，把这推车之事，有何难哉！"

康熙皇爷是明君，要替思海受苦辛[3]。

思海听言笑哈哈，取掉绳索和钩搭[4]。

叫声客人听我说，你推车子我扶着。

康熙把绳拴在脖，拉上车子要上坡。

为王不学别的事，我学柴王他推车。

心中思想也不难，两手用力推上坡。

将自取绳把车放，土地用手挡[5]翻车。

一车家俱都打破，思海喊天不得活。

叫声客官你有错，怎么打破我家伙[6]。

打破家伙[7]还犹[8]可，家有老母谁养活？

我母九十岁又大，全望家伙[9]养活她。

全把家伙[10]都打破，连本带利无一个。

思海带说泪巴巴，康熙那里开言说。

叫声思海听我说，听我把话说心下。

你今不必怨恨我，我今与你赔家伙[11]。

你在车上细查看，看是全破没有破？

思海用手车里摸，三分好来七分破。

回头开言对客说，一车家什无一个。

康熙开言对他说，听我把话说心下。

既然一车全打破，能值多少对我说。

连本带利都赔过，你再不必怨恨我。

思海听言开口说，我的家什值的多。

本钱就是八串多，能挣两串是送钱。

康熙听说笑哈哈，叫声思海不用说。

你明白来我晓得，与你元宝整一个。

拿到家中买吃喝[12]，侍奉老母怎么说。

却说唐思海说："客官道（到）底是怎么的？"康熙说："唐思海，你的这个家什，我与你赔上五十两银子，你看如何？"唐思海说："足数有余。"康熙走到马跟前，用手一摸："这才害坏了。"思海说："什么坏了？"康熙说："非是我不与你赔，时（适）才对你说得明白，伙计还在后头，银子在伙计的马上搭着哩。"带说着把帽子上的一个珠子取下了一颗[13]，递与思海说："我的这颗珠子，你带着你的身上，你回去路上旦遇过（着）我的伙计，你把这颗珠子递与他，他就与你五十两银子。"思海说："你的伙计怎么的个人？"康熙说："我的伙计是个大汉子，头上戴的大绒帽子，身上穿的白飘梭袍子，脚上

[1] 缩：倒退；倒走。抄本写作"辕"。

[2] 上姓：问人姓氏的敬词，犹言贵姓。

[3] 辛：抄本写作"心"。

[4] 搭：抄本写作"鑎"。

[5] 挡：从物体的下部往上抬起。抄本写作"抽"。

[6] 家伙：这里指家具。伙：抄本写作"火"。

[7] 伙：抄本写作"火"。

[8] 犹：抄本写作"有"。

[9] 伙：抄本写作"火"。

[10] 伙：抄本写作"货"。

[11] 伙：抄本写作"货"。

[12] 吃喝：吃的，喝的。

[13] 颗：量词"颗"抄本都作"科"。

登的皂布靴子，骑着一匹大马，和我的马一模一样。"思海说："若遇不着喃[1]？"康熙说："若遇不着，你把这颗珠子或当或卖，你使用去把（吧）。"思海说："你这颗珠子能值多少钱？"康熙说："遇过（着）识家[2]，能值一头两千两银子；若遇不着识家，能值七头八百两银子。"思海接过手来一看，明明朗朗，又还放光。思海说："你的这颗珠子，且遇过（着）爱家[3]，能值一百文铜钱，这个也就算了把（吧），也是我老汉的时运不来。你与我推车，也是你的好意，并无有故意儿打破我的家火（伙）的道理。"康熙说："你老人家倒也忠厚，我日后回京差人与你助些本钱。我且问你，走齐河县还有多少路？"思海说："还有六十里路了。"康熙听说，把马解着下来，捧鞍上马。思海说："我与你拉上马，把你送过河去，你看如何？"

　　　　思海不知康熙王，拉马送过大河滩。

　　　　瞭[4]着康熙他走去，推上车子回家乡。

　　唐思海这场话按下不表，再表那王进忠找寻君王。

　　王进忠在马上双眼流泪，哭了声有道的康熙皇上。

　　观音堂失散我君臣二人，臣的主出东门哪里所行？

　　为臣的出东门找到西门，东西门上下找无影无踪。

　　我找了整一天一夜又尽，并无有音信儿[5]哪里找寻？

　　王进忠直哭得泪流满面，无音信又无个人把信通。

　　我有心回上了北京城中，难见那施不全天官大人。

　　我保驾失遗了康熙皇上，他必把我杀在午花朝门。

　　我有心不回上北京燕山，又恐怕康熙王回上京城。

　　思在前想在后好不作难，不如我寻无常[6]命见阎君。

　　我有心抽钢刀一命自尽，又恐怕落不下囫囵尸灵。

　　催开马我只[7]得往前所走，寻一个好地方一命自尽。

　　正行走抬起头用目观看，有一座龙王庙就在跟前。

　　殿前面有一个杨柳大树，这树下寻无常倒也干净。

　　下马来到树下就把马拴，推开门到庙里先拜神灵。

[1]　喃：语气词。抄本都作"难"。
[2]　识家：识货的人。
[3]　爱家：喜欢的人。
[4]　瞭：看。
[5]　儿：抄本写作"而"。
[6]　寻无常：自尽。无：抄本写作"悟"。
[7]　只：抄本写作"自"。

　　进庙门抬起头用目细观，这一座龙王庙甚是威风。

　　上面儿[8]塑的是龙君神神，两边里塑的是龙子龙孙。

　　王进忠手提衣双膝下跪，忙祝告龙王爷细听原因。

　　我有心普天下各逃性命，又恐怕后世上骂我不忠。

　　龙王爷你果然有感有灵，我死在你庙里把我收存。

　　磕[9]毕头从[10]腰中解下丝带，拴在了中梁上苦下无[11]情。

　　挽了个绳扣儿往下一坠，一口气上不来定见阎君。

　　老龙王正在那歇马宝殿，镇殿王他有难吊在梁中。

　　忙吩咐巡河将水鬼判官，快救下镇殿王君臣相逢。

　　众神灵忙抱定按下莫表，再说那唐思海推车来临。

　　却说唐思海推车来到庙前，观见树上拴着一匹大马，和赵太爷的那马一模一样，想必他的伙计在庙里凉[12]着哩。带说着把车子放下，进去一看，说："不好了，他的伙计不知因为何事在这庙里行（寻）死着哩。"带说着用手一模（摸），说："此人还有救星。"说："这个汗（汉）子大得了不得，如何能解下来？"唐思海把头出（杵）[13]着腿脚里，往上一顶，那巡河将军把绳子取掉，人接神力轻轻放下来。觉了一会，酥（苏）醒过来。唐思海问了一遍，果然就是赵大太爷的伙计，思海把前后的言辞对王进忠说了一遍，王进忠说："思海大哥，我的掌柜与了你一颗珠子，拿来我看。"思海急忙取出珠子，递与进忠。进忠一看，果然实（是）真，就如见了主子的一般，趴倒嗑（磕）了几个头，翻起身来，又取出五十两银子，递与思海。二人出了庙门，把马解着下来，又问："思海大哥，走齐河县还有多少路了？"思海说："还有八十里路了。"王进忠辞别思海，上马走了。思海说："今日又得了五十两银子，又救了一命，日后必受富贵，不能受这贫穷。"说罢，推上车子走了。正是：

　　　　进忠骑马找主人，思海推车回家中。

[8]　儿：抄本写作"而"。
[9]　磕：抄本写作"嗑"。
[10]　从：抄本写作"存"。
[11]　无：抄本写作"悟"。
[12]　凉：歇凉。
[13]　杵：伸进；放入。

唐思海回家去这且不表，再表那王进忠催马前行。

这才是不该死终有救星，合该[1]是有搭救不丧其身。

王进忠得活命这且不表，再表那有道的康熙明君。

康熙王催动马头里所走，王进忠骑着马后边随跟。

康熙王走到了东门以外，王进忠走到了十里长亭。

康熙王走进了齐河小县，王进忠十里亭未曾[2]起身。

康熙王在马上仔细观看，观见那众[3]百姓乱乱哄哄。

这个说不落雨天年大旱，那个说收不收又受饥困。

康熙王在马上心中思忖，又恐怕学了那观音堂中。

我浑身习武艺也有大半，菜猴儿他手下学过红拳。

我学就[4]八步架一路红拳，论起来也能挡一头两千。

拉着马往前走找寻店房，那店家都说的一个言谈。

他言说买卖人才有店房，若不是别处问这里无房。

康熙王无奈何拉马前走，再把这周富贵明得一番。

却说周寡妇说："我儿周富贵，你看，今日酥饼未发过市[5]，眼看天色晚了，怕有走东过西的客人买些吃用。你见（现）酥饼端上再卖一回去。"周富贵听了此言，急忙把饼端上到了街坊上去卖。那街坊上的人说："周倒灶[6]的娃[7]子，眼看黑了，你还卖饼着哩。"周富贵说："我们齐河县人，他也叫我周倒灶的娃子，你也叫我周倒灶的娃子，就把我叫倒灶了。自古说地怕的小道，人怕的妖号，就是神仙也改不过。我的这酥饼，今日一天未有发过市，我把这饼的名字改过，叫上个将军盔我卖，我看如何。"说："卖将军盔哩。"康熙听说，心里思想：这将军盔是头上戴的，怎么端着盘子里卖着哩？康熙说："小孩子，端着来，我买个。"周富贵听言，哈哈一笑，说："我代[8]把名字改过来，就有人来买。"带走着说："我观见这人身穿绸缎，手拉大马，不是公侯王爷，就是官长、富户。"一言未罢，走到跟前，康熙说："你卖的什

么东西？"周富贵说："我卖的将军盔的酥饼。"康熙说："你的酥饼怎么是将军盔？"周富贵说："因为酥饼不发市，我将名字改过来，叫了个将军盔。"康熙心中思想说："这孩子倒也奇怪。"康熙又思想说："索奈公说的山东广出的酥饼，今日我来在此地，果然有酥饼。"带说着用手取了一个，往嘴上一对，臭气难闻，急忙原放到盘子里，这酥饼是谷糠、树皮做的。说："小孩子，我才用了饭了，我不吃了，借重小孩子，问个站处。"周富贵说："我们齐河县好少[9]站处，缺少你站的个房子？"康熙说："各店里都问便（遍）了。"周富贵："怪得了不得！你家的店里都站满了，我家店里到底[10]不来个客。且问客人高名善（上）姓？哪里人氏？"康熙说："我姓赵，名叫大太爷，居住北京燕山人氏。"周富贵说："我的干大[11]，好大口气，我且问你，还是你的赵大太爷，还是我娃子的赵大太爷？"康熙说："也不是你的赵大太爷，也不是我的赵大太爷，我是普天下的赵大太爷。"周富贵心里思想说："莫非你有几个钱哩把（吧），我周富贵旦有个钱的时节，人把我叫个周小太爷。"周富贵说："赵大太爷，我有一座店房，你不可想呵（嫌好[12]）赃（脏），请你站得一晚。"康熙说："出了门了，还想（嫌）什么呵（好）赃（脏）。"周富贵说："既然不想（嫌）居，你且站主（住）着，我去问我的母亲去。我母叫你站，你才能站；我母不叫你站，你还不得站。"康熙说："我出京以来，访的孝子贤孙，这个孩子倒是个孝子。"说："娃娃，你快快问去。"说罢，周富贵回头问母去了。

富贵回家问母亲，不知老母从不从。

康熙在街且莫表，再把富贵言一言。

富贵听言不怠慢，急忙走到店门上。

进得[13]店门哈哈笑，尊声母亲听我言。

街上来了一客官，他心想站我的店。

宋氏这里开言道，叫声孩儿听根苗。

[1] 合该：表示事情注定如此，不可避免。
[2] 曾：抄本都作"怎"。
[3] 众：抄本写作"共"。
[4] 就：抄本写作"久"。
[5] 发市：开市，做生意来了顾客。
[6] 倒灶：倒霉。抄本写作"倒造"，除此处外，"倒灶"抄本都作"倒遭"。
[7] 娃：抄本都作"哇"。
[8] 代：刚。

[9] 好少：许多。
[10] 到底：始终；从头到尾。抄本都作"道的"。
[11] 我的干大：我的干爸爸。表示惊讶。
[12] 嫌好：偏义复词。嫌弃。
[13] 进得：抄本都作"进的"。

自从生下小儿郎，店里未曾站客官。

毛蓝草色又破烂，窟窿天堂[1]不好看。

说与客官别处站，你我母子落安然。

富贵这里开言道，再尊母亲听心上。

你的言语我说遍[2]，那人情愿站我店。

他说不嫌[3]店破烂，暂且投宿站一晚。

母亲不必你拦挡，把客请到我店房。

他来今夜站一晚，与我几百房子钱。

买些树皮量谷糠，蒸些酥饼好卖钱。

说的为娘咳吃[4]笑，叫声孩儿听根苗[5]。

你去快快请客官，为娘打扫那上房。

富贵听说心中欢，急忙来到大街上。

开言我把客官叫，赵大太爷听心上。

我母有言把你请，不嫌好脏[6]我店房。

康熙听说心中欢，孩儿说话倒有缘。

一言未罢到店房，康熙进店抬头看。

一块小匾在上面，上写三字卧龙店。

为何不能站客官？与王修下卧龙店。

康熙进了卧龙店，富贵忙把门又上[7]。

康熙开言问一声，为何闭了这店门？

富贵这里开言道，赵大太爷听根苗。

山东地方遭年荒，黎民刁抢不安然。

恐怕有人来刁抢，抢了马匹谁承当[8]？

刁抢必定你不依，店家贫穷赔啥哩？

康熙听说喜心上，孩子说话理当然。

富贵拉马槽上拴，康熙皇爷坐上房。

忽然想起王进忠，要对店家说一番。

富贵忙端茶一碗，叫声赵爷把茶餐。

康熙说我有伙计，名叫忠心在后边。

富贵上楼去观望，忠心催马到跟前。

富贵冒[9]叫王忠心，赵爷站在我的店。

富贵下楼把门开，忠心拉马进了店。

富贵忙忙把马拴，君臣二人才团圆。

进忠叩拜泪纷纷，康熙皇王泪汪汪。

却说康熙和进忠二人相逢，泪珠纷纷，王进忠把失散的话说一遍。康熙说："今日团圆，再不必说了，我的脏（肚）中饥饿，你说与店家主人，与我造些饭吃。"王进忠走出门外说："店主人，你与我们造下饭吃。"周富贵说："山东地方大旱一十三年，并无米面，拿什么与你造饭？"王进忠："多与你些银钱。"周富贵说："你且慢着，我和我的母亲商[10]议。"即刻来到厨房，说："母亲，那客言到（道），叫我们与他造些饭哩。"周寡妇说："你不与他说，那（拿）什么与他造饭？"周富贵说："我说了。妈妈，你常说的你藏下的一坛子面，你吃了不是头疼就是脑热。那面在哩无有？"宋氏说："这几年把那面忘忌（记）了。"急忙把坛子揭开，土地吹了一口气，闻着透鼻皆香。说："富贵儿呀，你说与客官，少[11]坐一时[12]，我与他打个白面饼子。"富贵急忙来到上房，与客说知。康熙说："将肉菜炒上些儿。"富贵听言，来到厨房，对母亲说："那客官言道，炒些肉菜。肉菜叫个什么东西？"他母说："孩儿，你未见过马（吗）？〔能知道〕那猪、羊、毛牛的身上就有肉哩，鸡只鹅鸭的身上也有肉哩。"富贵说："我表兄送来的一对野鸡，它身上有肉么？"他娘说："它身上就有肉哩。"富贵听言，急忙捉住鸡儿，他娘把鸡儿杀死，烫[13]洗出来，放在案板上，叮叮当当切碎，下在锅里三烂（爁[14]）四炒。他娘又说："还未〔有〕些调和。"富贵说："有，我街上换来的白糖、瓜子调上。"挂（刮[15]）了一盘肉菜，端了一盘饼子，周富贵端上，走进上

---

[1] 窟窿天堂：形容房屋破烂，到处开洞的样子。

[2] 遍：抄本写作"便"。

[3] 嫌：抄本写作"想"。

[4] 咳吃：拟声词。笑声。

[5] 根苗：比喻事物根源，缘由。

[6] 嫌好脏：三字抄本写作"想呵赃"。

[7] 上：这里指关门。

[8] 承当：承担，担当。

[9] 冒：胡乱猜测。抄本写作"茂"。

[10] 商：商量、商议的"商"抄本都作"谪"。

[11] 少：稍。

[12] 一时：一会儿。

[13] 烫：用开水烫然后去毛。抄本写作"汤"。

[14] 爁：炒。

[15] 刮：铲。这里指用勺子舀取。

房，下^[1]在桌子上。康熙说："你的这饭叫什么名字？"
富贵说："我的这〔叫〕白水饼子、糖酱鸡。"带说着，抬
头一看，见赵大太爷先取了一块饼子，卷了肉菜，将自往
嘴上一对，周富贵把脚踏了一下："哎呀，这才是个吃独
食的。"康熙还未听明，便叫："孩子，你来。"周富贵转
身又到跟前，康熙说："为何哀声不倒？"富贵说："你问
我？我且问你，漫说你是个掌柜的，他是伙计，吃饭也不
让人。就按朝过（纲）来，赵大太爷好比个康熙王爷，王
忠心好比个镇殿将军，也有个让人之礼。赶^[2]今看来，还
是什么君君臣臣！难道说你饿他不饿？"虽然说了这两句
话，康熙大大吃了一惊，说："小孩子，言之有理。"急忙
卷了两卷子^[3]说："小孩子，这两卷子拿去你母子二人吃
去吧。"又说："王忠心，你我二人同饮。"正是：

　　康熙叫声王忠心，你我二人把饭饮。

　　王进忠听一言不敢怠慢，叩一头谢了恩才把饭饮。
　　周富贵出了门回头一看，见忠心他叩头笑了一声。
　　人说是京城里礼行^[4]太大，我今日观看见果然是^[5]真。
　　掌柜的坐上席将把碗端，有伙计叩罢头才把饭饮。
　　人说是我是个孝子贤孙，娘用饭我未必叩头先尊。
　　周富贵拿卷子心内思想，我先祖他未必吃过^[6]这饭。
　　急忙忙他来在先祖面前，把卷子献灵前又把头参。
　　叩一头把卷子拿到厨房，对母亲笑喜喜细说一番。
　　他母子两个人各吃各卷，母子们吃了个美味香甜。
　　周寡妇她思想这个客官，也知道穷汉^[7]人冷热饥寒。
　　富贵说今日个吃了一卷，说母亲到日后必有大官。
　　有宋氏说我儿不必胡言，收碗盏点上灯客官安眠。
　　这些话且莫表又到天亮，周富贵端上水又去问安。
　　康熙说这孩子生得精神，我心想收干子无人作中^[8]。
　　进忠说你既然有此心肠，听伙计亲自儿说上一番。

[1]　下：将大方盘端的饭菜摆放到桌子上。
[2]　赶：按照。赶今看来、赶实说来的"赶"抄本都作"敢"。
[3]　卷子：抄本都作"捲子"。
[4]　礼行：待人接物的礼数。礼：抄本写作"理"。
[5]　是：抄本写作"实"。
[6]　过：抄本写作"果"。
[7]　穷汉：抄本写作"穹汗"。
[8]　中：这里指中间人，见证人。抄本写作"公"。

　　王进忠走出门叫声店东，你来此我与你有话商量^[9]。
　　却说王进忠说："店主人，我且问你，你受贫哩？受
富哩？"富贵说："人生天地，都想受富，谁想受贫？"
王进忠："你既然想受富，我家掌柜是个财主，你与他拜
个干子，日后受不尽的荣华，想（享）不尽的富贵。"周
富贵说："我心情愿，无人迎（引）进^[10]。"进忠说："我
与你迎（引）进，你上前拜过。"周富贵进门，趴倒叩了
一头，说："干父在上，孩儿拜见干父。"康熙听说，满心
欢喜，一把拉起来说："干儿，你叫什么名字？"周富贵
说："我叫周富贵。"康熙说："富贵的两个字，都者（让）
你站（占）着去了。"周富贵喜喜欢欢，与母亲说知。康
熙说："我在朝里的时节，收这一个干子，文武大臣必定
与我贺喜。今日卧龙店，收这一个干子，冷冷淡淡。"便
说："王进忠，你拿上些银两前去买些肉来，今日我们乐
和一场。"王进忠说："主子，银子分文没有了。"康熙
说："富贵儿，你来。"周富贵听言，走到跟前尊："干父，
叫孩儿说什么？"康熙说："我且问你，此处可有当铺也
未有？"周富贵说："十三座当铺还有一座了，都就是你
们北京城里索七索八的。"康熙说："索三的。"周富贵
说："照，照，照（着^[11]，着，着），就是索三的一座当铺，
丁般老硬的，五分利钱。干父你问当铺为何？"康熙把观
音堂刁抢、路上赔了家什的话说了一遍，又说："我有一
件马褂子，你拿上与我当去。"富贵说："当多少大钱？"
康熙说："当止（至）〔少〕一千两银子。"富贵说："再少
喃？"康熙说："只（至）少当上八百两，再少原物拿回
来。"周富贵拿上马褂子，往外走着说："真乃是财主人家
的衣服，不知哪些有些贵器处哩，能当这些银子？今日前
去，千万不了^[12]撞见索景了，若是遇过（着）贼，未必
当这些银子。"

　　适^[13]才富贵提索景，气得心里渐渐疼。

　　周富贵出店门按下不表，再提起有道的康熙皇上。

[9]　量：抄本写作"谨"。
[10]　引进：引见。
[11]　着：恰好；正是。
[12]　不了：不要。了，liǎo。
[13]　适：本段韵文抄本都作"时"。

适才那周富贵提起索三，不由人一阵阵气断肝肠。

背地里根索三骂声贼人，贼占[1]着皇城的铺面几间。

堆金铺换银铺字号当商，清器铺绸缎铺各样俱全。

你妹子坐的是昭阳正院，你又是皇亲国[2]站立朝班。

哪些儿缺少你使用银钱，到山东齐河县苦害[3]贫汉[4]？

为王的访毕贤回上北京，进宫去把这话对着娘言。

那时节在宫院王把衣换，戴龙帽穿龙衣登了金殿。

先把那施不全宣上金殿，再宣那两班的文武官员。

宣金瓜和钺[5]斧一齐上殿，索府里先拿他贼人索三。

午花门杀奸党贼人索三，索奸贼我叫他一命归天。

我差人索府里斩杀搜检[6]，杀鸡狗全不留一家遭殃。

差人马到山东拿住索景，我一心杀索景抄他家眷。

康熙王这场[7]话这且不表，再说那周富贵当号情由。

却说周富贵进的（得）当铺门，撞见索景。那索景说："周倒灶的娃子，你做什么来了？"富贵说："我当号来了。"带说着把马褂子放在铺面上，索景拿到手里一看，说："好宝呀，外缝的绸缎绫罗，内装的珍珠玛瑙，当中有五道钮子，是避[8]水珠、避风珠、避火珠、避尘珠、避雪珠，这件衣服不是康熙主子的，就是龙子龙孙的，不是龙子龙孙的，就是公侯王爷的，如何到得他的手中。这件衣服千万不了（要）失遗掉了，迟后带到北京，叫我的父亲穿去吧。"便问周富贵："你是哪里来的？""这件衣服，索大人不知，这是赵王二客的马褂子。"索景听言，大吃一惊，心里思想：敢是哪家公侯王爷，出京私访，要拿我父子的弊端。说罢，思想了一会，又说："也不能，多怕是上京的贼盗路过到了皇城，偷盗官宦拿来的衣服，是也不是？也是有的。我吓住周富贵，少当他大钱。"说："周富贵，这号当多少钱？"富贵说："当上一千两银子。"索

景说："少年（着）喃？"周富贵说："少了当上八百两。"索景说："你满口胡说，当你两串大钱。"周富贵说："再少不当，你把我的原号拿来，我送与人家去吧。"索景听的（得）要号，说："你通马上的贼盗，拿来官宦的衣服，还来多多当钱，偏把钱号都不与你，你把我怎么样哩？"说："伙计，与我赶出去。"

索景图谋这衣服，吓住富贵小孩子。

周富贵听此言满眼流泪，这才是无故[9]地屈赖贼情。

索景贼行此事不思前后，你害我小孩子理上不通。

心里想我把他问上几句，他是狼他是虎来把我吞。

情愿了或银子或钱当来，不情愿把原号你与我身。

有索景听此言怒气冲冲，骂了声周家娃敢骂我身。

说伙计你出去与我快打，打死他谁问我要下人命？

后门里出来了两个伙计，采[10]住那周富贵就下无[11]情。

几三下[12]打得那昏迷不醒，躺[13]在地不像人迷迷昏昏。

周富贵这场话一且莫表，再表那宋进朝卖鹿为生[14]。

宋进朝进城来心中参想，又不知我姑娘[15]身体安宁。

上无兄下无弟独自一人，我每日在山中打鹿为生。

三股[16]叉[17]挑梅鹿大街所走，心想着把梅鹿卖成钱文。

齐河县天年旱钱法难办，卖梅鹿离不了索家铺中。

宋进朝走到铺把鹿放下，急忙忙取掉了三股钢叉。

宋进朝进铺面用目观看，铺前面躺着个小小孩童。

走上前低下头细细观看，原是我周表兄骨肉亲人。

忙扶起连声叫方才苏[18]醒，周富贵见表兄一一说明。

宋进朝听此言怒气冲冲，骂了声索景贼你是听因。

[1] 占：抄本写作"站"。
[2] 受字数限制，"国"后省略了"戚"字。
[3] 苦害：残害。
[4] 汉：抄本写作"汗"。
[5] 钺：抄本写作"越"。
[6] 检：抄本写作"拣"。
[7] 场：抄本写作"常"。
[8] 避：本句五个"避"抄本都作"遍"。

[9] 故：抄本写作"主"。
[10] 采：扯；揪。
[11] 无：抄本写作"悮"。
[12] 几三下：几下。
[13] 躺：抄本都作"膛"。
[14] 生：本段韵文两个"生"抄本都作"身"。
[15] 姑娘：姑姑。
[16] 股：抄本都作"柱"。
[17] 叉：抄本都作"杈"。
[18] 苏：抄本写作"酥"。

你凭的贼索三来开皇当，压贫民五分利齐河县中。

不由人一阵阵气上满面，恨不得我叫你命见阎君。

有索景坐铺面口里胡吱，宋进朝把索景拉出铺堂。

却说索景者（着[1]）宋进朝打倒，翻起身来说："伙计，你们手拿猛棍、杆子快打宋进朝。那宋进朝是个野人，熊（能）显（降）龙伏虎的才子，人少也打不过。"宋进朝听见索景之言，急忙把三股叉拿在手中，观见门里出来子（了）十三个伙计，手拿着五尺长的杆子，一齐下手乱打。宋进朝两手用力把三股叉扇坏，打死二人，自觉事情不好，傍边有个拴马的石桩，走到跟前，两般（膀）用力捌（扳）着下来，一颠两截，抓着起来，打了个风魔扫群（风扫群魔）。仔细一看，又打死了五个人，那些伙计吓得猛跑了。索景觉事不好，急忙把当铺门关住，那宋进朝见索景把门关住，举石打门，傍边来了些老者，挡住说："慢着，慢着，门外打架不犯律。"宋进朝听说，把石头往下一放，把台沿子推掉了半个。宋进朝气得坐在傍边，那索景从后门里出去，走到王知县的衙里说："王知县，你管的好百姓！那野人宋进朝把我皇当的七个伙计打死，你还不快去捉那凶犯？你若捉不得来凶犯，我叫你有命难逃。"索景带说着出门走了。王知县听得此言，就像吓掉魂的一般。

索景说知出衙去，倒把知县吃一惊。

王知县听一言心事大变，吓得我战兢兢不敢多言。

叫了声老天爷此事不小，倒叫我无主意左难右难。

前世里不行善懒把香降，到今日这人命怎样当先？

王知县直哭得泪流满面，哭一声宋野人理上不端。

莫非是前世里冤业相对，到今日冤报冤不错毫分[2]。

王知县出宅门走到大堂，忙开言叫一声三班六房。

叫皂隶拿板子捕[3]头拿绳，跟老爷出衙门捉那凶犯。

王知县迈[4]大步来到大门，两只手提衣裳走路如风。

王知县到大街来到当铺，只见那宋进朝那边坐定。

知县官带走着用眼看见，大街上死七人果然是[5]真。

耳听得众[6]百姓胡言乱语，我忽然一条计转在心中。

坐尸场先打了交叉[7]乱板，知县说我凭的皇上纪纲[8]。

有农耆和乡保一齐跪倒，王老爷开言来细说你听。

宋进朝打死人他是犯人，你们都为什么不拿凶人？

有地方那农耆乡保回禀，尊大人在上边细听原因。

宋进朝力量大降[9]龙伏虎，我乡保和巡役不敢动身。

王知县听一言气上满面，忙抽签每人打三十大板。

众百姓见挨打不敢动身，才把那宋进朝叫在尸棚。

宋进朝睁眼看老爷来到，忙起来走上前跪在埃尘[10]。

却说王知县便问宋进朝："你打死皇堂（当）的七个人，赶实说。"那宋进朝把周富贵与赵王二客当号的话说了一遍，又把索景吓住富贵、钱号不与的话说了一遍，知县听说那是索家的不好，明是打了一场步（不）平，一家是大康王的伙计，一家是皇亲国舅。"宋进朝，我说此话，你心里明白，不说索家的不好，还说你把人打下，才是皇上家的纪刚（纲）要紧。"说："宋进朝，你暂且把绳戴了，我把你收到刑部监中，我日后搭救你的性命。"宋进朝听说，急忙戴了法绳，上了手肘（铐）脚镣[11]收到监内。王知县又吩咐张孝、李忠说："你二人拿上大牌令箭，把赵王二客提来。"吩咐一毕，王知县回衙走了。那周富贵在人伙里躲避，耳听的（得）知县命人拿他的干父，慌慌张张来到店里，说："干父，不好了。"康熙说："儿呀，你慌慌张张为的何事？清早当号，眼看午时你才回来了。"周富贵从头至尾，把当号打伤人命的话细细对康熙说了一遍，康熙说："孩儿，不必害怕。忙（漫）说打死他的七个人，就是全打死，与孩儿无干。"一言未罢，店门外有人喊叫。康熙说："王忠心，你前去看，是何人喊叫？"王进忠走到店门上，还未开门，那张孝、李忠在店门外说："多怕是马上的强盗，我们进去了说拿就拿，说

[1] 着：让；被。
[2] 分：抄本写作"光"。
[3] 捕：抄本写作"补"。
[4] 迈：抄本写作"遇"。

[5] 是：抄本写作"实"。
[6] 众：本段韵文抄本都作"共"。
[7] 叉：抄本写作"察"。
[8] 纲：抄本写作"刚"。
[9] 降：抄本写作"显"。
[10] 埃尘：地面上。
[11] 镣：抄本写作"膝"。

拴就拴。"王进忠听见此言，把门开开，那张孝把绳搭在王进忠的脖子里。王进忠说："你们是什么人，敢来拴我？"那两个衙役说："大太爷，我们是县里的两个衙役，因为周富贵当号，宋进朝打死皇当的七个伙计，我们奉老爷签票提大爷前去问话。"王进忠说："你且站住，我与我的掌柜的说知。"带说着戴上绳往里走了，那张孝、李忠说："你看这人，就铡处（成）两截子，还有我们这某（么）高哩。"不题。王进忠走到上房，康熙说："这个知县有多大的利害，怎么把拴了狗的铁绳拴在我伙计的脖子里了？"王进忠说："掌柜的哪得知道，这是主子的法律，应该戴得。"康熙说："富贵，你躲在一傍。"又问忠心："你把绳戴上我难［受］。"进忠说："万岁爷的法律，应该戴得。"康熙说："既然戴得，再拿得一根绳系。"王进忠又去到店门上说："你们拿得小环[1]铁绳也未有？"张孝说："拿着哩。"急忙把小环铁绳取出来，递与进忠，进忠拿上递与康熙，康熙把绳戴了，说："我们二人见一见这个知县官走。"带说着走出门去了。正是：

　　　　千里客人到此间，进衙会一会知县官。

　　康熙王出店房用目观看，耳听得众[2]百姓把我参念[3]。
　　这个说可些[4]了二位客官，那个说他的命必见阎王。
　　为王的走过了一座牌坊[5]，见几个年大人又说闲言。
　　这个说那索景不是好汉[6]，那个说开皇当凭的索三。
　　康熙王在大街头里所走，王进忠迈步儿也在后边。
　　康熙王走大街这且不表，再说那王知县走到大堂。
　　王知县坐大堂心中思想，大康王王伙计也不非凡。
　　忙吩咐人役们开了正门，康熙到正门里再表神灵。
　　王灵官手拿着钢鞭[7]迎接，大堂口伺候那孔雀明王。
　　那知县他旦若见主不起，我们要站堂上把他损伤。
　　明王主到堂前他若不起，我一鞭打死在白虎大堂。
　　我本是黑虎赵名叫玄坛，手提着大将鞭站立堂前。

[1] 环：本段韵文抄本都作"镮"。当作"镮"，形近而误。镮：同"环"。
[2] 众：抄本写作"共"。
[3] 参念：念叨；想念。
[4] 可些：可惜。
[5] 坊：抄本写作"房"。
[6] 汉：抄本写作"汗"。
[7] 钢鞭：抄本都作"干鞭"。

　　明王主到堂前他若不起，我一鞭定叫他命见阎王。
　　我本是本地的一位城隍，手收着朝笏板伺候皇上。
　　明王主到堂前他若不起，一笏板砍[8]在他脊背腰湾。
　　我本是当方的土地神仙，拿拐杖到堂前伺候明王。
　　明王主到堂前他若不起，照脖筋[9]用拐杖我要破情。
　　王知县只觉得头昏脑热，却怎么浑身上坐卧不安。
　　急忙忙下公案站立一傍，我观见赵客官面带红光。
　　知县官只觉得浑身打战，忙吩咐赵客官面向太阳。
　　却说王知县说："赵王二客，你们到底什么人？哪里人氏？姓甚名谁？叫什么名字？赶是（实）说来。"康熙说："我们是赵康王的伙计，我姓赵，名叫赵大太爷，他姓王，名叫王忠心，我们是北京燕山人氏，出京贸易。"王知县说："你既是大康王的〔玉〕伙计，难道说缺少使用银钱？为何当号？"客官说："我们的银钱叫观音堂的百姓刁抢着去了。"王知县说："既无银钱，进城不可站店，就来站在我的衙里，你使一串，不敢与你八百，为什么当号，惹下祸乱[10]？"康熙说："进衙使钱，无有执照[11]。"知县说："你胡吱（支）吾[12]，我有心动刑，天色晚了。"吩咐人役把二客收监，到了明天再审问。吩咐一毕，赵王二客下堂走了，王知县心中思想说：此人万万收不得监。便叫张孝："哪里干净？"张孝说："厰（廒）神庙里干净。"王知县说："快快把赵王二客收在厰（廒）神庙里去吧。"

　　　　知县心中半明亮，康熙皇爷下公堂。

　　王知县退下堂按下不表，再说那四位神伺候明君。
　　赵黑虎王灵官大门所站，有城隍和土地站立两分。
　　康熙王出大门用眼观看，我观见门外边乱是神风。
　　康熙说你是神各归本位，你是鬼各回上各人本宫。
　　有四神听吩咐各自回宫，康熙王看不见那些神风。
　　康熙王出衙门往前所走，转步儿又到了仓院门上。
　　仓里的那鬼卒不敢怠慢，放大步又进了仓神庙前。

[8] 砍：抄本写作"刊"。
[9] 筋：抄本写作"肋"。
[10] 惹下祸乱：抄本写作"祸下惹乱"。
[11] 执照：凭证。
[12] 吾：抄本写作"喛"。

忙跪倒回上神说是不好，明王佛来到了厩[1]神庙前。

有厩神听此言心惊胆战，我急忙出庙门辞了此间。

那衙役进得庙细细观看，却怎么泥神爷倒在一傍。

有衙役与老爷即[2]刻禀明，知县说快打扫请到庙中。

知县说厩神爷你有感应，平安了我与你妆塑金身。

却说康熙君臣二人进庙，不题。再说王知县吩咐："把周富贵与我提来。"人役急忙前去，当时把周富贵提来。周富贵跪下，王知县便问："周富贵，那赵王二客到底是什么人？你赶实说来。"周富贵回禀："大老爷在上，那赵王二客，他说他是北京燕山人氏，他们是大康王的〔玉〕伙计，小人也不明白。"王知县说："张孝、李公，你二人看他是什么人？"那李公强口说："我看他是马上的强盗。"知县说："满口胡来，打你二十个嘴把（巴）。"张孝急忙跪倒回禀大人说："那人我看来不在官宦内，就在公侯王爷之上。"知县说："我看那此人也就在那某（么）那儿[3]哩。"周富贵说："大老爷在上，小人还与赵大太爷拜了一个干子。"王知县听言，忽然想来，说："周富贵，你既是他的干子，我将这肉菜与他挂（刮）上一碗，磁（此）饼与他端上一盘，你就说你的饭，千万莫说我的。我和你去到厩（廏）神庙里，你在庙里问他的真名实话，我在门外听他到底是什么人。"吩咐人役打起灯楼[4]。说罢，周富贵提上灯楼，知县、张孝在后跟着，三人进了庙门，知县把门开了，周富贵进去，把门关住。知县妆了个衙役的样子，说："周富贵，我把门打[5]外扣住，我仓院门上闲转闲转，你走的时节喊我一声，我就来了。"说毕，悄悄站在门外听着。康熙说："富贵，你做什么来了？"周富贵说："我与干父送饭来了。"带说着，起[6]了两碗饭，递与干父、忠心。康熙说："富贵，你是哪里来的这肉菜？"富贵说："干父不知，我母子拆使了些银钱买着送饭。"康熙和进忠二人泪珠纷纷。周富贵说："你不

必流泪，你吃毕了，你把你的家乡实话[7]你对我说得一遍，难道说你无个亲人、三朋四友？这事我无奈，你看这个人命。索景的势皆大，慢说[8]你是大康王的伙计，就是康熙皇上也不得活了。你对我把实话说来，我与你北京送信一回，你看如何？"康熙说："儿呀，你既情愿送信，听干父与你说来。"正是：

知县交与话，富贵一一传。

要知心中事，当听口中言。

康熙王听此言心中发酸，不由得厩神庙泪珠纷纷。

适[9]才间富贵儿对我细说，他一心与干父去把信通。

我有心把实话对他实说，又恐怕门外边有人听声。

把这话与他个半明半亮，小哥哥他本是伶俐儿童。

开言来叫一声富贵你听，听干父与孩儿细说分明。

你一心问我的真名实姓，揭[10]开了百家姓我是头名。

你问我家住在某州某县，燕山府北京城有我家门。

富贵儿你一心去把信送，怕的是北京城无处安身。

我有心与孩儿写个书信，又无纸又无墨怎样能行。

康熙王口不言心中暗想，忽记起生身母嘱托之言。

养老院临起身我把衣换，我母亲与龙票一十二张。

为王的到哪些若有差错，若无笔着了忙取出一张。

旦若是有一个心腹之人，忙取票把此话说与他听。

这龙票旦入到养老宫院，我的母见龙票必有来踪。

周富贵就是个心腹之人，把龙票他送到北京城中。

回头来叫富贵与你书信，你千万莫误了即刻送京。

你若是到了那北京燕山，你进了九道门你往里行。

进皇城又一个午花大门，你就在那些儿找人问信。

你见了施不全吏部天官，把干父这些话对他说明。

你就说干父在齐河小县，得人命收到监厩神庙中。

他领你见奶奶亲生之面，旦见了把此话对她说明。

我吩咐这些话牢记心中，你去了为父的心才安宁。

却说周富贵说："干父，走北京燕山，山高路远，何日得到？"康熙说："你的店里现有我的两匹大马，你骑

[1] 厩：抄本都写作"廏"。

[2] 即：抄本写作"急"。

[3] 那么那儿：那样。表示同意别人的意见。

[4] 灯楼：灯笼。

[5] 打：从。

[6] 起：这里指端起。

[7] 实话：照实。

[8] 慢说：同"漫说"。不要说。

[9] 适：抄本写作"时"。

[10] 揭：翻开。抄本写作"接"。

上一匹，不停昼夜，就到北京。"周富贵听罢此言，故意喊了一声："张孝走来。"张孝就把门开了。富贵出门，张孝把门锁住，三人来到二堂书房。王知县说："周富贵，你干父与你的书信拿来我看。"周富贵心里想到（道）敢与不得把（吧）？说："我干父并未与我书信。"知县说："我亲自看见的，怎么未有？"那周富贵瞒不住了，说："我听的话多了，把书信也忘了。"知县说："非是你忘了书信，你害怕本县把你干父害到死处，是也不是？你拿出来我看，枉枉（万万）不能难为你的干父。"富贵听得此言，急忙取出龙票一张，知县接过来看了一看，原是龙票一张，周围有九道金龙。且问富贵："还是你一人去哩，还是要个伴儿？"富贵说："越有伴儿越好。"知县说："这就是了。"吩咐张孝说："你们班上选一个手里托化[1]的、心事儿好[2]的，把周富贵送到北京。"张孝说："李公的手里托化，他的虎尾鞭能打百十余人，就是他太荒（慌）张些儿。"知县又把李公叫来，嘱托一毕，又与了李公安家银子三十两。周富贵又叩了一头，说："大老爷，我的母亲家无度用。"知县说："你的母亲和你干父的茶饭一面有我，你放宽心。"说罢，又与了他二人盘费银子五十两。那李公去到周富贵的店里，把两匹马拉出来，他二人就要起身。正是：

　　　　知县稳住衙役心，李公情愿上北京。

　　王知县坐书房开言便说，说李公你前来细听原因。
　　有几句要紧话牢记心中，你千万莫误了这件事情。
　　路途上还要你问饥问饿，哪些儿[3]有差错我和[4]你言。
　　李公说大老爷不必你说，我学个尉迟恭保定唐王。
　　王知县叫张孝听我细说，卧龙店你与她富贵母言。
　　你说与周富贵他的母亲，早晚间她不必挂念儿郎。
　　这天色还太早未曾大亮，城守营他未必开了城门。
　　富贵说就说是公文甚紧，城守营他必定就开城门。
　　这说毕他二人就要起身，骑上马来到了齐河城门。
　　那城门还未开就把人叫，叫醒人开了城二人登程。

[1]　托化：指机智而拳脚功夫好。
[2]　心事儿好：善良。
[3]　儿：抄本写作"而"。
[4]　和：抄本写作"还"。

周富贵出了城这且不表，再表那索景贼出了铺门。
王知县为此事整整一天，索景贼来在了二堂书房。
王知县见索景大吃一惊，索景说这场事倒也凶险[5]。
知县说索大人昨日吃惊，忙让下又端茶又把烟装[6]。
他又说那凶犯几时处斩，知县说文书来就杀凶犯。
　　却说知县说："索大人，此事你不必在心，我昨日把文书送到省里去了，等文到来，我就要斩他。"索景说："此事你敢（赶）紧些而（儿）得[7]。"说毕，出衙走了，不题。再说黑风老祖说："王子去求仙，丹城（成）入九天。山中方七日，世上几千年。"小仙黑风老祖令（领）了玉帝的敕旨，要到转化山前搭救独角龙，与施不全走风[8]一回，要搭救孔雀明王回上北京，这般时候驾起祥云走走。正是：

　　　　领[9]定敕旨不怠慢，一心要走转化山。

　　三皇爷他治世[10]年代皆远，五帝爷他为君百姓安然。
　　正行走云端里用目观看，转化山它不远又在面前。
　　有索龙和索虎走在半山，那李公忙取出虎尾通鞭。
　　黑风祖着了忙忙把风吹，吹风声和飞沙到了山上。
　　直刮得那索龙难以睁眼，有索虎勒[11]回马回上山湾。
　　到半山二人说天色未亮，却怎么山高头有了月光。
　　周富贵和李公头里所走，黑风祖在后边驾起云端。
　　白龙马红鬃兽走得甚快，不觉得来到了六柱桥上。
　　且按下周富贵这话不表，再表那索奈公他在桥上。
　　索奈公在桥上正然饮酒，又观见他二人又到跟前。
　　却说周富贵和李公上了桥，那里黑风老祖把他二人的喉关（管）闭住，索奈公说："你看桥下的那两个人，吩咐人役与我拿来。"带说着周富贵和李公走到跟前跪下，奈公说："你们是哪里来的？做什么去哩？"周富贵和李公心里明白，口里说不出来，敢（干）比[12]哩。索

[5]　险：抄本写作"现"。
[6]　装烟：给烟锅填装烟叶碎末。引申为递烟、点烟，伺候人吸烟。
[7]　得：必须；需要。
[8]　走风：这里指刮风。
[9]　领：抄本写作"令"。
[10]　世：抄本写作"事"。
[11]　勒：抄本写作"列"。
[12]　干比：干着急，只是比划。比：比划。

奈公说："这才是两个哑子。"又仔细一看，说："此人不是哑子的形像（象），多怕是山东的走风[1]的。"吩咐人役："把此人捆（绑）在桥桩上与我杀了。"那刽子手手拿钢刀往下一看，有黑风老祖把手一指，把钢刀闪成三截。人役报知奈公，奈公说："你们把他踏死。"敢（刚）自[2]说罢，施大人的轿子也上了桥坡，人役回禀奈公说："天官大人到此。"索三说："你们不了踏着[3]。"一言未罢，施大人来到，说："施安儿，你看前面是什么人的风棚？"施安儿回禀："大人，是索大人饮酒在此。"施大人说："好吧，他是我打怕的。"吩咐人役："对面扯了风棚。"那索三又说："这个丑官是个咬呀（牙）鬼儿，我和他一朝奉君，他太太[4]敖（傲）上。"便说："人役，你们前去打（答）个'请'字。"带说着来到一处，施公说："奈公你好么？"奈公说："承问了，且问天官你好。"施大人说："罢了。"索大人斟起一杯酒递与施公，施不全说："我不会吃酒。"奈公说："你素日[5]吃酒，今天怎么不吃了？"施公说："因此（为）昨日你正斩杀王复同着哩，我那[6]建修玉台回来，吃了几杯酒，我把你得罪下，你可不用在心[7]。"奈公说："过了的事，再不提了，且问天官大人为何到此？"施不全说："因此（为）昨日你我所奏之事，但不知主子差哪家大人出京私访山东去了，这几月并未来个书信，今日我来到六柱桥，打听山东的消息。"奈公说："我也就为此事。"这话不题。再说黑风老祖把周富贵、李公的喉关（管）取开，周富贵观见那位大人一瘸一点，好像是干父说的那人。心里思想，就像是身后催着喊的一般，周富贵大喊："大人，冤枉！"施大人说："什么人喊冤？"索大人说："俱是两个哑把（巴）。"施大人说："哑子怎么会说话？"索奈公说："我［适］才问他，他不会说话，怎么又说话哩？"吩咐人役："拉着下去，与我杀了。"施大人说："忙（慢）着，忙（慢）着，

钢刀虽快，不杀无罪之人。代（待）我问个明白，杀他不迟。"便叫施安儿把那两个汉子叫来，施大人抬头一看，观桥上拴着两匹大马，就是主子和进忠骑的白龙马、青鬃兽，如何到了？思想了一会，想必是主子打法（发）来的人。施不全说："这两个汉子，我且问你，你不可信口胡言，大人说你们是两个买卖人么，这京里想必有你的亲戚，你们进京买货，是也不是？"李公说："就是此事。"施大人说："你为何见了索大人不会说话？想必是害怕大人，假妆[8]了个哑巴，是也不是？"周富贵说："大人说的就是的。"施大人笑一声说："罢了，罢了。"施不全又对索奈公说："他们是两个买卖人，这小孩子，在京外来的，未见过官长，他见了大人，因此（为）害怕，假妆了个哑叽（巴），大人不必计较，我就告辞回府。"说："施安儿，叫那两个汉子随我进城走吧。"周富贵和李公二人拉马，不多一时，进了皇城，跟大人来到了二堂书房坐下。施大人问他二人，周富贵从头至尾说了一遍。施大人吩咐把李公领到下边去吧。施大人说："周富贵，你的干父你当是何人？他就是康熙主子。小哥哥，你是个有造化的，慢说你的表兄打死皇当的七个人命，就是带[9]索景全打死，我才心里喜欢哩。"施公又说："你把龙票放在案上，我先拜过。"又说："小千岁，你转上[10]受我一拜。"那周富贵急忙把大人抱住，说："吓死我了。"施大人说："国礼要紧，一定受我一拜。"说罢，施公拜过富贵。周富贵又问大人："那六柱桥上的那位大人，名叫什么？"施不全说："那就是索三。"周富贵又把索大人杀了的话对施大人说了一遍，施大人说："这还了得，今日我且不出京，大不好了。"正是：

　　大人不由怒气生，富贵二堂说原情。

　　我等主子回上京，杀他索家一家人。

　　施不全听一言冲冲大怒，我迟慢把富贵杀在桥边。

　　背地里骂一声贼臣索三，我心里恨不得拿着刀剜。

　　王复同昨日个拿着本参，贼说是王复同是个赃官。

[1]　走风：走漏风声。这里指报信。
[2]　刚自：刚；刚要。
[3]　着：表示祈使语气。
[4]　太太："太"的重叠，表示程度深。
[5]　素日：平常。
[6]　那：句中语气词。
[7]　在心：在意。

[8]　假妆：装扮。
[9]　带：连。
[10]　转上：这里指坐正。

不亏[1]我施不全吏部天官，王复同杀到了午花门上。

我上殿见吾王拿着本参，康熙王他不信出京私访。

适[2]才间周富贵对我细讲，山东省六府地大遭年荒。

人吃的是谷糠草根树皮，众百姓饥饿得甚是可怜。

此一去我到了养老宫院，把这话对国母细说一番。

但不知老皇后怎样打算，差哪家文武臣满汉[3]官员。

出北京走山东齐河小县，保康熙我表兄回上朝班。

且若是回燕山入到宫院，三六九他必然一定登殿。

我约就[4]文武官九卿四相，入朝臣公侯王都拿本参。

午门上先杀了贼臣索三，索国妃我叫她一命升天。

那索景小孩子不能撒放，捉回来点天灯百尺高杆。

我这里把龙票送到宫院，进宫院见国母说上一番。

又把那周富贵手儿扎[5]上，我一瘸一点离了书房。

行一步来到了午花门上，进朝门又到了养老宫院。

却说施公来到宫门，说："宫门上有人也没有？"内臣说："有哩。"施公说："你禀国母得知，就说我天官来见。"内臣禀知国母，老皇后说："丑官来见，多怕是山东有了信息了。"说："开开宫门，叫他进来。"内臣出来说："天官，国母有请。"施不全进了宫院，说："小千岁，你看这个宫院好也不好？"周富贵说："〔还〕比我们的万寿宫还好。"施公说："小千岁，富（福）分小的他马（焉）能得到这宫院里来？"说说话话进了九道宫门，来到国母的面前，急忙跪倒，三叩九拜。拜毕，说："国母你好！"皇后说："承问了，且问天官你好？"施公说："罢了。"皇后一见施不全怀内抱的龙票，心中大吃一惊，说："我儿康熙有难么？"施公说："国母不必吃惊，无有什么大事。"皇后又见周富贵，说："施公，这是哪里的个小孩子？"施不全忙忙回禀："启奏国母得知，这是我主人在山东收下的一门[6]干子，他名叫周富贵。"施公又说："小千岁，你与奶奶叩头。"老国母听得此言，喜之

不尽，又吩咐宫娥彩女[7]取出五爪龙的紫袍子、双眼翎子的帽子、满缎靴子。周富贵更换一毕，皇后又问："孙子，你的干父在山东赶（干）其[8]何事？"那施不全又说："小千岁，你与奶奶实实奏了。"周富贵把前后之事对皇后细细说了一遍，皇后听言，眼中流泪，哭起来了。正是：

富贵进宫说真情，皇后不由泪纷纷。

老皇后听一言泪流满面，在宫院骂一声贼人索三。

王复同他进京拿本先参，贼又说山东是丰收之年。

康熙儿他不信出京私访，到今朝害得我母子两难。

为娘的在宫院把你解劝，你总然[9]不听娘一句实言。

你一心看黎民出京私访，到今天你可在厩[10]神庙前。

儿今天身有难娘不能见，谁是你知心人与你送饭。

宫院里娘吃的美味好饭，你在那厩神庙又受饥寒。

叫了声施不全吏部天官，你姑母把此话细说心上。

我亲自赐与你兵将十万，再与你护驾兵整整两千。

你在那众军中为了元帅，挂上帅你领上大兵十万。

周富贵小孙孙留在宫院，你急忙领大兵出了朝班。

此一去你到了山东之地，你看看康熙儿安也不安。

你把我康熙儿保回燕山，我亲自分与你一分江山。

午门外修一座忠臣大殿，后辈的儿孙们都把香上。

却说施不全说："国母不必着忙，你叫我领上十万大兵出京，马踏山东，此事不小。如今索三压了山东的文书，单[11]等着百姓遭（造）反，况且主子在厩（厩）神庙里，领兵出京不大要紧，叫索家知道，夺了主子的江山，如何是好？"老皇后说："依你心上嘛？"施不全说："依我心上，把康王请进宫来商议。你与吾主发上一车金银，发上二十四台（石）杂粮，把（让）九门提督李忠良挂了副元帅，压（押）定响（饷）银头里出京，我挂了正元帅，把黄天霸封他八台总兵，点了马前的先行。那兵不可带得多了，副元帅带上两千，我带上三千，先行带上五百。周富贵和我同时出京，到了山东，他与主子通信，一来保主进

[1] 不亏：如果不是。
[2] 适：抄本写作"时"。
[3] 汉：抄本写作"巷"。
[4] 就：抄本写作"久"。
[5] 扎：牵（手）。
[6] 门：量词。

[7] 彩女：身份较低的宫女。
[8] 其：语气词。
[9] 总然：总是；一直。
[10] 厩：本段韵文抄本都作"厩"。
[11] 单：抄本都作"当"。

京，二来保主子无难，三来赈饥安民，岂不是好？"一言未罢，大康王进宫，施不全参拜一毕，把前后的话说了一遍，又说："大康王，你把朝事好好治掌，三六九的日子文武上殿，你就说主子潦（辽）东避暑，千万不可说出出京的话了。江山是你们的江山，社稷是你们的社稷，我说此话你心里明白。我有心叫他武[1]挂帅，他还笑话我们文官无有才志。"大康王说："天官言之有理。"老皇后和大王爷急忙赐施不全三杯玉（御）酒，又赐了老王玉印、斩杀宝剑。吩咐一毕，出宫去了。

宫院大事说分明，领了玉印回府中。

施不全先接了一颗玉印，上方剑龙头拐抱在怀中。

辞皇后和千岁出了宫门，出午花又到了自己府中。

李忠良你拜过老王玉印，我挂你副元帅头里出京。

黄天霸你拜过老王玉印，亲口儿封你个八台[2]总兵。

点人马暗暗地出了北京，这件事你不可打鼓摇铃。

施不全我离了北平燕山，为康熙山东城远走一程。

施元帅忙传下一道箭令，晓喻他五营的将官听因。

到处里发银两公买公用，莫攘蹋[3]山东的黎民百姓。

哪一个攘蹋了黎民百姓，我叫他一个个命见阎君。

头队[4]里鬼头刀一划皆明，二队里走的是马步兵丁。

三队里金瓜斧朝天玉镫，四队里肃静牌一划皆明。

五队里黄天霸八台[5]总兵，六队里周富贵黄沙遮定。

七队里施不全坐的明轿，施元帅坐八抬好不威风。

八队里抬的是老王玉印，龙头拐上方剑都在当中。

施不全李忠良前呼[6]后拥，再表那报子马不敢消停。

却说马上的报子说："施大人随带九门提督押定响（饷）银来到山东地方，赈饥安民，使我晓喻各州府县文武衙门。"报知（子）一齐催马走。正是：

报子不住走得急，腰中斜插令子旗。

走路就如鸟飞去，令子旗上有名字。

[1] 武：指武官。
[2] 台：抄本写作"抬"。
[3] 攘蹋：糟蹋；骚扰。本段韵文抄本都作"让他"。
[4] 队：抄本都作"对"。
[5] 台：抄本写作"抬"。
[6] 呼：抄本写作"护"。

报子报来报得快，各州府县都知悉。

各处官员都起身，坐轿骑马不消停。

都走齐河小县中，十里长亭接大人。

黎民百姓听得真，施公押粮出了京。

一心要走山东城，要站齐河小县中。

各处百姓来往行，都接青天施大人。

报子报到一声禀，大人来到十里亭。

却说施大人说："小千岁，来到你们的地方上了，你不可坐轿。自古说：'官高一品，不灭（压）乡党地邻。'你还（和）黄天霸把马骑上，先进城去，把公馆安置在万寿宫里。你见（现）衣服换了，暗暗地去到厫（廒）神庙里。周富贵，与你干父说知。"二人听说，上马走了。往前走了几步，观见无数的百姓来接大人。周富贵一见邻居，急忙跳下马来说："张三爷、李四爷、赵大哥，你们都来着哩。"张三说："好像是周富贵。"李四说："就是的，他昨日在当铺当号，失[7]下人命，人都说偷跑了，到今天好像是做了官了。"周富贵又走了几步，又见王知县在巷口跑着，又急忙跳下马来说："大爷，我与你叩头。"王知县一见周富贵的穿戴，急忙拉住说："不敢叩头。"王知县说："施大人到了哪里了？"周富贵说："到了十里亭了。"说罢，上马走了。正是：

富贵进城且莫表，再把施公明一明。

施不全来到了十里长亭，又观见文武官接驾迎风。

千把[8]总参游击提督协镇，穿盔甲带人马一划皆明。

又教官粮厅官府县道官，都一齐来下跪迎接大人。

施大人忙吩咐且把轿住，叫一声众官员细听原因。

莫接我你对那百姓细说，都回去等明日开仓打粮。

武将官一个个你都听言，你们都一个个且回府院。

吩咐毕急忙忙又往前行，又观见生员们来接青天[9]。

施大人在轿内喜之不尽，叫了声生员们你们听言。

这几年把你们多受饥寒，你千万莫忘那复同心肠。

施大人忙吩咐又往前走，生员们各各夸大人清廉[10]。

[7] 失：这里指犯。
[8] 把：抄本写作"拔"。
[9] 青天：本段韵文抄本都作"清天"。
[10] 清廉：抄本都写作"清凉"。

施大人在轿内用目观看，众百姓都跪下叩接青天。

施大人忙吩咐把轿站下，我看这百姓们受了饥寒。

他一点又一瘸往前所走，叫了声众百姓你们听言。

济南府坐着个复同大人，为你们他上京拿着本参。

康熙王他本是有道皇上，差了我施不全赈饥安民。

我带[1]来一库金一库白银，各仓里都放粮搭救你们。

叫了声百姓各回家乡，到明天各处里入仓打粮。

众百姓听一言叩头喜欢，都说的施大人果然清廉。

施大人坐上轿又往前走，又观见王知县迎接青天。

却说施大人说："那前面好像是我的活祖宗，我且问你，那前面下跪的合（或）像[2]是王知县王礼么？"王知县说："就是小官。"施大人说："我且问们（你），那宋进朝打死皇当的七人可是实言？"王礼说："大人，实实（言）。"施大人说："赵王二客还在厩（废）神庙里么？"王知县回禀说："在哩。"施大人说："他二人的茶饭嗬？"王知县说："小官好好伺候着哩。"施大人说："罢了，罢了，这就是了，这就是你升官的日子到了。"又问知县："你有（又）头上担上一把刀，你说我哩吧。"王礼自（只）是叩头，施大人说："你不必害怕，是你傍个里[3]放下一付棺材，有（又）头上担一把刀，我不降罪与你，这还罢了，我且降罪与你，就要失下个人命。自古说，钢刀虽快，不杀无罪之人。我为山东的百姓见康熙主子，也还（和）你这个一模一样。你快万寿宫里伺候去吧。"

知县又得命，死里又逃身[4]。

王知县听一言心才放宽，吓得他浑身上冷汗淋淋。

他急忙上了马头里所走，先进城来到了万寿宫门。

耳内里忽听得[5]三声炮响，跟随的众[6]官员一起进城。

施大人进得宫用目观看，万寿宫修得好倒也威风。

上面儿先挂了老王玉印，龙头拐上方剑挂在当中。

施大人又拜过老王玉印，就像是北京城养老宫中。

施大人坐万寿这且不表，再说那皇当的贼人索景。

有索景耳听得炮响三声，又不知哪大人他来进城。

开言来把伙计问了一声，那伙计听得真细说分明。

施不全他来在齐河县中，押皇粮到这里赈饥安民。

有索景听此言怒气冲冲，背地里骂一声丑官你听。

又不知多忽儿[7]溜[8]出北京，到山东齐河县拿我弊端[9]。

我皇当又无有一兵一将，我心里白着气也不中用。

今夜晚我皇当写份[10]书信，到明天送北京我父知闻。

想要坐康熙的锦绣江山，除非是杀了那吏部天官。

万寿宫看一看丑官之面，施不全你把我怎样看承。

手儿里拿了把洒金大扇，我摇摇摆摆地进了宫门。

施大人坐万寿抬头观看，又凶凶[11]又烈烈进来一人。

却说索景来到施公的面前，说："施大人在上，小人索景叩头。"施大人忙忙拉住，说："罢了，罢了，且问索公子，你的买卖好么？"索景说："大人，承问了。小人不知大人到来，未曾远迎，多多有罪。"施大人说："你是个买卖人，〔你是个买卖人，〕哪有你罪？况且我还（和）你父都是和好亲眷，就是赵王二客串通宋进朝打死你的七个伙计，我明天自有料理，你且回去，我转时[12]叫八台总兵与你送个薄礼，你可不用计较。"索景说："罢了，大人，太多辞[13]了。"说罢，辞别出宫走了。施公说："小千岁，我今访问你的干父表兄，你不必多嘴，你但（旦）多嘴，我要打你的腿子。"周富贵口里不说，心里思想，救不下我的干父，敢（干）了一场何事？施大人又吩咐王知县把宋进朝叫来，知县急忙打发人役把宋进朝打监里提来。宋进朝来到施大人的面前跪下，施大人说："你打死皇当的七个人，实（是）实吗？"宋进朝说："就是小人打死了。"施大人说："这就是了，押在班上，明日再作开消。"又吩咐把赵王二客提来，人役听说，不敢怠慢，

[1] 带：抄本写作"代"。
[2] 或像：好像。
[3] 傍个里：旁边。傍，bàng。
[4] 逃身：逃命；藏身。
[5] 得：抄本写作"的"。
[6] 众：抄本写作"共"。

[7] 多忽儿：什么时候。
[8] 溜：抄本写作"流"。
[9] 端：抄本写作"正"。
[10] 份：抄本写作"分"。
[11] 凶凶：气势凶猛貌。
[12] 转时：过一会。
[13] 太多辞：这里指太客气。

〔要〕提赵王二客去了。

> 人役听说不怠慢，急忙来到厫[1]神殿。
>
> 叫声客官你听言，大人提你到公堂。
>
> 康熙听说心里想，这个丑官把心变。
>
> 怎么不保回燕山，提我审问惹祸端。
>
> 若还丑官心大变，万寿宫里先受冤。
>
> 一言未罢进宫院，观见丑官在上面。
>
> 中间供的老玉印，富贵丑官坐两边。
>
> 康熙见印把头参，三叩九拜在宫院。
>
> 两边百姓都看见，只当二客拜丑官。
>
> 拜罢玉印坐堂前，施公吩咐面太阳。
>
> 施公这里忙开言，叫声忠心你上前。
>
> 为何路途不点检[2]，失错银两惹祸端？
>
> 吩咐人役莫怠慢，打他玉棍四十板。
>
> 押到班上莫要放，等到明天再审言。

却说〔康熙〕见打王进忠，吓得抖衣所战，施公说："我且问你，这赵大客官，你是主是（事）的掌柜的？你的那马褂子又不是金打的，又不是银换的，开口就要一千，回头就要八百，你吓皇当？"吩咐人役："拉下去打他四十玉棍。"王进忠急忙往上跪了几步，说："大人不必生气，你把我再打上四十，把我的掌柜的你饶了。"施公心里说："真乃是保国的忠良。"又说："我见你的腿子破了，我且把你饶了，明日以（一）早依律问罪。"又吩咐王知县："你把他二人原送在厫（厫）神庙里，今夜晚上好好小心，不可走脱了。"那些生员、百姓都散了，施公又把知县叫到里面书房，说："王知县，你当他是何人？他就是康熙主子！你鞴上两匹大马，今夜晚上放他君臣二人偷跑了吧。"施大人又把宋进朝叫来，说："是（适）才我瞒昧（昧）[3]百姓的眼目。"说："黄天霸，这宋进朝扶持你去吧。"他二人听说，叩头谢。施大人又说："小〔千〕岁，你黑了[4]去到厫（厫）神庙里与你的干父说知，叫王进忠保定主子进京，今夜晚上暗暗地回上北京去

吧。"周富贵说："你把将军打了四十玉棍，怎能骑马？"施大人说："我打他观音堂失君之罪。"吩咐黄天霸："你今令（领）上一千人马，把皇当围住，把索景拿了，再的伙计一齐杀了，鸡犬不留，你在（再）入地三尺，与我搜俭（检）。"不多一时，拿了索景，又搜出八班（条）玉带、龙衣王帽。大人一见说："这就是他弊端。"吩咐把索景交于（与）王知县，绳索上紧，不可松放，时时小心。正是：

> 施公瞒哄[5]众[6]黎民，倒叫康熙吃一惊。
>
> 谁知施公是好心，君臣暗暗出了城。
>
> 康熙王出离了齐河小县，王进忠保定主往前所行。
>
> 那康熙催动马头里所走，王进忠在后边紧紧随跟。
>
> 康熙王恨不得一步进京，进皇城我一心大谢神恩。
>
> 他二人催动马走得甚快，听人说来到了转化山根。
>
> 康熙王进山口用目观看，两山坡松柏树长得威风。
>
> 走前山过后山山山不断，进忠说这高低不得一般。
>
> 康熙说那梅鹿满山所走，进忠说这猿猴上了树林。
>
> 康熙说这山上并无人烟，进忠说那山后一座大营。
>
> 我观见牛羊多草木又盛，满山上有花草一划皆青。
>
> 且按下康熙王君臣二人，再表那空中的雷神龙君。
>
> 混沌初分不计年，千年古洞把身安。
>
> 要知我的真名姓，转化山前老龙王。

却说龙王说："我奉玉祖的敕旨，要搭救孔雀明王平安过山，我保他君臣二人无难。玉帝念他是个有道的明君，把灾难改过，要〔受〕些风寒。这般时候吩咐风祖刮起恶风暴雨，一来保主过山，二来迷住索家的营盘。"正是：

> 康熙皇爷身有难，恶风暴雨身受寒。
>
> 老龙王驾起云头里所走，那雷部在后边紧紧随跟。
>
> 有龙君云端里高叫一声，叫了声众神灵细听原因。
>
> 风神婆刮大风头里你走，洒雨童他登云后边紧跟。
>
> 闪电神烧[7]大火一划皆明，满天上起雾云黑咕[8]洞洞。
>
> 有雷神驾起云振动乾坤，老龙王云端里接驾明君。

[1] 厫：抄本写作"厫"。
[2] 点检：操心。
[3] 瞒昧：欺骗。
[4] 黑了：晚上；天黑了。

[5] 瞒哄：哄骗。
[6] 众：抄本写作"共"。
[7] 烧：抄本写作"挠"。
[8] 咕：抄本写作"故"。

康熙王在马上抬头观看，又观见那雾气雾上山巅。

适[1]才间天气晴红日明亮，霎时间天又黑大雨淋淋。

风又大雨又暴下得甚紧，把衣服全泡湿沾在身中。

浑身上雨淋淋遍身发冷，腿又冰头又湿怎往前行？

为王的出京里走得甚忙，未拿上猩猩血那件衣裳。

红褐衫[2]今若在披上身上，这大雨下不在我的身边。

齐河县我不该马褂所当，可些了珍珠宝那件衣裳。

今日旦马褂子穿在身上，这风雨也不能下在身上。

背地里骂了声吏部天官，骂丑官你做[3]事理上不端。

你在那万寿宫多受安然，怎知道为王的受这苦难。

早知道出门来有这大难，不如我死在那廒[4]神庙前。

康熙王正走着抬头观看，有一个大枯树大大柯浪[5]。

开言来叫进忠下马所站，下马来我君臣避避风寒。

王进忠听此言不敢急慢，接住马拴在那枯树上边。

康熙王低着头进了柯浪，黑洞洞倒是个暖和地方。

王进忠在周围四下瞭[6]望，这地方好紧要倒也安闲。

马鞍桥[7]忙抽出打将钢鞭，我急忙遮到了主的面前。

康熙王在树心忽然发蒙[8]，树心里睡着了孔雀明王。

王进忠在树下权[9]且不表，再说那山神爷土地神仙。

却说当方土地说："我奉了上帝的言命，将他君臣二人的坐马冲散，叫他君臣步行走上几步，才得平安进京回朝。"一言未罢，山神使了猛虎，把马冲散走了，土地把王进忠捣了一拐棍，王进忠忽然惊醒，说："万岁，不好了！"康熙说："怎么样了？"进忠说："猛虎把马冲散走了。"主子出来观看猛虎说："不好了。"放开步就跑。

龙君传箭令，收云回天宫。

土地和山神，各自回了宫。

康熙王步行在头里先走，王进忠在后边紧紧随跟。

也不怕水内泥难[10]住他人，这沙滩把靴子全都拐通[11]。

康熙王忙脱靴赤脚所走，王进忠才看见赤脚而行。

康熙王走不动坐在地下，王进忠见赤脚泪如雨淋。

却说王进忠说："万岁，你为何把靴子抱在怀中，赤脚而行？"康熙说："把靴子拐掉了，我脚心疼得要紧，因此走不动了。"王进忠说："为臣的把你背上，步行走〔了〕几步，若有避风挡雨的地方，站上一夜，到天明再走吧。"

进忠本来心太忠[12]，背上康熙往前行。

康熙王听一言泪流满面，王进忠果算得保国忠良。

万寿宫他挨了四十玉棍，不顾[13]疼把为王背在身上。

背地里骂一声贼臣索三，害得我到今天受这苦难。

又想起养老院生身之母，又想起大千岁他在朝班。

恨表兄施不全行事短见，你为何不和我同回燕山？

无[14]奈何站土台进忠背我，王进忠把为王背在身上。

王进忠忙背了有道皇上，走一步又一步要奔燕山。

正行走抬起头四下观看，前面儿[15]有一个大大崖湾。

叫万岁你用目细细观看，这崖湾就是个避风地方。

康熙王进崖湾自各自念，这地方倒干净倒也安闲。

我坐下又避雨又避风寒，张家湾睡着了有道皇上。

却说张寡居（妇）说："保童儿呀，你起吧。"张保童说："还早哩。"他娘说："你这娃娃，你〔你〕天色晴了，雨住了，怕是张家湾里站下客官，你去挣些资财，母子好度用。"那张保童起来，往外一看，说："哎呀，天气真个晴了。"说："我妈妈不叫我，我又闲一天。我母叫我挣钱，把这个驴子赶到几时才能富贵哩？"带说着把驴鞴上就走，来到张家湾，驴不往前走，张保童说："这个宰驴[16]，怎么不走了？"带说着把驴打了一鞭，那驴呼儿哧儿[17]走下崖去。王进忠忽然惊醒，喊了一声说："什么

[1]　适：抄本写作"是"。

[2]　衫：抄本写作"上"。

[3]　做：抄本写作"作"。

[4]　廒：抄本写作"厫"。

[5]　柯浪：洞窟。

[6]　瞭：抄本写作"料"。

[7]　马鞍桥：马鞍。其拱起处形似桥，故称。

[8]　发蒙：抄本都作"发朦"。

[9]　权：抄本写作"全"。

[10]　难：泥泞中行走；陷入泥泞。

[11]　通：烂；开洞。

[12]　忠：抄本写作"公"。

[13]　顾：抄本写作"住"。

[14]　无：抄本写作"如"。

[15]　儿：抄本写作"而"。

[16]　宰驴：待宰的驴。

[17]　呼儿哧儿：喘气的样子。抄本写作"呼而耻而"。

人？"张保童说："这就不得活了，娘呀，你把你儿害到死处来了。合想（或像）是打截（劫）的。"王进忠又喊了一声，张保童说："爷爷，是我，我是个赶脚的。"康熙说："这话我就不得明白了。"王进忠说："他是个来往送客的脚户[1]。"康熙说："这话我就明白了。"王进忠说："小孩子，你往跟前来，我且问你姓甚名谁？家住哪里人氏？"张保童说："我听见了，我名叫张保童，居住张家庄人氏。"带说话着天爷[2]亮了，张保童观见二位客人的身上穿的绸缎，说："此人不是非凡之人，我且问你哪里人氏？姓甚名谁？"康熙说："我们是北京燕山人氏，因此（为）路上失了坐马，你把我们送在城池地方，多与你些银钱。"张保童说："这就是走齐河县的路。"康熙去："我们就打齐河县来了，你把我们送到秦（泰）州府走[3]。"张保童说罢，急忙拉过两头驴子。康熙说："你的这个两头〔两头〕驴子，好像是个干骨龙[4]，这就能骑得到去？"张保童说："虽然是个干骨龙，慢说走这四十里，就是走北京燕山的时节也能骑得去。"

康熙皇爷两脚疼，无奈骑上干骨龙。
康熙王和进忠骑驴前行，张保童在后边紧紧随跟。
张保童小孩子不知礼义，叫了声北京的客官你听。
清朝家现坐的康熙皇上，那位爷坐江山也有平常。
他如今单听的索三之言，把我们山东人与得[5]可怜。
王大人为百姓进京参本，康熙王面耳朵[6]听信不言[7]。
偏遇着索三贼叫到他府，那索三上殿去又拿本参。
康熙王当殿上批与索三，旨行到索府里定要处斩。
多亏了施不全上殿奏本，差差候[8]把大人杀在朝班。
人都说他两家和好亲眷，康熙王他要的索家姑娘。
索姑娘坐的是昭阳正院，康熙王把索三不能薄淡[9]。

秦交好不知道索三心奸，现如今转化山招兵聚将。
非是我把皇上说些平安，怕的他日后失了江山。
康熙王听一言心中喜欢，这孩子说此话倒也有缘。
我心里恨索三行事短见，众[10]百姓无一个不骂索三。
康熙说张保童莫说大言，若是你做[11]上官和他一样。
保童说天容我且能做官，在朝里单访着杀他赃官。
康熙王听一言哈哈大笑，这此人到后来必做高官。
叫保童把此话不可细表，你进城早些儿[12]寻个店房。
张保童先进城抬头观看，孙大爷还开店坐在那边。
我急忙走上作[13]揖问安，说大爷这几年你可安康。
有孙龙听一言喜笑满面，叫了声张保童细听其详[14]。
这几年未见你赶驴来到，我当是小哥哥发了财源。
张保童听一言哈哈大笑[15]，今日个进城来驮[16]的富汉[17]。

有孙龙见客来不敢怠慢，说伙计快打扫那间上房。
康熙王进了那孙龙之店，王进忠忙接驴上槽去拴。
康熙王坐上方保童来问，问客官你们都吃些啥饭？
康熙说别的饭我也不用，你把那臊[18]子面端上几盘。
我三人在一处同吃同饮，张保童听一言说与店官。
不一时臊子面端着来用，康熙王吃毕饭心中发蒙。
却说康熙睡着醒来，走出门外观看，那王进忠他睡着着哩，张保童也头枕着驴槽沿，也睡着着哩，又走出店门外，观见许多的百姓身背的粗布口袋尽往东走。康熙随后跟上，来到仓院，观见七个一伙，八个一群，打火吃烟[19]。康熙且问："众位，你们是〔你们是〕做什么的？"李四说："你管的啥事？"张三说："你这个亲家，人家问你也是个好意。"带说着，急忙装了一代（袋）烟，递与康熙。康熙说："我不吃烟。"那张三说："客官，你不晓

[1] 脚户：旧称赶着牲口供人雇用的人。
[2] 天爷：天。
[3] 走：表趋向。
[4] 干骨龙：瘦骨嶙峋的人或动物。
[5] 与得：给得。
[6] 面耳朵：耳根软，惯于听从别人的人。
[7] 不言：这里指花言巧语。
[8] 差差候：几乎；差点。
[9] 薄淡：看轻；不厚待。

[10] 众：抄本写作"共"。
[11] 做：抄本写作"作"。做官意义的"做"除此处外抄本都作"坐"。
[12] 儿：抄本写作"而"。
[13] 作：抄本写作"做"。
[14] 详：抄本写作"祥"。
[15] 笑：抄本写作"叫"。
[16] 驮：抄本写作"驼"。
[17] 汉：抄本写作"汗"。
[18] 臊：抄本都作"扫"。
[19] 吃烟：吸烟。

得，太（大）清主子发出赈饥安民的粮石[1]，我们的这个康大爷是个赃官。"康熙说："你们大爷叫个康玉龙么？"张三说："我们也不知道名讳，客官你思想，城里的百姓打的好麦子，我们乡里的百姓一斗麦子卜（不）上五升。你看这个时候，眼看午时还不开仓。"康熙听说，气得气冲斗牛，说："你们百姓商议，若有大胆的人把他的仓库抢了，若有祸乱，一面有我。"张三说与那农耆、乡保、约甲，众人说："敢敢（干）不得吧？"李耆［老］说："或者也许哩，怕是朝里的公侯王爷出京私访也是有的，待我亲自儿问他。"一言未罢，来到跟前，把前后的言辞说了一遍。康熙说："你们放心抢去，那施不全和我是个朋友，你〔你〕跟我五六十个人把他的大堂口与他扎定[2]，在（再）的人快快刁抢。"那李耆老打了个喝声[3]，共（众）百姓下手就刁。康熙又说："众人把他的库房门打开快快刁抢。"康熙观见共（众）百姓刁抢，心里好不热闹。

　　康熙言说快刁抢，百姓一齐都上前。

　　刁的刁来抢的抢，好似蚂蚁反窝场。

　　百姓刁毕都回转，康熙还在大堂上。

　　口里说的快刁抢，有我一个你放宽。

　　老爷衙役一看见，快拿绳子把他拴。

　　当时送与知县官，老爷吩咐下了监。

　　康熙进监未坐安，禁子把他上匣床[4]。

　　土地那里就遮当，康熙这里睡安然。

　　这话按下且莫表，再表进忠张保童。

　　二人睡醒睁眼看，观见太阳落西山。

　　店里店外都找遍，怎么不见康熙王。

　　叫声店主听我言，我的掌柜在哪边？

　　孙龙听说未看见，大街小巷叫客官。

　　你且不必甚慌忙，我的兄弟站捕[5]班。

　　等他回来我问便[6]，那时再找你客官。

[1]　粮石：指粮食。以石计量，故称。
[2]　扎定：把守住。
[3]　打了个喝声：领头叫了一声。
[4]　匣床：旧时牢狱中使用的一种刑具，形如床，命囚犯仰卧其上，将手脚紧紧夹住，全身不能转动，痛苦异常。匣：抄本写作"柜"。
[5]　捕：抄本写作"补"。
[6]　问便：便问。倒文以叶韵。

一言未罢将说毕，孙虎来到店门院。

　　却说孙虎吃得凶凶（醺醺）大醉，走进大门，观看客官面带红光，身高大汗（汉）。那孙虎走到跟前，答言就和王进忠拉起相好，拜了八拜结交。王进忠说："二老兄，你看这个时候我心如烈虎（火）着哩，把实话对你二弟说了吧。"王进忠又把主子出京私访的话说了一遍，那孙虎听言说："大哥哥，他是怎么的个人？穿的是啥啥啥[7]？戴的是啥啥啥？"孙虎听言说："今日领上百姓刁抢了仓库的那人，多怕就是主子，他现在监里，如何救得出来？"那张保童说："叫你孙大哥火发草场[8]，孙二哥去到衙下大喊三声'文武官救火'，我三人要搭救康熙主子，此计如何？"

　　火攻[9]之计不非凡，三人要救康熙王。

　　有孙龙听一言不敢怠慢，战兢兢走到了草场内边[10]。

　　火神君领敕旨早到草场，单等着那孙龙来把火点。

　　有孙龙打上火往上一烧[11]，却怎么那草场斗大火光。

　　那孙虎在衙里三声大喊，文武官都听见忙入草场。

　　回头来领进忠进了监门，鞭打掉[12]三簧[13]锁就往里闯[14]。

　　张保童和孙虎两边扎[15]定，王进忠忙背了康熙明君。

　　到城门张保童打死二人，鞭槌[16]了三簧[17]锁四人出城。

　　康熙王出了城开言便问，叫了声王进忠你且细听。

　　我抢粮进监去谁可通信，救我命出监中搭救我身？

　　有孙虎同结[18]拜才来报信，我三人定巧计搭救你身。

　　进忠说张保童心想火攻，点草场救出了主子性命。

　　康熙王听一言泪珠纷纷，叫了声张保童哥哥你听。

[7]　啥啥啥：什么。
[8]　草场：抄本都作"草厂"。
[9]　攻：抄本都作"功"。
[10]　内边：里面。
[11]　烧：抄本写作"绕"。
[12]　掉：抄本写作"刁"。
[13]　三簧锁：旧时一种内有三条簧片的锁，较一般的两簧锁牢固。簧：抄本写作"镶"。
[14]　闯：抄本写作"狂"。
[15]　扎：抄本写作"乍"。
[16]　槌：抄本写作"追"。
[17]　簧：抄本写作"镶"。
[18]　结：抄本写作"接"。

小哥哥你心里才高志广，定这个火攻计也不非轻。

不封你张保童别的官员，封你个十四王站立朝班。

叫孙虎献好心你来通信，封你个督二府你在朝中。

保童说可些了我的干[1]驴，康熙说去了驴还要骑龙。

孙龙说这放火生死难定，康熙说你死了封你龙君。

有孙虎听此言满眼落泪，一句话把兄长命不周全。

却说张保童说："主驾不知，我家中还有老母，留下无人养活。"康熙说："进朝去先搬你母。我且问你，哪里的官清？"张保童说："敬宁州坐的孙架杆是个清官。"康熙说："就是孙自成么？"张保童说："敢就[2]是他把（吧）。"康熙说："我们就走敬宁州，当（但）不知多少路？"张保童说："六十里路。"康熙说："我们三人在后头走，你头里进城先寻个站处，先造些饭吃。你千万莫可说出真言实话，就说是我们都是财东。"张保童说："我知道。"带说着头里走了。正是：

　　　此事凡人都不知，鬼行龙转的张保童。

张保童听一言头里所走，康熙王他三人后边随跟。

路上的这场话一言未尽，张保童走进城细观分明。

有王公他开店坐在铺面，走上前先作揖问候安宁。

张保童满面笑开言便问，王大爷这几年你可[3]安宁。

有王公听一言满面陪[4]笑，叫了声张保童细听原因。

这几年未见你赶驴来到，我当是小哥哥发了财了。

保童说我今日领客来站，领财东银钱多多站几天。

这几年天年旱百姓荒乱，你的这买卖倒做得长远[5]。

王公说我今年买卖风光，我卖的猪羊肉臊面粉汤[6]。

昨日个王大人进京上殿，他一人奏知了康熙皇上。

北京地来了个施公大人，随带着一库金一库白银。

又带着二十四四[7]石[8]杂粮，他领了皇王旨赈饥安民。

马报[9]子先来到晓喻知县，各处的那官员开仓放粮。

我的那人口少也才有限，打仓粮整整的一十二石。

吃一半留一半铺内磨面，我这里小买卖倒也风光。

有王公正喧谎[10]抬头观见，店门外走进来几位客官。

头戴的树鬃帽身穿绸缎，脚登的满缎靴也不非凡。

他不在京城内文武满汉[11]，看此人他必在公侯上边。

叫伙计你急忙打扫上房，忙铺毡[12]把字画挂在上边。

康熙王进上房抬头观看，满[13]红毡琴棋画各样俱全。

康熙王且坐在上席以上，张保童说店家忙把饭端。

有王公听一言不敢怠慢，四拐里先下上四块圆[14]盘。

桌中间又下上四个汤碗，十三花菜碟子样样俱全。

康熙王叫一声保童听言，我四人在一处同把饭餐。

却说张保童不知道官理（礼），也坐在上席上，抓把手快吃了个美味香甜。康熙见他吃饭，满面喜笑说："就像是龙虎吞餐的一样。"康熙吃毕，心中发蒙，靠着首席睡着。张保童说："你看，他又睡着了。我们一日一夜都走乏了，恐怕我们睡着，他再跑刁（掉），我们哪里找他去哩？"带说着打腰里取出一根麻绳，把主子的两个脚腕拴住，一头子拴在他的手上，头枕康熙的腿上睡着。王进忠和孙虎把门关住，一个睡着门里，一个睡着门外。店家看他们睡着，也走去了。再说，主子正然睡着，怎么脚腕疼得要紧，忽然惊醒，观见张保童头枕我（他）的大腿睡着，急忙把绳取开，把张保童轻轻放在地下。将自出门，观见王进忠在门口睡着着哩。康熙说："他们都跑乏了，不可惊动，叫他们睡着去吧。"轻轻儿打身上过去，把门牙[15]开，门外又睡着一个，也悄悄打身上过去。走出店门，定定悄悄，又走出城门，观见田地上甚是好看，带看带走，走得太逮[16]了，忽然抬头一看，有万丈深的崖湾山沟。观见日光晌午，肚中又饥又渴，又看见那山坡崖上

[1] 干：瘦。

[2] 敢就：就。

[3] 可：抄本写作"到"。

[4] 陪：抄本都作"培"。

[5] 远：抄本写作"原"。

[6] 汤：抄本写作"糖"。

[7] 四：为了补足音节而重复。

[8] 石：抄本写作"台"。

[9] 报：抄本写作"牌"。

[10] 谎：抄本写作"咙"。

[11] 文武满汉：满汉文武。汉：抄本写作"巷"。

[12] 铺毡：抄本写作"捕点"。

[13] 满：抄本写作"漫"。

[14] 圆：抄本写作"元"。

[15] 牙：使门开个缝。

[16] 逮：厉害。

有个窑房，门上挡着一把草，内有烟气，想必里面有人。顺坡漫漫[1]走着下去，又趴（爬）上崖去，走到窑门跟前，咳嗽一声，那张金定出了窑门，看见康熙面带红光，双手过膝，两耳坠腮，好像是帝王。那康熙一见小姐，浑身不好的，心里思想说："此人生得眉青（清）面秀，好似天仙女一般。"张金定说："君子，想必你失错路径。"康熙说："非是我失错路径，我来借水解渴。"便叫："贤大姐，你的凉水与我一碗。"小姐听得此言，急忙端了一碗，康熙接水自然饮了。〔自然〕小姐说："还有我哥哥吃了的一块鹿肉，与你吃了把（吧）。"康熙忙忙接住，吃了个美味香甜，说："多谢小姐的爱厚，且问小姐，窑房还有什么人？"小姐说："是我一人，我兄长上山打鹿为生。"康熙说："我看你身长[2]岁大，许配谁家了？怎么还未过门？"小姐听说，咳吃一笑，说："我哥哥名叫狮子头张保，我婚太硬，犯死了七个男人，因此无人娶我。"康熙听说："此人命大，怕是还（和）我有个缘配，趁此机会我把她调戏调戏，看她是如何？"正是：

莫说此卷未作成，听我把话说分明。

非是康熙心不正，粉团星宿下天宫。

康熙王听一言满面陪笑，趁无人我把她调戏一番。

翻起来把小姐一把拉住，我有句知心话说你心上。

咱二人学一个孔雀鸳鸯，学一个吕洞宾戏过牡丹。

有小姐听此言心中欢喜，叫了声行路的客官听言。

我哥哥打梅鹿眼前来到，他看见这此事有命难逃。

带说着康熙王上前搂抱，小姐说你丢脱我把门关。

他二人在窑房龙凤相交，说不尽那些话古今稀少。

康熙王这此话按下不表，再表那狮子头张保来到。

有张保打下个金钱花豹，三股叉挑花豹就要回窑。

挑下山走得快来到窑门，却怎么窑门上有了脚印[3]。

忙放下金钱豹一声高叫，叫妹妹为兄来你快开门。

有小姐听此言说是不好，我哥哥他回来又把门叫。

康熙王听一言心惊胆战，叫一声救命的菩萨听言。

你快快寻出路搭救我命，后日儿全不忘小姐之恩。

小姐说你蹲[4]在破缸里面，竹筛子盖缸口摞[5]些碗盏。

却说狮子头张保说："这水月天气，想必我妹子睡着了，我不勉（免）大喊一声。"说："妹子，开门来。"那张金定把［门］开了，张保说："你就睡了个着，把为兄喊了个利害。"说："妹子，为兄的肚中饥饿，你把那块鹿肉拿来我吃。"小姐说："鹿肉〔得〕猫儿吃掉了。"张保说："你怎么和我玩起来了？这野山地方，哪里的猫儿来呢？"张金定无言遮盖，说："兄长，妹子吃上了。"那张保咳吃一笑："素日不是那人。"带说着把缸盖揭起，说："真个无有了？"又观见妹子站在破缸跟前，又遮住，想必把肉放在破缸里了。张保把妹子往前一拉，说："你过来。"康熙吓得战战兢兢，把筛子里碗盏抖得乱响。张保说："你看这个缸里卷（圈[6]）着个什么东西？把碗盏顶得乱响。"带说着把筛子一揭，缸里墩（蹲）着个人，把张保气得跑出门外，拿起三股钢叉就往里跑，迎面就是一叉。康熙照住手腕一脚，把三股叉迭（跌）在地下，张保又拿起顶门的杆（杠）子就打，小姐把她哥哥抱住，土地又迎面一挡，康熙出门跑了。张保把他的妹子摔倒，手拿钢叉后边赶来，那土地把腰带拴在叉头后边撑（拖）住，叫他总（才）未有赶上，一气赶进城去，不题。

再说王进忠和张保童、孙虎醒来，不见主子，找了半日，正在慌忙之处，抬头一看，观见一人赶的康熙。二人走到跟前，把主子让过去，迎住张保，把主子放上走了。三人一的（递）一下[7]，打得躺到街上，那查街的巡役过来，把他三人带[8]张保带上往衙门里去了。那康熙羞得满面通红，进了店房不出门了，那土地也回宫去了。且说王进忠进衙，孙架杆一见，心中思想说："镇殿王爷怎么到了这里来了？"急忙请到里书房。孙大人说："镇殿王爷，如何到此？"王进忠说："主子也来着哩。"孙大人说："主子现在哪里？"王进忠又把前后的言辞细细对孙

[1] 漫漫：慢慢。
[2] 长：高。
[3] 印：抄本写作"影"。

[4] 蹲：抄本写作"墩"。
[5] 摞：抄本写作"落"。
[6] 圈：关起来。
[7] 一递一下：你一下，我一下。
[8] 带：连。

架杆说了一遍。孙大人说："主子不能平安进京，这该怎么样哩？"进忠说："把十四王爷请来商议。"当时把张保童进（请）来，孙架杆急忙叩头行礼以（一）毕，说："王爷想方，怎么把主子平安送进京去才好？"张保童："可也不难，你叫几个木匠，做三尺高、四尺宽的木笼因车，里面挂了红绿彩绸，外拿钉子锭[1]了，妙叫花花小轿，唪（甫）叫木笼因车，叫来八班轿夫，抬进京去，岂不是好？"孙架[杆]说："这事一面有我。"又吩咐人役抬上两桌席，亲自儿进店与主子送席。那众百姓和店家看见，自（只）当是店里站的公侯王爷，谁也不明白。王进忠和张保童、孙架杆贝（背）间说："时（适）才问过狮子头张保的那话不可提了。"他们来到跟前，说："主子，坐了小轿，一齐写文，送与施大人知道。"说："张保童你快快送去。"

　　张保喜心中，大人吩咐明。

　　我回万寿宫，单等一卷文。

孙大人这场话按下莫表，再表那万寿宫施公大人。

施大人坐万寿心中暗想，我一人要破那转化山前。

索三贼他的儿招兵聚将，各处里都来文叫我听见。

今日个破不开索家营盘，文武官笑话[2]我无有才文。

康玉龙贪赃官犯法不轻，叫人役立[3]劈到万寿宫门。

忙吩咐押索景即刻出城，探子马探到那转化山中。

施大人进大营还未坐定，黄天霸忙报与大人知闻。

索家的那营盘人马甚众[4]，我们的人马少怎么[5]所行？

一句话提醒了施公大人，急忙忙传下去几道箭[6]令。

黄天霸宋进朝今晚偷营，李忠良领大兵然后略寻[7]。

催动马进大营三声大喊，他千人不[8]回马避到背静[9]。

有索龙和索虎正然睡着，耳听得贼偷营大吃一惊。

[1] 锭：钉。
[2] 话：抄本写作"化"。
[3] 立：立刻；立即。
[4] 众：抄本写作"重"。
[5] 么：抄本写作"马"。
[6] 箭：抄本写作"剑"。
[7] 略寻：意义不明。
[8] 不：抄本写作"卜"。
[9] 静：抄本写作"净"。

翻起身忙上马喊叫传令，众兵将都睡得迷迷昏昏。

忙拿起马鞭子还当胄甲，手拿着缭缨盔脚上又登。

胡抓枪乱拿刀斜[10]杀横砍[11]，自杀自各斩各杀死多兵。

圣贤爷在云端用目观看，叫官品和官锁[12]你是听因。

索龙的那人马多将广，怕的是到明天又起祸端。

我急忙提起刀明光闪闪，有官品和官锁二人进营。

一霎时杀了个根绝两断，把索龙和索虎杀在营盘。

李忠良黄天霸团团围定，一霎时无红光东方大明。

圣贤爷半天里传道令，收了云揽了旨回上天宫。

还有些怕死的满山避藏，才叫我杀了个风扫群魔[13]。

回营来与元帅即刻禀明，施大人设香案大谢神灵。

又吩咐把他马一齐收堆，移营盘赶骑马一齐进京。

黄天霸周富贵头里所走，又与那孙架杆讲得分明。

张家湾先抬了娘娘金定，和张保狮子头一同上京。

施大人领大兵往前所走，再说那康熙王坐那木笼。

却说张保童把轿子抬到店院，说："万岁，你羞也不羞？你来坐轿回朝。"康熙说："我是（实）在羞得利害，你把轿子抬到上房门口，我坐上谁也不能见面。"张保童吩咐把轿子抬到门上，康熙一见红绿彩绸说："十四王爷，你与我办了这顶好轿。"急忙进去，坐在轿里。那张保童把花栏门一关说："你快拿来钉子锭了。"孙大人说："吓死我了。"那王进忠也不敢锭。张保童把门放着下去，叮叮当当锭住说："抬起来，起身走吧，我们把马骑上走。"不觉几日就到北京，那施公也来在六柱桥上。说那报子马打京里探出来，又到六柱桥上急忙回禀。施元帅得知文武满汉[14]、九卿四相的官长，他递手本，迎接大人，都在燕山城外。那大王爷在皇城里边迎接，施公说："罢了，论起来再的官员皇城里接我还罢了，大王爷，你应该皇城外接我才是个道理，我为你的江山走这一程，你就不能远迎与（于）我？我先与你记下一笔账。"说罢，报子报到（道）〔说〕："康熙主子也到了六柱桥上了。"施公急忙来到

[10] 斜：抄本写作"协"。
[11] 砍：抄本写作"坎"。
[12] "官品""官锁"盖指《三国演义》中的关平、关索二将。
[13] 风扫群魔：抄本写作"风魔扫群"。
[14] 汉：抄本写作"巷"。

跟前，参拜主子说："主子，你好！"康熙说："不用提了，且问天官你回来了。"施公说："回来了，你我一同进京，到了养老宫院再商议罢。"康熙说："把我圈了个利害。"施公说："那就好。"说罢，君臣二人一齐进京，走了。

私访山东转回京，举[1]朝大小又相逢。

六柱桥上俱相会，施公让过康熙君。

耳听大炮响三声，皇城里边都听真。

头队走的五营将，满汉官员进燕山。

孙虎急忙在左边，后军督府进燕山。

二队走的黄天霸，八台总兵进燕山。

三队走的宋进朝，乘马逍遥进燕山。

四队走的押人官，押定索景进燕山。

五队走的李忠良，九门提督进燕山。

六队走的张金定，狮子张保[2]进燕山。

七队走的周富贵，龙拐玉印进燕山。

八队走的施不全，前呼[3]后拥进燕山。

九队走的康熙王，八班轿夫进燕山。

十队走的十四王，保童王爷进燕山。

十一走的镇殿王，进忠王爷进燕山。

十二走的李忠将，手执钢鞭进燕山。

施公走着抬头看，大康王爷南门上。

辞别王爷往前走，进城又到午门上。

施公轿里用目观，皇后太母站门前。

左手拿的龙头杖，右手扶住那门边。

施公这里不怠慢，急忙下轿到门上。

一瘸一点到跟前，问声太母安不安。

作揖叩头跪面前，皇后扶起施不全。

叫声丑官你进前，怎么不见康熙王。

施公这里忙开言，康熙皇爷在后边。

一言未罢到午门，吩咐抬进养老宫。

皇后里黑外不明，不知抬的什么人。

富贵孙孙把我请，老太皇后也进宫。

[1] 举：抄本写作"俱"。

[2] 张保：抄本写作"保童"。

[3] 呼：抄本写作"护"。

施公大人进了宫，吩咐轿夫出宫门。

却说老皇后且问丑官："你们都进京，又来到宫院，怎么不见康熙进宫？"施公说："国母得知，这里边就是主子。"皇后说："你快快把我儿放着出来。"那康熙说："圈了个利害。"施公说："你且慢着，还有话问。启奏主子得知：'那张保童把你锭在木笼囚车，你降罪不降罪？'"康熙说："不降罪。"施公说："那索三是个清官。"康熙说："明明是个赃官。"施公又说："王复同是个赃官。"康熙说："复同是个清官。"康熙说："你把索家姑娘送在绞梁宫里，三绞二亡去吧。"施公说："主子，山东地方杂（咋）说？"康熙说："全都旱了。"施公说："这句话问得又不好了，山东自（只）旱了六府的地方，还有两府未旱，主子说破，日后定要旱。"施公又说："急忙开了轿门。"那张保童把轿子叮叮当当取开，康熙皇爷先把两只手伸着出来，扶住轿杆下轿，皇后一见，手上有了葱（皴[4]）皮，泪珠纷纷。康熙出了轿门，便当[5]跌倒。施公、皇后、周富贵三人急忙搀[6]着起来，母子大哭了一场，那施公解劝，方才不出（哭）了。康熙说："施公，你领了九门提督，点起大兵，今夜晚上抄他索府，鸡犬不留，把索三与我拿来。"皇后说："丑官，你咐（附）耳来。"悄悄说："你把索娘娘千万不可绞掉了，改日我与你说明吧，你把她送在养老院里就是绞掉了。"施公听罢说："这就是了。"说毕出宫，等到三更时候，点起大兵前去把索府抄了个清净，又拿了索三、索景父子二人，一齐拿上金殿。康熙又把他骂了一顿，吩咐把索三斩了，把索景头挂百尺高[竿]，倒点天灯。索家父子归阴死了。

康熙皇爷坐金殿，吩咐封[7]职立朝纲[8]。

急忙口旨往下传，文武两班在朝纲。

山东地方去访贤，救命恩人宣上殿。

吏部天官施不全，封你一字并侯王。

镇殿将军王进忠，封你对坐陪驾王。

[4] 皴：肌肤粗糙或受冻开裂。

[5] 便当：拟声词。跌倒声。

[6] 搀：抄本写作"揎"。

[7] 封：抄本写作"增"。

[8] 纲：抄本写作"刚"。

0032

中国民间文学大系 7-62

九门提督李忠良，当殿封你镇殿王。

叫声干儿周富贵，封你御[1]儿干殿王。

再叫野人宋进朝，九门提督在朝班。

开言叫声张保童，当殿封你十四王。

各州府县你管上，京里京外由你使。

八台总镇[2]黄天霸，封你山西做巡按[3]。

叫声孙虎你听言，封你督府去做官。

开言叫声那张保，封你国舅在朝班。

五湖道官王复同，封你主事护国王。

齐河小县王知县，封你济南做道官。

敬宁州里孙架杆，封你进京顺君王。

开言我把李忠叫，封你九州保驾王。

唐家庄上唐思海，为王与你助本钱。

宋氏张氏二贤良，把你封在贤孝院。

为王封毕都下殿，夸官三天谢穹苍[4]。

康熙回上养老院，文武官员把名扬。

我今念完这本卷，大众爷们莫笑言。

此卷五十零一篇，干干[5]抄了整五天。

费墨费了一锭[6]半，抄纸二十零五张。

费了千辛[7]并万苦，留下宝卷众人念。

有人旦说请着念，念罢急速送回还。

这是几句表明[8]话，莫过耳边当闲言。

闲言淡语便是书，可恨到底没[9]工夫。

有人请念这此卷，才高志广作栋梁。

若是听了康熙卷，辈辈[10]子孙状元郎。

盘古初分到如今，哪个朝里无奸臣？

索家父子起奸心，除绝后来断了根。

听在两耳记在心，念罢[11]众人回家中。

念得眼花头又昏，浑身上下短精神。

人生世上存好心，还要细看醒世文。

南来北去走西东，看破世界一场空。

天也空来地也空，人生缈缈在其中。

日也空来夜也空，谁能头白又黑生？

金也空来银也空，死后何曾带半文？

妻也空来子也空，黄泉路上不相逢。

人想少年花想春，花开如同少年人。

花怕秋霜人怕老，人老花落一场空。

抄写者： 戴天恩

抄写时间： 1933 年 6 月（阴历）

收藏者： 甘肃省张掖市甘州区花寨乡河西宝卷国家
级传承人代兴位

收录于张天佑、任积泉主编：
《丝路稀见抄本宝卷集成》（第八册），天
津古籍出版社，2019 年，第 5—110 页。

标点校注者：李贵生

[1] 御：抄本写作"鱼"。
[2] 镇：抄本写作"正"。
[3] 按：抄本写作"案"。
[4] 穹苍：苍穹。倒文以叶韵。
[5] 干干：这里指不停地做某事。抄本写作"敢敢"。
[6] 锭：量词。用于成锭状的东西。抄本写作"顶"。
[7] 辛：抄本写作"心"。
[8] 明：抄本写作"名"。
[9] 没：抄本写作"莫"。
[10] 辈辈：抄本写作"背背"。
[11] 罢：抄本写作"把"。

2

康熙访江宁

宝卷是本历史书，记着甜来记着苦。

记着几个皇天子，谁个精明谁糊涂。

记着几个顾命臣，谁忠谁奸谁失误。

记着几个地方官，谁是百姓好父母。

记着好人护乡邻，谁是地痞当歹徒。

宝卷也是教科书，指出该走哪条路。

莫要违了大道理，事做端正人心服。

社会总有公德在，休让邪气迷双目。

本本分分少生怪，人不满足要知足。

请听耿介戴圣俞，一块碑石传千古。

话说这部宝卷出在大清王朝鼎盛之期的康熙年间，故事的地点就在那六朝故都南京城。这南京城古名金陵，背依长江，南临钟山，三国时就被称为"龙盘虎踞"之地。几千年来，在这里演绎了一幕幕威武雄壮的大剧，多少文人墨客，留下无数篇各领风骚的千古绝唱。秦淮河水，一天云锦，玉带桥上，人流如织。这卷中的故事，就因这玉带桥下一户人家而起。

这桥下住一户船户人家，三口人过日子紧紧巴巴。

人穷了也没个大名叫法，乡邻们喊老爹还算尊他。

麻绳子从来是细处易断，少银钱偏又遇疾病交加。

无奈何眼睁睁由天打发，泣血泪看妻儿魂归黄沙。

再能耐也难禁地磨天打，撇丈夫更撇下三岁娇娃。

白日里失群雁打鱼摸虾，到晚上泪和面再当母亲。

风浪中十几年摸爬滚打，把女儿拉扯成一朵鲜花。

稍有点积蓄了改换行家，载游客往来于两岸河道。

秦淮河繁华地客多势大，穷苦人免不了要添麻烦。

遇好人自然是好个造化，遇歹人女孩儿顿招冤家。

却说康熙二十三年十一月的一天，是日风清云淡，艳阳高照，正是绅士、夫子游河赏景的大好时光。日上三竿，李老爹和女儿把一条小船摇到渡口上摆正，正准备招呼客人时，只见飘飘然走来一位文质彬彬书生打扮的人，头戴方巾，身穿青袍，两条浓眉，一张方脸，三十岁左右。上得船来，先是两手一抱拳，深深地作了一个揖，开口道："老丈请了，在下要乘你这小舟游秦淮，可方便吗？"李老爹见人家满口殷勤，礼仪当先，上了岁数的人，便忙不迭地还礼回答："方便，方便，听凭相公的吩咐，但不知可有同行伴当？"那秀才笑了笑，挥一挥手说："独自一人，寻芳览胜，免得许多烦恼。老人家你只管划去，船钱是绝然少不了你的。"客人这样回答，李老爹自然会意，也就不再饶舌细问，解开缆绳，收起锚钉，顺手一篙将小舟撑入河中，悠哉悠哉地向前划了去。

你道这书生是何人？他不是别人，乃康熙年间江南第一才子，姓戴名圣俞，字一文，系安徽天长人氏。当时清王朝刚刚平定三藩之乱，把全国真正统一了起来，便转而广招天下人才，欲服民心。安徽巡抚薛柱斗忠心事主，将圣俞推荐了上去。康熙皇帝也久闻其名，一见奏折，便传旨叫他进京见驾。谁知人各有志，这戴圣俞却另有一番心胸，连夜出走，远游金陵。到这里不久，就慕名来到秦淮河赏景。〔真是个〕举目便见：

秋末冬初稻粱肥，大船小船运粮归。

挨挨挤挤一河满，林林总总尽樯橹。

百十来条金粉巷，如织人流任徘徊。

酒气香风摇垂柳，丝竹管弦透梅枝。

远山时随树隐现，鸥翅竞逐浪高低，

商女不计家国事，低吟浅唱金缕衣。

这戴圣俞正在顺流观玩之际，忽听前面一片乱响，只见迎头一只大船，高挑灯笼，几个如狼似虎的恶仆，手提皮鞭，直往两边船上乱打，许多粮船忙不迭地向两旁闪开，碰得乒乒吱哑乱响，霎时间让出一条路来。这戴圣俞是一个不怕事的，见此情景不由得怒火中烧，就对着大船高声叫道："休得放肆，圣俞在此！"岂知一语未罢，那大船径直撞将过来，这小船来不及躲避，竟被碰了个底儿朝天。那李老爹在风浪中滚爬几十年，水性极好，自然不出大岔，而那女儿杏花姑娘和戴圣俞，就只有喝水的份儿了。好在周围船多，一见有人落水，那些船家中好几十个仗义的汉子，便扑通扑通跳下水去，把两人救上船来。两人虽没有灌满一肚子水，毕竟泡成了一个落汤鸡，直冻得浑身打颤。

这里捞人救人，暂且不题。那条大船上为首的原来是皇粮庄尹庄头的儿子尹世忠。这一伙坏主恶仆，遇见了开心事儿，自然止不住哄然大笑，谑语声声。尹世忠看见从水中捞出个粉雕玉琢的姑娘，禁不住滴溜溜地乱转贼眼，叽里咕噜地吩咐家奴，去打问她是什么人家的女儿，住在哪个地方。于是，一场祸事就降临到李家父女头上。正是：

天有不测风云，人有旦夕祸福。

人在家里坐，天上跌下祸。

李老爹和女儿忙忙回家，换好了干衣服心乱如麻。
凭空地^[1]落水中实在冤枉，谁怜念穷百姓风浪滚爬？
这里的心上事还未放下，啪啪啪有几个恶仆来家。
丢两匹素绫绢五两雪花，捎点心四整盒话语难听。
尹公子他父亲官高势大，你女儿去做妾万分造化。
今夜晚快快儿梳洗打扮，到明天来抬你时候不差。
说罢了转出去嘻嘻哈哈，这父女直^[2]惊得心颤眼花。
泪珠儿忍不住扑簌嘀嗒，从天黑直哭到人静夜深。
惹不起就只有躲开一法，三十六走为上何必恋家。
找几件粗衣服绳捆索扎，约摸着水关开忙忙离家。
望星空月牙儿树梢高挂，秦淮河静静的一语不发。

[1] 地：原本作"的"。
[2] 直：本段韵文原本都作"只"。

满肚子辛酸事强忍强压，父女俩急匆匆来到桥下。
摸到了小船上要把绳下，船舱内突然间笑声哈哈。
李老爹才觉得事情不妙，拉杏花急回身跑步回家。
岂知道善良人难防狡诈，此时刻早围满尹府爪牙。
尹世忠坐桥上指手画脚，一声上如同那炸雷当空。
众奴才狗仗势三拳两打，李老爹早已经皮破筋麻。
把杏花架上桥声音喊哑，当爹的更觉得心如刀挖。
挣扎着赶上前诀别说话，尹世忠却气得咧嘴呲牙。
会阴部踢一脚难再挣扎，太阳穴砸一拳眼冒金花。
把一脚踩空了头顶朝下，直撞上石栏杆脑浆开花。

却说这杏花姑娘一见爹爹死于非命，如同发了疯般地挣扎。可一个弱女子，又怎能从那几个恶奴的鹰爪中挣脱出来？只能是一个劲地又哭又喊。这伙恶奴仗势行凶，他们知道主子在这个地盘上的能量，地方官员都敬他三分，这么点鸡毛蒜皮的小事情，谁敢出来说半个不字。所以尽管是贪色害人、草菅人命的事，在他们看来不过是捻只蚂蚁，有什么大惊小怪的。这时节天已经麻影见亮，有个赶早生意卖豆腐的王阿毛走了过来。这王阿毛虽目不识丁，但却生就一副热心肠，一见不平的事情，往往爱管上七八分。他每天都是这么个时候，挑着豆腐担儿，从这桥上走过。今早刚刚临近桥头，就听见哭喊声，还夹杂着粗野的喝骂声。王阿毛看不真切，急急忙忙往桥上走来，忙乱中却被恶奴撞翻了豆腐担，把一天的生意泼撒了个精光，满地狼藉。那一伙恶奴惯于欺人，反扭着王阿毛撕打，阿毛气急，便抡起扁担乱舞一通。那个抓杏花的狗奴才为防扁担，脚下一滑跌了个狗吃屎，杏花乘机挣脱，一头扎进那黑洞洞的河水中。

那尹世忠一见姑娘跳水，把一腔子怒气都发到王阿毛身上。指挥着众人把王阿毛扔下河去，再领上众奴才向河的下游追去。这里桥洞下，黎明前黑成一团，那王阿毛的水性颇好，一扔下水去，倒有了他施展手脚的天地，找见杏花，把她轻轻托出水面，借着亮硬向小船靠近，将已昏迷的杏花推上小船，向相反的方向划去。尹世忠一伙找不见再转回来时，却不见了小船，他恼羞成怒，喝令手下人点起几把火，立时李家小屋火光四起，照见横卧在玉带桥上李老爹的尸体，映着墨缎般的秦淮河水，河水只是发出低低呜咽声。正是：

　　天高皇帝远，恶霸在眼前。

　　杀人又放火，谁是包青天？

呼喇喇地[1]过三天，尸首仍在桥上边。

不知何人行了善，一领苇席盖上面。

纷纷扬扬一场雪，搅得行人心也寒。

老天也怒不平事，织起一领大孝衫。

匆匆又到第四天，雪后初霁天湛蓝。

玉带桥上人围满，一张告白贴栏杆。

圣俞指着高声念，掷地有声音铿然。

非是圣俞管闲事，亲在此地见祸端。

暴尸三天无人管，人命关天非等闲。

我与老汉谋一面，代他喊这天大冤。

便把此桥作抵卖，换得几百安葬钱。

谁替老汉来下葬，此桥由他管多年！

桥是众人来修建，交通要冲不一般。

卖桥之事首次见，狂生之言玄更玄。

乡里传成风一般，轰动桥头两个县。

两县百姓围来看，看此官司怎了然！

众人见有领头雁，种种怒气出嘴边。

有的连声咒恶霸，有的不住恨狗官，

吃王俸禄有其人，谁替百姓雪奇冤？

有的也把弥陀念，百姓咋能斗过官？

吵吵嚷嚷乱一片，两个富商挤中间。

欲要上前问长短，忽听道锣响连天。

人役不停高声喊，四人官轿直往前。

班头乱把众人赶，手里不住挥皮鞭。

一位富商言又止，一位富商轻指点。

却见圣俞挺身出，声如洪钟响一串。

圣俞在此快住手，焉敢放肆欺苍天。

轿中端坐江宁府，官场混成老滑奸。

平素怕硬专欺软，事情急了更那般。

听见有人喊圣俞，大模大样桥中站。

心中不由松半截，莫非钦差到此间？

得罪了他不得了，滚下轿来跪当前。

头儿低得挨着地，望也不敢望一眼。

江宁知府高向台，恭聆圣俞请照颁。

圣俞见此猛一愣，继而明白啥因原。

错把圣俞当圣谕，才露这般丑嘴脸。

随即正色告诉他，学生参见父母官。

向台狼狈把身起，脸色涨成紫猪肝。

听见笑声一串串，更觉威风丢八面。

大胆狂徒传圣谕，欺君冈上罪滔天。

人役与我速拿下，重重捆绑送牢监。

圣俞高喊慢慢慢，功名在身不一般。

谁个敢把王法犯，吓住皂隶整一班。

原来清家有律例，秀才须经专人管。

不经学政革功名，地方官吏不许参。

学生之名父母起，愿代圣贤立德言。

有何罪过与大人，这般怒火出心肝？

向台听他道理端，下跪之气咋能咽？

连声冷笑把话讲，冲撞本官胆包天。

就此一端也该斩，好民不欺父母官。

圣俞不是胆小鬼，两句大话有啥难。

以牙还牙也冷笑，知府大人请自参。

是我失礼冲撞你，还是你把王法犯？

康熙圣君早颁旨，官府出行制度严。

顶子马[2]不随便用，百姓不准随便役。

如你这样胡做法，子民能够活几天？

王公大臣一出巡，街道也得往平铲。

谁是谁非你掂量，休要给我售尔奸。

朝廷法度今日犯，有违圣眷心拳拳。

当街下跪辱朝统，强捉无辜大罪三。

顺手便把冤尸指，可知人命常关天。

冤尸暴陈你不管，食君之禄惭不惭？

学生岂甘蒙奇冤，与你理论见上宪。

向台知把事行短，挥手差役退后边。

上前忙把告白看，谁在这里乱琴弹？

卖桥这是胡乱行，本官岂允如此行。

圣俞高声来答辩，大人出言要细参。

这桥无有主人管，卖掉又有啥相干？

向台觉得理到手，卖桥哪有这随便？

它是皇王官家产，私人咋能胡动弹？

既是皇王官家产，办事为何这么难？

虽然此城设两府，同是万岁派吏员。

为何上元推江宁，江宁又来推上元？

球儿踢来又踢去，竟致暴尸整三天。

皇上委你一方任，收过多少血汗钱？

草菅人命你不管，扪心自问端与偏。

你你你你好大胆，妖言敢把乱民煽。

诽谤朝廷罪该斩，聚众闹事想翻天。

正在强词把理辩[1]，又见报马到桥前。

向台又想发肝火，抬头细瞧傻两眼。

来的不是别一个，总督衙门中军官。

急急忙忙换笑脸，中军却把上谕传。

高知府呀高知府，竟到这里落清闲。

叫我找你腿跑断，速见大帅莫迟延。

一连串的是是是，将爷可知啥事端？

听说圣上已东巡，明天就要到上元。

这话一时说不清，莫要支吾快动身。

说话之间看一眼，一具死尸卧桥间。

人群围满一大片，个个冷冷锁眉端。

中军不由双眉皱，你想留给圣上看？

高知府呀高知府，莫给大帅脸抹灰。

一语直如芒刺背，连连躬身语音颤。

卑职这里知罪了，还望将爷多海涵。

示意下人取谢仪，中军接过露笑脸。

别的闲事我不管，知府快把大帅参。

扬长上马不停点，得得蹄声一溜烟。

却说这军中（中军）官一走，那高向台就把一肚子的火全泼向几个差役："混蛋，发什么呆？快找地保来，把这死尸埋了。"又转身对戴圣俞没好气地说："走着瞧，老

爷改天再来和你算账！"说罢便钻进轿子里，由轿夫抬起匆匆而去。留下的两个差役，皱起眉头连喊："倒霉，倒霉！散开，散开！地保在哪里？"两个人口中一边说，一边驱赶人群。有这好看头，围着的人群里三层，外三层，不愿意轻易散开，赶开这头那头又聚拢来，还没见地保出来。有两位富商走了出来，其中一个四十来岁的走上前来，拿出一锭银子交到差役手中，笑嘻嘻地说："皇天有好生之德，人皆有恻隐之心，你们就多费一点儿心，将这老汉好生掩埋了吧。"顺手又拿出两串铜钱说："这是一点点赏钱，莫要嫌轻。"两个差役一见白的、黄的，自然高兴得合不拢嘴："好说，好说！"便转身操办去了。那富商这才走到戴圣俞面前，一拱手说："这位先生，兄弟好生敬佩，请叙谈叙谈好吗？"戴圣俞见他慷慨解囊，济人之危，自然生出五分敬意，忙还一礼说："有愧，那就请吧。"三个人一同走下桥去。正是：

惺惺惜惺惺，英雄爱英雄。

圣俞和富商，一见成知音。

同登小船上，泛舟秦淮中。

举目望两岸，万紫与千红。

却说明清两朝因南京特殊的政治地位，交通和商贸得到了快速发展，那秦淮河、珍珠河以及进香河等，更是四通八达。戴圣俞三人从玉带桥下租下了一条小船，驾船的是个行家里手，一见三位客人仪表堂堂，谈吐文雅，便识趣地忙忙找来景泰碗、乌龙茶用上好的水酽酽地沏上三杯。三个人重新见礼，序齿入座，无拘无束地闲谈起来。

品茶品茗好闲聊，两位富商说分晓。

绸缎商行不算小，开张多年节节高。

只为京地货源少，才来江南贩绫绡。

东家约摸三十岁，姓名尊为万江山。

四十来岁老总管，名字唤叫云水间。

两人举手连称赞，戴兄大名早相传。

提起就如雷贯耳，今日幸会乃天缘。

尽管当时客商多，圣俞总觉不合拍。

酒[2]逢知己千杯少，话不投机半句多。

君子之交淡如水，最怕面和心不和。

今天一见他两个，愁闷心头转快活。

仗义疏财真个爽，没叫铜臭把眼磨。

好感不禁油然起，一番叙谈更热火。

没有半点[1]市侩气，满腹经纶细叙说。

开口闭口天下事，还问百姓咋生活。

意气相投可同忾，滔滔不绝话偏颇。

河中画舫如穿梭，两岸河房响竹乐。

有名南京十二楼，繁华最是第一个。

前门直达武定桥，后门尚在花园角。

钞库街沿往南转，迤逦就到长板桥。

　　三人一路行来，只听得桨声欸（欸）乃[2]，小船咿呀，远远又见临河酒肆，高挑一幅杏黄旗旆，摇船近前，只见门首一副对联，红底墨字，与旗旆相映，格外醒目。那对联是：扬子江心迎客水，宝华山顶醒酒茶。那富商万江山扫了一眼，指着给两人说："这个酒家倒别有心裁，独具韵味，我们再上去坐坐吧。不知戴先生以为如何？"戴圣俞自然是欣然从命，点头答应。于是三人弃舟登岸，走进了这座"秦淮酒家"，信步上得楼来。只见正面墙上两边又悬挂着一幅（副）对联：贾岛醉来非假倒，刘伶饮尽不留零。中间一帧斗大的"酒"字。三个人细细观赏一会，觉得这虽非名家墨宝，尽管出自民间书家，倒也笔走龙蛇，挥洒自如，显示出深久功力。不由得赞叹道："真所谓酒保菜佣，也具山川灵秀也。"

　　说话之间那酒保送上酒菜，举箸呷口鲜菜后，云水间先开口说话："兄弟是个心直口快的人，有一事倒有向戴先生请教，听说你不受朝廷征辟，托病而去。虽然清高，但国家事业煌煌，正在用人之际，先生何不乘此时而一展大才呢？"圣俞听问此话，微微一笑，答道："为国效力并非一定做官。学生系一布衣，然尚抱一颗赤子之心，上体圣意，下访民情，仍欲为国分忧，与民解难耳！至于这被征辟之诸君，虽不乏致君泽民之贤者，但毕竟混有利禄谄媚之辈，一时良莠难辨，甚至鱼目混珠，斗砂粒金，学

生不甘于（与）他们同流为伍，沉瀣一气，因而不愿意征辟，故托病固辞。尚恐朝廷见怪，一时不明此心，只好远游江东，访万岁所未见之民情，万望仁兄再勿提此。"那万江山听见他这般回答，也不再说这个话题，乘机扯到另方面去，以免引起戴圣俞的不愉快。他说："这金陵是六朝古都，国家重镇，且又如此繁华，怎么竟会有人暴尸街头，却无大小官员过问？若不是今日亲眼所见，要是听人说来，真个不敢相信。"

　　戴圣俞因已亲身所受所见，自是感慨万端地说："足下有所不知，说起来真是个气煞人也。"于是便一五一十地把自己在街头上的遭遇说了一遍，一直说到尹世忠在光天化日之下杀人放火时，连连顿足击桌："可恨呦，可恨！"那主仆二人听罢，不觉满脸惊疑，万江山问："竟真个有这等事？"云水间也插话说："他一个小小的皇粮庄头，权势再大，也不敢横行到这步田地吧？"这话似乎有这等意思：那老汉或许是因冻饿而死，抑或因力衰年迈行走不稳而死。既是殴打致死，地方官也不致（至）于不去过问，皇王爷派他们是干什么来的？戴圣俞听话听音，看出他们的那份狐疑神色，便露出三分苦笑说："看来你们养尊处优惯了，对这子民百姓的苦处，贪官污吏的横行不法，远没我这书生见得多，今天就该详详细细地听一听了。"正是：

　　　　说来话长，一片凄惶。

　　　　贪官污吏，狠似豺狼。

　　　　敲诈盘剥，毕露凶相。

　　　　天日何在，咋雪冤枉？

皇粮庄赏封在两省交界，圈肥□膏粱地百里见方。

庄头儿尽都是皇亲国丈，抑或是把祖业儿孙分享。

这界石这界河由人嘴量，说多大有多大谁敢阻挡！

养鹰犬为防止刁民犯上，保家财更筑起深院高墙。

平日里把后辈放纵娇[3]养，双粮饷尽养成纨绔儿郎。

庄头儿在庄内皇帝一样，出外时常打的皇家旗号。

从不把地方官眼里存放，奴之奴得势了胜过虎狼。

万岁爷住京里富贵高享，能顾到全国的村村庄庄？

[1]　点：原本作"天"。

[2]　欸乃：象声词。摇橹声。

[3]　娇：原本作"骄"。

把军国偌大事尚能轻放，哪能够管家奴保护善良。

袭元制让满人高高在上，汉民官做奴才才能稳当。

人都愿红顶子牢戴头上，谁肯去惹主子自找祸殃？

却说那万江山听这一番言语，不由惊得啊了一声："这两江总督王新命，身经百战，刚正不阿，他坐镇江宁，难道也不管？"戴圣俞说得头头是道："这王总督堪称朝廷良将，但他一介武夫，冲锋陷阵虽十分在行，但对治邦安民却无良策。尽管初到任时刚正清廉，但经不住周围的一伙老奸巨猾溜须拍马，吹捧贿赂，日子久了官场上的旧习气便就沾上了不少，遇事你好我好他也好，拿不出主见，只会点头，人们早就叫他是'点头将军'。可天子硬是将这几千里疆土和老百姓交给他管，实在是打鸭子上架。"万江山连连点头说："是啊，古人常说马上能得天下，但无法在马上治天下。那江宁巡抚汤斌文武全才，精明干练，手中有御赐的尚方宝剑，难道他也不管？"戴圣俞听罢这般语言，便接着慷慨陈词："仁兄有所不知，这汤斌虽说号称儒将，但他的拿手好戏，却是拍马溜须，人们送了个外号叫'汤油子'，不过是靠两片嘴哄得总督大人替他说好话，连连向上表功献宝。你想，没有为江山流过血的人，他能够是守业的材料吗？可朝廷只会听奏折上的好话，反夸他是文武全才，名不符实，竟委以重任。"

说到此处，那云水间当即插话说："戴先生嫉恶如仇，但虑事总不免有点先入为主的偏见吧？"戴圣俞叹口气说："把好的说坏，我本身又重不了一斤，高不了三尺，何须损人名节，更何况毁及国家柱石！但实情如此，要我给他们脸上贴金，说假话，我咋能昧得过良心？两位是从北方刚来，自然不会相信的，就是我刚来金陵，也不敢相信有如此昏暗。但是耳闻目睹，观官府所作所为，听百姓众口一词，再加上这两天的亲见亲历，学生我焉敢妄论？"于是就一五一十地从头讲起。

尹庄头有哥哥京城公干，在多铎王爷府听差当班。

大清初宫廷中风云多变，使机谋让主子步步升迁。

一个人高贵了提亲带眷，他自然成心腹出任总管。

当奴才早学得会溜会舔，因此上宠信得耳目一般。

那汤斌这方面更为老练，拉庄头谋大事结成金兰。

把世忠收义子暗中打点，升道台升巡抚势在必然。

当朝中有这样豪门壮胆，地方上他便会放心做官。

只要有一纸书送去就算，天大事也化成一缕青烟。

江宁府高向台是个摆设，皇粮庄打秋风随后跟前。

小殷勤能把那帝王买转，何况是尹庄头这等刁顽。

发怒气把百姓任意作践，高兴时荐奴才为□[1]做官。

尹庄头和汤斌两人举荐，高向台坐黄堂四品顶戴。

他做官全看的主子嘴脸，哪里管老百姓无吃无穿！

却说万江山听罢了这一番话，连连说："岂有此理，岂有此理！"诺（偌）大声音惊动了酒保，近前来赔着笑脸说："客官爷，要什么好酒好菜只管吩咐，不过小人斗胆说句话，列位爷爷莫怪，你们要多喝酒少说话。"接着左顾右盼了一阵子，声音压得低低地说："听说皇帝老儿要来了，你们若讲出个好歹来，小人可拿出脑袋也担待不起啊！"一句话还没有说完，就听见窗外一片锣鼓和吆喝之声。从窗棂上向外望去，只见秦淮河中一艘快艇在众船中急急穿行，有军校站在船头上狠劲敲锣，边敲边吆喝："圣上东巡，天下太平，为迎圣驾，大帅传令军民人等一体悉遵，不准结伙，休要成群，不准私带各种兵刃，不准窝藏匪徒歹人……若有犯者，格杀勿论。"正在那里高嚷，却见一条大船迎面冲来，传令士兵正想发喊，不料那船上的家丁早已大声呵斥起来："狗眼瞎了，快闪开，快闪开！"军校抬头看了看大船上的旗号，原来是"皇庄尹府"的，就急忙闪到旁边去。那船上尹世忠还一个劲地在催家丁："快！快！"如飞而过。

原来三天前，杏花被救转。

阿毛领回家，与母相做伴。

说知受害事，两眼泪不干。

突然遭此难，心中如刀剜。

父亲惨死后，不能入土安。

自己受大害，何处去伸冤？

喊天天不应，叫地地不灵。

娘俩再相劝，总难把心宽。

王母思无奈，给她做碗饭。

端来劝她吃，莫要自作践。

[1] 此字疑为"宦"。

要想有柴烧，还得留青山。

想得太简单，岂知人使绊。

奸人心不死，立刻来发难。

突然砰一声，踏开门两扇。

进来人一伙，世忠头前站。

凶神带恶煞，砸锅又砸碗。

踢倒阿毛母，扯住杏花衫。

抢上往回走，谁个敢阻拦。

哭声随风送，酒楼也听见。

三人倚窗望，这才看得端。

光天化日下，手段够歹残。

云客大声骂，畜生太大胆。

秀才戴圣俞，更是发冲冠。

快步下楼去，与他不罢休。

大街上虽说是人山人海，见恶霸都忙忙两边躲开。
尹府的众家丁大摇大摆，杏花女被扯得哭声哀哀。
戴圣俞自觉得责无旁贷，挺身出站街前斥其行为。
大白天抢民女天理何在？皇王家有法律岂能容得？
众恶奴见人挡连喝带拽，尹世忠他更加气急败坏。
贼眼睛骨碌碌略略一睐，是何人你竟敢来把爷管？
我是那戴圣俞天子都爱，你一个小奴才咋不自裁？
嘿一声把脏话喷出口外，穷酸才少啰嗦快快滚开。
少放肆你应该洁身自爱，我秀才咋能够叫做酸才？
呦呦呦这口气能把天卖，我今天没工夫说好说歹。
老爷要回府去赏花着彩，不计较你何必挡我道来。
戴圣俞拦住他说得轻快，把姑娘放下了雾散云开。
想要她哈哈哈我为啥来？恶奴们听口音拳头挥来。
戴圣俞是书生只好照挨，退三步跌地上发昏发呆。
尹世忠领恶奴笑着走开，云水间噌噌噌路外飞来。
挡住那尹世忠你且少待，今日个才见你威风气派。
在下是天津客远道而来，想买这小姑娘你把手抬。
想买她掏十万也是瞎忙，要你娘不过是异想天开。
无理话气得人愤满胸间，云水间强忍着斥其无赖。
尹公子咋这般霸道横行，言无状行无状祸根自裁。
尹世忠欺他是孤身远来，仗人多收拾他杀一儆百。
举巴掌照门面使劲就甩，岂不知云水间何等高才。

接住手只一捏牙呲嘴歪，痛得他连喊妈又喊奶奶。
两奴才扑上前想要解脱，把世忠抡[1]一圈轻轻扫开。
屁股上踢一脚爬倒尘埃，忙磕头喊爷爷饶着我来。
众恶奴仗人多一起围来，云水间喝一声雷霆气势。
你一伙谁伸出半个爪来，我叫他霎时间呜呼哀哉。
尹世忠本是个熊包祸胎，瓤[2]人害狠人菜惯出歪歪。
今日个遇高手尝着厉害，一连声斥奴才快快滚开。
你们总要我命少惹祸灾，快快儿放姑娘再莫迟延。
那杏花才得从虎口出来，阿毛娘拉怀中大放悲怀。

却说这云水间吓住尹世忠及其一群奴才，把杏花姑娘救了出来，还没有来得及考虑好如何处置尹世忠，那江宁知府高向台领着兵丁巡查到此。原来两江总督王新命接到紧急报告，说皇上将提前到达江宁，立即召集文武百官到衙门会商，偏偏那高向台到皇粮庄去了，两番催不到，便着人火速追寻，后来被中军官从玉带桥上喊去。王新命平素早风闻高向台与尹庄头打得火热，圣上东巡到此，万一不慎捅出个娄子，可不是玩的。如今三番五次催叫不到，不由得冒出几分怒气来。叫回去以后少不得狠狠地训斥一顿，然后再声色俱厉地向部下作了一番周到的布置：一、派重兵严密保护明皇宫、江宁织造曹府行宫、清凉山广惠寺行宫、上新河江口等必经之处，不准闲杂人等围看和擅入；二、命江宁巡抚汤斌亲自督员，将上述各行宫连夜布置，装饰得幽雅考究，富丽堂皇；三、命安徽巡抚薛柱斗亲自备办迎圣诸事项，贡要丰盈，礼要周到；四、差江苏布政使章钦文、浙江布政使王国泰、江西布政使张永茂等大员亲率下属，检查市面繁荣、道路通畅、物质供应等项，务必谨慎，出一纰漏者立即革职。其余使道和水陆将领各有差遣。最后抽出一支令箭，命高向台弹压地面：这几天平安无事，就算有功，如果发生一点差错，本督定依军法从事，决不轻饶。那高向台诚惶诚恐地领命出来，可谁知就这么巧，在这里遇上了大麻烦。

由于亲自看见过高向台前倨后恭的表演，又听了戴圣俞的分析评说，云水间对他早已产生五分憎恶。现在见他

[1] 抡：原本作"轮"。

[2] 瓤：软弱。

又领着兵丁前来咋咋唬唬，就想起"打狗伤主人"的俗语，先给他一点颜色看看，便对着尹世忠的屁股又是一脚，将他踢到了高向台面前。这一脚尹世忠连疼带吓，更加爬不起来。高向阳（台）一见是生平知己，便忙忙地赶到跟前搀扶。世忠一看是高向台带兵来了，就觉得腰杆儿又硬了，连声高喝："你你你为啥才来？"威风也就有了，对着高向台就是一巴掌："快，快给我把他们抓起来！"高向台用一只手捂着挨了打的脸，一只手指挥手下人："快，快给我抓！"跟随的兵丁闻风而动，气势汹汹地逼将上来。云水间既不挪脚也不动声色，仍在当街站立。戴圣俞却早从地上爬起来，挺身而出："住手！圣俞在此，谁敢乱来！"高向台见又是他，气早不打一处儿来："又是你这小子捣蛋，抓！"戴圣俞朗朗质问："请问高知府，你凭什么抓人？"高向台这时腰板挺硬，声色俱厉："凭什么？告诉你，大帅的将令，你有理找大帅说去。"众兵丁一拥而上推着他就走。那杏花姑娘突然跑出人群，跪倒在高向台面前，连哭带喊："冤枉啊，冤枉！"这一喊把个高向台又给拦住了脚步。因为康熙年间皇上颁发过一个规矩：无论多大的官员出行，只要有老百姓拦轿告状都要受理。这高向台如今虽说奉了紧急命令，十万火急，但皇帝的规矩他无论如何也不敢违犯，于是只好强压怒火问："你是啥人，竟敢来阻拦本府的公务？"杏花还没有来得及回答，那世忠却早已贼眼发亮，张牙舞爪地喝道："快把这丫头给我抓起来！"那些差役们因为没有高向台的话，任凭尹世忠叫喊，谁也不去贸然动手。谁知尹世忠是骄横惯了的，根本不掂量自己的身份，就像喊自己的家丁一样喊骂那伙兵丁："一群混蛋，为何还不动手？"那些差役就更不高兴了，只是用眼睛望着高向台。那王阿毛和他的老娘也一齐跑出人群，跪倒在大街前高喊冤枉。王阿毛连说："小民等一齐情愿去见总督大人。"这高向台被这么多的喊冤声弄得手足无措，进退两难，既怕事情闹大，又想不出个制止的良方妙法，一时傻了眼，愣愣地立在那里。圣俞见了大声说："高知府，圣上东巡在即，尹世忠无法无天，大人要是再胡乱抓人，你不怕激起民愤吗？"这一句话恰点到高向台的痛处，他不由得吐出一句："这个……"尹世忠是个不知进退的东西，在旁边连声喊：

"什么'这个''那个'的，统统抓。"高向台在这种情况下却不敢胡来，只好说声："且慢。"接着把眼珠子转了两转，嘿嘿一笑："你哪里是什么天长戴圣俞，分明是个江湖骗子，跑到这里妖言惑众。"圣俞问："何以见得？"高向台气恨恨地嚷道："我不和你斗嘴，我听说天长戴圣俞是天下有名的才子，连圣上都爱他的书画，几次下旨征召，他岂能跑到这里管别人的闲事？本老爷宽大为怀，你如能在七步之内作诗一首，管你是不是戴圣俞，既往不咎；若做不到，则休怪本老爷执法无情。"戴圣俞哈哈大笑："这有何难？取纸笔来。"那手下人一听此话，看了看高向台的眼色，一溜风地速速办到。戴圣俞道："请问高知府，不知以何为题？"高向台说："就以这天长的天字为题。"他心想出个难题将他抓拿，既可以弹压百姓，又可以向尹世忠交差，三可以使其作茧自缚，无话可说，一箭三雕，岂不妙哉。

这戴圣俞乃饱学之士，咋能被这小小的考题难住。只见他饱蘸浓墨，笔走龙蛇，在铺开的纸上刷刷刷一气写出八个字。高向台一伙人见之大笑："这是什么诗？娃娃都会写！"戴圣俞并不理会这些人的胡言乱语，只见笔底珠玑洒一路，一气呵成了七绝一首：

　　天天天天天天天，天子东巡到江南。

　　金陵山川皆恭候，独有小丑乱跳船。

这高向台看了后面的话，大惊失色。这首诗要是一传开，不要说皇上要追究，就是总督大人一怒之下，自己这条小命能否保得住都很难说。那戴圣俞写罢将笔一掷，哈哈大笑。那高向台就像总督下了催命符，浑身不由得直冒冷汗。

万江山在一旁冷眼相看，到最后乐呵呵点首称赞。

云水间连声儿直说好好，戴先生真是个名不虚传。

这话语把向台刹那惊转，对众人仍然是吹胡瞪眼。

叫差役快快儿随我回还，放他去本老爷言重如山。

带从人一阵风离开街面，杏花女重跪到圣俞面前。

两行泪就如同珠子断线，叫恩公哽咽着再难出言。

众百姓仍觉得怨气不散，打死人又抢人欺了皇天。

这狗官是他的知己伙伴，老百姓到哪里伸冤雪枉？

万江山把杏花轻声呼唤，小姑娘你可敢状告官人？

听得那万江山这般所为，戴圣俞连声说此法不当。

如今的这世道仁兄亲见，到处是官向官黑地昏天。

家贫寒无银钱拿啥打点，再有理不叫讲也是枉然。

万江山说姑娘细心大胆，把冤情直陈到总督衙前。

王总督正忙着恭迎圣眷，他哪里有闲暇顾及民怨？

万江山似乎是稳操胜算，天下事有常规亦有偶然。

他不理你放开泼天大胆，总督府往里闯自见分晓。

那总督必定怕捅出大乱，自然要接状纸整肃吏员。

戴圣俞想了想连连称善，杏花你去试试有啥相干。

只要能将父仇洗雪一半，碎身骨奴也无一句怨言。

连叩首求大人广行方便，书一纸奴家去伸明奇冤。

却说戴圣俞满口答应，三人趸[1]进店铺，万江山和云水间主仆二人站立一旁。只见戴圣俞提起笔来，龙飞凤舞，才思泉涌，一时三刻写就一张诉状，交给了杏花。杏花接过，由王阿毛陪伴，一径去往两江总督衙门喊冤。来到衙门口正要往里闯，突然官衙大开，从里面出来四排顶子马，锣伞仪仗，拥出一乘八人大轿。杏花乃小民百姓，不知就里，以为官衙里出来的就是总督大人，便忙忙跪下高喊起冤枉来。

谁知道这大轿内坐的，却是江宁巡抚汤斌汤大人。他从总督府中议事出来，巧遇杏花拦轿告状，就叫手下人接过状纸。粗粗一看，不由得倒吸了一口凉气：这般事体，如泄露出去那还了得！便吩咐将告状之人带回府去。一到巡抚衙门口，总管一声令下，兵丁立时将杏花捆绑起来。一个弱女子，连个地痞都没有办法抗争，何况那堂堂巡抚衙门，再喊再叫也是枉然，真个是才脱狼口又入虎穴。远远跟在后面的王阿毛，拔腿就往回跑。

却说戴圣俞打发杏花告状之后，便陪着万云二人漫步街头，浏览市容。风味小吃应有尽有，珍贵特产样样俱全，人流如织，一片太平景象。因为圣天子要东巡，自然时不时地遇上巡逻军卒，未免有点煞景。地保们照例沿街敲锣吆喝："大家注意，明天一早，家家焚香，户户挂红，谁要应付，就得小心。"

一家小店在路旁，有一孩子来买香。

香卖光了无有货，难坏店中小老板。

要买你咋不早买？孩子急得泪汪汪。

家里穷得叮当响，我娘有病太难肠[2]。

亲戚跑过十来家，才借几文度饥荒，

明天如果不烧香，一家人儿都杀光。

一把鼻涕一把泪，呜呜呜呜更凄惶。

圣俞目睹这惨象，慷慨腰间解佩香，

轻轻交到孩子手，这香比那买的好。

孩子喜得心花放，擦干眼泪跪地上。

叭叭连磕两响头，手中铜钱捧在手。

硬缠硬塞圣俞拿，大叔不收我心凉。

我娘常常教我说，白要东西理不当。

圣俞不要绝不要，孩子死死放手上。

一口稚气把话讲，谢谢大叔热心肠。

明天一早把香上，祝福三位多安康。

皇帝老儿他在哪，管我热吗管我凉。

圣俞劝他莫胡说，孩子走去心徜徉。

手中铜钱掂几下，哪头短来哪头长。

苦笑一声连声叹，劳民伤财为哪桩？

万云二人同相视，此人之心拿啥量？

三人信步继续游，另一小店景正愁。

皂班催逼迎龙捐，店家苦苦在哀求。

大爷大爷抬抬手，宽限几天把我留。

却说那店家苦苦哀求："这几天小老儿手头实在紧得没有办法，先交罢国赋，又交了修路税、挖河税，前几天又是东巡税，接着又是'龙恩喜税'，今天买香挂彩还是借的印子钱，这迎龙捐实在拿不出一丝一毫了。"那皂衣大汉仗着吃官家饭的身份，开口就骂："你他妈的，老子是来向你讨饭的？这是迎接皇上的喜捐，你竟敢想抗旨不交，难道想谋反吗？"接着恶狠狠的一脚，向老店主的下身踢去。

戴圣俞见大汉撒野打人，忙忙进店喝道："住手！圣俞在此。"他心想高向台堂堂知府，官大势显，经多见广，一提"圣俞"二字，立即把伸出的手都缩回袖筒里，这一

[1] 趸：回转。

[2] 难肠：生活穷困。

个微不足道的皂隶听见此话，他敢不站得端端儿的。岂不知戴圣俞却干了件"对牛弹琴"的傻事，那皂隶是个胸无点墨、专仗官府势力欺负老百姓的地痞，他哪里知道什么叫"圣谕"。所以还未等到戴圣俞说罢，那大汉伸手就是一拳。圣俞慌忙一躲，却闪了个趔趄，云水间抢前一步，一手扶住戴圣俞，一手接住大汉的拳头。那大汉浑身一麻，差点儿跌倒，情知遇上了高手，就双手一拱，皮笑肉不笑地向两人说："这江宁可是咱潘大爷的码头，我这次来是上头所差，秉公办事，若是合字号上的朋友就请松手。"云水间不想和他饶舌，顺手从腰间摸出一锭银子交给老汉。那大汉却不识进退，忙瞪着老汉说："你有银子了，就快给我拿来。"嘴上说着，手便老长地伸了出去。

戴圣俞见他这等模样，一把推开那手说："你就讨几个赏钱，也值不了这多银子，待我给你。"说着从衣兜中取出几个铜钱来，放到大汉手里。那大汉恼羞成怒："你是啥人，竟敢这样看不起人？"气愤愤地把铜钱扔到了地上，将一只脚踩了上去："真不识好歹。"抹胳膊捋袖子要来撕打。圣俞突然大喝一声："大胆恶奴，你竟敢脚踩国宝！"众人一惊，大汉挪脚一看，那铜钱上亮晶晶的正是"康熙通宝"四个字，不由得浑身颤抖起来。戴圣俞朗声说："这国宝上有当今圣上的年号，你随手抛掷于地，已犯欺君之罪，竟敢再用脚践踏，这不是自取灭族么？"万江山早已一脸怒气，一指大汉："给我将这奴才拿下，送往官府治罪。"云水间如同鹰拿燕雀似的，上前三下五除二，将那大汉的双手反剪起来。

那大汉听见如此这般，吓得跪在地上，头顶冷汗直冒，满嘴只剩下告饶的份。因为他也听说，圣天子不日要东巡到此，这个时候出这种事，一旦送进官府里，那还能有命吗？所以就只有连声喊爷爷饶命了。圣俞见他这般嘴脸，觉得既可憎又可悲，摆摆手说："云兄暂请松手。"

大汉一脱身，立即用双手从地上拾起铜钱，放到手心里搓了又搓，放到嘴边舔了又舔，然后再撩起衣襟来擦了又擦，摩挲多时才放到桌子上，那神态十分认真恭敬，然后趴到地上对着桌子一连磕了九个响头，口中不停地呐呐着"罪该万死"的话。再转过身来又给众人乱叩头，不住声地喊："爷爷饶命，爷爷饶命。"眼泪鼻子混成一长串一长串地往地上直淌，要多狼狈有多狼狈。

戴圣俞已经看够他的这般模样，倒觉得有几分不忍心，因为这时候要他的命，也只是一句话的事情。对蝼蚁尚且要爱惜，何况是一个人呢。就厉声说："不要乱嚷！"那大汉才止住哭声，恭聆圣俞的话："你要命也不难，第一免去老人的迎龙捐，第二从今以后改恶向善，再莫要仗势欺压小民百姓。你到那些大户人家去敢这样吗？"大汉连连叩谢："是，是，小人再不洗心革面，就是大闺女养的。"

戴圣俞挥挥手叫他滚蛋，万江山却开了金口玉言。

这等事万不可描轻写淡，私放了怕的是难落安然。

万兄台你不知此间长短，这种人就只会敲诈敛钱。

借圣上大旗号把人作践，野狐子惯会假老虎威严。

早说是心可恶行也不善，但为这问死罪总觉可怜。

略治治能叫他引以为鉴，留一命比杀之功德万千。

他欺民诈钱财罪已不浅，踏国宝敢欺君狗胆包天。

若不交地方官严惩严办，又怎能做得到令出如山？

万兄台言差矣听我分辩，好皇帝从来把百姓当先。

把社稷把自己看轻看淡，才留得辉煌业盛世贞观。

害人虫是在给皇上抹黑，亲眼见就觉得气满丹田。

可你知普天下吏员千万，多少人在如此狼狈为奸？

俗话说眼不见干净一片，皇上他鞭再长难及此间。

知罪了就应该将他赦免，即处死与你我添寿几年？

你今天把此人私放回转，官府里追究来谁敢承担？

问左邻与右舍一起作证，欺君罪会使你挨刀挨鞭。

人只求扬正气披肝沥胆，谁计较生与死安不安然。

兄台你是明人更具高见，何必要多一分杞人忧天。

说罢了便连声斥那大汉，快快快滚出去何必拖延。

那大汉和店家同跪地面，连磕头谢三位救命之恩。

这边厢啰嗦事还未结尾，王阿毛又跑来连声喊冤。

把杏花遇难事急说一遍，戴圣俞便陪他再去抚院。

巡抚在书房，连训高向台。

捎带尹世忠，两个大蠢材。

睁着大眼睛，硬要去跳崖。

如今啥时候，竟还乱插柴。

总督见此状，你命能留得？

挑刺带好肉，老夫也得挨。

一番发作罢，世忠告哀哀。

恳求汤大人，将她赏不才。

多多送银两，永远将恩戴。

真是顽劣性，不把旧习改。

赐是赐给你，莫要争着来。

圣上离开了，再来做安排。

如今一生事，成败垂千载。

老夫升与降，你们好与歹。

在此一举措，准成不准败。

圣上好书画，更爱圣俞才。

行宫正缺此，各方求未得。

听说戴圣俞，已往江宁来。

若能找到他，大功便告成。

听罢汤斌话，世忠笑哈哈。

我当是哪个，才是狗煞才。

不仅见着他，还见他写来。

却说汤斌一听，不禁大喜过望："你们见过，在哪儿？"高向台心中暗骂尹世忠蠢，面子上却已无法掩饰，只好拿出戴圣俞写的那首诗，汤斌接过一看，又气又喜："这种事怎么能传入圣上耳目？快去，快去找他！"尹世忠夸下海口："这费不了吹灰之力，我不上半刻功夫，就将他抓来。"汤斌气得直摇头挥手："莫要胡行，快去给我请来，用八抬轿子给我抬来。"

可巧就在汤斌一伙人计议之时，那王阿毛把戴圣俞搬来了。他们两个来到巡抚府门前，那守门的兵丁挡住不让进去，好说不行，歹说也不行，两边正在争执不下，高尹二人从府里大摇大摆走出来。到门口望了一服（眼），便毕恭毕敬地把戴圣俞请了进去，把王阿毛仍挡在门外。

汤斌一听说戴圣俞来了，满脸堆笑，破例地降阶相迎。戴圣俞只好以礼见过，直言快语地说："汤大人，学生我告状来了。"紧接着语如连珠，把尹世忠白日抢人致死人命，高向台仗官挟势放纵真凶的话，一古脑儿端了出来。那高、尹两人在旁边听得，直恨得咬牙。汤斌却不置可否地哈哈一笑："戴先生名不虚传，这才是读书人的本分，老夫一定严究此事。"戴圣俞听见这般回答，接过话头紧追不舍："那么就请老大人击鼓升堂，审理此案，惩罚元凶，与民做主，如有虚妄，学生情愿跪刀尖滚钉板。"汤斌轻轻一挥手："戴先生何必认真，这升堂问案最早也得五天以后。如今圣上东巡，明日就到江宁，老夫身为本地巡抚，重任在肩。戴先生是知书达理、明白通达之人，依你高见，你说圣上东巡事大，还是这条人命事大？"

戴圣俞明明知他这话里含有几分搪塞推诿的意思，但却又找不出什么合适词句来辩驳他的话，只好请他先把杏花姑娘放了出来。不料汤斌却一口否认有这么一回事，戴圣俞去拉上王阿毛作证，汤斌叫人将王阿毛乱棍赶出。一气之下，戴圣俞怒冲冲地说："走就走，我们找总督大人去。"那汤斌却又赔着笑脸，赶忙拉住："戴先生莫要计较，来来来，人役们看茶伺候。"

一会儿茶过三巡，家将抬上一幅精工装裱的屏幅，这正是戴圣俞的精心杰作《北疆奔鹿图》。汤斌满脸的得意神色："戴先生，想不到吧，去年大作甫毕，不受征辟，疾而离去，留下此画，既未题诗，又未落款，实一憾事耳。不意此画由安徽薛巡抚呈现（献）给了总督大人。现在圣上东巡，行宫中正缺一画，大帅亲自选定它又交给老夫，命我布置行官，只好恭候戴先生亲笔题诗落款了。"圣俞一听，顿生不快，懒洋洋地回道："本当从命，只是今日学生连遇不快之事，毫无诗兴可言，只好改日题写了。"汤斌听了这等回答，不由心中气急相加，于是威胁利诱全上，好话坏话齐说。总之是，无论如何今晚得给行宫完成应急之作，不然他怎么交账？到了这步田地，戴圣俞心里再不乐意，也只好勉为其难了。

早有从人捧来笔墨伺候，汤斌也恭立在旁边观赏。戴圣俞略略一思索，气贯笔尖，在纸上泼出七个字来："当今圣上并非人。"汤斌大惊失色，心提悬到嗓子眼子里看下文："天庭紫微下凡尘"。众人连连叫好，紧张气氛一扫而光，个个脸上露出笑容来。接下去又刷刷刷刷写出一句："偏有将军似狼虎"。汤斌的心又一次绷紧起来，连声催他快写："戴先生，快，快写出下句来。"戴圣俞将笔提起来，头左右摆动摆动，最后干脆把笔扔到桌子上："唉，纯粹没词了。"

尹世忠大怒，上前欲行无理，那汤斌却识趣地高喊：

"来人哪，快快泡一杯上好的毛尖茶，传厨房速备一碗燕窝参汤，给戴先生提提神。"又连连说："戴先生，你别着急，想好了再写下句。"口中一边说着，一边下意识地给戴圣俞打起扇子来。戴圣俞胸有成竹，从从容容地起身打了一揖说："大人，这么冷的天，您给学生扇扇，我实在担当不起，大人要学生别急，我自然听您的话，一点儿也不会慌乱的。"汤斌觉察到自己的失态，如同身临大火，满头是汗，他怕闹不好反捞（落）一个欺君的罪名。

戴圣俞对他们的慌乱装作没看见，只是在那［儿］侧耳谛听，汤斌也只好屏住声息注视他。约有一刻，圣俞高声自语起来："啊，听到了，听到了。"汤斌问："戴先生听到了什么？"圣俞带着一丝苦笑说："大人，你也来听，这是杏花姑娘的哭声。"汤斌暗笑，他心里知道，那杏花被关在最里面的密室中，不要说还被堵住了嘴呢，就是放开喉咙喊破了嗓子，声音也传不出来。嘴上说得却是若无其事："先生别胡思乱想了，还是快想你的下一句诗吧。"圣俞说："我被这哭声搅得心烦意乱，六神无主，实在想不出什么好句子来。"说罢，仍然在凝神闭目，侧耳谛听，把个汤斌急得差不多就要跪地求饶。戴圣俞估摸着火候差不多了，又乘机换个说法："大人啊，是否下人私自将杏花扣押了起来，而做出有碍你政声的事情？"王阿毛心中明白，忙用手指定管家说："大人，就是他亲自将杏花扣押进来的，我亲眼看见。"汤斌到此只好自己解围，忙忙走过去，对住那个管家模样的就是一巴掌："混蛋，你干的好事！快去给我把人放出来。"那管家两头受气，但又不敢违抗主人的命令，只好满腹含怨地去把杏花带来。戴圣俞见了微微笑道："汤大人，学生已想好了下句，但是我要亲眼看着他们走出府去。"汤斌到了这步田地不依也得依，一咬牙，吩咐几名家将跟在他们后面送出去。戴圣俞亲自将杏花和阿毛一直送出府门，看着走远了，方才昂然返身入内，举起笔来一挥而就："驱逐灵鹿入神瀛"。

汤斌自然松下一口气来："戴先生的诗画珠联璧合，相映成辉，大鉴一用，真个会流芳百世的。"圣俞却哈哈笑道："汤大人用心良苦，何必过誉，学生早知妙机，只要印鉴一用，你就大功告成，我不过替人做嫁衣裳，死而何憾啊。"汤斌的脸上一阵青，一阵红，真个等戴圣俞签了名，用了印，便杀气顿现："来人！"尹世忠早已捺不住性子，匆匆上前，一巴掌将圣俞打倒，众家丁一拥而上，不费吹灰之力地把圣俞捆了起来。正是：

未能报天子，先受小人欺。

管家急急禀连声，织造曹爷过府中。
说有公务紧急事，通报也嫌慢五成。
上话还未落下音，曹寅已经闯进门。
汤斌一脸不高兴，却又不好不出声。
忙叫家丁来让座，又叫家丁带犯人。
曹寅连说慢慢慢，下官正找戴先生。
故而斗胆把府进，尚望大人让三分。
惊得汤斌眼直瞪，什么什么问连声。
曹寅连连笑出声，大人不要起疑心。
天长圣俞戴先生，为何在此受法绳？
巡抚大人有命令，他的手下要凛遵。
不看僧面看佛面，看我到你府上行。
汤斌只好连摆手，家将忙忙松了刑。
曹寅上前连打拱，连声失敬忙出唇。
听说先生来抚院，特来请你敝舍行。
汤斌怒气犹未散，曹大人啊请说明。
下官不便详细说，冒犯之处请容情。
他在你处事已了，让他跟我去府中。
汤斌听罢沉下脸，下官得罪曹大人。
这是一个重罪犯，已命差役锁其身。
愿闻大人示其罪，本院职司说不成。
喝令人役押下去，两旁人役忙遵行。
曹寅见他被押走，不慌不忙立起身。
汤斌皮笑肉不笑，何不赏脸坐一时？
嘴上这样在客气，身子早下逐客令。
曹寅连说休客气，大人留步莫劳神。
幸亏下官来得早，足可复命回圣君。
汤斌听见话头紧，忙拉曹寅后衣襟。
曹大人啊曹大人，请你明白说几分。
曹寅边走边讲话，连把汤斌大人称。
既然你肯来下问，我就讲出里面情。
圣上飞檄到我府，叫我寻访戴先生。

无论如何要请到，求贤之心急未宁。

他既已被你收审，我有何颜敢讨人。

只好以此去复命，听与不听在圣君。

汤斌急出浑身火，忙忙双手扯曹寅。

曹爷请你把步留，恳求劝劝戴先生。

忙命下人请他转，曹寅旁边说几声。

既然他把王法犯，大人尽管处重刑。

当今圣上英明主，是非曲直会公论。

不但不会[1]怪罪你，想来还要往上升。

汤斌心里啥毛病，自己知道哪点疼。

脸色红了耳朵赤，几头小鹿直扑腾。

望着带到戴圣俞，抱歉抱歉说连声。

戴先生哟戴先生，君子肚里把船行。

大人不记小人过，莫记方才玩笑情。

老夫生来如此性，爱和名士假作真。

先生不愧铮铮骨，富贵威武不屈身。

天下楷模人人敬，老夫比你逊十成。

忙把两人送出府，一肚恶气恨不平。

回头却把家将见，巴掌抢到耳朵边。

世忠见了直咕哝，姓曹的是啥东西。

汤斌连把畜牲骂，都怪你这惹祸精。

虽说曹寅官不大，曾伴圣上十余春。

圣上对他宠信甚，东巡常宿他家中。

总督也得三分让，我咋敢去争输赢？

却说汤斌因顾忌圣上东巡在际（即），怕坏了自己的前程，只好忍疼将戴圣俞放了，直把旁边的尹世忠气得说不出话来。有那高向台搜肠刮肚，想出了一个歪主意："以卑职之见，把杏花捉来献入行宫，既可堵住百姓的嘴，让众人少发议论，又让那酸才有苦难言。"汤斌一听连连称好，急忙带着高向台去见总督大人。正是：

> 三人兑付药，闹死狐狸精。
>
> 何况现任官，势更多三分。

却说那两江总督王新命，乃是从疆场上挣来的高官厚禄，实际上不过是一介武夫。对于圣上东巡这等盛事，胸

[1] 会：原本作"套"。

无点墨，捉襟见肘，除让兵士严密提防外，礼仪等项就全权委托汤斌、薛柱斗等人去办理了。不过对下属叮嘱再三，凡有利于皇上赏心悦目的事，一体悉准。正是：

> 君乃臣纲，凛遵为上。
>
> 稍有不敬，累及乡党。

王新命做总督赫赫在上，谁知他心腹事常压胸膛。

老夫我居高位福禄尽享，自己的亲生母却是偏房。

那清代宗族法官家定颁，儿为主娘为婢难正三纲。

那一年进京去晋见皇上，康熙爷便问他要啥奖赏？

王新命跪地上磕头山响，不出言两把泪洒尽凄惶。

康熙王已猜出他的难肠，朕一定会封赏你的娘亲。

从没有不透风三尺厚墙，一句话早传到老爷耳旁。

把新命夹脑勺一顿拐杖，官帽子也打得跌到地上。

你奴才如不把家法着想，你的娘刹那时去见阎王。

王新命心中窝一肚冤屈，大臣的家务事咋禀皇上。

可康熙非一般孤家寡君，网人才为的是添翼长膀。

前宫里踱方步主意早想，后宫里去请安禀知皇娘。

第二天皇太后懿旨颁降，召命妇更专召新命亲娘。

皇宫外把大轿停列两行，只一顶二人轿实在寒碜。

宫宴中侍女门熙来攘往，一看见谁都是眼睛斜张。

有太后却怀着另样心肠，召近前执其手问短问长。

转回身对大家再把话讲，女人家贵有德才振夫纲。

生一个好儿子国家有望，二人轿换八抬应不应当？

众命妇听太后这般封赏，有谁敢说不字乱把嘴张。

内务府立时儿做出文章，派特使去王府懿旨宣颁。

又张灯又结彩喜炮燃放，着百官送贺仪又送贺幛。

王老爷再不乐也得捧场，怕的是薄情面惹恼娘娘。

新命娘回府时早不一样，摆执事一整套人役两行。

四宫女服侍着款款上轿，到府第开中门非同寻常。

把大轿直抬进大厅停放，王老爷顶大礼岂敢轻妄。

跪地上拜三拜如拜皇上，吓坏了轿中的新命亲娘。

做侍妾每日里受尽凄惨，今天咋水倒流日出西方？

老爷他在轿前把头磕响，我咋能受得住抖如筛糠。

有中使连声把夫人尊上，老太爷谢过恩早非已往。

太后旨着你们大礼重讲，众官员一个劲拍手鼓掌。

把大礼行过了圣旨又降，赠诰命封一品喜坏儿郎。

0046

中国民间文学大系 7-62

王新命从此后感念皇上，忠君事沥肝胆绞尽肚肠。手下人犯别罪从轻发放，违圣意送小命立见阎王。这一次万岁爷江宁巡访，他更是差部下费尽思量。要不然众吏员济济一堂，却为何求圣俞题诗签章？

却说汤斌进了总督府，恭恭敬敬地行过大礼，把刚才那帧屏幅呈上，王新命看了几遍，满心欢喜，着实夸奖了几句。汤斌见王新命正在兴头上，便乘机进言说："鄙职奉将令布置行宫，万事俱备，只是几处行宫多年不用，缺少妙龄女乐，奈何？"王新命说："圣上龙舟之内，难道还少得了这班随从？"汤斌见王新命的口气内有几分活动，自然便拿出了他的连珠妙语："大帅欠虑。龙舟中纵有美女千名，乃尽是北地生长，习性粗俗，且又旅途劳顿，哪能及我江南的国色天香，粉黛佳丽？家有美味还要先奉给父母，岂可让圣上到我江宁坐冷板凳宿空床，有长夜寂寞之感！"这番话说得好不头头是道，入耳中听，把王新命听得直点头："是，是，是。"想了想说："圣上是英明之主，岂能做广选民女之事？"汤斌连连说："不不不，绝不多选，也不大事铺张，只挑十六名绝色女子便可，这样做的好处有三，上中下皆大欢喜，取沧海之一粟，民不惊扰，体察圣意，忠君报国，服侍圣上，得邀天恩，尽你之心，大人何乐而不为呢？"王新命听罢，觉得他说的完全有道理，不由得露出一脸欢悦来。汤斌乘机说："既是大人同意，那此事就交给高向台去办吧。"王新命命人传见高向台，把这件差事交给他去办，高向台叩罢头，得意洋洋地走了。

那高向台奉大帅的将令，便径直扑向王阿毛的豆腐店来，第一个就把杏花抓了去，然后胡乱去乐坊中挑那岁数轻些的凑够十五名，送到清凉山广惠寺行宫，转身去交差了。

再说戴圣俞被曹寅请去，略饮了三杯压惊酒，总觉得一肚子不快，坚决告辞出来。曹寅无法苦留，只好送出府来，互道珍重，打拱告辞，暗暗地派了两个家丁跟在后面，远远地保护着。等他来到豆腐店，那杏花又被抓走了，王阿毛的老娘，连气带吓，晕倒在床。戴圣俞想不到圣上东巡，竟还有在民间选美之丑事，连连跺脚："可惜呀可惜，昏君呀，好昏君！"便满腹怨愤地又来到了"秦淮酒家"。

此时已近黄昏，酒家附近平时是最热闹的时候，今天却显得格外的冷清，一抹残阳，斜落在水面，波光上就映照出片片血红。戴圣俞要来一壶冷醪，独酌浅斟，自敬自饮，酒人愁肠，酩酊大醉，用手指着那斗大的酒字就骂："我只道你是有用有为的圣明之主，却不料你竟比它还昏庸无能……"店小二大惊失色，忙跑过来劝阻，邻座酒客也一个个像躲瘟疫似的匆匆走了。戴圣俞酒壮三分胆，竟毫无顾忌，端起酒杯，用力将杯中的酒向那个酒字泼去："你这昏君，你和尹世忠、高向台之流有什么区别？你是他们的大主子，他们就是靠你才敢这样干的！"店家吓得无计可施，浑身冷汗直流。这时只听得有人朗声说："啊，戴先生在这里喝醉了？"原来是万江山和云水间二人。戴圣俞一见大喜，拍拍双手说："两位兄台快请，我等你们多时了。"一向热情好客的店家，指着寂无一人的厅堂楼阁，好话连天："恭请三位早早回去，改日光临。"万江山不解其中之意，要询问究竟，店家只好可怜兮兮地低声解释说："听说，皇帝老儿明天就来了……"

这里一句话还没有说罢，早被戴圣俞厉声打断："皇上，皇上，管他个屁！戴老爷我要和朋友饮酒，碍不着他，昏君一个。"云水间见他真的喝醉了酒，急忙把店家支走。万江山微微一笑："戴先生，你说皇上是昏君，何以见得？"戴圣俞借着酒力，把窝在心上的话一齐倒出来，伸出大拇指说："好，你倒是个不怕事的主儿，痛快，干！"脖子一扬，把一杯酒咕嘟嘟倒进了嘴里，咂咂舌，一口气接着往下说："万兄，我一向认为，皇上英明圣武，虽然不是神，也是人中之龙，忧民疾苦。可他在那里东巡西巡，这下面的各层官吏，一方面迎来送往，中饱私囊，一方面习学引进，事事效尤，借机巧立名目，敲诈勒索，一个个吃得脑满肠肥，腰缠万贯，还不是处处吸老百姓的血汗和骨髓吗？"万江山说："这并非皇上所为。"戴圣俞听了仰天大笑一阵："万兄竟这么天真，历代昏君，出个坏点子都不得了，有几件坏事能亲自去动手呢？如果亲自动手干了伤天害理之事才叫昏君，那秦二世、刘阿斗就都是英明圣主了。"

万江山不由得脸色骤变："戴先生，这可是大不敬。"戴圣俞淡淡一笑："大不敬？要是能见到皇上，我还要亲自问他，老百姓的苦处他到底知道不知道？他跑来跑去不认真办一件事，却还自以为勤政爱民，明察秋毫，这不是昏君又是什么？各级官府打着他的旗号为所欲为，只要能吃上人的都想方设法吃人，这不是致乱之由又是什么？借东巡之机，强抢民女以充宫廷之乐，这岂不是骄奢淫逸又是什么？"万江山深感意外："果有此事？"戴圣俞说："杏花姑娘又被强抢进行宫。"正一问一答间，几名官兵冲上酒楼将三人围定，高向台嘿嘿两声走了进来："少再撒野，带走！"

那云水间满不在乎地站起身来问："想动武吗？"高向台色厉内荏地喝道："你想造反？这可与前面不一样，明目张胆地诽谤圣上，可是诛灭九族的大罪。"对军士连声喝道："快点动手！"不想两位曹府家丁从后面挤出来，一齐行礼："奴才向老爷请安。"高向台问："什么事儿？"家丁禀道："家老爷拜上老爷，这三位爷是家老爷的客人，家老爷吩咐奴才服侍他们回府，恭请老爷行个方便。"高向台一脸阴云，冷冰冰地说："回去禀告你家老爷，说本知府多多拜上曹大人，只为奉了大帅将令在这里弹压地面，这三个人乃污蔑朝廷的钦犯，不敢私放，曹大人要是想要他们，就到总督府去要好了。"家丁一听此话，软中带硬地回答："大帅与家老爷也是忘年交，还望你不看僧面看佛面，大家落个方便。"那高向台不识就里，使出一脸怒气："人说宰相家人七品官，这曹府的几个奴才也如此大胆，敢在我面前张狂！回去告诉你家主人，案情重大，实难从命。"接着又喝道："众军卒快动手！"众军卒只好一拥而上，云水间大喝一声，如巨雷滚过长空，接着"乒乒乓乓"几声，两个家丁早已打倒了几名军卒，各把兵器抢到手中，显然准备拼死相护。高向台吃惊不小，他根本没想到会有这样的局面出现。众军卒已张开弓箭围成一圈，高向台心想：那三人拒捕，就是死了也有大帅的令箭挡着，这曹府的家丁要是有个三长两短，或者山高水低，就难以给人家交待清楚，便不由得心里打算盘，思量如何收场，却听云水间怒喝一声："高向台，休得无理！快带领我们去见王新命。"听见他直呼总督大人之名，心想来头一定不小。高向台只好顺势下坡："看在曹大人份（分）上，本府不难为你们，那就快走。"众军卒如临大敌般地

把三个人拥下楼去，曹府家丁暗留一人跟着，另一个人如飞地给曹大人报信去了。

进了总督府，王新命和汤斌等正在客厅里议事，高向台早早在二门外站定，请中军向内禀报。万江山也不理会那几个门卫，拉着戴圣俞昂然而人（入），云水间紧紧随着。守门军卒过来拦阻，却被云水间轻轻一推，却已趔趄在两旁。万江山大踏步地走进大厅，王新命和汤斌抬头一看，认出康熙主子，大惊失色，连忙跪在地上，"圣上""万岁"地乱拜乱叫，慌忙中桌上的茶杯被碰到地上碎成八块，也无人顾得上收拾。

康熙在大堂中间坐了，众人重新排行行过大礼，大厅竟跪满了一地人。戴圣俞的酒气此时早已散了，他想不到事出这般，只是木然地站着，仿佛呆子，也忘记了跟着别人跪拜。那高向台虽然跪着，却吓得像头上挨了一闷棍，轰轰地作响。康熙一摆手，一等侍卫、御林军总管云涧——也就是云水间喝道："圣上有旨，将高向台摘去顶戴，押牢候审。"两亲兵立即上前，遵命将高向台押去。

打断骨头连着筋，押去向台急汤斌。

忙了忙了实忙了，忙得哎哎哼连声。

万岁万岁万万岁，为臣奏来请您听。

向台误把龙颜犯，千刀万剐犹嫌轻。

不过是奉大帅令[1]，虽说草率也为君。

老奸巨猾王新命，也是忙忙出直声。

卑职不知万岁到，有惊圣驾罪万斤。

向台他奉为臣令，恳乞龙恩宽三分。

康熙见了连声笑，真个难为王爱卿。

向台已犯不赦罪，确实不为触犯朕。

这般安慰王新命，回首厉声问汤斌。

你在此地多少年，民奸民刁谁教成？

皇[2]粮庄的尹世忠，爱卿你可知此人？

汤斌不敢回半句，遍体冷汗往下淋。

其凶其歹朕亲见，捉与不捉随爱卿。

汤斌领兵忙忙走，汗透后心与前胸。

[1] 令：原本作"夸"。
[2] 皇：原本作"童"。

巡抚亲自捉百姓，事不寻常得躬行。

闹不好时要送命，哪里还敢想前程。

却说汤斌尽管平常作威作福，但此时在君王面前，他只好摇尾乞怜，俯首帖耳，乖乖儿地听从康熙爷吩咐，生怕有一点儿不周到，丢了官职事小，[弄不好]连那条老命都得搭上去。一听说问他捉不捉尹世忠，虽然心里一百个不愿意，疼得像拿刀子割身上的肉，却没胆说出半个不字来。于是就急匆匆地领上兵卒去了。这时康熙才腾出身，长长出一口气，问起戴圣俞来。

康熙王坐大堂一派威严，黑压压跪拜倒众多官员。

独有那戴圣俞端端立站，既不惊也不乱面色从容。

你如今可知晓罪有几件？臣民我无一丝罪状在身。

康熙王听他话不可[1]置辩，更觉得犯龙颜大礼不端。

你就是有满腹忠肝义胆，众人前也总该按部就班。

本能地张天子威风八面，厉声儿斥圣俞妄习先贤。

使他人踩国宝真够大胆，大街上酒肆中出口恶言。

如此的大不敬造罪千万，岂能够一句话推个干净。

王新命听此话早已翻脸，连声儿尊圣上为臣有偏。

臣念他有文才多方眷顾，谁知他不识数诽谤龙颜。

前头水扯开渠后水不站，轻饶他就会叫百姓哗然。

有云涧在一旁另把言献，叫圣上你还须格外恩宽。

戴圣俞虽说是执拗不转，但其心是为君除弊去奸。

三杯酒更激起忠肝一片，斩他会塞贤路让民心寒。

王新命也再次强争力辩，云大人你休替狂生遮掩。

大清朝有刑律定好条款，岂可能因一人废成纸片。

这国法从来是不留情面，若赦他咋治住愚民万千？

康熙王听此话沉思不语，得设个好计谋其美两全。

王爱卿将圣俞权且好看，不能让下人们刁难二三。

王新命听此话虽说不愿，但还得依主子吩咐照办。

有曹寅急匆匆赶进府院，为臣我护驾迟谢罪连连。

康熙王笑呵呵不住赞叹，朕不虚此一行所闻所见。

那曹寅也来替圣俞周旋，万岁爷还请你听臣微言。

戴圣俞生就的忠肝义胆，嫉恶事如仇敌再二再三。

他想着老百姓吃饱穿暖，民安了国家才稳如泰山。

[1] 可：原本作"客"。

即就是过头话把您冒犯，究其竟也还是忠君心田。

请万岁您定要网开一面，容一人何损于万里江山。

对这事朕自然已有主见，绝不让爱卿你眼望心悬。

却说当天晚上"秦淮酒家"另行妆饰，角灯高悬，亮如白昼，景色灿灿，楼内楼外焕然一新。按照康熙的吩咐，附近巡逻的兵丁已全部撤走，但王新命此时再绝不敢掉以轻心，叫自己的亲信卫队一律换成便衣，在附近围成一个看不见的铁圈，周围的住户、街上的行人不许轻易走动一个。楼内奇花异卉，争芳斗艳，楼下的秦淮河水，清澈如镜，烛影倒映。临窗远眺，只有远山留有一抹残雪，和着夜风吹来的微微寒气，才使人知道是隆冬季节了。

那康熙仍是白天的妆束，独自坐在窗前，面对着如花似锦的夜色，望着桌上杯盘罗列的山珍海味，却总觉得有一丝乏味的感觉。这时只听得楼梯踏踏，一先一后上来两个人，云涧把戴圣俞领到楼上，便躬身退了出去。康熙面对着戴圣俞，也不等他行礼就说："戴先生，今晚朕与你叙朋友之谊，明天再正君臣之礼，请坐。"戴圣俞并没有过分地谦辞，就乘势儿坐下。康熙开口说话："朕今日私访江宁，天遂人愿，能够访见戴先生，虽一日之交，却觉得谊深数载，还望体谅孤家求贤若渴之心。古人云'人生得一知己足矣'，朕久有厚望仰慕之心，如今和你在此楼上，须当尽醉方休，尽欢才散。"圣俞听了，赶忙接话："白天为朋友，坦（祖）胸相对，情同莫逆，志趣相投，谈吐风雅，所以能酒逢知己千杯少。如今有了君臣之分，动辄则恐怕得罪于陛下，那话不合体就有半句也嫌多了。"

康熙花这么大心思自有他的精明打算处。原来那时清朝建国不久，内外甫定，但民心并未完全臣服，尤其是南京乃前明故都，不少汉族士人常去明孝陵哭陵，一哭就提起那"扬州十日""嘉定三屠""江阴八十一天"等等国难事件来，这种行为自然为朝廷所不容，不知有多少人死在清廷的屠刀之下。可是民心杀不绝，杀掉一批，又有一批人仍起来这么干。后来康熙登基了，他反思此事，杀不是个办法，采取了另一种软的手段，把收买民心收买士心，作为治国的根本。因而亲自去祭奠明孝陵，御笔亲书"治隆唐宋"的功德碑，立于朱元璋墓前。这个意思很明白，明太祖朱元璋的功绩，比那唐宗、宋祖还高。那些去哭陵的人一看，清朝皇帝对朱元璋的评价比我们还高，况且时间渐（越）长，记忆越淡，人们也禁不起过多腥风血雨的折磨，仅凭自己哭哭闹闹，能把握有重兵的清皇赶走吗？何必拿着鸡蛋往石头上碰。现实使人们学乖了，自此江南一带渐安，确也起到了安抚民心的作用。这戴圣俞在江南一带士人中名望甚重，才气又高，倒使康熙进退两难。要是不杀，如此大罪，怕有人效尤；杀吧，又怕落下杀"士"的名声。那康熙是一个有作为的皇帝，最虑及身后之事，也正是这一点才使他励精图治，开创了一代"康乾盛世"。但是他也知道，戴圣俞这样的人，是舍身成仁、视死如归的，所看重的也只是个名节所在，故如何处置才使他殚精竭虑，颇费思量，想来想去觉得绕弯子纯属多余，还是推心置腹开诚布公的好。于是就直言不讳地说："先生，朕之所以微服私行，一为察访民风，二为广求贤才。今日所闻所见，实三十年所初知也，不过朕想，虽有不察之罪，但自问尚不到昏君之地步，今晚欲与先生叙一日朋友之情，乃祈先生能有所赐教，亦使天下人知朕并非那心胸狭窄、轻才薄德之辈。"圣俞听罢，慨然答道："臣民求仁而死，死得其所，今日之事后人自会作出公论，毋须我多言自表。"康熙说："朕自问非不肖之君，从八岁登基至今已二十三年，废止圈地，铲除鳌拜，使百姓安居乐业；北扫沙俄，使罗刹不敢来黑龙江饮马；南收台湾，将南海诸岛尽入我国版图；平三藩，戡藏乱，收准噶尔之叛，一统华夏，疆域之盛，远过宋唐；治黄河，兴水利，奖励农耕，国富民盈；编唐诗，注汉典，开博学鸿词，选天下贤才，使能有所用，这些业绩岂是昏君作为？先生将朕比作秦末蜀后，可否相当？"

　　戴圣俞听康熙这般话语，胸里面有成竹不慌不忙。
　　叫圣上你且把宽心大放，听臣民我与你细说端详。
　　论功绩你在那宋祖之上，展雄才和大略治国安邦。
　　然过去尽管有光芒万丈，也难掩后来的龌龊肮脏。
　　那王莽也曾是有名贤相，那秦桧也曾是第一才俊[1]。
　　到后来都是个什么模样，历史上早写下罪恶昭彰。
　　无足赤无完人改过为上，就怕的迷途上不愿返航。

[1]　俊：原本作"耶"。

自己错既不肯纠偏认账，抢功劳诿过失打脸充胖。
这臣下谁敢把直言陈讲，何顾及老百姓日月凄惶。
找借口把士人打成乱党，箝其口谁再敢说短论长。
以己昏使人昭不过妄想，天下事悖先贤难成模样。
万岁爷你今天亲见其详，收人才却早有奸人官贼。
那汤斌高向台钻营官场，做大员有多少黎民被伤。
尹世忠靠财大欺压一方，把多少地和人吞成私有。
你东巡为把民疾苦寻访，半路里又生出多少豪强？
又敲诈又勒索欺君罔上，哪里管老百姓家破人亡！
沿路儿只看见家家焚香，有多少血和泪烟[2]下流淌？
官员们打你的旗号张扬，手下人更汹汹胜似虎狼。
你一天[3]就见这诸多景象，这一年又该有多少冤魂？
廿三年有多少血泪大账，居深宫[4]你咋能都知其详？
若只听颂扬声当与不当，万岁你手压胸自己思量。
这江宁是重镇尚且这样，布仁政能到得穷乡僻壤？
咱中华十三省好大地方，要企及这条鞭该要多长？
你到此地都敢明火执仗，平日里可想见何等疯狂。
治不了还不如不治为上，又何必劳众师大事铺张？
坐后宫说不尽风流倜傥，尝珍味拥女乐无限风光。
这一席金石语铿然作响，康熙王直[5]听得喜怒失常。
听颂词禁不住喜把眉上，听净言只觉得血涌脸庞。
毕竟是帝王家能露能藏，压怒火呷杯酒出口成章。
戴先生处处儿替朕着想，做君王更应当万古流芳。
倾国富无人比权在于人，办差事朕也怕臭名远扬。
你将朕比昏君当与不当，警以后常三思事事提防。
高向台尹世忠必不赦放，那汤斌朕也要俸罚职降。
但就是一难事前思后想，把杏花选宫女木已成舟。
违朕意已添到天眷分[6]上，放出宫定然会贻笑大方。
戴圣俞听此话重又奏上，错一步再不可雪上加霜。
此事儿本下人欺下瞒上，将庶民塞宫帏鸦充凤凰。
她乃是有夫女名分早定，侍君王岂不是于礼大伤。

[2]　烟：原本作"咽"。
[3]　天：原本作"无"。
[4]　宫：原本作"官"。
[5]　直：原本作"只"。
[6]　分：原本都作"份"。

恋其色夺人妻行为狂妄，天下人嗤以鼻咋正朝纲？

却说康熙一听杏花是有夫之女，忙问："她的婆家是谁？"圣俞说："王阿毛。"康熙问："可有父母之命？"圣俞说："杏花之父虽亡，阿毛之母尚在，早已应允。"康熙又问："可有媒妁之言？"圣俞说："就是臣民为其做媒的。"康熙哈哈大笑："你这是在骗我。"圣俞说："可以带杏花对质。"

内侍臣顷刻把杏花带到，着宫妆远比那平日妖娆。
康熙王虽见过多少美貌，这一个排队里数她最高。
禁不住两只眼细瞅细看，戴圣俞尊圣上速问根苗。
那杏花听圣俞圣上高叫，才知道富商是万岁当朝。
满肚子冤枉事一齐涌到，两行泪如雨滴滚下嘴角。
连声儿把万岁不住高叫，你今天替民女说个公道。
天不幸我的娘早早死了，父女俩过日子受尽煎熬。
泪一把血一把浪里讨生，曾经过多少回月黑风高。
尹世忠他仗势将我强抢，才逼得我的父命断桥头。
阿毛哥从浪里将我捞起，却愁得孤身女把谁依靠？
多亏了戴先生从中作保，停下话用双手直搓发梢。
戴先生他把你咋个相保？一害羞到哪找活命诀窍。
戴圣俞也忙用眼色点教，他保我李家女嫁给阿毛。
康熙爷听罢了连连大笑，这事儿咋办得这么凑巧。
是你们施心计共同串好，朕不信朕不信连把手摇。

戴圣俞说："万岁不信，听臣民与你说来。"

【散曲】

信不信，臣难预料。生杀权，尽在你手中操。文可升，武可调，这两个疫（老）百姓，轻如稻草和鸿毛。杀，重不了一斤；放，长不了一毫。

信不信，臣为你好。好多人，在打你的旗号。爬官阶，步步高，陷杏花尚得宠，将献鲜荷与天桃。色，消磨你英雄志；色，抬你上昏庸桥。

信不信，臣说无效。收杏花，无人敢来争闹。臣不说，无人晓，后宫中添艳娇，赏儿文大钱给阿毛。生，春风不及金瓯；死，史册上记着无道。

却说康熙听戴圣俞这如针如刺的话，哈哈大笑，连喊："来人！"那云涧和几名太监抢步上楼。皇上一指杏花："好生将这姑娘给王阿毛家送去，传朕旨意，日后任何人再不得刁难。"杏花听见万岁赦放自己，赶忙叩头谢恩，又转身对着戴圣俞说："恩公。"那眼中的泪珠早已洒下来了。戴圣俞忙忙劝阻："万岁开了天恩，姑娘你就好生去吧。"两名太监便带她离去。

云涧跪下奏道："圣上，奴才随您多年，据许多所闻所见，这戴圣俞是忠心为国，忧君忧民，尚祈圣上恕他不敬之罪。"康熙脸露喜色说："哪里！哪里！昔日唐太宗以魏征为鉴，治国安邦，戴先生乃朕之魏征，求之不得，安忍杀他？"圣俞起身正色而言："万岁过奖臣民了，臣民有不敬之罪，于酒肆，于庭堂之上，多有傲慢之处，如此大罪不诛，则难以服天下之众口。从今以后圣上若能依臣今日之言，日日事事念及百姓之苦，远奸佞，淡声色，集人才，兴利除弊，则臣民死而无怨，虽死亦瞑目矣！"康熙说："先生如此良言教我，朕当牢记不忘也！"戴圣俞说："圣上今日所为，使臣民心服口服，昏君二字是我错怪你了，我不枉和你交了一日朋友。来，请干这杯酒！"康熙爽快地也和他同时举起酒杯，满怀豪气，一饮而尽。圣俞又说："万岁，古人的两句，请您牢记：一是'民为重，社稷次之，君为轻'，一是'民为水，君乃舟，水可载舟，亦可覆舟'。照这行去，必留一个煌煌盛世，告辞！"

以后，在石头山上多了一座戴公圣俞之墓，在南京城鼓楼的顶部上，添了一座巨大的"康熙御碑"，除记有康熙二十三年东巡"渡黄河，历京口，至苏州，十一月壬戌回銮幸江宁，驻跸二日，初四日乙丑出石城门"的事实外，更刻有"尔等身为大小有司，当洁己爱民，奉公守法，激浊扬清，体恤民情，务令敦本务实，家给人足，莫负朕望老安少之至（至之）意。钦此"的圣谕，流传至今。

选自：　何国宁主编，李爱文、单永生副主编：《酒泉宝卷》（第五辑），甘肃文化出版社，2011年，第108—152页。

3

乾隆宝卷

众位男女坐两边，仔细听来仔细想。

居家过日帮共助，他恭你让礼在先。

欺善压良难欺天，害人终究害自己。

人生自古少百岁，遵章守纪免灾殃。

却说这一段故事发生在清朝乾隆年间。顺天府延平县北庄村有一周姓人家，户主名叫天保，单丁独院，家境贫寒，以担柴卖草为生。一日周天保上山打柴，突然天降大雨，下了整整一天。因山陡路滑无法行走，天保只得在山神庙中避雨过夜。

再说那当今天子乾隆离京私访，这一日来到延平县境内。不料大雨骤降，前不着村，后不着店，淋得他是浑身湿透，好不心焦。又走出不远，看见前面有一户人家，忙将坐下马儿加了几鞭来到门前，然后扳鞍下马，上前叫门。那天保妻子陈月英把门打开，见是一位客官，便问原因。

那客官开言叫一声大姐，我今日回家去遇着天阴。

这大雨淋得我浑身发冷，在你家借一宿天明起身。

陈月英听此言便叫客官，我丈夫去打柴不在家中。

看着你年岁大又让雨淋，莫要嫌我家贫暂避风寒。

那客官未开言先打一躬，出门人怎敢嫌别人家贫。

我本是生意人经营买卖，住一晚到明日转回家门。

有陈氏进房中点起灯火，上下儿将客官细看分明。

只见他三髯须飘在胸前，眼又大眉又浓面相周正。

两只手过了膝身板挺直，那耳朵坠腮边眼中有神。

细观他相貌稀不是常人，不知是哪一位官爷出京。

恨只恨家中贫无有度用，拿什么款待他好不为难。

思想罢进灶房到处翻腾，找出了一碗面摊些煎饼。

再沏上炒油茶别无它法，端到那房中去招呼客人。

那客官开言道大姐你听，独庄院你一家再无亲邻？

你丈夫何名姓做啥营生？又无田又无地靠啥为生？

问得那陈月英不由伤心，忍不住流眼泪喉咙哽咽。

粗茶淡饭噎喉咙，客官莫嫌我家贫。

陈氏说来眼流泪，客人听了也伤情。

却说陈月英两眼流泪，叫声："客官老爷莫要耻笑，我丈夫他叫周天保，清早出门打柴没有回来，今天晚上定在山中受罪。"那客官问道："你家里都有些什么人，日子过的（得）怎样？"月英答道："从前家中倒也宽裕，两年前一场水灾，许多人家遭了大难，他父母也被淹死，从此我夫妻两人只好相依为命，无田无地，每日以打柴度日，这都是奴家命苦。"

叫客官莫笑话奴家命薄，命本是八字造早有注定。

我丈夫一顿饭用米几升，吃一顿饱一天上山打柴。

担一根铁扁担九十五斤，提一把开山斧二十九斤，

力气大不怕那狼虫虎豹。有强盗曾逼他山中入伙，

我丈夫不愿从大喝一声，吓得那众强盗失掉三魂。

今夜晚他定在庙里受罪，一整天没吃饭腹内空空。

陈月英说话间擦眼抹泪，那客官听言后把她劝慰。

贤大嫂放宽心去把觉睡，良善人天保佑必有好报。

陈氏她回房中暗中思忖，看此人必定是达官贵人。

缺油盐无米面箱柜空空，明日里他上路拿啥支应？

猛然间又想起多日以前，攒十个大鸡蛋与他送行。

这一夜且不表次日天明，陈月英进灶房去把火生。

煮几个荷包蛋端给客人，那客官心里面过意不去。

叫大姐有句话说来你听，在你家添麻烦多蒙照应。

陈氏说你不来我也吃用，你来了是福分何言麻烦。

那客官见此女忠厚诚恳，有心把干女认难以口开。

却说那客官用饭完毕，叫了一声大姐。陈月英听得客人在叫，急忙来到房中问道："客官叫我有何话讲？"那人说道："我有句话儿，说出来你莫要生气。"陈月英说道："老爷，有话请讲。"正是：

话语投机只管说，话不投机半句多。

有缘之人终相逢，无缘对面不曾识。

那客官口未开笑容满面，叫一声贤良女我有话讲。

我看你家虽贫有胆有识，我收你做干女你可情愿？

月英说老爷讲我自愿意，但不知你姓名家住哪里？

我姓赵名太清家在东面，北京城城中城有我家园。

你丈夫周天保虽未谋面，听你说他乃是一条好汉。

陈氏她忙跪在干爹面前，行大礼面对面发个盟誓。

赵太清把干女扶起身来，取白银二百两摆在眼前。

礼物薄不当啥莫要推辞，陈月英脸变色叫声干爹。

不要把你女儿细瞅小看，我虽穷绝不会贪图银钱。

有亲的亲帮亲无亲路断，这银子你拿着还做盘缠。

请干爹另留个信物纪念，到日后相见时好做凭证。

月英生来志气长，只认干爹不图银。

认了干亲情谊在，贪图银钱埋祸根。

却说赵太清认陈月英做了干女儿，取出二百两银子，那陈氏只要信物，不肯收银。她干爹再三劝说，方才勉强收了。赵太清从腰间取下一枚玉带扣，又拿出一块金牌儿，上有"进士及第"四字，说道："这带扣你把它收好，日后相见也好拿它做个凭证。你丈夫一时不能回来，我就不等他了。"说完就要动身，陈氏牵马送出门外，那赵太清乘马而去。月英看他走得远了，这才转回房中。正是：

丈夫上山把柴打，妻子在家认干亲。

陈月英回房中坐卧不宁，思想起周天保至今未归。

正念叨见丈夫回到家来，月英她忙生火把水去烧。

问天保你今日可把米买？周天保慢吞吞答声没买。

天下雨山上滑不好砍柴，陈月英先舀碗滚烫开水。

叫丈夫且喝下暖暖身体，再拿锭银元宝放到桌上。

买油盐和米面快去上街，周天保一时间目瞪口呆。

问妻子这物件从何而来？月英说你莫急且坐安稳，

听为妻把此事慢慢讲来。昨日里天下雨你没回来，

有一位大客官来到门外。他说是在我家借宿一晚，

天亮了就上路不需多时。我看他被雨淋浑身湿透，

就安排在咱家住了一宿。那客官他待人十分和蔼，

他说是要把我认做干女。拿纹银二百两还有带扣，

又留下随身的一块金牌。那带扣和金牌作为信物，

留下它到日后好认亲戚。周天保听妻言气破肝胆，

骂一声下贱的不良之人，我周家虽贫穷志气尚在。

话未完跳起身抡拳就打，吓得那陈氏女跌倒尘埃。

却说那周天保一听妻子与人做了干亲，直气得三尸神暴跳，七窍内生烟，不容分说抡起拳头就打，陈氏顿时面无颜色，吓得昏了过去。正是：

为人不做亏心事，真人面前有神灵。

周天保抡起拳要打月英，陈氏女跌到[1]地一时昏迷。

那天保不由得定下身形，过半天陈月英方才苏醒。

爬起身跪在地开口申辩，叫夫君莫动怒听奴细禀。

那客官留银子看咱家穷，他说我忠厚人才认干亲。

战兢兢又取过带扣金牌，周天保接手中细看分明。

这物件虽是宝那[2]又怎样？你背我干出这丢脸事情。

陈月英忙开言叫声夫君，我当着你的面发誓赌咒。

上有天下有地家有灶君，我若干无礼事天地难容。

丈夫你要打我为的何情？若不信为妻我自杀明心。

周天保他还是怒恨难消，当时间气在心昏倒在地。

陈月英见此景大吃一惊，忙起来拉丈夫叫喊几声。

今日里你若有三长两短，从此后丢奴家依靠何人？

又过了大半天天保醒来，睁开眼见妻子两眼流泪。

我刚才说的话句句实情，你不信我给你扒肠掏心。

我若是做下那无礼之事，愧对了父母亲养育之恩。

今世里坏天良来生报应，到阴间下地狱割鼻剜眼。

父和女自有个大小之分，若有事还不如猪狗畜生。

说得那周天保将信将疑，又拿过扣和牌细看细瞧。

却说周天保再次把带扣和金牌拿起来细细观看，只见那金牌上有"进士及第"四字，心中暗想，这物件不是公侯王爷的，便为朝廷大臣所有，看来妻子拜认的干爹并非

[1] 到：原本作"倒"。

[2] 那：原本作"哪"。

等闲之辈。便问陈氏："你可曾问过他的姓名？"陈氏答道："他说他叫赵太清，家住北京城中城。"那周天保虽是山野村夫，每日打柴上街去卖，倒也听得许多新鲜事儿。前几天有人说过，当今皇上乾隆爷出京私访，化名赵太清，来到延平县境。今日一听妻子说出"赵太清"三个字来，不由大为吃惊。正是：

福[1]无双至偏又至，祸不单行偏又行。

屋漏正逢连阴雨，船破恰遇顶头风。

周天保心里面暗中思忖，叫妻子把信物好好收藏。

人常说时来了运也会转，有一天结皇亲声名远扬。

又思想重名人世上许多，这才是痴迷者白日妄想。

转过身对陈氏把话再讲，你丈夫半两命难成八两。

到明日去打柴还把山上，只要咱手脚勤持家有方。

山常青水长流共度光阴，周家话暂不表再提他[2]事。

这一年恰逢那大比之期，黄员外一门中进士一双。

那一天两进士上街夸耀，周天保挑柴担正好碰到。

紧躲避忙隐藏来之不及，十八名小跟班挥拳弄掌。

拉的拉打的打连推带搡，周天保浑身上遍处是伤。

大进士提马鞭照头就抽，打死你穷小子由爷承当。

周天保一时间脸红眼赤，抢起来柴扁担一阵乱打。

跟班的十八人尽皆倒地，大进士摔下马气绝身亡。

小进士见不好打马就跑，周天保急忙忙回到家中。

进士夸耀街上行，倚财仗势欺穷人。

逼得穷汉急了眼，一怒之下把祸招。

却说黄家小进士跑回家，急忙把事情对父母说了，黄员外夫妻顿时哭天喊地，跌跌撞撞来到街上，抱住自己儿子的尸首大哭一场，转回后商量去衙门告状，不题。那周天保回到家中，又恨又悔，唉声叹气，陈氏见丈夫与往日有些不同，便问道："你今日为何事郁闷？不妨与我讲来。"正是：

在家关住门儿坐，谁知天上掉下祸。

周天保在家中长吁短叹，陈月英上前来细问根源。

莫不是肚子饿身子困倦？莫不是有了病不大舒服？

莫不是嫌奴家饭未做好？莫不是卖柴草丢了银两？

天保说都不是出了大事，今日里在大街惹下祸端。

那黄家两进士上街夸耀，我挑担躲不及偏偏遇见。

十八名小跟班一齐动手，打得我难招架浑身是伤。

气急了我抢起挑柴扁担，转眼间十八人躺倒一地。

大进士骂我是穷鬼翻天，照着我狠狠地抽了一鞭。

一扁担回过去人仰马翻，谁知道用力猛送他归西。

十九条人命案事非等闲，说不定哪一天就坐监牢。

陈月英听罢话吓得打颤，一屁股坐到[3]地叫哭连天。

周家事且不题放在一边，再表那员外衙门喊冤。

黄家父子去喊冤，出了人命十九条。

知县听后胆战惊，断不明来要丢官。

却说那黄员外父子来到县衙击鼓喊冤，知县孙老爷即刻坐堂，命人役将黄员外叫上堂来，问道："你因何事喊冤？"黄员外答道："穷鬼周天保不遵王法，横行霸道，无故打死我进士大儿，又连伤十八名小跟班性命，求大老爷明鉴。"孙知县一听死了进士，吓得魂飞天外，急忙吩咐人役备轿，前往大街验尸。又差四名捕头，去城南北庄村捉拿人犯周天保。那天保夫妻两个正在抱头痛哭，有公差走进门来说道："周天保，你的事犯了，快跟我们走吧。"周天保戴着绳索到了县衙，不多一时，孙知县升堂问案。正是：

天下衙门面朝南，想赢官司要使钱。

有钱买得鬼推磨，无钱随着磨盘转。

黄员外叫一声老爷细听，我的儿新进士上街散心。

周天保穷小子野蛮成性，整日里卖柴草不务正业。

凭着他力气大胡作非为，抢起那铁扁担当街行凶。

进士儿也被他送了性命，还打死我家丁一十八人。

我今年六十岁不敢说谎，还望你大老爷明镜高悬。

却说孙知县又问周天保："你这穷奴才，无故行凶杀人，实属习顽不化。你为何事伤了人命？快快从实招来，免得老爷动起大刑。"正是：

老爷堂上问原因，天保[4]说出真实情。

[1] 福：原本作"祸"。
[2] 他：原本作"它"。
[3] 到：原本作"倒"。
[4] 天保：原本作"天宝"。

周天保在堂上双膝跪定，叫青天大老爷细听分明。
今日里挑柴担街上行走，遇见了一伙人前呼后拥。
紧让路慢躲闪来之不及，那狗腿上前来一阵乱打。
几个人将我的衣衫扯破，棒棍挥腿脚踢难以招架。
大进士皮鞭抽劈头盖脸，打得我没办法浑身带伤。
急切间用扁担抵挡几下，谁知道失了手伤人性命。
这都是实情话一一告禀，若老爷不相信验看我身。

却说孙知县听了周天保的话，说道："你把衣服脱了，当堂验看。"周天保脱去上衣，浑身上下没有一块好处，实在是惨不忍睹。孙知县对黄员外说："你这儿子也太欺负人了。"又对黄小进士道："常言说官高一品，压死乡党之人。你才中了进士，就这样恃强凌弱，倘若今后做官那还了得？周天保是个穷苦人，你们把他打成这样，拿啥调理医治？"又转头喝道："周天宝（保），你打死十九条人命怎能算了！"天宝（保）回道："杀人偿命，小人情愿领罪。"人役给周天保上了刑具，被押往南牢。孙知县又对黄员外说道："黄乡绅，你们一家横行乡里，也是罪不容赦。我在这里做官其实有许多难处，常言道寡不敌众，若是申文，上司如何能够相信，一人打死十几人，他一人如何抵得十九条人命？"一番话问得黄家父子无言可答，赶忙许下三百两银子。知县又道："周天保押在牢中无有度用，如何是好？"黄员外说："再加一百两银子。"遂吩咐家人取来纹银四百两，当面交与孙知县。黄员外回家料理丧事，孙知县退堂回到内宅。正是：

　　　三年清知县，万两雪花银。

　　　不怕你理多，只爱有财人。

周天保戴刑具进了监牢，骂一声黄家贼不如畜生。
打得我衣衫烂浑身疼痛，撇下她月英妻独自一人。
再骂声黄家贼大坏良心，把咱们穷苦人从不当人。
我若是有人救绝不相饶，无人救到阴司再把冤伸。
周天保在南牢骂不停口，陈月英在家中还不知闻。
走出来走进去心神不定，东看看西瞅瞅望眼欲穿。

却说陈月英坐立不安，在家中进进出出，心想，我丈夫被公差带走，三天不见音信，真让人愁肠。不觉落下泪来，痛哭了一场，忽然看见刘存放羊经过门口，陈氏上前便问："刘大哥，你知道我丈夫与黄家的官司，现在怎么样了？"刘存说道："周大哥与黄家的官司输了，自从那天过堂后，就把他问成死罪押进牢中。"陈氏一听"死罪"二字，好似五雷轰顶，昏倒在地，多亏被刘存唤醒，爬起身进得门来，好不伤心也。正是：

　　　奴家命比黄连苦，不见笑来尽是愁。

陈月英把柴禾填进灶膛，烙几个大锅盔去看夫君。
骂一声黄进士短命之鬼，害得我夫妻俩东离西分。
乡下人平日里很少进城，走弯路黄昏后寻到牢门。
上前去轻轻地叫了一声，监禁子恶狠狠着实吓人。
门外面什么人有何事情？陈氏说我送饭来看丈夫。
白日里不来送你是死人？黑半夜来送饭算的哪顿？
叫大哥行方便打开牢门，我这里怎能够随便进出？
陈月英听他言话中有因，忙掏出十文钱递给禁子。
这才是有了钱万事能成，好汉子没有钱寸步难行。
陈月英见丈夫两泪纷纷，周天保望妻子好不伤心。
夫妻俩手拉手话语不尽，说一阵哭一阵难舍难分。
天保说我死了不大要紧，丢下你孤零零依靠何人？
陈氏说你先把饭茶来用，吃饱肚我有话说与你听。
在狱中莫发愁尽管放心，善恶事终有报上天注定。
你如今在牢里好好忍耐，我前往那京城去寻干爹。
如果是找着了救你性命，不怕他黄员外势大压人。
我打死十九条黄家性命，你干爹权再大王法不容。
看起来这罪名很难改动，死路多活路少无有救星。
夫妻俩许多话还在心中，那牢头来催她赶快出牢。
陈月英叫老伯多发善心，我丈夫饭量大请多看承。
倘若是我能把干爹找着，救你命也算是功劳一件。
那禁子提灯笼开了牢门，陈月英天刚亮回到家中。
把金牌与带扣一起拿上，又取出留下的两百纹银。
女扮男背包狱单身前行，路不熟走起来格外难辛[1]。
路途中遇着人她就打听，又爬山又涉水夜宿晓行。

却说陈月英来到京城地界，走得腰酸背痛，那日正坐在一庄院前歇息，从里面走出两位姑娘。陈氏上前施礼问道："二位大姐，你们可是这庄上的人吗？"一姑娘说道："正是，不知相公有何事情？"陈氏说道："我乃行路

[1]　难辛：艰辛；辛苦。

0055

说唱·甘肃卷·宝卷分卷（二）

明君故事宝卷

之人，因天色已晚，想在贵庄借宿一夜。"那姑娘说道："我们做不了主，还得问过我家老人。"陈氏说道："就请大姐行个方便吧。"那两位姑娘转回庄中，不多时出来说道："我爹爹让你进去说话。"说完径自走了。陈氏进得庄来，有一位老人把她领到一处偏房，说道："相公就在这里歇息。"说话之间，进来一位年纪在五十岁上下的妇人，她将月英上下打量了一会说："我看你的形容像个女人。"一句话说的（得）陈氏难以开口，思想了一会，便讲出实情。正是：

　　陈氏途中女扮男，偏遇老妇眼睛尖。

　　陈月英听妇人问了一言，闭上嘴无言答沉吟半天。
　　既然被她识破难再隐瞒，还不如把真情向她实明。
　　我家住延平县北庄村里，为救夫过山水来到此间。
　　那妇人听言罢开口问道，你丈夫因何事遭了大难？
　　陈月英将前情诉说一番，老两口也觉得十分可怜。

　　却说陈月英把黄员外害她丈夫的经过细说了一遍，那老人问："你干爹叫什么名字？家住哪里？"陈氏说："他叫赵太清，家住北京内城中。"老人笑着说："你胡说些什么，那赵太清是位人王爷，你如何能够见得？"陈氏说："世上重名重姓的人有许多，我并不晓得他是哪一位王爷。"老人又问："你到京城去认干爹，有什么可以做凭证？"陈氏说："我干爹临走时留下一枚玉带扣。"老人说："让我看看如何？"陈氏随取出带扣，老人细看了一番，真是喜煞人也。正是：

　　先前留客是真情，看过带扣把心变。

　　见财起意生贼念，怕是人容天不容。

　　老妇人见带扣暗自盘算，这宝贝分明是皇家物件。
　　我若是把此物弄到手中，全家人享荣华必做高官。
　　谋划了好一会开言说道，原来是侄媳妇来到家中。
　　叫老伴你快去准备茶饭，又端来洗脸水放在眼前。
　　陈月英见此情不知咋办，看见那老妇人喜笑颜开。
　　我与你是本家你不知晓，按排房他是你叔父周三。
　　周天保是我的内亲侄子，周天福周天贵是我儿男。
　　方才见两女子是你小姑，大的叫周玉莲小的金莲。
　　你且在我家里歇缓几日，过几天再出门也不为晚。
　　你把那玉带扣交我保管，我替你找干爹理所当然。

陈月英听此言心生疑惑，她说的这些话从未听过。
她讲的不可信须加检点，观此妇面相上不是好人。
你与我是本家从未见过，我家乡遭水灾它是哪年？
那时节你可曾被水所淹？老公婆淹死时你在哪里？
这几年怎不见通信往来？周天保从未提有这亲戚。
几句话问得她哑口无言，只推说都因为路途不便。
陈月英见此情一目了然，叫老伯让我走不再麻烦。
那老妇忙阻拦扯住衣衫，你要走就放下那个宝贝。

　　却说那老妇人逼着陈月英留下玉带扣，陈氏不肯，便喊了一声："天福、天贵，快快前来。"话音未落，有两个男子冲进屋内，将陈氏按倒在地，从身上搜去玉带扣。周老汉一见宝贝到手，哈哈大笑。吩咐两个儿子道："把这妖精给我扔到荒郊野外。"正是：

　　世上多少亏心事，尽在不知不觉中。

　　画虎画皮难画骨，知人知面不知心。

　　周老汉叫儿子打倒月英，她一个外乡人没啥要紧。
　　去把她扔荒郊狼吃狗啃，毁了尸灭了迹免留祸根。
　　那陈氏谁来救暂且不题，再把那黄员外另表一番。

　　却说自从周天保被押进监牢，那黄员外一家也不得安宁，众跟班的亲人不依不饶，每日上门向他家要人。黄员外无可奈何，说道："天呐！我的儿子被人打死，还赔上四百两银子。如今他们都来向我要人，那周天保穷得叮当作响，要钱没有，要命一条，这可怎么办？"思想半天，只得再带上三百两银子到衙门去找孙知县。父子二人被孙知县请进后堂，将银子奉上，老爷问道："有何事情？"黄员外说："那些跟班的家人把我纠缠，还望老爷做主才是。"孙知县见了银子心中高兴，遂（随）口说道："本县明日升堂，少不了你们还要破费些钱财。"次日孙知县坐堂，把黄员外和十八名跟班的亲人一起传来，那些死了儿子的、没了丈夫的，一个个哭哭啼啼，扯住黄员外不放，孙知县说道："人死难活，那周天保被判了斩刑，已经行文申报上去，等上面批文下来，到秋后处斩。黄乡绅本是苦主，本县念你们都是良民百姓，丧葬费一律由黄家承担，再给你们每家二十两银子，此事就此了结。"

　　再说那陈氏被周家兄弟扔到荒郊野外，半夜方才醒来，睁开眼睛一看，但见满天星斗，想起自己的不幸遭遇，好不伤心，一直痛哭到五更。

【哭五更】

　　一更里来放悲声，想起丈夫受酷刑。他在狱中无人救，不知何日能相逢！我的天呀！不知何日再相逢！

　　二更里来泪纷纷，谁知今日遇歹人！强行抢去玉带扣，叫我拿啥认干亲！我的天呀！叫我怎样认干亲！

　　三更里来身上凉，想起往事好凄惶[1]。为救丈夫找干爹，不知干爹在何方？我的天呀！不知干爹在何方？

　　四更里来睡蒙眬[2]，忽忽悠悠到家中。夫妻二人安然坐，醒来才知梦一场。我的天呀！醒来才知一场梦。

　　五更里来天渐明，耳听小鸟叫声声。东方淡去启明星，我为丈夫受苦情。我的天呀！我为丈夫受苦情。

　　却说陈月英在荒野哭了一夜，好不容易等到天亮，不知道这是个什么地方，又想起玉带扣被人抢去，倘若找着干爹，拿啥与他相认？头上的帽子也不知丢到哪里去了，男不像男，女不像女，真是难煞人也。正是：

　　　陈氏月英浑身疼，今日谁人可知情？

　　　玉带扣儿被贼抢，找着干爹怎么认。

　　陈月英全身疼又饥又困，想动身却不辨南北东西。
　　哭啼啼坐一旁无奈等待，不多时有一位赶路老翁。
　　叫大姐在路边因何伤心，往何处去找人还是投亲？
　　老爷爷烦劳你把路指引，走哪条阳关道能到京城？
　　那老翁用手指细细说明，再西去十五里就是京城。
　　陈月英站起身向西而行，大半天来到那午门之前。
　　乡下人没规矩往里就闯，守门官拦挡住大喝一声。
　　哪里的野女人大胆刁蛮，是吞了豹子胆敢闯午门？
　　陈月英听得说这是午门，直吓得冒冷汗战战兢兢。
　　忙跪倒磕个头叫声老爷，我到此找干爹敬请原谅。
　　你干爹在何处何姓啥名？他名叫赵太清住在城中。
　　守门官听此言大笑一场，原来是一疯婆来此胡行。
　　男不男女不女说话颠倒，把皇上叫干爹直呼其名。
　　疯癫人闯午门违犯禁令，叫武士给疯婆上了法绳。
　　推出去午门外斩首示众，陈月英喊冤枉无人敢问。

　　再表那乾隆爷身感困乏，伏龙案恍惚间做了一梦。
　　他梦见一星星忽落又升，正南面走过来一位老翁。
　　他说道人王爷快去救人，做天子你不能昧了良心。
　　说话间留下那一篇诗文，惊醒来见纸上墨迹犹新。

　　　午天云淡日炎炎，门前鹊儿泪流干。

　　　救难水火今何在？亲栽松柏慰天颜。

　　乾隆爷细观看好生纳闷，宣进来纪晓岚叙说梦境。
　　纪晓岚听君言再观诗文，忙奏道万岁爷此梦有因。
　　星落地又上升乃为大吉，正南面指远方来了亲人。
　　这是首藏头诗暗中示意，破解开分明是午门救亲。
　　看起来此梦兆十万火急，请万岁勿迟疑起驾午门。

　　却说乾隆皇帝听纪晓岚把梦境圆了一番，急忙换过便服，带上四名武士来到午门。此时正值午时三刻，只见刽子手高举鬼头刀，对着一人就要行刑，乾隆命一武士高喊："刀下留人。"九门提督上前跪拜，乾隆问："今斩何人？"提督奏道："一疯婆擅闯午门，因而问斩。"乾隆吩咐把那女子带来，问道："你是什么人，胆敢直闯午门？"陈氏跪在一旁，低头说道："我是来找干爹的。"乾隆又问："你干爹他是哪个？"陈氏答道："我干爹他叫赵太清。"话语未落，四名武士齐喝一声，吓得陈氏瘫倒在地，不知所措。

　　乾隆喝道："大胆！"众武士一齐下跪。又问："你找干爹可有什么信物？"陈氏说道："有一枚玉带扣，已被贼人抢去，还有一块金牌儿。"乾隆让武士将金牌呈上，果然是自己随身之物，这才想起曾在延平县避雨认亲之事，便问："你家在何处？姓甚名谁？"陈氏答道："我家住延平县北庄村，我叫陈月英，丈夫名叫周天保。"乾隆听言说道："请抬起头来，你看我是哪个？"陈氏抬头细看，眼前之人正是干爹，便"哇"的一声大哭起来，乾隆上前将她扶起，吓得众人胆战心惊。乾隆当即传旨，给陈氏更换衣服，坐轿进宫去了。正是：

　　　千里迢迢来寻亲，糊里糊涂闯午门。

　　　若非白昼一场梦，险些丢命丧残生[3]。

　　乾隆爷摆御驾在前所行，陈月英坐鸾轿后面紧跟。

[1]　凄惶：悲伤惶恐；困苦难堪。
[2]　蒙眬：原本作"朦胧"。

[3]　生：原本作"身"。

紫禁城百般景无心观看，心里面只想着怎救夫君。

不觉得就来到皇宫内院，有宫娥和采女[1]跪拜相迎。

淋浴罢去拜见皇后干娘，皇娘娘认干女格外恩宠。

那皇姑听说是皇姐进宫，也过来把面见好不亲热。

后宫里摆御宴海味山珍，陈月英哪见过这等气派。

人都说帝王家荣华享尽，今日里亲眼见果然是真。

饮宴间乾隆爷把话来问，干女儿进京城为了何事？

陈月英忙跪倒细细告禀，乾隆爷命起身诉说原因。

那一日我丈夫卖柴进城，遇见那黄进士夸耀显贵。

躲不及惹怒了进士老爷，皮鞭抽棍棒打不容分辩。

十八个小跟班一齐动手，直打得周天保就要丧身。

我丈夫抢扁担想把身护，谁料想失了手打死人命。

黄员外用银子买通官府，我丈夫问斩刑收押牢中。

为救夫上京城来找干爹，路途中进狼窝遇上贼人。

把带扣抢夺去将我打倒，扔荒郊第二天方才脱身。

到午门被捆绑险些丧命，多亏了干爹到得以活命。

这就是真情话句句实言，请干爹快救救我的丈夫。

却说乾隆听了陈月英诉说，问道："那抢去玉带扣的贼人，你可曾记下姓名？他们住在哪里？"月英说："就在京城地界，那人自称姓周，又说与我家同宗。他有两个儿子，一个叫周天福，一个叫周天贵。"天子即刻传旨，交由刑部办理此案。那刑部急忙派人到周家庄，把周三夫妇并二子一并捉来，刑部尚书亲自坐堂审问。大人问道："你姓什么？"周老汉说："小人姓周。"大人又问："周天保是你什么人？"答道："是我侄儿。"大人又问："你儿子他叫何名？"答道："长子名叫天福，次子名叫天贵。"大人差人将地保找来，那地保说："周老汉名叫周三，长子周天福，次子周天贵。"大人喝道："给我用刑。"周老汉连忙求饶："大人开恩，小人愿招。"就把如何编造谎言欺骗陈氏认亲、如何抢去玉带扣的始末一一招出。大人将周家夫妇及二子皆问了斩刑，了结此案，奏知天子，不题。

再说乾隆又传圣旨，命直隶总督火速将延平县周天保一案重新审理，报京明谕。正是：

善恶到头终有报，只争来迟与来早。

劝君平日多行善，好免罪责入幽冥。

有总督领圣旨不敢怠慢，他亲自来到那延平小县。

先调来周天保一应案卷，再传来孙知县寻根问源。

孙知县将案情禀报一番，总督他命提来天保相见。

孙知县回府衙坐立不安，看起来这件事有些不妙。

亲自到监牢里去见天保，开刑具道恭喜又送酒菜。

周天保见此情魂飞魄散，心想着这一次必把头砍。

哭一声我的妻不得相见，夫死后谁与我烧钱化纸？

孙知县拱拱手忙来解劝，莫啼哭跟随我面见青天。

万岁爷坐金殿传出圣旨，命总督亲设堂重审此案。

到那里你定要小心谨慎，切不可乱攀人自找麻烦。

周天保进府堂双膝跪下，有总督问何罪打入监牢？

周天保将案由诉说一遍，那总督就觉得有些冤屈。

把天保安顿在驿馆住下，提来了黄员外细加盘问。

黄员外上堂来浑身打颤，就知道这案子要出差错。

战兢兢跪堂前口称青天，周天保犯人命理应偿还。

总督说你平日横行霸道，抢民女夺田产欺压良善。

大进士太刁顽死有余辜，他应当给跟班把命来偿。

小进士倚功名目无王法，踏青苗戏民女鱼肉乡里。

命督学革功名脱去蓝衫，再不许进科场即刻收监。

黄员外跪堂前大声喊冤，叫总督大老爷明镜高悬。

这一案我舍了两个进士，花银子上千两白费心机。

六百两送给那知县大人，他答应将此案一手包揽。

谁知道到今日物事两非，只落得人财空不得安然。

有总督听此言拍案而起，骂一声孙知县该死贪官。

受皇恩食君禄理应清廉，谁似你受贿赂人命草菅。

命人役摘顶戴革职查办，此一案到此了不再纠缠。

却说直隶总督奉旨到延平县重审周天保一案，将孙知县受收略贿、黄员外纵子行凶、小进士欺压乡邻等，一一按律量刑，众百姓个个拍手称颂。正是：

皇王有道家家乐，大地无私处处春。

周天保得活命好不开心，总督爷救我命不忘恩情。

大人说救你命无人所能，全都是万岁爷皇恩浩荡。

你随我进京去立刻起程，沾国泽受封赠荣耀祖宗。

[1] 采女：宫女。

你看那人和马齐齐整整，擎[1]旌旗打伞盖前呼后拥。

地方官来相送捧酒奉敬，众百姓早知道也来送行。

不觉得就来到京城之中，有总督写本章奏知乾隆。

皇天子把天保接进宫中，陈月英见丈夫悲喜交加。

说不尽赵干爹恩义深重，诉不完夫妻俩别离之情。

周天保是好汉封为总兵，镇守那山海关保国安民。

陈月英敕封为诰命夫人，准许她进午门不用通禀。

这就是乾隆卷原原本本，留世上广传颂一代明君。

选自：　徐永成、王立泰、崔德斌编：《金张掖民间宝卷》（四），2009 年编印本［准印证号：甘出准 059 字总 1296 号（2009）2 号］，第 1479—1494 页。

4

乾隆私访白鹊寺宝卷[2]

春为岁首过新年，风调雨顺国泰安。

太平天子朝元日，天龙八部众神欢。

念卷本为劝化人，听记留传万古名。

善男信女仔细听，莫当闲言耳边风。

乾隆皇帝是明君，保驾忠良孙自成。

还有一个耿直臣，却是尚书[3]刘同训[4]。

　　却说乾隆天子登龙基（即）位，风调雨顺，国泰民安。那时节，乾隆天子方才一十八岁坐了龙廷，忽然想起西边的百姓，急忙下旨意宣[5]孙皇父上殿。孙将军正在班房大坐[6]，忽听言说主子口旨宣召，急忙上殿。叩拜以（一）毕，说："主人宣臣上殿，有何朝事？"乾隆说："皇父不知，只因我想西边的兵丁不知如何，宣皇父明此事。"将

[1]　擎：握持。原本作"擎"

[2]　抄本卷名原作《乾隆宝卷》，详见上卷。此卷卷名其他版本都作《乾隆私访白鹊寺宝卷》。河西宝卷另有《乾隆宝卷》，讲的是乾隆收周天保之妻陈月英为义女的故事。

[3]　尚书：抄本写作"罗锅"。

[4]　刘同训：应为刘统勋，此处尊重原抄本用字。

[5]　宣：宣上殿的"宣"抄本都作"选"。

[6]　大坐：盘腿正坐。

军奏道："我心想文武两班选一个清正官员，押些饷银前去犒[1]赏三军。"乾隆说："我年纪年（青），为（唯）有你皇父孙将军听□。"□杆□□，心中思想□□。

乾隆皇□明君常言□□，□□□□□□□□□□。

孙将军在金殿心中思想，乾隆王是明君有道皇上。

他虽然年纪青国法齐整[2]，上爱君下爱民又爱忠臣。

有九卿和四相排列两边，却说是孙大人是个忠良。

金銮[3]殿两边有多少官员，并无有一个儿[4]耿直清官。

忽想起背锅子那个丑官，他生来心耿直是个忠良。

乾隆王他心上未必情愿，不情愿我这里另有一方[5]。

孙驾杆回头来急忙奏上，启奏了臣的主你是言。

有一个背锅子忠心耿直，他虽然年纪青心中明亮。

乾隆王听一言喜在心中，孙皇父出此言谋识高人。

有志的不怕他年纪大小，无志的活到老无处使用。

乾隆王喜在心开言告禀，叫了声孙皇父你是言[6]。

你说那刘同训我倒[7]情愿，传下旨就把他宣上金殿。

有内臣听一言不敢急慢[8]，急忙忙宣同训上了金殿。

却说背锅子正在班房大坐，闲论大清的称呼，说："里八旗[9]，外八旗，他看他的旗下的官员，见了大清主子称呼的'佛爷'，他的家内称呼的'大人''小人'。为（唯）有我们天朝的官员称呼的'君'，君臣家内称呼的'父父''子子'。他们是双粮双寇（冠），我们是单粮单寇（冠）。"正说之间，忽听主人口旨宣臣刘同训。急忙上殿叩拜，说："万岁宣臣上殿，有何朝事？"乾隆说："刘同训，为何不往上跪？"同训说："上面是九卿四相、八大朝臣的地方，为臣马（焉）能上跪？"乾隆说："赦你无罪。"又说："同训，明日你押些饷[10]银，去到西边犒赏三[军]。你可情愿前去？"同训说："吃王水土报王恩，情

愿前去。"乾隆说："既情愿，我就封你个七省的经略[11]，领旨下殿。"同训接旨，急忙出京。再说乾隆朝事一毕，回了宫院。孙驾杆也下殿，来到班房，嘱[12]咐同训。

乾隆回宫且莫表，再说驾杆嘱说言。

孙老臣下金殿来到班房，叫了声经略官你是听言。

你领[13]上皇王旨且莫慌忙，你师傅还有那嘱托之言。

此一去你到了西京长安，访一访文武官赃也不赃。

你各处赏三军莫通私情，你与[14]那乾隆爷尽点忠心。

我听你哪些儿[15]若有假意，就有功你回来难见我身。

刘同训听一言急忙应承，叫师傅我不敢瞒昧[16]你身。

我不爱百姓的金银财宝，爱黎民落一个清廉名声。

驾杆说还未见其肺肝然，犒三军回朝来才见人心。

师徒们这场话一言未尽，出班房过午门各回家中。

却说孙老臣嘱托一毕，各自回府。再说刘大人奉圣旨来到府下，合家大小的人等，见大人封官，各各[17]欢喜。刘大人那日起身，吩咐手下人押定饷银，就要起身出京，又吩咐人役抬牌上来。刘大人亲手写了"奉命钦差刘经略出京"，又出了告示，晓喻[18]各州府县：不可安置厨下的匠人安排酒席，我出京公买公用，不可让他（攘踏[19]）百姓。牌无虚实，倘若不尊者，定杀不饶。牌行西地，吩咐人役打轿出朝。手下的众将打了旗帜、伞扇，遮天映日。刘大人身坐八抬，前呼[20]后拥，出朝走了。

大炮响三声，同训出朝门。

众将莫乱走，好似五阎[21]君。

刘大人坐八抬心中暗想，手下的众将官天摇地动。

---

[1] 犒：抄本都作"拷"。
[2] 整：抄本都作"正"。
[3] 銮：抄本写作"鸾"。
[4] 一个儿：一个。儿：抄本写作"而"。
[5] 方：办法。
[6] 言：抄本写作"音"。
[7] 倒：反倒意义的"倒"抄本都作"道"。
[8] 急慢：抄本都作"急忙"。
[9] 旗：抄本都作"齐"。
[10] 饷：抄本都作"响"。
[11] 经略：官名。南北朝时曾设经略之职，唐初边州置经略使，宋置经略安抚使，掌一路民兵之事，皆简称"经略"。明及清初有重要军事任务时特设经略，职位在总督之上。民国初尚有沿置者。经：抄本都作"京"。
[12] 嘱：抄本都作"咕"。
[13] 领：抄本写作"令"。
[14] 与：给；给与。
[15] 哪些儿：哪儿。儿：抄本写作"而"。
[16] 瞒昧：隐瞒欺骗。
[17] 各各：个个，每一个。
[18] 晓喻：告知。喻：抄本都作"与"。
[19] 攘踏：扰乱。
[20] 呼：抄本都作"护"。
[21] 阎：抄本都作"冒"。

走大街串小巷用目细观，眼望着[1]六柱桥修得好看。

刘大人在轿内传道箭令，手下的人役们你是听言[2]。

一路上到各处公买公用，千万儿[3]莫攘踏[4]黎民百姓。

哪一个若不遵[5]我的箭令，我叫你一各各命丧残生[6]。

有人役听一言不敢怠慢，文站东武列西前呼后拥。

打金瓜和钺[7]斧朝天玉灯，有旗帜和伞扇一划[8]皆明。

到各处赏三军明察暗访，出京来也有那十数余天。

刘经略这场[9]话按下不表，再说那宁夏[10]镇台王玉贞。

却说宁夏镇台王玉贞，随带[11]银两，带了几个伴当[12]正然行走，打点爵位。行走半路途中，来到杨家村，撞见刘经略的轿子，就要躲避：有心不〔能〕迎接，恐怕他看见，况且他是奉命钦差；有心迎接，恐怕他察（查）出我的弊端，我焉得活命？心中暗想。再说刘大人到杨家村，有二三更之时，忽听有人报道："杨家村有个公馆铺迎接大人。"刘大人说："前边伺候。"不题。再说王玉贞迎接大人，走到跟前，忙忙下马跪下。刘大人说："到了公馆再讲话把（吧）。"洋（佯）常[13]尽过，王正（镇）台也上马走了。

镇[14]台吓得魂不在，大人轿子走得快。

不觉到了杨家村，宁夏镇台在后跪。

刘大人坐轿子走得甚快，王镇台在后边紧紧随跟。

正行走用目看逍遥边过，霎时间来到了杨家村中。

王镇[15]台骑大马走得也快，他急忙也到了杨家小村。

刘大人进得[16]村细细观看，公馆门也不远就在跟前。

我只见文武官排列两厢[17]，把大人忙接在公馆内边。

刘大人坐公馆按下莫表，再表那王镇[18]台忙取手本。

镇[19]台急忙取手本，即刻霎时见阎君。

却说王正（镇）台急忙拿上手本来到公馆门上，见了传命人说："烦劳你这大人，传禀老大人，就说王正（镇）台要见。"人役把手本拿上，进了公馆，把手本递上，刘大人看了一遍。刘大人说："叫他进来。"传命人出来说："王正（镇）台进来。"王正（镇）台听言，进了公馆，叩拜一毕，说："大人，小官未曾[20]远迎，多多有罪，望大人赦[免]。"刘大人说："哪有你罪。我观见你随带人役，往哪里去里（哩）？"正（镇）台听言，无言答对，只得实言，告诉说："上告大人，小官随带人役，奔上京地，见了六部大人打点爵位。路遇大人，小官迎接。"刘大人听言，心中暗想说：我听他的言语，此人是贪财不足，就是与他个八台总正（镇），他还想（嫌）官小，就与他个阁老，他还想着登基。刘大人又问："你既然前去打点爵位，你是哪里的银子？"必定是克扣[21]军响（饷）。有心将他杀害[22]，恐怕杀了好人，心生一计，说："王正（镇）台，你一大（搭）里[23]有几人？"正（镇）台说："我一路三个人。"刘大人听言，就吩咐人役将他拉在一傍[24]，把他的伴当叫来。一言未罢，伴当上来。刘大人说："你家大人振（挣）下多少银子？"伴当说："小人不知。"刘大人说："方才你大人对我说明，他要上京买着做[25]官，怎么[26]你不知道？"伴当说："小人实实[27]不知。"刘大人见他不说实活（话），吩咐人役："将这奴才

[1] 着：助词"着"抄本都作"者"。
[2] 言：抄本写作"音"。
[3] 儿：抄本写作"而"。
[4] 攘踏：抄本写作"让他"。
[5] 遵：抄本写作"尊"。
[6] 残生：抄本都作"残身"。
[7] 钺：抄本都作"越"。
[8] 划：抄本都作"场"。
[9] 场：抄本写作"常"。
[10] 宁夏：抄本都作"宁下"。
[11] 带：抄本都作"代"。
[12] 伴当：随从的差役或仆人。
[13] 佯常：扬长，大模大样地离开的样子。
[14] 镇：抄本写作"正"。
[15] 镇：抄本写作"正"。
[16] 得：抄本写作"的"。

[17] 厢：抄本写作"巷"。
[18] 镇：抄本写作"正"。
[19] 镇：抄本写作"正"。
[20] 曾：抄本都作"怎"。
[21] 克扣：抄本都作"磕叩"。
[22] 杀害：抄本都作"杀坏"。
[23] 一搭里：一块儿。
[24] 傍：同"旁"。
[25] 做：做官意义的"做"抄本都作"坐"。
[26] 怎么：抄本都作"怎莫"。
[27] 实实：确确实实。

打出取（去）吧[1]，你把他的跟伴[2]叫上堂。"跟伴上堂跪下。刘大人就问，说："你家大人方才对我说，他克扣军饷，可曾是真？你快说来。如若不说，加罪与你。"跟伴听言，心中暗想说：才把这赃官的大事看破了，合该[3]天赶地凑[4]自家说出口来。就随口说某年某月克扣军饷、粮草，一一说了一遍。刘大人说："与你无干，出去吧。"刘大人心中大怒。

经略本督出朝纲，防着贪财受贿官。

若犯奸党除不尽，枉[5]与国家作栋梁。

刘大人坐公馆冲冲大怒，骂了声贪财官狗官你听。

你做官你就该莫行恶事，克扣那军饷银存心如何？[6]

皇王爷养兵丁出力报效[7]，你假报与众军是何原因？

传下去把他人[8]推下去斩，拉的拉扯的扯出了公门。

王镇[9]台出公馆大哭小喊，这才是恶到头终有报应。

早知道我不该行这此事，到今日也不能犯[10]他手中。

将[11]衣服和官诰挂在当街，赤条条我坐在杀场之中。

有三魂和七魄尽不附[12]体，刽子手提钢[13]刀一划皆明。

追魂炮响三声人头落地，手下人与大人报回分明。

杀了贪赃官，百姓心也安。

人人哈哈笑，人头挂高竿[14]。

却说刽子手回禀大人得知："王正（镇）台首稽（级）拿来。"刘大人说："今天路途杀害一个总兵，要奏与主子得知。"吩咐房内人："打开笔砚，待我写本。"正是：

同训提笔在手中，奏本一道[15]见当今。

奏本臣子刘同训，臣领[16]旨意出北京。

一路来到杨家村，路遇贪财爱宝人。

宁夏镇[17]台王玉贞，因他克扣军饷银，

把他杀在杨家村，一字一行奏分明。

写毕本章仔细看，回头又把人役唤。

急忙文书送燕山，你送北京莫怠慢。

晓喻传本御史官，叫他莫压[18]奏君王。

钦差那里不怠慢，驾马扬鞭走燕山。

却说刘大人差了人役，走了燕山，不题。再说王正（镇）台常伴，只见大人死了，大哭小喊，请了几个老者，买了一付棺材，将正（镇）台的尸首装上，抬到公馆傍边埋下，又到宁夏，与夫人[19]通信。那日来到家中，就把那前后的话对夫人说了一遍，夫人听言，大哭一场。心中暗想说："常伴，他把你家老爷杀到半路途中，恐怕再抄我们的家卷（眷），如何是如（好）？"常伴说："依太太的意思？"夫人说："我们把银子、衣服抱（包）了，雇了车辆，连夜回上本郡，与老爷们开吊。"常伴说："太太言之有理[20]。"说毕，就收拾行礼（李），就要起身回上本郡。再说刘大人明查暗访，不觉几日，到了西京长安。进了公馆，心中暗想说：本督一路杀了多少官员，此事不小，今日坐在公馆，还要达本[21]进京，晓喻乾隆主子得知。正是：

今日达本奏当今，明日长安犒赏军。

同训提笔在手中，字字行行写分明。

上写大清有道君，下写经略刘同训。

领[22]了旨意出北京，为臣犒赏众三军。

到处明查暗暗访，俱是贪财爱宝人。

三分清来七分赃，败坏大清并朝纲。

[1] 吧：抄本写作"罢"。"吧"抄本大都写作"罢"，有时写作"把"，写作"罢"时直接整理为"吧"。

[2] 跟伴：随从。

[3] 合该：表示事情注定如此，不可避免。

[4] 天赶地凑：恰巧；凑巧。

[5] 枉：抄本写作"忘"。

[6] 存心如何：抄本写作"心和了存"。

[7] 效：抄本写作"孝"。

[8] 他人：他本人。

[9] 镇：抄本写作"正"。

[10] 犯：落入；落到。抄本写作"放"。

[11] 将：抄本写作"见"。

[12] 附：抄本写作"付"。

[13] 钢：抄本都作"刚"。

[14] 竿：抄本写作"杆"。

[15] 道：抄本写作"屯"。

[16] 领：抄本写作"令"。

[17] 镇：抄本写作"正"。

[18] 压：抄本写作"押"。

[19] 夫人：抄本都作"妇人"。

[20] 言之有理：抄本都作"言者有礼"。

[21] 达本：这里指写本。

[22] 领：抄本写作"令"。

出京来在西长安，杀了文武多少官。

各各官员有弊端，数目并列在两边。

为臣达本并无谎[1]，都是实言奏君王。

写毕本章仔细观，一主一现写得端。

急忙吩咐莫怠慢，开言叫声听事官。

你把本章送燕山，报与传本御史官。

你把实话对他说，即刻奏与乾隆王。

却说背锅子刘大人到了第[2]二日差人上京。刘大人辕门外挂牌两面：一面写的是"部府提镇"；一面写的"千把手逼通府县道粮厅教官，发了饷银，办了酒席，一应伺候"。再说西安巡府随带文武官员，都来到公馆门伺候，刘大人出的（得）公馆，同事下了教场[3]，和巡按[4]坐在扬（演）武亭（厅）前看，西安的兵丁各各精通。吩咐兵将，各回卧铺。又吩咐将肉菜、银两赐下：每人赐酒一坛，羊一只[5]，银子五两。大家众散。刘大人又说："巡按，我们各回府下，安谢（歇）几日，本公就要起身。"刘大人进的（得）公馆。到了第二日，妆了个百姓的样子，暗暗出了公馆，来到大街闲游。见了几个兵丁，喝得醺醺大醉，说："今年才来了个好大人：每十个兵赏羊一只，赏酒一坛；又每人赏银子五两。"又到了堆子上，闻听兵丁也说此话。刘大人听真，急忙回上公馆，又吩咐人役把巡按请来。又说："巡按，昨日我访来你的言语，你一一说明。"巡按听言，大吃一惊，说："这还了得。"并未说出实言。刘大人吩咐人役把五营的兵将叫来。刘大人问明此事，心中大怒，吩咐下去，把他们一齐杀了。吓得那官员各各抖衣所战[6]。刘大人吩咐，送巡按回去。巡按得命回府去了，巡按的手下众官叫刘大人尽该[7]杀了。

同训私访到长安，一路杀了贪赃官。

刘大人出长安心中暗想，细思想世上人大不一般。

无有个耿直的忠良上将，尽都是贪财的受贿赃官。

我今天到各处明察[8]暗访，我访着贪财官命不周全。

一路上赏三军无有私弊，探子马不住地打听消息。

不觉得[9]来到了兰州城中，布政[10]司和总兵两边接迎。

乘马的坐轿的一齐出城，十里亭来接那经略大人。

刘大人在轿内用目观看，文武官在两边迎接大人。

刘经略来到了十里长亭，前后的人役们前呼后拥。

大人轿走过了长亭一里，又只见那总督出城来迎。

却说刘大人离城不远，观见本督来到跟前，两家下轿施礼。总督说："大人，虎驾可安？"刘大人说："称（承）问了！且问大人虎驾清吉。"总督说："谢问了！"总督又问："存（从）京中来，乾隆主子可好？"刘大人说："主子龙驾可安，他也稍（捎）言问候你好。"总督朝天谢道："吾皇万岁万万岁！"谢毕皇恩，坐上八台（抬）大轿进城，来到公馆。刘大人吩咐下去，文武俱各勉（免）见。赏军一毕，再商[11]话（议）吧。坐在公馆，心中思想：我出京以来，杀了多少的官员。今天一算，杀了八十余员。此事不小，还要写本进京，要奏与主子得知。正是：

一路杀了贪赃官，还要写本见君王。

大人提笔在手中，一心写本拜主公。

为臣三次有本奏，奏知吾主得知闻。

为臣到处赏三军，文武俱各上下通，

俱是贪财爱宝人，无有一个耿直清。

出京已至[12]兰州城，杀害赃官八十名。

实情奏知龙书案，吾主亲自用目观。

写毕叫声长差官，我有言语听心上。

急忙回京走燕山，把本奏与御史官。

就说大人兰州城，急忙奏与乾隆君。

差人走去且莫表，再表大人显才能。

大人妆了算命人，兰州街上看风景。

[1]　谎：抄本写作"慌"。
[2]　第：抄本都作"弟"。
[3]　教场：旧时操练和检阅军队的场地。
[4]　巡按：除此处外抄本都作"巡案"。
[5]　只：量词"只"抄本都作"支"。
[6]　抖衣所战：发抖；颤抖。
[7]　尽该：这里指该杀的都。

[8]　察：抄本写作"查"。
[9]　得：抄本写作"的"。
[10]　政：抄本写作"镇"。
[11]　商：商议、商量的"商"抄本都作"谪"。
[12]　已至：抄本写作"一止"。

上奏君王下爱民，一心与主尽忠心。

我今私访各有心，打扮算命一先生。

行步走出公馆门，兰州街上去听风。

走过一座大牌坊，行步来在大街上。

手拿简板[1]当当响，口内念的子平[2]言。

张良品箫在当阳，六出祁[3]山诸葛亮。

正走忽听有人声，耳内听着乱刮风。

京里来了驸[4]马公，三百银子卖州同[5]。

有心上前亲查问，两个孩子回家中。

却说刘大人耳听两个孩子说着"京里来了个驸马千岁，前来卖官"。"我有心上前问明，那两个孩子各回家中去了。是我心中思想：汤要口尝，物要眼见，我把四街八巷游遍，并未[有]动静。"正然回馆，耳听避（僻）背[6]处人人乱让（嚷），却说此话。刘大人听真[7]，进了公馆，便叫长随官："你拿上三百两银子前去买官。"常随听言，就来到驸马的公门上，将接卷银子递与驸马，驸马见了银子，连忙发下州同的鉎[8]来。常伴把鉎拿上，来到公馆，将鉎递与刘大人。大人说："这就是他的弊端。"

大人将事访查明，气得心里不安宁。

刘大人坐公馆气上满面，背地里骂驸马理上不端。

你在朝凭的是哪家亲眷，不过是全仗[9]那乾隆君王。

把你的俸[10]季银一且莫表，公主的胭粉银也有几坛。

哪些儿缺少你使用银钱，心不足你来在兰州卖官？

八十两白银子卖个京监，一百两就卖个七品知县。

三百两卖州同情理难当，恨不得把贼人剥[11]皮熬汤。

恨贼人不由得[12]气冲斗[13]牛，我朝中怎出了这样

---

[1] 简板：乐器名。唱道情者常用以伴奏。简：抄本写作"箭"。
[2] 子平：北宋徐子平，精于星命之学。抄本写作"字品"。
[3] 祁：抄本写作"岐"。
[4] 驸：抄本都作"府"。
[5] 州同：官名，清代各州副职。抄本写作"周铜"。
[6] 僻背：僻静。
[7] 真：清楚。
[8] 鉎：意义不明。
[9] 仗：抄本写作"占"。
[10] 俸：抄本写作"奉"。
[11] 剥：抄本写作"卜"。
[12] 得：听得、不由得的"得"抄本都作"的"。
[13] 斗：抄本写作"抖"。

奸党。

怒冲冲把此话一且莫表，回头来叫人役细听我言。

却说刘大人吩咐手下人："那驸马的武艺高强，我们莫要吃了他的亏了。你们手里托化[14]的随我前去。"说罢，急忙来到驸马的公门上。拿过手本，见了传命人说："这是我的手本，递与驸马。"驸马吩咐："出去有请。"传命人出的（得）公馆说："请大人进馆。"刘大人进的（得）公馆，行礼一毕。刘大人就问："驸马，你好么？"驸马说："称（承）问了！且问刘大人你好！"刘大人说："罢了。"驸马又问："刘大人，你不在京里，来在兰州如何？"刘大人说："我领旨意来在西边，一来犒赏三军，二来各处私访，恐怕有贪财的赃官苦害[15]百姓。且问驸马，你来在此地，干其何事？"驸马说："我也奉主子的言命，一来访查赃官，二来探望亲朋。"刘大人说："言之有理。且问驸马，我有一事不明，在驸马跟前领教。"驸马说："有什么[16]大事？说出口来大家商议。"刘大人说："我们做大官的，有皇亲妹丈贪财受贿，干下此事，犯在案下，怎么问罪？"驸马说："把他杀了。"刘大人心中暗想：驸马自己把他罪定下了。又问："驸马，我问你：'私卖官长，可曾实（是）实？'你若说出口来，我保你无罪。"驸马说："我未曾干下此事。我与你说什么？"刘大人听言，不由恶气上身，骂一声："驸马，我先访下你的弊端，你还是这样的铜口铁舌。"哪里容情，吩咐人役："把驸马与我拿了。"人役一齐上前，就把驸马拿住。驸马恶气上身，开言便骂。刘大人说："驸马，你说实话，我勉（免）你一刀之苦。"驸马不分好歹，只管叫骂。刘大人烦恼，吩咐人役："把驸马捆（绑）出辕门斩了。"眼前开刀，把驸马就[要]杀了。刘大人回上公馆，不题。驸马的家人，骑了一匹大马，回上京地通信去了。

大人杀了驸马公，手下众将各各惊。

打轿回上公馆去，驸马家人把信通。

家人说把驸马杀在西地，忙出城骑快马去把信通。

---

[14] 托化：机警敏捷。
[15] 苦害：伤害，陷害。
[16] 什么：抄本都作"甚莫"。

人如飞马如箭急往前行，不觉得[1]来到了六柱桥中。

进北京又到了驸马府门，进了府忙禀与皇娘知闻。

到三堂忙跪倒一言告禀，上告着皇公主你是听因。

有一个背锅子经略大人，把驸马杀在了兰州城中。

皇公主听一言胆战心惊，吓得我一阵阵魂不在身。

不由得我眼中泪如雨下，恨苍天不睁眼将我离分。

哭一声心爱的驸马丈夫，好夫妻不到头半路离分。

叫驸马你犯的何等之罪，为什么把夫主命见阎君。

实想说我夫妻一同到老，谁知道你今天一命归阴。

哭皇天叫丈夫何日得见，把一双好夫妻命不久长。

皇公主直哭得舌干口燥[2]，府下的彩女[3]们都来解劝。

却说彩女、兮（丫）嬛[4]无有一个不哭的，把公主解劝几次，公主才不哭了。心中暗想说：此事倒也不小。就是驸马干的不是，你就该把他押在京地，见了主人把他杀害，倒也情愿。思想一会，情理难容，我进宫问他兄长才是。

此事好不明，进宫问朝廷。

他今杀驸马，我心也不宁。

一言未罢进府去，思思量量怒冲冲。

来到午花睁眼看，转步又到养老宫。

宫娥彩女都来接，来到面前问一声。

公主怒气莫恻声，抢抢[5]达达进了宫。

乾隆一见喜心中，只得上前问原因。

问声御妹[6]身安宁，驸马安宁不安宁？

公主听言莫恻声，乾隆里黑外不明。

公主低头泪纷纷，上告兄长你是听。

驸马身犯何等罪？为何差杀驸马宫？

乾隆听言吃一惊，叫声御妹你当听。

我处无有传旨意，哪个敢杀驸马公？

公主听言怒气生，叫声兄长你是听。

有个背锅刘同训，怎放他人出北京？

不遵[7]你的法和律，把夫杀在兰州城。

乾隆皇爷是明君，叫声御妹你当听。

驸马不在驸马府，他到兰州为何情？

公主这里忙应声，驸马西地探望亲。

乾隆皇爷来告奉，叫声妹妹你听真。

这事你我都不明，你且回上驸马宫。

急忙差人出北京，调他进京问分明。

公主这里怒冲冲，叫声昏君你是听。

就是驸马有弊端，把他调来京里问。

难道不遵你的命，怎样杀到兰州城？

抢抢达达出了宫，乾隆气得心里疼。

骂声背锅刘同训，丑官做事瞒[8]朝廷。

驸马干[9]下非理事，一同进京见当今。

我今把他调进京，怕你有命也难存。

却说乾隆皇爷穿代（戴）龙衣王帽登了金殿，怒气冲冲传了旨意，宣文武一齐上殿，排列两边。说："主人宣臣，有何朝事？"乾隆把刘同训杀害驸马之事说了一遍。文武听言，各各奏："佛爷，那刘同训做事太非，就是杀驸马，难道不看佛爷的金面？"一句话说得乾隆将将[10]发怒，正然出旨调刘同训。传本御史头顶本章奏到主人面前，说："这是刘同训的本章。"内臣急忙奏知吾主案前。乾隆怒气冲，要看他的本章。

要知心腹事，再看本内情。

乾隆王坐金殿用目观看，我把这本内情细观一番[11]。

刘同训出了京半路途中，杀害了宁下镇姓王玉贞。

他到处赏军时明察[12]暗访，尽都是贪财的受贿赃官。

往后看又进了西京长安，他杀了文武官八十余员。

第三次本又到兰州城中，杀官员八十名奏知当今。

我越思我越想气上满面，背地里骂一声大胆狗官。

[1]　得：抄本写作"的"。
[2]　舌干口燥：抄本写作"舌甘口凑"。
[3]　彩女：宫女。
[4]　丫嬛：丫鬟。
[5]　抢抢达达：赌气，不理睬人。抢抢：本段韵文抄本都作"伦伦"。
[6]　御妹：抄本都作"玉妹"。

[7]　遵：本段韵文抄本写作"尊"。
[8]　瞒：抄本写作"忙"。
[9]　干：抄本写作"敢"。
[10]　将将：刚刚；刚要。
[11]　番：抄本写作"方"。
[12]　察：抄本写作"查"。

难道说他性命不如鸡犬？难道说尽都成受贿赃官？

杀驸马并无有奏主之情，心[1]思想这狗官欺压当今。

忙差了金牌官即刻出京，调回来我叫他有命难存。

却说乾隆天子回宫，文武下殿，京（金）牌官出京，不题。再说公主睡在床上，夜晚梦见驸马回宫，血染通红，站在床前，惊醒来是一梦，只（直）哭五更。

一更里，好孤恓，想起丈夫泪悲啼。年幼夫妻半分辞，我心想着兰州去。

二更里，好伤情，想起驸马泪纷纷，我心想见你尸灵，千山万水路难行。

三更里，正睡着，梦见丈夫床前过。奴家惊醒把梦托，你把奴家丢撇下。

四更里，疼伤心，驸马一去影无踪。占骨之人两难分，恩爱夫妻不相逢。

五更里，天渐明，越思越想不中用。一枕一被半床空，大哭小喊无人问。

公主五更哭断肠，差官驾马走西边。

却说京（金）牌官出京，赶上刘经略，折了他人的大印。刘大人说："好呀，我早知其意，你今□（折）印，就为驸马的此事，是也不是？"金牌官说："就为此事。"刘大人听言，哈哈大笑，说："我这个按（案）板，也能摆得下他乃（那）个杂碎？我这个高丽铜，也能换得下他乃（那）个真金子？且问差官，你领[2]旨出京，还是把我杀在半路？还是调我进京？"金牌官说："叫你进京。"刘大人说："即（既）要进京，一同前行。"不觉来到午门处，金牌官奏上金殿，说："臣奏吾主，调来刘同训，以（已）在午门。"乾隆听言，急忙登殿，坐了龙位，文武满汉的官员排列两边。乾隆说："他这欺君敖（傲）上之臣，怎与他见面？"急传口旨，叫金瓜武式（士）上殿，把刘同训推出午门消（枭）首，与主子正律朝纲。正是：

乾隆皇爷怒气生，忙了驾[3]杆孙自成。

孙驾杆忙走到午花朝门，叫金瓜和钺斧你是听言[4]。

莫要杀莫要斩刀下留人，有老臣上殿去急拿本升。

孙自成上殿来双膝下跪，臣奏与大清的明王主公。

刘同训他犯的何等之罪，你为何不问明送他残生？

乾隆王听一言满面赔笑，叫一声孙皇父把话听明。

莫要跪你坐在公侯[5]之位，听小王一件件说来你听。

□那月传了旨宣你上殿，当殿上同差了那个丑官。

令赐羊押饷银犒赏三军，大小官他杀了八十余名。

再的命到他手不如鸡犬，把驸马杀到了兰州城上。

封得他官大了欺君傲[6]上，把小王全不在他的心上。

细思想他犯的不赦之罪，杀了他与主子正律朝纲。

孙驾杆开言把乾隆又叫，叫一声当今主你是听因。

驸马公他不在驸马府下，他出京到西地为的何情？

乾隆说他西地看望亲朋，刘同训杀害他我也不明。

驾杆说想来他干得不清，杀了他与主子定了乾坤。

乾隆说就是他干得不清，他就该把驸马奏我知闻。

孙自成听得说无言应承，连奏了三四本不能容情。

却说孙老臣奏："主人息怒，既然刘同训犯下不赦之罪，看老臣的脸上暂且把他放过，宣上殿来问明此事，再杀他也不迟。"乾隆说："他犯法，〔不〕问什么？不必再表，下殿去吧。"驾杆自思说："今天不赦刘同训，枉费忠良之命，我要细细与他奏明才好。"正是：

驾杆舍下一身死，舍死亡命拿本升[7]。

今日不赦[8]刘同训，不如师徒一路行。

若是杀了刘同训，可些[9]忠良保国人。

驸马做事理不通，三百银子卖州同。

八十余两卖京监，百二银子知县官。

吾主何不细思想，为何天下开科场。

有钱举[10]子把官做，无钱举子是枉然。

乾隆听言怒气生，皇父奏本理[11]不通。

驸马干下不理事，留他活命见当今。

[1] 心：抄本写作"田"。
[2] 领：抄本写作"令"。
[3] 驾杆：抄本写作"架杆"。下文"驾杆"均写作"架杆"、直接整理为"驾杆"。
[4] 言：抄本写作"音"。
[5] 侯：抄本都作"候"。
[6] 傲：抄本写作"敖"。
[7] 升：抄本写作"生"。
[8] 赦：抄本写作"舍"。
[9] 可些：可惜。
[10] 举：抄本写作"夆"。
[11] 理：本句和下句两个"理"抄本都作"礼"。

今日死后无对证[1]，御妹不能善辞分。

驾杆听言气冲冲，叫声乾隆你是听。

无酒假装是好人，还有一事奏分明。

东街有个广兴当，大王铺内有本钱。

三分嫌少五分利，克扣军民理不端。

你在朝里做皇上，大王是你旗下官。

还有一个兴隆当，三王那里有本钱。

虽然是个三分利，另改国号造铁钱。

门左挂的虎头牌，门右挖的万人坑。

当来铁钱加四百，赎来挑过要铜钱。

有人旦[2]说不通情，打死甩在万人坑。

那也是你旗下人，糟蹋[3]多少好黎民？

问得乾隆无言答，满面害羞怒冲冲。

开言叫声孙老臣，你奏本来理[4]不通。

文武现在两边分，你今当殿叫骂君。

你今笑我年纪青，你把小王不在心。

金瓜钺斧宣上殿，把你人头挂午门。

驾杆听言怒气生，叫声乾隆无道君。

哪个忠臣他怕死，怕死之臣不为忠。

要奏与你都奏明，叫声昏君你当听。

皇寺有个曹进龙，他是你的心爱僧。

我今奏本你不信，日后怕坐你龙廷。

你今送我命归阴，幽冥地府辩[5]分明。

老王我奏他也听，如今怕你乾隆君？

却说九门提督张自林、状元王捷跪在金鸾（銮）殿上奏道："万岁息怒，二臣有本。"乾隆说："有本当奏。"二臣说："刘同训做事有勇无谋，他就捉住驸马的弊端，就该和他回见天子，为何杀在兰州？主人听臣本奏，将他下在刑部监中。臣昨日听老国泰（太）说，孙老臣是老王手下的大臣，主人一怒之间将他杀害，恐怕国太降罪，如何

是好？主人进宫问明国太，看国太怎作开消[6]。"一句话把乾隆提醒，说："听你们奏本，就将孙老臣、刘同训收在刑部监中。文武下殿，等我进宫问母。"正是：

二臣下监中，乾隆自思忖。

要得此事明，进宫问母亲。

乾隆王换朝衣回身进宫，告诉了龙国太细听分明。

刘同训领旨意犒赏三军，杀害了大小官八十余名。

到兰州犒三军做事非轻，把驸马杀死了娘不知闻。

老皇后听得说杀了驸马，不由得泪汪汪疼杀人心。

人思想驸马公做事不理，贪赃官你跑到兰州卖官。

背锅子做此事不思前后，你不看王的面且看皇后。

杀官员八十名此事不小，杀驸马这就是惹祸根苗[7]。

又不知把此事怎作开消，叫皇儿你与娘细细禀告。

却说乾隆天子把前后的言语对皇后细细说了一遍，皇后又问："皇儿把驾杆怎做开消？"乾隆把一个"斩"字未有说出口来，观见皇后脸上变色。皇后说："你杀害驾杆，此事非轻。"乾隆心中思想：多亏二爱卿奏明，倘若杀害，国太必不依我。又说："龙母息怒，孩儿未曾将他杀害，押在班房。"皇后言，说："皇儿不知，因为我驾坐西宫，所生皇儿，为娘即回正宫。正宫娘娘不能让宫位，就是孙老臣对正宫说：'国太说生龙者是凤，生凤者是妃。'"说明了凤妃之事，正宫才让宫院。许下孙老臣不能吃钢刀之苦。"孙老臣他奏皇当之事，还则犹可，他奏白鹊寺之事，也非小可。你〔到〕改日差哪家清正官员前去私访一回。"乾隆听言，辞母出宫去了。

乾隆听言心暗想，一心亲自去私访。

乾隆王忙离了养老宫院，行步儿来到了昭[8]阳宫门。

有宫娥和彩女忙来接驾，见正宫把此话说在心下。

你快快缝些儿僧衣僧帽，我即[9]在白鹊寺出家了道。

正宫说要此物有何使用？乾隆说白鹊寺出了妖僧。

[1]　对证：核对证实的证物。证：抄本写作"正"。

[2]　旦：如果。抄本都作"当"。

[3]　糟蹋：抄本写作"遭踏"。

[4]　理：抄本写作"礼"。

[5]　辩：抄本写作"变"。

[6]　开消：处置。

[7]　根苗：事物根源，缘由。

[8]　昭：抄本写作"招"。

[9]　即：抄本写作"既"。

要僧帽和僧衣为王穿戴[1]，去到了皇寺里访查一番[2]。

那正宫听得说心中明亮，缝僧衣和僧帽一一俱全。

乾隆说再不可笙乐齐响，今夜晚我君睡同床安眠。

却说正宫娘娘到了第二日清早起来，亲自端茶换衣，拿来衣帽："有一件护身的汗衫，主人穿上能以护身。"乾隆换了衣服，正宫说："主人几时回来？"乾隆说："申酉时就回来了。"

真[3]龙天子出了京，城隍土地不消停。

乾隆王出宫院大街闲游，燕山府这地方倒也风光。

也有些铸金铺字号客商[4]，又见那各样的器物俱全。

正走着不觉得肚中饥饿，去到那酒馆里充饥解渴。

主人正然肚中饿，遇着[5]张三要解渴。

却说乾隆皇爷肚中饥饿，有城隍、土地领到一个酒馆坐下，观看这酒馆倒也清闲。那酒保[6]说："我这酒馆每日昏乱，今日清闲。"又见门上坐着一个年幼的僧人，容貌非凡。[正在]心中暗想。又见那僧人一直来到首席上面坐下，急忙端上酒席。乾隆饱吃了一顿说："酒保，你算多少饭钱？"酒保说："三百文铜钱。"乾隆说："此处可有当铺也未有？"酒保说："你问当铺为何？"乾隆说："我与你当钱。"酒保说："慢着，这些就有当铺，万万去不得。"乾隆说："怎么去不得？"酒保说："师傅既问，我与你一一说来。"说："伙计，罢了酒席，今日酒钱我也不要了。"乾隆说："为何不要了？"酒保说："今日一见，我和你有缘，我敬你就如敬了佛爷的一样。"乾隆听言，说："此人果算个四海之人。"

此人大有缘，一定问根原[7]。

乾隆要知皇当情，须听酒保耳边风。

乾隆不言心内想，此人果算四海人。

今日同坐席口中，你说皇当我听真。

张三忙斟一杯酒，恭恭敬敬递与僧。

我不说来你怎明，提起皇当恼人心。

当今坐的乾隆君，有道明君年纪青。

他的内里甚不明，公侯王爷都胡行。

此处有个广兴当，大王己身有本钱。

一条大街并八巷，不准贫民傍边当。

压[8]定贫民三分利，谁人旦说见阎王。

还有一个兴隆当，三王铺内有本钱。

不遵[9]法律由他便，另改国号造铁钱。

一傍挂的虎头牌，一傍挖的万人坑。

出去铁钱加四百，赎本挑过要铜钱。

有人旦说不通情，打死甩在万人坑。

有个东床驸马公，卖官凭的乾隆君。

他和公侯俱皆通，吃人祖宗出了京。

不遵王的法和律，三百银子卖州同。

八十银子卖京监，百二银子知县官。

这是张三实情话，并无虚言对你言。

人把我叫小张三，起名叫作张公堂。

有心和你结宾朋，偏偏你是一位僧。

乾隆听言喜心中，今日遇着[10]有缘人。

他把此事都奏明，强如私访又胆惊。

道谢叫声张公堂，日落西山回寺院。

却说乾隆爷听张三说了一遍，并未提那白鹊寺的事情，心中思想：我要亲自儿私访一回。急忙辞了张三，出了酒馆，自觉酒气上身，行步走到白鹊寺。正是：

辞别张三出酒馆，一心要走皇寺院。

乾隆王出酒馆行步前行，我要去白鹊寺访查实情。

清早间对梓童[11]说下虚情，我不该定下个申酉时辰。

对梓童我说的白鹊寺去，并未提皇当的那些事情。

现如今又到了黄昏时候，今夜晚把梓童不能放心。

带走着我这里细细思想，进皇寺拿主张我要小心。

我就说河南寺来路不明，来到了白鹊寺投个师尊。

说到处访明师各处问遍，闻听着师傅的法度高强。

[1]　戴：抄本写作"代"。
[2]　番：抄本写作"方"。
[3]　真：抄本写作"正"。
[4]　商：抄本写作"商"。
[5]　遇着：抄本写作"遇过"。
[6]　酒保：抄本都作"酒报"。
[7]　根原：根源。

[8]　压：抄本写作"押"。
[9]　遵：本段韵文抄本都作"尊"。
[10]　遇着：抄本写作"遇过"。
[11]　梓童：皇帝对皇后的称呼。

曹和尚他必定收留寺院，总有个有缘人来把信传。

不觉得[1]来到了白鹊门上，那和尚早闭住山门两扇。

我这里抬头看观见灯亮，那和尚想必在楼上焚香。

乾隆王我急忙高声大叫，并未有大小僧来把声应。

乾隆王急忙忙睡在山门，门洞里睡着[2]了一条真龙。

有道的乾隆王这且不表，再说那城隍爷土地神灵。

却说城隍、土地说："你看那和尚遭（造）业甚大，今夜晚他要登法台，众僧朝贺，万人音（吟）歌小唱。他们饮酒作乐，把一个真龙天子与他把其（起）门来了。"城隍说："土地，你快进去与点化僧说明，就说：'主人在此，你快去请着进来。'那点化和尚原是河南人氏，正是乾隆的替僧。"土地听说，急忙进了厨房，把点化僧用拐杖捣了几下，说："主人在此，你快请去。"那点化［僧］忽然眼跳心惊，把山门开了一看，只见明光闪闪，害怕是夜明洙（珠）放光。又见山门洞里睡着一个僧人，急忙叫醒问明，原来是远方来的僧人。急忙请到厨房，将大和尚吃了的饭端了一碗乾隆吃。点化僧说："你就在此处睡把（吧），我还经守大殿，略时就来。"不题。再说城隍、土地说："你看这和尚，三宫六院，七十二美女，甚是热闹。你我用袍袖接了他的声音，叫乾隆主子听一听。"二神说罢，就把声音桶（筒）了，从窗子里放进去。乾隆听见说："好热闹。"有心前去，观见门从外边扣着，一脚把窗子踏开，跳出去了。

乾隆皇爷喜心中，笙磬鼓乐最好听。

跟定声音往前行，转步来到大殿门。

进得[3]大殿无有僧，听得后殿闹哄哄[4]。

走到后殿用目看，红灯挂得满堂红。

上面坐的曹进龙，两边彩画一划新。

金殿楼阁甚威风，三宫六院两边分。

里摆[5]僧来外摆僧，层层累累[6]是众僧。

当中排列美人们，笙磬鼓乐最好听。

乾隆皇爷正高兴[7]，胡走乱行看不真。

砖头摆[8]了四五层，站到高头才看明。

却说乾隆皇爷观见美人手拿汗巾走得风流，唱得入耳中听，也倒热闹好听。曹进龙说："好也不好？"众僧说："好呀！"乾隆拍手，冷笑一声。话未落地，把砖头踏倒，押（压）在众僧的身上。那些和尚一见是个野僧，当时捉住。曹进龙吩咐众僧："把这野僧用火烧了，怕他走陋（漏）风声。"一言未罢，那和尚回宫去了。有管家说："众僧各回经堂去吧。"又与打杂僧："把这野僧活活下到撼炉架上，劈柴把他烧了。"说罢，架上大火。那城隍、土地说："鬼使，把火往他们的身上率（摔）。"况且主子身上带的闭火珠，火不能上身。管家说："此事好怪。"吩咐："把这野僧下在逼（蓖）麻锅里将他激（熬）了。"又把主子下在锅里，架上柴炭，直烧得翻浆骨滚，管家才睡去了。那城隍土地把嗑（瞌）睡虫与他们洒上，他们皆睡果（着）。点化僧时时未离，观见那火未上身，忙忙将主子捞出锅来。主人说："这就是我的救命恩人。"这话不题。正宫娘娘说："主人私访，申酉时回来。怎么一更天还不见面？"娘娘心慌，吩咐轿马去到养去（老）宫院，与婆婆说知才好。

娘娘进宫说分明，再看婆婆怎样行。

正宫说我主人半夜未回，去到了养老宫与母说明。

有宫娥和彩女接见娘娘[9]，把娘娘迎接到养老宫中。

我一见老国太倒身下拜，问婆婆这几天身体安宁。

老皇后见媳妇夜入宫院，问媳妇有何事你说我听。

正宫把主人话说了一遍，老皇后听得说心中发忙。

怨一声乾隆王有些平常，你怎么亲自儿出了宫院？

我叫你差文武前去私访，为什么你亲自去访和尚？

白鹊寺那和尚也不非凡，今夜晚儿的命顷[10]刻之间。

说媳妇你回上昭[11]阳宫院，为娘的急差人前去打探。

[1] 得：抄本写作"的"。
[2] 着：抄本写作"果"。
[3] 得：抄本写作"的"。
[4] 哄哄：抄本写作"昏昏"。
[5] 摆：本句两个"摆"抄本都作"罗"。
[6] 累累：抄本写作"磊磊"。

[7] 兴：抄本写作"信"。
[8] 摆：抄本写作"落"。
[9] 娘娘：此句与下句抄本都作"公主"。
[10] 顷：抄本写作"两"。
[11] 昭：抄本写作"招"。

却说皇后思想：救皇儿离不了孙、刘二臣，刘同训有治国高才，不免宣他二人出监，再作料理。传下旨意，叫内臣去到监中宣孙、刘二臣进宫。二臣恭拜一毕，就问："国太，夜晚宣臣有何大事？"皇后就把乾隆私访白鹊寺的话对二臣说了一遍。又说："二爱卿带领兵将去到白鹊寺救驾。"刘同训说："国太不必点起大兵，怕那和尚知道暗伤主子的性命，如何是好。主子出宫，他总有个主意。常言讲得却好：'真龙天子，百龙先救。'大将家八面威风，国太不必发忙，臣领巡城的兵丁去到皇寺，一来巡查，二来就说国太焚香，我前来安置，三来暗访主子的下落。若是救主人回宫，那时节再作料理，你看如何？"皇后说："爱卿言之有理，就命你二人前去。"

驾杆领[1]旨出了宫，同训随带城守营。

领兵出了锦绣城，来在二层皇城中。

各街[2]各市都查明，并无有道乾隆君。

领兵开了二道门，又到三层圈城中。

各营各号都查明，心中暗想仔思忖。

四街八巷都查遍[3]，找寻不见乾隆君。

驾杆心中主意定，一心要走皇寺中。

孙刘二臣且莫表，再表乾隆点化僧。

点化和尚自思忖，怎么水火不上身？

其中必有大原故，莫必怕是乾隆君。

口中未说心暗想，自思自想是真情。

倘若别人下在锅，一定水火损残生。

却说点化和尚心中自思：此人水火不能上身，莫必是乾隆主子？口口细问，乾隆听言，低声说道〔说〕："我是当今天子，私访到此，与你说明，千万莫要走风。"点化僧吓得战战兢兢："不好了！"点化僧手托主子出了厨房。

托上主人出厨房，设计答救出寺院。

出厨房走得快来到山门，心思想开山门去逃性命。

又恐怕惊醒僧走漏[4]风声，这皇寺足数有九里三分。

地方大能躲避不放宽心，忽想起北城根有个水洞。

黑洞洞摸揣[5]着尽往前行，我二人忙趴着出了水洞。

高一步低一步来到何处，乾隆说城门锁怎样前行？

王和[6]你今夜晚哪里安身？点化僧忽听得鼓打二更。

正走着跌到了万人坑中，他二人心中躁[7]不能前行。

且按下点化僧和那乾隆，再表那刘同训孙老大人。

却说孙、刘二大人说："此处离皇寺也不远了。"正走中间，只见明光闪闪。走到跟前观看，原是一个万人坑，跌着两个僧人。孙大人说："刘同训，你看坑内放光，莫必就是乾隆主子？你把绳子拿来，把我吊着下去。"刘大人急忙把孙老臣吊下坑去，一看，原是乾隆主子和一僧人同（痛）哭。孙老臣急忙跪下。乾隆一见说："孙皇父，你从哪里来？"老臣说："救驾来迟，望主人赦罪。"乾隆说："哪有皇父之罪。"孙老臣急忙把主子和一僧人吊出坑来。

君臣和尚出了坑，坑外跪的刘同训。

乾隆见他双膝跪，叫声经略你平身。

走过一门又一门，行步来在午花门。

进得[8]午花用目看，行步来到养老宫。

九道宫门挂龙灯，门里门外一划明。

四人俱坐养老宫，都与皇后把礼[9]行。

国母一见乾隆君，不由痛哭[10]泪伤心。

乾隆皇爷泪纷纷，母子痛哭两离分。

驾杆说你且住声，你听老臣有本升。

乾隆说你有何本？一字一行奏分明。

却说孙老臣奏道："主人私访，多得胆（担）惊。"乾隆说："从前殿上皇父之言，果然实是（是实）。将皇父、皇兄无故收监，皇父、皇兄不可见怪。"老臣说："为臣从前惧（误）奏皇当之事，望主赦罪。"刘同训说："为臣惧（误）杀驸马，望主赦罪。"乾隆说："前言不可提了，还是主人的家教不严。"皇后又问："这位僧人是谁？"乾隆

[1] 领：抄本写作"令"。
[2] 街：抄本写作"堆"。
[3] 遍：抄本写作"便"。除此处外"遍"抄本都作"边"。
[4] 漏：抄本写作"陋"。

[5] 摸揣：摸索。
[6] 和：抄本写作"何"。
[7] 躁：抄本写作"操"。
[8] 得：抄本写作"的"。
[9] 礼：抄本写作"理"。
[10] 痛哭：本段韵文抄本都作"疼"。

说："他就是救命恩人，我就封他替僧。"天子吩咐文武两班："等我登殿。"

怒气冲冲登金殿，一心剿杀妖和尚。

今天杀了曹进龙，明日再问那皇当。

乾隆王怒登了金銮大殿，宣文武上殿来议论朝纲。

先宣那孙皇父老臣上殿，后宣那刘同训那个丑官。

张自林和文武一齐上殿，叫一声文共武你是听言。

曹进龙他一心谋我江山，那和尚谋龙位心太不良。

点化僧出寺院对我细讲，皇寺里那和尚武艺高强。

僧簿册[1] 他眼里亲自观看，上潜僧下潜僧都在册上。

有一千杆子僧能杀能战，有一千铁棒僧猛勇难挡。

弓箭手长枪手刀斧俱全，白莲[2] 教黄莲教俱是好汉[3]。

有五百上潜僧他上经堂，上潜僧俱会的入地上天。

孙皇父我挂你统[4] 军元帅，领大兵白鹊寺剿那和尚。

刘同训他作谋任你使用，张自林领大兵把守皇城。

孙老臣下了殿来到班房，我见了文武臣再作商量[5]。

却说天子回宫，文武下殿，都到班房。孙大人说："众大人，你们听真，主子私访白鹊寺，带来一僧，言说那寺出了能人。清早不见点化僧，又不见野僧，恐怕他识破机关，点起妖僧。我兵不能进（近）身，如何是好？如今又到卯时，我们就按这时发起大兵，去到皇寺，与他个凑手不急（及）[6]。"众大人说："再的其是（实）有（犹）可，有些上天入地的和尚难敌对。"刘大人说："依我心想，他们尽都是妖言邪法。师傅传令，晓喻众将，每人要下一只鸡、一只猫、一只狗。与他发价：一只鸡银子五钱，一只猫银子一两，一只狗银子三两。"孙大人传令，不觉一时，俱各齐备。吩咐众将把鸡、猫、狗一齐杀害，用桶子接了血稍[7]。刘大人又说："师傅传令下去，吩咐众将取了绸缎银两，就说皇恩重赏寺内的和尚，叫他们出寺前来领赏。你带各物前面行走，我带兵将后边随跟，把皇寺围了。

你把头二三层山门各安官员，与他们赏些财物。他们若来领赏，那和尚出来，若到山门，两下就按桶子，他出一个，把他真性迷了，他就不能上天入地了。然后大兵一齐上前，与他个凑手不急（及）。这如今先差一个人前去打探，若是主子洪福起（齐）天，他不能识破机关，就照这样行事。若是他识破机关，起僧前来，这怕无救了。"孙老臣说："此计甚妙。"说："就照此事。"一言未罢，探马报到（道）："无有动静。"刘大人说："这就好。"急忙点起大兵，一齐出了皇城，前呼后拥走了。

元帅忙传一道令，各样物件俱现成。

赏僧绸缎头里走，元帅骑马随后跟。

然后再行刘同训，随带血桶一路行。

五营将官都起身，各领大兵出皇城。

元帅进了皇寺门，那些和尚不消停。

忙忙报与曹进龙，迎接元帅大殿中。

急忙躬身施一礼，大人进寺为何情？

元帅开言应一声，领旨犒赏众僧人。

和尚听言喜心中，烦劳大人走一程。

一言未罢人来禀，大兵周圆围寺门。

正到午时正三刻，杀了五百上潜僧。

出门走脱两位僧，上天入地无影踪[8]。

元帅背身刀抽顺，迎面杀了曹进龙。

大旗一摆往里进，满院满寺都是兵。

午未申时敢自尽，杀害僧人命归阴。

满寺和尚都杀尽，怎么不见美人们？

三宫六院都不见，吩咐兵丁进殿门。

兵将进了大殿门，供桌抬掉[9] 观分明。

却说元帅吩咐把殿门上的供桌抬了，果有〔一个〕一门，拴着一绳钢铃，把绳一扯，内边的美人一齐出来，就叫兵丁一起杀了。驾杆走到里面，把那经堂上念经的和尚吓得战战兢兢，举手叩头。驾杆说："你们不必胆怕。论其（起）情由，该杀你们。看起你们念经，暂且把你们饶了，从今以后好好念经，再不可胡行。我奏知主子，保你

[1] 册：本句和下句两个"册"抄本都作"删"。
[2] 莲：本句两个"莲"抄本都作"脸"。
[3] 汉：抄本写作"汗"。
[4] 统：抄本写作"通"。
[5] 量：抄本写作"谨"。
[6] 凑手不及：措手不及。
[7] 血稍：血液。
[8] 本句抄本写作"上天入无影无踪"。
[9] 掉：抄本写作"吊"。

无事。"又吩咐兵将回上皇城,来到午花门上,说与奏事官奏知主人:"明天清早我即面君。"到了次日五更,天子登殿,文武上朝。驾杆把白鹊寺奏了一遍,乾隆听言,喜之不尽。又传旨意,把大王、三王宣上殿来,乾隆又问皇当之事,大王、三王不敢应承。乾隆说:"皇兄,这就不是。我亲身私访明白,你还不招。你们做下此事,叫我怎样正律朝纲?论其情由,把你们杀害,国太凤眼落泪,百姓遭哺(涂)炭之苦。"又吩咐把大清律抬上殿来,文武与他议论定罪。文武议论下来,把(使)他们受些罚数。乾隆说:"把他二人发在西地养马,受心(辛)苦十年再来回朝,下殿去吧。"又吩咐把皇当的那些人都要杀害,把金银财宝一应积库。

真龙天子去私访,白鹊皇寺一命亡。

从前不听皇父奏,今日把他劝一劝。

乾隆王我只得好言相劝,叫了声孙皇父你且听言。

从先前多亏你拿本奏上,差差候[1]杀害了保国忠良。

孙皇父你保国忠心不变,王亲口封你在养老宫院。

先免你三六九不准面[2]参,有大事再宣你上殿商量[3]。

叫了声刘同训你且听言,为王的把此话说你心上。

杀赃官立朝纲[4]忠心保国,王亲口封你个吏部天官。

张自林跪殿角你且听言,封你个保国侯保护江山。

叫了声张公堂你且听言,长泰馆王与你助些本钱。

王状元封御史左班丞相,朝外的大小官你要皆管。

却说乾隆对文武把那白鹊寺之事说明,那白鹊寺是先王手里留下的,到今出了妖僧,动〔赶〕干戈,打搅主人不安。今天留下五百潜僧,不免把点化僧封为大和尚,叫他治掌皇寺的大事。我发银两酬谢文武。文武说:"主人言之有理。"说罢,文武散朝。到了次日,大摆酒晏(宴),酬谢文武官员以(一)毕,差人役把点化僧送在皇寺治掌,日后寺内的和尚再不起心胡作枉(妄)为。差人安置一毕,回上京地奏知主子,文武俱各下殿,各回各府去了。正是:

[1] 差差候:险些儿。
[2] 面:抄本写作"回"。
[3] 量:抄本写作"谅"。
[4] 朝纲:除此处外抄本都作"朝刚"。

这本宝卷团圆后,留在世上劝化人。

大众坐下听一遍,不可忽刮耳边风。

□身何不想□心,安守本分□□□。

人生好比混[5]水鱼,有着[6]一日水泛浪,只[7]见水来不见鱼。

天地相和万物生,两国相和不动兵。

皇王相和爱黎民,□□相和做[8]公卿。

亲戚相和常来往,朋友相和意气□。

弟兄相和家不分,妯[9]娌相和□□□。

□□□□□□□,翁婆相和家道成。

□□□□□□□,□□□□□□□。

这是几[10]句表明话,莫当闲□□□□[11]。

□□□□□□□□[12],可恨到底没[13]功夫[14]。

此卷□□□□□,□□□□□□□。

抄写者: 代登科
抄写时间: 1932 年 7 月(阴历)
收藏者: 甘肃省张掖市甘州区花寨乡河西宝卷国家级传承人代兴位

收录于张天佑、任积泉主编:

《丝路稀见抄本宝卷集成》(第六册),天津古籍出版社,2019 年,第 5—55 页。

标点校注者:李贵生

[5] 混:抄本写作"横"。
[6] 有着一日:有朝一日。着:抄本写作"果"。
[7] 只:抄本写作"自"。
[8] 做:抄本写作"作"。
[9] 妯:抄本写作"姑"。
[10] 几:抄本写作"这"。
[11] 此句根据宝卷的表达习惯应为"莫当闲言耳边风"。
[12] 此句根据戴天恩宣统元年抄本《蜜蜂计》当为"闲言淡语便是书"。
[13] 没:抄本写作"莫"。
[14] 功夫:做事所费的精力和时间。

精忠报国故事宝卷

河西走廊流传的精忠报国故事宝卷主要取材于隋、唐、宋英雄传奇小说，其故事情节跟它所取材的英雄传奇小说基本相同，但较为简略。《隋唐演义》《杨家将》《说岳全传》等英雄传奇小说在20世纪的河西走廊广泛流传，深受民众喜爱，为河西宝卷提供了丰富的精忠报国故事题材。

1

双凤旗

双凤宝卷才展开[1]，大众仔细听心间。

善男信女仔细听，莫当闲言耳边风。

却说此叚（段）故事出在汉朝汉元帝年间。八月十五日夜晚，汉元帝[2]以（已）在龙床安眠，梦见一女子来到床边，生得美貌无比。汉元帝将那个女子，两[3]手托定。那女子言道："宫女来了。"汉元帝将手丢开，往外一看，却无一人，便问那女子："家住何处？姓甚名谁？"那女子说道："奴本是济南王昭君。"说着[4]，佯常[5]走了。汉元帝惊醒，正道（值）三更。即刻设朝，宣[6]文武上殿原（圆）梦。正是：

梦里梦见美佳[7]人，济南人氏王昭君。

婚姻若是天造定，一只玉凤配金龙。

汉元帝坐金殿愁眉不展，今夜晚做[8]一梦甚是奇怪。

梦见一个女子来到床前，她言说□□□有些姻缘。

为王的用双手将她托定，那女子到床前喜笑满面。

王问她哪里人细说细明，她言说济南府有她家门。

她名叫王昭君二八青春，正讲话惊醒来夜至三更。

为王的越思想心中不宁，因此上宣你们上殿议论。

众爱卿哪一个愿走济南，去访[9]那王昭君美女天仙。

倘若是天定下这个姻缘，到济南必访着美女天仙。

哪一个望济南走上一番，官加官职赠职赏[10]金千万。

毛延寿听一言喜气满面，臣情愿走济南那个地界。

汉天子龙案上御笔亲点，钦差臣州县官谁不亲爱。

倘若是访着了昭君之面，画一幅美人图带[11]回京来。

吩咐毕汉天子回了宫院，毛延寿带人役即登阳关。

却说汉元帝御笔亲点毛延寿为钦差大臣，一来私放（访）昭君，二来访查各处官员，清官高升，赃官革职。毛延寿甚是德（得）意，领旨下殿。正是：

领旨下殿喜在心，去走济南访美人。

毛延寿领圣旨不敢消停，走济南去访那王氏昭君。

汉天子亲点我钦差大臣，地方官哪一个不送金银？

旦[12]若是地方官扭[13]了我性，革了职一定要改为良民。

这一桩好买卖旦若做[14]成，又有官又有势又有金银。

在路上思想着越发侥幸，我一定走济南私访昭君。

不觉得来到了顺阳府中，地方官他名叫赵氏文明。

十里亭迎接我如了我心，到公馆送来了黄金两封。

此一去天子前好言奉承，提拔他赵文明禄位高升。

到次日毛延寿清早启程，恨不得长双翅飞去腾空。

来到了天安府十里长亭，却怎么[15]无一人迎接大人。

---

[1] 此句抄本缺，据宝卷开篇惯例补。
[2] 汉元帝：抄本都作"文帝"。
[3] 两：抄本写作"丙"。"两"字抄本大都书写规范，有十几处写作"丙"，直接整理为"两"。
[4] 着：助词"着"抄本都作"者"。
[5] 佯常：扬长，大模大样地离开的样子。佯：抄本写作"洋"。
[6] 宣：抄本都作"选"。
[7] 佳：抄本写作"佳"。
[8] 做：抄本写作"作"。
[9] 访：本段韵文抄本都作"放"。
[10] 赏：抄本写作"偿"。
[11] 带：抄本都作"代"。
[12] 旦：如果。抄本都作"但"。
[13] 扭：违拗。
[14] 做：抄本写作"作"。
[15] 么：抄本写作"玄"。

怒冲冲进公馆把身坐定，地方官他为何不接大人？

有沈德在外乡去催皇粮，来得迟误[1]下了一个时辰。

听一言直吓得冷汗淋淋，进公馆双膝儿跪到[2]埃尘[3]。

毛延寿吓沈德大胆胡行，你不知钦差臣来到此中？

汉天子你不怕而且不尊[4]，慢大[5]臣你不能迎接长亭。

将他的知府印我且收存，革了职任凭他化虎成龙。

有沈德听一言昏昏沉沉，又来了毛府的一个家人。

沈大人你不必胆战心惊，你何不用金银打点功名。

为功名在寒窗费尽辛勤，难道[6]说惜金银不爱功名？

沈大人听一言心中才明，一句话提醒了梦中之人。

回头来叫人役快取金银，劳大爷与沈德好言呈禀。

快送上金和银整整四封，把一颗知府印才得手中。

沈大人得了印才放宽心，毛延寿又向那济南而行。

却说济南府知府王仁夫妻二人正在后堂讲话，有门官禀道："钦差大人到了。"王仁整齐衣冠，出城迎接。不一时，钦差进城，来到公馆。王仁送上酒席，毛延寿一概不收，即叫地方官王仁来见。王仁进了公馆，行礼一毕。毛延寿说："我奉天子圣旨来在济南，要访美人，名叫王昭君。限你两天，即速访来。"王仁领命，以在民间访查，并无昭君。眼看红日西坠，好不发急。次日来见毛延寿，将未见昭君的话说了一遍，毛延寿将王仁重打四十，又限了二（两）天，要下[7]昭君。王仁回府，甚是作难[8]。正是：

　　　钦差今日要昭君，倒叫王仁哪里寻？

王老爷坐书房心慌不定，恨一声汉天子行事不正。

差来了毛延寿访查昭君，倒叫我在哪里举荐美人？

庶民家无有个昭君形影[9]，单就是我女儿名叫昭君。

细思想我年纪四十有零，生下了我女儿孤身一人。

到明天毛延寿要下昭君，我却把什么[10]人进与大臣？

千思想万算计好不难心[11]，怎舍得亲生[12]女两下离分。

手捶胸足踏地大放悲声，哭一声老天爷搭[13]救性命。

邹桂英劝老爷不必啼哭，到明天见钦差好言奉承。

对他说世间上无有昭君，叫为臣在哪里去寻美人？

夫妻们在二堂哭得伤心，惊动了后楼上女儿昭君。

却说王昭君正在后楼描龙绣凤，将针损坏[14]，心中不悦。耳听啼哭之声，走到二堂，与爹娘行礼一毕，问道："爹娘啼哭为何？"王老爷说道："我儿哪曾知晓。昨日来了一个钦差，要在济南访问昭君。为父一（已）在民间私访，并无昭君。明日钦差要下昭君，因而啼哭。"昭君说道："爹娘何必作难，莫若[15]将女儿舍了罢。倘若不舍，皇王知晓，降下慢君之罪，爹娘悔心又迟了。"正是：

　　　今日不舍女儿身，皇上若知降罪名。

王昭君开言来叫声爹娘，听女儿有言语细说心上。

劝父母你不必两泪汪汪，今日个养你儿就当未养。

自古道养女儿无有下场，养成了把旁人叫爹叫娘。

现如今把女儿献与皇上，免得下到后来招惹祸殃[16]。

进朝去见君王好言奉上，将父母搬进朝事奉君王。

把此话对爹娘说了一场，权[17]当作养下我得病身亡。

满家人哭啼啼难硬心肠，亲生女怎舍得两下分张[18]。

却说王仁父女三人痛哭，不表。再说本城有个蔡员外，家财万贯，广有金银。所生女名叫蔡月英，生得眉清面秀，美貌无比。钦差过来选美人发宫，员外夫妻二人商[19]议，将毛延寿请到家中，大摆宴[20]席，送了无数的金银："情愿将女儿发宫，全仗钦差大人引进。"毛延寿收

[1] 误：抄本写作"悮"。

[2] 到：抄本写作"倒"。

[3] 埃尘：地面上。

[4] 尊：抄本写作"遵"。

[5] 大：抄本写作"太"。

[6] 道：抄本写作"当"。

[7] 要下：要.下：加强语气。

[8] 作难：为难。

[9] 影：抄本写作"音"。

[10] 什么：抄本写作"甚厷"。

[11] 难心：心酸。

[12] 生：抄本写作"身"。

[13] 搭：抄本写作"大"。

[14] 坏：抄本写作"壤"。

[15] 莫若：不如。

[16] 殃：抄本写作"秧"。

[17] 权：抄本写作"全"。

[18] 分张：分离；离散。

[19] 商：抄本都作"谪"。

[20] 宴：抄本都作"晏"。

了礼物，吩咐画了图样，先送到京城，随后连月英一同进京。正是：

月英选皇宫，员外喜在心。

蔡仲达坐书房喜笑盈盈[1]，我女儿真然是有福[2]之人。

遇见了毛大人一片好心，□进朝入了宫荣耀终身。

自古道帝王家天下第一，□□见今日个□上皇宫。

且按下员外话不可细说，再提起王老爷进了公馆。

却说王仁来到了公馆，见到了毛延寿，将昭君之事说了一遍。毛延寿说："既然是王大人的女儿，这是天子亲赐九龙金冠，凤团龙衣，叫贵人穿上，要画行像、坐像、站像三张图样。明日就要起身。"王仁回府，与女儿说知。昭君说道："图样女儿亲手能画，圣旨供在上边。"昭君一傍[3]大坐[4]，毛延寿即忙[5]跪下，口称："娘娘万福。"昭君说道："这是图样三张，交伐（代）于你，明日起身。这是白银三两，我爹爹在此奉送。"即便下去。毛延寿回到公馆，怒气满胸。将图样一看，果然美貌，将左眼再点了一个黑痣。即将蔡月英先进京城，然后将昭君送进了京去了。

钦差出府气满胸，一心点痣害昭君。

毛延寿进公馆怒气冲冲[6]，一心心[7]要点痣害那昭君。

为什么穿龙衣辱我太甚，害死你王昭君我才心平。

按下了毛延寿权且不表，王昭君离家话细说分明。

上前去先拜过生身[8]父母，养下我王昭君一个花童。

此一去我爹娘不必盼望，到几时总然[9]是出嫁他乡。

将女儿当作个无有生养，哭坏了你二老也是枉想。

叩一头辞别了二老爹娘，穿上了龙凤衣去进朝堂。

出了门上车辇两泪汪汪，哭一声我二老枉养一场。

一霎时出城去无影无像，倒[10]叫我老王仁越发悲伤。

哭一声昭君女进了朝中，何一日才能见你的爹娘。

娘养儿费尽了许多心肠，挪干处就湿处自为儿郎。

到如今养成人离了爹娘，又不知何一日相见爹娘。

思在前想在后两泪汪汪，盼我儿无一时不在心上。

清早间有谁人来问安康，到晚来有谁人共枕温床。

回头来看见了女儿衣裳，不由得[11]心痛酸泪洒胸膛。

把一口苦心话对谁细讲，有寒冤[12]无女儿好不凄凉。

绣下的龙和凤谁不夸奖，娘一见又如同剑刺心肠。

恨一声汉天子无道昏皇，害得我母子们两下分张。

虽然是我女儿选[13]了娘娘，我的儿何一日才得回乡？

现如今我二老白发苍苍，再无有生下个大小儿郎。

二堂里直哭得泪流两行，恨不得生双翅把儿追上。

直哭得日落西月光又上，止不住伤心泪难硬心肠。

昏沉沉睡在了牙床以[14]上，梦儿里和女儿同作商量。

却说邹氏夫人以（已）在牙床安眠，梦见女儿来在床前问安。一时醒来，想起女儿，越发酸心，不由哭到五更。

一更里，好伤心，想起女儿泪盈盈。虽然女儿发皇宫，倒叫为娘心不宁。我的天呀，疼烂肝花[15]裂碎[16]心。

二更里，好凄凉，想起女儿泪汪汪。女儿不能回故乡，二老何日才安康。我的儿呀，孤孤单单实可伤。

三更里，月正高，想起女儿好心焦。今天女儿宣（选）进朝，不知何日才相交。我的天呀，母女二人两下飘。

四更里，月到[17]西，不知女儿在哪里？实想送我归天去，今日闪[18]娘有谁知。我的天呀，倒叫为娘泪悲啼。

五更里，天渐明。金鸡报叫两三声。梦见女儿到家中，

---

[1] 盈盈：抄本都作"溋溋"。

[2] 福：抄本写作"富"。

[3] 傍：同"旁"。

[4] 大坐：盘腿正坐。

[5] 即忙：急忙。

[6] 冲：抄本脱。

[7] 心：抄本脱。

[8] 生身：抄本写作"身生"。

[9] 总然：毕竟。

[10] 倒：反倒意义的"倒"此处和另外一处为规范字形，有一处写作"到"，其他都作"道"，写作"道"时直接整理为"倒"。

[11] 不由得：抄本都作"不由的"。

[12] 冤：抄本写作"寃"。

[13] 选：抄本写作"宣"。

[14] 以：抄本写作"一"。

[15] 肝花：肝脏。

[16] 碎：抄本写作"瘁"。

[17] 到：抄本写作"倒"。

[18] 闪：舍弃；丢弃。

惊醒却是南柯梦。我的天呀，不知何日才相逢？

却说王仁劝道："夫人，不必哭了，如今哭死也无益了。况且你身怀有孕，未知是男是女。这就是你我二老下场了。"这话不题。再说昭君在路上一片心酸。正是：

昭君上车登阳关，不由两眼泪涟涟。

王昭君坐车辇把贼埋[1]怨，今日个害得我母子两难。

此一去我虽然配了皇王，不能在父母前常问安康。

我进京身荣贵人品最上，二爹娘在堂前多受凄凉。

思在前想在后越发惨伤，不由得放悲声泪洒胸膛。

哭一声我二老难得见面，不知道哪一日母女团圆[2]。

娘养我费尽了许多辛[3]勤，到今日我不能来问安宁。

实想说和父母团圆聚会，丢父母抛家乡爹娘靠谁？

王昭君直哭得泪流两行，要伸冤除非是见了阎王。

却说昭君来到京城，以（已）在聚美宫安歇，不题。再说毛延寿次日朝见汉元帝，将昭君的图像呈上。汉元帝一见，果然如梦中之人，龙心大喜，传旨次日发宫。毛延寿跪下，口称："万岁，昭君虽然一表人才，在眼角里有个黑痣，与（于）国不利，有克[4]君之祸，是个招灾之痣。主人定夺。"汉元帝听奏，说道："就竟（仅）一个黑痣，害了她的人才。赐她金银宝物，原送回济南。"毛延寿又将蔡月英的图样呈上。汉元帝一见她的容貌，也〔有〕十分中意，将蔡月英纳了西宫。毛延寿访美人有功，封为左班首相，赐了彩缎百匹，黄金十顶（锭），领旨下殿。正是：

奸贼下金殿，汉王会美人。

汉天子纳西宫欢喜不尽，今夜晚鱼水乐同床共枕。

一夜的那好事不可细言，再把那先朝事讲说分明。

想当年殷纣王纳了妲己[5]，贪恋了那酒色乱了朝廷。

周幽王宠褒姒烽火一笑，淫美色废太子贬了正宫。

夏桀王宠妹喜[6]万民耻笑，到后来把江山失与纣朝。

上古的那帝王俱各纳宫，就不知这美人惹祸之根。

可惜她王昭君生得聪明，眼角里有黑痣害了秀容。

此如今纳了个蔡氏月英，又不知她心性贤德和平？

却说汉王在西宫会美人，不题。再说毛延寿怀恨昭君辱羞之事，心生一计，假传圣旨，将昭君打在寒宫。每日准老米三合，将她的金银宝物一概收回，不留半点。一时昭君打在寒宫，昭君就是一场大哭。正是：

可恨延寿心太狠[7]，至[8]今得物还害人。

王昭君进寒宫泪珠不干，我遭的这磨难人都少见。

恨一声汉天子行事不端，选进朝为什么结下仇冤？

我父母直想我肝肠裂断，这件事谁作媒来说姻缘。

这也是你自己心肯意愿，差来了毛延寿把我访来。

嫌貌丑就把我原送济南，为什么打寒宫屈受磨难。

泪汪汪自追悔前世仇冤，到今日平地里起了祸端。

把寒宫好比个森罗宝殿，我昭君这大限就在眼前。

直哭得日落西星辰俱全，浑身儿无扎挣[9]好不可怜。

两眼中无瞜[10]睡坐卧不安，有谁人与爹娘去把信传。

王昭君在寒宫哭声不断，直哭得谯[11]楼上一更三点。

我爹娘自想说儿总安然，怎晓得在寒宫受这[12]磨难。

翻起身举双手祝告苍天，保佑我王昭君出了龙潭。

冷清清在寒宫衣衫又单，浑身上打冷战泪湿衣衫。

谯楼上打三更冷气冲天，谁知道王昭君枉[13]受屈冤。

又思想二爹娘不能见面，你怎知你女儿寒宫受难。

盼不到四更里心如[14]刀剜，好像是坐针毡不得安然。

耳听得鸡声叫鼓响连天，谯楼上才交了五更三点。

那一夜把昭君哭得无奈，又好像寒宫里过了一年。

想爹娘年纪大白发苍苍，无有个小儿郎送你归天。

我昭君本来是青春少年，未出闺犯下了这场磨难。

[1] 埋：抄本写作"瞒"。

[2] 团圆：抄本都作"团园"。

[3] 辛：抄本写作"心"。

[4] 克：旧时星相家的迷信说法，认为某人的本命克制他人的性命和时运而使之遭凶险。

[5] 妲己：抄本都写作"妲姬"。

[6] 妹喜：抄本写作"妹嬉"。

[7] 狠：抄本写作"恨"。

[8] 至：抄本写作"只"。

[9] 扎挣：挣扎；动弹。

[10] 瞜：抄本写作"咳"。

[11] 谯：抄本都作"樵"。

[12] 这：抄本写作"知"。除此处外，"这"抄本有时写作"这"，有时写作"只"，直接整理为"这"。

[13] 枉：抄本写作"妄"。

[14] 如：抄本写作"无"。

哭一声老天爷怎不睁眼，无缘法为什么[1]梦中相见。

汉天子他无道行事不端，闺中女下寒宫心下何安？

哭一声千里路来到此间，享不尽荣华富反受磨[2]难。

却说昭君自入寒宫就是啼哭，有侍女送来老米饭，劝说昭君："你吃把（吧）。"昭君哭着说："姐姐，我一口也咽不下去。"侍女劝〔道〕，昭君只是啼哭。侍女说道："好好把茶饭用些。倘若皇上开恩，也有出头的日子，何必昼夜啼哭？"昭君硬着心喝了几口，不由掉下泪来了。正是：

昭君受难在寒宫，不由两眼泪纷纷[3]。

王昭君在寒宫两泪不干，哭一声我二老难得见面。

自说[4]是选[5]皇宫逍遥自然，谁知道今日个身受磨难。

母在东女在西拆[6]散两边，要相逢除非是地崩天翻。

耳听得高楼上更鼓[7]不断，谁救我出火坑逃出命来。

王昭君直哭得泪洒胸前，就是我死九泉心也不甘。

闺中女却怎么[8]寒宫受难，思在前想在[9]后好不作难。

且按下昭君话不可细表，再提起唐娘娘好心之人。

却说昭君在寒宫整整三日，尽[10]是啼哭。也是苦尽甘来之时，忙了地补仙去到昭阳院里，催得正宫唐娘娘心慌不定，吩咐宫女："打起灯楼[11]，随我〔以〕在西宫散心。"出了昭阳院，耳听有人啼哭。便问宫女："哭声〔一〕在何处？"宫女说："〔以〕在寒宫。"正宫说："寒宫之人，必有冤屈，前去听个明白。"一直来到寒宫门首，细听，真（正）然哭得伤心。唐娘娘说到（道）："宫女，你将门叫开。"一时[12]，开了寒宫门，唐娘娘问道："哭的何人？"侍女说："就是那日济南访来的王昭君。"

[1] 什么：抄本写作"甚厶"。
[2] 磨：除此处和另外两处外，抄本都作"魔"。
[3] 纷纷：抄本都作"汾汾"。
[4] 自说：自认为。
[5] 选：抄本写作"宣"。
[6] 拆：抄本都作"折"。
[7] 鼓：抄本写作"彭"。
[8] 么：抄本写作"厶"。
[9] 在：抄本脱。
[10] 尽：一直。
[11] 灯楼：灯笼。
[12] 一时：一会儿。

娘娘说："不能纳宫，就改（该）原送故乡，为何打在寒宫？"将昭君叫来，唐娘娘一见，左眼角里无个黑痣，果然生得如花似玉。吩咐侍女将昭君好好扶持，不必推委（诿）。"今夜在寒宫住上一夜，明日我见天子，与你辨明冤枉。你不必啼哭。"吩咐宫女："将昭阳院的八宝红绫被拿来，赐她今夜好好安眠去吧。"唐娘娘出宫去了，昭君收泪安眠。正是：

救命娘娘出了宫，昭君才得放宽心。

唐娘娘怒冲冲回宫去了，恨一声汉天子无道君王。

王昭君她本是女中贤良，又聪明又伶俐生得端方。

听信了毛延寿这个奸党，说眼角有黑痣克的皇上。

到明天我和他亲眼看望，打寒宫受屈情丧尽天良。

汉天子到次日早朝一毕，他一心也走那昭阳院里。

唐娘娘见天子怒而不息，元帝爷问梓童[13]为何生气？

一一儿[14]与为王说个仔细，唐娘娘说昏君你的好事。

选来了王昭君因甚原故，嫌她丑你就该送还故里。

汉天子你无道行事不端，闺中女下寒宫心下何安？

王昭君她长得人品非凡，为什么[15]打寒宫身受磨难？

唐娘娘说昏君丧尽天良，害好人受屈情天理昭彰。

你梦见王昭君选进朝堂，不纳宫为什么反受魔障[16]。

眼角里有黑痣克的皇上，你不能宣上殿亲眼看望？

你好比殷纣王无道皇上，宠妲己造炮烙苦害[17]忠良。

又好比周幽王好色皇上，宠褒姒失天下甚是可伤。

我亲自到寒宫细问其详，王昭君受屈情理上不当。

你何不手压胸自己思量，千里路到此间反受屈情。

自古道聪明人莫过帝王，你怎么做的事大坏天良？

我和你到寒宫亲眼看望，无有痣你就该罪加奸相。

汉天子听一言气满胸腔，骂一声毛延寿不忠不良。

我赐与王昭君金银彩缎，即忙忙原送在济南故乡。

多亏了我梓童细查细访，险些儿王昭君命见阎[18]王。

[13] 梓童：皇帝对皇后的称呼。
[14] 儿：抄本写作"而"。
[15] 什么：本段韵文抄本都作"甚厶"。
[16] 魔障：磨难。障：抄本写作"彰"。
[17] 苦害：伤害，陷害。
[18] 阎：抄本写作"闫"。

传圣旨开寒宫昭君见王，封她个西宫院[1]昭君娘娘。

将那个蔡月英寒宫收藏，羽林军围毛府捉拿奸党。

却说元帝钦命武状元余成龙领一千御林军将毛延寿满家人等，一齐捉拿。霎时来到毛府，团团围定，早有一人报知毛延寿。延寿觉事不好，昭君图样拿上，黑夜顺水洞出去。思来想去，无处投奔，一心往北番而去，不题。再说余成龙将毛府取开，将二十余口家眷拿住，单不见毛延寿。余成龙上殿交旨。汉元帝传旨，将毛府的二十余口家眷一齐收监。画了毛延寿的图样四下找寻，又差官去走济南，搬王仁进京城。

画了图样捉奸臣，复走济南搬王仁。

汉天子传圣旨画了图样，要捉他毛延寿这个奸党。

做[2]高官享厚禄心怀不良，无故地害好人天理昭彰。

恨不得把奸贼剥皮抽肠，恨不得把奸贼刮肉熬汤。

久以后把奸贼捉到殿上，冤报冤仇报仇才把心放。

且按下这场话不可细说，再提起走济南细说分明。

六□□领圣旨忙写表文，报子马不住地径[3]往前行。

出京来在路上日行夜宿，不觉得来到了济南府中。

却说王仁夫妻二人，自从昭君进京，尽是啼哭。又到九月重阳，邹氏夫人生下一女，起名叫赛昭君，以后也不思念昭君了。忽然一日有表文到来，皇上有旨交（叫）他进。夫妻商议，择了良辰，收拾行李，起身进京，不题。再说毛延寿自从水洞出去，也不思念家中之事，不分星夜径往北番而去了。正是：

毛延寿在路上低头不语，恨一声王昭君这个美姬。

我当初把你父打了四十，你为何就与我结下仇气。

怀毒心打寒宫将你害死，才出我心头恨一阵恶气。

哪料想水落了石头才出，汉天子拿去了决不宽恕。

此一去到番邦说得仔细，献上了美人图自有道理。

不觉得来到了番邦之地，放下了天大胆尽其言语。

还要我献图样夸奖第一，起了兵犯[4]地界两家对敌。

送出来王昭君干戈不起，若不送王昭君势不两立。

有王仁和夫人同登阳关，乘上马坐轿内好不威严。

王大人在轿内自己思念，我王仁却怎么[5]也有今天？

自说是我女儿不能相见，谁知道[6]今日个却又团圆。

早起身晚站店走得甚快，不几日来到了皇城跟前。

一霎时进了城住在公馆，到明天汉元帝再[7]登金殿。

却说次日元帝登金殿，文武朝贺一毕，汉元帝问道："济南王仁可曾进京玄（么）？"文武齐声奏到（道）："王仁以（已）在午门候旨面君。"元帝说："宣他上殿。"王仁上殿，三叩九拜一毕。元帝说："王爱卿，联（朕）封你掌朝太师。"王仁叩头谢恩，天子回宫，文武下殿，不题。再说毛延寿来到番邦，见了番王的小卒，连忙行礼，说道："禀你番王得知，就说天朝来了毛延寿要见，还有美人图献上。"番卒即忙回报番王。听说叫他进来，毛延寿见了番王，将美人图献上。番王一见，龙心大喜。便问："这图如何得到（到得）你的手里？"毛延寿说道："天子〔钦〕差我去，因此就在我的手里。"番王说："如何得道（到得）番邦？"毛延寿说："如今天朝无有能人，若是起兵，要下昭君。如果不送昭君，起兵杀奔长安，要夺他的江山。"番王大笑说："就该如此。"

延寿设[8]计要昭君，番王一听喜在心。

有番王大坐在牛皮帐中，叫一声毛延寿细听分明。

此一去若要来昭君美人，就分她昭阳院做了正宫。

汉天子他若是不送昭君，发大[9]兵要夺那锦绣皇城。

今日个点起了番将番兵，扰乱了他江山不得太平。

摆宴席待毛相庆贺他功，进来了美人图如了我心。

到日后待若得昭君娘娘[10]，配一对巧夫妻答谢上苍。

细思想我也有能兵上将，杀尽他天朝兵无有良方。

众兵将[11]你听我细说其详[12]，违命令先斩首后来见王。

[1] 院：抄本写作"完"。
[2] 做：抄本写作"坐"。做官、做某个职位的"做"抄本大都写作"坐"，有时写作"做""作"，写作"坐"时直接整理为"做"。
[3] 径：抄本都作"竟"。
[4] 犯：抄本写作"反"。
[5] 么：抄本写作"厷"。
[6] 道：抄本写作"到"。
[7] 再：抄本写作"在"。
[8] 设：抄本脱。
[9] 大：抄本写作"太"。
[10] "娘娘"后衍一"后"字。
[11] 将：抄本脱。
[12] 详：抄本写作"祥"。

却说番王次日写了战表，命人送到天朝。遂即点起兵将，鸟头禅师挂帅，石庆真军中先锋，石龙、石虎兄弟二人作为后部先锋。点兵一毕，炮响三声，人马径往天朝进发。

起兵不为别的事，只[1]为昭君一美人。

有番王点大兵即忙起身，要夺了汉江山才得心平。

无故地动干戈为的何情？只为着王昭君一个美人。

号炮响兵列队走得甚紧，旗遮日人和马乱乱轰轰。

三条箭一张弓神怕鬼惊，青锋剑偃月刀一划[2]皆明。

那鸟头禅师的神通广大，石庆真在军中做[3]了先行。

但愿得去杀了汉朝人君，何愁那王昭君那个美人？

催战马扬起鞭快走如风，两家兵到一处各显其能。

我的兵若打败汉家兵丁，要昭君就在那掌股[4]之中。

倘若是我的兵不能取[5]胜，连十年和八载不得太平。

催动马来到了雁[6]门关中，或傍山[7]或靠水扎下营寨。

打战表要和那汉兵交战，到明天我两家动起刀兵。

那番王身坐在牛皮帐中，即吩咐要小心打梆摇铃。

戴[8]盔缨穿甲胄[9]不能离身，每日里准[10]备马习武操兵。

防备着天朝中有了能人，偷了营劫了寨不得太平。

且按下这场话不可细表，再提起进表人来到朝中。

却说汉天子接了战表，仔细一看，心中恼怒。即命武状元余成龙挂帅，黄元志为前部先锋，张思忠为后部先锋，带领三千人马，炮响连天，兵发雁门关。早有守将李广接见元帅，大摆宴席，犒赏三军。次日，余成龙吩咐兵出雁门关二十里之远，傍山靠水安营下寨。飘飘（浩浩）荡荡，好不齐整！余元帅吩咐黄元志带领五百人马作为诱军，许败不胜。又吩咐张思中（忠）带领一千人马作为埋伏，李秀领兵五百作为接应，以炮为号。不一时，两家对敌，好不威风。正是：

两军阵前助威风，各执[11]枪刀逞强能。

黄元志在战场气气昂昂，骂一声北番奴听我细讲。

我天朝兵和将又刚又强，杀番奴又好比宰杀猪羊。

劝你们早回头莫逞刚强，你爹爹本是个杀人大王。

如不然动了兵钢[12]刀一响，杀你个血成河骨如山岗。

马踏到北番地剥皮抽肠，才显出你黄爷手段高强。

石庆真叫一声天朝名将，军阵上你不必自逞刚强。

我和你在战场一来一往，托[13]天手我不怕死战一场，

黄元志手提着金花长枪，要刺他石庆真命见阎王。

石庆真举双剑不慌不忙，拨回了黄元志一杆长枪。

你一枪我一剑一来一往，战了个[14]十余合一模一样。

黄元志生一计迎面就上，石庆真防不住脸[15]带红光。

石庆真带了伤气满胸腔，解不开其中意急速追上。

耳听得三声炮就如雷响，四下里埋伏兵势难敌当。

黄元志即忙忙提起花枪，可怜把石庆真命见阎王。

小番儿填马蹄踏破脑浆，还折了番邦的一员上将。

却说余元帅鸣金收兵，不题。再说番王听见石先锋一死，甚是恼怒。有石龙、石虎上帐言说："明日与父报仇。"次日，石家兄弟来在阵上，余元帅命黄成、张忠引（迎）敌。正是：

石家弟兄把兵点，为父报仇到阵前。

有二家二弟兄怒气满面，骂一声天朝的贼兵狗官。

我爹爹死你手真然可怜，你二人下马来项吃刀悬。

免得下你二爷使些手段[16]，命拿来与你个尸首不全。

有黄成骂一声小小奴才，军阵上说大话自把自谝[17]。

你二人要报你爹爹仇怨，怕只怕小奴才送个头来。

［1］ 只：本段韵文抄本都作"自"。

［2］ 划：抄本写作"产"。

［3］ 做：抄本写作"作"。

［4］ 股：抄本写作"月"。

［5］ 取：抄本写作"去"。

［6］ 雁：抄本写作"燕"。

［7］ 傍山：抄本都作"掷山"。

［8］ 戴：抄本写作"代"。

［9］ 胄：抄本写作"肘"。

［10］ 日里准：抄本写作"里日捆"。

［11］ 执：抄本写作"枝"。

［12］ 钢：抄本写作"刚"。

［13］ 托：抄本写作"拖"。

［14］ 了个：用在动词和宾语之间。相当于"得"。

［15］ 脸：抄本写作"两"。

［16］ 段：本段韵文抄本都作"叚"。

［17］ 谝：吹牛；夸耀。抄本写作"片"。

霎时间两家兵一处交战，那石龙防不住^[1]跌^[2]下马来。

有石虎和黄成连战几番，举双剑把黄成斩为两段。

却说两家收兵，不题。再说鸟头禅师次日领了石虎，带了小卒来到阵前，说："天朝何人对敌？"余元帅命黄成（黄元志）、张思明二人领兵对敌，带领一千人马出阵。正是：

　　番邦次日又点兵，天朝名将对敌锋。

有鸟头那禅师来到阵上，骂一声天朝将细听其详^[3]。

那一日石家的父子相亡，细思想他真然死得可伤。

无名将却把那大将斩伤，死在了阴曹府怎见阎^[4]王？

我今日来在了两军阵上，杀你个片甲儿不能回乡。

黄元志张思明不慌不忙，开言来骂一声秃驴和尚。

不怕是你说上有多刚强，我和你大交锋才见其详。

两家兵到一处战鼓连响，你一来我一往动起刀枪。

气腾腾乱轰轰大战一场，折了兵又还要损伤大将。

番元帅着了忙显^[5]了神通^[6]，天黑暗雾沉沉不见日光。

对面儿也不知是兵是将，大料想有性命也难保长。

可怜把天朝兵死得惨伤，幸喜着前先锋保了安康。

那番兵得了胜气气昂昂，打一个得胜锣^[7]收兵进帐。

却说余元帅见番兵有了能人，我天朝死了无数的大将，亡了许许多[多]的小卒，不免将免战牌挂起，与皇上报上。黄元志说："我舅父宋文兴有祖遗宝贝璇玑^[8]图，此物能蔽（避）水火，夜间挂起如白昼一般。莫若奏明皇上，借来此物，必然成功。"余元帅即命黄元志奏明皇上，借来璇玑图。黄元志不分星夜径往京城去了。正是：

　　元志去走京，元帅坐^[9]营中。

余元帅坐营中自嗟自叹，恨一声毛延寿这个奸党^[10]。

汉天子哪些儿待你不宽，为什么怀毒心起了祸端？

[1] 防不住：不提防。
[2] 跌：抄本写作"失"。
[3] 详：本段韵文抄本都作"祥"。
[4] 阎：抄本写作"冐"。
[5] 显：抄本写作"仙"。
[6] 通：抄本写作"童"。
[7] 锣：抄本写作"罗"。
[8] 璇玑：抄本都写作"玄玑"。
[9] 坐：抄本写作"作"。
[10] 奸党：抄本写作"件当"。

你不想你干事为非作歹，怨别人心谋着去走北番。

跑到了番邦去显你手段，天朝相作番奴何不思参？

坏天良你总然作起祸来，折了兵损了将心下何安？

祝告声过往神保佑平安，借来了璇玑图才得心宽。

昼夜间倒叫我如坐针毡，吃王禄报王恩理之当然。

太平年做官的逍遥清闲，荒乱年在战场砍下命来。

那番兵每日间骂声不断，倒叫我余成龙羞羞惭惭^[11]。

余元帅这件事权且不表，再表那黄元志进京到来。

却说黄元志来到朝中，将奏褶（折）呈上。汉元帝一看，即便御书亲点借璇玑图。再说黄元志来到开顺府，见了伯父，将皇上的书礼呈上。宋文兴拜过折书一看："原来借用我家宝贝。"即将贵宝交与黄元志。元志告辞，起身原走大营。正是：

　　今日借来璇玑图，一去定然破番奴。

黄元志将宝贝拿在手中，心中喜脸上笑大有精神。

此一去把匈奴一概杀尽，捉住了毛延寿剥皮抽筋。

但愿得这宝贝拿在手中，做高官就在那掌股^[12]之中。

在路上自盘算自己思忖，到阵前一定要杀退番兵。

催动马往前行不敢消停，来到了雁门关且把身安。

到次日准^[13]备马早些出城，去见了余元帅细说分明。

睡不着耳听得金鸡三声，即忙忙上了马一奔大营。

不觉得来到了自己营中，下战马献宝贝元帅知闻。

余元帅见宝贝大放光明，祝告声老天爷保佑成功。

即吩咐免战牌忙折不停，要和他番奴贼大战交锋。

黄元帅拿宝贝须要小心，军阵上还要你见机而行。

有本帅领人马先打头阵，李虎将领小军作为接应。

那和尚他必定显他神通^[14]，举禅杖黑洞洞捉拿我兵。

那时节璇玑图挂在当中，有本帅分开路杀他番兵。

吩咐罢众将士出了营门，番邦家一和尚领兵前行。

一霎时两家兵混杀一阵，小卒儿亡的亡互争雌雄。

番邦的那和尚怒气不平，举禅杖黑洞洞活捉汉兵。

黄元志将宝贝即忙使起，满阵上明朗朗大放光明。

[11] 惭惭：抄本写作"惨惨"。
[12] 股：抄本写作"月"。
[13] 准：抄本写作"捆"。
[14] 通：抄本写作"童"。

余元帅乘机会混杀一阵，可怜把那番兵血水淋淋。

众番兵一个个齐都丧命，那和尚拨回马即忙回营。

余元帅随后儿赶到番营，番营里杀了个乱鼓咚咚[1]。

有番王和和尚死里逃生，杀开路逃性命吓掉[2]三魂。

却说余元帅全获德（得）胜，收兵回营，与皇上报上得胜的文书，不题。再说哈唎王原回北国，那鸟头禅师说道："今日打回败仗，明日我去到黄花山，见了我师傅巨眼〔金〕睛道说知此事，赐一宝贝报仇不迟。"次日，辞别番王，来到黄花山，见了师傅将〔回〕打回败仗说了一遍，要请法宝。巨眼金睛道〔道〕赐了万道金标（镖）一个，追魂神伞一把："下山去吧。"鸟头禅师来到番营，将求来法宝之话说了一遍。番王二又点兵，杀奔雁门关而来。正是：

求来法宝长精神，番王二次又点兵。

有鸟头那禅师喜笑盈盈，活捉他天朝的兵将几名。

我凭着师傅的两件法宝，不怕他有天将和那神兵。

催动马紧加鞭快走如风，来到了军阵前显之他能。

那时节番和尚想得太狠[3]，要斩草离不下除了续根。

幸喜着老天爷留下我命，冤报冤仇报仇才得太平。

杀天朝兵和将还不在心，要活捉汉天子一条真龙。

挖了眼扒了心剥皮抽筋，拿来了王昭君祭奠先人。

若无有那绝力和那神通，在人前夸大口真道羞人。

且按下这件事不可细表，再把那探子马鸣[4]得几声。

却说马上长探报道："番兵又到。"元帅起（骑）了战马，带领兵将出关对敌。正是：

番王今日又点兵，天朝元帅不消停。

余元帅骂一声大胆番奴，今日个领人马送来首级。

我劝你早回头莫逞[5]豪气，免得下鬼门关哭哭啼啼。

番邦的那和尚上前对敌，要和那余元帅见个高低。

一霎时两家兵战在一处，战了个十余合未分高低。

那和尚暗地里法宝使起，追魂伞一张开汉兵昏迷。

[1] 乱鼓咚咚：一片狼藉。
[2] 掉：抄本写作"吊"。
[3] 狠：抄本写作"恨"。
[4] 鸣：抄本写作"明"。
[5] 逞：抄本写作"呈"。

捉的捉杀的杀死了无数，余元帅跌下马失落[6]在地。

众番兵将元帅拿[7]回营去，解押到我番邦再作料理。

却说黄元志身背璇玑图，未曾落马，见得余元帅被番兵那（拿）去，即忙跑到雁门关，对李广说知。一面差人进京告急，即便封了关门，加上滚木垒石，巡更守夜，好不惊心。正是：

余元帅在番营骂声不断，我情愿死九泉项吃刀悬。

我今日犯[8]你手任凭你来，或抽肠或换肚死也心甘[9]。

骂秃驴听你爷细讲一遍，天朝的能上将也有几千。

我死到番营里倒也情愿，与儿孙挣功劳万古留名。

那和尚听一言气满胸前，把成龙即斩首命归九泉。

却说番兵得胜，余元帅斩首，鸟头禅师次日起兵，困住雁门关，围得水泄不通。李广老将盼救兵不到，心如烈火。连围了一月光景，兵丁们心乱如麻，百姓就是啼哭。老将军好不作难，说些好话以安民心。正是：

番兵困住雁门关，倒叫李广受熬煎。

有李广昼[10]夜间打梆[11]巡城，再恐怕番国兵暗暗上城。

满城中百姓们多少性命，有差错一个个血水淋淋。

又只见守城兵闷闷不醒，倒叫我老李广时时担惊。

一劝你当兵丁须要小心，要你们防备着贼人偷营。

太平年乐逍遥粮饷足用，荒乱年舍性命要报君恩。

二劝你做官人富贵荣身，有了功享厚禄加级三等。

皇王爷如无有昧你大功，到如今难道[12]说不尽忠心？

三劝你军民人听我说明，种黄土上国税十有一分。

秋收成衣食足家道兴隆，荒乱年你为何不来守城？

四劝你街道上买卖人等，太平年在湖广贸易经营[13]。

[6] 失落：跌落。
[7] 拿：抄本写作"那"。
[8] 犯：落在。
[9] 甘：抄本写作"肝"。
[10] 昼：抄本写作"尽"。
[11] 梆：抄本写作"挪"。
[12] 道：抄本写作"当"。
[13] "营"后衍一"易"字。

到今日贼围城水泄不通，为什么[1]不来在城上支更[2]？

五劝你市井上百姓匠人，听李广把苦情告诉你听。

皇王爷坐江山民为邦本，有本的做高官光耀门庭。

皇王爷为百姓博施济众，在城上守一夜也算忠心。

皇王是民众的父母双亲，百姓们本来是天子儿孙。

如同那一家人父母子孙，哪一个能舍得两下离分。

自古说吃王禄当报王恩，鼓着力小着心巡夜支更。

却说李广劝民昼夜小心，不意（表）。兵丁们守城一月光景，俱各发梦（闷）睡着。番兵听得静静悄悄，将云梯搭上，进的（得）城去，杀得兵丁、百姓头如西瓜滚，血水成河流。忙了老将李广，单人独马焉能杀退番兵？无奈只得逃奔金锁关。番兵得了雁门关，随后追赶李广老将，又杀又退，来到金锁关，遇着救兵。李陵一见前边一员老将，后有无数追兵，〔李陵〕吩咐上前搭救，把那些追兵打败。才是他的父亲，即刻下马行礼，细[问]原故，李陵（广）说："雁门关失了。"李陵吩咐三军，兵扎〔雁〕金锁关。正是：

李陵吩咐众三军，傍山靠水扎老营。

有李陵传将令安营下寨，王国栋赵国臣和贼交锋。

带领了三千兵莫可又站，鞴战马披甲锁即速[3]出关[4]。

一时间来到了雁门关前，和番奴动刀兵决一死战。

随带着一千兵扯柳锁线，战了个十余合不分胜败。

在战场直杀得杀气冲天，刀和剑枪对锤明光闪闪。

王国栋赵国臣死杀番蛮，实想说杀他个片甲不还。

谁知道番兵的诡计多端，渐渐杀只见得兵多如山。

王国栋直杀得力尽汗干[5]，赵国臣直战得气喘不堪。

他二人拨回马不敢恋[6]战，番国兵他在后又往[7]前赶[8]。

有李陵在城头仔细观看，见番奴如狼虎驾马追赶[9]。

即忙忙传将令大兵出关，要和他番奴贼见个高低[10]。

一杆枪能当他百万雄兵，一把刀能当他战将千员。

把这些托[11]天手素日[12]习练，何愁他番奴贼兵多如山[13]。

霎时间两家兵一处交战，番营里那和尚出马当先。

细观看李陵将好大手段，即忙把追魂伞放在阵前。

汉家兵直死得尸骨堆[14]山，把一个李元帅斩[15]下马来。

黄元志他生[16]来胆大如天，他背着璇玑图未遭祸端。

番国兵把李陵捉回营来，打木笼即忙忙送到北番。

却说番兵将李陵打在木笼囚车，送到北番，不题。再说鸟头禅师又带了大队来到金锁关，连围了几日，围得水泄不通。守将朱贵吓得魂飞天外，心想开关投降，李广劝道："好好守城，我去见了天子再作定夺。"李广进京，朱贵守城，被番兵把城攻破，来到紫荆关，飞军连报告急文书。汉天子愁眉不殿（展），苏武丞相说："莫若在宫蛾（娥）侍女中挑选美女献于番王，就说是昭君娘娘，为臣去送。如果不能泄漏，还则罢了；若是识破机关，那时节再作定夺。"天子传旨，就在宫女中选了一女，扮作昭君，苏武丞相送到紫金（荆）关前，番邦元帅撒兵回上番邦去了，两家罢兵。苏武丞相也到番邦，见了番王，将送昭君的话说了一便（遍）。番王听言，心中欢喜，吩咐美人回宫，明日就要发宫。说："苏武丞相〔以〕在我国站住几日，送你回上天朝。"次日，毛延寿一见美女不是昭君，即便对番王说："这个美人，并不是王昭君。"番王大怒，说道："汉天子这就不是，为何貌（藐）视我国。传下旨来，兵困长安。"正是：

苏武送来假昭君，番王一怒又起兵。

---

[1]　什么：抄本写作"甚左"。

[2]　支更：打更；守夜。

[3]　即速：立刻；赶快。

[4]　关：抄本写作"闲"。

[5]　力尽汗干：精疲力竭。

[6]　敢恋：抄本写作"干连"。

[7]　又往：抄本写作"有王"。

[8]　赶：抄本写作"干"。

[9]　赶：抄本写作"起"。

[10]　低：抄本写作"地"。

[11]　托：抄本写作"拖"。

[12]　素日：平常。

[13]　"山"后衍一"他"字。

[14]　堆：抄本写作"颓"。

[15]　斩：抄本写作"赞"。

[16]　生：抄本写作"身"。

有番王听一言咬碎牙关，骂一声汉天子理[1]上不端。

我两家动刀兵为的哪件？只[2]为着王昭君起了祸端。

那时节兵困住紫荆关前，吓得你兵和将心惊胆寒。

折了兵损了将却又失关，苏武相他送的昭君到来。

自说是送来了昭君天仙，我两家罢了兵落[3]个安然。

假昭君送在了北番地界，作了个假人情欺哄我来。

就是我未见过中原天仙，现有那昭君的图样尚在。

对着那图样上细细点检[4]，王昭君果然有十分容颜。

看起来那女子也差一般，思在前想在后更不耐烦。

点人马即速去困定长安，夺了他汉家的锦绣江山。

杀了他汉天子才把心安，去到了西宫院且把身安。

我和她王昭君见上一面，配一对好夫妻并头蒂连。

骂一声苏武相胆大如天，怎敢送假昭君欺哄我来。

即将他发在了猩猩园前，千万儿莫放他回上中原。

忙吩咐在教场[5]去把兵点，大将军三百员小卒三千。

今日个去杀到雁门关前，一定要夺了他汉王江山。

选出来王昭君还则犹[6]可，如不然杀他个不留鸡犬。

有李广在城头叫声番王，你听我把言语细说一番[7]。

想从前送去了昭君娘娘，我两家就不能动起刀枪。

今日个又为的是哪一场，发来了兵和将齐在战场？

有番王叫一声李广老将，把一个假昭君送到番邦。

那李广听一言又叫番王，既如此你且把兵收一傍。

我即忙修文书奏与皇上，他与你送出来昭君娘娘。

汉天子他本是有道皇上，他岂肯爱美人失遗[8]家邦？

能[9]把那王昭君献于番王，保护着百姓们落个安康。

有番王听一言吩咐兵将，把大营扎在了北山梁上。

却说李广劝了番兵，把要下昭君娘娘的文书送到京城，汉王一见，回到西宫院里，与昭君娘娘说明。昭君听言，

说道："如今将我舍了吧，〔以竟〕这江山是我冤孽之根。"

说毕，大哭起来了，不题。再说王仁听见昭君和番之言，夫妻二人啼哭，说："毛延寿这个奸贼，汉天子不曾亏你。从前选来我女儿，口出才（谗）言，将天子瞒哄[10]，假传圣旨，打在寒宫，多亏唐娘娘大（搭）救；今日又到番邦，番蛮三反（番）五次要下昭君：此皆出于毛贼之所。这也无奈，我夫妻预备行李，等女儿起身，远送一番，也就尽我二老之心了。"

昭君今日去和番，王仁夫妻泪涟涟。

王昭君听一言泪流不干[11]，自己把自己怨怎遭磨难。

寒宫里受了罪三日零半，多亏了唐娘娘救出命来。

实想在西宫院落个安然，把荣华和富贵受上几年。

谁料想今日个又有大难，天朝的这娘娘去和北番。

我和他汉天子结下良[12]缘，屈指算到今春整整十年。

那绫罗和绸缎尺头嫌短，好夫妻今日个活活离散。

自古说好马儿不鞴双鞍，贞[13]烈女岂肯嫁两个夫男。

我今日去到了北番地界，一心要守贞节命丧黄泉。

一难舍我夫妻好意恩爱，二难舍汉家的锦绣江山。

三难舍唐娘娘扶急救难，四难舍安身的西宫之院。

五难舍我爹娘白发苍髯，六难舍我天朝中原地界。

七难舍我朝的御食上宴，八难舍两班的文武官员。

九难舍宫女们问寝视膳，十难舍雁门关出离中原。

王昭君直哭得两泪不干，铁石人一见了他也心酸。

我今日出雁门去和北番，要相[14]逢除非是南柯梦间。

直[15]哭到五更天越发心酸，难割舍我夫妻恩重如山。

汉天子在面前一场苦劝，事到此如今日埋[16]怨谁来？

若不是毛延寿这个奸党，哪里有今日的大祸一场。

今日个不把你送到北番，拿花言并巧语哄那番蛮。

[1] 理：抄本写作"礼"。
[2] 只：抄本写作"白"。
[3] 落：抄本写作"乐"。
[4] 点检：查核；清点。
[5] 教场：旧时操练和检阅军队的场地。
[6] 犹：抄本写作"不"。
[7] 一番：抄本写作"比方"。
[8] 失遗：遗失。
[9] 能：宁可。方言音 nèng。

[10] 瞒哄：隐瞒欺骗。
[11] 干：抄本写作"甘"。
[12] 良：抄本写作"两"。
[13] 贞：抄本都作"真"。
[14] 相：抄本写作"想"。
[15] 直：抄本写作"真"。
[16] 埋：抄本写作"瞒"。

一去到北番地命丧黄泉，全了节烈女名万古留名[1]。

有正宫唐娘娘泪珠不干，哭一声小妹妹听我细劝。

你一人舍了命去和北番，那时节罢了兵落[2]个安然。

救下了中原的性命万千，保下了汉家的锦绣江山。

到明天当殿上自己挑选，哪一个去送你和那北番。

到次日汉天子坐了金殿，有文武众官员排列两边。

王昭君那娘娘来到金殿，双膝儿跪流平[3]拜了四拜。

一拜上皇王的恩重如山，二拜上我夫妻结发良缘。

三拜上中原的五行水土，四拜上老爹娘养育恩爱。

我再[4]拜过往神灵苍应天，指点上送我的好官一员。

王昭君四下里好好挑选，看中[5]了那朱龙一个状元。

今日个你送我去和北番，改了姓[6]就叫那王龙状元。

汉天子在金殿两泪不干，硬着心闭着眼就往下传。

汉天子难割舍夫妻恩爱，亲自儿送在了雁门关前。

王昭君哭啼啼上了车辇，细细想心儿里就如刀剜。

又捶胸又跌脚又把天怨，好夫妻却怎么两下分开？

南海的观世音菩萨救难，王昭君身有难你何不来？

有王仁夫妻们叫哭连天，怎舍得亲生女离了中原。

一路上直哭得如同酒醉，不觉得来了雁门关前。

却说汉天子同王仁夫妻送王昭君来到雁门关上，有李广摆下宴席与昭君饯行一毕，就要起身出关。昭君吩咐："叫他番王前行，留下小番几名。"李广命人与番王说知，随后汉王送昭君出关，好不□人也！正是：

辞别汉王出了关，昭君两眼泪涟涟。

王昭君直哭得泪流两行，双手儿扯王衣哭断肝肠。

可恨着老天爷怎不思量？拆散我好鸳鸯两下分张。

正行走用目观甚是可伤，闺中女到荒郊好不凄凉。

王昭君辞别了二老爹娘，把女儿你不可挂在心上。

有王仁听一言心中惨伤，怎舍得亲生女进与番王。

叫一声我女儿听我细讲，去到了番邦地总要快畅。

汉天子在一傍两泪不干，手扯住王昭君甚是可伤。

王昭君雁门关拜别家乡，永不能见汉王二老爹娘。

出了关细思想好不难肠[7]，沙漠地最凄凉怎样前往？

恨一声番奴贼丧尽天良，拆散了我夫妻两下分张。

猛然间想起了并头蒂连，不过是一花儿却也有缘。

思在前想在后无计[8]无奈，王昭君这冤屈谁人能解。

哭着走走着哭心如刀剜，要相逢除非是南柯梦间。

有王龙叫姐姐[9]听我细说，此一去到番邦有命难活。

只[10]要你尽了忠全了贞节，万古里留贤名也消冤孽。

抬[11]头看前面有一座高山，山顶上修庙宇甚是威严。

我二人在此处暂且歇缓[12]，叫姐姐进庙去先把神参[13]。

却说番王接见昭君，走了二十里之远，有一座高山，名叫碧玉山。山上有庙，塑的九天仙女神像，昭君吩咐进庙降香。昭君同王龙入庙焚香，倒身下拜。昭君祝告："保佑我落难的女子吧。"昭君那夜〔一〕在庙内安歇，夜晚仙女托梦，赐了太乙神衣，说："穿在身上，自有奥妙。"

九天仙女来托梦，叫声汉朝王昭君。

赐你太乙神神衣，保你尽节留贤名。

花言巧语番王哄，五月端阳我护身。

波洋河中水混混，推故[14]祭奠跳河中。

将你尸首归中原，贞节烈女见汉君。

托梦一毕腾空去，昭君苏醒终得知。

今晚仙女来托梦，嘱托言语记在心。

吩咐番儿起了身，几时才到北番城？

忙将神衣穿在身，太乙神衣自有神。

却说昭君和王龙在路上咏诗答对，不觉来到北番。只见番王口吹牛角，唎唎吹吹打打，将昭君接在宫中。番王好不心喜，那日夜晚就和昭君成亲。昭君〔说〕："在路上

---

[1] 留名：抄本写作"流明"。

[2] 落：抄本写作"乐"。

[3] 流平：地面上。

[4] 再：抄本写作"在"。

[5] 中：抄本写作"重"。

[6] 姓：抄本写作"性"。

[7] 难肠：痛苦悲伤。肠：抄本写作"场"。

[8] 计：抄本写作"机"。

[9] 姐姐：本段韵文抄本写作"姐姐"。

[10] 只：抄本写作"自"。

[11] 抬：抄本写作"台"。

[12] 歇缓：歇息；休息。

[13] 参：参拜。抄本写作"惨"。

[14] 推故：借故。

身得疾病，等到病好成亲不迟。"番王独宿一夜，不在话下。再说李陵被番兵捉住，昼夜尽是啼哭，番［王］舍不得杀他，总要劝他投降。李陵忠心不昧，宁死不降。一日，番王将妹子哄在内宅，实想与妹子和李陵配一对好夫妻，他必然投降。番王将李陵和妹子哄在一处，将门闭了。不［知］李陵形藏如何，且听下回分解。

欲想李陵投番营，诱婚不成丧残生[1]。

有李陵在后宅怒气冲天，骂一声番邦的胡女奴才。

你李爷本来是忠心赤胆，却把你送后宅迎戏我来。

不顾羞败纲常全无脸面，恨一声路傍草开残牡丹。

你就是生得好赛过天仙，动不了我的心也是枉然。

我今日被狗才捉到番北，就死在九泉下不能怨天。

把胡女直羞得红色满面，恨一声我长兄做[2]事不端。

你将我哄到了后宅作难[3]，被李陵骂得我有口难言。

细思想闺中女也有羞惭，倒不如撞死着后宅内边。

有胡女寻自尽命丧黄泉，那李陵一见了左难右难。

这女子也有些羞惭脸面，我今日逼得她倒也可怜[4]，

她好比未开花被雨打残，李陵将自追悔泪流涟涟。

丢父母抛妻子来到北番，今日个又何必恨地怨天！

自古道为臣的舍下命来，能把这项上头挂在高杆。

事二君也不算忠臣心胆，宁死在阴曹府见我祖先。

再活上一千岁终须有死，倒[5]不如些死早些投胎。

先拜过二老养育恩爱情，再拜我足下妻结发良缘。

举起来青锋剑泪流不干，硬着心血淋淋项吃刀悬。

却说番王将后宅开开，见妹子死了，李陵也自缢而死，跌脚捶胸，大哭了一场。吩咐人役将尸首掩埋。李陵果算一个忠臣，与他立下石碑，万古传名。立托（碑）一毕，回到宫中，见了昭君，问道："美人，疾病如何？"昭君说："病还未好。"昭君今日推明日，推了一月光景。身穿神衣，番王近如茨[6]，脱又脱不下来。光阴似箭，日月如梭，不觉到了五月端阳。昭君对番王说："我和汉天子作夫妻，今日离别，就如死了的一般。吩咐波洋河上造了浮桥，我祭奠汉王，回来与你成亲。"番王即吩咐波洋河上造了浮桥。端阳日昭君修了拜汉王的书一封，又修了辞父母的书一封，暗暗交与王龙，又与了路资盘费："今夜晚上你回上天朝去吧，明日我跳河一死。"王龙将书信拿上，藏在身中，出宫去了。昭君预备波洋河祭奠汉王。正是：

昭君波洋去祭奠，王龙才得回中原。

王昭君来到了波洋河前，摆下了那祭祀两泪涟涟。

拜上了汉天子我的夫男，你怎知为妻的受这磨难？

你在那天朝地妻在北番，想起了恩和爱好不作难。

摆下的这祭祀于以采蘩[7]，我眼中未曾见你来尝咽。

想起来汉王夫两泪如梭，烧上些阡张[8]纸分晓明白。

不过是来今日心意不过，哭啼啼在河边为的什么？

有道家和和尚口念弥陀，金银的那钱纸烧的（得）极多。

使千方用百计总不想活，推故儿来祭奠只[9]为跳河。

王昭君她心中就如刀割，断掉[10]了那桥梁实不能过。

直哭得咽喉中气不能和，今夜晚就是我无常结果。

祝告声灵应神九天仙女，你与我托了梦说下原因。

我只盼一命死不想盼活，又不愿我身子落在番国。

此如今硬着心就[11]要跳河，王昭君她的命见了阎[12]王。

却说番王听得昭君跳河一死，好不心焦，命人下水打捞尸首。上下水找遍，并无踪迹。番王闷闷不悦，回宫去了，不题。再说王龙拿了昭君的书信两封，回上天朝，一路好不凄凉。正是：

打开玉笼飞彩凤，挣[13]脱金锁走蛟龙。

[1] 残生：抄本写作"浅身"。
[2] 做：抄本写作"作"。
[3] 作难：为难。
[4] 怜：抄本写作"连"。
[5] 倒：抄本写作"到"。
[6] 茨：蒺藜。
[7] 于以采蘩："于以采蘩"是《诗经·采蘩》中的首句。《毛诗序》曰："采蘩，夫人不失职也。夫人可以奉祭祀，则不失职矣。""于以采蘩"在此喻昭君祭祀之事。蘩：抄本写作"繁"。
[8] 阡张："阡纸"。冥钞；纸钱。
[9] 只：本段韵文抄本都作"自"。
[10] 掉：抄本写作"吊"。
[11] 心就：抄本写作"就心"。
[12] 阎：抄本写作"閆"。
[13] 挣：抄本写作"掙"。

有王龙在马上内心发慌，马加鞭如登云快走一场。

又恐怕那番蛮前来追上，到几时才得到我们家乡？

猛然间又想起昭君娘娘，今夜晚她的命必见阎[1]王。

老天爷保佑我平安无妨，回上了天朝地去见汉王。

这两封书信儿拿到殿上，把昭君那下落细说一场。

这番邦蛮夷地真然凄凉，莫有我天朝的那样风光。

恨一声毛延寿这个奸党，活活地害死了昭君娘娘。

但愿得我天朝出来能将，捉住了毛延寿才报冤枉。

王昭君跳河死一命丧亡，可些[2]了天朝的西宫娘娘。

思想起我故土又盼爹娘，不知道何一日才到家乡。

想从前在番邦事奉娘娘，急得我烈火生心内发忙。

自说是天朝地不能回来，今日个出火坑离了番邦。

一路儿走得快不敢消停，不觉得[3]来到了雁门关中。

进了城催动马正往前行，一见了老李广喜笑盈盈。

即忙忙下了马打了一躬，今日个才见了天朝之人。

却说王龙见了李广，即忙下马，上前行礼一毕。李广设宴与王状元迎风接驾，问昭君娘娘的下落。王龙便说："昭君跳河一（已）死，我拿了两封书信，黑夜顺番邦逃走。"二人谈论一毕。次日，王龙告辞起身。正是：

　　自说天朝不能回，今日又到我中原。

有王龙雁门关见了故人，不由得笑在脸喜在心中。

催动马走得快就如登云，不觉得来到了长安城中。

许多的众百姓纷纷议论，北番去王状元来到京城。

笑嘻嘻来到了午花大门，就拿上两封书去见汉王。

汉天子一见了喜笑盈盈，叫一声小王龙状元之身。

你今日回在了天朝之中，你娘娘怎行事说来我听。

却说王龙将两封书信呈上，汉王一见，才知昭君一命自尽，跳河而死，好不痛哭！即忙命人将书信送到王府里。吩咐一毕，回宫去了，不题。再说昭君跳河，忙了九天仙女，即令龙君将尸首倒水而流，送在天朝，以表昭君守节，万古传名。龙君领命，将尸首送到天朝。正是：

　　九天仙女传将令，龙君送尸不消停。

有龙君接旨意不敢怠慢，把尸骨送在了天朝地界。

有水鬼并夜叉即忙上前，护定了她身子漂在水面。

那个水尽向北团团流转，这尸首却尽往水上而来。

霎时间送在了天朝地界，那尸首在水面漂荡[4]盘旋。

单等着汉天子前来祭奠，才能救昭君的尸首出来。

却说汉天子一见书信，昭君跳河一（已）死，吩咐摆下祭祀，以在河边祭奠，一（以）尽夫妻之情。不一时来到河边，只见水面上一个尸首，叫声人役下水打捞。尸首出来，好像昭君，仔细一看，果然是王昭君。汉王一见，大哭起来了。

　　实想河边来祭奠，遇见尸首好心酸。

汉天子哭一声王氏昭君，你跳河丧了[5]命疼烂我心，

你一死全了节万古留名，我自恨害了你一命归阴。

自从[6]前在梦中梦见你身，在济南访来你纳了西宫。

实想说享荣华富贵长久，谁料想番邦家动了刀兵。

无奈了就把你送在番营，你抱下烈女志丧了性命。

九泉下休怨我害你性命，我今日自追悔坏了良心。

汉天子不觉得放声大哭，哭一声贤德[7]妻王氏昭君。

恨不得把尸首抱在怀中，老天爷怎叫她死而复生？

细思想我的命甚是薄轻，得了个贤德妻不能长生。

吩咐人挖地穴玉床安定，把尸首忙穿上八宝绣龙。

头戴上九龙冠大放光明，即忙忙抬在了玉床之中。

又吩咐把祭礼摆在此中，叩一头尽一点夫妻之情。

却说汉王吩咐人去请太师王仁前来看他女儿，再请高僧高道超度亡魂，连作七日道场，八份排班。为王主祭，金顶玉葬，好好发送。在尸首（世受）了许多的磨难，死后我也些（死）心了，这话不题。再说王仁夫妻领了赛昭君女儿来到河边，一见昭君大哭起来了。正是：

　　从前昭君去和番，今日死尸归中原。

有王仁走上前见了昭君，哭一声我女儿一命归阴。

自从前走北番直到如今，未曾见活昭君见了尸灵。

---

[1]　阎：抄本写作"閆"。

[2]　可些：可惜。

[3]　得：抄本写作"的"。

[4]　漂荡：抄本写作"飘扬"。

[5]　了：抄本写作"子"。

[6]　从：抄本写作"存"。

[7]　德：抄本写作"得"。

我二老年纪迈死而光景，老不死枉[1]活人谁来事奉？

邹桂英扶尸首大放悲声，小冤家怎舍得二老双亲？

娘养你费尽了许多辛[2]勤，谁料想今日个见了尸灵。

邹桂英直哭得昏迷不醒，不觉得倒在地不应一声。

叫多时又苏醒哭了一声，小冤家等等我一路同行。

赛昭君哭姐姐阴灵你听，你妹妹与姐姐一母所生。

你当初坐西宫皇上梓童[3]，又去到北番地受了惊恐。

你跳了波洋河丧了性命，全了节也算得留下贤名。

自幼儿[4]我未见姐姐形容，到今日只见了姐姐尸首。

我姐姐和番去受了惊恐，跳河死疼烂了妹妹之心。

骂一声汉天子枉[5]坐朝廷，兵和将不征[6]战献了昭君。

今日个若见了这个昏君，要姐姐他拿上何言应承？

有王仁直哭得两泪纷纷，无有人不啼哭泪湿衣襟。

文武臣都来在河岸祭灵，也算是女人中有功之人。

却说汉王将昭君金顶玉葬一毕，只见赛昭君真然生得美貌，大（打）动了汉王的一片心思，不题。再说王仁夫妻并小女儿回到府中。有九天仙女与赛昭君交代法宝，在（再）者[7]教些武艺。驾起祥云，来到王仁府中。

九天仙女救苦辛，降临点化赛昭君。

天仙姑驾祥云来到此中，只[8]为着赛昭君降临凡尘。

霎时间来到了长安城中，收云头落在了那地流平[9]。

往前行带着个小小道童，推[10]化缘来到了王仁府中。

化一阵清风儿去到楼庭，度化她赛昭君广有神通[11]。

我把这婆婆袋赐你一个[12]，那武艺与兵法样样皆通。

你把我当作个何人看承？我本是天仙姑下了天宫。

到明天汉天子抬你成亲，去到了西宫院即便安身。

那番王领大兵前来战阵，总要你领人马去退番兵。

拿住了毛延寿不肯容情，与你的那姐姐报点仇恨。

我这里[13]度化毕驾[14]起祥云，化作了一阵风无有影形[15]。

却说汉王自从见了赛昭君，每日思想，传旨又抬赛昭君纳宫。那日，命人来到王仁府里，将抬［赛］昭君话说了一遍。王仁夫妻便说："从前将我的大女儿送在死处，今日又抬我二女儿，又往死处去送，万万舍不得。"来人说："你我吃王俸禄，岂敢违旨？"王仁思来想去，无有良方。赛昭君来到堂前说："爹爹，将我舍了吧，我与皇上平定江山。再者，与姐姐报仇。"王仁无奈，女儿舍了，抬去。汉王一见，龙心大喜，就纳了西宫。正是：

赛昭君来进西宫，即想起当年事情。

赛昭君来在了西宫院中，猛想起当年事好不酸心。

我姐姐为西宫和番已[16]死，今日个我进朝又是西宫。

蔡文姬能辨琴人人称奇，谢道韫能吟咏古今传闻。

自古的那女子都有见识，难道[17]我赛昭君无点聪明？

我得了仙女的法宝武艺，定要与我姐姐去报仇恨。

在西宫自忧虑自己[18]思忖，何一日使法宝显我身份[19]。

捉住了毛延寿拿来首级，献坟前祭奠我姐姐之灵。

这场话且按下不可细表，再提[20]起那番王又点大兵。

却说毛延寿对番邦说："如今昭君一死，干了一场何事？莫若起兵，杀奔长安，要夺汉王江山。"正是：

有番王心儿里自己[21]思忖，要和他天朝□两家交兵。

想当初自为着昭君美人，今日个落了个徒劳无功。

实想着把昭君发上一宫，王昭君跳河死枉费辛[22]勤。

[1]　枉：抄本写作"妄"。

[2]　辛：抄本写作"心"。

[3]　梓童：抄本写作"童梓"。

[4]　自幼儿：从小。幼：抄本写作"有"。

[5]　枉：抄本写作"妄"。

[6]　征：抄本写作"政"。

[7]　再者：另外。

[8]　只：抄本写作"自"。

[9]　地流平：地面上。

[10]　推："推故"之省。借故。

[11]　通：抄本写作"童"。

[12]　个：抄本写作"根"。

[13]　里：抄本写作"你"。

[14]　驾：抄本写作"架"。

[15]　形：抄本写作"行"。

[16]　已：抄本写作"一"。

[17]　道：抄本写作"当"。

[18]　己：抄本写作"已"。

[19]　份：抄本写作"分"。

[20]　提：抄本写作"堤"。

[21]　己：抄本写作"已"。

[22]　辛：抄本写作"心"。

说汉王你心里天下太平，我发兵夺江山要坐朝廷。

来到了雁门关扎下大营，打战表到明日两家交锋。

却说飞军报到汉王，有赛昭君要挂元帅，与姐姐（姐姐）报仇。出了皇榜，要访女先锋。有［李］陵之子李能，年方一十二岁，〔以〕在街上闲游，听说出了皇榜，要访女先锋。回到家中，对母亲说知，陈金花说："孩儿，你将榜文扯了，为娘愿作先锋，与你父报仇。"李能听言，将榜文扯了。黄门官问道："何人扯榜？"李能便说："我母亲陈金花愿做先锋。"黄门官奏知汉元帝。次日校场点兵，号炮三声响。兵往雁［门］关进发。

　　自说天朝无能人，今日又有女将军。

赛昭君坐大营传下将令，叫一声陈金花先锋你听。

自古说头阵胜阵阵取胜，先锋将用计策先打头阵。

倘若是头阵去败回营中，我一定绑辕门问你罪名。

陈金花领了命不敢消停，回帐来叫李能小小儿童。

吩咐人城西北埋伏兵丁，挖下了绊马凹荒草盖定。

小冤家你领上三百小兵，与番奴去打战先冲打风。

战几合拨回马败上一阵，你把贼哄在那绊马凹中。

为娘的领埋伏截[1]杀一阵，管教他番国兵不能回营。

一霎时番邦兵乱乱混混[2]，领兵的那元帅□□□□。

两家兵在战场杀气腾腾，战了个十余合李能败阵。

有番兵要活捉李能之身，把李能追赶得入地无门。

一直儿往西北快走如风，番兵将一个个跌在凹中。

耳听得鼓声响四下围定，把番兵杀了个血水淋淋。

却说汉兵得胜回营，番兵大败一阵。鸟头禅师拿了两件法宝，领了人马，要与天朝交战。赛昭君也领了人马，出关对敌。两家战了个百十余合，不分胜败。正是：

　　鸟头禅师心不平，叫声女将你且听。

　　劝你下了黄骠[3]马，投降番邦留你身。

　　倘若逞你血气勇，定要叫你作鬼魂。

　　禅师举起金镖[4]打，金光万道一划[5]明。

[1]　截：抄本写作"劫"。
[2]　混混：抄本写作"轰轰"。
[3]　骠：抄本写作"镖"。
[4]　镖：抄本都作"标"。
[5]　划：抄本写作"产"。

　　赛过天仙二昭君，婆婆神袋拿手中。

　　霎时金镖无神通，婆婆袋中收了功。

　　禅师自觉事不好，收去金镖另有神。

　　急忙取开追魂伞，活捉天朝女将军。

　　昭君这里逞[6]强能，昏昏沉沉跌埃尘。

却说番兵见得女将落马，上前要捉，忙了九天仙女，念动真言，现出一个妖怪，张牙无（舞）爪，吓得番兵不敢进前。［赛］昭君苏醒，急忙上马，又杀鸟头禅师。那禅师又取开追魂伞，只见前面一个怪物，缠定马头，一时昏迷，跌下马来。赛昭君上前将禅师一刀两段，番兵四下逃走。赛昭君吩咐吾军，马踏北番，活捉毛延寿，生擒哈唎王。

　　天朝兵将杀番奴，捉住奸贼报冤屈。

　　赛昭君杀番奴血水淋淋，活捉住毛延寿才报屈情。

　　领大兵来到了北番之地，直杀得番邦人胆战心惊。

　　一霎时围开了北番城门，杀了个血成河人头乱滚。

　　捉住了毛延寿不送他命，拿到了天朝去祭奠昭君。

　　又捉住哈唎王项吃青锋，要送他阴曹府去见阎君。

却说昭君在半空中说道："妹子，刀下留人，哈唎王未曾难委（为）姐姐（姐姐），将他饶了吧。"赛昭君说："看我姐姐之面，饶他不死。"番王写下永世不反（犯）降文，赛昭君领兵回朝。不多几日，来到雁门关，犒赏兵将，设宴三日，领兵回朝。不日来到京城，元帝差文武官员迎接进朝。元帝坐在金殿，一声吩咐，宣赛昭君上殿。赛昭君上殿，跪在丹墀。元帝说："梓童平番有功，封你西宫。"赛昭君将昭君现（显）圣的话说了一边（遍）。汉元帝听言，心中甚是悲伤。吩咐人役在卧龙山修造庙宇，塑了昭君的神像，设醮超度。元帝登殿："宣文武上殿，听联（朕）加封。"正是：

　　汉元帝坐金殿心中欢喜，文武臣齐上殿听朕[7]加封。

　　赛昭君平番贼大大有功，朕亲口就封你坐了西宫。

　　又赐你衮龙衣凤冠霞帔[8]，西宫院受荣华富寿康宁。

[6]　逞：抄本写作"称"。
[7]　朕：抄本写作"联"。
[8]　霞：抄本写作"迊"。帔：抄本写作"玸"。

黄元志借宝贝破了番兵，朕封你平定侯[1]保国尽忠。

宋文兴献宝贝你也有功，朕封你护国臣站立朝中。

陈金花在军中做[2]了先行，朕封你贞节的一品夫人。

小李能年纪[3]青大有本领[4]，朕封你平北侯[5]八台总镇。

王昭君和番去全了贞节，朕封你护国的灵应之神。

毛延寿害昭君天良丧尽，绑在了昭君庙祭奠昭君。

绑在了百尺杆千刀万剐，吊在了昭君庙倒[6]点天灯。

却说元帝封官一毕，回到西宫，赛昭君接进宫去。元帝想起昭君，心中纳梦（闷）。赛昭君说："今日进宫，为何闷闷不乐？"元帝将思念昭君之话说了一遍。赛昭君说道："姐姐（姐姐）一（已）死，成了灵应之神。毛延寿千刀万剐，此冤可消。"元帝命人设了香案，焚香一毕，夫妻二人回宫去了。

斩将立功赛昭君，报仇雪恨坐西宫。

这就是双凤旗一本而终，留在了尘[7]世上劝化愚人。

一劝你做官人着耳细听，有了功享荣华加级三等。

二劝你年老人细细听明，行好事积阴功教训儿童。

三劝你年青人牢[8]记心中，莫作非莫厮[9]打勤务庄农。

四劝你妇道人你也要听，把三从和四德牢[10]记心中。

五劝的买卖人细听心中，莫欺哄小孩子交易公平。

六劝你匠工人侧[11]耳细听，凡[12]贫富大小家俱可承容。

七劝你小孩子用心细听，莫玩耍莫浪荡[13]要把书念。

八劝你念卷人扯长[14]念真，凡[15]男女大小人才能

听明。

九劝你接佛人莫□□□，千声佛万声佛又念弥陀。

十劝的听卷人你们细听，造经卷也不过劝化愚人。

会听的他言说抄得分明，不会听他反说由嘴胡[16]论。

念卷人直[17]念得舌干口渴，接[18]佛人直接到[19]夜至三更。

大小的男女们劳力费神，正半夜未睡觉[20]莫要在心。

主人家打搅得未曾合眼，又装[21]烟又点[22]火又把茶端。

请各位男女们个个回程[23]，后谢过主人家油蜡[24]香灯。

抄写者：　刘氏

抄写时间：　1946 年 4 月（阴历）

收藏者：　甘肃省张掖市文化局

收录于张天佑、任积泉主编：

《丝路稀见抄本宝卷集成》（第九册），天津古籍出版社，2019 年，第 295—373 页。

标点校注者：李贵生

[1] 侯：抄本写作"候"。
[2] 做：抄本写作"作"。
[3] 纪：抄本写作"儿"。
[4] 领：抄本写作"令"。
[5] 侯：抄本写作"候"。
[6] 倒：抄本写作"到"。
[7] 尘：抄本写作"城"。
[8] 牢：抄本写作"劳"。
[9] 厮：抄本写作"斯"。
[10] 牢：抄本写作"劳"。
[11] 侧：抄本写作"策"。
[12] 凡：抄本写作"反"。
[13] 荡：抄本写作"党"。
[14] 扯长：这里指拖长（声音）。长：抄本写作"常"。
[15] 凡：抄本写作"反"。
[16] 胡：抄本写作"呼"。
[17] 直：抄本写作"之"。
[18] 接：抄本写作"揭"。
[19] 直接到：抄本写作"之揭的"。
[20] 觉：抄本写作"瞌"。
[21] 装：抄本写作"庄"。
[22] 又点：抄本写作"有值"。
[23] 程：抄本写作"尘"。
[24] 蜡：抄本写作"腊"。

2

罗通扫北宝卷

却说这部宝卷说的是唐朝贞观年间,那时风调雨顺,国泰民安。一日,文武百官早朝已毕[1],太宗说:"众爱卿有本奏来,无本退朝。"忽然有门官奏道:"现有北国赤壁宝康王元帅左车伦战书一封。"说着就有大臣秦叔宝将战书呈与太宗皇帝龙目观看。唐王看后,龙心大怒。正是:

康王一封战书,唐王冲冲怒气。

唐王为何怒气冲,只因战书太欺人。

大将先锋谁敢挡,一年之后代你邦。

想篡隋朝该死罪,斯文专权到处扬。

杀兄灭弟其奸忠,自长威风压我邦。

坐擒敬德来养马,活捉秦琼来抬轿。

若是我邦兵不到,只得岁岁过来朝。

太宗看罢这战表,气得两眼怒目睁。

却说太宗看罢战书,龙心大怒,说道:"这番狗这样如此无礼!本王和他无冤无仇,如此欺人太甚!快把使臣推出午门斩首!"来使周纲一听,吓得魂不附体,大呼圣

上饶命,急忙说道:"这是我朝左车伦的表本,与我没有关系!小的确实不知其意。"茂公说:"圣上把他的耳朵割下来,不要斩他,叫他回北方报信去吧!就说我随后带领百万人马踏平北国,叫你北国番子脖子伸长些等着。"太宗说:"许先生言之有理,把周纲两耳割下,饶他一死。"早有武将一声答应,把周纲的两耳朵割了下来。太宗喝道:"快快回去对你赤壁宝康王说,叫他脖子伸长些!总有一日我要取他的首级!"周纲叩头领旨,退出午门,马上往北国去了。太宗对茂公说:"许先生,北番如此无礼,我若不发大兵,他必发兵前来,如今怎么是好?"茂公说:"这叫做来者不善,善者不来。如今可急速发兵前去扫平北番,力除后患。若是迟了,他兵一到,就难抵挡了。"太宗闻言,说道:"秦王兄,朕命你明日校场操练三军。操练半月,然后发兵。"叔宝领旨,离了午门。茂公说:"北番名将骁勇,必须御驾亲征才能平定。"太宗说:"北番作乱,应该由你领兵前去,方能压服人心。"说罢回宫,众臣散班不表。再说秦叔宝回府,发令三军,限明日校场等候。到了第二日,有叔宝在校场操练三军,好不热闹。半月以后,太宗问道:"许先生,几时起兵?"茂公说道:"明日起兵。"太宗传旨明日征北,三军领旨,不题。到了第二日五更三点,太宗驾登龙位,文臣武将站在两边,其内有护国公秦叔宝上殿挂了帅印,太宗亲赐御酒三杯,叔宝一饮而尽,退出午门,来到校场,早有众位公爷迎接元帅。秦叔宝坐在演武庭(厅)上,诸将上前行礼已毕,叔宝点起二十万人马,命程咬金领一万人马为头路先锋,逢山开路,遇水搭桥,若到关口,扎寨安营,不遵守命令者,一律问斩。咬金听令,提斧上马。此时,扫北的公爷一般都在五六十岁开外,尽皆白发苍苍。年老之人程咬金虽然六十开外年纪,但精神充沛,上马好像天神一般,他领一万人马往河北幽州大路而行,此话不表。且说太宗忙传命魏征丞相商议国家大事后,同军师许茂公出了午门,来到校场。叔宝接驾进营,杀牛宰羊,摆设香案,祭礼已毕,放号炮三声,拔寨起兵。前面二十万人马的队伍浩浩荡荡,秦叔宝护驾左右。文臣送天子起程后,才回长安城而去。太宗离了长安城往北而去,一路好不威风。押粮小将薛驸马,这人能使双锤,骁勇无敌,护送粮草来往,不

[1] 已毕:原本都作"以毕"。

表。再说第一关名叫白狼关，离雁门关只有三百里。那周纲因下战书被太宗割去两只耳朵，回到白狼关把此事禀报与狼主，狼主十分恼火，传令各关守将用心防备，又派探子打听大唐虚实。那北方第一关有镇守总兵，姓刘名国桢，此人身高一丈开外，头有斗大，黑面浓眉，两臂有千斤之力，使一支丈八蛇矛。忽有探子来报："南朝大唐太宗御驾亲征，大元帅秦叔宝带领战将十员，领二十万人马出了雁门关，直奔白狼关而来！"刘国桢听言，哈哈大笑，说："好！他们都是送死来了。"众将问："大人，南朝起兵前来，你如何这等大笑？"刘国桢说："将军不知，我主想取中原世界，他不起兵前来倒也奈何不得。如今唐王御驾亲征前来，他的江山十拿九稳是我狼主的了！这怎能不大笑呢？唐王他还不知我狼主的厉害！我这里守关的都是英雄好汉，何必怕什么秦叔宝、胡敬德？唐兵到来，自然打关，那时候本帅去活捉他来，岂不是更好！"诸将听言，喜之不尽。正是：

尉迟恭鞭打国桢，刘宝林大战敬德。

刘国桢忙吩咐众军细听，城头上多加些弓箭磊石。
若有那唐朝将关前讨战，那时候你急速报我知闻。
小番儿听一言一声答应，回头来上城去把守关门。
且按下白狼关暂且莫表，再表那程咬金大将先锋。
他出了雁门关急速行兵，不多日来到了白狼关前。
程咬金他拿了元帅箭令，来到了白狼关不出一兵。
忙吩咐三军们安营扎寨，等元帅大兵到才得开兵。
不一日秦元帅大兵到来，程咬金忙出营迎接元帅。
有叔宝进御营跪拜万岁，太宗说秦元帅你且平身。
今日个行军到安营扎寨，休息好到明日开关破城。
第二天秦元帅升坐宝帐，问将军今日里谁去讨战。
程咬金叫元帅末将愿去，元帅说你是个无用之将。
北方的这番将个个勇猛，恐怕你打败仗性命难存。
随后有胡敬德叫声元帅，有末将出营去前去讨战。
秦元帅叫将军你要小心，那敬德忙提鞭上马出营。
直奔到白狼关大喝一声，小番子快报与主将得知。
那关上小番子飞报进衙，叫了声平章爷南番讨战。
刘国桢听一言提矛上马，炮声响关门开放下吊桥。
过吊桥来到了前军阵前，到阵上见敬德就是一枪。

尉迟恭架住枪来将报名，我的鞭不打那无名之人。
国桢报是北番总兵大将，我的名刘国桢本事高强。
敬德说不晓你无名之军，天兵到快献关免你一死。
刘国桢听一言冲冲大怒，叫一声南蛮子报上姓名。
我这枪不挑那无名之军，报上名我叫你一命归阴。
敬德说我本是天朝上将，鄂国公尉迟恭名叫敬德。
在中原我也是有名上将，难道你不知道我的姓名？
国桢说在中原有你姓名，到我邦你亦是本事平常。
那敬德照国桢面部一鞭，刘国桢忙招架叫声厉害。
震得[1]那手虎口鲜血直流，在马上坐不稳心中思忖。
果然是尉迟恭名不虚传，回头来尉迟恭又是一鞭。
刘国桢在马上难以招架，那敬德他看见对方失色。
忙使起竹节鞭大喝一声，这一鞭正打在国桢脊梁。
刘国桢叫一声口吐鲜血，爬马背急忙忙大败而逃。
那敬德在后面紧紧追赶，刘国桢败了阵进了关门。
有小番扯吊桥乱箭射来，尉迟恭才将马回到营中。
叫元帅臣打败守将国桢，秦元帅听一言喜笑盈盈。
且不说秦家将再来讨战，再把那刘国桢细表一番。
刘国桢坐书房哎哟一声，随后儿走出个小小孩童。
年纪小面色白身高九尺，看起来他也有十七八岁。
从背后走过来问声父亲，有国桢抬起头叫声我儿。
问儿郎不在家来此为何？刘宝林把爹爹问了一声。
今日里你交战是胜是败？国桢说尉迟恭十分厉害。
他和父战数合打我一鞭，打得我口吐血好不心酸。
刘宝林听一言吃了一惊，叫了声我爹爹细听分明。
南蛮子把爹爹打了一鞭，儿前去与你报一鞭之仇。
刘国桢叫一声我儿莫可，儿年少并不是蛮子对手。
宝林说儿不与父亲报仇，等何人敢前去为父出力？
你孩儿后花园苦学操练，练就了拔寨鞭件件熟练。
头戴盔身穿甲手提钢鞭，骑一匹好战马又拿金枪。
号炮响关门开冲到唐营，喊一声快报与尉迟蛮子。
今有我小刘爷在此讨战，为我父要报那一鞭之仇。
有军士把这话报与元帅，秦元帅开口问谁去交战？
程咬金走出来请战出马，他言说我今天立这头功！

[1]　得：原本作"的"。

秦元帅在帐中还未传令，又听到尉迟恭大叫一声。

叫元帅少番儿我去会战，秦元帅叫将军你且小心！

尉迟恭手提枪就要出马，咬金说黑炭脸夺我头功。

敬德说老将军不要争论，今若是战胜了也算你功！

咬金说既如此我就观阵，尉迟恭上了马冲出营门。

程咬金出了营前来观看，见小番与敬德一模一样。

叫老黑这小番像你儿子，敬德说老千岁休要乱言！

宝林问你就是尉迟敬德？敬德说你既知前来送死！

宝林说你打了我父一鞭，今日个我要报一鞭之仇。

那敬德听此言怒气冲冲，叫一声小番儿休要啰嗦！

你太嫩要报仇先报姓名，我的枪不挑那无名之将。

宝林说我姓刘大名宝林，快下马免得你少爷动手。

尉迟恭听此言心中大怒，举起枪照宝林用力刺来。

刘宝林忙迎战一场大战，枪对枪叮当响一来一往。

厮杀了十回合不分胜负，又战了几回合日色西沉。

他两人放下枪拿鞭再战，都拿着那钢鞭横冲直撞。

那钢鞭上下飞不见其人，两个人直杀得惊天动地。

鞭对鞭金光闪杀气腾腾，不分南不分北云雾皆散。

两个人大战到黄昏时分，忽听到战鼓响鸣金收兵。

敬德说我明天取你首级，宝林说你走运多活一天。

说话间催开马各回营寨，那敬德回到帐交了令箭。

却说两人杀了一天，不分胜负，忽听阵前鸣金收兵，两个人各自收兵回营去了。刘宝林回到帐中，刘国桢说："我儿真行啊！为父虽做元帅倒不如孩儿的本事！"宝林说："英雄出于少年。父亲年纪大了，如何战得过敬德？"刘国桢说："我儿今日立了大功，快快回房歇息去吧。"刘宝林回到母亲房中，见母亲梅氏两眼流泪，宝林问母亲："孩儿今日与天朝大将交战，母亲为何不乐？"梅氏问："孩儿，你今日出关与天朝的哪一位大将交战？"宝林说："孩儿今日出关，正遇着那位叫尉迟恭的大将，他一身好本事，与我大战了百十回合，不分胜负，孩儿明天出阵一定要取回他的首级！"梅氏听说是尉迟恭将军，不由得更加伤心落泪。宝林问："母亲为何如此伤心？"梅氏说："你这不忠不孝的畜牲！见父不认，反倒认贼作父，还说什么要报一鞭之仇！"宝林忙问母亲："孩儿的父亲现在兵房，母亲怎么又说我见父不认？孩儿不知母亲说

的什么情由，请母亲给孩儿明示。"梅氏说："兵房里的刘国桢你当是谁？"宝林说："他是我父亲呀！"梅氏一听，骂道："你不思想与你父报仇，反认仇人为父！"宝林说："母亲越说，儿越糊涂，这个情由为儿不知。望母亲给为儿明说！"梅氏说："孩儿，你的父亲正是与你对阵的那位将军。你若不信，你就看看你鞭上的字，你姓什么？"宝林忙取下鞭一看，鞭柄上有四个小字："尉迟宝林"。宝林说："这么说，儿实不姓刘？反与尉迟恭同姓。到底是何情由，儿不知道。"梅氏说："你从何而知！若不给你说明，不知你还惹下什么大祸！"正是：

> 梅氏开言道，我儿你细听。
>
> 仇人在面前，不说你不知。

有梅氏未开言两眼落泪，这个话说出来真是痛心。

娘当年与你父家住朔州，你的父他打铁全家度用。

那一年你的父他去从军，那时候你正在为娘肚中。

你的父他做了钢鞭两个，拿一个留一个各有名姓。

一个鞭他拿着上有他名，你鞭上写的是尉迟宝林。

他言说生下女此事不说，若生下男孩童就叫此名。

你父亲他一去无音[1]无信，我被那刘国桢抢到兵营。

那时候我本想自杀殉情，但一想肚中你委曲求全。

养大你长成人父子相见，这一等就等了一十八年。

你父子若相见是我心愿，到时候为娘的死也瞑目。

宝林说我真是不忠不孝，生身父不去保反保仇人。

梅氏说罢罢罢你到书房，先杀了刘国桢再作打算。

有宝林墙壁上取下宝剑，急回身主意定要杀贼父。

有梅氏忙上前挡住宝林，叫一声我的儿你可细听。

你拿剑到书房若有闪失，刘国桢绝不会放过你我。

这事情我与你仔细合计，娘有个好计策说与你听。

明日里到阵前与父说明，汇合了唐营中各员大将。

你在阵假意儿诈败逃走，领进来唐家将拿住此贼。

拿住了刘国桢斩尸万段，那时候报了仇方能解恨。

一来是你父子团圆相逢，二来是你父子立了头功。

宝林说母亲的计策甚好，头戴盔身披甲出了房门。

刘国桢他看见叫声我儿，昨日个你上阵甚是辛苦。

[1] 音：原本作"影"。

养精神到明天再去讨战，今日个不出战歇息一天。

有宝林听得[1]说冲冲大怒，忍着气耐着性说声真烦！

上了马手提枪威风凛凛，军士们紧跟上前来助阵。

有宝林来到了关前大叫，天朝的尉迟恭出来迎战。

守关的军士们急来禀报，早有那尉迟恭听得分明。

忙上马手拿鞭出了营门，骂一声小番狗你敢会我！

宝林说莫多言举枪就刺，尉迟恭拿着鞭急忙遮挡。

他二人只战了六七回合，有宝林即回马落荒[2]而逃。

尉迟恭骑着马急急追赶，不一会两个人无影无踪。

他两人追到了荒郊野外，有宝林叫住马方才站定。

有敬德赶上去举枪就刺，那宝林回过身一枪架住。

叫了声生身父休得伤身，忙下马拿了鞭跪倒在地。

有敬德骂了声错认爹娘，你交出白狼关饶你性命。

宝林说我爹爹你怎不记，朔州的麻衣县打铁为生。

那时候你从军丢下梅氏，为儿的那时节还未出怀。

敬德说你说的这事不假，我走时把信物放在家中。

想认父你拿出信物为证，有信物我认儿也无疑心。

你若是没信物休得胡言，快快儿交出关束手就擒。

却说敬德一听宝林说出这番话，如梦初醒，才想起了当年的这段往事。心里寻思道：这番儿他说的这话完全皆实，不免我问问他有无信物。于是就喊道："番儿，你要认父，那你就把凭据拿来！"宝林马上从身上取下宝鞭递与敬德，敬德一看，果然鞭柄上有"尉迟宝林"四个字，认得出这四个字是当年自己造的。便说："你真是我儿！你母亲她在吗？"宝林把母亲之言语诉说了一遍，敬德听后又惊又喜，说道："这计策甚妙！"说着，父子二人冲出山凹，宝林假装大胜，一马跑回兵营门前，勒住战马，哈哈大笑，对敬德说："你们谁敢再和我会战？我在此恭候！"再说敬德回营下马，把刚才之事向叔宝说了一遍，叔宝与众将听了大喜，急忙传令马三保、段志贤、殷开山、刘洪基、程咬金，拍马上前观阵，宝林父子大战十几回合后，宝林假装败阵逃走，敬德回头叫声众将快快抢关，六员大将一齐赶来，宝林砍断吊桥扯绳。看桥的小番

将见状，大声叫喊："将军，你反了嘛（吗）？"一霎时，宝林刺死了几员番将，此时唐将一拥而入，闯进城门，刀砍斧劈，如砍切瓜菜一般，势如破竹，直杀到刘国桢衙门。刘国桢听报，立即披甲上阵，早有宝林杀到面前。刘国桢一看，心中大怒，大声骂道："你是我亲生儿子，为何造我的反？"这时敬德已经闪到刘国桢面前，他抽出钢鞭迎面打去，一鞭就把那刘国桢打落马下，被唐军将士绳捆索绑。敬德与宝林说："由我儿把刘贼送给你母亲处治。"宝林奉了父命，将刘国桢送到了母亲房中，刘国桢一见梅氏就大骂："我真是瞎了眼，真是养虎吃人！"梅氏骂道："刘贼，我二十一年被你污辱，仇恨在心！今天，我儿长大成人，认了父亲，报我仇恨。宝林儿，你将这贼人推出门去，碎尸万段！"宝林遵命，霎时就把刘国桢砍成了一堆肉泥。梅氏说："宝林儿，快快将你父亲请来！"谁知这梅氏夫人使了离间（山）计，觉得今日大仇已报，自己被刘国桢污辱多年，无脸去见丈夫敬德，于是就碰壁而亡。宝林和敬德进门见此情景，爷父俩大哭一场。正是：

> 梅氏夫人全[3]节亡，敬德宝林泪悲伤。
>
> 众将为此都感动，迎接天子来进关。
>
> 叔宝兵进金灵川，宝林枪挑伍国龙。

唐天子命元帅查点粮草，城楼上改换了大唐旗号。

有敬德领宝林参见天子，唐天子见宝林喜之不尽。

忙叫声御侄儿快快平身，到前关立头功再加御封。

有宝林谢龙恩元帅传令，秦元帅传下令兵进前关。

且不说秦元帅拔寨起兵，再表那金灵川一员大将。

他名叫伍国龙力大无穷，身材高头又大十分魁梧。

那一日坐堂前将兵论战，急有那小番儿回禀一声。

大唐将攻破了白狼关城，伍国龙听一声大吃一惊。

忙吩咐小番儿再探再报，有情况快报与本镇知道。

伍国龙他惊慌权且不表，再表那秦元帅大兵已到。

忙吩咐三军将放炮扎营，有宝林把元帅叫了一声。

今日里你侄儿走马取关，打开了金灵川算一头功。

叔宝说我侄儿英雄少年，到阵前你还要多加小心。

有宝林得军令提枪上马，出营门到关前大喝一声。

[1]　听得：原本都作"听的"。

[2]　荒：原本作"慌"。

[3]　全：原本作"金"。

有小番忙报与国龙知晓，伍国龙听禀报提刀上马。
炮声响出关门来到阵前，他二人通报了姓甚名谁。
宝林说大军到快快献关，免得你死在了少爷枪下。
伍国龙听此言举刀就砍，有宝林狠狠地刺了一枪。
伍国龙在马上叫声不好，说时迟那时快又是一枪。
这一枪正刺准国龙胸前，可怜他一员将命见阎王。
有叔宝见宝林刺死番将，忙传令三军们即刻进关。
那宝林先一马冲进城去，杀得那小番子人仰马翻。
有元帅命三军查点粮草，急忙忙改换了大唐旗号。
有宝林进宝帐前去交令，元帅说贤侄儿其功不小。
太宗说尉迟兄不如御侄，真正是英雄者出自少年。
尉迟恭见太宗夸奖儿子，老将军不觉得满心欢喜。
今夜晚且饮酒贺功休息，到明日点大兵再往前行。
行三天来到了银灵关上，有叔宝忙传令就要扎营。
宝林说秦元帅切莫扎营，小侄儿到关上先杀一阵。
打胜了同父王进城安营，打败了在城外安营扎寨。
元帅说贤侄杀本帅帮阵，有宝林到城门大喝一声。
小番子一听喊飞报总兵，叫了声总兵爷唐将讨战。
王天寿听一言大吃一惊，却怎么不扎营就来讨战？
莫必他藐视我这员大将，提起枪跳上马冲出营门。
有宝林在关前抬头观看，见这人面目黑须发尽白。
有宝林不问名就是一枪，王天寿架开枪刚要还手。
有宝林动手快刺准咽喉，可怜他一员将死于马下。
主将死小番子大喊一声，众军兵一个个自逃性命。
且不说小番子各自逃命，再说那秦元帅进关安营。

　　铁板道人土里走，屠卢公主弃雄关。

　　却说太宗见宝林走马取了三关，喜之不尽。忙吩咐查点粮草，改换旗号，养马三天，兵进野马川，不题。再说牧羊城狼主闻知唐将走马取了三关，心中大怒，急问群臣有何良策退去唐兵。元帅左车伦奏道："狼主放心！唐兵若到，本帅杀他个片甲不留！"狼主传旨，元帅操演人马，这话不题。再说唐兵到了野马川，放炮安营。太宗问宝林："御侄你为何不出兵？"宝林说："金银两川可是走马成功，这野马川可地形险峻，难以攻破。"太宗问："此关何人把守？"宝林说："此关守将名叫铁板道人，他用的是一尺长、半寸宽叫做铁板的兵器，只要他念动真言咒

语，铁板就腾空飞动，纵然你有千军万马也被打成肉酱。"太宗听言，大惊。许茂公说："龙驾在此，必能胜邪！"到了次日，宝林出马讨战。敬德出营观看道人异法，这话不题。再说那道人一听唐兵叫阵，哈哈大笑，说："唐兵讨战，岂不是送死来了！"说着，便急忙提剑上马，来到关前，与宝林交战。两人大战几个回合后，那道人哪里是宝林的对手！只见那道人手举宝剑，口念咒语，使起铁板飞在空中，有数万道霞光直照宝林的头部打来。宝林叫声"不好"，回马就跑，道人自以为得胜，高兴地仰天大笑。此时，敬德一见道人用妖法伤害他的儿子，就一马冲到阵前，道人见又来一将，想收回铁板要打敬德。正在这时，敬德手疾眼快，一把提住道人，道人垂死挣扎，两人都跌落马下。敬德因年老力衰，刚一松手，那妖道借土而逃。这道人少不得征西还要相见，这是后话，暂且不题。敬德一看道人逃之夭夭，就与太宗进了城池，查点粮草，改换旗号，养马犒军三日，兵进前关。不日来到了伏龙山岭，守将是员女将，她是屠封丞相的女儿，名叫屠卢公主，她能知三数兵法，善识八卦之阵，武艺高强，才貌双全。这一日，她与众将商议退兵之策，忽有小番来报，说是野马川被唐兵攻破，唐兵明日就来攻打伏龙岭。公主闻听，大惊失措，说道："中原人如此厉害！倘若伏龙岭也失守，那牧羊城就很难保住了！"公主这么一想，立刻生出个计策来，他（她）想让中原兵有来无去。正是：

　　公主设下空城计，说声番儿你不知。

　　今日回到牧羊城，奏与狼主得知闻。
有公主忙吩咐小番你听，这个计万万儿不能走风。
若唐将他中我空城之计，那时候杀他个片甲不留。
有正营和六哨心中大喜，城头上立旗号大开城门。
那姑娘传下令走得[1]甚快，不一日来到了牧羊城中。
再表那唐太宗拔寨起兵，行数日来到了伏龙岭前。
有探马飞报与元帅你听，却怎么城门开旗帜密布，城里头却不见一个兵卒？元帅说三军们小心进城。
怎不知设下了什么诡计，有三军得了令一起进城。
有宝林在四处小心查看，有太宗把宝林问了一声。

[1]　得：原本作"的"。

往前去还有些什么关口？宝林说再前去没啥关口，只有那牧羊城狼王之地。唐太宗听一言心中大喜，忙吩咐摆酒宴犒赏三军。到次日秦元帅传下军令，三军们一个个不得消停。且[1]不说秦元帅拔寨起兵，再把那牧羊城略表一番。那一日有姑娘领兵来到，有小番忙报与狼主知闻，有康王听一言心中大惊。传姑娘上殿来问个分明，屠公主上殿来施礼道拜。叫了声我父王千岁千岁，康王说我的儿你且平身，听为父细细地[2]问个分明。我命你伏龙岭紧紧把守，你怎么领着兵来到我城？有姑娘忙奏道儿有一计。康王问有何计捉得唐王，姑娘说此计叫空城之计。等唐兵进了城再去追杀，到时候杀他个片甲不留。城北里有一座贺兰山岭，军士们都调在山上安营。唐天子他若是领兵进城，我元帅那时节团团围营。那时候内无粮外无援兵，唐家将一个个性命难保。左车伦叫姑娘此计甚妙，急忙忙把人马调在城外。四十里贺兰山扎下营寨，等唐兵进了城前去困城。那康王心中喜忙传箭令，城里头军和民无影无踪。且不说左车伦调兵埋伏，再表那唐天子带兵来到。有探马把此事报与元帅，牧羊城城门开不见一人。秦元帅叫茂公先生细听，这番狗他设下什么诡计？茂公说他设下空城之计，我人马可千万不能进城！忙传令三军们城外安营，若上了贼的当性命难存。君臣们在营盘正然饮酒，忽听得军士们禀报一声。正南方有人马火箭射来，唐天子听此言大惊失色。茂公说今夜晚中了他计，忙吩咐众将领保住圣驾。尉迟恭与宝林咬金三人，冲出营抬头看甚是惊人。观看那四十里人马无数，太宗问许先生如何迎敌？许茂公忙传令暂且进城，三军们听军令进城待命。唐太宗与茂公一起进城，君臣们都当心各自性命。

太宗驾困牧羊城，车伦大战秦叔宝。

却说唐兵进城，一夜未安，闭守城门，这话不题。再说那左车伦元帅见此情景，心中大喜。高声叫道："啊！

[1] 且：原本作"切"。
[2] 地：原本作"的"。

唐兵中了我的计策！"便吩咐军兵将城池四面围住，水泄不通。天亮后，太宗登上城去观看，只见番营扎得密密麻麻，不由大惊失色。过了三日，军兵禀报："城西有个番将元帅名叫左车伦，前来讨战。"太宗一听，有些担心。秦叔宝奏道："万岁莫惊！本帅与他亲自交战。"太宗说："王兄须要小心！"叔宝说："不妨。"众将各个手提兵器上马，冲出城去，早见阵前有一员上将，生得十分利害，长得相貌凶恶，面如孽龙，眉如扫帚，怪眼狮心，手提宝枪，好不威风。叔宝冲到阵前，各通姓名，左车轮（伦）哈哈大笑说："本帅自以为唐将有三头六臂，原来是个狗蛮子，你休得乱走，看爷爷的宝枪吧！"叔宝把枪一架，叫声："好家伙！"两人大战了三十余回合。叔宝想：看来我不是他的对手。于是回马就走，左车伦大笑，说道："方才你还在夸口，原来你的本事也不过如此罢了！"他大喊一声，拍马赶来。叔宝同诸将进城，唐兵扯起吊桥，紧闭城门，军士把免战牌挂出。左车伦一看，回营去了，这话不题。太宗被困牧羊城，不觉三日，粮草渐渐消空，送粮官奏道："城中还有七日粮草。"太宗听言大惊，忙问许先生这该怎么办，茂公说道："臣也无有良策！那番狗设下空城之计，把我君臣困在此处，音信不通，要绝我们的口粮。"君臣正在议论，忽听半空中一声巨响，好似天崩地裂，吓得君臣胆战心惊，抬头一看，一团黑气落在地下，即刻黑气一散，跳出许多老鼠，足有千万，乱往地下钻去。太宗说："这是什么情由？"茂公说："好了！天无绝人之路！前几年，西魏王屡行无道，后来忽有飞鼠把李密的粮全部盗去。今天牧羊城中，应该是天不该绝粮！"太宗一听大喜，说道："粮在那（哪）里？"茂公说："粮在殿下，往下挖三尺就见。"太宗命三军挖地三尺深，果然见有许多粮食，上面有西魏王的字号。太宗命元帅查点，共有数万石。茂公说："虽有数万石粮食，也有用尽的日子，陛下命一能人杀出番营，去讨救兵才好。"太宗说道："先生差矣！这些老王兄就领无数的人马也难杀出重围，哪有这样的能人敢提枪杀出去？"茂公说："臣算了一下，程咬金就是能人。"太宗一看，叫声先生"这分明是送了程王兄的性命！"茂公说："陛下，你不要把程王兄看错了！臣的阴阳卦算来该是他去讨救。"程咬金听了此言，说道："许三哥，你是借刀杀人！"茂公说："程兄弟，你年老，勇猛善战，少年番将虽然利害，都不在你程兄弟心上。"说罢，茂公给敬德使了个眼色，敬德劝说："老千岁他根本没有本事杀出番营，军师还称赞他。我笑他是个无能忠臣，根本算不上英雄？军师不保我去，若保我去，我愿舍命走一趟！"叔宝说："程兄弟，二哥绝不害你性命，你放心前去，莫要叫众将笑你无能。"咬金说："许三哥听黑灰脸在此夸口，保他前去讨救！"茂公说："他有本事不如你的福气，你出去杀退番兵救了陛下，封你一字并肩王。"咬金问："怎么叫并肩王？"茂公说："上朝不跪，与朝廷同行，斩大臣，杀国戚。任你消遥自在。"咬金说："死在番营呢？"茂公说："封你天下总土地。"咬金说："罢罢罢！活在世上受你们的暗拜，不如死了做个天下总土地！吃此豆腐麦饭，就得为人着想。也好说，臣今日愿去。"太宗见咬金肯去，心中大喜。正是：

茂公八卦算得[1]准，咬金长安去搬兵。

不遇神仙谢映登，怎样去到长安城。

程咬金领圣旨退下金殿，唐王爷与百官齐送老将。

把老将送到了南门外边，有茂公叫兄弟放心前去。

程咬金回过头不见一人，骂一声害人的你且细听。

我与你又无仇何必害我，无奈何过吊桥用目观看。

早惊动众番兵四面围定，用乱箭射老将无处藏身。

咬金想道[2]如今若不下手，却被那番将们伤我性命。

带[3]说着抡起斧杀进番营，大喝道小番儿洗耳恭听。

愿活命早些儿让开马路，若不然就送你一命归阴。

这时候杀得[4]那番营大乱，但见那人头滚血流成河。

谁知道第一营副将甚多，把咬金围在了番将中间。

只听得身背后有人叫骂，说不要放走那南朝蛮子。

程咬金回头来用目观看，见是那左车伦骑马追赶。

说话间照咬金迎面一斧，有老将翻跟头跌下马来。

众番将急上前捉拿咬金，忽然间地面上一阵狂风。

有番将东西寻不见咬金，连人马带[5]兵器都无踪影。

左车伦在马上大吃一惊，想必是这蛮子土里逃生。

他必然到长安去搬救兵，忙吩咐铁雷将二人当听。

你二人去把守白狼关口，决不能放进来唐朝救兵！

且不说左车伦调兵把关，再表那程咬金去上长安。

程咬金这时候倒在埃尘，不知人不知事天昏地暗。

忽听得他身后有人叫他，叫了声程王兄快出番营！

有咬金抬起头用目观看，却不知怎到了乱山之中。

又看见那前面有座关城，那关边又站着一个道人。

程咬金忙起来施礼问道，我今天不知在阳在阴。

有道人说了声王兄洪福，你的命不该尽贫道来救。

咬金说鬼门关就在眼前，你怎么还说是我在阳间？

道人说前面是雁门关口，进了关就到了大唐地界。

程咬金听此言满心欢喜，急忙说我老程还在阳间！

问此仙你今在何山何洞？你法号叫什么说个分明。

道人说我的名谢氏映登，程王兄你怎么认不分明？

程咬金听此言如梦惊醒，叫了声谢兄弟你听原因。

自从在那时候与你分手，到如今无处去好不伤心。

没想到今日个在此相逢，谁知道你容貌越发年轻。

看起来你真正是个神仙，我愿意与兄弟一同修炼。

有映登叫程兄你且细听，我映登一心儿修炼成仙。

你急速进关去长安讨救，救出了天子驾再见主人。

程王兄你还不快快上马，后边的尘土起必有追兵。

程咬金回头来不见追兵，再回头却不见谢氏映登。

心里想这仙家救了我命，这一个并肩王必坐稳当。

急催马来到了长安城外，忽然间从前面来了一人。

程咬金回京放心，小英雄校场点兵。

却说程咬金见前面来了一人，生的（得）勇猛，身高八尺，年纪十六七岁，好似醉了一般，疯疯癫癫走了过来，忽然被脚下一块大石头绊倒在地。那人爬起来喝道："你是什么人！见了公子怎不叩头，反笑我跌倒？"说着，就拾起一块大石头照程咬金劈面打来。程咬金的马受惊一跳，把他跌下马来。咬金大怒，骂道："你自称公子，莫非是朝廷臣子？难道不认得我鲁国公吗？怎么取石头打我？"

[1] 得：原本作"的"。
[2] 道：原本作"到"。
[3] 带：用在动词前表示后一个动作伴随着前一个动作。原本作"待"。
[4] 得：原本作"的"。
[5] 带：原本作"代"。

那人听了此言，连忙跪下说道："原来是程伯父，小侄不知，请赎（恕）罪！"咬金问："你父亲是谁？"那人说道："我父亲段志贤，也是国公，保驾扫北去了。侄子名叫段林。"咬金听言说道："你年轻，我不怪罪你。你如何吃得这样大醉呢？"段林说："同众兄弟在伯父家中结义，所以吃醉。请问伯父征北如何？"咬金说："你父第一阵就被杀了。"段林听了此言，放声大哭。咬金接着又说："亏老夫杀散番狗救你父亲不死。"段林住声不哭，说道："老呆子原来是在说假话！"又问道："伯父今日来到京城办何事情？"咬金说："陛下被困牧羊城，命我前来搬救兵。侄儿回去，明天小英雄校场比武，挑选元帅前去救驾。"段林听言大喜。咬金来到了午门外，门官连忙传与内监，内监报与内宫，李治升殿召见程咬金。咬金跪拜平身，将进京之事奏与李治，并将太宗圣旨递与李治。李治接旨一看，是父王让他校场考选二路元帅，前去扫北，这话不题。再说那程咬金路过罗府，去看望罗夫人。罗夫人问："不知程家兄弟保驾扫北战况如何？"咬金把万岁被困之事叙说一遍，罗夫人听言，两眼泪下，说："我罗家两代忠臣，我公公死在苏贼手里，丈夫也血洒沙场。我罗门只有罗通一人，单代相传，他年纪还轻，等他长大了毅（依）然为国效力。眼下实不相瞒，他还不能担此救驾重任，望伯伯见了殿下还要遮掩。"咬金说："这事不难，我去奏知殿下就是了。请问弟妻，我那侄儿到哪儿去了？"罗夫人说："自从伯伯去扫北，各家公子每日里到校场耍拳打棍，到晚上才能回家。"咬金听后，辞别而去。正是：

　　罗通母亲泪涟涟，罗安上前说根源。

　　今夜设下暗房计，阻止公子去争帅。

　　天色晚程咬金才回府中，裴夫人忙上前迎接夫君。

　　夫妻俩在前庭行礼已毕，有裴氏把咬金问了一声。

　　你前去征北番胜败如何？有咬金把情由细说一遍。

　　咬金问我的儿怎没回家，夫人说到校场天天练拳。

　　说话间程铁牛走到面前，他生得[1]和咬金一模一样。

　　叫母亲把夜宵取来我吃，程咬金骂畜牲我在此间。

　　程铁牛急忙忙叫声爹爹，你走后儿也得摩拳练掌。

咬金说你真是我的儿郎，快拿斧耍一耍让我观看。

程铁牛听一言兴高采烈，给父亲抢[2]大斧好不威风。

程咬金在旁边用目观看，左眼看右眼看不见儿面。

前后遮上下护斧劈泰山，程咬金一边看一边思量。

我这儿斧子功真正不错！真让我程咬金刮目相看。

这斧法也和我大不相同，到校场定要夺二路元帅。

且不说程咬金夸奖铁牛，再把那罗公子略表一番。

有罗通在校场比武回来，叫声娘儿有话说与你听。

我今天听人说圣驾北征，被番将困在了牧羊城中。

他派那程伯父来搬救兵，明日个校场里比武选帅。

儿打算也要去比武争帅，领大兵到北方救驾征番。

那窦氏听此言忙劝儿郎，听人说不真实不要轻信！

罗通说怀玉哥亲口所言，这事儿并不假我定前往。

夫人说你程伯他对我说，他说你年纪轻让你莫去。

罗通说虽说我年纪尚轻，我枪法学得精母亲放心！

窦夫人听此言眼泪纷纷，有罗安走上前忙问因缘。

夫人说罗通儿他去争帅，我怎么也无法瞒哄他身。

罗安说设一个暗房之计，瞒过了吃早饭这事错过。

且不说那罗安暗房之计，再把那校场事说个分明。

到五更午门外锣鼓喧天，各府衙公子哥不敢消停。

有殿下和魏征来到校场，程咬金这老将早已到场。

三个人坐在了将台之上，元帅印和金花放在桌上。

各府衙公子哥来得[3]甚快，一个个都列在将台前面。

李治说众王兄都听我言，我父亲他有难困在北番。

他差来程王伯前来搬兵，校场中选一个二路元帅。

今日个在校场比武选帅，哪一个本事高当场挂帅。

话音落程铁牛大喝一声，我斧子好厉害由我挂帅。

这时候人群中走出秦龙，说一声程哥哥休得夸口。

咬金说你二人不必争论，在校场快比武分个高低。

他二人在校场锤打斧架，一个个不相让东挡西杀。

程铁牛使了个腾云盖地，那秦龙来了个枯树盘根。

程铁牛用的是旋风转阳，那秦龙使的是乌龙入水。

程咬金叫了声魏征大哥，这斧法都是我亲手传他。

［1］　得：原本作"的"。

［2］　抢：原本作"轮"。
［3］　得：原本作"的"。

有魏征听他说满面笑容，夸奖那程铁牛武艺高强。

说话间程铁牛打败秦龙，忽听得那苏麟大喝一声。

苏麟说程铁牛休得夸口，今日个把元帅让与我手。

程铁牛见苏麟心中大怒，苏麟的枪法精赛如雨点。

这使得程铁牛心慌手乱，刚打了几回合铁牛败阵。

程咬金见儿郎败下阵来，骂一声这畜牲使啥招法。

争帅印校场里苏麟占先，忽听得身后面有人大喊。

这元帅都别争应该让我，那苏麟一回头见是怀玉。

秦怀玉笑呵呵来到面前，说苏麟你别争枪法不精。

苏麟说精不精请你别管，我与你今日个比个高低。

两个人提兵器一来一往，大战了十几合不分胜负。

且不说他两个争雄夺印，再把那罗通将细表一番。

他在家被罗安设下计策，睡在了暗房中不知天亮。

罗通想今日个真是奇怪，这么久天怎么好歹不亮？

也或许我心急睡不着觉，我不免好好儿再睡一觉。

忽听得府门外有人行走，惊醒来听到了号炮鼓声。

自语道这些人肯定有病，半夜里起了床就去比武。

急忙忙穿上衣下床开门，出了门抬头看日色午时。

才知道中了计睡在暗房，府里人用被单遮了门窗。

那罗通直气得肚子鼓胀，提了枪骑上马忘了戴帽。

却说罗通中了罗安的暗房之计，一觉睡到了中午时分。直气得他七窍生烟！他立即提枪上马直奔校场而来，正好碰到秦怀玉打败了苏麟。正当秦怀玉要接帅印之时，罗通大叫一声："怀玉哥哥，请留下帅印，让小弟挂帅吧！"秦怀玉说："小弟年轻，不会用兵，还是我来挂这个帅！"罗通大声叫嚷："我的枪法精通，我要挂帅！"秦怀玉说："你不要夸口，不服咱就比武！谁胜谁就挂帅。"说着，两人就上马比武，大战了四十余合不分胜负，怀玉虽然枪法精，但最终没有战胜罗家枪。罗通夺了帅印，挂了二路元帅，殿下亲赐御酒三杯。殿下说："小弟领兵前去救驾，多加小心，旗开得胜，早日归来！"罗通谢恩已毕，高高兴兴回府去了。正是：

罗通校场夺帅印，窦氏夫人泪纷纷。

祖父冤仇你不报，怎么今日去北征？

各府诸将乱纷纷，罗通威武回府中。

来到府中把马下，叫声母亲你当听。

孩儿校场夺帅印，前去救驾牧羊城。

夫人听了泪涟涟，骂声畜牲听娘言。

昨日为娘对你说，全然不听娘的话。

你今挂帅我不说，小小年纪怎迎敌？

北番将领都骁勇，哪个不是你对头！

祖父冤仇你不报，你今挂帅为何情？

罗通听言叫母亲，娘与孩儿说分明。

我父死在何人手？孩儿前去报怨恨！

窦氏指着罗通言，你去问问程伯父。

罗通一听便开言，叫声母亲听根源。

孩儿若把仇人见，不取他头不见娘。

今夜罗通心纳闷，到了五更去点兵，

头戴金盔身穿甲，手提宝枪跨战马。

来到校场把马下，元帅传令把兵点。

校场点兵三十万，设了香案祭天地。

祭礼已毕号炮响，浩浩荡荡出了城。

走到夜晚扎下营，咬金元帅进帐中。

两人饮酒叙前情，罗通提起老母亲。

忙把伯父问一声，当年我父怎么死？

昨日老母泪纷纷，我父死在何人手？

伯父与儿说分明，侄儿心里实不明。

咬金听问泪如雨，你的父亲死得[1]屈。

侄儿虽有此孝心，想报冤仇难上难。

今夜此话我不说，破了番兵给你听。

罗通听言叫伯父，你今说与侄儿听。

咬金听言把儿叫，你听伯父说根苗。

你今刚刚做元帅，出兵万事全抛开。

寻些快乐应才好，烦恼悲伤莫在心。

你若报仇还犹[2]可，出兵不利怎么办？

冤仇之话且莫表，明天兵进雁门关。

却说次日罗通传令，号炮三声，兵进雁门关，这话不题。再说罗府二公子年方九岁，力大无穷，生的（得）面白唇红，眉清目秀，是罗安所生。窦氏待二公子犹如亲生

[1] 得：原本作"的"。
[2] 犹：原本作"有"。

儿子，并亲自给二公子起名叫罗仁。一日，那罗仁在外惹下祸端，被百姓送到罗府报与窦氏，夫人听言，将罗仁圈在内屋。这天丫环送饭，罗仁问道："我哥哥两日不见，他到哪里去了？"丫环说道："你还不知道吗，他领兵征北去了。"罗仁问："几时出征的？"丫环说："出征已经三天时间了。"那罗仁一听，把颈上的铁链扭断，拿了两柄银锤，径直往门外走去。正是：

罗仁出了门，丫环不消停。

见了窦夫人，细细说分明。

窦夫人听此言心中着忙，忙吩咐家将们前去追赶。

有罗春和罗德二人领命，急忙忙走出城看个分明。

见公子不识路东张西望，他两人忙上前细问根源。

二公子你出城你娘大怒，快快儿回到家去见母亲。

公子说你二人要死要活，要是死你二人领我回家。

要是活就与我去找哥哥，若不然打死你命见阎王。

那罗春和罗德一听此言，忙说道二公子细听根源。

既然去你回家说与你娘，那时候你与我同行前往。

二公子听此言只好作罢，你二人把这事说与母亲。

有家人急忙忙转回家中，把此事细细儿告知夫人。

窦夫人听一言心中思忖，这畜牲不回来娘怎放心。

忙吩咐快快儿收拾行李，你二人领他去外面小心。

有家人取盘费急忙出城，那罗仁他一见喜之不尽。

且不说他三人路上同行，再把那程先锋略表一番。

忽一日来到了磨盘山前，锣鼓响走下来人马万千。

为首的两个人十分凶恶，手提斧到跟前大喝一声。

留下那买路钱放你下山，若不然我叫你难过此山。

程铁牛走上前骂声强盗，今日个天兵到还不投降！

大王说我不管天兵来到，就是那皇帝到也要银钱。

程铁牛听一言冲冲大怒，举起斧向强盗就是一斧。

这大王他姓俞名叫有德，使一张脚踏弓百发百中。

没战上三五合脚板一登，一支箭射在了铁牛脸面。

有铁牛见流血撒腿就跑，走不上几十里遇上大兵。

却说程铁牛血流满面来到了兵营，罗通一见，心中大惊。程铁牛说："元帅，磨盘山被贼人挡住去路，小弟被他射了一箭，差点丧了性命，请元帅恕罪！"罗通听后，单枪匹马来到山前，那俞有德拦住去路，大声喝道："快

拿一万贯买路钱来，不然就献人头过来！"罗通一听，大怒道："狗强盗，还不下马就擒！"俞有德听言大怒，举起斧子向罗通砍来，罗通以枪相迎。二人战了还没有三个回合，那俞有德就招架不住了，他大喝一声"看箭"，那箭朝着罗通面部射来。那罗通右手接箭，左手使枪，一枪刺中俞有德的马眼，那马嘶叫惊跳，把俞有德跌落马下，被唐兵捉拿捆绑。众喽啰一看二大王就擒，撒腿就逃，去山寨给大大王报信去了。时辰不大，那大大王带兵赶下山来，此人生得青面红发，獠牙怪眼，他一到山下就大喝一声："快把我兄弟放了，我放你们过山，要若不然，我让你们一个个一命归阴！"罗通一听，大笑道："你口出狂言，还不晓得我罗家爷爷的枪吗？"那大王一听，问道："你可是那罗通吗？"罗通说："你既然知道本帅，何不下马归正！""啊呀！你就是我的仇人，今日个不杀了你，我誓不为人！"那大大王说。那罗通一听，丈二的和尚摸不着头脑，问道："我与你素不相识，何冤何仇？快快说来！"那大王说道："我父单童昔日与你父是结义兄弟，我父在洛阳为驸马，你父在朝廷为一字并肩王。你父忘恩负义，暗投唐兵，倒与唐兵攻打洛阳，把我父杀死。今日你父虽死，我要取你的首级，挖你的心，祭祀我父，也是一样的报仇。"说着就把铜刀刺来。罗通说道："原来你就是单哥哥呀！伯父身亡，与我父无相干。自古说两家相争，各保其主，这有什么冤仇？快快下马同我去拜程伯父，同往北番救驾，何等不美？"大王名叫单天常，他一听罗通这么说话，气不打一处来，说道："有仇不报，枉做英雄豪杰！"说着就把枪刺了过来。罗通一枪架住，回手一枪刺向天常，接着，罗通一把将天常夹下马来，回到兵营。罗通说："如今不是你要报仇的时节，劝你还是与小弟一起扫北去吧！"天常暗想：若是不从，罗通也不会放过我的，不如我先答应他去扫北，等机会成熟了再杀了他，为我父报仇雪恨。于是就答应罗通说："我愿随小弟去扫北。"罗通听言，说道："小弟不是不相信哥哥，恐怕哥哥口是心非，我为你扫北实在是放心不下！"天常说："常言道大丈夫一言既出，驷马难追。元帅若不相信，我天常对天发誓：'我愿随元帅扫北，若是有口是心非，我天常死于乱箭之中！'"罗通一听，大喜，与天常一同来见

程咬金。咬金说："贤侄，你父在世时与我是好兄弟。如今，侄儿已经长大，武艺高强，我也很喜欢你。"天常与众兄弟一一见面施礼，忽见俞有德绑在兵营，就急忙说道："元帅，那俞有德乃是我结义兄弟，请元帅手下留情，放他一同去扫北。"罗通听言，便吩咐手下将俞有德松绑，并吩咐人役设宴款待众将领。次日，罗通自思：单天常与俞有德两人并非真心扫北，在我两旁恐有不利。于是便传令天常与有德两人带人马五千，为前部先锋。两人接令后往白狼关去了。正是：

白狼关银牙逞威，铁踹牌大胜唐将。

单天常俞有德领兵先行，来到了白狼关放炮安营。
天常见俞有德出马讨战，急忙说既出兵须要小心。
手提斧跨上马冲到关前，喊一声小番子报你主将。
快快儿出城来与我会战，若迟了大军到命不周全。
小番子听此言急忙禀报，守关将他名叫铁雷银牙。
这员将他身高一丈有余，头笆斗[1]眼铜铃力大无穷。
他用的那兵器名叫踹牌，论轻重也足有一千余斤。
忽听得小番说唐将讨战，忙上马手提牌冲出关门。
到阵前抬起头仔细观看，喝一声我看你无用之将！
俞有德听此言提斧就砍，有银牙拿踹牌往上一挡。
忽听得那踹牌当啷一声，俞有德两柄斧打在空中。
说时迟那时快照头一牌，可怜那俞有德呜呼[2]哀哉！
单天常见此情大哭小喊，手提枪催坐马来到跟前。
那银牙用踹牌往上一挡，天常的那杆枪飞到空中。
单天常落下马一命归阴，那银牙哈哈笑进了关口。
有小卒忙回来禀报元帅，二先锋到关前他去讨战。
他二人死在了白狼关前，有罗通听此言大为吃惊。
到城前忙传令放炮安营，到次日他派将前去讨战。
第一次他派了怀玉出阵，忙嘱咐秦哥哥出马小心。
秦怀玉提着枪上马出营，小番子急忙忙报与主将。
银牙说送死的又到关前，提踹牌忙上马冲到阵前。
两员将对阵前互通姓名，怀玉说我今天取你首级！
枪对牌叮当响马退数步，冲上去又战了七八回合。

秦怀玉哪里是银牙对手，急忙忙虚晃[3]枪立马就走。
进了营对元帅细说分明，北番的这银牙果然厉害！
罗通说待本帅亲自出马，跨上马冲出营来到阵前。
那银牙大喝道来将何名？罗通说我乃是罗成之子。
我的名叫罗通罗艺之孙，一听得说罗艺银牙大惊。
罗艺孙罗成子枪法精通，银牙说在中原算你有名。
到我邦在我手性命难存，有罗通心中怒一枪刺去。
那银牙踹牌挡二人交锋，两个人在阵前好不威风。

却说罗通与银牙两人大战了十七八个回合，不分胜败。罗通心想回马要挑银牙，于是就虚晃一枪回马就走，那银牙大声喊道："罗通，我看你有回马伤人之枪，我是不会追你的！"罗通一听，便回马直杀过来，两人越战越勇，一直战到日落西山才肯收兵回营。连战了三天也不分胜败。到第四日，罗通坐帐，诸将站立两旁。罗通一时疲倦，就伏案进入梦乡。忽见门外进来两个人，前面的一个头戴冲天冠，身穿锦满（蟒）袍，龙眉豹眼，胡须髯髯，左眼一条血痕。后面那人头戴英雄巾，身穿大红袍，秀眉凤眼，满身血迹斑斑。这两人走到罗通面前，满眼流泪，说道："你这不忠不孝的畜牲，大仇不报与国家出什么力？"罗通大惊，忙问："二位将军为何这么说话？"那人说："我是你祖父罗艺，这是你父亲罗成，可怜他死在贼人手里，到现在无人给伸冤。今日前来我要你报雪恨之仇。"罗通听言，大哭道："原来你们是祖父和父亲！爷爷，你把你们的仇人说与孙儿，孙儿定会为你们报仇雪恨！"罗艺说道："孙儿，要知仇人姓名，快去问你的程咬金伯父去。"罗成说："我儿你有忠心报效于国家，这是好事。只是这白狼关难破，为父有件东西送与你也好取胜。"说罢，他把东西放进罗通袖筒内，把罗通扯了一下，说："我儿你快醒来！我们要走了。"罗通叫声："爹爹，你与祖父哪里去？"旁边程铁牛应声道："爹爹在哪里？"手往桌子上一拍，把个罗通吓了一身冷汗，他抬起头来，才知道是一梦。心中暗想：祖父仇人让我去问程伯父，我何不将程伯父请回帐中问个究竟。于是就传令请程咬金进帐。咬金来到军帐，问道："侄儿传我何事？"罗通把梦中之事细

---

[1] 笆斗：原本作"巴豆"。
[2] 呼：原本作"乎"。
[3] 晃：原本作"幻"。

说一遍。咬金说："这么说你祖父和你父亲在阴曹地府阴魂不散，他们前来托梦。我想还是在破了牧羊城后给你再说。"那罗通心生一计，说道："程伯父，方才祖父对我说，若是你不把此事告诉与我，他把你提到阴曹地府算账！"程咬金一听这话，胆战心惊，忙说："叔父、兄弟，你们怎能这样呢？我马上对你孙儿将你们的冤仇事说了，你们别把我提到地府去！"罗通一听，暗自高兴。咬金让铁牛到营房从箱子里取出一包箭头来，程咬金拿着这包箭头，放声大哭，叫声侄儿，说道："这包箭头总共一百零七个，你祖父是中了倒须钩身亡，你父亲是乱箭身亡。"罗通问："我父亲是何人所害？"程咬金说："那仇人就在牧羊城中，随驾的银国公苏定芳。前几年，隋炀帝无道，各路诸侯作乱，苏定芳保的明州，他起兵攻打幽州，那幽州是你祖父镇守。你祖父领兵出城交战，被苏定芳发出的一支名叫倒须钩的箭射中左眼，你祖父回衙拔箭归阴。后来，他们起兵伐唐时，苏定芳设计把你父亲困到淤泥河里，乱箭射身而死。我想，侄儿长大一定会为父亲报仇！这些箭头我就给你全部保存了下来。"罗通一听，说道："苏定芳贼人，父仇不报，我罗通誓不为人！我要把你碎尸万段！"正在这时，有兵士禀报，苏家二位公子押粮已到。罗通传令，将苏家二位公子绑进帅帐。正是：

仇人见仇人，两眼都发红。

我今不杀你，何时报冤仇！

有军士把苏麟苏丰捆进，问元帅你绑咱是啥原因？
押粮草一路上又无差错，责备我弟兄们犯的何法？
有罗通不好说杀父之仇，问得[1]他一时节无言可答。
有军师命你们前关讨战，若战败那时节性命难保。
他二人得军令退出营门，有苏丰把哥哥问了一声。
今日个罗元帅为啥大怒？他不问青和红就杀我们。
有苏麟叫兄弟难道不知，罗元帅他是要为父报仇。
他命咱去讨战胜了还可，若败了咱的命丢在眼前。
说着话兄弟们出关讨战，与银牙对阵事权且不表。
罗通说程伯父还有一事，在梦中我父亲给一东西。
从袖中摸出来一张白纸，见纸上画的是小弓小箭。

程咬金拿在手细细观看，这原是罗八弟用的弓箭。
想当年月儿弓你父常用，揣在怀逢勇将百发百中。
今日个大兵到此关难破，你的父画弓箭叫你成功。
有罗通听此言暗自高兴，快传令三军们造些弓箭。
不多时苏将军打败回营，进宝帐叫元帅饶我性命。
罗元帅大喝道苏贼你听，这座关不能破大败回营。
叫一声刀斧手推出斩首，刀斧手应一声推出营门。
有苏丰忙跪下叫声元帅，胜败者乃也是兵家常事。
罗通说胜者赏败者要罚，叫左右拿下去重打四十。
有军士把苏丰重打四十，直打得那苏丰血水淋淋。
那苏丰含着怒用目观看，刀斧手提人头进营交令。
有苏丰见哥哥首级大哭，急忙忙回到了自己营中。
把行李收拾好等到三更，出了营外边逃别处安身。
到次日军士说苏丰逃走，元帅说他逃走不必追赶。
我昨日斩苏麟冤仇未消，定杀了苏定芳与父报仇。
程咬金教罗通学习箭法，练就的那箭法百发百中。
程咬金心中喜叫声侄儿，到明日破此关事不宜迟。
要感谢你父亲暗中相助，那罗通说伯父言之[2]有理。
到次日怀揣弓上马讨战，有银牙忙出关来到阵前。
两个人直战了二十余合，那罗通虚一枪诈[3]败而走。
这银牙勒住马也不追赶，害怕那罗家的回马一枪。
有罗通败下阵取出小弓，自语道父亲的阴灵保佑。
勒转马照银牙嗖的一箭，这一箭正射中银牙咽喉。
有罗通见银牙死于马下，令众将过吊桥一阵厮杀。
兵进了白狼关安营扎寨，到次日来到了金灵川前。

八宝铜人败罗通，罗仁双锤救兄长。

却说金灵川守将名叫铁雷金牙，他闻听白狼关失守，银牙已死，不由得泪流满面。忽有探子来报，唐营罗通来讨战。金牙提刀上马，冲到阵前。罗通一看，此人生得紫脸黄须，十分可恶。阵前互通名姓，金牙说道："我乃是元帅左车伦麾下加封为百胜将军的铁雷金牙，你杀了我兄弟银牙，这仇我若不报誓不为人！"说罢就举刀砍来，罗通以枪相迎，大战了十个回合，见金牙刀法已乱，便一枪刺向金牙胸膛，金牙应声死于马下。罗通令众将进关厮杀，直杀得番将番兵鸡飞狗上墙，有命的逃亡银灵川报信去了。银灵川守将闻知金牙、银牙如此英雄都死在了罗通手下，料定此关也无法把守，便急忙领小番子逃走了。罗通得了金灵川，又得了银灵川，兵行野马川。野马川守将名叫铁雷八宝，此人身高一丈，头有斗大，眼如铜铃，牙如钢钳，口如血盆，须如钢丝，力能拔山，是番邦的一员上将。他使用的兵器叫独脚铜人，有四尺长，有手有头有一只脚，活像十二三岁的一个小孩子一般。兵器重一千多斤，十分厉害。忽有小番子禀报，大唐救兵已到，连破三关，二将阵亡。八宝一听，两眼落泪，说道："唐兵若到野马川，我这铜人不打蛮子誓不为人！"再说，唐兵来到野马川，放炮安营。次日，罗通坐帐传令，有秦怀玉出马讨战。怀玉得令，提枪上马，冲到关前讨战。小番儿报知八宝，八宝听报，手提独脚铜人，上马冲过吊桥，来到阵前。怀玉抬头一看，不由大吃一惊，自语道：我十八般武艺样样皆通，未曾见到过他手中拿的这种兵器。二人互通名姓，怀玉把枪往八宝面前猛刺过去，八宝把独脚铜人向枪上一架，怀玉叫声"不好"，几乎落下马来，又回马冲了过去，被八宝将铜人劈头盖脸打了下来，好似泰山压顶一般，怀玉一边用枪尽力支撑，一边催马前行，只有招架之功，并没有还手之力，便即刻收兵回营。正是：

怀玉催马前面走，八宝后面紧紧追。

怀玉进营把马下，八宝营门高声骂。

你们唐营没名将，谁敢出来再交战？

八宝营门夸海口，怀玉宝帐说敌情。

罗通听言心中惊，忙把哥哥叫一声。

北方番将算异人，用的兵器我不明。

本帅出马打一战，看他武艺是怎样。

提枪上马出营门，咬金诸将观分明。

来到阵前通姓名，八宝听言笑盈盈。

当年有个平北王，罗艺本是你祖先。

罗通听言喝一声，既知我名受绑刑。

八宝听言怒冲冲，手提铜人打罗通。

罗通拿枪往上挡，战马倒退好几丈。

八宝又打一铜人，罗通虎口鲜血流。

番将果然有本领，心中思想好着急。

不如发出回马枪，叫他性命丧[1]黄泉。

虚晃一枪拍马跑，八宝一见大笑道。

你的诡计我知道，回马一枪真厉害。

别人怕你我不怕，提着铜人催动马。

看你此枪怎伤人，拿起铜人护咽喉。

罗通听言回头看，铜人护在他身前。

一路退来并无空，哪里能使回马枪！

罗通人马落荒走，八宝一见心欢喜。

你若回营我无奈，落荒不怕你上天。

八宝催马紧紧追，咬金一见吃一惊。

败了自然回营来，怎么落荒逃性命。

落荒逃走真担惊，凶多吉少难回营。

罗通跑了四十里，急得汗珠满身流。

催马加鞭走得快，八宝紧追不放松。

罗通战马收一步，八宝就是一铜人。

罗通马上乱遮挡，叫声我命在眼前。

二蹄一蹬[2]又跑开，八宝紧紧又追来，

罗通跑得[3]魂不在。按下二人且[4]莫表，

再把罗仁说一番。三人进了白狼关，

又过金银两个川，罗仁不见哥哥面。

心中着急如火烧，急急忙忙往前行。

忽听前面有叫声，罗春罗德抬头看。

见一番兵赶得慌，追的一员银冠将。

败将好似是罗通，罗仁上前仔细看。

果然就是我哥哥，我得赶紧要去救。

罗仁催马迎面冲，手拿双锤去迎敌。

叫声哥哥你快走，我来收拾这番狗。

罗通马上抬头看，才是自家小兄弟。

叫声兄弟你年轻，来到此地要做啥？

罗仁不听罗通言，追上前去要讨战。

罗通一见着了忙，勒住战马骂家将。

[1] 丧：原本作"散"。
[2] 蹬：原本作"登"。
[3] 得：原本作"的"。
[4] 且：原本作"切"。

罗仁上前大喝道，叫声番贼你当听。

我的哥哥既然败，你的二爷又来到。

八宝见是小孩童，把马勒住笑一声。

我追罗通要他命，你当我路为何情？

叫声小孩快走开，战马蹄上没眼睛。

罗仁听言怒冲冲，手提双锤打马头。

八宝马头成肉泥，马死番将落埃尘。

罗仁一锤又打去，铁雷八宝命归阴。

罗通一见心欢喜，多亏我的小兄弟！

今日不是罗仁到，我命必丧番狗手。

忙问兄弟不在家，来到此地要做啥？

罗仁开言叫哥哥，弟杀番狗也立功。

罗通又惊且又喜，忙与罗仁回营中。

罗仁祸伤飞刀阵，公主喜订三生约。

却说营内诸将等到初更不见元帅回来，大家都十分着急。忽见有军士前来禀报，说是元帅回来了。诸将一齐出帐迎接元帅，只见元帅与二公子一起回来，都又惊又喜。罗通进帐后将兄弟相救之事说了一遍，大家都惊叹不已，都说"真了不起"！罗通说："今夜小番还等候主将回关，必然不会关门，不如我们速速抢关！看诸位意下如何？"众将领非常赞同。罗元帅坐帐传令，众将上马出营，冲进关去，乱砍乱杀，杀得小番将士东来的东倒，西来的西倒，不倒的撒腿就跑，杀了个痛快！罗通传令，改旗换号，查点粮草，当夜无话。次日清晨，号炮起行。行了数日，大兵来到了黄龙岭，放炮安营扎寨，惊动了番兵番将，小番子急忙禀报与公主，说："南朝救兵来到关下。"屠卢公主听了后，说道："该死的来了！"随即就跨上了战马坐骑，提上了两口宝刀，放炮开关，冲到唐兵营前。有兵士禀报罗通，罗仁请战。罗通传令，罗仁听令，手提两柄大锤徒步冲出营寨，来到两军阵前，罗通与众将来到阵前观看。再说那罗仁来到阵前，只见那番婆公主貌若天仙，犹如昭君重生，长得十分漂亮。罗仁大声说道："番婆，我看你长得千娇万媚，这般绝色，我哥哥罗通还未娶妻，待我将你活捉，送与我哥哥做老婆。"公主听了，满面通红，喝道："小小孩童，休得胡言乱语！"说着就举刀向罗仁劈来，罗仁用锤将刀挡过，又举锤向公主打来，公主双刀

用力一架，当啷一声，火星迸裂，雕鞍下陷，差点把公主失落马下。公主暗想：这孩子年纪虽小，力气倒不小，不如发飞刀伤了他。于是，她把两口飞刀抛到空中，念动真言咒语，一道青光腾空而起，吓得罗通胆战心惊，叫声兄弟快快闪开！那罗仁年纪尚小，哪知阵前飞刀暗器的厉害！忽见有飞刀在空中旋下来，心中大喜，说道："这婆娘还真会作戏法！"话音未落，一口飞刀就落了下来，罗仁叫声"不好"，他把头一偏，左臂被飞刀斩落了！紧接着，另一口飞刀将他右臂也斩落了。可怜一位小英雄死于飞刀之下。罗通见飞刀砍死了兄弟，不由放声大哭，说道："我今天不与兄弟报仇誓不为人！"正是：

罗通泪涟涟，公主心喜欢。

走到山凹间，两人订良缘。

有罗通眼流泪冲到阵前，那公主抬起头细看一番。

见一位小将军生得好看，面又白唇又红龙眉凤眼。

看起来好似那潘安转世，又好像当年的宋玉还魂。

我生在番邦里二十年整，从没见这美貌一个英雄。

这公主这时候情窦初开，叫唐将快快儿报来姓名。

有罗通听一言骂声贼人，你飞刀杀死我兄弟罗仁，

今日个不杀你誓不为人！说着[1]话举起枪用力就刺。

屠公主手拿刀架住罗枪，两个人大战了十数余合。

公主想这蛮子枪法精通，我一定想办法和他成婚。

将罗通引诱到无人之地，亲自儿把这话说与他听。

他若是依从了婚姻之事，也不枉我公主活人一世。

那公主暗暗想主意一定，把双刀虚一晃回马而行。

那罗通一心要给弟报仇，也不怕公主的飞刀伤人。

喝一声催动马穷追不舍，有公主进山凹抬头观看。

她[2]把刀飞在了半虚空中，有罗通抬头看啊呀一声。

我的命丧在了番婆手里，公主说我可以不要你命。

我立刻接住刀收回法力，我有话告知你将军知闻。

你要从有命在不从休怪，罗通说你有话快快说明。

我本是罗艺孙名叫罗通，我今年二十岁挂帅北征。

我小弟他死在你的手中，这个仇说什么我也要报。

〔1〕　着：原本作"这"。

〔2〕　她：原本作"他"。

屠公主听此言开言便说，本公主我今年二十有零。
北番的屠丞相他是我父，我想和小将军结成良缘。
但[1]不知小将军应也不应。有罗通骂一声番婆你听，
我与你大仇人怎结良缘！忙把枪往公主咽喉刺来。
那公主架住枪叫声将军，你的命现在我姑娘手中。
你若从我可以献关投降，那时候我令兵兵退牧羊。
我等你领兵到里应外合，我帮你杀我兵救出唐王。
立大功定赎了小叔之罪，若不从我飞刀可不认人！
那时候仇不报救驾不成，况且还绝断了罗门之后，
人还说你是个大罪之人。有罗通听一言心中暗论，
这贼人虽[2]无耻言语有理，要不然把此事我先应从，
杀番兵救龙驾再报此仇。假意说既然你有此美意，
有小将救龙驾不敢不应，与本帅联了姻你投唐朝，
这飞刀你赶快收了回去。公主说小将军应允亲事，
我收回这飞刀有何难处？但恐怕小将军口是心非，
罚一个重誓言[3]我才放心。有罗通听罚咒心中暗想，
我把这番婆子哄她一番。叫公主我若是口是心非，
我死在八十岁老人手里。那公主听誓言心中大喜，
说将军你发誓驷马难追，我把那飞刀儿赶快收回。
那公主和罗通有言在先，公主败罗通追一前一后。
那罗通把公主追出山凹，到关前那罗通大喝一声。
番婆子哪里走下马就擒！只见那小番子封住阵脚。
屠公主对众将哎呀一声，今日个看此关不能把守。
破南蛮破了我两口飞刀，赶快撤瞅机会再夺此关。
装粮草退回那牧羊城中，等到那唐兵到再来攻城。
有番将听一言说声好计，叫军将快快儿退兵出城。
且不说屠公主弃关前行，再把那罗元帅表上一番。
进营来不觉得心中欢喜，叫一声程伯父请你细听。
万岁的那龙驾可以施救，屠公主定良缘两兵合一。
程咬金听此言心中大喜，忙传令三军们进城扎营。
有罗通进了城写书一封，命罗春和罗德急回家中。
去告知我母亲不必悲伤，救龙驾杀公主与弟报仇。

[1] 但：原本作"当"。
[2] 虽：原本作"随"。
[3] 罚誓言：发誓。

众家人看书信转回长安，有罗通领三军牧羊进兵。

苏定芳计害罗通，屠公主拔刀相救。

却说不几日，罗通领兵就到了牧羊城，这话不题。再
说赤壁宝康王丞相屠封与元帅左车伦正在营中喝酒，忽
见小番子前来禀报，说道："公主来了！"康王大惊，对
元帅说："王儿不守黄龙岭，反领兵回来是什么原因？"
左车伦说："臣也有所不知，要不即刻宣公主进来问个明
白。"公主进了御营府禀道："父王在上，臣儿给父王问安。
父王宣儿臣有何事儿？"康王说："我听说唐兵厉害，连
破四关，铁雷两兄弟战死沙场，王儿你镇守黄龙岭，为何
回军？"公主说："父王有所不知，唐兵元帅罗通十分厉
害！他有邪法，破了我的飞刀，黄龙岭无法镇守，所以
儿臣就领兵回营。"康王听了这话，心中纳闷。众将商议
退敌之策，这话不题。且说大唐人马到了牧羊城下，罗
通抬头观看，只见番兵人马如山如潮，把牧羊城把守得
水泄不通。罗元帅即刻传令，安营扎寨，整修（休）人
马。罗通对程咬金说："伯父，如今兵临城下，还是我单
枪匹马杀进番营，打开城门，见了陛下，会同大军一起杀
出城来！"程咬金听言，说道："等你杀进城去，打开城
门，我就率众侄儿杀进番营，真是外破内动，不怕番兵不
退！"说着，罗通就提枪上马，冲进番营，番营兵将情
急之下，急忙放箭乱射。罗通喝道："番儿，如今救兵已
到，还不放下兵器就擒，休要放箭！本帅要踏平你们的营
盘！"说罢，就直冲番营，番兵吓得连箭都来不及射了。
罗通骑马拿枪，一阵厮杀，在番营中杀出一条血路。罗通
杀过了第一座营盘，又冲进第二座营盘，惊动了副将偏
将，拿刀抢斧，在罗通马前马后，乱砍乱劈。罗通拿枪前
遮后盖，左挡右杀，杀得番兵抱头鼠窜，杀死番兵血流成
河。就这样，罗通杀过了一座又一座的兵营，一直杀到第
七座营盘，直达护城河处。忽听一声炮响，窜出一员大将，
这人手提钢刀，向罗通砍来。罗通大喝一声："你是什么
人，敢挡我的路？"番将说："我乃是大将红豹，奉元帅
之命把守南门。你有何本事敢来此地？"罗通听言，大
怒道："好大的口气！看罗家爷爷的枪！"说着就是一枪，
红豹躲过这一枪后，就与罗通大战起来，四十回合后，罗
通一枪刺准（中）红豹的咽喉，红豹应声落马，一命归

阴。罗通气喘吁吁走到城门上，大声叫道："今天是哪位公爷守城？快开城门，救兵已到，主将罗通要见万岁。"不料，这一日正是银国公苏定芳寻（巡）城，他听到城下有人大叫，就爬在城墙垛口上向下一看，见是罗通一马单枪，心中暗想：我昨天夜晚梦见我孩儿苏麟满身是血，他说他是冤上加冤，死得好惨啊。想必是罗家之事，东窗事发，我儿肯定被罗家人摆布死了。我得给我儿报仇！待我问他看看怎样？于是就叫道："贤侄，救兵到了吗？"罗通一见苏定芳，就心中大怒，但今日苏定芳大权在握，只得忍耐说道："伯父，开城门来，小侄进城朝见万岁。"苏定芳说："贤侄，你带了多少人马？几员大将？我家苏麟、苏丰可来了吗？"罗通冷静了一会儿，说道："二位公子在后面押粮草着哩！"苏定芳见罗通说话有点支吾，想到（道）：一定是我孩儿出事了！若放罗通进了城，我命难保！不如我就来个借刀杀人，叫这个畜牲四门杀转，死在番营，岂不是两全齐美的事儿？苏定芳主意一定，就对罗通说："贤侄，你快往东门杀去！"正是：

定芳来巡城[1]，罗通杀四门。

想害罗通死，谁知有救星！

苏定芳生巧计要害罗通，叫了声贤侄儿你且细听。

陛下的金銮殿正对南门，军师说这南门万不能开。

贤侄你杀到那东门前面，待为父我与你开了东门。

有罗通听一言转马前行，到东门忽听得一声炮响。

炮声中冲出来两员大将，罗元帅喝一声番狗报名。

番将说小蛮子要问我名，我乃是护国将王龙王虎。

两员将走上前戟挑刀砍，有罗通忙使枪前遮后挡。

二对一大战了四十余合，杀怒了罗家将气壮山河。

喝一声番邦将拿命前来，刺死了那王龙落马归阴。

那王虎见此情着忙无措，被罗通刺头部命归黄泉。

那罗通虽然胜精疲力竭，急回头到东门叫了一声。

苏伯父快开门小侄进城，定芳说贤侄儿当且细听。

这东门正对的番营元帅，若开了这东门引狼入室。

番元帅左车伦甚是厉害，若杀进万岁爷性命难保。

你不如杀北门放你进城。那罗通听一言心中恼火，

我杀在北门前你再莫难，定芳说我自然放你进城。

那罗通心中恨催马前行，杀到了北门上炮响一声。

在马上抬起头仔细观看，冲出了两员将丑恶难看。

身又长力又大心中大惊，喝一声你两人快报姓名！

那两人听此言报了名姓，专魔犴妖魔乎是我诨名。

小蛮子既来在我的地面，分明是寻死路要送性命。

有罗通听一言冲冲大怒，照定那专魔犴刺了一枪。

专魔犴妖魔乎锤架斧砍，不在前就在后一阵猛杀。

虽然是罗通的枪法精通，一个人怎能敌两员番将？

直杀得罗元帅气喘吁吁，抡起枪避开了番将画戟。

一时节小英雄心中发怒，摇摇枪紧紧身大喝一声。

猛一枪专魔犴咽喉刺死，妖魔乎心一惊把头砸碎。

两员将霎时间呜[2]呼哀哉，有罗通心欢喜来到城前。

叫了声苏伯父快开城门，放小侄进城去拜见唐王。

苏定芳见罗通英雄非凡，连破了这三关无将可挡。

不如我再叫他杀到西门，有元帅左车伦把守西门。

这畜牲他已经人困马乏，他性命必送在车伦手中。

叫贤侄是伯父千差万差，害得你牧羊城团团杀转。

父有心开城门放你进城，我奉了元帅命不开北门。

若开了这北门元帅归罪，你不如杀西门放心进城。

有罗通听一言不觉大怒，你说的这个话理上不通。

今日个有龙驾困在牧羊，救兵到你为何不开城门？

你推三又推四是何道理？快快地[3]开城门放我进去。

定芳说你既是救兵来到，这北门进不成就进西门。

罗通说我今日连战三门，人又困马又乏再怎前行？

你叫我走西门不大要紧，分明是你要送我的性命。

定芳说我怎能送你性命，北邦的哪个是你的对手？

却说罗通无奈，只得催马杀在西门。此时天色已晚，忽听一声炮响，冲出一员大将，后跟十员番将，好不勇猛！罗通喝道："来将留下姓名！"番将笑道："我乃康王驾下大元帅左车伦。你可知道我的厉害？竟敢来打西门？"罗通听言大怒，说道："刺死你番狗才消我气！你怎把我主子困在城里？今日救兵到，你还不退去，挡住本

[2] 呜：原本作"乌。"

[3] 地：原本作"的"。

[1] 巡城：原本都作"寻城"。

0107

说唱·甘肃卷·宝卷分卷（二）
精忠报国故事宝卷

帅的去路，分明是你活得不耐烦了！"车伦说："你不要夸口，看斧！"说着，就把斧子砍来。罗通用枪一架，马倒退了数十步。你不晓得罗通坐力与车伦差不多。但罗通连战三门，元气大伤，他只有招架之功，并无还手之力。车伦见罗通气喘不绝，心想要活捉罗通回营，便吩咐小番围定罗通不准放走。小番一声答应，把兵器在罗通前后左右杀来。罗通大喝一声，催马抢枪，上护其身，下护其马。这场大战就如翻江倒海，日月无光，尘土飞扬，血流成河，尸体如山。那罗通心里着急，又见四面刀枪遮目，并未有逃生之路，大叫一声："我命休矣！谁来救我！"城上苏定芳看见，好不高兴。且不表罗通大战被困，再说那番营内，屠封丞相和屠卢公主正在议事，忽听外面战鼓连天，杀声震地，忙问道："营外为何这样？"小番说道："外面有一蛮子名叫罗通，连杀了三门。如今来在西门被元帅围住。"公主一听大惊，自思道："我把自身许与他身，又叫他杀来共救唐王。如今他西门厮杀，一定人困马乏，若有差错岂不怨恨于我？"想到这里，她忙说："父王，罗通很厉害，连我的飞刀也被他所破，料他元帅难以捉他，待儿臣前去给元帅助战！"康王大喜。公主提刀上马来到西门，忽听见阵内大叫"我命休矣，谁来救我？"公主暗想："这分明是叫我救他，再等何人来救。"就大叫道："众将闪开！我来助战，活捉罗通！"番将听见后一个个闪开，公主进阵去了。正是：

> 破了番将康王逃，杀了定芳报父仇。
> 公主进阵且[1]莫表，再把太宗说一番。
> 文武站立在两边，开言叫声许先生。
> 你的阴阳算不灵，你说今日救兵到。
> 为何不见一兵卒？必定是你算错了！
> 茂公听言忙奏道，臣的阴阳没算错。
> 今日早晨救兵到，紧闭城门不让进。
> 围住厮杀在西门，太宗听言吃一惊。
> 忽听门外炮声响，炮声不断震耳聋。
> 人喊马叫尘土扬，太宗听言心大怒。
> 忙叫一声秦元帅，哪位官员去巡城？

[1] 且：原本作"切"。

怎不此事奏与朕！叔宝上前忙奏道。
银国将军去寻城，定芳不知为何故，
没把军情报万岁。敬德听言怒冲冲，
叫声我主你且听，苏贼起了不良心。
分明欺君暗篡位，待臣去把他捆绑，
立刻上马到西门。茂公叫声秦元帅，
快快点兵要布阵。各门冲出到番营，
里应外合杀番敌。叔宝忙点马三保，
志贤领兵杀东门。殷开山来刘洪基，
二将杀出南门来。元帅会同尉宝林，
合兵杀出北门去。众位将领忙领兵，
合兵杀出西城门。军士急忙点灯球，
城里城外如白昼，城内杀出且莫表，
再把罗通表一番。车伦心中没提防。
公主进阵一声喝，罗通一见吃一惊。
公主提刀砍车伦，车伦一见把头偏。
左臂早被公主砍，大叫一声落下马。
罗通上前取首级，番兵一见杀元帅。
叫声公主你反了，反了反了真反了。
公主吓得往前跑，罗通一见胆大了。

却说城内敬德大怒，要捉拿苏定芳，苏定芳此时在城上看见敬德，吓了一跳。心中觉事不好，急忙叫家将快快下城去开城门，准备逃走。家将把城门打开，放下吊桥，苏定芳手提大刀冲出城门，敬德大怒，随后赶出城去。苏定芳冲过吊桥，正巧遇到了罗通。罗通一见苏定芳很是恼怒，大喊一声："苏贼，你往哪里逃！"苏定芳一见罗通，吓得魂不附体，只管逃命。这时，屠公主正巧冲来，她一听罗通说"捉拿反贼苏定芳"，就径直扑上前将苏定芳背领一把抓住，接着就把苏定芳轻轻提起扔向罗通。罗通双手抓住苏贼，回头看见了敬德。罗通叫道："伯父，小侄已抓住了苏贼。"敬德将苏贼五花大绑，押上金銮殿，太宗一见大怒，传旨将反贼苏定芳绑在龙柱上。再说秦元帅令诸将杀过吊桥，会同罗通一起冲进番营，大杀大砍。公主也在番营中，一听谁喊"公主反了"，就杀谁，直杀到康王御营前，假意说道："父王，大事不好了！南蛮子厉害，杀进营来了！儿臣保驾父王快快逃命吧！"康王听了大惊，急忙上马，出营一看，外面一片光亮，喊杀声声不断，兵营一片大乱。公主保驾康王外逃，看见罗通在后面厮杀，便把手一招，罗通十分会意，便向公主方向杀来。秦叔宝领兵随罗通，越杀越勇，杀得番兵死尸横卧，血流成河。公主在前引路，罗通在后厮杀。忽听号炮连天，东南北门众将一齐杀出。号炮一响，惊动了城外的程咬金，咬金叫声："众位侄儿，冲出兵营，里应外合，两面夹击。"正是：

> 今日罗通进了城，冤报冤来仇报仇。

杀得[1]番兵无其数，遍地尸体血成河。

直杀得那番兵无处逃命，那鲜血好似那小河水流。
那人头就像[2]是西瓜滚地，那尸体在地上堆积如山。
杀败了那番兵鸣金收兵，传箭令众军士归到一处。
秦元帅收了兵回到城中，吓得那宝康王魂飞魄散。
伏在马只顾跑不分东西，忽听得唐兵退心才放宽。
勒住马惊叹道吓死为王！忙吩咐小番儿扎下营盘。
有公主进御营康王大喜，若不是我王儿我命休矣。
屠公主听一言心中暗想，我父王还不知我的心变。
我和那罗将军杀你大败，你还说我保了你的性命。
走上前叫父王臣儿收兵，走出门忙令兵鼓打三声。
击打了三声鼓番将回营，有公主点一点残兵败将。
牧羊城布番兵二十万整，到今天剩残兵整整一万。
元帅死元气伤山口难保，无其奈倒不如献了地盘。
公主说请狼主细听心里，我们兵照退在贺兰山里。
唐天子若再追就得投降，康王说就依你暂退贺兰。
且不说那康王兵退贺兰，再把那唐朝将略表一番。
众国公众将主领兵进城，秦元帅同大臣一齐上殿。
小英雄跪陛下口称万岁，太宗说被番王兵困牧羊。
多亏了众卿侄杀退番兵，杀番兵救了朕功劳不小。
忙吩咐众卿侄快快平身，众小将听一言谢恩起身。
有罗通泪如雨不肯告退，唐太宗见此情要问因原。
太宗问冤枉事你就奏来，罗通说万岁爷你且细听。
臣当初没三岁父亲丧命，那时候我还小不知其情。

[1] 得：原本作"的"。
[2] 像：原本作"象"。

前日里臣领兵前来救驾，坐帐中心发闷偶做一梦。
在梦中我父亲祖父来到，他骂我小畜牲洗[3]耳当听。
你祖父与王驾出力不少，死在了贼人手冤魂不散。
今日个你不与为父报仇，为什么你还替皇家卖力？
有臣儿忙问道仇人是谁？祖父说苏定芳乱臣贼子。
那朝廷不与我忠臣报仇，反倒把那贼子封了官职。
今日个与皇家怎又出力，若身亡我三代谁报冤仇？
有小侄惊醒来才是一梦，我才知苏定芳是个仇人。
昨日里踏番营匹马单枪，苏定芳不开门要害我身。
叫臣儿四城门团团杀转，不是我枪法精早送其命。
臣若死万岁爷困在番城，那时节谁来救主子性命！
唐太宗听一言心中大怒，骂一声苏定芳乱臣贼子。
我皇家也未曾亏待与你，却怎么下毒手要害为朕。
叫一声御侄儿由你处治，杀苏贼与你父报仇雪恨。
有罗通急忙忙谢主龙恩，到龙柱解下那定芳苏贼。
苏定芳自语道罢了罢了，与罗家这冤仇今日到头。
唐太宗在寺庙备下盛宴，当殿上祭祀了罗艺罗成。
有罗通在寺里拜了四拜，抽宝剑叫了声祖父父亲。
今日个你孩儿与你报仇，挖贼心斩贼头鲜血流淌。
把贼的那心肝掏出胸膛，放在了祖父的灵桌之上。
太宗说罗王兄君不拜臣，秦王兄你代我拜上一拜。
秦叔宝走过来拜了一拜，众贤臣一个个过来也拜。
罗通说父辈们冤仇已报，你们的冤魂散超度极乐。

> 贺兰山咬金说亲，洞房中公主尽节。

却说众忠臣饮罢御酒，太宗问道："程王兄，你那日独马冲进番营，是如何出了番营的？"咬金说道："臣奉旨单马讨救，进了番营没管死活就拼命砍杀，谁想到我这把斧子比以前使起来更加自如，好似有神仙在暗中相助。那左车伦根本不是我的对手！我在番营里杀出了一条血路，才讨来了救兵。陛下现在就可封我为并肩王了。"许茂公说："我看咬金有欺君之罪。"程咬金说："我有什么欺君之罪？"茂公说："你若真的杀出番营在长安讨救，就算你大功。你夸什么海口！左车伦斧法不好，你把左车伦架下马来，我敢说是左车伦把你架下了马！"程咬金说：

[3] 洗：原本作"细"。

"许二哥，你赖我的并肩王也就罢了，怎能说是左车伦把我架下马来？"茂公说："我且问你，谢映登你可见到？不是映登救你，你还有活命？如今在陛下面前自吹自擂，不是欺君这算什么？刀斧手，与我把这个欺君慌（谎）奏的狗头绑出午门以正国法！"咬金听言大惊，急忙奏道："陛下恕罪！为臣真欺君了。"太宗喝退刀斧手，程咬金急忙就把谢映登相救之事说了一遍。茂公说："咬金其罪非小，念你一趟辛苦讨救兵前来救驾有功，今日将功折罪，再不加封。"咬金说："我再也不要这个一字并肩王了！"众臣大笑，各自回府，这话不题。再说那程咬金对罗通说道："侄儿，我今日奏明陛下，与你到贺兰山提亲说媒。"罗通大惊，说道："那贼番婆把我兄弟都杀死了，此仇没报，怎么又去说亲？"咬金说："既然如此，你不该在阵前许愿发誓！"罗通说："那是我要救主人欺骗她的话，伯父为何要当真？"咬金说道："侄儿，人生在世，忠孝信义，屠卢公主救驾，人家也有一番大功。"一言未罢，咬金入朝见驾，奏道："陛下在上，臣程咬金有本要奏。赤壁〔龙〕宝康王有位公主，武艺高强，才貌双全，前日黄龙岭与罗通侄儿订下姻缘，收去飞刀，兵退牧羊。罗贤侄杀转西门被左车伦围困，幸亏公主相救才得活命。之后，她又引导我大唐人马直冲番营，杀得番兵大败。她一心为我主效力，臣奏陛下差臣前往贺兰山为罗通做媒求婚，不知陛下意下如何？"太宗闻奏，龙心大悦，就命程咬金前去做媒。罗通慌忙跪下奏道："启奏陛下，那公主是我的仇人，我兄弟罗仁才九岁，被她打死。臣今日要为死去的兄弟报仇，怎么能与仇人结亲？"太宗说："既为你兄弟报仇，就不该阵上订亲。"罗通说："臣也怕她飞刀要了性命，所以才假订良缘，要她收回飞刀，救陛下要紧！此举只不过哄她而已，不是真心要和她联姻。"太宗说："她把自身许你，暗保我邦，大获全胜，也有一番大功。若不去提亲，岂不是坏了我大唐的名声！就是公主杀你的兄弟，她也是为国家出力，各保其主。后来左车伦围困，多亏了她救你命，不然你哪有今天？这也算公主已戴罪立功，将功折罪。我说你兄弟的这仇也就不必去报了。如今，朕意已决，有（由）程王兄前去提亲说媒。"罗通不敢再奏，立在一旁，闷闷不乐。咬金领旨下朝去了。正是：

天子传下旨，咬金去提亲。

罗通心不悦，公主命不久。

程咬金走出了金銮[1]宝殿，忙带领众家将上马前行。
来到了贺兰山抬头观看，叫番兵快报你狼主知闻。
唐朝的鲁国公咬金来见，小番子抬起头观看一番。
见来人骑着马没带兵器，急忙忙进营去报知狼主。
有唐朝鲁国公咬金来见，那康王听一言大吃一惊。
问小番他带了多少人马，小番说五个人并没兵器。
有康王听一言才得放心，派大臣下山来且见咬金。
那大臣走下山问声千岁，我君臣未远迎多多有罪。
程咬金下马说岂敢岂敢，你亲自来迎接何以敢当。
程咬金进御营急忙跪拜，那康王忙上前亲手扶起。
叫王兄你且坐龙头椅上，咬金说臣今日君命在身。
康王说程王兄到我营中，什么事且坐下细说分明。
程咬金听一言急忙谢恩，谢罢恩同大臣方才坐定。
当驾官来献茶各饮一盅，宝康王把程兄叫了一声。
我听了左车伦元帅之言，犯天罪见王兄惭愧难当。
咬金说狼主的番兵善战，把我主困牧羊无其何奈。
我的主他叫我长安搬兵，小将军杀你人多有得罪。
康王说程王兄此话怎讲，两家兵对了阵总有输赢。
战场上输与赢兵家常事，今日里你贵驾前来为何？
咬金说我今日不为别事，为的是婚姻事奉旨前来。
我朝中有一个少帅罗通，有文才有武略十八方刚。
问狼主你有个站殿姑娘，武艺高与罗通订下良缘。
我今日把此话当面提出，不知你狼主心意下如何？
宝康王听一言心中大喜，忙说道有此话不敢不从。
待几日若选了黄道吉日，差大臣送公主牧羊城中。
程咬金见狼主婚事应从，急忙忙拿出了聘金礼帖。
说定了婚姻事急忙上马，不多时回到了牧羊城中。
上金殿见太宗急忙奏道，臣奉旨说亲事番王应承。
唐太宗坐金殿细听分明，一听说婚事成龙颜大悦。
到明天程王兄去行聘礼，择吉日就要与御侄完婚。
程咬金听一言退出宝殿，成亲日择到了八月中秋。
说时迟那时快良辰已到，摆酒席设香案洞房花烛。

[1] 銮：原本作"鸾"。

却说不觉得时间已经到了八月十五，天子传旨，两班文武官员为罗通亲事做准备，这话不题。再说康王与大臣把公主送到了牧羊城，他来到北门关，秦元帅出城门迎接。他与秦叔宝来到金殿，拜见了唐王天子，唐王传旨设宴，罗通与公主拜天地，入洞房，这话不题。再说当夜，罗通心中记着兄弟罗仁被公主杀死之仇，心想此仇不报岂能忍耐！不由得怒气冲胸。正是：

　　　　罗通怒气冲，骂声屠卢女。

　　　　杀死我兄弟，怎能成夫妻！

罗通见伯父们宴毕回府，忽然间记起了兄弟罗仁。
不觉得一时间怒火攻心，骂一声贱贱人细听分明。
我今天与兄弟报仇雪恨，天底下没有那仇人成亲。
屠公主听一言心中大惊，叫罗通你不必与弟报仇。
你已经在阵上发了海誓，救你命义与你杀退番兵。
罗通说你打消那个念头，我随口说几句你就当真。
念有恩我今日饶你性命，快快儿随你父回你宫中。
一不孝二不忠又是番婆，不杀你也就罢怎结夫妻！
公主说怎能说不忠不孝，你说明我死了心甘情愿。
罗通说你在阵不顾番兵，杀你兵欺你父就为不孝。
领我邦踏番营里通外国，杀元帅左车伦就为不忠。
有公主听此言两眼流泪，叫一声罗公子你听我言。
你发誓结良缘背信弃义，帮了你我好心反成恶意。
我早知你今日忘恩负义，真后悔在当初没送你命！
今日个分明是出言不逊，我死后阴司里绝不留情。
说话间抽出了随身宝剑，在颈部只一剑命归黄泉。
可惜那美貌的多情女将，死后到征西时夫妻相见。

　　受圣恩康王复位，平北番太宗回朝。
　　罗通一见公主死，逃出洞房溜出去。
　　次日侍女进房门，只见鲜血满地红。
　　观见公主头已断，吓得侍女脸色黄。
　　急忙报与屠丞相，公主被那罗通杀。
　　屠封听说公主死，大放悲声往前行。
　　叔宝咬金听一言，吓得敬德口无言。
　　二人入朝忙奏本，太宗听言吃一惊。
　　反了反了真反了，快把畜牲绑进朝。
　　不知屠封在哪里，王兄快与我请来。

　　叔宝领旨下金殿，丞相接旨快入朝，
　　口呼万岁万万岁。公主得罪罗将军，
　　就该万死罪不轻。太宗听言叫一声，
　　没有啥罪加你身，罗通畜牲太不仁。
　　伤了公主太无礼，我将原地归还你。
　　君臣为此莫发怒，任你治理任你管。
　　给你一万人和马，在此保你没当罪。
　　屠封听言心欢喜，急忙谢恩上山去。

却说屠封带领番兵急忙上山，这话不题。再说四个军汉把罗通押送到金殿，太宗怒道："这个畜牲，何等如此无礼！你怎能逼死公主？你让朕怎么面对康王？"急忙叫程咬金和秦叔宝将罗通押入大牢，等候国法惩处。程咬金一听这话，急忙跪在金殿，奏道："万岁，依臣看来，罗通这畜牲虽然罪不可赦，但念他牧羊城救驾有功，且罗氏三代忠心保国，如若杀了罗通，断了罗门后代香烟，怕世人有笑，还请陛下开恩！"太宗听言，说道："既然如此，就免他死罪，从今后不允许他上殿来见我，削去他的官职。"咬金谢恩，出了午门，放了罗通。正是：

　　圣驾金殿万心欢，离城祥瑞众朝观。
　　扫平北番保平安，多亏罗通英雄汉。
　　太宗真龙是明君，茂公军师天才传。
　　叔宝敬德老英雄，猛虎上将是罗通。
　　屠卢公主是贤女，征西路上再相逢。
　　女的要学屠公主，男的莫学苏定芳。
　　天上云多日不明，世上人多心不公[1]。
　　听完此卷仔细想，做官就要像个样。
　　为民作主要周全，千秋万代人称赞。

选自：　宋进林、唐国增主编：《甘州宝卷》，中国书画出版社，2008年，第54—88页。

抄写者：　张文杰

抄写时间：　缺

收藏者：　张兆贵

[1]　公：原本作"忠"。

3

薛仁贵征东宝卷

忠义宝卷才展开，善男信女听心怀。

人之初来性本善，后来长成分善恶。

坏人常把好人欺，善恶到头终有报。

或争来迟和来早，远在儿孙近在身。

却说此一段故事发生在大唐太宗年间。自从扫北归来，风调雨顺，国泰民安，河清海宴（晏），百姓沾恩。一日太宗偶做一梦，骑马独自出营游玩，前后没有保驾兵丁，忽然从后面来了一员红盔铁甲的番将，手执钢刀，要逼他献出大唐江山，如若不然，有命难存。正在这上天无路、人地无门之时，冲出一位身穿白袍的少年将军，手执方天画戟，杀死番将，救出太宗。太宗问道："不知来将何人？随朕回营，加封厚禄。"那人答道："臣因家中有事，不敢就来随驾。有四句诗在此，便知小臣名姓。'家住逍遥一点红，飘飘四下影无踪。三岁孩儿千两价，保主跨海去征东。'"说完，连人带马隐去不见。太宗醒来，将梦中情由对徐茂公说了一遍，茂公说道："万岁此梦日后必然应验，救驾之人乃是应梦贤臣，必能保定大唐江山。此人家住山西，名叫薛仁贵，只是时机未到，陛下还不得

相见。"

再说又过三年，东辽反叛，建庄王差使臣来下战书，要抢大唐锦绣江山。太宗一看，龙颜大怒，与文武百官商议，传旨御驾亲征。因大元帅秦琼有病在身，封尉迟恭为元帅，徐茂公为军师，其余各家国公为总兵，随军出征。命魏征在朝，辅佐太子执掌朝纲，又封张士贵为前部先锋，前去山西招兵十万，若有薛仁贵其人投军，一并保主征东。不觉到了春暖花开时节，太宗钦定黄道吉日，点起五十万雄兵，一路上盔滚滚，甲层层，旌旗招展，刀枪剑戟，似海如潮，直往登州而来。正是：

一日动干戈，十年不太平。

唐太宗择吉日祭旗出征，众文武到校场前来送别。

一个个叫万岁龙体保重，征东回君民们安享太平。

唐太宗饮酒罢反复叮咛，众爱卿一定要保国尽忠。

头队里处处是旌旗招展，二队里鬼头刀寒光闪闪。

三队里明晃晃金瓜钺斧，四队里高举着朝天玉灯。

五队里马步兵杀气腾腾，六队里走过来总兵国公。

七队里走过来尉迟元帅，八队里走过来军师徐公。

九队里走过来护驾兵丁，十队里唐太宗出了京城。

胯下骑逍遥马快走如风，前又拥后又呼[1]八面威风。

军号响锣鼓鸣惊天动地，人如潮离长安车马萧萧。

行走了一个月到那登州，扎御营等先锋领兵前来。

且按下唐太宗暂且莫表，再表那张士贵招兵之人。

张先锋到山西安下辕门，扯军旗要招够十万大兵。

龙门县有一人姓薛名礼，他就是应梦臣双名仁贵。

身量大武艺高韬略出众，听闻得招兵将也来投军。

张士贵见他来便问姓名，薛仁贵把名姓细说分明。

谁知道张士贵起了坏心，有仁贵我士贵怎能扬名？

薛仁贵去三次推托不要，找茬儿军棍打赶出营门。

路上遇鲁国公程老千岁，赐令箭再投军方才收录。

却叫他隐仁贵只称薛礼，要是让万岁知性命难全。

薛仁贵听此话信以为真，前锋营月字号当伙头军。

却说张士贵道："只因天子做了一梦，说薛仁贵有不臣之心，特差下官前来明察暗访，拿到京城处决，以绝后

[1] 呼：原本作"护"。

患。我有好生之德，故三次不准你投军。不料这次你偏偏遇着程老干岁，只得收下。"仁贵听言，信以为真，说："只求大老爷救命，感恩不浅。"张士贵说道："若要保全性命，从今以后你要隐瞒仁贵二字，只称薛礼。前锋营月字号缺一伙头军，倘若立些功劳，我在驾前保举，将功赎罪，也未可知。"仁贵听罢，心中直叫命苦，急忙谢过张士贵。有他的几个好朋友也一同辞了旗牌官，跟随仁贵去当伙头军。那一日，张士贵聚齐十万大兵，奉旨向登州而来，一路上千方百计谋害薛仁贵。途中碰见一个地穴，便命仁贵进去探查。仁贵进入地穴，有九天玄女娘娘赐给他震天弓、穿云箭、白虎鞭、水火袍、无字天书五件宝物。张士贵口中不言，心内自思：此人好生厉害，要是让他见到天子，不日即有出头之时，那时我张士贵必受其害。

再说张士贵来到登州交旨，天子问道："可有名叫薛仁贵者投军？"张士贵回答："未闻此人。"军师徐茂公对太宗说："先锋十万军中定有此人，只是时运未到，我主不能得遇。"太宗听言，再三要见，茂公说："可命张士贵在海滩上摆一座龙门阵，若能摆出此阵，必有贤臣。倘摆不出阵来，便是没有此人，不得东征。"太宗传旨张士贵去摆龙门阵，那张士贵无可奈何，只得让薛仁贵来摆。仁贵不敢违令，拜过无字天书，摆好龙门阵。太宗一看大喜，这才放下心来，择日跨海征东。不料一时波涛汹涌，风大浪急，无法渡过。仁贵又向士贵献了瞒天过海之计，太宗方才带领大军渡海。这张士贵在天子面前都申报是女婿何宗宪之功。

那日过海以后，太宗将御营扎在狮子口，张士贵奉旨带领四子一婿去攻打黑风关。只见两边高山为界，中间只有一条水路，兵马甚众，乃东辽第一座关隘。张士贵命薛仁贵前去挑战，仁贵与四兄弟来到关前，高声大叫："守关小番，快去报与你家主将得知：若要性命周全，早早开门纳降。如果执迷不悟，敢说半个不字，惹得薛礼烦恼，杀上关去，定然鸡犬不留，那时悔之晚矣。"番兵听言，急忙报信去了。

仁贵来到黑风关，守关番兵把信传。

叫声将军事不好，关前唐将出大言。

要你早早开门迎，不然性命难保全。

此关守将戴笠逢，武艺高强识水性。

听言忙把将令传，中原地大有人才。

紧守关门不许动，等我水里退敌兵。

吩咐已毕下海去，仁贵船上看分明。

低头心中生一计，弯弓搭箭下无情。

不偏不倚中咽喉，敌将翻身命归阴。

番兵投降献关城，士贵进关先安民。

却说仁贵得了黑风关，张士贵心中大喜，吩咐人马暂住一夜。次日天明，又命仁贵去攻打东海岸。仁贵得令，与众兄弟带兵前行四十里，来到关下讨战。正是：

黑风关上杀敌将，东海岸前显威风。

薛仁贵来到那东海岸前，惊动了守关的弟兄三人。

彭铁豹为主将总管三军，彭铁彪彭铁虎同守此城。

他三人听得说忙传将令，拿兵器跨战马领兵出关。

彭铁豹高声叫小将通名，今日里碰见我你命难存。

薛仁贵听此言冷笑一声，不投降我叫你命见阎君。

彭铁豹听言罢冲冲大怒，举钢刀对仁贵就下无情。

他二人战一处刀来戟迎，四臂忙八蹄乱破土扬尘。

才过去两三个回合照面，彭铁豹气呼呼汗湿衣襟。

彭铁彪彭铁虎急忙出阵，手提着丈八矛来助亲兄。

有周青见此情前来助阵，举大刀催坐马上前相迎。

他二人大战了十合有余，有周青杀铁彪一命归阴。

彭铁豹见弟死怒火升腾，催坐马要报仇大战交锋。

薛仁贵举戟迎杀死铁豹，彭铁虎见二兄死于非命。

手一松被仁贵断送性命，众番兵忙投降献了此城。

却说仁贵、周青杀死彭家弟兄三人，众番兵献了关城，请张士贵进城，出榜安民。歇息一日，张士贵传令攻打思乡岭。仁贵领着几位兄弟来到岭下，大呼讨战。再说这思乡岭上有四员守将，首将名叫李庆先，第二个名叫王新溪，第三个名叫王心鹤，第四个名叫薛贤徒。他四人原本是中原人氏，义结金兰，因跨海贸易折了本钱，不能回国，才来到东辽投军。东辽元帅盖苏文见他四人有勇有谋，便命他们把守此山。那日众兄弟正在帅府闲谈，忽听番兵来报："山下大唐伙头军骂战。"四人听言，急忙披挂，上马出阵。

李庆先听此报忙传将令，领兵马下山岭准备交锋。

耳听得行军炮响了三声，他四人大开门尽皆拥出。
薛仁贵他一见急忙出阵，李庆红催坐马随后紧跟。
见敌阵有一将好像他弟，叫了声薛大哥我说你听。
他四人内中有亲弟庆先，你莫忙我上前问个分明。
叫他们来投顺不动刀枪，跟大哥一齐儿前去征东。
说完话出阵前上前便问，叫一声亲兄弟前来认兄。
李庆先听此言滚鞍下马，问哥哥你怎在大唐营中？
既然是你今日带兵来到，小弟我就献关不敢消停。
此处的人太多讲话不便，请哥哥和众位去到府中。
薛仁贵听此言喜之不尽，和庆先并马行上了山岭。

却说众兄弟一同来到思乡山岭，庆先吩咐摆设酒宴。李氏兄弟在席间各诉离别之情，庆红说道："薛大哥本领高强，武艺出众，礼贤下士。"那四人听了，个个欢喜，便想与仁贵结义。仁贵心中也喜，庆先命人摆好香案，当时有薛仁贵、周青、李庆红、李庆先、姜兴本、姜兴霸、王新溪、王心鹤、薛贤徒共九人跪倒在地，祭拜天地，对天发誓："有福同享，有难同当，结为兄弟。"事毕，差人去请张士贵上山安民，薛仁贵仍领众弟兄回前锋营月字号当伙头军去了。

再说唐太宗来到思乡岭，有张士贵迎接龙驾，奏道："吾主在上，臣婿何宗宪自跨东海以来，前日射死戴笠逢，昨日东海岸斩杀彭家三兄弟，今日思乡岭收了李庆先等四将，为国家得立微功，为臣不敢隐瞒，前来报功。"天子大喜，尉迟恭虽然心中不悦，但不敢违旨，只得上了功劳簿。正是：

应梦臣隐埋名姓，何宗宪假冒功劳。

尉迟恭记功劳疑心不定，暗思想何宗宪这个狗贼。
扫北时不出阵寸功未立，却怎么征东来这般勇猛？
看他那狗模样胆小如鼠，莫非是假冒功埋没英雄？
这件事我一定留心查问，万不可装糊涂记功不清。
且按下尉迟恭暂且不表，再说那张士贵欢喜回营。
来到了大营中宗宪接迎，假记功这番话细说分明。
他四子一个个也都高兴，何宗宪在一旁喜上眉梢。
皆说是老爹爹妙算如神，到后来必定是富贵不轻。
差人拿酒和肉去到前营，要犒赏薛仁贵兄弟几人。
这九人见士贵来看他们，一个个齐谢过先锋大人。

张士贵赏赐毕转回大营，这九人拿酒来开怀畅饮。
饮酒时薛仁贵想起战事，叫了声众兄弟我说你听。
酒宴罢今夜睡明日进军，但不知前面是什么关城。
守城的那主将姓啥名谁？他武艺又如何怎样用兵？
王心鹤听言后叫声大哥，前面是大天山天下闻名。
守山的三兄弟一母所生，为首者辽三高辽虎辽龙。
他三人智谋广善能用兵，论枪法皆都是力敌万人。
仁贵说既然有这样能人，取此关要小心同心协力。
不觉得三更尽东方发亮，张士贵在营中传下将令。
众兵丁出营寨不得消停，来到那天山下扎起大营。

却说张士贵传令起兵，不到半日就来到天山脚下。安营已毕，便命薛仁贵前去交战。薛仁贵同众兄弟来到山前，抬头一望，不觉骇然，但见这山高有数千余丈，山上刀枪密布，三座峰顶都有滚木。仁贵大叫："快报你家主将得知，就说大唐伙头军薛礼爷爷在此讨战。"连喊几声，并无一丝动静。仁贵说："想是山高没有人听见，不如待我上去看看。"王心鹤说："大哥使不得，若到半山，被他打下滚木乱石，岂不白白送了性命？"仁贵说："不妨。"把马一拍，走上山来。刚到山腰，只听上边一声喊叫："打滚木。"吓得仁贵魂飞魄散，回马便走。那滚木朝马屁股后打将下来，合该是仁贵命大，因此打他不着。仁贵来到山下，心中大怒，向上大叫道："番兵，休得乱打滚木，叫守山主将出来会我。若是装聋作哑，爷爷俺有神仙之法，飞上山去定杀个鸡犬不留。"番兵听言，信以为真，急忙上山向辽家兄弟报信去了。正是：

福祸有天定，半点不由人。

众番兵听得说信以为真，急忙忙报与了主将知闻。
叫一声不好了山下讨战，大唐的薛蛮子他会驾云。
骂主将快快地出去交战，若迟缓上山来杀个干净。
三弟兄听此言吃了一惊，世上人能驾云却也少见。
要交战我兄弟不能取胜，不出去他上来有命难存。
听闻他伙头军骁勇无比，必是有神仙术与众不同。
三高说既如此走下半山，看一看伙头军如何厉害？
若能够战胜他下山去会，若不能上山来再做调整。
辽虎说兄长话言之有理，我兄弟到半山见机而行。
他兄弟商量定上马出阵，叫一声众兵将听我吩咐。

我们到半山中看看动静，你们在山顶上多加小心。
若要是得胜了莫打滚木，不能胜我叫你滚木伤人。
不让打就不要胡乱动手，若要打便打下不要消停。
安排毕他三人出阵前行，三高前辽虎后辽龙居中。
薛仁贵抬头看三人来到，前面的他生得面似凶神。
锅铁脸铜铃眼长须几根，中间的他生得面如朱砂。
口似盆竹根胡两道青眉，后边的那一个生得清秀。
鼻又直口又方凤眼圆睁，问一声山底下何人叫嚷。
你可是那薛礼伙头之军？过海来攻关城大胆胡行。
一路上任凭你横冲直行，今来到天山下有来无回。
仁贵说你既然知我大名，为什么不投降阻拦天兵？
倘若是识时务赶快归服，免得你弟兄仨 [1] 命见阎君。
你若是敢说出半个不字，我让你当时下一命归阴。
有辽龙听言后怒气冲冲，那辽虎咬钢牙两眼冒火。
辽三高直气得脸色发青，叫一声姓薛的休要夸能。
你若是娘生养上山交锋，不敢来你就是枉担虚名。
薛仁贵听罢言心中疑惑，他三人在半山大可放心。
打滚木大家都一起丧命，难道说只打我不伤他们？
应一声我就来勒紧马缰，转瞬间就来到半山之中。
叫番儿请爷爷有何话说，辽龙说你若会驾雾腾云，
凭本事使手段看个分明。仁贵说会驾云不假是真，
我还有那许多法宝神通。说话间取出了响箭一枝，
这就是神仙传举世无双，射到那半空中嗡嗡作响。
他三人听得说都不相信，叫薛礼使出来只说无用。
仁贵说你不信当面一试，难道说我仁贵哄你不成？
三高叫薛礼你别讲假话，万不可放冷箭暗中伤人。
我若是放冷箭伤你性命，天下人耻笑我不是英雄。
辽龙说薛将军说得不错，快放箭让我们仔细看来。
却说薛仁贵左手拿弓，右手抽出两枝箭来，一枝是响箭，一枝是鸭舌小箭，先将那响箭搭在弦上，"嗖"的一声射向半空。这辽家兄第（弟）不曾见过响箭，真以为是一枝神箭，仰着头只往上看，把身体全顾不得了。仁贵看得真切，随后将鸭舌小箭向辽三高射去，当下射中咽喉，坠马而死。辽虎一见大叫："不好了。"回马就走，仁贵手

[1] 仨：原本作"三"。

快，又是一箭射去，正中马屁股上。那马受疼，四蹄乱跳，辽虎翻身落马，被仁贵赶上一戟刺死。吓得辽龙魂飞天外，口中乱叫："打滚木。"山上的番兵一听，不管三七二十一，便将滚木打将下来。仁贵听得滚木下来，纵马下山去了。反倒把辽家兄弟打个头颅粉碎，命丧九泉。等上面打完滚木，仁贵转头叫声："众位弟兄，随我去抢天山。"一马当先冲上山来，周青等人一拥而上，如狼似虎，刀砍枪挑，把那些番兵番将直杀得尸骨堆山，血流成河。仁贵三箭平定天山，报与先锋张士贵知晓。士贵父子把兵马屯扎在山下，将功劳报到思乡岭去了。正是：

三枝神箭天山定，仁贵威名四海传。
张士贵在山下安营扎寨，思乡岭万岁前去报功劳。
唐太宗听言后喜之不尽，叫元帅给宗宪记上大功。
又吩咐众三军拔寨而行，不一时到山脚扎下御营。
张士贵接驾毕传下将令，前部的众人马起兵前行。
伙头军薛仁贵离了天山，张先锋在后面紧紧跟随。
正行走抬起头用目细看，猛然间一座城挡住路径。
问这城它叫个什么地名？王新溪忙回答凤凰之城。
这座城在东辽天下闻名，仁贵说既如此大家齐心，
取此城显一显兄弟威风。张士贵在城外扎好大营，
又叫那伙头军讨战攻城，薛仁贵出营门来到城下。
却说凤凰城守将姓盖名贤谋，本事高强，智谋过人。听得大唐人马来到城下，急忙上马，手提浑铁钢鞭，领着番将上城观望。只见唐营旌旗飘扬，刀枪林立，阵前有一身穿白袍的将军正在骂战。贤谋在城上高声叫："城下讨战的可是伙头军薛蛮子吗？"仁贵大喝道："既然知我薛礼大名，还不早早下马献城投降，更待何时？如若不然，杀进城去，片甲不留。你是何人，快通姓名，我戟下不杀无名之鬼。"盖贤谋说道："你把马鞍抱紧，莫要惊下马来。我乃东辽主驾前红袍大帅盖麾下加封的凤凰城兵马大总管盖贤谋是也。久闻你箭法高强，武艺出众。今日两军阵前我有句话说出口来，你若依从做到，便是英雄，我情愿将此城献于（与）你们。"仁贵说："你有何言？只管说来我听。"

贤谋叫声伙头军，我今有话仔细听。
听说你那本领高，箭法精通赛天神。

今日你我赌输赢，只论箭法不比武。

倘若将我鞭射中，我自情愿献此城。

你若不中我鞭梢，退回中原莫征东。

永世不犯我边界，如犯我境命难存。

仁贵听言忙应承，只凭一箭得此城。

贤谋叫声你且安，我还有话对你言。

你我比试真本领，不可暗箭来伤人。

仁贵道声听分明，堂堂大将是英雄。

杀敌立功真本事，暗箭伤人是小人。

贤谋又叫你当听，要赌胜败讲信用。

我若输了献此城，你若输了要退兵。

我献城来我做主，你若不退怎样行？

仁贵再次开言道，大丈夫来口应心。

不能射中[1]你鞭梢，在你鞭下命归阴。

如不退兵任你行，永归中原不起兵。

贤谋连说行行行，你快射来我细瞧。

仁贵大叫看箭到，只闻弦响不开弓。

贤谋他把鞭摇动，鞭梢怎能射得中？

眉头一皱计上心，又叫贤谋把话明。

你我在此赌输赢，番兵冷箭伤我身。

没有防备命归阴，我在九泉不甘心。

贤谋听言叫番兵，万万不许放冷箭。

口中虽然把话讲，用手摇鞭却不停。

仁贵叫声贤谋听，番兵不听你将令。

弯弓搭箭我看清，贤谋听得心烦闷。

回头去看众兵将，常言一心不二用。

把头回转鞭不动，仁贵眼见喜在心。

急忙开弓把箭放，正中贤谋鞭梢上。

贤谋不由吃一惊，中了蛮子薛礼计。

君子做事讲诚信，失信负义枉为人。

料想不能守此城，不如献城归山林。

却说盖贤谋一见仁贵把鞭梢射中，遂带领人马从东门离城往别处去了。仁贵来到城内各处查看，静悄悄的不见一兵一卒，便大开四门迎接张士贵人马进城，扎定营盘，

城头挂了大唐旗号，差人报知天子。太宗大悦，传旨："朕要到凤凰城犒赏三军。"张士贵把天子接入总兵府，太宗坐定，文武两班参拜已毕，有张士贵俯伏奏道："臣婿何宗宪一箭得了此城，启禀万岁得知。"太宗命元帅记了功劳簿，士贵大喜，辞驾回营，传令催马进军。正是：

夺了一城又一城，关关不少应梦臣。

功劳簿上无仁贵，只有狗婿何宗宪。

张士贵回营来急忙传令，起兵马去攻打汗马之城。

薛仁贵众兄弟不得消停，不一时就来到汗马城外。

且按下伙头军讨战攻城，再说那守城的番将之人。

盖贤殿是主将来守此城，力气大智谋广武艺高强。

他和那盖贤谋一母所生，兄弟俩为东辽把守关城。

这一日在总府端然而坐，见番兵进门来禀报军情。

大老爷他献了凤凰之城，领兵马到别处归隐山林。

城头上都插遍唐朝旗帜，盖贤殿听此言大吃一惊。

因何故献此城说来我听，番兵说献城池不为别情。

只因为赌输赢才失关城，唐朝的伙头军箭法高明。

一枝箭中鞭梢夺得此城，盖贤殿听言后跺脚捶胸。

骂一声我哥哥好不糊涂，你也是东辽的有名大将。

为什么不交战不动刀兵？只凭他一枝箭就开城门。

献了城落了个不忠之名，无志气自毁掉万古英名。

枉费了朝廷的许多俸禄，白披那一张皮在世为人。

暂不表盖贤殿气得发狂，再说那薛仁贵前来攻城。

在营中他奉了先锋之命，带兄弟到城下要夺此城。

却说薛仁贵奉了张士贵之命，来到城下大叫："番兵，快去报于（与）你家将知闻，就说唐朝伙头军薛礼在此讨战。"早有小番报进总府，贤殿听言大怒，全身披挂，提刀上马，来到西门，一声炮响，打开城门，冲过吊桥。仁贵立马横戟，大喝一声："来将通上名姓，伙头军薛礼在此，不杀无名之辈。"贤殿收住坐马，说道："薛礼不必夸口，我乃东辽国王驾前红袍元帅盖麾下总兵大将军盖贤殿是也。你这厮有何本领，敢来与爷爷交战？"仁贵大怒道："番奴竟敢口出大言，既要送死，就放马过来。"贤殿举刀向仁贵砍来，仁贵把那方天画戟架起，只听得"当啷"一声响，盖贤殿震得两臂发麻，大叫一声："哎哟！薛蛮子果然名不虚传，如此厉害。"二人又战了四五个回

合，贤殿被仁贵杀得只有招架之功，没有还刀之力，气喘吁吁，汗流满面。刀下一松，仁贵一戟刺来，将左臂连皮带肉挑去一块，鲜血直流。盖贤殿大叫一声，打马败回城中，急忙紧闭城门，命众兵将用心把守。正是：

　　盖贤殿昼夜守城，薛仁贵妙计破敌。

　　盖贤殿败回城紧闭四门，忙吩咐众兵将用心把守。
　　薛仁贵等多时不见动静，天色晚暂收兵且回营中。
　　第二日薛仁贵又来讨战，汗马城静悄悄不见出兵。
　　连骂了三四日无声无息，张士贵见此情心如火烧。
　　把仁贵请营帐来把计定，仁贵说大老爷大可放心。
　　对士贵耳朵边将话说明，管保他二十天攻破此城。
　　张士贵听罢言喜之不尽，夸仁贵果然是妙计如神。
　　当夜晚传令于长子志龙，领兵马三千整去攻南门。
　　掌灯球点火把呐喊连天，又打鼓又敲锣直到天明。
　　第二夜张志虎去攻北门，第三夜张志彪去攻东门。
　　第四夜张志宝去攻西门，第五夜何宗宪去打关城。
　　就这样无昼夜四门攻打，满城的老百姓不能安生。
　　白日里鼓声响心惊胆战，夜晚来锣又鸣好不惊慌。
　　众番兵像遭瘟不得空闲，上城头把城守提心吊胆。
　　白日里没时间吃饭饮水，到夜晚不能够稍得安眠。
　　盖贤殿时常来查点巡视，若有人打瞌睡四十军棍。
　　就这样吵闹了十九天整，第廿夜不攻打鸦雀无声。
　　城中的兵和民不敢放松，只恐怕睡着了敌来攻城。
　　从初更到半夜天明时辰，静悄悄没动静才放宽心。
　　却说城内的军民二十个昼夜不曾安眠，早已是人困马乏，疲惫之极。这一日见没有动静，便说："唐朝人马乱（战）了这许多日，想必也是十分辛苦，谅今夜不会攻城，我们且稍稍歇息一时。"当夜二更时分，张士贵点起人马，传令四个儿子在西门，姜兴本、姜兴霸在东门，李庆先、李庆红在南门，王新溪、王心鹤在北门，薛贤徒、周青、薛仁贵三人架梯爬城。薛仁贵顺着云梯一步步行将上来，先用刀伸进垛口处一探，并无动静，这才大胆，两手搭牢，翻过城墙，周青、薛贤徒随后跟来，只见那些番兵番将睡得犹如死猪一般，全然不晓。仁贵说："你二人杀城上的番兵，我去杀了盖贤殿后再与你们出城。"说罢下城往总府方向去了。正是：

　　疲敌之计成大功，汗马城中逞英雄。

　　有周青薛贤徒呐喊一声，四下里只听得处处呼应。
　　番兵将倒头睡还未醒来，众唐兵好像是狼入羊群。
　　把那些番兵将乱砍乱杀，城头下战鼓响好似雷鸣。
　　有番兵叫声苦有路无门，剩下的那几个削了耳朵。
　　也有的斩下脚叫哭[1]连天，也有的吓掉魂不知东西。
　　四城门直杀得尸横如麻，盖贤殿在总府忽然惊醒。
　　只听得杀声起乱乱哄哄，不由得[2]吃一惊急忙起身。
　　骑战马出总府提刀才行，暗地里跳出来白袍将军。
　　手一起刀就落砍于马下，走上前取首级提在手中。
　　打开了四城门士贵入城，点兵马去报捷奏知太宗。
　　却说汗马城已得，张士贵入城安民，插了大唐旗号，连忙修成本章，差人送往凤凰城报功。太宗正同军师、元帅说话，二十余天不见报捷，未知胜负如何。忽有守营军士呈上表章，天子展开一看，方知汗马城已破，张士贵言说他女婿何宗宪如何用心，夜架云梯攻破城池云云，尉迟恭记上功劳薄（簿）。太宗心想，不知东辽还有多少城池未破。徐茂公取出地图展开，说："请万岁观看，从黑风关到汗马城，上边写得明白。凤凰城南有一座高山，名叫凤凰山。山上有四季不谢之花，八节长青之草，还有凤凰石，石下有凤凰窝，窝内有凤凰蛋，此乃东辽胜景，也是天下有名的古迹。"太宗看罢，连声说道："此山甚好游玩，今日天随人愿，跨海征东，离此地只有四十里之遥。朕意欲前往，先生你看如何？"茂公听言，大吃一惊，暗想：今日龙心大动，老将们必有灾难，但天机不可泄漏。虽然无可奈何，但又不敢不去。默然良久，说道："万岁既有心赏景，臣愿前去。但恐凤凰山有能将把守，圣上若去，须派一员大将前去打探方可。"正是：

　　帝心动念观山景，众位大将灾难临。

　　唐太宗心意动欲观胜景，众总兵和国公喜在心间。
　　徐茂公心里话口中难明，差一将探虚实快快起程。
　　平国公马三保上前领命，臣愿往凤凰山打探敌情。
　　太宗说马王兄前去小心，急速去快些来免得操心。

[1]　哭：原本作"苦"。
[2]　得：原本作"的"。

马三保应一声出城前行，上战马提大刀快走如风。

正行走抬起头用目细看，不觉得就来到凤凰山前。

山脚下有番兵大营扎定，旗遮日刀如林军容齐整。

只因为凤凰城贤谋失守，挖陷井在此山等候唐兵。

有贤谋提钢鞭上马出营，见一位老将军来得勇猛。

戴金盔穿铁甲好似天神，骑战马提大刀目中无人。

眼看着来到了大营前面，盖贤谋叫唐将你细当听。

天堂里有明路你不去走，地狱里没有门闯着来行。

你不在凤凰城陪王伴[1]驾，来此山我叫你有命难存。

马三保听言后睁眼细瞧，见番将那面目实在惊人。

黄面皮红眉毛眼似铜铃，狮子口大獠牙两耳招风。

满脸的那胡须如同火炼，跨战马提钢鞭威风凛凛。

马老将骂番将你这狗头，我主公唐天子来此赏景。

识时务快退兵免丧性命，若迟延我叫你命丧宝刀。

盖贤谋听罢言怒气冲冲，凤凰山乃是我东辽圣迹。

我狼主尚不曾常来居住，唐太宗他本是中原蛮主。

擅敢到此山来自投罗网，只怕是来有路去时无门。

马三保听言后怒火中烧，提大刀催战马就下无情。

盖贤谋举钢鞭上前相迎，战十合盖贤谋败进营门。

马三保往前赶追到大营，正行走坐下马四蹄踏空。

耳听得一声响扬起灰尘，人和马都不见落入陷坑。

那番兵用挠钩赶忙搭起，把三保平国公绑进营门。

有唐兵见主将中敌诡计，赶忙去报与那天子知闻。

却说盖贤谋命兵将带过马三保，他立而不跪，骂不绝口。盖贤谋大声喝道："你既被擒，命在我手，还不投降，更待何时？"三保破口大骂道："叫我投降，除非是红日西出。"贤谋听言，气得五内生烟，吩咐道："左右，将他四肢砍去，抬出营门扔到路上，叫唐将看看样子。"可怜马老国公，做了无手少脚之人。正是：

只因来探凤凰山，谁知身落海涛口。

【浪淘沙】

马老将，断四肢，被那番兵抬出营。扔在大路无人理，怎样活人，怎样活人？

想万岁，盼众友，人到难中想亲朋。今虽想念难见面，

[1] 伴：原本作"拜"。

怎不伤心，怎不伤心？

心中明，口无言，谁知番兵如此狠。死不了又活不成，难见亲人，难见亲人。

无手脚，怎能行，要寻无常没办法。眼看全身血染红，心痛难忍，心痛难忍。

疼昏迷，又苏醒，死一阵来活一阵。太阳落进西山中，杀气腾腾，杀气腾腾。

却说那马三保四肢虽残，但心未肯就死，在道路上负痛，有口难喊，有命难救。越思越想越伤心，不知何时到天明，痛哭五更，痛哭五更。

【哭五更】

一更里来好伤心，断去四肢好难辛。浑身疼痛血淋淋，张口叫声我的天。我的天呀！我今疼痛谁知闻？

二更里来疼难忍，鲜血流得满地红。荒郊野外无一人，狗不叫来鸡不鸣。我的天呀！死不了也活不成。

三更里来发恨声，番奴狗头心太狠。要杀要砍任你行，叫我却受这苦情。我的天呀！咬紧牙关难忍疼。

四更里来疼煞人，寒风入骨刺烂心。又受疼来又受冻，几时才能到天明。我的天呀！几时才能到天明？

五更里来天渐明，东方发白渐转红。耳听路上有人声，高叫几声无人应。我的天呀！谁肯杀我把善行？

却说马三保哭了一夜，不见有人来到，只得闭目等死。那跟随之人见主将被擒，急忙回报，天子听言，吓得冷汗直流，大惊失色，龙眼落泪，哭道："马王兄被捉，必然有死无生，不知哪位前去救他？"尉迟敬德奏道："万岁且忍悲伤，待臣去救来。"太宗说："你要小心在意，快去快回。"敬德辞别天子，领兵去了。

有敬德别圣驾领兵出城，远远望山脚下帐房密密。

正行走抬起头用目细观，见路旁有一人大吃一惊。

无手脚血淋淋满地乱滚，叫家将快快去看个分明。

那家将近前去转身来报，禀元帅他就是马老将军。

有元帅听此言泪如雨下，忙上前仔细看不假是真。

叫了声老将军疼煞人心，出门来怎遇到这等惨祸？

既被擒赏一刀了了性命，却为何断手脚受此难辛？

想当初为保国出生入死，无非是尽忠心保国安民。

出尽了多少力官居一品，封妻子荫后代富贵永春。

实想着征东回安享天伦，谁知道被害成这般光景。

你还有何言语说来我听，我回去奏万岁把你加封。

马三保失手足有口难言，头乱摇两眼内泪如线穿。

尉迟恭见此情想得明白，叫将军别怪罪恕我心狠。

莫挣扎[1]我自会了你心愿，马三保望元帅点头挺胸。

敬德说你疼痛我心何忍，说话间把枪尖刺进胸中。

马三保两眼闭一命归阴，有元帅叫小兵你们当听。

把尸首抬回去奏知万岁，待本帅杀番兵报仇雪恨。

却说元帅吩咐已毕，纵马来到番营，大叫："咄！快去报与你家狗奴知道，就说我大唐尉迟元帅在此，叫他快快出营受死。"盖贤谋闻言大怒，急忙提鞭上马，到了营外，叫声："尉迟蛮子，我只道你有三头六臂，却原来也是个有勇无谋的莽夫。难道你没看见路旁的那个木瓜人吗？想是你也活得不耐烦了，照样前来送死。"敬德听了怒从心头起，恶向胆边生，举枪往盖贤谋脸上刺来。正是：

　　仇人相见两眼红，不是我死你便死。

有元帅听此言心头火冒，恨不得把番奴割胆剜心。

举钢枪用足力就下无情，盖贤谋举钢鞭急忙相迎。

架开枪直觉得两臂酸麻，坐下马退几步连唤几声。

叫一声老元帅果然威猛，勒马头败回阵快走如风。

尉迟恭在后面追赶甚紧，到营前跌在那陷马坑内。

有番兵把敬德活捉回营，众兵丁忙报往凤凰城中。

盖贤谋坐帐中心中大喜，我今日立下了不世之功。

叫番兵把敬德打入囚车，亲送到我主前候旨发落。

盖贤谋这些事暂且莫表，再表那凤凰城唐朝君臣。

听闻罢马老将死时惨状，唐太宗忍不住大放悲声。

想当初为江山东征西杀，哪一阵少了你马老王兄？

为孤王保国家忠心耿耿，头可断志不屈可表日月。

今日你断送在番兵手中，失手足去四肢尸首不全。

唐天子直哭得如同酒醉，众总兵和国公泪珠滚滚。

哭一会忍住悲求王阴封，唐天子准他葬凤凰山下。

这时候又报来大事一宗，元帅他为报仇被贼所擒。

唐太宗听言后吓掉三魂，昏迷了好一会方才苏醒。

叫了声徐先生如今奈何？设计谋救元帅身还回营。

徐茂公叫陛下且放宽心，尉迟恭命不尽自有救星。

莫难过他一定平安回营，把此话且按下再表先锋。

却说先锋张士贵因无天子旨意，不敢独自进兵，所以空闲无事，天天同四子一婿在城外围场打猎，那几个伙头军也是如此。这日来到南山，正在赶獐捉鹿，忽然见前面尘土飞扬，远远走出一队人马，当中有一个大木箱。薛仁贵见了，心中暗想：定是东辽兵将押送宝物，待我上前夺来，以备军用。想罢便说："兄弟们，你们在此稍等，待我前去夺取宝贝。"正是：

　　敬德遇仁贵，死里又逃生。

薛仁贵手提戟把马一纵，不多时就冲到大路当中。

喝一声番狗奴快来送死，若稍迟定叫你有命难存。

盖贤谋见有人路途拦截，怒冲冲骂薛礼你细当听。

前日里凤凰城饶过性命，今日你还竟敢前来送死。

薛仁贵他一心要夺宝物，不答话提起戟就下无情。

盖贤谋忙举鞭上前相迎，方天戟碰钢鞭冒出火星。

第二合薛仁贵一戟刺来，盖贤谋前心里开了窟窿，

跌下马鲜血流一命归阴。众番兵见主将死于非命，

丢下那木笼车各自逃命。薛仁贵开木箱看那宝贝，

却看到尉迟恭绑在车中，薛仁贵见元帅吓掉三魂。

叫一声不好了性命难保，转回头催坐骑快走如风。

尉迟恭在车中看得分明，多亏了救我的白袍将军。

心想着出车后再谢此人，却为何不救我打马回程？

叫了声小将军快来救我，薛仁贵反倒是越跑越快。

有元帅在车中不由发急，白袍将打番兵杀死番将。

为什么见到我去逃性命？莫非他就是那应梦贤臣？

可惜我身受禁没问分明，必定是张士贵隐瞒名姓。

埋没了真英雄假冒功劳，这件事我非要细查分明。

弄清决不饶这个奸臣，前思想后盘算越想越恨。

忽然间又想起事情一桩，白袍将不放我不能行动。

丢我在囚车内怎出火坑？倘若是有番兵再次来临。

定杀我去报功便便当当，这小将搭救我反害吾身。

荒郊外无人烟谁救我命？无奈何耐性子等候救星。

且按下尉迟恭因车受苦，再说那薛仁贵逃命之人。

一口气远远跑十里路程，遇见了众弟兄前来相迎。

[1]　扎：原本作"挠"。

叫大哥你去夺黄金白银，为什么却变成这般光景？

薛仁贵气呼呼叫声兄弟，事不好快逃命急速回城。

一边说他只[1]顾骑马飞奔，在身后紧跟着弟兄八人。

快走了多一会马缰放松，半路上正巧遇士贵回营。

却说薛仁贵正在惊慌逃命之时，正遇张士贵父子六人回营，便将囚车之事对他说了一遍，叫声："大老爷救命！"张士贵听了，半晌无语，沉默一会问道："你和元帅答话了没有？他可曾问起你的名字？"仁贵说："小人见他，唯恐躲避不及，哪有胆量与他答话？他叫我打开囚车，我自拍马跑回。"张士贵说："既然如此，你千万不要在别人面前提起此事，以后更不能道出仁贵二字。你兄弟快快进城，待我父子前去放了元帅。"正是：

　　　不该死时终有命，原来半路有救星。

且不表薛仁贵兄弟回城，再说那张士贵四子一婿。

今日里去放人必有照应，这也是前世里修下德行。

冒人功受封赏光宗耀祖，心中喜脸上笑打马前行。

不多时就来到南山脚下，果然见一囚车停在路旁。

只听得囚车内有人叫喊，救下我又不放却为何情？

若要是那番兵二次来临，我好比笼中鸟有死无生。

尉迟恭直叫得口干舌燥，张士贵下了马一声禀告。

叫了声老元帅且放宽心，双手儿解开绳安慰一番。

扶元帅出囚车路边坐定，领子婿来参见又把礼行。

元帅你受惊恐末[2]将来迟，莫责怪请恕罪多多宽容。

尉迟恭开言来喝问一声，那刚才救我的他是何人？

为什么救下我反而逃命？不放我出囚车是何原因？

士贵说那就是小婿宗宪，何宗宪忙答话就是我身。

有元帅听此言大怒冲冲，骂了声无耻的大胆畜生。

我虽在囚车内不能动弹，两眼中认得清看得分明。

救我的那员将威风凛凛，杀番将好似那虎入羊群。

赶番兵就如同天神降临，哪像你贼眉眼这般光景。

即使你救了我再将你问，救下我又不放为的何因？

以我看这里面定有蹊跷，想必是埋没了真正英雄。

别人家夺关城出生入死，两军阵救元帅立下大功。

你女婿夺人功冒名顶替，白日里将人欺不怕神灵？

直骂得何宗宪两眼大瞪，呆呆地站一旁不敢应声。

张士贵上前来还想瞒哄，叫元帅且息怒听我细禀。

何宗宪胆子小年纪又轻，见元帅困囚车吓掉三魂。

杀散了那番兵不敢独放，因此上才来迟没救你身。

这都是真情话无一虚假，难道说不是他还有何人？

尉迟恭骂先锋无耻之极，你竟敢面对面来把我哄。

你身为先行官无谋无勇，尽想着损阴德记人之功。

朝廷的俸和禄被你吃用，欺天子瞒大臣坏了良心。

你自己本领低不敢出阵，冒人功难道你不怕丢人？

父子们整天里胡游乱逛，唐天子白养活一群废物。

我今天暂不和你们争论，免不了到日后查个分明。

张士贵说元帅休生疑心，请到那汗马城饮酒养神。

元帅说你不要胡拉乱扯，我要回凤凰城去见主公。

张士贵听言后不敢强留，牵坐马请元帅乘马而行。

却说敬德回到凤凰城，走进御营，太宗一见，龙心大喜，问道："昨日闻报王兄被擒，孤家心如刀割，今天你如何逃脱而回？"敬德说："臣被番将打入木笼囚车，解往京都求功。行至汗马城途中，遇一位白袍小将，杀退番兵，将我救了之后，又没命[地]逃走了。过了一会儿，先锋官张士贵领着四子一婿前来放我。臣问起他此事，张士贵硬说是他女婿何宗宪，反惹得我满腹疑心。想来那白袍小将，莫非就是应梦贤臣薛仁贵？"军师徐茂公听言道："元帅休疑，张士贵怎敢欺骗元帅，此人就是何宗宪，你且将功记入功劳簿。凤凰山如今无人把守，请陛下乘机前去游玩，好进兵攻打前关。"次日天明，三军将士尽皆披挂，在城外候驾，保护太宗往凤凰山而来。

　　龙心一动观山景，总兵国公命不存。

　　自古生死有天定，岂能由人半毫分。

　　天子御营传将令，马步兵丁不消停。

　　一夜无言到天明，号炮轰响出了城。

　　头队刀枪剑戟明，二队举着朝天灯。

　　三队旌旗迎风飘，四队三军声势壮。

　　五队走的偏牙将，尽是五湖四海人。

　　六队走的众总兵，大唐将军真威风。

[1]　只：原本作"自"。
[2]　末：原本作"未"。

东挡[1]西杀英雄汉，南征北战栋梁臣。

七队走的唐太宗，胯下一匹逍遥马。

顶上打着黄罗伞，龙凤扇儿对对行。

保国忠心昭日月，出生入死定太平。

九队走的徐茂公，五行八卦赛神灵。

善知过去未来事，吉凶福祸自分明。

只因眼前有灾星，军师脸上无笑容。

十队走的尉迟恭，手提钢鞭分雌雄。

生杀之权在手中，人人犯法不留情。

中原帝王游胜景，十万大兵前后拥。

一路前行走得快，霎时来到凤凰山。

上得山来用目观，名胜古迹看不完。

苍松青青翠柏绿，不分季节皆一般。

红红白白四时花，五颜六色真好看。

桃粉柳碧满山间，百鸟飞来声语巧。

溪水潺潺流不断，玲珑怪石天生就。

獐鹿见人满山跑，豺狼见人把头摇。

野兔吓得到处窜，黄羊惊得把崖跳。

野牛见了哞哞叫，狐狸摆尾求告饶。

猴子抓耳四肢挠，虎豹张牙又舞爪。

太宗越看越热闹，传旨快把凤凰找。

齐国远来心欢喜，手拉俊达往前寻。

正走之间抬头看，只见梧桐入云霄。

树下一座小石台，上有碑牌一人高。

明亮如镜把人照，太阳一出放光芒。

石碑下面有卵石，碗口粗细两头尖。

好似橄榄落在地，滚来滚去能走动。

石台下面有洞穴，不知深浅黑森森。

国远叫声尤兄听，自古凤凰栖梧桐。

定有好鸟在洞中，快禀万岁早知情。

俊达听言不怠慢，回头忙去请太宗。

天子听言笑哈哈，带领文武一同往。

君臣来到大树下，石碑照出各人影。

国远想拿卵石玩，如同扎根动不得。

俊达赶紧把忙帮，累得两人满面红。

茂公见了微微笑，上前叫声二匹夫。

凤凰石蛋是圣迹，若是有人拿得动，

早被别人拿去用，还能等着你们来？

天子君臣听言罢，个个笑得肚子疼。

却说天子见那石碑泛出光亮，能照出君臣的影子，便问徐茂公："先生可知此碑何名？"茂公说："此非碑也，就叫凤凰石。"太宗说："既有凤凰石在此，为何不见凤凰蛋？"茂公说："方才齐国公搬动的就是凤凰蛋。"太宗说："若能见到凤凰，便是朕之万幸。"茂公说："凤凰岂能轻易得见？若是见了，君臣必有灾难。"太宗不信茂公之言，一心要见凤凰，那齐国远拿一根竹棍，来到凤凰洞前，在里面乱搅起来。

齐国远拿棍子洞中乱搅，只听得那里面百鸟齐鸣。

几十只小麻雀飞出洞外，又飞出四孔雀前后开屏。

那孔雀展双翅向东飞去，后又有一对鹤飞向南边。

齐国远越捣腾越加上劲，不一会果然见凤凰出洞。

那凤凰出洞来落在石上，对天子三点头朝见太宗。

唐天子见朝贺心中高兴，对凤凰称爱卿快快平身。

那凤凰飞空中往东而去，太宗说刚才见那只凤凰，

分三尾它必定是只雄的，出一只一定有雌的在内，

齐爱卿你与我再来搅洞。齐国远听此言一阵乱捣，

忽听得洞里边传出哭声，飞出了一怪鸟人头鸟身。

对天子连连儿哭了三声，徐茂公见此鸟大吃一惊。

叫陛下不好了大祸来临，天子问徐先生为何吃惊？

茂公说这只鸟名叫哭鸟，国家安它绝不出来飞腾。

倘若是国有难才放悲声，对陛下它哭泣并非吉兆。

太宗说这只鸟作怪成精，待孤家射死它绝了后根。

说着话拿起箭搭上雕翎，看得准对哭鸟就下无情。

谁知道这怪鸟张口接箭，衔了箭展翅腾朝东飞走。

徐茂公说主公大事不好，这怪鸟口衔箭前去报信。

唐天子听此言胆战心惊，忙吩咐快下山逃出火坑。

且按下君臣们慌乱不表，再说那盖苏文大兵来临。

却说东辽国元帅盖苏文早知唐王李世民御驾亲征，手下有一伙头军薛蛮子英勇善战，连克数城，实在厉害。那一日，盖苏文奉旨带领雄兵六十万、战将千员来到凤凰山

下，忽见一群飞鸟领着凤凰而去，心中暗想：凤凰安居上山（山上）窠内，今日灵鸟飞走，必有缘故。我邦百姓绝不敢搅扰，必然有中原人士在此捣乱。正想之间，又见哭鸟在头顶上高叫一声，把口一张，落下一支翎箭。盖苏文拾起细看，上面刻有"贞观天子"四字，便知唐天子已在此山，连忙传令将凤凰山团团围住。

再说唐太宗正要传旨下山，忽听炮声四起，山下的番兵铺天盖地拥来，密密层层把山围定，顿时吓得魂不附体，连问："军师，这该怎处？"徐茂公说："陛下放心，盖苏文虽围住此山，但要捉我君臣却也困难。眼前他不敢上山来攻，等候时辰一到，他必然损兵折将，大败而回。"一面吩咐安营扎寨，一面准备雷（擂）木滚石。

且不提唐太宗山上安营，再表那盖苏文山下骂阵。

叫了声李世民你细当听，在中原做天子还嫌不足。
为什么跨海来侵犯我邦？今日里要逃命万万不能。
除非是降我邦俯首称臣，若不听本元帅良言相劝。
管叫你当时下命见阎君，唐太宗听言后咬牙切齿。
恨不得飞下山割他首级，段志远走上前讨令出战。
太宗说既然去多加小心，段志远应一声冲下山去。
盖苏文喝问道快通姓名，我不杀无名卒污我宝刀。
志远说盖苏文马上坐定，爷爷是定国公平辽大将，
自姓段名志远枪法骁勇。在中原任由你耀武扬威，
我今日定让你命赴黄泉。段志远听此言心中大怒，
照定那盖苏文一枪刺来，盖苏文举钢刀急忙架开，
猛一刀砍下去送他归阴。唐太宗在山上看得分明。
哭一声段王兄为国尽忠。殷开山刘洪基怒从心起，
大骂道盖苏文快来送死，你把我志远弟伤了性命。
我二人不杀你誓不回营，说话间殷开山双斧便砍，
刘洪基也把刀劈将过来，盖苏文举钢刀隔斧挑刃。
三个人战一处好似车轮，才战了三五合苏文又胜。
把开山从头尾分为两半，那五脏和六腑齐流地上。
刘洪基他见到吃了一惊，手一松眼一花刀无踪影。
被苏文又一刀断送残生[1]，可怜他三老将一时丧命。
唐太宗泪纷纷后悔不及，尉迟恭直吓得目瞪口呆。

唯有那徐茂公心中明白，二十七总兵官人人求战。
难道说三老将白死不成？我们要同下山杀他一阵。
誓与我老将军报仇雪恨，众文武齐相劝万万不可。
盖苏文本事大手段高强，段殷刘那三老尚且丧命。
何况是你兄弟难以取胜，齐国远不听劝上马抢斧。
骂一声盖苏文心肠歹毒，你今天杀死我三老将军。
难道说我和你罢了不成？说着话抢起斧当头砍下。
盖苏文举起刀打马相交，齐国远肩和背成了两家。
却说众总兵见齐国远身遭惨死，悲痛不已，怒声吼道："三员老将已送残身（生），又杀死我们众盟兄弟，生死之交，此仇不报，誓不为人。"当下有尉迟南、尉迟北、北延平、北延道、李如圭、尤俊达、鲁明星、鲁明月、岳伯勋、鲁世候、夏山智、尚山智、张公道、史大奈、金甲、童环、樊虎、连明、贾闰甫、柳周臣、白显通、白显道、卜光焰、丁天庆、韩世宗、唐万仁等二十六家总兵跨鞍提枪下山，大叫："盖苏文快来受死，我们今天要将你砍为肉泥，为三位老将军报仇，祭奠国远兄弟之魂。"把盖苏文团团围在中间，向他乱砍乱打。正是：

唐天子游山惹祸，众总兵一齐丧命。

二十六总兵官围住苏文，一个个举刀枪乱砍乱打。
盖苏文武艺高左右护定，前又遮后又挡刀法精奇。
二十六总兵官各逞英雄，直杀得盖苏文气喘吁吁。
刀法乱气力减不得空闲，暗思想我虽勇寡不敌众。
倒不如先下手占个上风，主意定一只手抢刀招架。
一只手揭胡芦口念真言，柳叶刀蒜叶宽长有三寸。
连跟着九口刀一齐飞出，顿时间山脚下布满青光。
众总兵都不知什么东西，徐茂公在山上大声喊叫。
那就是柳叶刀快快躲闪，大家听一时间魂不守舍。
有几个着刀的送了性命，其余的逃山上也丧残生[2]。
可怜他众总兵齐都身死，盖苏文在山下叫骂不停。

却说盖苏文收了飞刀，高声叫骂："山上的唐主，你可见我的飞刀厉害么？这是上仙所赐，有一百丧一百，有一千丧一千。看你手下也无多少能将，还不早早下山归顺，更待何时？"太宗听言，放声大哭："我李世民不在凤凰

[1] 生：原本作"身"。

[2] 生：原本作"身"。

城好好居住，偏偏要到这里送死，害得这帮老将死于非命。他日若能下山，有何面目立于天地之间。而今丢下白发母后，年幼太子，如何是好？"尉迟恭见天子悲伤过度，说道："陛下，臣罪不赦。当初扫北，秦老千岁挂帅，不曾伤了麾下一卒。今日微臣做了元帅，就丧去帐前许多大将。我不与众将报仇，还靠何人？"当时便要打马下山。

有元帅要下山报仇雪恨，唐太宗眼流泪双手扯定。
叫王兄休得逞血气之勇，番狗奴他用那飞刀伤人。
敬德说做臣子岂能惜命？怕死的那些人怎算忠良？
我不能为众将雪了仇恨，世人笑阴魂怨何人解分？
我此去若能杀番将苏文，平东辽无阻挡一帆风顺。
杀不了盖苏文死不瞑目，与众将同结伴去见阎君。
一来是臣为国竭尽忠诚，再者是为朋友重义有情。
叫陛下快放臣我速前行，万不可再拉扯失了体统。
唐太宗叫王兄我说你听，到如今一树花齐都凋谢。
只留你一棵苗做了种子，你若死叫寡人还靠何人？
徐茂公上前来好言相劝，叫元帅休发怒你细当听。
今日里不是你拼命时辰，御驾前无多少保驾之人。
若是你不得胜断送性命，圣天子无人保获罪不轻。
报仇恨是小事保驾事大，你还是细思忖耐住性子。
尉迟恭听此言默默不语，山脚下盖苏文叫骂连声。
骂一声尉迟恭年高老迈，你一人怎保得唐王脱难。
我料你并没有多大本事，何不把唐天子送下山岭？
你若把李世民早早献出，本帅我奏吾主把你加封。
若不送杀上山玉石俱焚，那时候你莫要心生后悔。
盖苏文骂多时不见动静，他只得拨转马收兵归营。
且按下盖苏文暂且莫表，再说那唐天子商议退兵。

却说徐茂公吩咐众兵丁，把三员老将和二十七家总兵的尸首葬于凤凰山后。唐太宗亲自祭奠，放声大哭起来。

唐太宗，哭悲伤，叫声寡人众王兄，众王兄。
想当初，为我朝，东征西杀立大功，立大功。
平叛乱，十八路，各处烟尘一扫清，一扫清。
助孤王，登龙位，舍生忘死情义重，情义重。
为江山，出尽力，流血流汗保太平，保太平。
今日里，谁知道，随驾跨海来征东，来征东。
因寡人，玩山景，连累你们丧性命，丧性命。

万不该，悔不及，可怜一起葬番邦，葬番邦。
众王兄，有灵应，前来再把孤身看，孤身看。
唐太宗，心疼烂，文武百官肝肠断，肝肠断。
敬德哭，声哽咽，茂公上前劝一声，劝一声。
叫主公，休悲戚，事到眼前说不得，说不得。
阎王定，半夜死，谁能留到五更远，五更远。
若要是，这个样，怎能统领众三军，众三军。
人死后，不复生，暂忍悲痛议军情，议军情。

却说唐太宗痛哭一场，茂公上前劝道："陛下，要退番兵，如今只有汗马城张士贵之婿何宗宪厉害。"太宗道："既然如此，快差人前往汗马城，叫张士贵带兵退敌。"茂公说："他们离此隔着许多路程，山下又有番兵阻拦，圣上可命驸马薛万彻从山后冲出，踹破番营去搬救兵。"太宗听言，连忙传旨。

薛驸马接圣旨不敢懈怠，提银锤骑战马冲下山去。
小番兵见有人要踹大营，弓箭手上前来各显威风。
那箭头似雨点纷纷乱射，薛驸马提银锤急忙护身。
进番营打番兵虎入羊群，连踹破七座营才得脱身。
那番兵忙报于元帅知道，盖苏文听后上马追赶。
追多时赶不上收兵回营，盖苏文回营来传下将令，
众将官守山寨多加小心。且不提盖苏文吩咐兵丁，
再表那薛驸马搬兵之人。浑身上中七箭血染衣襟，
忍疼痛催坐马牙关咬紧，走得快一阵风往前所行。
肩上箭腿上箭用手拔出，唯有那背上箭想拔不成。
伤得深痛得紧负疼而走，来到了三岔路不知路径。
勒住马抬起头缓缓站定，眼看见路旁边有位后生。
只见他穿一件旧白绫衣，低着头割青草不紧不慢。
上前来问了声割草之人，汗马城不知走哪个方向，
烦请你能给我说个分明。那后生抬起头仔细端详，
见一位小将军生得[1]齐整，穿银甲戴金盔二目有神。
提银锤站面前好不威风，认清是大唐将随口答应。
我也往汗马城一路同行，薛驸马听此言再问一声。
你姓名叫什么说来我听。后生道我姓薛单名礼字，
前锋营月字号伙头之军。薛千岁听言罢心中思忖，

[1] 得：原本作"的"。

莫非是薛仁贵应梦贤臣？随口儿叫薛礼问个事情，

前锋营薛仁贵你可知闻？仁贵说小的我不识此人。

驸马说我看你倒像几分，薛仁贵心胆颤冷汗直流。

战兢兢又答道绝无此人，薛驸马见此情心中明白。

必定是张士贵埋没英雄，用大话吓贤臣不说真情。

此一去我定要细查分明，不觉得就来到汗马城中。

却说薛驸马来到汗马城中，张士贵带着四子一婿出营迎接。驸马下马进营，宣读天子圣旨。张士贵叩头谢恩已毕，驸马把盖苏文在凤凰山杀了三老国公并二十七家总兵之事说了一遍。张士贵说："千岁放心，请在此稍候一时。"吩咐子婿摆设酒宴，要与驸马接风洗尘，之后起兵前去救驾。正是：

> 祸福本无门，唯有人自招。
>
> 为访应梦臣，驸马命归阴。

士贵备酒驸马饮，二人席间闲谈论。

驸马开言问先锋，我有话语要说明。

从前问你应梦臣，你说没有这个人。

今日下山来搬兵，路遇后生穿白衣。

天庭饱满相貌俊，地阁[1]方圆好儿男。

双手过膝耳坠腮，齿白唇红目有神。

只因问路到一处，行走之时问他身。

他说薛礼是他名，保主跨海来征东。

士贵听言吃一惊，叫声千岁你细听。

前锋营内伙头军，他算什么应梦臣。

薛礼武艺不出众，只会做饭伺候人。

两军交锋不出阵，因此不敢奏主公。

驸马听罢怒气生，骂声先锋不是人。

人面兽心狗杂种，万岁不知其中情。

一直哄骗到如今，我今前来搬救兵。

路上有人说真情，薛礼就是应梦臣。

被你埋没前锋营，攻关破城打头阵。

隐瞒贤臣不禀告，分明你是要冒功。

我今不和你争论，奏知万岁要你命。

说话之间后心痛，才知箭头没拔出。

[1] 阁：原本作"格"。

开口叫声先锋听，活血酒儿斟几盅。

人参膏药备齐整，后心拔掉箭一根。

士贵听后忙答应，吩咐子婿忙动手。

人参膏药活血酒，快快拿来千岁用。

一边说话一边走，来到驸马他身后。

叫声千岁且站稳，待我拔箭离你身。

这只箭来伤得深，你要忍疼切莫动。

猛然把箭用力推，后心透过出前心。

驸马咬牙叫一声，霎时之间命归阴。

志龙上前叫父亲，害死驸马罪不轻。

士贵叫儿莫高声，听我把话说明白。

若是放他回山中，奏知天子应梦臣。

父子怎能得活命，不如杀他除祸根。

借着拔箭害他命，就说中箭才身亡。

志龙听了哈哈笑，父亲妙算真是高。

却说张士贵把驸马害死之后，将尸骸抬出营盘烧化埋葬。差人把薛仁贵唤来，说道："圣驾被番兵围困在凤凰山，驸马前来搬取救兵，故而与你商议兴兵救驾。"仁贵问道："如今驸马何在？"士贵说："驸马踹出番营，被乱箭射中，方才拔箭时不幸身亡。那番兵有六十万，我兵只有十万，怎生前去迎敌？"仁贵听言道："大老爷，只恐三军不服从我的号令。"张士贵说："你只要有妙计破敌，我便赐你宝剑一口。"仁贵接过宝剑，对张士贵说出破敌之计。士贵听了喜之不尽，遂传令众兵将拔寨起营。薛仁贵得令受剑，手下军士谁敢不遵。一路上旌旗招展，刀枪蔽日，不到两日就来到凤凰山下。只见番兵密密麻麻，一眼望不到边，仁贵吩咐："大小三军前去安营，须要十座帐内六虚四实，空营内悬羊擂鼓，实营内战马嘶鸣。"众军士听令，十万人马扎成了五六十万人马的营寨。番兵见唐军声势浩大，不知有多少人马，急忙报于（与）盖苏文知道。

盖苏文听小番报禀以后，出营来见唐营扎得齐整。

飞皂盖转旌旗炮如霹雳，锣又鸣鼓又响密似春雨。

有营寨真个是水泼难进，听声音到处是杀气腾腾。

好一位大将军有勇有谋，未交锋就觉得胆战心惊。

又过了多一会打马回营，到明天再观他怎样交兵。

第二日薛仁贵全身披挂，八兄弟紧跟随一起掠阵。

番营前高声叫狗奴细听，今日有伙头军爷爷在此，
快去报盖苏文早早受死。盖苏文听言后怒火满胸，
到阵前见一个白袍将军，跨战马提长戟恰似天神。
满面上杀气重怒目圆睁，头戴盔身穿甲好不威风。
问一声白袍将何名何姓？是不是伙头军说来我听。
薛仁贵听此言冷哼几声，你既知爷爷的高名大姓。
就应该自刎死献上首级，盖苏文听罢言微微冷笑。
无名的小卒子焉敢夸口，我这口赤钢刀饮血餐肉。
有名将尚死在本帅刀下，我劝你早来降饶过一命。
若不肯我叫你命见阎君，仁贵说你竟敢口出大言。
莫非是盖苏文狗屁元帅，前日里连伤我数员大将。
我不杀你这厮誓不为人，盖苏文心头火冲上顶门。
举钢刀照仁贵就下无情，仁贵叫来得好上前相迎。
他二人在马上来来往往，四臂忙争输赢戟去刀来。
八蹄乱分高下破土扬尘，他二人大战了百十余合。
直杀得盖苏文汗水淋淋，两臂麻只有那招架之功。
叫一声薛蛮子果然骁勇，薛仁贵也杀得精疲力尽。
说番奴可算得当世英雄，这才是真将军棋逢对手。

却说他两个大战了百十余合，不分胜败。那盖苏文好
不厉害，把刀一起，直向薛仁贵胸膛砍来。薛仁贵哪里放
在心上？舞动方天画戟，前遮后拦，左钩右掠，照着盖苏
文头部刺个不停。真如蛟龙入海，二凤穿花，杀得不可开
交。二人又战了四五十个回合，盖苏文已是只有招架之功，
没有还刀之能，气喘吁吁，汗流浃背，两臂酸麻。心中暗
想：这伙头军果然名不虚传，本帅不能胜他，待我暗放出
飞刀伤他。

盖苏文又想用飞刀伤人，一只手握住刀把戟来迎。
一只手拿葫芦念动真言，飞出了柳叶刀青光万道。
直往着薛仁贵顶上落下，薛仁贵抬头看冷笑几声。
按下戟伸手取震天宝弓，穿云箭搭弦上一箭射出。
响一声那飞刀无影无踪，盖苏文他一见吓掉三魂。
急忙忙连发出八口飞刀，阵前面起青光仁贵吃惊。
他用那八口刀来伤我命，我只有四支箭随带在身。
心中忧无奈何连拉弓弦，只听得数声响好似雷鸣。
那飞刀和青光全都不见，四枝箭在半空站立不动。

把手招那些箭回到怀中，盖苏文见刀破又羞又恨。
骂薛礼破我刀势不两立，再催动坐下马前来交锋。
他二人又杀了二十余合，盖苏文便有些不能招架。
仁贵抽白虎鞭喝声着 [1] 打，有白光三尺远来打苏文。
白虎鞭虽未中白光加身，盖苏文口吐血痛彻心肺。
忙打马逃性命败回营中，薛仁贵也只得勒马回营。

却说盖苏文败阵回营，坐在帐中心生忧愁，暗想：好
厉害的伙头军，今日破了本帅的宝贝，明日怎样迎敌？正
在思想，忽从后营走出一位女子。苏文抬头一看，原来是
妻子梅月英。这夫人生得十分美貌，年纪不过三旬，上前
问道："元帅，今日之战胜败如何？"盖苏文说："夫人，
那大唐薛蛮子十分了得，不要说东辽少有，就是天下也难
再有第二个。本帅自出道以来，未尝如此大败，今日反伤
在伙头军之手。"月英含笑说："夫君不必忧闷，待妾身明
日取他性命，以报元帅一鞭之恨。"苏文道："我尚不能敌
他，你只是一介女流，怎能取胜？"月英说："夫君不知
道我的神通，妾身年幼时曾受过仙人法术。"

他夫妻在帐中商量已定，到次日梅月英开兵临阵。
梳洗毕打扮完全身披挂，拿两口绣鸾刀冲出营门。
来到了唐营前叫骂几声，快快去报与你主将知闻。
就说是盖元帅夫人讨战，唤叫那伙头军前来受死。
若要是迟误些杀进营门，定让你一个个性命难存。
有兵士听此言忙往里禀，张士贵命薛礼出营对敌。
仁贵同八兄弟上马出阵，但见那女将军模样周正 [2]。
樱桃口糯米牙眉如新月，胜昭君如西子再度还魂。
薛仁贵喝一声狗妇你听，手没有缚鸡力怎能交兵？
今碰上爷爷我必伤你命，如想活除非是转世为人。
梅月英叫一声我说你听，昨日里敢打我元帅一鞭。
今天你想逃命万万不能，我就是心不服来报此恨。
仁贵说盖苏文尚且败阵，何况你女流辈有何本领？
梅月英听言后冲冲大怒，绣鸾刀双砍来就下无情。
薛仁贵举起戟把刀挡定，八九合梅月英满面通红。
叫了声薛蛮子且慢动手，说话间怀中取小绿绫旗。

[1] 着：原本作"照"。
[2] 正：原本作"整"。

急忙忙抛空中口念真言，二指点那绿旗空中站定。

转眼间从天上飞下蜈蚣，两尺长三寸宽双翅扇动。

一变百百变千结队成群，霎时间遍地落满天飞腾。

往唐兵面目上乱撞乱叮，咬一口起疙瘩又痒又疼。

薛仁贵吃一惊慌忙逃命，其他的八个人败阵回营。

一个个被咬得鼻青面肿，头如斗脖如桶眼如铜铃。

那形状就好像鬼怪一样，齐齐儿倒在地命见阎君。

梅月英见唐将个个丧命，薛蛮子虽逃跑也难活成。

心中喜手一招收回绿绫，得了胜拨转马返回营中。

盖苏文出营帐上前相迎，又吩咐摆酒席与妻庆功。

却说盖苏文摆设酒宴与夫人庆功，问道："大唐伙头军被蜈蚣咬伤，不知是死是活？"月英说："夫君放心，如果让蜈蚣咬上一口，定然有死无生。"盖苏文听了大喜。再说薛仁贵落荒而逃，走了十多余里，因毒气攻心，跌下马来，一命归阴。正在此时，来了一位救星，乃香山老祖门人李靖路过此地，只见冤气冲天，屈指一算，知是白虎星有难，急忙按落云头，来到仁贵跟前。从身边取出葫芦，用柳枝蘸些仙水，擦在仁贵脸上。不一时仁贵悠悠转醒，忙问："不知是哪位恩人救我？"李靖说："我乃香山老祖门人，名叫李靖。当初曾辅助大唐，后来入山修道。今知薛将军有难，因此前来相救。"仁贵听了，起身倒头便拜，说道："今蒙大仙救活小人，感恩不尽。万望大仙到营，一发救了八条性命，恩德无穷。"李靖说："这个容易。贫道有事不能到营，你把葫芦拿着，自去救人。"仁贵听言，接过葫芦，又问："那番营梅月英的妖法怎样得破？还请大仙指教。"李靖说："我有破敌正法。"话毕，从怀中取出一面尖角绿绫旗，说："梅月英用的是蚣角旗，这面叫蚣犊旗。你拿去看她祭旗时，你也祭在空中，就可尽收蜈蚣。那时你将葫芦抛出，打死梅月英。听我之言，速速前去，救人性命要紧。"

仁贵接旗谢过恩，李靖驾云回山中。

薛仁贵来心发急，进营看见八人死。

士贵上前问经历，你是怎样得活命？

仁贵叫声老爷听，吉人天相凶化吉。

小人今日不该死，跌落尘埃遇仙师。

名叫李靖香山徒，搭救性命才生还。

我想八人齐都死，倒头便拜李仙师。

他说山中有要事，葫芦借我救兄弟。

仁贵把事说端详，去把仙水擦脸上。

仙水擦过不一时，八人果然就苏醒。

翻起身来忙站立，仁贵细细讲根由。

听后人人心欢喜，望空叩拜救命师。

拜罢仙师回帐中，不觉早又到天明。

九人骑马出营门，来到番营高声骂。

昨日薛礼未丧命，今日杀你不留情。

苏文听言吓掉魂，叫声夫人你当听。

你说蜈蚣仙术深，咬上一口不得活。

怎么未灭伙头军？为何薛礼到营前？

月英听了也吃惊，我的法术怎不灵？

莫非小兵未看清，错报军情把人哄？

为妻出阵看分明，提刀骑马出了营。

来到阵前用目观，果然不假是真情。

月英不由心发凉，骂声蛮子伙头军。

有何仙药救你命，破去飞刀破蜈蚣？

今日娘娘气不平，定要薛礼命归阴。

仁贵听言哈哈笑，骂声贱婢梅月英。

阵前交锋无本领，全凭邪法来伤人。

妖魔邪术不中用，薛礼就要你的命。

说完舞动手中戟，月英举刀来相迎。

两人交战在一处，杀得天暗地又昏。

打马冲锋五六合，月英两臂酸又麻。

赶忙念咒放蜈蚣，蚣角绿旗升空中。

仁贵见了笑一声，怀中取出蚣犊旗。

不念真言和咒语，就将绿绫祭空中。

两面绿旗虚空飘，不多一时见分晓。

一边落下飞蜈蚣，要咬对阵伙头军。

一边落下飞金鸡，飞来要吃蜈蚣精。

蜈蚣变成千百只，金鸡变化数不清。

嘴又吃来翅又打，顷刻吃尽蜈蚣精。

月英看见眼大瞪，吓得胆战心更惊。

今日法术使不成，要想活命万不能。

掐诀招旗无灵应，旗飞九霄没影踪。

仁贵大胆心放宽，抛起葫芦打月英。

葫芦飞起不见影，李靖早已收怀中。

仁贵上前刺月英，月英拨马逃性命。

仁贵随后紧紧追，一戟刺来中咽喉。

苏文营前看得清，放声大哭叫夫人。

薛礼今日伤你命，我要和他决雌雄。

咬牙切齿冲出阵，举刀就砍仁贵身。

仁贵把刀架一旁，十六回合无输赢。

仁贵胸中怒气生，白虎鞭出有白光。

苏文吓得忙逃命，口吐鲜血败进营。

却说薛仁贵见盖苏文败走，回头对周青等人说道："各位兄弟，快快冲杀番营。"众人答应一声，张士贵父子也领着大队人马卷来，把那些番兵杀得尸骨成山，血流成河。盖苏文见营中大乱，急兜马缰跑向内营，后面薛仁贵紧紧追赶不放。正逃之间，前面撞着八位伙头军，高声大叫："盖苏文，你往哪里走？我们等你多时，今日留下首级。"把他围在中间，棍棍只往头上打，刀刀只向颈边砍，枪枪紧逼分心刺，杀得盖苏文招架不及。被李庆红一刀砍来，肩头上连皮带肉削下一大块，王心鹤一枪刺来，脚上又着了一枪。盖苏文满身带伤，拼着命往山脚下跑去，薛仁贵吩咐众兄弟四处守定。正是：

鲤鱼脱钩今日去，摇头摆尾不再来。

薛仁贵见苏文落荒而逃，忙吩咐众兄弟快快追赶。

四面守八面截各自用心，千万儿莫放走番狗出营。

他几个应一声各处散去，盖苏文心内慌左冲右突。

向东走见周青前面挡定，向西走姜兴霸大刀来迎。

向南走王心鹤不肯容情，向北走薛贤徒长枪刺心。

直杀得盖苏文团团乱转，想上天没有路入地无门。

薛仁贵在身后紧追不放，炮声响鼓声鸣杀声连天。

山上的君臣们营外观看，只见那山下面番营大乱。

又听得山脚下苏文大叫，伙头军真骁勇我命难存。

有一位白袍将手中提戟，盖苏文无处逃打磨转圈。

太宗问徐先生你可看清，赶苏文白袍将他是何人？

茂公说他就是应梦贤臣，唐太宗听此言喜在心间。

高声叫小王兄穷寇莫追，快上山见寡人君臣相逢。

薛仁贵未听见太宗之命，他只顾追苏文紧上加紧。

尉迟恭看圣上喊叫不应，我下山去拿他来见主公。

徐茂公叫元帅何必认真，方才是何宗宪追赶番兵。

哪里有薛仁贵应梦贤臣？我哄你为的是消愁解忧。

敬德说你的话全都不信，我把他叫上山问个分明。

唐太宗命敬德快快去请，请来了应梦臣我才宽心。

却说尉迟恭下得山来，正赶在薛仁贵的身后，急忙用双手扯住他白袍后襟，高叫："贤臣，你原来在这里。"仁贵只当元师前来拿他，心内吃惊，急中生智，把戟往白袍上一刺，将后襟割断，反把那敬德闪下马来。仁贵也顾不得追赶盖苏文，自己逃命去了。再说尉迟恭爬起身来，手中拿着一块白绫，有半朵牡丹花在上面，便赶忙上马来到山顶。茂公问："元帅，应梦贤臣何在？"敬德说："今虽拿他不住，却将他衣襟扯下一块，再向张士贵索要身穿半幅白袍之人，并对牡丹花，料想这回他也瞒不过去了。"正是：

奸臣自有瞒天计，李代桃僵去冒功。

尉迟恭拿袍襟欢天喜地，一心访薛仁贵应梦贤臣。

且不说大元帅主意打定，再说那薛仁贵回到营中。

离马鞍进营帐来见先锋，叫一声大老爷快救我命。

今日里我正要追杀苏文，不料想大元帅来捉我身。

抓住了后衣襟就要拿回，我发急割断袍方才逃回。

细思想这件事到底不行，对衣襟查出我有命难存。

只求你大老爷发发慈悲，永世里都不忘你的恩情。

张士贵叫薛礼你且放心，我拼上这前程定救你命。

快把你无襟袍脱下我用，何宗宪这件袍快穿你身。

穿这袍把元帅好来瞒哄，岂不是救了你一条性命？

薛仁贵听此言喜之不尽，忙脱衣再谢过救命恩人。

张士贵见薛礼高兴回营，脸带笑领宗宪前去冒功。

来到那凤凰山进入御营，伏尘埃忙拜见唐王太宗。

微臣我奉圣旨救驾来迟，连累了万岁爷多受惊恐。

唐天子叫爱卿快快平身，救孤家脱灾难便是大功。

薛驸马冲番营去搬救兵，却怎么不见他交旨回程？

张士贵叫万岁龙耳细听，薛驸马蹿番营中箭七支。

肩上的腿上的自己拔尽，后心的一支箭射得太深。

自带箭受疼痛来到臣营，宣旨后去拔箭一命归阴。

臣将他那尸首大火烧化，带尸骨见万岁将他阴封。

唐太宗听言后痛哭伤心，哭一声薛驸马屈死鬼魂。

本想着搬救兵同定太平，谁知道今日里你死我生？

倘若是回中原御妹来问，孤王用何言语说与她听？

只因我玩山景忠臣丧尽，众王兄无一个死得不冤。

唐天子直哭得昏迷不醒，尉迟恭上前来相劝一声。

叫圣上莫要哭生死有命，薛驸马搬救兵立下大功。

战场上刀兵交难免死人，将尸骨葬后山回朝封赏。

唐天子听罢言止住哭声，尉迟恭问先锋你细当听。

我方才在山下见一将军，穿白袍手提戟好不威风。

追番兵赶苏文就似天神，明明是薛仁贵应梦贤臣。

你何不叫他来朝见主公？再瞒哄我叫你命见阎君。

士贵说是宗宪救驾立功，哪里有薛仁贵应梦贤臣？

有元帅听此言骂声奸臣，我亲自扯袍襟可作凭据。

你快叫何宗宪前来对证，差一毫我叫你刀下亡身。

张士贵听言后暗暗吃惊，喊宗宪上前来觐见主公。

尉迟恭手拿着一块袍襟，上前来和宗宪配对分明。

那袍襟花和色一点不错，尉迟恭无奈何只得记功。

太宗说张爱卿速速回程，要保住汗马城多加小心。

不说那张士贵下山归营，再说那唐天子起驾回城。

却说唐太宗起驾回到凤凰城中，只因两旁少了几十员开国功臣，常常泪下。这一日正在忧闷，忽有军士来报："鲁国公程老千岁已到。"太宗听言，脸添笑容，说："快宣进来见驾。"程咬金进了御营，拜见太宗。太宗问："程老王兄，你从何路而来？"咬金说："我从旱路行来，要是走那水路，前日就能和万岁在一起了。今有尉迟元帅的两位公子也一同前来，一路上翻山越岭，受虎豹之惊，冒风霜之苦，才到凤凰城面见天颜。"太宗说："宣两位御侄见朕。"尉迟宝林、尉迟宝庆进营朝见天子，参拜军师。父子相逢，各诉思念之情，君臣满心欢喜。太宗问："程老王兄，不知秦王兄病恙如何？"咬金说："已是每况愈下，料旦夕不久于人世。"太宗听了，嗟叹不已，咬金往两边一看，不见马、殷、段、刘四位公爷和二十七家总兵好友，便问："万岁，众家兄弟哪里去了？"太宗一听，泪如雨下，将风（凤）凰山被困情由细说一遍。咬金听后大放悲声，骂起尉迟恭来。

咬金听罢放悲声，骂声黑贼不中用。

秦哥半生掌帅印，未曾多伤一兵卒。

你今才得做元帅，帐前大将折干净。

好好还我众弟兄，万事全休不细问。

若敢支吾讲不清，剥下你皮抽你筋。

骂得敬德无言答，心想钻地无缝隙。

忙了忙了谁忙了，忙坏太宗李世民。

开言叫声程兄听，听我把话说分明。

千错万错是我错，不怪元帅尉迟恭。

我若不去玩山景，总兵国公不少人。

自古生死有天定，埋怨别人理不通。

降旨后营设席宴，君臣围坐把酒饮。

从此只讲征东事，过往揭开再不提。

酒过三巡菜五味，敬德咬金已和解。

尉迟叫声老千岁，某家有件稀奇事。

啥事说来我细听，提起此事人皆知。

扫北班师回京城，圣上曾经把梦做。

独自出营游山景，无将保驾无兵随。

忽然来了一番将，逼迫万岁把降投。

圣上无计正无奈，白袍小将救君王。

万岁问他名和姓，随口咏出四句诗。

家住逍遥一点红，飘飘四下影无踪。

三岁孩儿千两价，保主跨海去征东。

只因不见应梦臣，破城夺关何宗宪。

既然宗宪如此勇，扫北为何不出阵？

不是没有应梦臣，定是士贵存奸心。

欺君罔上将人瞒，损人利己假冒功。

咬金又把元帅问，是否见过应梦臣？

见过两次未看清，一遭我被番将擒。

打入木笼囚车内，解往京都去请功。

半路遇见一将军，杀退番兵救我身。

见我未说半句话，急忙逃走喊不应。

我在车中正纳闷，先锋前来把我放。

紧紧跟随何宗宪，宗宪便是有功人。

前日万岁身遭困，汗马城中救兵临。

有一小将太骁勇，还是救我那个人。

本帅下山把他请，却被逃得无影踪。

只扯一块白袍襟，这回又是宗宪功。

虽然记功难释疑，终日困惑不宽心。

如今妙计在胸中，前去走访应梦臣。

却说程咬金问道："元帅有何妙计？说来我听。"敬德说："我明日去到汗马城中，就说万岁被困凤凰山，先锋救驾有功，本帅奉旨前来犒赏三军。不论将军兵士，还是伙夫养马之人，按花名册一个一个点将过去，都要亲自领取御赐酒肉。若有那姓薛之人，定要看清面貌。只用十来天功夫，自然就会点着姓薛的贤臣。"咬金连声说："好计！只是你最喜饮酒，如果让张士贵灌醉，岂不枉费心机？"敬德说："为访贤士，我绝不饮酒。"咬金说："你去那汗马城，饮酒不饮酒我怎知道？"敬德说："千岁放心。请万岁当面写下御旨戒牌，挂在我的颈中。我若饮了，便是大逆欺君。"太宗听了大喜，御笔亲挥"奉旨戒酒"四字，敬德双手接在手里，说道："我就不信应梦贤臣访不出来。"正是：

奸臣狡诈计谋高，奉旨戒酒也枉然。

尉迟恭挂戒牌去访贤臣，徐茂公见此情大笑几声。

叫了声老元帅何必逞能，倒不如不前去落个安稳。

即使去也不会访着贤臣，你何必白徒劳枉费心机。

敬德说我此去定要查明，查不出应梦臣决不罢休。

茂公说我二人口说无凭，击手掌到后来见个输赢。

倘若是你访着应梦贤臣，我头颅献给你任你而行。

敬德说访不着我把头献，老千岁给我们做个证人。

咬金说你两人立下军状，君面前无戏言岂能作耍？

第二日整备齐酒肉等物，数十名家将挑元帅辞驾。

尉迟恭走得[1]快两子跟随，不觉得就来到汗马城外。

张士贵听报禀不敢怠慢，和四子并一婿出城相迎。

远远地跪路旁道声恕罪，有元帅叫先锋快交名册。

有先锋请元帅先把城进，犒赏时自会有叫册花名。

有元帅喝一声你敢违令？张士贵陪笑说莫把气生。

命志龙进营去拿来花名，尉迟恭接手中交与宝林。

说此事很重要小心藏好，万不可理没了仁贵之名。

张士贵把元帅接进城内，忙吩咐摆酒宴接风洗尘。

敬德说我此次奉旨戒酒，你不可拿酒来迷惑我心。

我今天来劳军不同往日，听我把赏军事细说分明。

却说敬德对张士贵道："你在凤凰山救驾有功，万岁御赐酒宴，着本帅到汗马城犒赏三军。犹恐本帅酒醉糊涂，埋没了一兵一卒，故我奉旨戒酒。你在校场东首扎下一座营寨，不许有一卒外出，再在西头扎下大营，不许一卒入内，待我点名后依次进去。"张士贵答应一声，同子婿退出帅营，说："孩儿们，我们今天活不成了。"四子问："爹爹，为什么？"张士贵说："元帅今日前来劳军，分明是查访应梦贤臣。这九个伙头军的名姓都在花名册上，看来是难以瞒哄过去。若将那薛仁贵查出，我父子们就犯了欺君大罪。"张志龙说："爹爹，孩儿有一计，能救得我等性命。"士贵说："你有何计？快快讲来我听。"

张志龙对父亲一声告禀，孩儿我有妙计说来你听。

城东面三里远有座神庙，把九人哄到那前去藏身。

看动静等时机再做料理，若能把老元帅瞒哄过去。

从此后再不会有人查访，再不然就害了九条性命。

张士贵夸孩儿言之有理，等为父月字号去哄他们。

说完话急忙忙亲自前行，今日里老元帅来赏三军。

我为你九个人时刻担心，倘被捉那时候性命难保。

薛仁贵听此言跪倒求救，望老爷想办法搭救我命。

救下我忘不了你的恩情，我将你救命恩牢记心中。

士贵说薛将军你且起身，我拼着自己命来救你身。

战关口破城池你立大功，无奈何圣天子一时不明。

又加上尉迟恭糊涂之人，只是我官职小说话无用。

没奈何我只得时时操心，且救你也是我分[2]内之情。

此城东三里远有一土港，那里有山神庙十分僻静。

你九人速去到那里藏身，多拿些酒和肉自斟自饮。

等元帅劳军后再叫你们。薛仁贵忙拜谢救命之恩。

辞别了大老爷兄弟随行，九个人连夜到山神庙中。

且按下他九人后面再表，再说那老元帅校场传令。

上将台排公案酒肉摆定，十万兵齐进了东首大营。

叫一声先锋官仔细小心，本帅我点一人走出一人。

领赏毕莫混杂要进西营，绝不可名册有不见本人。

[1] 得：原本作"的"。

[2] 分：原本作"份"。

更不许冒名姓顶替他人，如不遵先杀你再来劳军。

尉迟恭传下令将台坐定，有宝林和宝庆站立点名。

张士贵父子们见此情景，怀鬼胎心中怕无计可生。

却说张士贵父子们本想着元帅点兵粗枝大叶，不料他却如此认真，直吓得胆战心惊。尉迟恭坐在那将台上，有宝林和宝庆按花名册从头点来。每喊叫一声，东营内便走出一人前来领赏，元帅从上到下仔细看过，然后再放进西营。先将（点）将官，再点士兵。为了查访薛仁贵，元帅两眼常各处观察，唯恐兵卒混杂。不觉就到了黄昏时候，元帅父子用过夜膳，传令家将四面看守，不许东西两营军士往来，直到将全部人马点完为止。第三日，点到前锋营月字号，张士贵心如火烧，面如土色，浑身冒汗，问张志龙道："我儿，伙头军用何人顶替？"志龙说："爹爹放心，孩儿有计。"正是：

酒不醉人人自醉，色不迷人人自迷。

明知饮酒要误事，却将好酒当茶吃。

志龙说老元帅爱酒如命，奉圣旨将酒戒一时高兴。

今日已三天整滴酒未沾，他必定想吃酒却不能够。

这南风刮得是旌旗飘动，不如把上等酒放在缸中。

那酒香自然会冲来冲去，再观看老元帅怎样举动。

倘若是不劳军只把味闻，必定是想饮酒不敢明言。

趁机会你端来好酒一碗，少放些茶叶儿上前去敬。

倘若是喝下去还要再饮，三五碗灌醉他再将计用。

如果是他发怒问起原因，你就说倒茶时未加小心。

那时候便不能把罪来问，爹爹你使此计成也不成？

张士贵听此言喜之不尽，忙吩咐众家将把酒搅动。

南风吹酒味来香气入鼻，逗引得尉迟恭喉中酥痒。

自思想有戒牌不敢来敬，老元帅喝口茶暗喜心中。

张士贵原来是大好之人，知我意酒当茶来敬我身。

叫士贵把这茶去拿几碗，本帅我口中渴还要多饮。

吃一碗又一碗十碗已过，那宝林在一旁起了疑心。

暗暗想我父亲饮个不停，不是茶定是酒要看分明。

张士贵又端来酒碗相敬，那宝林接过去闻了一闻。

原来是把美酒当茶来饮，叫了声老爹爹做事不明。

常言说醉酒后自把祸引，何况是你饮酒大逆欺君。

和军师击手掌论赌输赢，圣天子若知晓有命难存。

爹爹你莫糊涂赏军为重，张士贵罪恶大快问罪行。

尉迟恭酒性发面泛铁青，翻眼珠大骂道猪狗畜生。

父饮酒人不知鬼不曾见，谁叫你大声吵揭我根底。

如今我不戒酒偏偏要饮，我看你怎管住能奈我何？

命士贵给我把酒宴摆定，你和我来猜拳开怀畅饮。

张士贵怕元帅不怕宝林，见计成喜在心笑在脸上。

你一杯我一盏快活痛饮，那宝林直[1]气得两眼发红。

对父亲他不敢大胆相争，也只得在一边枉把气生。

老元帅直喝得醺醺大醉，耍酒风说酒话传下将令。

叫士贵你心好我要重用，天色早代本帅去赏三军。

前锋营左右营尽皆犒赏，到明日待本帅御营交令。

宝林说老爹爹三思而行，赏军事万不可托付他人。

敬德说孩儿你休再啰嗦，快扶我到后营休息安身。

有宝林和宝庆怒气冲冲，虽恼恨无奈何只得依从。

张士贵在那里心满意足，按将令去赏军不敢消停。

却说张士贵吩咐子婿五人犒赏三军，不到两个时辰将前营及左右营尽皆赏到，人人无不沾恩，父子回营安睡。那敬德元帅直到初更方才酒醒，睁眼后大吃一惊，说道："我儿，为父被张士贵用酒灌醉，查不出应梦贤臣，为今之计，如何是好？"二子说："爹爹贪酒如命，不听孩儿劝阻，现在后悔已迟，只怕被天子知道，性命难保。"父子们正在议论，忽听得外面传来猜拳之声，便问："家将，如今是什么时候了？外面为何如此热闹？"家将禀道："还只是初更，众兵士得了酒肉，都在开怀畅饮。"敬德说："我儿，今夜乃八月中秋，云月如画，随我出营走走。"

父子三人出帅营，一心要访应梦臣。

东西走来南北看，左右找来前后观。

有的三人同一桌，也有五人把令行。

有的唱歌助酒兴，有的舞剑慰生平。

几个擂鼓行酒令，几个猜拳定输赢。

一点一碗好大运，三星高照六六顺。

五子夺[2]魁四季红，七巧八仙九长寿。

[1] 直：原本作"只"。
[2] 夺：原本作"多"。

父子悄悄眼望去，忽有一人叫老兄。

人人都是父母生，为何苦乐不均匀？

我虽身在军营中，摇旗呐喊未立功。

无功倒把酒肉领，畅饮快活乐无穷。

有人流汗又流血，朝廷犒赏没他份。

出生入死保太宗，元帅劳军太不公。

只见一人开言道，老兄你说是何人？

那人又叫老兄听，就是几个伙头军。

他们九人结弟兄，攻城夺关真英雄。

自从跨海到如今，哪一仗阵少他们？

元帅被困囚车内，仁贵杀敌才脱逃。

天子被困凤凰山，仁贵救驾舍性命。

就凭这些天大功，早该报恩受封赏。

汗马之功无人问，天子元帅没良心。

知足常乐守本分，无功受禄落安稳。

我去小解你们饮，话毕起身往外行。

元帅听后记心间，后悔今日把酒饮。

看见此人来解手，叫声我儿快藏身。

三人暗中忙站定，要把事情问分明。

那人上前解了手，元帅跳出来拿定。

手持宝剑放光明，你看我是何等人？

这人一见吓掉魂，叫声元帅饶我命。

元帅说句你放心，要想饶命说真情。

月字号有伙头军，九人结义弟和兄。

如今何处去藏身，从头说来我知闻。

那人叫声元帅听，月字号内伙头军。

九人结义是弟兄，武艺高强智谋深[1]。

为首之人非等闲，姓薛名礼字仁贵。

身穿白袍手提戟，算得一员无敌将。

自从来到东辽境，攻关夺城有威名。

番兵听闻吓破胆，骁勇善战不败阵。

舍生忘死保主公，立下战功无人问。

张大老爷理不通，与婿冒功瞒他人。

前日元帅来赏军，士贵父子商量定。

命他九人躲庙中，不准出来胡乱行。

元帅听了内中情，放过此人向东行。

父子三人走得急，一时来到神庙前。

却说薛仁贵等九人坐在山神庙中饮酒，其他八兄弟吃得高兴，只有仁贵闷闷不乐，略微饮了几盅，就走出庙门散心。随步行来，但见那月光皎洁，晴空如镜，想起从军以来不知受过多少辛苦，立下无数次战功，便长叹道："我薛仁贵为求功名，因此离家。自跨海征东以来，出生入死，拼命杀敌，不知立了多少功劳，天子却全然不晓，把我埋没在月字号当伙头军。还有元帅，也不知是哪年结下的冤仇，到处将我捉拿，不由人心如刀割。凤凰山一战，惊天动地，摇旗呐喊之辈，尚受朝廷恩典，我等反倒像偷鸡摸狗一类。想起恩哥、恩嫂不得相见，贤妻柳氏苦守寒窑，身无着落。实指望从军后为国立功，锦衣（衣锦）还乡，封妻荫子，不料已成画饼。"想到此处，忍不住眼中落泪。敬德听得明明白白，赶上前来把他拦腰抱住，说道："薛仁贵，你今天在这里了。"仁贵回头细看，见是元帅，哎呀一声："不好！"将身子一挣，双手一摇，元帅立脚不稳，仰面摔倒在地，仁贵急忙逃命去了。正是：

满腹冤屈无处诉，对月长叹有谁知？

哪晓来了尉迟恭，仁贵逃命快如风。

仁贵把尉迟恭摔倒在地，急忙忙跑进庙叫声兄弟。

今夜晚有元帅来到此处，一定是捉拿我有命难存。

他八人听言后没有主意，齐用力将后墙踹踏推倒。

跨出去逃性命暂且不表，再说那老元帅赶到庙中。

打开门看不到半个人影，父子仨[2]见里面墙垣坍倒。

宝林说贤臣去何处找寻？敬德说走不远我们快追。

哪怕他飞上天钻入地下，今夜晚定把他请回营中。

父子们出庙门顺路追赶，松树林仔细看依然不见。

这时候忽听得一声大叫，尉迟恭我今日取你首级。

贪饮酒犯糊涂违抗旨意，欺君罪不留情当灭九族。

有元帅抬起头观看分明，那个人原来是军师先生。

见茂公面带笑有了主张，访贤臣不见人这该怎处？

虽不查却已经发现踪迹，在月下表苦功细听委屈。

[1] 深：原本作"身"。

[2] 仨：原本作"三"。

到天明把士贵提进营来，动大刑我料他定能献出。

徐茂公叫元帅不要性急，更不能动大刑逼人太甚。

那贤臣他现在前锋营里，少不得待日后相见有期。

现如今还不到出头之时，早见着未必是一件好事。

倒不如不追他暂且回营，也免得张士贵再生是非。

敬德说回御营怎见主公，我犯下欺君罪如何辩解？

茂公说你莫怕先跟我去，料万岁他不能把你怎样。

尉迟恭听此言才放宽心，随军师一块回凤凰城中。

却说尉迟恭回到了风（凤）凰城中，不觉就过去三日。天子降旨，命先锋张士贵即日起兵。一声令下，大小三军离开汗马城，来到独木关下安营扎寨。天子也随后进兵，到汗马城驻扎，只等张士贵破关报捷。那薛仁贵自从中秋之夜受了惊吓，一路上又感风寒，渐渐身体沉重，竟然卧床不起。张士贵听闻，日日差人往前营探视薛仁贵病情，并没有一人回报好音，整日愁眉不展，只得停营在此，不敢出兵。

再说独木关内守将名叫金面安殿宝，实授东辽副元帅之职，比盖苏文本领更高几分。手下有两员大将，一人名唤蓝天碧，一人名唤蓝天象，生得面貌凶恶，蓝靛红须，非常勇猛。这日正在堂中商议军情，忽有番兵报禀："大唐人马在关外扎营三天，并无将士前来讨战。"安殿宝说："我曾听闻伙头军骁勇无比，走马攻取关寨如入无人之境，今为何却裹足不前？"二将叫声："元帅，待末将们出关索战，若那伙头军出来，便会会他的本事，如伙头军不在里面，就踹他营寨，有何不可？"安殿宝说道："二位将军多加小心。"正是：

志龙宗宪被敌擒，急煞先锋张士贵。

蓝天碧蓝天象披挂上马，下关到唐营前高声大叫。

快去报伙头军早早知闻，就说我将军爷在此索战。

为什么整三日还不交兵？难道是吓破胆不敢出营？

有军士听此言急忙去禀，张士贵不由得胆战心惊。

今日里薛仁贵卧床不起，周青等八个人寸步不离。

现如今还有谁前去抵挡？张志龙听言后满怀欢喜，

老爹爹孩儿我愿意前往。士贵说既然是我儿出马，

贤婿你一同去须要小心。张志龙手提枪来到阵前，

抬起头见番将果然威猛。头上戴紫金盔面如蓝靛，

铜铃眼狮子鼻口似血盆。骂一声番狗奴留下姓名，

有番将听言罢冷笑几声，爷爷叫蓝天碧东辽大将。

无名卒也竟敢前来送死，说话间把枪起纵马上前。

直往那张志龙面门挑去，只战了五六合志龙不敌。

浑身上汗淋淋气喘吁吁，被番将提马鞍活捉生擒。

何宗宪见此情冲冲大怒，蓝天象催战马举刀相迎。

交锋了七八合又遭擒拿，张士贵闻报后惊慌失措。

手发抖心胆寒面如土色，志龙儿宗宪婿番将擒去。

哪一个领兵马救他性命？若迟延必做了刀头之鬼。

志彪说他二人尚且不敌，我兄弟怎能是番将对手？

不如着周青去岂不是好？一句话惊醒了梦中之人。

却说张士贵听了张志彪的一句话，叫声："中军何在？"那中军应声上前，问道："大老爷有何吩咐？"士贵说："你去前营月字号，请伙头军周青前来见我。"中军径自（直）来到前营，也不下马，大模大样地喝道："老爷有令，传伙头军周青。"众弟兄正在那里用饭，周青听见他大呼小叫，便骂将起来。正是：

中军官狐假虎威，周将军怒锁先锋。

有周青大骂声瞎眼狗才，见我等为什么大呼小叫？

众弟兄在那里只[1]管忙碌，中军官不由得焦躁起来。

这一班狗王八如此大胆，大老爷传下令不理不睬。

有周青听此言怒火升腾，出营来见中军耀武扬威。

喝一声你方才在骂哪个？中军道军爷我等候多时。

回去禀老爷知处你半死，有周青上前来举手就打。

那中军摔下马仰面跌倒，先锋令断三截落下尘埃。

爬起身忍着气快走如飞，急忙忙见士贵来把令交。

张士贵听言后冲冲大怒，这狗头差你去不尊号令。

左右人拉下去绳索捆绑，吩咐完带三子进了前营。

薛仁贵从梦中忽然惊醒，抬起头见士贵眼中含泪。

贵人你哪能够轻踏贱地，救我命又亲自前来看望。

岂不是活活地折杀小人，这几日不知道可否交兵？

士贵说昨日里番将讨战，张志龙何宗宪已被擒去，

中军来被周青痛打一顿。薛仁贵听言罢面皮失色，

头发晕眼泛白不省人事。张士贵吓得是魂不附体，

[1]　只：原本作"自"。

连声把薛礼叫不肯醒来。有周青心中恼喝骂士贵。

王心鹤李庆先拿过铁链，把先锋锁在了仁贵腿上。

不一会薛仁贵悠悠转醒，见此景叫一声赶快放人。

张士贵不罢休定要责罚，那周青不依从胡言乱语。

张先锋无奈何去求仁贵，若救出小将军将功赎罪。

仁贵他忙点头满口答应，八弟兄齐上马披挂出阵。

却说周青一马当先，冲到独木关前，高声大叫："大唐伙头军周青在此，叫你家主将早早出来受死。"有番兵急忙报入，蓝氏兄弟出关迎敌。蓝天碧提枪就刺，周青急架相还，两人交锋有十个回合，那蓝天碧被周青擒在手中，勒马转回丢在阵内。蓝天象一见，纵马上前，与周青大战二十余合，不提防被那周青一锤打得脑浆迸裂，呜呼哀哉了。

天象落马把命丧，天碧被擒押进营。

士贵一见心欢喜，传令斩首来示众。

独木关内安殿宝，端然正坐大堂中。

忽有番兵飞马报，二位将军命归阴。

殿宝听言吓掉魂，全身披挂下了关。

众位弟兄出阵前，把那番将细端详。

头戴金盔身穿甲，面如赤金似天神。

坐下一匹[1]黄鬃马，手提两柄大银锤。

虽为东辽副元帅，要算东夷第一能。

周青暗自心内惊，叫声番奴你当听。

来将早早通名姓，爷爷不杀无名卒。

本帅姓安名殿宝，今日定取你性命。

周青顿时怒冲冲，舞动铜锤往下砸。

殿宝不慌也不忙，纵马上前来相迎。

周青不由身摇晃，称赞一声好本事。

殿宝圈马起银锤，周青用力往上挡。

战马倒退十数步，眼前洒落满天星。

伙头军们齐上阵，把个殿宝围中央。

刀枪斧戟乱打来，杀气腾腾天色昏。

交锋四十多余合，难分胜败定输赢。

若无仁贵天星将，独木关前尽冤魂。

却说周青等人和安殿宝交锋，独木关前沸反〔腾〕盈天。两边战鼓敲得如雷霆相似，号炮连天，惊动了前营月字号内薛仁贵，问道："外面哪个开兵？为何半日不见输赢？"徒弟答道："是众师父在那里交战。关内出来一将，名唤金面安殿宝，其人骁勇异常，善使两柄大银锤，八位师父围他，不分胜败。"仁贵听言大怒，说："竟有这等事，我自入东辽以来，从不曾败于番将之手。近日有病在床，想安殿宝有多大本事，八人战他不过，岂不堕了我伙头军的威名。快拿盔甲过来，待我去杀这番狗。"众徒弟再三相劝，薛仁贵就是不听。正是：

薛仁贵带病出战，安殿宝魂归地府。

薛仁贵从病床挣扎起身，烂银盔戴头上重如泰山。

慢腾腾跨马鞍恍恍惚惚，方天戟执手中似有千斤。

催坐骑到阵前大呼一声，众兄弟快退下我取他命。

周青等正杀得眼昏目花，忽听闻兄长来心中欢喜。

转营前却忘记仁贵病体，安殿宝扣住马锤分上下。

抬头看一唐将穿白用戟，心暗想他上前必定答话。

哪晓得薛仁贵病颠之人，安殿宝不提防戟中咽喉。

翻下马落尘埃命见阎君，周青等见此情喜不自禁。

八兄弟冲上前夺关斩旗，众番兵只恨那少生两腿。

却说薛仁贵和八兄弟冲进关来，杀得众番兵死的死，逃的逃，从那帅府救出张志龙、何宗宪两人。张士贵领兵入关，改换大唐旗帜，急忙差人前往汗马城报捷。元帅尉迟恭传令起营，往独木关进发。张士贵俯伏尘埃奏道："臣婿何宗宪路途大病，病挑安殿宝，已取独木关，为朝廷略立微功。"太宗大喜，命元帅记了功劳簿。尉迟恭对张士贵说道："张先锋，本帅帐中有件古董，人人皆说不识，想必你会认得，且到帅营一看。"张士贵无奈，只得随元帅而去。

张士贵随元帅来到帅营，尉迟恭说稍等去拿古董。

转后营手提鞭帐外叫声，张先锋看此物什么东西？

士贵说乃元帅镔铁钢鞭，那柄上几行字本帅不识。

你来念我听闻哪些话语，张士贵无奈何开口读出。

若狄夷敢造反抢掳廊庙，朕深知国公你素秉忠义。

三宣召特请你返回朝堂，上可打无道君下打佞臣。

人共神任谁都不能回避，神尧舜唐高祖御赐亲封。

尉迟恭大笑说正可打汝，飞一脚把士贵踏翻在地。

张士贵吓得是魂不附体，大声喊元帅爷且饶性命。

末将我保家国有功社稷，敬德问薛仁贵在你营中，

却为何把功劳假冒自己？元帅你休听那他人之言，

月字号伙头军只有薛礼，我从来不曾闻仁贵二字。

本帅我汗马城犒赏三军，你用计灌醉我糊涂混过。

转醒来山神庙听得明白，薛仁贵独一人对月长叹。

我去拿他便走跨墙而出，今日里独木关病挑番将。

一定是他功劳你又顶替，快快说真实情饶过狗命。

若支吾一鞭去打为肉泥，张士贵心里面暗自思忖。

如不把实情说性命难保，顾眼前好留得几天活路。

叫元帅暂且息雷霆之怒，待末将我对你说个分明。

薛仁贵家住在山西龙门，投军来因见他本事高强。

故把他埋没在伙头军内，将功劳尽皆冒狗婿宗宪。

这都是真情话半句无虚，饶我命就去把仁贵献来。

尉迟恭听言后哈哈大笑，进御营见军师满脸喜色。

茂公问薛仁贵可有着落？敬德说张士贵答应送人。

茂公说元帅你考虑不周，他此去必然会再生事端。

若谋害应梦臣死无对证，岂不把栋梁才活活斩[1]杀。

却说张士贵受了一场惊吓，回到自己营中，仍然惊魂未定。志龙问道："爹爹前去报功，回来为什么这般光景？"士贵说："我的儿，如今机关泄露，为父只怕性命难保。"志龙问："这却为何？"士贵说："前营伙头军薛仁贵，已被元帅访出真情，还逼为父把他献出。若是那隐瞒冒功之事让万岁知道，岂肯饶恕我等性命。"众子问道："这可怎办？"士贵说："把他九人一并谋害，那时死无对证。元帅追究其情，就道果然没有应梦贤臣，让我哪里能赔得出来。如果万岁查问，便说因元帅要伤臣性命，所以才屈认其情。"志虎道："爹爹，不如把他们药酒灌倒杀死如何？"志彪说："那九人何等骁勇，倘被识破造起反来，谁人能服他们？"士贵说："要想出一个绝妙的主意，人不知，鬼不觉，方能安稳。"何宗宪眉头一皱计上心来，说道："爹爹，前日小婿被番将擒住，听得他们说起，此处天仙谷口地势绝险，任凭你有多少人马进去，若

堵住退路，定然有死无生。且把九人哄到那里，塞了口子，将火箭、火球、火枪打将下去，再多用些引火之物投到山下，岂不上天无路，入地无门，一起活活烧死？"士贵听言，拍手称妙。正是：

> 虎无伤人意，人有害虎心。
>
> 生死皆有命，徒劳枉费神。

张士贵进前营叫声不好，本老爷为你们时刻操心。

谁[2]知道半路上惹起风波，薛礼你山神庙露出真情。

尉迟恭着了恼鞭打我身，苦苦地逼迫我把你献出。

到那时你必然性命难保，枉费了许多力功劳皆休。

老爷我好行善于心不忍，特差人去打听藏身之所。

离此关十里地天仙谷口，地势险又僻静无人知晓。

那里去暂且顾眼前之害，等到我夺取了越虎城池。

万岁前保奏你定然成功，薛仁贵听此言吓掉三魂。

叫一声大老爷感恩不尽，你屡次搭救我无恩可报。

兄弟们跟随我一同前去，周青说若元帅前来拿我。

我有话对他讲不劳先锋，仁贵说莫倔强保命要紧。

说完话手提戟上马前行，进入那谷口内抬头细观。

山高耸木森森飞鸟难渡，中间有石生成弥勒佛像。

转过去路通幽却是绝地，张士贵子婿们上了高山。

先把那柴火丢再把火燃，有火箭并火球打将下来。

众兄弟叫声苦魂魄两散，周青说张士贵万恶奸臣。

大哥你偏听信他的言语，现如今火里死实在冤屈。

仁贵道周兄弟别再埋怨，谁能知这狗头坏肚烂肠。

冒功劳设诡计害我性命，叫声天天不应入地无门。

忽记起水火袍娘娘所赠，人和马罩住身这才心宽。

这时候半空中有人高叫，尔九人莫慌乱把眼闭上。

只听得两耳旁风声响动，如腾云如驾雾飘飘荡荡。

好一会风止息睁开眼睛，却不是天仙谷换了所在。

松柏青无人烟山高岭峻，众兄弟无奈何往前所行。

走出去四五里天色昏暗，正彷徨前面来白发婆婆。

薛仁贵走上前招呼一声，那婆婆开口问将军何往？

仁贵说我等是中原人氏，保护着唐天子跨海征东。

[1] 斩：原本作"折"。

[2] 谁：原本作"说"。

错投路[1]才来到这个地方，今要到独木关多少路程？
原来是唐朝将老身不知，如果有冒犯处望其恕罪。
这边离独木关五百余里，九个人听言后好生愁闷，
今夜晚到哪里且去安身？婆婆她见此情道声将军，
不嫌弃寒舍中权宿一宿[2]。兄弟们说声谢一路行来，
有石洞五尺高弯弯曲曲，进洞中半里远才见光亮。
出山洞仿佛是换了世界，四时花八季草漫山遍野。
一对对白鹤飞麋鹿成群，猿猴啼虎狼啸梅疏柳绿。
再前行有石屋高约一丈，匾额写藏军洞三个大字。
众兄弟入内来仔细观看，有石凳和石床石台石椅。
缸盆瓶壶碟碗都是石凿，坐定后忍不住连忙动问。
老妈妈家里面还有几人？何名姓从何事细说分明。
婆婆道本姓宣从小独处，父母亡无亲戚采炼修行。
从未曾食烟火百岁有八，昨日夜托梦我九天玄女。
那大唐龙驾前前锋营中，月字号伙头军共有九名。
明日里到此山命不该绝，让老身去救回藏军洞内。
众兄弟听一言不觉大惊，多谢你老妈妈如此费心。
无米面没有酒怎度光阴？婆婆说石缸中米酒不缺。
今日吃明日生用之不竭，食荤腥养军山自去狩猎。
说完话出了洞无影无踪，自此后兄弟们逍遥快活。

却说张士贵父子在天仙谷口守了一夜，天明往下细看，山凹处尽是火灰，料想那九人九骑早已化为灰烬，便一起回到先锋营中。正在商议如何搪塞天子之事，忽有军师府差人传令，命张士贵父子急速起兵攻打三江越虎城。原来徐茂公犹恐元帅归罪张士贵，所以把他调出。尉迟恭听闻张士贵离开独木关，心中明白是军师救了他的活命，也只得罢手。

再说三江越虎城中，建庄王正在同军师雅里贞及各位文武大臣议事，忽有小番来报："启禀狼主，独木关已破，安殿宝战死，唐朝兵马不日将临城下。"建庄王听言，吓得魂不附体，叫声："军师，为今之计如何是好？元帅不在城内，倘一日唐兵来临，谁人可去抵敌？"雅里贞上前奏道："臣有一计，可擒中原君臣将帅。"建庄王大喜，问

道："军师有何妙计？"雅里贞说："大唐良将颇多，何况有伙头军骁勇无比，元帅尚且在凤凰山大败，安殿宝有名能将，也死在他们手中，料我现有数将，哪里能守得住城池？不如留下一座空城，我们去贺鸾山扎下营寨，只等那唐军进城，臣率大兵把城四面围定，那时再慢慢攻打，唐王性命岂不知（在）掌握之中？"建庄王听了，急忙传旨，军民人等皆往贺鸾山而去，又点起数十万人马暗中埋伏。正是：

设下擒龙捉虎计，只等鱼儿来上钩。

建庄王设下了空城之计，张士贵同子婿领兵前来。
探马报越虎城四门大开，吊桥放旌旗展无人把守。
士贵说竟然有这等事情，想必是伙头军他们听闻，
所以才吓破胆不战而退，且进城等待着天子来到。
只说是何宗宪本事高强，攻破了越虎城又立大功。
差人去独木关前往报捷，尉迟恭传下令三军起程。
太宗坐银銮殿士贵见驾，免不了把功劳再表一番。
忽然有黑风关飞骑来禀，长国公王君可因病身亡。
现如今那战船无人看守，唐太宗问军师何人可遣？
茂公说张先锋立功甚广，不如派他前去万无一失。
张士贵接圣旨辞驾回营，披挂好带子婿领兵出城。
且不说张士贵去黑风关，再提起建庄王暗点大兵。
百万众把城池团团围定，号角响战马鸣遮天蔽日。
守城兵忙报于天子知晓，唐太宗听言后冷汗直淋。
众文武保天子西城观望，但见那四周围杀气腾腾。
刀如林枪如雨人如潮涌，似恶鬼乱投胎黑雾弥漫。
猛看见有番将冲出大营，催坐马来到了西门城下。

却说唐朝君臣正在西城观望番营虚实，猛然见有一番将打马来到西门城下，高声呼叫："城上的可就是唐王李世民吗？今日你中了我主之计，快快献城投降。"众文武大吃一惊。原来那人正是盖苏文，前些时日去了朱皮山苦练飞刀，听说越虎城开兵，又带领十万雄兵前来交战。程咬金不曾识得，问尉迟恭道："元帅，可知来将何人？"尉迟恭说："老千岁，这个青面的番奴就是那番邦掌军大元帅盖苏文，众家总兵老将性命皆丧他手。"程咬金听言，放声大哭，就要出城与盖苏文交锋。

咬金听言痛伤情，就要出马去交锋。

[1] 投路：原本作"路投"。
[2] 宿：原本作"宵"。

太宗连忙喝一声，不可造次送性命。

王兄年高又老迈，哪里会是他对手？

咬金开口把话讲，父兄之仇不共天。

当初山东结盟誓，三十六友同生死。

如今兄弟把命丧，岂能做那无义人。

茂公敬德再三劝，方才息了他念头。

咬金靠定城垛站，骂声苏文番狗奴。

前日之恨未得消，今天竟敢来送死。

可知爷爷手段高，我用仙法取尔命。

苏文心中暗称奇，带马走进护城河。

哪知咬金放冷箭，射伤左耳血淋淋。

苏文气得要吐血，咬金哈哈笑连声。

次日苏文来讨战，唐营高挂免战牌。

转马回营见狼主，我料他们无能人，

故而不敢把兵开。围困一年或半载，

粮草一绝活饿死。不表番王心欢喜，

再说大唐圣明君。满脸愁容无计施。

如不取胜盖苏文，如何回还到中原？

谁人可去讨救兵，粮草断绝怎奈何？

军师茂公劝慰他，吉人自有福星临。

莫要心焦且等待，二十天内见分晓。

不说君臣困愁城，再表长安护国公。

却说长安护国公府内，秦叔宝临终之际，相传各家小爵主来到床前，说道："大丈夫建功立业，当乘少年之时。尉迟恭督兵保驾跨海征东，闻报一路平安，但总不能让人放胆托心。我死之后，三五日即可殡葬，也不必专门守孝。望你们前去东辽，为国尽忠，我在九泉之下保佑你们。"众子侄含泪受训，丧事已毕，奏闻李治殿下，起兵十万往三江越虎城而来。正是：

唐王御驾困番城，还仗忠心报国臣。

遗命子侄跨海去，阴灵护佑破番兵。

秦叔宝临终时留下遗命，众爵主一个个含泪受训。

丧事毕禀殿下起兵十万，竟往那越虎城一路而来。

那一日到城外扎下营寨，远望去有番兵不计其数。

罗通问谁人去城内报信？秦怀玉手提枪独闯番营。

冒流矢血染衣连踹十营，透重围方来到护城河畔。

抬起头仔细看正欲叫城，忽听得鼓如雷人声呐喊。

有番将手执鞭打马冲出，秦怀玉迎上前举枪便刺。

交战了三四合番将不敌，身中枪落马下一命归阴。

秦怀玉吊桥前高声大叫，救兵到本爵主要见天子。

守城将他不敢擅自做主，就这样秦怀玉冲杀四门。

直到那日西沉月挂柳梢，尉迟恭接应他才进城中。

忙来到银銮[1]殿叩禀太宗，天不幸我父亲因病亡故。

命小侄来阵前戴孝立功，唐太宗听言罢泪落滔滔。

徐茂公程咬金心如刀绞，有军师传下令今夜破敌。

正偏将皆披挂领兵出城，直杀得众番兵四散逃生。

那罗通率人马内外夹攻，盖苏文也险些命见阎君。

保护着建庄王夺路而逃，收残兵聚败将退归山中。

却说大唐人马战败番兵，那一日空闲无事，太宗自带三千铁甲兵前往山中打猎。众军士摆下围场，太宗忽见一只大白兔从马头前跑过，急忙扣弓搭弦，一箭射中兔子左腿。谁知那兔并不翻倒，竟带着金披（铋）御箭往大路跑了。太宗不肯舍弃，单骑追赶出有二三十里路，那兔突然不见，反倒把自己累得气喘吁吁，无奈只好转马回程，不料却走到三岔路口处，一时心中犹豫不决。正是：

太宗遇祸青脸将，坐骑蹄陷东海滩。

唐太宗去狩猎箭中白兔，急忙忙去追赶谁知迷路。

正犹豫忽然见来了一人，头顶盔身穿甲面相不凡。

唐天子在马上未曾认出，叫喊声程王兄休要戏耍。

抬起头看一看寡人在此，那将军耳听得寡人二字。

露一张铜青脸仔细观瞧，原来是盖苏文路经此地。

他见那唐天子无人保驾，忍不住心喜欢拍马来追。

唐太宗直吓得魂魄俱散，带转马连加鞭奔逃如飞。

跑出去三十里进了山凹，却看到白茫茫一片大海。

水连天天接水无际无涯，盖苏文在后边哼哼冷笑。

此处乃东海边无路可通，你还能上天去哪里存身？

唐太宗着了忙再加一鞭，谁料到坐下马蹄陷沙滩。

叫一声盖元帅饶朕性命，我情愿领人马退回长安。

盖苏文手提刀上前砍杀，距离远够不着怕出意外。

心中想逼迫他写下降表，然后再箭射死岂不妙哉。

[1]　銮：原本都作"鸾"，直接改为"銮"。

主意定大叫声快写表来，不依从本帅我必取你命。

太宗问那降表怎样写法，没纸墨你让朕写在何处？

苏文说莫支吾只管写来，无纸笔割黄绫留下血表。

唐太宗咬破指泪如雨下，高声叫若有人能救我命，

把江山平半分也落心甘。盖苏文听此言哈哈大笑，

快快写别再那白日做梦，到绝地谁个会把你来救？

暂不表唐天子海滩遇祸，再提起伙头军兄弟九人。

却说那藏军洞中伙头军，这日八兄弟齐往养军山打猎，只留下薛仁贵在洞内煮饭。忽有战马四蹄乱跳，口中嘶鸣不止，好似要挣断缰绳一般。仁贵连喝数声，全不管用，暗想必是此马从前天天开兵，日日交战，在这洞中两月有余，也有些烦闷，故而叫跳。于是便全身披挂，扳鞍上马出洞而去。谁知那马越跑越快，连冲过十余个山头这才停住。薛仁贵抬头远眺，但见眼前波浪滔天，竟然来到了海边。正在这时，听见不远处有人在叫："谁人救得唐天子，愿把江山平半分；有人救下李世民，你做君来我做臣。"薛仁贵大吃一惊，转身往那边看时，只见一人身穿黄绫绣龙袍，口中不停地在叫喊着这两句话，又见岸上一人手执钢刀，却也认得是盖苏文。薛仁贵顿时魂不在身，急忙纵马上前，喝道："盖苏文休要猖狂，薛仁贵前来救驾。"盖苏文回头见了，吓得浑身冒汗。正是：

　　　大宗恰遇应梦臣[1]，仁贵拨[2]云见天日。

薛仁贵手提戟催马上前，喝叫声盖苏文休得猖狂。

太宗见一将军穿白用戟，忽记起梦中事满怀欢喜。

盖苏文回头看冷汗淋淋，大骂道薛蛮子坏我好事。

今日里唐天子已入罗网，你若肯降我主封做王位。

薛仁贵一时间怒气冲天，番狗奴莫胡言留下首级。

盖苏文带转马挥刀劈来，薛仁贵忙上前举戟相迎。

两下里交锋了六七回合，仁贵把白虎鞭执在手中。

打将下正中那苏文后背，口吐血抱马鞍大败而走。

薛仁贵救天子保驾回城，银銮殿把冤情禀奏分明。

龙门县大王庄有我家园，柳金花是我妻寒窑度日。

曾与那王茂生结为兄弟，家中事多亏他用心照料。

早年间张先锋山西招兵，我相约和周青前往投军。

张老爷因我名犯他忌讳，用周青却把我赶出辕门。

第二次风火山收服强人，再投军仍旧被逐出不用。

第三遭老千岁相赠令箭，张老爷无奈何准我吃粮。

他言说圣天子梦中兆示，薛仁贵欲谋反心存不轨。

若被拿解京城性命难保，我心里怕得紧隐姓埋名。

情愿为伙头军躲藏安身，他还讲如能立三大功劳，

万岁前保奏我出脱罪名。不知是张老爷将我哄骗，

还是那果真有这些事情？唐太宗听言后立时大怒，

谁能知其中有如此曲折。寡人命张士贵招兵买马，

本为着查访你保驾征东。哪晓得他屡次欺瞒朕躬，

竟敢让何宗宪混帐冒功。尉迟恭走上前问了一声，

那日里路途中搭救本帅，凤凰山曾把我扯翻在地，

山神庙摔倒我可都是你？不知道你为何那样害怕？

薛仁贵尊元帅末将有罪，都要怪张老爷胡言乱语。

他说是你无故迷惑圣心，叫末将不可把名姓相告。

若拿住定然会有死无生，所以才见元帅逃命要紧。

尉迟恭听罢言暴跳如雷，命宝林和宝庆手持令箭。

黑风关速速调回士贵子婿，兄弟俩应声答出城而去。

却说薛仁贵在天子面前诉说冤情，一切都真相大白。

太宗问："薛爱卿，你既然在张士贵手下为伙头军，怎知寡人海滩遇难，正好救了朕的性命？"仁贵说："陛下有所不知。那日小臣在独木关病挑安殿宝，谁料张士贵心生毒计，把我结义兄弟九人哄入天仙谷内，将来路堵塞，要把我们活活烧死。幸赖神仙搭救，躲在藏军洞中已有两个多月。今日八兄弟进山打猎，我在洞内煮饭，因坐骑胡纵乱跳，便上马来到海边，才救得我主。"太宗说："原来还有八位将军在那藏军洞中。快快宣来见朕。"仁贵说："小臣因来的（得）匆忙，未曾记住藏军洞所在。"茂公奏道："陛下，那藏军洞想必是仙居之地，岂是凡人能找得到的？日后八人自有相见之时。"太宗听言，传下旨意，在越虎城摆设御宴，命众小爵主陪薛仁贵饮用。

再说尉迟宝林、尉迟宝庆飞马来到黑风关，张士贵闻报，远远迎进船内。宝林说："张先锋，元帅有令，命你父子、女婿速往三江越虎城见驾，有紧要军情。"士贵问："二位小将军，可知元帅有何急事？"宝林道："言说

[1] 应梦臣：原本作"应臣梦"。
[2] 拨：原本作"拔"。

0137
说唱·甘肃卷·宝卷分卷（二）
精忠报国故事宝卷

是什么机密之事，千万耽误不得，速速准备同去见驾，具体情况我们也不知道。"士贵带着子婿离开黑风关，同尉迟兄弟一路行来。正是：

　　　　从前做下违天事，今日前来说分明。

　　这一天八个人进入城中，有宝林和宝庆上殿禀明。

　　尉迟恭喝一声快快绑来，茂公说元帅你不可造次。

　　本军师我自有对证之法，请陛下好好宣他们见驾。

　　张士贵同子婿俯伏叩禀，万岁爷召臣来有何旨意？

　　前日里寡人我外出打猎，路途中遇着了一位将军。

　　他口称与张卿结识交好，因此上宣你来辨认分明。

　　薛仁贵上前来叫声老爷，你可曾认识我小人薛礼？

　　张士贵猛一见面无人色，跪到[1]地急急问是人是鬼？

　　大老爷我薛礼多蒙关照，天仙谷有神灵救我性命。

　　你为何好端端浑身发抖？太宗问张士贵可否认得，

　　在哪里见过面快些奏来。士贵说臣领兵来到东辽，

　　也不知攻夺下多少关城，不认识小将军哪知名姓？

　　仁贵道张士贵骗人好苦，薛礼我军阵前出生入死。

　　你言说如能立三大功劳，万岁前保奏我免去罪罚。

　　把我功何宗宪冒名顶替，为什么天仙谷害我兄弟？

　　昧天良坏心肠天理难容，现如今万岁前假装糊涂。

　　他两个天子前争来辩去，徐茂公在一旁冷笑数声。

　　纵然有千件功无人见证，是宗宪或仁贵实难判断。

　　距此城四十里两座关隘，摩天岭白玉关一东一西。

　　你两人分别带人马前去，先破关那功劳即可归他。

　　为公平抓阄[2]定前去何处，但不知你二人意下如何？

　　张士贵薛仁贵齐声答应，徐茂公写好阄放入盒中。

　　张士贵取在手拆开一看，上写着摩天岭三个大字。

　　心发慌也不管是好是歹，忙带领一万兵前去交锋。

　　茂公说薛将军莫要生疑，白玉关必然是马到成功。

　　摩天岭山势险有些难破，张士贵到头来枉费心神。

　　薛仁贵听此言心中大喜，尉迟恭欲点起十万人马。

　　茂公说元帅你不知底细，一千兵他此去手到擒来。

　　小将军这里有护身龙钺，还有那一锦囊切切在意，

白玉关再细看照计行事，薛仁贵得此令出殿离去。

　　且不表薛仁贵走马取关，再提起张士贵如何破敌。

　　却说张士贵父子一路往西而行，来到那摩天岭下，抬头一看，好不吓人。但见那山高约万丈，云雾弥漫，好像绝了人迹。士贵说："孩儿们，你看这山如此模样，有何妙计破敌？"志龙说："我们且去攻打一阵，呐喊叫骂，若是有番将下山，也好与他交锋。"士贵点头应允，传令人马前去骂阵，直到天色昏暗，却不见一丝动静。士贵无奈，只得收兵回营。次日天明起来，父子商议已定，张士贵骑马上山打探消息，刚走到半山腰中，就听见山顶一声喝叫："有南蛮子前来，快将滚木打下。"士贵吓得屁滚尿流，转马跑回山脚，说道："孩儿们，如今为之奈何？若破不了靡（摩）天岭，我们必然难逃一死。不如带领兵马返回中原，推说万岁班师，到了长安把那殿下除去，你们保为父身登大位，不怕地方官员不肯归顺。那时再差勇将守住潼关，一则保全我等六条性命，二则夺了大唐江山，岂不两全其美？"当时下令拔寨起程，离开摩天岭，竟走黑风关，把三千战船尽皆解开绳缆，任由风浪冲去。

　　正是：

　　　　士贵枉有瞒天计，难出军师妙算中。

　　且不说张士贵反往中原，再表那薛仁贵前去夺关。

　　那夜晚把锦囊拆开细看，上面有几行字写得分明。

　　白玉关都罗弥有一宝马，名唤作赛风驹日行万里。

　　大海中不湿衣快走如风，你若是杀番将夺取此马。

　　张士贵已带兵反到中原，你速去长安城保护殿下。

　　擒拿住张士贵四子一婿，押监牢来缴旨莫要迟延。

　　到次日薛仁贵算计已定，催战马出阵前讨战交锋。

　　快去报都罗弥早早献关，不依从定叫他有命难存。

　　有小番急忙忙飞报总府，关外面大唐兵扎下营寨。

　　一小将在那里呼名索战，都罗弥闻报后不觉大怒。

　　快鞴[3]马抬枪来待我取胜，命番兵开了关打马冲出。

　　只见他头顶戴镔铁翼盔，身上穿黄金甲面如紫漆。

　　扫帚眉铜铃眼口似血盆，狮子鼻腮下有五绺长髯。

　　薛仁贵喝问道来者何人？某家乃都罗弥守关总镇。

［1］　到：原本作"倒"。
［2］　阄：原本两个"阄"都作"阄"。
［3］　鞴：原本作"备"。

听此言薛仁贵喜不自禁，不言语举起戟直刺面门。

有番将忙招架叫声不好，翻下马落埃尘呜呼哀哉。

薛仁贵夺宝驹扳鞍上马，加三鞭犹如那腾云驾雾。

不一日就赶到黑风塘口，大海边白茫茫波浪滔天。

再加鞭把眼闭纵马下海，只听得两耳旁风声不绝。

第三天眼望见登州海滩，桅如林帆如云战船密密。

有守官上前来仔细盘问，薛仁贵把情由诉说一遍。

作别后离山东竟走长安，潼关前扣马缰喊叫开门。

驸马爷名殷成在此镇守，验龙钺[1] 同仁贵赶往京城。

却说大唐长安城中，右丞相魏征那夜做了一个怪梦。次日起来，早早上殿禀奏太子李治殿下："臣昨夜梦见三弟秦琼来到床前，他对我说：'万岁去征东辽，三两日内朝中有奸臣谋叛，欲害储君。'他让我紧闭四门，过上几天自然无事，如不小心，定然招来大祸。臣左思右想，不得其解。何况何人是奸？哪个是佞？到何处去查？"李治道："秦老王伯在日，忠心报国，他死后这番言语，宁可信其有，不可信其无，即刻差人紧守城门。"魏征急忙传令，文武百官议论纷纷。

丞相魏征传下令，紧守城门不放松。

士贵父子领兵到，抬头一看心内惊。

难道有人通消息，预先防备我们来？

自从转回到中原，人不知晓鬼不觉。

定是还有别样事，且去哄骗把门开。

带马来到护城河，高叫快禀殿下知。

万岁奏凯班师还，差遣先锋到此间。

军士飞马午门报，侍臣上殿忙奏闻。

先锋言说圣驾归，士贵要来拜殿下。

李治听言心欢喜，即刻传旨迎父王。

魏征上前连忙止，万岁若是还朝中，

岂无探子先报知？如今闭城才两日，

士贵父子就来到，暂去细观问分明。

君臣齐齐上城头，往下一看顿生疑。

士贵父子披挂整，数千兵马列成阵。

丞相开口问先锋，陛下龙驾可回还？

士贵听了应声答，万岁歇驾登州城。

派遣末将来报捷，大门为何紧紧闭？

丞相快快开了城，进去万事皆自明。

既然陛下在山东，先锋城外扎大营。

等候万岁到了时，一同放行进此城。

今日对你说实情，天子身边无能人。

跨海征东难回朝，让我龙位坐几时。

魏征气冲如斗牛，你这狗头负义贼。

万岁有难在番邦，臣子理应尽忠心。

为何私自背朝廷？岂能让你胡乱行。

士贵再把丞相叫，我若为帝把你封。

子子孙孙受皇恩，赶快开城莫闲言。

胆敢违抗不听劝，攻破城池不兼容。

李治吓得身发抖，魏征气得眼发红。

忽见后面一骑来，马上端坐薛仁贵。

喝叫一声张士贵，可曾认识我是谁？

志龙当时胆肝裂，士贵魂散魄也摇，

纵马近前苦哀求。将军请看昔日情，

放我一条生路还。仁贵大骂奸佞臣，

倘若提起从前事，恨不让你戟下亡。

军师命我把你擒，押入天牢明典刑。

士贵自知非敌手，父子下马同受缚。

驸马殷成也赶到，一见此情眉色舞。

前去连声叫殿下，小臣在此快开城。

李治上面问一句，这位英雄哪里来？

殿下大可放宽心，他是仁贵应梦臣。

东辽保驾立大功，军师密令捉奸佞。

李治降旨放吊桥，士贵父子带午门。

仁贵大礼参殿下，前后之事奏一番。

李治赐酒仁贵饮，谢恩出朝转东辽。

却说东辽越虎城中，那日太宗问军师道："薛仁贵和张士贵各去破关，如今已有八十余天，为何还不来缴旨？一定是这两座关上强兵勇将众多，所以难破。"茂公笑道："这个自然，只在这两日内，定有一处前来奏捷。"君臣正在谈论，外面军士禀报："城外来了八位将官，骑马，手执兵器，口称与薛仁贵乃生死弟兄，要求见万岁爷。"

太宗听言大喜，传旨让他们上殿。人人俯伏叩拜："臣姜兴本、姜兴霸、李庆先、李庆红、王心鹤、王新溪、薛贤徒、周青朝见我主，愿陛下万岁，万万岁！"太宗龙颜大悦，说："众位爱卿平身，朕曾闻得你们有功社稷，一同加封为随驾总兵。"周青等人谢恩，参见了元帅，与众爵主见礼。忽有军士又来禀报："仁贵殿外候旨。"太宗急忙宣旨召见。正是：

> 薛仁贵苦尽甘来，掌帅印威重群臣。

军士报薛仁贵求见天子，唐太宗降旨意急忙宣召。
仁贵奏白玉关早已攻破，小臣我中原去救了殿下。
太宗问你几时去到中原，因何把殿下救细奏分明。
张士贵同子婿无能破关，开战船谋篡逆欲杀太子。
徐军师授锦囊夺取宝马，过海去到中原昼夜兼程。
长安城把奸佞拿入天牢，复又来保龙驾平定东辽。
唐太宗听此言大吃一惊，薛爱卿双救驾其功浩大。
朕意欲加封你怎乃无缺，尉迟恭在一旁上前禀奏。
臣老迈无能为难掌兵权，愿意把元帅印托付将军。
既如此薛爱卿就任此职，薛仁贵推又辞连称不敢。
唐太宗尉迟恭再三相劝，薛仁贵这才把帅印执掌。
众将官小爵主齐来相见，当殿上立盟誓义结金兰。
又把那尉迟恭认了义父，摆筵席一个个开怀畅饮。
到次日传下令擂鼓聚将，大兵发摩天岭扬威立名。

却说薛仁贵传下将令，和八位总兵统领十万大军，往摩天岭大路进发。来到山下，众军士扎下营寨。却见那山高入云霄，云雾缭绕，令人好不胆寒。周青说："元帅哥哥，这摩天岭非一日之功可破，须要慢慢商量，智取为上。"仁贵说："众位兄弟，随我上山探他动静，看看此山到底高有几许。倘有滚木，我叫喊一声，大家快快跑下山去。"那八人听言，各把马缰扣紧，跟着仁贵一直到了半山腰中，才隐隐看见上面旗幡飘荡。忽听闻有人叫打滚木，吓得仁贵浑身冒汗，说："不好了！有滚木来，兄弟们快些下山。"那班总兵带转马头拼命奔跑，只逃得八条性命，姜兴本马迟一步，可怜被打为肉泥。姜兴霸放声大哭，六员总兵尽皆下泪。仁贵说："事已至此，切莫悲伤，且回营中商议。"

众兄弟回营中商议军情，眼看着日沉西到了黄昏。

薛仁贵忽记起无字天书，计议[1]定七总兵打发歇息。
到帅帐把天书供奉香案，三添香又拜了二十四拜。
仔细看那上面字字分明，卖弓箭摩天岭即可得手。
薛仁贵心里面全然不解，一整夜未合眼左思右想。
第二日众将官前来帅营，把此事对大家细表一番。
扮差官静悄悄出了大营，竟往那摩天岭后面转来。
往前行十余里有一小路，放着胆一步步走将上去。
东也瞧西也观并无行人，半山腰抬头见旌旗招展。
那寨口番兵守滚木成堆，躲一边正思量如何料理。
耳听得车轮响行来一人，年纪约四五十面色灰白。
猛跳出把这人拖翻在地，吓得他亡魂冒连喊饶命。
好言语再把他细细盘问，那人说本姓毛双名子贞。
做弓箭在此地大大有名，山上有二将军周文周武。
四十张宝雕弓屡次催要，往上去三十里才到山顶。
那里有五员将紧守营寨，一名叫唤呼那骁勇异常。
两副将同胞生托金托银，猩猩胆大元帅膀生双翅。
手中拿锤和砧好像雷公，红缦缦驷马爷力大无穷。
小人话句句真半点无虚，薛仁贵听言后满怀欢喜。
挥起剑把那人砍作两段，急忙忙装扮成子贞模样。
推小车不一时上得山来，有小番忙报禀周氏兄弟，
毛子贞他儿郎解弓来到。周文道从不闻他有儿女，
今日里哪里来什么儿郎？且让他进府来我自审查。
薛仁贵到堂上连忙施礼，每句话回答得不露破绽。
有周文和周武方才释疑，命小番去点弓好好收存。
一会儿那小番转来回禀，小车内共有弓四十一张。
周文问四十张为何多出？薛仁贵听此言心中暗惊。
原来把震天弓也放里边，眉头皱计上心随机应变。
因小人力气大善使强弓，不小心把我弓放在车中。
外边取震天弓连开三通，那周文和周武满脸喜色。
薛仁贵把刀戟一一使出，他两个不住口连声称赞。
当时下在大堂拜认兄弟，讲兵法论韬略头头是道。

却说周文、周武二人和薛仁贵拜认了兄弟，赶忙吩咐小番去摆设席筵。三人坐在一处饮酒谈心，讲起兵法韬略，薛仁贵对答如流，喜得周文、周武拍手大笑，说道："兄

---

[1] 议：原本作"较"。

弟之能，愚兄们实不如你。"于是相互猜拳行令，竟把薛仁贵吃了个醺醺大醉，送到书房中安歇。周氏兄弟在灯下言谈仁贵之能，周武不信他是毛家之子，周文也有些将信将疑。其夜二人不睡，坐到鼓打四更。正是：

祸从口出从无虚，周氏兄弟有归心。

薛仁贵吃醉酒四更醒来，口舌干昏沉沉喊叫一声。
请兄弟取杯茶递与本帅，有周文和周武听得明白。
周武说哥哥你且看如何？既然是毛家子怎称本帅？
难道他就是那唐朝元帅？先下手便为强送他归阴。
周文说兄弟你不可鲁莽，三个人立重誓义气为先。
你和我原本是中原人氏，投大唐反东辽就在此时。
那周武道一声言之有理，点灯火进书房暗暗商议。
薛仁贵把实情说了一遍，兄弟俩听言后好不喜欢。
仁贵问如果我领兵上山，小番打滚木来怎样抵挡？
周文说元帅你请放宽心，那滚木小将我安排妥当。

却说薛仁贵下山回到自己营中，周青等人问道："元帅哥哥，事情怎么样了？可有机会？"仁贵就把自己顶冒毛子贞之子送弓混上后山，如何降顺周文、周武之事细细讲了，众兄弟听言，喜不自胜。大家各自披挂整齐，薛仁贵一马当先，众总兵统领大队人马随后上山。到了寨口，周文、周武接住道："元帅，待末将二人诈败，跑上山峰，你率众将在后面追赶，使他措手不及，必定大事可成。"仁贵连连点头。周文、周武转马拖刀，往山顶上乱跑。顿时喊杀震天，鼓响如雷，众兵将一齐拥上山去。

有周文和周武跑向山顶，高声叫救救我休待来追。
小番们被惊动忙去禀报，那唐将领人马杀上山来。
二总兵难抵敌大败而逃，众番将吃一惊侧耳听闻。
山下面鼓如雷喊杀连天，问一声为什么不打滚木？
周将军他也在半山腰中，若打下恐伤了自家人马。
五员将急得是手足无措，来不及披挂好打马冲出。
那周文和周武败上山来，突然间掉转身乱砍乱剁。
红缦缦大骂声背主之贼，如拿住把你们碎尸万段。
呼唤那见二人要取他命，欲回身却不料仁贵杀到。
手中枪去相迎力有不逮，身中戟跌落下万丈深渊。
红缦缦急上前敌住仁贵，戟对刀招招狠难定输赢。
周青等七兄弟领兵杀到，有托金和托银急架相还。

不提防猩猩胆起在空中，李庆先顶梁上正中锤砧，
坠下马脑浆迸一命归阴。薛仁贵见此情扣弓搭箭，
猩猩胆伤左膀拍翅飞逃。王新溪把托金刺落马下，
那托银被周文一刀砍死，众将军拥上前围定驸马。
直杀得红缦缦气喘吁吁，心发慌眼发花死于非命。
薛仁贵传下令改换旗号，点兵马查粮草饮酒庆功。
且放下摩天岭暂时不表，再提起越虎城太宗天子。

却说那三江越虎城内，唐太宗在银銮殿与诸大臣正谈论薛仁贵攻打摩天岭之事，忽听得城外传来三声炮响，太宗只道仁贵回城，满脸喜色。有军士进殿来报："番邦元帅统领大兵围住城池，请万岁定夺。"太宗听言，吓得冷汗直淌，众大臣一时目瞪口呆。茂公说："事已如此，请陛下上城窥探番兵虚实，再图良策。"太宗依言，带着众将上了东城。远远望去，那番营扎得密不透风，排成八卦阵势，比前次不同，更加厉害三分。太宗问："徐先生，如今薛元帅不在，倘若一旦失利，被他攻破城池，那时如何是好？"茂公说："陛下龙心莫忧。"遂传令罗通、秦怀玉、尉迟宝林、尉迟宝庆各带三千人马，紧守四门，城踩（垛）上多置强弓硬弩（弩）、灰瓶石头。如遇盖苏文讨战，不许开兵，如有违令者，四人一齐斩首。四将得令，分四面用心守城，太宗同军师等人返回大殿，计议退兵。
正是：

盖苏文邻邦借兵，唐太宗复困番城。

盖苏文朱皮山再求师父，又炼了整九口柳叶飞刀。
路经过扶余国借兵十万，来到那贺鸾山拜见狼主。
摩天岭薛仁贵已经攻破，国家事如累卵危在旦夕。
幸元帅下山来何计退兵？苏文说破关事臣早知闻。
可乘着薛仁贵不在此处，请狼主率大兵御驾亲征。
倘侥幸能夺取越虎城池，捉唐王复关寨一统天下。
建庄王听此言龙颜大悦，遂传旨众人马把城围定。
过一日盖苏文全身披挂，出大营前来到护城河边。
大叫声快去报唐王知道，早早儿把城献免得后悔。
有罗通听言后大怒冲冲，喝骂道番狗奴休得猖狂。
今日里奉劝你好好回去，留条命活几日苟延残喘。

如不听定杀你片甲不存，苏文说切[1]莫要满口夸言。
不如把唐王献归顺我邦，做高官享厚禄何等自在。
若是敢说不字玉石俱焚，那罗通立城头冷笑几声。
大白天做春梦鬼话连篇，本爵爷不耐烦与你啰嗦。
免战牌高挂出任你怎样，盖苏文哈哈笑转马回营。
到次日四门外架起火炮，各派出五千兵分头攻打。
天似崩地欲裂满城惊恐，男和女老共幼哭声震天。
唐太宗忙降旨安抚百姓，每一门攒箭手又加二千。
就这样连三天人劳马倦，四爵主食不甘夜不能寝。
各差人报天子敌兵势大，无良策顷刻间大祸来临。
唐太宗急得是团团乱传，徐茂公再三劝其心稍安。
一夜过圣天子升殿问计，军师说有一人可堪大用。
出城去讨救兵外合里应，说话间弄眉眼看着咬金。
鲁国公大吃惊意乱心慌，徐茂公哄骗他单骑闯营。

却说程咬金被徐茂公哄骗一番，辞别天子，单人独骑冲出东门。刚刚来到营前，众番兵就是一阵乱箭。咬金把心一横，两膝催动坐马，手起斧落，乱砍乱杀，当头便有几个小番做了无头断足之鬼，剩下的赶忙逃往帅营去了。咬金砍倒营帐，正欲前行，忽听得传来一声炮响，见有一人高挑双雉，青面獠牙，红须赤发，手提门板样一口赤钢刀。咬金认得是盖苏文，顿时浑身发冷，暗道："我命休矣！"正是：

大唐福将程咬金，花言巧语惑苏文。

一朝讨得救兵来，番邦人马尽遭殃。

鲁国公出东门去讨救兵，忽遭遇番元帅不由心慌。
盖苏文喝叫声犹如霹雳，老蛮子何本事敢来踹营？
纵上前扬起刀当头劈下，程咬金手中斧用力相敌。
头发昏两眼中火星直冒，喘口气坐马上欠身施礼。
请元帅暂平息雷霆之怒，且容我把那事细细告禀。
盖苏文见此情不好恃强，叫一声老将军有话讲来。
我本是大唐朝开国功臣，年少时在中原颇为有名。
断王杠劫龙袍大闹山东，瓦岗寨称霸王威震四方。
若从前我把你不放心上，现如今年高迈坐立难稳。
奉圣旨办一件紧要之事，要去那黑风关千万容情。

苏文说老蛮子别来哄我，分明往摩天岭岂能放行。
盖元帅真英雄眼亮心明，那城中实实地兵微将寡。
只因为攻城紧情况危急，所以我拼死命出营讨救，
若肯开一线恩深感厚意。盖苏文扬起头哈哈大笑，
老匹夫我不是三岁孩童，放你去搬兵来反害我身。
放虎归终究会被虎所伤，管叫你来有路去时无门。
程咬金也一阵大笑哈哈，果不出在当初我之预料。
盖苏文非大将真乃废人，老蛮子先不要胡言乱语。
你口中曾料想什么事情？有军师他与我击掌立誓。
摩天岭去一遭万无一失，我怕你本领高不愿冒险，
屡屡在天子前百般推托。军师说盖苏文豪杰气概，
遍天下大名扬怎欺老弱。你只要善言语恳求几句，
他必定放过你量大宽宏。我言说盖苏文枉为大将，
虎狼心狗肚肠专压良善，仗妖术伤人命最惧高强。
更何况薛仁贵骁勇无比，曾数次大败他阵阵鞭伤。
如果提仁贵名魂魄俱散，又怎会让我行自害自身？
他必然先杀我除了后患，今日里却不是果真如此？
盖苏文听言后七窍生烟，罢罢罢就让你多活几日，
等引来薛蛮子一并索命。程咬金出番营快走如风。
盖苏文回帅营闷闷不乐，传下令命各处围紧城池。

却说程咬金出得番营，顺着大路急急赶往摩天岭，来到寨门口，有军士引他上了山峰。宣读圣旨已毕，薛仁贵上前见礼，连忙吩咐摆设酒宴，那咬金坐在上首大吃大喝。等到二更时分，薛仁贵传令点起灯球亮子，命周文、周武带领白旗兵二万，姜兴霸、李庆红带领红旗兵二万，王心鹤、王新溪带领黑旗兵二万，分别冲杀西门、南门和北门。元帅披挂上马，和周青、薛贤徒各执兵器，带着二万绣旗兵连夜向三江越虎城进发。正是：

谋事虽在人，天意谁能违？

仁贵败番兵，苏文丧雄师。

薛元帅传下令起兵救驾，乘黑夜赶到那越虎城外。
众军士安营寨埋锅造饭，太阳升号炮响战鼓擂动。
薛仁贵催坐骑一马当先，如虎狼入羊群风卷残云。
有番兵乱纷纷死伤甚众，一时间连踹破三座大营。
盖苏文忽听得外边喧闹，跨雕鞍执兵器冲出营前。
正遇着薛仁贵两下交锋，数十合无胜败难分高下。

陈应龙和张格上前助战，有周青飞马出急忙相迎。
那石臣鄂天定也来相助，薛贤徒手提枪不让分毫。
盖苏文喝一声众将拥来，把仁贵围核心左砍右杀。
且不表东城下交战之事，再说那南北西如何对敌。
李庆红与孙佑二人大战，姜兴霸栾光祖枪棍并举。
有周武和梅光相斗一处，那周文俞绍光各使手段。
王心鹤蒯德英打马冲锋，王新溪同宁光四手相争。
你有来他有往输赢未定，权不表四门外双方混战。
城头上四爵主往下一看，见番兵乱哄哄四散奔逃。
便知晓薛元帅救兵已到，下城来忙报禀天子听闻。
徐茂公当殿上传下将令，有罗通秦怀玉出了东门。
程铁牛和宝林南城前进，那宝庆同段林西门冲杀。
尉迟恭领人马接应北门，众番将一个个身遭惨[1]死。
盖苏文暗自思难以取胜，咬牙齿起钢刀纵出圈外。
手掐诀揭葫芦念动真言，飞出了柳叶刀要显神通。
薛仁贵按下戟取出宝弓，穿云箭搭弦上响了一声。
那飞刀半空中化为灰尘，盖苏文又连起八口飞刀。
薛仁贵拿四箭往上齐射，青光散八口刀无影无踪。
盖苏文见刀破飞马逃命，建庄王雅里贞拍马就走。
众番兵撇营帐四下奔亡，怨只怨爹和娘少生双脚。

　　番兵番将遇灾星，番君番帅苦黄连。
　　幡旗鸣鼓抛四野，丢盔弃甲不成军。
　　父子相逢伤悲切，兄弟遭遇哭嚎啕。
　　恨不得腋长双翅，怨爹娘少生两腿。
　　刀斩的身首异处，着枪的血染征衣。
　　开膛的心肝零落，马踏的化为肉泥。
　　半死的不计其数，带伤的负痛飞逃。
　　血水成河到处流，人亡马死乱如麻。
　　数万生灵空送命，从今不敢犯中华。

众三军追出去三十余里，薛元帅传将令鸣金收兵。
盖苏文见此情方才住马，命残兵聚拢来安下营寨。
建庄王吓得是魂飞魄散，进御营跌倒地昏迷不醒。
半日后还阳世哀声叹息，有苏文进来禀大败之事。
此一役损兵士六万余人，正偏将共折去八十七员。

现如今臣上山请来师父，若擒住薛仁贵城即可破。
建庄王听此言转悲为喜，急忙说快些去事不宜迟。
且不表盖苏文独往仙山，再把那薛仁贵表得一番。
　　却说唐朝人马退进城中，四门紧闭，把三军屯扎在校场，点清队伍，共损失士卒二万有余，折损偏将四十五员。薛仁贵同众爵主及总兵官上殿见驾，奏明大败番兵之事。太宗大喜，当即传旨在银銮殿上摆开席筵，君臣饮酒庆功。席间谈论平复东辽之事，太宗说："薛元帅，寡人被盖苏文屡次羞辱，恨如切齿，你若能取他首级献来，其功非小。"仁贵满口应承，直到三更时侯（候），大家方才回营歇息。到了次日，薛仁贵调拨（拨）副将四员，带兵五千去守摩天岭，让程咬金回城。逍遥无事，半月有余。再说盖苏文三上山，请出师父木角大仙，又去扶余国借兵二十万，一同往三江越虎城而来，在东门城外数里扎下营寨。大仙说："此番不用围城，只要擒住薛仁贵，大事可定，我自回山去也。"

盖苏文在营前掠阵助战，木角仙催坐骑来到河边。
叫一声快去报主将知道，薛蛮子出城来与我答话。
那军士急忙忙报入帅府，东辽国众人马扎营东城。
有一位老道人外边讨战，口口声请元帅和他会面。
薛仁贵立起身顶盔贯甲，带领着众总兵上城观看。
见道人头挽髻面色淡紫，长条脸黑浓眉鼻直口方。
赤豆眼两耳尖额下无须，穿一件水绿袍坐马仗剑。
周青说这道人身体孱弱，待兄弟出城去取他性命。
仁贵道切不可把他藐视，敢来者必不善善者不来。
这道人必然用邪术伤人，本元帅亲自去会他一会。
传下令吊桥落打马冲出，道人说薛仁贵休得猖狂。
我乃是朱皮山木角大仙，早已经入仙界不落红尘。
我徒弟盖苏文屡炼飞刀，只因为被你破才开杀戒。
我劝你投狼主共擒唐王，倘若是敢支吾绝不容情。
薛仁贵听言后哈哈大笑，汝不过一妖道擅自妄言。
你既说入仙班何必逞能，奉劝你早回头免其大祸，
如较量伤残下悔之晚矣。木角仙怒冲冲扬剑挥劈，
薛仁贵上前来举戟相迎。才交锋十余合道人不敌，
口中喷茶杯粗一粒红珠。薛仁贵眼昏花看不清楚，
头一低正中在额角边上，入皮肉六七分鲜血直流。

叫声疼身摇晃翻落尘埃，木角仙把那珠原收口内。

欲要伤薛仁贵取他首级，有周青飞马出抵敌厮杀。

薛贤徒赶前来救回元帅，入城中至帅府安顿在床。

哪[1]晓得薛仁贵昏迷不醒，双眼闭面无色气若游丝。

唐太宗命茂公前往探视，众将军罢了兵免战不出。

木角仙转回营大吹大擂，我这珠中人身有死难活。

任凭他有什么神仙妙药，第四日定然会命见阎君。

却说时间不觉已过去三天，香山老祖门人李靖正在山中修炼，忽然心血来潮，掐指一算，早知白虎星有难，便急忙驾云来到越虎城中。走近床前，揭开被子一看，就知是朱皮山妖道作怪。忙从葫芦中取出仙水擦在伤处，又拿一粒药丸和汤灌入口中。只听得薛仁贵肚腹鸣响，不多时悠悠转醒，两眼睁开，顿觉身子好不爽快。仁贵见李靖坐在旁首，连忙下床整理衣冠，拜伏在地，说道："蒙仙师屡救薛礼性命，无恩可报（大恩难报）。"吩咐摆设素斋款待，李靖说："贫道已不食烟火。今有朱皮山妖道在此横行，阻逆天心，故此下山收服妖畜，除去大患，助你们剿平东辽，奏凯班师。"仁贵大喜，传令摆队出城，与妖道交兵。

仁贵打马出了城，李靖飘然至番营。

快去报与妖道知，叫他早早出营来。

小番忙禀木角仙，唐邦也有一道长，

请你外面把话讲。苏文开言问师父，

他们何处把人请，谅必法术高又强，

所以才敢来讨战。木角大仙哈哈笑，

荒山野庙请邪魔，自投罗网送残生。

摆好队伍出大营，取他性命不容情。

大仙提剑到阵前，李靖喝住问一声。

可是龟灵洞道友，认得贫道我是谁？

木角大仙心内惊，浑身冷汗直淋淋。

龟灵二字原暗名，相交爱徒不知情。

怎晓他会破我名，定是道法精奇妙。

请问道友何洞府？会我贫道为哪般？

香山门人名李靖，劝你好好远红尘。

转回仙山离灾星，修成正果上天庭。

助恶为虐理不该，免得到时后悔迟。

木角大仙眼通红，莫要仗势把人欺。

今日既已落凡尘，不擒唐王誓不归。

话毕纵马把剑挥，李靖拂去落埃尘。

张口红珠吐一颗，精华射目照面门。

李靖再把拂尘扬，落地拣起怀内藏。

大仙一见着了忙，下马拜伏哀哀求。

可怜弟子修行苦，千年之功毁一旦。

万望上仙还我珠，感念深恩重如山。

从今回山思己过，再也不敢胡乱行。

方才劝言不肯听，事已至此难转圜[2]。

若要还珠原形显，大仙听言心懊悔。

变成一个大乌龟，五千年后复人形。

李靖助他风一阵，当时遁走无影踪。

大唐兵将乐翻天，苏文气得面如土。

举刀来把李靖取，仁贵舞戟迎上前。

却说盖苏文来取李靖，薛仁贵一见，催开战马，舞动方天画戟上前迎住。苏文算计已定，说道："住手，本帅有话对你讲。"仁贵问："你有什么话要对本帅说来？"苏文道："我是番邦元帅，你为唐朝大将，必然眼法甚高，能识各种阵图。本师刀法平常，实不如你，我且摆一个阵势出来，看你能否识得？"仁贵笑道："由你摆来，我当破之。"正是：

瓦罐不离井口破，将军难免阵中亡。

阎王判你三更死，并不相留到五更。

盖苏文传下令摆出一阵，问一声薛蛮子可否识得？

薛仁贵抬头看哈哈大笑，此一字长蛇阵谁人不晓？

若是从七寸处杀将进去，管叫你无活命有脚难逃。

盖苏文听言后又演一阵，仁贵说三才阵不足为奇。

杀入那红白黄三门旗内，此阵势立可破哪个不知？

盖苏文举旗幡再成一阵，薛仁贵口里面冷笑几声。

你摆的都是些千年古董，十古阵我与你不再细讲。

我摆下一阵图汝若识出，算你是大能人真正英雄。

[1] 哪：原本作"那"。

[2] 圜：原本作"圆"。

苏文道既如此容你摆来，薛仁贵进城中调兵选将。
霎时间摆一个龙门阵图，盖苏文细观看口呆目定。
心中想我曾读兵书战策，从来都没见过此种阵势，
转回马到御营去见狼主。薛仁贵摆一阵书中不载，
待三日臣调兵前往破阵。狼主说元帅你言之有理，
孤家发八猛将雄兵十万，如破敌当可立不世奇功。
到那日薛仁贵整顿齐备，盖苏文起人马五路进兵。
众番将入阵中难辨西东，不一时落尘埃马踏为泥。
盖苏文至阵前拍马摇刀，进中门顿觉得前后受敌。
连珠炮震天响山崩地裂，数百名败残兵逃回番营。
盖苏文独一骑追赶仁贵，左有钩右有戟实难招架。
叫声天天不应满身带伤，拼着命杀条路逃出阵去。
薛仁贵众总兵随后赶来，盖苏文大海边自刎身亡。

却说薛仁贵取了盖苏文首级，满心欢喜，回到三江越虎城中。安顿好大小三军，来到银鸾殿奏道："陛下，臣摆龙门阵，杀死番兵番将不计其数，盖苏文自刎身死，在此缴旨。"太宗龙心大悦，传令把盖苏文首级号令（挂在）东城，又降旨命薛仁贵前去擒拿建庄王。军师徐茂公说："元帅不必兴兵，建庄王即刻便来降顺我邦。"仁贵依他之言，遂按兵不动。

再说建庄王闻报盖苏文已死，放声大哭，仰天长叹道："孤家自幼登基，为东辽国之主，安享太平，未尝有杀戮伤军之事。今日被大唐征剿，关寨尽皆失去，损兵折将，阵阵全输，料不能再复故土，有何面目立于人世，不如自尽了吧！"雅里贞劝阻道："自古胜败乃兵家常事，况大唐天子有仁有德，四海共知。只因盖元帅自矜骁勇，惹此祸端。今日元帅已死，我主何不献表称降，免了死罪，再整海东，重兴社稷，有何不可？"建庄王叹息道："大唐势广，兵马辛苦跋涉多年才服我邦，岂肯又容孤家？"雅里贞说："我主不必多虑，唐天子仁义之君，决不贪图这点世界。我主肯献降表，待小臣去走一遭。"正是：

天使山河归大唐，高建庄王霸业荒。

雅里贞出番营求见太宗，把降表呈御案龙目亲瞻。
圣明主小邦臣顿首百拜，祝天朝万岁爷圣寿无疆。
臣不才误听信苏文谗言，失国政犯天颜罪在不赦。
现如今文武亡江山落败，众兵将刀剑伤尸横遍野。

臣听闻我主有好生之德，本应当献头颅以赎前愆。
然小臣实无有欺君之心，望陛下恕臣罪重整乾坤。
从今后岁岁朝年年进贡，祈我主容纳臣感戴不尽。
唐太宗观表后十分欢悦，既如此寡人我赦免其罪。
雅里贞谢恩毕退出午门，转回营见番王答复言语。
到天明唐天子降旨一道，留兵马三十万驻[1]守东辽。
择吉日薛元帅统兵出城，众大臣各将军班师回朝。
一路上旌旗展马卷沙尘，数月后来到了登州府城。
几日后又起程前往长安，百姓们忙焚香张灯结彩。
打起鼓敲起锣歌功颂德，众将士个个受朝廷恩典。
刀入库马归林返家还乡，全家人得团圆安享盛世。
张士贵同子婿尽遭诛戮，薛仁贵赐封为平辽王爵。
柳金花樊秀花皆封夫人，王茂生夫妻俩同受荣华。
这才是天不负有功之臣，为恶者终有报天网恢恢。

凤舞麟生庆太平，唐王福泽最为深。
外邦岁岁奇珍献，宇内时时祥瑞生。
治国魏征贤宰相，靖边薛礼小将军。
英豪屡建[2]功勋立，天赐忠良辅圣君。

选自：　徐永成、王立泰、崔德斌编：《金张掖民间宝卷》（五），2009 年编印本［准印证号：甘出准 059 字总 1296 号（2009）2 号］，第 1525—1596 页。

[1]　驻：原本作"住"。
[2]　建：原本作"见"。

4

穆桂英大破天门阵宝卷

却说这一宝卷出在宋朝年间,宋王真宗天子在位,那时风调雨顺,国泰民安。不说国富民强,且说外国起兵侵占中原,宋王天子文有文官,武有武将。且说杨家将一段。杨继业第六子杨延昭,自从金沙滩立功,但是老将继业被潘仁美所害,弟兄几人失散的失散,死的死了,只剩下六郎一人。为了给弟兄和父亲报仇,奉天子旨意,镇守瓦桥三关,兵马为帅,威震辽寇,保定宋王,这话不题。再说辽国自从金沙滩得了胜仗,辽国天子白太君洋洋得意,和文武大臣多次商议,请了西夏国王公主黄琼女,黑水国大将土金宿,助辽摆下了天门阵,还给宋王天子送来了金表,说中原若在三月之内破了此阵,我辽国不战自退,三月以内破不了天门阵,请你天朝皇帝让位,中原归辽。正是:

辽国摆下天门阵,三关元帅不安宁。

有辽国摆下了天门阵图,杨元帅领人马观看敌阵。

杨元帅观罢阵回营议论,问焦赞和孟良此阵怎破?

焦赞说认不得这样图阵,有元帅低[1]下头细细思忖。

元帅说我记得父亲说过,白太君她[2]藏有天门阵图。

依我说莫必是天门大阵,到明天你上京请我母亲。

我母亲佘太君兵书皆通,请她来到边关细看分明。

有焦赞第二日忙上京城,天朝府请来了佘氏太君。

佘太君到三关细目观看,叫一声我的儿兵将难攻。

叫我儿这就是天门图阵,就是那展翅雁也难通行。

若不破他辽兵侵占中原,若是破天朝府谁来助战。

我的儿在边关受尽苦难,金沙滩失散了我的儿郎。

流热血保边关国家太平,辽天子时时儿想占中原。

六郎说我母亲你且放心,有你儿在三关大破辽兵。

以我说破辽兵上山搬兵,我五哥五台山落发为僧。

叫一声孟良弟细听原因,你快到五台山请来五兄。

有孟良听一言不敢怠慢,骑战马加一鞭如雷闪电。

不一时来到了五台山上,有小僧见孟良报与五郎。

五郎说快快儿请进寺院,朝廷中有何事细问根源。

有孟良到寺院以礼相见,叫一声五哥哥身体安康。

五郎说不在关保定宋王,因何事到野山细说来源。

孟良说五大帅北国起兵,请五哥到三关保国安定。

奉三关杨元帅一道箭令,想起了昔日的杨家儿孙。

有五郎摇摇头左思右想,金沙滩失去了多少好汉。

我杨家保宋王东杀西战,北辽国又起兵侵占中原。

杨延景在三关保定宋王,念起了我母亲元帅六郎。

叫一声孟将军破阵不难,我兵器年已久未曾使唤。

金樵斧没斧柄怎能使用,少不了降龙木斧把杀人。

孟良说降龙木何处所生,五郎说它出在穆柯寨中。

五郎说孟将军你先下山,讨到了降龙木我到三关。

却说孟良到五台山请五郎,把元帅的书信递给五郎,五郎看毕大惊,说:"好一个白天佐!我叫你阵前看一看洒家的厉害,杀你个人仰马翻!"又说:"错了!错了!我的金樵斧年多日久未曾使用,斧柄断了。孟将军你赶快下山到穆柯寨讨找降龙木,我收拾行李赶到三关。"有孟良下山,一路忍饥受饿来到穆柯寨讨找降龙木,这话不题。再说穆柯寨有一天王名叫穆羽,是宋朝的一员大将,因朝廷妖臣作怪,忠臣不服,穆羽犯罪逃出京城,在穆柯寨为

[1] 低:原本作"底"。

[2] 她:原本作"他"。

王。他所生一女名叫穆桂英，年方一十七岁，武艺高强，百万军中能取下上将首级，父亲年老，此事由她掌管，以下的官员都称她是女大王。那一日穆桂英带领卫士出寨游山，抬头一看，见空中飞来一只大雁，她拔箭拉弓，"叭"地一箭，不知雁落何处。正是：

孟良前往穆柯寨，桂英下山就遇着[1]。

这一天天晴朗出兵操练，一抬头看见了大雁在上。
有桂英忙取弓拉弓搭箭，一只雁中了箭落在山前。
穆桂英领人马寻找箭雁，冷不防遇见了天朝孟良。
有桂英催动那桃花宝马，开言来问黑汉进山为何。
孟良说未必是山寨之王，桂英说你知道为何又说？
你拾到我的雁快快给我，孟良说我拾到有何原因？
你快快给我雁细说来因，若不然当心着要你性命！
孟良说我本是三关上将，今日个到山寨有话要讲。
因此上北辽国起了大兵，来到了我三关侵占中原。
我今日到你寨借宝一件，借你的降龙木去把斧安。
你若把降龙木快快献上，破阵后宋天子论功行赏。
穆桂英听他说冷笑不言，叫一声孟将军宋营上将。
降龙木是我的镇山之宝，你休想带回去真是做梦！
有孟良听一言怒气冲天，说一声降龙木快快献上。
若不然我元帅发了大兵，踏破你穆柯寨玉石灰山。
有孟良由着嘴胡骂一场，哪晓得穆桂英眉头一皱[2]。
你今日太岁的头上动土，降龙木不给你看你怎样！
有孟良喝一声堂堂大将，还怕你山贼寇黄毛丫头。
手提斧催战马直杀桂英，穆桂英不慌忙举起宝剑。
两员将在山坡你杀我挡，山寨的小喽啰眼花缭乱。
这边的花姑娘一员女将，一匹马一口刀金光闪闪。
真乃是人英雄马又强壮，好一个穆桂英八面威风！
那边的红彤彤一员虎将，一匹马一把斧电光闪闪。
真乃是人粗鲁马又高大，好一个孟伯昌赛过天将。
宣花斧[3]穿云枪你杀我砍，红鬃马桃花马左旋右转。
杀得那黑沉沉雾气遮天，杀得那天又昏鬼又胆战。

[1] 着：原本作"过"。
[2] 皱：原本作"展"。
[3] 宣花斧：原本都作"宣化斧"。

却说男女二将战了十几个回合不分胜败，穆桂英心生一计，回马便走，那些小兵都退到山后去了。孟良哈哈大笑，自言自语说："总然是女儿家，力气少，不敢和我老孟斗了！今焦赞未有来看这一场好戏，他常常穆桂英长穆桂英短的，原来这个穆桂英也只不过如此罢了！"说着，便耸（纵）马提斧冲到山后而去。心想：不论怎么样，我也得拿出勇气！为了降龙木就是虎穴龙潭，我老孟也闯上一回！约走了十里之远，不见一个人影，正在思想，忽听山谷中金鼓齐鸣，又听人喊："快围住闯山汉子！"孟良知道中计了，回马便走。没走多远，忽然从树林里钻出一把铙（挠）钩搭在孟良的锁子甲上往下一拉，孟良急用宣花斧砍断铙（挠）钩跑到山口，又有挡路兵马高声大叫："红脸将军，快快下马受绑，免得我们动手！"孟良催马直跑。大家要知道穆柯寨口有一条路叫做鱼腹口，两头小中间大，外来兵马不知道其理，落到鱼口一辈子也出不去。莫说是孟良单人独马，就是千军万马也难冲出去！真是猛虎入峡，插翅难飞。孟良一边观看，一边不住地叫骂："把你这个黄毛丫头，你如果不怕天朝的大将，就该出来和我老孟交战！"就在这时候，红旗一展，出来一队人马。孟良自当是穆桂英来了，叫声："丫头，快来同老爷斗一百个回合！"中军出来一员大将，说："你不睁眼看看，我乃是大将穆瓜。"孟良说："什么北瓜、南瓜、木瓜！"穆瓜说："红辣椒，你刚才骂的什么话？我家姑娘念你是天朝的好汉，三关的大将，不然她早把你杀了！我是奉姑娘命令，今天要放你出山，可是要请你留下一件东西作证。"孟良说："要什么东西作证？"穆瓜说："什么都行。"孟良说："红鬃马是我的坐骑，宣花斧是我的兵器。"就细细思想了一会说："罢了！罢了！将我的威名失给了一个黄毛丫头。"就急忙把头上的紫金盔取下来递与穆瓜，转回马头出了山寨。正是：

自古人说有分量，称铊[4]虽小压千斤。

有孟良出山寨三心二意，细思想我孟良堂堂男子。
心想着降龙木一定拿到，谁知道这丫头本事太高。
头上的紫金盔留下它在，我回到边关上怎见元帅？

[4] 称铊：秤锤。

正行走抬头看一队人马，我孟良今日个活该有难。
不一时有小兵围住孟良，捉住他快快地交给先行。
孟将军这时候心惊胆战，我孟良今日个有命难存。
不一时小将军出营观看，这小将生得端英雄堂堂。
戴一顶紫金盔飞鱼战袍，又整齐又利落精神百般。
急忙忙上前来叫声伯父，为什么到这里单人独骑。
有孟良忙开言叫声贤侄，原来是小将军我才放心。
叫一声老父有何公事，手拉住孟二叔走进大营。
听卷的众人们细耳当听，原来是杨家将青年一人。
杨元帅他儿子名叫宗保，杨宗保将门子长在军营。
军马阵看兵书心中熟练，十八般刀和枪样样皆通。
他又是杨家的一员猛将，保宋王破辽兵武艺超众。
破辽兵粮和草事先备好，给了他一支令山东押粮。
从山东押粮草到此宿营，没想到孟二叔来到营中。
有孟良出大营抬头观看，后营里出来了黑脸大汉。
有孟良见焦赞大吃一惊，你怎么也来到小将军中！
孟良说你且慢我先问你，我叫你到三关传报消息。
你为何今日个还在这里？有宗保说二叔刚刚到此。
焦赞说自和你分别以后，我一马到三关报知元帅。
元帅说降龙木孟良去伐，叫我来快快地[1]探听消息。
焦赞说降龙木你怎来伐？孟良说降龙木万万不行。
穆柯寨那丫头非常厉害，不是我跑得[2]快送了性命。

却说焦赞问孟良降龙木之事，孟良说："穆柯寨我去是去了，差点儿回不来了！"宗保忙问："那是怎么回事？"孟良忍着气说："你们听了我就说，你们不听我就不说了。"焦赞说："莫非降龙木把你吓倒了吧？"孟良说："你简直欺人太甚！我连降龙木都没见到。可是我在路上拾了一只雁，身上带着一只箭，上面刻着'穆桂英'三个字。"焦赞说："既然你拾到她的雁，就该见她本人了？"孟良把精神一抖，又说："她来了，我听人说穆桂英了不起，真是名不虚传！好一个女将，我孟良杀了多少好汉，未曾见过这样一个小小的黄毛丫头！她生得像一朵鲜花，哪有那么大的力气！真是人又好看马又矫！连我还

[1] 地：原本作"的"。
[2] 得：原本作"地"。

有一句话说不出来，真是丢人！我无奈把紫金盔给她留下作质证。"焦赞忙说："一个天朝的大将把人丢到一个小小黄毛丫头的手里，不免我去和她交（较）量一下。"宗保说："叔叔，我也想去看一看，就是没有令箭在手。"焦赞说："未必你怕那个丫头！"宗保说："一个男子大丈夫还怕她一个黄毛丫头！她有三头六臂我也要见她一回。"孟良说："去不得，你父亲知道那还了得！"焦赞说："不要紧！那元帅的脾气我知道。只要有了降龙木，管他令箭不令箭！我们三（仨）都去。"那杨宗保年轻好战，巴不得一天破阵立功。宗保把兵士粮草都交给副先行陈林，到三关交旨。正是：

杨宗保上山伐木，穆桂英山寨招亲。

且按下杨宗保伐木不表，再说那穆柯寨兵将回营。
穆桂英她本是一寨之主，好多事都得她料理完备。
办完事沐过浴更换便衣，在书房看兵书坐卧不安。
她又想刚才的孟良说过，有辽国摆下了天门阵图。
听父说天门阵非常厉害，急忙忙取兵书用目观看。
英雄的杨家将遇到难中，这阵图好奇怪兵书无名。
这时候有穆瓜猛叫一声，他手里黄沉沉一件东西。
原来是孟良的紫金头盔，这就是那大汉留下作质。
桂英说北辽国起了大兵，降龙木倒叫我左难右难。
这个人伐木头口气太大，你不该杀了他阴魂回关。
桂英说他本是天朝大将，杀了他没作用破阵困难。
听他说北辽国气焰嚣张，我杀他一个人不算上将。
穆瓜说我姑娘真是聪明，你在山心想着国家大事。
这时候有姑娘正然闲坐，心想着天门阵闷闷不乐。
有探马这时候禀报姑娘，山底下又来了大队人马。
打的是杨家旗进入山口，也许是那大汉搬来救兵。
他又来我山寨讨战伐木，桂英说快调兵准备迎战。
寨王说且让他走进山口，埋伏兵听号炮四面围定。
且不说穆柯寨按兵对敌，再表那宋营的宗保先行。
杨宗保焦老三领兵进山，进山口来到了穆柯寨前。
走到那寨门前高声便骂，山寇贼你快快拿来宝贝。
不一时正中门帅旗飘展，却怎么又不见一个人影。
山寨门左右边两棵大树，绿阴阴真好看不能到手。
这两个杨家将到处观看，忽听得号炮响四方起兵。

正中门出来了一队人马，当先的一女将正是桂英。

头上的凤翎毛迎风飘扬，胸前的照妖镜亮光闪闪。

桃花马绣弯剑如雁似鹘，飞阵鞭稍揩剑宝马踏空。

却说孟良对杨宗保说："你看穆桂英来了！便要小心！"焦赞说："你少夸口！"就在这时，杨宗保便冲出阵门，穆桂英笑着说："这个大汉今日又来了，他换了一个熟铜八角盔，穿了一身金销（锁）甲，只有红鬃马和宣花斧是原来的。"桂英回头一看，宋营里冲出一员战将，生得好不聪明的人物！结实的身材，英雄的面貌，戴一顶束发紫金盔，身穿一领雁翎锁子甲，手拿虎头枪，跨下白龙马，好不威风出众！这人真算是一个英雄，那样英姿秀俊，世上哪有这样好看的男子！焦赞忙说："二哥，你看！他二人就像两口子一样。"孟良说："两军交锋，性命难保，还说什么两口子！"正在这时，桂英说："小将军为什么兴师动兵？你在宋营高名尚（上）姓^[1]？"宗保说："我是威镇北辽英雄、镇守三关兵马大元帅先锋官杨宗保。"桂英笑着说："那三关元帅是你的什么人？"宗保说："是我的父亲。"桂英说："既是杨家将，不在三关打辽，跑到这里做什么？"宗保把枪一指说："现已辽邦兴兵入寇，摆下天门阵向中原大肆挑衅（衅），若要打退辽邦，要用你山寨的降龙木来做兵器。我是为了保住天朝打退辽兵而来的，我今日劝你早一点献出降龙木，你投了宋朝立功，共保山河，比你居山为寇要好！"桂英听言，觉得此话有理。心想：我今日倒要试看一下杨家将的武艺高低。就把鞭稍一指说："寨门前就是降龙木。"宗保自当她已从了，忙说："好了，我只要一根，快给我送来！"桂英说："降龙木是我镇山之宝。你们想要用，回去叫杨元帅带了彩缎酒肉来，我可以把降龙木送他！"宗保听言，怒气上升，说："你这山涯（涯）之地，何必劳大元帅。你要知道今日天兵已到，你赶快将降龙木送来！若不然你穆柯寨就很难保住！"桂英把脸一沉，说："你有多大的本领，竟敢夸口！"举刀直杀宗保，二人就在寨前大杀起来了。正是：

宗保寨前说大话，小小丫头拿住他。

杨宗保听一言拿枪就杀，穆桂英用刀尖拨开枪杆。

穆桂英那宝刀寒光闪闪，头上的凤翎毛摇摇晃晃。

两员将抡刀枪左盘右杀，两匹马立空中赛过蛟龙。

杨宗保使了个黄龙翻身，穆桂英使了个古树盘根。

他二人越厮杀越是凶猛，你一来我一去五十回合。

穆桂英使一计虚晃一刀，拨回马调转身回头就跑。

叫宗保你快来拿我宝贝，杨宗保紧紧追来到山寨。

宗保说我看你有何手段！提起枪催战马随后追赶。

有焦赞和孟良人急马跳，担^[2]心着穆桂英害了宗保。

穆桂英不取弓又不取箭，抛了了红罗套拿住宗保。

有焦赞和孟良双马齐出，叫一声山贼寇留下小将！

穆桂英挡住了二将厮杀，孟良的宣花斧神鬼难防。

焦赞的竹节鞭风雨不透，穆桂英那口刀杀气冲天。

前一员后一员杀声震天，这两个男子汉杀一姑娘。

前防斧后防鞭四面护身，穆桂英不愧为一位英雄。

有孟良举大斧对准砍来，有桂英忙举刀大斧落地。

急转身见焦赞钢鞭打来，忙接避按下刀捉住焦赞。

焦大将被姑娘提出马鞍，留活命使了个泥里栽葱。

这时候有孟良拼命来杀，谁家的男子汉不如姑娘。

有桂英举起刀不慌不忙，对准了孟良头削下红缨。

有孟良吃一惊叫声不好，冷不防肚皮上挨了一刀。

这孟良心又惊肚皮又痛，马加鞭抱鞍心跑出山寨。

穆桂英战胜了三员宋将，叫喽啰快快儿杀退宋兵。

宋营的五千兵回头就跑，穆柯寨得胜战鸣锣收兵。

穆桂英回山寨不可细表，再提起焦将军抛在地下。

焦将军忙起来翻上战马，吓得他魂不在跑出山寨。

那孟良出山口赶上焦赞，叫了声焦老三真是丢人。

谁家的大将军不如丫头，千万儿不要叫外人知道。

孟良说我二人丢人不算，杨宗保被贼寇拿到山寨。

我二人到三关怎见元帅！谁知道这姑娘这样厉害。

虽丢人想办法救出宗保，我三人一同儿回到三关。

焦赞说孟二哥不必发愁，我想了一条计救回宗保。

孟良说什么计快快说来，杨宗保在山寨不知好歹。

焦赞说我说来和你商议，诸葛亮借东风火烧曹操。

[1]　上姓：问人姓氏的敬词，犹言贵姓。

[2]　担：原本作"当"。

难道说穆柯寨不能火攻，你拿着火葫芦山后点火。

放起火他兵马一起救灾，那时间瞅机会救出宗保。

杨宗保降龙木一起所得，我三人带着宝同回三关。

孟良说这条计真是巧妙，快快地放起火烧到山寨。

不多时山后面大火烧起，火势大浓烟滚滚冲到云霄。

　　焦赞用计烧山寨，反而烧到头上来。

　　却说焦赞用计烧了山寨，带领宋军埋伏在路边，等穆桂英的人马出来救火，等了半天不见一个人影出来。他二人回头一看，那火真是奇怪，怎么不往山寨里烧，却怎么烧到深谷里去了，难道说这山寨有避火珠吗？穆桂英有煽火扇吗？没有。因为穆柯寨所在高岭，坐北面南，恰巧这天刮的西北风，火朝下吹走了。孟良把火放到南面怎能烧到北面！反而烧到自已（己）身上了。再说穆桂英的人马早已看到火起，金鼓齐鸣，无数的兵士手提水桶，从四面八方来救火，一个个大声喊叫："捉住放火贼人！"这时焦孟二人冲出火来，并马相走。孟良看了焦赞一眼，说："烧好了，诸葛亮的牛鼻子烧坏了！"焦赞用手嘴上一抹，"哎呀，怎么把我的胡子给烧光了！"孟良笑得合不上嘴，说："我看你不像借东风的诸［葛］孔明。"焦赞也看了孟良一眼，也大笑起来，说："二哥你也不看一看你怎么了？"孟良忙用手抹了一下胡子说："我的胡子怎么也烧完了！"他二人又气又笑。急忙赶回三关，元帅面前去请罪。正是：

　　焦孟二将胡烧完，要见元帅回三关。

　　且不说他二人三关请罪，再表那穆柯寨宗保招亲。

有桂英回山寨左思右想，叫一声穆瓜来我有话讲。

我刚才上阵中领来宋将，你把他关在了什么地方。

穆瓜说我把他关在棚栏，有桂英失情说无礼这样。

穆瓜说留活命算他走运，难道还请他到议事庭中？

这东西真混蛋踏我一脚，我把他捆起来紧上加紧。

穆桂英把穆瓜骂了几句，有穆瓜不晓得姑娘意思。

姑娘说糊涂虫给你说明，你跟我好几年对你怎样。

你晓得我心情终身大事，难道说你心中不加思念。

穆瓜说我大王待人公平，天不怕地不怕爱的英雄。

爱英雄杀奸臣捉的恶人，不欺民爱百姓恨死奸臣。

桂英说你把我大事忘了，我拿来杨宗保为的何情？

桂英说降龙木伐上投宋，有穆瓜才提醒叫声姑娘。

你刚才说的话我才明白，杨宗保那小将人才出众。

　　桂英开言说亲事，穆瓜蒙在鼓里头。

　　却说穆桂英把杨宗保拿到山寨，一心要招亲，穆瓜闹了半天才知道桂英的心事。穆瓜哈哈大笑，说道："我真笨！没想到这样的事。那么姑娘你就与他说明，看他意下如何？他若不从，真是个傻瓜！就是这件事没有和老爷商议。"穆桂英说："这是我自己的事，我自作主张，就是老爷他在山寨，我说行他就行，我说不行就不行！"穆瓜点头说："真像穆家的姑娘！不过我们还得砍了降龙木投宋。这件事要和老大人商议才是！"桂英说："穆瓜你想，我们永远做（坐）山为寇，还是眼看三关关心天朝呢？如今辽寇入侵边关事紧，如果让辽人进入中原大门，锦绣山河都保不住了，那你这小小穆柯寨还算什么？以我看来绝不能袖手旁观，投宋就投宋，抗辽就抗辽，我情愿和辽人大战一场，就是我父亲回来他也说我做得对。"穆瓜听了大笑，说："真是一举两得呀！如今我就说亲走吧。"正是：

　　穆瓜去说亲，桂英笑盈盈。

有穆瓜去说亲桂英欢喜，说成亲到边关为朝争光。

桂英说那宗保脾气不好，你拿着好言语劝他招亲。

有桂英心里想婚姻大事，千思想万思想好不作难。

又恐怕杨宗保心高气傲，又思想那穆瓜不会开言。

误了我婚姻事心中挂念，不由得穆桂英坐卧不安。

不一时有穆瓜来见姑娘，招亲事杨宗保万万不干！

他还说他又是元帅之子，怎么来招你的山寇之女。

桂英说你难道没有长口，穆瓜说这个人真是傻瓜。

我穆家也是那武将家门，因朝廷出奸臣不能重用。

因此上到此山坐山为王，我大王心想着重保宋王。

现如今有辽邦侵占中原，我大王发大兵抗辽助宋。

桂英说这小将真是糊涂，人世上哪里有见亲不招！

叫穆瓜把宗保请到帐内，我亲自来问他看他怎样？

不多时杨宗保来到帐内，穆桂英叫了声宗保相公。

我今日把小将拿到寨中，为的是招了亲带兵投宋。

宗保说我杨家忠心保国，愿砍头流热血不愿招亲。

你别用那花言巧语哄人，今日个我愿死你的手中。

　　却说桂英听他说出此话，回头对穆瓜说："这个人真

像个英雄，天下的好汉，竟然说愿死不愿招亲！"桂英
转脸又对宗保说："我的匣中宝剑不知杀了多少英雄好汉，
未必不能杀你吗？我是为了爱惜将军才尊重你。忠勇保国
的杨家将后代，如今三关战事甚紧，抗敌破阵还没有成
功。"杨宗保冷笑一声说："你若不杀我，就把我放回三
关。"桂英低头思想一会，言道："我说了半天，他还装
做（作）不知道，我是一个女人家，怎么能直言说出婚姻
之事？有言难开！我刚才差总官穆瓜说媒做亲，你意下如
何？"宗保细细思想了一会，说道："小姐你说招亲之事，
我暂且应承下，但是，你要依我两件大事！"桂英忙问：
"相公有何大事？说来我听。"宗保说："第一件，我应承
下婚姻大事，你必须要伐木献宝；第二件，招亲以后你要
发兵投宋，忠心报国，大破辽兵。"穆桂英一听，兴高采
烈地说："郎君，我招亲的目的就是一来重保宋王，二来
伐木献宝。我你二人白头到老，助你杨家将保定三关，不
让一个辽人走进中原。"二人欢天喜地准备招亲，这件事
很快传到山寨各营，战士们人人欢喜，个个高兴，收拾山
寨结灯挂彩，就在当天晚上摆设酒宴，鼓乐队奏唱十二美
女莺歌小唱，红鸾贺喜，宗保桂英同入洞房花烛。正是：

寨门挂起宝莲灯，红罗彩子[1]映天红。

鼓打三通炮齐鸣，相公娘子拜天地。

一对鸳鸯入洞房，好像吕布戏貂蝉[2]。

一对亲人上了床，两[3]个丫环不得闲。

相公望来小姐看，就像天仙下了凡。

小姐好似一朵花，箭杆鼻子脸上爬。

樱桃小口糯米牙，两个耳上戴了花。

站下好像一炷[4]香，坐下像个活菩萨。

凤凰被子鸳鸯枕，桃花褥子桂花毡。

红绫单子桂花香，一夜夫妻恩情长。

不说宗保闹姑娘，再表焦赞和孟良。

焦孟二将回三关，元帅一听着了忙。

点了兵将整[5]五千，穆柯寨中救儿郎。

有宗保[6]忙开言叫声姑娘，我私自招了亲怎到三关？

我父亲是元帅脾气不好，说一声动刀兵攻打山寨。

桂英说杨相公不必害怕，等我父到山寨即便投宋。

我伐了降龙木再领大兵，我二人一同儿去见父亲。

且不说穆柯寨点兵投宋，再表那三关口元帅起兵。

八贤王三关催阵，救宗保亲家相拼。

却说杨宗保在穆柯寨招了穆桂英，带宝投宋，不可细
表。再说那三关口上热火朝天，原来是八贤王赵德芳和枢
密史王钦来到三关赏军催阵，佘太君和天波府里的两员女
将也到三关助元帅破阵。且说佘太君来到三关和元帅、两
媳妇看了敌阵回来，一家人团聚一起。佘太君问两个媳
妇此阵如何，周夫人说："天门阵倒是天门阵，就是摆得
不全，道路丛杂，我看就算个天门阵吧！"佘太君点头
说："我看也是天门阵，就是他（它）摆得不全。"六郎忙
问："母亲，哪些摆得不全？"佘太君说："你们看，它中
央是兵山将海，左右门户非常虚弱，他摆一龙未曾点睛，
点白虎未曾摆瓜（爪），却是一个废物。"六郎一听，大
惊，说："我母亲一眼就看出了他（它）的漏洞！"这时
候，太君有点心酸，说道："我和你父亲〔潭水时〕曾见
过天门阵，你父把它绘成图，保存在我家清风院，把宝贝
阵图失散了。如今正遇上此阵，想起来真是可惜！"六郎
忙说："母亲不必提旧事了！我们商议怎样快破阵。"太君
说："等你五哥回来布置，进兵破阵。"恰好八贤王和王钦
也看阵回来，六郎就把太君所说天门阵缺点对八贤王和王
钦细说了一遍。八贤王说："倘若破了此阵，真是国家之
福！"这些话被王钦听得件件是真。这王钦是辽国派来的
一个奸细，混进朝内，宋天子昏庸喜迎，把奸贼当做宝贝
一样看待，宋天子封他为枢密大臣。他为辽国办事的机会
来了！如今他听的（得）天门阵摆得不全，好不为他的主
人着急，就即便回到他自己的府中，写了密信，差了心腹
之人，送到辽营提醒了辽邦元帅，这话不题。再说辽国令
公韩延寿，自从摆了天门阵，认为稳拿三关，活捉六郎，

[1] 彩子：用各色绸布或绢纸扎成的彩花、流苏等饰物。

[2] 蝉：原本作"禅"。

[3] 两：原本作"二"。

[4] 炷：原本都作"柱"。

[5] 整：原本作"正"。

[6] 保：原本作"宝"。

只等杨家将点兵破阵。正是：

朝里有奸臣，暗地把信通。

韩延寿接到了王钦密信，看一遍大吃惊忙叫元帅。

颜洞兵忙来到牛皮帐中，叫一声韩令公有啥机密？

令公说天门阵中原识破，有王钦来密信说得分明。

军师说我自当无人识破，因此上我摆得简单一些。

现如今识破了重新摆阵，韩令公急传令调将移兵。

过一天三关的探子报信，因何事九龙谷敌阵变形。

有六郎听一言即请母亲，叫一声老母亲敌阵变形。

余太君急忙忙招集众人，重新到九龙谷观看分明。

有太君看罢阵回到三关，进营房卧到床闭目不言。

元帅说老母亲疲劳过度，急忙忙到府中问候母亲。

太君说这敌阵为何移动，原来他摆错的完全补上。

龙有眼虎有爪样样俱全，要打破这敌阵千难万难。

有六郎听一言左思右想，又想起我儿郎不到三关。

宋营中必定有奸细作怪，为何因这里说他们知道。

太君说不管他天罗地网，等你的五哥来再做商量。

元帅说我老母你且放心，我三关兵将勇粮草充足。

请母亲放宽心养好身体，有你的两个儿破阵不难。

却说三关元帅急于破阵，又加上宗保失踪不能返回，心中急躁，忙传令箭，把焦孟二将传上堂来，细细问清穆柯寨的原因。这时焦孟二将到了白虎节堂，双膝下跪，一个从头说，一个从尾说，把伐木不成宗保失散的事细细说了一遍，口称元帅请罪，六郎正为破阵着忙，又加上伐木不成，宗保失散，心中更加烦躁，忙传令把焦孟二将按法处置。又一想，他二人忠心报国，屡立战功，应从宽处置。于是就忍着怒气，叫他二人站起来说话，问了穆柯寨各种情由，自思想：趁我老母在三关主持军务，我亲自去到穆柯寨救回宗保，伐来降龙木，以便攻打天门阵。正是：

元帅带兵救宗保，真是惹人一声笑。

有六郎吩咐毕点兵五千，只带了三关上大将岳胜。

出营门不觉得来到深山，山又高路又窄真是难行。

不多时又到了穆柯寨中，元帅说你且在山外等候。

岳胜说我元帅一军之主，为什么亲自去直捣贼巢？

请元帅你在外等待接应，叫为将亲自去救回宗保。

元帅说不要紧瞒上姓名，这丫头武艺高十分勇猛。

岳胜说我元帅多加小心，六郎说我明白前事没忘。

金沙滩遇上了贼寇作[1]乱，损掉了我杨家多少儿郎。

正行走遇上了一彪人马，元帅说你为何挡住去路。

你快通姓和名饶你性命，若不然我宝刀不长眼睛！

人马中有一个领头大将，他一听元帅问开言答道。

我乃是山寨的穆瓜大将，奉姑娘玉令箭前来巡山。

六郎说我乃是三关大将，奉帅命到此山来救宗保。

你快快把宗保交回宋营，免得了我动刀杀你贼兵。

有穆瓜听一言哈哈大笑，杨宗保招了亲带兵投宋。

降龙木我姑娘带上献宝，劝大将你回去宗保就到。

杨六郎听一言怒气冲冲，骂一声山贼寇欺人太甚！

杨宗保他本是元帅之子，怎么和山寇贼成双配亲。

一时间举起刀就杀穆瓜，这穆瓜忙上前挡住就杀。

他二人在山坡厮杀几合，这穆瓜转回头跑到山寨。

且不说杨元帅追赶穆瓜，再表那穆大王遇上亲家。

却说穆桂英招亲伐木投宋，她父亲不在寨中，因到辽东探亲。桂英写了书信差人送到辽东，穆天王一看女儿招亲，心中欢喜，就即便返回山寨，恰好就遇上了天朝的六郎，两人互不相认，就在寨前杀了起来。这穆羽力大无穷，赛过惜（昔）日。二人一来一往，左旋右转，杀了几十个回合。这穆羽七十有余，又加上连夜赶路，当然不是六郎的对手，这话不题。再说穆瓜败阵回来，急忙向桂英报知："今天天王回来了，他在寨前遇上宋军拦路交战，不知好歹！"桂英听言，大吃一惊，急忙披褂（挂）上马，手拿宝刀，冲下山来。说是迟，那是快，六郎使了杨家绝命枪，朝穆羽刺来，穆羽使了个肚里藏身，这一刀正杀到穆羽的马身上，那马立即把穆羽甩倒在地上，六郎手起刀落，只听"当啷"一声……不知天王性命如何。且说穆桂英冲下山来，见父亲甩下战马，不顾一切冲到跟前，见六郎刀落之即（际），用自己的宝马挡住了六郎的大刀，救起了父王，穆桂英和杨六郎在山寨里杀了起来。正是：

桂英不知是何人，公媳两人杀一阵。

穆桂英见父亲坠下战马，急忙忙举起刀就杀六郎。

杨六郎猛抬头见一姑娘，怒冲冲举起刀就杀桂英。

[1] 作：原本作"做"。

你一来我一去杀气腾腾，杀杀杀破破破几十回合。

杀得那神又惊鬼又害怕，杀得那日无光天昏地暗。

好一个杨元帅赛如蛟龙，好一个穆桂英赛过天神。

穆桂英使了个勒马就跑，有六郎急忙追双马相并。

这姑娘把元帅夹到怀中，手一松使了个泥里栽葱。

且不说杨元帅地下栽葱，再表那招亲的宗保相公。

有宗保见小姐下山救父，不知道我三关来的何人。

叫穆瓜快与我战马一匹，翻上马下了山细看分明。

叫小姐快住手是我父亲，你怎么有眼睛不认公公！

有桂英低下头又笑又羞，转马头加一鞭返回山寨。

杨元帅坠下马不可细表，宋营的军士们又惊又笑。

我元帅保宋王威名皆大，今日个叫媳妇夹到怀中。

杨元帅回三关怒气冲天，穆桂英回山寨喜在心间。

穆天王见女婿喜之不尽，有桂英叫父亲献宝投宋。

杨宗保叫小姐洗[1]耳当听，我父亲今日个失了威名。

镇三关北辽兵谁人不怕，我私自招了亲军纪不容。

带上了降龙木发了大兵，到三关为天朝大破辽兵。

桂英说杨相公不要胆惊，明日个我叫你回上三关。

我收拾山寨的金银器物，带上木带上兵随后就行。

宗保说我父亲脾气不好，我一人到三关必受军纪。

翻上马出寨门下了山岗，不觉得来到了瓦桥三关。

且不说杨宗保回到三关，再表那杨六郎辕门斩子。

穆桂英带宝投宋，杨六郎辕门斩子。

却说杨六郎穆柯寨伐木救子，失了元帅的威名，回到三关怒气不止，又加上朝廷催兵破阵，心中不安。便在这时节宗保回关，焦孟二将见宗保回来，上前哈哈哈大笑，说："新郎君，你回来了？你得了媳妇可能忘了边关？"宗保忙说："二叔，这都是你们害我的！且问我父帅升帐没有？"焦赞说："相公，你不能见你父亲了。"宗保说："怎么见不成了？我有要紧话说。"孟良说："什么要紧话？说来我们听听。"宗保说："穆桂英伐木献宝，带兵投宋，破辽助宋。"孟良说："你私自招亲，罪重如山，可是穆桂英带宝投宋这是你的一个最大功劳！"三人一路闲谈，来到白虎节堂。宗保双膝跪倒，口称："父帅在上，

孩儿请罪。"元帅一见宗保回关，怒气冲天，骂一声："小畜牲，我差你山东催粮，谁叫你山寨招亲？你犯军令，罪重如山！推出辕门斩了！"焦孟二将看事不好，急忙跪倒求情。元帅喝退二将，有孟良对焦赞说："太君在关，赶快请来，刀下救人！"焦赞速去，不一时果然请来了太君。元帅一见太君来到，忙忙走下堂来，问道："老母，你为何事来到这里？"太君把脸一沉说："我且问你，杨宗宝（保）穆柯寨失陷，你亲自未曾救回，如今回来了，他身犯何罪？为何斩杀？"元帅说："老娘啊，提起来你也生气。我派他押送粮草，大胆的奴才违我军令，私自招亲，我杨家的军纪你母亲知道，以前是你怎样教育我们的，无法无天的畜牲，怎么不杀！"太君又说："他年纪很小！"元帅接着说："多少前辈在他这年纪早已立功，甘罗十二做宰相，公瑾幼年掌兵权，难道这不是人吗！"正是：

太君救宗保，双眼把泪掉。

太君说记别人忘了自己，不由得内心酸眼泪纷纷。

想当年我杨家百战沙滩，你弟兄一个个命丧黄泉。

潘仁美那奸贼欺君压臣，他百般见书信谋害忠臣。

天有道我的儿所生一子，为什么今日个还要斩杀。

杨宗保犯了罪本应斩杀，我杨家断了后除了根苗。

元帅说我杨家名传四方，因此上按军纪处[2]斩儿郎。

到日后朝廷知我怎答言，太君说有了我你把心宽。

佘太君救孙儿元帅不从[3]，有孟良请来了八王千岁。

八贤王赵德芳来到帐中，有元帅下了堂参拜王驾。

八贤王着了忙叫声元帅，你今日杀宗保为的何情？

元帅说这奴才私自招亲，因此上斩了他军纪严明。

八贤王叫元帅听我细说，杨宗保犯军令细问原因。

依我说饶了他破阵要紧，破良才斩上将理上不通。

我不免替万岁免他无罪，破阵后上金殿奏与万岁。

元帅说千岁王左难右难，若不是就一颗虎头金印。

我六郎守边关费尽心情，东又杀西又斩又杀儿郎。

请千岁把帅印交纳朝廷，奏万岁重赏军把定三关。

有千岁听此言心中怒恨，叫一声杨元帅说理不通。

[1] 洗：原本作"细"。

[2] 处：原本作"除"。

[3] 从：原本作"存"。

你七弟天齐庙[1]打死潘豹，那时候你杨家满门反抄[2]。

我保住你杨家全家无罪，你今日做元帅紫袍玉带。

有元帅忙跪倒叫声千岁，不由得两眼中泪珠纷纷。

我爹爹保宋王终身到老，南平番北平辽百战沙滩。

洒热血砍头颅为保江山，想起了我兄弟保国忠良。

也不知骑过了多少战马，也不知磨损了多少马鞍。

也不知用过了多少刀枪，也不知杀过了多少好汉。

也不知穿破了多少铁甲，也不知流尽了多少鲜血。

也不知受过了多少苦难，也不知宋天子心中欢喜。

我今日给朝廷交纳帅印，请朝廷派能人攻打死阵。

八贤王无奈何救出宗保，叫一声杨六郎保国大臣。

且不说八贤王帅帐争论，再表那山寨的桂英起兵。

却说八王千岁未曾救出宗保，这话不题。再说穆桂英自从宗保下山，急忙点兵查将，带宝领兵来到瓦桥三关，十里扎营，随带穆瓜进城。这时有孟良来到白虎节堂，禀知元帅穆桂英伐木进宝，领兵投宋，现已进城了。元帅听言，说道："穆桂英真的来了吗？赶快接进堂来！"不多时，桂英来到白虎节堂，一见元帅就双膝跪地，口称："三关元帅在上，小女子在下，今日伐木献宝，领兵投宋，且问杨宗保身犯何罪？为什么要斩？"元帅说道："他私自招亲，违犯军令，理应处斩。"桂英又往上跪一步说道："就是他私自招亲也是一件好事！我今天伐木献宝，带兵投宋，助你大破辽兵。请父帅开恩！饶他破阵立功！"元帅说："三关的纪律严明，不和你山寨来比。"桂英听言，气上心头，说道："叫你赶快放了还则罢了，如若不然，我叫你看一看小女子的厉害！杀你个人仰马翻！"正是：

　　桂英带兵到三关，元帅一见心不安。

　　焦赞孟良着了忙，请来太君问根源。

　　桂英小姐叫太君，进宝领兵破辽兵。

　　叫声元帅你是[3]听，你儿山寨招了亲。

　　违了军纪不要紧，大破辽兵立战功。

救了宗保留活命，小两口儿泪淋淋。

　　宗保桂英谢父恩，太君旁边看分明。

　　夸奖桂英女英雄，宗保桂英谢太君。

却说穆桂英救了杨宗保，全家喜之不尽，三关的军士热火朝天，给元帅恭喜，这话不题。再说探马报来，辽兵前来取关。元帅听言，急忙带领男女众将上楼观看。敌兵围关，出来了一员大将，手拿枣木棒，骑一匹劣（烈）马，耀武扬威，指关骂道："杨六郎，你按兵不出，还不破阵，你还称什么大宋元帅！"这时候有穆桂英冷笑一声，说道："辽国奴才，你睁眼看一看大宋的男女众将，我叫你认一下插花带（戴）朵的姑娘！"只见穆桂英左手拿弓，右手搭箭，一箭射准（中）了辽将耶律灰的豹皮头盔，把辽将吓了一身冷汗。桂英又取第二支箭，要射辽将的护心镜，只听"当啷"一声，辽将的护心镜即刻成了碎片，把辽将吓得魂不附体，回马就跑。桂英忙说："去对你的主子说明我宋将的厉害！"正是：

　　破辽兵焦赞探阵，五和尚下山助宋。

且不说杨家将下楼回营，再表那五和尚下山助宋。

　　有孟良笑哈哈急报元帅，五大帅下了山来到前庭。

　　杨元帅听一言喜之不尽，我五哥好多年未曾见面。

　　有五郎到二堂拜见母亲，叫一声我的娘身体安宁。

　　佘太君见儿郎母子相逢，不由得母子们眼泪纷纷。

　　叫一声我的儿沙滩离分，好多年没有见儿的音信。

　　有六郎急忙忙来到前庭，叫了声五哥哥眼泪纷纷。

　　自从那金沙滩离了五兄，到后来就来到三关镇守。

　　北辽国摆下了天门阵图，因此上请五哥前来助阵。

　　有五郎见兄弟抱头相哭，想不起今日个骨肉团聚。

　　周杜氏二夫人宗保两口，都来到二堂上参拜五郎。

　　五郎说我杨家兵勇将广，贼辽邦藐视我中原无人。

　　有焦赞和孟良摆上酒宴，一家人团聚坐谈起敌阵。

　　五郎问天门阵摆得[4]怎样，六郎说这个阵摆得非凡。

　　天有天地有地插翅难飞，破此阵派人去摸清敌情。

　　叫一声焦将军辽营探阵，有焦赞得令箭回到营中。

　　忙叫了十几个军士好枪，藏军器来到了九龙谷口。

[1]　庙：原本作"府"。

[2]　抄：原本作"朝"。

[3]　是：原本作"实"。

[4]　得：本句和下句两个"得"原本都作"的"。

有焦赞埋伏在树林之中，不多时走来了辽国哨兵。
辽哨兵到林边不见动静，转回身就来到自己营中。
有焦赞看辽兵不好下手，无奈何再等着辽兵巡逻。
不多时走来了一个辽人，这个人好像是辽兵头人。
有焦赞开言问你是何人，那人说我就是中原之人。
因此上做生意辽人打扮，穿这衣图的是进出方便。
有焦赞喝一声杀了此贼，这辽人忙跪倒小人细说。
我本是王枢密心腹之人，我的名叫王召辽营送信。
我今日被将军拿到宋营，我说的这都是真话实情。
有王召叫一声宋营将军，辽元帅给了我一支令箭。
叫将军你从那九道门进，一直儿走到了辽营帐门。
有焦赞问明了真话实情，穿辽衣拿令箭进了辽营。

　　抓来王召问真情，焦赞辽营把计生。

　　却说焦赞得知王召的实话，穿了王召的衣服，拿了辽营的令箭，从九道门而进。单说九道门守将挡住了焦赞，焦赞取出令箭，辽兵一看，忙说："辛苦了！"焦赞赔笑，大步而进，连闯三座关口。第一座守将耶律灰，统兵长枪，人穿铁甲，马鞴双蹬（镫），好不厉害；第二座守将忽里歹，手下人枪长力大，枪（人）高马大，非常精锐；第三座将台是守将土金宿，乃是黑水大将，统帅步兵，人使短刀，地雷火炮，十分骁勇。有焦赞手拿令箭，一路无阻又到第四座将台，正是黄琼女把守。这女将乃是西夏国王公主，手拿两把日月双刀，勇冠三军，是辽国请来助阵的。这一座守得最严。焦赞走到这里，东张西望，被女卫士拦住。女卫士问道："你是哪里人？好大胆子，敢在这里胡行！"焦赞急中生智，忙说："我乃是白元帅帐前点军使，有事要见公主。"卫士看了令箭，领了进去。焦赞进了中军帐，一看黄郡主[1]的面貌，头带（戴）一顶金豹笠子盔，身穿猩猩连环甲，〔逢〕坐毯上〔红花〕。黄琼女说："白元帅差你来有什么事做？"焦赞说："请问公主贵营缺些什么？好做准备。"公主说道："我营万事齐备，你去多谢元帅。"焦赞含糊其辞地说："杨家将早晚破阵，请公主多加小心！"黄琼女说："布下天罗地网，杨家将有来无回。"焦赞说道："杨家将英勇无敌，辽国上将不是他们的

对手。"黄琼女愤怒地说："你长别人的威风，灭自己的志气！倘若不然，我的宝剑不会留情。"焦赞急忙又说："昨日个耶（律）将军取关，城楼上出现一员女将，箭法神妙，一箭射去了耶律灰的头盔，又一箭射碎了护心镜。"黄琼女问："那女将叫什么名字？"焦赞说："我在阵前听说，叫个穆桂英。"黄琼女一听说女将是穆桂英，就由怒转喜，忙叫卫士快把好酒端来。焦赞连吃三碗，又说："请问公主，你的联弩法是厉害，能不能叫小将开开眼界！"公主叫卫士领着焦赞来到联弩营里，焦赞假意用手一摸，卫士挡住说："你不想活了！这联弩箭动机一按，一发十，十发百，百发千，千发万，就像雨点一样，就是千军万马也难跑脱。"焦赞伸了一下舌头说："好厉害！"正在这时候，金鼓大震，白元帅查营来了。焦赞怕露出真相，就悄悄地溜出辽营，换了中原的衣帽，急忙行走回到了三关。正是：

有焦赞探敌阵回到三关，杨元帅出营门迎接将军。
元帅说焦将军连夜辛苦，到辽营探敌情有何分明。
焦赞说这敌阵我也心惊，长枪营大刀营兵山将岭。
唯有那黑水国助阵将军，名叫个土金宿十分骁勇。
还有那西夏国黄琼公主，联弩箭真可怕此阵难攻。
这王召他就是枢密亲友，王枢密派王召辽营送信。
杨元帅一听言大吃一惊，忙传令回营里加紧巡逻。
宋天子把贼人当做良臣，把国家机密事私通辽营。
且按下王老贼权[2]且莫表，再表那宋天子又来圣旨。
有元帅接圣旨三叩九拜，谴责他不出兵空吃粮饷。
杨元帅看罢旨坐卧不安，谁料想当天晚病在床上。
发高烧背部痛不能起兵，军医看病况重昏迷不醒。

　　杨元帅病倒床，穆桂英掌印挂帅。

　　却说杨元帅病倒在床，八贤王急来问安，六郎说："我病不要紧，就是朝廷已有圣旨，赶快发兵破阵，不能延误。如果有人替我为帅发兵破阵，我也能缓好疾病。"八贤王问："太君怎样？"元帅说："母亲年老，不能挂帅。"八贤王又问："宗宝（保）可掌帅印？"元帅摇头又说："以小臣看来，穆桂英武艺高强，十分骁勇，能掌帅印，就是怕人说朝廷用人不当。"八贤王说："我乃是朝廷

[1] 郡主：原本都作"君主"。

[2] 权：原本作"全"。

千岁，也可以做主，就是兵将服不服？"六郎说："前次，她用箭射退辽兵，谁人不知，那（哪）个不服？"又提起王枢密里通外国，八贤王大吃一惊，说："把王召交给我审讯。"不说八贤王审讯王召，再说穆桂英掌了帅印，士气大振，一个青年女子做了三军统帅，真是天通国顺。这时，破阵日期到了，金鼓大震，铜锣齐鸣。穆桂英走上将台一看，杨家将威名皆大，个个盔甲鲜明，战马威风，刀枪如林，真是名不虚传！穆桂英打开军册点兵出阵，各路将官点完。先锋官不到，用红旗招来。宗保一见用红旗一招，吓了一身冷汗，忙说："夫人升了元帅不认丈夫了，小人今日身受风寒，请元帅原谅！"元帅一听，气上心头，传令："我今日点将不到，违反军令，拉出去重打四十军棍！"宗保无奈，低头认罪。夫人说："你知道我今日为帅，我给你一支令箭，先去造桥铺路。"宗保得令，即便起身来到白沟。且说这白沟乃是宋辽两国的边界线，沟北是辽国，沟南是中原。宗保要修一座便桥，缺少木料，就带领兵士到树林里去砍，恰从杨宗保马蹄下跳起一只兔子，三蹦两跳不见了。就在这时候，从草中跳出一只恶犬，大声怪叫，直咬宗保的战马，宗保一箭射去，这恶犬大叫了几声，倒地而死。不大一时，从林子里出来了一彪人马，当头一员女将，头戴一顶金豹笠盔，身穿一件猩猩连环甲，红斗篷，跃马扬鞭，飞驰而来。一见杨宗保就开口骂道："哪里来的蛮子，敢来射死我的爱犬！"杨宗保说道："女将军，你的爱犬冲过来把我战马咬伤，因此上我一箭射死在地。"黄君（郡）主一听，冲冲大怒，拿起双剑直杀宋将。杨宗保见事不好，急忙提枪，两人杀了起来。且不说他两家对面交锋，再说穆桂英杳（查）路观阵。正是：

桂英挂帅去观阵，丈夫宗保是先行。

杨宗保黄琼女拼命交锋，又来了周夫人认妹看亲。
穆元帅远望见宗保败阵，忙使了周夫人前去救命。
黄琼女见周氏停下双剑，叫了声我姐姐你在何方？
这件事也还要说明根源，周夫人她本是大郎之妻。
她[1]父亲保宋王一世终身，和西夏黄国王结拜同生。
因此上黄琼女多到中原，和周氏结义了生死姊妹。

她两家父去世互不来往，想不到今日个重又团圆。
有郡主叫一声姐姐你好，周夫人问了声妹妹无恙！
叫妹妹想当年和好人情，为什么现如今助辽摆阵。
请妹妹你想起结义同生，今日个我叫你改邪归正。
到时候破辽阵不知好歹，我宋朝人马多兵广将勇。
男将军且不说女将甚勇，有桂英小女子掌着帅印。
黄郡主忙上前叫声姐姐，这女子姓什么能统三军。
名叫个穆桂英威名皆大，领三军破辽阵谁人不怕。
骑战马拉弓箭百步穿杨，拿长枪挂短剑神鬼胆战。
黄琼女听此言哈哈大笑，叫了声我姐姐夸耀宋军。
倘若是有这样英雄女将，请回来我和她[2]互相较量。
周夫人听此言转马就走，来到了队伍中禀知桂英。
穆桂英听此言即便起身，见郡主忙问宋公主安宁。
黄郡主见桂英喜在心中，叫了声穆元帅一世高明。
听人说杨家将女将甚多，武艺高箭法妙百步穿杨。
请元帅我和你箭法比看，把马鞭挂在那五十步上。
谁要是射落谁是英雄，桂英说请公主你先开弓。
黄郡主不推让嗖的一箭，这只箭射了个鞭落地上。
黄郡主这时候洋洋得意，随后的兵士们连连喝彩。
桂英说我射个金钱落地，众人们听一言摇头伸舌。
穆桂英使威风叫了一声，鹊连弓凤翅箭与我拿来。
张了弓搭了箭稳如泰山，手离箭箭离弓金钱落地。
众人们急忙忙跑出观看，凤翅箭正穿上三个金钱。
黄郡主射了个马鞭落地，穆桂英百步外箭穿金钱。
两国的随从兵连连喝彩，穆桂英黄郡主谈起相逢。
却说穆元帅和黄琼女比箭以后，黄郡主对穆桂英说："你真是名不虚传！人又清俊，马又好看。可惜辽国我助！辽国现时与中原为敌，我今和穆元帅说话不便。"穆桂英忙说："公主小姐，你人才出众，武艺高强，为何不在你国享荣华富贵，怎么来到辽国摆阵破宋？现在宋辽两国为敌，与你西夏国有什么关系？"黄琼女觉得穆元帅说话有理，急忙叫声元帅："这里不是说话的地方，我和你和好人情，结为生死姊妹。"桂英急忙跪倒在地，两个小姐对天明（盟）誓已毕，两国的卫士各回本营，桂英和公主行礼告别。桂英说："公主，我不能远送，姐姐望你保重青春！"公主也望着桂英说："祝你破阵成功！"郡主回营，不题。再表穆元帅回到宋营，杨宗保一见桂英，急忙上前说道："你既和黄琼女一处比箭，为何不把她领到宋营？"桂英说道："先行官说话无理，我已和她结成生死姊妹，不是我夸口，我已叫她投宋破辽。"这件事传到王枢密耳内，他差王召给元帅白天佐送信，这几天未曾回来。王枢密希望王召千万不要露出真迹，又想：可能我的密信太重要，王召被元帅请上见白天佐去了吗？今日宋营传说穆桂英和黄琼女比箭相连，还结为姊妹，这事不好，我要敢（赶）快禀知我元帅知道。忙取了纸砚，写了密信，见王召还不回来，真是叫他坐卧不安。他想：这件事关系到辽国胜败，我要想办法叫我白元帅知道！想到这里，王枢密即刻叫来心腹家将王来，说道："你今晚趁宋营兵士放哨，带着这封密信到白沟，用箭射到辽营，我给你金银无数，高官你做。"王来听说给金银，还要做官，就很是喜欢，拿了书信，来到白沟。正是：

奸贼通密信，要害郡主命。

有王来把密信射到辽营，有辽兵拾书信报与元帅。
白元帅正在帐饮酒作乐，有兵士忙禀知王钦来信。
白元帅看书信大吃一惊，请军师传令箭文武上殿。
上了殿请军师开口读念，有军师听此言调兵遣将。
忙把那耶律灰调进内帐，问耶律黄琼女你看怎样？
倘若是她有变上天无路，黄琼女这鬼妇做[1]事不端。
且不说白天佐调兵移将，再表那黄琼女坐卧不安。
忽听得[2]女卫士禀知姑娘，点军使又来了走得慌张。
郡主说你叫他明日来见，卫士说他说到机密祸端。
郡主说既[3]如此请进内帐，原来是上次的那个黑汉。
这黑汉他就是宋营焦赞，奉元帅玉令箭二次密探。
有焦赞见郡主双膝拜见，郡主说你又来有何事端？
焦赞说我今来事大非凡，请郡主免我罪实说根源。
郡主说免你罪说来我听，焦赞说我本是宋营焦赞。

[1] 做：原本作"作"。
[2] 得：原本作"的"。
[3] 既：原本作"即"。

有郡主听得[4]说宋营大将，不由得脸变色心中发慌。
叫卫士快快地与我杀了，焦赞说杀了我你有灾难。
有焦赞忙取出书信一封，有郡主接到手细看分明。
上写的黄郡主身遭大难，下写的贼辽兵围住你营。
请郡主多小心防备辽贼，千万儿不要做刀下之鬼。
请郡主自和你白沟连亲，我宋朝破辽兵明日起身。
请郡主你念起结义之情，助宋朝破辽兵大有功名。
请郡主助大宋平定辽寇，你功名在我朝万古长留。

却说焦赞二次探阵，把穆元帅的书信递给黄郡主，黄琼女看罢说："好一个大胆的白天佐，你把两翼的兵将撤掉，又调来耶律灰围住我营，我今和你誓不两立。等到宋朝起兵，叫你白天佐在阵中看一看你姐姐的厉害，杀你个人仰马翻！"又对焦赞说："你快去对穆元帅说，我黄琼公主弃辽投宋。"焦赞说："杨家将兵勇将广，粮草充足，破阵日期已定，就在明天四更。"说完，焦赞告别出营，不题。再说那白天佐，自从搬了黄琼女的两翼兵将，又害怕黄琼女不依，就假意来到营中说些话，看看动作。黄琼女问："白元帅，你到我营有何贵干？"白天佐说："杨家将早晚要破阵，请郡主多加小心。"白天佐带领众将回营去了。这时候黄琼女越发烦闷，带了卫士出营打猎，正好走到大营，有兵士挡住说道："你有令箭让你出营，没有令箭不让出门。"黄琼女说道："我乃是金枝玉叶女将，又是你元帅请来的，为何要令箭！"兵士说："不管你是什么玉叶女，总之不让你出门！"黄琼女气上心头，带领卫士回营来了。急忙叫卫士拿来笔砚，写了书信，叫卫士送到火炮主将手里。主将土金宿看罢以后说道："郡主今日弃辽投宋，我只得顺从她的指挥。"即便又写了书信，送与黄郡主，约定助宋破辽，这话不题。再说焦赞探阵回到三关，穆元帅一见，喜之不尽。焦赞就把郡主和土金宿弃辽投宋之事细说了一遍。这时，杨宗保接着说："有王钦老贼私通辽国，应该赶紧奏与八王千岁！"可是八贤王爷早已知道王钦投敌，已把王召提审，这王召受刑不住，就把王钦之事细细说明。千岁问："你有什么证据？"王召说："我亲眼看见他枕头内藏着中原地图。"千岁说："你

[4] 得：原本作"的"。

去拿来地图，我免你无罪！"王召领命，来到王钦府中，王钦一见，大吃一惊，说道："我差你辽营送信，为何几日不曾回来？"王召上前跪倒说："小人辽营送信，路遇强盗，把我拿到山寨，小人连骂几天，强盗见我身无金银，才放我回来。"王钦又问："强盗的山寨在那（哪）里，我给你的令箭呢？"王召含含糊糊回答："令箭丢了。"王钦心中加疑，知道暴露机密，急忙又说："王召送信，一路多受风寒，快快饮杯御酒，好好睡一觉去吧。"正是：

　　　　王召回府中，用酒命归阴。

有王钦用药酒害死王召，这时候我通辽无人知道。
八贤王等王召不见回来，亲自到王府中提拿王钦。
八贤王叫人役府内搜查，这王钦却怎么突然不见。
千岁王回府来叫声六郎，这老贼在朝中欺压忠良。
时时儿奏万岁谋害忠臣，若不是我在朝罢了他官。
宋天子信任他来到三关，谁料想把情报送到辽邦。
怨只怨宋天子朝政混乱，把奸细当做是宝贝一样。
今日个有王召说得端详，这老贼他绘了天朝图样。
藏在了枕头里想谋江山，现如今破贼案离开中原。
这贼人明明儿坐在椅上，却怎么一进门不见踪影。
在朝廷看待你如同爱臣，你怎么在中原想了辽邦。
破阵后我奏与殿上皇王，除掉他在朝的亲邻家眷。
且按下八贤王苦骂奸党，再说那三关的元帅升帐。

却说三关元帅穆桂英，破阵时辰已到，击鼓三通，帅旗上升，点兵出发。元帅走上点将台，手拿令箭说道："第一支令箭由[1]杨延景为第一路主将，第二支令箭由杨宗保为第二路主将，第三支令箭由孟良为第三路主将，第四支令箭由岳胜为第四路主将，第五支令箭由陈林为第五路主将，第六支令箭由周夫人为第六路主将，第七支令箭由杜夫人为第七路主将，第八支令箭由穆羽为第八路主将，第九支令箭由本帅和五郎杨延德为第九路主将，第十支令箭由穆瓜为第十路主将，第十一支令箭由焦赞快速到辽营给黄郡主送信，请她里应外合杀出来。"焦赞领令，快速混进辽营，刚走到黄郡主营前，碰见了王钦老贼，气如斗牛，一手抓住王钦，用力就是一拳，打得王钦头破血流。

趁王钦还没有反应过来，就急忙进了黄郡主内营。那王钦不顾一切，跑到了白元帅内营，急忙说道："不好了！宋营的焦赞来到黄郡主的营里去了，他把我打得头破血流。"白元帅听言，即便带领兵将来捉拿焦赞。可是焦赞进营给郡主说明王钦之事，黄郡主看事不好，就把焦赞领到自己的小房里藏好。不多一时，白天佐带领众将来到郡主营里，说道："黄琼女，我把你请来助战，你为何投宋？为何私通中原？现有大宋焦赞到你营里来了，请你赶快交出来！如若不然，我将搜你营帐！"就在这时，黄郡主的卫士一齐手拿双剑，前护（呼）后拥，喝退了白天佐。焦赞从内室出来，急忙说道："杨家将今晚四更出兵，请多加小心，事不宜迟，我赶快冲出辽营。"焦赞来到三关，已是四更时候，杨家将兵马出发。正是：

　　　　三关元帅起了兵，打鼓三通出了营。
　　　　杨家将来真威风，威风凛凛往前行。
　　　　十路大军五色旗，人又英雄赛蛟龙。
　　　　红人红马红旗号，红甲三军十万兵。
　　　　白人白马白旗号，白甲三军十万兵。
　　　　黑人黑马黑旗号，黑甲三军十万兵。
　　　　青人青马青旗号，青甲三军十万兵。
　　　　黄人黄马黄旗号，黄甲三军十万兵。
　　　　保定元帅往前行，不觉来到天门阵。
　　　　三声炮响冲进阵，百万大军杀辽兵。

却说穆桂英点了百万大兵来到天门阵，十路大军进入辽邦的十道大营，真像蚂蚁翻窝的一样，你砍我杀，真是两家交战，生死难保。按下十路大军杀敌不题。再说穆桂英和五郎杨延德杀进辽营，连杀进三座将台。第四座将台铁门紧闭，不能进入。元帅着急，立刻下令命五郎力劈虎头门。五郎得令跳下战马，手拿金樵斧，力劈虎头门。正是：

　　　　杨五郎虎头门大显威风，有辽兵在城楼箭如雨阵。
　　　　辽营兵把大炮对准五郎，说时迟那大炮就要发火。
　　　　眼看着五和尚就要命亡，穆桂英在阵中心中着急。
　　　　拿大刀杀辽兵一马当先，忙取弓搭上箭嗖的一声。
　　　　这一箭正射在辽兵咽喉，那卫兵丢下火一命而亡。
　　　　又来了第二个辽兵点炮，又一箭正射在辽兵心上。

杨五郎劈开门大叫几声，宋营的兵和将冲进里营。

杨五郎不愧[1]是一个英雄，杀的杀砍的砍血水淋淋。

且不说杨五郎杀得[2]英勇，再表那黄琼女动了刀枪。

黄琼女忽听得杀声动天，忙披挂[3]翻上马弃辽投宋。

辽将军耶律灰看见郡主，催战马提大刀高声叫骂。

没想到穆元帅杀进内营，碰上了耶律灰一刀两断。

穆元帅在阵中找到郡主，忙上前问了声郡主受惊。

郡主说多亏了元帅来救，快捉住白天佐辽国番子。

元帅说你领我杀到帅营，活捉了白天佐才算英雄。

且不说杨家将杀到阵中，再表那白天佐还在梦中。

辽国的探子马飞快来报，进了营叫了声元帅大人。

宋朝的杨家将杀入辽中，眼时下就杀到你的帅营。

白元帅听此言胆战心惊，忙披甲拿大斧随戴[4]铜盔。

叫一声探子马听我命令，你快报土金宿炮轰宋营。

有探马来到了火炮营中，叫一声土将军炮轰宋营。

土金宿早已把炮架摆好，就等着下了令炮打帅营。

土将军得了令炮火齐鸣，一个个火炮弹落到帅营。

白元帅着了忙东奔西跑，贼王钦在后头吓掉三魂。

忙叫声白元帅此事不好，这火炮为什么打到帅营。

白天佐拿大斧骑上战马，着了忙出帅营大杀宋军。

穆元帅杨五郎率领大兵，杀那辽国兵血水淋淋。

两员将正杀得神出鬼没，正好儿遇着了辽国元帅。

有五郎提大斧忙叫一声，辽寇贼你今天命见阎君。

白元帅听一言冲冲大怒，骂一声贼和尚驴头落地。

五郎见白天佐气冲[5]斗牛，两员将在一起各显威名。

白天佐手拿着白铜大锤[6]，杨五郎他拿着金樵大斧。

五郎的金樵斧火光闪闪，杀得那日无光天昏地暗。

两员将正杀得雾气腾腾，忽然间两斧柄齐齐折断。

有五郎斧柄断败阵就跑，白天佐手拿起两个铜锤。

紧紧地追五郎就下无情，事到头迎面儿来了救星。

[1] 愧：本段韵文原本都作"亏"。
[2] 得：原本作"的"。
[3] 挂：原本作"褂"。
[4] 戴：原本作"带"。
[5] 冲：原本作"如"。
[6] 锤：原本作"斧"。

穆元帅在阵中看见五郎，挥长枪杀辽兵挡住辽帅。

叫五郎你不要心惊胆战，小女子和贼帅杀个高低。

桂英的那长枪赛过蛟龙，天佐的那铜锤风雨不透。

你杀我我杀你不分胜败，这时候白天佐拿起铜锤。

用尽了全身力就打桂英，我叫你小丫头命见阎君。

穆桂英不愧为一员英雄，手一伸把铜锤接在手中。

照天佐大脑袋还了一锤，辽国的大元帅翻身落马。

白元帅叫桂英一锤打死，兵无主将无帅辽兵大乱。

有辽兵见元帅死在阵中，跑的跑藏的藏自杀自尽。

穆元帅见辽兵乱砍乱杀，挺长枪显威乘胜前进。

杀大将如杀瓜杀兵如菜，杀得那辽尸首遍地横躺。

攻大营破小阵血水成渠，回过头看一眼一条血路。

一阵儿杀到了辽国帅营，东又找西又看再无辽兵。

穆桂英杀进了辽营帅帐，忙把那大宋旗升在高杆。

却说穆桂英率领十万大军杀进天门阵，这天门阵有一百零八座将台，每座将台都有大将守卫。且说黄郡主听到宋兵杀进阵中，急忙摆开联弓箭披甲上马，杀出营来和宋军里应外合，杀得辽军狼狈逃窜，这时候土金宿早已把炮口对准辽国帅营，等白天佐下令，炮火齐鸣，不题。且说辽国元帅白天佐还在床上睡觉，忽听探马来报，说道："宋军已杀进阵中。"白天佐听言大吃一惊，忙说："快去报知火炮营主将土金宿，快用炮轰！"这时候，辽帅的兵将东碰（奔）西跑。白天佐披褂（挂）上马，手提兵器冲出阵去，恰好正遇上穆元帅和杨五郎。白天佐与杨五郎杀了起来，真是好汉对好汉，越杀越好看！这时两员将斧把齐断，五郎没有二件兵器，骑马败阵。白天佐拿起铜锤直杀五郎，就在这千钧一发之际，穆元帅猛然抬头看见五郎败阵，便催马上前，大叫一声："五伯你放心！小女子活捉贼帅！"拦住白天佐就杀。这个白天佐心想：把你一个小小的黄毛丫头，还称什么大宋元帅！我将一锤打成肉泥。可是英雄总是英雄，会者不慌，慌者不会。穆桂英左手拿枪，右手将对方铜锤按住在手中，倒打一锤，可惜辽国的兵马大元帅白天佐被穆桂英一锤 [击中]，翻身落马，死于阵中。兵无主帅自散，马无草料自跑。真是辽兵乱成蚂蚁一般，到处乱碰乱杀。正是：

辽元帅一命归阴，贼王钦胆战心惊。

王钦贼见元帅死于阵中，脱了衣混进了乱马军中。

有焦赞他看见王钦奸贼，骂一声老奸贼你想上天！

有王钦见焦赞忙忙跪倒，叫一声焦将军饶了老臣。

焦赞说王老贼坏事做尽，饶了你三关的石头不从[1]。

你在朝与天子如同父子，压文武欺天子苦害百姓。

通辽营送情报侵占中原，你细细想一回杀你归阴。

这王钦连叫声饶我性命，有焦赞用钢鞭打死王钦。

且不说焦将军杀了王钦，再表那韩延寿出去逃命。

韩令公见宋营杀声震天，吓得他心发慌心惊胆战。

正乱跑遇上了黄琼公主，黄琼女提起刀要杀令公。

说时迟那时快来了救星，辽先锋白天嫩取弓射箭。

黄郡主中了箭翻身落马，辽先锋拿画戟上前便杀。

眼看着黄郡主命见阎君，想不到辽先锋落马丧命。

原来是杜夫人看见郡主，身中箭跌下马快要命亡。

急催马举双刀杀死辽将，撕战袍包伤口护送后方。

杜夫人她[2]本是七郎之妻，使双刀勇善战大有威风。

且不说杜夫人大杀辽兵，再表那穆桂英占了帅营。

却说穆桂英把辽元帅杀于阵中，辽兵不战自退，纷纷乱跑乱杀。且说黄郡主的联弓箭射死辽兵大半，又加上土金宿的火炮轰炸，辽兵大败。再说这杜夫人原是七郎延嗣之妻，她手持两把日月双刀，英勇善战，杀大将如杀小卒，杀小卒如杀鸡羊，也是杨家将出名的一员。她杀了白天嫩，救了黄琼女，来到帅营。桂英一见，忙请军医为黄琼女治疗，这话不题。再说十路大军从夜晚四更一直杀到黄昏时候，辽兵投降的投降，偷跑的偷跑，辽国的天门阵成了一座死阵，尸首遍地，血流成河，不必细表。再说穆元帅占领帅营，领着随从的兵将上了天门阵的将台观看。不多一时各路兵主将来到帅营，禀知元帅我兵把辽兵全部杀尽，穆桂英击鼓（鸣金）收兵。正是：

穆桂英鸣金[3]收兵，杨家将威名传令。

穆桂英破辽兵大获全胜，胜利鼓打三通收兵回营。

宋大军来到了辽国帅营，有元帅上将台查将点兵。

有陈林破辽兵死于阵中，有孟良身受伤血水淋淋。

穆天王身受了七处重伤，跑回营下了马命丧黄泉。

各路的大将军都来庆功，只少了穆瓜他无影无踪。

穆元帅见穆瓜未曾回营，想令箭心发酸眼泪纷纷。

正着急有穆瓜进了营门，拿藤条骑着个大胖肥猪。

这肥猪原来是辽营军师，名叫个颜东兵穆瓜所赶。

有元帅见军师气上心头，叫穆瓜推出去祭奠亡魂。

辽国兵四十万全部送命，韩令公巧打扮逃命为生。

且不表穆元帅点兵查将，再说那大宋兵清理战场。

穆元帅在辽营养兵三天，发了兵来到了瓦桥三关。

赏[4]金银摆酒宴犒劳三军，谢三军请功名迎接万岁。

　　穆桂英破阵立功，八贤王上殿奏本。

却说穆元帅破辽兵大获全胜，但是宋兵也损失不小，杨家将战战流血，杀败了辽国的四十万大兵，这话不题。再说八贤王来到金殿奏知万岁，杨家将一日〔落西山〕之内破了天门阵之事一一奏明。万岁听言，龙心大悦，急忙传旨，宣朝中的文武大臣排到金殿，听万岁开恩。说道："杨家将东杀西战，流尽鲜血，我今当殿封为'忠勇保国，辈辈不离朝班'的杨家将。"又吩咐文武大臣来到三关犒赏三军，请了僧道设起香案，送神归天。正是：

一炷香我敬与玉皇大帝，王母娘娘回天宫。

二炷香敬与了二郎神君，火龙太子回天宫。

三炷香再敬与三霄[5]娘娘，骊山老母回天宫。

四炷香我敬与四大天王，齐天大圣回天宫。

五炷香敬与了五方五帝，玄女娘娘回天宫。

六炷香再敬与南斗六星，南海观音回天宫。

七炷香我敬与北斗七星，太白金星回天宫。

八炷香敬与了八大金刚，八位仙师回天宫。

九炷香我敬与九天圣母，九位仙女回天宫。

十炷香我敬与各路神灵，十殿阎君回地府。

天有道行的是风调雨顺，地有道出的是五谷丰登。

国有道出的是忠臣良将，家有道出的是孝子贤孙。

人有道出的是善良好心，各有道保平安不出灾情。

[1] 从：原本作"存"。

[2] 她：原本作"他"。

[3] 鸣金：原本作"击鼓"。

[4] 赏：原本作"掌"。

[5] 霄：原本作"教"。

这本卷念圆满安乐太平，保佑了众男女身体安宁。

我今念卷大家听，莫当闲言耳旁风。

古今事儿都一样，都是劝人行善良。

选自：　宋进林、唐国增主编：《甘州宝卷》，中国
书画出版社，2008 年，第 118—142 页。

抄写者：　张文杰

抄写时间：　缺

收藏者：　张兆贵

5

杨金花夺印宝卷

将门裙钗女，胜过少年男。

校场试弓马，羞煞英雄汉。

这首小诗，乃是《杨金花夺印》这本宝卷的引子。那宋朝太祖登位，后山王杨衮归宋后南征北战，立下了汗马功劳。太祖为了敬贤礼士，造下了天波无佞府，以酬元勋。后来幽州事变，杨继业父子八人，相继为国尽忠，仅剩下六郎延景在朝奉君。传到杨文广，佘太君因公子年幼，不让出世保驾，遂递了绝户牌，一边传言，杨家无后。不料仁宗登基，无人领兵征番，只好传旨拜狄青为帅，又降旨着南清宫八贤王率领众文武到校场看操演兵马。千岁奉旨而行，不题。且说穆桂英有一女儿，名叫金花，年方十四，生得眉清目秀，粉面丹唇，聪明伶俐，在母亲的教诲下，骑射刀枪，件件精通。那天金花闲暇无事，带了丫环到花园玩耍。

金花姑娘开言道，叫声丫环你是听。

今日无事闲游去，花园以内散散心。

丫环听了不怠慢，忙陪姑娘到花园。

小姐进门细观看，万紫千红正鲜艳。

养鱼池内鱼玩水，栽花塘中花争荣。

芍药海棠扬笑脸，牡丹石榴火样红。

桃杏迎春枝稠密，绿叶红花围青松。

串枝嫩莲栽几行，对对蝴蝶过墙东。

小姐正在赏花景，墙外忽然起鼓声。

却说金花将门之女听见鼓声，便问丫环："如今太平年间，一不行兵，二不调将，何人击鼓？"丫环听问，急忙爬上墙头向大街上张望，只见满街人流，熙熙攘攘，往校场拥去，乱嚷嚷道："狄元帅演武，快看个热闹去。"丫环一听，急忙回禀姑娘。那狄青原为杨家仇人，奸臣一个，依靠皇后势力做官至今。金花听了，十分着急："都是老太太递了绝户牌，不叫我们出头露面。如其不然，狄青是我家不共戴天的仇人，怎容得他这样威风！"越想越气。

杨金花听一言冲冲大怒，骂一声狄青贼害人妖精。

你和我天波府仇深似海，今日个挂元帅这样威风。

背地里怨太君年老怕事，纳绝户害得我不敢出名。

我哥哥杨文广血气正盛，将门子尊家风武艺精通。

现还有我母亲穆氏桂英，指点他比父辈更有才能。

他常想赴疆场追继父志，可如今钻地窖不能出门。

金花女越思想越添恶气，一提起这老贼万箭穿心。

杀父亲大仇人大仇难报，却只能将怒火压在心中。

我手中若有那三寸顽铁，再看看你老贼威不威风。

思在前想在后主意拿定，今日个闯校场夺他帅印。

又思想我是个绣闺幼女，纵然间想得到实不能行。

若不是老太太家法严谨，我要把军校场一马踏平。

那金花虽小，却生成英雄肝胆，豪杰气量。千思万想，忍不下这口恶气，不觉长叹一声说："兄长，你枉为男子汉，看看人家的威风，想想自己的冤枉，全不如先人的半分。"

我曾祖名杨衮继了王位，高祖儿杨继业海内称雄。

我爷爷杨延景三关守定，率雄兵扫番狗社稷太平。

疆场上杀贼寇旗开得胜，八只虎闯幽州马到成功。

我父亲杨宗保边疆驰骋，万岁爷和文武才落安宁。

我母亲破天门指挥若定，那北番才服输纳降称臣。

到如今纳绝户无法行动，直[1]气得金花女两泪纷纷。

金花千思万想，为不能出去长嘘短叹。丫环解劝道："小姐啊，狄青虽和我家有仇，但不能小看那老贼的万夫不当之勇，更有四子，武艺超群。既奉君命，理应如此。"金花便说："想那狄青并无三头六臂之体，拆天补地之能。常听其名，未见其人，我到演武厅前会他一面，虽不胜也心甘。"

丫环听罢把口开，尊声小姐听心怀。

你今要上校场去，奴婢自有巧安排。

擦去脸上桃花粉，脱下脚上绣花鞋。

小姐不比别的样，学个木兰前出塞[2]。

金花一听心欢喜，春风满面舒心怀。

忙洗脸上桃花粉，忙脱脚上绣花鞋。

红缎儒巾头上戴，蓝绸衫子穿起来。

拿过靴子再三看，靴大脚小穿不来。

扯下罗裙整半片，裹住小脚有何碍？

丫环一看拍手笑，姑娘成了少爷态。

就像一个大男子，谁人知道女英才！

却说金花把哥哥杨文广的衣服盗来，穿戴起来，不长不短，不肥不瘦，巧巧合身。往前走了几步，把个丫环就笑了个前仰后合。金花说："总是脚小鞋大，有些不便。"丫环道："这儿离马棚不远，备（鞴）一匹大马骑上，一则引人注目，二则早去早回，岂不甚好？"金花听言，"好主意，快去与我备（鞴）马。"不一时，丫环备（鞴）齐，拉到后门上。金花上马，加上一鞭，倒也像个王孙公子，飞一般地走了。

小姐骑马将欲行，回首吩咐众丫环。

莫在花园胡游浪，前庭照料当精干。

祖母问我何处去，花言巧语将她瞒。

把守后门要仔细，小心不可漏风声。

说完跟定众人走，眨眼就见演武厅。

人山人海真热闹，刀枪剑戟耀眼明。

高高低低扎营寨，密密麻麻几十层。

吆吆喝喝军呐喊，叮叮当当铁甲声。

哗哗啦啦旗幡展，嘶嘶嚷嚷战马鸣。

[1] 直：原本作"只"。

[2] 塞：原本作"寨"。

金鼓[1]阵阵集将士，筛号声声催征人。

真乃皇王军旅地，番兵一见也销魂。

金花看了看兵马布阵，刀枪吐明，也无心再看，就挤进人群，向那演武厅上望去。只见东边是皇家光景，龙幡招展；西边是元帅宝帐，大纛飘扬。前厅两厢排列着各营将官。金花问别人："东厅营棚是哪位千岁？"答道："是八千岁来看元帅操兵。"按下这厢，再听演武厅上动静。那八千岁问狄元帅："三军可曾齐备？"元帅口称千岁，道："齐备多时，就等千岁号令。"八千岁便道："今天操军，就请你的两位公子来练几路枪法，显显将才如何？"狄青听得，不敢怠慢，忙令狄龙、狄虎进龙棚与八千岁叩头。千岁便吩咐道："今天操军选才，听你二人骑射超群，可射于（与）小王和众文武过目，以显将才。"又传旨一道："不论公卿百姓，来看演武者，军卒不得阻挡，小王当与民同乐。若有善射者，可进营与元帅比射，不能射者任意观看。"金花早就跃跃欲试，一听旨意，便奋力挤进人群，杂在乱军中看那二人射箭。这厢狄龙、狄虎叫军士立起靶子，六十步为止。二公子抢先拈弓在手，搭箭当胸，只听"嗖"的一箭射出，谁知那金花也学有一点稀奇古怪的法子，在人群中将嘴一撇，那箭从靶子上面飞了过去。金花是有意羞他，便喊道："再低一点就中了。"狄虎开弓射出第二枝箭，金花把眼一睞（映），那箭又从靶子的左侧穿过，依然未上靶心。见一连四箭，都不上靶，金花便故意高喊："总是将门之子，虽不中亦不远也。再练几年就中了。"一席话把公子羞得面红耳赤，再也不敢射了。正是：

有狄龙这时候心里着急，把狄虎羞了个耳面通红。

骂一声哪里的黄口孺子，你这个该死的小小畜牲。

谁叫你来管我中与不中，任凭他八千岁来把令行。

这小子哪里来满口胡论，不知高不知低不知轻重。

乡村的野畜牲双眼瞎尽，你少爷并不是省油之灯。

金花女听罢言开口便叫，尊一声二将军莫动无名。

也不是你今日不会射箭，都只怨你用的那张坏弓。

你若是想射中它偏不中，你实想射西边它又往东。

那靶子你做得真也太小，不过是才只有一尺挂零。

谁叫你将门子不会射箭，你倒还转过身怨赖别人。

一开言就要把别人叫骂，难道说无苦水瞎了眼睛！

今日里若不是千岁之面，我定要砸烂它省油之灯。

那狄龙听此言冲冲大怒，难道说白受了羞辱不成。

那狄虎向小姐抢拳就打，杨金花忙躲过鹞子翻身。

大公子再使个金鸡独立，那小姐使恶招黑虎掏心。

直[2]打得大公子东倒西歪，又打得二公子满口流红。

却说金花一怒之间，把狄龙、狄虎打倒在地，满口流血。众军卒也不敢相劝。二人只得忍痛爬起，向演武厅奔来。狄青看见，忙出宝帐责怪道："你们打不过还是小事，在千岁面前说知此事，连个民子也打他不过，如何领兵征杀番邦？万岁降罪岂是儿戏！"又转身进龙棚奏道："千岁啊，有一民子辱骂微臣，请千岁做主。"千岁一听，便叫两厢校尉："与我拿来。"言还未尽，那金花已经自己跑进龙棚来。

千岁抬头观分明，打量来人甚英雄。

年纪不过十四五，干净利落好齐整。

前发齐眉双目秀，齿儿白来唇儿红。

凤眼桃腮玉粉面，赛过西施美娇容。

千岁观罢外孙女，世上少有这书生。

人人都说潘安美，他比潘安俊三分。

金花上前忙跪倒，尊声千岁在上听。

民子方才来耍笑，实在笑的他兄弟。

公子哥儿无能耐，怎能征番领大兵！

他仗国母势力大，全靠万岁亲口封。

看来并未习鞍马，骑射刀枪无甚能。

方才射的那样箭，把人笑得肚子疼。

靶子倒有三五尺，上有斗大一块红。

公子纵然射中了，这算什么真本领。

若学古人能善射，青史标题美姓名。

小姐说罢一旁站，千岁心里自思忖。

有心依律按法问，民子笑王该正刑。

今天若把民子斩，千古会骂我不清。

正在忧虑疑难处，跪倒忠心保国臣。

千岁正在为难之间，只见苗爷出班奏道："千岁啊，方才这一民子口出大言，必有大才。千岁先问他，若不会射，依法定夺，若精骑射，国家用人之际，得一将才，岂不美哉！"千岁欣然准奏，转向小姐，小姐说："虽不善射，但略晓一二。"千岁听了，满心欢喜，也不再叫民子而改称贤士："你既会射，就要学几个古人，射几般故事与小王过目才好。"金花应道："这有何难，我就射个罗成三中金钱如何？"狄青在旁气愤不过，忙出班奏道："此子若能百步以外三中金钱，我愿将这颗帅印输于（与）贤士，若不能中，请千岁定夺。"千岁听了就问金花："贤士，你要学罗成三中金钱，中了，狄皇兄让你帅印，若不能中，那时可得自讨苦吃哟。"金花便道："若不能中，我将头颅献给千岁。"八千岁大喜，便说："贤士与元帅赌头输印，非同小可，乃古今奇闻。哪位爱卿领孤家的金钱竖立旗杆？"那焦仁应声出班："千岁，微臣愿往。"不一时准备齐备。千岁便叫："贤士，你就射与众文武过目吧。"金花应道："骑射不难，但有一事。今同元帅比赛，我若不中，性命难保，我若中了，谁敢要印？不若趁早各取一位保人，免得后来胡搅蛮缠。"千岁一听："此言为上，两家各取一个保人方好。"那狄青向两班文武问道："我和贤士比赛，谁人敢保？"两班文武齐应道："愿保元帅。"顷刻写了保状。小姐也高声问班中官员："众位老爷，谁敢保我？"高叫几声，却无一人答应，自觉为难。班中却闪出包爷，说道："贤士，是你不知，保头容易，保印实难。若是元帅不与帅印，谁个敢向他讨要？待我先与他讲明，再好与你作保。"随即走到狄元帅跟前，深施一礼，道："贤士无保，却也为难。但我怎敢唐突元帅，还望元帅恕罪。"狄青道："老先生有话请讲无妨。"正是：

> 包爷这才开言叫，元帅你且听分明。
> 我今要做这个保，咱把话儿先说清。
> 输赢都应仗义气，绝对不可使奸雄。
> 贤士若中金钱[1]眼，你要老实来交印。
> 休当今日胡玩耍，你要赖他是赖咱。

> 若是输了不交印，该使包某我的铡！

且说包爷和狄元帅把话讲明，然后对千岁说："老臣愿保贤士，但不知他姓甚名谁，请千岁问过，我好来做保。"千岁便问："贤士高名上姓[2]？哪里人士？说明了包爱卿好来保你。"金花听言，心中暗想，我若说天波府的后代，杨门早纳了绝户牌，就有欺君之罪。不如我指国为姓，朝臣作名。因而随口应道："在下姓宋名朝臣，家住汴梁城内。"千岁又问："你既会射箭，可曾带了弓来？"金花回道："来看元帅演武，故未曾带弓。"千岁即叫御林军取来强弓硬弩，与宋朝臣一用。军卒立刻抬来三张硬弓，金花拿过一张，一扯两段，又拿一张，也是如此，一连三张，三张扯坏。慌忙跪倒奏道："启禀千岁，此弓俱不称手。"千岁笑道："良将必得其器。"便问厅前众将，谁有好弓借给贤士一用？众将默然。苗爷出班奏道："国家的栋梁，莫过于元帅。不若把元帅的弓箭借给一用。"狄青笑道："我情愿借给贤士，只怕宋朝臣力薄难开。"不多时家将把弓取来，递给贤士。金花接在手中，心中暗想，方才老贼夸他的弓硬难开，待我耍他一耍。便使了一半力气，那弦未动三分，口中连称好硬的弓。狄青见金花未能拽开，便说："休说射箭，若能开动此弓，也算你是天下的好汉。"

> 杨金花听一言恶火上冒，心里面骂老贼也太气人。
> 你只当你的弓无人开动，谁知你错认了定盘准星。
> 适才间给你的枣木棒槌，你拿上当钢鞭不知轻重。
> 我今天当众人使个手段，定能把这条弓扯个粉碎。
> 猛然间一用力弓断两份，小英雄气不喘面色不红。
> 在场的文和武齐声喝采，把狄青只惊得口呆目瞪。

却说金花把狄元帅的金弓一开两断，文武称赞，千岁夸奖："真是好汉。可惜无有奇弓。"苗爷道："是有一张好弓，钢筋铁把。自从杨令公去世，无人能开，放在库中。如今差人拿来与贤士一用。"千岁准奏，忙差官去取。不多时即抬来递给金花。金花接弓在手，扯个满月，连夸好弓。再请千岁赐三枝好箭。千岁即叫拿来三枝金皮（铇）玉箭，赐给贤士。金花喜之不尽，接过箭，走出龙棚。再说狄青见金花将要射箭，心中自思：这小冤家力量过人，武艺一定不错。如果包丞相问我要印，该怎么办呢？便叫来二位公子吩咐道："我看此人武艺一定不错，你先晓谕监旗官，若射中了，叫不要报箭，老夫和他混赖，看谁敢争辩？"公子领命去了。且说包爷见狄青不辞而去，怕他暗使计谋，便奏请千岁："待老臣监箭。"有诗曰：

> 有志果不在年高，虽说幼女却英豪。
>
> 试看三中金钱眼，巾帼稳稳胜尔[1]曹。

杨金花来到了校场之中，包相爷也坐在演武之厅。

那小姐拿过弓前扯后拽，胜似那天边的一轮明月。

只听得弓弦响去得甚紧，叮当响中钱眼不偏不斜。

五色旗半空里迎风摇曳，满场的文武官喝采不绝。

近侍臣早报于千岁晓得，宋朝臣真是个英雄豪杰。

我朝中今有这保国人物，哪一个大胆贼敢犯边界。

不表那八千岁圣心喜悦，再说那监箭的铁面包爷。

有王朝和马汉一声禀过，包老爷跑出厅亲自检阅。

钱眼儿插雕翎随风摇曳，非久练哪有这技艺超绝。

看年纪不过有十三四岁，本事儿却不小移星换月。

喜吾主得贤士江山铁锁，看番狗他怎把雄关飞越。

有狄青见此情惊慌不迭[2]，背地里怨文正十分恼火。

我与你班房中平起平坐，今日个不给我一点脸色。

按下他们各自的心情不表。再说金花又射出第二枝箭，不高不低，不偏不斜，针锋相对地把第一枝箭射落地下，正好射了个劈箭夺窝。监旗官不敢隐瞒，报于（与）千岁，千岁自是喜出望外。那王朝见贤士二中金钱，金皮（铋）脱出，雕翎射过，也来禀于（与）包爷。正是：

> 包爷听报喜不尽，朝臣功力确非凡。
>
> 射中金钱还犹可，劈箭夺窝实在难。
>
> 天网[3]恢恢无私曲，故遣神人降下凡。
>
> 不题包公夸贤士，却说狄青惊破胆。
>
> 听见报信跌一跤，腹内心焦无奈何。
>
> 何处出来宋朝臣，射箭技艺这样绝。
>
> 一箭射中金钱眼，还要二枝尖对尖。

[1] 尔：原本作"儿"。

[2] 迭：原本作"跌"。

[3] 网：原本作"纲"。

此事凡人做不出，莫非上方降神仙？

莫说还有百步远，手拿金钱穿也难。

有诗曰：

> 英雄居人间，暗助有神仙。
>
> 将相成功处，由人又由天。

且说金花拿弓在手，两眼单瞅吊金钱的绒线。看有多时，越看越不真了。心中暗想，箭靶虽有百步之遥，不要说射它，就是看也看不真切，怎能射中？越看越后悔：我不该私出花园，来此闯祸，就是今天射中把印拿来，一不能吃，二不能喝，要它何用？事已至此，无可奈何。又想，就是看不真切，放心射去，料然无妨。便默默地祷告天地神灵及先祖英灵，保佑箭中绒线。祝罢只觉得身后风声渐大，金花搭上雕翎，放心射出。只因金花扯满多时，心中恍惚，气力渐弱，那箭出去似不到钱跟前。说也凑巧，那风猛大，雕翎随风恰中线上，只听喀嚓一声，绒线射断，玉箭金钱一齐落地。满场立时欢声雷动。那狄青见金花三中金钱，心里发慌，忙叫狄龙弟兄四人准备鞍马，披挂停当伺候。

> 有老夫平日里操兵练将，与朝廷保社稷苦争江山。
>
> 苦中苦吃尽了提心吊胆，为国家走疆场跨马舞鞭。
>
> 谁知道杨家将英勇善战，比得咱只能够跟部随班。
>
> 幸亏是天波府绝了后代，才轮到我父子独占军元。
>
> 到如今汴梁城又出好汉，宋朝臣少年人三中金钱。
>
> 包文正在龙棚强行硬保，他一定来要印夺我兵权。
>
> 假若是要争印和他比武，我父子一齐儿披挂上前。
>
> 使猛招耍绝艺将他活捉，也省得以后胡搅蛮缠。

且不说狄元帅商量对策，再表那八千岁吩咐内官。

> 快快地拿过来红花美酒，演武厅与贤士庆功表贤。
>
> 宋朝臣听一言连忙跪倒，口儿里不住地千岁明鉴。
>
> 今日里我不是来争红花，也不是一般地挂榜招贤。
>
> 找保人我舍出脑袋一颗，赌输赢与元帅抢地争天。
>
> 三枝箭都射中金钱绒线，也该算民子的武艺齐全。
>
> 不管你给我印不给我印，千岁爷你心中自思自参。
>
> 他如今不来献元帅大印，我民子拿什么和他争辩。
>
> 我情愿不要这元帅大印，回家去奉二老乐享晚年。

宋朝臣说罢话扬长去了，急坏了包老爷铁面青天。

却说杨金花见狄青背信弃义，不肯献印，就不受花红酒礼，出了千岁的龙棚扬长去了。只把包老爷急得来不及启奏，赶出龙棚，追上金花，一把拉住，说道："贤士莫忙，有我在此，奏准千岁，向他要印。"便拉金花二次进了龙棚，双膝跪地，口称千岁："方才贤士与元帅赌头争印，乃奉千岁之命，各有保状。今天若金钱不中，正法有名；今贤士三中金钱，元帅不肯让印，贤士被屈，不受红花而去，千岁您何不三思？俗话说三军易得，一将难求，设传出此事，一则国家失了到手栋梁，二则屈贤骂名留于后世。"

霸王不用韩信将，萧何一听乐将台。

暗度陈仓兴人马，九里山前把兵排。

立逼霸王乌江死，保主乾坤显将才。

若非萧何月下赶，汉王安得步五街！

文王夜梦飞熊兆，亲请太公下钓台。

子牙若不扶西岐，哪来周室八百载！

太祖雪夜访赵普，千岁自知祖传来。

讲罢历代先贤事，再尊元帅你细听。

莫学廉颇居功大，休步商鞅逐苏秦。

奸将欺君张士[1]贵，贪功常埋火头军。

一片婆心动苦口，羞煞狼心狗肺人。

且说包爷劝君留贤，骂将背信。那狄青自觉理亏，只好厚着脸皮出班奏道："启禀千岁，非是微臣不肯献印，怎奈此印干系不轻。为将之道，必须上晓天文，下通地理，料敌进退，查（察）军虚实，运筹于帷幄之中，决胜于千里之外。马到狼烟熄，旗开断将头，才可挂这帅印。如今贤士年纪幼小，阅历太轻，虽三中金钱，不过一技之长，恐无力统率三军。给印不大要紧，怕耽误了国家大事。况且今天只见其箭法，未见其它武艺。依臣愚见，叫臣子与贤士比武，他若胜即献于（与）他，决不食言。"千岁也觉有理，便叫贤士："你敢不敢与狄公子比武？"金花年少人气盛，暗想：这厮真不知进退，我当借此机会报仇便了。主意一定，就跪倒应道："民子愿与帅子比武，但马在营外，待我牵来。"不一时牵马进营，又跪倒启奏千岁："有兵器赐民子一件。"千岁便说："各营将官的兵器

恐不中用，还是把元帅的定案刀借给贤士一用。"狄元帅急唤军卒抬来，金花接刀在手，掂掂份量，倒也称心，不觉眉笑颜开，再奏道："千岁啊，自古'疆场不让父，举手不留情'。马到校场，伤了民子，不知嵩（如蒿）草，若将元帅伤了，我怎敢承当？"千岁准奏，传旨说："马临校场比武，不论杀死何人无罪。"金花谢恩起身，跨马赶到演武场等候。那狄元帅即叫狄龙先与金花比武。不一时狄龙顶盔贯甲，挂剑催马，赶到校场。金花见狄龙进了校场，便叫："来将慢行，吾已等候多时了！"那狄龙也不答话，催马向前，举刀便砍，金花挥刀急架相迎。二人杀在一处，难解难分。果然是一场恶战，怎见得：

这一个少年将气血正盛，那一个女裙钗怒火填膺。

这一个施技艺泰山压顶，那一个展才略鹞子翻身。

这一个举钢刀蛟龙戏水，那一个挥钢刀猛虎出林。

他二人直[2]战了三十余合，不见胜不见败不分输赢。

且按下校场里比武之事，再说那八千岁苗包二公。

他们在龙棚里看得明白，这民子果是个盖世英雄。

狄公子虽然是将门之子，宋朝臣和他比大不相同。

豺与狼赶不上虎豹志猛，小乌鸦怎配和鸾凤相争。

到后来金花女渐加猛勇，那狄龙哪还有还手之功。

狄元帅忙唤过营前三子，快上马去搭救你的长兄。

你看那宋朝臣杀法英勇，弓箭纯刀马熟武艺精通。

你弟兄去得迟将会落地，虽然间就不死也难活成。

老元帅提钢鞭也进校场，后跟着同胞的弟兄三人。

众军卒齐声喊休伤我主，摇锦幡吹号角竭力嘶声。

杨金花扭回头略略观阵，从那里又赶来四位将军。

头戴着紫金盔撞天明镜，身披着锁子甲遍体龙鳞。

护心镜如明月胸前罩定，腰勒上赤金带八宝玲珑。

外罩上大红袍团花织就，下着上衬甲衣血染猩红。

坐下了千里驹追风逐日，手拿着打将鞭耀眼光明。

后有[3]那红色旗大字金书，护国的大元帅名叫狄青。

虽然是父子们一齐出阵，杨金花不怕他抬出老营。

那狄虎见金花高声大骂，你这个小孺子莫弄威风。

[1] 士：原本作"世"。

[2] 直：原本作"只"。

[3] 有：原本作"又"。

五匹马围住了一匹骏马，一个人奋敌住五虎将军。

父子们仗势重齐声呐喊，杨金花不怕他拿理教训。

你父子五个人一齐下手，来战我一个人理上不通。

你一群不识数班门弄斧，又强在孔门前贩卖经文。

哪怕你再围上雄兵百万，也打个风卷云横扫千军。

金花女施才能勇敌五将，龙棚内吓坏了封府包公。

且不说金花力敌五将，再说那观阵的众家公卿。内边包公着急，口称"千岁"，说道："狄元帅欺君冈上，此理不通，哪有父子五人战一人的道理？"千岁未及开言，班中苗爷说道："丞相有所不知，我虽是文官，自幼随驾征剿，也常观兵家之胜败。今观贤士虽无甲胄在身，却仗年青艺精，看来他父子五人还不是对手哩。"正是：

凤凰摆尾百鸟惧，狮子摇头万兽惊。

蛇去千尺成大蟒，龙生七寸会腾云。

天上麒麟原有种，地下蚂蚁岂能胜！

沉香休当干柴看，蓬蒿灵芝类不同。

刀马娴熟宋贤士，刀枪箭戟样样能。

纵有浮云蔽日光，大风吹散万里晴。

群狼难敌一只虎，鱼虾怎斗浪里龙！

咱看不管人多少，多者输来少者赢。

只应苗爷一席话，苦了狄家二娇生。

不说龙棚闲谈论，且说金花战群雄。

挥刀拍马战一会，忽然一计生上心。

虚砍一刀往下败，敌你不过任我行。

你强你胜你好汉，我败我输我无名。

临阵脱逃金花女，气杀狄召和狄龙。

纵马摇刀奋力赶，吆吆喝喝不住声。

紧加一鞭来得快，马头马尾一处跟。

小姐提刀回马来，身手两断血水红。

回马刀劈狄大郎，气杀同胞一母人。

金花用回马刀劈了狄龙。后者老三狄召赶来，手舞大刀，照头就砍，不意那金花早已做好准备，以逸待劳，见钢刀砍来，用镫里藏身的招数躲过。狄召又抽出钢鞭照头再打，那金花忙使出个黄莺落架的解数，一把接过鞭来，复照狄召打去。那公子躲避不及，滚下马去。

喀嚓一声打得重，打碎金盔四下崩。

响亮震动天地暗，噗腾花脑万点红。

满口牙落喷碎玉，翻身滚下马鞍心。

三魂急去望乡台，七魄忙进酆[1]都城。

走马鞭打狄三子，狄青挥鞭往前冲。

金花伸出拿人手，轻舒猿臂捉狄青。

勒甲绦上往上提，一时提出马鞍心。

狄青用力往下挣，我的刀下不留情。

虎躯压住两条腿，鞍鞯[2]垫上他的腰。

夺过那颗元帅印，转过头来往外跑。

狄虎后边紧紧赶，狄祥追得更凶刁。

金花一见微微笑，元帅今天别计较。

令郎随后赶得紧，借你身子避一招。

左手抓住两条腿，右手揪住顶上毛。

双手往上只一举，吓得魂魄都飞掉。

金花马上做准备，狄虎板斧往上摇。

恶火上冒心里恼，提起狄青朝后抛。

用力一下丢过去，闹个狄青打狄虎。

父子两人掉下马，趴[3]在地上嘴啃土。

撩开手里打将鞭，丢掉这把宣花斧。

擞折宝雕弓一张，撒落雕翎箭无数。

铠甲龙鳞落一地，盔滚平地缨乱扑。

披头散发脸又肿，鼻青齿落泪扑簌。

战马惊诧南北跑，父子慌忙东西堵。

金花马上开言叫，元帅今日多唐突。

改日负荆来请罪，今日对阵分输赢。

说罢拎着斗大印，纵马就向龙棚舞。

且说狄青父子比武失利，被金花夺了帅印，进了龙棚。千岁喜悦，文武喝采。内侍臣端过来红花美酒，千岁亲自执杯，苗爷捉壶，焦仁牵马执刀，包公插花披红。不料金花看见胸前帅印，反而又添愁绪。暗想："当初比武，原为报仇。报仇后理当就回。如今夺了这颗帅印，万岁叫我征番，奴家是绣闺幼女，怎去领兵？"不防口里默念出

[1] 酆：原本作"丰"。

[2] 鞍鞯：马鞍。

[3] 趴：原本作"爬"。

声："诚恐众将不服啊！"千岁听见便说："此乃国家之宝，凭印行令，谁敢不服！贤士莫要胡想。"金花想法脱身，乘机奏道："领兵之道，贵在饱读兵书，身经百战，方可布阵行兵。今日千岁虽见民子武艺，未见阵法，待我布一阵与千岁过目。"千岁准奏，金花随即拜别千岁，走出龙棚，飞身上马而往校场外走了。监旗官忙来报道："禀千岁，元帅不曾布阵，骑马竟往营外去了。"千岁忙吩咐监旗官，快骑上我的坐马，速去查看是哪个府里的英雄，早报我知。正是：

> 金花急忙登旧道，心急最怕有人跟。
> 催开坐下千里马，快得就如驾上风。
> 汴梁大街任驰骋，混入乱行众军民。
> 紧撒一路来得快，不觉来到后园门。
> 叫声丫环把门开，姑娘如今转回程。
> 丫环拉开门两扇，急忙接住马缰绳。
> 抬头再看小姐面，脸色通红汗津津。
> 斗大一颗黄金印，稳稳[1]当当抱前胸。
> 大刀仍在鞍鞒挂，钢鞭紧捏手中心。
> 浑身热汗透衣衫，几处血点泛猩红。
> 凉亭坐下犹害怕，再和丫环细思忖。
> 今天夺来元帅印，这事有点欠稳重。
> 若是叫人知道了，那时恐怕活不成。
> 净面重新搽上粉，脱下男装换罗裙。
> 钢鞭暗挂葡萄架，太湖石下藏帅印。
> 铜胎铁弓埋土内，大刀丢进荷花丛。
> 不说金花隐真相，再讲报信监旗军。

且说那旗牌官奉命查得底实，回报千岁："禀千岁爷，小军奉命，只见元帅进了天波府的花园后门。"千岁一听是天波府的好汉，惊得半晌无言。只因他和杨家是至亲，恐怕狄青恼恨杀子之仇，回朝面奏圣上，隐瞒好汉，杨门就有欺君之罪。正在为难，却见狄青进棚奏本。

> 那狄青进龙棚急忙跪倒，浑身上带泥土不像人形。
> 头上盔身上甲歪斜不正，脸上肉手上皮披着一层。
> 只见他鼻子青眼睛又肿，嘴又歪舌又硬说话不清。

见千岁忙跪倒叩拜不停，尊千岁在上面龙耳细听。
他既是天波府杨门后代，这件事叫为臣思想不通。
佘太君早纳了绝户之牌，今天的小将军他是何人？
欺骗了我朝的当今圣主，按律例就应该问成斩刑。
请千岁急速调精兵良将，暗地里围天波莫漏风声。
先要来皇家的黄金大印，再斩他杨家的家眷满门。
斩杀了佘太君大仇才报，你今天不传旨臣不依从。
八千岁听他言摇头不管，皇家的元帅印谁人亲领。
要也好丢也好你自作主，你问我请问你我问何人。
提起了今日的这个事情，你父子做得有些太不公。
五个人杀一个战他不过，丢掉了元帅印埋怨何人。
皇王爷赐大印委你重任，拿着它当儿戏去赌输赢。
又不知哪里的英雄拐去，到如今无踪影下落不明。
有小王我做事不知己过，再请那众文武评上一评。
要不要那颗印与我无干，狄皇兄请自己独断专行。
八千岁他越讲越觉恼恨，日落山我小王要回宫中。
演武厅请散去众家文武，可吓坏狄家的父子三人。
狄元帅扯龙衣忙忙跪倒，再尊称千岁爷将我可怜。
你今天若推开撒手不管，我父子就死在你的面前。
还不如领众臣一处去找，那时候回朝房俱落[2]安然。
快快地去到那天波府里，八千岁你立即登上银鞍。
请出来杨门的佘氏太君，从头儿细细地问清根源。
追出了万岁的黄金大印，交为臣到以后好掌兵权。
她若是不情愿挂帅前去，那时节总有人为国征番。
为臣的就死了不如蒿草，关系到皇家的锦绣江山。
常言说官凭印老虎凭山，要不是他何必哀告连天。
狄元帅讲此话凄凉委婉，八千岁听言语左难右难。

却说八千岁犹豫多时，便叫："包苗二位皇兄，如今狄元帅为印着急，倘金殿面君，也有不便。再则此印关系重大，看在江山份（分）上，不如同去天波府，一则查印信下落，二则问老太君安康，你们以为如何？"包苗二公应道："愿随千岁前去。"于是千岁乘五凤辇，众家公卿各乘坐马，一齐往天波府而去。正是：

> 八千岁乘玉辇天地交泰，众文武骑着马龙虎风云。

[1]　稳稳：原本作"隐隐"。

[2]　落：原本作"乐"。

天地牌在前面忙把路引，御林军跟后边胜过天神。

龙凤旗排两边护定御驾，逍遥马走中间簇拥三军。

众文武好像是百鸟朝凤，八千岁恰如那月到天心。

一个个随贤王很路不到，无心思看田野桃杏争春。

狄元帅再无心争锋楚汉，怕只怕到后来剑背苏秦。

暗地里叫我儿死得好苦，抛下了一枝花哭奠英魂。

想一会愁一会暗流珠泪，悔不该争高下赌头输印。

我今天已闪成瘸足孤雁，昼夜间会使人痛哭伤心。

演武厅失去了元帅大印，求千岁与相爷同去讲情。

不多时来到了天波府外，千岁爷忙吩咐众家大臣。

若见了老太君小心在意，进府去万不可大胆粗心。

且说千岁同众文武来到天波府外，便吩咐道："众爱卿不许散班，俱陪小王看望老太君一回。"众文武应道："愿随千岁前去。"那天波府的家将，一见八千岁和众文武俱来，慌忙报于（与）太君。太君听言，忙离银安殿出府接驾。不多时，千岁和众文武就坐在了银安殿上。施礼毕，太君问道："贤王无事不来，今天偕众大人驾临寒舍，想必有什么缘故？"千岁便说："奉王旨意到演武厅与狄元帅饯行，事毕回朝，顺路到贵府参拜太君，别无他意。"太君又说："苗爷和包爷二位老先生光临，必有指教。"二位老爷忙说："老臣跟随千岁来拜问老太君福安。"太君观见狄青也在班中，不由得心头火起，面上泛红，斥问道："老贼，你那日连奏我十三条罪状，说我杨门畏刀避剑，隐藏豪强，不肯出征。多亏众文武拼命保本，将功折罪，万岁方才宽容。今天进天波府，为何事情，当从实讲来。"

狄青听言忙跪倒，直[1]称太君在上听。

千岁领着众文武，大家都上演武厅。

小臣挂了元帅印，奉旨领将平番兵。

校场操演军和马，射箭比武挑先锋。

贵府去了一小将，生得英俊又聪明。

雕翎三中金钱眼，生生[2]活捉我狄青。

比武刀劈狄龙死，鞭击狄召又丧生。

夺了那颗元帅印，跑出校场回府中。

监旗紧追亲眼见，进你花园后门中。

太君恕罪多宽容，查出帅印我承情。

我命一死值多少，谁保皇家锦乾坤。

宽宏大量讨与我，不当杀生当放生。

且说狄青把校场之事说了一遍，太君听言，大怒道："狄青，你岂不知我天波府纳了绝户牌，现已三载，莫非还有一位英雄不成？"回头又问千岁："我家有人夺印，千岁曾亲眼见来么？"千岁见太君恼了，就说："未曾见过。"太君又问苗爷和包爷："你二位老先生可曾见过？"二人一齐应道："下官不知。"太君越加恼火道："这就分明是狄青谋害我杨家。众家将，你们与我把住府门，不要放走这个奸党，待我传出三百六十口家眷，你自己查看。若有夺印之人，你就扯住那个；若是无夺印之人，老贼呀，我叫你好进难出。"太君一怒之间，吩咐打动聚将鼓，不一时，三百六十口家眷，五百名家将，一齐集到银安殿前伺候。只（直）吓得狄青抖衣打颤。

那狄青闻听得心里害怕，今日里惹动了虎狼之窝。

我今天无办法插翅飞走，找不见元帅印怎样奈何。

且不说狄元帅不住思忖，再说那杨家的众位英雄。

有金头并马氏头里行走，后面跟苏氏女还有赛红。

有董氏[3]杜金娥并排行走，那八姐和九妹慢步消停。

柴郡主秀英女也都来到，破天门穆桂英八面威风。

众丫环围定了巾帼英俊，金花女虽幼小也站当中。

想当年众英雄个个骁勇，斩敌酋杀鞑虏伏虎降龙。

那天波府的众女眷，听得鼓击三通，顷刻间来到银安殿，参拜千岁、太君已毕，俱到殿东头站立。太君便说："我天波府的家眷，都在此处，老贼你可细认，哪个夺了印就拉住哪个。"随吩咐自东往西听点，不可错乱，如有违者重究。不一时就查点完毕。只有金花未及叫名，却慌乱跑了过来。正是：

金花女子跑过来，满面通红笑颜开。

开口尊声老太君，今天点我作甚来？

抬头看见八千岁，心里不由胡乱猜。

自古理亏胆子虚，藏到桂英身影里。

[1] 直：原本作"只"。
[2] 生生：原本作"声声"。
[3] 氏：原本作"阳"。

桂英不解其中意，胆小丫头怕怎的？

不题金花躲避事，再把狄青提一提。

他在那里细观看，瞧见小姐金花女。

侧身慌忙跑得快，闪闪烁烁似缺理。

转身就把太君叫，校场夺印就是她！

桂英一听怒火生，张手就把狄青打。

再骂一声老奸贼，难道你的双眼瞎？

若还吓坏我女儿，定把你的老皮扒！

校场夺印是男子，这是我女杨金花。

狄青睁圆双眼看，她和校场大变了。

分明就是夺印人，现在却是女姣姣。

两耳挂上金环坠，盘龙丫髻头上绕；

宫粉搽了芙蓉面，胭脂丹唇樱桃小。

身穿小袄鹦哥绿，腰系红裙火样俏。

花鞋做得底儿高，三寸金莲窄又小。

天上降下仙童女，蟠桃会上美容姣。

狄青干气无奈何，心上烦乱似火燎。

噗通跪在流平地，连称太君莫计较。

小臣今日双眼瞎，你老开恩饶恕了。

佘太君立时申斥道："你的印被男子夺去，你却到我府里，扯住我的重孙女儿胡缠。你这老贼胆也不小，什么是查找印信，分明是欺压我们孤孀寡母。"这番话如火上浇油，众女将一齐气愤填膺，各自回房，顶盔贯甲，手执兵器，赶来银安殿前，连八千岁也觉惊慌。正是：

杀气腾腾罩无佞，征云蔼蔼锁上空。

铠甲当当声响亮，刀枪纷纷满府兵。

金盔灿灿耀人目，战袍森森映日红。

长枪闪闪赛大蟒，大刀晃晃像[1]金龙。

玉手尖尖擎竹节，猿臂轻轻托青锋。

脂粉重重裙钗将，巾帼飘飘女英雄。

强如临潼斗宝会，鸿门设宴一般同。

却说众女将一拥前来，手执兵器，声声要杀欺负我辈之人。千岁和众文武只（直）吓得魂不附体。八千岁赶忙拉住太君的手说："你杨家世代忠良，焉可造反！若是众

[1]　像：原本作"象"。

女将一怒杀了狄青，当今降罪，那时谁敢承当？如果硬要造反，就是臣欺君了。世代忠良，岂不灰飞烟灭！老太太还当三思而后行。"太君道："我家和狄青有仇，自不敢挂连千岁，今天惊吓与你，臣妾罪该万死。"回头吩咐众女将："看千岁的面上，且饶他不死。"众女将听了，一个个咬牙切齿，暗恨狄青，只是不敢违抗命令。唯独穆桂英不肯咽下这口恶气，暗暗吩咐众女将，将狄青痛打一顿，好解心头之恨。众女将立即一拥而上，拉翻狄青，一顿饱打。八千岁赶忙解劝道："饶了狄皇兄罢。"太君也故意嗔道："大胆奴才，谁让你们打来？轻易欺压大臣，罪该万死。"众女将见太君恼了，各自散去。狄青往前爬了几步给太君叩头，谢放生之恩。太君道："老先生休怪，我另日登门叩谢。"随即叫家人看酒来，太君亲自与千岁和众位大臣敬酒压惊。酒毕又道："老身年迈，言语颠倒，礼貌不周，还望千岁和众位老爷海涵。早晚并在驾前美言一二，恩当重报。"众大人便说："话讲哪里，但有用我们之处，愿尽一臂之力。"此时的千岁才转忧为喜，向太君说："小王有句不恭之言，望太君详察。"

八千岁忙鞠躬尊声太君，请你老莫嫌烦细听我言。

今日里狄元帅选将操练，实实地有一位英雄少年。

眉又清目又秀聪明勇敢，在校场显技艺三中金钱。

校场里比武艺孤军奋战，一怒间杀狄家两个儿男。

夺去了元帅印顷刻不见，从后门走进了天波花园。

有小王今日个大胆前来，还请您老人家查这少年。

查清后我保他领兵挂帅，也省得狄皇兄胡搅蛮缠。

到明天他若要动本上殿，有小王同他去辩本金銮。

纵然有天大罪我去承当，老太君莫忧虑把心放宽。

佘太君听罢言开口便叫，杜金娥近前来我说你听。

狄元帅在校场失了帅印，八千岁众文武大驾光临。

据说是夺印人进我花园，你速去查一查看是何人。

杜金娥在前庭领了将令，忙拉了柴郡主后园找寻。

她二人一边走一边谈论，多半是杨金花招此祸根。

郡主说金花女年纪太轻，哪会有中金钱劈将本领。

金娥说六嫂子是你不知，杨门里辈辈有少年英雄。

却说佘太君命杜金娥查究帅印，那金娥又拉了柴郡主同行。离了银安殿，一路上金娥说道："六嫂嫂，你还不

知金花的本领。那天在花园里我和她闲谈，我问她跟普圣仙姑学了些什么武艺，她说学的是呼风唤雨，撒豆成兵，十八般武艺，件件都会。射箭骑马，技术更精。还当面操练了几件。我看这事一定是她。方才在银安殿上，躲躲闪闪，似有缺理虚情之嫌，又被狄青认定，不是她，还有何人？"郡主道："似你之说，十有八九。但狄青说夺印之人是男子，与金花何干？"金娥道："女扮男装，也是有的。你去问她，好好拿出帅印罢了，要不金花最怕我，你做好人，我做恶人，好歹要出印来，免得老太君和人家上殿分辨（辩）。"两人说说话话就来到金花房里。正是：

> 郡主坐下未开口，杜氏金娥叫金花。
>
> 边疆番子作了乱，来的本章急如麻。
>
> 狄青挂了元帅印，校场以内把兵查。
>
> 帅印被人夺去了，又把他的二子杀。
>
> 拐印之人无踪影，他就进了咱的家。
>
> 千岁领人来要印，太君叫咱各处查。
>
> 咱府再无别的人，定是你这小金花。
>
> 如果是你夺来印，赶快给我说实话。
>
> 帅印藏到啥地方，你去快快把它拿。
>
> 咱家要它做何用？送给老将莫恋它。
>
> 我家辈辈为它死，无用之宝能干啥？
>
> 满朝豺狼现当[1]道，忠臣良将埋黄沙。
>
> 范蠡归湖躲名利，张良入山弃荣华。
>
> 帅印再好催人命，争名夺利是傻瓜。
>
> 你我安闲度日月，何必惹事去磨牙！

且说杜金娥讲古比今，说了一阵，又叫道："金花呀，这帅印要是容易挂的，我天波府就不纳绝户牌了，杨文广也不往地窖中藏了。"谁知金花原来就惧怕七奶奶，如今见她不停地追问，心中越急，越不敢说，只是双膝下跪道："奶奶呀，孙女实在不知。"金娥见她不肯招认，假意儿发怒，照小姐脸上打了一掌，哪晓得武将家风，功夫甚深，这一掌只（直）打得金花脸上火辣辣的，禁不住大哭起来："奶奶，饶了我吧。"柴郡主心如刀割，忙把她搂在怀内。正是：

杨金花受疼痛实是难忍，柴郡主搂怀内也觉伤情。

叫一声七奶奶慈悲善念，无故地拷打我遍体发青。

虽不是你自己亲生亲养，也该念老太君把我爱疼。

今日个受苦刑为的什么，全不念我的父丧生边庭。

父子们在边疆为国尽忠，丢下我女儿们怎样活人。

祖孙们无情意何人有意，父子们不念亲何人念亲。

纵然间嫉妒我金花孤女，悬梁死也只用绳索一根。

金花女虽一死把眼闭了，祖奶奶百年后何人守灵。

金花女直[2]哭得如同酒醉，疼坏了天波府众位英雄。

柴郡主搂金花双眼湿润，怨金娥动起手心肠太狠。

杜金娥也觉得有些过分，天波府众女将泪揩纷纷。

有八姐和九妹急得跺脚，更疼坏她母亲穆氏桂英。

柴郡主一阵阵心中凄切，叫一声小婶子眼泪纷纷。

这件事今日个据我判断，并不是小金花而是别人。

她今春才不过十四岁满，全府人谁不是当己亲生。

你打她也不管手轻手重，照面上你竟然下了无情。

也不想天波府一群寡妇，到如今只剩着两条命根。

虎虽恶也不食亲生儿女，你像[3]是铁打肺钢铸了心。

柴郡主抱怨了金娥一会，转回头再叫声金花你听。

我太君早纳了绝户之牌，只因为父子们死得苦情。

地窖里藏下了公子文广，一辈子不叫他出离府门。

我杨家立下誓永不挂帅，小冤家你为何招惹祸根。

你寻事事寻你轮回周转，惹大火烧己身自己受刑。

当朝的狄元帅行事短见，我婆媳都寡媚靠谁讲情。

今日里你若不献出帅印，打死你小冤家丧魂落魄。

且说柴郡主把绝户牌和杨门的冤枉讲了一遍，又劝金花快拿出帅印，免受拷打。金花听祖母相劝，暗想若不拿出此物，净受些无益之苦，若拿出去，老太君家法〔禁〕严，与母有碍，就迟迟不答。穆桂英见金花面有难色，也近前劝道："我儿不必作难，纵有不是，由我一人承当。我想只要狄青有了印，也会罢的。万一他不依，就和他驾前辨（辩）本。他若好就好，若不好就和他恶行。绝不叫你去受罪。"正是：

[1] 当：原本作"挡"。

[2] 直：原本作"只"。

[3] 像：原本作"象"。

说清楚前利后弊，才使得英雄显身。

金花这才开言叫，尊声母亲听儿言。

久坐房内心闷倦，出来游玩到花园。

只听外边大炮响，因此才去问丫环，

丫环爬上园墙看，狄青校场去操练。

忽然记起杀父仇，洗掉脂粉妆儿男。

丫环鞲[1]上白龙马，猛加一鞭出花园。

如飞赶到军校场，营门以外下征鞍。

三箭射中金钱眼，又杀狄青两儿男。

活捉狄青打狄虎，夺印返回后花园。

临阵不怕强敌勇，回来反惧家法严。

就怕泄露人知道，帅印藏到湖石边。

跟班丫环知底细，再不谎言把娘瞒。

穆桂英听完一席话，满心欢喜，叫声："儿呀，你真不污我天波府的英名，杀了狄龙、狄召，报了我家的仇根，可喜呀可贺。"随打发丫环去取印。正是：

夺印容易献印难，金花二次女妆男。

黄金帅印归故主，反使英雄泪不干。

跟随的春香女不敢来说，教唆好小侍女名叫春香。

上前来尊一声太君在上，你何必再问她问短问长。

花园里有一颗元帅大印，明晃晃金灿灿四十八两。

到如今藏在那太湖石旁，咱小姐夺来它气宇轩昂。

既有印咱们就自己去挂，为什么要拿去献给君王。

穆桂英听一言火上心上，伸出手就打了一个巴掌。

莫说是亲生女娇生惯养，大胆的小奴才也来发狂。

不一时小丫环将印拿来，穆桂英一见它两泪汪汪。

忍住泪叫一声金花丫头，你今天做此事太也猖狂。

这颗印你拿来要它何用，为娘的一见它确实恓惶。

祖爷爷就为它曾把命丧，我丈夫也为它阵上身亡。

又弃旧又迎新无情无义，当今主只见短不见其长。

官又大职又显性命赔[2]上，食皇禄受皇恩草头之霜。

我杨门挂帅印六十余年，披着肝沥着胆死守疆场。

虚名儿题在了凌烟阁上，落下个孤寡妇独守空房。

忙吩咐将这印送与千岁，也免得再跟它全家遭殃。

穆桂英正说着言还未尽，转过来杜金娥和媳商量。

皇家的元帅印岂可儿戏，怎能让小丫环送于贤王。

这颗印是只虎易捉难放，难道说献出去不起祸殃。

假若是狄青贼动本奏上，我一家拿何言回奏圣上。

做事情要三思不可粗放，也免得老太君牵肚挂肠。

既然是去献印必有祸殃，应设个对付的妙计良方。

且说桂英问金娥该怎么个献发（法），金娥说："咱献印不要紧，狄青明天上殿奏我家纳了绝户牌，怎么又有英雄小将？既能斩将夺印，为何藏匿？这欺君之罪，那时我们有口难辩。依我愚见，再叫金花女扮男妆，去献给千岁，当面分辩，千岁真知咱家无人，那狄青虽能在驾前饶舌，咱们也好和他分辩了。"柴郡主听了转忧为喜道："贤妹言之有理。"便吩咐金花照早间打扮，不要更改一丝，好去送印。金花听祖母吩咐，不由得又羞又怕，又恼又恨。羞的是难见千岁之面，怕的是老太太家法森严，恼的是到手帅印又易他人，恨的是自己不能驰骋疆场，为国杀敌。金花正在为难，金娥又问："校场夺印时，千岁是否见过？"金华（花）说："奉千岁的将令。"金娥又说："既奉千岁将令，就有些过犯料也无妨。"金花不敢怠慢，急忙照早上妆扮起来，走到众位奶奶前打躬施礼："奶奶，孙女有礼了。"郡主见了，细细地端详这位女妆男扮（男妆女扮）的英雄。

柴郡主坐堂前用目观看，小金花换一副英雄容颜。

头上的青发丝方巾罩定，上身儿穿一件墨绿罗衫。

腰儿里紧系着丝鸾宝带，足登上粉底靴自得悠然。

她到底总是个将门之女，既整齐又精细毫无破绽。

装龙子就像[3]龙装虎像虎，跨几步倒像个真男儿汉。

见了人举起手忙把礼施，除了我谁知她女儿装男。

小金花便在那头里行走，柴郡主端着印紧随后边。

还有那一班的众位女将，一齐儿列队到银安殿前。

上殿来拿大礼双膝跪倒，柴郡主头顶上放印红盘。

跪银安口称臣来献帅印，望千岁抬贵手格外恩宽。

且说众女将齐陪柴郡主跪在银安殿前，口呼"千岁"。

千岁抬头，只见柴郡主头顶红盘，上放帅印，跪倒（到）阶下。千岁忙叫："贤妹，请起。"郡主将印呈上。千岁喜不自禁，忙使人接过，并吩咐众人平身。郡主便奏道："千岁若赦臣妻，才敢起来，若不放赦，臣妻不敢妄动。"千岁说："今既有印，国家之幸，何罪之有？贤妹和众爱卿请起。"众将便谢恩平身。太君听得找来帅印，十分惊讶，忙问印从何来。郡主答道："是我府里一位夺来的。"说罢把金花往前一推，太君抬头，却是一位公子，不觉得气冲牛斗，骂道："好大胆的一伙贱人，气死我也。御旨屡次旌表节烈夫人，谁知你们竟沾风惹臊，大败风化。在府中藏下哪里的青年男子，外人知道，岂不传为千古笑谈。"郡主见太君发怒，忙劝慰道："母亲请细看是何人？"太君近前，细心一看，不由得哈哈大笑："死丫头，吓坏老身了。"忙问千岁和众家文武，"夺印可是此人吗？"千岁和两班文武齐道："正是这位将军。"太君又道："我杨门久无男子，这是重孙女儿杨金花，年方十四，幼小无知，女妆男扮（女扮男妆），做出此事，老身实不知情，望千岁恕罪。"千岁便说："虽是夺印，也是奉我之命，何罪之有？只恐圣上不准，必要杨门挂帅。既是小姐，如今请在文武面前显身，免得众人生疑。"随命金花脱下男服，谢过众位大臣。金花遵旨，将衣帽脱了，现出女身，朝上拜谢。有诗曰：

> 子幼多才学，平生志气高；
>
> 未沾皇恩泽，先试校场刀。

千岁睁眼看分明，不由叫人吃一惊。

方才还是一武士，霎时化成女姣容。

裙下金莲窄三寸，头上青丝挽盘龙。

穿红着绿姣娥女，胜似仙子下天宫。

天波府里出好汉，男女英雄尽奇能。

正在千岁夸赞处，郡主向前禀一声。

杨家纳了绝户牌，唯有此女一条根。

千岁宽宥多宽宥，挂帅还请狄元戎。

千岁准了郡主本，物还原主印归宗。

狄青接过元帅印，目瞪天波老太君，

纠纠不言往外走，昂昂径直出府门。

千岁一见狄青去，辞别太君也起[1]身。

躬身施礼两分手，回朝回府暂安宁。

狄青出府气难平，坐马指骂老太君。

开口叫声佘赛花，今天你也错用心。

家内隐藏栋梁臣，校场杀我两条根。

夺了帅印又不挂，分明你是想欺君。

明天驾前奏一本，抄你全家灭满门。

抛尸露体街头上，不平天波不为人！

看你今天汹汹气，来日金殿怎样生。

骂罢纵马扬长去，气坏天波老太君。

次日万岁登金殿，群臣拜伏谢皇恩。

狄青俯伏丹墀上，口内连把万岁尊。

微臣今天奏一本，谨奏佘氏老太君。

立下绝户牌一面，具挂天波府杨门。

填报一张寡妇单，吾主日前早知闻。

地下暗藏杨文广，明明累国想欺君。

夺印杀了两员将，腹内总怀坏国心。

她府翻出元帅印，无凭无据装好人。

我主不把杨门灭，日后终究是祸根！

瞒心昧己奏一本，可巧仁宗当时昏。

听说藏将不挂帅，欺君之罪罪不轻。

金殿以上发圣旨，快拿太君正典刑。

忙差刑部官潘桂，带领禁军提锁绳。

潘桂捧旨出朝去，天波府里拿犯人。

银安殿上念圣旨，佘氏太君在下听。

选了狄青挂帅印，操演三军静边氛。

校场以内点人马，暗使英雄去逞能。

隐藏好汉即欺君，心怀反意不尽忠。

你不存仁谁有义，一家带刑进朝门。

潘桂念罢皇王旨，气坏英雄穆桂英。

要杀潘桂不服绑，佘氏太君不依从。

合家老少上绳索，留下金花杨圣僧，

这回见了当今主，少有吉来多主凶。

暂且不表未来事，先说太君见主公。

[1] 起：原本作"启"。

却说潘桂奉旨，把杨门一家女眷，上了绳索，绑到午门，把其余女犯押在一旁，只带太君上殿见驾。那太君跟着钦差上了金殿，俯伏丹墀，口呼："万岁，万岁，万万岁，臣佘氏参见圣驾。"仁宗天子一见太君，气得脸面更红，开口骂道："你这欺君贱妇，朕哪点亏负于你？你竟敢隐藏好汉，累国欺君，斩将夺印，是何主意？"正是：

> 宋仁宗坐金銮怒气冲冲，手指着佘太君骂不绝声。
>
> 为王的哪些儿错待于你，你为何怀反心阴谋欺君。
>
> 你辈辈都吃的为王俸禄，坐高官享荣华王位荣升[1]。
>
> 论理说你应该精忠报国，为什么把好汉隐藏家中？
>
> 忘恩义欺君王非为人类，老奸婆还不如走兽飞禽。
>
> 九龙口恼坏了宋王天子，佘太君忙开口奏上原因。

却说太君见仁宗天子发怒，忙奏道："万岁息怒，夺印之事，实系重孙女儿杨金花所作，臣妾将她带来，听候万岁发落。何必如此动怒？"仁宗便说："你暗藏好汉，累国欺君，还强辩什么？莫非仗着龙杖玉印，欺我无有斩你的剑，打你的棍，因而欺压寡人，是也不是？"便令武士将太君的龙杖玉印摘下："将这奸婆绑出去，押赴法场，满门尽诛。"那一群武士奉君之命，如狼似虎，手提绳索，向太君扑去，顷刻摘了龙杖玉印，绑住就要推上法场。太君不服，口喊冤枉，仁宗便叫放她回来。武士解开绳索，推至金阶，太君即双膝下跪。为何这次见君要下跪？以前她可以上殿不拜君，下殿不辞臣，而今摘了龙杖玉印，她就不得不跪："谢万岁不斩之恩。"仁宗怒道："不是朕不斩你，既犯弥天大法，纵斩了不足以尽其罪。朕但问你有什么冤枉？"太君辩道："臣妾虽有些小过犯，实属不知，乞万岁龙恩浩荡，看在昔日功劳的份（分）上，饶我不死。情愿革职为民。"仁宗道："你罪犯了天条，还想活命？不用多说，与朕推出斩首。"太君一见死罪难免，又叫道："主公既不开恩，还望少待些时候，容老身将昔日功劳诉说一遍，叫合朝文武知我杨家的忠义。"仁宗点头允诺她诉说往事。太君即叫声："万岁你听，太祖爷初下河东，四锁高平，我翁父杨衮和太祖爷对面安营，交战不过数合，败下阵去，退到河边，淤泥把马陷住，我翁父当下收刀不杀，

认了真主，锤换玉带，八拜为交。我翁父领兵回营，太祖才平定了河东。这是我杨家未投宋以前的第一功。后来太祖南面登极（基），收韩素梅入宫，郑恩苦谏不从，酒醉屈斩郑恩，酒醒贬了苗军师。这才又领了五王八侯，带愧征南。兵马前至寿塘关，又被于洪设计，赚进唐营，太祖遭困，命在旦夕，又是我翁父解围救驾。"正是：

> 日解三关把驾救，佯输诈败过高穹。
>
> 冯茂三更把营进，翁父设计赚于洪。
>
> 一待于洪入牢笼，五王八侯才回营。
>
> 未食你家俸和禄，先父又立第二功。
>
> 那时太祖回汴京，请来杨家保国忠。
>
> 盖下天波无佞府，画上宅图送杨门。
>
> 翁父不幸去世早，夫主领兵仍保君。
>
> 父子九人九只虎，到处闻名海内惊。
>
> 灭了烟尘归王化，太祖穆坐汴梁城。
>
> 凌烟阁上三千阵，杨家挣下十大功。

正是：

> 太君来诉功，仁宗不爱听。
>
> 若信狄青话，就成无道君。

太君这里又道："后来打擂，杨熙（希）刀劈潘之（豹），结下了百世大仇怨。潘仁美仗着西宫是他的女儿，奏了一本。把我等绑在法场，那时多亏八千岁救我性命，革职为民。后来潘仁美又起奸心，说幽州造下麦山油井，将图呈上圣主，万岁轻信其言，要去幽州城观景，被辽国用空城计将主公围在城中，调动六国三川人马，层层围定，水泄不通，主上束手待毙。多亏八千岁暗令火牌调取我家父子。那时候，遭贬之臣，兵不满千，将无一员，仅他父子九人，带家将五百，力杀番兵，闯进城去。寇准见他父子勇烈，定下换袍之计。"正是：

> 定下一条换袍计，商议要出幽州城。
>
> 大郎装成宋天子，二郎装成八主公。
>
> 万岁装作杨延平，三郎装成寇准公。
>
> 四郎装成潘仁美，少盔无甲闯出营。
>
> 万岁跟定八千岁，寇准潘美同路行。
>
> 紧跟令公杨继业，六郎七郎二娇生。
>
> 番兵听说杨家将，谁敢大胆来争锋！

[1] 荣升：原本作"容身"。

保着万岁逃了命，抛下我儿好苦情。

战斗三日无兵救，肚内无食难交锋。

大郎长枪丧了命，二郎短剑自伤身。

三郎马踏成肉酱，四郎失迷幽州城。

父子九人少四个，保着龙驾回汴京。

我那孩儿为谁死？为国捐躯忠不忠？

英雄事业归何处？孤孀寡妇显无能。

先王念我功劳大，才赐龙杖和玉印。

以后北国肖银宗，领了大兵犯边庭。

仁美奉旨挂元帅，吾夫仍然作先行。

马到北边安营寨，老将头阵打先锋。

两狼山前摆战场，七天七夜大交兵。

七郎奉命来讨救，乱箭分身实伤情。

卖国奸贼不解围，忠臣报国把命倾。

令公撞死李陵碑，八郎迷失也无踪。

父死子亡都为国，老身受死亏不亏？

最后只剩杨延景，又入王强计牢龙[1]。

万岁皇爷饶了我，念我一门为国忠！

太君诉功说破口，仁宗只当耳边风。

开口仍叫老奸婆，希望全身万不能。

昔日有功曾受赏，今朝犯法依典刑。

萧何造下三千律，自古王法不容情。

喝令武士绑下去，拉到法场问斩刑。

武士领旨不怠慢，拉的拉来拥的拥。

且说两边的武士把老太君推下金阶，复上绳索。仁宗问两边："诸位爱卿，哪个替孤代劳，监斩杨家的满门家眷？"言刚罢，旁边跪下刑部官员潘桂，奏道："臣愿替主监斩杨家满门家眷。"仁宗即降旨一道，递于（与）潘桂。那狄青又跪倒奏道："万岁，今监斩杨家，非同小可，岂不闻金花、文广俱有万夫不当之勇，倘若来劫法场，那就大有不便。依臣愚见，差狄虎、狄祥领兵镇守法场，王勇、潘芳领兵三千去拿金花、文广。"仁宗准奏："皇兄处事仔细，就依你言而行。"那四将就领兵分头而去。且说那潘桂押定太君出了午门，众女将一见太君绳捆两臂，头插

亡命白旗，大吃一惊。太君一见媳妇们，不觉得长叹一声。

老太君不由得两眼流泪，哭一声我的儿又喊苍天。

贼奸党谋害我无人解救，仁宗爷他不肯把我放宽。

有老身虽一死忠心不变，可怜了媳妇们青春少年。

老太君刚说罢伤心之话，柴郡主在后面急忙开言。

宋天子今违了先王遗旨，把我家昔日功看得太轻。

自古来八十岁岂问斩刑，难道说百岁人血溅衣襟。

柴郡主她正恨当今圣主，转过来杜金娥女中英雄。

这件事不由人心中嗟叹，骂一声无道的仁宗昏君。

今日里并不是斩我杨门，刀刀儿斩的你锦绣乾坤。

众女将一个个唾骂无道，更有那穆桂英怒火填膺。

满面上带怒气尊声太君，你何必替昏君竭尽愚忠。

年纪大只遵守古规古训，苦苦儿叫我们引颈受刑。

你只愿尽忠心苦守臣节，谁知道这昏君却不相容。

他说好咱今天就和他好，他若是无有情谁肯有情。

你一刀我一枪刀枪相对，讲什么君与臣名分不通。

那穆桂英年轻气盛，言语间有反的意思，太君听了骂道："泼妇，自古道：'死生有命，富贵在天。'倘有贤臣保奏，圣上回心转意，赦了俺们，岂不美哉！要不一死也当留个贤名于后世。"穆桂英听了敢怒不敢言，只好随太君去法场。

前面走的老太君，后随天波众英雄。

个个绳捆戴[2]枷锁，亡命白旗插在身。

罗衣不整裙带开，凤头花鞋少后跟。

粉面桃腮添憔悴，重发不齐乱纷纷。

提锁校尉如鹰犬，执刀刽子惊人魂。

武士监押众女将，吓坏一城老百姓。

法场胜如阎罗殿，监斩官儿赛阎君。

四围层层排人马，行刑人儿站两停。

身经百战巾帼女，今日受刑堪伤情。

那老太君和众女将正觉伤心，只听号炮一响，那伙武士如狼似虎，一拥而上，把众人绑上行刑柱，只等行刑旨到，不题。正是：

太君要尽忠，不听穆桂英。

[1] 牢龙："打凤牢龙"之省，喻安排圈套使强有力的对手中计。龙：原本作"笼"。

[2] 戴：原本作"带"。

含冤作冤鬼，万古留美名。

却说包、苗二位先生，一见圣上把杨门全家问罪，俱各大怒。苗爷便说："包老先生，咱们和杨家同殿为臣，今日坐视其死，岂不是鼠辈之为。你有何高见？"

有苗爷和包爷互求高见，班房内忙修本去把君参。

众文武一个个高声互喧，吕蒙正和焦仁带头上殿。

九龙口跪满了求情文武，且看那仁宗爷怎了事端。

却说那仁宗问道："众卿齐跪，有何本奏？"吕老爷往前跪了半步，口称："万岁，臣等未及造本，冒犯天威与杨家保本。"仁宗微微冷笑道："朕方才审问太君，众卿有耳俱闻。她家隐藏好汉，斩将夺印，俱是实情。这样欺君罔上，你等为何保她？"吕老爷俯伏金阶，口呼万岁。

吕老爷跪金阶口呼万岁，万岁爷在上面龙耳细听。

天波府忠义心国人皆知，又是忠又是勇出众超群。

杨家将保宋朝五代同心，扶社稷安黎民沥血呕心。

今虽有些许[1]过也可恕过，你不念他一家也念先君。

今日里你不念忠良之后，到日后保江山依靠何人。

吕蒙正他奏本词严义正，那焦仁保杨家一片赤诚。

天波府杨家将威震天下，外国的反叛贼不敢起心。

虽说是到如今绝了后代，平天下安百姓还有太君。

云秀英大破了同台州府，穆桂英大破了天门大阵。

打破了澶州城无有敌手，杜金娥一口刀可敌万人。

今日里一怒间杀尽斩绝，谁替你安边疆净燧息烽。

那焦仁奏罢了一席良言，仁宗爷低下头暗自思忖。

却说仁宗听罢二人之言，亦觉有理，自知有亏。却又替狄皇兄复仇心切，遂将龙泉宝剑亮出鞘来，把御案的一角一刀两断，掷于殿前喝道："朕意已定，再有违抗者以此为例。"

仁宗金殿怒生嗔，吓坏满朝文武臣。

焦仁不敢再强论，文武各个作哑人。

唯有学士吕蒙正，不肯归班苦谏净。

仁宗一见开口问，学士不起为何因？

吕爷再把万岁尊，吾主龙口当思忖。

忠臣不怕为国死，为臣还得保杨门。

昔日有个楚平王，听信奸佞无道君。

乱臣贼子费无忌，巧设计谋害忠臣。

不顾国家兴和败，枉拿伍奢下火坑。

油锅烧了他家眷，力逼子胥叛楚君。

一近奸佞贤臣避，后来亡国丧自身。

责人之心先责己，还望龙心开宏恩。

那仁宗听完蒙正之言，勃然大怒："那楚平王父纳子妻，你竟敢拿他比我，想你和杨家素为连手，今又当殿辱君，武士速把这奸党摘了官诰，绑赴法场。"吕爷说："众武士，我想见佘太君一面。"武士即把吕爷押到太君面前。吕爷见太君含目待刑，心如刀绞，就说："太君，下官吕蒙正为你保本，圣上不准，反倒问成重刑，要和太君一同魂游地府。"太君听言，忙睁残目，只见吕老爷绳捆二臂，立在面前，便说："我杨门有何德何能，敢劳先生苦苦谏净，累至受刑！"正是：

佘太君听此言泪流满面，尊一声老先生哭声老天。

你为了我杨家忠心苦谏，倒[2]连累受重刑寿命难全。

这恩德纵然是没齿不忘，今遭难待来世结草衔环。

老太君言未尽吕爷接上，尊一声老太君你听我言。

我也曾顶乌纱身穿官[3]蟒，又封妻又荫子食禄万石。

虽然是犯天颜应当问斩，为社稷何惜命沥胆披肝。

又有名又有节死而无怨，活百岁也不过枉享天年。

老太君无故地受此磨难，君不念过去功令人心寒。

且不说法场上二人话别，苗老爷包老爷保本出班。

却说苗爷、包爷约定要保杨门，那苗爷修好了本章，忙赴金殿奏上，仁宗爷便问本奏何事，苗爷说："乞万岁开好生之恩，纳臣之谏，应念杨门世代忠良，为国捐躯，恕他一门死罪。"仁宗便道："慢劳谏，朕绝不从。"苗爷复又叩头。

苗爷跪在金阶前，凄凄凉凉奏本来。

杨门本是忠良将，含冤而死实可哀。

奸臣会把忠臣害，乌云遮日不得开。

金銮虽是风光好，损去栋梁殿心歪。

万岁若不存仁义，文武岂不怨心怀？

苗爷谏诤讲大理，仁宗怒气又上来。

开口叫声武英侯，你说此话太不该。

不提杨家罪恶大，只怨寡人无情在。

苗爷前跪又叩头，热泪点点往下滴。

杨家世代忠良将，哪点何曾把君欺？

女扮男装小金花，校场夺印无敌的。

她也奉了贤王令，太君在府总不知。

纵使杀了两员将，那也算她有本事。

我主即使要问斩，不能合家把命抵。

看看前来想想后，查查虚来问问实。

今日一怒斩良将，外邦兴兵谁去敌？

吾主若把狄家靠，只怕误我好社稷！

苗爷苦苦把本奏，惹得仁宗发脾气。

却说苗爷奏罢，仁宗怒道："朕斩杨门，绝不宽容。"苗爷奏道："既不纳臣之谏，臣有一个故事，主上未必知道。"仁宗便说："有何故事，容你讲来。"苗爷即道："昔日秦王率百官在郊外打猎，有一个乌鸦照着秦王哀鸣，秦王大怒，吩咐武士快打死此鸟。武士取弓，将鸟射死。秦王尤（犹）怒气不息，说此鸟不吉，但其既死，弓不可复用。武士随将弓撩在荒草坡内。稍停又起一野兔，放犬捉住，至晚回宫。秦王见兔肉少不够用，即把犬也杀了，和兔肉煮熟共食。次日又去打猎，树上又有只乌鸦哀鸣，秦王又叫射下，武士言道：'昨日将弓折了。'不多时，坡上又起一野兔，秦王吩咐将兔捉住，武士又禀说：'昨晚将犬杀了。'此时用弓无弓，用犬无犬，大家束手无策，空空而回。"

杨门好比弓和犬，莫要犬兔一起烹。

忠良屈斩文武怨，谁人给你苦尽[1]忠！

江山有敌谁去退？万里沙场谁驰骋？

今日一怒将她斩，日后再想已无人。

苗爷比古说一遍，仁宗怒气动无名。

喝令武士推出斩，叫和杨家一路行。

武士听言不怠慢，嗯喇上来虎一群。

有诗曰：

忠臣为社稷，皇爷不信忠。

不把杨家救，枉食禄和俸。

却说苗爷讲古比今说了一遍，谁知仁宗未听进一言，反而火冒三尺："苗存善，你乃国家股肱之臣，竟敢将古比今，辱骂寡人，莫非欺朕的龙泉剑不利乎？"苗爷见圣上无回心之意，心中暗想：我年近八旬，为这件事还做个无头鬼不成？不如告老回家，倒也安然。主意拿定，随又向前跪了几步，口呼："万岁，为臣实系年迈昏花，乞龙恩浩荡，赦臣残年，老臣情愿辞官不做，告老还乡。"

老臣年迈八十零，眼也花来耳也聋。

言语之间多颠倒，难以待漏至五更。

饶我性命革职罢，不当杀生当放生。

苗爷苦苦把君告，仁宗欢喜添笑容。

开言叫声老皇兄，虽说年迈要听真。

不愿奉君把官做[2]，留下官诰回家中。

苗爷忙把官诰卸，辞王下殿务庄农。

苗爷一怒不做官，纳回官诰下金銮。

拱手辞别众文武，往前行走无语言。

几步离开金銮殿，一阵凄凉一阵酸。

想起太君真可怜，百岁老人受奇冤。

皇上不听忠臣劝，人老年残难做官。

从今不管兴和败，名利二字不相干。

苗爷嗟叹往外走，本房不远在前面。

却说苗爷来到本房，见包公还在那里造本，便近前说道："你还造本何用！"包公抬头一看，只见苗爷赤头素妆，面如土色，便问："老大人如何成这般光景？"苗爷便将奏本之事说了一遍，包爷一听，这还了得，便叫："老大人，你暂在本房等候片刻，待我舍命见主。若是回心转意，救了杨门，保老大人官复原职；若不准本，我与老大人同归乡里，心愿足矣。"说罢就抱本上殿去了。正是：

包老爷怒冲冲抱本见君，怨一声仁宗爷做事不仁。

今日里若不把杨家赦放，眼下时即种下我朝祸根。

快步儿来到了金殿以下，叫一声两班的文武你听。

万岁爷一怒间要斩杨门，咱也念同朝的一殿之臣。

你们都随我来面君见圣，一齐儿去保救佘氏太君。

包老爷叫几声无人答应，直[1]气得铁面庞变成紫青。

手指着众文武高声叫骂，既贪生又怕死鼠辈之行。

全不顾国家的兴亡成败，不褒扬忠良将不贬奸佞。

班房里装聋哑袖手旁观，是泥塑是木雕不能动身。

做[2]高官也难保身无大祸，假若是你犯法还不如人。

包老爷边说着边上金殿，拿大礼跪丹墀呈上本文。

宋仁宗坐金銮扪心自问，骑老虎上下难反复思忖。

斩杨家与皇兄报仇雪恨，杀忠良怕惹恼文武众臣。

今日里他们都舍命动本，总不能杀所有文武众卿。

举龙目见包公上殿动本，满脸上带杀气一片忠心。

他凭的先君爷御赐银铡，扶社稷斩奸党压定朝庭。

夜断阴日断阳无有私曲，黑炭头专爱的打抱不平。

今上殿必为那杨家动本，这事情叫寡人怎样用情。

却说那仁宗天子一见包公上殿动本，心中早已活动了三分。况且中国数千年历史中，忠臣良将、耿耿为国之人，总被那些奸党佞臣屡进谗言、横加罪名、残酷迫害者，比比皆是。不过死心踏地受蒙蔽的皇帝，也还是少数。那仁宗天子还不是这一类人，尚有恤臣民、爱社稷之心，这就是仁宗准奏，杨家大难不死的缘由。列位听众，如果义士该死，谁还行义？忠臣应亡，谁还尽忠？尽管当时多遭险，日后国人口似碑。所以包公这番上殿动本就有分教（晓），管叫他一家子英雄南征北战，世代报国，十二位女将戎马疆场再立勋劳。正是：

自古英雄多遭难，救难还要包青天！

选自： 何国宁主编，李爱文、单永生副主编：《酒泉宝卷》（第五辑），甘肃文化出版社，2011年，第270—324页。

[1] 直：原本作"只"。
[2] 做：原本作"作"。

6

三 请樊梨花

请念卷的老头儿，让你坐在上杆儿[3]。

面前放个小桌儿，不要扯坏卷页儿。

嫂子给你杀鸡儿，你要小心小孩儿，

损坏吃个臭屁儿。

宝卷费尽心眼儿，爱念自然爱护儿，

念到三更斜月儿，送你回家做梦儿。

后边[4]睡的你妻儿，怀里搂的小子儿，

逍遥自在的老头儿。

平西宝卷才展开，兄弟爷们都听来。

我今先念大众听，莫[5]当闲言耳边[6]风。

巾帼[7]英雄樊梨花，后世人等都知她[8]。

[3] 上杆儿：尊位。
[4] 边：抄本写作"遍"。
[5] 莫：抄本写作"么"。此抄本"莫"有时写作"莫"，有时又写作"么"，写作"么"时直接整理为"莫"。
[6] 边：抄本写作"便"。
[7] 帼：抄本写作"国"。
[8] 她：抄本写作"他"。抄本"她"有时写作"他"，直接整理为"她"。

征西路上十三年，领兵挂[1]帅天下扬。

勇冠[2]三军往西进，杀得[3]番狗人人惊。

不顾[4]风雪和严寒，一直[5]打到黑海岸。

西方侵略丧[6]了胆，一场[7]还击镇西方。

却说这本宝卷出在唐朝年间，太宗皇帝在位，这太宗就是举世闻明（名）的李世民。只[8]因西地常常侵略我国，侵略军领袖苏保同领兵侵入到虎狼关（兰州[9]），有征东元帅薛仁贵挂帅还击西进，太宗缺（御）驾[10]亲领，一路反击，打到锁阳关（武威[11]）。苏保同又并揍（拼凑）了一路人马，兵困锁阳城，天子守（受）惊，元帅守（受）伤，又加西地寒冷，皇帝回朝。薛元帅起兵击打，兵行寒江关，离城十里安营下寨[12]。次日，薛丁山请令出战。再说寒江关总兵樊红为人勇猛，所生二子名叫樊龙、樊虎，又生一女名叫樊梨花，八岁失（时）宋（送）仙山学艺，十六还家，顺（奉）师命下山有事。利（黎）山老母把（想）：当今西辽百性（姓）苦不可言，天朝李世民治水种田，万民乐业。便说："徒儿，此一下山，一来救苦，二来你和薛丁山有缘，一（以）后有找我之时。"不题。再说樊红大坐大堂，有番兵来报，说关外唐将骂战。有樊龙弟兄说："赐[13]我箭令（令箭），打一［个］下马。"老将说："能[14]要小心。"兄弟得令，杀出关来。这里有丁山出阵，一马先（相）交，各通名性（姓），大战七八回合。薛丁山那杆戟有斗大花头，樊龙昭（招）架

［不］住，樊虎接住又战了十几[15]合也败下阵来了。丁山哈哈大笑，说："饶[16]得了时申（辰），饶不了性命，去叫有本领的来与你少爷会战。"也不追赶，吩咐三军打了得胜鼓，回营交令。樊龙兄弟败进城来，见了父亲说："丁山利害。"樊红说："胜败乃兵家常事，下去吧[17]。"有樊梨花屏后听说哥哥打了败战（仗），又听说丁山这个名儿好像师傅说的，出来见过父礼[18]，又问："爹爹为何梦梦（闷闷）不乐？"樊红把二子败战说了。梨花说："赐儿一令，活捉薛丁山，与爹爹顺悠（分忧）。"樊红说："我儿要去，处处小心才实（是）。"小姐领命。次日出城，一马扑[19]到阵前。那遍（边）薛丁山在马上要（耀）武阳（扬）威，梨花抬[20]头一看，忽然从来没有过的一种感觉侵入心灵，不由得面红耳赤，暗想天朝有这样人才！要在番邦，百里挑一也是没有的。好个美貌少年！

正是：

有缘千里来相逢[21]，无[22]缘对面不认人。

梨花抬头用目看，好个青春美少年！

头戴[23]金盔八爪牙，身穿锁子连环[24]甲。

面如敷粉口吐红，一双凤眼放光明。

胯下[25]骑的白龙马，方[26]天画[27]戟手中拿。

我把将军有一比，亚赛[28]周朝李哪吒。

心中喜欢脸上笑，一双杏眼偷着眺。

丁山这里用目看，阵前来了一女将。

头戴七星昭日月，桃花战铠[29]满堂红。

[1] 挂：抄本都作"卦"。

[2] 冠：抄本写作"寇"。

[3] 得：结构助词"得"与"听得"意义的"得"抄本大都写作"的"，直接整理为"得"。

[4] 顾：抄本写作"住"。

[5] 直：抄本写作"真"。

[6] 丧：抄本写作"散"。

[7] 场：抄本都作"坊"。 同"场"。

[8] 只：抄本写作"这"。此抄本"只"多半写作"这"，有时写作"只"，偶尔写作"自""止"。写作"这"时直接整理为"只"。

[9] 这是抄本的注释说明。

[10] 驾：抄本都作"架"。

[11] 这是抄本的注释说明。

[12] 寨：抄本都作"在"。

[13] 赐：抄本写作"赐"

[14] 能：宁可。

[15] 几：抄本写作"己"。此抄本"几"大都写作"己"，偶尔写作"几"。写作"己"时直接整理为"几"。

[16] 饶：抄本都作"绕"。

[17] 吧：抄本写作"把"。抄本除一处写作"巴"外，其他都写作"把"。

[18] 礼：抄本都作"礼"。

[19] 扑：抄本都作"补"。

[20] 抬：抄本都作"台"。

[21] 逢：抄本写作"锋"。

[22] 无：抄本写作"旡"。

[23] 戴：抄本都作"代"。

[24] 环：抄本写作"还"。

[25] 胯下：抄本都作"跨下"。

[26] 方：抄本写作"翻"。

[27] 画：抄本写作"函"。

[28] 亚赛：抄本都作"压赛"。

[29] 铠：抄本写作"猷"。

柳叶眉来杏子眼，樱[1]桃小口尖对尖。

左挂弓来右括箭，胯下桃花走阵忙。

丁山开口高声唤，番婆胡[2]女听心上。

既[3]然没人来会战，就该献关来投唐。

昨日二将齐败走，今日丫[4]头来弄丑。

梨花一听心生气，你有本领我不惧。

有心一枪刺死你，这样人儿世上稀。

丁山一听大声吼，手起一戟招[5]咽喉。

番邦胡女不害羞，还在人前卖风流。

二人各自通了名，一来一往见输[6]赢。

梨花心中有主张[7]，虚[8]闪一刀逃了荒。

丁山后边[9]紧追赶，拿住[10]丫头羞她娘。

一马赶到荒郊[11]外，小姐回马笑脸开。

你我通通[12]是青春，咱俩[13]讲和成不成？

你要投唐我就成，你不投唐万不能。

却说梨花假扮败走，把丁山引到无人之处，回马便问："薛郎，难道[14]你真的要杀我吗？"丁山不答，手起一戟刺来，梨花把刀架住说："我要杀你也永以（容易），还要把话说明，你叫我投唐，还要和父兄商（商）议，可这也未可知。你要能从下我终生（身）大事，回去我劝父投唐献关，其（岂）不两全之美？"丁山说："我十万大军还怕你这小小的寒江关不开？要我从[15]下终身，你有多大本领？把我拿到上不展（着）天、下不落地的地

[1] 樱：抄本写作"嘤"。
[2] 胡：抄本写作"猢"。
[3] 既：抄本写作"记"。
[4] 丫：抄本都作"牙"。
[5] 招：抄本写作"昭"。
[6] 输：抄本写作"付"。
[7] 张：抄本写作"账"。
[8] 虚：抄本都作"许"。
[9] 边：抄本写作"遍"。
[10] 住：抄本写作"主"。抄本"住"有时写作"主"，有时写作"住"，偶尔写作"估"。写作"主"时直接整理为"住"。
[11] 郊：抄本都作"交"。
[12] 通通：抄本写作"同同"。
[13] 俩：抄本都作"两"。
[14] 道：抄本写作"边"。此抄本中"道"字多写作"边"，有时写作"道"，有时又写作"到"。写作"边"时直接整理为"道"。
[15] 从：抄本写作"存"。抄本"从"有时写作"存"，直接整理为"从"。

步才可，谁还怕你不成？"梨花说："你这个冤家，遍遍（偏偏）要见我的本领，那你就莫怪我无情了。放过马来。"二人大战十多合，被梨花搅开戟，伸出粉臂，挟过马来，右手把刀头放在项上。丁山大叫："饶命。"梨花丢在地下说："还有何〔话〕说？"丁山上马，心中大吃一惊，暗想这丫头好大力气！放过马来又战，梨花怒说："这次拿住你，一刀把你破为两片。"丁山不言，又战十多合。丁山昭（招）架不住，拍马逃走。"逃什么呢？我要杀你，何必到这儿来？我想和你多玩一回（会），遍（偏）不然（让）你走。"忙祭起捆仙绳儿。丁山只估（顾）逃走，从空中下来一物，说声不好，连人带[16]马捆估（住）。梨花赶来，假意举大刀昭（照）头砍下。丁山大叫："姐姐，饶命吧。"梨花听他叫姐姐，全身发软，收了捆仙绳儿，丁山上马。正是：

空中带箭一只[17]鹅，哭哭啼啼飞过河。

八十老儿病床坐，口口声声念弥陀。

四书两句[18]破：此乃鸟之见（将）死，其鸣[19]也哀；人之见（将）死，其言也善。诗曰：

情多艺高貌如花，先天原[20]来是一家。

只因三笑有三拿，还有三请一朵花。

薛丁山上战马气冲斗牛，放回马和梨花大战不休。

樊梨花抖[21]开了桃花战马，今日个要和他见个上下。

我和他谈终身并不作假，这冤[22]家却怎么这样然牙[23]。

念动了赶山法将[24]他捆[25]下，今日个我和[26]他作个戏法。

[16] 带：抄本都作"代"。
[17] 只：量词"只"抄本都作"支"。
[18] 句：抄本都作"询"。
[19] 此抄本"鸣"写作"咯"或"名"。写作"咯"时直接整理为"鸣"。
[20] 原：抄本都作"屄"。
[21] 抖：抄本都作"斗"。
[22] 冤：抄本写作"缘"。
[23] 然牙：难缠。
[24] 将：抄本写作"见"。
[25] 捆：抄本写作"困"。
[26] 和：抄本写作"合"。

指云天赶动了四大名[1]山，霎时间狂风起黑雾迷天。

薛丁山在[2]马上不敢恋[3]战，又不见樊梨花她在哪[4]方。

忽听得叱雷响天崩地裂[5]，想回营又不知东西南北。

带说着[6]黑风过抬头观看，四下里尽都是悬崖高山。

催[7]战马在中间东碰西闯，前无路后无门坐井观天。

又观见那高山向我运动，眼看看就把我葬在内中。

叫声天叫声地叫声双亲，你怎知你的儿就要丧[8]命。

且不说薛丁山胡唤乱叫，再说那樊小姐暗中偷笑。

急忙忙又唤来山神土地，你二神附耳[9]来我有密语。

土地说我大小也是神仙，拉毛牛[10]扯[11]皮条我怎能干。

梨花说我有那黎[12]山令箭[13]，你不去违[14]令箭由你不成？

把令箭甩到地扬长[15]走去，二位神拾起箭面面相[16]视。

土地神变一个柴夫模[17]样，担柴担唱山歌往前游转。

有[18]山神变一个野秃模样，又是跳又是跑随后相[19]连。

薛丁山在深涧泪流满面，忽[20]听得唱山歌有人来往。

[1] 名：抄本写作"明"。
[2] 在：抄本写作"再"。
[3] 恋：抄本写作"乱"。
[4] 哪：抄本写作"那"。抄本"哪"有时写作"那"，直接整理为"哪"。
[5] 响、崩、裂：抄本分别写作"向""奔""列"。
[6] 着：抄本写作"者"。助词"着"抄本有时写作"者"，直接整理为"着"。
[7] 催：抄本都作"崔"。
[8] 丧：抄本写作"散"。
[9] 附耳：抄本写作"否而"。
[10] 毛牛：牦牛。
[11] 扯：抄本写作"折"。
[12] 黎：抄本写作"利"。
[13] 令箭：抄本写作"箭令"。
[14] 违：抄本写作"卫"。此抄本"违"大部分写作"卫"，有时写作"威"，一处写作"违"，一处写作"迃"。写作"卫"时直接整理为"违"。
[15] 扬长：抄本都作"阳常"。
[16] 相：抄本写作"向"。
[17] 模：抄本都作"莫"。
[18] 有：抄本写作"又"。
[19] 相：抄本写作"先"。
[20] 忽：抄本写作"嗯"。

急忙忙放大声高声呼唤，抬头看来了个柴夫老乡。

叫老伯你快快把我救上，回营去多谢你恩重如山。

却说那老人便问："小伙子，你怎么卓（掉）到这深涧里了？我怎么能把你救上来？"丁山说："把你的柴担上的绳接起来吊我上去，我知恩报答。"那老人就把绳接起来放了下去，丁山坠（缒[21]）住。正吊在半空半腰，老人却说："我一天了没有吃饮，一点力气也没有了，我把绳头拴在这黄蒿[22]上，回去吃了饭再来吊你吧。"丁山哭说："那黄蒿怎能经（禁）住我坠（缒）？你还是再怒（努）点力，把我吊上去，我带你到大营去吃吧。"那老人不答而去。丁山望下一看，下面又有一只吊金（睛）猛虎往上扑扒，战马也不见了，吓得洪（浑）身是汗。再望上看，又见来了一只野秃（兔）往断里吃黄蒿。大叫一声："天，我命休也！"正是：

有情人儿斗着玩，吓得良人魂飞天。

不说丁山叫天地，再表小姐暗作戏。

小姐打马上高山，佯扮[23]不知过涧边[24]。

扬鞭走马往前闯，丁山大唤快救难。

梨花勒[25]马到涧边[26]，丁山哭得实[27]可怜[28]。

叫声姐姐快救我，你说怎么就怎么。

小姐听言笑脸开，你的嘴儿那么乖。

心中暗把自己怪，这样吓他不应该。

开言叫声薛官人，你的白话我不信[29]。

你说你是真英雄，怎么哭得泪纷纷[30]。

有心救了你的命，你那人儿没良心。

任凭绳断老虎吞，我又不是你亲人。

丁山听言泪哀哀，叫声樊家小奶奶。

你若救了我的命，永远不忘你的恩。

[21] 缒：抓住绳索上或下。
[22] 蒿：抄本都作"槁"。
[23] 佯扮：抄本写作"洋盼"。
[24] 边：抄本写作"遍"。
[25] 勒：抄本写作"列"。
[26] 边：抄本写作"边"。
[27] 实：抄本写作"是"。
[28] 可怜的"怜"抄本写作"良""令""吟"等字。写作"良"时直接整理为"怜"。
[29] 信：抄本都作"仗"。
[30] 纷纷：抄本写作"汾汾"。

梨花听言笑开言，把你说得真可怜。

你若三次再变心，我可和你弄不成。

梨花急忙收了法，一阵风过看见马。

丁山抬头四下看，高山猛虎全不见。

小姐扭着嘴儿笑，好像天仙吃蟠[1]桃，

丁山见她容貌好，二人对面望着笑。

把我吓得真可怜，原是你的鬼花样。

我为救你赶走山，怎说我的鬼花样？

却说二人说话一会，相亲相爱。小姐说："薛郎，你我在战场上交兵，已（既）然你从下我终身大事，此地不可久说、久谈，回去我劝父投唐，三日后见我回音就是了。"丁山说："你父倘[2]若不降，也不要面（勉）强。我再作计议。"二人各自上马，小姐作（佯）败，丁山后边[3]紧紧追下，梨花也慌逃走，丁山回营，不题。

再说梨花在郊外便（边）走便（边）看，观见那些翻（番）兵打家劫[4]道，无所不为，百姓〔东〕扶老握（携）幼，东逃西跑，番兵劫道强奸。又见唐朝兵马军纪严各（格），旗识（帜）向（鲜）明，人不入户，马不踏[5]田。心中暗暗思想：我先祖本来就是天朝人氏，我父对我说过随（隋）炀[6]帝无道，道（随）军征西，流落西地。今看西辽，眼看亡国，那些番兵苦害百姓，是（实）在可恶，我怎么能给这些国家出力助恶？今日亲眼看到两国兵马，各为不一，薛仁贵果算仁义之师。下定决心，劝父投唐。宁[7]可遵[8]师言明，不可遵父作恶。来到阵前，鸣金收兵，不题。再说老将樊红大坐大堂，小番来报："小姐回来。"说话之间梨花进堂交令，礼必（毕），坐在一边[9]。樊红问："我儿今日杀了一天才回，胜败如何？"梨花说："未胜未败。薛丁山战了一天，那人武艺高强，杀不过他就回来了。"樊红说："我儿打了个平头子战（仗）[10]，也好。"梨花又说："那人不当（但）武艺好，人才也好。"樊红说："他是我们的对头，官（管）他什么人才不人才。为父明天出关，杀他个落花流水。我儿何出此言？成何是题（事体）？"梨花便说："爹爹，孩儿今天出兵，观见薛仁贵名不虚传，果然是仁义之师。西辽人马无所不为，苦害百姓。我们先祖本是天朝人氏，何不献关投唐？还不是吩（分）侯之位？何心（必）助纣为许（虐），为非作恶，给这些害人贼出力？孩儿真不理解。"樊红听了，大睁两眼，拍案大怒，大吼一声："胡道（说）！小小奴才胆敢说出投唐二字，若叫苏国舅知道，全家姓（性）命难保。真是胡说八道，还不〔与〕下去！"梨花却正言正色地[11]说："爹爹若不听女之劝，恐怕眼前就难保此关了。那薛仁贵平了东辽，又平西了（辽），百姓闻风投军，一路破关斩将，就如破竹。锁阳城苏保同十万大兵都必（被）薛丁山杀得雪消冰开，何必（况）你这小小的寒江关？薛丁山身带十件贵宝，巧仙山艺人传守（授）兵法武艺，今天阵前向我求婚，我已答应与他。爹爹和薛元帅作个亲戚，其（岂）不门当户对吗？眼看西辽国大事（势）去矣，爹爹何不再思再想，三思而行？"樊红骂声："奴才，你长他人志气，压自己威风，又两军阵前谈亲出丑，还要说投唐，留[12]你破怀（坏）门顺（风），怀（坏）我忠臣，哪里容得？留你何用！"大喝一声，拨（拔）出宝钊（剑）砍来。梨花只得拨（拔）钊（剑）先（相）迎[13]，便（边）退便（边）挡[14]。樊红大怒，失（施）一饿虎扑食，一个赞（攒）步跳去，用力过猛，厚底靴子怪（拐）倒，梨花来不急（及）收剑，正碰咽喉而死。梨花大吃一惊，扑上去抱住父尸大哭。正是：

小姐大义把父劝，老将失身自己亡。

樊梨花见父亲大吃一惊，吓得她魂飞天冷汗淋淋。

[1] 蟠：抄本写作"刲"。
[2] 倘：抄本都作"尚"。
[3] 边：抄本写作"边"。
[4] 劫：抄本都作"扱"。
[5] 踏：抄本写作"躁"。
[6] 炀：抄本都作"相"。
[7] 宁：宁可、宁死的"宁"抄本都作"硬"。
[8] 遵：抄本都作"尊"。
[9] 边：抄本写作"边"。
[10] 平头子仗：不分胜负。
[11] 地：抄本都作"的"。
[12] 留：抄本写作"峏"。此抄本"留"大都写作"峏"，偶尔写作"留"，有一处写作"盕"。写作"峏"时直接整理为"留"。
[13] 迎：抄本都作"迊"。
[14] 挡：抄本都作"当"。

扑上前抱父尸哀声大放，哭一声我的父死得冤枉[1]。

不是儿没孝心成心[2]杀父，你失身碰剑亡有话难吐。

早有人报知了樊龙樊虎，他兄弟听一言大怒大哭。

他二人拿兵刃[3]把定衙门，骂一声樊梨花小小贱人。

为何事杀父亲忤[4]逆不孝？无耻的狗贱人吃我一刀。

樊梨花见兄长来势凶[5]猛，拔[6]宝剑[7]架住他哭诉[8]真情。

叫一声二兄长且莫动手，你妹妹若杀父天在上头。

因父亲要杀我自己失死，你说我杀父亲真真冤屈。

天大事也不敢杀父行凶，是父亲追赶我自己失身。

自幼儿在仙山修[9]真养性，难道说我不知天理[10]人伦[11]。

众家人在一边[12]亲眼看见，谁的是[13]谁的非兄长思想。

有樊龙和樊虎高声骂道，小贱人你还敢舌尖口巧。

今日个我岂[14]能把你轻饶？要与父报仇[15]恨剁你千刀。

带说着举起剑就下无情，樊梨花无奈[16]何拔剑相[17]迎。

他兄妹三个人一场恶战，吓得那众家人胆忧心寒。

他兄弟施[18]一个二龙戏[19]珠，樊梨花施一个金鸡独步。

有樊龙忙施个猛虎出军，樊梨花施的是开门送盗。

他二人又施个八步红拳，樊梨花忙施起猴儿上杆。

有[20]樊虎施一个泥里栽[21]葱，樊梨花施的是鹞子翻身。

他二人学一个二虎把洞，樊梨花耸身起八步腾空。

樊梨花见兄长要下毒手，她心中暗暗地作了穷究。

看光景今日个不能饶我，眼时下就要见谁死谁活。

奉[22]师命下山来除恶救民，我怎能死在了你们手中。

西辽国不管那百姓死活，难道说樊梨花跟你作恶？

我投唐你不降各为其主，你不念兄妹情逼[23]我骑虎。

叫二兄你若是不把我饶，霎时间我要祭三台飞刀。

谁知道那飞刀随口出去，有樊龙和樊虎人头落地。

樊梨花见二兄一起命丧[24]，倒在地拍双手叫声苍天。

祭飞刀也不过吓他而已[25]，谁知道那宝贝应声出去？

吓得那众丫环[26]东逃西躲[27]，说小姐今日个中[28]了疯魔[29]。

还恐怕杀我们都不能活，樊梨花喝一声不要胡说。

诗曰：

为人好比一张弓，终朝每日成英雄。

有着一日[30]弓弦[31]断，两头落地一场空。

却说梨花大哭一场，把宝钊（剑）入鞘。叫丫环不须（许）给夫人报知。心内暗愁：今日闹到这步田地，如何是好？我是出在无忌（意），谁知飞刀第[32]一次出飞杀人，叫我有口难言，怎对人说？连我二兄长都不信，还有谁来替我说明？我冤屈死了。想了一会，想来想去人死不能复

[1] 枉：抄本写作"汪"。
[2] 成心：存心；故意。心：抄本写作"忌"。
[3] 刃：抄本写作"钊"。
[4] 忤：抄本写作"无"。
[5] 凶：抄本写作"雄"。
[6] 拔：抄本写作"拨"。
[7] 剑：抄本写作"钊"。
[8] 诉：抄本写作"诉"。
[9] 修：抄本写作"休"。
[10] 理：抄本写作"礼"。
[11] 伦：抄本都作"论"。
[12] 边：抄本写作"偏"。
[13] 是：抄本写作"实"。
[14] 岂：抄本写作"其"。
[15] 仇：抄本都作"伏"。
[16] 无奈：抄本写作"如耐"。奈：抄本都作"耐"。
[17] 相：抄本写作"先"。
[18] 施：抄本写作"抶"。本段韵文中"施"都写作"抶"，直接整理为"施"。
[19] 戏：抄本写作"吸"。

[20] 有：抄本写作"又"。
[21] 栽：抄本写作"哉"。
[22] 奉：抄本写作"顺"。
[23] 逼：抄本写作"拔"。
[24] 丧：抄本写作"散"。
[25] 已：抄本写作"忌"。
[26] 丫环：抄本都作"丫还"。
[27] 躲：抄本写作"朵"。
[28] 中：抄本写作"种"。
[29] 疯魔：抄本都作"风磨"。疯：抄本都作"风"。
[30] 有着一日：有朝一日。着：抄本写作"过"。
[31] 弦：抄本写作"玄"。
[32] 第：抄本都作"弟"。

生，还是决决（快快）把三居（具）尸体呈严（盛殓[1]）入棺才是，要叫唐营之（知）道此事，我怎么答他？吩咐小番："哪个人走嘹（漏）哨嗯（消息），立地杀头。"又想起师傅对我说开（投）唐救苦。他们不能投唐，难道我违了师命跟你们为非作恶不成？左思右想，不题。再说众家人都怕吓坏老夫人，不敢去禀。有一个大嘴丑丫头，不管三七二十一，跑进三堂后院，大唤大叫说："决（快）！天爷爷，了不得了，活不成了，杀开人了！我家姑娘疯了，魔了，中了斜（邪）了，不得活了，老爷死了，少爷亡了，就胜（剩）奶奶一个人了。我和奶奶跑了算了，这个家里不能蛮（恋）了，不跑你也不得活了。"老夫人在内，闻听那个丑丫头有（又）哭又说，走出门来，骂声："多嘴的奴才，还不与我住口！你这才是疯了！"那丫头说："不信算了。奶奶不要骂了，前面去看了就知道了，真的死了。"夫人一看其他丫头大惊失色，急忙来到大堂口前，看见三个尸体血淋淋滩（瘫）在地上，梨花在那疼（痛）哭。夫人大叫一声："老爷，孩儿，好不疼心人也！"昏倒在地。小姐上前来救，半向（响）才醒。梨花哭哭啼啼抱住母亲便说："母亲，父亲、兄长之死，你问过家人丫头便知，孩儿此时有口难言。人死不能复生，还是快快葬送[2]父兄为实（是），莫叫唐营知道此事。"老夫人说："事到如今，我是忙中无记（计），就由着你这奴才，想怎么就怎么吧。"梨花忙分付[3]家人备办三付灵柩入葬，又分付人役不许声扬。次日，梨花穿戴整[4]齐，大坐大堂，三通鼓向（响）："三军听令，我今已决定投唐，关上扎起〔了〕投唐旗号，违令者斩。"三军一齐应声。正是：

不表小姐冠[5]三军，再说唐营程[6]咬金。
程咬金奉[7]元帅说亲来到，观见那城头上投唐旗号。
叫军士快报进[8]我来道谢，樊梨花和母亲开关迎接。

接府中分宾主方才坐定，程咬金他开言把话说明。
说老夫今奉[9]了元帅之命，到关上为的是前来求亲。
与世子薛丁山说成婚姻，却怎么不见那令尊[10]令兄？
为什么老夫人前来会我？莫不是他父子心中不悦[11]？
樊梨花怕母亲说出实话，忙接口叫千岁你且坐下。
我父兄身有疾大病未[12]退，不能来接千岁多多得罪。
投唐事一家人商[13]议决定，不后悔不二意永不变更。
请元帅择吉日完成婚姻，一同儿去征西杀退西军。
早出军早得胜早早回军，多一日要浪费国家斗金。
咬金说樊小姐言论高善，说出话真像个国家栋梁。
夫人说你再莫把她夸奖，亲[14]口说早完婚全不体[15]面。
程咬金听此言喜笑颜[16]开，樊小姐她为人心直口爽。
既[17]然见你母女说明讲亮，我回去说元帅领兵进[18]关。
夫人说多领教千岁回营，拜上那薛亲公多多放心。
程千岁离夫人回到大营，对元帅说此事大事成功[19]。
薛元帅听此言心中喜欢，这都是唐王爷洪福齐天。
传号令众三军拔寨进关，炮声响众人马进入关门。
樊梨花和母亲出关接迎，把元帅并众将接入关中。
薛元帅见夫人满脸陪[20]笑，又见那樊梨花十分美貌。
柳金花见媳妇又说又笑，叫一声我的儿见面晚了。
咬金说今日个黄道吉日，命世子入洞房花烛之喜。

[1] 盛殓：把尸体装入棺材。
[2] 葬送：指掩埋死者、出殡等事。
[3] 分付：吩咐。
[4] 整：抄本都作"正"。
[5] 冠：抄本写作"寇"。
[6] 程：抄本都作"裎"。
[7] 奉：抄本写作"顺"。
[8] 进：抄本写作"近"。

[9] 奉：抄本写作"顺"。
[10] 尊：抄本写作"遵"。
[11] 悦：抄本写作"越"。
[12] 未：抄本写作"谓"。
[13] 商：抄本写作"谪"。
[14] 亲：抄本写作"清"。
[15] 体：抄本写作"题"。
[16] 颜：抄本写作"言"。
[17] 既：抄本写作"纪"。
[18] 进：抄本写作"近"。
[19] 功：抄本写作"工"。
[20] 陪：抄本写作"培"。

元帅说老千岁言之有理[1]，命军士办喜事各行[2] 其事。拜天地拜双亲送入洞房，吃喜酒闹新房喜气洋洋。薛丁山入洞房观看分明，见小姐长喘气面带忧[3] 容。开言来叫娘子你且细听，怎不见二兄长岳父大人？樊小姐听得问头晕脑晕[4]，忍不住两眼中泪如泉[5] 涌。

却说丁山问到（道）："娘子，今日是花灯（烛）之期，众人都在，怎不见你父亲兄嫂出来相见？"小姐说："嫂嫂么（没）在寒江关，父兄身有重病，不能起床少培（陪），将军莫怪。"丁山说："你这话儿我全然不信，还要请你说个明白才好。这投唐之事，有没有价（夹）带，此乃国家大事，怎能浓囵（笼统）而行？你若不说明白，还说什么夫妻？那我就走了。"小姐见他盘问恨（很）紧，满面通红，心中想到（道）：我和他情深意重，心里话都不对人家说，那还算什么夫妻？我的周身上下都成了人家的了，还把几句话算什么要紧？再说此事迟早得说。今日已成花灯（烛），说了何妨？逐（遂）将劝父投唐、父怒跌死、飞刀自出、二兄命散（丧）说了一遍。梨花泣不成声，丁山听了大怒，骂到（道）："你这样作（做）事，真是不忠不孝之人，世界上哪有杀父兄之理？我盈（留）你必有后患，我父子性命少不了遭到你手，我替你父兄仅（报）仇。"拔出宝剑要杀。梨花说："我和你都成了夫妻了，我就有了错，你也得宽勉（恕）我，怎么拿刀弄杖？有话也该好好说吗（嘛）。"丁山骂道："把你这无耻的贱人，我和你还有什么说的？我杀了你，替你父兄仅（报）仇，凡（方）消我恨。"说着，就一剑刺来，小姐也拔剑架，说："奴家固（顾）念夫妻之情，你为何这样欺我？太不知高低了。我都有天大的冤汪（枉），一言难尽，我劝你还是忍耐一点吧。"丁山不听，又一剑砍来。梨花说："这个冤家呀，我不动手，先让你砍了这两剑，也就是了。我求你千万不要杀我。"丁山说："不杀你，留你何用？"二人就在洞房里杀得人不敢进。家人飞报元帅，元

帅听言，大吃一惊，忙传豆仙童、程金顶（陈金定）两个媳妇快去解劝。二人领了公公言令，飞步来到洞房，一看，杀得乱七八遭（糟）。豆仙童抱住小姐，那陈金定有伏虎之力，把丁山一扒（把）瓜（抓）住，甩上背，往外就走，说："我的乖乖，她就有点迟慢，你也要耐耐，怎么杀起来了？"丁山说："不要〔害〕说了。"豆仙童抱着小姐说："莫不是新娘了（子）不上床，新郎等得不耐烦了，也不能杀起来。哈哈哈，好我的妹妹了，你才与官人第一夜做新夫妻，怎么就恼起来了？三言两语也可以，怎么就像杀战一样？这个样子，以后怎么过日〔子〕哩[6]？做丈夫的也要忍耐些，做妻子的也要小心一些，才（怎）好拿刀弄杖地杀？对夫妻来说是要不得的，我劝妹妹不要这样。"小姐说："姐姐，非是妹妹不明道理，你听我说。"就（正）是：

樊梨花叫姐姐细听我说，他说我杀父兄也能杀他。

父兄死出在了无奈其间，为劝父投唐来造成冤案[7]。

我让他砍两剑承[8] 认我错，谁知他不讲理[9] 还要杀我。

你说是这样人气人不气，我不动他就要杀我一死。

为投唐一家人死得可怜[10]，他今天还要来斩草除根，

难道说我少他命债不成？说在了伤心处泪流纷纷[11]。

豆仙童听得说实是伤心，这都是他的错真没良心。

怪不得我妹妹这样生气，原来是我官人他的不是。

叫妹妹莫生气我且回去，对公爹说明白自有道理。

樊小姐叫姐姐多多谢你，他如娶[12] 我自然永不着气。

且不说豆仙童劝住梨花，再说那陈金定进帐回话。

见元帅说明了这个道理，元帅说小畜牲你就不是。

樊小姐武艺高神通广大，满营中大将们谁能敌她？

她为你来投唐全家死亡，这都是唐王爷洪福齐天。

[1] 言之有理：抄本写作"言者有礼"。
[2] 行：抄本写作"之"。
[3] 忧：抄本写作"悠"。
[4] 晕：抄本写作"用"。
[5] 泉：抄本写作"渭"。下文"泉"抄本都作"渭"。

[6] 哩：抄本都作"里"。
[7] 案：抄本写作"璨"。
[8] 承：抄本写作"成"。
[9] 理：抄本写作"礼"。
[10] 怜：抄本写作"令"。
[11] 纷纷：抄本写作"分汾"。
[12] 娶：抄本写作"取"。

为投唐直[1]闹得家破人亡，也为的她和你结[2]成良缘。

明知她本领大谁能敌她，小畜牲做此事不顾[3]国家。

第一夜你大闹倘若有变，坏[4]大事死人马怎样作战？

你快去进房去赔[5]个不是，违军令失大局军法处治[6]。

丁山说这贱人杀父杀兄，做此事要容她万万不能。

倘若是到后来杀父杀君，留下了这贱人总是祸根。

我也看这贱人迟早得变，我宁死决不能和她同房。

元帅说我为的国家大事，你任性我就要军法处治。

她生得赛天仙武艺[7]高明，哪些儿配不住你这畜牲？

丁山说今日个违了父命，我决心不要她这个贱人。

薛元帅听此言又怒又气，命军士把奴才棍打四十。

直打得薛丁山皮开肉绽，又吩咐把畜生押[8]在监中。

元帅叫程千岁听我细讲，樊小姐还请你亲[9]口相劝。

待[10]畜生回了心夫妻团圆[11]，到日后成大事相好百年。

却说程咬金奉了元帅之命来到后帐，见了梨花，笑道："小姐，今天把你虚闪一下也不要紧，总有那么一天。哈哈哈哈。"梨花说道："程公爷，你真会玩笑！"程咬金说："你的老公公命我来劝你，要看公爹之面，万事都有老罗（程）承担[12]。方才已将世子棍打四十，把你也疼怀（坏）了吧！又把他押在监中，少不得他受些磨难，自然他回心传（转）意，夫妻和好。小姐还忍耐几天吧。你是心宽量大英雄大将之才，必然明白大义也，就不用老罗（程）再说了。哈哈哈！"梨花听了此言，两眼流泪，心中暗疼丁山受罪，又感想公爹命程公爷劝我，失（实）在过意不去。带泪便说："多谢老千岁劝我，我怎能不听你言？你回去替我拜上公婆，请他们放心就是。我已立

志，等守薛门便是。"咬金听言，说："这样好心人，难得，难得，少有，少有，真是心略用正，大量宽洪（宏）的人，日后必为国家柱石、栋梁之材。"离别了梨花回禀元帅，不题。再说樊梨花哭见母亲，说知此事，要往黎山去问明师父，为什么婚姻如此阻隔不顺？问个明白，才好回家。夫人听言，满眼流泪，叫声："女儿，你当年八岁时失宗（踪）不见，家有你二兄。今日你要走了，为娘举目无亲，如何是好？为娘啥（舍）不得你去。"小姐说："母亲放心，孩儿此去就来，不比当年学艺时节。母亲放心，你听。"正是：

　　　薛仁贵起兵西征，薛丁山身遭大灾。

樊小姐急忙忙道姑打扮[13]，借土遁不一时来到黎山。

见了那黎山母叩首下拜，问师父这些时神寿无疆。

黎山母坐莲台早知其详[14]，睁善眼问徒儿身体可爽。

梨花说与弟子就这赐[15]福，把家中前后事一一说出。

师父说薛丁山和我有缘，却怎么他对我那样为难？

因何故他对我那样薄情，问师父与弟子说个分[16]明。

黎山母听此言叫声弟子，你夫妻这婚姻有个原故。

你夫妻本是那金童玉女，蟠桃会犯[17]下罪打下凡去。

在会场他和你三笑三瞪，玉帝怒打下凡三退三请。

南天门你遇[18]见披头五鬼，你见他生得丑偷笑抿[19]嘴。

五鬼星他当你和他有缘，下凡来求婚在你的身上。

他本是白虎关追墨阳凡[20]，到日后拿住他千万莫斩，

倘若是斩了他还有后患。叫弟子要牢记师傅言谈，

你二人婚姻事有些反常，到后来少不得相爱团圆。

叫弟子莫灰[21]心好好回去，随元帅往西进搭救[22]百姓。

---

[1]　直：抄本写作"这"。下文"直"偶尔写作"真"，两处写作"直"，其他都写作"这"。写作"这"时直接整理为"直"。

[2]　结：结缘、结义的"结"抄本都作"接"。

[3]　顾：抄本写作"住"。

[4]　坏：抄本写作"怀"。

[5]　赔：抄本写作"倍"。

[6]　处治：处罚；惩治。

[7]　武艺：抄本写作"艺符"。

[8]　押：抄本写作"压"。

[9]　亲：抄本写作"清"。

[10]　待：抄本都作"代"。

[11]　圆：抄本都作"园"。

[12]　承担：抄本都作"成当"。

[13]　扮：抄本写作"拌"。

[14]　详：抄本都作"祥"。

[15]　赐：抄本写作"次"。

[16]　分：抄本写作"份"。

[17]　犯：抄本写作"放"。

[18]　遇：抄本写作"迂"。

[19]　抿：抄本写作"闵"。

[20]　追墨阳凡：抄本写作"追天阳芳"。

[21]　灰：抄本写作"回"。

[22]　搭救：抄本写作"搭就"。

却说老母说："你快回去，兵到青龙关，有妖道摆下烈焰阵。我赐你金钱一个，好请仙人助阵。倘有急难，再来见我。"梨花问明前程，拜别师傅，借了土遁，不一时回到家中，母亲大喜，不题。再说薛元帅在寒江关养马半月，一日请来程千岁商（商）议往西行，多住一日，浪费国家斗金。命李庆红镇守寒江关，起兵来到青龙关，传令离关十里扎营。炮响三声，扎下营盘，明日开战。再说青龙关总兵赵大明，这日升堂，小番报到（道）："不好了，大唐薛仁贵起兵前来，势如破竹，一口吞去许多的关寨。我国的苏元帅不知逃到哪里去了，寒江关失守，樊梨花投唐，大兵来到关上。"大吃一惊："有这等事，再去打听。"赵大明便［说］："有我守关，薛蛮子[1]本领高强，也难过关。今夜衬（趁）他皮卷（疲倦），前去偷营，杀他个水血（泄）不通。"正是：

青龙关上赵大明，带领人马往前行。

一马冲到唐营前，果然唐营没有防。

忽听炮声响连天，仁贵梦中才惊醒。

翻起身来吃一惊，急忙披[2]挂上马寻。

传令众将奋勇杀，幸[3]喜众将没脱甲，

各执兵器齐上马。赵大明来进唐营，

八员唐将围住杀。大明一见难脱身，

急忙祭起化血钟。可怜[4]八员唐营将，

死在神钟丧[5]残生[6]。他们都是武夫将，

没有法术难避身。腰身一扭地下出，

大明一见来将怪，又祭血金钟打来。

豆一虎来见利害，身子一扭往下栽。

秦汉这里气上来，上前敌住赵大明。

二人大战三十回，大明又把金钟现。

秦汉一见事不好，忙借土遁把身逃。

一夜唤杀到天明，杀得人头如瓜滚。

大明得胜回了营，薛礼坐帐来点名。

却说薛元帅杀了一夜，点齐兵马，啥（折）了三千人马，战将十三名。幸得秦豆二将逃回营，来说金钟的利害。正然讲话，探子佽（报）到（道）："赵大明又来骂阵。"元帅听言大怒，急命陈金定、豆仙童两位媳妇出马。赵大明抬头一看，观见来了两员女将，大笑说："唐营的男将被我昨夜杀尽了，命女子出来弄丑。不管他三七廿一，祭起宝贝，来一个死一个。"大喝一声："你这两个毛丫头也来送死！"二女将观见大明生得古怪不善。二女将双锤双刀如雪片一样下来，大明照（招）架不住，忙祭起金钟打来。金定一见，说声不好，二人幸亏有宝驹，一踪（纵）如飞，逃回营来。赵大明追至营门大骂。程咬金说："世子丁山身带十件贵宝，有天王盔、太岁甲，邪术[7]不能上身。不免有（由）老夫保他出监，能破此人可也。"元帅说："老千岁力保，本帅敢不从命？"急忙传令监中放出薛丁山。吩咐营门外挂出勉（免）战牌。赵大明一见，哈哈大笑，收兵回营。次日，薛丁山来到营中。赵大明又来骂战，丁山一见，冲冲大怒，骂声："狗番奴，你死在眼前，还敢翟（耀）武阳卫（扬威）！可惜[8]你少爷迟来几日，伤我大将，你又多活了几天。看你那鬼样子，莫必就是赵大明吧。"大明说："你是何人？通上名来。"丁山说："你坐好马听。我乃薛元帅世子薛丁山便是，番狗吃我一戟吧。"翻（方）天戟势（劈）头刻（刺）下，赵大明险些儿跌下马来，大吃一惊，忙祭起金钟。谁知丁山头戴天王盔，身穿太岁甲，有万道霞光，金钟不能陇（笼）身，反落地下，打得粉碎。赵大明吓得魂不复（附）体，正想逃走，早被丁山当心一戟，刺下马来。丁山下马割了他的狗头，上马杀得番兵叫哭连天。元帅挥兵强（抢）关，忽见有一个道人从空下来。正是：

那道人他本是朱顶大仙，赵大明是徒弟也来阵前。

喝一声慢抢关我来出气，那关上摆下了滚木垒石。

元帅见有准[9]备鸣金收兵，传令箭在关外扎下营盘。

[1] 蛮子：抄本都作"满子"。

[2] 披：抄本写作"被"。

[3] 幸：抄本写作"辛"。

[4] 怜：抄本写作"吟"。

[5] 丧：抄本都作"表"。

[6] 生：抄写本作"身"。

[7] 邪术：抄本都作"外术"。

[8] 惜：抄本都作"希"。

[9] 准：抄本写作"渠"。

朱顶仙他连夜摆下一阵，它[1]名叫烈焰阵古来有名。

次日个那妖道前来骂阵，指名要薛丁山前来破阵。

有军报把此事报进大营，薛丁山听得报大怒冲冲。

元帅说儿出阵须要小心，要除这恶妖道先破此阵。

薛丁山领[2]了命催马出阵，抬头看那道人左道旁门。

红头发碧眼睛[3]尖嘴阔脸，长脖子短腿[4]子那个鬼像。

骂一声恶妖道快来领死，道人说你师傅王敖老祖。

赵大明他就是我的徒弟，我和你今日个见个高低[5]。

放开马直杀得雪消冰开，直杀到三十合不分胜败。

那妖道眼看看招[6]架不住，勒回马跑入阵暗中埋伏。

薛丁山不舍[7]他随后紧跟，薛元帅一见了大吃一惊。

忙吩咐豆一虎秦汉二人，又点了数十员战将出阵。

那妖道一见了心中大喜，忙取出红葫芦打开盖子。

放出了无数的烈火腾空，一霎[8]时风雷声大火满阵。

可怜[9]将十员尽都烧死，众兵马一个个不敢前去。

豆一虎和秦汉叫声不好，把身子忙一扭地下走了。

有秦汉抬起头用目观看，半空中有火起不能上天。

急忙忙借土遁也回营中，只有那薛丁山困在阵中。

幸亏他身上穿朱雀战袍，纵[10]有那冲天火不能焚烧。

　　却说秦豆二将逃回营来，说明这事。元帅一听，大吃一惊，说："这妖道师徒二人伤我战将二三十员，又见（将）我儿困在阵，奈何？奈何？这如何是好？"有柳夫人和薛金莲听说丁山困在阵中，母女吓得浑身抖动。陈金定、豆仙童出来，请令搭就（搭救）丈夫。元帅说："这个万万去不得，你去也是妄（枉）送性命。不如请程千岁去到寒江关，请三媳妇到来，能破此阵，救出丁山。她有移山捣（倒）海之法，一定能救出丁山，不怕他不负（服）她。那时夫妻成亲，自然和好。"夫人听了，说：

"王爷言者（之）有理。我再给梨花修书一封，她乃大义之人，还能不来？"把书写成，元帅接来一看说："夫人真好学文。"程咬金接书领命，飞马奔寒江关，把书呈于（与）樊小姐。小姐一看，知道丁山困在阵中，婆婆信内写得情切，不记前仇，要救出丁山。小姐想：我若不救他，违[11]了婆婆之命。也暗暗当（担）心丁山的生死，只得出来相见。施礼一毕，分宾主坐下。程咬金见道姑打拌（扮），头打双瓜吉（髻鬏），身穿道袍，腰列（勒）丝带，手挟（执）应肘（拂尘），又另有一种风流好看。也像个逍遥法外的出家人。便问："书中之情，小姐尽知，决（快）请上马。"小姐说："老千岁，你不知道。只怨奴家听从师傅之命，说我与他有缘，谁知他第一夜就把我丢弃了。我只愿（怨）自己命薄，情愿出家学道，谁管那杀杀斩斩的事儿哩上[12]。你回去多多拜上元帅、夫人，我今再不染红尘了。"正是：

　　　　樊梨花登堂点将，谢映登打破恶阵。

　　程咬金忙叫声小姐你听，这些事还要你三思而行。

　　虽然是薛丁山无情无义，也念起你公婆焉能不去？

　　你要做宽大人大量宽宏[13]，破了阵好叫我元帅进兵。

　　小姐的大功劳老夫记清，千万间顾[14]大局国家为重。

　　程千岁直说得苦口婆心，樊小姐心肠软只得答应。

　　离别了她的娘上马出关，不一日来到了青龙关前。

　　到营前程千岁先去报进，柳夫人姐妹们前来接迎。

　　樊小姐见婆婆施[15]礼赔笑，叫婆婆你老人又受[16]惊了。

　　众将们把小姐接进[17]帐中，见元帅走上前拿礼先行。

　　柳夫人和姐妹一齐坐定，薛元帅先提出要你破阵。

　　梨花说你的儿把我休后，我再不染红尘出家修行[18]。

[1]　它：抄本都作"他"。
[2]　领：抄本写作"令"。
[3]　睛：抄本写作"睁"。
[4]　腿：抄本写作"退"。
[5]　低：抄本写作"底"。
[6]　招：抄本写作"照"。
[7]　舍：抄本写作"啥"。
[8]　霎：抄本写作"妾"。
[9]　怜：抄本写作"良"。
[10]　纵：抄本写作"总"。
[11]　违：抄本写作"迀"。
[12]　哩上：语气词。
[13]　宏：抄本都作"洪"。
[14]　顾：抄本写作"故"。此抄本"顾"大部分写作"故"，还写作"住""估""固""故"等。写作"故"时直接整理为"顾"。
[15]　施：抄本写作"拾"。
[16]　受：抄本写作"守"。
[17]　进：抄本写作"近"。
[18]　修行：抄本都作"修心"。

今日个夫人的书信召[1]我，我只得且勉强前来离行。

有[2]元帅和夫人听说离分，不由得两眼中泪流纷纷[3]。

叫一声我的儿你且细听，这畜生虽薄情国家为重。

现如今小畜生困在阵中，不知死不知活性命难存。

你若是救了他重新见天，我自然做[4]了主夫妻团圆。

程咬金叫了声小姐你听，你若是破了阵表你威风。

请小姐快出兵破阵要紧，千万不要耽搁[5]世子性命。

小姐说既如此奴家出阵，同二位贤姐姐去救他命。

先去看什么阵再来开兵，三个人一同儿去观恶阵。

元帅说我的儿见识高明，赛张良胜诸葛兵法精通。

命女儿薛金莲一同前去，四女将一同儿出了大营。

樊小姐仍[6]然是道姑打扮，上了马带上了精兵三千。

到番营抬起头四下一看，对金莲豆仙童金定开言。

这妖道果然是仙机妙传，观此阵真凶险非同小可[7]。

若不是先来看难破此阵，你就有千员将白[8]送性命。

薛金莲问嫂嫂此阵如何，怎破得快搭[9]救我的哥哥。

小姐说此阵叫烈焰大阵，是周朝十绝[10]阵第九恶阵。

这人儿进了阵化成灰了，幸亏得你哥哥身带贵宝。

也是他没良心受[11]此磨难，如不然一同来不让他闯。

虽然是在阵中身受大害，难满了他自然出此阵来。

若要我破此阵掌握帅印，发号令率[12]众将召请仙人。

请来了众仙人能破此阵，救出来你哥哥我急回程。

叫嫂嫂你若是能破恶阵，我去对父帅说让你帅印。

我嫂嫂掌兵权救出哥哥，我哥哥他爱您给您道谢。

小姐说这里是什么地方？叫姑娘你莫要喜笑开玩。

樊小姐暗暗地心中喜欢，天保佑和良人早早成双。

说姑娘安[13]慰我你的嘴薄，但[14]不知你哥哥心中如何。

现如今我四人先回营中，把此阵利和害一一说明。

姑嫂们待回马将要回营，有小番进阵去说给道人。

叫师傅有四员女将看阵，朱顶仙冲冲怒大吼一声。

骑[15]上马手带剑[16]出了阵门，骂一声大胆的贱婆你听。

你胆敢来偷看我的大阵，不要走吃我剑飞马前行。

樊梨花勒住马叫声妖道，你慢来少放屁看我法宝。

拔[17]出了诛仙剑登在空中，那道人他一见吓掉[18]三魂。

他急忙逃回了那个阵中，梨花说你也识我剑有名。

他也知我的这宝贝利害，到[19]时辰怎能饶[20]你的狗命。

忙收了诛仙剑四人回营，见元帅和夫人说知其情。

却说元帅问道："你们看阵如何？"金莲答道："我嫂嫂深知仙机。她看了恶阵说：'此阵是周纣交兵时左道旁[21]门十家道人摆过的十绝阵中的第九大阵，名曰烈焰阵。凡人进阵，化为灰尘。'幸亏哥哥有法宝护身。要破此阵，必须挂帅掌权，发兵调将，请来众仙，可破此阵。不知爹爹意下如何？"元帅听了女儿这方（番）理论之言，心中大喜："请你嫂嫂破阵，先听主张。"于是急传号令："大小三军，明日三媳妇开兵点将，挂帅掌权，大小三军，小心听点，违令者斩。"梨花说道："多谢元帅恩宽，孩儿是（实）在也不敢当。"元帅说："我这帅印，迟早非你替我。破阵后急须（继续）掌印才实（是）。"小姐说："那如何能成？"次日，梨花脱了道服，顶盔贯甲，扬蟒扎靠，名（鸣）锣吹号，大坐白虎宝帐。观见元帅手捧兵付

[1] 召：抄本写作"昭"。
[2] 有：抄本写作"又"。
[3] 纷纷：抄本写作"汾汾"。
[4] 做：抄本写作"作"。
[5] 耽搁：抄本写作"当格"。
[6] 仍：抄本写作"乃"。
[7] 可：抄本写作"看"。
[8] 白：抄本写作"别"。
[9] 搭：抄本写作"答"。
[10] 绝：抄本写作"爵"。
[11] 受：抄本写作"守"。
[12] 率：抄本都作"帅"。

[13] 安：抄本写作"按"。
[14] 但：抄本写作"当"。
[15] 骑：抄本写作"奇"。
[16] 剑：抄本写作"钊"。
[17] 拔：抄本写作"拨"。
[18] 掉：抄本写作"吊"。
[19] 到：抄本写作"绕"。
[20] 饶：抄本写作"晓"。
[21] 旁：抄本写作"迭"。

（符）——九头狮子元帅大印出内帐。梨花急忙下阶，赔罪说道："元帅在上，我贫道今天为破恶阵，另外发兵调将，岂敢妄图虎威矣，事后补罪，还望否（恕）罪。"说罢，［上］前叩头下拜。柳夫人上前，亲手扶起，说声："媳妇，今日全丈（仗）你出兵破阵，为着国家大事，也为你丈夫死活，何必多礼，快快起来接印点将吧。"梨花只得坐帐。元帅送上大印，梨花双手接过，放在公案，拜印一必（毕），众将上前说："我等甲胄（胄）在身，不能全礼，新元帅否（恕）罪。"梨花说："岂敢！岂敢！各位将军请列两边，贫道暂且掌权帅印，听后（候）发令，各各肃静听点。秦将军听令！"秦汉应声过来，梨花说："你把手伸来，我给你画五雷符一道。你有钻天帽，飞在空中，等他上天，手指掌心雷打下来，不然他逃了。"秦汉令（领）命，飞上云端。又命豆将军伸手来，画了阴（隐）身符一道："等他入地时，不可放走。你能地腹（府）行走。"豆一虎扭身入地去了。"豆仙童听令，与你青龙旗一面，守住东方，不得有违。"又命薛金莲听令，金莲说："我的元帅嫂嫂，吩咐吧。"梨花说："与你红旗一面，守住南方，不得有违。"金莲说："得令，得令。"提枪上马去了。又命程（陈）金定听令："与你黄（白）［旗］一面，守住西方，不要放走妖道。速去莫悟（误）。"又命先锋罗章："与你黑旗一面，守住北方。"罗章去了。梨花自掌黄龙旗，率众进入中原（央）而来。这阵中烈火腾空，烧得四面通红。金莲一见："天啊，我哥哥就是铁铸的也炼化了。"不由得泪如泉涌。梨花忽记起：师父赠我金钱。急忙取出，口中念到（道）："金钱一个，祖师传下，特请仙人消灭烈火。"念毕，摆下金钱。忽见一朵红云落下，现出一位仙人来，手持宝剑，头戴一顶逍遥巾，红面长须，布衣道服。梨花一见，忙忙合掌吉（稽）首道："上仙留名。"那人道："我乃蓬莱山散仙谢艮（映）登是也，前来助你破阵。"梨花说："既蒙大仙下凡，请你消灭烈火，拿住妖道，不要放走这助恶压善的妖怪。"正是：

谢映登听此言解下葫芦，揭开了水晶盖放出宝物。

倒出来雪白片寒光射人，霎时间变成了一条寒龙。

那寒龙腰一纵[1]起在空中，眼如铃爪如钩[2]口似血盆。

摇着头摆着尾口吐乌云，霎时间满天空大雨倾盆。

立刻间平地水三尺多深，灭了火反把那焦[3]土冻冰。

朱顶仙一见了心想逃跑，抬头看谢映登立在云端。

谢映登在云头大喊一声，骂妖道哪里逃吃我一剑。

朱顶仙从背上生出两翼[4]，急忙忙飞天空往东逃去。

豆仙童把青旗往空一展，吓得那朱顶仙胆战心寒。

见青旗足有那一亩三分，那青龙十丈余张口吞人。

又见那豆仙童手拿双刀，杀过来如猛虎难以脱逃。

扭回头往南跑红旗挡定，薛金莲提双锤赛过瘟[5]神。

一只锤二百斤两只四百，打过来好像那流星赶[6]月。

扭回头往西逃白旗挡定，陈金定执[7]画[8]戟赛过蛟[9]龙。

往北逃又有那黑旗挡定，天连地水连天黑咕[10]洞洞。

罗先锋黑地里大喊一声，梨花枪如雨点万箭穿心。

起双翼想从那空中逃走，有秦汉在空中如同[11]雷吼。

手指着掌心雷劈头打下，吓得那朱顶仙心如油炸[12]。

收双翅一跟[13]头撞在地下，豆一虎他一见喜笑哈哈。

骂妖道你要想地府[14]逃去，豆爷爷在这里等你多时。

开手掌照他拍如同雷响，手拿着黄金棍势不可当。

朱顶仙见此人大吃一惊，他只得忙飞身上天逃命。

有秦汉见了他把手一翻，半空中霹雳响雷叱电闪。

朱顶仙从空中一个跟头，跌下地翻起身还想逃走。

有秦汉追随[15]他落到地下，手提起狼牙棒照头就打。

[1] 纵：抄本写作"踪"。

[2] 钩：抄本写作"钓"。

[3] 焦：抄本写作"交"。

[4] 翼：抄本都作"異"。

[5] 瘟：抄本写作"温"。

[6] 赶：抄本写作"迁"。

[7] 执：抄本写作"扶"。

[8] 画：抄本写作"函"。

[9] 蛟：抄本写作"交"。

[10] 咕：抄本写作"古"。

[11] 同：抄本写作"通"。

[12] 炸：抄本写作"扎"。

[13] 跟：跟头、跟前的"跟"抄本都作"根"。

[14] 府：抄本写作"服"。

[15] 随：抄本写作"他"。

谢映登同来个肉头老人，叫一声小侄孙住手莫动。

有秦汉在那里怒气冲冲，你叫我小侄孙你是何人？

却说秦汉举起狼牙棒照谢映登打来，那肉头老儿用手一指，秦汉就动当（弹）不动了。口里骂道："你们这些道人，讨人的便宜。"谢映登说："你爷爷名叫秦琼[1]，我叫谢映登，我们都是瓦岗寨结义弟兄。你怎么不是侄孙？"说着哈哈大笑。梨花说："秦将［军］休得无礼！真的，这是上界大仙谢映登，这位是南极仙翁。"秦汉听了，说："原来如此。"倒身下拜，又拜过南极仙翁："请问祖父，这妖道是什么物件变成的？怎么有这烈火烧人？叫他现个原形，我们大家看一看。"南极仙念动真言，大喝一声："业畜，还不快现原形？"朱顶仙此时无奈，就地一滚，变成了雪白一只仙鹤。众将齐声大笑。秦汉说："你这老人家，一不小心放走这么个编（扁）毛[2]，害了我国多少人马、几十员战将？"南极仙［翁］不言，跨鹤而去，大家望空一拜。谢映登便说："樊梨花，你的丈夫身困阵中。我收了寒龙，你进阵去救出你丈夫，必有团圆之日。我便去也。"化一阵清风无影无踪了。众将望空一拜，一同入阵答（搭）救丁山。正是：

> 当年结义瓦岗寨，随[3]世离辟出三界。
>
> 曾在世外学大道，方知假人变真人。

樊小姐率众将进入阵中，火光灭众番兵无影无踪。

又只见薛丁山如醉不醒，这一次他身体大大受损。

薛丁山梦悠悠三回九转[4]，不一时睁双眼不看不言。

樊小姐忙取出一个丹[5]丸，扶[6]着他送入口揉着胸膛[7]。

不一时腹[8]内响口吐黄水，睁开眼先认着自己妹妹。

薛金莲见哥哥如梦初醒，叫一声我哥哥有了活命。

多亏了三嫂嫂救了你命，如不然你怎能死而复生？

薛丁山泪汪汪半吐半言，樊小姐背过身不敢再望。

豆仙童陈金定各各心酸，丁山说莫必是梦中相见。

豆仙童叫丈夫气常心定，这都是梨花妹救了你命。

金莲说快上马回上大营，今夜晚和嫂嫂再次成亲。

劝哥哥从今后夫妻和好，再不要没良心得罪嫂嫂。

薛丁山见梨花一言不发，拍战马跑出阵并不答话。

樊小姐见此情头晕耳鸣，不由得两眼中泪如泉涌。

茶[9]呆呆在那边动也不动，薛金莲豆仙童上前扶定。

叫嫂嫂莫管他且放宽心，我爹爹作了主由他不成？

樊小姐叫姑娘咽喉哽哽[10]，苦命人做[11]好事也是苦命。

我有情他无义心挨冷冰，倒[12]叫我枉[13]费心一场皆[14]空。

泪汪汪上了马回营交印，寒江关离母亲出家修行。

姑嫂们锁双眉回上大营，薛元帅领众将杀入关中。

杀进了青龙关[15]不见番兵，吩咐声众将官镇抚安民。

回营来见丁山来见父亲，元帅说多亏了梨花破阵。

樊小姐法术高破阵有功，今夜晚新夫妻和好赔情。

从今后莫再要伤她感情，再不要胡吵[16]闹违了父命。

薛丁山连声说万万不可，樊梨花为唐将有何不可？

与国家出大力从有功劳，争功劳封高官我决不要。

坐高官受厚禄[17]有何不可？因何故偏偏[18]而硬要配我。

人生在天地间忠孝为先，她不孝我怎能和她成双？

却说薛元帅听了此言，气得扑（拍）案大怒，骂到（道）："你这不识高低的畜生！樊梨花真心为你，你编编（偏偏）不从，又威（违）父命。"喝令军士重责不饶。丁山说："儿情原（愿）受责，亲事绝不顺从。"元帅见他决意不从，十分大怒，吩咐军士："见（将）这畜生与我吊

[1] 琼：抄本都作"穷"。
[2] 扁毛：鸟羽。常用来指畜生。
[3] 随：抄本写作"道"。
[4] 转：抄本写作"传"。
[5] 丹：抄本写作"旦"。
[6] 扶：抄本写作"扶"。
[7] 膛：抄本写作"堂"。
[8] 腹：抄本写作"服"。

[9] 茶：傻。抄本写作"慑"。
[10] 哽哽：哽咽。
[11] 做：抄本写作"作"。
[12] 倒：抄本写作"到"。
[13] 枉：抄本写作"汪"。
[14] 皆：抄本写作"介"。
[15] 关：抄本脱。
[16] 吵：抄本写作"抄"。
[17] 禄：抄本写作"录"。
[18] 偏偏：抄本写作"遍遍"。

起。"众[人]上前求情，便劝丁山不要违抗父命："这也难逃不孝之名，怎受这疼（痛）苦？再说樊小姐有救命之恩，西地妖人〔已〕多，还得小姐出力。顺元帅之命岂不是忠孝双全吗？小将军何不三思而行？"丁山说："我死也不从。"元帅见此光景，吩咐上了形（刑）具，下在天牢。梨花见此光景，不由得泪流满脸，只得上前禀道："元帅不必生气，贫道就此拜别了。"再拜夫人、姑娘、众位姐妹："你们好好保重身体。"金莲坠（缒）住梨花，泣不成声地说："我啥（舍）不得嫂嫂你。我的好心的嫂嫂啊！啊！啊！啊！"众将、夫人、姐妹各各双手擦（掩）面，不敢正看。夫人泪眼濛濛（蒙蒙）地说："虽然丁山无情无义，还望媳妇看我公婆之[面]忍耐等候。你有大功，圣旨下来，分（封）赠与你。且慢慢降服这个畜生回心传（转）意，然后团圆有期。"金定、仙童也劝道："妹妹，你是有度量、心中明白一切的人，念起公婆、姐妹爱你之心，但愿早平西方得胜回，有圣上作主，他敢不从亲事吗？"薛金莲带哭带劝地说："嫂嫂且放宽心，虽没成亲，你也是薛家的媳妇了。我们三人还望嫂嫂给我们教些兵法、武艺呢，常在一块儿谈心说话多好，望你千万不要回去牙（呀）！啊！啊！啊！我的好嫂嫂呀！哎！哎！哎！"梨花摸着金莲的头发说："姑娘，婆婆，你们大家留我，我也不怨恨他人，只怨我这命薄，命苦。因我母亲年迈，无人奉养，多谢你好心，我一定要回寒江关，使（侍）奉母亲，后自有会期。"元帅看来留她不住，备快车送她。姑嫂三人送出青龙关，流[泪]而别。正是：

　　　　黄叶纷纷[1]下，四人对面泣。

　　　　百鸟点头哀，□公住□呆。

　　且不说樊梨花侍奉母亲，再说那大元帅起兵西进。

　　留下了姜兴霸镇守青龙，炮声响起了营大军滚动。

　　有罗章带大军前边[2]开道，走过了多少的沙漠荒郊。

　　不几日来到了朱雀关前，传令箭放三炮扎下营盘。

　　且不说薛元帅安营下寨，再说那朱雀关军报往来。

　　此关上坐的个总兵番将，他名叫趋来太武艺高强。

[1]　纷纷：抄本写作"吩吩"。
[2]　边：抄本写作"遍"。

薛元帅传来了程老将军，你与我把此关细说一番[3]。

你常在西番住此地来往，这里的一切事你知其详。

程老将叫元帅细听我讲，趋来太他本是左道之仙。

他生得面貌恶亚赛[4]鬼判，使一个花月斧[5]万将难当。

且不说他的那武艺精通，还有那异[6]人传邪术伤人。

更有那仙灵塔一件贵宝，此塔内藏火龙一十四条。

上阵时放出来张牙舞爪，张大口吐烈火伤人不了。

罗先锋听此言哈哈大笑，我一定要杀他什么不了。

老将军休长[7]他别人之能，这样讲是灭[8]了自己威风。

前日个烈火阵尚[9]且破了，何况这一个塔破它不了？

我不免就此去取了此关，杀了他免得他再来偷营。

元帅说先行去不要大意[10]，罗章说我一定走马取关。

带人马来到了朱雀关前，叫军士大声骂高声呼喊。

关门开放出来一队人马，将和将不答话一阵好杀。

见罗章年纪轻[11]全不在心，花月斧往下砍劈[12]头盖顶。

有罗章把长枪往上一挡，花月斧挡在空落在地面。

那番将在马上手足乱动，哇[13]呀呀呀小蛮子力大过人。

勒[14]回马走如飞往外逃去，那口中不住[15]说好大力气。

有[16]罗章随后[17]赶[18]手起一枪，趋来太那匹马一纵[19]几丈。

[3]　番：本句和下句两个"番"抄本都作"方"。
[4]　亚赛：抄本都写作"压赛"。
[5]　斧：抄本写作"爷"。
[6]　异：抄本写作"艺"。
[7]　长：抄本写作"展"。
[8]　灭：抄本写作"逓"。
[9]　尚：抄本写作"上"。
[10]　意：抄本写作"另"。
[11]　纪轻：二字抄本写作"季清"。
[12]　砍劈：二字抄本写作"砍势"。
[13]　哇：抄本写作"娃"。
[14]　勒：抄本写作"列"。
[15]　住：抄本写作"佸"。
[16]　有：抄本写作"又"。
[17]　后：抄本写作"石"。
[18]　赶：抄本写作"迁"。
[19]　纵：抄本写作"踪"。

吓得那趋来太哎呀大唤，多亏马躲[1]过了他这一枪。

那番狗一面逃不敢乱行，忙取出仙灵塔起在空中。

> 败将不可追，追者必有亏。
>
> 你有你的力，他有他的能。

却说罗章一见他取物，抬头一看，此物利害，有十几条火龙吐出火来。烧得三军不敢前进，被番兵团团围住，不能脱身。罗章大怒，枪似（使）如雨点，横帚（扫）直刺，把那根枪舞得一团白光，周卫（围）的番兵好像磨下麸片，尸体成山，血流成河。怎耐人如牛毛，我一人马杀上十天也杀不完。有深（探）马报知元帅，元帅一听大吃一惊，急命秦汉、豆一虎前去搭救。又命众将："我一齐上马催阵。"秦豆二将奉［命］来到关前，观见番兵围住罗章。二人奋勇杀退番兵，冲入阵中，趋来太忙来敌（抵）挡。罗章杀成红人、红马，见来救兵，上前冲杀。趋来太挡不住三种兵刃，忙又祭起火龙塔。罗章知道利害，拍［马］回阵，秦豆二将接（借）土道（遁）逃回。前日烈火烧怕，元帅在门旗下看见，大吃一惊，说："前日遇烈火阵，如今又有火龙伤人。我兵如何前进？"隐（急）忙鸣金收兵，趋来太得胜回关。元帅传令各营备强弓利箭，提防贼人偷营。对程千岁说："我征东容易，征西还到（倒）甚难，关关有妖人、妖道邪术伤人，怎能破这火龙？"程咬金说："待我再保丁山出监破法。"元帅说："就依老千岁之言而行。"咬金急忙上马，不几日来到青龙关，监中放出薛丁山。正是：

> 两鬓[2]白发似银[3]霜，为国搬[4]兵不搬将。
>
> 不顾风沙千里行，百岁还是战场人。
>
> 西地除了鬼弄灯，谁能敌过天朝人。

且放下这闲话言归[5]正传，再说那程公爷放出丁山。

程公爷把前后一一说明，丁山说西方地尽是妖人。

自古说国家亡妖孽作乱，此一去除了妖兵进西方。

爷儿们说着话马不停蹄，恨不得生双翅飞上天去。

来到了朱雀关急忙进帐，拜过了老母亲又拜宗堂。

元帅说又多亏千岁劳神，心不忍百岁人千里独行。

咬金说为国家何言费劳，这都怨西辽国鬼多人少。

不是妖就是怪苦害良民，为救苦劳点神有甚要紧[6]。

薛元帅叫一声丁山你听，你几次违父命罪不在轻。

此一去破了阵将功[7]折罪，如不然按军法二罪归[8]一。

薛丁山叫爹爹你且心宽，这个阵全放在孩儿身上。

得了令上了马冲到阵门，骂[9]一声狗番[10]奴快来送命。

小达儿急忙忙报知主将，薛丁山在关外叫骂连天。

趋来太听得报大发雷霆，上战马提大斧冲出关门。

飞迎着薛丁山一场大战，他二人直杀得天昏[11]地暗。

趋来太说利害不能招[12]架，趋忙忙又取出仙灵宝塔。

薛丁山见番狗又照旧章，忙取出玄天弓搭上神箭。

照定那仙灵塔开弓放箭，叱雷响塔落地打得稀[13]烂。

吓得那趋来太手忙足乱，被丁山一画戟倒[14]出肚肠。

薛丁山下了马取了首级[15]，喝三军杀上前快来抢[16]关。

忽听得半空中有人大喊，骂一声薛丁山休得逞[17]强。

从天上来一人手执双鞭，不答话近[18]前来一场恶战。

见那人真难看青脸红发，眼如铃口似血两个獠[19]牙。

叫一声薛丁山你个业畜，我本是仙山的牛头祖师。

我与你同道门伤我徒弟，今特来报仇恨取你首级[20]。

薛丁山把画戟紧得一紧，骂一声怪野畜是鬼是人。

---

[1] 躲：抄本写作"拶"。

[2] 鬓：抄本写作"并"。

[3] 银：抄本都作"艮"。

[4] 搬：本句两个"搬"抄本都作"帮"。

[5] 言归：抄本写作"秀打"。

[6] 紧：抄本写作"尽"。

[7] 将功：抄本写作"见工"。

[8] 归：抄本写作"追"。

[9] 骂：抄本写作"吗"。

[10] 番：抄本写作"双"。

[11] 昏：抄本写作"红"。

[12] 招：抄本写作"照"。

[13] 稀：抄本写作"希"。

[14] 倒：抄本写作"边"。

[15] 级：抄本写作"记"。

[16] 抢：抄本写作"强"。

[17] 逞：抄本写作"程"。

[18] 近：抄本写作"进"。

[19] 獠：抄本写作"辽"。

[20] 级：抄本写作"记"。

西方地尽出这野物鬼怪，好百姓恨[1]他们受[2]尽苦害。

你少爷一到来一个不留，谁管你害人虫牛头驴头。

带说着方[3]天戟劈[4]头刺[5]下，震得那牛头鬼两膀酸麻。

那牛头大惊色好不利害，小心战十几合无可无奈。

忙祭起打仙鞭起在空中，薛丁山见此物拍马回营。

若不是身带着十件贵宝，今日个见此物性命难逃。

进营来对父帅细说前情，儿杀了趋来太又来妖人。

元帅说到一关就有妖人，尽都是不务[6]正左道旁[7]门，

那妖怪要害人阻[8]挡我兵。忙吩咐众三军多加小心。

且再说那妖人牛头马面，见丁山败回去也不追赶[9]。

连忙地在关前摆下一阵，有四门并八方摆得齐全。

回进关小番儿摆上酒席，那道人他吃得不太合意。

呼小番你听我细说仔[10]细，龙渊山我每日要吃生的，

有活猪并活羊取来我吃。小番儿急忙忙山中去取。

那道人见猪羊心中大喜，手拿刀向猪羊心窝挖去。

挖出来猪羊的肠肚心肝，张大口就好像狼吞虎咽。

再然后削下肉吃个精[11]光，才叫声快拿水要喝一缸。

小番儿扛去了一缸冷水，顿时间他喝干好像饮驴。

又叫声把大缸快快添满，脱去衣跳进[12]缸呼睡鼻响。

小番儿见那样大家好笑，我从来没见过那样睡觉。

世界上出这样怪人很[13]少，也是我西方国不祥之兆。

先不管由他去退了唐兵，我大家落安然也倒[14]安心。

国家将[15]兴，必有贞祥。

国家将亡，妖孽作乱。

国正天行顺，官清民自安。

妻贤夫自爱，子孝父心宽。

却说大唐元帅薛仁贵，同众将来到阵前观看，见那阵中番旗播（插）满，杀气冲天，隐隐听毛（猫）嗥[16]鬼叫，不知此阵何名。正在思想，忽听阵内大喊一声："谁在那里偷看？"冲出一个道人来，手拿双鞭，杀件（将）出来，一看阵人旗号，高声叫道："薛仁贵，我闻你名震天下，跨海征东。你若能破我此阵，我劝国王投降；若不能破，我要杀你个偏（片）甲不回。"元帅听了此言，真（直）气得三神暴跳，七窍生烟，大怒，说到（道）："谁与我捉此妖道？"闪出丁山，说："你儿去杀这怪物。"元帅说："能[17]要小心。"丁山说声"得令"，冲出旗门，不上十个回合，道人进阵去了。丁山见了大怒，拍马追入阵中。元帅一见，恐怕出事，忙命秦豆二将助战。三人把道人围住，杀得道人手忙足乱，敌当不住，忙取出葫芦，倒（祭）起空中，到（倒）出洪水，平地水深一丈，三军掩（淹）到水里。秦豆二将加（借）土遁逃回，说知此事。有柳夫人和金莲小姐、豆仙童、程全（陈金）定各哭声大放，说："这回完了。"不知他性命如何，且听下念。

正是：

一盏孤[18]灯照夜台，全家哭得泪满腮。

丁山三魂随[19]梦飞，不知明天来不来。

薛金莲叫母亲细听我言，这都是我哥哥任性太强。

倘若是三嫂嫂今在此间，绝没有今日的这场祸端。

元帅听这些话道理果真，开言来叫一声程老千翁。

今日个这贼人如此猖狂，又是火又是水实实难当。

我三军旦[20]不能往西而进，有国家和人民不得安宁。

如不然请千岁再走一趟，请来了梨花媳破阵开关。

咬金说前个月奉[21]命去请，答应她成花烛[22]她才破阵。

[1] 恨：抄本写作"很"。
[2] 受：抄本写作"守"。
[3] 方：抄本写作"双"。
[4] 劈：抄本写作"势"。
[5] 刺：抄本写作"刻"。
[6] 务：抄本写作"如"。
[7] 旁：抄本写作"遵"。
[8] 阻：抄本写作"组"。
[9] 赶：抄本写作"迁"。
[10] 仔：抄本写作"子"。
[11] 精：抄本写作"尽"。
[12] 进：抄本写作"近"。
[13] 很：抄本写作"恨"。
[14] 倒：抄本写作"边"。
[15] 将：四句四言韵文中两个"将"抄本都作"见"。
[16] 嗥：抄本写作"嗃"。
[17] 能：宁可。
[18] 盏孤：二字抄本写作"章主"。
[19] 随：抄本写作"遒"。
[20] 旦：如果。抄本写作"但"。
[21] 奉：抄本写作"顺"。
[22] 烛：抄本写作"灯"。

破阵后你的儿依旧不成，我看她回去时恨骂之声。

此一去见了她有口难开，她说我说白话一定不来。

我这样年大人说话不准，你叫我走远路枉[1]费心情。

元帅说事在急用兵一时，还靠你老千岁请你前去。

你去到寒江关善言好语，请她来破了阵就办婚礼。

咬金说你叫我常[2]把人哄，这一回哄不信劳而无功。

这得我老着脸再走一遭，带干粮别元帅上马走了。

早起身晚站店不顾风寒，不一日来到了寒江关上。

心中想她今日要能动身，离不了说白话哄她一哄。

说丁山心转变和她成亲，或[3]者来或不来也未可定。

算计好进了关来到辕门，请声那三军们快去通禀[4]，

就说是程公爷要来见她。门官问老千岁兵行哪达[5]，

咬金说行到了朱[6]雀关前，薛丁山悔了心出了牢门。

我前来请小姐前去结婚，烦你们快通报小姐夫人。

那门官听得说欢天喜地，急忙忙报知那小姐夫人。

夫人说昨夜晚灯花结彩，清早间见喜鹊临门而来。

果然是你丈夫回心转意，又烦[7]劳程千岁前来请你。

小姐说薛世子无情无义，他哪里还有那回心转意[8]。

今日个远路上来把我请，定是那军马兵不能前进。

夫人说不管那破阵做亲，老千岁远路来应当请进。

且请进见了面看他说话，就知道他请你是真是假。

　　　　长城万里长，长江万里滚。

　　　　这都不算长，最[9]长梨花心。

却说小姐听了，出来迎接千岁进堂，分宾主坐定。夫人问："老千岁不远千里而来，有何贵迁（干）？"咬金说："老夫前来与你贺喜来的。今薛世子回心转忌（意），夫妻想（相）会。老夫前来请小姐前去完婚。"夫人听了，半信半疑，目看女儿。小姐说："母亲，薛丁山这个

冤家回心是万万不能的。千岁前来，一定又是大军不能前进，叫我前去破阵。前次没有把我羞死在青龙关，千岁你还心不甘[10]吧？我再也不上你的蛋（当）了。"咬金听言，暗暗配腹（佩服），果然知（智）略过人，英明生就的帅才！只得开言大笑，说："小姐，你不信吗？难道老夫遍（骗）你不成？请你快快收拾前去，自然你夫妻团圆，到后来你才知道老夫是个好人哩。我活了八十九岁，还没说过个白话，这回要保不成，我这媒人再也没脸上你娘家门来了。我来的时候丁山还说'你快去快来'。哈哈哈，此时他一今（已经）等腻了，你还是快点吧。"梨花明明知道是没有的事，可是一听这样说，情不自净（禁），心跳气喘，声音抖动地说："你老又来宽我的心，谁听你那白话？"夫人见老千岁这样言语请谈，叫声："女儿，须听老千岁说话才好。"小姐见母亲那样催她，便顺水推舟，说："我本不想去，母亲催我，你也说得可怜，不是怕那人儿等得可怜。这回要有变，再休来见我。你先回，我领兵随后就到。"咬金暗想总算把她偏（骗）信了，便说："小姐还是快点，这十万大军，日用国家斗金。早日完婚后大军前进，你是知道的。"樊梨花笑道："你走吧，少给我灌上点迷魂汤吧，我依今（已经）答应了。"咬金哈哈大笑，离别上马去了。正是：

　　　　多情的小姐不作假，无情人替说有情话。

　　　　一个为的早开兵，一个为的心上的人。

且不说程咬金上马加鞭，再说那樊小姐心花怒放。

脱道服穿盔甲武装打扮，离母亲带女兵心如闪电。

似天空鸿雁飞心中喜欢，莫必是这一回夫妻团圆。

此一去若与[11]那良人配合，心中有千万话怎对他学[12]。

第一夜头一句说个啥哩？想在此不由得耳红面赤。

假[13]若是老天爷随人心愿，樊梨花死久后倒[14]也心甘。

心中想脸上笑快马加鞭，问人说走大路多走几天。

[1]　枉：抄本写作"汪"。
[2]　常：抄本写作"长"。
[3]　或：抄本都"和"。
[4]　禀：抄本写作"谭"。
[5]　哪达：哪里。
[6]　朱：抄本写作"未"。
[7]　烦：抄本写作"耐"。
[8]　意：抄本写作"忌"。
[9]　最：抄本写作"罪"。

[10]　甘：抄本都作"干"。
[11]　与：抄本写作"于"。
[12]　学：诉说。
[13]　假：抄本写作"加"。
[14]　倒：抄本写作"边"。

叫军士就从那小路前进，走十天就能和亲人相逢[1]。

只[2]行走忽[3]听得人声呐喊[4]，军士报有强盗劫路要钱。

山名叫翠云山山高路险[5]，山里面有一个八角宝殿。

此山上有一个坐山大王，他名叫薛应龙青春少年。

那大王占住山不服王法，来往的那客商不敢惹他。

樊小姐在马上用目细盯，见一位少年将横马当道。

哪里的小毛贼在此胡行？真来是小孩子目不识人。

薛应龙听声音好似银铃，观花容又好像汉朝昭君。

世界上还[6]有这美貌佳[7]人，又见她扭着嘴杏眼圆睁。

叫女娘我不要买路银钱，你与我作夫妻随我上山。

樊小姐听此言冲冲大怒，你错认定盘星也不害[8]羞。

杀过我就给你买路银钱，杀不过你与我当个儿郎。

应龙说你说的倒[9]也稀罕，来来来跨过马你我玩玩。

樊梨花没回话一刀砍去，那小将说丫头好大力气。

薛应龙用尽了平身（生）之力，怎当得樊小姐神勇法力。

几回合杀得他汗流满面，大败走心想[10]着逃上山去。

樊小姐见他逃伸过粉手，捉下马丢在地气喘吁吁。

小姐说我的儿方才有言，捉了你你就该[11]拜我为娘。

有军士拿绳来就要捆绑[12]，小姐说莫绑他看他上天。

却说应龙听了，急忙下拜，口称[13]："母亲，孩儿有言在先，谢过母亲不杀之恩，伺（伺）候母亲就是。不知母亲姓甚名谁？哪里人氏？带兵何事？"小姐把前后细说一便（遍），问道："我儿，我看你不是下流之人，怎么在此处落草？"应龙道："说起话长。我乃大唐薛举的四贝

[1] 相逢：抄本写作"先锋"。
[2] 只：抄本写作"止"。
[3] 忽：抄本写作"唿"。
[4] 喊：抄本写作"唤"。
[5] 险：抄本写作"俭"。
[6] 还：抄本写作"不"。
[7] 佳：抄本写作"住"。
[8] 害：抄本写作"咳"。
[9] 倒：抄本写作"边"。
[10] 想：抄本写作"相"。
[11] 该：抄本写作"刻"。
[12] 绑：本句和下句两个"绑"抄本都作"板"。其他"绑"字抄本都作"捬"。
[13] 称：抄本都作"程"。

（辈）贤孙，昔日爷爷伐西，我父与番邦刘备达的女儿成亲，生我一人，名叫薛应龙。父母双亡，我站（占）据翠云山八角殿。今天冒[14]放（犯）母亲，刻（该）死！"小姐听了说："也奇怪，怎么你也是天朝人？又性（姓）薛，改（该）是我的儿子。你快收拾山上钱粮、兵器，随娘唐营认你爹爹去。"应龙上山，拿了一半，留下一半，叫人看管，带了少数人马下山同行。小姐说："就认你作个先锋，开路搭桥。"不几日来到唐营，军士报知元帅、夫人知道。夫人说："程千岁尚未到来，三媳妇到（倒）先来了。"忙叫豆仙童、陈金定、薛金莲出去迎接。梨花一见，说："哎呀！"急忙下马握手拥抱，说："何劳姑娘、姐姐前来远迎。"正是：

薛金莲见嫂嫂又哭又笑，你一去几个月想坏我了。

小姐说多谢你好心念我，这此去都怪着你的哥哥。

她四人拉着手一同前行，又吩咐薛应龙随我进营。

进营来眼含[15]泪拜见公婆，叫应龙忙跪倒一一拜过。

薛元帅和夫人喜之不尽，问三媳樊亲家身体安宁。

大家见薛应龙满心欢喜，薛金莲问嫂嫂他在哪里。

樊小姐听着问叫声姑娘，就把那前后事细说一遍[16]。

程千岁他说你哥哥回心，我今日要见他是假是真。

薛金莲叫嫂嫂你且细听，我哥被妖道困在阵中央[17]。

程千岁要你来破了此阵，救出他一定能和你成亲。

樊梨花听一言两眼大瞪，薛金莲把前后一一说明。

茶[18]呆呆坐一边[19]不言不语，沉着脸噘着嘴[20]紧锁双眉。

柳夫人走上前握住双手，叫我儿莫生气细听来由。

自你去把丁山押在牢里，儿在东娘在西每日哭啼。

实想说放出他立功戴[21]罪，谁料[22]想又把他困在

[14] 冒：抄本都作"茂"。
[15] 含：抄本写作"舍"。
[16] 遍：抄本写作"便"。
[17] 央：抄本写作"中"。
[18] 茶：抄本写作"喢"。
[19] 边：抄本写作"偏"。
[20] 噘着嘴：表示生气。噘：抄本写作"角"。嘴：抄本都写作"咀"。
[21] "戴"字脱，其位置留有空白。当是抄写者不知该写哪个字。
[22] 料：抄本写作"了"。

阵里。

至今日生和死还未得知，为[1]不和受苦难三番[2]五次。

泪哀哀叫三媳行个方便，最可怜我薛门一个儿郎。

樊小姐见婆婆说得伤心，叫老娘你放心死生有命。

既[3]然说我和他定为终身，他有难我不救怎心疼？

薛金莲听得说拍手大笑，三嫂嫂好心肠再没有了。

却说薛金莲说："我说牙（呀），'天上下雨地下流，两口子吵嘴不结仇'。前次吃的一锅饭，这次枕一个花枕头。哈哈哈。"说得众位哈哈哈大笑。梨花说："你那个嘴能把星星说得卓（掉）下来。"元帅见梨花不记前仇，反倒转悠（忧）为喜，心中暗暗想到（道）：此女宽宏大量，腹中乘舟，果算国家栋梁之材。正然讲话，军士报进，妖道又来骂战。元帅气得拍檩（案）大怒，说："这贼欺人太胜（甚）！我儿这次出兵破阵，拿住妖道报仇出气，救出丁山，与你成亲。做公父的绝不洪（哄）你。"小姐说："清（敬）听父命，待我看了阵图再来开兵。"就冈（同）三位女将出营，来到一看，观见来气传宽（宽广），寒光四射，光（阵）内洪水滔天。梨花看了多时，叫声姑娘、姐姐："此阵咯（名）叫洪水阵，内里是（实）没有一兵一卒，接（借）北海之水摆成阵势，但凡人进去，有死无生。幸亏冤家身穿太岁甲、水火袍，洪水不近身，决不防（妨）事。"三人听了，称赞梨花法力高强，智略过人。梨花说："还得前次那样掌帅印，提兵调将，才能破此恶阵。"金莲说："那是自然了。"回营见了父帅，金莲说："爹爹，我嫂嫂说此乃洪水阵，还得她挂帅掌权，才能破得此阵。"元帅听言大喜，说："就请三媳快来拜印。"梨花谢恩拜印，提兵调将一必（毕），放炮出营。正是：

樊梨花率众将来到阵前，那妖道出阵来大声呼唤。

骂一声狗贱婆敢来破阵，应龙说不破阵[4]前来作甚。

大战了三十合不胜不败，那妖道见此情暗暗吃惊。

这小孩他还有这样本领，眼看看敌不过败进阵中。

薛应龙赶进阵妖道不见，只见那寒光中洪水滔天。

出营时樊梨花给他宝贝，它名叫水晶图能够压水。

急忙忙把宝贝高高挂起，忽见那万丈水冒出平地。

那妖道一见了大吃一惊，大声骂小孩子敢破我阵。

薛应龙听他言越发胆大，直杀得那妖道没有招[5]架。

忙取出那葫芦放出火鸦，飞过来把应龙就要吃下。

薛应龙见火鸦三魂吓掉[6]，勒[7]回马没命地往外逃跑。

跑出阵迎着[8]了樊氏梨花，手提刀叫应龙不要害怕。

只见那大火鸦果然厉害，张大口伤人马众将散开。

却说小姐见火鸦厉害，忙祭起乾坤圈，往上〔一〕抛在空中，好像有千万个打下来，把那无数的火鸦打在地下不见。这妖道有两个葫芦，一个藏北海之水，一个藏南山之火，名叫水火葫芦，都被梨花所破。牛头祖师大怒，来战梨花，薛应龙接住就杀。又见秦豆二将东西杀来，陈金定、豆仙童、薛金莲杀得番兵头如瓜滚，血肉横飞。把道人围住，那妖道上天关门，入地无洞，正想驾土遁而逃，被樊梨花祭起打仙鞭打中左肩，哎呀一声，跌倒在地，现了原形，乃是一条业龙，摇头摆尾，攒（钻）入地中。豆一虎一见，身子一扭，也入地中，提起黄金棍照头打下。业龙疼痛难忍，又飞上天空，被秦汉手指（执）狼牙棒一棒打下来，落在地上。还想逃走，被梨花手指（执）掌心雷打来，只听叱雷一声，一柱火光，扑向业龙，烧得黑交（焦），臭气难闻。薛丁山在阵中惊醒，看见妻子、妹妹、众将，不见洪水。元帅带领大军来到，两兵合一，杀到关前。西辽的百姓前来，香花灯烛把唐朝的人马迎接入关。元帅来到总兵府，梨花交了印，将官门（们）各各赞谈（叹）梨花法力高强。元帅大喜，谢了梨花。丁山上前叩见父帅，元帅说到（道）："我儿，你被妖道困在洪水阵中，若不是老千岁相请，三媳妇破阵救你，还能见为父之面？这样的大思（恩）你要报答，快快过来赔罪谢思（恩）才是。"丁山听了父言，不言不语，站在一边[9]。旁边走过薛金莲、陈金定、豆仙童，把丁山不由分说地拉到梨花面前，

[1] 为：抄本写作"未"。

[2] 番：抄本写作"方"。

[3] 既：抄本写作"己"。

[4] 阵：抄本写作"陈"。

[5] 招：抄本写作"昭"。

[6] 掉：抄本写作"吊"。

[7] 勒：抄本写作"列"。

[8] 着：抄本写作"过"。

[9] 边：抄本写作"边"。

按倒说："哥哥，你快快谢恩，更待何时？"这时丁山也由不〔得〕自己了，只得跪下。薛金莲说到（道）："嫂嫂，如今我哥给你赔罪了，你要宽否（恕）他，不要记他前仇。快见礼巴（吧）。"众夫人也说："我的爷，你快给恩人赔情吧。"丁山见父母有不悦之色，只得跪下。梨花见他这样屈膝，也不纪（记）前仇，反而眼睛一红，眼啥（含）晶荣（莹），心如针扎，前去跪下，一冈（同）谢过父母。元帅大喜，说："好！等老千岁回来一（就）入洞房。"柳夫人握着小姐，喜之不尽，一同到后帐去了，不题。

再说西辽哈密国接到趋来太的告[1]急公文，说唐兵已到朱雀关，围功（攻）甚急，关内缺粮。急命令追墨阳伞押粮，日夜前赶，马不亭（停）蹄。此人乃是白虎关红袍大都都（督）追墨阳凡的三弟弟，生得面如锅底，须似锯齿，胯下乌椎（雏）马，手提三株（股）叉[2]。一日，正行之间，有朱雀关的败兵逃来，报说朱雀关失守，趋来太阵亡。阳伞一听大怒，把粮车押到森林，自令（领）精兵三千，赶到朱雀关，摆开，指名要薛丁山出来见我。这立（里）军士报知，薛元帅升帐。"关外来了一番将，指明要丁山见他，不知这是何意？"丁山一听大怒，说："孩儿正〔处〕出洪水阵之气，次（赐）儿一道令，活捉这番狗出气。"元帅说："还是小心点。"丁山得令，上马开关出城，来到阵前，大叫："番狗，你活得不耐烦了！报上名来领死吧。"追墨阳伞说："莫必你就是薛丁山吗？我乃追墨阳伞。你夺[3]去我大哥哥的婚姻，我要把你剁[4]成肉泥，才能出这口气。"二人战到三十多合，阳伞虚闪一叉逃走。丁山不知是记（计），紧紧赶来。阳伞扭身，一镖打去，正中丁山肩窝，丁山翻身落马。阳伞正待扑（拍）马造（取）首级，有先行罗章从侧面杀来，接住就杀，被罗章杀得自（只）能招架，不能还手。又想回马使镖，早必（被）罗章大喝一声，刺下马来，取了首级。丁山早必（被）军士救回进关。罗章率令（领）三军，把那三千番兵杀得扒（爬）山逃走，丢下粮车。罗章收兵，命小兵推

了粮车回营。正是：

且不说罗先锋得胜回营，再表那薛丁山身受[5]疼痛。
回营来救进关昏昏迷迷，薛元帅一家人大吃一惊。
樊梨花问明了来路之情，原来是阳伞的毒镖伤人。
急忙忙解开甲放下护心，只见那肩窝里一片黑青。
正中间开一洞血如泉涌，他不声又不响好像死人。
姑嫂们围着他唤叫不醒，薛金莲哭得说快快救命。
薛元帅一见了大吃一惊，叫三媳快想法要救他命。
梨花说此乃是毒镖打伤，不解毒上了药也是枉[6]然。
众军医一各各[7]无法可想，梨花说要解毒亲人口呷。
要亲人呷了毒吸净浓血，不发黑有了红才能上药。
薛金莲豆仙童还有金定，三个人对面看泪流纷纷[8]。
你望我我望你泪流满腮，柳夫人走上前说声我来。
樊小姐拉住说老娘你听，你怎能服[9]得住这样病菌[10]。

叫婆婆你坐下不要伤心，这伤口由[11]我来你放宽心！

叫姑娘拿水来涮[12]口吸毒，脱大衣穿小衣双手去换。
樊小姐把丁山抱在怀中，轻轻说这一次受[13]了大损。
把一个樱[14]桃口吻到伤口，呷一口吐一口众人发呕。
薛金莲见此情泪如泉涌，叫一声老天爷谁是亲人。
叫嫂嫂你起来我也能行，樊小姐摇着头不必劳心。
不一会[15]观见那伤口红肿，放下他嗽[16]了口再把手净[17]。

急忙忙拿出了仙丹妙药，轻轻儿放在了患处洞穴。

[1] 告：抄本都作"诰"。
[2] 叉：抄本都作"义"。
[3] 夺：抄本写作"诗"。
[4] 剁：抄本写作"探"。探同"剁"。

[5] 受：抄本写作"守"。
[6] 枉：抄本写作"完"。
[7] 各各：个个。
[8] 纷纷：抄本写作"汾汾"。
[9] 服：抄本写作"抚"。
[10] 菌：抄本写作"均"。
[11] 由：抄本作"有"。
[12] 涮：洗涤；漱口。抄本写作"范"。
[13] 受：抄本写作"守"。
[14] 樱：抄本写作"婴"。
[15] 会：抄本写作"回"。
[16] 嗽：漱口。抄本写作"嗖"。
[17] 净：抄本写作"尽"。

用开水又化了一个丹丸，不开口喝不下也是枉[1]然。
樊小姐拿筷子撬[2]开牙关，含着药口对口度[3]下药汤。
再用手按住腹轻轻揉转[4]，不一时忽[5]听得腹内响亮。
又只见薛丁山微微动弹[6]，呕一声吐出了黑水一滩。
又观见伤口上冒出青烟，薛金莲叫哥哥睁开双眼。
薛丁山在梦中昏昏沉沉，忽[7]听得耳傍[8]上有人呼唤。
慢慢儿睁双眼四下观看，见母亲和妹妹守在跟前。
薛金莲忙下床叩头拜下，叫嫂嫂你好比观[9]音菩萨。
樊小姐叫姑娘何必那样，他有难我怎能袖手旁观[10]？
见丁山有了命各各喜欢，薛金莲见了人就说一遍[11]。
我嫂嫂又赛过华佗纪平，如不然我薛门就要断根。
诗曰：

兴其少年聪[12]明女，还有英才[13]治国人。

亲人有伤自己疼，谁知事外又生根。

却说丁山不多几日伤好，多亏梨花日夜不离床边，亲手换药煎汤，丁山也感到过意不去。一日，伤口全好，这时梨花对丁山说："伤处要痒就对我说。"丁山说："公爷怎么还不到来？"小姐笑说："那老不死的又不知偏□[14]去了，你问他作甚？"底（低）头为笑，自己心中何常（尝）不是等这媒人回来，夫妻团圆。正说之间，小军报程千岁回来了，二人对笑会意。元帅正衣，接进大堂，把梨花破阵之事，又把丁山出阵，又被追墨阳伞打伤前后说了一便（遍）。咬金听言，大吃一惊，说："我来时她还未起身，怎么能走到我前头，还做了这[15]多的大事？难

道她长翅飞来不成？"元帅又把走小路之事，还收了一员虎将薛应龙说了。咬金听了大笑。元帅说："要不是老千岁大驾远行，智谋过人，还能请来三媳妇？你的功劳第一。如今丁山伤患全好，就等你这老媒人到来成亲。"咬金说："此乃我主洪福齐天，老夫也不过说了几句白话而乙（已），有何之能？只要他夫妻和好，哪怕番兵百万，西辽一定可平。今日就好，就与他夫妻完婚。"吩咐一必（毕），叫丁山还（换）上吉服。丁山不敢违命，头戴金虎冠，身穿大红袍。嗷（鼓）乐喧天，请出新人，拜天地，拜高堂，夫妻交拜。又与姑娘、二位姐姐行过大礼，谢过程老千岁大媒[16]人。大家欢喜非常，不表。再说薛应龙上前，叫声："爹爹，孩子拜见。"丁山抬头一看，见薛应龙长得眉清[17]目秀，面如满月，相貌堂堂，身才（材）端正，说话雄壮。丁山心中暗想，说到（道）："我和你年级（纪）相防（仿），哪有这样大的儿子？你是哪里来的，胆敢认我为父？快快说了实话还罢[18]，若有半句虚言，立刻斩首。"应龙就前后之事细说一便（遍），丁山听罢，紧锁双眉，想到（道）：她前次见我长得好，就把父兄双亡投唐；今日又见应龙长得风流，又把他认为儿子。这不是明明偏（骗）我？目下见我几次休她，她又另想了私情，和薛应龙名（明）作母子，暗作夫妻？我薛家官居级平（极品），怎能要这下流的贱人？开言便问："你多大年岁了？"应龙说："一十八岁。"又问梨花："你多大？"梨花说："十七岁。还问什么？"丁山当时沉起脸来，说："军士们，决（快）与我绑出去杀了。"梨花忙说："今天是我们的吉日，怎么好端端就杀孩子？万万不能。他有不礼，慢慢教育。"丁山听言大怒，骂到（道）："贱人，你当然舍不得。还有脸讲情？我想世界上哪有儿子十八娘十七的道理！难道十七的就把十八的养下了吗？这个明明不是你的那个前唐（亲堂）后老子？明作母子暗作夫妻？我父子官高级（极品），其（岂）能然（让）你败怀（坏）门风？这个臭名我当不起。无耻的贱人！呀呀呸！赶决（快）给

[1] 枉：抄本写作"完"。
[2] 撬：抄本写作"拆"。
[3] 度：口对口喂。抄本写作"喽"。
[4] 转：抄本写作"贯"。
[5] 忽：抄本写作"嗯"。
[6] 微微弹：抄本写作"为为动当"。
[7] 忽：抄本写作"嗯"。
[8] 傍：同"旁"。
[9] 观：抄本写作"关"。
[10] 袖手旁观：抄本写作"秀守傍观"。
[11] 遍：抄本写作"便"。
[12] 聪：抄本都作"总"。
[13] 才：抄本写作"材"。
[14] 扁□：意义不明。□抄本写作"逛"。
[15] 这：这么。

[16] 媒：抄本除此处外都写作"谋"。
[17] 清：眉清目秀的"清"抄本都作"青"。
[18] 罢：抄本都作"把"。

我滚蛋。"梨花听言,气得嗤的一声晕倒在地。正是:

实想这次重相会,谁知祸从另外生。

帅才爱将是忠心,忠心难对良人明。

众人含[1]泪都通情,丁山本是任性行。

元帅一见怒气生,骂[2]声奴才你是听。

梨花和你才和好,为何这样来胡行?

喝令放了薛应龙,你把奴才绑辕[3]门。

她为国家立大功,也是你的救命人。

今日不把奴才斩,怎能再对梨花讲?

喝令军士把头砍,管叫奴才一命亡。

姑嫂急得不敢言,夫人吓得魂飞天。

有心上前把情讲,元帅怒得赛阎[4]王。

暗暗心内把天叫,这次恐怕命难保。

众将各各面面看,不敢进帐把话讲。

程爷一见大声唤,倒[5]叫军士进退难。

刀下留人不要斩,留下祸了我承担。

怒气冲冲进宝帐,叫声元帅听我言。

前世不知啥祸端,今世不得好团圆。

元帅念起父子情,饶他一死天伦重。

元帅叫声老千岁,他把大事当玩意[6]。

今日不把奴才杀,必反三媳樊梨花。

这样畜生没人伦,留他在世有何用?

三番[7]五次把她休,见恩不报反为仇。

奴才做[8]事不顾全,你我难道没脸面?

咬金叫声元帅听,不能失[9]了一面风。

只[10]顾将来不顾兵,难道薛家断子根?

[1] 含:抄本写作"啥"。
[2] 骂:抄本写作"吗"。
[3] 辕:抄本写作"谏"。
[4] 阎:抄本都作"闰"。
[5] 倒:抄本写作"辺"。
[6] 意:抄本写作"艺"。
[7] 番:抄本写作"双"。
[8] 做:抄本写作"作"。
[9] 失:抄本写作"适"。
[10] 只:抄本写作"自"。

怨[11]我嘴闲当媒人,到今[12]反害他的命。

为他远路去助兵,难道就为害他命?

提到国家我有份,扫过北来征过东。

锁阳城上伤你身,困住天子和文臣。

我不顾[13]死去助兵,才助来丁山破了兵。

请她为的两全美,今日倒成催命鬼。

劳而无功反害人,枉[14]活百岁枉为人。

你今不听我来议,当面碰死你面前。

说着就要拿头碰,元帅吃惊来扶定。

却说元帅忙扶起咬金,说:"这畜生死了何(活)该!何[劳]千岁苦苦救(求)情?"吩咐军士:"死罪兔(免)了,活罪难免,放下来(夹)棍打四十,押在天牢。"不题。〔再说〕再说薛应龙放开,一见此情,吓得领本部逃奔翠云山去了。再说樊梨花生(苏)醒过来,见了这样光景,气得放声大哭。说到(道):"姑娘,姐姐,你哥哥无情无义。他拿上污蔑之言,污害我身,我能当代(担待)起吗?这个样子,我怎么活人?不如碰死在朱雀关下,一(以)表我清白之心。"豆仙童、陈金定劝说:"现在公公把他棍打四十,押在监牢,也与你出气了。再说贤妹的高堂老母独守寒江关,全靠你养老送终。你要有一差二错,她佶(靠)何人?贤妹再思再想。"薛金莲抱住梨花,疼(痛)哭不至(止),说:"我的嫂子牙(呀),我哥哥无情无义,你还看看我们吧。"陈金定说:"贤妹妹,薛丁山胡言乱语,我们谁听他的?你全当他放了个屁,不要管他。"梨花依然疼(痛)哭不至(止)。柳夫人也劝说:"这奴才,我们也没脸再向你说话了。我儿,还是身体要紧,千万不能行此短见之事。"梨花哭说:"多谢你们大家劝我。我三番成亲,三次休我,被众将三军谈论乱言,留为后话。今后一定再不与薛丁山成亲。今日回家,剃了青丝,身入空门学道,无挂无耻[15]。"说着就要拜别起身。

正是:

[11] 怨:抄本写作"愿"。
[12] 今:抄本写作"金"。
[13] 顾:抄本写作"住"。
[14] 枉:本句两个"枉"抄本都作"汪"。
[15] 耻:抄本写作"聒"。

柳夫人听一言心如刀剜，薛金莲在那里哭声不断。

母女们姐妹们哀声大放，哭啼啼握着手叫声心肝。

大口[1]相留不住一定回去，万莫要落了发剃了青丝。

樊小姐哭啼啼叫声姑娘，我心思已决定再无反常。

入空门脱红尘[2]明了终身，就你们怎样劝我心已定。

姐妹们听此言一齐跪下，求恩人发慈悲莫要落发。

他无义你有情人人都知，留下发等回心再作夫妻。

程千岁修了表进京多日，圣旨[3]来那时候自有道理。

到那时奉圣旨夫妻完婚，决不能由着他任意胡行。

现如今你正在叶绿花红，耽[4]误你青春时天理何忍。

樊小姐见她们情深意重，哭啼啼也跪下大放哀声。

叫姑娘姐姐们你们请起，无义人害得我不活不死。

金莲说求嫂嫂莫剃青丝，如不然我三人跪死不起。

姐妹们直哭得醉而未醒，哪怕你铁石人也回三分。

小姐说快请起你们坐定，怜念我苦命人带发修行。

夫人说你的话我不放心，不立誓我老身也来跪定。

樊小姐见婆婆就要跪下，忙上前扶住她泪如雨下。

叫婆婆你坐下吓坏[5]儿身，我若是说假话[6]苍天不容。

姐妹们听着她对天发愿[7]，一个[8]个站身起才把心宽。

却说小姐说："婆婆，你媳妇实在当不起了，就照婆婆之言便了。"众姐妹见她明誓，一冈（同）拜了。元帅说："还望你耐心等候圣旨到来，那时候你有了官职便不有（由）他。回去多多拜上亲家，请她老人家放心。〔就〕今日天晚，明天叫金莲送你出关。"金莲听了，拉住梨花手后帐去了。正是：

　　　姐妹放宽心，小姐哭五更。

一更里来月儿升，梨花哭得好伤心，只为投唐父兄亡，到今落得无下场。我的天！好像南柯梦一场，我的天！

二更里来月儿高，梨花一阵将心交（焦）。可恨丁山

[1] 口：抄本写作"讦"。
[2] 尘：抄本写作"成"。
[3] 旨：抄本写作"指"。
[4] 耽：抄本写作"当"。
[5] 坏：抄本写作"怀"。
[6] 话：抄本写作"说"。
[7] 愿：抄本写作"原"。
[8] 个：抄本写作"各"。

心太恨（狠），为何对我太薄情？我的天！为妻三次救你命，我的天！

三更里来月正中，梨花哭得满床滚。□天怨地手锤（捶）胸，好似黄龙大翻身。我的天！心中好似滚油煎，我的天！

四更里来月西偏，梨花哭得嘴而（儿）甘（干）。忽见爹爹站床前，叫声女儿快回关。我的天！回关自然有喜（希）望，我的天！

五更里来月西坠，梨花哭得没眼泪。母亲寒江盼我回，母在东来儿在西。我的天！怎知女儿受凄参（惨），我的天！

却说樊小姐哭了一夜，天明起身，众姐妹送出关外。梨花挥泪说："大家请回，后会有期。"众〔人〕哭得说不出话来。梨花几次列（勒）马回头，昭（招）手至（致）意，不题。再说薛元帅命周青把守朱雀关，放炮起营，往西而进。山路崎岖，难以行军，多亏先行罗章碰山开路，过（遇）水搭桥。一日，来到玄武关，离关十里按（安）营下寨。早有番兵报进关中去了。再说玄武关总兵性（姓）刁名应祥，此人原似（是）天朝人氏，道（隋）炀帝无道，先人西徙，流落西地。刁应祥学得一生（身）武艺，早年亡妻，只生一女，名叫刁月娥，年方一十八岁，生得苗条一个身材，面如花叶，柳眉杏眼，好不齐正（整）！十八盘（般）兵器样样在精。幼年时拜金刀圣母为帅（师），兵法武艺不算，根（更）利害的一件宝贝名叫摄魂铃，上阵时一摇，人就不知道了，不杀不死。这一日父女谈说："大唐薛仁贵起兵征〔西〕，一路破关斩将，势如破竹，现已到玄武关，你我如何迎敌？"正是：

　　　父女们坐大堂正在谈论，有小番急忙报唐兵来到。

刁应祥听了报怒气冲天，叫小番你再去与我打探。

传下令三更时就要吃饭，五更天和唐兵出关大战。

哪一个违令者就要问斩，那众将齐应说我们上前。

点齐了那队伍一声炮响，大开关放吊桥马扑阵前。

刁应祥在马上抬头观看，见唐营安扎得势不非凡。

有军旗迎着风威风飘[9]扬，薛仁贵果然是名不虚传。

[9] 飘：抄本写作"讽"。

叫番将红里达先锋出马,手提着大砍刀来到阵前。

唐营里来一将尉迟青山,提双鞭穿皂袍黑如迷天。

骂一声狗番奴报上名来,你爷爷不杀那无名狗才。

我名叫红里达你的眼瞎,西辽国谁不知先锋大驾?

你也该通名姓[1]叫个啥[2]哩,好像个灶[3]火爷黑得如墨。

叫番狗你要问我的名讳,我本是越国公尉迟青山。

他二人大战了七八回合,红里达只顾杀不顾招[4]架。

那双鞭一齐下亚赛铁塔,红里达屁直淌[5]心乱如麻。

眼看看战不过回马就走,被尉迟一钢鞭打中背后。

那番狗口吐血扶鞍逃走,刁应祥拍战马声如雷吼。

有青山抬起头用目观看,看来者穿戴得十分好看。

头戴着双翅盔金甲连环[6],手提着降魔棍神鬼难当。

让[7]过了红里达接住[8]青山,他二人在一齐一场恶战。

薛元帅命罗章快[9]去助战,刁应祥敌双将不慌不忙。

他三人直杀得天昏地暗,刁应祥暗暗想取胜万难。

架开枪让[10]过鞭勒[11]马回关,被罗章起一枪刺中肩膀。

刁月娥见父亲身带重伤,忙出阵敌住了二员大将。

他二人见月娥生得齐整,喝一声好人才枉[12]送性命。

头戴上七星冠乌云压鬓,身穿上桃花铠[13]照日齐明。

弯弯[14]眉杏花眼口似朱红,她说话又好听燕语鸟声。

他二人傻[15]呆了看个不完,起双刀朱[16]桃腮赛过貂蝉[17]。

[1] 姓:抄本写作"性"。
[2] 叫个啥:抄本写作"啥个叫"。
[3] 灶:抄本写作"皂"。
[4] 招:抄本写作"照"。
[5] 淌:抄本写作"汤"。
[6] 环:抄本写作"还"。
[7] 让:抄本写作"然"。
[8] 住:抄本写作"故"。
[9] 快:抄本写作"决"。
[10] 让:抄本写作"然"。
[11] 勒:抄本写作"列"。
[12] 枉:抄本写作"狂"。
[13] 铠:抄本写作"獣"。
[14] 弯弯:抄本写作"汪汪"。
[15] 傻:抄本写作"搜"。
[16] 朱:抄本写作"估"。
[17] 貂蝉:抄本写作"招猠"。

却说罗章和月娥不上十合,刁月娥解下胸前的金铃,对罗章一摇,罗章就一头哉(栽)下马来。豆一虎从地下出来,挡住月娥,尉迟青山救回了罗章。豆一虎一见月娥长得花容月色,洪(浑)身酸麻,见月娥杀过来,他就把棍子架住。月娥往下一看,见地下生出一个矮子,月娥说:"真好笑,这样的矮子也来和我交战!我不想和他搭手。"解下金铃一摇,豆一虎失(跌)倒在地,番兵拿住,押进营中。刁爷说:"拿这矮子干什么?斩了。"月娥把铃儿一摇,一虎醒了,又见必(被)绑,军士要杀他。一虎说:"不要劳神费力的了,我要走了。"将身一扭就不见了。军士报知,刁爷大吃一惊:"唐营有这样的艺(异)人!怪不得夺取好多地方。"不题。再说尉迟青山救回罗章,放下,就如死人一样。元帅问过尉迟将军:"你二人和他交战,罗将军怎么样了?"青山说:"我见他女儿拿个铃儿一摇,先锋将就昏下马了,豆将军也是如此拿去。"元帅听了:"如之奈何?不知豆将军死活,如何是好?"秦汉听了,便说:"我在仙山学艺时就听说金刀圣母有个摄魂铃,能摄魂拿人,莫必就是此物。待小将今晚去盗来如何?"元帅说:"能要小心。"正然讲话,豆一虎从地下出来,说:"铃儿又把我摇醒。他们正要杀我,我就来了。"元帅说:"今夜晚还得你二人去。"二人令(领)命。三更时候,秦汉从空而去,一虎从地下去。到了总兵府,不知刁月娥在哪儿,伏在无人知(之)处。忽见刁月娥从大堂走入里面,一虎从地下跟去,见她进入小房,说:"丫环,你们睡去吧。"关了房门。一虎去到小房内,探出头来,见月娥从胸前解下铃儿,挂在墙上,脱衣而卧,录(露)出粉背。一虎又传(转)身轻轻开门,秦汉进来。等到月娥睡着,一虎从墙上轻轻搜(按)住铃心,放在怀内,身了(子)一扭,从地下出来。可是秦汉一见月娥,好像天仙酣睡,一时色胆似天,耸[18]身上床,按住月娥亲嘴,轻轻说:"我的保(宝)宝,你醒醒吧,今夜你失盗了。"月娥惊醒,身上有人,大吃一惊,使了一个猛虎翻身,把人甩开,大唤"有刺客"。秦汉耸身出门,腾空而去。正是:

[18] 耸:往上跳;向上动。

酒不醉人人自醉[1]，色不迷人人自迷。

刁月娥执[2]宝刀赶出门去，豆一虎和秦汉忽站忽行。

众小番和丫环睡梦惊醒，忽听得拿刺客东跑西碰。

刁月娥带双刀耸踏飞行，见前面有两个不远不近。

赶到那关门下不见人影，叫军士快与我开了关口。

出关门见二人又在前面，刁月娥一见了怒气冲天。

正然赶又观见还有一人，见那人回过头大杀一场。

秦汉说真聪明我的宝宝，却怎么我一叫你就来了。

刁月娥听一言气破[3]肝胆，今夜晚不杀你枉[4]活人间。

众番兵在关外胡杀乱唤，唐营里也来了三位女将。

刁月娥听唐营前来救援[5]，把秦汉直杀得汗流气喘。

秦汉说不要气给你宝贝，刁月娥不知计收住兵器。

豆一虎从后面轻轻出地，开双膀抱住了温香暖玉。

有[6]秦汉接双刀喝声拿住[7]，豆仙童陈金定也到跟前。

叫女兵捆了她拿回大营，她三人在后边[8]紧紧随跟。

小番儿进了关报知总兵，禀老爷不好了姑娘被[9]擒。

刁应祥听一声大吃一惊，哭一声我的儿你太任性。

叫军士到天明好好打听，关门上多加人能要小心。

刁月娥被她们拿进大营，薛元帅坐宝帐观看分明。

叫金莲快与她松[10]了所绑，有[11]秦汉走上前交令说谈。

秦汉把心里话说了一遍[12]，元帅说就依你好好劝贤。

却说三位女将对月娥说："秦将军把你拿来，你就答应他终身，免得一死。咱们女的早晚是要嫁人的，妹妹何不再思再想？"月娥说："拿进营来要杀开刀，何必多言！要我跟这矮子成亲，宁死不从的。"元帅看这光景，一时难以说通，吩咐金莲："你三人带她下去，好好劝说。

[1] 醉：此句两个"醉"字抄本都写作"酸"。
[2] 执：抄本写作"指"。
[3] 破：抄本写作"波"。
[4] 枉：抄本写作"任"。
[5] 援：抄本写作"严"。
[6] 有：抄本写作"又"。
[7] 住：抄本写作"都"。
[8] 边：抄本写作"便"。
[9] 被：抄本写作"必"。
[10] 松：抄本写作"孙"。
[11] 有：抄本写作"又"。
[12] 遍：抄本写作"偏"。

她能投唐，也是份（封）侯之位。看你青春少年，杀了你其（岂）不可惜？"月娥说："投唐之事有父亲做主才可，终身之事万万不能答应。"咬金说："我今到关上去劝你父投唐，婚姻事以后再说。我看你是个明白人。"月娥不言，同三人下去。再说刁应祥身守（受）重伤，次日带伤坐帐。打听昨晚女儿被擒，生死不知。忽有小番来报："关上来了一个老蛮子，口称鲁国公，说我家姑娘好好的，要请老爷上关答活（话）。"刁爷随急（即）上城。心中思存（忖）：此人乃天朝（朝）有明（名）之人，不知因为何事。程咬金答话说："城上可是刁爷吗？老夫程咬金，在马上搭一扶手，刁爷莫怪。"刁爷说："你我两家行兵，各为其主，有何话说？"咬金说："昔日是一家，今日是两家，说起来还是一家，哈哈哈哈。我闻老将军原似（是）天朝（朝）人氏，因为（此）才敢大胆前来冒犯[13]虎威。我看西地百性（姓）生活在水深火烧之中，那番兵、番将、官员各处苦害百性（姓），烧杀奸媱（淫），无所不为，难道老将军不疼爱穷百姓，反倒助恶？为（允）许百性（姓）受害，你倒听而不闻，视而不见？我看将军乃是大义之人，若能投了唐主爷家，其（岂）不是份（封）侯之位？刁小姐说投唐二字由你做主，你若不降，她只能一死，还有何话说？老将军何不再思再想，三思而行。"刁［爷］听了这一希（席）话，心中暗想：我这大年岁了，膝下无子，只生这一女儿，老半（伴）死时她才八岁，至今我把她当作掌上的明珠看待，我焉能然（让）她死，反倒助那俄罗（西辽）哈嘧（密）国的恶横任意害人，啥（舍）了亲生女儿？不管怎么，自（只）要我儿不死，父女团圆一其（齐），就是天大的官也不要。想到这里，便说："只要我父女团圆一齐，原（愿）听善言，情原（愿）请罪。"咬金听［了］，哈哈大笑，说："真来是光明磊落之人。请回，好好养伤，改日再见。"这话不题。

再说西京长安城唐王天子一日登殿，文武山呼一必（毕），徐茂忠（公）秦到（奏道）："有西辽前方遍（边）庭鲁国公的表章到来，请万岁视之过目。"太宋（宗）听了大喜，接上按（案）来一看，有樊梨花投唐破阵、三休

[13] 犯：抄本写作"犯"。

二请之事。太宋（宗）看了，先喜后怒，说："樊梨花有功与我，薛丁山不住（顾）大局，应当斩首。"偏旁[1]（旁边）闪出东宫太子李治，秦到（奏道）："父王，次（赐）儿圣旨。皇儿去边[2]庭，再看风光行事。"太宗说："皇儿记（既）然要去，带上猪羊万头，酒肉千担，次（赐）你三千人马，前去犒赏[3]三军。记（即）日起程。"太子令（领）旨下殿，带了人马，一路平安，行了数月，来到寒江关，李庆红迎接入关。太子问起樊梨花之事，李总兵把前头之事说了一遍，又说梨花神勇过人，法术高明。正是：

> 为人好比一张弓，终朝每日成英雄[4]。
>
> 有着一日[5]弓弦断，两头落地一场空。

李总兵叫千岁你听我讲，提起来樊小姐实实伤心。

她自从三次回带发修行，她在那樊家山不肯回城。

太子说有圣旨她要听封[6]，李庆红听一言不敢慢行。

差人到樊家山说明此事，樊小姐听得说马不停[7]蹄。

到帅府下了马扬长进去，哭啼啼叫万岁罪女接旨。

太子[8]说樊梨花你且听旨，王封你威灵侯有功再提。

樊小姐听了旨口呼万岁，眼含泪对太子细说来理。

李治说你的事我早明白，此一去把丁山抽筋扒[9]皮。

李太子有意儿把她来吓，樊梨花大吃惊泪如雨下。

叫千岁饶了他薛门根芽[10]，他为我犯了罪你把我杀。

太子说你有功他却[11]胡行，既[12]然间你讲情饶了他命。

说总兵把酒肉给她一封，赐金银并绸缎[13]养老送终。

樊小姐叩一头谢了皇恩，别千岁带物资上路登[14]程。

[1] 旁：抄本写作"迠"。
[2] 边：抄本写作"边"。
[3] 犒赏：抄本都作"靠上"。
[4] 英雄：抄本写作"莫动"。
[5] 有着一日：有朝一日。抄本写作"有过一起"。
[6] 封：抄本写作"吩"。
[7] 停：抄本写作"哼"。
[8] 子：抄本写作"了"。
[9] 筋扒：二字抄本写作"肋拔"。
[10] 芽：抄本写作"牙"。
[11] 却：抄本写作"缺"。
[12] 既：抄本写作"记"。
[13] 缎：抄本写作"端"。
[14] 登：抄本写作"蹬"。

有李治起了身也往西进，一路上救济[15]了多少百姓。

樊梨花告御状按[16]下不题，再说那仙山的王禅老祖。

心血潮在洞中早知其意[17]，二徒弟婚姻事不能团聚。

驾祥云来到了唐营落地，有军士报帅府众将迎去。

有秦汉豆一虎拜见师傅，有元帅让[18]了座[19]分开宾主。

薛元帅问老祖神寿无疆，王禅说为徒弟婚姻下山。

薛金莲豆一虎不能团圆，刁月娥和秦汉又是一样。

她二人嫌[20]你们长得不好，耽搁[21]了他们的青春年少。

你二人为国家出力报效[22]，难道说到后来断了根苗？

照秦汉豆一虎吹气三口，一霎时他二人眉清目秀。

众将官都看着玄妙希奇，老祖说也不过逢[23]场作戏。

别元帅离弟子腾空而去，薛元帅众将官望空拜揖。

却说众人正在对秦豆将军玩笑，说："你二位真的票良（漂亮）了，风流了。"忽有军士来报，关上插起大唐旗号，关门大开，清水泣（洒）地，黄土拈（垫）街，悬灯挂彩。元帅大喜说："这又是老千岁功劳第一了。"吩咐拨（拔）寨起营，人马一涌进关，关外鼓乐宣（喧）天，刁爷出关，迎接入关。元帅吩咐安民一必（毕）。薛金莲同刁月娥拜见刁应祥，口称"总爷"。月娥说："这是元帅的女儿金莲姐姐。"父女团圆。咬金说："你二人来得正好。"把豆一虎、秦汉传来也拜见刁爷。咬金说："老将军甚（深）明大义，小姐的终身大事有（由）老夫当个媒人，完了婚，也了决（却）你一件心事。"就把秦汉怎么爱小姐，救（求）婚之事说了一便（遍）。刁应祥说："婚姻之事我还得问过女儿。"咬金说："那是自然了。"又对元帅说："豆一虎、薛金莲二人至今未有完婚，你也该和金莲

[15] 济：抄本写作"饥"。
[16] 按：抄本写作"安"。
[17] 意：抄本写作"忌"。
[18] 让：抄本写作"认"。
[19] 座：抄本写作"坐"。
[20] 嫌：抄本写作"想"。
[21] 耽搁：抄本写作"当各"。
[22] 效：抄本写作"孝"。
[23] 逢：抄本写作"锋"。

商（商）议。我看刁爷投唐，他二人成亲，今晚上咱们来个三喜监（临）门，还（不）好吗？哈哈哈哈哈。"元帅说："我也是这样想，不知小女意下如何。"月娥看秦汉时和前晚上大不一样，心想：怎么前晚夜间交兵没观分明，今天看他一流人才，也〔恨〕罢了。父亲问时，月娥说："孩儿谨遵父命。"刁爷看女儿同忌（意），喜之不尽。那薛金莲偷看豆一虎，心中暗想：怎么他这几天就长得这样高大、风流？也到（倒）好笑。口中不言，心中暗想：要是这样，也就没说的了。元帅问的时候，小姐说："他二人怎么几天就变了？"元帅说："那是他师傅王禅老祖的法力，也合该是你夫妻团圆的时节了。再不要任性。"小姐卫（微）笑不言。吩咐今晚成其花烛，秦豆二人喜之不尽，晚上拜了天地，入了洞房。一对新娘，一对新郎，谁不喜欢？刁爷、程爷、帅爷三位谈笑风生："还是谢过你这大媒人，大说客。"咬金说："还不是刁爷胜（深）明大义，老傻（叟）有何之能？哈哈哈哈。"大家欢[1]喜非常。元帅吩咐养兵三天，大兵西进。正好三天新满，秦豆二将各现原形，月娥、金莲大吃一惊，面面先（相）视。还是月娥主动说："姐姐，何（合）该是你我命里主（注）定，此乃又受王禅之偏（骗）。此时生米做成热（熟）饭了，难道还再嫁人不成吗？"众姐妹也来想（相）劝说，二人只得罢了，还有何说呢？秦豆二人就好像如获真（珍）宝，如鱼得水，每夜闹个通肖（宵）。过了几天，反而你敬我爱。

却说大元帅就把刁爷官抚（复）原识（职），镇守玄武关，刁月娥随军西征，新婚夫妻是离不开的。放炮三声，大军拨（拔）寨起营西进，一日进军不上百里。忽然一日，军报报到（道）前遍（边）不远就是白虎关。吩咐帮（傍）山靠水安营下寨，不题。再说白虎关守将乃西辽哈嘧（蜜）国红袍大都督追墨阳凡，因向寒江关樊红救（求）婚，樊红把樊梨花许给阳凡。梨花见阳凡生得三分不像人，七分好像鬼，不同忌（意），才和丁山闹出这场恶业来。这是前事，不题。再说阳凡他生得面如禾（黑）虫，口似血盘（盆），身穿乌油甲，胯下乌牙狻猊，挟

（执）一双石锁，有万夫不当之勇。一日，大坐大堂，小番报来，薛仁贵大兵离关十里安营。阳凡一听，气冲牛斗（斗牛），说："我等他日久。薛蛮子拆[2]散我婚姻，今天改（该）是我出这口气的时候了。拿住薛家父子，挖心下酒，挎（剁）成肉酱，才能放出心头之恨。"正是：

仇人见仇人，必定两眼红。

这次你挖心，再次他杀人。

那阳凡他生来一生[3]好勇，他本是上方的五鬼星君。

在仙山学过艺兵法精通，带宝贝还有那邪术伤人。

使双锁每个有一百八重，更有那乌牙猊最能拿人。

张大口放黑气毒不可当，它主人有解药毒不入腔。

薛元帅聚众将商[4]议破关，刁月娥把阳凡说个细详。

罗章说哪怕他十殿阎王，我前去看看他怎个模样。

薛元帅又命了秦豆二将，再命那陈金定随后压阵。

小番儿报知了追墨阳凡，带番将开了关来到阵前。

喝一声唐蛮子快快通名，罗章说瞎番狗我是先锋。

有[5]阳凡把双锁就地一扫，罗章说这一下来得正[6]好。

大战了十数合罗章走，陈金定截住杀大战不休。

有阳凡见金定接住就战，那双锁碰双锤叮叮当当[7]。

直战了三十合不分胜败，那阳凡拍异兽放出黑烟。

有秦汉豆一虎救出金定，驾土遁逃回营细说其详。

咬金说西方地尽是妖人，一个个尽都是左道旁门。

我不免到前关放出丁山，我保他破此法你再思想。

元帅说就依你那有何妨[8]，再说那得胜的追墨阳凡。

那黑烟伤人马确[9]实可恶，中了毒肉发黑自化脓血。

直杀得唐朝[10]将不敢出马，这一战伤人马三千不差[11]。

有阳凡得了胜收兵回关，到次日又来骂要下丁山。

[1] 欢：抄本写作"伙"。

[2] 拆：抄本都作"折"。

[3] 生：抄本写作"身"。

[4] 商：抄本写作"啇"。

[5] 有：抄本写作"又"。

[6] 正：抄本写作"真"。

[7] 当当：二字抄本写作"呛呛"。

[8] 妨：抄本写作"方"。

[9] 确：抄本写作"缺"。

[10] 朝：抄本写作"轫"

[11] 差：抄本写作"查"。

薛元帅叫军士挂出免战，阳凡说就让[1]你再活[2]几天。

每日里差小番叫骂不休，唐营的众将官接耳交头。

薛元帅看此情披[3]挂上马，叫军士拆免战亲自出马。

那阳凡听得报急忙上马，开了关放吊桥马扑阵下。

各通名搭上手一场好杀，战到了五十合不分上下。

有阳凡忙拍[4]开乌牙狻猊，有秦汉空中唤快快逃避。

那怪兽口吐烟后边[5]紧赶，唐营里众将官不敢上前。

薛元帅催战马落荒逃走，有阳凡拍[6]神兽声如雷吼。

再说那薛丁山出牢回家，小军说我元帅亲自出马。

薛丁山听一言快马加鞭，提画[7]戟催战马来到阵前。

见众将和番狗成对大杀，怎不见我的父他在哪达？

军士说元帅败阳凡赶去，薛丁山听一言咬碎牙齿。

拍战马正飞跑抬头一看，见远处有人马好似风卷。

却说丁山正在前赶，见父亲败得落花流水，那番将好似饿虎扑食，离父有一箭之地，又见父亲马后有一白虎紧紧不离马尾。丁山暗想：好怪！难道番将能踪（纵）虎伤人吗？又想虎都是金色斑虎，哪里还有白虎？这一定是番狗邪术伤人。不管怎么，虎总是吃人的，我先见（将）它除了，再杀番将不迟。急忙掌（张）弓搭箭，一箭射去，不见白虎了，只见父亲扶桉（鞍）逃走。丁山协（斜）面截住番将。阳凡正追赶薛仁贵，见协（斜）侧面来了一少将，兰（拦）住马头就杀。阳［凡］大喝一声："你是何人？通上名来。"丁山说："我乃薛丁山，你是何人？"阳番（凡）一听，仇人见面，份（分）外眼明（红），便说："我还当我不得见你，今天也见你了。我乃红袍大都督阳凡。今天杀不了你，是（誓）不为人了。"二人一场大战，杀得天昏地暗，不题。再说元帅被阳凡赶来，正然逃走，侧面射来一箭，正中咽喉，扶桉（鞍）而走，不上一里亡（之）地，失（跌）下马来，人氏（事）不知。有秦汉从空望见，救回大营，拨（拔）出箭来一看，是丁山

之吊令（雕翎）。又看元帅依令（已经）没气了。秦汉手慌足乱，不知所措，不题。再说丁山和阳凡战了十几回合，阳凡怕（拍）起乌牙狻猊，口吐黑气。谁知丁山头戴天王盔，身穿太岁甲，妖气不能陇（笼）身。阳凡一见，说："你有多大本领。"使开双锁，好像流星赶月。二十多合，丁山节节昭（招）架不住了，那阳凡越战越有力。被阳凡就地一锁横帚（扫）过来，辛（幸）亏那马跳起数丈。丁山不敢乱（恋）战，呈（趁）势逃走。阳凡催开乌牙狻猊，尽（紧）紧追下。有秦汉、豆一虎怕有失，赶来认（让）过丁山，接住大杀一阵。阳凡说："哪有工夫和他敖（鏖）战。"拍出乌牙狻猊黑气，秦汉从空逃，豆一虎身子一扭入地不见。阳凡见了，大吃一惊，呆呆地看着。一虎又从马后出来，一棍打在背上。阳凡疼通（痛）难当，不敢追丁山去了，收兵回关。这里再说元帅死了，丁山回营，秦汉拿出箭来问："这是你的吊令（雕翎），怎么射中元帅？"丁山一听，连哭带说，就把白虎追父的话说了一偏（遍），进了灵堂大哭不之（止）。吩咐挂出免战牌，亭（停）三（丧），全家大哭，三军挂孝，人人悲哀，各各心酸。正是：

且按[8]下元帅死暂[9]且莫表，再说那唐太子一路来到。

有军士急忙忙报进大营，程咬金领众将出来远迎。

抬香花鸣[10]锣鼓迎在郊外，见千岁三叩拜接驾入寨。

有太子见军士一齐挂孝，问公爷才知道元帅死了。

有李治进灵堂哀哀祭悼，众将官和军士安[11]排谢劳。

唐太子喝一声圣旨在此，程咬金率众将一齐跪地。

圣旨曰有太子千里而行，带酒肉和猪羊犒赏三军。

樊梨花立大功女中英雄，王封[12]她威灵侯[13]官高一品。

薛丁山违[14]父命三次休妻，违军令误军机罪在不

[1] 让：抄本写作"认"。
[2] 活：抄本写作"话"。
[3] 披：抄本写作"被"。
[4] 拍：抄本写作"怕"。
[5] 边：抄本写作"便"。
[6] 拍：抄本写作"怕"。
[7] 画：抄本写作"化"。
[8] 按：抄本写作"安"。
[9] 暂：抄本写作"战"。
[10] 鸣：抄本写作"名"。
[11] 安：抄本写作"按"。
[12] 封：抄本写作"吩"。
[13] 侯：抄本写作"候"。
[14] 本段韵文中"违"抄本都写作"威"，直接整理为"违"。

赦[1]。

你休妻为了你任性仗义[2]，全不顾[3]大敌在国家大局。

到如今元帅亡大敌当前，樊梨花休走后你挂免战。

喝一声把丁山斩首示[4]众，军士们把丁山绑在辕[5]门。

程咬金一见了吓掉[6]三魂，高声唤刀斧[7]手刀下留人。

走上前双膝跪口呼千岁，斩丁山他身犯何等之罪？

违军令坐监牢三次受罪，到如今元帅死大敌压境[8]。

薛丁山身带着十件贵宝，斩了他再谁能上阵除妖？

再说那薛元帅战斗一世，平了东又平西只生一子。

太子说程公爷快快请起，倘若是有梨花免[9]他一死。

既[10]然是你讲情就由你行，我赐你一道令和他同行。

樊梨花在寒江告了御[11]状，明了心出了家樊家山前。

你二人请她来无话可说，如不然你二人休想得活。

程咬金忙谢恩出了皇罗[12]，我怎么弄下了这场啰嗦[13]？

到辕[14]门解下了是[15]非之人，薛丁山绑辕门吓掉[16]三魂。

把此话对丁山一一说明，此一去请不来有命难存。

丁山说我不去你也能行，咬金说休胡言这是圣命。

要不是我讲情答应此事，这时候头落地两头都齐。

却说丁山听言，吓[得]魂不付（附）体，说："我几次休她，她告了缺（御）状，出家修行，大曰（约）不能来，你我性命休也。"二人带了军士上路，明夜不分。一日来到寒江关，问明樊家山路呈（程），离此西南十里

[1] 赦：抄本写作"须"。
[2] 任性仗义：抄本写作"壬性丈忌"。
[3] 顾：抄本写作"住"。
[4] 示：抄本写作"视"。
[5] 辕：抄本写作"远"。
[6] 掉：抄本写作"卓"。
[7] 斧：抄本写作"扶"。
[8] 境：抄本写作"景"。
[9] 免：抄本写作"兔"。
[10] 既：抄本写作"记"。
[11] 御：抄本写作"玉"。
[12] 罗：抄本写作"绖"。
[13] 嗦：抄本写作"嗉"。
[14] 辕：本句和下句两个"辕"抄本都作"棱"。
[15] 是：抄本写作"实"。
[16] 掉：抄本写作"吊"。

就到。咬金对丁山说："你这样去，我怎对人家说话？事到如今，为活命你头顶香盘，十步一头，八步一拜，我见她时就好说话。你若不从，我有圣令在此。"丁山说："为了国家大事，你我之性命也说不得了。"丁山吩咐军士拿来香盘，顶在头上，眼泪汪汪地一步步前行，十步一头，五步一拜。咬金还想（嫌）慢，说："你这样顾了记数，走就慢。我给你记你走，拿个小锣，技（击）一下，一头。"正是四月天气，汗流满面，气喘吁吁。那咬金越搞越快，丁山说："我来不急（及）了，两胯跪破，血流，我死也不走了。"咬金说："离寨不远了，你们这里休息，我先去看风使舟（舵）。她要不见你，我回来和你守（受）死去；她要见你，我再来。"丁山说："公爷言者（之）有礼（理）。你去就说我薛丁山回（悔）过自新，莫记前仇。"程爷来庄上，对庄童说明，要见老夫人和小姐。庄童进去禀明此事，梨花说："这老不死的又来做什么？"吩咐庄童不见。老夫人说："我儿，这就不是了。他乃国家大臣，军中要人。你是一殿之臣，还不能不见。"吩咐有请。夫人手握梨花，出门迎接进内，分宾主坐下，梨花寒宣（喧[17]）一路风寒之苦。

咬金说："这次你告了卸（御）状，我们爷孙俩是你的被告，还说什么风寒之苦，就说死活二字吧。"梨花问："兵行哪里？公婆他老人家都好吗？"程爷一听问公婆，想起元帅，不由得老泪浃（盈）眶，就把元帅去世说了一偏（遍）。梨花听了，下坐（座）照西哭拜，夫人也伤心流泪。咬金暗想：真来是大义之人。元帅去世后，我见（将）丁山保出牢来，谁知世子只住（顾）保（报）仇，不住（顾）敌人利害，和阳凡大战，被阳凡扑呎（噗嗤）一下子……小姐紧接问道："怎么了？"咬金说："你不要忙，还没死呢。"心中暗想：看来还有喜（希）望，真来是个多情的人儿。就把前前后后说了一偏（遍）。梨花说："老不死的，你又诽弄他，他在哪里？"咬金说："他在半山走不动了，我先来了。"小姐叫庄童快去抬来。咬金挡住说："莫可。我这是三次请你，尽管你腹宽量大，他要以后再有变，我是对不起你的。"小姐说："你说怎样

[17] 喧：聊；说话。

才好呢？"咬金说："我说你这次要不当（但）见面，还要见心。"小姐杏眼圆睁地卫（微）笑说："我怎么能看到他的真心。"程说："这次看了你就知道他长的还是黄心，还是红心呢，还是赤心呢。你假扮死了，睡到你母的官才（棺材）内，假设[1]灵堂，丫环、院子[2]被（披）麻戴孝，啼哭不至（止）。我去对他说你死了，他一定要来祭你，这就是红心，到灵堂他要放声大哭，说后悔前事，这就是赤心了。"梨花说："你管（光）会谝（骗）人。今天我就和他玩玩也可，这样真能看出他的一切动向。"吩咐丫头们、院子们："你们照程爷说的快办。"咬金出来，走到丁山面前，长喘一声说："罢了，罢了，少不得赔（陪）你挨一刀。"丁山吃惊，问："莫必她不来？"咬金说："她为想你死了。"丁山一听，好像清（晴）天霹雳一声，昏了过去。咬金把他叫醒，他像疯子，头里跑去，进了灵堂，烧纸大哭。正是：

薛丁山跪灵堂泪如下雨，哭一声樊梨花我的贤妻。
贤德[3]妻魂灵儿莫要远走，等一等我和你同赴幽州。
只怨我薛丁山无情无义，贤德妻你为我死得可惜。
可惜你正青春一命竟丧[4]，可惜你容貌好赛过天仙。
可惜你法术高神鬼难当，可惜你奇世才[5]满腹文章。
可惜你心略正宽宏大量，可惜你功劳大未登金榜。
可惜你作夫妻未曾同床，可惜你未听我一句善言。
直哭得薛丁山咽喉哽断，樊梨花在棺内泪顺鬓淌[6]。
丁山说心中话千千万万，你等我同路行再向你谈。
带说着站起身头碰棺材，樊梨花猛翻身跳出棺来。
伸双手抱丁山问你怎了，你见我就生气又是不要。
你把我当作那古树荒草，又把我当作那烂鞋破袄。
破恶阵[7]救你命又斩妖道，舍丹药吸脓血精[8]心治

疗[9]。
我为你求师傅又把药找，我为你破恶阵得[10]罪左道。
我为你许愿心[11]出家学道，我为你常喘气暗把天叫。
我为你茶[12]不思饭也不要，我为你少戴花不爱金草。
我为你伤父兄家破人倒，我为你反西辽失去同胞。
我为你每夜哭月上东辽，我为你在人前不想说笑。
樊梨花我对你哪些不好，你为何说坏[13]话把我辱臊[14]？
薛丁山好像那泥塑木雕[15]，樊小姐倒看得过不去了。
丁山说你为何假设灵堂？小姐笑这都是程爷主张[16]。
咬金说小姐你献猪献羊，为什么你见他献我老汉？
众家人喜笑着拆去灵堂，咬金说备花烛今夜成双。
小姐说我公爹未曾哭丧，万不能失大礼骂名流传。

却说咬金哈哈大笑说："真来是女中英贤！收拾家物快快起程。"带了母亲次日起身，原从小路行到翠云山，和薛应龙父子、母子先（相）见一毕，两兵合一。行了数日，良（连）夜赶到白虎关，见了太子李治，叩头拜见。程咬金交令，薛丁山请罪。太子说阳凡每日骂战，梨花说："次（赐）我一令，拿了这丑贼来请罪。"太子说："还要小心才是。"又吩咐丁山、秦豆二将压阵，拆了免战牌，开兵出营。早有小番报知阳凡。阳凡听说樊梨花出兵，气得怪眼大睁，说："这贱人还有脸见我！恨不能伸手拿来，挖她心肝吃下。"急忙上兽，来到阵前，大叫："樊梨花，虽然你花儿叶叶儿落了，杆杆儿我还是个爱的，快快随我回关，同爱（受）荣华富贵。"梨花说："我父把我许你，也是为了帮恶[人]为非作恶。我看你那三分不像人、七分好像鬼的样子，就一阵恶心。你想井底蛤蟆[17]吃天鹅肉，是往（妄）想！"阳凡听她骂不住口，反而听她那

[1] 设：抄本都作"摄"。
[2] 院子：仆役。
[3] 德：抄本写作"得"。
[4] 竟丧：抄本写作"经散"。
[5] 才：抄本写作"材"。
[6] 淌：抄本写作"趟"。
[7] 阵：抄本写作"斩"。
[8] 精：抄本写作"轻"。

[9] 疗：抄本写作"辽"。
[10] 得：抄本写作"德"。
[11] 愿心：抄本写作"原信"。
[12] 茶：抄本写作"荼"。
[13] 坏：抄本写作"杯"。
[14] 臊：抄本写作"噪"。
[15] 雕：抄本写作"碉"。
[16] 主张：抄本写作"古展"。
[17] 蟆：抄本写作"蚸"。

鸟声燕语，越骂越爱听，忘了在战场上。梨花见他呆听，暗想：师傅说不要杀他，不免拿去劝降，此人是员虎将。便说："丑贼，你呆什么？放过马来。"二人大战五十多合，阳凡拍起乌牙狡猊，放出黑气。众将齐唤"快下"，梨花用手一昭（招），黑气反（返）回。丁山拍马出阵，阳凡一见，气冲斗牛，使开兵器来战丁山。不上几合，阳凡恨不得把丁山一口吞下，大唤一声"气死我也"，那声音好似狼嚎鬼叫。丁山坐马吓得往外奔跑，众将的坐马也是如此。阳凡不放丁山，追下，梨花接住大战一场。梨花暗暗念起黑言定心法，把阳凡连人带马一齐定住不动，喝声军士拿了。谁知丁山在梨花身后，拍马上前，一刀砍下，连人带兽砍为两段，众将把那些番将番兵赶杀一阵。罗章率领众将强（抢）关，番兵放业（了）关口，扒山逃走。罗章大开关门，接太子、文武官员进关。安民一罢，太子昭（召）来众将、文武，与元帅开悼送殡[1]，把元帅尸首葬在白虎庙西南方白虎山下。梨花暗想：怪不得公公命散（丧），他乃上方的白虎星光（官），此地又有白虎庙、白虎山，大将怕的犯地名，也是他追（归）位谢（歇）马良（凉）殿，不题。

再说送殡一（以）后，柳夫人、薛金莲每日啼哭不至（止），常常相劝。一日，太子李治和程咬金商议说："军中不可无帅，公爷你说何人为帅？"咬金说："殿下明明心中有数，反问老夫。哈哈哈。从前青龙关大破裂烟（焰）阵，朱雀关大破洪水阵，不都是樊梨花挂帅掌权，提兵调将，有条有理？此女守（受）过艺（异）人教道（导），法术高明，兵法武艺样样精通。西地妖人计多，除了她，再还有谁呢？我虽有数，有殿下在此，还请圣命定替（夺）吧。"太子说："就依你奏吧。"传令大小三军，各头目[2]、将官聚齐，吩咐请樊梨花听旨，梨花叩拜，口呼千岁，接旨。太子说："你破阵杀乱（敌）有功，我吩（封）你征西大元帅，红袍夫人。"谈（说）罢三（山）呼，太子亲手举起九头狮子元帅大印，梨花拜了大印，上堂接过大印，放案上。谢恩一罢，太子说："明天你替我犒赏

三军。"次日，梨花一早坐帐，穿戴起来。正是：

时运[3]不来天怪哉，乌云迹定栋梁材。

太公坐过钓[4]鱼台，韩信无时[5]把身卖。

刘备无时卖草鞋，秦琼无时把马卖。

樊梨花坐在了白虎大堂，头顶盔身穿甲好不威严。

头戴上凤[6]翅盔乌云压鬓，身穿上大红袍烈火烧身。

众将官一个个站得齐整，吹[7]鼓手辕[8]门外播鼓三通。

点前营点后营五营四哨[9]，各头目众将官无有不到。

程咬金上堂来领众参见，薛丁山也在内叩头拜上。

薛金莲豆仙童偷眼一瞧[10]，见丁山也拜见扭着嘴笑。

咬金说备花烛[11]今晚成亲，给元帅[12]来贺喜双喜临门。

杀猪羊请乐人锣[13]鼓喧[14]天，新夫妻拜罢礼[15]入了洞房。

合该[16]是他夫妻灾难满退，入洞房上牙床如鱼得水。

鸳鸯枕头对头有话难说，樊小姐长喘气想起前者[17]。

樊小姐情义重情不自禁[18]，叫良人你把我休得可怜[19]。

丁山说这都是我的不是，从今后学一个张生画[20]眉。

却说次日太子回钥（朝）交旨要走，文武众将送行，不题。再说樊元帅三天新满，精神焕发，传令众将，商（商）议起兵西进。前面就是麒麟[21]山，守将追墨阳旗乃是阳凡的二弟弟。元帅说吩咐三军起营，兵折（发）麒

[1] 殡：抄本都作"宾"。

[2] 头目：抄本都作"头某"。

[3] 运：抄本写作"用"。

[4] 钓：抄本写作"吊"。

[5] 无时：抄本写作"估尊"。

[6] 凤：抄本写作"夙"。

[7] 吹：抄本写作"喝"。

[8] 辕：抄本写作"衰"。

[9] 哨：抄本写作"俏"。

[10] 瞧：抄本写作"脎"。

[11] 烛：抄本写作"灯"。

[12] 帅：抄本写作"师"。

[13] 锣：抄本写作"罗"。

[14] 喧：抄本写作"宣"。

[15] 礼：抄本写作"理"。

[16] 合该：抄本写作"何改"。

[17] 者：抄本写作"着"。

[18] 禁：抄本写作"沉"。

[19] 怜：抄本写作"另"。

[20] 画：抄本写作"函"。

[21] 麟：抄本写作"龄"。

麟山。

卷上写的白字多，不成句来不成歌。

请你不要笑话我，只因人老忘魂[1]大。

读得书多甚大球[2]，不须耕种自然好。

日里不怕人来借，晚上不怕贼来偷。

抄写者：　　　姚兴发

抄写时间：　　1981 年（阴历正月）

收藏者：　　　代福周、李贵生

整理校注者：李贵生

精忠宝卷（上）

精忠宝卷才展开，诸位大众听心怀。

自古朝中有忠奸，万事都被奸臣坏。

忠臣鲜血洒疆场，奸臣进谗乱使坏[3]。

奸臣专权害忠良，忠臣常遭恶人灾。

保国忠良人人敬，卖国奸贼臭万代。

是非到头有公论，不信且听精忠卷。

这部宝卷，出在宋朝。那徽宗天子即位，崇尚道教，又好游嬉，渐渐地在朝中聚集了一班奸佞，既善于拍马逢迎，又长于搜刮民脂民膏，老百姓日复一日地被敲诈勒索得财穷力尽，活不下去的就揭竿而起；北方女真族崛起后，对这片大好山河也是虎视眈眈，伺机欲动。这是后话。如今先说河南相州汤阴县永和乡岳家庄，有一员外，姓岳名和，安人姚氏。家财丰盈。年上四十，尚未有生下一男半女。老两口商议，去到南海落伽山观音庙，进香求子。倒

[1]　忘魂：忘性。

[2]　甚大球：意义不明。此抄本错别字较多，加之方言成分多，以致多处文字意义不明。民间手抄本大都如此。

[3]　坏：原本作"害"。

也还有些灵应，回来后身怀有孕，十月满足，产下一儿，生得眉清目秀，相貌堂堂，一家人好不喜欢。

　　岳员外在前厅正然打坐，老家人走进来作揖行礼。[1]

　　夫人她生下了一个麟儿，老仆我与员外先来贺喜。

　　岳员外听一言笑上双眉，忙说声我的喜大家亦喜。

　　看起来天不绝岳氏后代，谁料到过四十儿子才来。

　　且不说岳员外合家欢喜，再说那化缘的道人到此。

　　敲檀板尊施主善缘广施，金不化银不化化斋一次。

　　这道人就是那陈抟老祖，他知道过去的未来之事。

　　这孩子他算就是个贵人，佛顶的护法鸟下凡转世。

　　岳员外忙迎进躬身施礼，又倒茶又供斋殷勤备至。

　　那道人叫一声员外你听，四十上得贵子实是大喜。

　　自古说积善事虽无人问，守公道存良心自有天知。

　　也是你今世里乐善好施，老天爷赐于了一个麟儿。

　　蒙员外今日里相待以礼，出家人祝福你吉样如意。

　　把你的小孩儿抱出房来，让贫道替令郎禳祈禳祈。

　　岳员外听此话心中大喜，将孩儿抱出房道长赐吉。

　　却说那道人见了孩儿，赞不绝口："好福相。今日有缘，贫道与孩儿取个名儿如何？"员外说："师傅赐名，焉有不从之理？"道人说："就取个飞字，表字鹏举如何？"员外大喜，再三称谢，殷勤款待。道人坚辞要行，员外送出门来，看见院内有一口大鱼缸，忙走到跟前，用拐杖在缸内画了一道符，转身对员外说："三朝之日，如孩子啼哭不止，可让安人抱上孩子坐在缸内，保你无事。"说罢出了大门，飘然而去，不题。且说岳员外一家，欢欢喜喜，到了第三天，那孩子忽然啼哭不止，谁也哄不住他。员外猛然想起前日那道人嘱咐的话，忙叫安人抱孩子坐在鱼缸之内。那姚氏安人抱了岳飞，方才坐在缸内，就听见天崩地裂的巨响，滔滔洪水漫地而来，两丈来高的水头，霎时把个岳家庄，荡成一片汪洋大海，一村百姓随水漂流。正是：

　　　　波浪洪涛滚滚来，无辜百姓遭水灾。

　　有安人抱岳飞缸内坐定，岳员外扶缸沿大放悲声。

哭一声贤夫人你是听清，今日个水淹了俺家庄村。

　　万贯的财和产随水而尽，恐怕是这条命也难保存。

　　罢罢罢也都是命运注定，从今后夫妻们再难相逢。

　　我今天把孩子托付[2]于你，你保住岳家的一条命根。

　　到日后若能够养大成人，我葬身鱼腹里也放宽心。

　　嘱咐罢一松手掉落水中，立时间被洪水吞进浪峰。

　　且不说岳员外水中丧命，再说那岳安人死里逃生。

　　怀抱上小岳飞听天由命，缸漂在洪水里去向难定。

　　随水势漂荡了三天有零，漂到了河北的大名府境。

　　内黄县有一个麒麟小村，村子里有一个员外王明。

　　他是个富豪家财粮余盈，一村里是首富赫赫有名。

　　那一天清早起家丁来禀，洪水中漂一物还看不真。

　　王员外忙领人河旁用劲，捞出了受难的母子二人。

　　却说王员外来到河旁，只见众人都在抢着打捞河里漂下来的东西。王员外便吩咐家人，捞出那个鱼缸，近前一看，里面坐着一个妇人，抱着一个娃娃，昏迷不醒。员外连问几声，不见答应。便吩咐家丁，抬回家里，灌了一碗热汤。过了一会，方才醒来。王员外便问："你这妇人，家住哪里？丈夫姓甚名谁？如何落到水里，漂流到我们这个地方来了？"岳安人［听］一声泪如雨下。正是：

　　　　提起家来一水冲，提起丈夫命归阴。

　　岳安人未开言泪如雨下，尊一声员外爷救命菩萨。

　　家住在河南省相州治下，汤阴县岳家庄就有我家。

　　我丈夫名岳和自幼结发，四十上才生下这个娃娃。

　　谁知道大前天黄河水发，整个儿一庄人喂了鱼虾。

　　也该是娘两个不死命大，顺水儿漂到此蒙你搭救。

　　岳安人她说得声音嘶哑，王员外一家人也觉心麻。

　　王安人也听得声泪俱下，叫一声苦命人暂住我家。

　　活一世谁能行一世荣华，洪水里死不了还算造化。

　　我和你结拜个义姊义妹，在我家你安心拉扯娃娃。

　　把两间空房子急忙扫清，安顿他母子们暂时住下。

　　岳安人她待人温柔有法，因此上一村人都敬都夸。

　　自来是光阴似箭，日月如梭。这岳飞母子在王员外家安身，不知不觉就是七年。那王员外也在岳飞来的那年得

[1]　《精忠宝卷》选自：《民乐宝卷精选》（上）。原本十字句上下两句的标点为："三，三，四；三，三，四。"收录时改为："十，十。"

[2]　付：原本作"咐"。

0211

说唱·甘肃卷·宝卷分卷（二）
精忠报国故事宝卷

了一子，起名王贵。本村还有个张员外、汤员外，都是王员外的好友。他们也各有一子，名叫张显、汤怀，和岳飞都是同龄人，只是生日都小几个月。这一天几个员外集到一起商量，请个先生到家，教这几个娃娃读书。那岳飞还肯用心，这三个小顽皮根本不专心读书，终日在书房里舞拳弄棒。先生责罚了几句，不但不听，反而把先生的胡须拉住，三对小拳头如雨点般乱敲一阵。那先生欲要认真，又都是独生儿子，父母爱惜，骄纵惯了的，奈何不得，只好辞馆而去。一连请了几个都是如此，员外们也无有妙法，只好由他们胡行。但岳安人见儿子一天天长大，便说："儿呀，我也认得几个字，还是我与你教罢。"便借来本书，给岳飞教起来。那岳飞天资聪慧，一教便读，一读就熟。学了些日子，岳安人只好又说："我儿，为娘的积攒下几分针线钱，你拿去买些笔墨纸张来，学习写字，也是要紧的。"岳飞听了："母亲不必去买，孩儿自有纸笔。"便去到河旁，端来一盘沙，又折了几条杨柳枝儿，拿回家便学写起来。岳安人见他小小年纪，这样有心计，自然十分高兴。从此岳飞在家，朝夕读书写字，不题。

再说王员外，一日在书房闲坐，家人禀报，陕西的周侗老师来访。王员外大喜，急忙迎进客厅。行礼已毕，又打发人去请张、汤二位员外。一时儿都来了，四个人〔分〕宾主坐下，吃茶之中，闲谈闲论。员外们就将孩子调皮，不好好念书，请了几个师傅都被他们打走的话说了一遍。周侗老师一听，哈哈大笑道："待我老汉教教他们，看他们敢打我吗？"三位员外见周师傅愿意就馆，自是喜之不尽。次日命家丁拾掇好书房，员外们各送儿子上学去了。正是：

> 不是周侗老师傅，哪能平地出猛虎。

有周侗和员外厅上喧谈，小王贵他留神听在心间。
急忙忙来到了后门外边，找着了俩朋友汤怀张显。
叫一声弟兄们事不好了，我们家又请来一个老汉。
听说是陕西的周侗师傅，到明天就要把我们教管。
张显说不管他州同周银，弟兄们准备好铁尺物件。
到明天等我们进了学堂，打他个下马威不许沾边。
汤怀说哥哥们说的极是，快回家准备好等个明天。
到次日周师傅进了书房，学生们一个个都来拜见。

周师傅坐在了书案以上，叫王贵拿书来我给指点。
王贵说你是客应当先上，哪有个上书的主人当先？
你这样不懂礼还当师傅，快回家去种地自在安然。
腰一躬靴筒里拔出铁尺，奔向前径直打周侗右腕。
周师傅何等人猿臂轻展，接尺子再抓住这个捣蛋。
按倒在板凳上一顿好打，直打得王贵娃叫哭连天。
连声叫周师傅饶了书生，从今后听你话再不捣乱。
那张显和汤怀浑身打颤，一个个跪在了师傅面前。
从此后他三个收了野胆，处处儿听师傅教诲指点。

那王员外广行方便，也把岳飞送进学堂来。周师傅一看，他写的文章、字体、答的题，都不同别人，天性聪明，将来必是个人才。一天，他把岳飞叫到书房说："岳飞，我今叫你，不为别的，实不瞒你说，我一生教得两个徒弟，大徒弟是河北玉麒麟卢俊义，二徒弟就是东京八十万禁军教头的豹子头林冲。可惜都被奸臣害死。老夫迄今孑然一身。我有心把你收为义子，将我的一身武艺传授与你，不知你意下如何？"岳飞听了，大喜过望，急忙双膝下跪，拜了三拜。周侗又叫他四个人结为异姓兄弟。各人回去，与父亲说知，皆大欢喜。从此后，周侗将十八般武艺尽数传授给岳飞弟兄，几个人勤学苦练，学业大有长进。他们单日习文，双日习武，由于周师傅教法得体，四个人不上几年，各个都是能文善武，臂力过人。一日，周师傅说："我有个老友志明长老，是个有德行的僧人，现在本县沥泉山修行。一向不曾去看望他。今日无事，不免我带领你们同去，一则游玩，二则看望看望他。"书生们大喜，一齐来到沥泉山。长老接进，吃茶后，各叙了些离别之情。周师傅说："听说此山有个沥泉洞，其水味甜，可以洗眼治病，不知此事当真？"长老说："此水实有些好处。但最近洞内雾气迷漫，人不能近前。"岳飞听了，心中暗想：怕是这长老有点小气吧，待我去看看。就悄悄向小和尚打问了洞的位置，一径寻到跟前来。只见洞内雾气腾腾，似有一条大蛇在瞪眼张牙地吐雾喷云。岳飞拾起一块石头，向蛇头打去，不偏不斜，打个正着。只见那蛇张开血盆大口向岳飞扑来，岳飞闪身避过蛇头，一把抓住蛇尾，朝地上用劲一抡，只听得呛啷啷一响，却是一条一丈来长的蘸金枪，枪身上有四个字："沥泉神矛。"岳飞好不喜欢，提着它来见师傅和志明长老，说了经过。周侗也觉高兴。长老又拿出兵书一卷，赠给岳飞，说："此书中有枪法，还有布阵妙方，你可细心研读。"岳飞谢过了长老。师徒五人辞别下山，长老送出山门，说道："此山冈（风）水已破，我也得另走他山，二十年以后再相会吧。"两下作别。从此他小弟兄四人，天天开弓射箭，舞枪抡刀，好不用心。正是：

今日得了沥泉枪，他年疆场杀敌忙。

有岳飞兄弟们勤学苦练，有周侗老师傅尽心指点。
岳飞他使的是神枪沥泉，小张显他最爱枪带钩镰。
那汤怀也使枪烂银点点，王贵他抡大刀套路连环。
白日里在操场比试枪棒，到晚上借月光又把阵演。
把武艺学通了一十八般，又学文又学武文武双全。
那一天内黄县批文下转，考试的武童子报名上县。
考上的准备着上京再战，考不上回家去精心再练。
岳飞他弟兄们都把名报，和周侗老师傅一齐上县。
县老爷叫李春公正清廉，他一心为国家把人挑选。
倘若是我县中有个状元，连我这县老爷也觉体面。
校场里摆箭靶不近不远，众武童一个个奋勇当先。
轮到那麒麟村岳飞四个，这距离由他们自报近远。
有王贵走上前禀告老爷，求你把箭靶子还是放远。
李老爷忙吩咐箭靶放远，放到那一百步情不情愿？
张显说求老爷再远一点，再远去二十步看我放箭。
他三人走上前一一射完，一箭箭都上靶红心齐穿。
三个人射完了岳飞再射，左手里张开弓右手搭箭。
嗖嗖嗖他一连射出九支，九支箭穿过了一个孔眼。
霎时间喝彩声接连不断，各乡的武童们自退后边。
李县主他一见笑上眉尖，忙叫声贤契[1]们师傅可安？
王贵说我师傅名叫周侗，他今日领我们来到此间。
县主说既是他快请来见，他和我在过去也算同年。
李县主把周侗请到府中，设便宴喧一喧离别情分。
酒席间问岳飞青春多少，订下了谁家的姑娘为婚？
周侗说他今年一十五岁，家贫穷还没有订下终身。
李县主他一听心中大喜，叫贤契你听我说个分明。

我有个独生女和你同庚[2]，若不嫌面貌丑由我主婚。
那岳飞听此言跪下告禀，婚姻事当征得母亲应允。
年青人有礼义好学上进，李县主听此话更觉称心。
给贤婿再无有他物相赠，送一匹白龙马任你驰骋。
却说李县主慧眼识才，给岳飞慷慨许诺了婚事，又赠送了一匹宝马。岳飞把马拉出来一看，自头至尾，约长一丈，从蹄到背，足高八尺。头如搏兔，眼似铜铃，真个是一匹宝驹。又备了一付好鞍辔，周侗看了，赞不绝口，于是一行五人，辞别了县主回家。到家后，岳飞给母亲禀了县主赐婚的话，岳安人大喜，就烦周师傅和王员外操办此事，送庚帖，下聘礼，到吉期县主亲送女儿过门完婚。媳孝姑贤，妇随夫唱，一家人过得乐融融的。谁知周侗是上了年纪的人，那次从县里回家，和岳飞骑的宝马赛骑，出了一身汗，受了些风寒，竟一病不起。小弟兄几个日夜不离地伺候，众员外亲自请医调药，岂知药石无功，终不见好，迁延月余。一天，把小弟兄几个唤到跟前，吩咐道："儿呀，可惜我一世漂流，没有积下财产，只那几个箱笼物件，给你留作遗念吧。"又嘱咐王贵等人道："你等要成名，不离岳鹏举。"说罢痰涌而终，行年七十九岁。岳飞痛哭不止，众员外也个个伤心，便请了僧道，诵经答报，超度亡灵，然后择了吉日发送。岳飞在坟上结草为庐，守孝一年，方才回家，不题。

且说岳飞弟兄几个，一天来到附近的乱草间散心，见一条黑脸大汉，骑一匹乌锥（骓）马，手提两条四楞镔铁锏，挡住了几十个过往行人，逼他们拿买路钱来。岳飞见了，忙走到跟前，叫声："朋友，小弟在此，且饶了这些人去吧。"那个汉子抬头一看，见岳飞眉长脸秀，相貌魁梧，便说："你既来了，也该送些金银财宝与我！"岳飞笑道："这个自然。自古说靠山吃山，靠水吃水，怎么能说不该送呢？只是这些人都是些小本经纪，没有多大油水，放他们去吧。我是个大客商，伙计车仗都在后边，少停停我给大王多送些吧。"那大汉手一挥："即（既）是他这等讲，放你们滚吧！"那些人听了，没命的（地）跑了。黑大汉转过来说："如今快将金银与我拿来！"岳飞又笑笑

---

[1] 贤契：长辈对子侄辈或先生对门生弟子的爱称。

[2] 庚：原本作"度"。

说："我也是这样打算，怎奈我的两个伙计不肯。"黑脸大汉问："你的伙计是谁？"岳飞晃了晃两个拳头说："就是它。你若打得过，便送些与你；若打不过，休想！"黑脸大汉听了，冲冲大怒。正是：

英雄千里来相会，不打不成好朋友。

那大汉听一言气填胸怀，骂一声这小子欺人太坏。
谅你有何本事出言不逊，竟敢在爷头上动起土来！
你一对精拳头我使铁锏，赢了你也不算多大将才。
我也用一对拳和你对打，试一试爷的拳有多厉[1]害！
一边说下马来拳步迈开，使黑虎掏心势出手厉害。
有岳飞急忙忙纵步闪开，扫堂[2]腿将大汉踢倒尘埃。
汤怀等一见了齐声喝彩，那大汉连声喊气煞我哉！
翻起身拔宝剑颈下刎来，有岳飞忙上前用手拉开。
叫好汉你何必思想不开，白白地送性命为着何来？
我牛皋家住在陕西一带，恨贪官恨污吏恨得发呆！
出门来曾闯荡五湖四海，远未见什么人打倒我来。
我父亲临死时遗嘱还在，投周侗老师傅才能成才。
访师傅走过了无数山寨，少盘缠暂做些剪径买卖。
岳飞说你原为访师而来，且起来听我把话说明白。
你说的周师傅是我义父，天不幸一年前已离尘海。
那牛皋听一言放声悲哀，后悔我访师傅迟了几载！
有岳飞众弟兄见他伤心，也不觉心酸着落下泪来。
叫朋友你不辞千里到来，和我们且做个异姓结拜。
我岳飞他王贵张显汤怀，全都是周师傅尽心教来。
那牛皋听一言喜上心怀，暂住到麒麟村再作安排。
自此后五弟兄练武比赛，王员外当亲生一样看待。

这花开花落，春去秋来，不觉又过了两年。一天，相州兵马节度使刘光世派军校传来岳飞弟兄五人，参见已毕，刘公说："贤契们，如今皇王爷开了科场，你们可该打点上京赴考。"岳飞说："若是科场开了，我们明天就应该起身。"刘公大喜，忙取出文房四宝，修书一封，递于岳飞说："东京兵马留守宗泽，是我的同年，你们去将这封书送与他，多少有些照应。"又让亲随取出白银五十两，

送与岳飞："此银贤契们收下，权为路费。"岳飞再三称谢，和众弟兄辞别了刘公，出了辕门。回到家里，与众员外说知。众员外大喜，急忙去准备了马匹盘缠。岳飞弟兄五人拜辞了员外、母亲，次日登程往汴梁而来。一路上免不了晓行夜宿，渴饮饥餐。不几日来到京城地面，找了一个干净的店房住下。第二天，五个人来到留守衙门，岳飞说："弟兄们，你们在外边等候，我进去投书。"便进了辕门，找见了旗牌官说："烦你禀知大老爷，汤阴县武生岳飞求见。"旗牌官进去禀报，出来说道："岳飞，大老爷唤你进去，可随我来。须要小心一点。"岳飞应道："晓得。"便随着旗牌官来到大堂，双膝跪地，口称："大老爷在上，汤阴县武生岳飞叩见。"宗泽便问："岳飞，你几时来的？"岳飞道："武生今日才到。"便从怀中取出刘光世的书信呈上。宗大人拆开看了一遍，把案一拍："岳飞，你这封书信，是花了多少金银买来的？从实讲上来便罢，若有半点遁词[3]，看大刑伺候！"两边人役听了，齐声喝威。那岳飞却不慌不忙。

有岳飞尊一声老爷你听，武生我家住在本省汤阴。
父岳和母姚氏忠厚为本，生武生将三日黄水临门。
把家财和田产淹没尽净，可怜把老父亲洪水丧命。
我的母抱着我四处飘零，顺水儿漂到了内黄县境。
麒麟村王员外搭救残生，老母亲守节烈养我成人。
拜周侗为义父练武习文，刘节度打发我赴考上京。
他赠银五十两路上有本，写一封推荐信面呈恩公。
武生的家贫寒犹如水洗，哪里有金和银送礼买情？
望大人具慧眼洞察下情，这些话非编造都是实情。
宗大人听此言心中思忖，昔日里曾听说有个周侗。
他本事真高强厌入仕途，教徒弟一定会才华过人。
人役们取我弓叫他射箭，看一看真本领还是冒名！
岳飞他随宗师来到箭厅，拿起了宗师的铁臂神弓。
嗖嗖嗖一连儿射出九箭，每一枝都射在最中红心。
宗大人亲眼见箭法高明，又取出点钢枪看看武功。
有岳飞举钢枪当场舞动，三十六七十二变化无穷。
宗大人他看了连声叫好，左右的众将官谁不赞称。

[1] 厉：原本作"利"。
[2] 堂：原本作"蹚"。

[3] 遁词：指理屈辞穷或不愿吐露真意时，用来支吾搪塞的话。

看了箭看了枪再问兵法，用兵的无常法依势度行。
宗大人命岳飞落坐平身，贤契你果然是一代新人。
我只当你随俗贿赂求进，谁知道刘节度慧眼识人。
但只是早三年你来也好，若再迟来三年也还合心。
偏今年考场里事理不顺，那柴桂要状元仗势诓人。
万岁爷钦点了四位主考，一个是张邦昌位极人臣。
兵部的尚书官名叫王铎，另一个叫张俊都督右军。
再一个是老夫位列其中[1]，四个人同职位并不同心。
那柴桂送礼仪共是四份，他三人都收了我未动心。
收礼的自会把桂冠奉送，因此上这就叫时不应人。
叫贤契你今日且回店中，待老夫看他等怎样横行。
宗大人他为人耿直秉性，给国家选贤才岂肯徇情。

却说岳飞辞别了宗大人，出得辕门，弟兄们见他愁眉不展，一齐问原因。岳飞就把宗大人的话讲了一遍，大家都觉得愤愤不平，只好一齐回店。宗大人又派人送来五桌酒席，岳飞与众弟兄感激不尽，恭敬不如从命。

闲话少说，转眼到了十五日的考期。那校场里，各路来的举子，成千上万，人山人海。先来的，后到的，拥挤不开。岳飞一行五骑马，也按时来到校场。只见那汤怀白袍银甲，插剑悬弓；张显绿袍银甲，挂剑悬鞭；王贵红袍金甲，浑身如一团火炭；牛皋铁盔铁甲，好似一朵乌云。只有岳飞衣着依旧，还是考武举时的那领战袍。五人来到校场后厅，下马等候。如今先说四位主考，来到演武厅，互致问候，众将参拜已毕。宗大人抢先说道："今蒙圣上点我四人为主考，须当尽心竭力为国家选拔人才，绝不能营私舞弊，卖弄人情。我等当对天立誓，表明心迹可考试。"即叫伺候的中军和旗牌官，在厅前摆下香案。自己立起身来，先拜了天地，再跪下祷告过往神灵说："信官宗泽，浙江义乌人，蒙圣恩钦点主考武生，自当诚心秉公，擢拔贤才，为朝廷出力。若有一丝欺君卖法之心，必死于刀剑之下。"祷毕三拜而起身。这张邦昌三人，心中一个劲埋怨宗老头儿多事，但面子上却被逼住了，就得装模做样地表演一番。三个人只好来到香案前跪下，张邦昌先道："信官张邦昌，湖广人氏，蒙圣恩钦差考武，若有

受贿选贤之处，今生就在外国为猪，死于刀下。"那王铎一听这个没影儿咒，心想："妙啊，就你们会说漂亮话！"可跪到香案前却说道："信官王铎，与张丞相同乡，若有欺心，他即为猪，我即为羊，一样死法。"这也是他的算计处："你当不了猪，我也就当不了羊。"那张俊更是个利禄之辈，跪在香案前喃喃道："下官张俊，顺州人氏，如有欺君之行，今世死于万人之口。"大臣当不了猪羊，我也到不了万人口里。这些小人，那（哪）里比得上宗泽诚实君子，既不管咒赌得轻重，也不管这些话应验不应验，只不过为表表心迹而已。如今这四位主考，立誓已毕，便一齐坐到演武厅上。宗泽心想：这柴桂送了礼，他三人又一心扶持，我不免先传他上来，看看他的才学如何。便叫旗牌官，传南宁州的举子柴桂上来。旗牌官一听令下，那小梁王柴桂，就走上演武厅来。正是：

朝中奸佞专权日，天下英雄失意时。

小梁王听得[2]传走上厅前，向上边作一揖站立一边。
宗大人看见他如此傲慢，喝一声这柴桂狗胆包天！
自古说在此位当谋此政，见本官不下跪所为哪[3]般？
你原是一藩王位极爵显，我请你坐下边理之当然。
但今日来考试弃大就小，哪一个举子他不拜考官？
放王位好端端你不安坐，听信了谁的话来考状元？
校场里今日个英雄云集，哪一个能让你妄自占先。
既就是金银多势力广大，这状元也未必稳操胜券？
倒不如休此心本郡安返，把状元让与了其他好汉。
这梁王听宗泽教训一遍，没奈何低下头跪倒厅前！
张邦昌一见此心慌意乱，宗老儿你何必就此刁难？
我听说他也有门生入进，汤阴县岳举子英俊少年。
叫一声旗牌官传下我令，把岳飞快与我叫到厅前。
有岳飞听得传不敢怠慢，急忙忙走厅前施礼周全。
张邦昌说岳飞狗头大胆，今日里考状元谁是靠山？
我看你才不众貌不惊人，啥本事也想戴这顶桂冠！
有岳飞叫大人此话差矣，开科场这本是万岁恩宽。
普天下众举子都来应考，每一个都要争头名状元。

[1] 位列其中：原本作"汗牛充栋"。

[2] 得：原本作"的"。

[3] 哪：原本作"那"。

但状元尚不知鹿死谁手，本举子又何敢斗胆包揽！

张邦昌听岳飞句句有理，位再高拿不出一言答辩。只好是老脸皮仗势说话，今日个考你们三场再看！且问你惯用枪还是用剑，小梁王能不能开弓射箭？用枪的先交上枪论一篇，使刀的也当把刀论交卷。

这主考出了题目，那柴桂和岳飞二人只好领命，各去作"论"。那梁王的才学原是好的，因被宗泽揶揄了一场，气得昏头转向，下笔写了一个"刀"字，不觉出了头，竟写成了"力"，自觉心中着急，不由得又描了几笔，字是黑狗，越描越丑，弄得刀不像刀，力不像力。那岳飞已经交卷了，自己只好也拿去交给张邦昌。张邦昌把岳飞的卷子先拿来一看，只见字字珠玑，掷地有声。心想：此人才学比我还好，怪不得宗老头儿爱他。便故意喝道："你这等文字，竟也想考状元！"又把梁王的卷子看了，忙忙笼进袖中，便说："岳飞，且不要说你的文字不好，你敢与梁王比箭吗？"岳飞说："主考有命，不敢不听。"宗泽心中暗喜；若说比箭，此贼就上了当了。便命中军，把箭靶摆在一百步以外。梁王见靶子甚远，就对张邦昌说："柴桂弓软，让岳飞先射吧。"张邦昌就命岳飞先射，又暗令亲随人等把靶子移到二百四十步，使岳飞不敢射，就可以把他赶出场去了。谁知岳飞功底雄厚，临阵不惊，立定了身，当着天下众英雄的面前，张弓搭箭，真个弓开如满月，箭发似流星。嗖嗖嗖一连九支射出，只见那摇旗的摇个不住，擂鼓的擂得手酸，众举子欢声震天。那监箭官上厅禀道："这举子箭法出众，九支箭都从一孔而出。"张邦昌大喝一声："胡说，还不快滚下去。"那梁王自知比不过岳飞，便上前说道："岳飞之箭即中，倘柴桂的也中了，何以分高下。不如我和他比武吧。"张邦昌听了，就令他二人比武。岳飞忙上前禀道："主考在上，武场之中有伤亡。若梁王把举子伤了，举子白送了性命；若武举一时失手，伤了梁王，他是藩王尊位，岂能甘休[1]。不但举子性命保不住，还会连累别人。望大人作证，让我们各立生死文书，互偿价命，武举才敢比武。"宗泽说："这话也说得是，自古说壮士临阵，非死即伤。柴桂你愿不愿立呢？"梁王还

[1] 甘休：情愿罢休；罢手。

未开口，那张邦昌忙说："岳飞好一张利嘴，看你有甚本事，也敢如此挟人！千岁你就与他立下生死文书，倘若伤了他，也叫众举子心服口服。"梁王到此，也只好硬着头皮答应。各人将生死文书写就，四位主考用上了印，柴桂的交与岳飞，岳飞的交与柴桂。二人便走下演武厅，各自骑马执械，到校场里来了。正是：

学成文武艺，博得一世名。

有柴桂到校场勒马站定，叫一声岳举子你听分明。
你若让这状元孤家占定，或榜眼或探花必有你名。
倘若是不听劝硬比输赢，霎时间我叫你命见阎君。
有岳飞叫千岁说话欠妥，争状元怎能是你我二人。
你看这武场中几万举子，哪一个他不是铁凳磨成？
下苦功练武艺三年一望，都想着博个名致君泽民！
况千岁居王位堂堂正正，又何必与这些寒士争雄？
上辜负圣上的求贤之意，下屈了众英雄报国之心！
你若是仗势力非比不可，恐天下众举子众怒难平。
那柴桂听此言恼羞成怒，骂一声好狗头不安好心。
顺手儿举起了金背砍刀，你莫要缩脖颈才是英雄。
这一刀向岳飞头顶直砍，有岳飞举起枪急架相迎。
有柴桂他那里又是一刀，岳飞用沥泉枪挑开刀锋。
这柴桂只当是岳飞怕他，左三刀右四刀劈面直抢。
当当当他连砍一十二刀，有岳飞一枪枪架开利刃。
砍得那岳举子英雄性起，叫柴桂应知足不要过分。
让一刀又一刀刀刀相逼，难道说我岳飞怕你不成！
有柴桂听一言怒气冲冲，说岳飞你一点礼义不懂。
我为王还称你一声举子，你岂能直呼咱真姓真名！
一面说照面目又是一刀，有岳飞架开刀挺起枪锋。
说时迟那时快不及躲避，只一下把柴桂挑下马身。
事到此挽回难再加一枪，把一家小梁王性命归阴。
满场的众举子欢声雷动，急坏了柴桂的家将亲兵。

那岳飞挑死梁王，不慌不忙，下马待命。梁王的几千护兵和家将，一齐手执兵刃，围住校场，要与梁王报仇。这边汤怀、牛皋、张显、王贵，一字儿排开，大声喝道："岳飞挑死梁王，自有公论；尔等若想动手，惹得我们众好汉发怒，你们的性命休想留下一个！"那些家将面面相觑，谁还敢不要性命来虎口拔牙？只见巡场官，飞奔上演

武厅报道："众位大人在上，梁王被岳飞挑死了。请令定夺。"张邦昌大惊失声，喝一声："把这厮快绑起来！"两边刀斧手一声："得令。"下台来就把岳飞绑了，推到演武厅下。张邦昌传令，将岳飞斩首示众。正是：

时运不至，乌云遮天。

进取无门，报国更难。

张丞相来一声喝，快将岳飞头斩来。

忙了忙了谁忙了，忙了宗泽大老爷。

高叫岳飞不能斩，斩了岳飞有大祸。

一手拉住张邦昌，一手紧紧拉王铎。

两位主考莫性急，这个岳飞杀不成！

他们写下生死书，上面盖着你我印。

今若乱杀岳举子，天下举子可答应？

他们一齐来造反，我们怎么保性命？

此事必须奏圣上，有了圣旨再成行。

三个奸贼怒不息，叫声宗师你是听。

岳飞乃是一草芥，枪杀藩王理不通。

这等无父无君人，先斩后奏也有名！

喝令人役快斩首，人役得令往前行。

得令二字刚说完，台下牛皋听得真。

大喝一声如雷吼，跃马奔到旗杆亭。

高叫台上瘟试官，牛爷有话你们听。

天下多少英雄来，谁人不想夺状元。

今日岳飞武艺高，挑死柴桂是好汉。

你等不把状元给，反要杀害理不端。

这样做事太无理，官逼百姓要造反？

不如先杀瘟试官，再去面君上金殿。

说罢举起双铁锏，咔嚓旗杆打两断。

不如我们反了罢，旗杆一倒众人喊。

犹如钱塘起怒潮，万里长空打雷闪！

吓得邦昌脸失色，王铎张俊腿发软。

忙尊元戎宗大人，此事还要你周旋。

宗师忙说你们看，人情汹汹志难挽。

岳飞暂且先放了，救急先把人心安。

三人齐说行行行，喝令人役把绳宽。

岳飞今日得活命，带领兄弟往回转。

王贵砍开校场门，五位弟兄一溜风。

来到留守衙门口，下马跪到地流平[1]。

望着辕门哭一场，枉费大人恩爱心。

今生不能补报上，结草衔环待来生。

对着辕门拜四拜，弟兄上马回店中。

不说岳飞回家乡，再表宗爷一片心。

却说那科武场，梁王已死，岳飞亦逃，众举子还（逃）避是非，一哄而散。四位主考官见众举子云飞星散，只好命梁王的家将收拾了尸首，然后一同来到午门朝王见驾。那张邦昌抢先启奏道："万岁，今科武场，被宗泽留守门生岳飞挑死梁王，以致武生扫兴，星散回家，考试无有结果。"把责任都推到宗泽身上。幸亏宗泽是两朝大臣，天子虽然不悦，也不好定罪，只将他削职闲居。各官谢恩退出。这宗泽大人回到衙中，门上的家丁把岳飞哭辞的话说了一遍。宗泽听了，叹息连声："可惜啊！可惜！"吩咐家丁："快去抬我的甲箱出来，和我同去追赶他们。"家丁说："他们已去远了，何必追赶。"宗泽说："你等哪里晓得！当年萧何月下追韩信，成全了汉朝四百年天下。今岳飞之才，不次于韩信，况国家正值用人之秋，岂可失此栋梁！我赶上他们，吩咐几句话，也是应该的。"说罢，带领家丁，驮了甲箱，又带了些银两，乘着月色，一路儿连夜追来。

不因宗泽追岳飞，哪有一部精忠卷？

宗大人追岳飞戴月披星，那岳飞避是非连夜赶行。

弟兄们不停地加鞭磕[2]镫，远听见后边有马蹄声声。

有岳飞叫弟兄大事不好，必定有柴桂的家将追踪。

王贵叫岳大哥暂且慢行，等他们到跟前连根剿尽。

牛皋说依我说杀回城去，夺汴梁杀奸臣断子绝孙。

岳大哥就做个当今皇帝，我四人领大兵都做将军。

考这个武状元又有甚用，还要受他们的鸟气层层！

有岳飞叫兄弟莫要胡说，汤怀说等他来相机而行。

文来了就文挡武来武对，终不然我弟兄怕人不成？

近前来原来是恩师一行，他弟兄忙下马施礼殷勤。

[1] 地流平：地面上。

[2] 磕：原本作"嗑"。

岳飞说老恩师救了我命，又不知追赶来所为何情？

宗爷说张邦昌抢奏一本，万岁爷将老夫削职为民。

岳飞说大老爷两朝忠臣，为小生连累你一世功名。

宗爷说恐朝廷放我不下，若放了倒落个自在安宁。

我今来并不为别的事情，来与你贤契们饯行谈心。

这功名今日里虽未成就，到日后必然能发达飞腾。

万不可遇一难万事灰心，练文章习武艺继续用功。

倘若是那奸贼劣迹败露，我一定向朝廷保荐重用。

今日里虽不能为国尽忠，回家去奉父母孝道首行。

说罢了叫家丁抬过甲箱，请贤契收这件微薄礼品。

老夫我没别物给你相送，武将家这盔甲正合护身。

有岳飞正缺少衣袍盔甲，心中喜忙跪倒叩头谢恩。

恩师的这教悔永志不忘，门生们定努力报国一生。

家丁们又取银五十余两，送他们做盘费一路太平。

不觉得天色明日上三竿，宗大人辞别了转回城中。

说话的按一头另表一头，先说那岳飞的众位弟兄。

行两日来到了昭丰镇上，有王贵得了病不能前行。

弟兄们请医生精心照应，不觉得耽误了一月有零。

那一天行路到牟驼冈上，却听见那冈上杀声蔽空。

列位听众，这牟驼冈上为何有杀声？原来太行山有个贼人，名叫王善，使一口大金刀，有万夫不当之勇。手下纠集有四五万喽啰，和那柴桂约定，夺了状元，里应外合，夺取宋室江山。后来打听得柴桂在考场中被岳飞挑死，宗泽又被革职闲居，朝中无有领兵之人。他就杀下山来，可真也无人阻挡，一直杀到离京城不远的牟驼冈上，安营下寨。朝廷闻报大惊，只好降旨起用了宗泽，领兵破贼。那张邦昌明知贼兵势重，但他要报武场之仇，奏准万岁只拨给了五千人马。宗泽只好带领着来到牟驼冈。在审度了敌军形势后，对儿子宗方说："你带众军守住山冈，我一人踏进贼营去，拼一个命吧。"这宗大人平日爱兵如子，身先士卒，众人见他今天要独骑踏营，便一齐跪于马前，挡住宗爷说："大老爷，贼兵势重，怎能一人身入虎穴！即是（使）要去，小的们一齐跟去，拼个死活。"宗爷说："贼兵数万，即使你们同去也无济于事。不如舍我一命，保全你们吧。"说罢提枪上马，驰到贼营前大喝道："俺宗泽踏营来了。"就杀了进去，只（直）杀得人遇人死，马

撞马亡。那王善听说宗泽单人独骑杀入营中，便传令喽啰们："不许放箭，要捉活的。"一声令下，就把宗泽里三层外三层地团团围住，越杀越多。宗爷拼命，怎么也杀不出去。正是：

英雄失意受人欺，白日无光战马疲。

得势狐狸欢似虎，落架凤凰不如鸡。

宗大人被贼兵困在中央，杀一层又一层层层人墙。

常言说两只拳难抵四手，众贼兵喊宗泽快快投降。

且不说宗大人危急遭困，再说那岳鹏举弟兄一帮。

一打问知宗爷被困冈上，五弟兄杀进去虎啖群羊。

有岳飞大叫声岳飞来了，手挺起沥泉枪翻身巨蟒。

真个是枪到处人人命丧，马到处众喽啰个个身亡。

那汤怀使银枪风声直响，从左边直冲向中军大帐。

那张显使钩镰忽下忽上，如猛虎下山冈横冲直撞。

那牛皋催乌骓[1]双铜舞动，那王贵骑红马大刀横空。

五只虎冲进营营脚乱动，直[2]杀得血成河人压人身。

贼王善他正和宗泽交锋，被牛皋喝一声结果性命。

宗大人他一见喜之不尽，贤契们可真是走马建功。

话说岳飞弟兄五人，杀败贼兵，救出了宗泽。到了次日，宗大人班师回朝，带领岳飞五人来到金殿，俯伏奏道："臣宗泽奉命领兵杀贼，兵微将寡，遭贼围困，几致覆没。幸得汤阴县举子岳飞，带领义弟兄四人，杀入重围，救了臣命，斩了贼首王善，俱有首级报功，降兵一万余人，收得车马粮草兵械无数，特候旨发落。"徽宗听言大喜，钦赐宗泽平身。宣岳飞等人上殿见驾。五人跪拜金阶，三（山）呼万岁。徽宗问众大臣，岳飞五人，如此有功，该封何职？张邦昌急忙奏道："若论破贼，该封大官，只因武场有罪，可折旧罪，封为承信郎。"列位听众，这承信郎是武职中最低的。可徽宗就偏偏准奏，降下旨来。岳飞等只好谢恩退出。宗泽心中大怒，但深知徽宗的为人，也只好含怨退出下殿。回到府中，留岳飞五人盘桓了数日，然后送他们返乡。临别时说道："贤契，老夫本欲力荐大用，怎奈奸贼专权，妒贤嫉能，暂时决非干功立业之时。

---

[1] 骓：原本作"锥"。

[2] 直：原本作"只"。

你们暂时回乡，再图机会罢了。"岳飞等再三拜谢了恩师，跨马登程，往汤阴县去了。

行了两日，来到了红罗山下，只见从山上杀出一伙强人。为首的五个精神抖擞，各执兵器：钢枪、大刀、三股叉、方天画戟、狼牙棒。岳飞弟兄刚到山下，就被他们赶来截住去路，硬要买路的金银。岳飞五人大怒，上前大战交锋，互相捉对儿混战了几个回合，那个使戟的好汉，把马一拍，跳出圈子，对岳飞说："且住，我看你有些面熟，你们通个姓名来，再战不迟。

这大王问你们姓甚名谁，面貌熟似曾在哪里相逢。

岳鹏举叫强盗你且细听，我们是汤阴县五个武生。

只因为到京地去考状元，未考成就只好暂且回村。

莫不是岳举子天下闻名，武场上枪挑了梁王丧生！

岳飞说贼强盗既知我名，为什么白日里挡路行凶？

那大王听此言急忙下马，施一礼叫英雄多多宽容。

忙叫声众弟兄不用战了，他就是岳大哥今日相逢。

那四人听见了都忙下马，一个个与岳飞作揖打躬。

岳飞问众好汉高名上姓[1]，却怎么在山中落草为生？

为首的说小弟名叫施全，他一个叫赵云一个梁兴。

那一个叫周青一个吉青，我五人一齐是结义弟兄。

只因为来京城武场求进，被大哥挑梁王愿望落空。

要回家少盘缠银两用尽，没奈何权在这暂混光阴。

思想着众兄弟都无家小，凑点钱投大哥去到汤阴。

谁知道天有眼这样好运，没想到在此地得遇仁兄。

岳鹏举弟兄们一听大喜，同上山共结为弟兄十人。

盘桓了两三日离开山寨，回到家勤习武续续练文。

暂按下众英雄家乡归隐，再表那北国的雄族女真。

当时我国东北方的女真族，兴起后建都黄龙府，有一个总领狼主，叫做完颜阿骨打，立国号大金。生下五个儿子，管辖三川六国地方，总想着中原花花世界，日夜思谋夺取宋室江山。自军师哈迷蚩潜入南朝，探听得徽宗沉湎声色、重用奸佞、朝政废弛的军情回报后，便叫来四太子兀术，封为昌平王、扫南大元帅，统领六国三川兵马，带领军师哈迷蚩，还有参谋、左右丞相、大小元帅，起兵

[1] 上姓：问人姓氏的敬词，犹言贵姓。

五十万，来夺宋室江山。那兀术生得一（仪）表非凡，力大无穷，文武双全。挂帅后，择了良辰吉日，祭了珍珠宝云幡，辞别父王，首进中原。一路上尘土蔽日，刀枪森森，人如恶虎，马似游龙，杀奔中原而来。正是：

兀术本是赤须龙，扰乱宋朝江山人。

金兀术领大兵五十余万，众番将有千员杀奔汴京。

我中原风雨顺锦绣河山，霎时间烟尘起动了刀兵。

第一关潞安州边关雄镇，守关将名陆登是个忠臣。

他率领五千兵把守关口，和番兵大战了十天有零。

也曾经烧云梯大破番兵，也曾经熬滚粪重创敌军。

只可叹无后援寡不敌众，那金兵攻破关烧杀奸淫。

陆老爷他无力搭救百姓，遂拔剑自刎了为国尽忠。

他夫人谢氏女见夫死了，守节烈入内室悬梁丧身。

只有那陆文龙年方三岁，有奶娘抱着他泪淹前胸。

金兀术发令箭送到金邦，长大了仍然是陆家后人。

下一站又杀到两狼关上，那关是韩世忠统领总兵。

和夫人梁红玉出关迎敌，杀得那金兀术胆颤心惊。

谁知道金营中一声炮响，关墙上塌一段大路畅通。

那金兵抢城池如同蜂拥，韩世忠无援兵只好弃城。

那金兵入了城胡杀横抢，城中的老百姓叫哭连声。

死爷的亡娘的哀声震地，寻儿的找女的乱乱哄哄。

一把火城中的房屋烧尽，城周围好庄稼乱马啃平。

宋朝的好山河千里铺锦，一时节糟蹋得土焦泥深。

金兀术连夺取两个关口，领大兵直扑到黄河边境。

黄河口有宗泽李纲守定，惯骑马不惯舟难以南进。

谁知道八月里天时不正，冷风起把黄河一夜冰封。

金兀术领兵马冰上直进，逼宗泽和李纲败回汴京。

那金兵过河后性更残忍，烧房屋抢东西杀人奸淫。

不几天围住了宋都皇城，金兀术二十里扎下大营。

这时宋朝皇帝的龙案上，已摆上了这样败局的奏章：金兀术领兵五十万，直进中原，潞安州总兵陆登夫妻尽节，两狼关和黄河渡口都已落入敌手，京城全部被围，请旨定夺。这时徽宗已经换成了钦宗，事事都听张邦昌的话，纯粹是个儿皇帝。一听金人围城，忙召集文武百官商议："金兀术之兵，杀过黄河，围住京城，众卿如何退得他去？"张邦昌奏道："韩世忠、宗泽、李纲失了关口，

应该依律问罪。臣想古人说得好，穷鞑子，富番子。主上可备厚礼，与他求和，让他兵退黄河，再会齐各路人马，恢复中原不迟。"钦宗问："从古以来可有求和之事吗？"张邦昌趋前低奏道："汉朝就曾昭君和番，今日不过救急。依臣之见，可送黄金三车，白银三车，锦缎千匹，美女二百名，猪羊酒肉之类。就是没有这样的忠臣，肯去与万岁出力。"钦宗便问文武官员，谁人肯去？连问数声，并无一人答应。张邦昌奏道："臣虽不才，愿走一遭。"钦宗夸道："还是丞相肯为国家出力，真是个忠臣。"遂传旨将韩世忠、宗泽、李纲革职为民。又准备齐这些礼物，大开国库，强搜民财，交与张邦昌带去求和。连送三次，张邦昌才得见到兀术。俯伏在地，口称："臣张邦昌朝见狼主，愿狼主千岁千岁千千岁。"那兀术虽生在番邦，但极喜爱南朝的文化习俗，喜爱〔的〕忠臣孝子，如今一见那付（副）奴才像（相），心中已自有三分不悦。厉声问："张老儿到此何干？"张邦昌说："臣特来与狼主献上江山。今日先来消耗他宋朝的财帛。"军师哈迷蚩对兀术悄悄说："狼主要夺宋室江山，这个南蛮可是个用得着的人，你可封他个王位。"兀术点点头说："张南蛮，孤家封你为楚王。你可得好好地给某家出力。你有何计策，使某家得到宋朝天下？"张邦昌叩头谢恩道："狼主，要得天下，臣有一计，先绝了他的后代。如今差个官员与臣同去，见了宋王，只说要一亲王为质，狼主才肯退去。臣再添些利害言语，吓他一番，不怕他不献太子出来。送太子时，宋王必然心下不忍，须亲送出城。等他们出来时，狼主一声令下，拿了他们，这江山岂不就是你的了吗？"兀术听了，心中暗想：这个卖国贼，果然厉害。宋朝多了这种人，它不灭亡，实无道理。却假意应允道："此计甚妙，某家就差右丞相哈迷刚和你同去。"正是：

平日喜听奸佞语，断送江山有谁知？

有奸贼张邦昌回朝复命，见天子称万岁毕恭毕敬。
臣今日奉君命去到番营，金兀术他不准我们送情。
他只要我朝的亲王为质，人到了才准和撤退大兵。
臣思想把殿下暂且送去，再召集各路的勤王兵勇。
杀尽他狗鞑子报了仇恨，也自然把千岁迎回朝中。
要不然等人家打破京城，那时节战火中玉石俱焚！

宋天子听此言泪眼难睁，为父的怎舍得王儿远行？
今日个做人质一入敌手，要见面除非是南柯梦中。
罢罢罢事到此再无妙法，就叫那九殿下去到金营。
九殿下叫赵构位封康王，听说是去番营泪如泉涌。
老王说我的儿且莫伤心，暂去了等几天接你回京。
传圣旨叫秦桧新科状元，保殿下到金营暂时称臣。
有徽宗和钦宗心中不忍，哭啼啼把康王送出城门。
过吊桥被伏兵蜂拥围定，连二帝同拿住押到大营。
自古说国不可一日无君，汴梁城遭兵燹涂炭生灵。
投敌的着紫衣狗洞出进，保国的举义旗血染旌红。
老百姓遭祸害衣食无定，放火的更烧起遍地红缨。
金兀术看声色赶紧收兵，到明年再来了即位登龙。

那金兀术依了张邦昌的言语，伏兵劫了徽、钦二帝和殿下赵构，获得了大量的财宝人质。军师哈迷蚩道："狼主，今获二帝，赶快回国。倘若迟了，中原各路的兵马到来，截断归路，可不是玩的。到明年草肥马壮，重发大兵，扫清宋室，那时节天下就是你的了。"兀术听言，即传令张邦昌守城，自己领兵回国，这回可是满载而归。那二帝被押到金邦，成了阶下囚，老狼主一见大喜，百般凌辱，施尽各种折磨，最后发到五国城，拘在陷阱内，叫他们坐井观天，直到老死为止。他们备蒙亡国之苦，是他们平日听信谗言、屈害忠良的报应。

如今再说金邦早就协（胁）迫去的一个中原人，名叫崔孝，是个兽医。他医术好，在各处混熟了，金人对他的防范也就小多了。那一天他来到五国城，和看守的番兵鼓捣了一会，就放他进去。崔孝来到井前，连喊三声主公，宋王才应了一声。崔孝问："主公在此受苦，国内还有何人？"二帝哭道："因误听张邦昌卖国之言，九殿下康王在此为质，国内再没有人了。"崔孝奏道："既有九殿下在此，主公可写诏书一道，叫他逃回本国，起兵来救主公。"二帝便扯下衣上白绫一块，咬烂指尖，写了血诏，叫康王逃回中原即位，重整江山，不失先主祭祀。崔孝用皮条吊上来，藏入衣内，哭别了二帝，返回别的营盘，打听康王的消息。不觉过了新春，到了三月中旬，兀术又起五十万人马，杀奔南朝而来。一路上，那些番兵杀气腾腾，将中原大地进行第二次糟踏，真好像是丰（酆）都城里的一群恶鬼。如今先说那个九殿下，自人北国，被兀尤收为义子，则仍然过着一人之下、万人之上的生活。这次也随征到中原来。崔孝访问的（得）实，暗暗将血诏送于（与）他，康王见了，甚是悲伤。渐近中原，一日，康王和兀尤正坐在帐房内闲谈，忽见一鸟，毛片五色，落在帐房顶上，朝营中叫道："赵构，赵构，此时快走。"康王听了一惊，兀尤问："这鸟叫唤什么？"康王应道："它在骂父王。"兀尤问："骂的什么！"康王信口道："它骂的：骚羯狗，骚羯狗，绝了你喉，断了你首。"兀尤大怒，抽箭取弓："待某家射它下来。"康王忙说："何劳父王，待孩儿射它。"遂弯弓搭箭，暗暗祷告："若是神鸟，引我逃命，天不绝宋室，此箭射去，箭到鸟落。"祷告罢，一箭射去，那鸟张开口，把箭衔上就飞。康王急忙上马就追。这叫做：

神鸟引真主，泥马渡康王。

神鸟前面把路引，康王骑马随后跟。

碰见帐房踏帐房，遇着大营闯大营。

快马加鞭往前赶，一时跑过几道营。

兀尤随后跟过来，连声喊他不答应。

急忙张弓搭上箭，射中马腿马发惊。

一个蹶子早尥[1]起，康王摔到地流平。

爬起身来往前跑，谁知大江又挡道。

心想上天恨无路，心想入地门难找。

后边兀尤又追来，急得汗淌心又跳。

忽见走来一老汉，头戴方巾穿道袍。

手里牵着一匹马，叫声主公快骑好。

此马驮你过大江，杀身大祸避得了。

康王急忙跨上马，跳入江中不见了。

兀尤追到大江旁，不见康王不见鸟。

怪了怪了真怪了，难道他能钻天了？

漫山遍野尽我军，他想逃跑跑不了！

莫非已是死江中，不见尸首真蹊跷。

怏怏不乐回营去，半年心血白费了。

且说康王骑马上，豁出性命浪里闯。

只听呼呼风声响，睁眼已到对岸上。

上岸又跑一程路，就把康王尥[2]地上。

那马跑进树林里，嘚嘚嘚嘚蹄声响。

康王顺音追过来，树林之中有红墙。

近前一看是庙堂，崔府君神匾挂上。

一匹泥马门外站，浑身上下水还满。

康王猛然心里明，泥马渡我过了江。

忙把神灵来祝告，保我情义永不忘。

日后能把江山复，重塑金身重妆像。

祝罢就把门关上，躲避风寒暖[3]心房。

却说这宋室江山，合当有一段中兴时期，也就有一点神异变化。那康王渡江后，被宋朝的河防军士发现，即解见王渊、张所二位老帅，两位老帅是认得康王的，现在二帝蒙尘，见了亲王就是见了圣上，人心振奋。他们就把康王保到了金陵即位，改元换号，称为高宗皇帝。大赦天下，召集四方勤王兵马。不几天，那赵鼎、田思中、宗泽、李纲、都宽等，闻风而至，齐来保驾。高宗临朝，问宗泽道："老爱卿，孤家听说汤阴县有个岳飞，当年枪挑小梁王，散了武场，后又助你除了金刀王善，曾建大功，堪称文武全才。只因父王误听了张邦昌之言，以致贤士埋没。不知如今怎么样了？"宗泽奏道："臣启圣上，这岳飞只因武场内挑死了梁王，功名不就，后来牟驼冈上，力剿太行山贼寇，先帝只封他个承信郎，他不肯就职而回乡。听说现在闲居在家，务农养亲。"高宗听了大喜，便颁诏书一道，备了红花彩礼，差官到汤阴县去聘请岳贤士前来共扶社稷。正是：

时运未来君且守，困龙亦有上天时。

且不说那差官奉旨出京，先把那岳鹏举讲得分明。

自从和施全等结成弟兄，如同胞回家中习武练文。

不想那汤阴县瘟疫猖狂，王员外老夫妻相继病亡。

汤员外夫妻们吊唁送葬，也染了瘟疫症命赴黄粱[4]。

再加上天大旱禾苗不长，一升银换不上一斗米粮。

有牛皋众兄弟饥饿[5]难当，瞒岳飞偷偷儿占山为王。

唯有那岳家的母子夫妻，苦守着清贫志甘度凄凉。
又无吃又少穿生计难怅[1]，喝菜汤穿破衣侍奉亲娘。
有一天那岳飞前去练武，正遇见弟兄们打劫回庄。
忙上前用好言相劝拦挡，人贫了万不可胡行无状。
牛皋说这饥寒难忍难让，谁还管走邪路无有下场！
有岳飞见他们执意前往，举枪尖划地皮义断情伤。
从今后倘若有荣华富贵，我岳飞也绝不跑来沾光。
倘若是干差事绳捆索绑，也不要提岳飞结义情长。
众弟兄听此话各自上马，为生活暂离开又有何妨？
岳鹏举见众人扬长去了，想昔日兄弟情满腹凄惶。
回家中仍把那往事思想，这情义舍不下泪洒两行。
岳安人问原因劝他再想，为人的各有志何必勉强！
愿我儿守清贫富贵不望，为国家应尽忠百代留芳。
恐日后我一死母训早忘，也做出不法事祖德有伤。
九泉下我也难把心宽放，后世人唾骂我教子无方！
叫媳妇磨翰墨我有用场，把庭训刺在儿脊梁背上。
有岳飞遵[2]母命跪在地上，脱去了半边衣露出脊梁。
有岳母刺四字精忠报国，留下了我中华万代华章！
把岳母刺字事按下莫表，且说那朝廷的差官来乡。

那朝廷差官奉了圣旨，飞马出了金陵城，不止一日，来到汤阴县，偕县主来到岳家庄，找见岳飞，开读圣旨，并将聘礼一并交与他。随后说道："军情如火，今天就要起身。"岳飞说："即（既）是圣旨，怎敢迟延。"便把礼品收进后堂，请出母亲坐在上边，李氏夫人侍立一旁，将朝廷聘召的话，告禀母亲。母亲大喜说："今日朝廷召你，多亏周先生教训之恩，应该在他的灵位前拜辞拜辞才是。"岳飞领命，把皇封御酒打开，在周先生的灵位前祭奠了一番，又在祖宗灵位前祭奠已毕，斟酒一杯，双手敬于母亲，又斟酒一杯，递于李氏夫人，嘱咐她好好侍奉母亲，教训子女。随即辞别了母亲，和钦差、县主一同回县。次日又从县衙动身，起早赶晚，不几天就到金陵城中。晋见天子，宋高宗一见，十分欣喜，破格赐宴招待。降旨暂授统制之职，以后有功，再行升赏。又对岳飞说："现今大元帅张

所掌管天下兵马，卿可到他的营前听用。"岳飞谢恩，辞驾出朝，来到帅府，参见了元帅。张元帅见了，好生喜欢。就令岳飞为第一队先锋，刘豫为第二队救应。并叫岳飞到大营里去挑选士兵，岳飞挑来挑去，只挑了八百名军卒。那结义兄弟吉青也赶来投奔他，岳飞奏知朝廷，高宗用人之际，赦免了前科，封为副统制，随岳飞听用。一切准备就绪，张元帅便令岳飞先行，刘豫其次，自领大兵随后迎敌。那金兀术在河间府闻报，康王在金陵即位，用张所为天下大元帅，前来迎战，十分恼怒，即令金牙忽、银牙忽二元帅，各领兵五千为先锋，又命大哥粘罕同着元帅铜先文郎，率领大兵十万，杀奔金陵而来。

把番兵杀奔来我且莫表，先把那宋朝兵提前说明。
岳先锋和吉青弟兄二人，带领着八百兵井然而行。
前来到八盘山地势险峻，打骄兵施埋伏正好用兵。
岳飞说倘若是金兵到此，咱一定杀他个片甲不存。
正说间有探军近前禀报，那番邦已来了一万大兵。
岳先锋听见了心中大喜，出师来在此地要建头功。
随传令八百兵两旁埋伏，吉贤弟你一人去诱敌军。
遇番将你和他上前交锋，战几合只许败不要取胜。
这吉青领命令迎向敌军，遇番将往他的面前直冲。
金牙忽银牙忽哈哈大笑，这南蛮也长着一副丑形。
有吉青听得[3]笑怒气上涌，说丑形今日个要你性命。
狼牙棒举起来兜头便打，金牙忽忙举着钢刀相迎。
两个人战不上三个回合，有吉青转回身佯败逃命。
二番将领三军随后紧追，叫南蛮你今天九死一生。
忽听得山两边喊声大振，埋伏的八百兵箭放雨星。
金牙忽银牙忽胆颤心惊，谁晓得埋伏着多少生军？
只听见喝一声岳飞在此，狗鞑子快下马休想逃生！
手中的沥泉枪急如雨点，杀得他金牙忽难举刀锋。
银牙忽拍坐马上前助战，那吉青捉对儿举棒相迎。
金牙忽被刺中落马送命，银牙忽遭棒打碎了天灵。
八百兵奋神威一齐动手，将一万鞑子兵杀个干净。
岳先行他取了番将首级，点战马收兵械大振军心。
命吉青解送到刘豫军前，转送到大营里申报头功。

---

[1] 难怅：生活穷困。
[2] 遵：原本作"尊"。

[3] 得：原本作"的"。

却说二队先行刘豫，见了岳飞的报功单，大吃一惊。心想：这岳飞的好手段，初出来第一仗，就能大获全胜。一路去，还不知有多少功劳等他呢。如今这第一功，就让我先得了吧！到下次再给他报。遂写本差人报功。那张元帅哪里晓得，就上了刘豫的第一功。

且说岳先行领兵继续前行，又至一山，名叫青龙山。观察了一番，就将人马驻扎。然后对吉青说："这座山比八盘山更好。为兄的在此扎营，欲等后队金兵到来，杀他个片甲不回。你现在去大营，借口袋四百条，火药一百担，挠钩二百杆，火箭、火炮之类东西来备用。"岳飞详细观察地形，吉青去大营，当然也经了刘豫的手，借来一应物件。岳飞便分拨二百名兵士在山前，将干草铺在地下，洒上火药，炮响为号，一齐射去火箭；分拨一百名在右旁山涧水口，用口袋装满沙土，作坝阻水，等金兵到来，即将口袋扯起，放水淹他；又拨一百名在山的走道上面埋伏，准备擂石，打溃逃的金兵；令吉青带领二百人马埋伏山后，捉拿残敌，务必捉住粘罕；岳飞自己带着两百人，准备了几百鼙鼓，在山顶上摇旗呐喊，以壮军威。这里是严阵以待，以逸待劳，坐候金兵到来。再说那大元帅张所正在营中筹划，有个中军名叫胡先，来对元帅说："我想岳统制领队在前，未见败绩，怎么二队刘豫反杀了番兵番将，得了头功？其中莫不有弊。倘若有冒功之事，岂不使英雄气短，将士寒心！以后谁肯与国家出力？不若卑职扮做兽医，前去探听消息，元帅可答应吗？"元帅听了大喜："本帅亦有此意，正欲查究。今你前去最好。"胡先领命，扮做兽医，来到青龙山，已是黄昏时候，悄悄爬上一棵大树，只见那金兵远远如同蚂蚁一般，黑压压一片蜂拥而来。胡先好不着急：这岳统制只有八百儿郎，怎能抵挡了这漫山遍野的金兵？这回准被敌人擒住了。不表胡先替岳飞着急，且说那粘罕带领十万人马，正往金陵进发。路上遇见几个逃回的败兵说，有个岳南蛮和吉南蛮，杀了两个元帅，一万人马几乎就逃出来了这么几个。粘罕听了大怒，催动大兵往青龙山一路赶来。等到山脚，已到黄昏，便传令扎营，垒灶造饭，好到次日开兵。这里岳统制见粘罕不来抢山，若到明日白天，彼众我寡，焉能取胜？就叫二百儿郎，好好守住山头，不要乱动，待我引番兵到这里来受死。遂

拍坐下马，摇手中枪，单人独骑冲金营杀去。胡先在树上瞧见了，吓出一身冷汗，世上真有这舍身为国的将才哩。

　　胡先树上看得清，岳飞一人踏番营。
　　挺枪拍马冲进去，高叫番奴你是听。
　　宋朝岳飞进营来，挡我马头不得生！
　　沥泉神枪左右刺，银鬃宝驹任驰骋。
　　逢人便挑遇马刺，耀武扬威入大营。
　　粘军听报怒气生，率领众将拥出营。
　　元帅平章[1]众兵勇，里三层来外三层。
　　岳飞哪里放心上，奋起神威杀番将。
　　马蹄踏着成肉泥，枪尖刺到一命亡。
　　岳飞忙把枪一摆，叫声番狗听心上。
　　杀得进来出得去，才算英雄走一趟。
　　两腿把马夹一夹，沥泉神枪一虚晃。
　　跳出重围走掉了，看你番狗能追上。
　　粘罕气得头发痛，世上哪有这事情。
　　一个南蛮捉不住，如何能够取金陵！
　　传令一声众元帅，不平山头不为人。
　　十万人马都奋勇，谁擒南蛮谁头功。
　　催阵番笳响声声，驼皮战鼓敲咚咚。
　　大小兵勇扑过来，漫山遍野吓煞人。
　　岳飞一见更高兴，番狗这回可称心。
　　唯恐番狗他不来，来了给他不消停！
　　岳飞拍马前头行，十万番兵随后跟。
　　追进山口成谷地，一声炮响烈焰腾。
　　四面八方杀声起，宛然伏有百万兵。
　　十万番兵进口袋，退路一下被扎紧。
　　火箭烧出火头军，火炮打出火马阵。
　　兵败如同大山倒，军乱溃逃难组阵。
　　烈焰腾空烟雾滚，烧得金兵只逃命。

　　那金兵赶进青龙山口，被这场烈火一烧，不死即伤，乱奔乱窜，山头上伏兵的喊杀声，在谷中引起巨大回音，确似万马千军，更使金兵闻声丧胆，只恨爹娘少生了两条（只）脚，一个劲地拼命逃跑。摸到山涧边，见一股细

[1] 平章：官名。

流，口渴的要喝，眼迷的要洗，而铜先文郎和众平章保着粘罕，还催动残兵过涧逃命。人马争渡，乱糟糟的，上水埋伏的宋兵听见，拽开口袋，只听一声响亮，就如坍了天河，那半日的蓄水冲将下来，只见滴溜溜人随水滚，泼喇喇马逐波流，尽管金兵呼爹喊娘，也还是有一些人去见了阎王。粘罕那（哪）里经过这般厉害，只（直）吓得魂飞魄散，也顾不得众平章了，跟着铜先文郎，领了几名亲随，拍马就沿着山道向外跑。后边跟来的番兵，被山顶上的伏兵用石块又结果了不少。那铜先文郎拼命同粘罕逃出谷口，却是一条大路。已经是五更时候了，那粘罕逃得性命，不觉仰天大笑起来。正是：

　　　刚才逃出生死地，疑离天罗地网中。

　　那粘罕出山口大笑一场，怔住了紧跟的铜先文郎。
　　问狼主今日个险把命丧，折光了十万人还笑哪[1]桩？
　　粘罕说我不笑别的事情，但笑那岳南蛮用兵平常。
　　若在此埋伏下一支人马，我和你今日个再难回乡。
　　刚说罢忽听得号炮响亮，火光中站一将他把路挡。
　　他长得面貌丑判官模样，手提着狼牙棒更觉雄壮。
　　喝一声狗番奴下马受绑，免得你吉爷爷多动大棒！
　　粘罕说岳南蛮果然厉害，我今日该死了两泪汪汪。
　　那铜先叫狼主笑出祸端，怕的是我的命也难久长。
　　罢罢罢事到此别无法想，学金蝉脱旧壳试探一场。
　　把你的衣和甲穿我身上，那马匹和兵器全都换妆。
　　我上前去交战你快逃命，逃回去把臣的子女莫忘。
　　那粘罕也只好丢车保帅，将马匹和衣甲全都换光。
　　那吉青只看了王子束妆，举大棒直打那铜先文郎。
　　这金将举大锤急忙招架，战几合被吉青活捉马上。
　　那粘罕忙领上残兵败将，夺条路逃性命急急忙忙。
　　岳先锋领兵士打扫战场，那金兵死一层横卧斜躺。
　　十万人剩不下一万二三，只一仗灭掉了气焰嚣张。
　　且不说岳统制漂亮胜仗，再说那胡中军爬在树上。
　　一夜的大战事清楚在望，不由得夸岳飞用兵有方。
　　悄悄地溜下树回到大帐，见元帅他一一细说端详。
　　张元帅听一遍心花怒放，我中华有人才何惧金邦！

　　那刘豫打发人又来领赏，杀败了金营的十万儿郎。
　　捉得了一元帅铜先文郎，解大营抑或是就地杀伤？
　　张元帅见功单怒生心房，这奸贼敢冒功欺君罔上！
　　败金兵有岳飞奋战疆场，他冒功连累我糊涂罚赏。
　　喝一声拉下去重责四十，去报于那刘豫亲来大帐。

　　却说张所一怒之下，把那个报功人打了四十大板，忍着疼痛，回去报知刘豫，刘豫觉事不好，怕有性命之危，便悄悄放了铜先文郎，领了几名亲随家人，连夜投奔了金兀术去了。这里张所见刘豫降金，只好命岳飞守住黄河，以防兀术渡河。自己领大兵去取汴梁。谁知那个奸贼张邦昌，在娘娘前骗了玉玺印，抄小道去到金陵，献给高宗；又把侍女荷香，认作义女，献给皇上，封为西宫。这两件拍马邀宠之事，办得漂亮，又取得了高宗的青睐赏识，封为了右丞相之职。这奸贼便又利用窃据的高位，做些祸国殃民的坏事，干些假传圣旨的勾当，潜心卖国，扰乱朝纲，不题。

　　如今再说太师李纲，一心为国。一天，他叫来亲随张保说：“我荐你到岳飞营中，去做个家丁，好好地侍奉岳将军。”张保说：“小人不去！自古说宰相家人七品官，我怎能反去投岳统制？”李纲说：“那岳飞是个人中豪杰，盖世英雄，文武双全，这样的人你不跟他，还要跟谁？”张保说：“好好好，小人且去投他，如不好我原要来的。”便辞了太师，别了妻小，身背包袱，手拿混铁棍，出门上路而行。不一日来到岳飞营前，参拜已毕，将书呈上，岳飞把书拆开看了，笑道：“张管家，你在太师身边惯了，我这里苦得很，怎能安得下你。你先去吃了饭再说。”张保来到小营，一看里面，不过是白木桌子，使用的全是粗笨的器皿。少停送上饭来，却只有一盆肉、一碗豆腐、白水酒、老米饭。张保看［了］，心中好生不悦。正是：

　　　上等酒肉吃惯了，粗茶淡饭怎下咽。

　　有张保叫家人你来我问，为什么拿这样饭食待人？
　　那家人说张爷你是知音，今日的这酒饭特意做成。
　　我家的岳统制天天吃素，和士兵同吃饭并无另行。
　　吃饭时总还要朝北站着，想二帝受苦刑泪珠盈盈。
　　他还说我们有这样吃喝，还不知老百姓怎样为生？
　　因此上我军的纪律严明，过村庄绝不许骚扰百姓！

那张保感动得双目湿润，这顿饭比山珍还觉甘醇。
自此后对岳飞毕恭毕敬，早晚儿伺候得周到细心。
这一天万岁爷发来圣旨，宣岳飞来京里加官晋级。
岳统制接圣旨不敢大意，把防务交待给吉青兄弟。
叫兄弟万不能麻痹大意，可不准金兀术钻了空子。
嘱咐毕带张保上马前去，路遇见一条河桥被拆去。
张保说前日里此桥未断，为什么今天却桥断人稀？
他二人正惆怅没法渡河，见那边一艄公撑船游弋。
却说那艄公见有人待渡，便把船摇过来，岳飞和张保就拉马上船。坐定了，岳飞打量那艄公，见他长得眉粗眼大，紫铜面皮，身高一丈，膀阔腰圆，凶恶中透着几分英雄气。那艄公见岳飞包袱小，就在这匹马上打主意。船到河心，停下浆（桨）板，取出一柄大板刀，照岳飞就砍，那张保眼明手快，飞起一脚，将刀踢去，又连起一脚，将艄公也给踢下水去。便急忙摇船过河，上岸就走。走不了一里，只见那艄公手拿一条熟铜棍，飞也似的追来。口中大叫："你两个死囚，不给船钱，待往哪里走？"正是：

老爷生长在江边，不怕官府不怕天。

任是皇帝来渡过，也得给我十文钱。

张保把混铁棍手中一摆，叫汉子且站住听我说明。
你若是要船钱倒也容易，又何必执钢刀江心伤人？
艄公说你这人好生胆大，也竟敢来动土太岁头顶。
江心里举钢刀是我本分，比赃官比污吏我还干净。
普天下只有那两个好人，他坐了我的船不取分文。
除此外他就是[1]当今皇帝，坐了船绝不少一毫一分。
那张保哈哈笑叫声朋友，连我是第三个一文不名。
那艄公怪张保占他便宜，熟铜棍举起来直劈脑门。
张保说来得好铁棍迎住，你一来我一往势敌力均。
岳统制在一旁用心观阵，真个是好武艺埋没山林！
忙上前喝一声二人且住，沥泉枪隔开了两根大棍。
艄公说哪[2]怕你两个都来，我老爷若怕了不算英雄。
岳飞说我不是两人战你，你不要船钱的是谁两人？
艄公说他二人天下闻名，既要问你听我说个分明。

[1] 就是：即使是。
[2] 哪：原本作"那"。

一个是大忠臣名叫李纲，一个是岳鹏举盖世英雄。
张保说好朋友你还不信，我真是第三个不出一文。
这就是岳老爷奉旨进京，你不识真面目枉说虚名。
有艄公听此言抛棍打躬，说小人有眼睛不识尊容。
我的名叫王横江边长成，想投奔岳爷爷报仇雪恨。
因苦于无盘缠拆桥作本，多渡些过往客多赚金银。
岳统制双手儿扶起王横，为国家出力量何必用情！
这王横愿跟随岳爷上阵，安顿好家中事一同赴京。
一路上背包袱跟上就走，张保说你比我恐怕不行。
王横说连你的行李拿来，齐背上还比你快得三分。
岳飞说你二人不必争竞，我把马加快走比上一程。
走几里我猛然把马站走，看谁能跟上马谁是头名。
说罢了就把马加上一鞭，跑过了二里路勒马站定。
那张保他刚好走过马头，那王横已踏住马蹄后跟。
岳统制哈哈笑来作评定，马前头有张保马后王横。
一路上三个人有说有笑，不几天就到了金陵城中。
这岳统制同张保、王横来到京城，刚到城门口，恰巧遇见张邦昌的轿子进城。岳飞只得下马行礼。张邦昌一片殷勤："岳将军千万莫记当年武场之事。目前我为国家大事，保举将军进京为帅。圣上甚是挂念，如今就同将军进宫见驾便了。"世上君子有君子的度量，小人有小人的阴谋。这岳飞就是以君子之心度了小人之腹，才铸成了一场大错。张邦昌一番甜言蜜语，岳飞就信以为真，跟随他进宫了。来到午门，已是黄昏时候，到了分宫楼前，张邦昌说："将军在此候旨，我去奏知天子。"便独自进宫去了。岳飞仍站在那里等候。列位听众，那荷香是张邦昌安在高宗身边的一颗钉子。她早已得到张邦昌的密报，便纵（怂）恿康王夜游分宫楼，见岳飞站在那里，她便尖声高叫："有刺客！"天子吃惊不小，两边武士上前，把岳飞不由分说绑住。天子问："刺客是何人？"内监禀说是岳飞。荷香献媚说："若是岳飞，深更半夜入宫闹（闱），定是行刺。万岁应当立即斩首，以正国法。"高宗信谗［言］，遂传旨将岳飞斩首。宫官领旨，将岳飞绑出午门来。张保、王横见了，上前问道："老爷为何被绑？"岳飞说："连我也不知道。"张保一听急了，便说："王兄弟，你在此好好看守，不准他们动手。我去去就来。"便提着混铁棍，一径跑到太师府，不等通报，用棒将大门撬开，直奔太师的卧房。太师正在躺着养神，张保一把扯起，连喊："不好了，岳爷爷被绑在午门了。"背起太师就跑，来到午门才放下。李纲一见岳飞被绑着，便问："你如何到这里？"岳飞就将圣旨召回，午门外遇见张邦昌的前后经过讲了一遍，李纲就听出这是张邦昌作下的圈套，便叫刀下留人。即撞钟击鼓。那张邦昌在朝门内暗放了钉板，李纲一进门就踏在钉板上，痛彻心髓，倒在地上，连声喊痛，满身鲜血。张保见了，惊呼道："太师中了钉板了！"高声喊救，惊动了众位大臣，急来相救。太师疼痛难忍，宋高宗也只得临时登殿，命太医急救太师。李纲忍痛奏道："岳飞行刺，必有主使。待我病好查明，再斩不迟。"高宗准奏，便将岳飞下在刑部监中。太师回府，写了一张岳飞被张邦昌陷害的传单，暗里叫人刻出印板，印了几千张，命张保、王横分头贴到各处，让天下人都知道。

　　　　奸贼要把忠良害，天下英雄气不平。
　　张邦昌害岳飞消息传开，一传十十传百传遍八方。
　　太行山有一个公道大王，他名字叫牛皋称雄一方。
　　这一天正逢那牛皋生日，各山头众大王送来贺幛。
　　那施全和赵云周青梁兴，有汤怀和王贵张显同行。
　　七个人同来到聚义厅上，一齐给牛大王祝寿称觞。
　　那汤怀拿冤单走进山寨，叫一声牛兄弟大事有伤。
　　牛皋问什么事慌里慌张，那纸上写的啥洒洒洋洋？
　　汤怀说岳大哥落入罗网，把冤单念一遍才知情况。
　　把牛皋直[1]气得拍桌三响，众弟兄一个个怒满胸膛。
　　罢罢罢这生日不做它[2]了，领兵马进金陵搭救忠良。
　　发号令各山寨聚兵八万，杀下山一路儿谁敢阻挡！
　　一气儿直赶到金陵城下，离城门五里路插旗设帐。
　　宋高宗听奏章着了大忙，命张俊领人马去退大王。
　　那张俊出朝门多带兵将，排成了一字阵攻守有方。
　　八英雄走上前叫声狗官，岳大哥送出城一人不伤。
　　汤怀说送得快还则犹[3]可，送迟了打破城鸡犬都亡。

［1］　直：原本作"只"。
［2］　它：原本作"他"。
［3］　犹：原本作"有"。

　　张俊说怪不得岳飞想反，原来他后边有这班强梁。
　　我今日奉圣旨来拿你们，先捉住你一伙免起祸殃。
　　有牛皋听一言怒火更旺，舞双锏对张俊打头打膀。
　　那张俊他不是牛皋对手，只战了三四合带兵逃光。
　　汤怀叫牛兄弟且莫追他，要知道狗急了也会跳墙。
　　众英雄掌胜鼓回营将养，再看看朝中的谁奸谁良。
　　那张俊吃了败仗，上殿奏道："启奏圣上，那些强盗俱是岳飞的朋友，来救岳飞，微臣杀他不过，求主公先斩了岳飞，无有内应，必定会退兵的。"那李纲上前奏道："此事不可。就命岳飞去退了贼兵，再将他定罪不迟。"张邦昌忙奏道："强盗是岳飞的朋友，若命他去退贼，岂不纵虎归山。"李纲、宗泽一齐奏道："老臣以一家性命保奏岳飞退敌，万无一失。"高宗道："二老卿所奏，定然不差。"即传旨刑部，命岳飞去退贼兵。岳飞上殿，领了圣旨，正往下走，李纲喝道："岳飞跪着！"岳飞只得跪下。李纲说："万岁爱你之才，才授以重任让你保守黄河，你怎么敢暗进京师，意刺圣上。理应罪诛九族，你有何言可答？"岳飞禀道："太师在上，罪将即死，亦不明此冤！前有圣旨，召我进京，现还供在营中。小将到午门外，遇见张丞相，领小将进宫见驾，他叫我跪在分宫楼前接驾。张丞相进去再未见出来，一会就见圣驾降临，小将急忙跪迎请安，就有人喊是刺客，把我绑了起来。罪将死了，并不可惜，只因老母在背上刺下精忠报国的家训，实难违命。再则强敌入寇，不能尽逐番奴，光复山河，迎回二圣，是以死难瞑目！"高宗听了这般原委，大怒道："原来是这个奸臣的圈套，险些儿害了岳将军！"吩咐将张邦昌绑了斩首，李纲奏道："刑不上大夫，姑念他献玉玺有功，免死为民。"高宗准奏，降旨限他在四个时辰内离开京城。张邦昌谢恩退出，回家收拾出京去了。正是：

　　　　今朝若不免死罪，他年何得作猪羊？
　　张邦昌奸计露赶出朝门，岳统制冤情明领兵出城。
　　前张保后王横前呼后拥，号炮响出城门旌旗鲜明。
　　那汤怀和牛皋看得分明，众弟兄一个个下马相迎。
　　问一声岳大哥一向可好，请原谅不肖的这些弟兄。
　　岳飞说我早已划地绝情，今日里奉圣旨捉拿你们。
　　众人说只要你身安冤明，捉我们又何必劳师动众！

一个个下马来反剪双手，跟大哥见皇帝尽义全忠。

宋高宗问他们为何作乱，今日个被绑来是否甘心？

有汤怀跪金殿开言告禀，尊一声万岁爷龙耳细听。

我八人和岳飞结义弟兄，并不是反叛贼无父无君。

自那年武场上柴桂丧命，回到家偏碰上荒年饥馑。

家贫穷无吃用一言难尽，又碰上金兵来烧杀奸淫。

咱只好占山寨权保性命，征贪官和污吏不欺良民。

今听见张邦昌陷害吾兄，因此上为救他下山兴兵。

愿万岁赐岳飞带兵抗金，我们生我们死凭你处分！

宋天子听一言称赞不尽，真乃是英雄汉义士忠臣。

抗金兵要多少英雄奋勇，我岂能冷壮士报国之心！

金殿上快解开义士之绑，都封为副统制为国立功。

封岳飞副元帅荣膺重任，和众将守黄河拒敌南侵。

岳元帅统领了八万人马，辞圣驾出京城离了金陵。

暂不表这里的行兵事情，再说那金兀术二次进兵。

贼刘豫串通了汉奸曹荣，偷偷儿献黄河敞开国门。

这两个卖国贼作敌内应，一夜间渡完了过河金兵。

那吉青听得报急忙上马，迎见了金兀术大战交锋。

金兀术他那里一斧欲下，直[1]震得吉青的虎口生疼。

叫一声不好了低头缩颈，一斧头砍头盔无影无踪。

有吉青忙拍马大败而逃，金兀术过黄河扎下大营。

却说副元帅岳飞领兵十万，往黄河大营进发，途经一山，名叫爱华山。细心一看，正好是一个埋伏人马的好地方。便传令扎营，和众弟兄商议道："若能够引番兵到此，定杀它（他）个片甲不存，方使他不敢藐视我中原。"众弟兄说："此山虽好，但番兵怎肯到这里！"正说之间，军士报道："吉青将军求见。"岳元帅说："吉青此来，黄河定然失了。"遂传令让他进来。吉青进营，参见了岳飞，又和众弟兄见了礼。岳元帅问："你将黄河失了，有何面目见我？"吉青说："不干我的事，乃是两淮节度使曹荣献了黄河。小弟与那番贼交战，那番狗好生厉害，被他一斧头砍去头盔，几乎连性命也送掉了。"牛皋笑道："我说披头散发，哪里走出这个海鬼来。"众弟兄大笑。岳元帅道："休得胡说，如今我就命你前去，引得兀术到此，将

功赎罪，若引不来，休来见我。"吉青领命，也不带兵，独自个出营，去寻那兀术。正是：

老虎口里掏脆骨，青龙项下摘明珠。

岳元帅坐大帐遣将调兵，叫张显和汤怀你们听清。

领两万人和马东山埋伏，听炮响围金兵敢打敢冲。

命牛皋和王贵领兵两万，北山上设埋伏暂藏行踪。

叫周青和梁兴二将听令，领兵马两万整西山布阵。

令施全和赵云领兵两万，埋伏在正南山阻住番兵。

岳元帅自领兵两万有零，同张保和王横守住大营。

帷幄中用谋略运筹已定，布天罗设地网捉拿蛟龙。

这吉青领军令惊魂未定，金兀术在哪[2]里怎的[3]找寻？

正行走抬起头用目瞅定，大路上兵马来播土扬尘。

稍近些看清楚心中大喜，原来是金兀术亲领大兵。

有吉青走上前一声高叫，金兀术快提头见我将军！

兀术说杀不死好个南蛮，有某家饶你去又来送命！

有吉青骂番狗说得倒好，昨晚是你爷爷醉眼蒙[4]眬。

你将我这头发割去一半，今日个难道说罢了不成？

金兀术听此话怒气填胸，举起了金雀斧照头直抢。

他二人大战了几个回合，那吉青挡不住拨马快行。

金兀术追赶了二十来里，勒住马不赶了路边暂停。

有吉青回转来挑逗斥问，好番贼不赶了怕死不成？

兀术说狗南蛮赶你做甚，不如我放你活斧下留情。

吉青说我虽然战你不过，在前面埋伏好十万大军。

岳元帅和众将严阵待命，要捉你这番狗剥皮抽筋！

金兀术听此话火冒头顶，骂一声吉南蛮实在气人。

传将令金兵鼓噪而进，要报那青龙仇在此一功。

马一拍呼啦啦追了下来，那吉青跑一阵又激三分。

这吉青在前，兀术稍后，看看追到爱华山，吉青一马转进谷口去了。那军师哈迷蚩赶来说："狼主，我看这南蛮鬼头鬼脑，恐怕真个有埋伏，回营去吧。"兀术那（哪）里肯听，反命他去催动后军，自己一马当先，追进谷口，

[1] 直：原本作"只"。

[2] 哪：原本作"那"。

[3] 怎的：怎地。怎样。

[4] 蒙：原本作"朦"。

0227

说唱·甘肃卷·宝卷分卷（二）

精忠报国故事宝卷

只见吉青，在前面招手道："来来来，我和你战三百合。"说罢又往后去了。兀术细看，那山中间宽阔，四围陡峭，没有出路。自觉一惊："若被南蛮截住归路，如何是好？不如出去吧。"正欲转马传令，只听得一声炮响，四山上马上喊杀连天，山鸣谷应，旗幡招展，犹如一片刀山剑岭，那十万八百儿郎，同仇敌忾，团团围住爱华山，大叫："休要放走了兀术！"这金兀术虽经过多少大场面，可这场面却使他有点发怵和心惊。只见帅旗飘扬，一将当先，头戴烂银盔，身穿金叶甲，内衬白罗袍，坐下银鬃马，手执沥泉枪，隆长白脸，膀宽腰圆，十分威武；马前站的张保，手执混铁棍，马后跟的王横，拿着熟铜棍，威风凛凛，杀气腾腾。兀术见了，已经有三分着急。只得硬着胆子问道："你这南蛮，姓甚名谁？快点报来。"岳元帅道："我已认得你这番狗，叫金兀术。你欺中原无人，兴兵南犯，将二帝劫去北土，百般凌辱，自古至今，从未有此。我大宋军民，恨不能食你之肉，寝你之皮。今我主高宗即位于金陵，招集天下勤王兵勇，正要捣你巢穴，迎请二帝，不想你今日自来送死。我非别人，乃大宋兵马副元帅，姓岳名飞的便是。今日你既到此，快快下马受缚，免得本帅动手！"兀术说："原来你就是岳飞。前者我王兄粘罕，误中你诡计，在青龙山被你伤了十万大军。正要找你报仇，今日相逢，岂肯饶你。不要走，吃我一斧！"拍马摇斧，直奔岳飞。岳元帅挺枪纵马，向前迎战。枪刺斧挡，斧去枪迎，真个是将遇良才，棋逢对手。两个一来一往，杀成一团。那哈迷蛮在后边催动六国三川的三十多万人马，向山里涌来。北山上牛皋看见了，便对王贵说："王哥，这里面只有一个番将，岳大哥保险杀得过他。你看那山北边番兵，如潮水一样，不免我两个杀下山去，快活快活，燥燥脾胃如何？"王贵也十分眼热："说得有理。"二人便带领了那两万人马，奔下山来截杀金兵。再说那岳元帅与兀术交战到七八十个回合，岳元帅越杀越勇，兀术渐渐有些招架不住，被岳元帅勾开斧，拔出腰间银铜，"唰"地一铜，正打中兀术肩膀，兀术大叫一声，回马败走，偏偏牛皋、王贵下山去了，北山敞开，兀术就从此逃了出去。岳元帅传令中军，擂起进军战鼓，众弟兄一齐领兵下山追杀。鼓声频敲，号炮轰响，那些同仇敌忾的统制官，率领着

十万八百长（常）胜军，一齐向金兵扑去。将遇将伤，兵遇兵亡。金兵由于主将溃败，兵败如山倒，溃逃时自相践踏者也不计其数。加上宋兵追杀，这一仗直杀得尸横遍野，血流成河。真个是：

> 大鹏初会赤须龙，爱华山下显神通。
> 南北儿郎争胜败，英雄各自显威风。

岳元帅弟兄们领兵追杀，直[1]杀得那金兵鬼哭狼嚎。
人踏人马踏马兵败山倒，逃跑的恨爹娘少生两脚。
岳元帅领人马紧追紧赶，金兀术率残兵没命溃逃。
那前面有一座麒麟大山，山上有两个人聚众落草。
一个叫张国祥英雄年少，他本是水浒寨张青根苗。
另一个叫董芳好汉一条，似乃父双枪将当年英豪。
这一日有喽啰进来禀报，禀大王山前有番兵奔逃。
二好汉听得说忙把兵调，领喽啰两万整下山追剿。
那金兵头顶上三魂直冒，更吓得脚底下七魄漏掉。
后边的岳元帅神兵就到，前边又天降下神兵挡道。
张国祥一条棍狂风横扫，董平的两枝枪双龙翻搅。
金兵们碰着的一命报销，金将们战两合也赴阴曹。
这一仗把金兵威风灭了，将抛兵兵缺将四散奔逃。
金兀术眼见得大势不好，忙领上众亲随夺路快跑。
跑一程众平章放眼一瞭，哭一声老天爷合该绝了。
前面是茫茫的黄河挡道，停一步追兵来等着挨刀！
金兀术也急得失声大叫，某今日怎能把活命得了？
哈迷蛮叫狼主且莫烦恼，河那边一只船有人撑篙。
金兀术连忙喊渔翁行好，救某家过了河多给银钞。
那渔翁急把那渔船撑到，金兀术上了船就把命逃。
不一会有许多战船驶到，有叛贼那曹荣接应来了。
众王兄和平章上船快跑，剩下的跳下河随水而漂。

那金兀术一人坐在小船上，望着败逃惨景，好不凄惶。只听见岸上宋将高声叫道："你那渔人，把朝廷的死对头救到哪里去？快快献来，封官不小。"兀术对渔翁说："不要听他。我不是别人，乃大金国四太子兀术的便是。你救了某家，回到本国，就封你个王位，决不失信。"渔翁说："说是说得好，但我是中原人，祖宗家小都在中

[1] 直：原本作"只"。

国，怎能受你富贵？"兀术说："既如此，你送我到对岸，多给些金银谢你吧。"渔翁说："好是好，和你讲了半日的话，怕你还不晓得我的姓？"兀术说："你叫什么？说与我，日后好补报你的恩情。"渔翁说："我实对你说了吧。我父亲、叔叔名震天下，就是梁山泊有名的阮氏三雄。我是短命二郎阮小二爷爷的儿子，名叫阮良的便是。你想大兵到，不去躲藏，反在这里救你，天下哪有这样的呆子？只因目前新君即位，要拿你做个进见之礼。倒不如你自己把衣甲脱了，好等老爷来绑，省得费老爷的力气。"兀术听了大怒，吼一声道："不是你，便是我。"提起金雀斧，往阮良头上砍来，阮良一个跟头钻进水里，到船底下，双手把船往南岸上推，兀术越发着急，大叫："军师快来救我！"哈迷蚩急忙命人划大船来救狼主。阮良在水中听得有人来救，就把船扳个底朝天，兀术落入水中，被阮良连人带斧双手抱住，两脚一蹬，游水如履平地，往南岸而来。

　　阮良捉了金兀术，岳飞岸上看得清。
　　宋营众将和士兵，各个喜得[1]了不成。
　　举手加额谢上苍，中兴初告第一功！
　　看看来到南岸了，兀术怒气往上冲。
　　对着阮良一声吼，泥丸宫[2]里出奇形。
　　阮良眼睛看花了，好像一条金色龙。
　　张牙舞爪扑着来，吓得撒手钻水中。
　　那边金兵驾船到，赶忙救起兀术身。
　　急急忙忙划北岸，上到岸边扎大营。
　　兀术坐在大帐里，仰天长叹声连声。
　　对着众将开言道，如此大败实可恨！
　　三十万兵剩十万，三千战将折半停。
　　某家两次进中原，这次败得实在凶。
　　南蛮岳飞真厉害，调兵遣将果然神。
　　忙把本章修一封，差官回国求救兵。
　　再把大兵大将调，要和南蛮见输赢。
　　兀术北岸重算计，南岸岳飞整军容。

　　一见兀术逃活命，叹息一声喊渔翁。
　　可惜水中那英雄，是否能够得活命？
　　只见河边波浪动，阮良水里露出身。
　　不大一会到岸边，见了元帅忙打躬。
　　元帅下马扶起来，将军尊姓和大名？
　　小人名字叫阮良，专靠打鱼度此生。
　　今日原想捉敌首，作礼见你求上进。
　　谁知他会放怪物，小人手松他逃命。
　　元帅叫声阮将军，为国出力志可敬。
　　兀术跑了不足怪，天下哪有常[3]胜军！
　　今天又添三英雄，胜利凯旋回大营。

　　却说岳元帅收兵回营，记了阮良、董芳、张国祥的功劳，奖披三军。然后与众将计议，打造兵船，准备北渡黄河，直捣黄龙府，迎请二帝还朝。忽报有圣旨到，元帅出营接进，钦差开读：近因太湖水寇猖狂，加升岳飞为五省兵马大元帅之职，急速领兵，先去康郎山剿寇。岳飞谢恩以后，急速知会张所元帅，拨人把守黄河渡口。然后命牛皋为第一路先锋，领兵五千头里先走，王贵、汤怀领兵一万为二队救应，自己同众将随后进发。

　　且说牛皋挂了先锋正印，好不高兴，领着人马，一路来到湖口。那鄱阳湖内有座康郎山，贼首叫做罗辉，占住此山为王。手下猛将甚多，内中有个余化龙十分厉害，因而官兵近他不得。那牛皋一径来到山下，便叫众儿郎，抢了山再吃饭吧！三军得令，便在山下放炮呐喊，早有喽啰报上山来，罗辉便命余化龙下山交战。余化龙得令，带领喽啰，一马冲下山来，大喝一声："哪里来的毛贼？上门送死。"牛皋抬头一看，只见来将头戴烂银盔，身穿雁翎甲，坐下白花马，手执虎头枪。牛皋也不答话，举铜便打，余化龙挺枪架开，唰唰唰一连几枪，杀得牛皋勉强有招架之力，多少无还手之功，只好勒马败走。那个士兵头儿喊道："列位，我们不能跑，他若马后一追，我等尽是死，宁可抵挡住他。"便一字排开，张弓搭箭，往余化龙一齐射来。余化龙不敢追赶，叹道："话不虚传，岳家军真是厉害！"只得鸣金收军，回山去了。那牛皋回头一看，

[1] 得：原本作"的"。
[2] 泥丸宫：道教谓"泥丸九真皆有房"，脑神名精根，字泥丸，其神所居之处为泥丸宫。后亦泛称人头。
[3] 常：原本作"长"。

大喜道："妙啊！倘若我老爷下次弄了败仗，你们照旧这样。"众兵士一阵大笑。牛皋便兵退二十里，安下营寨。过了两日，岳元帅亲领大兵到来，牛皋便把余化龙厉害的话禀报了，元帅便传令出阵交战。只听得战鼓咚咚，众将排列两旁，元帅亲自出阵。

　　余化龙听得报戴盔穿甲，领喽啰下山和官军冲杀。
旌旗开在阵前横枪立马，叫岳飞你何不归顺咱家？
岳飞说你既知本帅剿杀，早投降同抗金保国保家！
余化龙听此言大笑哈哈，叫岳飞依我说你是傻瓜。
虽英雄可惜你不识天时，不过是勇夫子只会征杀。
宋朝廷气数尽君昏臣奸，你凭着一身力为何保他？
倒不如归我主重开社稷，那时节封侯位有你有咱。
岳元帅叫将军把话讲差，中华人谁一个不爱中华？
到目前金兵来奸淫烧杀，老百姓就不该自杀自家！
我高宗他即位年青奋发，中原人哪一个不保宋家？
我看你余将军堂堂一表，入山寨当草寇将事做差[1]。
是栋梁不保国是为不忠，污祖先清白名世人唾骂。
动杀伐荼生灵是为不仁，抛了明去投暗智力太差。
你忠孝和仁智四样俱无，有一身真本事也是白搭。
岳元帅他讲得有理有条，余化龙只觉得羞愧害臊。
叫岳飞我和你各守各道，胜过我手中枪我就降了！
倘若是胜不过是我赢了，你也该学我样归我一道！
岳飞说一言出驷马难追，添一个小兵卒算我输着。
刀对刀枪对枪不使暗招，谁若是放冷箭丢人害臊。
余化龙叫岳飞一言定好，我和你战百合争个低高。
举起了虎头枪迎面就挑，沥泉枪使开来迎挡格招。
两马交双枪举威风显到，真个是一对儿英雄争俏。
他二人大战到红日斜照，百十合未分出谁低谁高。
是英雄爱英雄各不相饶，明日里再战你来见分晓。

　　这岳元帅和余化龙二人在康郎山下，大战了三天，不分输赢。岳元帅对众将说："余化龙枪法果然有功夫，若得此人归降，何愁金人不平。"众将也都交口称赞。到了第四日，又战到午后，仍不分上下。余化龙虚晃一枪说："岳飞，我战不过你了。"回马便往山后败去。岳飞暗想：

<hr>

[1]　做差：做错。做：原本作"作"。

他枪法未乱，如何败走，必是有诈。心中就作了提防的打算，也拍马追去。余化龙真的暗暗取出金镖，照准岳飞一镖打来。岳飞笑道："原来这般低武艺。"将镖接在手中，反手又打了过去，余化龙只顾防身子，却不料岳飞专门飞镖打马，那马负痛一跳，把余化龙摆（扽）在地上。岳元帅急忙跳下马来，双手扶起说："余将军，这马没有上过大阵，请回去换了坐骑再来交战。"余化龙见岳飞这般礼贤下士，口服心服，跪下说："本帅神勇、末将愿降，望乞收录。"岳元帅急忙扶起说："将军何必如此，只要你愿为国家出力，本帅愿与你结为异姓兄弟。"于是两人摄（撮）土为香，对天立誓，结为兄弟，各回本阵。当晚，余化龙杀了首领罗辉，烧了山寨，带领一万喽啰，下山来见岳元帅。宋营里摆酒接风，全军庆贺不表。随后，又进军太湖，收了水军头领杨虎，渔民首领耿明初、耿明达，岳家军的力量不断地得到了壮大。

　　这一天，藕塘关总兵金节差人投书求救，说金兀术差元帅斩着摩里之，率兵攻关，军情紧急。岳元帅便命牛皋领本部兵马先行，自率大军随后就到。那牛皋领命，行了几日，赶到藕塘关。总兵金节迎进关中，摆了酒宴招待。牛皋问："金总兵，你这酒席果真是诚心请我的吗？"金节说："是本总兵诚心请将军的。"牛皋说："若是真心请我，快拿大碗来。"金总兵忙叫从人取来大碗，牛皋一气吃了十来碗，金节暗想道："这样一个好元帅，为何用这么一个笨匹夫为先行？"那牛皋只顾大吃，看看有些醉了。外边军士来报，金兵又犯关了。金节悄悄吩咐，各门加兵守护，那牛皋一见他们悄悄说话，不觉生气："有话当面直说，为何偷偷骂我？"

　　牛皋说金总兵你放明白，为什么悄悄儿偷着骂我？
你们这全不像真心待客，罢罢罢请你把酒席撤过。
金节说牛将军你莫起火，听我把这原因与你细说。
现如今那番兵关前起祸，将军醉退番兵我无良策。
牛皋说番兵来何不早说，快取酒我吃了退敌有我！
十分酒十分力更壮胆火，再吃上十大碗又有什么？
到此时金总兵亦无奈何，取一坛吃半坛半坛拿着。
到关门还要把半坛吃过，你看我杀金兵啰不啰嗦。
立起身走下堂东歪西斜，众军士扶上马左右扶掖。

城门口再把那半坛吃过，门一开[1]落吊桥马飞如梭。

金邦的那元帅拄棍站着，见马上骑员将半死不活。

这样人也上阵没有经过，不动手我看他什么下落！

那牛皋马如飞大风吹过，肚中酒涌上来满口喷射。

这一吐喷番将满头满脖，两只眼睁不开忙用手抹。

那牛皋吐了酒心中利索，睁开眼见番将正在摩娑。

忙举起双铁锏当头棒喝，把番将天灵盖打个正着。

下马来取下了首级一颗，兵无将转过身光想逃脱。

岳家军杀番兵紧追不舍，直[2]杀得尸如山血流成河。

追赶上二十里收兵鸣锣，有金节出关来下马迎接。

这时的牛先锋信口开河，再吃坛就可把番兵杀绝。

话说金节回衙，便对戚氏夫人说："这牛皋十分无理，谁知他倒是一员福将，吃得大醉，反打败了几万番兵，立了大功。"夫人说："这也是朝廷的洪福，出这样的人才。我昨夜和妹妹戚赛玉，同作了一梦，梦见黑虎扑身。莫非妹妹的终身，应在此人身上不成？"金节说："那牛皋生得面黑须断（短），身穿皂袍，真的像个黑虎，不如将你妹妹许配与他，不知夫人意下如何？"戚氏夫人说："尽在将军安排了。"金节便命人准备花烛，备办酒席，一边命人给牛皋送去喜服。那时临阵不许招亲，牛皋拒不应命。恰巧次日岳元帅到了，牛皋和金节迎进关中。金节禀过了醉破番兵的话，又禀报了牛皋的婚姻大事，请元帅做主。岳元帅大喜，亲自主婚，就命他二人趁今天黄道吉日，合卺完婚。然后对众将说："从今日起，把临阵招亲犯罪这一条革了，若贤弟们日后遇着婚姻大事，不必禀明，即可成亲。况且如今上阵交锋，事难预料，谁能包个万全？若生一后嗣，也就好接续香烟，日后也多一个抗敌的人才。"众将一齐称谢。闲话休提。

岳元帅礼贤下士，义重如山，名扬天下。各地的好汉都奔来帐下，一时人才济济。他们中有卧牛山好汉诸葛英、公孙郎，黄草山好汉孟邦杰、呼天保、呼天庆、岳真、徐庆，还有那张立、张用等。岳元帅及时申奏朝廷，请封官职，求拨粮饷，整训军队，准备北伐。

这一天，探子来报说："金门镇总兵谢昆押解粮草，路过九宫山，被山上的强盗劫去了。"岳元帅一听非常生气："好强盗，欺谢昆年老，竟敢抢夺军粮！"便问："哪位将军前去救回粮草？"施全应声道："末将愿往。"元帅就命军政司拨给五千人马，到九宫山去捉拿强盗。那施全得令领兵，一路往九宫山而来。正是：

　　山中壮士抗金将，寨内强人保国臣。

且不说施将军领兵来战，先把那九宫山表明一番。

九宫山那大王名叫董先，他手下有四个结义金兰。

叫陶进和贾俊王信王义，聚饥民五千多插旗造反。

他五人一个个雄心虎胆，占住了九宫山官府不安。

劫粮后听得那官军剿山，那董先忙上马下山迎战。

有施全他抬头用目一看，那强盗高九尺锅铁脸面。

骑一匹青鬃马满身白点，使一柄月牙铲上旋下旋。

喝一声如雷响使人耳颤，问来者是不是岳飞围山。

施全说你这些乌合混蛋，何用我岳元帅虎驾围歼！

我乃是他麾下大将施全，奉帅令捉强盗荡平此山。

那董先听此言气炸肝胆，恶狠狠抡起了月牙大铲。

有施全举画戟迎面一拦，直[3]震得两臂麻手酸身软。

他那里当当当一连几铲，有施全招不住拍马逃窜。

董先喊哪里逃随后就赶，追几里追不上勒马回山。

这施全被打得落魄丧胆，不敢往营中去落荒外边。

一队人大路上迎面遇见，为首的是一个武生少年。

他长得[4]前发齐后发披肩，鼻子直口又方满月如面。

施全叫小娃子快跟我跑，这山上有强盗过路不安。

你若是上前去把他遇上，白白地送了命实在可怜！

那少年请将军说清根源，你怎知那前边强盗巡山？

施全说你既问必有高见，我本是岳元帅麾下施全。

奉帅令护粮草来到此山，那强盗本事高不是一般。

因此上我劝你赶快回去，也是个好意儿莫要大胆。

那少年听罢了笑上眉尖，叫家将拿盔戴拿甲来穿。

着好装上了马稳坐雕鞍，取过来虎头枪金光闪闪。

叫一声施将军引路前面，你随我捉强盗二次进山。

[1]　开：原本作"关"。

[2]　直：原本作"只"。

[3]　直：原本作"只"。

[4]　得：原本作"的"。

施全说小将军谨慎一点，白白地送性命实不合算！
少年说这一切你都不管，只带我找强盗休得多言。
不一会又来到山寨前面，叫一声贼强盗乖乖下山！
那董先听得报怒容满面，这施全狗男女诡计多端。
我刚才留你命勒马不赶，你为何搬救兵又来围山？
少年问你可是抢粮董先？董先说既知名何不滚蛋！
少年说我看你像个好汉，却为何占山寨离开家园？
现如今正用人国家多难，何必在草洼里虚度流年？
不如你烧山寨跟我去转，投奔那岳元帅国保民安。
倘若是仍执迷不思翻悔[1]，今日个恐怕你活不安然！
董先说小毛虫大言不惭，今日里先试试爷的钢铲！
举家伙向少年颈部就铲，那少年虎头枪左遮右拦。
直[2]杀得那董先手忙脚乱，唰唰唰他的枪毒蛇翻卷。
浑身汗顾不得架挡格拦，败回去喊四弟共同下山。

却说那陶进等四人，一齐催马下山，来与那少年交战。四个人一到阵前，一看，齐声叫道："啊呀，原来是公子。"各个慌忙跳下马来，施礼问安。原来这公子名叫张宪，是兵马大元帅张所之子。陶进四人，昔日作过张元帅的家将，故此认得。只因张元帅病故，遗嘱公子，要投在岳元帅军前立功，为国出力。张宪见了大喜，便说："我想你们在此为盗，终非长久之计，既与董先结义，何不劝他归顺朝廷，跟我到岳元帅军前效力，有功之日，也可荣宗耀祖，名扬天下，岂不是好？"四人遵命上山，向董先说了，那董先也佩服公子英雄，岳元帅仁义，情愿投顺。遂收拾了山寨，带领人马一齐下山。那施全更是欢喜非常，合兵一处，往藕塘关而来。不一日到关，施全进关，将遇张宪、收董先的经过禀知元帅，岳元帅十分高兴，带领众将，迎出关来。公子上前，双膝跪地，恭恭敬敬地将先父遗书呈与岳元帅。岳元帅接书，扶起公子，回至大堂坐下，将书拆开一看，便吩咐张保："把公子的行李安置在我的住所左侧的小房，早晚我有话说。"又对董先等五人说："你们到此，须为国家出力，建功立业，博个封妻荫子，不失男儿之志。"董先等人谢了。休整三日，兵发

栖梧山。

这栖梧山上的大王，名叫何元庆。闻报岳元帅的兵到，立即催马下山。岳元帅出营一看，只见他头戴烂银盔，身穿金钻甲，手执两柄银锤，坐下一匹嘶风马，威风凛凛，仪表堂堂。岳元帅暗想，好一个英雄，可惜埋没于草泽之中，一定要叫他归降。便开言叫道："来将莫非是何元庆乎？"何元庆道："然也。来将可是岳飞吗？"岳元帅应道："既知本帅大名，何不下马受缚，归顺朝廷？"元庆说："我闻你兵下太湖，收伏杨虎、余化龙，果然是员名将。本大王久欲归降，奈我手下有两员家将不肯，因此没治。"岳元帅笑道："凡为将者，君命尚有所不受，岂有反被家将牵制之理？岂不可耻！"元庆说："岳飞，你听我说。"

何元庆叫岳飞你听我说，我的这两家将不比别个。
自幼儿不离开紧紧跟我，我一刻不离他相依生活。
岳帅说你家将名叫什么，唤出来我劝他归顺如何？
元庆说他二人性格如火，他怎肯听你话还得我说。
岳帅说既如此你且唤出，元庆说唤出来你莫吓着。
手中的两柄锤一起一落，问岳飞这家将你看如何？
有岳帅大怒说匹夫欺我，我好言相劝你何必作恶！
金邦的百万兵闻风而躲，撼不动岳家军丧魂落魄。
有本帅看你是一条好汉，因此上相劝你莫把草落。
你却在我面前翻唇弄舌，难道说我怕你让你歹活？
不要走你且吃本帅一枪，何元庆举银锤拍马躲过。
他二人直[3]杀得难分难解，战到那日落山收兵过夜。

话说岳元帅回营，对众将说："我看何元庆今日未定输赢，忽然收兵，今夜必来劫寨。"便吩咐在营门前掘下陷坑，两边埋伏人马，专等他来劫寨。到了三更时候，何元庆果带着几千喽啰，人穿皂袍，马摘铜铃，悄悄下山，来到宋营。只见宋营灯光明亮，寂静无声，何元庆便传令放炮，点起灯笼火把，照成白昼，何元庆一马当先，一声呐喊，带着喽啰就往大营冲来。只听一声炮响，何元庆连人带马跌入陷坑，左有张宪，右有孟邦杰，带领三军，一齐上前，用挠钩搭起何元庆，用绳索绑住。那些喽啰一见

[1] 翻悔：原本作"回幡"。
[2] 直：原本作"只"。

[3] 直：原本作"只"。

主将被擒，各个转身就跑，却被董先、牛皋截住去路，吓得一齐投降。等到天明，岳元帅升帐坐定，众将参见已毕。张孟二将把何元庆绑来交令。何元庆见了岳飞，立而不跪，岳元帅说："大丈夫一言为定，今请将军归顺宋主。"何元庆怒道："此乃是我贪功，误中了你的奸计，要杀就杀，岂肯服你。"岳元帅说："这有何难？"吩咐放绑，交还他的马匹双锤和那些降兵，再去准备交战。那何元庆回到山中，好生烦恼，思谋着如何拿住岳飞，方出这口恶气。这边岳飞唤来张用、张显、阮良、耿明初和耿明达，吩咐"如此如此"，依计去行。正是：

> 计就月中擒玉兔，谋成日里捉金乌。

且不说岳元帅施计调兵，再说那何元庆气恼伤心。
他一心要报仇再次领兵，来到了宋营前列队布阵。
岳元帅领兵将放炮出营，叫元庆今日里该见输赢。
元庆说男子汉大刀阔斧，今日里战一个你死我生。
边说着举起手就是一锤，岳帅的沥泉枪劈面相迎。
何元庆两柄锤盘头护顶，拦住马遮住人银光一身。
岳元帅那杆枪上下舞动，又刺面又分身神哭鬼惊。
这一仗又杀到玉兔东升，仍然是对平手不见输赢。
他二人正战得难解难分，忽听见栖梧山人声纷纷。
元帅叫何将军暂且停战，你山上起了火快去救人。
何元庆回头看大吃一惊，遍山上烈焰起火势汹汹。
忙拨马回山中去把火救，谁知道宋朝兵已经夺营。
直气得何元庆咬牙切齿，可惜我多年的惨淡经营。
到如今也只得他乡投奔，男子汉有刚柔该屈该伸。
正行走抬起头用目细看，见前面有条河挡路难行。
是哪个丧心贼把桥拆了，无渡船我怎能过河求生？
没办法我只能又往东走，行一夜仍然是两眼空空。
这茫茫大江中无一船只，那后边官军来渐有追声。
正着急见前面两只渔[1]船，叫渔翁快拢岸救我一程。
我乃是何元庆逃难之人，渡了我过得江谢你重重。
两渔翁听此言船渐靠拢，叫一声何老爷上船快行。
元庆说这船小怎渡战马，渔翁说马不渡只渡客人。
老爷的身子重这船坐定，两柄锤放那船一样可行。

[1] 渔：原本作"鱼"。

你看这大江内白浪滔天，这小船谁敢载马匹畜牲？
何元庆急忙忙下了船中，跟随的没办法投了官军。
何元庆慌忙中坐船逃命，到江中叫一声渔翁你听。
你兄弟那只船无踪无影，莫不是拐银锤暗里偷生？
那渔翁叫一声啊呀不好，我兄弟他半生是个赌棍。
老爷的两柄锤银子打成，便成了小眼鬼昧了良心。
何元庆听一言怒生心中，骂贼子贪银钱全没人性。
渔翁说什么是没有人性，我乃是奉帅令等你入擒。
何元庆听此言更觉吃惊，翻起身举双拳就打渔翁。
这渔翁是阮良深通水性，一跃身跳下船钻入水中。
大声叫何元庆快下来吧，两只手一扳船底朝天空。
他这里把元庆一把提住，拉出水揪上岸索绑绳捆。

那阮良捉了何元庆，送到岳元帅的马前。元帅见了，连忙下马，吩咐松了绑，然后说："本帅有罪了。不知今番将军还有何话说？"何元庆赌气地说："尽靠这些诡计，何足为奇。要杀便杀，绝不服你。"岳元帅道："既如此，快还了锤，请回去，再整大兵来决战。"元庆亦不答应，提锤上马而去。一直来到江口，又羞又恼，既无一兵一卒，又无船只渡江，想到羞见江东父老，不如自尽为好。正欲拔剑自刎，只见宋将汤怀匹马空人赶来："岳元帅记挂何将军，命我前来远送。请将军暂停鞭蹬（镫），待末将准备船只，送将军过江。"正说间，又见后边牛皋带领军士，扛抬着食物酒肉之类，赶来说："奉元帅将令，何将军辛苦了，恐怕饥饿，特备水酒饭菜，请何将军权且充饥。"值此，何元庆被感动得流下泪来："岳元帅如此诚心待我，不由我不降也。"就随了汤怀和牛皋，来到大营，双膝跪地，口称："罪将该死，蒙两次不杀，今情愿归降元帅。"岳元帅大喜，双手扶起说："将军何出此言。良禽择木而栖，贤臣择主而事，大丈夫正在立功之秋。请将军同保宋室江山，迎还二帝，名垂竹帛耳。"遂叫左右取出衣甲，与何元庆换了，摆下香案，结为异姓兄弟。全营像度节日一样庆贺，不题。

不几日，又有圣旨到来，说洞庭湖水寇杨幺（幺）猖狂，特命岳飞领兵征剿。岳元帅接过圣旨，遂传令兵发湖南，路上公买公卖，秋毫无犯，暂且不表。

再说金兀术，探听得岳飞调兵湖南，远征水寇，就与哈迷蚩计议道："如今这岳南蛮远出，正好去抢金陵。"哈迷蚩说："有一计，狼主可请大太子领兵十万，进攻湖广，并不与岳南蛮交战，而是他守东我攻西，他防南我犯北，牵制得那岳南蛮离不开湖广，就是大功；这里再命二太子领兵十万，去抢山东；三太子领兵十万，去抢山西；五太子领兵十万，去抢江西：弄得他四面八方来不及。然后狼主自领大兵，去抢金陵，中原必得。此是五路进中原之计，不知狼主意下如何？"兀术听了大喜，便召请四位兄弟，各领兵十万分路而去，照计而行。自领人马二十万，杀奔金陵而来。这时节，宗泽守住东京，屡次上表，请高宗回銮汴梁，号令四方，志图恢复。无奈赵构自有赵构的打算，执意不从，只得作罢。此时听得兀术五路进兵，岳飞又远去湖广剿寇，急得旧病发作，口吐鲜血，大声连喊"过河杀贼，过河杀贼"而死。正是：

可怜新业基，又成旧战场。

金兀术领人马五路进兵，百姓们又遭逢火热水深。
喊爹的叫娘的不见亲人，寻兄的找弟的各逃性命。
一路儿杀百姓整庄整村，抢东西烧房屋惨[1]不忍睹。
金兵们似入了无人之境，奔湖广下江西直趋金陵。
宋高宗在宫中还在做[2]梦，陪美人饮美酒逍遥一生。
众大臣乱纷纷赶进宫来，叫主公不好了金兵又临。
这时节他才觉大梦初醒，顾不得张美人自己逃生。
遂跟上李纲等六位大臣，逃出了通济门一路西行。
金兀术领人马杀开城门，直赶到凤台门不见守兵。
上金殿有一个美貌妇人，跪那里称狼主留奴性命。
你若是早来上一个日子，准拿住宋康王君臣几人。
到如今他君臣共是七人，抛奴家逃性命出了西门。
金兀术喝问道你是何人，张美人叫狼主听奴说明。
我义父张邦昌丞相高任，我名叫荷香女西宫伴君。
金兀术怒骂声狗养东西，少廉耻无德性无义无情，
将你这淫泼妇留下何用。一斧头劈两半血染衣红。
忙传令留下些金兵守城，自带上众兵丁再追高宗。
且按下金兀术指挥追兵，再说那宋高宗君臣七人。

急急地[3]犹如那丧家之犬，又好似漏网鱼胆颤心惊。
他君臣七个人出城逃命，一昼夜直跑得腰疲腿疼。
李纲说你快把龙袍脱了，换上了百姓服快跑快行。
有高宗忙脱了龙衣一身，穿便衣往前跑不敢稍停。
他七人仓皇间不择路径，前面又遇无大海无路可通。
回头看有追兵烟尘滚动，直吓得头顶上走了三魂。
前面有大水挡后有追兵，真个是插翅膀也难飞行！

却说高宗君臣七人正在着急，只见水面雾气迷漫中，有一只大船驶来，船上站着五位大汉。众人齐声高叫"救命"，那五人把船驶近了问："你们要往何处去？"众人说："要往湖广寻岳元帅的。"那五位大汉说："既如此，快上船来。"君臣进舱，偏遇顺风，不到半日，那船家说："已到湖广了，快上岸去吧。"于是众人一齐上岸。回头看时，哪里有什么船只，只见云雾里隐约有五位大汉冉冉而去。他们觉得是神灵相救，忙叩头拜谢了。然后往前走去。来到一座庄院门前，李纲抬头一看，叫声："主公，不好了！这是张邦昌的家，快些走吧。"沙丙、田思中扶了高宗，急往前行。那张邦昌和王铎正在家中饮酒，听家人报知此事，二人急忙出门就赶，离老远就喊："主公慢行，罪臣特来保驾。"来到跟前，张邦昌跪下说："主公龙驾，岂可冒险而行。且请到我家中，待我连夜去招岳飞保驾，就可无事。"高宗大喜，一步也不想走了。便执意跟随张邦昌来到他家，别人也无法奈何，只好跟上他走。一进到院里，张邦昌脸一变，喝叫众家丁，把七个人一齐绑了，拘在后花园中。自己和王铎立即去找粘罕，请他来捉拿高宗君臣。

宋高宗被绑在后边花园，他君臣七个人气恼心烦。
康王哭我为何多苦多难，被兀术追赶得颠簸流离。
五灵神渡过海福分非浅，又为何落贼手这样悲惨。
我君臣好似那虎离深山，霎时间落平阳受欺于犬。
罢罢罢这也是命乖运蹇，刚跳出是非门又被网拦。
李纲[4]说主公你不听臣劝，今日里你才知谁忠谁奸！
且不说他君臣自悲自叹，再说个蒋夫人女中英贤。

[1] 惨：原本作"残"。
[2] 做：原本作"作"。
[3] 地：原本作"的"。
[4] 纲：原本作"刚"。

自古说山中水有苦有甜，一家人他也是有愚有贤。
张邦昌大夫人她是蒋氏，平日间念佛经修行向善。
忽听得她丈夫拿了高宗，细思想这事情非同一般。
天黑了快来到后花园里，放了他君臣们逃离此间。
叫主公出后门莫可怠慢，那粘罕就要来不过明天。
他君臣出后门忙把路赶，高一脚低一脚何等艰难！
有蒋氏料难活鸾带轻挽，吊在了大树上一命归天。
不表这蒋氏女寻了短见，再说那卖国贼迎接粘罕。
见粘罕忙下跪磕头捣蒜，捉住了宋高宗请你打点。
有粘罕听此言堆笑满脸，忙领兵整三千快马加鞭。
张邦昌到家里摆酒摆筵，吃喝毕进花园几人傻眼。
那蒋氏吊树上鸾带高挽，七个人早不知后后前前。
叫狼主不好了臣妻不贤，放走了那七个臣不安然。
那粘罕听此言怒气满脸，他们准没走远加快追赶。
孩儿们把两家家私抄斩，他两个给某家带路向前。
追上了宋康王死罪可免，追不上报假信杀头处斩。
宋高宗他君臣紧跑慢赶，听后边金兵追浑身冒汗。
前面是牛头山往上就跑，那粘罕看见了领兵围山。
宋高宗直[1]吓得浑身打颤，这一次完蛋了休想生还。
君臣们又到了危难之处，忽然间天降下大雨遮山。
君臣们顾不得泥水雨点，拼着命爬上了牛头山尖。
金兵们都一齐穿着皮靴，山上滑爬一步两步下窜。
那大雨越发大下个不住，粘罕令支帐房暂且守山。
料他们跑不了也得避雨，等大雨停住了全军上山。
再说那宋高宗爬上山尖，山顶上有庙宇权且避难。
这时节岳元帅湖广鏖战，坐大帐议军事众将来参。
有探子进营来急忙禀告，我探到金兀术又进中原。
过长江杀到了金陵城里，宋天子和大臣出京逃难。
到如今无去向生死不明，望元帅找圣驾早作打算。
岳元帅听见了吃惊不小，君有辱做臣的枉立世间。
遂拔出腰中剑就要自刎，有张宪和施全急忙解劝。
今天子逃在外生死未见，非你责何必要如此这般。
这里的军务事尚未定点，抗金兵迎二圣事还渺然。
你岂可轻自己不作检点，若死了大军会乱成一团。

[1] 直：原本作"只"。

元帅说他君臣何处受难，到如今事突然于心何安！

那岳元帅为此事十分发急，帐下走出诸葛英说："元帅不要发急，我和公孙朗（郎）也曾潜习过阴阳八卦，待我们卜得一卦，看君王们逃往哪里，好去保驾。"元帅点首答应，诸葛英一算说："约在牛头山一带。"元帅就命牛皋、公孙朗（郎）领兵五千先行，自领大兵往牛头山如飞而去。牛皋赶到牛头山，正是那高宗爬山遇雨之时，公孙朗（郎）说："这里山形我熟悉，从荷叶岭上去，是一条大路，直通山顶。"牛皋领兵，从荷叶岭一马当先，跑上山去。岳元帅紧催大兵亦到。来到山顶灵官殿，见了被雨淋得透湿、微装便服的高宗君臣，便拜倒在地说："微臣有失保驾，罪该万死。"高宗大哭道："奸臣误国，卿有何罪。"就把一路上受辛苦的话，说了一遍。牛皋忙取出干粮，献给高宗、李纲等大臣充饥。岳元帅传令，立即分兵扼守四面山头。那些〔众〕番兵见雨住了，准备上山，却见山顶上飘起帅旗，有兵守住，忙报于（与）粘罕。粘罕只好派人去迎接兀术。只要把康王围在山上，就不怕他插翅飞去。如今且先说牛头山上，当时设起行宫，李纲奏道："启奏圣上，应在灵官殿前搭起一台，效当年汉高祖筑台拜将，拜封元帅并众将，好使他们舍身为国。"高宗准奏，便命搭台。次日高宗出营，众将迎驾上台。传旨封岳飞为武昌开国公，太子少保，统属文武兵部尚书，都督大元帅。众将俱各加封。岳飞率众将谢恩，天子转回行宫。第二天，岳元帅升帐，众将参见已毕，站立两旁听令。元帅说："三军未动，粮草先行。目今交兵之际，粮草要紧，但山下有番兵阻路，如何出得他的营盘。哪位将军敢踏出番营，前往相州催粮？"话音刚落，闪出牛皋说道："末将愿去。"元帅说："你的本事怎能踏出番营去？"牛皋说："元帅如何长他人的志气，谅这些小番，怕他怎的！我若冲不出番营，情愿拿下这颗首级。"元帅说："既此，有令箭一枝、文书一封，限你四天四夜到相州，小心前去。"牛皋得令，将文书揣在怀内，令箭插在飞鱼袋内，上马提铜，独自一人跑下山来。正是：

　　壮士一身已许国，此行何计吉和凶。

　　双铜匹马金营进，应叫粘罕吃一惊。

有牛皋提双铜催马下山，来到了番营前大声叫喊。

狗番奴快些儿两边躲闪，好等你牛爷爷取道向前。

边说着边舞动两条铁锏，踏进了营盘里谁敢阻拦。

一般的众番将抵敌不住，忙进帐报于了那个粘罕。

叫一声大狼主事不好了，有一个黑南蛮直冲营盘。

大太子听得报怒气上翻[1]，手提上镏金棍出帐迎战。

那牛皋一连儿七八九锏，粘罕他招不住大败回还。

小番儿被牛皋一齐冲散，冲出营朝相州快马加鞭。

一路上马加鞭人不歇站，刚三日赶到了相州城里[2]。

喊一声快通报击鼓举剑，扑通地[3]一声响堂鼓打烂。

刘节度忙传令牛皋进见，递上了军情书老爷快看。

刘节度拆书信细细观看，夸一声牛将军忠义感天。

岳元帅限了你整整四天，今日才两天半路都跑完。

牛皋说把粮草准备妥善，明日个五更天起解回山。

刘爷说自古来军急如火，粮和草我准备哪敢怠慢。

第二天打点好派兵三千，随牛皋押粮草赶回军前。

却说牛皋领兵押上军粮，昼夜赶行，一路上又结拜了三个兄弟——郑怀、张奎、高宠，都有万夫不当之勇，武艺高强，英雄了得。高宠在前面开路，牛皋同郑怀、张奎押后，催兵往牛头山进发。

那牛头山下，兀朮的大兵也已经赶到。粘罕接着，将张邦昌、王铎之事说了一遍，兀朮道："既是康王和岳南蛮在山上，某家就分兵围住此山，绝了他们粮草，把他们饿死在山中。"遂知会各位弟兄，四方八处，扎住大营，六七十万人马团团围住，将牛头山围了个水泄不通。岳元帅闻报，好不心焦。思量那牛皋兄弟，如何能将粮草押上山来？

且说牛皋非止一日，已到牛头山。高宠望见番营，一连扎了十几里，旗幡飘飘，杀气腾腾。便向牛皋说："小弟在前，冲开营盘，兄长保住粮草，一齐杀入。"牛皋便叫郑怀在左，张奎在右，自己殿后。高宠一马当先，大叫："高将军来踏营了！"拍马挺枪，杀入番营。正是：

英雄归宋室，钢枪定乾坤。

高宠骑着青鬃马，手执錾金虎头枪。

刺着咽喉把命丧，挑着甲绦见阎王。

如同砍瓜切菜样，杀条血路谁敢挡？

张奎郑怀护左右，双枪犹如龙翻江。

牛皋在后舞双锏，好似猛虎下山岗。

番兵番将难阻挡，谁个撞上谁个亡。

兀朮忙差四平章，四员猛将把路挡。

金银铜铁花骨朵，四人出手有花样。

各举兵器忙迎战，围住高宠全不放。

高宠抖擞挺一枪，一个下马找阎王。

唰地[4]又是第二枪，挑下马去喊声娘。

高将军的第三枪，又是一个腿朝上。

唰地再使第四枪，胸前窟窿鲜血冒。

四枪报销四番将，杀得兵惊马又慌。

后边又来一员将，名字叫做金古漾。

手提一条狼牙棒，拍马上前逞凶相。

高宠使出回马枪，也和前面一个样。

心窝一下戳透了，围得魂飞魄又丧。

加上牛皋一对锏，郑怀张奎两条枪。

翻江扰海兵马乱，人碰人死马也伤。

一连冲开十座营，粮草尽数把山上。

气得兀朮瞪两眼，这些南蛮不寻常。

牛皋上山来交令，元帅亲自迎出帐。

粮草亏你解上山，兵将鏖战心不慌！

却说牛皋见了元帅，施礼后禀道："这些粮草能解上山来，全靠了新收的三位异姓兄弟，高宠、郑怀、张奎。他们本事高强，硬是杀了一条血路才上得山来。"元帅大喜。遂将三人引来拜见天子，高宗问李纲："该将三人封为何职？"李纲说："暂封为统制，日后有功，再行封赏。"三人叩头谢恩，和牛皋同住在一起。到了次日，元帅升帐，众将站立两旁听令。元帅高声问道："如今粮草已到，金兵围我正严。恐一朝粮尽，接济不上，必须大战一场，杀退番兵，才能奉天子回京。不知哪位将军敢到金营去下战书？"话音刚落，早有牛皋上前说："小将愿

[1] 翻：原本作"反"。
[2] 里：原本作"坦"。
[3] 地：原本作"的"。
[4] 地：本段韵文原本都作"的"。

往。"元帅说："你昨天杀了他许多人马,是他的新仇,如何能去?"牛皋说："除了我,再没人敢去的!"元帅就叫张保替牛皋换了袍帽,牛皋穿上冠带,辞了元帅,竟(径)自出营。岳元帅不觉暗暗伤心,恐怕此去不得生还。又有一班兄弟们,一齐送到半山,叮咛说："贤弟此去,倍加小心。言语一定要谨慎。"牛皋说："众位哥哥,自古说,教的言语不会说,有钱难买自主张。大丈夫随机应变,着什么忙?但望弟兄们好好看待我新收的三位兄弟就行了,也不枉我们结义一场。"众人见他言语慷慨,各个噙泪而回。正是:

　　自古疾风知劲草,由来板荡识忠臣。

有牛皋一个人催马下山,忙忙地[1]抹去泪换上笑颜。
这眼泪若被那金人瞧见,会丢尽宋朝人英雄脸面。
再留心把身上衣服一看,倒觉得模样儿可笑可怜。
我今天穿戴上这个打扮,好像是城隍庙那个判官。
一马儿跑到了金兵帐前,众平章执刀枪上前阻拦。
牛南蛮你为何如此打扮,为何事又独自到我营前?
牛皋说男子汉文武双全,今日来下战书非同一般。
自然要文绉绉系带顶冠,麻烦你给你主通报一番。
众平章不觉得嘻笑声喧,进帐[2]去快禀知兀术粘罕。
禀狼主牛南蛮来下战书,兀术说你们去叫他进见。
那平章出营来一声高喊,我们的狼主爷叫你进见。
牛皋说这狗头好生无礼,连请字不说个成何体面。
遂下马一直儿走进营去,见兀术说请你下来相见。
金兀术听此言怒上脸面,某家是昌平王统兵百万。
见某家你应该行个全礼,反口出不逊言胆大包天。
牛皋说你虽是太子位显,我也曾称大王公道当先。
我今日上奉着天子圣旨,下奉着元帅令进你营盘。
自古说上国的卿相士子,就等于下国的诸侯一般。
我乃是堂堂的天子使臣,理应该你下来宾主相见。
我牛皋又不是怕死之人,若怕杀也不来大言触犯。
兀术说这倒是某家不是,你倒是不怕死一个好汉。
下帐来与牛皋拱手行礼,尊一声牛将军迎接迟慢。

[1] 地:原本作"的"。
[2] 帐:原本作"账"。

牛皋说这才算你是英雄,下一次战场上多多鏖战。
你有礼我牛皋亦有礼还,尊狼主我这里有礼相见。

这里兀术与牛皋[分]宾主落座,兀术问："将军到此何干?"牛皋说："奉元帅将令,特来下战书。"兀术接过来看了,遂在后边批了"三日后决战",付与牛皋。牛皋接过来说："我是难得来一回的,也该请我一顿饭才是。"兀术笑道："该请,该请。"遂命几个平章陪牛皋去吃酒饭。牛皋吃了七分酒,辞谢了兀术,出营上马,回上了牛头山。众弟兄一见,各个欢喜,元帅命军政司记了牛皋的功劳,不题。

第二天元帅升帐,传来王贵说："本帅命你去番营拿口猪,候本帅祭旗用。"又唤牛皋说："你亦去拿一只羊来祭旗。"二人领令出营,王贵说："兄弟,这个差事真难!那番营中就有猪羊,也不肯卖予我们;若是去抢,他六七十万兵马,怎能抢得上?如何交差呢?"牛皋说:"不要管它,我和你下山,捉来两个番兵,权当猪羊,看是如何?"二人下山冲进番营,大喊一声:"快拿猪羊来!"出其不意;各捞住一个番兵,挟在腰间,拍马出营,及到番兵整队赶来,他两人已经上了荷叶岭。二人进帐禀道:"奉命拿得一猪一羊交令。"元帅叫张保收了猪羊,记上了二人的功劳。次日,元帅请天子到营祭旗。天子同众大臣一齐来到大营,将小番顶替猪羊当了祭品。祭旗已毕,元帅奏道:"请圣驾明日登台观看臣与兀术交战,请李太师记功劳簿。"天子准奏,回营准备,不题。

再说兀术在营中对哈迷蚩说:"岳飞叫人下山,拿我营中兵去,当作福礼祭旗,真是气人!我如今也差人去,拿他两个南蛮来祭旗,方泄我恨!"军师说:"不可,若能到得他山上拿个人来,这座山早已抢了,请狼主免降此旨吧。"兀术又道:"军师此言,甚是有理。这山上去也难。我想张邦昌、王铎两个,现在已无用处,不如把他们当了猪羊吧。"遂传令把二人拿下,绑在营外旗杆下杀了,祭了帅旗。他两(俩)当年武场起誓,不意在今日果有此报应。正是:

　　报应休争早与迟,天公暗里有巧思。

　　不信但看奸佞誓,猪羊一对祭战旗。

该高兴二奸贼当了猪羊,再说那金兀术调兵遣将。

领兵马六十万把山围定，专等那宋朝兵冲下山岗。
岳元帅把兵将分拨已毕，传号令擂战鼓地动山响。
岳元帅披挂好亲自出阵，前张保后王横跃马横枪。
只见那金营里兀术出马，叫岳飞我今日劝你思量。
中原的半个天都属我管，你君臣又困在小小山岗。
兵又少将又弱投降为上，用鸡卵击大石何必逞强！
倒不如把康王献给吾邦，我保你封王位富贵无疆。
岳元帅大喝道休得胡讲，尔大胆进中原丧心病狂。
劫去我二皇帝受难异方，又领兵把我主追到湖广。
这奇耻我辈人岂能遗忘，杀不尽狗鞑虏誓不还乡。
举起了沥泉枪劈面直上，金兀术举大斧恶战一场。
两个人大战了几个回合，忽听得那山下雷鸣鼓响。
那四面和八方都是番兵，俱奔来抢山头团团围上。
岳元帅怕高宗受了惊恐，急忙忙拨转马奔回山上。
那高宠在高岗看得细详，岳元帅回师来颇费思量。
莫不是金兀术武艺高强，中华人怎容得外敌猖狂！
待我去会一会番邦骁将，便上马抢起枪冲下山岗。
他一见金兀术挺枪就上，那兀术举起斧招架慌忙。
谁知道这条枪沉重难挡，头一低把帅盔挑到地上。
直吓得金兀术魂飞胆丧，宝马上加一鞭窜下山岗。
高将军忙拍马随后追上，狗鞑子哪里逃赶快投降！
一匹马单独儿杀进番营，手擎着那杆枪横冲直撞。
直杀得众番兵喊爷叫娘，直杀得众番将马倒人亡。
进东营出西营无人敢挡，踏南营闯北营越战越强。
眼看着杀到了日落时候，一马儿冲出营要回营房。
远望见西山上旗幡飘扬，高宠想此必是粮草之乡。
自古说兵未动粮草先上，冲过去放把火一扫而光。
把他的粮和草全部火葬，烧断了命根子看他下场！
便拍马挺起枪二次再闯，如入了无人境直扑营房。
山上有铁滑车一十二辆，一辆重二千斤备用营房。
有番将哈德龙把守山冈，凭着这铁滑车保护草粮。
见高宠杀过来锐不可挡，忙吩咐铁滑车准备使放。
只听见哗啦啦一声响亮，第一辆那活儿推下山冈。
有高宠抬起头向上观望，滚下个东西来奇形怪状。
紧盯着到跟前枪尖挑上，铁滑车翻滚儿瘫在地上。
紧跟着又推出一辆一辆，那高宠挺大枪莫放心上。

一气儿挑翻了一十一辆，十二辆下来了又是一枪。
谁知道坐下马筋疲力尽，口喷血猝然间倒卧地上。
那高宠摔下马滑车滚上，可怜把英雄汉粉碎身亡。

却说哈德龙收了高宠尸首，来见兀术说："这个南蛮，连挑十一辆铁滑车，真个是楚霸王重生，好生厉害。"兀术听了大惊，便叫小番在营门口立起一个高杆，把高宠尸首吊起。此时岳元帅正同众将在山前打听高宠下落，忽见金营门首，吊起一个尸首来。牛皋远远望见，叫声"不好了"，就拍马冲下山去。岳元帅此时也无法禁止，忙令张保、王横、何元庆、余化龙、董先、张宪诸将，速去救应。众将得令，一齐杀下山来。那牛皋一马跑到营前，杀散小番兵，来到杆下，拔剑来将绳子割断，那尸首跌下地来，牛皋近前一看，大叫一声，翻身跌落马下。那些番兵番将，一齐涌上前来。早被何元庆、余化龙赶来，大杀一场，伤了许多番兵。张宪、董先扶牛皋上马，张保、王横，背上高宠尸首，一路儿跑上山去。兀术听了说："这些南蛮如此胆大，却又十分义气，反伤了我的无数兵马。"只好吩咐收拾战场尸首，紧守营门，不题。

再说众将把牛皋救上山来，牛皋大哭不止，连昏几次，人人落泪，个个伤心。高宗传下圣旨，高将军为国捐躯，将朕的衣冠包裹身体，暂埋在此，到太平时搬回原籍安葬。岳元帅又命汤怀住在牛皋帐中，早晚劝慰。正是：

　　高宠为国身捐躯，想煞牛皋哭五更。

一更里呀泪悲啼，想起我弟好孤凄。虽然是我结义弟，但比同胞还亲密。我的弟呀！几时才能忘了你？

二更里呀好悲伤，兄弟音容挂肝肠。金盔银甲穿在身，手使一杆虎头枪。我的弟呀！少年英雄强中强。

三更里呀哭声高，兄弟弃世太年少。你再多活几个年，痛饮黄龙路不遥。我的弟呀！麒麟阁上姓名标。

四更里呀天更黑，牛皋急得难入睡。天明下山找兀术，誓与兄弟报仇去。我的弟呀！杀尽金兵才解气！

五更里呀天渐明，永远隔开我弟兄。枪在物在人不在，千斤钢枪谁拿动？我的弟呀！哭断肝肠不见君！

那牛皋一夜哭到天明，回头见汤怀在旁，便说道："汤二哥，我从今再不哭了。"汤怀说："兄弟不哭就好，我去回禀元帅。"

兀尤这日正呆坐帐中，忽然把案一拍，叫声好厉害！军师问："又是啥厉害？"兀尤说："某家思想，前日被高宠一枪，险些儿丢了性命，有本事连挑我十一辆铁滑车，岂不厉害？"军师说："任他厉害，也做了个扁人！请狼主不要烦恼。臣有一计，可捉得岳南蛮。任他有天大的本事，生死都在我们手里。"兀尤问："军师有何计策？"哈迷蚩说："我探听得岳飞最孝顺母亲，是个孝子。他的母亲和家小，现今住在汤阴县。狼主悄悄派人领兵前去，把她（他）们捉来，那时叫他知道，那岳飞不是死，也得投降我们。"兀尤听了大喜，遂差元帅雪里花豹领兵五千，偷偷过黄河往汤阴而去。

如今再说岳元帅府中，已收拾得十分齐整。那大公子岳云已经长到一十三岁，出落得一表人材，威风凛凛。太太请了个饱学先生教他读书。他天资聪明，一学就会。又将岳元帅的课程细细翻阅，那些兵书战略，件件熟悉。那年又在梦中，得神人传授了锤法，打造了一对八十二斤重的银锤，昼夜练习，锤法精通，人间少有，世上无双。常常带领家将，到郊外打围取乐。太太爱如珍宝，李夫人亦禁他不得。这一天，忽见家人慌慌张张来禀道："不好了，有无数金兵，来捉我们全家，离此不远了。"吓得太太惊慌失措，李夫人亦无主张，众家丁七嘴八舌，都无主张。只见岳云走进来，叫声："太太，母亲，不要惊慌。闻得金兵只有三五千人马，怕他怎的？待孩儿出去杀他个净绝。"太太说："孩儿不知世事，你小小年纪如何说出这等大话来？"岳云说："我且去试试看。若孩儿杀他不过，再与太太逃走不迟。"就连忙披了衣甲，提了双锤，带了百十名家将，跨上战马，出了府门，一路迎来。走了三四里，正遇金兵到来，便大喝一声："你们是到岳家庄去的吗？我小将军在此，叫为头的出来送死！"正是：

少年英雄，初显出峥嵘头角。

几千番卒，似群羊窜入虎口。

有小番忙报于雪里花豹，前面有小南蛮拦路挡道。
那番将听此言手提大刀，喝一声小南蛮还不躲了！
公子说狗番奴你该知晓，小将军岳家庄姓显名标。

我父亲为元帅辅[1]佐当朝，你为何远路上送死挨刀！
番将说我奉的狼主之命，正要去拿你们全家老少。
岳云说你既来吃我一锤，边说着边举锤劈面就敲。
那番将欺岳云岁小力薄，并未曾想到过武艺精高。
只一锤打下去措手不及，砸烂了天灵盖命赴阴曹。
主将死小番们只会逃跑，被岳云领家将追杀完了。
有公子得了胜回到庄上，老太太和母亲烦散愁消。
有岳云叫奶奶孙儿禀道[2]，我捉了一番兵问了根由。
他言说宋康王君臣七人，困在了牛头山不能脱逃。
我爹爹领众将前去保驾，和那个金兀尤未分低高。
我心上去那里听父指教，求奶奶放孙儿莫要拦着。
奶奶说我孙孙且莫心焦，停几天叫家将送你上道。
有岳云听此言心中烦恼，当救兵哪能够那样逍遥！
既然是牛头山围困住了，我还得连夜儿加鞭快跑。
书桌上留下来便信一条，提了锤跨战马出门悄悄。
老太太知道了派人追赶，赶不上也只好由他去了。
且不说一家人牵心念叨，得先说岳公子一路苦劳。
飞马儿直走了四个通宵，来到了八宝山日已斜照。
见山上一少年未戴冠帽，年纪约十二三眉目俊俏。
只见他手拉着猛虎一条，轻轻儿喝着走不慌不躁。
有岳云心中想力气蛮好，我不免去和他争个低高。
叫一声小孩子你太毛躁，拉我家养的虎为的哪条？
少年说既然是你家养的，那我就还给你有何不好？
边说着边把虎扔下山来，石头上摔成了死虎一条。
有岳云下了马把虎一瞧，虎死了该赔我不差分毫！
用双手提起虎使劲一撩，原扔在山冈上叫他瞧瞧。
这少年一见了暗中称好，他力气比我大不比我小。
手提着死老虎走下山坳，改日里再陪你好也不好？
但我还有一言如实相告，你还得来和我比较比较。
胜了我就赔你老虎一条，胜不过快走开不要胡闹。
边说着上了马两手举刀，那英姿更显得威风飘飘。
有岳云也急忙登上鞍鞒[3]，小孩子就和你比个分晓。

---

[1] 辅：原本作"扶"。

[2] 道：原本作"到"。

[3] 鞍鞒：马鞍。

0239

说唱·甘肃卷·宝卷分卷（二）
精忠报国故事宝卷

他两个在坡上各施手段，大战了五十合英气未消。

遇对手直[1]杀得难分难解，那一边有一个员外来到。

叫一声你两个赶快住手，为何在这地方舞锤动刀？

问岳云名和姓家乡路道，为什么和我的外甥打闹？

岳云说我长在汤阴乡郊，我父亲叫岳飞领兵在朝，

我名字叫岳云也还年少。那少年忙滚鞍下马拜倒，

你既是岳公子应该说早，我和你半日子白白战了。

却说岳云急忙扶起这个少年，说："若不是小弟赖你这只老虎，怎能领教小哥这等好刀法。"二人大喜。那老员外把岳云请到家中，摆下酒席相待。岳云问："不知小哥姓甚名谁，如何有这等好刀法？"少年说："我叫关铃，父亲原是梁山好汉关胜。早年亡故，这位老翁是我舅。"岳云大喜，扯着关铃对天拜了八拜，结为异姓兄弟。到次日，员外取出金银，赠给岳云。关铃又把赤兔马拉出，赠为坐骑。员外说："待外甥再长两年，必到元帅帐下效力，望乞提携一二。"公子称谢不已。别了员外，关铃不舍，又送了一程，方才分手回庄。岳云催马赶路，不题。

如今再说宋高宗在牛头山上，恰到八月十五，中秋佳节，月明如画，他一心想下山玩月，便和太师李纲各骑了一匹马，来到荷叶岭，观看番兵营寨。谁知那兀术和哈迷蚩也出营观月，在山下看见山头上指指点点的两个人影，兀术便说："待某家悄悄去捉他。你速回营去，发大兵来抢山。"哈迷蚩领命而去。那高宗正在山下观看月色，那兀术悄悄儿赶到跟前叫道："王儿，某家来了。"高宗、李纲回头一看，吓得魂不附体，忙忙转马就跑，兀术紧紧追赶。十分危急，恰巧张宪巡山，路过看见，急忙飞马让过高宗，截住兀术，大喝一声："番狗看枪！"一枪就向兀术刺去，兀术觉得来势急如风，快似电，忙把头一偏，一只耳朵已被挑开。兀术负痛，转马败下山来。张宪哪里肯放，紧紧追赶，兀术进了营盘，张宪跟着追进去。远者枪挑，近者鞭打，那些番兵怎能抵挡得住。直追得兀术向后营逃去，方才勒马回山。再说那牛皋睡在高宠坟上，忽听得耳边叫道："牛大哥，快起身去立功！"忽然惊醒，上马提铜，就冲下山来。

有牛皋提双铜杀进番营，小番儿急忙给兀术告禀。

金兀术听一言怒气满脸，牛南蛮他也敢匹夫逞凶。

遂提斧上了马一气出营，有牛皋一见了心中发惊。

耳边厢似听得高宠说话，牛大哥放心去一定成功。

鼓起劲勾开斧一铜直枪，金兀术避不及肩膀打中。

叫一声不好了回马败走，番兵将围上来里外三层。

直[2]杀得牛将军两膀酸痛，他已经招不住热汗涔涔。

暂不说牛将军困在番营，再说说岳公子来当救兵。

见番兵把营盘连扎十里，说妙呀我进去杀他一阵。

便拍马摇双锤大喝一声，岳公子今日个来踏番营！

举起锤千钧重势不可挡，有番兵和番将层层固定。

金兀术听见了再次上马，见岳云喝一声娃娃休能。

岳公子用左手架开斧头，用右手照兀术一锤当胸。

金兀术闪得快擦了肚皮，第三次受重伤疼痛钻心。

忙拍马往旁边大败逃去，岳公子也不追直冲大营。

锤到处血成河死尸横陈，真好似进入了无人之境。

一路儿打过去几座大营，见番兵正转着牛皋拼命。

叫一声牛叔叔不要害怕，放心打有侄儿助你一阵。

两柄锤好似那狮子摇头，一霎时打开了围兵百层。

救出了牛叔叔一同出营，不一时回上了牛头山顶。

这岳云随牛皋上了牛头山，进大帐拜见了父亲，岳元帅令他与众位叔叔见过了礼，然后问道："你在家中不用功读书，来此何干？"岳云便把番将捉拿家属，被他杀败之事说了一遍，特来这里与爹爹助阵。岳元帅大喜，吩咐且到后堂安歇。第二天，即命他杀出番营，去金门镇搬兵。岳云领命向金门镇去了。

再说那金兀术一夜之间吃了三次亏，坐在帐中，闷闷不乐。忽报二殿下完颜金弹子到，兀术说："唤他进来。"你道那殿下是谁？乃是粘罕第二个儿子，使两柄铁锤，有万夫不挡之勇。金弹子进帐，拜见了兀术说："老王爷时常记念，为何还不拿了岳南蛮，捉了康王，早定中原？"兀术便把岳飞兵强将勇的话说了一遍，金弹子不以为然地说："待臣儿出阵，拿几个南蛮来。"兀术便命他领兵出营，来到山下讨战。山上小军报于元帅，岳元帅问："谁

[1] 直：原本作"只"。

[2] 直：原本作"只"。

敢迎战？"牛皋应声道："末将愿往。"元帅吩咐："要加倍小心。"牛皋提铜上马，奔下山来，大叫道："番奴快通名来，功劳薄（簿）上好记你的名字。"金弹子说："某乃金国二殿下，完颜金弹子是也。"牛皋说："哪怕你是铁弹子，也要打成个肉弹子。"举起铜便打，金弹子举锤架开，一连三四锤，只（直）打得牛皋两臂酸麻，抵挡不住，败上山来。元帅听报，便带领众将一齐下山交战。只见那金弹子头戴镔铁盔，身穿驼皮甲，相貌稀奇，身材雄壮，就像李元霸重生。岳元帅问："哪位将军去会战？"余化龙挺身而出："待末将去拿他。"便一马冲到阵前，金弹子问："来的南蛮是谁？"余化龙答道："我乃岳元帅麾下大将军余化龙便是。"金弹子说："不要走，吃我一锤！"举锤便打。两马相交，枪锤并举，战了十几个回合，余化龙渐渐力不能支，虚幌（晃）一招，败回阵去。董先提铲出阵，与金弹子战了几个回合，也败了下来。旁边恼了何元庆："待末将捉这个小番。"催开战马，提着斗大双锤，一马冲到阵前。正是：

　　金邦养就丧门煞，宋兵初遇白虎神。
　　何元庆出阵前双锤放光，迎住了金弹子大杀一场。
　　两匹马犹如那游龙戏水，四柄锤闪金光一来一往。
　　他二人大战了二十余合，何元庆抵不住拍马兜缰。
　　阵前的小张宪看得分明，催战马奔出阵手挺银枪。
　　叫小番不要走吃我一枪，金弹子举铁锤急忙迎上。
　　锤打来胜过那下山猛虎，枪刺去犹如那穿林巨蟒。
　　张宪的那条枪十分厉害，金弹子这对锤盖世无双。
　　两个人大战上四十回合，有张宪也败了难以较量。
　　岳元帅见此情无之奈何，免战牌挂到了营门以上。
　　金弹子他一见哈哈大笑，我当是南蛮子三头六膀。
　　他也把免战牌挂到营前，且回营到明天再擒宋王。
　　暂不说金弹子收兵回营，再说那岳公子英姿飒爽。
　　搬兵回进番营双锤舞动，杀开了一条路回到山上。
　　来到了营门外抬头观望，见七道免战牌高悬杆上。
　　我出入这番营无人抵挡，挂出这免战牌体面有伤。
　　定是那怕事的瞒着爹爹，辱没了岳家军多年荣光。
　　心中怒忙把那双锤举起，免战牌打成个碎块粉浆。
　　进营来与元帅交了令箭，把打碎免战牌细说端详。

　　岳元帅听此言怒满脸膛，骂一声小奴才目无尊上。
　　我行令普天下谁敢不遵，你打碎免战牌自专张狂。
　　叫左右快与我绑去砍了，不斩你怎能服百万兵将！
　　刀斧手把岳云绑出营门，满营的众将官齐把情讲。
　　那牛皋更着忙急跪地上，叫元帅我有话仔细思量。
　　你挂那免战牌不为别的，不过为金弹子无人抵挡。
　　公子他年纪轻不知军令，斩了他免战牌还得挂上。
　　一则是斩大将与军不利，二来是父子情岂可有伤！
　　今日里我保他戴[1]罪疆场，杀了那金弹子万事安康。
　　倘若是杀不过那个番将，再正你这军法有何不可[2]？
　　岳元帅说也罢暂依你讲，就命你陪奴才去上沙场。
　　有牛皋和岳云披挂停当，叫侄儿我与你教个秘方。
　　今日个若胜了万事大吉，若输了打出营火速回乡。
　　叔侄俩边说着来到山下，那完颜金弹子也出营房。
　　金弹子大喝道来将通名，公子说你小爷名叫岳云。
　　刚说罢举起锤照头就打，金弹子忙举锤急架相迎。
　　一个舞烂银锤银光遍体，一个摆浑[3]铁锤黑气迷空。
　　大战了四十合未分胜败，岳云说这番将与众不同。
　　他两人又战了十来回合，小岳云渐渐儿力不从心。
　　那牛皋着了急大吼一声，我侄儿万不要放走敌人！
　　金弹子听诧了回头一望，慢一锤被岳云打下马身。
　　他随着跳下马取了首级，叔侄俩掌胜鼓凯旋归营。
　　众王子见听见了放声大哭，金兀术直[4]气得顿足捶胸。
　　问军师有何计报得此仇，军师说臣已经力尽计穷。
　　有兀术听此言闷闷不乐，再调兵和南蛮决一雌雄。
　　且不说金兀术调将整兵，再说那牛头山宋室君臣。

　　却说岳元帅和各路勤王兵马联系妥当，共计三十万人马，议定内外夹攻，准备与兀术一决胜负。这一天，便请高宗天子和众位大臣骑马观阵，离开灵官殿，传令施放大炮，震天动地。那些各地勤王的总兵节度，听见炮响，各个领兵从外杀进。兀术只好传令各位王子，众元帅平章，一齐领兵迎战。岳元帅手下的一班虎将，何元庆、余化龙、

[1]　戴：原本作"带"。
[2]　不可：原本作"无妨"。
[3]　浑：原本作"混"。
[4]　直：原本作"只"。

张宪、岳云、张显、汤怀、王贵、牛皋等为首，带领众将和兵马，一声呐喊，冲入番营，但听炮声震地，杀声连天！马如游龙戏水，人似猛虎离山。刀枪齐举，剑戟纵横，撞着刀，连肩砍开；遇上枪，头断腹破；碰到剑，喉穿气绝；中了戟，一命身亡；人挤人，自相践踏；马踏马，遍地尸横；带剑儿郎呼兄喊弟，伤残军士觅子寻爷。直杀得天昏地暗无光彩，鬼哭神嚎黑雾迷！这场大战，真个天摇地动，日色无光。杀得那些金兵，人尸堆满地，死马遍埃尘。岳元帅带领这些猛将，逢兵便杀，遇将就擒，摆动这杆沥泉枪，浑如蚊（蛟）龙搅海，巨蟒翻身。那些番兵番将，见了岳元帅，就像是见了追魂使者，要命阎君，一个个抱头鼠窜，口中大叫："快跑！快跑！岳爷爷来了！"

要知后事如何，且听下本分解。

精忠宝卷（下）

正月里来吹春风，天天念卷没消停。

念了头本还不行，千缠万缠听下本。

宝卷本是百宝经，不念写它有何用？

这些话语且按下，再把正传说分明。

上本说到岳元帅带领众将，保着天子杀下山来，各路的总兵节度从外杀来，里外夹攻，把金兀术的兵马杀得大败而逃。岳元帅领着张保、王横追杀兀术，兀术见兵已大败，杀出一条路，往北而逃。岳元帅挥兵紧紧追赶。正是：

百万金兵气势凶，牛头山上困高宗。

本想稳取中原地，谁知擎天有岳公。

战鼓敲岳元帅领兵追剿，金兀术大败了望风而逃。

带领着众平章各位王兄，一直儿逃到了金门镇角。

停下来把人马细细查点，计点了逃出的不足四万。

金兀术见此情哭声不断，杀某家老天爷何不睁眼！

进中原我带领雄兵百万，走一路占一路破隘夺关。

自从这岳南蛮运兵布战，杀得我屡屡败好不可怜。

折去了二殿下完颜金弹，折战将几百员兵士更惨。

实想说稳稳地夺取中原，谁知晓遇劲敌受尽艰难。

到如今难挽回危局败北，回国去给父王怎样诉说？

有军师哈迷蚩上前劝解，叫狼主且自重莫把气泄！

古人说胜败是兵家之常，要保重你身体好渡长江。

忙吩咐准备了渡江船舫，保兀术坐稳了紧划双桨。

正行驶众番兵哭声又放，原来是大江北有兵阻挡。

金兀术和军师定睛一望，大江北摆战船列队成行。

旗帜飘战鼓响人马雄壮，堵住了长江口如同城墙。

直惊得金兀术心乱如麻，前阻兵后追兵天亡某家。

我如今战船少兵微将寡，怎么能保性命逃回老家？

军师说我们且抛锚驻扎，今夜晚想计策偷渡溜撤。

且不说他两个筹谋计划，再表那江北面带兵人家。

他就是韩世忠老将上马，和夫人梁红玉前来保驾。

大公子韩尚德能征能杀，二公子韩彦直精通兵法。

随父母收义军东荡西杀，一杆枪敌万夫不在话下。

收义军整十万战船造下，从水路来到了狼福山洼。

梁红玉叫将军听我说话，就把兵扎在这暂莫喧哗。

等待那岳元帅杀退金兵，截住了金兀术慢慢捉拿。

韩元帅说夫人言之有理，自古来行诡道兵不厌诈。

再说那岳元帅正欲追赶兀术，忽然探子来禀说，韩元帅兵扎狼福山，阻住兀术去路。岳元帅想："北国人不习水战，有韩元帅就能对付得了，这一功就让给他吧。"遂唤过岳云，吩咐他领兵三千，去守住天长关，倘兀术来时，用心擒住，不可有误。岳云得令，往天长关去了。岳元帅才领大队人马，自回潭州，不题。

且说梁夫人对韩元帅说："兀术新败，粮秣不多，但困兽犹斗，必然想急速回国。金人诡计多端，他们定会一面进攻，一面逃跑，使我两下里顾不上。如今我二人分开军政：将军可同孩儿专领水军，四面截杀，我专领中军水营，在大枪杆上立起楼台。我亲自在上击鼓，中间立一大白旗，将军只看白旗为号，鼓起则进，鼓停则守；金兵往南，白旗指南，金兵往北，白旗指北。将军和孩儿但听桅顶上鼓声，再看旗号，领兵截杀，定教他片甲不回，再不敢窥探中原矣。"韩元帅听了大喜道："夫人神机妙算，金兵必败也。"梁夫人又说："即时分任，叫军政司立下军令状，若中军有失，是我之罪，游军有失，将军之错也。"夫妻二人商议停当，各自准备。正是：

梁夫人擂鼓战江中，金兀术再败黄天荡。

梁氏夫人传号令，叫声众将你是听。

今日你等各领兵，截住金兵莫放松。

只要军旗指哪[1]方，领兵就向哪方冲！

传罢号令披软甲，莲步轻移上桅顶。

桅杆顶上小鼓楼，离水足有百尺深。

举目她把番营看，一目了然全看清。

待到夜晚四更时，兀术率兵出江中。

鸣金吹角杀声起，兵分两路来交锋。

粘罕领的一路兵，小将彦直劈面迎。

这个小将真英雄，喊声番狗快纳命！

我是公子韩彦直，斩你狗头献给君。

唰唰唰地[2]连几枪，早把粘罕挑船前。

彦直挑死大王子，杀得番兵尸如山。

兀术听报吃一惊，忙带败兵逃北边。

桅台梁氏看得清，忙将白旗指北边。

战鼓咚咚不停点，宋兵一齐向北撵。

杀得[3]番兵心胆寒，兀术传令摇向南。

白旗灯球向南指，宋兵喊杀追向南。

热血染遍长江水，番兵哭叫声连天。

奋战一夜到天明，兀术还在江中转。

只听桅台鼓声紧，喊杀之声百里远。

北方杀来韩世忠，东方尚德领战船。

从西杀来韩彦直，齐把番兵围中间。

可怜那些番邦兵，杀不死的跳水面。

上天无路干作难，入地无门哪里钻？

只好败入黄天荡，慌不择路只向前。

梁氏夫人早看见，兀术误入死水湾。

战鼓擂得不绝声，一条出路早堵严。

韩元帅来好喜欢，便和夫人细盘算。

黄天荡是死水潭，堵住出口封锁严。

兀术再无出路走，我立中兴功一件。

[1] 哪：本句和下句两个"哪"原本都作"那"。

[2] 地：原本作"的"。

[3] 得：原本作"的"。

加派重兵守荡口，岂料兀术又脱险。

却说兀术大败之后，只剩下三万人马，四百只战船。败入黄天荡，不知路径，转了一天，仍找不见出口。只见了两个渔夫，兀术上前说："我乃金邦四太子兀术，因兵败至此，不知出路，烦你二位指引，重重谢你。"渔夫说："这里名叫黄天荡。水面虽大，却是一池死水，只有一条进路，并无第二条出路。"兀术听说，才知走错到死路，心中惊慌。便想领兵拼死杀出去，但挣扎了几次，都被韩彦直杀了回来，偷鸡不成，反折了一把米，白损失了许多人马。军师哈迷蚩道："如今事在危急，狼主修书一封，许他些财物，和他们讲和，看那韩南蛮肯不肯？"兀术便写了书，差小番送往韩元帅营中。小番来到宋营，将书呈上，韩元帅拆开一看，只见上面写着：情愿讲和，永不侵犯，进献名马三百匹，买条路回去。元帅看罢，哈哈大笑："兀术把本帅当作何等人！"便写了回书，命将小番的鼻子割去放回。小番负痛回船，报知兀术。兀术嗟叹道："天亡我也！我军败到这个地步，内无粮草，外无援兵，岂不死于此地？"不觉痛哭不止，下边军士益发惊慌。哈迷蚩说："事已危急，不如张挂榜文，若有能解得此危者，赏金千两。重赏之下有勇夫，亦未可知。"

金兀术被困在黄天荡中，有进路无退路胆颤心惊。

叫军师忙写就一张榜文，命小番张挂在大船中军。

第二天有一个秀士求见，禀狼主我有计能脱灾星。

兀术说若能救我们性命，回国去也不忘你的恩情。

秀士说离这里不到十里，有一条老鹳河可以开通。

古时候和这里河水相连，年代多已经被泥沙淤平。

何不令众将士掘开泥沙，引河水通开了直趋金陵。

金兀术听此言喜之不尽，端谢仪忙取来白银黄金。

这秀士不受财亦不通名，辞别了金兀术飘然而行。

有兀术急忙忙传下号令，那三万兵和将一齐上阵。

三万人一个个泼上性命，只一夜就把那沙岭挑通。

领人马直上了建康大道，抛了船回国去如鸟归巢。

一路儿逃到了天长关前，金兀术到这里仰天大笑。

岳南蛮韩南蛮用兵不高，若在此伏重兵插翅难逃！

一句话还没有说完说了，只听见那关里响起号炮。

关门开摆出来三千人马，为首的提双锤英雄年少。

头戴着紫金盔银甲穿着，坐下骑赤兔马浑身火飘。

小将军在此地候得心焦，狗番奴快下马自把头招。

兀朮说小南蛮说得轻巧，自古说追人时往后要照，

今日里我和你见个分晓，举起了金雀斧使出恶招。

有岳云用左锤把斧架了，用右手轻轻儿捉住丝绦。

那番兵都似那亡命之徒，一个个冲出关赶忙逃了。

金兀朮失败得惨不忍照，仅剩下三百骑逃回老巢。

把这里且按下暂时不表，再说那韩世忠荡口瞭哨。

见金兵无动静烟火不冒，忙派人去打听才知跑了。

直[1]气得韩元帅如雷暴跳，说罢了这也是天意难违。

合该是那番奴命不该绝，困住的大鲸鱼漏网跑掉。

和夫人领大兵即便起身，潭州城会岳帅再定计较。

却说岳元帅那天升帐，探子来报，兀朮在长江口内被韩元帅杀得大败，逃入黄天荡，掘通了老鹳河，逃往建康而去，韩元帅拔营而来。岳元帅把脚一顿说："兀朮逃去，真是天意也。"又报公子擒了兀朮前来交令。岳帅大喜，喝道："给我推进来！"两边军士答应一声，早把兀朮推到帐前。那兀朮立而不跪，岳帅一看，原来是个假的。便把案一拍："你是何人，敢冒充兀朮来送死！"假兀朮说："我乃四太子帐下小元帅高太保是也。因受狼主厚恩，无以报答，今日舍身替他一死，要砍要杀，不必多言。"岳帅大怒，命拉去砍了。转而对岳云说："你在牛头山多时，难道认不得兀朮，怎么反擒了他的副将，放走了元凶？真是无用的畜生！"叫军校绑去砍了！军校无奈，只得绑起，推出辕门。恰遇韩元帅到来，见营前绑着一位小将，便问这是何人，军士答道："是元帅的大公子，奉令守天长关，捉了一个假兀朮，元帅就要处斩。"韩元帅听了说："刀下留人！"进营来见了岳元帅，岳帅忙请坐帐中，二人见礼毕，韩帅问："大元帅为何要将公子处斩？"岳帅便讲捉了假兀朮的话，韩帅说："下官兵驻金山，去问道悦和尚，那和尚赠我偈言四句，谁知是藏头诗，沿着老鹳河走四字在头上。一则金人多诈，二则天意不该绝他。非令郎之罪也，乞看薄面，望元帅赦过了吧。"岳帅说："既然老元帅为他讲情，焉有不从之理。"便吩咐军校把公

[1] 直：原本作"只"。

子放了。二位元帅谈了一会，约定一齐班师回朝。

单说岳元帅这里，兵分三路，不几日早到金陵，三军驻扎城外，岳元帅同众将，保天子进城。高宗登殿，便命人在光禄寺安排御宴，犒赏三军，不必细表。

再说那宋高宗，受了这次惊恐，听信谗言，便派人去临安建造宫殿，准备迁都。太师李纲闻言，急忙进宫谏道："陛下，金陵乃是六国建都之地，有长江之险，可战可守，尚可号召四方，以图恢复。"高宗说："老卿家不知，金陵已被兀朮戮破，人民离散，只剩得空城一座，难以久守。卿家不必阻朕。"李纲见高宗主意已定，料难挽回，便告老回乡去了。正是：

金兵未退国未安，迁都临安图苟安。

我不说那李纲告老辞官，再把那岳元帅说上一番。

他听说高宗要迁都临安，急忙忙修本章入朝规劝。

尊一声我的主听臣一言，金兀朮他还会三进中原。

望陛下安坐在金陵城中，招兵马选大将蓄锐养精。

趁兀朮牛头山失算惨败，臣领兵一气儿直捣黄龙。

扫金兵从北国迎回二圣，那时节才报清靖康仇恨。

万不可信谗言迁动京城，放弃了重镇地人心摇动。

高宗说爱卿你有所不知，还怪这金兵来连年战争。

将士苦民不安生灵涂炭，有寡人见此情胆寒心惊。

到今天金兀朮已经败去，我派人去议和两国休兵。

缓一缓聚民力再图恢复，主意定请爱卿不要多心。

岳飞说若是你圣意已定，今天下平定了暂时安稳。

臣离家已经是年长日久，老母亲尚在前安危与共。

望陛下赐天恩准臣还乡，回家乡耕田地侍奉母亲。

宋高宗想偏安已成心病，巴不得少谏臣耳朵消停。

假慈悲忙传旨特意恩准，众将军也回家祭祖探亲。

有岳飞和众将谢了圣命，众弟兄齐回家务农求生。

且不说岳元帅回家待命，再说那金兀朮回上黄龙。

进了府见父王满面愧恨，跪在地尊一声父王你听。

老狼主他一见怒气冲冲，骂了声你这个丧门煞星。

我听说大王儿死在中原，那王孙金弹子亦丧阵中。

百万兵千员将全都丧命，你还有何面目来见亲人？

吩咐声绑出去与我砍了，不杀你怎解我亡儿之恨！

两边的众番儿一声吆喝，把兀朮绑出去候令施行。

有军师哈迷蚩忙跪地平 [1]，尊狼主你听我说个分明。
并不是四太子懦弱无能，实系那岳南蛮用兵如神。
八盘山青龙山两次未赢，渡黄河爱华山又输一阵。
我二人定计策五路进兵，将康王困在了牛头山顶。
谁知道岳南蛮赶来救驾，又被他杀败了江上逃命。
遇了个韩世忠水战又精，将我们困入了黄天荡中。
命不绝幸亏有神灵相救，掘开了老鹳河死里逃生。
若不是高太保替他一死，四殿下要回国只能做梦。
老狼主听此言眼里流泪，有兀朮他谢了不杀之恩。
传命令心放下太子回宫，回府中再思想如何进兵。

却说兀朮在府内，日日夜夜思想如何再把中原抢到手。这天和哈迷蚩计议道："某家初进中原，势如破竹，囚康王于国内，陷二帝于沙漠。因出了这个岳飞，某家连败几阵，全师尽散，逃命而归。却是为何？"军师说："狼主前日之功，全亏宋朝奸臣之力，而狼主动不动喜的是忠臣，恼的是奸臣，将张邦昌等辈杀了，没有内奸，你怎么能抢得中原？"兀朮想了一会说："军师说的不差。某家前次进兵，果亏了一伙奸臣。如今这样的东西，该到哪里去寻？"哈迷蚩说："这种东西倒还是有一个在这里。那个新科状元秦桧，乃是一个贪利怕死的小人。狼主可施些小恩小惠于他，将养他一年半载，送他回国，叫他做个内应，这宋室江山，保管稳稳地送到你的手中，岂不甚好。"兀朮听了说："真个好计策！"便叫小番去找秦桧。

且说那秦桧夫妻二人，自那年保二圣来到金邦，苦苦哀求，才留下了两条狗命，老狼主就把他们发在阴山脚下，伺候放马的小番。住在破牛皮帐房里，吃马奶，喝骆浆，生活困苦，不过那妇人王氏长得漂亮，给那些放马的小番缝缝补补，间或也做些不尴不尬的事，就送上些牛羊肉什么的，与他们混帐度日。也是这个卖国贼的时来运转，这一天被兀朮请进了府中。好吃好喝待他，又给了许多金银。那兀朮也就和王氏常常在一起厮混，秦桧则睁一眼闭一眼，由他们去。兀朮与王氏恩恩爱爱，二人立下誓言，若得中原，当立王氏为贵妃。过了一年，兀朮便要送秦桧回国。秦桧大喜，跪下立誓说："上有皇天，下有后土，我

秦桧夫妻若得了富贵，不把宋室江山送与狼主，后患背疽而死。"兀朮急忙扶起。那秦桧来到五国城，在兀朮的威逼下由二帝写了诏书，起身回国。兀朮领了众文武一路送来，直到望见潞安州才分手。秦桧夫妻来到潞安州，守城总兵一一盘问，然后派人一直护送到临安。见了高宗，献上诏书。高宗大喜说："爱卿保二帝多年，患难不变，是个大忠臣。朕封你个右丞相之职，妻王氏封为一品夫人。"秦桧谢恩出朝。从此在朝中得志专权，骄横跋扈。暂且莫表。

再说那高宗皇帝复登大宝，偏安一隅，暂时太平。到了绍兴七年春月，兵部具告急本章入朝奏道："山东九龙山杨再兴作乱，洞庭湖杨么、罗刚谋反，无人抵挡。"高宗大惊，忙问众大臣："哪位爱卿前去征剿？"连问三声，无人答应，高宗闷闷不乐退朝。正是：

　　　享福有奸党，世乱思忠良。

宋高宗退了朝闷闷不乐，回宫去魏娘娘上前见过。
问万岁你为何双眉 [2] 紧锁，今日个为何事龙颜不悦？
高宗说因天下众贼作乱，朝中的众大臣无人平祸。
娘娘说满朝中文武甚多，哪一个他能为国家谋略？
唯有那岳元帅赤心为我，召他来领人马方有一说。
高宗说前日里派人去召，怎奈那岳元帅不愿官做 [3]。
反被他手下的牛皋吉青，将圣旨扯成了雪片几朵。
娘娘说妾已经费了心血，绣一对龙凤旗精心着色。
中间绣四个字精忠报国，派差官赐岳飞保险没错。
那岳飞他本是忠臣一个，见锦旗定然会应召为国。
宋高宗他听了心中转乐，派钦差赴汤阴披星戴月。
岳元帅听到了连忙迎接，摆香案跪在地开读明白。
岳元帅听罢旨叩首拜谢，再请来众弟兄商量切磋。
牛皋说你们去老牛不去，赐一面锦绣旗能值几何？
不提那瘟皇帝倒也快活，提起了满肚气就像火着。
国太平无事了逼咱下野，动起那刀兵来偏来请我。
爷爷们战场上拿命相搏，他却在宫殿里横吃海喝！
岳元帅叫贤弟不要胡说，你当听为兄的不会有错。

[1]　地平："地流平"之省。

[2]　眉：原本作"目"。
[3]　做：原本作"坐"。

自古说倘若是君要臣死，臣不死那就是失了臣节。

你和我都已把君禄食过，国有难咱焉能安稳大坐？

此一去平贼兵扫平北国，立功业当名标麒麟楼阁。

众人说大哥的言语没错，我们愿跟随你赴汤蹈火！

岳元帅众弟兄家眷别过，一路上赶路程免送免接。

不几日到临安客店住歇，到早朝去把那皇帝见过。

宋天子他一见龙心大悦，传圣旨岳爱卿旧职原做[1]。

众将士都照旧不得僭越，待平了那贼寇论功升格。

岳元帅率众将把驾辞谢，到兵部领十万大兵赫赫。

那高宗在接见时问道："元帅此行，先平何寇？"岳元帅说："先平了九龙山杨再兴，再平洞庭湖。"高宗大喜，钦赐御酒三杯，以壮行色。到了营中，元帅升帐，命牛皋领兵三千为先行，岳云押粮。祭罢帅旗，炮响三声，兵马就往九龙山进发。

先说牛皋领兵三千，一路上穿州过府，到了九龙山。牛皋说："抢了九龙山再安营。"军士领命，一齐向九龙山杀来。那杨再兴闻报，带领喽啰下山，一字儿排开，便大喝道："哪里来的毛贼，敢到这里寻死？"牛皋叫道："你这狗强盗，见了俺牛爷，为何还不下马投降？"杨再兴道："你即（既）是牛皋，不是我的对手，等岳飞来再说罢。"牛皋大怒，提铜便打。杨再兴抢枪招架。战了几个回合，牛皋败下阵来。第二天岳元帅到了，便问牛皋："你曾会战吗？"牛皋说："有一个贼子，白马银枪，战了几个回合，小将败了。"元帅说："即（既）如此，待本帅亲自会他。"众将一齐禀道："杀鸡焉用牛刀。谅一草寇，有何本事，何劳元帅亲自出马，让我等前去拿来就是。"岳元帅说："列位有所不知，非我今日要立功，只因这杨再兴是一员虎将，若收降了这个英雄，做个帮手，相助国家，就多份（分）抗金的力量。所以我该亲自出马。本帅今日出阵，你们只许观看，不许助战，违者定按军法处置。"众将得令，一齐随元帅到九龙山下讨战。那边喽啰报上山来，杨再兴领兵下山，来会岳飞。岳元帅抬头一看，杨再兴真个是：

盖世无双英雄将，百万军中第一人。

头戴着金灿灿盔插凤翅，身穿着锦簇簇袍绣鱼鳞。

使一杆烂[2]银枪腰系金铜，骑一匹银鬃马起雾腾云。

喝一声今来者可是岳飞，岳帅说知我名何不投诚？

今日里我亲来好言相劝，尊一声杨将军你是知音。

你本是将门后武艺出众，为什么陷身于绿林丛中？

谁不知你杨家辈辈精忠，你岂能做贼寇玷污祖宗。

况将军凭一身文武全才，为何不与国家建立功勋？

杨再兴听罢了冷笑一声，叫岳飞你不用这样叮咛。

想当年昏庸的皇帝道君，他不听忠臣言专信奸佞。

造狱庙苦坏了黎民百姓，乱朝纲把民膏榨干吸尽。

当今的这一个高宗皇帝，在朝里又养下许多奸臣。

将一座锦[3]绣的中原河山，让金人拨[4]弄得疮痍满身。

图苟安躲临安梦死醉生，凭什么你还要替他效忠？

还不如同我在山东举义，夺了他这鸟位恢复一统！

倘若是你不听我的言语，到头来也不过饮恨终身。

岳飞说为臣的当把忠尽，为子的要尽孝人之大伦。

生在了宋朝廷即是宋民，不保宋反叛逆玷辱祖宗。

杨将军若不听良言劝进，今日里先和你比个输赢。

我和你都各把兵将退后，只二人战百合显显身份。

再兴说好好好放马过来，我若添一小卒甘拜下风！

两个人两匹马双枪舞弄，好像是出水的两条蛟[5]龙。

岳元帅沥泉枪当心就刺，杨再兴烂银枪挑肩穿心。

这个的枪刺来急如狂风，那个的枪回去快似流星。

他二人战一处胜败不分，真个是好对手难定输赢。

大战了三百合未见高下，天色晚各自儿收军回营。

自此后他二人天天大战，杀了个整三日战兴正浓。

他两人无胜败暂且按下，再表那岳公子解粮到营。

见父亲和那员贼将拼命，众将们一齐儿远远观阵。

牛皋说我侄儿来得正好，快些儿帮你父拿住此人。

有岳云应一声拍马出阵，叫爹爹看孩儿拿他回营。

杨再兴他一见怒气上升，喝一声且住手岳飞你听。

你军令不严明还当元帅，我不和你战了勒马登岭。

[1] 做：原本作"坐"。

[2] 烂：原本作"滚"。

[3] 锦：原本作"绵"。

[4] 拨：原本作"播"。

[5] 蛟：原本作"蚊"。

岳元帅红了脸无法说明，也只好传号令收兵回营。

却说岳元帅回到营中，怒气不消，喝令军校："将岳云绑出去与我砍了！"岳云不知头三脑四，众将心中却是明白的。一齐跪下求饶道："公子押粮才到，不知原委，冒犯军令，求元帅开恩。"元帅只得说："看在众将面上，死罪饶了，活罪难免。与我捆打四十。"军校只得将岳云捆翻，打到二十棍，牛皋在旁想到："这明明是我害他挨了打。"便上前禀道："牛皋替侄儿挨上二十棍吧。"元帅道："既是兄弟说了，看你面上，免打放起。"便叫张保背了岳云，上九龙山叫杨再兴验伤。张保领命，背起公子，来到九龙山，求见了杨再兴说："这是公子岳云，因押粮初到，不知军令，冒犯了大王。元帅回营，要将公子斩首正法，多亏众将再三求饶，打了二十军棍，特到大王处验伤请罪。"杨再兴说："这才像个元帅。你回去，可约你家元帅，明天再来会战。"张保才背公子回营。

再说岳元帅打了岳云，又战不下杨再兴，心中闷闷不乐，靠在椅子上矇（蒙）眬睡去。梦见杨景来说："岳元帅，因我玄孙杨再兴在此落草，特来拜托元帅，将他收在部下，得以扬名显亲，感激不尽。他使的是杨家枪，除非杀手锏才能胜得。"遂将杀手锏传于（与）岳元帅。岳元帅惊醒，却是一梦，心中暗暗称奇。暗里将杀手锏的路数，演练了两遍，牢记在心。过了一日，岳元帅依旧出兵讨战，杨再兴领兵出迎。二人也不答话，各持兵器就战。战了十几合，岳元帅假败而走，杨再兴随后就追，岳元帅回马，左手举枪便刺，杨再兴忙把枪架住，不提防岳元帅右手举银锏，在杨再兴背上轻轻一击，再兴坐不住鞍鞯，跌下马来。岳元帅也忙跳下马，双手扶起，叫声："将军请起，本帅有罪了。可起来上马再战。"杨再兴满面羞惭，跪在地下，叫声："元帅，末将已知元帅本领，甘心认输，情愿归降。"岳帅说："将军若肯同扶宋室江山，愿与将军结为兄弟。"就在地上撮土为香，对拜八拜，结成金兰。杨再兴烧了山寨，收拾了人马，跟随岳元帅立下了不少的功劳。

紧接着，岳元帅又移师南下，平了洞庭湖寇杨么、戚方，收了三员虎将——严成方、罗延庆、伍尚志，都有一身出人的武艺。正欲回兵临安，忽然探子来报："启禀元帅，今有金邦四太子兀术，又调六国三川的百万人马，再进中原，已近朱仙镇了，请令定夺。"岳元帅一听大惊，急忙升帐调兵遣将。正是：

洞庭将自烽烟息，又有金兵入寇来。

岳元帅坐大帐忙把将点，有众将列两旁都把令听。
叫一声杨再兴大将听令，领五千马步兵头队先行。
挡住那金兀术大兵南进，不叫他中原地占去一分。
叫岳云你近前听我将令，领兵马你即为二路先行。
再叫声严成方小将听令，你领那三路兵速去救应。
何元庆你上帐听我将令，你领兵即为那四路先行。
余化龙你就是五路先行，快赶往朱仙镇救应他们。
再叫声罗延庆将军听令，你带领六路兵赶快接应。
伍尚志大将军上前听令，带兵马朱仙镇七路救应。
叫牛皋我兄弟上帐听令，你快去催粮草昼夜趱行。
众将官领将令不敢消停，连夜儿领兵马披挂起程。
岳元帅分拨罢放炮三声，领大兵整十万也往前行。
且不说岳元帅帷幄运兵，再说那一路的再兴先锋。
老天爷不作美下了大雪，军情急也只得冒雪而行。
抬头看只见那金邦人马，已离那朱仙镇几里路程。
那金兵和金将蚂蚁一般，如潮水涌着来其数不清。
杨再兴叫三军你们细听，你看那番兵多就如蜂涌。
你们去亦不过白送性命，倒不如在此地守住大营。
待我去杀他个片甲不存，叫番兵试一试中原之人。
他说罢便拍马冲锋陷阵，正遇着金邦的一队大兵。
杨将军他那里手起一枪，挑死了先行官雪里花南。
第二队先行官雪里花北，手提刀急忙忙纵马上前。
杨再兴看清了又复一枪，那番将架不住落马身翻。
三先行名字叫雪里花东，叫了声好厉害你个南蛮。
手中刀还没有举得起来，已被那杨再兴挑下马鞍。
惹恼了四先行雪里花西，忙上前截住了再兴大战。
还没有交锋上两个回合，又被那杨先锋送往西天。
真个是中华的英雄好汉，霎时间挑死了先锋四员。
众番兵见主将一齐完蛋，一个个惊破胆抱头鼠窜。
杨再兴见番兵向北而逃，他赶忙抄近路想去堵截。
谁知道小商河淤泥作祸，大雪层覆盖着看不明白。
忽听得一声响马蹄陷没，拔不出越挣扎越往下陷。

番兵们看见了就把箭射，万箭射就如那大雨倾泼。

实可怜杨将军连人带马，一时儿射成了柴蓬一垛。

且不说杨先锋遇难河中，再说那二先锋急如星火。

那第二队先锋岳云赶到朱仙镇，天色已黑，杨再兴的士兵接着，给公子禀道："杨老爷追杀番兵，误走小商河，陷于泥内，被番兵乱箭射死，特来报知。"岳云听了大叫道："苦啊！苦啊！救应来迟，此乃我之罪也。传令军士，与我扎住营盘，待我去给杨叔叔报仇！"三军得令，就地安营，岳云拍马摇锤，向番营冲去。

万马丛中显性子，千军队里夺头功。

岳云一马冲番营，骂声番狗你是听。

射我叔叔实可恨，我要把你都杀尽！

舞动两柄烂银锤，打得番兵快逃命。

三队先行严成方，也已赶到朱仙镇。

一听再兴死得惨，大骂番狗无人性。

手舞两柄紫金锤，单人独骑踏番营。

高叫番狗你是听，严爷来取你的命。

今天要报杨爷仇，杀尽狗头才解恨！

双锤举起风雷动，指东打西了不成。

番邦元帅金兀术，指挥中军坐大营。

忽然小番来禀报，狼主狼主快下令。

当日那个岳小蛮，还有一个严小蛮。

踏进营中难抵挡，十分凶恶无人拦。

兀术一听心够烦，进兵中原这样难！

早上遇见杨再兴，杀了四个先行官。

如今又来这二蛮，锤法又是不一般。

立即传令众平章，一齐围住二小蛮。

番兵番将裹上来，层层迭迭不见边。

四路先行何元庆，领兵来到朱仙镇。

听得再兴丧了命，单人独骑也踏营。

一马冲进番营里，喝声元庆来索命。

舞动双锤杀进营，杀得番兵人推人。

五路先行余化龙，也已赶到朱仙镇。

飞马冲入番营中，喝声番狗快送命。

今天要报再兴仇，认清爷爷余化龙。

银枪一举向番将，点头点脑冲敌阵。

杀得番兵哭连天，这些南蛮太可恨！

冲透番营七座整，撞翻八面虎狼军。

六队先行罗延庆，带领人马随后跟。

军士一把此事说，气得咬牙眼冒火。

一马飞奔小商河，只见再兴如箭垛。

延庆下马拜三拜，泪如雨下心胆裂。

哭声哥哥死得惨，为国捐躯痛煞我。

小弟誓与你报仇，杀尽番奴恨不解！

擦干眼泪上战马，提枪杀敌如风裹。

银枪到处番将死，喝声小兵魂吓落。

七队先行伍尚志，随后也到朱仙镇。

吩咐三军扎住营，今日这仇要算清。

画[1]杆银戟举起来，一层一层杀进营。

六员猛将进番营，杀得番营不太平。

遍地都是死身子，遍地都有鲜血盈。

杀了一日又一夜，越杀越比先前勇。

却说岳云等六人，杀了一夜一天，正杀得热闹，听得大炮震响，知道是岳元帅的大兵到了，岳公子便抢锤打出番营，后边何元庆、余化龙、罗延庆、伍尚志一齐跟着杀出来。岳云抬头一看，单单不见了严成方，便大叫："众位叔叔，严成方还在阵内，快些杀进去，救应他出来吧。"岳云当头，众将随后，又二次杀进去，远远望见严成方在乱军中，逢人便打。岳云高喊："贤弟快回营走吧！"严成方也不回话，举锤便打。岳云连忙架住。原来严成方总因年轻，一天一夜，已经杀昏了，只往番营里杀，也认不出自家人了。岳云便一手抢锤，一手扯了严成方左手，何元庆拉住右手，罗延庆抱住身子，余化龙前面开路，伍尚志断后，杀出番营。来到大营给元帅交令。岳元帅命严成方到后营养息，又吩咐准备了祭礼，亲自带领众将到小商河祭奠杨再兴，祭奠已毕，就将杨再兴的尸首安葬在凤凰山上。暂且不表。

再说金兀术见那几个南朝英雄，一齐杀出营去，只留下遍地的死尸和殷殷血斑，死者不计其数，带伤者更是数不清，直气得暴跳如雷，叹了口气道："这些南蛮如此厉

[1] 画：原本作"划"。

害，叫我怎么夺取中原？"于是闷闷不乐地转回帐中。忽然小番进来报说："禀狼主，殿下到了。"兀术传令叫进来，陆文龙便进帐参见了。这陆文龙年方一十六岁，生得身高八尺，面阔五停，眉清目秀，两臂练就了千斤之力，弓马娴熟，武艺精通。行礼后问道："父王统领大兵进攻中原日久，如何不兵发临安，去捉南蛮皇帝，反而下营在此？"兀术就把杨再兴战死小商河，岳云、严成方等踏营之事说了一遍，陆文龙听了大怒："待孩儿去捉几个南蛮回来，与父王解闷。"遂即上马提枪，带领番兵来到宋营前讨战。正是：

　　　　南朝少此英雄将，北国堪称第一人。
　　陆文龙出营门上阵讨战，骑一匹红骠[1]马来到营前。
　　左悬弓右插箭又挂宝剑，使两杆六沉枪英姿更添。
　　岳元帅忙派出两员大将，呼天保呼天庆同胞儿男。
　　还没有大战上几个回合，早被那陆文龙挑于马前。
　　陆文龙在马上一声高喊，叫一声南蛮子快来应战。
　　哪一个敢出来比枪比铜，无本事白送死有些可怜。
　　岳元帅他一听心中添烦，哪员将再出去捉拿此番？
　　严成方何元庆岳云张宪，四员将齐上帐请令出战。
　　元帅说既然是四人前去，上阵去可得要如此这般。
　　四员将出营门来到阵前，有岳云舞动锤上前交战。
　　喝一声陆文龙休得大胆，快上来看一看这副嘴脸。
　　文龙说你就是那个岳云，在北国也早听你的勇敢。
　　但恐怕今日个遇着了我，怕的[2]是你的命不得周全。
　　边说着挺起枪连连就刺，有岳云忙举锤架格遮拦。
　　两个人大战了三十回合，锤来了枪去了高低未见。
　　严成方一拍锤走马上前，叫大哥你暂且缓上一缓。
　　待兄弟来捉拿这个小番，杀不过这番贼岂肯心甘！
　　他两个又战了三十回合，何元庆又上来一场恶战。
　　小张宪他一见拍马摇枪，大喝着让我来捉拿小番。
　　飞马来唰唰唰一连几枪，陆文龙两条枪左舞右盘。
　　这一个恰如那腾蛟奔蟒，那一个好似那电闪风旋。
　　压阵的余化龙看得热眼，忙挺枪催战马接住再战。

陆文龙和宋将轮流交战，挥舞着两条枪战兴正酣。
　　金兀术听小番禀报一番，忙传令停战鼓鸣金传唤。
　　陆文龙进大帐拿礼参见，儿正要拿宋将为何召进？
　　金兀术叫王儿缺少经见，岳南蛮比不得别的南蛮。
　　他今天使这个车轮战法，你一个咋战过猛将四员？
　　岳元帅见四人未获全胜，也只好免战牌再次高悬。
　　且按下两军赌斗交战，再说说断臂人报国心肝。

　　却说岳元帅在平洞庭湖贼寇时，收降了一个一般首领叫王佐。他是一个不第的秀才，落魄的书生。自入宋营，别的将军征战杀伐，自己却无寸功，反要受禄，终觉不安。这几日听得陆文龙骁勇，岳元帅为此犯愁，便独自寻思了一阵："有了，我何不将胳膊断了，混进金营，倘能近得兀术，拼着命刺死他，就立了一件大功劳。倘若不就，能劝得陆文龙归宋，也可解除元帅的忧愁。"主意一定，待到三更半夜，拔出腰间宝剑，将左臂砍下，咬紧牙关，取出金创药敷了。用战袍包了砍下的那条臂膊，悄悄来到岳元帅帐中，双膝跪地。岳元帅看他面黄如蜡，鲜血满身，惊问道："贤弟为何这般光景？"王佐说："哥哥不必惊慌。小弟多蒙哥哥提携，恩重如山，无由报答。今日哥哥为金兵久犯中原，日夜忧心，如今陆文龙又如此猖獗，故此将左臂砍下，要往番营待机行事。特来请令。"岳元帅听了不由失声痛哭道："贤弟为国断臂，古今少有，精神可嘉。只是受此痛苦，我于心何忍哉！我又怎忍心放你入虎狼之窝？"王佐说："仁兄情义，小弟已知，但我现留宋营，已成残废，于事无补，到得金营，或许能收微许之功，亦未可知！望兄放行吧。"岳元帅只得忍痛挥泪而别。王佐悄悄出了宋营，连夜来到金兵帐外。由小番禀明，进帐见了兀术，跪倒在地，兀术见他面色焦黄，衣襟血染，便问："你是何人？来见某家有何话说？"王佐说：

　　有王佐叫一声狼主你听，我本是洞庭湖杨幺旧臣。
　　我的主遭平剿丧了性命，众部下不得已暂保残生。
　　我名字叫王佐待命营[3]中，权受那岳飞的指挥调用。
　　只因为狼主的大兵压境，又有那陆殿下无敌英雄。
　　岳飞挂免战牌计穷力尽，昨夜晚聚众将商议军情。

[1]　骠：原本作"膘"。
[2]　的：原本作"得"。
[3]　营：原本作"性"。

0249

说唱·甘肃卷·宝卷分卷（二）
精忠报国故事宝卷

有小臣向岳飞指明处境，元帅你如今要顺天应人。
现如今中原破二帝蒙尘，宋康王图偏安听信奸佞。
今金兵二百万精锐骁勇，倒不如去讲和少伤黎民！
谁知他执己见不听劝进，反说我怀二心卖国求荣。
狠心肠将我的胳膊砍了，叫我来投金邦与你报信。
就说他即日来调将发兵，杀到那黄龙府踏平大金！
若是我不来时再断一臂，因此上到这里求你救命。
有王佐诉说罢放声大哭，从怀里取断臂鲜血淋淋。
金兀术他一见双眉皱紧，众元帅和平章也觉寒心。
岳南蛮做此事太得过分，你就是杀了他比此干净！
弄得他死不成活又不能，还逼他到这里报信通风。
无非是叫某家怕你不动，我兀术岂是个怕人之人！
叫王佐你为我受了非刑，封你个苦人儿养老送终。
传号令苦人儿到处有家，各营中随意儿出入走行。
谁若是慢待了这个王佐，不论是何等人定斩不容！
有王佐听这令欢喜不尽，忙谢过狼主的这个大恩。
自此后每日里入帐穿营，走哪里吃哪里自在消停。
这一天来到了文龙帐中，陆文龙有公事不在帐中。
有一个老妇人坐在那里，忙上前问一声奶奶安宁。
老妇人忙还礼说声请进，苦人儿来讲讲你的苦情。
王佐说听奶奶中原口音，你为何在这里吃粮随军？
老妇人听得问往事触动，两眼中扑簌簌泪如泉涌。
叫将军你既是中原后人，我给你说一说多年仇恨。
我本是潞安州一个贫妇，自小儿奶大了殿下文龙。
他就是潞安州陆登之子，三岁时被狼主抢到大金。
到番邦我已经一十三年，一想起陆老爷我就伤心。
有王佐听此言心中释然，辞别了老妇人出了营门。
　　却说王佐打听实了陆文龙正是陆登之子。过了两天，又来到陆文龙营中。陆文龙一见便说："苦人儿，你既是中原人，那里有什么故事，讲两个给我听听。"王佐说："有，有，有。"便讲了越鸟归南、骅骝向北的两个故事，陆文龙听得很认真。自此，天天来给他讲故事。一天，王佐又来了，陆文龙说："苦人儿，今天再讲什么故事？""你把小番都使出去了。"王佐便在怀中取出一纸图画，文龙接过这幅图画一看，只见上面画着一个人，好像父王兀术，又见一座大堂上，站着一个将军，引颈自刎，

怒目而视，一个妇人怀中抱着一个小孩子，在大声啼哭，堂下还有许多番兵。陆文龙问："苦人儿，这是什么故事，某家不明白，你来讲给我听听。"王佐便指着图画说："殿下请听。"
　　有王佐叫殿下用心细听，听我把这件事细说分明。
　　画的是潞安州位据边境，是金邦进中原第一要津。
　　自刎的这老爷名叫陆登，他官居节度使是个忠臣。
　　这夫人她就是谢氏夫人，这孩子他就是公子文龙。
　　只因为昌平王兀术进兵，陆老爷和夫人为国捐身。
　　金兀术见娃娃年方三岁，命乳母抱着他搬到金营。
　　这孩子当作他自家儿子，到如今十三年长大成人。
　　不知道将仇人误为至亲，世上人闻此事好不痛心。
　　陆文龙听此言火冒三丈，直[1]气得咬牙齿恨不绝声。
　　问这个无义人名叫什么，活在世不报仇何颜作人？
　　王佐说这个人就在眼前，他名叫陆文龙无父无君。
　　文龙说苦人儿明明说我，王佐说难道说你还不信？
　　我今日断了臂都是为你，请问问奶妈她便知分明。
　　正说着奶妈从后帐走进，哭啼啼叫公子我都听清。
　　王将军他说的句句是真，有老爷和夫人死得伤心！
　　这冤仇压肚里十三年整，奶妈她说罢了痛哭失声。
　　陆文龙听此言如梦方醒，不孝子今才知父母深恩。
　　忙跪下向王佐拜了三拜，叫恩公你的情永记心中。
　　拜罢了抽出那三尺宝剑，一心心要去杀兀术仇人。
　　有王佐急忙儿将他拦定，公子你万不可大意粗心。
　　他帐下人马多禁卫重重，你去了事不成反累自身。
　　一席话给文龙指破迷津，有机会再下手三思而行。
　　把王佐和文龙暂且按下，再说那金兀术又添救兵。
　　却说金兀术正坐帐中，小番进来禀道："今有本国元帅完木陀赤、完木陀泽二人，率领连环甲马到了。"兀术大喜道："这连环甲马，教练了十年功夫，今日才成功。明日出马，定能得胜。"第二天，这两人领命出帐，带兵至宋营讨战。军士报进，岳元帅问："何人出马？"董先同着陶进、贾俊、王信、王羲，一同上来领令。元帅就分拨五千人马，命五将出战。五将来到阵前，董先大喝一

[1]　直：原本作"只"。

声："来将通名。"番将答道："某乃金国兀（元）帅完木陀赤、完木陀泽是也。奉四太子之命，来捉拿岳飞，你可就是岳飞吗？"董先喝道："放你娘的屁，我家元帅怎能和你这丑贼交锋。照（着）你董爷爷的家伙吧！"就当的（地）一铲打去，完木陀赤舞动铁杆枪，迎住大战。战了几个回合，那完木陀泽见哥哥战不下董先，飞马前来助战，这边陶进等四人各举刀枪剑戟，一齐上来助战。两员番将，怎能抵过五员虎将，回马败走，董先五人那（哪）里肯放，拍马就追。只听得一声炮响，两员番将左右分开，中间放出三千人马来，那马身上都裹着生驼皮甲，马头上都用铁钩铁环连接着，每二十四一排。马上军士都穿着生牛皮甲，脸也用牛皮做成假脸戴着，只露出两只眼睛。一排弓弩，一排长枪，共是一百排。直冲过来，把这五将，连同跟进去的兵士，一齐围住，枪挑箭射，只听得沙沙沙，不上一个时辰，可怜董先五将和半数人马，尽数丧于阵内。岳元帅闻报大惊说："苦啊！这是连环甲马，向年[1]呼延灼用过的，有徐宁传下钩镰枪可破。可怜把五位将军和好多士兵，白送了性命。"便传令整备了祭物，遥向番营哭祭了一番。回帐后，命张显、孟邦杰领兵三千去练钩镰枪，张用、张立领兵三千去练盾牌。练了几天，俱各熟悉。元帅就命他四人带兵去破连环马，又命岳云、张宪、严成方、何元庆带兵五千，前去接迎。来到阵上，那番将又放出连环马来，团团围住，张立即令众军士用盾牌挡住四面，周围遮住，弓矢射不入，枪弩不能过。张显、孟邦杰带领人马，使开钩镰枪，一连钩倒几匹马，其余的便不能走动，自相践踏。又听见大营中炮响，岳云、张宪从左边杀来，严成方、何元庆从右边杀来。内外夹攻，番将怎能招架？这一阵将连环马尽数破了，张立等掌得胜鼓回营交令。正是：

自从传下枪盾法，甲马再坚亦枉然。

岳帅破了连环马，再把兀尤说一番。

小番进帐忙禀报，叫声狼主祸滔天。

岳飞差来八南蛮，手拿盾牌并钩镰。

破了我们连环马，三千兵马尽杀完。

兀尤一听气青脸，叫声军师怎么办？

某家训练连环马，用去功夫整十年。

今日被这岳南蛮，一阵钩镰全挑完。

败了一阵又一阵，何日才能得中原？

哈军师来忙解劝，狼主何必自形惭。

他虽破了连环马，铁制浮陀未露面。

今晚把它推出去，把那南蛮全打完。

兀尤一听心中喜，这个宝贝果使得。

传令今夜打宋营，料定岳飞逃不脱。

忙了忙了谁忙了，文龙心里着了火。

回营便对王佐说，叫声恩公快筹措。

今夜施放铁浮陀，要打宋营怎了得。

王佐听言吃一惊，要与宋营把信通。

文龙暗暗出营门，忙把箭书射宋营。

岳帅接了这封信，拆开一看吃一惊。

当下暗里传号令，三军衔枚撤出营。

赶快退到凤凰山，躲避今晚这灾星。

再令张宪和岳云，二人埋伏各带兵。

只听番营炮打毕，把它推入小商河。

铁陀一齐推进河，看他兀尤靠什么！

不说岳营准备紧，再说兀尤也忙活。

待到三更人静时，下令推出铁浮陀。

轰天大炮齐放出，照准岳营就点火。

只见焰火腾满空，山摇地动了不得。

好似雷公摆恶阵，又像电母乱撒泼。

把个宋军好营盘，霎时打成一片火。

却说岳元帅带领众将三军，在凤凰山上看见这般光景，好怕人的阵势，以手加额道："幸亏皇天保佑，不绝宋祚。若不是陆文龙一枝箭书，岂不把我朝人马打成齑粉；也亏了王佐一条臂膀，救下了六七十万人马的性命！"那岳云、张宪，领了人马，埋伏半路，听得大炮打过，金兵回营之后，叫军士一齐动手，将那些铁浮砣（陀），连筒带座，尽数推入小商河。岳帅仍命三军回转旧地，重新扎好营盘，不题。那兀尤自在营中与众将饮酒作乐，庆贺功劳，等到天明，只见小番进来报说："苦人儿同奶娘带了殿下，五更出营，投宋去了。"兀尤大叫道："罢了！此乃是养虎贻患也。"正在恼恨，又有小番来报说："启上狼主，岳营照旧，旗帜越发分明。我们的铁浮陀都被他们推入小商河了。"这一报可把兀术直气得暴跳如雷，众将士上前解劝。兀术叹口气道："那岳南蛮真真厉害，能使手下人舍身断臂，诓骗某家。如今既走了陆文龙，又坏了铁浮陀，情实可恨，如何是好？"哈迷蚩说："狼主不必心焦，待臣明日摆下一座金龙绞尾阵，诱那岳南蛮前来打阵，可以擒他。"兀术说："如此速去准备。"哈迷蚩领令去操演阵法，不题。

那王佐和陆文龙带了奶娘，一早来到宋营，元帅同众将出营迎接，俱谢了王佐救命之恩。陆文龙进帐，参见岳元帅，说："小将不孝，错认仇人为父，若不是王恩公说明，怎能接续陆氏香火？"岳元帅吩咐，送陆公子与奶娘后营安歇，拨二十名家将伺候，不题。

再说哈迷蚩写书一封，叫岳元帅暂停兵一月，待摆好阵势，再知会前来打阵。岳元帅准许。哈迷蚩即将大兵调齐，操演阵势。过了一月，哈迷蚩将金龙阵摆完，兀术大喜，即差人下来战书。岳元帅约定第三日决战，一面请韩元帅到来，商议破阵。两位元帅共集兵六十万。是日，又去看了阵势，原来是两条长蛇阵化成的。头并头，尾连尾，所以叫金龙绞尾阵。到那天，岳元帅带领兵将打左阵，韩元帅带领兵将打右阵。调岳云、严成方、何元庆、余化龙、罗延庆、伍尚志、陆文龙、郑怀、张奎、张宪、张立、张用十二将从中杀来。三个轰天大炮，震得山摇地动。中间这六柄锤，六条枪，一杆银画戟，三条铜铁棍，冲进阵来，撞着锤变成肉饼，挨着棍马仰人翻，好不厉害。正是：

众锤打枪挑剑砍，头落尸首积如山。

一朝战争卷尘烟，无数生灵遭涂炭。

岳元帅从左边杀入阵中，举起了沥泉枪再露芒锋。
马前的那张保手拿铁棍，马后的这王横手舞铜棍。
那后边有牛皋张显王贵，有施全和岳云梁兴吉青。
众将军杀进阵十分奋勇，真比过一大队下界天神。
韩元帅从右边杀入阵中，手舞着錾金枪无比英雄。
左边有韩尚德万夫不当，右边的韩彦直勇冠三军。
再后边紧跟着苏德苏胜，领兵马直杀入金龙阵中。
只听得金营里一阵炮声，哈迷蚩挥令旗阵脚走动。

好一座金龙阵果然厉害，四面的众番兵团团围定。
杀一层又一层层层不断，杀不散打不开变化无穷。
二元帅领众将狠打狠杀，直杀了一昼夜还困阵中。
两边军直[1]杀得尘土滚滚，两国将直战得地黑天昏。
且慢说金龙阵一片杀声，阵外边又来了三位英雄。
一个是岳云的义弟关铃，使一口偃月刀鬼哭神惊。
一个是金门镇狄雷英雄，使两柄紫铜锤疾若流星。
第三个小英雄名叫樊成，他在那樊家庄赫赫有名。
使一杆鏊金枪力敌万人，一路上遇见了结成弟兄。
听得说岳元帅交兵破阵，都来到朱仙镇助威帮功。
狄雷说这番兵遮天盖地，又不知金兀术摆的啥阵。
关铃说大丈夫堂堂正正，要助战何管它南北西东！
樊成说关大哥言之有理，从中间杀两头定能成功。
呐声喊拍战马挺枪直进，小番儿怎挡得猛虎出林。
大刀砍铜锤打金枪横挑，碰着的头落地立即亡身。
金兀术在将台看得分明，忙提斧下将台跨马前迎。
喝一声小南蛮你是何人，敢闯入某家的大阵送命！
关铃说你要问我的姓名，你听了也准会胆战心惊。
我父是梁山泊大刀关胜，你少爷起名儿叫做关铃。
今来帮岳元帅除贼破阵，快把你名报上我好领功。
金兀术见关铃威风凛凛，丹凤眼卧蚕眉重枣面容。
开言来叫一声小蛮你听，我乃是昌平王太子当今。
我看你这孩子年纪小小，何须在这地方枉送性命！
有关铃听此言哈哈大笑，想不到你长着这样面容。
也是你小爷的吉星照运，刚出门就遇上宝货临门。
赶快把你那颗狗头拿来，送与我去做个见面礼行。
金兀术听一言怒气冲冲，骂一声不识数小小畜牲。
遂抢起金雀斧劈头罩顶，有关铃举起刀就下无情。
两个人刚战了十个回合，早恼了旁边的狄雷樊成。
一杆枪两柄锤一齐举起，直杀得金兀术两臂酸痛。

那兀术与三人大战，怎能敌得住这三个出林猛虎！直杀得两臂酸麻，浑身是汗，只好转马败走，又恐怕他们冲动阵势，只得绕阵而走。因是兀术在前，众番兵不敢阻挡，那三人在后紧紧追赶，反把个金龙阵冲得七零八落，首尾

[1] 直：本段韵文原本都作"只"。

0252

乱套。

那阵内的岳韩二帅，见阵脚散乱，就指挥众将，四面追杀。关铃等三人正杀得热闹，看见了岳云，便高声叫道："岳大哥，小弟在此。"岳云见是关铃，好不喜欢，忙说："贤弟来得正好，快些帮我杀尽这些番兵，同你去见爹爹。"说罢又奋力追杀。那岳公子银锤摆动，严成方金锤使开，何元庆铁锤飞舞，狄雷铜锤高举，一起一落，寒气逼人。这就叫八锤大闹朱仙镇。只（直）杀得那些金兵尸堆如山，血流成河，十分凄惨。这一阵又杀得金兀术大败亏输，往北败走，各营头立脚不住，拔营而逃。兀术带领那些跑得快的伤兵败将，一气逃到金牛岭。那金牛岭山势险要，一丈多高的石崖挡住去路，无法上去。欲要另寻出路，又听得后边喊声震地，追兵越来越近，弄得进退两难。兀术心想："某家统大兵二百余万，欲夺中原，今日兵败将亡，有何面目去见父王？罢罢罢，这是天亡我也！"遂撩起衣角望着石壁上，一头碰去，只听得哗啦啦一声响，那石壁忽然塌将下来，变成一道斜坡。金兀术爬起来一看，心中大喜，招呼残兵败将，向山顶爬去。刚上去五六千人马，又听得一阵雷鸣般的响声，碎石滚得更低，石崖的地方又是一堵齐整整的石崖出来，后边的人马上不去，追兵赶来，如砍瓜切菜一般，尽数杀在山脚旁。兀术在岭上，望见本部人马死的（得）可怜，不觉洒下两行泪来。正是：

> 三次领兵进中原，留得冤鬼万万千。

金兀术见此情伤心流泪，叫一声哈军师你是知音。
我初次进中原势如破竹，守土的宋朝兵披靡望风。
但自从出了这南蛮岳飞，这重兵怎么也撼他不动。
反被他一次次杀得大败，仅剩这六七千败将伤兵！
回黄龙何面目去见父亲，活在世立人前面目何存？
说罢了遂抽出腰中宝刀，手拿起往颈上就下无情。
哈迷蚩忙将他双手抱住，众将官夺下刀扔在地上。
劝狼主莫气馁且自思量，有输赢和胜败兵家之常。
兀术说那秦桧反复无常，难道说坐高位把某遗忘！
那时节他夫妻信誓旦旦，送宋朝好山河朝夕不忘。
某家的兵败成这般模样，受吾禄他为何不动肝肠？
哈迷蚩叫狼主宽心且放，待为臣入临安暗访端详。

等机会找见了秦桧婆娘，就叫她和秦桧定计东窗。
倘若是把岳飞解兵回乡，夺取它宋山河易如反掌。
金兀术听说了略略放心，既如此我亲自写书一封。
你带上到临安找秦算账，他愿死他愿活不容彷徨！
哈迷蚩接书信欣然前往，蜡丸里藏书信老手行当。
悄悄儿进临安另扮模样，西湖上结勾当残害忠良！

那哈迷蚩是个扮奸细的老手，妆成汴京人模样，潜入临安。一日打听得秦桧游湖，他便也赶到西湖，沿秦桧的游船打转，边高喊道："买（卖）蜡丸了！卖蜡丸了！"那王氏听见喊声，便叫："相公，这不是哈军师么？"秦桧放眼望去，真是此人，便叫人役传他进来说："你卖的这蜡丸可能治我的心病吗？"哈迷蚩说："我这蜡丸，专治的就是心病，且有妙方在内，但要早治，迟了恐怕不灵。"秦桧说："即（既）如此，且把方子留下，我照方而服便了。叫家人赏他五十两银子去吧。"哈迷蚩会意，谢赏而去。秦桧把蜡丸剖开看时，却是兀术的亲笔书信，责备秦桧负约，以至被岳飞杀得大败。并要求若谋害了岳飞，愿与秦桧平分宋室江山。秦桧看完，递于王氏说："四太子要我谋害岳飞，如何是好？"王氏说："相公，若不是四太子，哪有今天的荣华富贵！如今官居宰相，权掌一朝，这些小事，有何难处？岳飞杀败金兵，功高无比，他又是忠臣，回朝之后，与我们则十分不利。为今之计，先慢发军饷，假传圣旨给他，说要与金邦议和，命他收兵，暂回朱仙镇养兵歇马。下一步再召他回京，明说与他加官晋职，等到临安，设计将他父子除了，岂不甚好！"秦桧大喜："夫人言之有理。"游完回府，假写圣旨一道，差官星夜去金牛岭招岳飞。

再说岳元帅和韩元帅，兵扎金牛岭，准备乘胜进军，直捣黄龙，迎回二圣。无奈粮草不到，耽搁了几天。忽报圣旨到了，二人出营接旨，差官宣读诏书，却是召岳帅班师，回朱仙镇养兵歇马。岳飞入京，封官加职。两人送走了钦差，回营商量，只好打点班师。正是：

> 战败兀术百万兵，半壁山河得中兴。
>
> 可恨奸贼握国柄，岳帅不能捣黄龙。

岳元帅接圣旨要把师班，韩世忠忙上前良言解劝。
尊一声大元帅听我一言，今日个万不能忙回朱仙。

咱带兵几十万浴血奋战，破金兵收回了多少河山。
现如今不发兵何等危险，一回师把前功毁于一旦。
这必是朝廷内有了内奸，怕大将立功劳卖国专权。
你若是回兵马正中其奸，岂不是枉费了心血数年！
自古说将在外君命不受，你何必拘小节饮恨终天！
乘金人锐气尽我军正胜，发大兵直捣那金邦巢穴。
等灭了大金国迎回二帝，那时节回朝后功抵罪孽。
岳帅叫韩元帅有所不知，万不可贪功劳有违圣意。
我母亲恐怕我失却礼义，在背上刺四字精忠报国。
所以我这一生要全名节，为臣子不尽忠世人笑我。
今日个既然有朝廷圣旨，且回兵哪管他奸臣作祸！
遂传令放炮号拔寨起营，这举动浇冷了军民心窝。
不一日原回到朱仙镇上，依旧儿扎下那大营几座。
韩元帅见不能劝他转意，带兵马原回了镇江老窝。
各路的勤王兵一齐去了，留下那岳元帅安置兵丁。
每日里仍照旧练习弓马，操演好等圣旨再挡大金。
暗暗地叫岳云莫违己命，和张宪回家去看望母亲。
现如今这朝政奸贼拨[1]弄，到日后还不知怎样胡行！
给几个小兄弟教些武艺，倘能够伐北番再找你们。
有岳云领父命不敢消停，急忙去辞别了义弟关铃。
有岳云和张宪回乡去了，众叔兄直送到十里长亭。
岳元帅再叫过张保听令，你跟随我多年北战南征。
男子汉都为着谋个出身，我派你到濠梁做个总兵。
张保说我一生不愿做官，情愿在这地方随你一生。
岳帅说你为何不听将令，做[2]总兵也还是为国尽忠。
有张保没奈何只得去了，辞别了众将军奉令而行。
岳元帅叫王横你来听令，我有心也叫你去做总兵。
那王横忙跪下连连叩头，说小人一辈子愚愚钝钝。
只晓得跟老爷杀敌冲锋，不晓得做什么总将总兵。
你若是硬叫我去把官做，我就在老爷的面前自尽。
元帅说既如此也就算了，那王横高兴得叩头谢恩。
岳元帅他一看长叹一声，我手下都是些忠义之人。
正叹息忽禀报圣旨又到，命岳飞速进京再把官封。

[1] 拨：原本作"播"。
[2] 做：原本作"坐"。

却说岳飞接罢圣旨，刚送走钦差出去，又报朝中内使手执金字牌，催促岳飞，赶快起身。岳飞慌忙迎送，又报金牌来临。一时三刻，竟接到了十二道金牌。

最后的内使说："圣上命元帅急速起身，若要迟延，就是违逆圣旨了。"岳元帅默然无语，回到帐中，唤来牛皋、施全二人说："贤弟，我把帅印交付你们，暂与我执掌中军。此乃大事，须当守我法度，万不可纵兵坑害百姓，也不枉我与你们结义一场。"说罢将帅印交给二人收了，再点四名家将，同了王横起身。众弟兄并军士，齐出大营跪送。

众弟兄跪营前泪珠纷纷，尊一声岳大哥细听分明。
今日里金牌催吉凶难定，莫不是朝中有卖国奸臣。
倒不如我弟兄一齐前行，保你去保你来大家放心。
岳飞说我进京单身面君，大家去惊圣驾反落罪名。
倘若是万岁他不听谏诤，违了旨会招祸罪灭满门。
弟兄们一定要协力同心，为国家挡金邦报仇雪恨。
若把那二皇帝迎回中原，我岳飞即死了也觉甘心。
众弟兄听此言肝胆照人，不由得一个个大放悲声。
岳元帅把他们一一相劝，又见那众百姓一齐送行。
朱仙镇众生员庶民百姓，扶老的携幼的挤挤拥拥。
看他们一个个头顶香盘，一齐儿跪路旁遍地哭声。
挡住了大路口众口同声，要留那岳元帅不让前行。
见此情不由他泪洒步停，尊一声父老们不要伤心。
圣上发十二道金牌召我，我怎敢违天子不依圣命。
我不久要回来扫清金兵，那时节你们会自在安宁。
众百姓没奈何让路放行，没一个不流泪恸哭伤情。
有岳帅上了马往前趱行，众弟兄舍不得又送一程。
岳帅说众将军各自请回，自古说送千里还得别君。
众将官也只好洒泪满襟，一个个痛定后各自回营。

却说岳元帅同王横，带了四名家将，离了朱仙镇，望临安进发。在路上非止一日，来到瓜州地面。是夜作一梦，见两只黑狗，对面蹲着说话。又见两个人精着胳膊，立在旁边。又见江中钻出一个怪物，似龙非龙，直向自己扑来。岳帅大惊，吓醒却是一梦，心中好生奇怪。次日天明起身，来到金山脚下。岳帅吩咐王横，准备香烛纸马，上金山去寻访道悦和尚。岳飞上山，来到大殿，拜过了佛，焚香已毕，将自转到方丈门首，只听得里面琅琅念道："茫茫苦海未有涯，东君何必恋尘埃？不如早寻回头岸，免却风波一旦灾。"岳飞听了暗暗点头："这和尚果然有德行，劝我修行是好心，但肩上的大事怎能丢掉？"正想着，那道悦已经迎出方丈来，见礼已毕说："元帅光临，山僧未能远迎，望乞恕罪。"岳飞说："昔年在沥泉山上参见师傅时，赠言二十年后，得会师傅，不意果然。下官只因夜作一梦，顿生迷津，特求我师指点一二。"便细细讲了梦中之情。道悦说："元帅怎么不知？两犬对言，明摆着一个'狱'字，旁边裸体两人，必有同受其祸者；江中风浪，拥出怪物来扑，明明是风波之险，遭奸臣加害也。元帅此行，恐防有牢狱之灾，奸人暗害之事，切宜谨慎。"岳元帅说："我为国家南征北讨，东挡西杀，立下多少大功，朝廷未曾封赏，焉有牢狱之灾？"道悦说："虽如此说，岂不闻'飞鸟尽，良弓藏'，从来伴君如伴虎，虎若回头羊必伤，有的人患难可同，安乐难共。倒不如潜身林野，隐迹江湖，乃是哲人保身之良策也。"岳元帅说："蒙师傅指引，实为善路。但我以身许国，立志恢复中原，虽死无怨。师傅不要再劝，就此告辞了。"道悦送出山门说："元帅心坚如铁，山僧无缘救度，仅有几句偈言奉送，公须牢记，切勿乱了主意。"遂念道："岁底不足，提防天哭，奉下雨（两）点，将人茶毒；老柑腾挪，缠人奈何，切记切记，留意风波。"岳帅说："飞性愚昧，一时不解，求师傅指明一二。"道悦笑道："此乃天机，元帅谨记，日后自会应验。"岳飞辞别道悦，出门下山，有王横侍候上船，再往前行。正是：

　　　任你说得千般好，难劝忠良半点心。

　　有岳飞上了船再往前行，不几天就到了平江府中。
　　见路上来两位钦差大人，原来是护驾使冯孝冯忠。
　　领校尉二十名飞马而来，两下里碰个着把马站定。
　　冯忠问前来者莫非岳飞，王横说就是的你问作甚？
　　冯忠说有圣旨就在这里，有岳飞听此言下马跪迎。
　　一下马跪地上毕恭毕敬，那冯忠和冯孝开读御文。
　　圣旨说你岳飞官封显职，不报国却为何按兵不动？
　　又把那士兵的粮草折扣，总兵马乱抢夺有负君恩。
　　现派来钦差官捉拿进京，发刑部再查证候旨施刑。
　　有岳飞听罢旨叩首谢恩，那王横双眉竖瞪圆眼睛。

　　提起了熟铜棍怒声大喝，且住手我就是马后王横。
　　我们随岳元帅征战多年，哪[1]一阵他都是亲冒敌锋。
　　即是那朱仙镇百万金兵，被我们杀得他片甲无存。
　　今日个反倒要捉拿进京，你哪个敢动手先吃一棍！
　　岳元帅叫王横不必多言，我们要违圣旨就是不忠。
　　你今天这举动甚是不当，必定会落下个反叛之名。
　　有王横忙跪下泪流不停，老爷啊你难道任他拨弄？
　　那冯忠他见了这般光景，随手儿抽腰刀就砍王横。
　　有王横欲待要起身还手，岳元帅喝王横不许乱动。
　　那冯忠这一下如虎扑食，只一刀砍得他离首分身。
　　可怜了王横他半世豪杰，今日里却死在奸贼手中。
　　四家将他们见风色不好，拾起了熟铜棍一齐远遁。
　　岳元帅止不住两泪纵横，开言来叫一声钦差大人。
　　这王横也曾与朝廷出力，舍一口薄棺材把他殓盛。
　　那冯忠答应了这件事情，就吩咐地方官掩埋入茔。
　　又暗暗传出了秦桧文书，各路里都不能走漏风声。
　　然后把岳元帅上了囚车，暗暗地押送到临安狱中。

　　却说那冯孝、冯忠，暗暗将岳飞押到临安，送到大理寺狱中，传令不许走漏风声。次日秦桧又假传圣旨，着大理寺正卿周三畏审问岳飞。周三畏接旨，将圣旨供在公堂，即在狱中提出岳飞审问。岳飞来到堂上，见中央供着圣旨，连忙跪下叩拜。然后与三畏见礼已毕，说："周大人，犯官有罪无罪，只求法台从公审问。"周三畏吩咐请过圣旨。然后正中坐下问道："岳飞，你官居兵马大元帅，不思整兵扫北，以报国恩，为何按兵不动，坐误战机，且又克扣军粮，今被拿来，有何话说？"岳飞说："法台大人请听。"

　　岳元帅叫一声大人你听，听犯官把此事说个分明。
　　朱仙镇打败了百万金兵，正准备整兵马踏平黄龙。
　　我已和韩元帅商议一定，直捣那黄龙府迎请二圣。
　　忽有那朝廷的圣旨到营，召回到朱仙镇养马歇兵。
　　周大人若不信犯官言语，现有那韩元帅可以作证。
　　我岳飞这一生爱惜士兵，待士兵就如同亲生弟兄。
　　因此上众将士人人用命，三十万人和马个个齐心。

[1]　哪：原本作"那"。

不知是克扣了谁的军饷，请大人到军中一查便明。
倘若是我总兵抢掠百姓，众百姓他为何哭留我身？
周三畏他不是秦桧一党，听此言他那里心中思忖。
这明明是秦桧卖国求荣，我如何屈了他无罪忠臣！
便说道请元帅暂回狱中，待下官奏一本万岁知情。
且不说岳元帅原回狱中，再把那周三畏说个分明。
回街中心闷闷仰天长叹，这件事倒叫人心中不平。
岳元帅抗金兵功高劳重，今日里反受罪坐在狱中。
我不过是一个小小判官，权掌在奸臣手有何本领。
倘若是屈审了岳飞忠臣，定被那天下人唾骂一生。
倘若是不随那奸贼心意，必定会被他们暗送性命。
千思想万思想难退难进，千条计万条计何去何从？
罢罢罢我不如封金挂印，逃他乡埋姓名虚度此生！
打定了这主意吩咐[1]家眷，快收拾家中的东西俸银。
甩下了乌纱帽罗袍脱净，连夜儿走他乡免招灾星。
到次日那秦桧才知此事，周三畏昨夜晚逃离京城。
那奸贼听得报怒气冲冲，忙行文各州县缉拿解京。
秦桧见周三畏不肯随他，命家丁又喊去他的亲信。
万俟卨罗汝楫一丘之貉，他两个对秦桧百依百顺。
二奸贼拜倒在秦桧门下，就好像狗一样来往走动。
这一天听得那秦桧呼喊，急忙忙来到了丞相府中。
却说那万俟卨、罗汝楫二贼，来到相府，叩拜已毕，说："太师爷呼喊卑职，有何吩咐？"秦桧说："老夫相请你们，不为别的，只因昨天差大理寺周三畏审问岳飞，岂知那厮不识抬举，挂冠逃走，今天我提升你二人代理其职，去审此案。务必要他招认罪状，结果其性命，即成此大功。必有重赏。"二贼听了大喜说："不必太师爷操劳，包在我二人身上，断送了他就是。"说罢辞出府，去到大理寺上任。二贼升堂，提出岳飞。那岳飞来到堂上，抬头一看，见是二贼，立而不跪。万俟卨说："你是朝廷罪犯，我奉旨审问，怎见了不跪？"岳飞说："我有功于国家，无罪于朝廷，审问什么？"罗汝楫说："且不要和他讲，请过圣旨再说。"一贼将圣旨供在中堂，岳元帅只得跪下。二贼说："你快快将按兵不动、私通外国的情由招来。"岳

元帅说："这些事情何人为证？"万俟卨说："岳飞，听说你是个好汉，这小小的杀头之罪，就认了吧。"岳元帅说："胡说！别的犹可，这叛逆的罪，如何能屈招？"二贼说："即（既）不招，人役先与我打上四十。"

二奸贼坐公堂一声命令，两边的众人役呼威答应。
将岳飞按在地四十大板，直打得浑身上鲜血淋淋。
可怜那岳元帅疼晕复醒，醒过来也还是不肯招认。
二奸贼见岳飞不动口供，又吩咐再用起十指拶刑。
十指上钉竹钎钎钎入肉，还用那檀香木敲打铜钉。
直打得岳元帅碎骨断筋，一阵阵疼得他就地打滚。
二奸贼用尽了各种非刑，忠良口讲不出反叛逆情。
无奈何命狱卒暂收监中，收监后到明天再来审问。
二奸贼回衙后暗把计定，弄一套新刑法对付忠臣。
披麻烤剥皮问两种酷刑，连夜儿准备了胶熟生麻。
第二天提岳飞再来审问，万俟卨叫岳飞好好招承。
你为何要谋反按兵不动，快招来免下次再受非刑！
岳飞说我一生立志报国，常想雪靖康耻迎回二圣。
自从我被朝廷发诏重用，为国家立功劳件件都存。
太行山平了那王善贼人，剿贼寇替国家除了祸根。
收杨虎何元庆军旅添劲，服曹成杨再兴兵威增雄。
将杨幺斩在了洞庭湖畔，金兀术二败在黄天荡中。
牛头山保圣驾和贼交锋，杀番兵尸如山血如水涌。
金邦兵闻我到人人胆怕，撼不动岳家军个个寒心！
朱仙镇会合了世忠元帅，力扫了入侵的百万番兵。
若不是十二道金牌召我，这时节也已经直捣黄龙！
平北国复中原迎回二圣，洗雪了靖康耻才称我心。
哪里有反叛的这种事情，更无有诬陷的按兵不动。
朱仙镇尚驻兵三十余万，问他们一个个都能作证。
倘若有克扣了军粮弊病，兵无食怎么能秩序安稳？
岳飞的这忠心唯有天知，用酷刑怎能够胡乱招认！
奉圣旨来京地未见天子，谁料想被奸贼谋下狱中。
设毒计陷害我罪名胡定，千般拷万般打所为何情？
我死了天公他知我忠心，和奸贼阎罗殿皂白分清。
二奸贼听罢话火气满胸，事到此不招认还装英雄。
叫左右将岳飞衣服脱了，把鳔胶往身上抹上一层。
胶上面把生麻铺上几处，停一会胶干了再剥他身。

问岳飞你到底招也不招，若不招真格要动起大刑！

岳飞说你误了军粮紧用，打了你四十棍你还记恨。

今日里落你手陷害可逞，我死了变厉鬼不饶汝身！

那二贼听此言越发可恨，你性命在顷刻还要嘴硬！

喝人役快与我将麻扯起，皮连肉肉连皮鲜血殷殷。

岳元帅大叫声疼煞我也，霎时间晕过去人事不省。

人役们用冷水将他喷醒，岳元帅苏醒来大叫一声。

罢罢罢我死了倒也罢了，最担心那张宪还有岳云。

只恐怕我死后二人得知，来京城坏了我一世清名。

二奸贼听此言吓掉三魂，忙吩咐扶岳帅掩堂关门。

假意儿请岳帅就地坐平，元帅你真是个保国忠臣。

我二人要上本保留元帅，怎奈是秦丞相不准上本。

不如你写一封书信前去，叫公子和张宪来喊冤情。

岳帅说这件事有何难哉，我写书即招来张宪岳云。

若圣上不准本我也情愿，和孩儿同死了忠孝一门。

却说那万俟卨和罗汝楫两个，骗得了岳飞的家书，来见秦桧，就把岳飞宁死不招的话说了，秦桧听了大怒：这厮如此无礼，何不一顿打杀了他。万俟卨说："太师爷不知，若把岳飞打死，一是无法给世人交待，二是张宪、岳云有万夫不当之勇，要是领兵前来，不要说我与丞相，只怕朝廷也难保了。为此下官忙掩堂关门，假意向岳飞说要保他，骗他写了家书，叫岳云、张宪前来保他伸冤，等他来时，一网打尽，岂不为美？"秦桧听了大喜，便叫会写字的人，仿照岳飞手迹，改写了几句："奉旨招回临安，面奏大功，天子甚喜，你可同张宪速来京地，听候封赏，不得延误。"然后命人去汤阴县哄骗两员小将，不题。

这临安城中有两个财主，本是知书的君子，不第的秀才，为人耿直贤达。一个叫王能，一位叫李直。二人晓得岳元帅受屈，就替他上下使钱，买通狱卒，好好服侍。那狱官倪完，也是个好人。见岳帅被严刑逼供，苦打成伤，明知冤枉，就买了些药，替他洗好棒伤。慢慢将息，捱过岁月，不题。

再说那濠梁总兵张保，和夫人洪氏、儿子张英，一日在后堂闲谈。忽有军校报说，岳元帅屯兵朱仙镇，被朝廷召回京去，不知何事。张保听了，便给儿子说："做官不如民富贵。你可同你母亲，去汤阴县岳府，我进京探听元帅消息。"张英领命去了，张保便起身。一路晓行夜宿，来到临安城中。到处打听岳元帅消息，一连几天，并无信息。张保直急得如熟（热）锅上的蚂蚁。

有张保到临安逢人便问，哪[1]一个敢多言招惹祸端？

询问了好几天音信渺然，急得他饭少吃茶也少啖。

这一天清早起又去打探，信步儿来到了一座庙前。

只听得庙里面有人说话，隔墙外一听说甚语言。

是两个叫化子藏身里面，睡在了草铺上闲论闲谈。

一个说何大哥听我一言，如今的这世界做什么官！

倒不如你和我无人拘管，到各处游一游自在安然。

讨得了就给它吃上一碗，讨不上我们就饿上一天。

这时候我和你睡在这里，有谁会管我们疵长毛短。

岳元帅他做[2]得这等大官，遭人害押狱里昼夜不安。

一个说你不要乱语胡言，人听见就怕是活不耐烦。

有张保在门外听见几点，一脚儿踏开门进到里边。

那两个叫化子惊得呆了，一个个光磕头光翻白眼。

张保说你两个不要担惊，我就是岳元帅家中之人。

到这里未访出一点音信，你二人知道了说与我听。

二化子直[3]吓得寒蝉若噤，叫老爷抬贵手饶了小人。

有张保把一个顺手举起，你不说我叫你碎骨粉身。

化子说大老爷性急无用，你把我放下了说与你听。

我每日去讨饭挨户挨门，岳元帅屈情事听得分明。

奉圣旨他想着赶回京城，半路上就被那钦差捉弄。

随元帅有家将还有王横，叫他们一顿刀砍死路中。

贼秦桧将岳爷押到监中，又骗来张将军公子岳云。

都押到大理寺狱里受罪，岳爷爷受冤屈谁不痛心！

若有人旦[4]提起一个岳字，被他们暗拿去送掉性命。

有张保听此言放声大哭，哭得他两眼中泪如泉涌。

二化子叫老爷不必啼哭，若叫人听着了难以活成！

有张保摸出来五两白银，赏给他叫化子出了庙门。

那张保打听着了岳元帅被押在大理寺狱中，便在街上买了些点心酒饭，来到牢门上，给看门的禁子悄悄塞了十

[1] 哪：原本作"那"。

[2] 做：原本作"坐"。

[3] 直：原本作"只"。

[4] 旦：原本作"但"。

两银子，就把他偷偷领进牢中。只见岳元帅青衣小帽，同倪狱官坐在那里说话，岳云、张宪上着手铐脚镣，坐在下边。张保近前，双膝跪下，泣不成声地问："老爷为何如此？"岳帅一见说："张保，你不在濠梁做官，到此何干？"张保说："小人不愿做官，已抛职回转汤阴，特来此看望老爷，请老爷出去！"岳帅说："你随我多年，难道不知道我的心迹？没有朝廷圣旨，我是不出去的！你的酒我饮上一杯，知道你的心意就是了。"说罢饮了一杯。张保走过去，对岳云、张宪说："二位爷，难道你们也不想出去了吗？"二人说："为臣尽忠，为子尽孝，爹爹既不出去，我二人如何能出去？"张保说："如此是小人失言了。小人也奉敬一杯吧。"二人接酒各饮了一杯。岳帅说："张保你出去吧！"张保又向前跪了一步说："大老爷，小人有话禀上。"正是：

> 马后王横已尽义，马前张保义更重。

有张保跪地上老爷听禀，你一心要尽忠不出监[1]门。
我自从跟随你北战南征，每日里无不见老爷写忠。
我张保虽是个愚笨之人，难道说这义气不如王横？
今日里怎舍得离开老爷，更何况你竟是这样屈情。
倒不如先到那鬼门关前，等候着你来了再跟一生。
刚说罢立起来将身一纵，撞到那牢墙上了却一生。
倪狱官一见了双目落泪，有岳云和张宪痛哭失声。
唯有那岳元帅哈哈大笑，连声说好张保张保好行。
倪完说张总兵远路风尘，跑进来看元帅情义最深。
只因为不忍见元帅受屈，因此上牢墙上结果此生。
你为何不哀念死得[2]可怜，却怎么高兴得大笑连声？
岳帅说倪恩公有所不知，我家的忠孝节已经齐备。
这张保他今日死为义死，岂不是成全了忠孝节义？
说罢了自己也放声大哭，监中的众禁子也都流泪。
倪狱官忙备了棺木一口，将他的死身子抬出监去。
且不说张总兵尽了义字，再说那秦桧贼毒心不死。
终日里命万罗两个奸贼，用极刑拷打那岳家父子。
已经是两个月无有口供，一伙人无奈何枯肠搜索。

眼看着已到了残腊年末，普天下贴春联要把年过。
那秦桧和他的王氏老婆，坐在那东窗下饮酒烤火。
有王氏见丈夫双眉愁锁，问相公你为何心中不悦？
秦桧说夫人你哪[3]里晓得？只为的那岳飞如何发[4]落。
有家人送进来传单一张，民间的老百姓齐声说我。
他们等商量好要上民本，一齐儿替岳飞要把冤雪。
倘若是这事儿传入宫中，众大臣知道了非同小可。
我有心放了他父子三个，恐违了四太子也碍议和。
王氏说万不可放了岳飞，缚虎时还容易放虎啰嗦。
趁今夜是除夕各过佳节，结果了他父子神鬼不觉！
有秦桧说夫人言之有理，急忙忙写小票传知万罗。
趁除夕做此事莫留后祸，风波亭送三人命入南柯。
这一伙卖国贼毒计定妥，再说说岳元帅父子三个。

却说这日那狱官倪完备了酒席，在岳帅房内摆好说："今天是除夕夜，小官特备水酒一杯替元帅封岁。"岳元帅说："又要恩公费心了。我想恩公一家，今晚上必定有熬岁的酒席，尊夫人必然等你。"倪完说："大人不必惦念。我想你官居高位，功盖天下，今天尚是这等凄凉，何况我倪完夫妻。还是陪大人在此吃一盅吧。"岳元帅说："如此多谢了。"正饮之间，岳元帅问："不知外面什么声响？"倪完起身看了看说："下雪了。"岳元帅大惊说："果然下雪了？"倪完说："老天下雪，乃是常事，大人何必惊慌？"岳元帅说："恩公有所不知，你听我说。"

岳元帅叫一声恩公你听，三月前我奉旨进京见君。
到金山曾访问道悦长老，他再三苦劝我抛职修行。
我只为一心儿精忠报国，并不听出家人苦口婆心。
临行时他赠我几句偈言，一向儿我未解内中隐情。
今日个天下雪有了应验，恐怕是那奸臣不安好心。
倪完说不知是什么偈言，请帅爷说出来小官听听。
岳帅说第一句岁底不足，偏今天二十九年满岁除。
第二句说的是提防天哭，这时节雨夹雪还不清楚？
第三句说的是奉下雨（两）点，正就是秦桧的秦字化出。

---

［1］ 监：原本作"临"。
［2］ 得：原本作"的"。
［3］ 哪：原本作"那"。
［4］ 发：原本作"下"。

第四句说的是将人荼毒，可不是今夜晚该下毒手！
还有那后四句留意风波，这几句暂时还费人琢磨。
请恩公麻烦你拿来笔墨，待犯官写一书留下心血。
倘若是我死了还得靠你，送到那朱仙镇大营投着。
大营内还有我两个好友，叫牛皋和施全把印护着。
还有我那一班结义弟兄，他每人都是那好汉一个。
倘若是知道我遭受横祸，必定要领兵马来动干戈。
他们来报冤仇百姓受祸，这样做坏忠义我不许可！
望恩公将此书莫要耽搁，我死在九泉下感恩戴德。
一则是可帮那朝廷稳坐，二则是全了我一世名节！
倪完说我也把世情看破，又何必做此官受尽啰嗦。
若元帅一定是早晚遇祸，这封信你放心绝不失落！
他二人边吃酒一边学说，忽然间圣旨下处斩岳爷。
有岳帅忙绑了岳云张宪，再叫那禁子把自己绑着。
有岳云和张宪叫声爹爹，我们等为国家力保山河。
今日里反而要受此奇祸，让我们上金殿问个明白！
岳元帅叫孩儿不得胡说，就随着为父的去受绞索。
自古说是忠臣不能好死，大丈夫对归路慷慨悲歌。
今日个我父子何惧一死，再看他贼奸臣有多快活！
说罢了三个人雄气勃勃，大踏步入小亭名叫风波。
两边的众禁子不由分说，拿麻绳勒死了父子三个！

却说岳飞死时，年正三十九岁，公子岳云二十三岁。三人遇害之时，忽然狂风大作，灯火尽灭，黑雾迷天。倪完偷偷哭了一场，那王能、李直两员外，把早已备好的棺木，抬在墙外。狱卒禁子都是一路的，将三人的尸体，从墙上吊出，入棺盛殓，悄悄抬出城去，连夜送到李员外家看下的一块坟地——栖霞岭下掩埋了。

再说万俟卨亲自看着绞死了岳家父子三人，同了罗汝楫连夜来到相府，报知秦桧。秦桧好不喜欢。万俟卨又献媚说："斩草不除根，来春又发青，太师爷何不再传圣旨一道，差人去汤阴，捉拿岳飞家眷，一网打尽，岂不再无后忧？"秦桧点头称是："就烦二位出去，吩咐冯忠、冯孝，带领人马，连夜起身往相州，捉拿岳飞家眷，不许放走一个。"二贼领命依计而行。

再说岳府中，岳夫人正同媳妇、女儿，和张保的妻子闲谈。夫人说："自从孩儿往临安去后，已经一月有余，

不见音信，使人日夜不安。我总觉得心慌意乱，不知什么缘故。昨晚上我梦见元帅回来，手里提着一只鸳鸯，不知有何吉凶？"银屏小姐说："我昨夜也梦见张将军和哥哥，各抱一根木头回来，亦不知是凶是吉？"正说之间，家人岳安进来说："外边有个道人，小人几次与他布施，他都不要，一定要见太太一面。"夫人听言，好生疑惑，便叫岳雷去请道人进来。正是：

> 邪正请从心内判，疑神疑鬼莫疑人。

有岳雷到门首见了道人，问师傅你化米还是化银？
道人说你且莫问我行踪，我今天有要事来见夫人。
一直儿随岳雷来到前厅，施一礼便问道足下何人？
二公子说弟子名叫岳雷，岳元帅他就是我的父亲。
道人说你既是元帅令郎，我就将机密事说与你听。
我乃是大理寺前任正卿，名字叫周三畏挂冠修行。
只因为秦桧贼谋害令尊，他要我屈审问苦打招成。
因此上我不愿为虎作伥，领家眷出京城死里逃生。
到后来万俟卨接替我任，把元帅披麻拷施尽非刑。
我听到有张保濠梁总兵，撞死在监狱里浩气常存。
在去年腊月的二十九日，父子们全屈死风波小亭。
二公子听此言失掉三魂，就好像怀抱冰冷水浇身。
不觉得满眼中珠泪滚滚，一家人男共女大放悲声。
周三畏叫夫人且莫啼哭，我不是只为的来报音信。
为的是保存那忠良后代，快快地要打点去逃性命。
那奸贼派钦差不日就来，要将你岳家人一网打尽。
快打发公子们暂逃性命，万不能叫他们杀尽后人！
有夫人和全家一齐下跪，拜谢过周恩公仗义报信。
周三畏嘱咐罢扬长去了，公子们都一齐送出大门。
有岳雷和岳霆哭声不停，有岳霖和岳震珠泪纷纷。
岳夫人直 [1] 哭得死去活来，有媳妇和洪氏昏昏沉沉。
众家人一个个痛哭伤心，邻舍们也都是大放悲声。
一时间岳府里哀声动地，就是那铁石人也觉心痛。

却说岳府全家人大哭不止，当下有家人岳安上前解劝，说："夫人且忍悲伤，还是打发那（哪）位公子逃难要紧。"夫人说："话虽如此，叫我儿到何处安身？"岳安

---

[1] 直：原本作"只"。

说："老爷平时好友甚多，只要夫人写信一封，去投奔他们，岂有不留之理？"夫人对岳雷说："你快去逃命吧！"岳雷说："叫别的弟兄去吧，孩儿愿保母亲进京。"岳安说："公子不要推三阻四，须要速行，难道元帅有一百个公子，就要被害死一百个不成？须是走脱一两位，日后报仇雪恨，亦不枉为人一世！夫人快快修书，小人去收拾银两包裹，绝不要误了大事。"当下，岳雷换了几件衣服，背了包袱，夫人含泪修书一封，递与岳雷说："我儿可去宁夏，投奔留守宗方，倘念旧交，自然留你。你须要与父亲争气，一路上一定要加倍小心。"公子无奈，拜辞了母亲、嫂嫂，又别了几位兄弟和姐姐，大家痛哭了一场。岳雷擦干眼泪，上路而去。

如今再说那藕塘关牛皋的夫人，所生一子，年方十五，取名牛通。生得身面俱黑，满脸黄毛，连头发都是黄的，故而人都叫他金毛太岁。长的千斤臂力，身体雄壮。一日有家丁来报说："近闻得岳元帅钦召进京，被秦桧陷害为谋反叛逆，腊月二十九日死在狱中。"牛夫人大吃一惊说："呀！若是谋反大罪，必定抄斩满门，岳氏一家休矣！"便吩咐牛通说："你也大了，今夜动身，往汤阴县探望你伯母一趟，若果有此事，你就接一个兄弟来，到此避难，以存岳氏一脉。"牛通听了大喜，收拾了个包袱背上，当晚就往相州而来。一路问讯，来到岳府，不等通报，就往里边走。来到大堂上，正值岳夫人一家都在。牛通拜毕，通了姓名，岳夫人大哭道："难得贤侄来看我。你伯父和你大哥被奸贼所害，俱死狱中了。"牛通说："老伯母不要啼哭，我母亲因为有细作探知此事，放心不下，叫侄儿来接一个兄弟，到我那里去避难。快叫二哥来同我走。倘圣旨一到，就走不脱了。"岳夫人说："你二哥今早已往宁夏，投宗留守去了。"牛通说："既是今早走的，我能赶上他。到我们那里去，才得放心。"于是拜别了岳夫人，往宁夏的这条路赶去。正是：

　　吉人自有天相，不死终有救星。

且不说那牛通去赶岳雷，再说那二钦差冯孝冯忠。
带领了众校尉离开临安，飞马儿往相州日夜兼程。
不一日赶到那岳家府门，传令把岳家府团团围定。
有岳安忙进来禀知夫人，岳夫人就吩咐迎接圣命。
那张保有一子名叫张英，人称他花斑豹也有几分。
上前来叫夫人你且慢接，待我把钦差先自问明。
他三步并两步赶出府门，只见那众校尉正要砸门。
有张英他那里大喝一声，犹如那半空中霹雳千钧！
直[1]吓得众校尉连忙后退，冯忠他硬头皮上前询问。
张英说他乃是张保之子，大名叫张英武艺也精。
若犯了爷爷的这个性子，当场儿我叫你命见阎君。
不要说这几个小小毛贼，几千兵围来了也不担心。
但可惜大老爷一门忠义，杀了你恐怕是坏了名分。
你一伙明明是捉拿家属，是文拿是武拿还得讲明。
冯忠说张管家把话说清，文拿是怎么说武拿怎论？
张英说要文拿全都退后，只准许你一人进我府中。
将圣旨开读了准备车马，等候我老夫人全家起身。
说武拿就要上囚车锁镣，惹得我小爷爷发起火性。
把你们这一伙全都打死，我自己上临安前去面君。
边说着拉过来一根门闩，一下子就把它撅成两停。
怒冲冲挺立在门的中间，哪一个上前来比比输赢？
众校尉都是些酒囊饭桶，靠奔走豪门仗势欺人。
那冯忠也自知不是对手，弟兄俩给张英卖[2]个人情。
我们等不过是奉公差遣，就照你所说的文拿动身。
忙吩咐地方官准备车马，接圣旨岳夫人该出府门。
岳夫人听罢旨封住府门，全家子百口人一齐起程。
路两旁众百姓夹道相送，一个个心不忍大动哭声。
且按下众家眷被解上京，再说说二公子避难远行。

话说二公子岳雷，离开老家，一路上凄凄凉凉。一日行到一个村坊上，地名七宝镇，甚为热闹。岳雷走进一个店中坐下，买了酒饭就吃。那桌子上已坐着一个员外，年纪不过二十四五岁。他问岳雷："你家住哪里？姓甚名谁？"岳雷答道："我是汤阴人，姓张名龙。不敢动问员外高名上姓？"那员外说："在下姓韩名起龙，就在这七宝镇居住。客官既是汤阴人，请到我家中，我有话要问。"岳雷细细打量，但见这员外生得面如炭火，细眉长脸，颔下微须，身上穿得十分整齐。便辞道："小的前途

[1] 直：原本作"只"。
[2] 卖：原本作"买"。

有事，改日来领教吧。"那员外说："不妨，我家离此不远，前走几步就是。"岳雷无法推脱，只好跟着韩员外来到庄上。岳雷放下包袱，和他重新见礼，宾主落坐。岳雷说："员外有话快讲，我赶路要紧。"韩起龙说："适才听仁兄说家在汤阴，你可晓得岳元帅家的消息吗？"岳雷只得答道："小子乃寒素人家，与帅府从不相闻，不知什么消息。"一面说，却不由得热泪盈眶。韩起龙说："仁兄不必瞒我，若与岳家有甚瓜葛，但请放心。当年我父亲为宗留守神将，失机犯事，幸亏岳元帅求情救下。今已亡故三年。再三嘱咐，休忘了元帅恩德。你看上面供的，不是岳元帅的长生爵位吗？"岳雷一看，忙忙跪下拜了先父神位。韩起龙说："如此就是岳公子了。"岳雷便将周三畏报信，家父、大哥、张将军尽丧奸贼之手的话说了，放声大哭。韩起龙咬牙怒道："公子不必悲伤，这个仇总有一天要报的。如今不要往宁夏去，且在我庄上居住，打听京中消息再说。"岳雷说："既蒙盛情，敢不从命。愿与员外结为兄弟，不知允否？"起龙大喜，吩咐庄丁杀牛宰羊，摆下酒席，点起香烛，结成金兰。收拾了书房，叫公子住下，不题。

且说牛通追赶岳雷，二三日不曾住脚，也来到七宝镇上。跑得饿了，看见一个酒店，便走进去，坐在一张桌旁，拍着桌子乱喊。店小二连忙上前，陪着笑脸问："小爷要吃什么？"牛通说："择合口的拿来就是，问什么？"小二出来，只好择大鱼大肉好酒送来。牛通本是饿了，一上手吃个干净，再叫小二端来。又吃了十来碗，肚中挺饱，抹抹嘴，起身背了包袱，拿了铁棒就走。原来：

忙忙去追岳兄弟，忘了腰中带盘缠。

有牛通吃饱了往外就走，不付钱店小二急忙阻挡。
牛通说小太爷因赶兄弟，忘记了把银子带在身上。
把这账你们且记上一回，等几天我回来给你还上。
小二说我和你又不相识，却怎么糊涂涂给你赊账！
牛通说小太爷偏要欠账，看你们这伙人把我怎样？
倘若是惹小爷一时性起，把你的这鸟店一扫而光！
店主人听见了上前再讲，说客人你应当仔细思量。
你把饭吃饱了不把钱掏，还要在店堂里乱吵乱嚷。
如果说客人们都像你样，这世道有什么规圆矩方！

快把银拿出来还则罢了，不拿银定把你剥肚抽肠。
那牛通骂一声这个奴才，钱没有我看你怎样收场？
店主人听此言冲冲大怒，喝一声把这贼给我捆绑。
边说着走出来三四十人，一个个拿长棍赛如刀枪。
有牛通他哪里放在心上，说你们一齐来又有何妨。
左手起跌倒了五六个人，右手起六七个喊爹叫娘！
店主人他一见亲自出马，拿两条竹节鞭熟铁加钢。
喝一声黄毛贼且莫张狂，今日个我看看你的胆量！
牛通说你这人真好混账，难道说我怕你远跑他乡！
边说着举起棒劈面就上，店主人举钢鞭架格抵挡。
他二人大战了几十回合，店主人渐渐儿力软心慌。
转回身他那里往前就逃，有牛通在后边紧紧追上。
不提防两边的街坊邻居，扔过来两板凳把路阻挡。
早把他小牛通一跤绊倒，众家丁赶上来绳捆索绑。
店主人便把他带到庄上，绑到那柱子上拷问端详。

却说那店主人，叫众人把牛通捆住，抬到庄上，绑在廊柱上，就命那些家丁，取出一捆荆条，着实拷打这厮。那些家丁提起一根荆条，将牛通腿上打了二三十下，打折了又换一根来打，牛通只叫："好打！好打！使劲打！你们这些狗头，好像是给太岁爷掸灰。若要不使劲打，惹得太岁爷性子发了，叫你们都不得好死！"吼声如雷，这一喊，早惊动了在厅上饮酒的岳雷和韩起龙。原来那店主人便是韩起凤。当下岳雷问道："外边何人吵闹？"起龙说："是我弟弟起凤。不瞒二弟说，我弟兄两个是水浒寨中百胜将军韩滔的孙子。当年我爷随宋公明受了招安，与朝廷出力，立了不少功劳。不曾受得封赏，反被奸臣害了性命。因此我弟兄两个不想功名，我种田地，他开酒店，倒也安闲。不知我那兄弟在外边又打什么人，我们出去看看。"一（两）人来到外面，见柱子上绑着一条黄毛汉子。岳雷一惊说："这不是我的牛通兄弟么？"牛通也高叫："岳二哥，我奉母命，特来寻你。把我赶得好苦。"起龙问："他就是你常说的牛叔叔之子牛通吗？"岳雷说："正是我的牛兄弟。"韩起凤听了说："不知是牛公子，多多得罪。"连忙解了绳索，大家重新见礼。请到内厅，摆下酒席，直吃到更深方散。自此两个人就暂住在韩家庄上。

一天，四个人同到七宝镇上玩耍，只见众人围着一个卖武的师傅。那人生得面如纸灰，赤发黄须，身长九尺，巨眼獠牙。见了岳雷等便说："小可在此卖武半月，虽是有名的七宝镇，却未见过个有本事的好汉。若有不怕死的，可上来见个高下。"韩起龙一听大怒说："兄弟们看着，待我上前与这厮较量。"正是：

踏破铁鞋无觅处，得来全不费功夫。

韩起龙要上前去把武比，有牛通叫哥哥你且莫去。
待兄弟先上前打倒这厮，何劳你亲自去与他比试。
说罢话走上前就要动手，那武师说一声你且休急。
你既然有胆量和我比试，但不知要比赛哪般武艺？
牛通说谁管它刀枪剑戟，只要是打倒了就是赢利！
带[1]说着抢上来就是一拳，那武师他那里侧身躲避。
随手儿把牛通左手一扯，把牛通跌了个满嘴啃泥。
那牛通爬起来大叫好气，我未曾提防你不算这次。
忙忙地抢上去又是一拳，那武师使招数翻身狮子。
将两手在牛通背上一捺，那牛通站不住噗地[2]倒地。
武师说有本事快快上来，叫这个莽汉子上来无益。
有岳雷听此言走上前去，一抱拳说了声兄弟有礼。
那师傅使一个金鸡独立，岳雷他忙还个大鹏展翅。
他二人打几合来来往往，真是个遇对手难分高低。
二公子见武师步步紧逼，他急忙一边打一边用计。
那武师进一步猛挥两臂，有岳雷急转身跳出圈子。
左手起向面上虚晃一拳，用右手向前心使劲一击。
那武师吃一惊侧身躲过，叫一声小英雄你且歇息。
这是那岳家拳一般难比，你是谁怎会得这套技艺？
韩起龙一听他说出奥秘，你能够识得它定知情理。
在这里非你我说话之地，就请你到敝庄再讲详细。
师傅说员外们若不嫌弃，和你去家中细论高低。
五个人一齐儿回到家里，坐大厅敬茶酒行礼如仪。
有岳雷问师傅高名尊字，你如何能识得岳家拳艺？
师傅说实不瞒你们几位，先祖是宗留守天下无敌。
家父在宁夏地留守现役，小弟我起了个宗良名儿。
因我们和岳家三代至交，岳元帅与家父常论拳技。

因此上识得它黑虎掏心，岳家拳是绝招独一无二。
我父亲他派人探听信息，岳元帅已被那奸臣害死。
叫小弟汤阴县去听消息，岳家人都已被钦差提缉。
只走了二公子岳雷兄弟，各州县贴布告查访踪迹。
害得我各处儿打问寻觅，访着了到我府去把难避。
只因为这多时盘缠用尽，无办法大街上出丑卖艺。
找上些盘缠钱再去问讯，尚不知众员外高贵姓氏？
岳雷说你即是宗家公子，我身旁有你的书信一纸。
有宗良拆书信细看一次，莫想到弟兄们在此相遇。
既然是天差遣找到了你，且随我到宁夏灾星远避。
牛通说我也寻岳家兄弟，难道说藕塘关丢开不去？
起龙说你两人莫争高低，都暂住我庄上方寸不移。
我派人去临安打探消息，等回来再计议何从何去！
二人说韩兄长说得有理，不过是常打搅于[3]心有愧。

这岳雷、宗良、牛通，一齐在七宝镇住下，终日练习武艺，不题。再说那大理寺狱官倪完，自从岳元帅归天之后，心中好生悲切。待新年过罢，悄悄收拾了行李，领着家小，逃出临安，竟往朱仙镇而来。不止一日，赶到朱仙镇，拿上岳元帅的遗书，来到兵马大营，见了施全，将书投上。施全拆看了，大哭道："牛兄，不好了，元帅与公子、张将军三人，俱被秦桧陷害，死在狱中了。"牛皋听了，大叫："把这下书人绑出去砍了。"吓得倪完连声叫屈。施全忙挡住说："这是元帅的恩公，为何能杀他！"牛皋说："我只当是奸臣来叫他下书，不知是元帅的恩人，得罪了，得罪了。"施全又问倪完，元帅是怎样被害死的，倪完将往事细细说了一遍，直说到腊月二十九日，屈死在风波亭上。施全、牛皋并众将听了，一齐放声大哭，全军三十万人马，哀声震天，热泪洗地。好不悲伤！施全含泪取出五百两银子送与倪完，倪完坚辞不受，拜别出营，领了家小，转回故里去了。且说大营里，因为：

元帅屈死风波亭，朱仙镇上起哭声。

众弟兄一个个呼地喊天，兵士们直哭得[4]泪水涟涟。
哭一声元帅你死得可怜，年轻轻竟如此血染黄泉。

[1] 带：原本作"待"。
[2] 地：原本作"的"。
[3] 于：原本作"与"。
[4] 直哭得：本段韵文原本都作"只哭得"。

我辈人为国家披肝沥胆，谁知道贼奸臣这样阴险。
兄拉弟弟扶兄哭成一片，将劝兵兵劝将两泪不干。
兵将们直哭得天地色变，有牛皋叫众将听我一言。
岳大哥被奸贼陷害罹难，难道说我弟兄袖手旁观？
我们要领大兵杀上临安，捉住了秦桧贼碎尸万段。
众人说牛将军言之有胆，若不报大哥仇枉活世间。
连夜儿赶造那白盔白甲，造一面白旗号报仇雪冤。
有牛皋传号令放炮三遍，众将官领兵马杀奔临安。
朱仙镇众百姓听见冤案，一个个放悲声痛哭连天。
哪一个不唾骂奸贼阴险，端酒饭祝三军出师凯旋。
那大兵不一日来到江边，众军士一齐儿上了战船。
这一天整个儿万里无云，那兵船到江中刻不容缓。
忽然间狂风起大浪连天，隐约约飘出了锦旗两面。
好像是岳元帅站立云端，左手里站岳云右手张宪。
众将军看见了一齐下拜，哭一声岳大哥阴灵威严。
望大哥你保佑我们作战，杀临安除奸佞社稷保全！
岳元帅把袍袖连摆几摆，不许叫弟兄们报仇雪冤。
那牛皋命军士速速开船，众兵卒遵号令摇橹向前。
只见那岳元帅怒容满面，挥袍袖霎时节白浪滔天。
一连儿打翻了两只兵船，其余的都停下摇动艰难。
余化龙见此情痛肝裂胆，大哥啊你甘心蒙此奇冤？
报不了这仇恨活着枉然，遂拔出腰中剑自刎而眠。
何元庆叫大哥你已归天，请在那鬼门关等我见面。
举双锤照头上用力一按，将头颅打碎了也归西天。
有牛皋他一见二将归天，哭一场跳江里命赴黄泉。
众将说若不让我们报仇，快解甲一齐儿回乡耕田。
众兵将一个个上岸散去，霎时间走了个星飞云散。

事已至此，众兵将一齐散伙，回乡去了。只剩下施全、张显、王贵、周青、赵云、梁兴、吉青七个人，还有那三千八百长（常）胜军，不肯散去。施全问："你们为何不散去？"众兵士说："我等受元帅教诲之恩，难以抛散。如今虽遭不测，我们想那奸臣，总有个败露之日，那时节我们到元帅的坟前，祭奠祭奠，也是我们的一点心意。如今情愿跟随众位将军，做些事业，所以不散。"施全说："只是我等无处安身，怎生是好？"吉青说："不如依旧往太行山驻扎，差人探听岳家夫人娘儿们的消息，再

图报仇如何？"众人齐声说："此言有理。"于是七个人带上三千八百长（常）胜军，遂往太行山而去。那牛皋跳下长江，随着波浪滚去，自忖必死，忽然一阵狂风大浪，将牛皋刮在一个山脚下，耳畔迷迷糊糊地听得人叫："牛皋，你寿禄未尽，不必寻死。且往太行山去，与施全等同往，日后报岳飞之仇，还要为朝廷出力，不可忘了。"牛皋挣扎开眼睛，不见有人。心中自思道："也许是神人点化我，既是命不该死，也只好往太行山去，看是如何。"便立起身来，也往太行山而去。

再说那冯忠、冯孝，解了岳家家眷，到了临安，报知秦桧。那秦桧又传一道旨意出来，把岳氏一门人口，尽数拿往西郊处斩。其时韩元帅正偕同夫人梁红玉，进京朝见高宗，尚未回镇。家将报知此事，梁夫人大惊，忙请韩元帅速去阻住圣旨，不准校尉动手。自己忙忙披挂上马，带了十名女将跟随，一直来到相府。不等通报，直到大堂前下马。正是：

从空伸出拿云手，救拔天罗地网人。
梁氏红玉到相府，王氏夫人忙接迎。
迎进相府客厅内，忙请元帅坐上乘。
梁红玉来怒气生，叫声夫人你是听。
快去请出秦丞相，本帅有话要询问。
王氏看见梁红玉，全身戎装带怒容。
她今闯进相府来，谅必有些不安宁。
忙说夫君已进宫，朝见天子未回程。
不知元帅有啥话，说与奴家听一听。
梁氏夫人开言道，我今不为别事情。
只因屈死岳元帅，天下人心尽不平。
今日满城又传闻，将他岳家斩满门。
所以本帅亲自来，要与丞相去见君。
王氏一听要面君，开口就叫元帅听。
我家相公为此事，已找万岁去讲情。
你且坐着莫心急，少等片刻有佳音。
暗里打发小丫鬟，去给秦桧通个信。
叫他如此又如此，前来搪塞梁夫人。
秦桧一听心中惊，只好收回假圣命。
绕道从外走进来，巧言应付梁夫人。

梁氏一见心中怒，叫声奸相你是听。

你用三字莫须有，杀了岳家父子们。

至今你还心不甘，又斩岳氏满门人。

本帅与你上金殿，天子面前去说清。

秦桧赶忙陪笑脸，元帅且莫怒气生。

圣上传旨斩岳门，下官再三去讲情。

圣上开恩免死刑，流放云南去充军。

梁氏夫人听此言，十分怒气消三分。

径[1]自出了丞相府，上马领兵回行营。

秦桧一见梁氏去，心中石头落地平。

王氏松了一口气，遍体冷汗出一身。

却说那王氏问秦桧道："相公，难道真格把岳氏一门免死了吗？倘若他后来报仇，如何是好？"秦桧说："这梁红玉是个女中豪杰，再也惹她不得。倘若行起凶来，我两人的性命就不保了。我如今将计就计，把他们充发云南，只消写一封信给柴王，就在那里把他一门尽行杀绝，有何难哉！"王氏拍掌说："此计真妙啊！"

且说梁红玉出了相府，一直来到公馆，见了岳夫人，施礼已毕坐下，喧了一会寒温，然后说："秦贼欲害夫人一门性命，我赶到奸相府里，要和他去面君。所以才免死发在云南安置。"岳夫人听了，感谢不尽。二人就结为姊妹，梁夫人年长为姊，岳夫人为妹。梁夫人陪着岳夫人全家，到岳元帅坟上哭祭了一番。已有四名解官，二十四名解差催促起身。岳夫人就检点行李，择于明日起身。梁夫人又着人通知韩元帅，点了四名得力家将护送。梁夫人亲自送出临安。岳夫人再三辞谢，流泪而别。岳夫人一家上路，前往云南，不题。那秦桧又差冯忠带领三百兵卒，守住岳坟，日夜巡查，如有来祭扫者，一律拿下。一面行下文书，四处缉拿岳雷；一面又差冯孝前往汤阴，抄没岳家财产，这且不表。再说韩起龙弟兄五人，一天正在后厅闲谈，那上临安的家人回来，把秦桧如何谋害、梁夫人如何相救、岳氏一门已解往云南、现在正抄没家产、四下里行文捕捉二公子的话，细细说了一遍。岳雷一听，不由得伤心痛哭，晕倒在地。众人忙用凉水喷醒，醒来又不住地哭

起来。正是：

　　　　路隔三千里，回肠十二时。

　　　　思亲无尽日，滴滴泪沾衣。

有岳雷听此言泪如雨洒，哭一声老爹爹令人痛煞。

你一生图忠孝保卫国家，未封赏被奸臣屈死地下。

一家人发云南苦多罪大，虽有国也难投哪里有家？

你孩儿逃在外常躲缉拿，亲骨肉不见面隔在天涯。

我们的这冤屈根深仇大，天晓得到何时才能告发？

二公子直[2]哭得泪干嗓哑，听此情铁石人也得泪洒。

韩起龙叫二弟听我说话，事到此只痛哭不是办法。

切[3]不可哭坏了你的身子，到以后报冤仇该靠谁家？

岳雷说兄弟我欲往临安，到父亲坟上去流些泪花。

行大礼尽一点为子之心，再然后往云南看望全家。

起龙说二兄弟万万不可，你不听那奸贼暗中作祸。

凡有人到坟上焚香点火，捉拿去作叛党就把头割！

又况且他到处行文发落，有图形岂能够轻易出没。

倘若是被奸臣捉拿到了，岂不是白送了头颅一颗。

牛通说那奸贼怕他什么，那坟上他看守还得由我。

到坟上若有兵前来啰嗦，我叫他一个个去见阎罗！

宗良说倒不如我们同去，叫千军和万马胆颤嗦嗦！

五个人齐拍手如此甚好，同去给岳伯父敬献一桌。

就吩咐家丁们收拾行李，到明天就上路自在快活。

却说那诸葛英，自从长江分散回家，朝夕思念岳爷，忧愁不乐，染成一病而亡。其子诸葛锦在家守孝。忽一夜睡至三更时分，梦中见父亲走进房来，叫声孩儿，快快去保岳二公子上坟，不可有误。惊醒却是一梦。到次日，将夜间之梦告诉母亲。诸葛夫人说："我久有心叫你到汤阴县去，探望岳家消息。既是你爹爹托梦，你就速速前往。诸葛锦领命，收拾行李，辞别母亲，离了南阳，往相州出发。不想人生路不熟，走了半月有余，来到江都地面，手中盘费用尽，便在路旁摆个卦摊，以算卜为业，赚点盘缠钱。那天岳雷同牛通、宗良、韩起龙、韩起凤五人也来到江都，见众人围着一个算卦先生，正在算卦。岳雷说：

[1] 径：原本作"竟"。

[2] 直：原本作"只"。

[3] 切：原本作"且"。

"我们也何不进去算一卦看。"便挤进去说："先生请算一卦。"那诸葛锦抬头，将岳雷看了看说："足下相貌不凡，可到你家中去算。"便收拾了卦摊，同岳雷等来到僻静处，便问道："足下莫非是岳二公子吗？"岳雷吃了一惊，便说："小弟姓张，先生不要错认了。"诸葛锦说："二弟休得瞒我，我非别人，乃是诸葛英之子。因先父托梦，叫我来扶助你去上坟的。"岳雷说："大哥未曾见面，怎么认得小弟？"诸葛锦说："我一路来的关口路津，俱有榜文张挂，那面貌相似，所以认得。"众人大喜道："今番上坟，有了诸葛兄，就更不妨事了。"牛通道："既有了军师，我们何不杀上临安，拿住昏君，杀了奸臣，二兄弟就做了皇帝，我们都当大将军，岂不是好？"岳雷说："牛兄弟休得胡说，恐别人听见不是闹着玩的。"当下诸葛锦一一问了姓名，就到店中住了一夜。次日收拾行李，六个人一同往临安而来。来到临安，韩起龙在街上买了祭物，烧纸香表，各样端正好了，趁黑来到栖霞岭下，在岳元帅的坟上，摆好祭物，众人焚化纸钱。岳雷一见坟墓，不觉泪如雨下。

二公子见坟墓放声大哭，哭了声我的父死得[1]屈情。
你在那牛头山救驾奋勇，又在那朱仙镇杀退番兵。
保住了宋朝的半壁河山，你一心要精忠为国为民。
到头来被奸臣陷害送命，父兄们屈死在风波亭中。
把你们害死了心还不足，又把我全家人云南充军。
今日个你的儿到处逃命，逼得我母子们两地分离。
我的父你若是有个灵应，将那些奸贼们杀绝斩尽。
有岳雷直[2]哭得死去活来，众兄弟也一齐珠泪纷纷。
六个人都哭得肝肠疼痛，忽听得坟周围响起人声。
原来是那冯忠听得哭声，领人马三千整围住坟茔。
牛通说快起身不用哭了，有兵马把我们团团围定。
宗良说我们且杀出坟去，若迟了出不去后患不轻。
有岳雷收住泪立起身来，六小将杀一条血路逃生。
有冯忠领人马惊慌不定，那牛通在一旁看得分明。
吼一声害人贼你且慢走，我牛爷今日个赏你一棍！

带[3]说着追上去当头棒喝，把冯忠连坐马打成肉饼。
六个人迈开步向前就跑，那追兵不见了方才放心。
行一天见前面就是大江，江边有龙王庙香火也盛。
岳雷叫众弟兄进庙暂歇，我前去雇只船再往前行。
有岳雷独自儿来到江边，恰好有一只船岸边泊定。
那岳雷来到船前，叫声："艄公，我要雇船过江，你要多少船钱？"那两个船家走出船来，定睛一看，满脸堆笑说："客人请坐了，我们这个船不是载人的，是自家坐上去临安上坟的。"岳雷说："二人远路风尘，去临安上何人的坟？"二人挤出两点眼泪说："我看兄弟是外路人，说了谅亦无妨。我们是要去上岳元帅的坟的。"岳雷听了，触动心事，不知不觉就哭将起来。问道："二位与先父有何关系，敢劳前去上坟？不瞒你们，小弟是岳雷，也是上坟回来的。"那二人说："你既是岳雷，我二人亦不相瞒，乃是本州公差，奉秦太师钓（钧）旨，来拿你的。"随即取出铁链，将公子锁了，解往知州衙门里去。这个知州巡检，是个苏州人，姓吕名柏青，是个贪贼刁恶之人。听说捉住了钦犯，连忙坐堂。赵大、钱差二个公差，将岳雷雇船之事禀明，吕巡检大喜道："带进来！"两边一声吆喝，把岳雷推到堂上。巡检喝道："你是叛臣之子，见了本州，为何不跪？"岳雷说："我乃忠臣之子，虽被奸臣害了，但不犯法，为何跪你？"吕巡检说："且把这厮监禁了，明日备上文书，解上临安。"左右答应一声，就把岳雷推入监中。又吩咐衙役，去传知各县百姓，说我拿了岳雷，十分功劳，朝廷必然加封，众百姓要家家送礼庆贺。可那五位小兄弟，在龙王庙中等了半日，不见岳雷回来，便一齐走出庙门，来到江口寻找。正是：

将自脱了金钓钩[4]，又入天罗地网中。
众弟兄急忙把公子寻找，各江口都跑遍不见下落。
五个人都急得七窍冒火，把牛通更急得跺手跺脚。
大路上老百姓穿梭而过，手里儿拿礼物怒形于色。
诸葛锦忙上前拉住一人，问大哥急匆匆去干什么？
为什么都拿着各色礼物，过的个啥事情这样热火？

[1] 得：原本作"的"。
[2] 直：原本作"只"。
[3] 带：原本作"待"。
[4] 钓钩：原本作"钩钓"。

那人说你是个远方来客，我把这怪事情给你细说。

有本镇吕巡检贼官作祸，拿住了小岳雷钦犯一个。

要辖地众百姓送他礼物，谁不送谁就会招[1]来大祸！

诸葛锦忙说道这般因果，吕巡检他也是我们养活。

今日个他立下这样大功，应该去贺一贺往后岁月。

五个人忙拿了几锭银子，随众人忙来到巡检老窝。

吕巡检坐大堂洋洋自得，看那些老百姓礼重礼薄。

诸葛锦上堂来衙役问过，五个人施礼后捧出礼物。

韩起龙尊一声老爷听说，我五人都是那外路商客。

听说是老爷把岳雷捉得，解进京必定会连升三阶。

因此上小的们凑些礼物，表一表外路人一点心血。

但外边那些人纷纷传说，那岳雷后脑勺有个骨朵。

这些话是不是真假有错，求老爷让我们开开眼界。

吕巡检见银锭眉眼呵呵，难为了你几位破费太过。

一个人后脑勺哪有骨朵，分明是该死了才有外祸。

倒是个好人品口方鼻直，列位去看一看有何不可！

五个人听此言心中甚乐，便借机看岳雷狱门直过。

俗话说钱可通神，那吕巡检得了银子，就叫衙役领他五人到监狱里看看就出来，不许其他人进去。那五个人一进监狱门就喊："岳雷在哪里？"岳雷看见弟兄们来了，便高叫一声："我在这里！"便把双足一蹬，蹬散囚车，又将手铐挣断，众弟兄各去抢根棍子打将出来。正是：

> 双拳起处云雷吼，飞脚来时风雨惊。

众兄弟救岳雷闯出监[2]门，吕巡检直[3]吓得胆颤心惊。

要想着躲避时来不及了，早被那韩起龙要了性命。

衙役们只顾着各奔西东，众百姓关住门家家无声。

诸葛锦叫弟兄赶快出门，赶天黑我们要离开此城。

倘若是临安城发兵追来，那时节又要人更费精神。

宗良说诸葛兄言之有理，我们快到江边去把船寻。

众兄弟一气儿赶到江边，见江边停放着许多船艇。

原来是那冯孝领了人马，汤阴县抄没了岳家家产。

把财物装满了三只大船，返回来因过夜停泊江边。

有宗良把此事明白打探，众兄弟直[4]气得双眼瞪圆。

起龙说我们得想个办法，绝不能叫奸贼拿去挥霍！

牛通说弟兄们不用着急，待我去把狗奴杀个净绝。

诸葛锦连忙说不可不可，去杀人还不如晚上放火。

众人说好主意不放他过，把奸贼烧一个人死财绝。

待到那晚上的三更半夜，牛通去偷偷儿点起大火。

趁着那西北风愈烧愈烈，把那船烧了个焦头烂额。

可怜他满船人无一走脱，那冯孝也忙忙去见阎罗。

也是他常跟着奸臣作恶，陷好人害忠良如此结果。

众弟兄见把那贼人烧死，一个个拍双掌好不快活。

宗良说到如今坟已上了，把冯忠冯孝的结果看着。

不知道二兄弟该去何处，众弟兄好好儿思想稳妥。

岳雷说我一家分散奔波，尚不知老母亲怎样生活。

牛通说若打算云南探母，我五人一齐去有何不可。

诸葛锦说大家不可莽拙，去云南几千里绝非小可！

又况且各州县布告张贴，到处儿派差官捉拿你我。

我听得牛伯父弟兄几个，重整那太行山义兵山河。

我们且到那里看看再说，找着了牛伯父人马借多。

那时候保他去一路无祸，往云南探伯母有多亲热。

牛通说我一向不知下落，他才在太行山自在快活。

我们去问一问我的爹爹，不发兵报大仇图的什么？

众弟兄和岳雷商量定妥，过大江走太行利利索索。

却说岳雷一行，夜住晓行，不一日来到太行山前，只听得一梆锣响，走出二三十个喽啰，拦住叫道："快拿出买路钱来。"岳雷走近前说："我乃岳雷，是来投奔大王的，相烦通报。"那些喽啰听说是岳雷，高兴地说："原来是二公子，大王天天念叨你，差人各处打听，并无消息，今日来得正好。"就飞奔上山通报。牛皋大喜，随同众兄弟下山迎接。岳雷小弟兄给叔叔们行过了礼，一同上山，来到分金亭，各个通名报姓后，牛皋便问起一向的事情。岳雷把一门拿至临安，幸得梁夫人解救，发往云南，自己逃难，七宝镇结义，栖霞岭上坟，劫牢狱，烧官船的苦说了一遍，牛皋听了大哭起来。那牛通怒哄哄地站起身，指着父亲喝道："你不思想替岳伯父报仇，反在此做强盗快活。让岳二哥受了许多苦楚，今天还假惺惺地哭什么？"牛皋被儿子抢白了几句，对二公子说："当初你父亲常对我说：'孝顺还生孝顺子，忤逆还养忤逆儿。'今日果应此言。"岳雷说："侄儿欲往云南探望母亲，路上难走。欲向叔叔借几千兵去。"牛皋说："我们正有此心，贤侄且住几日，待我打造白盔白甲，起兵前去便了。"一面吩咐安排酒席，招待他小弟兄。这且莫表。

如今再说岳夫人一门家眷，跟着四名解官，二十四名解差，一路往云南进发，一日到了南宁地方。那南宁当时宋朝叫南宁州，就是柴桂的封疆。自从柴桂在东京校场中被岳飞挑死，他的儿子柴排福，就荫袭了梁王封号，镇守该地。因得了秦桧书信，晓得岳氏一门被充军云南，从此路过，可报杀父之仇。他便领兵把守在巴龙山上，单等岳家家眷到来。这一天岳夫人一行来到巴龙山脚，只见一片荒凉地面，又无店村，只得安下营盘，埋锅造饭。那柴排福听报，就上马提刀，带了人马，飞奔下山，直到岳夫人营前，大喝一声："谁来见我。"那张英便提棍出营。正是：

冤家路窄偏相逢，仇人见面眼更红。

有张英出营房抬头一看，只见那小柴王威风八面。
头戴着紫金盔身穿银甲，外罩着红龙袍玉带腰环。
坐一匹白玉般嘶风宝马，手拿着金背刀腰挂宝剑。
他年纪大约有二十上下，王侯家也能有英雄出众。
张英问这将军来此何干，柴排福叫来将你可细听。
岳飞和我家有杀父仇恨，今日个恰巧是狭路相逢。
要报那武场的多年大恨，你们的男和女难得逃生。
你是他岳家的何人何姓，胆敢来问孤家也算英雄。
张英说我就是张保之子，名张英去云南保护夫人。
岳元帅已被那奸臣害了，将满门家眷入云南充军。
就有些冤仇事也该解了，望王爷开大恩好善放生。
梁王说杀父仇怎能罢休，你姓张又不是岳家亲丁。
快把那岳氏的全家送出，不送时也不能放你逃生！
有张英大怒说你这狗头，我老爷好劝你你不肯听。
不要走你先来吃我一棍，到头来就怕是玉石俱焚！
柴排福举大刀急忙相迎，他二人在山下厮杀拼命。
刀来了浑似那毒蛇出洞，棍去了又好似猛虎入林。

战了个百十合高低分明，小梁王渐渐地力不胜任。
小张英喝一声举棍猛抢，正挡在马腿上坐马一惊。
马一跳把梁王摔在马下，那张英举起棍照头就抢。
幸亏他梁王的人马众多，急忙忙扑上来抢回山顶。
柴排福回上山咬牙发恨，回头去再多点兵马随众。

那柴排福飞马进关，来到王府，老娘娘正在殿中，问："我儿，你今日出关与何人交战？"柴排福说："母亲，昔年父王在东京考状元，被岳飞挑死，此仇至今未报。谁知冤家路窄，岳飞被朝廷处死，将他一门老小，流徙云南，孩儿蒙秦丞相来书，叫杀尽他一门，报父王之仇。如今已到关外，孩儿与他战了一天，险些被他伤了性命。明日再多点些人马，前去捉他。"老娘娘听了大惊，忙说："孩儿不可听信奸臣之言，恩将仇报。""母亲差了，岳飞与孩儿有杀父之仇，不共戴天，怎么反说我是恩将仇报？"娘娘说："我儿不知，待为娘的说来你听。"正是：

冤仇宜解不宜结，教子悔心娘娘贤。

有娘娘叫孩儿细听分明，想当年你年幼不知此情。
你父亲是朝廷一家藩王，误听了贼王善蛊惑之音。
名义上抢状元弃大就小，一心心夺江山心痒难忍！
你父死那王善起兵谋反，被征剿杀死后无处葬身。
你父亲即 [1] 不被岳飞挑死，也和那王善贼一样骂名。
你我的这条命也不能保，哪 [2] 有你今天的这等威风！
况岳飞他一生为国为民，虽死了他一家纲常永存。
那秦桧是奸臣误国欺君，下毒手害岳飞父子归阴。
这一回若听他害了岳门，糊涂涂给后世留下骂名。
柴排福说母亲言之有理，万般事都坏在秦桧手中。
若不是您今日说清原因，险些儿苦害了忠良一门。
娘娘说我孩儿明日出关，拿大礼去请那岳氏夫人。
排福说为儿的谨依母命，明日个亲自儿前去相请。
到次日柴娘娘坐车出关，将岳氏一家人接进关中。
摆酒席款待他大小人等，连带着也招呼丫鬟家丁。
娘娘问岳元帅怎样被害，岳夫人讲屈事痛哭伤心。
柴娘娘她听了不觉心酸，陪别人两眼也泪珠纷纷。

[1] 即：原本作"既"。
[2] 哪：原本作"那"。

说今日我们是天幸相逢，我和你结姊妹行与不行？

岳夫人说娘娘金枝玉叶，戴罪人怎敢来攀龙附凤！

有娘娘忙吩咐香案摆成，她二人立誓言姊妹相称。

岳夫人一家，自然逢凶化吉，绝处又生，在南宁州住了几日，欲要起身往云南，排福说："姨母往云南去，必定要由三关经过，镇南关总兵黑虎，平南关总兵巴云，靖南关总兵石山，都受秦桧嘱托，要谋害姨母全家性命，况一路山高路远，甚是难走。姨母不如就住在我这里，待侄儿将些金银，买转解差，打发他们回旨便了。"夫人说："贤侄虽是好意，但先夫小儿都已尽忠，妾身怎敢背旨偷生？就是被三关谋害，老身死后，亦好见先夫于九泉之下也。"柴娘娘说："既是贤妹立志要去，待我母子亲往云南送你便了。"那柴排福便差人准备车马，点齐兵将，护送岳夫人一家。一路行来，所到关口，不敢阻挡。来到云南，柴娘娘命那里的看守，打扫衙中，让岳夫人一家搬到衙门居住，倒也安闲无事。一日，岳夫人同柴娘娘坐在后堂闲谈，只见那几个小儿郎玩的（得）欢乐，自己不由得坠下泪来，好生伤感，柴娘娘问："贤妹因何悲伤？"岳夫人说："这些小子只知玩乐，全不想二哥宁夏避难，音信全无，不知存亡死活，叫我怎不伤心？"岳霆听了便说："母亲不必愁烦，待孩儿前往宁夏，去探个信儿便了。"岳夫人说："你这点年纪，路途遥遥，倘被奸臣拿住，又起风波，如何是好？"柴排福说："三弟并无图形，谁人认得？如果怕人盘问，待侄儿给一张护身批文与他，就说往宁夏公干，一路关津，就无事了。"岳夫人大喜，三公子便去收拾行李，到次日辞别了母亲与柴娘娘、众小兄弟，岳夫人吩咐："若见了二哥，便同他到此地来，免我惦念。一路上要小心，凡事不可与人争竞。"三公子一一记了，拜别起身，往宁夏而来。

如今再说太行山公道大王牛皋，打造盔甲，诸事齐备，发兵三千，与二公子带往云南。中军打起一面大旗，上面写着"云南探母"四字，岳雷别了众位叔叔，同诸葛锦、牛通、宗良、韩起龙、韩起凤六个人，离了太行山，向云南进发。牛皋又发出马牌，传檄所过地方，供给粮草，如有不遵者，立领人马征剿。那些地方官，也有念岳元帅忠义的，也有惧怕牛皋的，所过地方，俱供粮草。在路上行了数月，无人阻挡。到了三关，有柴娘娘派人迎接，一直来到云南，岳雷同众兄弟拜谢了柴娘娘，柴娘娘也命柴排福和众兄弟相见，结为兄弟。岳雷问道："三弟怎不见？"岳夫人说："我因想念你，在一月前，打发他到宁夏寻你去了。"岳雷说："弟弟年纪幼小，路上出了差错，如何是好？"柴排福就将批文的事说了，岳雷方才放心。当时梁王大摆宴席，与众兄弟畅饮。自此这班小英雄，就在化外安身。

暂不说岳雷他母子相逢，再把那三公子明得一明。

有岳霆身带着护身批文，往宁夏一路儿无人盘问。

宗留守听得报命人请进，有岳霆见宗方跪在地平。

双手儿呈上了母亲书信，宗留守拆书信看得分明。

看罢了忙起身扶起公子，问贤侄你令堂一向安宁？

岳霆把前后事细诉一遍，宗老爷他一听心中伤情。

叫贤侄你哥哥不曾来此，我心上也常常记着十分。

叫我儿小宗良前去访寻，到如今无音信又不回程。

前一月有细作探来真情，你哥哥到临安前去上坟。

杀死了吕巡检冯孝冯忠，一共有六个人合伙同行。

贤侄你在我家住上几天，待有了实信儿回禀母亲。

岳霆说老伯父提起上坟，侄儿我也想去临安一程。

宗方说去上坟乃是孝心，我怎好阻挡你不让前行。

你装成我孩儿放心前去，遇盘查就说是宗良书生。

又派了四家将跟随伺候，陪伴着三公子出门远行。

到次日三公子拜别起身，宗老爷再嘱咐小心谨慎。

三公子和家将出门上马，一上路往临安扬鞭赶行。

这一天来到了一座山前，远看见松树上两马拴定。

石头上并坐着两位好汉，都生得腰五围膀阔三停。

左边的只生得面如重枣，红包巾红战袍一片火红。

看年纪不过是二十左近，身边的錾金枪飘着红缨。

右边的朱砂发面似蓝靛，蓝包巾蓝战袍晴空无云。

论年纪也不过二十四五，石壁旁开山斧青光铮铮。

三公子刚走到他们跟前，两个人招招手朋友停停。

下马来歇一歇我们同行，我两个也不是一般常人。

三公子听见了立即下马，到跟前拱拱手石上坐定。

先开言问二位高名上姓，今日个又不知何处去行？

红脸汉说在下名叫罗鸿，家住在湖广的一个小村。

蓝脸汉说我是河南人氏，名儿叫吉成亮专好武功。

我们俩一块儿去到临安，要给那岳元帅前去上坟。

公子说你俩和岳家沾亲，为什么一同儿祭奠忠魂？

罗鸿说罗延庆是我家父，吉兄弟他父亲就是吉青。

先父们和元帅至交好友，为国家驰沙场入死出生。

自那年伯父叫秦桧陷害，我父亲回家中愤慨亡身。

我两人都奉了母亲之命，到临安焚炷香祭奠先灵。

三公子听得说泪如泉涌，待小弟先拜谢二位长兄。

我今日也要去临安上坟，谁知道巧遇见一代英雄。

二人问兄长是岳家何人，公子说我乃是三子岳霆。

有罗鸿吉成亮心中大喜，三个人叙年齿一路同行。

却说这小弟兄三人，一路往临安而来。一天路过一座山林，只见一个汉子，面如火神，发似朱砂，手提大砍刀，见了这一行人，把刀一摆，叫道："快拿买路钱来！"吉成亮说："你有什么本事，敢要我们的买路钱？"那汉子说："不要多讲，若无买路钱，休想过去！"岳霆听了大怒，把手中枪紧一紧，劈心就刺，那人举起大刀架住，回手揽（拦）腰[1]就砍。两人来来往往，战了二十来个回合，罗鸿上前，用那杆金枪架住二人的兵器说："朋友，你的山寨在哪里？我们一路行来，肚子实在饿了，你也该留我们吃顿酒饭，再和你交战如何？"那人说："我哪里有什么山寨？只因要往临安上岳元帅的坟，手中没了钱，因此才在这里找几个。你们若有，快给我拿几个来，省得老爷再动手！"岳霆忙问："你与岳元帅是什么亲戚，为何去上他的坟？"那人说："我就说与你听听何妨！我姓王名英，家父王贵，是岳元帅的好朋友。我奉了母亲之命，去给伯父上坟。"岳霆慌忙下马："原来是王家哥哥。小弟岳霆，多有得罪。这使枪的是罗延庆叔叔的公子罗鸿，使斧的是吉叔叔的公子吉成亮。"王英大喜："呀！原来这般凑巧，真是天遣相逢。"罗吉二人也下马见礼，互致问候，无不高兴。略事休息，继续上马前行。走了几日，来到湖塘边，只见一个大汉，身高一丈，摇摇摆摆地走来。吉成亮说："罗哥，你看那个长汉子来了，我们放马冲过去，把他围到塘里，玩他一玩。"罗鸿道："有理。"便在马屁

股上加了几鞭，直冲过去。正是：

公子去上坟，聚会小英雄。

那大汉见马匹直冲当面，既不慌又不忙双手一拦。

两匹马一齐儿倒退几步，从腰中解下来铁锤掂掂。

将铁锤摆一摆大喝一遍，哪一个不怕死就请上前！

众小将见大汉力敌双马，手中的那对锤令人胆寒！

有岳霆忙下马跨前一步，叫一声老兄长你且息怒。

我们因有急事将马打快，冒犯了你虎威多多得罪。

那汉子收了锤双手拢住，这朋友还有些人情礼数。

看在了你面上饶了他们，我老爷实话说你们记住。

今日个我要去临安动土，要消那岳元帅铁窗冤苦。

那千军和万马我都不怕，难道说被几个毛孩吓住？

岳霆说既如此咱们同路，请教你名和姓才好称呼。

那人说我名字叫做余雷，大将军余化龙正是我父。

公子说我就是三弟岳霆，一路来众弟兄互相招呼。

有余雷听此言急忙上前，拉住了三公子放声大哭。

自从那岳伯父被害入土，难报仇我爹爹气得[2]自刎。

今日个正要去报仇雪恨，谁知道又遇见弟兄同路。

众弟兄齐上前挥泪劝救，叫哥哥切[3]不可悲伤过度。

我们等从今后同吃同住，去临安给伯父顶礼致[4]祝。

说罢了一齐儿跨马登途，不几天进临安客店歇住。

却说众小英雄，来到临安武林门外，寻一客店住下，吃了晚饭，那店主人问："相公们到此，想必是来打擂台的了。"余雷说："我们都是江湖上干买卖的，不知打什么擂台。请东家说与我们听听。"店主人说："临安城中，有个后军都督叫张俊。他的儿子张国乾，最喜欢武艺。数月前又来了两个武师，叫戚光祖、戚继祖，本事高强，张公子请了来，学成武艺，在昭庆寺前，搭起一座大擂台，要打尽天下英雄。已经二十几天，并无敌手，客官来的（得）凑巧，这样的盛会，应该去看看。"正说之间，店中又进来三位客人，一进门就问："店家，你们这里擂台搭在哪里？"店主人忙说："就搭在昭庆寺前。客官可

[1] 拦腰：对着腰。

[2] 得：原本作"的"。

[3] 切：原本作"且"。

[4] 致：原本作"至"。

是要去看比武吗？"那三人说："什么看！我们特来与他比手段！"余雷听见，便上前问："朋友，你们是哪里人氏，高名上姓？"那人说："我们是湖广潭州人，小弟伍连，那位何凤，这位郑世宝，都是好兄弟。"岳霆问："仁兄是潭州人，有个姓伍讳尚志的老将军，你可知道？"伍连说："就是家父。你为何知道？"岳霆说："我是岳霆啊！"伍连大哭道："元帅、大哥和张将军被奸贼害死，报仇不成，我爹爹回家，终日思念元帅，一病而亡。小弟奉母命，来临安祭奠元帅一番。这何凤是何元庆叔叔之子，郑世宝是郑怀叔叔之子，一同到此上坟的。我们一路行来，听说奸臣之子，搭一座擂台，要与天下英雄比武。小弟欲以此为由，与元帅报仇。不知三弟为何到此？"岳霆就将一路的情形说了一遍，众弟兄各个相见，好生喜欢。第二天，众人买了香表祭物，叫罗鸿、王英、吉成亮带着家将，抬着礼物，携带行李马匹，先到栖霞岭等候。岳霆、伍连、余雷、何凤、郑世宝五人，到昭庆寺去看打擂。正是：

双拳能打擒龙汉，一脚敢踢捉虎人。

众兄弟来到了昭庆寺前，但见那擂台下人海人山。
寺门前空阔地擂台高耸，四面是张府的家丁围满。
只见那张国乾扎着绑腿，戚光祖戚继祖坐在两边。
张国乾他耍了一套花拳，戚光祖在台上大声呼喊。
台下的众军民你们听着，张公子他结交天下好汉。
摆擂台现已经二十几天，还没有一个人赢得一拳。
再三天这限期就要满了，有本事上台来比比看看。
倘若是武艺高胜过公子，张老爷即保奏圣上封官。
戚光祖一句话还未说完，人堆里猛跳出一个大汉。
张国乾问来人何方人氏，通个名我和你比个长短！
那人说赵武臣山东人氏，你且来尝一尝爷的铁拳。
带[1]说着伸拳头唰地[2]打来，张国乾身一闪还过一拳。
两个人在台上一来一往，张国乾觑[3]个空卖[4]个破绽。
将武臣兜屁股就是一脚，赵武臣轱辘辘滚下台沿。

擂台下看的人一片喝采，赵武臣直[5]羞得勾头抹脸。
戚光祖在台上哈哈大笑，便又问还有谁再敢上前？
有伍连他正要纵身上台，那岳霆早已是踏上台板。
张国乾见是个瘦小后生，不把他当英雄哪里防范？
叫一声小后生姓甚名谁，岳霆说比赛过再说不难。
张国乾他急忙摆出门户，叫单鞭立马式等他上前。
有岳霆他也摆一个门户，叫出马一枝枪急进快卷。
张国乾又使个金刚踏步，有岳霆回一个观音回山。
他两个在台上来来往往，战了个十来路高下未见。
张国乾又使个黑虎偷心，照准那小岳霆当胸一拳。
有岳霆忙将那身子一转，反钻在张国乾脊背后边。
一只手扯住了他的右脚，一只手把衣领使劲紧攥。
双手儿就把他轻轻举起，往台下来扔下来掼在地面。
看的人一齐儿拍手叫好，众兄弟更笑得泪花飞旋。
张国乾被掼得三魂出窍，那伍连又上前一脚踢翻。
直[6]踢得他口中鲜血直冒，眼看着喊哀哉一命归天。
戚光祖戚继祖两个武师，说时迟那时快赶忙上前。
他心想上前去捉拿岳霆，三公子跳下台疾如飞燕。
有余雷忙取出铁锤抡圆，那擂台哗啦啦坍塌半边。
众家丁持兵刃蜂拥上前，杀岳霆给公子来报仇冤。
郑世宝给岳霆递来腰刀，五小将发声喊奋勇争先。
戚光祖手执刀向前来刺，被余雷一铁锤虎口震烂。
戚继祖手执枪上前来刺，有何凤用钢鞭削耳伤肩。
二武师自觉得不是对手，败回去那张俊怎肯甘休？
无奈何两个人趁着混乱，一溜风不知道逃向何处。
张府的众家丁死命不顾，还妄想捉一个抵命报复。
跑快的逃回去奴才为主，跑慢的刀枪下一命呜呼。
看的人一见这血肉模糊，赶快跑三步儿并成两步。
五小将飞奔到栖霞岭下，那三个正等得心急气粗。
众弟兄齐来到岳帅坟前，四家将摆祭品点燃香烛。
焚金表烧冥锭祝告如数，八个人在坟上一场大哭。
哭罢了擦干泪填饱肠肚，拍骏马直跨上云南大路。
且不说岳霆等扬长去了，张俊贼气了个一塌糊涂。

[1]　带：原本作"待"。
[2]　地：原本作"的"。
[3]　觑：原本作"虚"。
[4]　卖：原本作"买"。
[5]　直：原本作"只"。
[6]　直：原本作"只"。

0270

中国民间文学大系 7-62

自己的亲儿子已被打死，戚家的二武师音信全无。

调兵马追凶犯不知路途，何处人干何事模模糊糊。

无奈何将公子尸首修复，行文书出广捕张影挂图。

再提起临安的王能李直，他两个把奸臣看成粪土。

自那年岳元帅被害之后，两个人吃长斋身穿素服。

恨满朝众大臣权奸依附，岳元帅白屈死哪里申诉？

天地间唯神佛正直无私，对秦桧总应该[1]有个制伏！

把家产变卖了祭祀神灵，各庙里去烧香潜心默祝。

就这样两三年毫无结果，二员外直气得恼恨不住。

逢着庙他就打遇神就骂，骂神道为何替奸贼张目。

那奸贼居高位殃民祸国，把忠臣和小民百般荼毒。

天不公地不正做事无度，神无灵尽是些群小狗狐！

这一天又来到潮神庙中，潮神是伍子胥吴国大夫。

王能说别的神尽是泥塑，你曾被奸臣害背楚投吴。

难道说岳爷爷抗金受苦，被奸臣残害死沉冤无诉？

你既为潮神爷总有灵应，怎让那卖国贼日夜享福？

李直说他也是拍马溜须，还不如打碎了免蛊群儒。

他两人拿石块砖头相击，把一尊妆金像打成泥土。

这王能、李直二人，一顿砖头石块，将伍子胥的神像打碎，出了一口胸中闷气，回到店中，买了些祭物和香烛之类的东西拿上，来到栖霞岭，在岳元帅的坟上祭奠了一番，两个人哭一阵，笑一阵，又狂歌一阵，直到天黑，二人闹乏了，就随身倒在草地上睡着了。睡得迷迷糊糊，听得有人叫："岳飞接旨。"二人忙睁眼观看，只见岳飞父子跪着迎接，伍王爷手捧玉（御）旨开读，原来是潮神伍子胥奏闻玉皇大帝，嘉奖岳家父子忠孝节义，命他们各寻冤主，显圣报仇。那王能、李直听了，一下惊醒，互讲所梦："那神道之言，不知真假，你我进城去打听，若是岳爷果然在奸臣家中显圣，便择日重修庙宇，再塑金身。"二人等到天明，回城打听，不题。

再说秦桧自从害了岳飞之后，心下想道：岳飞虽除，还有韩世忠、张信、刘锜等皆是一党，若不早除，必有后患。便一个人在万花楼上写本，欲起大狱，害尽忠良，这一本非同小可，正写之间，岳元帅忠魂同着张保、王横，

也到万花楼上，见秦桧这本章，〔十分〕大怒，举起钦赐金锤，将秦桧一锤打倒，大骂奸贼恶贯满盈，死期已近，尚敢谋害忠良！秦桧双目昏花，看见岳元帅，吓得毛发直竖，魂游天外，口喊饶命，颓然倒地。岳元帅又往万俟卨、罗汝楫家显圣去了。正是：

昊昊青天不可欺，举头三尺有神知。

善恶到头终有报，只争来早与来迟。

秦桧贼被岳爷打了一锤，直[2]觉得腰背疼昏昏沉沉。

每日间睡床上呼天喊地，疼得像猪挨刀哼哼连声。

一会儿他把那牙关咬紧，一会儿又大叫岳爷饶命。

呐呐说岳爷爷是他害死，东窗下夫妻俩同把计定。

除夕夜屈死在风波亭上，如此长如此短自吐真情。

食不进一天天面黄肌瘦，满嘴里尽胡说字词不清。

把舌头伸出来嚼得稀烂，后心里开窟窿瞭着前心。

那王氏直[3]吓得头发拔完，哀告着岳爷爷饶了我们。

又许愿又求神忙个不停，早磕头晚烧香祷告神灵。

儿秦熺又调药又把医请，药到口吐出来毫无效应。

贼秦桧躺床上皮肉化脓，肉生蛆真个是臭不可闻。

磨结了多半年才得毙命，去到了地府里再受流刑。

且不说秦桧贼疾病缠身，再说说两义士李直王能。

他两个进城中多日打听，奸臣们一家家许愿求神。

都传说岳爷爷有了报应，把奸贼惊吓得日夜不宁。

二员外听真了哈哈大笑，这伙贼早应该生疮化脓。

他二人找匠作忙把工动，给伍王修庙宇重塑金身。

按下这二员外修庙一事，再说那金兀术四次兴兵。

那大金国老狼主完颜阿鼓（骨）打驾崩，立粘罕的长子完颜晟为君。众王子朝贺之后，兀术便近前奏道："三次兴兵进中原，都被岳飞杀了个净绝，现听说岳飞已被秦桧害死，臣愿领大兵四进中原，夺取宋室江山。"新狼主准奏，兀术即同军师哈迷蚩、参谋忽尔迷，约同众王子、大小元帅、平章，起兵五十万，再一次向中原大地杀过来。那些地方官的告急本章，犹如雪片一样涌进朝来。

话说秦妻王氏，自从丈夫死后，日夜心神恍惚，坐卧

[1] 该：原本作"个"。

[2] 直：原本作"只"。

[3] 直：原本作"只"。

不宁，忽然丫鬟来禀说："适才听张元帅所报，金国四太子又起大兵五十万，杀奔中原，势如破竹，十分厉害，又近朱仙镇了。"王氏听了暗想：岳飞已死，无人迎敌。宋室江山绝然难保，我何不同了孩儿悄悄逃往金邦，必有封赠。说不定他得了江山，我还能当几天娘娘。正在暗里打主意，忽然一阵阴风，吹得毛骨悚然。抬头一看，那青脸獠牙的牛头马面，领着一班鬼卒，牵着披枷戴锁的秦桧，近前对王氏说："东窗事发了，我太苦也！"王氏吓得魂不附体，扑倒在地，喊声饶命，两眼暴出，一命呜呼。等伺候的丫鬟进来，早已面青尸硬。儿子秦熺只好忙于发送死人，不题。

再说宋高宗是日登殿，那黄门官手捧边关告急本章，呈上龙案。高宗一看，上面写着：金国四太子兀术，领兵五十万，来犯中原，十分危急，请速发救兵。高宗看毕大惊，便问两班文武："哪位贤臣领兵去退金兵？"那时岳飞的阴灵，附在罗汝楫身上，跪下奏道："臣岳飞愿往。"高宗听了岳飞二字，吓得魂不守舍，大叫一声，跌下龙椅。内侍连忙扶起，回宫得病，服药无效，不几天驾崩。众大臣议立太子登位，是为孝宗，改元隆兴，乃是高宗之侄。红白诏书，同行天下，文武各晋一级。那时先朝的元帅张信，听说高宗驾崩，新君即位，赶来临安朝贺。宋孝宗宣进，山呼已毕，奏道："陛下即位不久，金兵又犯中原，未知圣上作何打算？"孝宗说："朕年幼无知，老爱卿有何良策，可退金兵？"张信奏道："臣有五件事情，圣上若准，金兵必退，中原可定。"孝宗大喜说："卿可奏来我听。"

张元帅尊一声我主新君，臣今奏五件事你要须行。
第一件先捉拿各个奸臣，下监中治重罪以平民愤。
第二件要整修岳帅坟茔，修庙宇常祭祀以慰忠魂。
第三件要复还旧臣原职，诏他们回朝中协调鼎鼐。
第四件诏还那岳帅旧将，命牛皋和众将同力抗金。
第五件差官员云南速行，快赦回岳家的一门儿孙。
叫岳雷荫袭了父亲重任，命他去退金兵一定成功。
若陛下依了臣五件大事，必保你社稷安无忧高枕。
宋孝宗听此言欢喜不尽，老爱卿真是个保国忠臣。
就烦你领朕命提拿奸臣，秦桧的一帮人一个不剩。

又命那陈宗义吏部领文，往云南赦岳氏星夜兼程。
再颁诏天下的旧时老臣，被秦桧贬黜者一律起用。
又命他张九思奉旨立行，栖霞岭去建造岳庙岳坟。
李文升大学士领朕钦命，太行山去招安牛皋将军。
众大臣奉了旨各行圣命，一个个出朝门盛赞新君。
这件事轰动了全国百姓，周三畏也沾了这点圣恩。
将岳飞如何被奸臣陷害，在狱中受的苦写成冤本。
进朝来替岳帅伸冤雪恨，宋天子准了本察知详情。
原复了周三畏大理正卿，审问清各奸臣再把罪定。
李文升到太行颁行圣命，招安那牛皋等要回朝中。
在路上行走了一月有零，这一天才望见太行雄峰。
给那些巡山的喽啰告禀，有喽啰再上山报知详情。
牛皋说你叫他上山来讲，有喽啰一层层传出号令。
我们的大王爷唤你相见，李文升他只好徒步躬行。
来到了分金亭众人坐定，叫一声牛将军快把旨迎。
牛皋说你真是糊涂透顶，捧他娘这鸟旨吓唬我们！
想当年牛头山金兵围困，我们和岳大哥舍命保君。
杀得那金兀术东逃西奔，才扶他在临安稳坐龙庭。
那昏君反养上一帮奸佞，害死我岳大哥密约和金。
又把他一家人云南充军，今日个却又来欺哄我们。
李文升尊将军休记旧根，如今那宋高宗已经驾崩。
牛皋说这昏君早该毙命，为什么你又说接旨事情？
文升说牛将军你还不知，现如今宋孝宗御极新君。
将朝中众奸臣尽行下狱，往云南赦[1]回了岳氏一门。
张九思他监造岳庙岳坟，命下官请将军回朝荣升。
牛皋说大凡是皇帝精明，做几天就变得糊涂昏庸。
我牛皋再不受皇帝欺骗，也不去做他[2]的什么鸟官。
文升说我知道将军心愿，知道了金兀术又进中原。
怕的是把头颅国门高悬，因此上你不肯受这招安。
那牛皋听此言怒气满脸，说这人你是个糊涂笨蛋。
想当年驰疆场共赴国难，兵士头将军血洒满河山。
待我去杀退了金兵兀术，再回这太行山自在安然。
吉青说牛哥哥不可造次，他说的这些话真假未辨。

[1] 赦：原本作"救"。
[2] 他：原本作"它"。

你先到云南去见过嫂嫂，看一看是不是赦回家园？
若果是赦免了岳家老小，我们等再起身奔赴临安。
牛皋说吉兄弟此话高见，先打发李文升回复圣卷。
他这里收拾好去赴云南，再把那岳夫人说得一番。

岳夫人去到云南，承蒙柴娘娘亲自看顾，各方面就少了许多麻烦，那一天两人正在闲谈，军士进来禀道："圣旨到了。"岳夫人闻报，带了众公子，出来迎接钦差。接进堂上，陈宗义读了圣旨，众人谢恩，设宴招待差官。次日就收拾了行李起身，柴娘娘和梁王直送到铁炉关，挥泪分别。

岳夫人一路行来，恰好遇着牛皋的人马，牛皋问道："那前边是何处人马？"军士禀道："是岳家奉旨还朝的。"牛皋大喜，命军士通报了，上前拜见岳夫人，众公子一齐上前，拜了牛叔叔。岳夫人说："如今我们奉旨进京，既已赦罪，牛叔叔亦该抛了山寨，一起去朝见新君，仍与国家出力，以全忠义为是。"牛皋连声说："嫂嫂之言有理。小叔就带领人马，仍回太行山，同了众兄弟，一齐在前途等候便了。"当下别了岳夫人，星夜往太行山去了。这岳夫人一行，在路上晓行夜住，走了数日，只见牛皋和赵云、周青、梁兴、吉青五个人，带领人马，等候在前路。岳夫人问："为何不见施全、张显、王贵三位叔叔来？"牛皋说："施全〔叔叔〕在众安桥刺杀秦桧未成，死于秦桧之手；王张两位哥哥都气愤身亡。"岳夫人听了，不觉潸然泪下。遂合兵同行。非止一日，才到临安。孝宗传旨宣岳夫人等上殿。众人俯伏朝拜，山呼万岁。正是：

一朝天子一朝臣，二次金殿拜新君。

宋孝宗坐金殿把臣加封，叫一声众爱卿细听分明。
因先帝误信任秦桧奸佞，以致使我朝的忠良受刑。
定和约不过是为虎作伥，细思想污先祖愧对后人！
封李氏为一品鄂国夫人，四个子都封为侯爵现任。
有牛皋和吉青你们五人，一个个都封为灭虏将军。
韩起龙宗良等十二小将，齐封为都统制御前听用。
叫岳雷近前来听我再封，就替父袭了职统领全军。
众英雄一齐儿谢恩出朝，备祭物候万岁亲祭岳坟。
到次日宋天子亲自出城，带领了众文武排驾而行。
来到了栖霞岭岳王坟茔，茔墓里摆祭品与众不同。

大学士李文升代主致祭，祭奠罢宋孝宗又传圣命。
封岳飞鄂国公千古留名，岳云为忠烈侯孝子贤孙。
又封那张宪为成义将军，施全为众安桥一方之神。
把王横封为了平江土地，封张保义勇尉留下英名。
再封那杨再兴忠勇将军，把汤怀封为了忠义将军。
封董先五弟兄萃忠校尉，何元庆余化龙忠烈将军。
其余的阵亡将俱各追封，都一齐建祠堂香火常存。
又命那周三畏牛皋协同，去审问秦熺等一班奸佞。
万俟卨罗汝楫还有张俊，连家属一律儿问罪定刑。
岳夫人领众将谢了龙恩，众大臣列队送天子回宫。
其余的站坟前还在议论，只见有两个人走进坟茔。
他二人一同儿身穿素服，到坟前来祭奠大放悲声。
原来是那李直同着王能，他们给岳元帅戴孝三冬。
今日里听说是冤狱得平，因此儿坟上除服换新。
众公子忙上前拜谢义士，请他俩同到家答报寸心。
谁知道他俩人看破红尘，立志儿出家去入山修行。
且不说他二人飘然去了，再说那众奸臣所得报应。

却说牛皋那时一径来到大理寺衙门，周三畏接进大堂，上边供着圣旨，二人左右坐定。监中提出张俊、秦熺、万俟卨、罗汝楫等一干人犯，来到堂下，唱名跪倒。周三畏审问："你等身为宋朝大臣，受了朝廷厚禄，不思报国，却私通兀术，假传圣旨，残害忠良，欺君误国！今日犯了，有何话说？"众贼语塞，牛皋喝道："这伙奸贼，问他做甚，每人先打四十大板，然后定罪。"左右答应一声，如鹰拿燕雀一般，将众贼拖倒，每人打了四十大板，打得鲜血淋淋，死而后醒。周三畏便提笔判决："秦桧夫妻，卖国欺君，私通兀术，残害忠良，法应斩棺戮尸。其子秦熺，营谋编修，颠倒是非，妄修国史；张俊身为大将，不思治兵报国，反而专权乱政，误国害民；万俟卨、罗汝楫依附权奸，为虎作伥，残害忠良，律应斩首处死，立决不枉。各奸家属子女，均发岭南充军。"周三畏迭（判）成罪案，命将各犯收监，候旨施行，将所定之罪，次早具本入奏。孝宗准奏，传旨命牛皋监斩。正是：

早知今日受刑戮，悔却从前使黑心。

周三畏从监中提出犯人，坐在了大堂上签字行刑。
刽子手接斩令不敢消停，将奸贼一个个押着前行。

一起儿破锣响一起破鼓，一直儿押出了钱塘城门。

一路儿看的人男男女女，笑奸贼有今日拥挤不动。

哪[1]一个不说是天理昭彰，哪一个不说是早该报应。

这都是自作的还要自受，一个个咬牙齿骂贼解恨。

不一会押到了栖霞岭下，岳坟前一排儿跪在地平。

有牛皋他穿了大红吉服，坐在那公案上实在威风。

先吩咐将秦桧王氏棺木，打开了取首级桌上献供。

再命把张俊等四个奸贼，推出去斩首在岳坟外面。

有牛皋刚说出一个斩字，坟外边早已是人声沸天。

牛皋说什么人敢劫法场，人役们到外边查看查看。

那人役查明白回禀一遍，叫老爷是百姓笑语喧天。

只因为那张俊横行临安，仗权势奸妇女霸占田产。

今日个受刑杖奉旨处斩，奸贼的好结果谁都要看！

有牛皋说一声原来如此，把这贼交百姓洗刷仇冤。

叫他们冤报冤仇报仇恨，想怎样处置他怎样照办。

有家将将此话传给百姓，众百姓一个个叩谢苍天。

受害的老百姓早已是怒火填膺，如今能亲手处置此贼，高兴得七手八脚一窝蜂将张俊拥到湖塘边。有手打的，脚踢的，乱个不止。内中走出一个人说："列位且慢动手，我们多亏牛老爷将这奸贼赏给我们报仇，若是张家报了，李家不能报，就有许多争竞了。况且这家伙害人太多。别人的冤仇如何能报完？不如我们把他推到空阔之处，众人站在一边，站东过西，将冤仇数说一遍，就咬他一口如何？"众人齐声说："好，好，好！"即时将张俊推到空阔处，绑在一棵柳树上。先是第一个走来，骂道："奸贼，你如何强霸我的妻子。"就一口咬下一块肉来。第二个上来骂道："奸贼，你为何贪赃，害死我的父亲？"也是一口。你也咬，我也咬，咬得鲜血淋淋。咬到后来，竟咬出一场笑话来，不知是那（哪）里的一个无赖，有甚冤仇，竟把他的阳物给咬掉了。当时牛皋命将张俊、秦熺、万俟卨、罗汝楫斩首了，六颗头一并摆在岳爷坟前，祭奠一番。张俊算应了"死在万人之口"的誓言。岳夫人同牛皋等众将一起进城。次日，周三畏发文，将各奸眷属，起解岭南而去。

且说过不得两三日，又有告急本章进朝：兀术大兵已进占朱仙镇，十分危急，请速发救兵。张信抱本启奏，孝宗即宣岳雷进朝，当殿封为扫北大元帅，牛皋为监军，诸葛锦为军师，其余各将，俱各随征。岳雷等领旨，辞驾出朝。次日张元帅调齐人马，岳雷拜别了母亲妻小，到校场中点齐各将，带领二十万人马，浩浩荡荡，离了临安，往朱仙镇进发。正是：

天地可循环，世运有兴衰。

先按下岳公子提兵扫北，再说起九龙山三位豪杰。

一个是那马后王横之子，他名字叫王彪十分了得。

一个是铁面的董先之子，名字叫董耀宗腰圆膀阔。

还有个就是那再兴之子，起名叫杨继周无人奈何。

三个人他们是结义兄弟，九龙山立大旗招兵入伙。

但等着粮草足兵马聚多，上临安杀奸贼好把冤雪。

这一天走进来巡山喽啰，禀大王有一起犯人经过。

看他们好像是官家犯人，打听得也有些油水在握。

有王彪立起身我去拿货，手提上熟铜棍领上喽啰。

到山下见一起男男女女，喝他们买路钱快些交割。

那差官直[2]吓得三魂无着，叫大王莫掠我这等劣货。

是刑部解差官犯人押着，请大王抬贵手轻轻放过。

王彪说谁管你好货劣货，喽啰们一齐儿给我押着。

到山寨兄弟见识见识，我今日取来了活宝一伙。

我三人把他们审得一审，看一看有没有被人冤着。

倘若是他内中有的冤枉，解差官杀了他犯人放活。

众犯人听见了齐声喊着，大王爷体上天好生之德。

那四个解差官忙把头磕，大王爷万万不可纵恶作祸。

这都是奸臣的家属一伙，是秦桧万俟卨媳妇老婆。

杨继周问他们所犯何罪，到如今又解往何处发落？

有差官把他们应得结果，从头儿给大王细细学说。

三个人听一遍哈哈大笑，贼奸臣不想他也会败落。

就吩咐将万罗张俊之子，活活地取出他心肝肺叶。

众喽啰听吩咐忙个不迭，绑上了剥衣亭洗净开剥。

一刀子插进了他们胸膛，取出了活心肝摆上供桌。

上供上岳元帅父子牌位，摆心肝和人头祭礼各色。

[1] 哪：本句和下句两个"哪"原本都作"那"。

[2] 直：原本作"只"。

有王彪再摆上父亲牌位，同样的祭礼儿拿来献着。

四解差直吓得魂飞魄落，一个个跪在地忙把头磕。

杨继周便说道你们休怕，今日里出口气胸中快活。

现如今岳家的几个少爷，他回朝是做官还干什么？

解差说大王爷你听明白，岳家的小弟兄还有四个。

今朝廷封老二扫北元帅，牛老将封监军随营跟着。

那一班小弟兄尽皆随征，领大军二十万去抵北国！

杨继周叫喽啰用心点过，奸贼的这财产解差赏着。

打发他回京师交差去吧，剩下的众奸属撵下山坡。

四解官忙跪下叩首谢过，没命地[1]奔下山自去忙活。

当下杨继周对董耀宗、王彪说："既然岳二公子提兵扫北，我们就弃了山寨，去助他一臂之力如何？"董王二人拍手赞成，便令喽啰收拾行李粮草，带领他们往朱仙镇而来。

再说岳雷统领大兵二十万，过了天长关，一直来到朱仙镇上，放炮安营。那金邦的探子报进牛皮帐中："启上狼主，宋朝差岳南蛮的儿子岳雷，领兵二十万，扎营朱仙镇了。"兀尤听了："呀！有这等事。那南蛮皇帝叫这后辈小儿拒敌，想是命尽禄绝了！"到了次日，岳雷升帐，众将参见，便问："今日哪位将军见头阵？"余雷应声道："末将愿往。"岳雷即命带三千人马，往金营讨战。余雷得令，出营上马，手提双锤，直到金营前喝道："快来几个有本事的，试试爷爷的锤吧！"只听一声炮响，那金营出来一将，身高相恶，坐下黄膘（骠）马，手拿乌油棍。余雷喝道："番将通名。"金将说："俺乃大金国大将土德龙是也。你乃何人，敢来阻我大兵，自寻死路！"余雷道："我乃扫北大元帅岳雷帐下大将余雷，快快下马受死，免我老爷动手。"土德龙大怒，舞动乌油棍，当头就打；余雷舞起双锤，劈面相迎。一来一往，不上十三个回合，就被余雷一锤，将土德龙头颅打烂，死于马下。掌着胜鼓，回营交令。那小番报于（与）兀尤得知，帐边恼了元帅粘得力，手提一百二十斤重的紫金锤，跨上骆驼，领兵三千，至宋营讨战。

岳元帅坐帐中遣将调兵，叫罗鸿和牛通上帐听令。

你二人带领那三千人马，到营外和番将厮杀一阵。

有罗鸿和牛通二人得令，到阵前见番将面貌狰狞。

那牛通把番将大喝一声，你这个狗番奴报上姓名！

我乃是大金国帐下元帅，名字叫粘得力天下闻名。

你蛮子也还得道个姓名，杀了你回帐去也好记功！

牛通说老爷叫金毛太岁，难道说你未听我的大名。

今日里碰上了休想活命，阎王爷注定你今日丧生。

带[2]说着一举手抡起刀锋，粘得力忙举锤急架相迎。

抡起来紫金锤一连几锤，把牛通直[3]震得虎口生疼。

叫一声好家伙抵你不过，拨开马败下阵慌忙走脱。

那罗鸿接战了几个回合，敌不住这番将回营躲祸。

岳元帅听见了心中起火，忙点出十员将出营迎着。

十员将出营门举枪挥戈，截住了粘得力刀大斧阔。

团团儿将番将中央围裹，粘得力抡金锤左遮右挡。

前插花后插花锤法不乱，上三路下三路全都护着。

十个人倒战得呼呼喘气，一个个拨回马败进营垛。

有岳雷听此言心中不乐，诸葛锦在一旁鼓动唇舌。

我夜来观乾象卜卦问过，不几天有大将来除此祸。

正说着有探子进帐禀说，粘得力在营前大声斥呵。

他扬言把我营踏成平地，宋营兵全杀了不留一个。

有岳雷听此言眉头紧锁，免战牌挂营前暂停交战[4]。

那牛皋在一旁心情焦灼，大叫声且慢着我有话说。

我一想你父亲东西奔波，旗开处便得胜气壮山河！

出阵时我们等一马当先，从不曾有一阵被人败过。

今日个轮到你做了元帅，连这么一番将也拿不着。

且待我为叔的出他[5]一阵，把番将拿回来任你发落！

上了马提双锏来到阵前，大喝道粘得力想不想活。

番将说你既知某家大名，难道说想送命还不快躲。

牛皋说难道你眼睛瞎着，连你的牛爷爷也不认得。

你才是冒失鬼混蛋一个，今日里要取你头颅一颗。

带[6]说着举起手就是一锏，粘得力忙举锤把锏架格。

[1] 地：原本作"的"。

[2] 带：原本作"待"。

[3] 直：原本作"只"。

[4] 交战：原本作"几火"。

[5] 他：原本作"它"。

[6] 带：原本作"待"。

向牛皋顶门上金锤直落，有牛皋架住了直打哆嗦。

谁知道这一锤后劲太恶，把牛皋两手的虎口震裂。

叫一声不好了回马就躲，也不好回营去直奔荒坡。

番将叫牛南蛮哪里去躲，在后边紧紧地催开骆驼。

好像是大皂鹏直追紫燕，又赛那猛老虎扑进羊窝。

那牛皋被追得心里冒火，那一边巧来了大将一个。

却说牛皋被粘得力紧紧追赶下来，正到危急之处，却遇见了救星。你道是哪一个？原来就是关铃。自从在朱仙镇上回家之后，心中不平，欲要兴兵替岳元帅报仇，又是孤掌难鸣。此后听得高宗驾崩，新君即位，赦了岳氏一门，拜了岳雷做元帅，发兵扫北，便去约了陆文龙、樊成、严成方、狄雷四人，一同往朱仙镇上来助阵。碰巧见牛皋被一番将赶了过来，便高叫："牛老叔叔休慌，小侄关铃在此。"便让过了牛皋，把青龙刀横在马背上，挡住番将，大喝一声："你是什么人，这等逞能，小爷在此！"粘得力大怒："你这小南蛮，是何等之人，胆敢阻我去路，放走败将？"关铃说："番狗你听。"

关铃马上喝一声，叫声番狗你是听。

我不说时你不知，我的名字叫关铃。

今日你偏遇见我，只怕难逃一条命。

番将一听怒十分，紫金大锤手中抡。

关铃举起青龙刀，砍的砍来迎的迎。

二人大战三十合，一来一往无输赢。

狄雷催开青鬃马，提锤上前来助阵。

粘得力来实在凶，敌住二人更有劲。

旁边恼了陆文龙，走马上前叫一声。

二位贤弟且少歇，这个番狗让我擒！

唰地[1]一枪又一枪，骆驼眼睛被刺中。

骆驼负疼跳起来，早把番将尥[2]地平[3]。

樊成手起枪落下，番将已是活不成。

关铃下马取首级，后边番兵全逃净。

牛皋一见真高兴，忙同五人回大营。

岳雷一听下帐来，忙与众人把礼行。

吩咐摆酒设宴席，记上五人第一功。

不说宋营正庆功，再把兀术事表明。

兀术正在帐中坐，小番进来忙告禀。

叫声狼主不好了，元帅被杀丧了命。

兀术一听吃一惊，这些小蛮还真行。

比起那班老蛮子，更加厉害更加凶。

忙写本章差人去，再回本国调精兵。

按下兀术且莫表，再说宋营大发兵。

岳雷此（次）日升帐，发出命令：关铃、牛通领兵三千为第一队；陆文龙、樊成领兵三千为第二队；吉青、梁兴、赵云、周青、牛皋五员老将为第三队；吉成亮、狄雷为左队；严成方、伍连为右队；自己带领大军为后合（应），轰隆隆三声大炮，大兵直抵金营。那边兀术只得率领大小元帅和平章，出来迎敌。两边人马，各执兵器混战。兀术人马虽多，但宋军士气高昂，同仇敌忾，以一当十，以百当千，从四面八方杀来，那些小将，如出山猛虎，似戏水蛟龙，逢兵就杀，遇将便砍。这场大战，直杀得金兵人仰马翻，叫哭连天，血水成河，尸积如山。五十万兵卒，死伤一大半。兀术大败，带着残兵败将，一路逃回。岳雷也领着大军，追出关外，杀奔界山，一路直往黄龙府而来。昔日岳飞曾写志诗一首，不道被奸臣陷害，未遂其意。今日子继父志，以竟大业。其诗曰：

号令风霆迅，天声动北陬。

长驱渡河洛，直捣向燕幽。

马喋阏氏血，旗枭可汗头。

归来报明主，恢复旧神州。

且不说那岳雷领兵追赶，说一说金兀术大败逃还。

带领上那残兵和那败将，顺路儿直向着本国窜返。

在马上不住地仰天长叹，怨老天为什么不睁双眼。

进中原三[4]次整耗兵百万，一次次被岳飞杀得可怜。

实想说他岳飞今已死去，取宋朝这天下易如弹丸。

谁知道他宋朝不该灭亡，他儿子岳小蛮将锐兵坚。

五十万众兵马死了一半，今被他又追得狼狈不堪。

[1] 地：原本作"的"。

[2] 尥：原本作"撩"。

[3] 地平：地面。

[4] 三：原本作"四"。

我有心回国后再整兵马，无奈何被追得喘气艰难。
正行走只听得人声高喊，有三员宋朝将拦在路前。
为首的那员将双手执戟，似吕布薛仁贵重生人间。
喝一声金兀术把头留下，杨爷爷在此地候你几天。
兀术说拦我者你是何人，你放我过去了加封高官。
将军说杨再兴我父名讳，被尔等射死在小商河边。
我名叫杨继周来报父仇，狗鞑子你休想活过今天！
打听得你的兵败走界山，因此上抄小路候你归还。
若能够取你的首级一颗，才能雪我父亲乱箭之冤。
你屡次犯中原罪恶滔天，今日个败吾手休想生还。
有兀术听此言怒上心间，叫小蛮我和你拼个长短。
抢起了金雀斧一场大战，杨继周两条戟使如风旋。
他二人大战了十几回合，岳雷的大兵马追到跟前。
金兀术渐渐儿心慌意乱，手一松被继周刺伤左肩。
疼得他勒转马拼命就跑，顾不得部下的老弱伤残。
两路兵将番兵团团围定，只听见刀枪声喊杀连天。
众番将和番兵舍生拼命，怎敌得这一伙英雄好汉！
有命的夺条路逃了性命，无命的只落得暴尸沙滩。

却说牛皋在人群中，东寻西找，专拣人多的地方厮杀，不意那兀术正在召集败残人马，准备夺路逃走，却被牛皋看见，大叫道："兀术，今番你往哪里去？"拍马舞剑（锏），直冲过来。兀术大怒："牛南蛮，今天有我无你。"手执金雀斧，迎战牛皋。不上三四合，左肩疼痛，只好用右手抢斧，被牛皋用锏挡开，乘势抓住斧柄，用力一拉，将兀术连斧带人拉下马来，自己身子一顿，也跌了下来，恰恰跌在兀术身上。牛皋顺势一翻，骑在兀术背上，大笑道："兀术，你也有被俺擒住之日吗？"兀术气得大叫："气煞我也！"怒气填胸，口吐鲜血死去，牛皋哈哈大笑："快活极了！"一时笑得气上不来，死在兀术背上，这叫做虎骑龙背，气死兀术，笑煞牛皋。且说那岳雷，乘胜挥兵追杀一阵，鸣金收军记功：陆文龙擒得哈迷蚩，杨继周斩了忽尔迷，严成方斩了元覆（帅）冒利燕，诸将俱有擒获，各提首级来战（报）。这一仗金兵几乎是全军覆灭。这时见牛通大哭进帐。岳雷传令，将牛皋从厚收殓，命牛通扶柩先回乡去。也斩了兀术首级，用棺木盛殓。一面具表差官，入朝奏捷。

到了次日，岳雷传令，放炮三声，大军经过牧羊城，直往黄龙府杀奔而来。那些镇守各关的番将，因兀术已死，斗志早丧，所以并无阻挡，大兵一直开到黄龙府，离城五十里，安下营寨。岳雷派人下去战书，不日就要攻城。

有岳雷领大兵直抵黄龙，那金主直[1]吓得战战兢兢。
我王叔带去了百万雄兵，一齐儿被杀了输个罄尽。
现城中已经是兵微将寡，有什么妙计儿可退宋兵？
左丞相叫萧毅上殿奏闻，事到此只有和伏首称臣。
去宋营见岳雷向他求和，送名马三千匹年年进贡。
与人家签一个求和条约，立条件永世儿不再反宋。
倘若是他能够准了此请，那时节自保得国家安稳。
有金主听此言准了其本，派皇叔完颜锦为使出城。
出城来到营前先行告禀，见元帅先把那条件讲清。
有岳雷将降书看了一遍，说赶快还我们二圣尸灵。
倘若是明日里不见骨骸，即领兵杀进城鸡犬不剩！
完颜锦叫元帅暂息雷霆，我们已备下了两副梓棺。
到明日我君臣亲送出城，设灵堂超度你二帝亡灵。
岳元帅准了他求和条约，为的是少伤些百姓黎民。
到次日岳雷和众位将军，跪两行将梓棺迎进大营。
献祭品把二帝祭奠已毕，传号令唱凯旋班师回军。
完颜锦率领着金国使臣，亲自儿一站站护送梓棺。
有岳雷领大兵往回而行，不几日就来到朱仙小镇。
父老们听见了扶老携幼，迎岳雷带大兵胜利归程。
个个说老元帅九泉之下，今日里不知道怎样高兴。
那奸贼弄权柄误国害民，到头来落得个万古骂名。
不一月那大兵回到临安，宋孝宗命大臣出城接迎。
有岳雷和众将上殿见君，宋天子不住声夸奖爱卿。
朕赖你运谋略雪了国耻，迎孝棺回了朝其功非轻。
择吉日把先帝入了陵寝，又打发完颜锦回去复命。
命工部将秦桧宅第拆卸，修建起新王府赐给忠臣。
三六九万岁爷他又登殿，众大臣立两边听候皇封。
天子说朕记着岳帅鄂公，为国家建功业保国精忠。
追赠他武穆王太子少保，妻李氏正一品鄂国夫人。
王显考岳飞父应当褒封，追赠为周国公祭祀常存。

[1] 直：原本作"只"。

妻姚氏她教子精忠报[1]国，当嘉奖追赠为周国夫人。

把牛皋追赠为福禄将军，为江山他曾经北战南征。

所有那阵亡的有功之人，命有司设祭坛祭奠忠魂。

追赠毕叫岳雷听朕加封，封你为平虏王当朝保君。

叫岳霆三弟兄听朕加封，封你为当殿的保国将军。

封岳霖当殿的护国将军，封岳震当殿的武勇将军。

随岳雷扫北的众位将军，论功劳一个个荣升连任。

有岳雷和众将谢了圣恩，出朝门他各回各的府中。

自此后一直儿跟班保君，这半壁河和山暂时安稳。

这一本精忠卷大家听完，再把这劝人话说上一番。

奉劝那世上人少长心眼，多做些好事情自在安然。

那恶人眼时下红得发紫，到后来落骂名子绝孙断。

那忠臣被人害苦头吃遍，但终究为儿孙留下方便。

那冤家要解开不要结紧，驴打滚利滚利儿时能完？

比如说我和你二人打架，你打我我偏要忍气吞声[2]。

你一看这情形打不下去，火息了就免了多少心病。

奉劝那世上的男男女女，当学那岳元帅尽孝尽忠。

我和你都是些庶民百姓，那忠字做不到孝字可行。

父母亲养我们心血费尽，从小儿养成人受尽苦辛。

尿一把屎一把擦鼻摸头，茶一顿饭一顿饥寒常问。

儿有些小疼痛急坏父母，又请医又熬药忙个不停。

儿出门娘常常挂记在心，是冷了是热了哪里安身？

做上些好吃喝舍不得吃，等儿女吃上些心才安稳。

养大了不愁吃不愁穿了，又愁肠嫁和娶大事终身。

求亲戚托朋友央请媒人，找媳妇要找个贤慧聪明。

谁知道世上女哪[3]个贤慧，这一点还是靠自己学成。

自古说父愁媳儿愁父葬，养儿女只为的养老送终。

媳妇来两口儿莫起歹心，又嫌他公婆们闲饭吃用。

三天吵两天闹嫌弃二老，动不动骂猪狗恶语连声。

二爹娘只好去暗把泪擦，吃不说穿不说闲气难着。

常言说廊檐水要滴旧窝，儿对你老办法怎么过活。

我说的并不是逆子甚多，但也有那么些不孝伙计。

我说此你不要背后骂我，骂人的不见得孝心就多。

我回答我和你都是劣货，今后要孝顺娘孝顺爹爹。

世上人万不要奸言哄唆，谋害人陷害人终无结果。

也不要要手段低秤高握，昧心钱一个儿使它不得。

事做[4]端终究儿不出大错，近己身远儿孙惩罚作恶。

写卷人费心劲不计日月，念卷人花功夫磨烂唇舌。

只为的听卷人从善弃恶，万不要当秋风顺耳吹过！

光不是叫大家听个红火，还须得知忠奸分清善恶。

选自：李中锋、王学斌主编：《民乐宝卷精选》（上），中国人民政治协商会议甘肃省民乐县委员会 2009 年编印本［准印号：甘出准 059 字总 1327 号（2009）33 号］，第 1—142 页。

［1］ 报：原本作"保"。
［2］ 声：原本作"身"。
［3］ 哪：原本作"那"。
［4］ 做：原本作"作"。

铲除奸佞故事宝卷

河西宝卷中的铲除奸佞故事宝卷矛头直指封建上层官僚的太师、丞相，他们利用职权谋朝篡位、陷害忠良、纵容恶奴、夺人之妻，简直只手遮天，无法无天。宝卷的结尾，这些封建大官僚最终得到应有的下场，表达了民众渴望政治清明的共同心理。

1

马乾龙游国宝卷[1]

晋朝宝卷才展开，观音菩萨降临来。

天龙八部生欢喜，宣卷之人永无灾。

善男信女两边排，听在两耳记心怀。

却说这一本宝卷，出在晋朝年间。昭王二十一岁，在东都洛阳登基，为君有道。又有二王千岁司马明，生得聪明，后列为贤王，赐他上方宝剑[2]，上打昏君，下打残（奸）臣，不题。三六九日，天子登殿，文武朝拜一毕，有[3]二王千岁与[4]众文武说："吾主金宫内，无有正宫，不免出旨一统（道），晓喻[5]天下文武君（军）民人等，若有美女，选进宫来收（守）宫，你们看如何？"文武奏与昭王，昭［王］说："文武议论，就照这样行事。"正是：

天子传旨选正宫，聪明美色选进宫。

有昭王他一心要选正宫，晓喻那天下的官员知闻。

亦不论官宦家或[6]是军[7]民，千万人只[8]可选美女一人。

选进宫受封赠[9]定要守[10]宫，有父母和弟兄定能受封。

若有人旦[11]隐昧[12]一[13]律同罪，左右邻不报明犯罪不轻。

开封府有一个贫家之人，他的名叫王敦推磨为生[14]。

他娶妻刘氏女所生二子，他二人起名叫王龙王虎。

有一女王月英生得美貌，家虽贫他女儿也要报名[15]。

有地方并邻舍开言说道，说王敦你女儿进与朝廷。

王敦说我女儿贫家之女，无一件好衣服怎见当今。

邻居说我与你凑上几件，免得你不报名连累我们。

那地方和邻舍买来几件，王月英穿戴[16]上进与朝中。

却说王敦的女儿奏（进）与朝中，昭王一见，龙心大喜，收在昭阳正宫。邰（迎）王敦的家卷（眷）进朝，受了封赠：王敦封为掌朝太师，王龙、王虎封为国舅。昭王传旨，叫太师镇受（守）潼关，上任去吧。王敦自思说：我先年筹[17]命，我有登龙之位，自说我家贫，无钱怎能登基？今日平地一声雷，得了大位。再说有一先生街上所[18]走，那先生自（是）从终南山来的，名叫黄宗道，能知天文地理，兵法精通。王敦使人请进府来，与他筹命。那黄宗道与王敦筹了一命，急忙跪下，口称主公，说："筹了一命，你后来有登龙之位。"王敦说："我若登基，就封你保国的军师。"那黄宗道谢恩以（一）毕，王敦说："先生不必远走，留你就在太师府办事，你看

[1] 马乾龙：抄本题目中写作"马乾隆"，正文中写作"马乾龙"，据正文改。

[2] 上方宝剑：尚方宝剑。

[3] 有：河西宝卷中用在名词前，用来凑足音节。这种用法主要出现在韵文唱词中。

[4] 与：给；给与。

[5] 晓喻：告知。抄本都作"晓与"。

[6] 或：抄本写作"和"。

[7] 军：抄本写作"君"。

[8] 只：抄本写作"自"。

[9] 赠：抄本都作"增"。

[10] 守：抄本写作"收"。

[11] 旦：如果。抄本都作"当"。

[12] 隐昧：隐瞒；隐匿。昧：抄本写作"昧"。

[13] 一：抄本写作"以"。

[14] 生：抄本写作"身"。

[15] 名：抄本写作"明"。

[16] 戴：抄本都作"代"。

[17] 筹：算。

[18] 所：（抄本中）用在单音节动词前，补足音节。

如何？"

人心不足本来高，封为太师还嫌[1]小。

一心总想登龙位，道人筭法果然□。

有[2]二王司马明朝中添喜，生太子到日后顶立乾坤，

好一个伶俐的聪明皇嫂。正行走中途路遇着[3]一人，

离王驾拜娘娘出朝回府，朝王毕拜娘娘出了宫门。

王太师他夸官来到京地，依太师在路上胡做[4]横行。

人役说前面来二王千岁，禀太师在此处躲避他人。

王敦说我本是掌朝太师，在路上我避他不是礼[5]行。

我如今掌潼关兵权在手，他不避倒[6]叫我避他不成。

手下人说一遍[7]王敦不听，有二王一见他怒气冲冲。

骂贼人好大胆敢来闯我，在马上扯下去就下无[8]情。

脚又踢拳又打怒气上身，你今日横闯我好不欺心。

把贼人留在世终是害根，举[9]起来上方剑要杀[10]贼人。

有[11]王敦叫千岁饶了我命，我本是乡庄[12]人礼义不通。

我今日才做[13]官撞见千岁，饶了我从今后再不胡行。

司马明住了手心中思忖，说王敦我今日饶了你身。

却说二王千岁饶了王敦，回宫去了。再说王敦回到潼关，对黄宗道说："先生，你说我去有些好处，今日司马明差些送了我的老命。"黄宗道说："主公，他打你一顿，顶如你平了一造（遭）兵丁。"忙去（取）丹药帖（贴）

了打伤[14]。他二人议商[15]刻薄[16]六府〔的〕丁的银钱。他又私举了三千私兵，苦害[17]军民，人人恼恨。那六府的百姓来到千岁的宫门上跪下，苦苦哀告，就把王敦苦害军民的话说了一遍，〔说〕："千岁，搭救我们把（吧）。"千岁说："你们回去，我再定夺。"百姓叩头散了。二王上殿，把太师奏了一本，说："启奏主人，早以[18]除绝后患。"昭王听言说："御弟，你看我脸上，将他宽待宽待。"二王说："既然饶他，不可叫他治掌潼关事情。"昭王听奏，就把太师安治（置）府里，不题。再说王敦与黄宗道说："先生，那二王今折了我的兵权，这该怎处？"忽听主人口旨宣[19]他，道人说："主人宣你进京就好，急去上京，不可迟了。"正是：

黄宗道叫主公听我实说，你登龙正应在今日进京。

你父子进了京朝了晋王，折去了你兵权免[20]人惊心。

你在你太师府且自[21]居住，我暗使这三千家将私兵。

妙妙儿到京地进了你府，等到那登基日好用他们。

黄宗道驾祥云来到京地，暗暗地又来了三千家兵。

这些人都暗藏太师府中，每日间在京地胡做[22]横行。

他本是一品的掌朝太师，哪一个敢说他害人贼根。

他游街走到那金乡庄内，好热闹一庄村甚是威风。

说此处房屋多军民不少，我若是起了手[23]此处难行。

忙放起一把火草场点着，他吩咐有人救降罪不轻。

火又大风又暴房屋烧尽，无人救男共[24]女大放悲声。

众人到千岁府禀说此事，有二王听一言上马前行。

忙来到金乡庄传下救火，军民人齐上前烈烈[25]轰轰。

周围里烧坏了十数余里，才救了无名火恼裂[26]人心。

［1］嫌：抄本都作"想"。

［2］有：抄本写作"又"。

［3］着：抄本写作"过"。

［4］做：抄本写作"乍"。

［5］礼：抄本写作"理"。

［6］倒：抄本写作"到"。反倒意义的"倒"抄本有两处写作"道"，其他都作"到"。写作"到"时直接整理为"倒"。

［7］一遍：抄本都作"一边"。

［8］无：抄本写作"悮"。

［9］举：抄本都作"筜"。

［10］杀：抄本写作"只"。

［11］有：抄本写作"又"。

［12］乡庄：乡村。

［13］做：做官、做某个职位的"做"抄本都作"坐"。

［14］打伤：打的伤。

［15］商：商议、商量的"商"抄本都作"谪"。

［16］刻薄：克扣；刻剥。

［17］苦害：伤害；陷害。

［18］早以：早早；趁早。

［19］宣：宣召意义的"宣"抄本都作"选"。

［20］免：抄本写作"勉"。

［21］且自：暂且；只管。

［22］做：抄本写作"乍"。

［23］起手：动手。指造反。

［24］共：和。抄本写作"众"。

［25］烈烈：抄本写作"列列"。

［26］恼裂：这里指因恼恨而裂开。抄本写作"凶列"。

许多人无处站伤心痛哭，千岁说众百姓拿住王敦。

有[1]二王把老贼丢倒在地，直打得害人贼迷迷昏昏。

手下人说千岁饶他不死，上殿去奏我主开消贼人。

千岁说听你们饶他不死，进[2]午门忙上殿奏主知闻。

却说二王上殿说："启奏吾主：那王敦将金乡庄用火发（点）着，烧坏军民几十万房屋，无数草场一齐烧空。请旨早除奸贼。"昭王听奏："太师他是新上任的，不知道礼义，你看兄脸上，将他饶了。"二王下殿回去，不题。王敦回来说："先生，你今照住（顾）[3]我埃（挨）打。"黄宗道说："你埃（挨）了这二顿打，就如平二次军绪。"忙去（取）丹药贴了打伤。那一日，王敦与娘娘写密书一封，上写的："晋朝无道，天下的军民人等皆说我有道。我且得了天下，文武服我，我封你〔娘娘〕坐内宫。那晋主是昏君，你暗暗地把他害了。为父登基，少不下你是个公主，另招府（驸）马，岂不是好？此话不可走漏风声。"写毕，将书封住，就使了心服（腹）之人，把书送在宫里。娘娘折（拆）开一看，心中大怒，将书扯碎，丢在火内烧了，说："好有父亲，这就不是，我有心[4]奏主知道！我不该将书烧了，若奏主知道，无书可用，何言答对？"心想一会，且不可奏着[5]，朝内的忠良将甚多，料贼父他也成不了大事。娘娘闷闷不乐，不题。送密书的人回到太师府下，说："太师，娘娘发怒，将书烧了，并未回言。"王敦听说，大吃一惊："快请先生来看如何。"

为人干[6]了顺理事，不怕神鬼不怕君。

王敦起了谋位心，来人说知吓掉[7]魂。

有王敦请先生先筹如何，说娘娘她发怒好不惊人。

黄宗道闻言说主公莫怕，娘娘把书烧了无有对证。

你今日二王府去拜二王，明谢罪借他府你好登龙。

你就说借他府权[8]且避暑，避过暑还与他不得消停[9]。

有王敦听此言出门走去，黄宗道又吩咐王龙王虎。

你弟兄跟你父也往前去，那二王定要打你的父亲。

你二人将你父抬进朝去，见了那晋王主细说分明。

有王龙和王虎就往前去，那王敦他也到千岁府中。

王敦说我已经[10]烧了乡庄，不知礼不知义悔之不尽。

忙叩头叫千岁我来谢罪，莫见罪谢千岁饶命之恩。

有千岁心中想贼人悔过，他今日到我府补罪认错。

上前去拉起来让他坐下，手下人又端来御茶两钟。

二千岁最[11]不该扶他让座[12]，既[13]让座又不该赐与茶喝。

那王敦接过茶饮了一半，抬起头四下里观看分明。

有二王候[14]多时开言便问，说太师不吃茶所为何情？

王敦说千岁府和我不一，比我府甚好看大不相同[15]。

二王说你的府太师之府，我这个是王府天子敕封。

王敦说千岁府借我避暑，避过暑即[16]奉还谢你深恩。

有二王听一言茶杯打去，一茶杯打得他满面通红。

采[17]住那王敦发一顿好打，直打得那贼人眉青面肿。

有王龙和王虎哀哀苦告，说千岁饶父亲愚蒙之人。

有二王手执剑上了金殿，那王龙抬王敦先去面君。

贼父子上殿去还未奏说，内臣说二千岁带[18]剑入宫。

昭王把王敦塞龙床以下，二千岁上殿去叩拜君王。

却说二王上殿，面奏君王说："王敦进府，借府避暑，请旨早些处斩[19]。"昭王听二王奏了一遍，总然昭王不信，说："他女儿现做的昭阳正宫，他还有谋位之心？

［1］　有：抄本写作"又"。

［2］　进：抄本写作"近"。

［3］　照顾：用作"反语"。

［4］　有心：真想。

［5］　着：语气词。表祈使。

［6］　干：抄本写作"赶"。

［7］　掉：抄本写作"吊"。

［8］　权：权且意义的"权"抄本都作"全"。

［9］　停：抄本写作"序"。

［10］　已经：抄本写作"依今"。

［11］　最：抄本写作"罪"。

［12］　座：本句与下句两个"座"抄本都作"坐"。

［13］　既：抄本写作"即"。

［14］　候：抄本都作"侯"。

［15］　同：抄本写作"通"。

［16］　即：抄本写作"既"。

［17］　采：扯；揪。

［18］　带：抄本都作"代"。

［19］　处斩：抄本都作"除斩"。

王兄，你看皇嫂的面上将他饶了。"二王说："我饶他不难，把他宣上殿来当面谢过。"昭王从龙床下放出了王敦，二王一见，气倒在地，文武忙忙扶起。二王便说："无道的昏君，未（为）什么[1]把贼藏在龙床以下叫我拜他？"举起上方宝剑就打王敦。众文武解劝说："千岁息怒。"那昭王和娘娘说："二王，你不用上气，你叫太师过来，与二王脚尖上叩头。"那王敦与二王叩了七八个头。那二王怒气冲冲出朝，回到府里，气了一场大病，卧床不起。昭王说："太师，从今以后你再不可冲动。"二（昭）王又说："王龙、王虎，你把太师抬回府去。"文武散朝。王敦回到府下，就和黄宗道说："你这个妖道，你说我前去借府避暑，却怎么[2]叫我长长（场场[3]）送命不成？"黄宗道说："主公，莫得上气，他打你三顿，就如你平了三路的军绪。"取出丹药贴好打伤，又用槐子水把身上洗了，面目皆黄。黄宗道说："主公，你的儿子明日朝见昭王，就说你得病沉重。就说是筹命的先生筹来[4]，遇了贵人，病才能好。你二人请昭王来，将他害死，那时节你登基，岂不是好？"王龙、王虎听言，领[5]命前去，上朝跪下说："吾主，臣的父叫二王打了一顿，得病甚重，不能可[6]好。前日有筹〔命〕的先生言说我父的病遇大贵人才得能好。我想吾主是个贵人，请主驾前去看一看。"昭王听〔了〕说："即（既）是如此，为王前去要看一回。"正是：

晋昭王他一心去看太师，传下旨摆銮[7]驾就要起身。
有娘娘听一言急忙上殿，忙叩头叫万岁你是听因。
自古说哪里有君走臣府？我的主离龙位何不思忖[8]。
他不来朝主人主倒见他，说主人不可去请你回宫。
昭王说你的父他今有病，要得好见了我病才离身。
娘娘说他今日既是有病，我今日去看他是假是真。
晋昭王听得说满心欢喜，你既看太师病就要起身。

有王龙和王虎急去禀说，晋天子他不来娘娘起身。
黄宗说我知道他必不来，他若来我起了埋伏兵丁。
王敦说娘娘来如何是好，我无病她看破走漏风声。
黄宗道生一计就叫王龙，将花红挂门上就说忌门[9]。
有王龙和王虎门外伺候，不多时娘娘来二人接迎。
有娘娘下了轿二人痛[10]哭，有句话与娘娘细说分明。
今来了一先生与父燎[11]病，他说的偏偏儿忌的阴人。
娘娘说既[12]是他不准见面，请母亲她出来细问真情。
那王龙忙进去与他父说，有娘娘她一定要见母亲。
黄宗道说夫人[13]出去答应，有王敦把刘氏叫到前庭。
说夫人那娘娘要你去见，你出去万不可走漏风声。
你若是见娘娘走漏此事，我一刀便叫你命见阎[14]君。
刘氏说我今日嫁鸡随鸡，我出去见娘娘必有来踪。
有[15]刘氏出门来双眼流泪，见娘娘忙跪下大哭几声。
说娘娘你来得好不凑巧，忌阴人你怎么见你父亲？
娘娘说父亲的疾病如何，夫人说太师病渐渐沉重。
娘娘说既是他疾病甚重，你不说我心里自己分明。
怒冲冲上了轿回宫去了，见昭王一一儿细奏分明。

却说娘娘说："他忌门必然是假妆[16]的病。"昭王说："何出此言？回宫去吧，为王的自有主意。"娘娘听言，回宫去了。到了宫里坐下，心中思想说我最不该将书烧了，不题。王龙、王虎次日上朝，口称："万岁，我父病重，不能前来朝见万岁，臣父请主人前去见一面，他就一死也落甘心。"昭王听言，就要前去，那内臣报知娘娘。娘娘上殿说："主人，你不用前去，哪有君看臣的道理。他既有病走不动，难道说抬也抬不上殿来？"就请玉（御）弟商议，不题。那二王病重，慢说[17]上殿，就是床也下不来了。娘娘听二王病重，大吃一惊，心中发忧，不题。王

[1] 什么：抄本都作"甚莫"。
[2] 怎么：抄本都作"怎莫"。
[3] 场场：每一次。
[4] 来：语气词。表示完成。
[5] 领：领命、带领意义的"领"抄本都作"令"。
[6] 可：痊愈。
[7] 銮：抄本写作"鸾"。
[8] 忖：抄本写作"村"。
[9] 忌门：俗信认为生病者不能见外人称"忌门"。
[10] 痛：抄本写作"疼"。
[11] 燎：用巫术的办法治疗疾病。抄本写作"了"。
[12] 既：抄本写作"即"。
[13] 夫人：抄本都作"妇人"。
[14] 阎：抄本都作"閆"。
[15] 有：抄本写作"又"。
[16] 假妆：假扮。
[17] 慢说：不要说。

龙、王虎回到府中，说："天子前来，娘娘阻挡，不能前来。她说我把父抬上去他看一看。"黄宗 [道] 说："既是不来，抬上殿就好。"吩咐王龙、王虎："你们二人把父抬上殿去。"那黄宗道又与王敦暗说："你这一去，上殿见了昭王，你就说要得病好，借主人的龙衣、王帽穿戴上，在龙床上坐一时三刻，病就能好。"说毕，又（有）王龙弟兄二人将王敦抬上殿去，昭王一见太师面黄，着（果）然病重。王敦见昭王，坐着[1]起来说："吾主，你莫降罪，臣今又（有）病，不能参拜主人。"昭王说："太师有病，哪有降罪之礼（理）？"王敦说："臣有一言，不敢奏说。"昭王说："自（只）管说来。"王敦说："那先生筹来，说我见主人，病好三分，吾主的龙衣、王帽、龙床借我穿戴坐一时三刻，病就好了。"昭王听说，就使内臣取来龙衣、王帽，叫太师穿上。有文武齐奏："万岁，不可，自古至今哪有臣穿君衣的道理？"昭王说："此事不要你[们]管。"那王龙、王虎将父扶起来，坐在王的左边，气得文武踏脚拍胸。有娘娘在宫里，害（喊）天怨地，说："御弟染病不起，文武奏本不准，气断肝肠。"正是：

昭王不听文武奏，要着[2]王敦坐龙床。

娘娘忧愁心加忧，喊[3]天怨地加肠愁。

众[4]文武见王敦穿戴龙衣，坐龙床把文武气杀[5]人心。

坐多时昭王说文武散班，说太师你下床回你府中。

王敦说多坐时除了病根，除病好下龙床我就回宫。

昭王说你爱坐一人坐着，为王的下龙床前去回宫。

有王敦坐龙床儿子站班，黄宗道领家兵急往前行。

十六日甲子日正交子时，他吩咐三千兵守定午门。

黄宗道驾祥云来到金殿，把金钟[6]和玉磬[7]打动齐声。

满朝的文共武大吃一惊，忙了那满汉[8]官忙奔而行。

[1] 着：助词"着"抄本都作"者"。
[2] 着：让。抄本写作"者"。
[3] 喊：抄本写作"害"。
[4] 众：抄本写作"共"。
[5] 杀：副词。用在谓语后面，表示程度之深。
[6] 钟：抄本写作"鍾"，繁体当作"鐘"。
[7] 磬：抄本写作"磐"。
[8] 汉：抄本写作"巷"。

进[9]一个绑[10]一个一起拿住，有昭王和娘娘心中吃惊。

忙出宫上殿去看是何意，黄宗道夺去了龙衣御印。

王敦说把昏君开刀杀了，妖道说无刀斩打死他身。

急忙忙又传那金瓜打死，可怜把晋昭王一命归阴。

再问那文共武愿[11]死愿活，愿活者即[12]顺从愿死丧命。

昭王的文共武说君既死，情愿顺新主人先得活命。

惟有那王丞相[13]不言不语，王敦说接[14]下来听朕加封。

你不言你不语我心明白，你今天思念他无道昏君。

我封你左班的一品宰相，再封你儿孙们不离朝门。

传下去把文武一起解放，一个个照旧位尽都加封。

黄宗道我封你护国将军，封王龙位殿王王虎将军。

传下去再除那三宫六院，内臣说午门外起了刀兵。

有[15]二王听得说金钟[16]齐鸣，身带病忙上马杀到午门。

午门上有三千贼兵把定，黄宗道忙出来大战[17]交兵。

他二人战多时不分胜败，有二王[18]使起了飞剑一根。

打得那贼妖道口吐鲜血，驾祥云从空中把定午门。

二王说我从那后门走去，进皇宫见皇嫂细问原因。

有娘娘在宫里放声大哭，见二王说千岁还不逃命？

那老贼把主人金瓜打死，满朝的文共武尽都顺从。

有二王听兄死气倒在地，一阵阵恨不得丧命舍身。

有宫娥和媒女[19]急忙扶起，二千岁心为痛两泪纷纷[20]。

[9] 进：抄本写作"近"。
[10] 绑：抄本都作"捆"。
[11] 愿：抄本写作"原"。此卷中"情愿"意义的"愿"有时写作规范字形，多数写作"原"。写作"原"时直接整理为"愿"。
[12] 即：抄本写作"既"。
[13] 丞相：抄本都作"承相"。
[14] 接：抄本写作"解"。
[15] 有：抄本写作"又"。
[16] 钟：抄本写作"鍾"。
[17] 大战：抄本都作"打战"。
[18] 二王：抄本写作"王二"。
[19] 媒女：宫女。
[20] 纷纷：抄本都作"汾汾"。

娘娘说二千岁快快逃命，那老贼眼前就杀院洗宫。
有二王叫娘娘跟我逃走，你若是不逃命遭他手中。
娘娘说死在此活也在此，我跟上连累你怎挡刀兵。
说千岁我眼前身怀有孕，我不知到后来是龙是凤。
有[1]二王听得说倒身下拜，忙忙告空中的过往[2]神灵。
我晋朝若不断龙子龙孙，生太子到后来才称[3]我心。
有娘娘她听言急忙跪下，亦祝告南海的菩萨观音。
保佑我二千岁行兵交战，再保佑我晋朝后代龙根。
若保佑我晋朝家眷团圆，那时节宰猪羊答谢神恩。
有二王听此言大放悲声，叫一声贤德[4]的皇嫂你听。
你在宫时时儿[5]要你小心，我出朝在外边聚将招兵。
旦若是征兵来好报冤根，带说着他二人眼泪纷纷。

  娘娘在宫加愁恨，日每[6]怀恨在心□。
  要得把我愁眉展，拿住老贼称我心。

却说娘娘在宫，心中思想说：我的主，你不听御弟、为妻之言，贼人害你，谋位登龙。你登基二十余载，四十二岁，你死在金瓜之下。为妻进宫一十二春，方才身怀有孕。你今一死，丢为妻怎样逃身。御弟出朝，不知凶吉，好不愁杀人也。抬头一看宫娥婇女，越发悲伤，这话不题。再说二王司马明，三十八岁，说："兄王以（已）死。"哭哭啼啼来到王府，吩咐张祥、李忠、赵德、王忠保定家卷（眷），点起本部的人马，奔杀南门。二王领兵来到南门，又（有）大将军王荣说："我奉王爷圣旨在此把守城门。"说："我看你从何处逃走？快快下马所绑。"二王说："将军，你吃君之禄，不思保国。"王荣说："事到如今，不得如此。"说："千岁，我摆一阵，你若认得，放你出城。"千岁说："明明是大将放我，此是一字长蛇阵。"就说："兵将快快出城。"王荣说："二王，你去到潼关，那里又（有）六府的钱良（粮），是我兄弟把守，名叫王宝。千岁，你到那里招兵聚将，好与先君保（报）仇。"二王听得此

言，出城。来到潼关，王宝接在关内，兵将齐都来拜，不题。王敦洗了三宫六院，把娘娘宣上殿来。王敦说："我儿不必上气，为父登基，你就是公主，再招个府（驸）马，岂不是好？"娘娘听说，就骂王敦说："你害得我也苦难，拿刀来把我杀了，我正宫焉能与你作（做）公主？"王敦听说大怒，说："把这个奴才与我杀了。"黄宗道说："主公，自古至今无有斩龙的刀，刺凤的剑。况且娘娘是你亲生之女，你斩不了。"王敦说："既然不斩，打入寒宫，教她自磨自死去吧。"又说："军帅领兵三千，在潼关捉那司马明。"黄宗道听言，来到潼关。二王和王宝正坐，忽听小卒禀了一声，说："黄宗道领兵来到。"二王听说，急传将令："王宝领兵前去与贼大战。"妖道说："司马明在此，就该限（献）出，免得动起刀兵。"王将军说："好一个妖道，你王爷在此，不该领兵来破潼关。"妖道说："你若不限（献），眼前就要失情。"王将军说："失情就失情，还怕你不成！"二人战了多会，王宝不得胜战。二王千岁又与妖道战了几合，二王使起飞剑，打得妖道吐血败阵走了。二王收兵近（进）关。那黄宗道败兵（兵败），近（进）朝见了王敦说："启奏主人得知：司马明使起飞剑，臣不能得胜。"王敦："军帅不能得胜，再举哪家前去大战？"黄宗道说："黄草山有一女将，名叫陈金定，是陈国振的女儿，武艺高强。她有两个哥哥，名叫陈仁、陈义，俱是受了高人之（指）教。主人叫大殿下领兵十万，多带银良（两）、金银宝物以为聘礼，一来求婚，二来掷（搬）她下山，兵伐潼关。你看如何？"王敦听说，急忙传旨，就叫王龙黄草山掷（搬）兵一回。正是：

  王敦听了妖道言，就叫王龙走一番[7]。

有王龙听一言急忙前行，教场[8]里点起了十万大兵。
黄宗道又吩咐王龙王虎，你不可路途上苦[9]害良民。
黄草山见女将好话多说，到潼关安营寨最要小心。
陈金定那兵将任她使用，你不可军阵上大战交兵。

[1] 有：抄本写作"又"。
[2] 往：抄本写作"亡"。
[3] 称：本段韵文抄本都作"成"。
[4] 德：抄本写作"得"。
[5] 儿：抄本写作"而"。
[6] 日每：每日。

[7] 番：抄本写作"方"。
[8] 教场：旧时操练和检阅军队的场地。
[9] 苦：抄本写作"除"。

我吩咐这句话要你记下，违了旨定要斩绝不容[1]情。

有王龙起了兵急忙前行，不几日就到了黄草山中。

安下营还未有上山求见，有喽罗与小姐报了一声。

新主子发人马山中安营，不知他为何事报你知闻。

陈金定怒气生领了兵将，忙下山我问他这个来因。

有王龙出营来哈哈大笑，小姐说领兵的与我报名。

为什么领大兵来此搅挠？把此事说明白饶你性命。

有王龙叫小姐不必上气，我本是大殿下太子王龙。

我带来金银物送与小姐，我父叫送此礼略表人心。

小姐说我无功为啥[2]送金，既[3]送礼为何领许多兵丁？

王龙说我来求婚姻之事，到日后我登基封你东宫。

二则来我请[4]你领兵下山，破潼关拿二王司马进京。

陈金定听此言心中思想，我先年筹一命身坐皇宫，

莫非是应在了王龙身边，得知道他心中存也不存？

说殿下你领兵前边行走，把金银我带去犒[5]赏三军。

把营盘[6]交与了小卒照管，领三千人和马便往前行。

那一日到营盘安下营寨，忙吩咐大殿下你是听因。

叫殿下你在此莫要出马，我前去拿司马收到城中。

有[7]二王出关来用目观看，原是那贼王龙领来大兵。

前面儿[8]一小营甚是齐整[9]，旗帜[10]上写的是黄草山中。

陈金定列齐马大战一回，见二王容貌上甚是惊人。

说此人真[11]乃是帝王之相，他兵法武艺高甚是精通。

他二人打几战不分胜败，有[12]二王战小姐又加精神。

陈金定使起鞭轻轻打去，打得那司马明昏昏沉沉。

[1] 容：抄本写作"用"。
[2] 啥：抄本写作"杀"。
[3] 既：抄本写作"即"。
[4] 请：抄本写作"情"。
[5] 犒：抄本写作"拷"。
[6] 盘：本段韵文抄本都作"傍"。
[7] 有：抄本写作"又"。
[8] 儿：抄本写作"而"。
[9] 整：抄本写作"证"。
[10] 帜：抄本写作"执"。
[11] 真：抄本写作"正"。
[12] 有：抄本写作"又"。

众将官把二王救上走了，陈金定收人马也要回营。

却说小姐见二王败阵回关，心内暗想不可追赶，也收兵回营。那王龙见小姐得了胜战，说："你为何不拿司马明？"陈金定说："殿下放心，我那宝鞭打去，慢说反（凡）人，就是神仙中了我的宝鞭，他也发昏。那二王中了我鞭，不久就死。"王龙听说，到了大营，就使人役时时打探，不题。二王中了陈金定的五毒鞭，回到关上口吐鲜血，昏迷不醒。四将说："关上来了个游街的道人，言说能治中毒。"手下人说请他。请来道人，一见二王口中吐血，急忙取出妙药妆（灌）在腹内，当时就好。二王便问："先生，哪山居住？高名上姓[13]？"道人说："贫道居住万里钟（终）南山，我是孔明之孙，名叫诸葛望。我早知千岁中了毒鞭，急（即）便下山，与千岁看好疾病，我就上山。千岁日后行兵报仇，我就来了。"又说："千岁，此关难守。离了地界，招兵构（买）将。"说罢，告辞走了。

再说陈金定回营，心中暗想说：二王真乃是帝王，我终身可配此人。急忙写书一封，绑在箭上，射进关去，关内人看见拾去。二王折（拆）开一看，原是陈金定的书子。书内写得明白：此关难守，今日假作哭声，就说是二王死了；你晓［喻］满营，今夜晚暗暗地出了西门，奔上胭脂山去吧。二王看把（罢），主意不定。手下人说："千岁，妇（夫）人病故。"二王听说，吩咐："军民人等皆穿了孝衣，动起哭声，就说我二王死了。"军民人等听令挂孝，动起哭声。二王也哭哭啼啼把妇（夫）人埋在关东平山下。有王龙的兵报说："关内的人皆哭，穿的孝衣，不知是谁死了。"王龙听下，心中欢喜。

小姐用计哄贼人，自当[14]二王命归阴。

关内人皆放哭声，君臣离了是非门。

有王龙心欢喜来见小姐，说二王他既死小姐破城。

陈金定开言说此事不可，到今日司马死不可发兵。

那二王他今日既是死故[15]，到明天把百姓阻到城中。

[13] 上姓：问人姓氏的敬词，犹言贵姓。
[14] 自当：自认为。
[15] 死故：死亡。

有[1]王龙听得说回营去了，小姐说我候他明天来信。

有二王到夜晚更深无人，忙吩咐营下的将官听因。

传与我领来的本部人马，出西门往前走别处安营。

王宝说众将官都保千岁，潼关的马步兵一齐顺从。

二王说我们今暗暗出城，众百姓一个个都不知闻。

到天明探子马进营去探，探马报到关内大开四门。

潼关的那百姓来接王龙[2]，有王龙上前看不知虚真。

这百姓见王龙急忙跪下，请殿下进关去暂[3]且安身。

王龙说有王将怎么不见，他为何不与我献[4]这关城？

百姓说二王爷领兵回去，这关城并无有一个兵丁。

王龙说前日个为何挂孝，满城人都怎么大放悲声？

百姓说因二王中了毒鞭，吓坏了那夫人一命归阴。

夫人死兵将哭因此[5]挂孝，叫殿下这事情对你细明。

有王龙进城去细细查看，并无有一人儿将官兵丁。

查看毕急忙忙就要回营，回营去与小姐细说原因。

却说王龙出关，来到小营，说："小姐，司马明领了潼关的人马往西走了。"陈金定说："殿下，你且放心，他既无死，料他成不了大事，不必赶他。你今营下安身，我今前去把它（他）杀坏（害），一（以）免后患。"王龙说："小姐既去，我在此等候。"说罢，陈金定领兵赶去，赶了四日四夜，放（方）才赶上。二王一见，还当是王龙，走到面前，原是金定领兵来到。二王说："小姐，你书上写的叫我西走，你今为何追赶？"小姐下马说："千岁，你今不可别处去，听我说来。"正是：

小姐与他说真情，忠心保国要表名。

父兄定收晋王主，我今原来配他人。

陈金定叫千岁听我实说，你今去胭脂山有我父兄。

他那里有粮[6]草兵多将广，坐高山为大王独自为尊。

你今日再不可别处行走，我终身许与你莫忘我身。

我带来十驮[7]金千岁收去，到那里见我父你就安身。

二王说小姐你言之有理[8]，我今日就走这胭脂山中。

到日后若是我行兵报仇，请小姐下山来助[9]我成功。

杀王敦除妖道天下太平，那时节我封你坐[10]了皇宫。

陈金定听此言心中欢喜，我今日先谢过千岁龙恩。

有二王说小姐你知我知，在此处切[11]不可走漏[12]风声。

王龙贼旦若是知道此事，他领兵来追我连累你身。

陈小姐开言叫千岁放心，我领来这将兵保护你身。

说千岁把你的龙袍与我，我拿去到大营哄那贼人。

王宝他领人马把守潼关，到日后你行兵接你进关。

有王宝听此言气如斗牛，恨不得把贱人损了性命。

心中想女子的散兵之计，我今日保千岁舍死忘命。

说千岁你不可听她言语，她说的这些话是假不真。

她叫我跟她去原守潼关，那王龙是贼子岂能容情？

这是她使调[13]虎离山之计，我今日情愿保千岁之身。

宁死在我的主千岁跟前，旦跟她命就在王龙手中。

陈小姐说千岁你若不信，我若是有假意天必不容。

说王宝你乃是忠心保国，你今日依我言不可前行。

你看那满朝臣皆无仁义，一个个尽顺从王敦贼人。

见王龙说好话把他哄信，守潼关你才知贼的根本。

在关上聚几个英雄好汉[14]，到日后你来时行兵开城。

王将军你心中再思再想，那时节两家军合成一屯。

却说二王说："王将军，你依小姐之言。她既送我金银，你随她去必有好处。"说罢，二王将龙袍脱下来递与小姐。二王领了四元（员）将，带领人马，又把金银财物拿上往胭脂山去了。那陈金定把鸡儿杀死，把血染在袍上，也领了潼关的人马来到大营。王龙把小姐接进营来说："小姐回来，胜败如何？"小姐说："我把他二王赶上，把他杀了，把他龙袍拿来。这是潼关的人马，领回，你今不可难为于他。"王龙说："你们为何跟去？"王宝说：

[1]　有：抄本写作"又"。

[2]　王龙：抄本写作"二王"。

[3]　暂：抄本写作"站"。

[4]　献：抄本写作"限"。

[5]　此：抄本写作"为"。

[6]　粮：抄本写作"良"。

[7]　驮：抄本写作"朵"。

[8]　言之有理：抄本写作"言者有礼"。

[9]　助：抄本写作"祝"。

[10]　坐：住。抄本写作"作"。

[11]　切：抄本写作"且"。

[12]　漏：抄本写作"陋"。

[13]　调：抄本都作"吊"。

[14]　汉：抄本写作"汗"。

"各为其主，为何不跟？今千岁已死，陈小姐劝我回来，令（另）安其主。"王龙听说晋朝都是忠良上将，便叫王宝："你原守潼关。"王宝听说，气如（冲）斗牛说："贼子，你王爷日后等晋王回来，不杀你这个贼人，是（誓）不为人。"说罢，领兵回上潼关去了。王龙又说："小姐，婚姻之事如何？"小姐说："婚姻之事有我父兄，我去商议。"说罢，王龙回朝，小姐领上山兵往黄草山走了。这王龙回朝，见了父亲奏说了一遍。王敦听［了］说："这如今[1]司马明既死，娘娘生下太子，将她母子打在寒宫，以绝后患。"那黄宗道说："此事不可，依我之言，等到夜晚，使人役把寒宫烧了，岂不是好？"王敦听说大喜，等到三更，使人把寒宫用火烧了，无人敢救。娘娘见火光皆起，大放悲声。忽然一股清风投（透）骨，娘娘和太子昏迷不醒。正是：

恨贼用火烧寒宫，晋朝娘娘放悲声。

风狂火大无人救，惊动南海观世音。

观音母在南海心血一潮[2]，玉女星在寒宫今有灾星。

她母子遭大难无人答救[3]，我不免到寒宫直看分明。

驾祥云显神通念动真言，在火内救出她母子二人。

把母子救在那高州之地，轻轻儿[4]放在那太平山中。

叫一声王月英听我细说，我本是南海的救苦观音。

那王敦要绝你司马后代，取孙子[5]灭司字马姓为名。

起名叫马乾龙好好恩养，长成人叫他去报仇登龙。

到明天王金桂他救你身，拜他父你母子好去安身。

她母子坐起来心中暗想，抱孩子忙叩头谢过神灵。

有菩萨来到了高州城中，叫一声王金桂你是听因。

我是那南海的观音下凡，太平山那里有母子二人。

她是那晋朝的正宫娘娘，怀抱的是太子帝王真龙。

到明天你快去救她母子，当作女在你家叫她安身。

把太子你用心好好恩养，长成人你一家大大有功。

说毕话观音母登云走了，他夫[6]妻惊醒来大吃一惊。

且不可叫一个外人知道，走漏[7]风我一家必受灾星。

叫家童忙鞴[8]马就要出门，忙上前把父亲问了一声。

有[9]员外听说罢就着起身，他大子叫王梁次子王栋。

员外说我今日有些不乐，领家童到外边打围散心。

那王梁和王栋扳[10]鞍上马，父子们领家童急忙前行。

一家人走得快欢天喜地，来到了太平山不见一人。

员外说你们在此处等候，我过岭看一看即便回程。

王员外过了岭用目观看，见娘娘抱太子两泪纷纷。

走上前去跟前下马便问，为什么在此地痛哭伤心？

娘娘说我本是西村之女，丈夫死我家业尽被[11]火焚。

我往我娘家里寻我父亲，到那里我母子权且安身。

却说员外听说，急忙跪下说："你是晋王的正宫娘娘，神灵救你母子二人，是也不是？"娘娘跪下说："员外既知，救我母子二人的性命。"员外说："我不救，做什么来了？"又说："娘娘若见了人，就说是[12]你是我的侄女。"说罢，就把娘娘扶在马上。过了岭，那王梁、王栋一见娘娘说："你把谁家女子领来？"员外说："我儿不知，是你伯伯的女子，你的妹子。"王梁说："伯伯早亡，我们既有妹子，父亲为何不早说来？"员外说："她家住洛阳马家村人氏，直到如今不见音信，你们为（如）何知道？她的父（夫）主死了，家业尽被火焚，无处居住，因为（此）找寻我们。"王梁、王栋听说，心中大喜："既是我们的妹子，孩子是我们的外甥，我家恩养她母子。"说罢，一齐回家。妇（夫）人一见，喜之不尽，扶持她母子，不题。

再说王敦火化[13]寒宫，心中太毒，说："司马无后，是我万子万孙。"一日，王敦的生日，文武朝贺。有左班丞相王安邦说："启奏万岁，臣的家中有外国尽（进）来

[1] 这如今：现在。

[2] 心血一潮：相当于"心血来潮"。迷信指神仙心中对某人或某事突然发生感应而有所知晓。潮：抄本写作"朝"。

[3] 答救：搭救。

[4] 儿：抄本写作"而"。

[5] 子：抄本写作"字"。取孙子：取代孙子。

[6] 夫：抄本写作"妇"。

[7] 漏：抄本写作"陋"。

[8] 鞴：抄本写作"备"。

[9] 有：抄本写作"又"。

[10] 扳：抄本写作"搬"。

[11] 被：抄本写作"必"。

[12] 说是：说。

[13] 火化：焚烧。

的一个莺哥[1]，能吟诗对答。晋君封它鹦鹉[2]丞相，拿来叫它贺寿。"王敦说："拿来我看。"急忙使人拿上殿来。王敦赐了三杯玉（御）酒，叫它歌唱。鹦鹉说："你听。"正是：

鹦鹉丞相骂贼主，文臣武将在朝中。

扁毛[3]亦有忠孝义，何[4]以人而不如鹦。

有鹦鹉叫王贼听我歌唱，你听我一句句歌唱分明。

汉朝里有一个奸贼王莽，他不仁留下了万代骂名。

用药酒害死了汉王平帝，照这样无义贼不如飞禽。

贼王莽他夺了女婿龙位，哪里有亲娘占[5]女儿正宫？

他坐那汉王位真是畜生[6]，光武兴拿贼人丧了残生[7]。

我晋朝又出了一个奸党，也是个真禽兽天理不容。

用金瓜打死了晋朝天子，使千方用百计害死明君。

他夺了女婿位妻霸昭阳[8]，使奸心把亲女又用火焚。

我晋朝若有人行兵报仇，拿千刀把贼人碎骨纷纷。

有王敦听得说怒气冲冲，骂一声小扁毛大胆欺人。

把扁毛捉[9]下去与我斩了，免得在我朝里祸乱忠臣。

黄宗道开言说主公不可，权当它一个鸟有何能行？

晋先王封了它鹦鹉丞相，杀此鸟众文武说你不仁。

它是鸟你不该与它酒吃，吃醉了它口里便就胡论。

王敦说死罪免活罪难免，他一把抓过来怒气冲冲。

把鹦鹉浑身毛尽都拔尽，有鹦鹉怎忍得浑身疼痛？

疼难忍睁开眼飞上走了，把王敦直气得睁眼大瞪。

传下去叫文武且自退朝，忍着气低着头下了龙廷。

有鹦鹉飞到了大佛寺中，那泥神后头有一个窟窿[10]。

忙人在泥神的脏腹之内，见无人它打食长毛养身。

过几日不由得心中可叹，王敦贼把司马断了苗根。

却说，鹦鹉在大佛寺养身长毛，思念晋君，口骂王敦奸党。正然说话，那寺内人听见说："这寺里是何人说话？"一齐上前去听，吓得鹦鹉不敢出声。众人细看，无有动静。内中有一人说："莫非我们的心虔[诚]，把佛爷惊得说话，也是有的。"众人齐都跪下叩头。那鹦鹉说："弟子，你们起来，吾当保你地方。三日一小祭，五日一大祭。"众人听说走了。鹦鹉见众人走了，那时节咀[11]些祭物，积些食水，不题。再说王员外恩养马乾龙，不觉七岁，送学读书。员外一家人等甚是恩爱，早辰（晨）使人送去，晚间使人接来。甚是可爱！

一家老幼爱惜他，此子聪明甚可夸。

七岁攻[12]书无人对，口出成章帝王家。

王员外把学生送与师傅，说先生好好地教我外孙[13]。

他无父你不可打骂于[14]他，到日后若成人谢你之恩。

老员外每日个[15]使人迎送，与他钱买果品好把书攻。

到晚来有王梁前去迎送，只恐怕年纪幼吓了儿童。

说孩儿迟些去早些回来，免得吓[16]你母亲她不放心。

马乾龙那一日散学去了，到街上见一个耍拳之人。

说师傅我学你一身武艺，与先人去报仇必然成功。

忙取了二百钱又作[17]一揖，说师傅[18]你拿去莫要嫌轻。

到明天你再来我来看你，我与你多带些吃喝钱文。

说罢话扭回头伴常[19]去了，一夜话不可说又到天明。

说外公从今后不可送我，到晚间也不可使人来迎。

你把钱多与我拿上几百，我自去我自来你莫迎送。

王员外听得说与钱四百，你拿去到晚来早些回程。

马乾龙拿上钱来见师傅，说师傅我告假[20]家有事情。

[1] 莺哥：鹦鹉的俗称。
[2] 鹦鹉：抄本都作"莺鹉"。
[3] 扁毛：鸟羽，常用来指畜生。扁：抄本都作"变"。
[4] 何：抄本写作"可"。
[5] 占：抄本写作"站"。
[6] 生：抄本写作"甥"。
[7] 残生：抄本都作"残身"。
[8] 霸昭阳：抄本写作"把招阳"。
[9] 捉：抄本写作"过"。
[10] 窿：抄本都作"宠"。
[11] 咀：咀嚼。
[12] 攻：抄本写作"功"。
[13] 孙：抄本写作"甥"。
[14] 于：抄本写作"与"。
[15] 每日个：每日。
[16] 吓：抄本写作"下"。
[17] 作：抄本写作"做"。
[18] 傅：抄本写作"叫"。
[19] 伴常：扬长，大模大样地离开的样子。伴：抄本都作"洋"。
[20] 假：抄本写作"架"。

我外公领我们探[1]乡祭祖,没[2]半年定三月才得回程。

把师傅哄信了放他回去,他回去就见那耍拳之人。

说叫师请你到我的家里,家内人要看你是假是真。

到家里你要要家眷都看,不空劳多谢你几两白银。

耍拳人听他说跟上就走,不多时来到了后花园中。

太子哭伤心,慌忙拜那人。

我是晋王后,名叫马乾龙。

却说那耍拳人名叫陈林,乃是陈功的七代之孙,武艺精通,他下山舍命要扶主(助)晋朝太子。不见太子之身,各处游望(玩),无有音信,他才在这里。陈林说:"你再不可说你是晋朝之后,我与你教些武艺。"那马乾龙生得聪明,陈林把一身的武艺尽都叫(教)与马乾龙。陈林说:"你不可在人前使你能行[3],也不可说你是晋朝的太子,又不可说出'报仇'的二字,等你成人,报血恨(海)之仇可也不难。那时节我自己(然)到来。"说:"太子,你好好读书,习学武艺,我今走吧。"马乾龙说:"师傅家住哪里?高名善(上)姓?与弟子说来。"陈林说:"太子你听。"正是:

家住水内在浪流,心怀仇恨几时休?

父母早亡不知姓,无名大王到处游。

有陈林叫太子你听我说,我这人自幼儿不肯报名。

你不可问我的家乡住坐[4],也不可问我的上[5]姓高名。

把武艺和兵法尽都教你,你今天不必问我的原因。

你年幼且不可张声[6]漏[7]气,我说的这些话牢记心中。

马乾龙听得说双膝跪下,忙叩头今日个先谢师尊。

那陈林出后园佯常走了,马乾龙心欢喜来到家中。

他身子虽然在学中读书,每日间思想的报仇之心。

我今日年纪小百不中[8]用,哪一日我才能长大成人?

王月英盼孩子提心吊胆,王员外养太子日夜劳心。

却说娘娘在王员外家中时时操心,盼望太子〔何日〕长大成人与他父亲报仇。再说马乾龙,自从他的师傅传下武艺,日每长长(常常)打[听]师傅,苗(杳)无音信。在学读书,不题。再说鹦鹉丞相,在大佛寺佛爷脏内养身长毛,王敦贼人拔了绿毛,长了一身白毛。一日,到晚上飞到王丞相的府里,把丞相呼了一声说:"你把我忘了?我是鹦鹉丞相。"王丞相观看说:"你怎么一身白毛?"鹦鹉说:"晋王死在王贼之手,我与晋王戴孝。"王丞相听说,让它坐下,说:"这几年不见,你在何处?"鹦鹉说:"王敦贼拔了我的录(绿)毛,疼痛难忍,飞在大佛寺避藏。"王丞相说:"你的吃用何人攻(供)用?"鹦鹉说:"吃用管有。丞相你有说的话,来在大佛寺商议。"说罢走了,不题。

再说江南松江间有一人,名叫邢瓒,侍奉祖母,他祖母孙氏[9]。他父名叫邢应,他也在朝做官,看得后来不好,辞官不做。他母金氏[10],生下刑瓒。这邢应[11]渺[12]无音信。那一年清明佳节,金氏说:"丈夫出门,不知死活存亡,我不免郊外烧一张纸。"正然烧纸,有太行山[13]的大王名叫张彪,把金氏强(抢)上山去做了妇(夫)人。那日邢瓒回来,无有母亲,日每事奉[14]奶奶,打柴为身(生)。正是:

青脸红发甚是凶,锯齿獠[15]牙好惊人。

乳名叫个邢丑鬼,力大无穷赛天神。

这邢瓒他生得甚是凶恶,人见了都害怕就像鬼神。

乳名叫邢丑鬼不见父母,走了父失了母丢下自身。

他年幼才十四多有气力,无银两家内空甚是贫穷[16]。

和祖母两个人将就[17]度日,每日间他打柴度过光阴。

老夫人年纪大他行孝道,早敬茶晚敬汤好不慇懃[18]。

[1] 探:抄本写作"堂"。

[2] 没:抄本写作"莫"。

[3] 能行:能耐。

[4] 住坐:住处。坐:住。

[5] 上:抄本写作"善"。

[6] 张声:声张。

[7] 漏:抄本写作"陋"。

[8] 中:抄本写作"准"。

[9] "他祖母孙氏"一句本在下文"生下邢瓒"前,整理时将其提前。

[10] "他母金氏"一句本在下文"生下邢瓒"后。

[11] 邢应:抄本写作"邢瓒"。

[12] 渺:抄本都作"缈"。

[13] 太行山:抄本都作"太巷山"。

[14] 事奉:供奉;侍奉。

[15] 獠:抄本写作"嘹"。

[16] 穷:抄本写作"穹"。

[17] 就:抄本写作"救"。

[18] 慇懃:殷勤。

那邢瓒行孝道感动天地，到深山打柴去遇一道人。

那道人甚聪明伶俐俊秀，知兵法晓战策[1]甚是精通。

有邢瓒见道人拜为师傅，叫师傅你与我教些神通。

我看你并不是凡人形象[2]，不知是哪位神下了天宫。

道人说我非神你今错认，是凡人并无有什么神通。

我有些小手段[3]与你传下，你近前要小心牢记心中。

忙传下上三路黄龙舞[4]爪，下四路凤卧地金鸡腾空。

这就是我武艺尽行[5]教你，莫背[6]师莫忘恩记在心中。

有邢瓒忙叩头先谢师傅，说师傅你与我留下名姓。

道人说我与你留名下姓，李来兴李又兴[7]再得复兴[8]。

将[9]说了两句话倳常走了，这邢瓒担上柴转回家中。

到次日到山上正然砍[10]柴，见猛虎甚是凶要把他吞。

有邢瓒忙使起斧头砍去，那只[11]虎全不怕尽往前行。

那邢瓒记起来他的武艺，跳起来上前去采住虎鬃[12]。

轻轻地举起来往下一掼[13]，又拿起大石头送[14]虎归阴。

却说邢瓒把虎打下，心中欢喜，担虎回家。又拿到街上买（卖）上几两银子使用，就把虎买（卖）了十两银子。来到家里，放在他奶奶的面前。孙氏说："孙儿，这是哪里来的银子？"邢瓒说："是我打下一只猛虎买（卖）来的银子。"孙氏听说，满心欢喜，说："孙孙从今以后常在山中打虎。"不题。

再说马乾龙在学读书。一日，先生未在学中。这高州有一个参将王斌，他的公子名叫存郎，也在学中读书。王公子说："今日师傅不在，我们玩[15]耍一天。"马乾龙说：

[1] 策：抄本写作"册"。
[2] 象：抄本写作"像"。
[3] 段：抄本写作"端"。
[4] 舞：抄本写作"抚"。
[5] 尽行：全部，全都。
[6] 背：抄本写作"贝"。
[7] 又兴：抄本写作"有心"。
[8] 复兴：抄本写作"腹心"。
[9] 将：刚。
[10] 砍：本段韵文抄本都作"坎"。
[11] 只：量词"只"抄本都作"支"。
[12] 鬃：抄本写作"踪"。
[13] 掼：抄本写作"贯"。
[14] 送：抄本写作"损"。
[15] 玩耍意义的"玩"抄本都作"顽"。

"怎么玩耍？"王公子说："我们妆[16]龙的妆龙，妆虎的妆虎。"马乾龙说："那个不好。"王公子说："依你怎么玩哩[17]？"马乾龙说："我们把众学生分作两班，你领上一半，我领上一半，妆作晋朝之后，行兵报仇。"众学生说："晋朝无后。"王公子说："我就妆了王姑爷。"说毕，抬来桌子两张，王公子坐上，有一半小学生跪下，口呼万岁。王公子说："有事奏来，无事散朝。"马乾龙听说，领了一半学生，说："我是晋朝之后，行兵到来，快快将龙位腾下，免得杀你。"王公子无言答对，说："我坐一坐。"马乾龙大怒，走上前一把拉下来，三拳两脚把王公子打死。众学生一见，大吃一惊。

终日怀恨在心中，只因报仇要行兵。

昼夜思想父亲事，假意玩耍当成真。

马乾龙一见了魂飞天外，我今日作玩耍怎当真情。

出学房来到了员外家中，进后堂先见了他的母亲。

忙藏在王月英衣衫以[18]下，吓得他不住声战战兢兢。

王月英还未有开言便问，忽听得外边人乱乱哄哄。

有地方忙报与参将知道，王参将听得说急忙前行。

急来到王员外他的家中，王员外见参将出门来迎。

参将骂王员外甚是无礼，你怎么纵外孙[19]学中行凶。

为[20]什么他打死我的公子，你与我快放出小小畜生。

王员外听一言魂不在身，这冤家怎做出这样事情。

他今日回家来我未见面，小孩子他胆怕避在学中。

王参将忙到那后堂观看，他一见王月英大吃一惊。

这是那晋朝的正宫娘娘，我在京见过她认得几分。

火化了却怎么又在这里？衣衿[21]下拉出来行凶之人。

是她子必定是晋朝之后，这老贼好大胆隐昧[22]此人。

王参将吩咐人拿她母子，再拿他王金桂一家之人。

差衙役十数人拿了他们，差清兵五十个押送朝中。

那一日起了解出城就走，一个个如猛虎尽往前行。

[16] 妆：装扮。
[17] 哩：抄本都作"里"。
[18] 以：抄本写作"一"。
[19] 孙：抄本写作"甥"。
[20] 为：抄本写作"未"。
[21] 衿：衣襟。
[22] 隐昧：抄本写作"阴昧"。

月英说是我的命该如此，叫一声员外你费尽心情。

王月英坐囚车伤心痛哭，连累你一家人受这灾星。

实[1]想说把冤家长大成人，谁知道今日个[2]大祸临身。

思在前想在后好不伤心，怎么叫小孩子投个活命？

这一去我母子定要丧命，恨苍天你怎么不把眼睁？

观音母她与我说得明白，走漏[3]风我母子性命难存。

小冤家你为何生事惹祸？今日个谁替你去顶人命？

盼孩儿长成人报仇消愁，今日个落了个劳[4]而无功。

马乾龙泪汪汪叫声母亲，我打人我偿[5]命连累你身。

望着那王员外伤心流泪，叫一声老员外我的外公。

你今把我母亲救个活命，我死在九泉下不忘你恩。

一家人听得说齐都下泪，小冤家说得我好不伤心。

王月英叫员外听我细说，到那里见王敦救你活命。

你就说我是那庶民之女，你执意[6]不知道也无罪名。

王员外听得说开口就说，娘娘你说的话有影无踪。

他把我全吞上也不后悔，定有那观音母来救我身。

王梁说娘娘你莫要嘱咐，和娘娘死一处我也甘心。

王栋说保娘娘谁还怕死，到阴间阎君面告这贼人。

走一程又一程日行夜宿，那一日走到了黑松林中。

黑松林无庄村又无人烟，到此处他们都好不伤心。

猛然间林内里杀出一人，原是那马乾龙他的师尊。

他常常在暗处瞭望太子，来在此等候着要救他们。

手提刀不言语一阵好杀，杀解子[7]和兵丁都丧残生。

却说陈林怒气在心，就把那许多人杀了。那黑松林中甚是避（僻）静，天知地知，再无人知。打破囚车，救出她母子二人，又把员外齐都救下。马乾龙说："师傅，多日不见，你怎么知道我的事情，来救我们？"陈林说："我从徐州买（卖）武回来到此，不知是你们叫那贼人押送。因此（为）我心不忍，杀死贼人。这离徐州不远，你们往那里逃命去吧！"娘娘说："恩公姓甚名谁？与我说

来，后来我好报你的恩情。"陈林说："我无名也无姓。"带说着往松林里去了。娘娘说："恩人走了，我们也走吧。"王梁说："娘娘不可往徐州去，我们就在此山寻个地方，占（暂）且安身。"走了几日，到一个破旧窑洞。王员外说："我们就这窑内居住几日，再往前行。"一家人住在窑内，那太子坐卧不安，出窑观看。那山上的花草甚是好看，带看带走，走得太远了，回来把路认错，尽[8]走尽不到了。员外说："太子往哪里去了？"娘娘说："出去闲转，时（适）才还在。"说罢，就找不见音信。娘娘正在慌忙之处，忽听铜锣一响，听见一路人马。那人马便问员外："你们是什么人？敢来我山打搅。"员外说："不敢打搅大王。"说："我们是贫民，逃慌（荒）在外，我们把一个孩子丢了。或是大王收下，也是有的。"大王说："我看你们是不是贫民。这夫人我也认得几分，她是河南开封府推磨的王敦的女儿，与昭王为了正宫娘娘。"吩咐人役："把这女子推下山去，与我坎（砍）了。"那大大王说："贤弟，你饶了她，你杀她也无仇恨。"二大王说："她是王敦的女儿，他父女打排[9]定计，把昭王天子用金瓜打死。逆贼之女，留她何用？"大大王说："她既是王爷家的女子，就该在皇宫，为何到此？"便叫女子："你与我实实说来，饶你活命。"娘娘跪在山坡说："大王细听，我与你说来。"正是：

逢凶化吉真偶然，总[10]是前世积下缘。

母子离别终有意，天感娘娘到此山。

有娘娘来开言双眼流泪，叫大王你听我告诉原因。

我就是那正宫认得不错，与晋朝作正宫这是真情。

进宫去十二春主人恩爱，我的父他起了不良之心。

他杀人又放火十恶不赦[11]，有一个黄宗道在他家中。

那妖道与老贼主谋定计，用金瓜打死了我的主公。

在寒宫我生下晋朝之后，我的父把寒宫又用火焚。

我母子在火内观音救出，救到了高州城员外家中。

[1] 实：抄本写作"是"。
[2] 今日个：今天。
[3] 漏：抄本写作"陋"。
[4] 劳：抄本写作"老"。
[5] 偿：抄本写作"偿"。
[6] 执意：抄本写作"只一"。
[7] 解子：押解的人。

[8] 尽：一直。
[9] 打排：疑为"打盘"。谋划；盘算。
[10] 总：大概。抄本写作"纵"。
[11] 赦：抄本写作"善"。

这员外就是我养生父母，实[1]想说把孩子长大成人。

王参将有一子同学读书，那公子妆朝廷甚是欺人。

学王敦夺龙位叫儿打死，王参将拿我们要送朝中。

黑松林有一人杀死解子，救我们到这里来逃活命。

在此山丢失了我的孩子，我们来在此处找我儿童。

这就是真情话告诉[2]大王，逃难人遇大王饶我活命。

却说此山乃是平岭山，这两个大王原是黄忠[3]老将军的孙子，名叫黄珍、黄琦，他们不得正主，因此在山为王。大王便说："娘娘，黑松林救你的那个人名叫什么？"娘娘说："我问他名姓，他言道：'无名大王，便（遍）地闲游，到处是家。'又说我行兵报仇的时节他就来了。说毕，他伴常走了。"二大王听［了］说："他无名姓，我们难寻他。"又吩咐人役满山找寻太子。又说："娘娘和员外就在此山，也找太子。"那人役禀说："山中找便（遍），不见音信。"娘娘听说，啼哭不止。黄珍、黄琦说："娘娘放心，想当日菩萨救你母子，这［如］今太子必定神人保佑。再慢慢打听。"到了晚上，娘娘想起孩子，伤心流泪，直哭五更。正是：

一更里好伤心，不见孩儿放悲声。年青骨嫩哪里行？今夜晚上怎安身？我的天爷！

二更里心疼酸，想起孩儿泪涟涟。无钱无钞无口粮，肚中饥饿你怎当？我的天爷！

三更里泪悲啼，哭声冤家在哪里。山中无人卧冷地，有了疾病谁人知？我的天爷！

四更里泪溢溢[4]，梦见孩儿转回程。孩儿与我说真情，惊醒才是一个梦。我的天爷！

五更里到天明，黄珍黄琦都来问。不见孩儿回家中，不由叫人放悲声。我的天爷！

却说娘娘啼哭不止，那王员外也流泪伤心。黄珍、黄琦说："娘娘不必啼哭，若是王敦知道，行兵来到，如何是好？"娘娘听说，再不哭了，不题。再说马乾龙找不过（着）窑房，走了一日，不见母亲。正然行走，天黑，夜晚睡在一个山坡下。直到天明，睁眼一看，说："我怎么睡在这里？"急忙又往前走，来到吕家村。脏（肚）中饥饿，说："我今年一十二岁，哪里所行？不见母亲，好不伤心。"走到市口，口打金钱莲花落，讨饭养身。正是：

莲花起时满天香，莲花却了闭柴门。

盘古初分不纪年，三皇五帝把世传。

三皇有道乾坤正，五霸诸侯战国先。

七国归秦天下乱，刘项[5]争分汉坐堂[6]。

重兴光武见王莽[7]，至[8]今我朝一统天。

我朝之事不可说，再把古人表一番[9]。

太公无时把鱼钓，蒙正无时把斋赶。

韩信乞食槐阴下，张良无意归了山。

古人都有兴败运，我今避难躲灾星。

说我家来家不远，说我名来也有名。

我的名叫马兴龙，小人住在高州城。

黑风山的贼作乱，杀了我父丧黄泉。

神灵救我来逃难，来到这里少盘缠[10]。

众位舍我钱和钞，修积儿孙在朝堂。

却说吕家村又（有）个员外，名叫王元位，年过四十无后。来到马乾龙的面前，说："你是何处的孩子？因何到此口打莲花？说来我听。"马乾龙又与员外把此事说了一遍。王元位听说，倒也伤心，说："孩子，我有一言出口，从不从莫要在心。"马乾龙说："员外，有话自（只）管说来。"员外说："我有心收你一个儿子，你可情愿？"马乾龙说："倒也情愿。"急忙上前拜过。王元位把马乾龙领到他家中，与妇（夫）人行理（礼）以（一）毕。这妇（夫）人安氏说："家人，与公子更换衣服。"员外说："公子名叫马有兴（兴龙），改为王有（又）兴恩养。"不题。

再说王参将把松林之事奏与王主爷家，王敦传旨画了图样，捉拿晋朝之后。有人奏说："马乾龙改为马兴龙。"

[1] 实：抄本写作"是"。
[2] 诉：抄本写作"诉"。
[3] 忠：抄本写作"公"。
[4] 溢：同"盈"。
[5] 项：抄本写作"相"。
[6] 堂：抄本写作"唐"。
[7] 莽：抄本写作"蟒"。
[8] 至：抄本写作"只"。
[9] 番：抄本写作"方"。
[10] 缠：抄本写作"常"。

王敦听说，急传圣旨各州府县捉拿，这话不题。太子改名王又兴，在王元位家过了二春。只因正月十五日徐州大放花灯，太子要去看灯，员外吩咐家童，领上看灯。正是：

> 太子一心要看灯，惹起灾星祸临身。
>
> 王敦捉拿除晋根，菩萨卜察常改名。

王又兴领家童来到街上，他一眼观不尽百样红灯。

观看那天子灯万寿无疆，又看那官宦灯文武两班。

庶民灯挂[1]的是孝子贤孙，买卖[2]灯挂的是财源茂盛。

各样的走马灯无心去看，正看那凤凰灯起了狂风。

众多人见风起回家去了，把太子刮到了一座山中。

风又大夜又黑不敢抬头，人害怕战兢兢一夜又尽。

有太子抬起头睁眼一看，又来在这深山哪里所行。

不由得在山中伤心痛哭，我的命这等苦好不难人。

哭一声我母亲不得见面，你怎知我今日受这灾星。

最不该我今天去把灯看，在家中也不能刮在山中。

想必是我心怀报仇之事，天感应降下了这阵狂风。

我今日再不敢前去报仇，叫老天保佑我母子相逢。

忙起来哭啼啼又往前走，这个山未走过不知西东。

这一夜哭母亲未曾得睡，正然走又来了一阵黑风。

他急忙就趴[3]在当地睡下，也不怕山中的虎豹狼虫。

有邢瓒在此山终日打虎，把一只大猛虎赶下山中。

望着虎不低头尽往前走，哪里管脚底下有人无人。

睡觉[4]人把邢瓒绊[5]了一跤[6]，邢瓒看路傍[7]中睡着一人。

骂一声这畜生[8]甚是无礼，为什么你睡在当地之中？

王又兴闻言说深山宽[9]大，我身上有了路你无眼睛。

你到此也就该抬头观看，你不是那瞎子眼睛不睁？

有邢瓒听得说心中大怒，上前去就和他脚踢相争。

你一拳我一脚打得风流，这邢瓒使武艺显他威名。

跳起来往下打高声大骂，你认得我的这金鸡腾空？

王又兴忙让过一把抓住，显你能我也使小小能行。

举起来往下摞[10]丢在背后，把邢瓒跌了个泥里栽葱。

却说邢瓒起来，息怒，满面陪笑说："哪里来的一个英雄？好大武艺！"走上前作了一揖，便问："英雄，你使了个什么拳？"王又兴说："我使了个龙抓虎尾。"邢瓒说："怪道来，我还未学下这个拳，限（险）些吃了你的亏。我且问你家住哪里？高名善（上）姓？到此为何？"王又兴说："家住吕家村，名叫王又兴，我到此访闻（问）朋友。"邢瓒听说，心中暗想说：想当日我问我师傅名姓，我师傅说来："李来兴、李又兴才得腹心（复兴）。"我想他叫王又兴，我改名叫王来兴。说："我有一言出口，莫要放（烦）恼。"王又兴说："你说我听。"邢瓒说："我有心和你结拜生死弟兄，你可情愿？"王又兴说："我道（倒）情愿。我今一十四岁。"邢瓒说："我一十六岁，你的武艺比我高，你就为兄，我就为弟，我们结拜少兄老弟，你看如何？"王又兴说："这也罢了。"二人来到家中，见了祖母，拜见一毕。二人侍奉祖母，每日恭敬，不题。那邢妇（夫）人受了太子的一拜，身成大病，命归阴曹，他二人啼哭不止。正是：

> 邢瓒犯[11]爷又害娘，拜下小哥不一样。
>
> 二人进门刚[12]一年，夫[13]人命小归了天。

王来兴祖母死伤心痛哭，王又兴也不由两泪纷纷。

哭一声我祖母归阴死了，我收下这小哥谁人看承[14]。

老夫人她归阴命该如此，王来兴无钱钞怎葬你身。

思在前想在后家无折便[15]，我今日家中贫钱无半文。

闻言来叫小哥听我细说，祖母死无银钱怎埋她身？

你把我典别人有钱再赎，典下钱拿回家发送她身。

王又兴说老弟你且不可，今日把你典了谁挣[16]

[1] 挂：本句和下句两个"挂"抄本都作"卦"。
[2] 卖：抄本写作"买"。
[3] 趴：抄本写作"怕"。
[4] 觉：抄本写作"叫"。
[5] 绊：抄本写作"伴"。
[6] 跤：抄本写作"交"。
[7] 傍：同"旁"。
[8] 生：抄本写作"甥"。
[9] 宽：抄本写作"穿"。
[10] 摞：抄本写作"了"。
[11] 犯：抄本写作"放"。
[12] 刚：抄本写作"干"。
[13] 夫：抄本写作"妇"。
[14] 看承：护持；照顾。承：抄本写作"成"。
[15] 折便：方便。指经济宽裕。
[16] 挣：抄本写作"振"。

钱文？

慢说是到日后拿钱赎你，连我的吃与穿无处找寻。

又兴说典了我留你在家，打下虎卖[1]银钱好赎我身。

王来兴哭着说我的小哥，典了你埋了她理上不通。

王又兴说老弟把话错讲，今日个我和你生死弟兄。

你的母岂不是我的祖母？典了我发送她一理为情。

却说二人来到街上，就要典身。正说之间，忽然遇过（着）一人，原是知府陶荣。这陶荣吩咐人役把他二人叫在衙内。知府问说："你二人名叫什么？"邢瓒说："我叫王来兴，这是我的小哥，他叫王又兴。"知府说："你们二人为何在街上典身买（卖）命？"邢瓒说："因我祖母一死，无钱发送，因此把小哥典与人家，发送祖母。有钱再赎我小哥回家。"知府观看王又兴甚是聪明，便说："家人，与他十两银子拿去。"邢瓒接银在手，眼中流泪，出衙走了。那陶知府说："王又兴，你领我的公子去把（吧）。"王又兴听说，每日领他公子游浪。那日来到花园看花，心中发梦（朦），睡在园中。那陶知府有个女儿名叫陶立春，领上丫环[2]来到花园中看花，看见王又兴睡着，蛇通七窍。小姐望了一会，说："此人蛇通七窍，后来必有大富大贵。"又思想：我终身许配这人把（吧）。急忙把身上的大红袄儿脱下来，说："丫环，你拿去盖在那人的身上，不可惊动他。"那丫环就拿上袄儿，与王又兴盖在身上。那王又兴惊醒，身上盖的大红袄儿，急忙起来就问。春香说："这是我家姑娘看你身上单薄，把她衣服与你盖上。"说罢，丫环来在姑娘面前，姑娘便问丫环："你再前去问他居住哪里？姓甚名谁？"那丫环又上前便问说："王又兴，我家姑娘向（问）你是哪里人氏？"王又兴说："姑娘你听。"正是：

生在寒宫院，众姓养我身。

改名王又兴，到处我家门。

王又兴不由得口出真情，叫小姐你听我诉[3]说原因。

生皇家一王子父王升天，命不通失了母来到此中。

也是我前世里命该如此，游遍了州府县不得安身。

王来兴他本是我的拜弟，到他家未一年祖母归阴。

他家贫无有钱把我典了，无[4]奈何到你府且自安身。

陶立春听此言双膝下跪，叫太子你今日且把我封。

王又兴见她跪开言便说，他亲[5]口不由得说出真情。

忙开口说小姐你且不可，自幼儿我有个张狂之风。

我说的这个话都是风话，你不可把此话就当真情。

有小姐说太子你莫哄我，你说的一句句都是真情。

我配你有假意天地不容，这丫环她是我心腹之人。

王又兴说小姐既有真意，我说的这些话不可走风。

陶立春谢了恩春香叩头，回到府在绣[6]房每日宽心[7]。

有丫环和姑娘常来送饭，王又兴在花园好不欢心。

且不说王又兴陶府之事，再表那打虎的少年英雄。

王来兴在山中打下一虎，拿街上卖[8]了那十两白银。

我且去把小哥赎回家中，赎回来同在家好过光阴。

拿银子就来到陶府门外，王又兴见老弟喜笑心中。

许多日不见你身体安康，说老弟你来此所为何情？

王来兴说小哥你怎知道，我今日拿银子来赎你身。

却说王又兴说："老弟，你回去把（吧），我不去了。"王来兴说："莫非知府看你好你就不回去了？"王来兴说了多少好话，王又兴再三不去。王来兴心生一计，说："小哥，你当真不去？"王又兴说："我当真不去。"王来兴说："你不去了把（罢[9]），你把公子拿来，我抱上，你与我去（取）些吃的去。"王又兴将公子送与他，往里去了。王来兴说："公子，有你我小哥不能回去，我这银子交于（与）你。"说罢，就把银子快（揣）在公子的怀中。那花园傍边有个水池，王来兴说："公子，你先这水池子里喝水去把（吧）。"把公子丢在水池淹死了，王来兴他就往前走。王又兴出来就端（断[10]），一气赶上说："老弟，公子难（喃）？"王来[兴]说："公子往水池子里

[1] 卖：抄本写作"买"。
[2] 丫环：丫鬟。
[3] 诉：抄本写作"诉"。

[4] 无：抄本写作"如"。
[5] 亲：抄本写作"清"。
[6] 绣：抄本写作"秀"。
[7] 宽心：心情舒畅。
[8] 卖：抄本写作"买"。
[9] 罢：算了。
[10] 断：赶；追赶。

喝水去了。"王又兴池中一看，吓得魂飞天外。说："这个丑鬼，你见（现）公子丢在水池淹死，你不偿[1]命，你往哪里去哩？"王来兴说："这就说了个好。公子你抱着哩，倒说我偿命。我看是谁偿命！"王又兴说："老弟，此事怎么样哩？"王来兴说："三十六条计，跑了的最为高。"他二人慌忙就跑。王又兴说："你拿着多少银子？"王来兴说："我无有拿着银子。"王又兴说："你赎我的银子难（喃）？"王来兴说："那十两银子，我快（揣）在小死鬼的怀内，喝水去了。"王又兴说："这个丑贼，道的（到底）害[2]得恨（很）。我二人拿什么盘税（费）？"王来兴说："小哥，你放心，我们到处打着吃，到处打着喝。"王又兴说："我不敢惹人。"王来兴说："你既不敢，你吃了先走，我当（挡）住他就打。"说罢，二人急往前行。正是：

谁说[3]邢瓒闯祸凶，上方降下开国臣。

为何杀人又害命，都是在劫逃难人。

王来兴王又兴急忙前走，走半日肚[4]中饥难以前行。

王又兴说丑贼你把我害，无盘费[5]我二人饥饿难忍。

王来兴说小哥你莫怨我，那路傍有酒馆吃他一顿。

他二人进酒馆坐在上席，先要酒后要饭要解[6]饥困。

有酒保[7]听一言忙个不了，端上宴[8]斟上酒甚是殷勤。

他二人吃罢饭开言便说，说小哥你前走我与钱文。

王又兴出酒馆往前所走，王来兴坐多时出馆也行。

有酒保忙挡住问他要钱，酒饭钱一两二不与你行。

有邢瓒开言说你不懂[9]道，吃了饭要饭钱我有多少？

酒保说若无钱衣服脱下，拉扯住要脱衣不放他身。

王来兴把酒保打倒在地，打在地他那里唧唧[10]哝哝。

酒馆内出几人把他挡住，有邢瓒心中恼怒气冲冲。

[1]　偿：本段散文抄本都作"徬"。

[2]　害：厉害；狠。

[3]　说：抄本写作"是"。

[4]　肚：抄本写作"脏"。

[5]　费：抄本写作"税"。

[6]　解：抄本写作"把"。

[7]　酒保：本段韵文抄本都作"酒报"。

[8]　宴：抄本都作"晏"。

[9]　懂：抄本写作"动"。

[10]　唧唧：抄本写作"吸吸"。

一托手又起脚一起掼[11]倒，他放开一刮喇[12]跑个无影。

他二人走得快日行夜宿，走饥了抢着吃正往前行。

那一日走到了常州城内，许多人在街上乱乱哄哄。

王来兴王又兴上前观看，原来是求雨的一个榜文。

王来兴走上前把榜扯了，看[13]榜的那两个禀告衙门。

却说众人禀知老爷知道，说："今日来了二位少年，把榜折（扯）了。"这知府名叫刘女忠，奉君爱民[14]，就吩咐众〔人〕请他二人求雨："若限时辰，禀我前去接雨。"众人听说，来到街上，说："法师，你用什么？"王来兴说："搭了法台，你〔你〕把绪（猪）头、羊架子煮来，我们吃了好上法台求雨。"众人听说，都办来酒食肉菜。他二人吃了一饱，上了法台。王又兴说："老弟，你看天色晴明，哪里的雨来？"王来兴说："我问你几时有雨，你就说午时有雨。到午时有雨把（罢）了，若无雨，我们下台偷跑。"再说那常州的军民人等前来焚香接雨，一齐跪在台下接雨。众人说："天未作云，雨从何来？"王来兴便问小哥几时有雨，王又兴说："午时有雨。"王来兴说："台下的众人听知，好好供敬[15]香火，午时三刻有雨。"众人听说，就千头万头[16]。内中有二说："若到午时有雨还在（则）罢了；无雨，我们用火把他二人烧了。"再说王又兴说："你这个丑贼，闯的这个祸端！你看，眼前午时，天爷晴明，哪里雨来？"那台下的人说："你看，眼前午时，云也不作，还有雨来？"吩咐众百姓担来干柴，等到午时看他有雨无雨，不题。再说当方土神、本境的城隍、四值中（功）曹上奏玉帝。正是：

太子作假又成真，惹得军民乱起心。

等到午时正三刻，无雨法台用火焚。

众人们候到了午时三刻，天色晴日光明万里无云。

有知府吩咐了把火点着[17]，众人们听吩咐不敢消停。

[11]　掼：抄本写作"贯"。

[12]　一刮喇：飞跑的样子。

[13]　看：抄本写作"赚"。

[14]　"民"字被墨水覆盖了，今根据上下文补。

[15]　供敬：侍奉；伺候。抄本都作"恭敬"。

[16]　千头万头：这里指纷纷磕头。

[17]　着：抄本写作"过"。

忙放起这一把无名之火，有众人眼望着大火腾空。

王又兴说丑鬼总然是你，不由得在台上眼泪纷纷。

王来兴一见火微微冷笑，大丈夫旦怕死不是英雄。

到阴司[1]做鬼魂也得乐心，无路逃你哭着有何得能[2]？

王又兴正在那无法之际[3]，众神灵奏知了玉皇天尊。

玉皇说紫微星今日有难，把敕旨忙传与四海龙君。

快救那常州的无名之火，切不可伤坏了太子之身。

有龙君领敕旨不敢怠慢[4]，在常州忙降下大雨淋淋。

刘知府和众人都来接雨，众百姓都叩头乱乱哄哄[5]。

那大雨只下了一个多时，平地水三尺深好不惊人。

王来兴王又兴谢天谢地，他二人下了台受了金银。

每日家在街上闲游闲浪，常州人见了他哪个不尊！

却说常州得雨，众人欢喜，说："这两个法师大有神通，万里无云求下雨来，五谷苗根连夜生长。"不题。那王来兴、王又兴求雨以后，常州人见了他二人恭敬。他二人手中有了银钱，终日在街上吃酒作乐。过了三日，银钱化（花）费尽了，就受下煎熬。今在这里吃，明在那里吃，胡吃哄（混）喝，人人都念他求雨，不可慢怠（待）。那王又兴思想陶立春一片好心，说："你这个丑鬼把我害了，我在陶府好不自在，你把我害得今日在这里，明日在那里，无有站处，好不作难！"王来兴便说："小哥，成人不自在，自在不成人。"不题。常州有个员外，姓李名咸字春元，娶妻吴氏，年方四十有余，家财万广（贯），并无儿女。走到街上，见他二人，上前便问："你二人姓甚名谁？家在哪里？求雨以（一）毕，怎不回去？怎么在街游浪？"王来兴说："员外你听，这是我的小哥，名叫王又兴，我叫王来兴。我们家住松江府，父母早亡，我家再无一人，弟兄来到此地。"员外说："我有心收你二人为子，你们可曾情愿？"他二人听说，上前拜过。那李员外把他二人领回到家中，见了夫人，拜见一毕，这员外便说：

"夫人，这是我收来的两个相公，与我们作（做）个儿子，照管家财，顶立门庭。"正是：

二人听说喜心中，情愿为子孝双亲。

先年二人来求雨，今日又拜尊年老。

李员外心中喜有了后代，我夫妻归阴时他好送终。

他二人在堂前拜过双亲，有家人和梅香来拜相公。

员外说与公子更换衣服，把公子送学中去把书攻。

就把那王公子改为李字，李来兴李又兴二人之名。

今日个我家财有人把守，到后来我死了有人来争？

二公子必定他定中魁首，想做官也就在掌握[6]之中。

李又兴他心中自思自想，常怀着报仇心有谁知闻。

终日家在学中苦读书文，又不知到后来何日登龙。

却说二人在学读书，过了几载。那日李员外要走南京讨账，就吩咐李又兴说："你在家中照管家事，李来兴跟我讨账。"那员外又带了两个家人，起身走了，不题。再说王敦说："晋朝太子在松江府，改名王又兴。"急传旨意，叫人役往松江府捉拿太子去了，不题。再说陶知府自从典下王又兴，害死公子，一家人痛哭了一场，就差人找寻王又兴，渺无音信。那陶知府着了些暗气，怀恨在心。那陶小姐暗说："太子，你无冤无仇把公子害了，我父恼怒在心，日后旦看见你，有命难逃。我心想和你作夫妻，叫我父知道必不依存，我父把我不许别人还则有（犹）可，旦许别人，我也是一死。"小姐每日挂念太子。那一日李又兴读书，看见陶立春，那小姐也看见李又兴，一个望着一个。李又兴说："小姐，你怎么又到这里？"小姐说："我父升了常州的知府，把我带在这里。"小姐说："相公，你也在这里。"又说："我今手中不便，到了明天，相公你来在我们花园里的栖[7]下等着，我使丫环与你送些银子，你使去吧。"二人说毕走了。那陶立春来到府里，取了绸缎十九匹，又取银子一百两，装在口袋里，叫春香从后门拿去。来在花园里的栖前，不见相公，那春香就等着，不题。李又兴那夜晚上来得迟了。再说此处有个锥皮匠，名叫姜成，回家遇过（着）春香，说："丫环，这黑夜之间

---

[1] 司：抄本写作"死"。

[2] 得能：这里指逃亡的可能性。

[3] 际：抄本写作"急"。

[4] 怠慢：抄本都作"怠忙"。

[5] 哄哄：抄本写作"洪洪"。

[6] 掌握：抄本写作"张月"。

[7] 栖：意义不明。

你走哪里？"正说之间，台（抬）头观看，女子抱着一个抱服（包袱）。那春香一见不是李公子，放开步就跑。那姜成赶上去把丫环杀了，把口袋背上回家走（去）了。再说李又兴来到栖下，不见一人，往前就走，绊倒，起来一看，竟是个死人，就把他身上染了些血水。回头就走，就着[1]那巡夜的捉住。看见他身上有血，说："你把人杀坏（害），你往哪里去哩？"急忙回禀老爷得知。那陶知府查看，说："原来是典身的王又兴，你把我公子害了，无处找你，你今又杀坏（害）我家丫环。你有什么冤仇报不尽！"吩咐人役："把这凶徒收在监中。"那陶荣一看，春香的怀内陋（露）出一封书字（子），折（拆）开一看，原是陶立春与他留下的书字（子）。陶知府心中大怒，走到后堂说："夫人，你养的好女儿！"把书子去（取）着出来，放在面前，一［顿］好骂。正是：

　　丑妇无礼不害羞，私通女儿受风流。

　　我的脸面出何地，贱人今日我不留。

叫家人把贱人与我绑了，快与我除绝了不可留存。

陶老爷坐大堂冲冲大怒，骂一声小贱人大胆欺心。

他把我小公子性[2]命害了，你为何出丑名又把书送。

有家人把小姐急忙绑了，陶知府恨不得一口浑[3]吞。

拿麻绳就把她一时勒死，二八女死得苦一命归阴。

叫家人用芦席卷了她身，送郊外叫狼虎碎骨分身。

有家人听一言急忙送出，把女子送荒郊家人逃奔。

陶立春在郊外土地守定，又惊动南海的菩萨观音。

驾祥云[4]来到了郊外之地，用灵丹灌[5]腹内即[6]刻还魂。

指点她云梦[7]山寺中安身，那寺内倒安闲也倒清净。

李又兴他是那晋朝龙根，到后来他夫妻立掌乾坤。

不说那陶立春出家为僧，再说那监中的受罪之人。

李又兴在牢中伤心痛哭，思想着我的命这样苦情。

[1] 着：被。抄本写作"者"。
[2] 性：抄本写作"姓"。
[3] 浑：囫囵。
[4] 祥云：除此处外抄本都作"千云"。
[5] 灌：抄本写作"贯"。
[6] 即：抄本写作"几"。
[7] 梦：抄本写作"蔓"。

禁止住不叫人与我送饭，那牢头又上前苦下无情。

白日里拷打他十分心狠[8]，到晚来上匣床[9]不得安身。

且不表李又兴监中受罪，再表那朝内的一个忠臣。

王安邦他现是[10]左班丞相，他想起晋朝的小主之身。

使人役请来了鹦鹉丞相，进衙来王丞相细问一声。

我今日请你来有话商量[11]，想从前王参将拿着本参。

他说是晋朝家有了龙根，拿住了小太子使人押送。

正走在黑松林出来一人，救去了小太子娘娘之身。

说鹦鹉你前去松江打听，他改了王又兴哪里安身？

有鹦鹉听得说急忙起身，不多时飞到了松江城中。

见街上几位人闲谈莫论，落在那房檐[12]上细听分明。

一个说陶知府升了常州，今来了一新官不习军民。

有鹦鹉听得说又飞常州，到常州正一更不见人行。

忽听得那监中有人啼哭，飞上前我听他哭着何因？

李又兴在匣[13]床嚎啕痛哭，不由得口儿[14]里说出真情。

我晋朝先人的仇未得报，老天爷又叫我受这灾星。

有鹦鹉飞进去叫声小主，太子说叫我的你是何人？

太子说我犯罪我也不知，陶丫环何人杀诬[15]赖我身。

我从那学中来人役捉我，陶知府就把我下在监中。

到监中三天整[16]未见汤饭，饥饿得眼看看[17]命见阎君。

却说鹦鹉听太子说了一遍。鹦鹉说："我身小力轻，怎么把你救出？"李又兴说："丞相，我自（只）听你说话，不见你。"〔见〕鹦鹉听说，飞到根前[18]，太子一见，说："才是一鸟。我母亲与我说得明白，有一个鹦鹉

[8] 狠：抄本写作"恨"。
[9] 匣床：旧时牢狱中使用的一种刑具，形如木床，命囚犯仰卧其上，将手脚紧紧夹住，全身不能转动，痛苦异常。匣：抄本写作"柙"。
[10] 是：抄本写作"世"。
[11] 量：抄本写作"谅"。
[12] 檐：抄本写作"詹"。
[13] 匣：抄本写作"柙"。
[14] 儿：抄本写作"而"。
[15] 诬：抄本写作"屋"。
[16] 整：抄本写作"正"。
[17] 眼看看：看看着；即将。
[18] 根前：身边；附近。

丞相甚是忠意（义）。"又说："丞相，快救我把（吧）。"

鹦鹉说："我眼前难以救你，你占（暂）且忍耐，等我用人，再好救你。"说："小主，我与你找些吃喝去。"小太子说："我的肚中饥饿，你快找去。"说罢，那鹦鹉出监，飞在空中，说："夜晚间人都睡着，哪里去寻？"只见一个楼上有灯，飞到跟前一看，原是熬下的人参百补亮，在楼上亮（晾）着。两个丫环看守，一个名叫腊梅，一个名叫秋莲。腊梅说："姐，你看干了莫（没）干，若是干了，收是（拾）了睡教（觉）。"那鹦鹉飞上楼来，说："腊梅姐姐，奶奶叫你着哩。"腊梅就说："秋莲，你好好看着，我奶奶叫着做什么哩。"鹦鹉又说："秋莲姐姐，奶奶也叫你着哩。"秋莲听说，也下楼跑了。鹦鹉就飞到人参跟前，咀了一块，采了两块，飞到狱神庙里，放下了两块。有一块咀到监中，说："小主，这是我吃的人参百补亮，你吃一块能饱七日七夜。"太子说："拿来我吃。"鹦鹉丞相与太子喂到口内。太子说："怎么苦得厉害？"鹦鹉说："此物贵重，你吃先苦后醋（甜）。"太子说："果然吃了不饥不渴。"又说："我身上疼得恨（很）。"鹦鹉说："小主，你且忍耐，我去请个朋友，好来救你。"正是：

真天子百龙相救，大丈夫八面[1]威风。

命不该尽须终得，监中受罪死又生。

有鹦鹉出监门飞上前去，来到了武当山一个窝中。

武当山梧桐树有一仙鸟，它名叫啄木仙大有神通。

有鹦鹉见仙鸟开言便说，晋太子在常州身有灾星。

陶知府要害他日夜加刑，请师兄你救他小主之身。

啄木仙说丞相你今来到，我只得下山去要救他身。

一时间就来到常州城中，到监中啄一嘴枷[2]锁离身。

白日里上山去夜晚又来，这二鸟为小主大费心情。

牢头说这个人甚是奇怪，我活老这些事也就少经[3]。

每日间上刑法天明就脱，想[4]必是有神灵来救你身。

在监中许多日饿着不死，莫必是得了道有些能行。

若有能他就该出监偷跑，为什么上刑法泪如雨淋。

有牢头这场话按下不表，再把那鹦鹉相明得一明。

有鹦鹉在监中看守小主，太子说肚[5]中饥甚是难忍。

鹦鹉说狱神庙还有两块，我再去取一块救你饥困。

忙飞到狱神庙不见一块，原来是这庙中老鼠成精。

念咒语一时间老鼠来到，鹦鹉骂你这个大胆畜生！

骂老鼠你把我人参吃了，不与我快拿来有命难存。

老鼠精叫丞相你把我饶，可惜我百年的一个道根。

人间的那贵物我既吃了，叩一头丞相你饶我残生。

鹦鹉说我要得饶你不死，你与我泥神背取个窟窿。

老鼠精一霎时取了窟窿，叫丞相饶了我不忘你恩。

有鹦鹉把老鼠撒放走了，它急忙钻在了泥神肚中。

鹦鹉丞相喜心中，这个老鼠也有能。

我今吩咐一句话，泥神背后取窟窿。

却说陶知府来到监中，一见太子，说："这个业障还未死！"就骂牢头："这个畜生还未死，你必私通。我今接按院[6]大人去哩，等我回来，要你活命。"说罢，陶知府出衙接大人去了。那牢头忙到狱神庙里哀告："狱神爷爷，报有（保佑）此人早些死了，我与你献供。"那鹦鹉在狱神肚内说："你这个畜生，口里胡说，天不要命，你恨他也是枉然。你当他是何人？他是上方的北斗神君下界，玉帝差我保护与（于）他。你再害他，你一家都遭瘟。你若好好看顾，我保你一家平安。"牢头听[了]说："爷爷，你保佑我一家平安，我就好好供敬他，我就再不害了。"鹦鹉说："既然如此，你快去与他送茶、送饭去吧！"那牢头叩头出庙，急忙回家取了些好吃喝。每日供敬太子，不题。再说鹦鹉才放宽心，飞到太子面前说："小主，你且放心，那牢头每日他与你供敬茶饭，再不敢害你。"又说："小主，你在此，娘娘在与（于）何处？你与我说个明白。"太子说："丞相你听。"正是：

冤枉比[7]天大十分，仇恨就如四海深。

自从离了亲生母，步步到处受灾星。

有太子未开口泪流满面，叫丞相你听我细说分明。

---

[1] 面：抄本写作"百"。

[2] 枷：抄本写作"架"。

[3] 经：经历。抄本写作"惊"。

[4] 想：抄本写作"相"。

[5] 肚：抄本都写作"脏"。

[6] 按院：明代巡按御史的别称。抄本都作"按元"。

[7] 比：抄本写作"必"。

他把那前后事说了一遍，叫丞相你是听难也不难？

有鹦鹉听说罢飞上走了，紧一阵慢一阵不住前行。

到南京找不着[1]李家员外，也不知李来兴哪里安身。

李来兴在南京财人公子，好吃酒好打捶故意胡行。

人见了不敢惹见身一避，怕的是有钱的与官相通。

有鹦鹉寻不着[2]飞得乏困，落房上毛一抖休[3]息它身。

忽听得房子里有人说话，它急忙飞房上听他原因。

原来是一酒馆二人说话，他可是员外的两个家人。

一个说员外病我们扶持，他公子李来兴永不沾[4]身。

今日个又不知哪里吃酒，我二人在这里也饮几钟。

只见那一席人人多哄乱，有鹦鹉飞那里观看分明。

观看那上席上一人饮酒，落在那显明处看他形容。

见一人二唛牙青脸红发，看此人和小主说的不错。

鹦鹉叫李来兴你还饮酒，邢瓒说是何人叫我之名。

隔[5]楼牌往外看不见一人，又坐下他吃酒全不在心。

鹦鹉说想必[6]他不是公子，飞起来四下看再无一人。

又落在栏杆上叫声丑鬼，晋小主在常州监中受罪，

邢丑鬼你还在此处饮酒，快跟我到常州去救主人。

邢瓒说我小名小哥知道，再有谁知道了我的小名？

想必是我杀人冤鬼说话，叫我的必定是一个鬼魂。

哪管你是神鬼我也不怕，又坐下不起来自把酒饮。

有鹦鹉看着他坐着不起，落席上毛一抖又观分明。

却说邢瓒一见，好不喜心，说：“我当是何人，才是莺哥的声音。这是我家养的灵虫。小哥叫你记下我的小名，来到这里找我。”邢瓒又说：“莺哥，相（想）必是丫环伺候你食水不到，你来找我。”鹦鹉说：“我是晋朝的鹦鹉丞相，李又兴他是晋朝的太子。陶知府这样所害，你去快救。”邢瓒说：“路途遥远，怎么去救？现今员外有病。”鹦鹉说：“你尽忠不能尽孝，快跟我走。若到路上遇过（着）按院大人，你就喊冤，或是能救小主，也是有

的。”邢瓒听它，就往前行。鹦鹉在空中飞，邢瓒在下跑。日行夜宿，走得甚快。走得乏了，到了次日，邢瓒走不动了，睡在路上。鹦鹉说：“你为何不走？”邢瓒说：“你倒说了个好。你在天上飞，我在地下跑，我细细[7]走不动了。”鹦鹉说：“你若不快走，小主的性命难存，晋朝的冤仇无人所报。”邢瓒听说：“鸟有忠义之心，可（何）以人而不如鸟乎？”急忙起来，跟上鹦鹉就走。一日来到太行山，邢瓒正往前走，拾了一个带箭的燕，原是太行山的张彪头目和众喽罗打围猎射的燕。小喽罗一见燕着[8]邢瓒拾上，上前就要。邢瓒说：“这是山中的野物，我拾上焉能与你？”喽罗听说，禀知头目，张彪吩咐喽罗一齐杀上前去。正是：

　　邢瓒生来不让人，惹得强贼怒气生。

　　小主还未救得出，他又闯下祸临身。

有张彪叫喽罗一齐上前，把此人你与我绑上山中。

众喽罗听得说手拿枪[9]刀，一各各[10]上前去就下无情。

有邢瓒一见他心中上气，扑[11]上前无军器两手皆空。

忙拔下山中的一棵[12]大树，就和他众贼人大战交兵。

一松树把贼头打下马来，夺过刀就把他损了残生。

众喽罗往后退他往前行，把藏兵直赶得满山避身。

正然赶绊[13]马索[14]把他绊倒，众喽罗齐上前拿住他身。

忙绑住拿上山去见大王，二大王叫此人杀在山中。

有张彪那一日酒醉如泥，忙吩咐把这贼绑在山中。

有鹦鹉回头看不见邢瓒，又观见拿邢瓒吃了一惊。

忙跟人飞上山去到帐内，又飞在后堂里见一夫人。

那夫人供奉着张仙一阵，忙飞到张仙后细听来因。

有丫环禀知了夫人你听，花园里绑下了一个恶人。

[1] 着：抄本写作“过”。
[2] 着：抄本写作“过”。
[3] 休：抄本写作“修”。
[4] 沾身：这里指近身，照管。沾：抄本写作“占”。
[5] 隔：抄本写作“各”。
[6] 想必：本段韵文抄本都作“相必”。
[7] 细细：表示到了极限，再也（不能）。
[8] 着：被。
[9] 枪：抄本写作“抢”。
[10] 各各：个个，每一个。
[11] 扑：抄本写作“捕”。
[12] 棵：抄本都作“科”。
[13] 绊：本句两个“绊”抄本都作“胖”。
[14] 索：本段韵文抄本都作“锁”。

杀头目叫众人将他拿住，生得恶二唛牙红发形容。

有夫人听得说自思自想，我养的邢丑鬼也是那形。

我箅着他也有二十余岁，却怎么他来到这里杀人。

有鹦鹉听她说心中思忖[1]，这夫人必定是邢瓒母亲。

那鹦鹉又妆了张仙说话，叫夫人后花园救你儿童。

你的儿人绑在后花园中，你念他母子们答救他身。

有夫人只听得张仙说话，忙走到后花园细看分明。

进花园见一人绳索绑定，好像是我的儿丑鬼形容。

开言问你这今[2]家住哪里？你的名叫什么说来我听。

有邢瓒听得问抬头观看，这夫人好像是我的母亲。

年纪大不知她是也不是，我不免把实话对她说明。

邢瓒说我家住松江府里，我名叫邢丑鬼邢瓒大名。

父亲死母烧纸渺无音信，我侍奉我祖母度过光阴。

把前后这事情说了一遍，夫人说就是我丑鬼儿童。

却说夫人听说，吩咐手下人把此人与我解下来。说："我是你的母亲。"邢瓒听说，叩了一头，说："母亲，你为何到这里了？"夫人说："我儿不知，因为王敦在朝，你父辞官不做，回家出外，不见音信。听人说是他身死了，我去郊外烧纸，被贼抢上山来到这如今。"邢瓒听说，心中大怒，说："母亲，你放我下山去救小主一回，我再来掬（搬）你下山。"夫人说："儿牙（呀），我放你不难。你无有箭令，那四大头目把你挡住，不放你身。不免你随我禀明大王，放你下山去吧。"说罢，母子来到帐内。那张彪睡过（着）着哩，邢瓒见墙上挂着一个宝刀，忙抽下来，呵（咔）嚓[3]一刀，把张彪杀死。夫人恐怕头目作乱，不敢动声。那鹦鹉一看，就飞在天空中，大声喊叫说："我乃是玉帝差来的日月游神，你们才拿来的那人，玉帝放（封）他开国大将，名叫邢瓒，你们保他下山去救小主。你们若不保，吾当叫你太行山的人马遭瘟，一个个不能得活。"众将听见空中神人说话，齐都跪下叩头，说："爷爷，保佑我们人马平安，情愿扶保晋主。"那夫人又叫众将说："大王一死，你们还是在山，还是扶保晋主？"众将

说："我们情愿扶保晋主。"那众将上前，拜过邢瓒。邢瓒说："眼前还不是下山的日子，我今先下山去探晋主，若是有事，来掬（搬）你们下山。"说罢，辞别夫人，随着鹦鹉下山走了。正走之间，忽听得轿子过来，原是陶知府接按院大人回来。邢瓒上前错认，还当是按院大人过来了，他上前去喊冤，说："大人，常州牢内有晋朝的太子受罪，你救他个活命吧。"知府听说，就吩咐人役与他一匹大马，叫这人骑上到常州，好救太子。邢瓒喜之不尽，骑上马往常州去了。那鹦鹉回头观看，不见邢瓒，说："此人错认官府，他叫陶知府哄进城去，不知好歹，不免跟他。"飞到常州打听去了。

祸福却无门，为人自己找。

适才[4]离了难，今又遇灾星。

陶知府进了衙心中暗想，今遇着[5]告状人他告本身。

谁知道那人人晋朝太子，他若是得活命我命难存。

告状人快与我下在监中，等巡按下了马我去禀明。

那一日刘巡按进了察院，陶知府到察院忙去投文。

禀大人我拿住晋朝太子，王来兴王又兴弟兄二人。

他杀人起歹心甚是可恶，王来兴是恶相[6]就如凶神。

按院说既拿住押送京地，见了那皇王爷问罪加刑。

知府说这个人押送不成，恐半路有人救枉费心情。

按院说怕人救不可拿他，他和你有甚冤下在监中？

我们的老先人吃他俸禄，救他的必定是晋朝忠臣。

陶知府开言说大人你听，你听我说他的冤仇之情。

高州城他打死参将公子，王参将使人役捉住他身。

拿住他押送京走在半路，黑松林有一人答救他身。

松江府害死了我的儿子，在这里杀丫环不是好人。

他二人在路上等杀大人，因此我哄进城下在监中。

叫大人你把他杀在这里，然后来你写本奏知朝廷。

有按院听此言心中大怒，骂一声小太子大胆欺人。

高州城你打坏参将公子，松江府你又害知府儿童。

到常州又杀害[7]知府丫环，心不善你还想杀我不成。

[1] 忖：抄本写作"村"。
[2] 这今："这如今"之省。
[3] 嚓：抄本写作"叹"。
[4] 适才：抄本都作"时才"。
[5] 着：抄本写作"过"。
[6] 相：抄本写作"像"。
[7] 杀害：抄本都作"杀坏"。

你的父他在位听信王敦，忠臣奏他不听失了龙廷。

你出头杀王敦前去报仇，和我们为臣的有甚仇恨？

到明天提出监把他处斩，我回京把此事奏与朝廷。

却说刘巡案（按）名叫刘叶，说："知府，明日把他斩了，我们再往上奏。"不题。鹦鹉听说，好不心惊："今日陶知府倍（背）下舌根[1]，案（按）院明天处斩太子，这该怎处？不免我挪（搬）来太行山的人马，答救他君臣二人。"说罢，急忙飞到太行山。见了邢夫人，把此事说了一遍。夫人听说，大吃一惊，忙传箭令，叫四大头目点起太行山的人马，不放（分）明夜[2]就到常州。邢夫人说："明天我们的兵将一伴（半）妆作客商买卖，一伴（半）妆作买（卖）武的，一伴（半）妆作讨吃的花子。十个一行，八个一走，哄（混）进城去，你看如何？"众将听明，急忙妆出来，一个一个流（溜）进城去，暗藏军器，四下埋了埋伏。正到午时，按院大人处斩太子，那众兵一齐上前将太子和邢瓒的绳锁（索）挑断。有一人把太子背上，杀开了一条大路走了。邢瓒见众人把太子背上出城走了，说："我昨日失了眼色，前去告状，是（实）想救我的小哥的活命，这贼官把我哄进城来，先（险）些把我的命也费（废）了。"带说着怒气冲冲扑进衙去，一刀就把陶知府杀了，又把他的家眷也杀了，急忙出城走了。那众将交战，太子觉事不好就偷跑了。那邢瓒见太行山的人马和邢夫人来到江边，上船去了。

夫人领兵把船乘，太子偷跑逃性命。

邢瓒在后截住杀，两家大战不消停。

有夫人领众兵回营去了，上了船细细儿查点兵丁。

众兵将都来了一个不少，却不见那邢瓒小主之身。

有夫人不见主双眼流泪，我到此只为你君臣二人。

到今日不见你又走哪里？救不回你二人枉费心情。

泪汪汪叫一声众将哥哥，你听我与你们细说分明。

你们有衷心意再过江去，到常州查着访细细打听。

他二人若是在把他救来，到日后他登龙你们受封。

若是把他二人性命害了，你们回太行山聚将招兵。

招兵将与小主报点仇恨，不枉说当英雄在世为人。

说毕话不由得大放悲声，那夫人入了江一命归阴。

众兵将都望着莲花上天，一个个恨王敦叫骂几声。

且不说众兵将又走常州，再说起这邢瓒截杀兵丁。

有邢瓒前边行众兵在后，那山兵见邢瓒乱乱哄哄。

那邢瓒他入了山中树林，众兵将不见他收兵回城。

那夫人归了阴魂归天界，玉帝爷封了她贤德[3]夫人。

她本是上方的莲花以转，就叫她护邢瓒保定主人。

驾祥云叫邢瓒开言便说，在空中叫邢瓒你是听因。

我本是你的母来护你身，马乾龙他又往池州逃身[4]。

胭脂山有二王你去投军，见二王把太子细说分明。

说毕话驾祥云忽然不见，那邢瓒胭脂山去见二王。

太行山那人马回山去了，那鹦鹉回京地说这原因。

见了那王丞相细说一遍，王丞[5]相听说是晋朝有根。

丞相说[6]这一回把你受苦，忙摆席把鹦鹉待出门庭。

鹦鹉说王丞相在朝打听，我回上大佛寺养我精神。

且不说王丞相商量[7]一[8]毕，再表那池州的两个英雄。

关家村有二人自幼和[9]好，关晏英和张彪同吃同饮。

他二人在夜晚同做一梦，有菩萨说太子来到村中。

却说关晏英和张彪说："菩萨与我二人托梦，说是真龙来到村中。"二人出来一看，果然马乾龙来到跟前。他二人让着坐（座）同席饮酒，说："兄弟，你从何处来的？高名上姓？哪里人氏？"马乾龙说："我家住常州，名叫李又兴，我来到贵地访闻（问）朋友。"便问："你二人高名上姓？"关晏英说："我叫关晏英，他叫张彪。"说罢，三人拜了弟兄。关晏英说："把这人请到我家饮酒。"三人来到家中饮酒，太子不胜酒量，先吃醉了，就安置在内宅睡下。那关晏英饮酒到了半夜，家人禀说："内宅房中的火着了。"关晏英和张彪出来观看，原是客人睡的房内里火着了。他二人进去一看，无火。关晏英说："这个

[1] 背下舌根：背地里说人坏话。

[2] 明夜：白天黑夜。

[3] 德：抄本写作"得"。

[4] 逃身：逃命；藏身。

[5] 丞：抄本写作"承"。

[6] 丞相说：抄本写作"承说相"。

[7] 量：抄本写作"谨"。

[8] 一：抄本写作"以"。

[9] 和：抄本写作"活"。

人他说他是李又兴，怎么身上火光皆大，莫必（非）就是太子！我们见（将）他叫醒，讨个封诰。"二人把太子叫醒，他就跪在面前。太子说："你二人跪在我面前为何？"二人说："我们你面前讨封。你就是太子，你说我听。"太子说："你听。"正是：

　　神与你说我是龙，未出母胎受灾星。

　　游遍天下多少路，几次死里又逃身。

　　马乾龙叫二人听我细说，我本是晋朝的太子之身。

　　自从那王敦贼夺父龙位，寒宫里生下我就遇灾星。

　　有菩萨救出我母子活命，游遍了普天下到处安身。

　　常州的陶知府把我拿住，下南牢绑杀场要杀我身。

　　有鹦鹉那丞相搬兵答救，搬来了太行山马步兵丁。

　　有邢瓒出了城无音无信，我得了活性命来到村中。

　　到后来我若是登龙即[1]位，我就封你二人王侯[2]公卿。

　　关晏英和张彪就谢龙恩，就摆宴把主人款待殷勤。

　　摆了宴他二人恭恭敬敬，太子在关家村又得安身。

　　且不说他三人终日同乐，再提起邢瓒到胭脂山中。

　　胭脂山见二王叩头礼拜，把太子那些话细说分明。

　　有二王听得说眼中流泪，谁知道我晋朝有了苗根？

　　他今日又走了池州去了，若有错我不知有谁知闻。

　　叫邢瓒我封你鱼儿殿下，你领上四员将池州找寻。

　　你找着我太子领上山来，那时节你有了大大功成。

　　到那里你不可张风漏[3]信，各处里细找寻暗暗打听。

　　恐王敦知道了拿住他身，若拿住你上山报我知闻。

　　这邢瓒听说毕下山走了，领四将起了身急往前行。

　　那一日到池州各处打听，城里找城外找不见音信。

　　却说邢瓒来到李家村，也莫（没）有小主。那李家村有个员外名叫李清，字叫常太，他妻杨氏，所生三子——长子李忠，次子李仁，三子李明，都有武艺，又有一女名叫李金花，也有一身的武艺。小姐叫邪气缠住，疾病甚重。员外出了婚条一张贴在门上："若有人看好我女儿的疾病，许他足下为妻。"邢瓒走到跟前，把纸扯了，说："我能

看。"那家人回禀员外，员外说："请他进来。"邢瓒进去，员外一见生得丑陋，心中暗说："我等他把女儿病看好了再作料理。"邢瓒问了情由，就说："员外，你把你女儿移在别处，用红[4]遮住，我好捉脉[5]。"李员外听说，把女儿移送在后房。邢瓒进房，等到半夜，不见动静。正然思想，忽见一股清风走来，是一个女妖，说："姐姐，今天是你升天的日了，请你和我走吧。"邢瓒说："往哪里去？我走不动。"女妖说："我把你背上走。"带说着背上就跑。邢瓒忙使太上（泰山）压定（顶）之法压了妖怪，那女妖使了个黑驴打滚走了。邢瓒跟到后花园中弟（第）一棵桃树的（底）下，那女妖入地。邢瓒记下，回到房中。次日，员外把邢瓒请到前庭坐下。邢瓒说："那女妖，我记下了地方。"把员外领到园中第一棵桃树的（底）下。邢瓒说："使人挖开。"挖出一个石匣，匣内放着两个铁鞭，上面有字。邢瓒一看，说："这是天赐我的军器。"又问员外："你女儿疾病如何？"员外说："我女儿好了。"说罢，把邢瓒请到前庭，摆了酒宴，小姐也来饮酒。员外说："相公，我女儿病好，多谢你些礼物，你拿上，别处娶一双（房）妻子去吧。"邢瓒还未开口，小姐说："爹爹，你贴出婚条，你今难道昧婚不成？"员外说："他的面丑。"小姐说："我不嫌他面丑。"员外说："既然不嫌丑，就择良辰吉日与你二人完婚。"正是：

　　邢瓒本是天生成，寻主不见遇主人。

　　前世婚姻今世定，恩爱不嫌面目凶。

　　李员外听此言满心欢喜，择良辰就与那二人成婚。

　　有邢瓒李家村成婚以后，终日家他夫妻欢喜不尽。

　　那一日邢瓒到毒泉上边，摆着些猪羊肉不见一人。

　　那泉内出来了一个怪物，就照住那邢瓒往前所行。

　　有邢瓒举起鞭往下一打，打得那怪物又现了真形。

　　原来是红鬃马走得威风，豹头眼黑毛色红尾红鬃。

　　这怪物一方人常常献祭，若不祭它就要吃此之人。

　　有邢瓒抓住鬃骑[6]上便走，那边里又来了白头老公。

[1]　即：抄本写作"基"。

[2]　侯：抄本写作"候"。

[3]　漏：抄本写作"陋"。

[4]　红：指红布。

[5]　捉脉：堪舆家据地势寻找所谓龙脉。

[6]　骑：抄本写作"起"。

老公说是我的海龙大马，邢瓒说你的马为何吃人？

老公说我拿来鞍屉[1]龙缰[2]，先鞴上你看它便就可身[3]。

那邢瓒听说罢就要变脸，老公说你后看又来一人。

哄得他回头看不见一人，有老公化清风不见音信。

他本是土地神送来鞍屉，邢瓒得海龙马喜在心中。

自今日也不提找寻太子，他夫妻好打围常在山中。

四将说为何不快找主人，邢瓒说无音信哪里找寻？

四将说你在此我们上山，恐二王在那里他不放心。

且不说四员将回山走了，再提起关家村两个英雄。

关晏英他本是老爷后代，那张彪他本是张爷儿孙。

他二人把小主每日供敬，伺候主终日家同吃同住。

不觉得[4]又到了五月之中，正是那小主的万寿之辰。

却说他二人说："今日是太子寿诞之辰，取些好酒与小主上寿。"吩咐家童取来好酒，不题。再说黄宗道在朝听得马乾龙在池州，他也要走池州打听太子。正走之间，就撞过（着）关晏英的家人。黄宗道说："你这人行走慌忙，为的何事？"家人说："我主人使我商成（上城）取些好酒，与小主上寿。"黄宗道说："你的小主从何处来的？名叫什么？"家人说："他从常州来的，名叫李又兴，他和我家主拜为弟兄。"黄宗道说："马乾龙改为王又兴，今日他又改李又兴，便就是太子。"回头说："我有些好酒，买（卖）与你拿去。"就将迷魂药下在酒内，递与家人，拿上走了。那黄宗道驾席（祥）云来到朝内，奏知王敦。王敦听说，急忙传令，叫大殿下王龙领兵三千和黄宗道来到关家村，不题。再说家人上酒来到家中，关晏英说："这酒乃是敬主的酒，等到十五日与小主上寿。"不觉到了十五日，正与小主上寿，那黄宗道领兵把关家村围住。那关晏英和张彪你三盏我两盏，把太子吃得魂（昏）迷不醒，他二人酒还未占（沾）过口。有家童报到（道）："京兵把庄村围住了。"关晏英、张彪忙请太子，那太子中了迷魂，不能醒来。他二人见兵把庄村围了个水血（泄）不

[1] 屉：马鞍下的软垫。
[2] 缰：抄本写作"疆"。
[3] 可身：合身。
[4] 得：抄本写作"的"。

通，也顾不得太子，从后偷跑，逃命去了。黄宗道杀进关家村，拿住马乾龙，打入囚车。王龙说："不免我先进京，父王面前献功。若是迟了，他先到去，占了便宜，献了头功，如何是好？"说罢，吩咐人马从北平山上京。正是：

妖道拿住小主身，王龙那里喜心中。

实想先去把功献，谁知半路遇刀兵。

有王龙押太子进山所走，到京城见父王先献头功。

黄宗道他着[5]我叫我等他，他想着先进城显[6]他之能。

他不知我心里主意想就[7]，我今日先进京显个能行[8]。

心内想口里念正往前行，正行走遇着[9]个闯祸之人。

有邢瓒他夫妻山中打围，射下了一只鹿在那树林。

有王龙看见鹿上前拿上，他依着王子家欺压良民。

小姐说你拿鹿把箭留下，你拿箭把鹿留为何都拿？

王龙说箭和鹿都不与你，我本是大殿下太子王龙。

有邢瓒听此言举鞭就打，王龙的众兵将上前交兵。

一鞭去打死了王龙坐马，那京兵救王龙换马前行。

那兵回丢下了囚车一辆，邢瓒说打开车看是何人。

忙打开一见主又[10]惊又喜，却怎么不言语眉眼不睁。

小姐说他中了迷魂毒药，用水火解毒药叫他苏[11]醒。

有太子翻[12]起来睁眼一看，见邢瓒不由得大放悲声。

叫老弟我的命这样苦情，步步儿[13]受灾星又受难心。

有邢瓒叫小哥你莫啼哭，二千岁他在那胭脂山中。

自从那常州城我们失散，我去到胭脂山拜过他身。

二千岁封了我鱼儿殿下，才使我下山来找寻你身。

等不来小主身四将上山，我在此今日个寻见你身。

李金花说我们不可在此，恐王敦知道了发来大兵。

说毕话领众兵来到家中，见员外把此事细说分明。

李员外听说罢此事不好，黄宗道必发兵洗我庄村。

[5] 着：教；使。抄本写作"者"。
[6] 显：抄本写作"限"。
[7] 就：抄本写作"久"。
[8] 显个能行：也说"显能"。炫耀自己的才能、本领。
[9] 着：抄本写作"过"。
[10] 又：本句两个"又"抄本都作"有"。
[11] 苏：抄本写作"酥"。
[12] 翻：抄本写作"反"。
[13] 儿：抄本写作"而"。

保小主胭脂山投见千岁，求千岁发来兵早除贼人。

有邢瓒和小姐听说一毕，领家将保小主急忙前行。

不说那小主和邢瓒夫人，再表那黄宗道回兵进京。

黄宗道领兵到北平山中，有兵报王龙他先献头功。

王龙兵一各各慌慌乱走，那王龙好像是死后孤魂。

却说黄宗道一见王龙，大吃一惊，开言便问，王龙把邢瓒把（抢）了的话说了一遍。黄宗道听说，连夜来到李家村中，就问邢瓒夫妻的信音。那李村的百姓说："李清的女婿和救来的那人，不知往哪里去了。"妖道听言，领兵追赶，赶了三日三夜，赶上，一阵好杀。邢瓒夫妻一看说："乱马军中不见小主，想必是我岳父和妻兄保上走了。你看，黑夜之间，兵是兵山，将是将海，我夫妻难以大战。"说罢，走了，不题。李忠、李仁、李明弟兄三人说："你看这时兵如山海，不见我父母和主子往哪里去了，想必是叫邢瓒夫妻保上走了。我兄弟三人如何能杀退贼人？不免我们出外招兵聚将。若是招下兵，再来除贼。"说罢，他三人走了。再说李清夫妻二人正正（整整）杀了一夜，杀得人困马乏，被黄宗道把李员外夫妻杀在阵上，拿住太子，又打入在囚车，连夜上京，这话不表。再说陈林早知太子有难，被妖道拿住。陈林来在大路松林之中藏下，要等太子。那妖道押定太子过山，这陈林从林中出来，上前一阵好杀，杀得人头乱滚，妖道的人马五令（零）四散。陈林上前打开囚车，救出太子，从暗处走了。那黄宗道的人马正正（整整）杀了一夜，到了天明才知是自杀自。那妖道查兵，舍（折）得还有一千有零的兵了，再不敢过（捉）拿太子，上京交旨走了。妖道上京，奏知王敦，王敦传旨画了图像，使人出京，各州府县捉拿太子。正是：

王敦心中不安宁，只因晋朝有儿孙。

实[1]想当日[2]除后患，谁知今日有祸根。

有王敦听道人奏了一遍，怒冲冲忙传了圣旨一道[3]。

把圣旨传与那各州府县，或庄村或堡寨画上图形。

若有人捉住了晋朝之后，宣进朝当殿上就要加封。

[1]　实：抄本写作"是"。

[2]　想当日：除此处外抄本都作"先当日"。

[3]　道：抄本写作"屯"。

若不报暗隐昧一律问罪，把人头挂[4]高杆犯罪不轻。

王敦的这场[5]话暂[6]且不表，再表那陈林救太子之身。

这陈林杀败兵救去太子，急忙忙保太子往前所行。

太子说我师傅你从何来，我今日险[7]些儿丧了性命。

陈林说你不说我早知道[8]，我今日访下了许多英雄。

你今日逃性命我暗保你，往前走瓜州城你去安身。

有英雄他如今不敢害你，他捉你只怕得[9]先受灾星。

我为你把此语略表几句，黄草山陈金定常打不[10]平。

潼关的那王宝是你忠臣，若行兵他就是接你之人。

平岭山有黄家弟兄二人，卧牛山有几员好汉英雄。

太行山还有那四员大将，青龙山也有那人马兵丁。

朝内的那忠良可表几个，有鹦鹉那丞相现在京城。

这些人都等着天下大变，一各各都为你要报仇恨。

你放心你去到瓜州安身，等除了王敦贼你好登龙。

这如今舍命的是我一人，杀乱他王敦贼不得安宁。

这几两盘费银拿上快去，你不可在此处叫人知闻。

说毕话往山中伴常走了，有太子泪汪汪急忙前行。

我到那瓜州城无处安身，倒[11]不如我走那太行山中。

四大将便就是四大头目，常州城他救我便是忠臣。

且不说太子往太行山去，再提起姓王的一个忠臣。

黄宗道关家村败回阵去，王丞相他听见喜在心中。

却说王丞相使人去到大佛寺，暗暗请来鹦鹉丞相。王丞相说："太子在池州叫黄宗道领兵拿住，不知是何人救去？你今再去打听，恐怕有人再拿他身。闻听着二王千岁在胭脂山招兵聚将，你今去请千岁，领兵前来除贼。"鹦鹉听罢，飞上走了。到了池州，打听太子，不见音信。又去到胭脂山去见了二王，把下山除贼话说了一遍。二王说："我使邢瓒池州找寻太子，这［如］今四将回来说不见太子。听说太子叫贼兵拿去了，这时暂且不可动兵，等

[4]　挂：抄本写作"卦"。

[5]　场：抄本写作"常"。

[6]　暂：抄本写作"一"。

[7]　险：抄本写作"限"。

[8]　道：抄本写作"到"。

[9]　得：必须。抄本写作"的"。

[10]　不：抄本写作"步"。

[11]　倒：抄本写作"道"。

着找果（着）太子下落，再发兵除贼。"他君臣二人正然说话，有一个猫儿进去把鹦鹉从椅子上咀（叼）着去了。二王一见，魂飞天外，急忙吩咐人役四面挡定。把猫儿追得甚急，把鹦鹉丢下跑了。二王上前把鹦鹉拾着起来，一看，鹦鹉死了，大放悲声。哭了一场，吩咐人役把猫儿一应杀了。人役听说，把胭脂山的猫儿搜杀了个清净。那二王把鹦鹉抱回营来，设了灵堂，守灵坐草，啼哭不止，惊动了南海的观音老母，来到营中。那二王正然睡着，梦中见菩萨进帐，取了灵丹，贯（灌）在鹦鹉的肚里。菩萨出帐走了，二王梦中送出菩萨，忽然惊醒，原是一梦。急忙把鹦鹉抱在怀内，连叫几声"丞相醒来"。那鹦鹉醒来，口口哭的"师傅救命"，睁眼一看，见二王千岁哭得悲伤。鹦鹉说："千岁不用哭了，为臣活了。"二王一见，心中欢喜，终朝每日[1]不离鹦鹉，君臣二人议论军事。

鹦鹉死里又逃生[2]，惹得猫儿遭了瘟。

千岁一见喜在心，君臣二人论军情。

不说那鹦鹉的这场事情，再把那马乾龙明得一明。

马乾龙他又走太行山去，正走在云梦寺到一庙中。

见一个小尼姑甚是恭敬，太子说你的茶与我一钟。

有尼姑端茶来双膝下跪，双手儿忙递茶叫声相公。

叫相公你观看我是何人，你到我这荒山为的何情？

有太子听得说仔细观看，陶小姐你为何出家为僧？

小姐说常州城我是好意，你为何杀害我丫环之身。

我的父知道了把奴害死，送荒郊观音母答救我身。

有菩萨发慈悲救我活命，指点我在这寺出家修行[3]。

有太子听得说双眼流泪，说小姐莫怨我怨你父亲。

那丫环不知是何人杀害，你的父他把我下在监中。

使千方用百计他把我害，绑杀场要处斩不可留存。

到池州黄宗道把我拿住，多亏了我师傅救我活命。

我往那太行山去见大[4]王，到今日我和你又来相逢。

小姐说太行山不去倒好，比[5]不得先年间张彪为尊。

[1] 终朝每日：每天；每时每刻。
[2] 生：抄本写作"身"。
[3] 行：抄本写作"心"。
[4] 大：抄本写作"太"。
[5] 比：抄本写作"必"。

如今是四头目俱各称主，有刘英和刘恺兄弟二人。

那王章和张成有名之将，一个个无敌对就如凶神。

王敦贼常与他送金送银，你若去叫他们捉住你身。

我这个云梦山也不僻静[6]，山后有吉宁庵你去安身。

陶立春送太子往前所行，不多时就到了吉宁庵中。

却说吉宁庵有个小尼姑，是常州人氏，名叫范玉英〔小姐〕。因她亲母去世，后继母所害与（于）她，神人点化，叫她出家，吉宁庵为僧。她和陶立春二人和好，来往行走，称呼〔的〕师妹。范玉英小姐便问："师姐姐，这位相公高名上姓？哪里人氏？来到庵中为何？"陶立春说："他是我哥哥，只因避难来到这里。我那里甚不避净（僻静），我送他在妹子你这里躲避。他日后若到好处，报你恩情。"范玉英说："你的哥哥就如我的哥哥一般。"说："姐姐，你且放心，我看顾与（于）他。"立春和玉英说罢，陶立春就回上云梦庵去了。那太子一见范玉英生得美貌，便问："小姐，哪里人氏？为何出家？"小姐说："我是常州人氏，家有继母所害，因为（此）出家。"又问："相公，为何逃难？"太子就把前后之事说了一遍。范玉英听得[7]此言，急忙跪下，叫声小主："你把姐姐封在正宫，把我〔封〕在哪宫？"

太子听此言，小姐你是听。

日后登龙位，把你封东宫。

范玉英听得说急忙下跪，说小主你把我封在哪宫？

太子说我日后旦若登位，她的是正宫院你的东宫。

范小姐听此言喜在心中，有一个老尼姑听见声音。

尼姑说旦若是王敦知道，连累我众尼姑不得安宁。

我化缘到常州早些报道，免得吓[8]我尼僧受怕胆惊。

这庵中有一个知心小尼，暗暗地与小姐说知此情。

范玉英听得说心惊胆战，说相公这庵中不可安身。

有人去暗地里与贼通信，那贼人知道了来拿你身。

有太子听此言心中思想，问小姐走瓜州多少路程？

小姐说走瓜州千里路径，你要去走水路快快前行。

[6] 僻静：抄本写作"避净"。
[7] 听得：除此处外，听得、不由得的"得"抄本都作"的"。
[8] 吓：抄本写作"下"。

太子说无盘费怎坐[1]船去，小姐说我还有几两白银，你拿上走瓜州路上使用。他二人带说着大放悲声。

范玉英送太子往前所走，小姐她又回到云梦庵中。

马乾龙不多日来到江岸，见一只小船在岸前所存。

叫船手上前来渡我过江，我与你把船钱说个分明。

船手说相公你哪里去哩？把你名和你姓说来我听。

我这船渡的是有缘之人，或有难逃灾星不要钱文。

若遇着[2]那贵人分文不要，若是那下色[3]人十两白银。

却说马乾龙思想说："我名叫李又兴，往瓜州避难。"这船手名叫陈商，心中暗想说：黄宗道常常在我江捉拿晋朝之后。有船手把太子渡在船上，风顺船行，来到松江，太子上岸。有王敦的心腹之人，取出画图，说："此人就是晋朝太子。"就吩咐人役把太子拿住，就打在囚车，押上上京。正走之间，天黑，夜晚杀出一将，打得人马五零四散逃走，打（把）人马杀死了大半。走上前打开囚车，救去太子。来到江边，天色未亮，正遇过（着）瓜州的船只。陈林便叫船手说："这是王敦爷家的钦差，他走太行山，有要紧事情，你把他渡过江去。"陈林急忙取出书子一封，递与太子说："你到太行山，把此书送与四大头目，他禀知四大王，保你无事。"说罢，陈林走了。太子黑夜之间看着就是师傅，也不敢多言。不多几日，就到太行山。见了喽啰："禀知太（大）王，是我下书人要见。"那喽啰听言，忙禀大王。有刘英、刘恺、王章、张成四人说："叫他进来。"正是：

　　喽啰禀知大王听，太子进帐胆战惊。

　　两边众将如猛虎，四人坐帐赛阎君。

有太子进帐来不敢急慢，忙取出师傅的书子[4]一封。

众将官接过书仔细观看，写的是是朋友名叫陈林。

多拜上太行山四家大王，下书人他本是晋朝苗根。

留他在[5]太行山好好照看，我往那胭脂山求发大兵。

胭脂山二千岁发兵除贼，太行山见此书不敢消停。

[1] 坐：抄本写作"过"。
[2] 着：抄本写作"果"。
[3] 下色：下等。
[4] 子：抄本写作"字"。
[5] 他在：抄本写作"在他"。

四大王见此书急忙出帐，齐下跪拜小主又把头参。

太子说莫下跪你们起来，想当日常州城多累你们。

常州城救了我追兵冲散，我命苦今日个又得相逢。

众将说自常州救出主人，到江边我杀贼不见你身。

邢夫人不见主伤心痛[6]哭，那夫人直气得跳入江中。

我众将又到了常州去找，各处里都找遍[7]不见你身。

有鹦鹉那丞相朝中去了，我们在此山上聚将招兵。

王敦贼与我们送金送银，叫我们拿住你押送京城。

我差人下山去各处打听，各乡村找主人不见音信。

昨日个我山中来了一将，他本是陈功后名叫陈林。

我弟兄就和他八拜结交，我留他在山中住了几日。

他不站下山去言说保驾，他言说保小主瓜州逃身。

他下山到如今渺无音信，你为何带此书拜见我们？

太子说他本是教我师傅，谁知道他的名又叫陈林。

黑松林救了我说得明白，他叫我逃难在瓜州城中。

我恐怕到瓜州叫贼拿住，我心想来此山见你四人。

游浪了一年多未曾得到，也是我运不通又遇灾星。

自那年贼人他把我拿住，我师傅又救我来到此中。

他叫我带书子[8]来见你们，又不知他走了哪里安身。

四人问那邢瓒他在何处，到如今不见他渺无音信？

太子说自常州再无见面，是神灵指点我池州逃身。

我在那关家村避灾躲难，黄宗道用迷魂拿住我身。

解送到北平山邢瓒救下，有妖道和王龙追赶我身。

他把我赶上前打入囚车，那时节邢瓒他去逃活命。

他一同也有那几员大将，到今日不知他哪里所行。

却说众将听罢，摆了酒宴待承小主，这话不表。再说，关晏英和张彪自从关家村失散，就在边山游浪，心想招兵聚将，与主报仇。不觉过了一年有余，走到平岭山下。忽听得铜锣一响，那平岭山的人把他二人挡住，上前就杀。那关晏英怒气冲冲，手提了一把钢刀就把一人斩在马下。众喽啰上前，把他二人拿住，急忙禀知大王说："这二人杀死我家的头目老爷，我们将他拿住，来禀大王。"

[6] 痛：抄本写作"疼"。
[7] 遍：抄本写作"便"。
[8] 子：抄本写作"字"。

那黄珍、黄琦听说是杀坏（害）头目，心中大怒，就吩咐人役："你们把这二人推下山去斩了。"有王梁、王栋说："不可，我们禀知娘娘，再作开消。"他四人来到后帐，把此事禀知娘娘，娘娘说："你们把他绑上来我看。"那四将把他二人绑上山去，占（站）立一傍。娘娘说："你二人见我怎么不跪？"关晏英和张彪说："我们是有名的大将，谁肯与你下跪？你把我二人拿住，要杀杀了，要斩斩了，与你下跪，万万不能。"娘娘说："你二人名叫什么？"二人说："大将叫关晏英、张彪。我们心想夺了山寨，招兵聚将，要杀王敦，与晋朝报仇。不妨（防）意你们把我二人拿住，便怎么样哩？"四家大王听说，便问二人："你说晋朝小主他在何处？"娘娘说："把这二人解着下来。"他与我说晋朝之事，我与你（他）发兵。"喽罗把他二人解下来，二人上前，急忙跪下说："大王你听。"正是：

他二人忙跪下叫声主母，又叫声众大王你是听因。
我名叫关晏英他叫张彪，先谢过主母的不斩之恩。
我家住池州城关家村里，我二人自幼儿结拜弟兄。
自昨日晋小主到我村里，有菩萨来托梦说是真龙。
小主叫马乾龙晋朝之后，我二人把主人留在家中。
五月的十五日小主万寿，我弟兄与小主酒宴待承。
实[1]想说取好酒与主上寿，谁知道黄宗道下了迷魂。
暗发兵把小主拿上走了，我弟兄失散主来到山中。
望主母与我们发下兵将，杀王敦除妖道报仇消恨。
有娘娘听得说放声大哭，四大王在傍边跌脚捶胸。
娘娘哭小冤家谁知在世，今日个贼拿去不知吉凶。
关晏英和张彪二人叩头，才知道是国母快发大兵。
望娘娘发大兵我们先去，不杀那王敦贼誓[2]不为人。
有娘娘眼泪流开言便说，叫二将你起来细听分明。
我这山兵将的气力还小，怎能敌贼人的那些兵丁。
那贼人势力大一统天下，黄宗道用妖法甚是有能。
除不掉[3]那贼人总[4]是大害，搅害了众百姓不得安宁。

小冤家他未死还则犹[5]可，倘若是被[6]贼害枉费心情。
四大王开言说娘娘你听，我小主有神人答救他身。
我山中这人马三千有零，有大将数十个也有能行。
我弟兄为小主死不后悔，保娘娘领兵去杀那贼人。
娘娘说我众将心中情愿，又不知众喽罗他的心中。
众喽罗听得说他都情愿，都说是拿王敦碎剐[7]分身。

却说娘娘听说众将情愿下山除贼，就择了黄道吉日点兵下山，不题。再说李忠、李仁、李明弟兄三人自从李家村失散，那黄宗道将太子拿去，不知吉凶，又不知我父母的好歹，有邢瓒妹夫和我妹子不知往何处去了。那李仁往青龙山投在刘朝元的营中去了，这李忠、李明走到一个山中，见一个牧童。说："走路的，这山你不得进［入］。"那李忠、李明便问牧童："此山叫个什么山？"牧童说："叫个卧牛山。这山有两个大王，甚是利害。"李忠、李明说："我们要夺山寨，招兵聚将，要杀王敦。"牧童听说，不敢多言，往西走了。二人说："我们二人上山借兵，他不借与我们兵，我们就杀他一场。"正说之间，来了两个大王，是赵太、周科，杀他二人。战了几合，不分胜败。二大王便问："这二将名叫什么？"李忠说："我名叫李忠，他叫李明。我二人上山求借你兵，与晋主报仇。"二大王说："既是借兵，把他请上山寨，再作料理。"说罢，一同上山，来到帐内坐下。那李忠又问："大王名叫什么？"大王说："二将不知，我名叫周科，他是赵太，他是我的拜弟。"又说："二将，你不必心急。你看，王敦势力皆大。闻听着胭脂山二王千岁的兵多将广，我们等千岁行兵的时节，我们才下山行兵，除那王敦。"李忠、李明二人听说，就依存了，就在此山候着千岁，不题。再说邢瓒夫妻二人往胭脂山，要见二王千岁去了。

夫妻二人心中慌，一心要走胭脂山。
不知太子吉和凶，见了千岁说真情。
有邢瓒夫妻们往前所走，心中想失却了小主之身。
见千岁又不知怎么发落，一怒间不容[8]情降我罪名。

[1] 实：抄本写作"是"。
[2] 誓：抄本写作"是"。
[3] 掉：抄本写作"吊"。
[4] 总：抄本写作"揔"。揔：同"总"。

[5] 犹：抄本写作"有"。
[6] 被：抄本写作"必"。
[7] 剐：抄本写作"刮"。
[8] 容：抄本写作"永"。

金花说救小主功劳已[1]就，谁知道失了主无有功成。

心中思失了主这场事情，不多日就到了胭脂山中。

有喽罗禀大王邢攒来到，他领着年青的一个夫人。

二王说小喽罗叫他进来，他夫妻见千岁两泪纷纷。

千岁说四员将说得明白，你在那李家村结下婚姻。

你招亲我今日不降你罪，你找的小太子说来我听。

他夫妻忙叩头放声大哭，我下山各处找无影无踪。

自从那李家村招亲以后，见王龙押小主又往前行。

我夫妻杀退兵救下小主，我和那李员外保主前行。

心想说保小主来见你身，有妖道他知道领兵随跟。

赶到那半路里拿去小主，那员外老夫妻丧了残生。

他的儿一个个死活不见，我夫妻今日来求见你身。

失却主我夫妻今有大罪，望千岁发大兵早除贼人。

二王说你二人你且起来，失太子不怨你夫妻二人。

只怨我在山中不发大兵，那妖道拿太子不知吉凶。

有鹦鹉那丞相南海去了，求菩萨化四马四路搬兵。

忙吩咐陈老将点起大兵，快点起十万兵不敢消停。

陈老将得了那千岁之令，不怠慢点起了十万大兵。

又点起他二子陈仁陈义，再点起十数员有名英雄。

叫邢攒你夫妻押送粮草，若无有粮和草犯罪不轻。

二千岁胭脂山起了大兵，有马报早报与王敦知闻。

黄宗道忙点起京兵上将，领大兵三十万急往前行。

无明夜[2]走到了潼关之地，离潼关四十里安下大营。

潼关兵尽都在此处使用，又使了心腹将把守关门。

将潼关把定了四面围困，不怕他司马的百万雄兵。

却说黄宗道安排定计，有报子报到（道）说晋二王杀上前来了。那黄宗道传令摆阵上来，妖道便骂："我把你出国之贼，我主不曾亏负与（于）你，你为何前来搅挠（扰）我主？"二王又骂道："好一妖道，你害我主，扶保王敦登基，你又苦害我的太子，你今敢来挡我的马头！"二王高叫："人马谁能上前拿这妖道？"有陈仁、陈义应声杀在阵内，黄宗道退进城去。又有陈商、郭庆迎出阵

来，大战[3]几合，就者（着[4]）陈仁把陈商斩在马下，陈义把郭庆刺死。黄宗道吩咐一齐杀上前去，二王敌当（抵挡）不住，退兵四十里。妖道冲杀在阵内，二王使起飞剑打得妖道吐红，驾起云败阵走了。二王追杀了十数余里，安下营寨，急忙吩咐四下埋了埋伏。将说一毕[5]，陈国阵说："千岁，今日安下营寨，你再发兵前去交战，且若胜者则可，若败者，我们用埋伏之［兵］四路追杀，岂不是好？"二王说："老营要紧，叫杨珍把守老营。那黄宗道的妖法甚大，若不胜他，那时节四路的兵聚到一处敌（抵）挡，岂不是好？"说罢，二王坐帐传令，叫杨珍把守老营。又叫陈老将："你在中营观兵。"又叫四员将听令："你们是四路的埋伏。"又叫陈仁、陈义听令："你们二人领上三千人马前去交战。"那二人听说，急忙前去大战，打了几合，兵败回营，那贼兵追赶。黄宗道又叫众兵："你们不可追他，恐怕他有埋伏。"众将不听，那陈家二人复反（返），又追赶京兵。正赶之间，左边杀出一人，是张祥，右边杀出一将，是赵德，挡住贼兵就杀。正战中间，又杀出来二将——王志、王忠，截住贼兵就打，把黄宗道的人马四路杀了一半。有王敦的外甥孙豹冲杀在阵内，二王连手（首）尾也不住（顾），就被战马驮出去，往东平山走了。正是：

战马救出战阵外，又受贼计牢[6]龙口。

谋事在人成在天，败将头上有青天。

有二王出阵外往前所走，那孙豹在后边紧紧随跟。

正行走东平山马打前脚，把二王跌下马倒在埃尘。

有孙豹举起刀往下一砍，不防备[7]石背后杀出一人。

喝一声把孙豹斩于[8]马下，忙扶起二千岁上马前行。

那员将骑上了孙豹坐马，孙豹兵才到来大战交兵。

无名将杀条路保定千岁，杀出山没[9]高低径[10]奔

［3］ 大战：抄本写作"打战"。

［4］ 着：被。

［5］ 将说一毕：刚说完。

［6］ 牢：抄本写作"老"。

［7］ 防备：抄本写作"妨必"。

［8］ 于：抄本写作"与"。

［9］ 没：抄本写作"莫"。

［10］ 径：抄本写作"尽"。

［1］ 已：抄本写作"巳"。

［2］ 无明夜：不分昼夜。

老营。

黄宗道四埋伏王敦四侄，叫王宁和王何王玉王净。

那四人在路上暗藏等候，四贼人见二王出阵东行。

领上兵往东走要赶二王，赶到了东平山围住二人。

那员将保千岁就如猛虎，杀得那众贼兵不敢动身。

王宁说众兵将快放弓箭，忽听得山下人喊了一声。

有邢瓒李金花押送粮草，见千岁被贼人围在当中。

忙领了押粮兵杀上前去，有王宁忙回兵大战交锋。

有邢瓒上前去手提鞭打，打死了王宁贼命见阎君。

李金花又杀了贼人王净，有二王打死了王何贼人。

无名将把王玉斩为两段[1]，四贼人一各各丧了残生。

黄宗道领兵将又来追杀，陈老将又上前大战交兵。

四员将和埋伏陈仁陈义，追杀得那妖道他就退行。

黄宗道死兵将不计其数，这二王他折[2]兵一千有零。

他两家各收兵回上营中，千岁说救我的那将何名？

那将说我本是陈门后代，我的父陈万羽我叫陈林。

昨日个遇贼人押送太子，我救下小主身瓜州逃身。

我往那胭脂山来见千岁，到此处见贼人追杀你身。

有心我和贼人当面交战，贼兵多我一人难以交兵。

我身上又无甲头上无盔，来藏在石背后等那贼人。

我看那贼人的势力皆大，贼兵多黄宗道兵法精通。

却说二王便说："陈林，你作（做）马前的先行。"陈林说："千岁，今日不可交战，把守营寨。"二王又叫邢瓒夫妻押送粮草，不题。再说平岭山的六员大将，就是黄珍、黄琦、王梁、王栋、关晏英、张彪六人，说："娘娘点起平岭山的三千人马，领兵下山。"黄珍说："娘娘，你领兵一半，在此等候。叫黄琦领上一半，把[3]在高州。那徐州的太守他必领兵去挡黄琦的人马，那时节娘娘领兵先去站（占）了徐州。若调齐六营的兵将，何愁他王敦不死。"黄琦说："也可使得。"说罢，黄琦带领人马奔杀高州去了。报子报到（道）："徐州的太守也往高州去了。"黄珍听说，叫众将保娘娘先站（占）徐州去了。娘娘站（占）

了徐州，四门紧闭，城上喂（煨）下火炮，不题。那王龙的妻兄名叫王郭成，做徐州的太守，打的是徐州太守的旗号。将进徐州，就者（着）黄珍兵将斩落马下。那王郭成的兵都归顺了娘娘，娘娘又打开徐州的仓库正己（赈济）安民。正是：

有娘娘到徐州打开仓库，安了民赈了济[4]犒[5]赏三军。

有王龙领兵来把城围住，娘娘兵上城上打那王龙。

黄珍说众将们好好把守，莫出城和他们大战交兵。

且按下徐州事不可细表，再表那潼关的两家交兵。

黄宗道来交战二王上气，他一家杀一家埋伏兵丁。

这二王战多时不分胜败，那小军与千岁报说一声。

小军说营门外来到一人，他前来拜见你千岁之身。

有二王说小军叫他进帐，那道人进帐来拜见主公。

二王问在哪山何名何姓，道人说终南山我却修行[6]。

我名叫诸葛望先年看病，今日来与千岁议论军情。

黄宗道有妖法不可轻敌，你差人太行山搬来大兵。

青龙山卧牛山都有兵将，黄草山有女将她是能人。

这些人发兵来势力皆大，四路兵搬着来你好开兵。

一句话提醒了二王千岁，他心中有主意自己思忖。

他二人在帐内议论军情，正然说有鹦鹉来到帐中。

二王说鹦丞相多受风寒，今日来你就该与我搬兵。

有鹦鹉说千岁你受劳苦，我今来就与你四路搬兵。

走南海好几年未见你面，我师傅他叫我下山搬兵。

说毕话辞别了二王千岁，不多时飞在了太行山中。

马乾龙见鹦鹉放声大哭，说丞相今日你从何起身？

鹦鹉说和小主常州失散，找主人无音信我回京城。

黄宗道走池州捉拿太子，我又到池州找你无音信。

又到那胭脂山去见千岁，那猫儿把我叼[7]千岁吃惊。

我才去到南海见我师傅，我师傅打发[8]我上山搬兵。

二千岁现如今去破潼关，你发兵走常州急忙起身。

却说有四大王刘英、刘恺、王章、张成听说后，〔一边〕

[1] 段：抄本写作"断"。

[2] 折：抄本写作"舍"。

[3] 把：把守。

[4] 赈了济：抄本写作"正了己"。

[5] 犒：抄本写作"拷"。

[6] 行：抄本写作"心"。

[7] 叼：抄本写作"咀"。

[8] 发：抄本写作"说"。

就〔领〕了大兵十万，急忙下山。那鹦鹉又到黄草山，见了陈金定，说："千岁的兵到潼关，太子兵走常州。千岁差我搬你下山，走那常州。"陈金定听说，领兵下山，走常州去了。鹦鹉又往青龙山、卧牛山搬兵去了，不题。那太子领兵到了常州，有马报早报王敦知道。那王虎领兵也来到常州四十里安下大营。这王虎有一大将，名叫冯应，是王虎的妻子的兄弟，领兵出战。王虎〔说〕大叫："买（卖）国之贼，我主不能亏负于你，你为何扰乱地界？明明是你受死。"太子大怒。刘英说："鹦鹉说得明白，若有王敦的兵到，不可轻敌。今日王虎领兵来到，我们守定城池。"太子说："你害怕贼子，我行兵要杀王敦贼人。"太子传令："叫刘恺把守城，我领众将。"大（打）开四门杀出来了。王虎领兵，四路用了埋伏。又说："冯应，你领兵杀他一阵。"冯应杀上前去，敌对不住太子，就败阵走了。那太子领兵赶追，号炮一响，杀出了王虎的四路的埋伏。冯应复反（返）又来杀，王虎领兵杀上前去，杀得太子的兵五零四散。冯应大喊一声："拿住太子！"忽听得阵外的兵杀上前去。冯应迎住，战了九合，陈金定使起毒鞭把冯应打死，救去太子，把王虎拿住因在常州的监中，王虎兵都归顺了太子。刘家弟兄二人把守常州，太子发兵要走松江。正是：

太子传旨收正宫，晓喻众将得知闻。

先年松江妙[1]遇她，吉宁庵里救命人。

有太子叫众将急忙听令，陈金定和刘英刘恺三人。

点起了三千兵急忙前行，去到那云梦寺搬来二人。

陶立春范玉英先年受封，他三人来到了云梦山中。

众尼僧一见了乱乱哄哄，老尼姑问大人到此何因？

金定说我们来找寻一人，你庙里有个人名叫立春。

陶立春听得说心神[2]不定，忙走出庙门外观看分明。

我问她是何人来搬我身？金定说我小主使我搬请[3]。

他四人领了兵来到山后，吉宁庵一尼姑便问分明。

问大人带人马来此何因？金定说小尼姑不必吃惊。

我们今到你寺搬请一人，搬请那范小姐前去守[4]宫。

范玉英听此言急忙出庙，见姐姐也来到喜笑盈盈。

他五人一齐儿[5]来到松江，见太子交了旨各守各营。

太子的这场事一旦不表，再表那鹦鹉相搬来兵丁。

却说鹦鹉丞相搬来了青龙山、卧牛山两路的人马。青龙山的刘朝元、李仁领兵大破清（青）州去了。那王龙四面受敌交兵。黄珍保娘娘，黄琦把守城池。关晏英、张彪杀出城来活捉王龙，杀死了无数的兵丁，又把王龙囚在监中。周科把守徐州，那娘娘发兵，又走高州去了。探马报知王敦，王敦听说，吩咐人役快调军帅。正是：

传旨快调潼关兵，调来要走池州城。

若得江山今坐定，除非杀退四路兵。

黄宗道在潼关议论军事，圣旨调又叫走池州城中。

忙传令叫王宝把守潼关，又带上那高得马前先行。

黄宗道领大兵又走池州，太子兵都在那池州城中。

且不说黄宗道池州大战，有王宝守潼关好不喜心。

有二王起大兵到了潼关，有高得听此言急忙出阵。

这高得敌不住败回营去，见城上有旗号大开四门。

有王宝出阵来冲杀一阵，正遇着[6]那高得两家交兵。

这王宝打一枪高得落马，这高得众兵将尽都顺从[7]。

迎千岁进了关这且不表，鹦鹉说太子在池州交兵。

有二王又发兵走了池州，有王宝原守了潼关之城。

那鹦鹉把兵将调在池州，陈金定黄宗道两家交兵。

那二王忙使起飞剑一把，陈金定也使起毒鞭一根。

把妖道打成了一堆碎骨，他使的散骨法归了山中。

二千岁和太子娘娘见面，众将官和太子也都相逢。

有二王领兵丁保定太子，叫众将万[8]不可搅挠百姓。

忙吩咐各城池把守大将，有鹦鹉那丞相早到京城。

见了那王丞相细说分明，黄宗道死在了池州城中。

有二王和太子两兵合一，有败兵尽随了小主之身。

王丞相先拿住贼人王敦，又吩咐那王荣迎接主公。

[1] 妙：抄本写作"缈"。
[2] 神：抄本写作"身"。
[3] 请：抄本写作"情"。

[4] 守：抄本写作"收"。
[5] 儿：抄本写作"而"。
[6] 着：抄本写作"果"。
[7] 从：抄本写作"存"。
[8] 万：抄本写作"往"。

那王荣领京兵出城来迎，有二王进了城洗院杀宫。

保小主马乾龙登了金殿，文武官一个个来拜主人。

新[1]主登了基，文武喜心中。

要除王敦贼，各各受封赠。

太子今日登了基，文武朝贺不消停。

清官封赠赃官除，四路诸侯听我宣。

为人君者止于仁[2]，仁君就是马乾龙。

为人臣者止于敬[3]，致身敬君司马明。

小主便叫文共武，王敦老贼绑午门。

今日杀了那老贼，除了朝中这害根。

当殿吩咐金瓜[4]斧，你把老贼推午门。

当年掌朝太师官，心想天高谋龙廷。

哄穿龙衣登了基，害得真龙游遍处[5]。

皇后[6]骂父心太狠[7]，害我你又害真龙。

骂声贼人狼心肺，害我母子甚欺人。

二王又骂老禽兽，败坏纲常和人伦。

你通妖道把我欺，怎么不来救你身？

把我小主害得苦，论起贼人点天灯。

鹦鹉说贼你认我，拔了绿毛悔不悔？

害我小主不是人，你坐江山三十春。

太子心中冲冲怒，自古无刀斩龙廷。

王丞相来上殿奏，用鞭打[8]这老贼人。

邢瓒上前开口奏，奏主把贼损残生。

老贼推出午门外，邢瓒拿鞭送残生。

常州城中杀王虎，徐州杀死贼王龙。

高州拿住王参将，就把他们点天灯。

把这贼人都除尽，今日登殿加封赠。

当殿宣上司马明，封为贤王皇父亲。

我母就是王月英，二次在朝养老宫。

王员外来宣上殿，掌朝太师你执掌。

王梁王栋你听言，封你国舅在朝班。

又把鹦鹉宣上殿，听我与你加了官。

为我费了千辛[9]苦，一品当朝你执掌。

王丞相来宣上殿，封你并坐并肩[10]王。

诸葛望来宣上殿，护国军帅你执掌。

王荣王宝宣上殿，封你忠心护国王。

陈林师傅宣上殿，封你皇父在朝班。

又把邢瓒宣上殿，封你鱼儿干殿王。

陈老将来宣上殿，封你左班为丞相。

陈仁陈义宣上殿，封你二人左右王。

黄珍黄琦宣上殿，封你二人前后王。

关晏英来宣上殿，封你在朝镇[11]殿王。

又把张彪宣上殿，亲[12]口封你当殿王。

刘英刘恺宣上殿，封你二人殿角王。

张成王章宣上殿，封你二人扫殿王。

李忠李仁宣上殿，五霸诸侯你做上。

又把李明宣上殿，九门提督你做上。

赵太周科宣上殿，封你二人督府官。

青龙山的刘朝元，八台[13]总镇[14]你做上。

李员外和王员外，护国员外你当上。

今日宣上陈金定，你随贤王坐皇宫。

李金花来宣上殿，忠心夫人你做上。

无名大将有几千，一个一个都封官。

为主受了千辛[15]苦，封你众位在朝班。

陶立春来做正宫，范玉英又做东宫。

为王当殿加封毕，大谢天地谢苍穹。

选择良辰黄道日，请上僧道谢神恩。

谢神不为别的事，保佑朝中大亨通。

金炉焚香先诚意，三叩九拜欲正心。

---

[1] 新：抄本写作"兴"。

[2] 仁：抄本写作"人"。

[3] 敬：抄本写作"尽"。

[4] 瓜：抄本写作"爪"。

[5] 遍处：四处；各处。遍：抄本写作"便"。

[6] 后：抄本写作"候"。

[7] 狠：抄本写作"恨"。

[8] 打：抄本写作"把"。

[9] 辛：抄本写作"心"。

[10] 肩：抄本写作"眉"。

[11] 镇：抄本写作"正"。

[12] 亲：抄本写作"清"。

[13] 台：抄本写作"抬"。

[14] 镇：抄本写作"正"。

[15] 辛：抄本写作"心"。

三皇五帝到如今，先敬天地报四恩。

一报天地盖[1]载恩，五风十雨风雨顺。

二报皇王水土恩，五谷丰登一犁耕。

三报父母养育恩，挪[2]干改湿费心情。

四报圣贤立教恩，三纲五常大人伦。

此卷念完团圆后，留在世上众位听。

大众听了莫笑言，不可忽刮耳边风。

此卷原来六十八，念完宝卷转回家。

醒世文

南来北去走西东，看破浮沉[3]总是空。

天也空，地也空，人生杳杳在其中。

日也空，时也空，来来往往有何功？

田也空，宅也空，换来多少主人翁。

金也空，银也空，死后何曾[4]带手中？

妻也空，子也空，黄泉路上不相逢。

大藏经中空是色，般若经中色是空。

朝走[5]西来暮走东，人生恰是探花蜂。

采得百花成蜜后，到头辛苦[6]一场空。

夜静听尽三更鼓，□□□□□□□。

□□□□□□□，□□□□□□□。

□□□□□□□，□□□□□□□。

花怕秋霜人怕老，人老花落一场空。

抄写者：   代登科

抄写时间： 1916 年二月二十八日（阴历）

收藏者：   甘肃省张掖市甘州区花寨乡河西宝卷国家
级传承人代兴位

收录于张天佑、任积泉主编：

《丝路稀见抄本宝卷集成》（第二册），天
津古籍出版社，2019 年，第 105—242 页。

标点校注者：李贵生

[1] 盖：抄本写作"戴"。

[2] 挪：抄本写作"摸"。

[3] 沉：抄本写作"尘"。

[4] 曾：除此处外抄本都作"怎"。

[5] 走：抄本脱。

[6] 头辛苦：抄本此三字缺。

2

二度梅宝卷

我念宝卷迎新春，今是古来古是今。

为人在世多行善，莫要作恶坏良心。

这部因果宝卷，出在唐朝肃宗年间。江南常州府有一举人，姓梅，名魁，字伯高，夫人邱氏，所生一子，名壁，字良玉。自幼聘侯鸾之女，尚未完婚。那梅魁在济南府历城做县官，赤心爱民，清正为国，只喝当地一杯水，不要民间半文钱。在任三年，政声大著，五谷丰登，百姓乐业。那时朝中的吏部黄嵩拜在宰相卢杞门下为干儿，二人结帮营私，专横跋扈。满朝文武，都在他二人面前奉承做官。唯独这梅魁做官清廉，不贪贿赂，自然没有黄白翠的送他们，也就时常受他们的腌脏气。好在朝中还有四个人为他说话，才免掉了一些不必要的麻烦。那四个人是：吏部主事陈日昇（升），字东初，扬州江都县人；都察院都御史冯乐天，江南山阳人；翰林院学士党伯年，河南开封人；詹事府詹事卢福，是胶州镇南县人。这四个人和梅魁同年，凡事都替他照应三分，卢、黄二人也不愿犯一而动众。正是：

勤思万民业，常持报国忠。

不阿权贵势，甘愿乐清平。

梅伯高做县官清廉公正，不纵权不放势又不贪银。

那一天夫妻俩衙中闲坐，说过去比现在细诉衷情。

自中举到如今十年为整，做知县常想着辖地黎民。

十多年不受贿不贪民利，手儿里未攒下财宝金银。

今日是夫人的寿诞之辰，唤良玉进前来细听分明。

叫家人到街上称酒买肉，与夫人今日里祝贺寿辰。

老家人听吩咐不敢怠慢，买调料买菜蔬买回肉筋。

有厨子使手艺三爆四炒，不多时各样菜准备齐整。

梅老爷和夫人堂上正坐，梅良玉行大礼谢过亲恩。

酒三巡菜五味合家同饮，进寿面和寿桃庆贺清平。

我虽然位不显一县为尊，并不曾黑心肝刻[1]剥黎民。

一家人直[2]饮得红日西坠，老夫妻和孩儿各回房中。

当晚无话。次日起来，梳洗用饭已毕，忽然人役报
道："禀老爷，门外有京里来的报子报喜。"梅公即叫请进。
人役出门把报子领进来，那报子口称："老爷在上，小的
与您叩头贺喜。"梅公说："喜从何来？"那报子捧出报单
说："我是吏部衙门里来的，先报知老爷高升禄位。"梅
公又说："我无纹银打点卢相，如何能升？你们莫要报错
了。"报子说："是你不知，只因陈日升老爷进京主持吏部，
荐你做官清正，当殿奏准，万岁降旨升你为京官。"梅公
看了报单，赏了报子酒饭路银。回后堂与夫人和公子说了，
合家欢喜不尽。正是：

兢兢业业治万民，清正总能得皇恩。

梅夫人听升迁心喜不尽，梅公子更觉得满面春风。

虽然是皇王爷把我高升，也还是祖先们积下阴功。

为夫的今日里进京去了，只怕与你母子再难相逢。

梅夫人问老爷此话怎讲，你说出不相逢为的何情？

梅爷说这事儿不必细问，回常州乐道遥务农为生。

我进京坐高官食禄奉君，当为国参二奸卢杞黄嵩。

是他们施权术蛊君乱政，敲民骨吸民膏国弱民穷。

只怕是我一个寡不敌众，惹下祸遭毒手性命难存。

你母子在家中留心打问，倘若是得凶信速快逃生。

改名字隐姓氏东藏西躲，万不能叫奸贼灭我梅门。

到日后梅良玉长大成人，功成就那时节雪我仇恨。

梅夫人听此话双目落泪，梅良玉忍不住号啕失声。

叫老爷你不必固执任性，上了京万不可自招祸根。

又无亲又无故谁人照看，母子们越思想越发担心。

莫表家中话，再说县城人。

却说历城县的举监生员，听得梅爷高升京官，齐具手
本与他贺喜。门吏传禀，彼此相见，言谈之间，公众俱
有不舍之意，礼毕各回。梅公即命公子照料家人收拾行
李，打点回乡之事。不过都是些梭布衣服，更无些绸缎首
饰。又取白银五十两，一半作上京路费，一半与夫人收
藏。又把三班六房衙役唤进后堂，对他们说："本县在此
做官，并无贪贿作弊之事，也难为你们奉公守法。若新官
到来，还得小心才对。"众衙役说："谨遵教训了。"正说
间，门吏报说："满县文武俱来饯行拜会。"梅公说："你
回禀他们，老爷染疾，难以会客。请他们回去。"门吏回
出此话，叫那些官员回去。这些人只得含羞而去，于是怀
恨于心，后来捏造劣迹，修书与卢杞合谋梅魁，不题。且
说梅公回到内宅，与夫人公子说之（知），一宿无话。次
早起身，公子即叫书僮收拾行李，准备起身。忽听衙门外
边人声鼎沸，嚷嚷闹闹。

梅夫人忽听得衙外嚷闹，叫良玉你去看是何事情。

言未罢忽见到门吏来禀，才知是众百姓围了衙门。

他们把县城门紧紧闭了，要留下梅老爷不去进京。

梅老爷把夫人一声吩咐，你母子莫慌忙暂且消停。

等我把众百姓打发回去，那时节再送你母子出城。

众百姓见梅爷堂前立定，都一齐跪下来叩谢大恩。

有几个为首的齐声上禀，尊一声大老爷宽心细听。

自你到历城县做[3]官治民，分毫事并没有难为百姓。

为首的讲政绩话儿未尽，老百姓一齐儿动起哭声。

有的说老爷是青天大人，有的说靠老爷起死回生。

有的说围城门不让他去，有的说写留状奏上龙庭。

你七嘴他八舌众说纷纭，一传十十传百满城知闻。

百姓们敬梅爷痛哭难舍，梅老爷泪相谢黎民厚情。

[1] 刻：原本作"苛"。
[2] 直：原本作"只"。
[3] 做：原本作"坐"。

众百姓见老爷留挡不住，一个个眼含泪叩谢出门。

无奈何回家去千恩万谢，写牌位常供养如敬神灵。

众百姓哭出衙拜别老爷，梅知县哭别了合城黎民。

到后堂吩咐那家人梅芳，等候着城门开及早出城。

陪夫人和公子押送行李，回常州你一路多多操心。

送家眷离开了历城县境，梅老爷也打点出城登程。

却说梅芳领命，陪送夫人公子回了常州。梅老爷〔一〕等新官到任，交卸完毕，盘桓了两天，方择成吉日，和梅伯起身进京。城门上地方绅士备了酒席，梅老爷少不得饮上三杯，辞别出城。来到十里长亭，无数百姓，俯跪道旁，望梅爷叩头。梅爷让梅伯牵着毛驴随后，自己边行边躬身还礼，扶起为首的几人，把大家安慰了一番。众百姓硬将梅爷的靴子脱下，大哭一场回家，不题。梅爷和家人也方才登程。正是：

一片丹心为国，两袖清风朝天。

有梅伯骑上驴前头行走，梅老爷坐着轿后边紧跟。

一路上看不尽山清水秀，早晨起晚上眠不得消停。

那一天一行人正向前走，抬头看前面有四个差人。

骑着马扬着鞭迎面而来，遇梅伯四个人马上躬[1]身。

叫一声老仁兄何处来的，历城县梅老爷何日出城？

那梅伯听此言开口便问，你问他走不走是何原因？

我们是差役人顺道来此，来迎接新升的梅公大人。

有梅伯听一言欢喜不尽，指一指轿子里坐着梅公。

四个人齐下马倒身跪拜，在轿前施一礼拜见大人。

叩罢头忙回道老爷在上，小的们是衙门迎接差人。

路途远又难走来得[2]迟了，望大人开天恩莫怪小人。

梅老爷听罢言连称无罪，你们快前面去打点行程。

不住寺不住庙不住衙门，找几间好房屋僻静安生。

四差人听吩咐上马走了，到前站找住房不敢消停。

找一处小店房书房三间，叫店家拿水来洒扫干净。

铺红毡垫毯褥摆设停当，手不忙脚不乱等候大人。

第二天梅老爷店中闲坐，叫差人你前来问话一声。

你们在京城里根生土长，哪个忠哪个奸一目分明。

既不能胡支吾瞒昧长官，也不能乱阿谀夸奸诬忠。

四差人听得[3]问慌忙跪下，叫老爷免无罪说与你听。

专权[4]的就是那卢杞黄嵩，欺天子压群僚任意胡行。

文和武看他们眼色行事，望老爷进京去多加小心。

梅老爷听得说冲冲大怒，骂一声奸佞贼国之蠹虫。

我如今进京去面见万岁，一心儿参奏他两个奸臣。

那差人听此话魂不附体，战兢兢在一旁不敢做声。

梅大人叫梅伯听我吩咐，快快地收拾好我们前行。

一路来行得快离京不远，又来了迎接的许多差人。

这都是都察院两班门吏，出京城到郊外迎接大人。

打着旗放着炮锣鸣鼓响，未半日把老爷迎进衙门。

只见那许多人都来迎接，接进了公馆里老爷安身。

梅大人叫一声两班人役，你们都听老爷细细说明。

我选在后五日吉日上任，你们到各部里挂号申文。

明日个上金殿朝王见驾，我到那九龙口叩谢皇恩。

到次日朝圣上龙心大喜，赐御宴换朝服当殿亲封。

下班房与文武行礼已毕，即转身回馆中且自思忖。

正是：

上朝拜天子，下殿谒公卿。

却说梅大人具了手本，吩咐人役打轿到相府，拜谒相爷。不多时来到相府门前住轿，那把门官员早就厉声喝问："这是什么官员，敢到相府门前逗留，好大胆量？"人役报说："是新官梅大人的轿子。"那门官说："就照[5]这个官员，全不知理，还做什么官哩！"这边的人役问："你的门包礼要多少银子？"那门官说："一百两就算少了。"梅公听了，把手本往地下一丢，说："你愿投不投。"喝叫人役打轿回府，径直离开相府门去了。那门官把手本拾起来，拿进相府，与卢杞把梅魁言语并丢下手本扬长而去的情形说了一遍。黄嵩一听就火冒三丈："哪有如此胆大的狗官，先奏他个不遵法律，蔑视权臣，杀了才对。"卢杞一听说："我儿不必发怒，那梅魁是个无钱的官儿，把他的手本留下。梅魁才高，在历城任内又颇具政

[1] 躬：原本作"恭"。

[2] 得：原本作"的"。

[3] 得：原本作"的"。

[4] 权：原本作"橘"。

[5] 就照：就像。

绩，你我若得此人相助，何愁大事不成。"黄嵩听了点头称善，二人继续饮酒，不题。

且说梅公离了相府，一径往同年陈日升的府上去了。陈公听得梅爷来拜，迎进书房，礼毕，人役排上酒宴。酒过三巡，梅公就要告辞。陈公说："我今约冯年兄候你，如何就要告辞？"梅公只得坐下。饮酒中间，梅公说起朝事："卢杞、黄嵩在朝专权作弊，克扣兵饷，裁减安番边米，引胡作乱，苦害万民。此皆二贼之过，众年兄何不奏知圣上？我今进京，必先参倒两个奸贼。"陈公便说："梅兄所言虽是，弟辈亦常有此心。无奈他们势大权高，只好暂且忍耐。"梅公就道："兄等忍耐，弟不忍耐。"便觉胸中不悦，起身告辞，陈公强留不住，只好送出府门作别。不一日梅公到职接任，又拜过了满朝文武百官，少不得百官也得回拜一番，自然又热闹了几天。那一天，冯年兄来拜梅公，说道："后天是卢相的生日，皇上差内监上寿，我们也该去走一回才是。"梅公答应，不题。到后天早朝已毕，万岁传旨："今天是首相生日，众爱卿都该上相府拜寿一回。"众官领旨去了。正是：

天子命臣拜寿辰，堂堂相府迎佳宾。

众文武领圣旨相府拜寿，骑马的坐轿的不敢消停。
这一天黄嵩在相府待客，陈老爷冯老爷都到府中。
不多时梅老爷也来贺寿，手下人捧礼单献与门公。
那黄嵩收礼单送进相府，那梅伯捧寿面紧紧随跟。
那卢杞见黄嵩急忙就问，叫嵩儿你进来为的何情。
有黄嵩把礼单急忙呈上，才知道梅伯高贺寿到庭。
叫嵩儿莫嫌怪把礼收好，那梅魁穷溜溜寒酸透心。
你让他到府里吃茶恭敬，不要把一个人两样看承。
有黄嵩领了命走出中庭，把梅公让前庭宾客相迎。
面子上带微笑恭恭敬敬，心里边总嫌他礼薄仪轻。
众官员和黄嵩递杯传盏，那梅公推酒杯拒不入唇。
那黄嵩带了酒撒刁任性，扯住那梅大人硬灌一盅。
梅老爷按不住胸中怒火，秉清正一开口就骂奸臣。
骂黄嵩失气节无耻小人，拜卢杞作干父欺压朝廷。
千奸贼万佞臣骂不绝口，打桌椅摜碗盏只是逞性。

直[1]气得那黄嵩哑口无言，吓得那文和武胆颤心惊。
陈日升[2]冯乐天觉事不好，苦苦地费唇舌相劝梅公。
酒席罢众官员齐都散了，他二人拉梅公走出府门。
那黄嵩把此事报知卢杞，直[3]气得心口疼烈火焚身。
叫孩儿无必要生这恶气，待机会叫梅魁知我心胸。
二奸贼定主意红日西坠，气冲冲回卧室各自安身。

却说卢杞得知梅公辱骂，一夜怒气，次日尤生（盛）。早饭后仍在寻思对付之计，忽有门官报进："宫（公）公要见大人。"卢杞忙叫请进来。宫（公）公说："万岁要与丞相下棋，特在文华殿等候。"卢杞便说："你先回旨，老夫随后就到。"宫人走了，卢杞走进书房，取了一件东西，拢（笼[4]）在袖内，即叫人役打轿进宫，来至文华殿。皇上早在，参拜已毕，君臣便对弈数盘，卢杞盘盘皆输。皇上便问："爱卿素日棋高，今天为何尽输？"卢杞连忙跪倒奏道："万岁，臣为你的江山有忧。"皇上说："有何事就该奏来。"卢杞道："臣日前接到边报，说胡人又反，并有朝中大臣做内应。"肃宗便问是哪家大臣，卢杞奏道："臣正查访。不过明早设朝，你见边关奏章，就命陈日升、冯乐天挂帅出征，看何人阻挡，便知端的。"那肃宗是个昏君，听了谗言，毫不思索。君臣计议完了，各散了回去，不题。

到此（次）日早朝，天子登殿，文武朝拜已毕，皇上便说："寡人昨日见了边报，奏说胡人又反。现命陈日升爱卿挂帅，冯乐天爱卿为军师，为孤分忧。"陈、冯二人吓得面如土色，未及开口，班中闪出梅魁，奏道："胡人造反，只因卢杞、黄嵩专权，裁了安边番米所致。况且陈、冯二人乃是文官，焉能挂帅？"卢杞、黄嵩出班奏道："梅魁私通胡人，故此出班阻挡。"天子大怒，当即把陈、冯二人削职为民，命御林军把私通胡人的梅魁押出午门斩首。

本为圣明除弊政，岂将衰朽惜残年。

刽子手提钢刀不敢怠慢，将梅魁推法场血溅衣衫。

[1] 直：原本作"只"。
[2] 升：原本作"□"。
[3] 直：原本作"只"。
[4] 笼：把手或东西放在袖筒里。

众文武无一人上殿进谏，众百姓听斩他叫苦连天。

为国家想尽忠反受大难，老家人忍悲痛备棺入殓。

陈老爷冯老爷齐来祭奠，哭同年一声声泪洒胸前。

把灵柩暂寄在名刹寺院，请方丈发慈悲多行方便。

老家人到常州报信莫急，他二人带家眷出京归田。

那梅伯出京来忙把路赶，每日里哭啼啼情景悲惨。

哭老爷你不该强招此难，未实现报国志反遭奇冤。

老夫人和公子家中顾盼，我迟去怕再遭强敌打算。

忠义人思家主肝肠寸断，一路上受恓惶茶饭不贪。

中途路无亲人少人照看，倒在地难挣扎命丧黄泉。

不题这梅伯报信亡于半路，再说那卢杞、黄嵩回到府里，商议道："今梅魁虽死，他儿子长大总要报仇，必得斩草除根方好。"即着御林军的官起了一道文书，差四个官儿扮成钦差，去常州捉拿梅家满门家眷进京，以绝后患。那几个差人，不几日就赶到常州，府县官员接进衙中安歇。府官即问差官大人："来敝府有何贵干？"那差官一讲，却教：

打开玉笼飞彩凤，扭断金锁走蛟龙。

常州的府太爷名叫陈河，有一个名陈流贴身家人。

自那日差官到请进府里，摆开了接风酒甚是殷勤。

钦差官叫府尊退了人役，我们有机密事只能你听。

到贵府来捉拿梅府家眷，因梅魁在京里触犯龙庭。

府官说众大人暂莫惊动，到五更我们去捉拿梅门。

白日里怕公子寻师访友，惊走他就不能斩草除根。

那差官听罢言心中大喜，府大人你真个见识高明。

这壁厢酒席上猜拳行令，那陈流因奇痒出门私行。

心想着出府去洗澡闲逛，那衙役挡住他不让出门。

有陈流叫衙役莫挡行径，你难道不知我奇病难忍。

你今日放我去感谢不尽，我请你到酒馆喝上三盅。

那衙役一听得忙把他请，他两[1]个到酒馆互敬如宾。

你一杯我一盏畅喝快饮，那陈流渐渐地醉眼蒙眬。

那衙役便问他差官到门，究竟是为了个什么事情。

陈流说此事大你莫细问，只恐怕讲出口走漏风声。

衙役说我和你知己朋友，我怎能连累你泄露真情。

那陈流给衙役附耳细说，差官来捉梅家解拿上京。

梅老爷犯皇法斩首示众，连夫人带公子杀尽灭门。

你不能对别人再说此话，走消息连累你也累我身。

那陈流醉醺醺走出酒馆，这衙役直如同冷水浇身。

屠申我犯人命梅爷救我，今日里怎么能负义忘恩。

舍性命到梅家报此凶信，好叫他母子们死里逃生。

却说那衙役屠申听了此信，心想：我当初酒醉，误伤人命，多亏梅爷开恩救我，提拔我在本府做个皂隶头儿，此恩未报。今他遭横祸，连及妻儿，我去报个信，也略尽点心意罢了。捱到天黑，抽身到梅府，家人引进，见了夫人、公子，施礼便说："夫人、公子，老爷到京被卢杞谋杀了，今差官已到府里，今晚五更拿你母子进京问斩。小的听得，忙来报信，快逃个活命吧！免得一家人都遭毒手。"

梅夫人听此言放声大哭，梅公子听此言号啕失声。

老爹爹你不听母亲相劝，为国家遭贼害一命归阴。

老母亲无依靠苦难难尽，你孩儿年纪小尚未成人。

夫人说我老爷死得好苦，抓着脸碰着头痛哭伤情。

有灵应鬼门关你把我等，咱夫妻一同儿去见阎君。

梅夫人直[2]哭得昏迷不醒，那屠申也哭得两泪纷纷。

叫太太再莫要只顾伤心，快商量逃难的重要事情。

梅夫人眼落泪开言告禀，叫一声屠大哥你且当听。

女流家未经过千山万水，梅良玉怎辨得南北西东。

不如我娘儿们悬梁高吊，死在了一块儿免受辱凌。

屠申说老太太把话讲错，全死了留谁去报仇雪恨。

仪征县侯老爷公子岳父，山东的邱军门太太至亲。

王喜童随公子仪征投亲，叫梅芳跟太太奔上山东。

悄悄地雇了船江边等候，半夜里出常州各自逃生。

正是：

老龙正在潭中卧，春雷惊醒梦中人。

再说那些差官五更起身，吩咐府官陈河，唤出五名人役，同到梅家拿人。那些人一齐来到梅府，见大门紧闭，喊了几声，无有人答应。差官便叫把大门打开，只见中堂无人，去到里面，也无人影。差官便道："陈知府，梅

[1] 两：原本作"俩"。

[2] 直：原本作"只"。

家家眷往哪里去了？"陈河说："我怎知道？"即传来邻舍，邻舍们说："十五日前就未见有人行走。"差官和知府听邻人说，十五日前就不知哪里去了，立时目瞪口呆。差官说："如此怎样回复卢相？"知府便说："审问邻人看往哪里去了。"那差官大怒，说道："好大胆的知府，分明你把梅家家眷放了，还支吾什么。眼前只能问你要人！"知府吓得爬地叩头，请差官大人到衙中商议。于是将差官请回府衙，酒席相待，又打点了纹银千两。那差官一见银子，眉开眼笑，就顺水推舟卖个人情，从邻人口里讨了证据，回京交差去了。再说那屠申停了几天，恐怕日后总会受到牵连，收拾了一下，也逃往山东去了。再说那王喜童陪着公子，往仪征县来投亲。

王喜童陪公子逃难投亲，上了船巧遇见一路顺风。
不一日来到了仪征地界，下了船一上岸就该进城。
王喜童把船夫一声高叫，尊一声船夫哥你且细听。
我二人年纪幼未出远门，麻烦你寻个店我们安身。
那船夫听他说急忙答应，此处有一店家姓刘店东。
他是个正直人尊老爱幼，你二人住他店倒也称心。
那船夫把主仆送进店门，吃了饭讨船钱各奔前程。
却说梅良玉主仆在店里住了一宿，早上起来，问店家道："刘大伯，你们的县主老爷姓侯吗？"店家说："正是。你们问他何干？"公子未及开口，喜童忙说："非亲非故，是个邻居。我们要会他一会。"店家摇一摇头说："我看你们不要会他吧。前年来了他的亲侄儿，也住在我的店里，去求见老爷。人役禀知，老爷说，并无侄儿，再若求见，定打不饶。以我看来，连侄子都不认，何况同邻之人。我劝你们不要去，怕又惹出是非来不太好。"公子说："他是岳父，我是女婿，哪有不见之理？"喜童说："店家之言想也有据。"公子说："我定然要见。"喜童说："公子一定要见，我们暂把衣服换过，公子把我的衣服穿上，妆成仆人；我把你的衣服穿上，妆成公子。我先去见他，你在后边小心打听，倘惹出祸来，加害与我，公子就逃命去吧。"梅公子听他讲得有理，事到如今，不得不如此。他二人就换了衣服，喜童在先，公子在后，往县衙门去了。路上喜童见一药铺，进内买了一帖毒鼠的砒霜，藏在身上，出来公子才到。两个人就一先一后地来到县衙门前，向门官行

礼说："烦劳老爷回禀一声，说他的女婿来见。"那门官回禀出来，说道："有请公子。"接着开了仪门，喜童就躬身而入，梅公子远远地等候着。那喜童上堂，见了侯鸾，叩头行礼，口称："岳父在上，小婿有礼。"侯鸾便问："那梅璧，你如何到这里来？"喜童就把梅爷被害，捉拿家眷和他们逃难的话说了一遍。侯鸾一听，勃然变色道："好小子，你是犯官之子，谁是你的岳父？现上司行文，各处捉拿，今日自己送上门来了。"叫手下人："将此犯人收监，待老爷申文解赴京地便了。"喜童听言，吓得面如土色。几个人役如狼似虎地把喜童上了绳索，就往监中押送，对面照壁下望见梅公子忙使个眼色，就被押往牢里去了。公子就只好在街上打听。那喜童到监里，就把袖内毒药吞了，一时气绝身亡。禁子忙报知老爷，侯鸾说："罢了，死了省事。买一付棺木，把尸首抬到北门外埋了。只能说是死了一个家人。"人役听说，就把王喜童的尸体从监里抬出，在街上买了一口薄皮棺材，入殓了，抬到北门外去了。那梅公子看见，也眼含热泪，悄然往北门外跟去了。正是：

聪明伶俐王喜童，替主一死好伤情。

众人役抬喜童出了北门，梅良玉在后面暗地随跟。
北门外有一片旷野之地，挖个坑把棺材埋在当中。
人役们一个个四散回去，梅良玉见无人大放悲声。
哭一声王喜童死得[1]可怜，贼侯鸾无人性害你丧生。
到后来我若是有了儿女，立一个续香烟不绝你们。
站起来往前后左顾右盼，牢牢儿记下了这个地形。
独自个忍住泪往前就走，压悲痛一步步走向东门。
哭着走想天上天上无路，走着哭看地下地下无门。
信步儿沿大路来到江边，远远望船头站二位老翁。
走近了把船家一声高叫，请公公搭救我落难之人。
那船家叫小哥上来渡你，梅良玉不住地感谢恩情。
二老翁见公[2]子面带饥容，让一碗粗茶饭充饥压惊。
吃罢饭扯上帆把船启动，一会儿凭顺风过了江心。
船家说把船钱给我拿来，这就是扬州城各奔西东。
良玉说这船钱我未带来，改一日送还你决不欺哄。

[1] 得：原本作"的"。
[2] 公：原本作"余"。

船家说我与你素不相识，改日我到何处索要船银？
若无钱脱下那衣裳一件，梅公子忙脱衣递给船家。
二老翁听到此开言便问，他无钱我二人与他垫银。
把衣衫还给那行路之人，船大哥行方便四海兴隆。
那船家递过来汗衫一领，梅公子接在手笑上眉心。
转过身向老翁深施一礼，多感谢老人家扶助恩深。
望着那扬州城朝前行走，到城边已经是红日西沉。
抬起头四下里用目观看，有一座大寺院路边高耸。
公子到山门前细细观看，福寿寺写偏上高挂门顶。
寺周围植满着杨柳大树，紧抱着寺院的高墙大门。
无奈何坐山门权且安歇，更又深夜又静路断行人。
忍着气吞着声双目流泪，顿着足捶着胸万箭穿心。
想过去我家中何等荣耀，到今日天罚我这般光阴。
父死在奸臣手难报仇恨，老母亲去山东难知吉凶。
王喜童他替我白白送命，倒不如寻个死同进鬼门。

却说梅良玉在山门洞里聊避风冷，啼哭半夜："老天呵，老天，我梅良玉好苦命。喜童替我一死，母亲在山东吉凶未卜，我孤身一人，活也无益，不如寻个无常罢了。"说罢，解下腰里带子，拴在那棵柳树上，望北面磕了几个头，说："母亲，可知孩儿死的（得）这样快！"哭罢，就将身子往上一纵，脖子挂到绳子里去了。却说这寺中主人，名叫香池长老，他有许多徒弟。内中有一个人，今天在施主家多贪了些口食。到了半夜，忽然肚子疼的（得）厉害，起来到山门外茅坑里出恭。他抱着个肚子，摸着就往前跑，可巧巧地就撞在梅公子身上。那和尚一看，吊着个死人。吓得高声就喊："不好了，树上吊死人了。"惊动寺里和尚，拿了灯笼火把，往外就跑，看见当真吊着一个人，就急忙解下来。一摸，心口里还有热气。回报长老，长老念声"阿弥陀佛"，出来一看，叫僧人再给灌些姜汤。药物入肚，不多一时，死人就苏醒过来。长老说："这个人害人不轻呀！哪里来的，偏要在出家人的门上寻死。"吩咐僧众将他抬在寺里，慢慢问询。

不该死的终有救，遇见信佛念经人。

众和尚把公子抬进寺院，再灌些热姜汤一时还魂。
挣扎扎睁双眼用目观看，众和尚拥主持伟岸英俊。
有长老问公子何处人民，为何事吊树上说个分明。

梅良玉一开言感恩不尽，老师父发慈悲救我重生。
我主人做买卖上京讨账，我是他小家人名叫喜童。
过山岭坐船只颠簸不定，我年幼失检点丢缺金银。
但怕得主人家打骂逼命，我只得放大胆死里逃生。
到这里无生计上吊寻死，惊动了老师父就是实情。
长老说你快去找你主人，找着了我与他说个人情。
梅公子听得说泪流满面，告师父寻着主我命难存。
不如我出寺去高飞远走，也免得找见他大祸临身。
那长老听此言心中暗想，这孩子讲的话甚是聪明。
叫一声小孩子我且问你，在家中每日里做何营生？
梅良玉叫师父听我细说，我是个后生家爱惜光阴。
那长老叫取过文房四宝，叫孩子写对联我看分明。
众和尚研着墨旁边观看，梅良玉提起笔挥洒成文。
那长老见笔迹欢天喜地，留下他在寺院暂度光阴。

正是：

日月两轮天地眼，诗书万卷圣贤心。

却说香池长老把梅良玉留在寺中，每日里收拾花草，打扫经堂，闲下来练练字、背背书，那些和尚待他也甚好。不觉过了月余，忽然报有客来，长老急忙迎进堂中。你当这客人是谁？原来就是解职回家的陈日升老爷。这香池长老原是他的亲哥哥，叫陈日高，当年坐过三关总兵，武艺高强，把那胡人杀的（得）胆战心惊，不敢来犯边界。皇上因他有功，封为兵部司马。他见卢杞、黄嵩专权，一则怕隐患日深难以救药，枉食俸禄；二则恐后来为其谋害，所以及早告老辞职，回家后削发为僧，跳出红尘，取法名叫香池。今日他弟兄相见，各叙旧情。吃茶已毕，陈公便说："兄弟在京十数年，把家中的花草荒芜了，无人栽培，甚以为憾。"长老说："我寺中月前收下一个落难孩童，他倒会栽培花草，贤弟去时，将他领回府中，与你栽培花草如何？"陈日升说："待我当面问过。"长老即唤来喜童，说出此情，喜童说："任你师父调度，小人就感恩不尽了。"长老说："这是我兄弟，你到那里，他必然好好看助（顾）于你。"于是，陈日升就把喜童领回府去了。

正是：

逃难遇恩主，看花暂容身。

陈日升出寺院欣然回府，随带着王喜童喜笑盈盈。

老夫人问老爷因甚欢喜，老爷说寺院里收一孩童。

那孩儿生长得伶俐俊秀，会栽花能写景甚是聪明。

未说罢老家人王正来到，随领进年少的那个孩童。

王喜童在下边拿礼便拜，老夫人她也是欢喜不尽。

转过身再拜那杏元春生，与梅香和翠莲也打一躬。

老夫人不住地夸奖聪明，陈杏元姐弟俩也觉高兴。

陈老爷叫王正听我细说，听老爷把话儿当面讲清。

你夫妻年半百膝下无子，小喜童你收养当做亲生。

那王正听老爷这般吩咐，忙忙地叩一头谢过恩情。

王喜童把王正拜了四拜，跟王正到后边拜见母亲。

王正说老婆子老爷开恩，给我们收养个孩儿喜童。

早晨茶晚上饭好好照管，缝衣服做鞋脚时时留心。

把喜童身上的衣服洗净，花园里小茅房暂且安身。

却说那王正夫妻二人欢天喜地，把喜童的衣服换了，送到花园里务花草，不题。那一天，王正拿着红纸，笑盈盈地走进园房里说："老爷明天请客，叫你写几张帖儿。"说罢，放下纸张。喜童便问："爹爹，老爷叫什么名字，说明，我好写帖子。"王正说："你这个呆子，进府来这么多日子，还连老爷的名字都不知道。老爷陈日升，字东初，夫人吴氏，小姐杏元，公子春生，丫环梅香、翠莲。"说罢就出去了。喜童暗想，原来落在陈伯父家里，又一想：如今世事不好，一看侯鸾那样行事，真叫人寒心。切不可漏出风声，到以后再看吧。且说陈老爷一家人招待同年好友，乡里亲朋，忙了几天。过后请来了泥木匠作，把花园重修了一番，整理出了个整洁高雅、璀灿（璨）锦绣、欣欣向荣的新局面。不觉光阴迅速，日月飞逝，秋去冬来，腊过春至，转眼到了二月初。这一天陈老爷闲步来到花园，见诸事齐整，不由得赞赏喜童治理有方。便唤来喜童问道："梅花开得如何？"喜童说："梅花正开得十分好看。"老爷说："你去给家人说知，明日准备酒筵，我们在花亭上赏花。"正是：

赏梅花祭奠同年，降风雨二度梅花。

王喜童在花园摆设酒席，陈老爷与夫人同来花亭。

那春生和杏元一齐来到，小梅香翠莲儿随后紧跟。

全家儿四口人花亭饮酒，赏梅花正怒放香气袭人。

老爷说今年花胜似往年，也是那王喜童栽培之功。

一家人饮着酒谈天说地，忽然间陈老爷叹息连声。

禁不住伤心事双目落泪，全家人都听我说个分明。

我想起今天是二月初十，去年的十二日实在伤情。

梅年兄他为我丧了性命，被卢杞谋害得斩首午门。

梅夫人和公子不知去向，又无音又无信何处安身。

梅年兄他若是忠魂有灵，保佑他母子们到我府中。

抚养他读诗书长大成人，继父志与年兄报仇雪恨。

想去年十二日身遭酷刑，到明日已经是周年祭辰。

花亭上写牌位烧香上供，我一家借梅花祭奠忠魂。

且不说陈老爷追念亡灵，梅公子伤心泪滴湿衣襟。

且说那梅公子听得陈老爷思念父亲，不觉双眼流泪。老爷、夫人都未留意，却被杏元小姐看见。小姐暗想：此人虽是个下等人，却是个真君子的行藏。怎么听说梅爷名字，他就眼中流泪？便叫："爹爹，你看喜童的光景。"陈老爷回头一看，果见他双目落泪。就问："你这个奴才，老爷思念同年梅兄，你如何落泪？"喜童赶忙跪下说道："去年斩杀梅老爷的时节，小人也在京城看见，今天老爷提起此事，小人不由心就酸了，因此流泪。"夫人说：一片忠义心肠，老爷不必责他。老爷思念同年，喜童你也再不可如此。"喜童连忙叩头谢过。陈老爷吩咐家人，明天花园设祭，写下牌位，到十二日好祭奠梅兄。说罢一家人回内宅去了。王喜童即在花亭上写好牌位，办好供品，点起香烛，叩头拜过，回房安歇去了。谁料到那晚上却狂风大作，冰雹天降，把竞相怒放的一园梅花，打得连半片儿花瓣也没有剩下。王喜童一早起来，见此光景，放声大哭，忙喊家人报于老爷。老爷一听，十分懊恼，叹道："我欲借梅花来祭奠梅兄，可是天意如此。看来人生世上，也是枉然。不如我出家行道，云游四方便了。"公子、小姐听了，和夫人急忙含泪相劝。陈爷无言，便道："要我不出家，你们能祷告神灵，梅花重开，我就不出家。"小姐听了，十分作难，仍然满口答应了，就带了丫环来到花亭，设上香案，小姐哭拜过往神灵："可怜那梅年伯遭难，他夫人和公子又不知去向，门庭冷落。若梅年伯之仇能报，梅公子有出头之日，皇天保佑，梅开二度。"祷告拜毕，出花园去了。那喜童走出园房，见园中无人，急忙走到香案前，伏身跪拜，哭道："老爹爹啊，你好薄命，连香也不能受一柱（炷）。若是神圣有灵，日后儿能与你报仇，保佑梅花重开。"哭拜罢，也回园房去了。到了次早，喜童去看，不但未开，连枝叶都干枯了。那喜童一见，放声大哭。一连哭了三天，谁想他的这一点孝心，感动了城隍，上奏玉皇。玉皇大帝差上方散花仙女，到陈家花园散花。是夜喜童睡到三更，忽然闻得异香扑鼻。赶天麻麻亮起来，到门外一看，只见满园花朵，姹紫嫣红，争芳竞翠，比前日的强胜过十倍。那喜童赶忙到花亭上拜谢神灵。那时的高兴劲儿，使他不由得提笔在手，在花亭的粉壁墙上写诗一首：

　　　　弯弯梅花节清高，叩求雨露下天曹。

　　　　昨宵冰封心未灭，一夜春风放二遭。

　　那喜童题罢诗心中欢喜，折梅花早报与老爷知情。

　　他来到宅门外抬头观看，有丫环也准备察看园情。

　　她一见忙问道手拿何物，喜童说梅花开禀爷知闻。

　　小丫环接梅花献进内宅，笑盈盈先宽慰姑娘之心。

　　陈杏元见梅花欢喜不尽，接在手不住地左摆右弄。

　　梅花死开二次世间少有，就是那老年人也未亲经。

　　活该是我爹爹不应修道，也还是梅年伯忠魂有灵。

　　一霎时全家人高高兴兴，陈老爷到花园再看分明。

　　各树上一齐开各色花卉，有红色有粉色黄白紫橙。

　　叫喜童和[1]院子[2]花亭伺候，我今日借梅花告慰忠魂。

　　设香案一家人诚意祭拜，口尊那梅年兄英灵当听。

　　你为国也为我遭谗丧命，我偷生该如何报你深恩。

　　该结草该衔环来世补报，止不住泪珠儿大放悲声。

　　一炷香保佑你仁兄转世，两炷香保佑你天堂早升。

　　三炷香保佑我嫂嫂相见，佑令郎早一日到我府中。

　　陈老爷祭梅公双眼流泪，一家人都伤神珠泪淋淋。

　　王喜童远远儿倒身下拜，在亭外叩三头泪水不停。

　　陈杏元叫父亲你看那边，王喜童悲戚戚沉痛万分。

　　却说陈老爷回头，看那喜童也在后边远远下拜，便叫到面前骂道："你这个奴才，老夫祭奠梅公，乃尽朋友之谊，你在那里叩头却是何缘故？"喜童连忙叩头说："小

［1］　和：原本作"合"。
［2］　院子：仆役。

人的父亲也是去年今日没有的，小人见大人祭梅爷，想起自己的父亲，故此叩头。"夫人一听，忙劝解道："喜童说来也是个孝子，老爷不必责他。与他些银子，买些香表祭物，叫他到后门外烧与他的父亲去吧。"喜童领命，买了香烛纸马，在房里偷写下自己父亲的牌位，供在抽屉内。转身来到花园，谢过老爷夫人。且说陈爷在亭上看花，触景生情，便叫春生孩儿就梅花题诗一首，春生答应。陈爷抬起头，却见壁上早有一首题诗，近前一看，字体甚美，便问喜童："这诗是你写的？"喜童依实相告："是小人随手写的。"老爷反复玩味，甚觉不错，便叫春生、杏元，也依原韵各作一首。正是：

　　　　梅花二度千古奇会，花亭联词万代佳诗。

　　不一时，杏元、春生便来交卷，老爷接过，只见春生的卷上写着：

　　　　数色梅花绿最高，依依枝干接天曹。

　　　　但得真心叩上界，愿领春风放二遭。

　　杏元的卷上写道：

　　　　天生万花梅最高，只因上帝降尔曹。

　　　　皇天不负忠良后，才使香蕊放二遭。

　　老爷看罢，一家人回上内宅，不题。再说喜童每日依旧浇花，闲下读书写字，倒也清闲。那天无事，便到街上玩耍去了，园房内无人。不意那杏元小姐自从二度梅祭奠，花亭题诗，在心中却留下个老大的疑问：我看喜童在花亭上的形迹言语，又见他的学问涵养，莫不是梅公子不成？正在思想，那梅香进来说道："姑娘，你想必看出什么机关，不若我们到他的房中探个虚实。"小姐说："有人看见，与礼有碍。"梅香看见姑娘有要去的意思，便说："姑娘你坐着，待我去看，他若不在，我们再去不迟。"那梅香进了花园，喜童果然不在。回报姑娘："园中无人，你我快走。"二人下楼，来到花园，进了园房，梅香就说："姑娘你坐下，待奴家看看。"正是：

　　　　千里有缘来相会，百年无恨总团圆。

　　梅香女进园房四下观看，桌子上少摆设甚是简单。

　　少不得拉抽屉用心再看，却怎么有一碗祭祖献饭。

　　还有着两碟菜一双筷子，有一张牌位儿供在上面。

　　急忙忙拿过来姑娘快看，这上面是什么一目了然。

上写着生身父梅魁灵位，下写着梅良玉不孝儿男。

她二人如得了无价之宝，主仆们抱牌位去见亲严。

不一时到前厅二老见面，施一礼把牌位捧给高年。

陈老爷见牌位笑容满面，想不到他就是梅家儿男。

这才是中秋月云遮再现，又似那夜明珠掘出深山。

也应是梅门的香烟不断，梅年兄总能够笑慰九泉。

一家人如同见旷世奇珍，乐在眉笑在眼谁不喜欢。

陈爷说道："看来喜童就是梅家侄儿了。梅香，你去把他叫来，我问个详细。"杏元说："爹爹不必叫他，叫丫环再去问个真情。"老爷就命丫环去了，不题。且说喜童在街上回来，肚中饥饿，正想吃饭。就见王正手捧饭碗，进了园房，说："我儿，你回来了，你娘叫你用饭。"把碗放下就回去了。喜童把抽屉拉开献饭，这一拉把他吓得魂飞天外，忍不住哭道："爹爹，你往哪里去了？"忽见丫环梅香进来说："你还哭哩，你害人不浅啊！"喜童止住哭声问："怎么害人不浅啊？"丫环说："谁不知道你是梅公子梅良玉，现今各州府县文书到案，张挂图形捉拿。卢相知你在这里，就要解拿进京。你喜童长、喜童短地瞒哄我们做什么？"良玉一听，满眼流泪。正是：

头顶里吓走三魂，肝肠内惊散七魄。

梅良玉听一言双膝下跪，丫环姐你好心开开恩情。

发慈悲搭救我逃出虎口，梅良玉就死了也记大恩。

那丫环忙上前用手扶起，尊一声梅公子细心再听。

我老爷每日里双眼垂泪，口口念声声想公子你身。

他今天一知你喜从天降，怎么能下毒手卖友求荣。

我老爷使我来请你说话，你见他仔细地诉说前情。

他二人来到了大厅以上，梅良玉称伯父大放悲声。

陈老爷忍不住双目落泪，我今日见了你如见梅兄。

梅年兄他为国慷慨捐命，丢下你母子们孤苦伶仃。

我也曾打发人到处找你，有谁知天保佑早到家中。

问公子你的娘今在何处，今日个见儿面不见娘亲。

梅良玉把前情诉说一遍，一家人忍不住大放悲声。

却说当下梅公子与老爷夫人行礼已毕，夫人叫："杏元、春生，与你梅家哥哥见礼。"他们三人互拜罢，即到书房更换衣服，不题。且说夫人见他们走了，就和老爷商议："公子乃是忠良之后，莫若把我家姑娘许配给他，不知老爷意下如何？"陈爷说："让我再试试他的文章。"便唤来良玉、春生，给他们出题，二人即埋头书案，展纸挥毫，不多一时，即来呈上。老爷接过一看，那良玉的文、字俱佳，虽未到炉火纯青的地步，却也透着不寻常的气概；春生的虽也整齐，却总略逊一等。即当面指点了一番，送他二人到书房继续攻读去了。这里老爷继续与夫人闲谈。夫人说："既然梅公子文章纯熟，就该与女儿订下终身才对。"陈爷说："此话暂不可讲出口来，日后有了媒证方行。"不期此话被送茶的丫环听见，忙到楼上与姑娘报信，一见姑娘便说："小姐，给你恭喜了。"杏元小姐一听就骂道："贼丫头，有什么喜？"丫环就把老爷、太太的话给姑娘学了一遍，小姐嘴上说："休得胡说。"心里却十分高兴，便又吩咐梅香："你下楼到书房去，给梅公子把话说明，叫他好好读书。"丫环领命，待机而行。一天乘春生不在书房，梅香走进去，把梅公子拍了一把说："给你恭喜来了。"良玉说："你今天又作怪了。"梅香说："我家老爷和夫人商议，要将小姐许配于（与）你了。难道不该恭喜？"良玉说："依你说，果然是喜。""你总该谢我吧。""到日后慢慢谢吧。以后你还是少到这里，免得老爷、太太知道了责你。"正是：

联姻舅姑乐正浓，忽遭兵祸拆西东。

绣心万结愁难诉，江河忧入满肠中。

却说那一日陈老爷正与夫人闲谈，忽然家人来禀道："府县大人已在前厅，请老爷出去说话。"陈老爷听说，一惊："府县到来，必有缘故。"遂急忙整衣迎出前厅，与府县官员见礼毕，问道："公祖到此，有何贵干？"知府说："刚才快马报道，万岁差党翰林和卢相前来，叫大人到平山堂接旨。"陈老爷听了，不敢怠慢，急忙同府县官员来到平山堂接旨。钦差开读："只因胡人杀了袁肖正，卢相本奏，陈爱卿有女杏元，生性聪慧，可代朕分忧。再买民女二百，差党爱卿亲送北国安边。钦此。"陈爷一听，惊得半晌目瞪口呆。卢杞说道："陈公，你家令媛老夫还要亲自过目。"陈老爷只得叫家人去请小姐到来。家人报知吴氏夫人，夫人发怒道："我豁上我的老命，与贼人换上一条命罢（吧）。"小姐忙劝道："母亲不可发怒，惹怒老贼，我一家大小难保性命。事到如今，只好待孩儿前去见老贼，大骂一场，去到北国，寻个自尽，求全名节便了。"正是：

国贼愧食皇王禄，安边反有女英雄。

老夫人听得说悲声大放，陈春生梅良玉珠泪纷纷。

一家人听凶信号啕痛哭，就是那铁石人也觉伤心。

陈杏元按住[1]气去见卢相，全家人强压下怒火满胸。

到堂上见卢相端然正坐，勉强地施一礼怒火冲冲。

开玉口尊一声相爷在上，小女子说句话洗耳当听。

满朝中有多少征战上将，却叫我女儿家安边退兵。

可惜把皇王禄禽兽吃去，坐高官原来和猪狗相同。

不执法不识羞与国何用，害良民却长着一颗黑心。

那卢杞被骂得脸色发青，拂袖去他安肯息下贼心。

却说卢杞被杏元小姐一场申斥，满脸恼怒，拂袖而去。只留下党老爷与陈爷，悄叙旧情。陈爷把梅公子在府的话说了一遍，又把杏元准备许配良玉的话说明。党爷辞别回馆，陈爷进了内宅。夫人说："梅家侄儿幸到我家，我们心想将小姐与他完婚，谁知天意如此。虽未成亲，也已有夫妻之名，杏元出关，不若让他和春生送上一程。怕卢贼看破，就让他和春生姑表相称，不知老爷以为如何？"陈爷也觉有理，就把这话给良玉、杏元当面说明了，不题。且说卢杞回到公馆，吩咐府县官员，派出官媒婆在全城搜买美貌民女二百名。不一日齐备，造好了花名册儿，紧接着催动陈府杏元小姐起身。陈爷又去苦求，准许春生、良玉姑表护送，卢杞答应。即将人数名册交于党爷，着即日起程。要杏元换胡服，杏元执意到边防才换。因为有圣旨，别人也就不敢过分难为，只好随她便了。杏元慑于王命，只得告辞父母，登上通往异域的大路。那为女儿送行的百姓们，哭声遍野，泪雨飞空。正是：

食民偏与民作仇，昏君奸臣乐春秋。

贞观盛世守不住，总教百姓血泪流。

又有诗曰：

闺中侠义女英豪，诗书能赢一代俏。

琵琶伴君安边燧，胜如昭君离汉朝。

卢杞贼一句话民遭涂炭，老百姓受一次千古奇冤。

翠丫环陪小姐同上香车，陈老爷和夫人送出城垣。

众百姓送女儿哭声不断，一声声一句句呼地喊天。

娘哭女此一去今世难见，女哭娘再不能奉养高年。

弟哭姐再无有骨肉相伴，父哭女怎舍得亲生儿男。

扬州城云雾起日色暗淡，遏奸贼害黎民怨气冲天。

党老爷骑马上惨不忍看，哭着走走着哭泪洗河山。

走十里整十里哭声不断，到长亭长亭边泪透衣衫。

哭女儿一声声肝肠寸断，拜父母一遍遍双泪流干。

陈杏元拜父母儿难再见，从今后隔绝在地北天南。

我是个中华女有肝有胆，焉能够丧气节偷生世间。

到清明寒食节受些祭奠，为国死九泉下也觉心甘。

梅公子要你们好好照看，见他面如见我笑慰高年。

那卢杞咬着牙催声不断，亲骨肉霎时间分在两边。

却说卢杞命令森严，把脚夫也催得叫苦连天。不几日来到河北地界，便对党爷说："我进京交旨，你押送杏元她们到北地交割。"党爷只好送他先回京地，不题。那些脚夫也实在走不动了，请党爷宽限了两天，稍事休息以后继续往前走。那一天正走之间，前面见一大城，城中有一高台。杏元问那是什么地方，脚夫说，就是邯郸县城，那高台是重台，也就是汉光武驾前（相会）姚期鞭（打）扫的那个重台。杏元禀报党爷，要上重台望家拜父。党爷答应，即命人役进城，邯郸合城官员迎进公馆安置。次日早晨，杏元叫人役在重台摆设香案，兄妹三人上台拜望已毕，杏元见春生在旁，不好同梅公子说话，即叫："贤弟，你到台下去，叫那些女子上台来，也拜拜父母和家乡。"春生也知其意，当下下台去了。正是：

夫妻欲诉衷肠话，亲弟在旁难启齿。

陈杏元泪纷纷口称梅郎，夫妻们此时刻苦诉衷肠。

实想说洞房里花烛明亮，有谁知无情棒打散鸳鸯。

到我家你不敢姓名实讲，做奴仆理花木苦度时光。

自那日祭年伯悲声大放，妹识破兄隐情禀知高堂。

我的父一见你喜生眉上，赐婚姻愿与你永偕俪伉。

到今日我为国丧生疆场，留下你是孤身怎度时光。

要振作莫颓废奋发向上，盼开科登金榜名标姓扬。

报爹爹杀身仇誓死不忘，我父母也敬如你的爹娘。

在头上取下来金钗奉上，见金钗莫忘妻为你身亡。

[1] 住：原本作"志"。

梅公子也哭得泪人一样，思往事一件件痛烂肝肠。

仪征县去投亲险把命丧，王喜童明大义替我身亡。

出陷阱乘孤舟又遭风浪，顺水儿漂流到你的家乡。

蒙伯父收留我恩多义广，兄妹们读诗书喜熬时光。

最可恨卢杞贼卖国奸党，把媚外当成了不二良方。

失国威辱国体主权尽丧，害百姓路水火家破人亡。

一日里一分离如隔阴阳，疼得人一声声口喊上苍。

好夫妻离别情话难尽讲，直[1]哭得铁石人泪流两行。

却说他夫妻二人都通文墨，衷肠诉不尽，写诗寄深情。杏元眼含热泪，吟道：

夫南妻北隔天遥，愿你朝中着紫袍。

姻缘阻断阴阳界，难得双双渡鹊桥。

良玉听得小姐吟诗，强按住滚滚热泪，和诗一首：

马上征鞍路途遥，脱下蓝衫换紫袍。

界河阻隔情难抒，怎得双双架鹊桥。

吟罢，更加啼哭不止。只见春生领那些女子上台来，拜别故土。拜罢一同下台，来到公馆安歇。次早起程，继续前行。不一日到边关，报子前来报见："小人是边关总兵门下的旗牌，参过老爷。"党爷问："你们本官姓甚名谁？是几时上任的？"报子说："我们本官姓秦名金，半月前才上任。特报大人知道。"党爷急命回报总兵，迎接进关。且说北番沙陀国，因唐室通知和亲，早差官在关外迎候。那日到来，将在关外耀武扬威，纵马驰骋，吹角击鼓，声震边塞。秦金请党爷于次日催差起身。杏元即叫党爷，命人役摆设香案，望南拜谢皇恩。不一时摆设整齐，小姐焚香跪拜。正是：

一俟焚香离故土，即入番地着胡妆。

陈杏元对香案倒身下拜，拜三拜先谢过皇王之恩。

转回身望家乡再拜三拜，拜祖先谢爹娘养育之恩。

生孩儿实想说侍奉到老，有谁知今日里闪下双亲。

再转身把党爷拜上三拜，谢伯父一路上照看之恩。

立起身穿戴上胡人衣服，自己身自己看好不伤心。

再上前把良玉一手拉定，珠泪儿如雨滴洒湿雁门。

从今后相隔着千山万水，要相逢除非是南柯梦中。

陈春生也哭得昏迷不醒，党老爷忍不住老泪纵横。

卢杞贼定毒计心肠太狠，活活地拆散了万家黎民。

杏元哭众女子悲声更重，一个个声呜咽泪透衣襟。

不知在前世里造下何罪，到今日闪父母丢下弟兄。

雁门关都哭得天昏地暗，红日也失了光泛起愁云。

总兵官忙催促出关上马，胡儿们派使节早来相迎。

霎时间分两边杏元上马，夫妻们难割舍[2]乱箭穿心。

众鞑子拥娘娘行如蜂拥，二公子哭亲人昏倒埃尘。

那党爷只得将良玉、春生拖劝回来，不题。且说杏元小姐同众女子骑上番马。这些生在中国南方繁华之地、名门闺秀（望族）的女孩子，闻膻腥，听箪鼓，受那奔波，其苦楚是何等辛酸啊！行了数日，见前边有一高山，小姐问："那是什么山？"胡人侍者说："禀娘娘，那是阴山。"杏元问："山上是什么庙？"侍者说："是苏武庙，那右边是李陵碑。"杏元传命，叫上山进香。胡人哪敢怠慢，急忙上山伺候。杏元一行进庙，只见莲台上端坐着苏武丞相的金身，就和众女子焚香叩拜，拜罢出庙再行。不一日，前面又遇一条大河阻路，小姐问道："这是什么河？"侍者说："这就是黑河。"杏元暗想，这大概就是昭君娘娘投水而死而尸首往上流的那个黑河了。便吩咐道："将我中原穿来的衣服，尽数散在河中，叫水冲去。"然后和众女子大哭了一场。来到番营，安歇一夜，次日再顺流上行。走了两天，又见一座庙宇。小姐便问："那又是什么庙？"侍者说："那是昭君娘娘的庙。"小姐即吩咐鞑子："在庙外安营，我还要进庙上香。"那些女子，也随着小姐，来到庙里，叩头参拜。

陈杏元莲台前双膝下跪，用大礼叩拜过娘娘金身。

手捧上一炷香插在炉内，跪埃尘放悲声细诉冤情。

说娘娘你本是汉朝烈女，说娘娘你本是灵应尊神。

小弟子陈杏元诚心祷告，叩禀上圣母你细察真情。

奴的父陈日升[3]官居三品，奴的娘是吴氏诰命夫人。

我爹娘生下我姊弟两个，小兄弟陈春生年幼书童。

我翁父梅伯高察院新任，为我父当殿上动本劝君。

[1] 直：原本作"只"。

[2] 舍：原本作"合"。

[3] 升：原本作"□"。

奏卢杞卖国贼昏君不准，反推出午门外斩首行刑。

奴的夫梅良玉年方十八，缔婚姻尚未有洞房灯明。

卢杞贼生毒计命我和亲，一家人离散在南北西东。

望娘娘多怜念奴家薄命，搭救我回中原不忘神恩。

陈杏元直[1]哭到更深夜静，她一片赤诚心感动神灵。

那一天汉昭君早知其意，即返驾回庙来细察真情。

有鬼使和神女开言告禀，望娘娘显神通搭救生灵。

汉昭君发慈悲指破迷津，差神女引杏元魂魄参神。

那娘娘莲台上金口开动，陈杏元你听我指点分明。

我本是中原女宫廷效命，受谗言王差遣边关和亲。

谁晓得今天你又遭此难，守气节禀忠贞豪气冲天。

你本是中原女有识有胆，我保佑你心中细细思参。

若真心无挂碍不负圣贤，那时节我救你回上中原。

陈杏元似觉得耳清目鲜，睁双眼见红日跃上东山。

却说陈杏元一觉醒来，才知是梦。即再次焚香叩拜，下山回营起程。杏元一路上不住地思想，娘娘梦中说叫我自己思参，她好搭救我。我何能想出妙计？思量一会，忽然明白，到前面我不免乘机寻死，即使出不了虎口，也可落个清白之身，免遭污辱。主意已定，放辔前行。行不一日，前面又见一座高山。小姐便问那叫什么山？侍者说："那是北天山，又名落雁崖，是我邦最险要的去处。"走了半日，来到山下，小姐叫道："住马，待我上山观景。"侍者说："此处狼虫虎豹极多，劝娘娘不必上山。"杏元一听，大骂："奴才，你敢阻挡，见了狼主报知，要你的狗头。"杏元是去当娘娘的，一路上那些鞑子奉承不迭，唯命是从，不敢掣半句。这时候一见她发怒，只好前呼后拥地护着她上了山顶。杏元又不准那些鞑子近前，只领丫环和几个女子游玩。

陈杏元又来到高山玩景，山又高崖又悬甚是怕人。

四下里狼牙崖阴云密雾，刮寒风冷凄凄啼鬼泣神。

杏元女见此景主意渐定，走黄泉只要你落崖舍身。

猛想起昭君庙神灵感应，难道说汉昭君她哄奴身。

隔天涯隔海角千山万水，你怎么搭救我回上唐庭。

哭爹娘哭兄弟又哭夫主，别了啊再不能人间相逢。

猛地里心血潮向前一纵，黄花女扑下崖一命归阴。

说时迟，那时快，杏元跳崖，把那些跟随的鞑子吓得面如土色，赶紧下山报知大头目，那头目一听便骂："你这伙畜牲，叫我怎么给狼主交差？"说罢，抽刀就要杀跟随的鞑子，吓得那些鞑子跪下求饶："杀了我们还是小事，只怕爷爷也难活命。"那个头目半晌无语。这时有一个老鞑子说："把丫环打扮起来，进献罢了。"次日就把丫环打扮起来，献给番王。那番王一见，心中大喜，夸奖不尽，即叫小鞑子通知番兵，收兵回国去了。正是：

只因女色能御外，却教将相少用心。

说话的分两头不题番事，再表那陈杏元落崖之情。

汉昭君早吩咐黄巾[2]力士，却到那落雁崖搭救忠臣。

那力士领法旨不敢怠慢，专候在悬崖下迎接贞人。

陈杏元跳下崖自求一死，谁知道被力士接在空中。

起一朵五彩云将她捧定，送小姐往中州飘飘前行。

力士说娘娘的法旨早定，送在了大名府邹府安身。

把小姐搁花园太湖石上，渐渐儿返人世苏醒还魂。

那邹府邹老爷名叫再第，自幼儿读诗书壮仕朝中。

娶夫人郑氏女贤良聪慧，只生下一女儿起名云英。

云英女赛父母人才出众，通诗书知礼义又娴女红。

自小儿把爹娘十分孝敬，她的娘身染疾常祷神灵。

那夜晚到花园焚香祷告，祝告罢忽听得痛哭之声。

叫一声兰香女忙去寻问，花园里你看看哪来哭声。

兰香女找到了太湖石上，叫姑娘不好了有了狐精。

陈杏元她一身胡人打扮，邹小姐一见面吓掉三魂。

出花园主仆们往里就跑，倒把那老夫人吓了一惊。

叫我儿这慌张所为何事，云英说花园里有了妖精。

邹夫人说女儿我全不信，叫家人和院子去看分明。

提灯笼打火把手拿大棍，一家人到花园查看真情。

邹夫人来到了太湖石边，那上边卧一个狐狸怪精。

众家丁手持棍上前就打，却听那狐狸精口吐人声。

请太太叫家人莫要下手，细听我难中人诉说分明。

我非神我非鬼我非妖精，王月英去和亲逃难回程。

却说邹夫人听那女子言语，便上前问道："你这女子，

[1] 直：原本作"只"。　　　　　　　　　　　　　　　　　　　　[2] 巾：原本作"金"。

0326

中国民间文学大系 7-62

那（哪）里人氏？缘何到此和这般打扮？"杏元便说："奴家原住徽州，现移扬州，姓王名月英。父名王昌。不料那天被地方官强买来，跟随杏元小姐和番。奴家怎肯失身外国，出关后到了落雁崖，心想跳崖一死，多蒙昭君娘娘救我，并送到这里。这是实话，不敢说谎。"邹夫人听说，吩咐丫环："即（既）是神灵护送，必是有福之人，请搀到内厅休息。"便对杏元又说："你暂住下，我使人寻找你父，来将你领回家去，你看如何？"杏元忙说："此事若叫地方官员知道，报于卢相，我就有逃避国难之罪。如何是好？"夫人说："既然如此，老身将你收为义女，你意下如何？"杏元听说，急忙跪倒叩拜："多谢母亲收留深恩。"夫人把杏元收为义女，随与云英论过姐妹。吩咐丫环与杏元小姐换了衣服，和云英小姐同人绣阁，不题。

再说党爷与良玉、春生二人在边关歇了几日，即起身返回。来到中途，党老爷说："我要进京交旨，你二人回上扬州，到了家中，向你父母转达我的问候之意。"说毕正走之间，前面忽来一报马，到跟前说："圣旨到了，请党爷接旨。"党爷即叫二人退后，他自己迎上前来接圣旨。圣旨说道："陈日升藐视国法，纵女辱骂丞相，现已将陈日升夫妇捉拿到京，下监刑部。今差校尉到边关，将他的儿、侄解京正法。"党爷拜过圣旨，对校尉说："老夫在关上已将他们打发回扬州去了。老夫偶染疾病，歇了几天，才到这里，少不了请贵差到扬州去拿。"校尉听说，即赶往扬州去了。党爷即回到后边，向良玉和春生说了圣旨的大意，二人大哭。党爷也觉十分悲伤，便对二人说道："事到如今，哭也无益，你二人只好就此逃命去吧。"正是：

才遇连阴雨，又遭打头风，

人生多难事，死别与生分。

不题那党老爷进京交旨，再说那逃难的梅陈二人。

一路上忍饥饿眼含痛泪，不知路哪辨得南北西东。

好似那水里鱼浑钻大海，又像那失群鸟迷入深林。

白日里避大路爬山越岭，夜晚来无店住古庙安身。

从小儿只知道茶饭享用，哪晓得人世上还有艰辛。

不觉得来到了山东地界，猛可地撞见了一伙强人。

贼强盗远远地目标瞅定，黑影儿扑上来大喊一声。

那贼盗把二人一齐打倒，抢行李把衣服脱个光精[1]。

两个人哪[2]还敢出口大气，倒在地吓呆了魂不附身。

停半天醒过来连声哭叫，无盘费无衣裳怎么前行。

走一步哭一声泪流满面，遇见了一古庙暂且安身。

对面河水中月绰绰隐隐，肚里饥身上冷昏昏沉沉。

眼皮儿重千斤蒙眬[3]打盹，睡梦里听喊叫捉拿贼人。

直[4]吓得他二人怕漏形影，你往东他往西各自逃生。

众兵丁把良玉一直追赶，赶得那梅公子倒在埃尘。

陈春生直[5]吓得自个逃奔，黑夜里一分手无影无踪。

兵丁把梅公子一把捉住，背缚住拿了来面见大人。

且说那巡船兵丁，把良玉绑住，去见船上的大人，那大人说："你这个贼呀，老爷今天是上京赴任的穷官，你为什么黑夜来盗本官？"良玉俯伏在地，哭道："大人在上，晚生并不是贼。"大人说："你是何等之人，敢称晚生？"良玉说："晚生是江南人氏，弟兄二人投亲，路遇强盗抢去衣服行李，躲在古庙暂避寒冷，不想被巡更兵丁拿来，得见老爷，望大人详察。"老爷说："你口称晚生，必是官家子弟，拿来文房四宝，你作篇文章我看看。"良玉请老爷出题，老爷顺手写了题目，良玉领命，一会儿就写好呈上。老爷看其文章，外露珠玑，内隐雄豪，自觉气概不凡，很是赞赏。即叫手下人役拿来衣服，与公子换上，赐坐（座），细问公子的姓名。良玉说："晚生是江南常州人氏，姓穆名荣。"老爷问："你即（既）是常州人氏，你可知梅伯高之子梅良玉么？"这一句问的（得）梅公子遍体流汗，急忙强作镇静地答道："那梅璧晚生虽知，但自他父死后，落难游学，近来下落不明。"老爷听罢说："可惜呀！你不知老夫姓冯，从前和陈日升一起，被削职为民的。如今天子复召，官复原职。当年梅伯兄就是因我们的事情受刑的，故此问他的子弟。我想你暂无去处，就在我处安身好了。"公子谢过，但心中惦念春生，一夜未曾合眼。次日早饭毕，老爷正与夫人闲谈，却见上游来了

[1]　精：原本作"净"。

[2]　哪：原本作"那"。

[3]　蒙眬：原本作"朦胧"。

[4]　直：原本作"只"。

[5]　直：原本作"只"。

数只大船，打着巡按旗号，与冯爷的船争路，家人站在船头问："你们是那（哪）里的大人？"这边家人答道："就是山阳冯大人的船只。"那边听得，急忙回禀大人。邹爷听说是冯大人的船只，即叫家人停船，叫这边家人通报："河北大名府邹大人，要拜见老爷。"原来这邹大人是冯爷的一位得意门生。一听禀报，冯爷欣然相迎。两家行过师生之礼，酒茶过后，闲谈之间，邹大人说："老师门下若有妥当的干办文才，给我举荐一位。"冯爷说："我这里有一位穆荣相公，人才清秀，文学出众，堪当此任。"即叫人请出穆相公，与邹大人相见。良玉听唤，即来到前舱见礼。冯大人将他投亲遇难的事说了一遍，邹大人十分高兴，即和梅良玉告别冯爷回船。

梅公子随邹爷河南赴任，冯大人也进京重任复膺。
念卷人表不了两家之事，再说说逃难的公子春生。
郎舅俩那晚上庙前失散，没奈何树林中暂且藏身。
耳内里只听得人声呐喊，吓得他心脏儿乱跳乱蹦。
身上冷肚里饥双目流泪，这苦难何日里才能受尽。
东方亮出树林伸头瞭望，山林长水天阔何处能行。
猛想起济南府知府黄金，他是我父亲的一位门生。
我不妨进济南投奔他去，黄师兄他总该救我残生。
进了城问信息专找黄府，大街上遇着了一位老翁。
上前去打一躬开口请问，麻烦你老人家指指路程。
济南府黄老爷他在何处，老人家你与我细细说明。
那老翁听一言东张西望，问相公你找他是故是亲。
我说你早回程莫闯祸患，黄老爷他今日大难临身。
陈春生开言叫老翁你听，他是我父亲的得意门生。
我今日到他府躲灾避难，并无有假言语欺骗老翁。
老翁说小相公幸亏遇我，若莽撞进他府白丢性命。
他今日成犯官监中现押，卢相爷奏万岁抄了满门。
说完话那老人扬长去了，陈公子心不死找上府门。
只见那大门上封皮封定，在一旁贴告示黑字分明。
黄土镇出贼寇谋反作乱，黄知府暗通贼想夺江山。
着钦差抄家私锁拿到案，进京来正王法告诫百官。
只一看头发晕痛肝裂胆，忍饥饿压悲愤挪到旁边。
细思想到如今少亲无眷，到哪里才能够暂把身安。

哭爹娘进京去天牢有险，哭姐姐受奇冤流[1]落北番。
哭姐夫梅良玉死生难见，丢下我一个人形影孤单。
卢杞贼霸朝纲贼心黑烂，我一家平白地蒙受艰难。
手捶胸脚踏地心肝痛断，泪珠儿一滴滴洒湿衣衫。
整一天未见那滴水点面，一步步挪出城渐近河边。
年少人经不起风雨艰险，倒不如舍残生投水归天。

却说春生缺衣无食，万般无奈将身投水，顺流漂去，自求一死，谁知不该死的终有救。这个河里有一个姓周的渔婆，丈夫去世，只有一个女儿叫做玉姐，母女二人就靠打鱼为生。那天正在河里行船，忽见上流顺水漂着一个东西，那渔婆急撒下网，网住春生。玉姐看得清楚，便叫："妈妈，那网内是个人，快撒脱吧。"周渔婆说："即（既）是人，更要救出。"便收住网，拉上船来，灌了些热姜汤，不一会苏醒过来。渔婆问道："你是谁家孩子，为何寻死？"春生听问，忙答道："我是扬州人，叫陈春生。"爬起身来，拜了几拜，接着就把父母被难、姐姐和番、姐夫失散、自己投水的话细说了一遍。渔婆大喜，即取来渔人衣服，与他穿上，然后说："我丈夫去世，只有一个女儿，小名玉姐，年方十六，尚未许配人家，莫若与公子联姻，暂且打鱼为生，日后慢慢地找寻父母不迟。"春生听得，急忙谢过岳母。周渔婆又说："前日有个算命先生，为我女儿算了一命，就要多多的命钱，说我女儿后来有夫人之分，敢情这就应了算命人的口了。孩子啊，你先住在这里，吉人自有天相，日后和父母总会团圆的。"附近的打鱼人知道周渔婆捞了个女婿后，都来贺喜。渔婆便要与他们完婚，春生固辞道："我爹娘现在难中，那如何使得。等父母有了信息，再完婚不迟。"渔婆只得依他。不觉光阴如梭，展眼[2]已是腊月天气。那天周渔婆撒网，打了些大鱼，准备过年。便吩咐春生："姐夫，你上岸卖鱼去。"春生听了，提上篮子上街去了。那母女俩将船泊在岸边。只见上流急速划来一只船，船头上坐着府太爷的公子江魁。他远远望见船头上有一位女子，虽是渔家打扮，倒也亭亭玉立，楚楚动人。这江魁便叫家人："拿上五十两银子过船

[1] 流：原本作"留"。

[2] 展眼：转眼。形容刹那间或时间过得很快。

去，问她是谁家的女儿，娶过来与我做个妻子。他（她）若不从，便将银子放下，抢她过来。"那些家人领命去了，跳上小船说："我们的公子，要娶你的女儿做妾，你从也不从？"周渔婆说："她已许了人家。"那伙恶奴，吹胡子瞪眼，立即抢走玉姐。把个周渔婆急得双脚乱跳，放声大哭。惊动了附近众渔人，一齐赶来船前，听后纷纷嚷道："这就了不得了，知府的公子，青天白日，抢夺有夫之女，我们大家摆一个集鱼阵，将他们打倒，夺回玉姐，抱些不平吧。"其中也有年老谨慎的渔人说："我们不能打，打狗还得看主人哩。不如将他告在官前，再作定夺。"众人听得，不去动手，只是站在远远的地方叫骂。正是：

子仗父势害百姓，民仰官清除奸雄。

陈春生卖罢鱼欣然回转，见众人乱嚷嚷所为何情。
走近前开言把众人细问，周渔婆泪纷纷高叫一声。
小姐夫你快来大事不好，江魁把我女儿抢去成亲。
陈公子听得真开口就问，这江魁什么人大胆胡行。
渔婆说那江魁知府公子，依着财仗着势抢去花童。
公子说清平世仗势行凶，难道说做官的该欺百姓。
我今日进城去把他告下，要和他知府官辩个分明。
众渔人听此言拍手赞成，周渔婆陈公子进了城门。
进城来正走到十字路口，猛听得道锣响吆喝声声。
五色旗迎风摆人役护定，八抬轿坐的是军门大人。
陈春生拦住轿高喊冤情，跟来的众渔人也跪道中。
邱军门在轿内开言就问，喊冤的究竟是什么冤情。
春生禀我妻被江魁抢去，望大人悬明镜勘问奸雄。
大人听喊冤的外乡口音，暗思想这里面是非怎分。
叫原告往上跪抬头我看，原是个十六七清俊孩童。
开言问你妻子谁家之女，周渔婆在旁边赶忙答应。
他妻子是我女名叫玉姐，江公子抢去了霸占成亲。
邱军门听一言怒气冲冲，出令箭捉江魁火急十分。
叫人役带原告衙门伺候，不多时也提来江魁奸雄。
那几个恶家丁同拿到案，邱军门坐大堂审问分明。
江知府听得报心惊胆颤，也来到军门府候见大人。
众人役押凶犯堂口跪定，邱大人叫渔婆细诉前情。
人役们把玉姐也提到案，邱老爷听供词细察案情。
玉姐说虽村女也知礼义，贼抢去再强迫奴未失身。

望青天大老爷高悬明镜，渔家女绝不忘再生之恩。
邱老爷看渔女甚是聪明，听言词也不像苟且之人。
喝江魁这奴才大胆乱行，仗父势你竟敢欺害良民。
白日里抢民女成何体统，你与我从实说免得动刑。
那江魁跪大堂开言告禀，尊军门老大人细听原因。
周家女是小人幼年聘定，下聘礼三百两不差分文。
她是我亲岳母高高兴兴，许下了到今日过门娶亲。
谁知道今日来昧婚不认，把女儿许别人不准过门。
有小的丢下银娶女回府，这就是真情话不敢瞒哄。
邱军门坐堂上开口再问，下聘礼可有那三媒六证。
男定婚女出嫁古今大礼，难道说无秩序胡乱抢亲？
那江魁忙叩头巧言告禀，要媒证请细问我的家丁。
邱大人把家丁喝到堂上，做媒证拿婚帖^[1]本院看明。
众家丁战兢兢无言答对，邱大人看清楚主奴真情。
命人役拉下去一顿大棍，四十棍打得他血水淋淋。
众家丁未受过这种苦刑，叫老爷愿招认免受肉疼。
把江魁也打了四十大板，直^[2]打得血水流哀告求生。
望大人开天恩饶我性命，从今后再不敢犯法乱行。
江知府也来到大堂跪定，求大人看我面奴才得生。
邱老爷说知府你该自省，抢人妻害百姓纵子行凶。
论法律该把你削职为民，但念你守寒窗十年苦功。
江知府施一礼感恩不尽，原被告下堂去人役闭门。

却说这邱大人，名叫邱山，夫人冯氏，是冯乐天的妹子，年过四旬，未生儿子，只有一女，名唤云仙，年方十六，尚未许人。那梅公子就是他的外甥。这时梅夫人早到他府，他们姑嫂正在闲谈，一见老爷退堂，夫人便问："今天老爷问的是何人的官司？"邱老爷把江魁抢周玉姐，陈春生喊冤的事说了一遍，又说："那周玉姐虽是个渔女，倒也生的（得）美貌聪明。那陈春生外乡口音，也不像个渔家孩儿。"云仙听了便说："那女儿美貌，何不将她唤进内宅，儿和姑母隔帘看看玉姐。"老爷说："这不难，为父明日把他三人叫到堂上，问其来由，你看如何？"云仙说："何必明日。此时唤他们进来不好吗？"老爷欣然同

[1] 帖：原本作"贴"。
[2] 直：原本作"只"。

意。即命心腹家人把周渔婆三人叫进内宅。老爷说："你们三人往上跪。"他们三人往上跪了几步。老爷便问渔婆："你这女儿是抱别人的，还是自养的？"渔婆说："小妇人自己养的。"老爷再问："你这女婿，是从小许配的，还是新近才找的？"渔婆说："这女婿是前几个月从河内捞出来的。"邱老爷笑道："这又问出事了。"

邱老爷开言把渔婆再问，细说出河里捞女婿原情。

他的家居住在哪县哪村，姓什么叫什么为甚轻生？

周渔婆在下边叩头回禀，叫老爷开天恩细听分明。

他家住扬州府离城甚近，他的父陈日升[1]在朝伴君。

那一日发下了领兵圣命，奉旨慢龙心怒削职为民。

又不知因甚事锁拿进京，立逼得陈春生逃难西东。

遇贼抢无处去投河自尽，小女子网住他一命还生。

一想到我以后无人做伴，把玉姐许配他结成姻缘。

邱老爷听一言再问春生，因何事受恓[2]惶逃难外边。

陈春生听得问泪流满面，尊大人请听我满腹屈冤。

我的父被卢杞巧计暗算，我姐姐陈杏元强征和番。

我姐夫梅良玉同避祸难，半路里被贼人剥去衣衫。

黑夜里又被那兵丁冲散，尚不知梅良玉落难哪[3]边。

邱大人一听见良玉二字，二堂里只觉得肚搅肠翻。

往下边欲再问外甥下落，忽听得帘内边哭声连连。

却说梅夫人一听说出良玉遇难的事情，心如刀割，放声大哭。走出帘子问道："我儿梅良玉他往仪征县投奔他岳父去了，为何又和你逃难？"春生就将侯鸾加害，王喜童替主一死的经过讲了一遍，接着又把良玉在扬州上吊，被伯父香池长老救活，冒名喜童来到他家，时时啼哭父母，孝心感动天地，梅开二度，被父识破真情，问出姓名的详情，以及杏元小姐许配终身，被卢杞强征和亲，他郎舅二人送行，回来卢杞差人捉拿，被党爷瞒过，放他们逃生的前后情由从头到尾说了一遍。邱老爷、梅夫人听罢，双目流泪，大骂人面兽心的侯鸾，夫人和云仙小姐也觉寒心。当晚就留渔婆母女和春生在府内歇了。次日梅夫人对邱爷说："兄长年迈，尚无子媳。依我之见，春生乃是名门之后，不若你收他为义子，叫他读书，日后若有功名，也可与他父报仇了。你以为如何呢？"梅夫人又附耳说："云仙小姐也可许配春生。"邱爷听言，点首称善。梅夫人即叫来春生，拜过义父、义母，将他的衣服换了，给他改名叫邱魁，送到书房读书。老爷又对周渔婆说："你也不必回去了，在我府与两位夫人做伴。"周渔婆要回船收拾一应器物，老爷即叫人役打轿伺候去了。正是：

人逢喜事精神爽，月到中秋分外明。

周渔婆坐上了绿呢大轿，四人役抬上了走出衙门。

人役们前边走喝道开路，众军丁护卫着谁个不尊[4]。

周渔婆到河边看她船只，众渔家看见了大吃一惊。

下了轿上了船往里就走，才清楚周渔婆返回家门。

笨东西送给了亲近船夫，那只船也送给知己渔翁。

辞别了亲和朋坐轿回府，众渔人叩一头谢过夫人。

人役们抬起轿扬长走了，乡里们站一处议论纷纷。

周渔婆日前和我们一样，今日里平白地成了贵人。

按下这里不表。且说梅公子被冯老爷举荐给邹御史，自到河南上任，凡是衙中一应事务，都着良玉办理，十分妥帖。那邹爷见良玉办事，谨慎练达，才学出众，就爱如掌上明珠一般。心下暗想：这相公如此精明，德才兼备，不如将云英女儿许给此人，倒是一对好夫妻。不过这话并未说出口来。忽一日，万岁旨下，调邹爷进京，他只好收拾行李起身。抽空修了一封家书，唤家人来吩咐道："你陪着穆相公到家里去，一则看看家，二则休假若干天，待我回衙后再来请他。"那家人领命，即陪着良玉回大名府去了。邹爷择了吉日进京，不题。却说梅公子和家人来到邹府，家人先将老爷的手书递于夫人。夫人拆开一看，便知穆相公乃是心腹得意之人，并暗示有许婚之意。就叫家人整顿书房，摆设酒宴相待，小心伺候，不可怠慢。又给云英说了婚姻之事，小姐含羞回绣楼去了。

梅公子在任上百事用心，到邹府只休息无有事干。

每日里在书房读文作课，偶翻出那金钗好不心酸。

对金钗思杏元肝肠寸断，临别时赠的诗尤（犹）响

[1] 升：原本作"□"。
[2] 恓：原本作"怕"。
[3] 哪：原本作"那"。
[4] 尊：原本作"遵"。

耳边。

一颗心安不上圣贤书卷，少年人只想得昼夜难眠。

想得他失理智言昏语乱，想得他忘掉了茶饭三餐。

那家人端茶来长吁短叹，送饭来问几声又不言喘。

一日三三日九身体渐变，面又黄肌又瘦病把身缠。

那一天小春香给他送饭，巧见他对金钗两泪不干。

回绣房给姑娘细说一遍，叫姑娘你听我说个奇观。

穆相公在书房不言不喘，手捧着金钗儿反复观玩。

我设法偷来了给你细看，猜一猜这里面有何因缘。

云英叫小春香莫要胡编，出外人总有个想家心肝。

正说着杏元姐来到房内，她两个把话儿压在嘴边。

第二天春香女又去窥探，可巧他出去了不在房间。

小丫环忙打开书箱搜看，见金钗藏在那袖筒里边。

偷上了金钗儿赶忙回院，梅良玉回书房却受熬煎。

开书箱找金钗全然不见，猛像是一把刀来把心剜。

从前时见金钗如见她面，今日里丢掉了哪里找还。

是何人他这样将我作践，越思想疾病儿越重如山。

那丫环偷金钗绣房回转，送给了二姑娘细猜细参。

穆相公拿着它手不触卷，你看它是什么这般值钱。

云英女骂奴才惹事百端，快拿上送回去莫再多言。

春香说今天送进门不便，改一天他出外拿到里边。

说罢话扔在那梳妆匣内，谁知道它竟是惹祸根源。

却说梅公子自从遗失了金钗，终日啼哭，大病缠身。伺候的家人报于邹夫人，夫人骂道："你这奴才，叫你好好伺候相公，为何病重，总是你们的茶饭有差，怠慢不周。况且他是外乡人，水土不服，如何是好？你们快去请医生给他诊脉。"家人听说，赶忙去请医生诊脉下药，老夫人也来问大夫："是何病症，这样沉重？"大夫说："相公不知心想何物，忧虑所致。纵然服药，效果不大。"即开了药，取汤煎服，果无效果，反比以前见重，夫人十分焦急。且说那云英小姐，那日起的（得）迟了，正在梳妆。不意那杏元起的（得）早，梳妆已毕，来到云英的房中，见云英正在梳妆，就走近身旁，无意地瞧见了那只金钗。拿起一看，却是自己送给梅郎的那只，便问云英："妹妹，这是你的金钗吗？"云英自然难说是偷的，就说："是我前日在押书匣子里捡来的。"杏元听说，自觉心悲，回到绣

房暗想道："这物件明明是重台拜别时节，亲手递于梅郎的东西，今落在他人手里，想来他已不在人世了。"越想越觉悲伤，肝肠如断，茶饭不想，也是大病上身，痴卧床上。正是：

二人哭金钗，两下各自忙。

仅隔一墙地，枉自断肝肠。

陈杏元见金钗双目落泪，回房后止不住痛哭伤情。

想当初重台上夫妻离别，这金钗亲手儿递于夫君。

莫非是遭横祸身离人世，这东西才落到别人手中！

好夫妻今世里再难见面，我回上中原地依靠何人？

一阵思一阵哭愁肠无尽，一阵想一阵哭谁知衷情。

哭梅郎你果然惨遭不幸，鬼门关等候我一路同行。

阴间里我和你相逢相会，魂灵儿一双双去见阎君。

哭得那陈杏元又染大病，小丫环忙报于邹氏夫人。

老夫人听一言惊魂不定，和云英急忙忙来看病情。

清早家小冤家平安无事，后半日却怎么昏昏沉沉。

儿不过起得 [1] 早着了风寒，挨上个三两日自然清省 [2]。

娘儿们坐半日出门走了，忙吩咐老家人去请医生。

家人把老医生急忙请到，周大夫见夫人身施一躬。

夫人说周大夫不必多礼，再烦你给姑娘瞧瞧病情。

你看她身染的何种疾病，投药石全靠你妙手回春。

老大夫进绣房望切闻问，转出来给夫人细说病因。

大姑娘得的病也很奇怪，她和那穆相公基本相同。

心想着什么事疑虑不定，直 [3] 想得肝郁结气血失温。

看此病纵服药很少效果，她自己化悔开慢慢转轻。

老大夫讲清了双方病因，打一躬拜夫人告辞出门。

老夫人和云英往里就跑，急忙忙来到了杏元房中。

叫一声月英女听娘细问，莫非你思故土重病缠身。

杏元女开言把母亲高叫，女染疾怕难报您的深恩。

却说杏元小姐见夫人母女进来，欠身起来，哭道："母亲啊，儿非是思念故土。儿不能报母亲的收养之恩，尽不上一点孝心。若是孩儿死后，母亲念收养我一场，舍

[1] 得：原本作"的"。

[2] 清省：身体清爽。清：原本作"轻"。

[3] 直：原本作"只"。

我一口薄皮棺材，儿就到阴曹地府，也不忘娘的大恩了。"
夫人说："我就给你买付棺木，冲冲邪气，孩儿好了，留
下为娘自用。"即吩咐家人置办去了。夫人又想，这穆相
公病体也重，我也该去看看才是。即留云英陪伴杏元，自
己领了丫环来到书房，书童报说："穆相公，我家老夫人
看你来了。"梅公子听言，对书童说："辞了夫人罢，就说
我是有病之人，怕怠慢了他（她）。"正说着，夫人已经来
到床前，问道："穆相公，你的病体如何？"公子说："多
承夫人下问，小生命在旦夕，怕不久就要离开人世了。我
若死后，拜托老夫人赐一口棺木，将我送在北面荒郊之
地，朝北埋了，也就沾恩了。"说罢双泪直流，夫人劝慰
了一回，出门去了。只见一个丫环哭着跑来："太太不好
了，大姑娘气绝了。"夫人说："你们快去照看。"说着话
来到中庭。又见外面书童跑进来说："太太不好了，穆相
公气绝了。"夫人只好说："你们快去照看，我看看大姑
娘再来。"说罢，急忙向杏元房中走来，一进房，只见云
英与春香守着杏元，夫人不由得大哭。云英说："母亲莫
哭，姐姐缓过来了。"夫人谢天谢地，便回身要去看穆相
公，不意书童跑进来报说："穆相公苏醒过来了。"夫人一
颗悬着的心落了地。便来安慰女儿："孩儿啊，你这就好
了。"杏元流着眼泪说："我如何能好啊？我有句要紧话儿，
说与母亲。孩儿死后，只望母亲给一口棺木，将我抬到
城南荒郊，头朝南埋了，儿就沾恩了。"夫人听言，心中
暗奇："这个叫朝南，那个说朝北，叫人难猜透是什么原
因。"便吩咐云英："好好伺候月英姐姐，不可怠慢。"说
罢回房去了。正是：

失散前世造，别人把心操。

各说南北意，谁能架鹊桥。

邹云英陪姐姐绣房养神，劝姐姐莫忧愁你且宽心。
老天爷保佑你沉疴痊愈，吉庆人怎么能轻轻丧生。
娘为你也愁得饮食少进，我愁你有长短两泪细流。
小妹妹是你的患难知心，陈杏元听云英好言相劝。
叫妹妹你听我细说衷情，我染病并不是思念故土。
你匣中那金钗就是病根，见金钗如见了我的丈夫。
你姐姐也不是王氏月英，我的家就在那扬州城里。
我名叫陈杏元精通女红，我的父陈日升吏部荣任。

被卢杞设毒计削职为民，我的母是吴氏诰命夫人。
小兄弟陈春生年纪还轻，我翁父梅伯高为国丧命。
我丈夫梅良玉年青书生，卢杞贼逼奴家北国和亲。
有丈夫和兄弟送到边庭，重台上我夫妻焚香拜祖。
把金钗赠给了梅郎夫君，夫妻们又咏出离别诗句。
我给你念一遍妹妹你听，奴的夫梅良玉他若不死。
这金钗怎么到恩父手中，押书匣你得了这件宝物？
见金钗才招来大病临身，云英女听一言还未张口。
小春香急忙忙说出真情，那金钗并不是老爷带来。
我说出真情话姑娘你听，那一天与穆生书房送饭。
他对着金钗儿两泪纷纷，我趁他出书房偷来金钗。
送给了二姑娘察看分明，穆相公为此物也得大病。
到如今他和你一样病容，莫非是梅公子改了姓名。
妆成个假穆荣到我府中，陈杏元听春香说了一遍。
她的病一下子退轻三分，邹云英和春香前去打探。
打探实再报于杏元知闻。

却说云英主仆来到堂中，正要与老夫人说杏元的那话
儿，却见老家人邹福走进中堂，对老夫人说："老汉活了
七十五岁，事也经过几个。今日穆相公的病，夫人何不把
二姑娘领进书房，与他冲个喜儿，或者病好，也是有的。
况且老爷许配婚姻的事，合府皆知，夫人以为如何呢？"
夫人听了，与小姐商量，小姐含羞不语。到了晚上，叫春
香打了灯笼，夫人和小姐来到书房，虚与冲喜，实则打
探。夫人站在窗外，春香叫书童报知穆相公："二姑娘亲
自看你来了。"书童进去说知，那时梅良玉正在梦中，和
杏元小姐诉说离别之苦，被书童惊醒，便斥道："你这奴
才，快快辞了姑娘，不能惊了我的睡梦。"不期春香和小
姐已经来到床前。他无奈只得挣扎着起来。春香把书童
打发出去，对良玉说："姑娘奉夫人之命，来问相公的病
症。"良玉说："问也无益，你们快快出去吧，免我厌烦。"
丫环即对姑娘说："穆相公嫌我们，我们回去吧。"提了灯
笼，和小姐转身，一边往外走，一边口中念道："夫妻南
北隔天遥，愿你朝中着紫袍。"良玉一听忙喊："快请姑娘
来，小人有要紧话说。快请小姐回来！"春香佯装不知，
慢慢往外走，边走边念："姻缘隔断阴阳界，难得双双渡
鹊桥。"良玉又喊："请小姐转来。"春香仍边走边念："马

上驮（征）鞍路途遥，脱下蓝衫换紫袍。界河阻隔情难抒，怎得双双渡（架）鹊桥！”此诗乃是杏元、良玉在重台拜别时诵下的诗句，杏元念给云英、春香，春香又立意念给良玉听的。良玉听见，喊请小姐转来。春香们仍往前走，他就急得下床又喊。夫人听见，怕气坏相公，便叫春香快转回去。春香又踅进屋说：“你厌烦我们，为什么又叫我们来？”良玉说：“小丫环，你念的诗句是那（哪）里来的，快快与我说来。”这一问不打紧，管叫那：

才子笑双眉，姑娘退病容。

春香女开言把相公请问，叫一声穆相公细听分明。

你莫问那诗句我且问你，为什么扮穆荣欺骗我们。

梅良玉听得问双目落泪，事到头少不得说出真情。

小生是常州人姓梅名璧，自幼儿读诗书未历艰辛。

我的父叫梅魁都院新任，母邱氏只生我孤身一人。

卢杞贼害我父长安丧命，一家人分离在江南山东。

陈日升和我父同年好友，把女儿陈杏元许配小生。

卢杞贼害小姐北国和亲，我和弟陈春生送到雁门。

到邯郸重台上焚香拜祖，赠金钗略表了爱妻贞心。

夫妻们重台上难割难舍，各诵出离别句牢记在心。

每日里见金钗如见妻面，不知道谁偷去再难相逢。

小丫环听一言真相已明，果然是梅公子到我家中。

那春香开言把公子便叫，尊一声梅公子你再细听。

我老爷有书来写得[1]分明，我姑娘许配你才定终身[2]。

梅良玉听得说开言回答，这事情我不明也不知情。

春香说相公你应该相信，这样的大事情哄你不成。

你若从我姑娘婚姻之事，金钗儿会飞回你的手中。

就是那陈杏元她也不远，我给你找她来夫妻相逢。

梅公子听得说转忧为喜，丫环姐你莫要撒谎哄人。

我若是见了那杏元小姐，恩父母许婚姻焉敢不从。

听丫环说此话正中心意，那病儿立时地[3]减轻五分。

正是：

相思原是思想病，一得真情即回程。

那春香就把花园收留杏元、书房偷了金钗的话，和杏元染病、说出重台题诗的话儿，一股脑儿给良玉说了。良玉方知杏元也在邹府，顿觉病转身轻，送春香出门，不题。春香掌灯，云英和老夫人又到杏元房中，便说：“孩儿，你当穆相公他是何人？原来就是梅公子呀！”接着就把前后情由说了一遍。杏元听了，满心欢笑，那病儿也就不在话下了。于是夫人择了吉日，到八月十五日夫妻相会。到了那天，杏元、云英和老夫人领着丫环在帘内，书童陪着良玉在帘外，叫他们夫妻说说别后的情形。良玉就把党爷进京，路遇钦差捉拿他和春生，党爷放生，又遭强盗，郎舅失散，自己被巡兵捉见冯大人，改名换姓，冯爷又荐于邹爷衙内安身的详细情形说了一遍。杏元也把昭君显圣，自己落崖，被送至邹府的话说了一遍。夫妻二人一愁父母在京受难，二愁春生下落不明，不由得帘内外失声痛哭。夫人与云英也觉心酸，相劝了一阵，各回住房去了。

且说那一天：

邹夫人和云英正在闲坐，忽有那门上人报了一声。

叩一头忙开言太太你听，我老爷升了官不久回程。

有小人在门上接了家信，回禀了夫人您得知分明。

出了京回大名探家祭祖，他定下今日里要到府中。

老夫人听得说忙个不停，叫丫环和院子打扫中庭。

梅公子在书房一听此信，喜得他把书童高叫一声。

你与我鞴[4]马匹门外伺候，我应该去迎接恩公大人。

骑骏马扬长鞭往前赶路，不多时来到了十里长亭。

到长亭下了马路边恭候，远远地见大路飞土扬尘。

不一时到亭前人役站定，邹老爷在轿内喜笑盈盈。

梅良玉上前去躬身施礼，先叩头老大人福寿康宁。

邹老爷听一言春风满面，你何必带疾病远道相迎。

莫不是书童们伺候不到，莫非不[5]服水土才染病容。

梅良玉忙拜谢大人下问，吃五谷生百病别无原因。

邹老爷叫人役起轿再行，到府里和家人列队相迎。

老夫人见老爷叩头恭敬，邹大人回一躬夫妇平身。

坐中堂话家常问暖问病，问任所报国事荣迁高升。

[1] 得：原本作“的”。

[2] 身：原本作“生”。

[3] 地：原本作“的”。

[4] 鞴：原本作“备”。

[5] 非不：原本作“不是”。

0333

说唱·甘肃卷·宝卷分卷（二）

铲除奸佞故事宝卷

云英女和丫环来拜父亲，施一礼问爹爹福寿安宁。

邹老爷见女儿欢笑不尽，一两年唵喇喇长大成人。

老夫人坐一旁自然高兴，叫丫环听我言再去找人。

叫咱家大姑娘莫违母命，上堂来拜一拜自己父亲。

陈杏元听得唤走出前亭，行三叩九拜礼义父恩深。

邹老爷开言把夫人就问，谁家女名和姓到我家中。

邹夫人听老爷盘问要紧，故意儿绕个弯喜笑盈盈。

却说邹夫人对老爷说："是你不知，她是扬州人，陈日升之女。因为卢杞谋害，北国和番，她到北国落雁崖上跳崖，多蒙昭君娘娘将她送在我家花园。是我收留在家。"邹老爷听说："原来是我陈家侄女，我看他（她）不过二八年纪，不知许配人家未有？"夫人说："她已经许配常州府梅魁之子梅良玉。"老爷说："那可就好。梅良玉乃是江南才子。"夫人问："老爷见过梅良玉未有？"老爷说："闻名还未有见面。"夫人说："梅良玉的学问比穆相公如何？"老爷说："未见其人，焉敢妄说。"夫人问："你看那相公是谁？"老爷说："是穆荣。"夫人又问："你真的没有见过梅良玉吗？"老爷说："我真的没见过梅良玉。"夫人说："我可见了梅良玉了，和穆相公一模一样。"老爷说："夫人说话差矣。常州到此几千里路，你如何能见过？"夫人说："你把穆相公当做何人？他就是梅公子梅良玉。"老爷听说，哈哈大笑："梅家侄儿和陈家侄女都到我府，实是天幸。"接着又问云英的婚事，夫人说已告诉梅公子了。老爷听之大喜，即把梅公子叫到跟前说："你仍叫做穆荣，在我大名府入籍，老夫好扶持你。你从今后下苦功读书，日后好金榜题名，与你父伸冤报仇。"说罢各人都回房，不题。

且说那梅公子入了大名府籍，苦读不多时日，就赶上乡试。良玉入场试毕，高中五经魁首，又被举为贡生。邹老爷即吩咐家人，跟相公上京会试。良玉收拾行李，多带盘费，不一日即到京师。不想那春生也入了山东籍，进学乡试入泮，也来京城会试。那一日也到冯府。那良玉进京后，写了手本，投入察院，求见冯爷。来到府门，见那墙上贴着一张告示。良玉抬头一看，才知冯乐天是这场大主考。禁止会试举子，场前不许见面。良玉大胆到府门投上，恰巧里面走出一个人来。一见良玉，暗加端详：这人

好似我们在山东拿住的穆荣。就接过手本，把他让到迎宾馆中。恰巧陈春生也来到这里，在迎宾馆中一见良玉，两眼凄然泪下，两人不敢大哭，暗暗泣诉了一番分离后的经过。春生听到杏元姐姐也到邹府，顿觉宽心。手下人把手本投上，冯爷才知他二人，即忙请进书房待茶，叙了些旧日之情。冯爷说："我今科蒙圣上点为大主考，你们再不可求见。恐怕卢杞知道，惹出事来。"说罢就送他郎舅二人出府。不多几日，考期到了，冯爷进了贡院。三场考毕，挂出榜来，穆荣中了首名状元，邱魁中了榜眼。天子在金銮殿亲赐御酒，披红插花，骑马夸官。第二日，他二人同三百六十同年去拜卢杞丞相。丞相传出命令，把贵人辞了，只留榜眼进去待茶。卢杞命黄嵩作陪，自己回内宅去了。黄嵩奉命，一边与春生把盏，一边问他有无妻室。春生答说已经定聘。黄嵩说："我家相爷有一位千金小姐，生得美貌俊秀，他有心许配贵人，我看你不如把原定退了，招赘相府，日后就提拔你做官，岂不是好？"那春生少年意气，岂肯上贼人圈套，火性一起，开言嚷了一场，冲出府来。那卢杞在朝中作威作福了好多年，对不从他意者从不善罢甘休：一听春生出言不逊，立差校尉赶出来捉拿回府，囚在待罪院中。准备明日早朝奏明圣上，将他杀了，才称己心。

那人役奉差遣拿来榜眼，囚在了相府的待罪院中。

众文武听此信心惊胆颤，实实地急坏了冯老大人。

即忙忙差人役去看邱魁，又劝那同年们动本面君。

把此话且按下暂且不表，再说说未中的各地举人。

这些人未登第本来害气，听此事一个个怒气冲冲。

十传百百传千来的不少，你七嘴他八舌议论纷纷。

想我们读诗书千辛万苦，还想着中进士效忠皇庭。

那奸贼逼榜眼他府招亲，不依从他竟敢暗下无情。

有一个胆大的开言便说，众年兄莫乱嚷听我说明。

莫不如把奸贼一气打死，我一人抵他命不累众兄。

众举子听一言满心欢喜，一个个攥紧拳拍手称能。

叫年兄也不必一人偿命，我们都跟着你众志成城。

众举子商议到黄昏以后，暗藏在午门外等候奸雄。

谯楼上打更鼓五更三点，那卢杞坐八抬走进午门。

打灯笼和执把人役围定，众举子齐涌出就下无情。

事到此恨奸佞万夫逞勇，抽轿杆打散了轿夫兵丁。

众举子把卢杞拉出轿外，你一拳我一脚各不留情。

那后边有黄嵩他也来到，见午门人吵闹不知何情。

忙下轿走上前细细查问，也被那众举子围在当中。

把轿子打了个纷纷烂碎，踩住了黄嵩贼也不留情。

不多时文武官朝王见驾，才知道午门外这件事情。

众进士上金殿一齐动本，拜过了臣的主龙体安宁。

奏的是卢杞贼欺君害民，仗势力玩权术残害忠臣。

为招亲逼榜眼弃官逃命，他差人锁拿来屈害残生[1]。

唐王爷见奏本人多势众，准了本把卢杞押下龙庭。

发于了三法司堂上审问，审出了实口供待朕处分。

冯老爷领圣旨回院坐定，把卢杞和黄嵩带上堂中。

大堂上供上了尚方宝剑，他二人就只好跪在堂中。

冯老爷在堂上开言审问，叫一声卢杞贼细听分明。

为什么逼榜眼弃官逃命？为什么私差人拿他动刑？

边庭上裁番米梅魁送命，黄土镇通贼寇陷害黄金。

害得那陈杏元北国和亲，她爹娘你押在南牢监中。

一件件一桩桩[2]从实招认，免得叫本察院动起非刑。

那卢杞在堂上矢口否认，满口里胡支吾奉旨而行。

冯老爷审问他雷打不动，忽然间转来了内侍近臣。

那内侍叫黄全忠心保国，捧一根盘龙棍来到堂中。

冯大人深施礼忙来迎接，问公公送龙棍为的何情。

黄全说众大人圣上有旨，唯恐怕卢杞贼倚势不认。

有了这盘龙棍着实拷打，再不招就给他上起非刑。

到堂中把卢杞踏上一脚，你这贼害吾侄黄金丧身。

老内侍进皇宫交旨去了，冯老爷坐大堂再审奸佞。

叫二贼你巧辩再不招认，我就叫人役们启动大刑。

四十板直[3]打得皮开肉绽，浑身上一时间鲜血淋淋。

板子打夹棍夹苦刑难忍，二奸贼受不住哀告连声。

昏迷了拿过来凉水喷醒，他两个愿服罪满口招认。

那供状写就了叫他画字，冯大人上金殿面交当今。

唐王爷见供词龙心震怒，把圣旨批给了刑部大臣。

把卢杞欺君贼白绫送命，贼黄嵩可与我点了天灯。

冯老爷领圣旨下了金殿，不多时来到了刑部衙中。

刽子手接差命两边站定，监斩官坐席棚胜过阎君。

众百姓听杀贼人山人海，笑奸臣果到了送命时辰。

号炮响白绫动卢杞毙命，黄嵩贼灌上蜡点了天灯。

二奸贼众家眷赶出京城，发往了边关地流放充军。

这就是害人命还偿人命，当官的万不能仗势胡行。

却说刑部大臣斩了卢黄二奸佞，上殿交旨。天子问道："朕前次听信卢杞之言，斩杀梅伯高，错囚陈日升，不知他们两家可都有后？"冯乐天出班奏道："为臣不敢欺瞒吾主，那首名状元，就是梅魁之子梅壁，榜眼就是陈日升之子陈春生。他二人唯恐卢杞谋害，不得已才更改姓名。"天子听奏，龙心大喜，当殿传旨，宣他二人上殿。他们就把卢杞谋害的情由细奏一本。天子传旨，把陈日升提出监来，官复原职。把那些未中的举子恩赐进士。又命梅壁在报恩寺内祭奠梅魁，传旨合朝文武都去陪祭，钦赐了御祭三牲。祭奠完毕，宣良玉、春生上殿，把春生封为吏部侍郎，良玉封为翰林院学士，加封代天巡按，御赐尚方宝剑。一来探亲祭祖，安葬梅公，旌表王喜童；二来查访各州各府，诛杀贪官污吏。再差官去大名府和济南府，宣那邹御史夫妇、杏元、云英小姐和梅夫人一同进京。钦差领旨去了。且说梅良玉领旨，出京查访贪官污吏，不一日来到扬州府仪征县的地界，访拿侯鸾与喜童报仇，不题。

正是：

喜童有义旌表芳名，侯鸾不仁剖出兽心。

梅良玉奉圣旨查毕清政，捧一口尚方剑不敢消停。

那一日来到了扬州地界，叫人役听本院吩咐一声。

今日里我自个进城私访，你们都莫要乱随后紧跟。

进城内听风声细查细问，我查查扬州府怎待百姓。

众百姓虽知道按院驻马，但无人敢出头去惹豪门。

行步儿往前走进了城中，转弯儿又看见一座庙门。

庙门上悬一匾金字为正，大佛寺三个字灿灿光明。

那山门闭得[4]紧无人行走，墙上边贴告示写得分明。

梅良玉上前去仔细观看，才知道府太爷禁民还愿。

[1] 生：原本作"身"。

[2] 桩桩：原本作"椿椿"。

[3] 直：原本作"只"。

[4] 得：本句和下句两个"得"原本都作"的"。

梅良玉低下头自思自参，不许人进庙宇必有事端。

抬起头从门缝往里细看，门里边用封皮封住门扇。

转过身由自便往后再走，一时儿来到了庙的后边。

那后门大开着不见人走，梅大人领家丁进了里面。

顺路儿一直地[1]朝前走去，妙妙地走到了经堂前面。

进经堂四下里细细观看，最上面供养着牌位一面。

上写着老恩相卢杞百年，下写着供奉人门生侯鸾。

梅大人一见它气炸肝胆，撕下来筒在了袖子里面。

出经堂从原路慢步回转，对面儿来道人开言阻拦。

却说那道人看见生人，正想喊叫，被家丁上前揪住，梅大人说："你这道人休得害怕，我是巡按大人。"道人才知按院到此，吓得浑身打颤。梅大人说："你在前边引我们到察院去。"道人听说，不敢不去。再说那侯鸾在静室和请来的道人闲谈论道，并不知情。忽然进来一个道人报说："不好了，外面经堂供奉的卢相爷的牌位不知那（哪）里去了。"侯鸾听言，大惊失色。忽然外面有人役敲门进来报道："禀老爷，按院大人进了城了。"侯鸾听言，赶快回府，换上朝服，来到按院公馆投进手本，自己在门外等候。不一时，里面传出话来，叫扬州府进来面见。侯鸾听说，只得随人役进去，自己报名参拜已毕，恭候一旁。那梅大人在上面问道："贵府原任过仪征县吗？"侯鸾听问，忙答道："卑职曾任过。"梅大人又问："你身为知府，为何参见本院，形色惶惶，莫非遗失了什么重要东西不成？"侯鸾便回道："卑职不知大人来到，未能远迎，故此有罪惶惧。"良玉把袖筒里的牌位丢在地下道："你可认得这件东西吗？"侯鸾一见，魂飞天外，爬到地上只是磕起头来。良玉气得大骂道："你这狼心狗肺的奸贼，你在仪征县害死我的家人王喜童，今天给我还个书童来！"吓得侯鸾只是叩头求饶。良玉请出尚方宝剑，命令护卫武士，将侯鸾押赴市曹斩首示众。正是：

> 做官不可欺良民，食君之禄常思君。
>
> 贪赃枉法终有败，无论迟早自分明。
>
> 梅大人骂侯鸾势利小人，依卢杞靠黄嵩苦害良民。

把圣旨尚方剑上面供奉[2]，判知府与喜童偿命死刑。

那侯鸾到杀场后悔不尽，悔不该附强权依靠豪门。

悔不该供牌位自招怨恨，悔不该仪征县图荣灭亲。

昧婚姻早忘了仁义良心，遇冤家和对头再难求生。

这才是我自作还得自受，大树倒谁能够给我说情。

正午时号炮响身首两断，百姓们齐赞称昏官毙命。

却说梅良玉大人监斩了侯鸾，祭过了喜童，回上按院公馆，休息数日。一面打发差人到山东迎请梅老夫人到常州，安葬父亲；一面沿途查访，也回原籍。不一日母子到家，各诉苦情。常州府的文武官员，一齐迎送梅父的灵柩到坟茔，祭奠安葬。良玉请了和尚、道士，做了七天水陆大醮[3]。万岁又钦差御祭，祭毕，灵柩入茔。圣旨着修盖牌坊，立碑永记，上写：御赐敕封太子太保吏部尚书梅魁伯高之墓。立了石人、石马、石柱、石亭。修建以（已）毕，良玉母子守墓三日，才回府中。不日即命家人扶持老夫人进京，夫人听了说："我儿莫忙，还有两个恩人不可忘了。"接着就详述了屠申和王喜童的恩义，良玉说："王喜童孩儿奏知圣上，恩赐七品官职，准立牌坊，旌表扬名。屠申孩儿将他带上，看那（哪）里有出缺[4]的官职，孩儿提拔他就是了。"夫人听了大喜，就先起身赴京去了。再说良玉带了屠申，坐轿往仪征县来。那仪征县的现任知县，是卢杞的同乡。那班小人，总要仗权挟势，营私舞弊，直弄得怨声载道，民盼其死。良玉查明劣迹，就将其革职为民。即把屠申放了仪征知县，便吩咐屠申，在北门外给王喜童修建坟茔，设立牌坊和祠堂。不多时日，工程完工，屠县令请梅学士亲到坟上祭奠。摆上祭物，读完祭文，三叩三拜。正是：

> 如今世事多改过，只图金银不图节。
>
> 侯鸾名声臭千古，喜童大义激后学。
>
> 梅学士北门外去祭喜童，观见了新牌坊好不伤心。
>
> 想起了当年事自思自叹，香案前忙跪下叩拜恩人。
>
> 叩罢头放开声痛哭一场，好伶俐王喜童死得[5]惨忍。

[1] 地：原本作"的"。

[2] 奉：原本作"俸"。

[3] 醮：原本作"蘸"。

[4] 出缺：因原任人员去职或死亡而职位出现空缺。。

[5] 得：原本作"的"。

若不是你当年替我一死，我怎能报父仇官居二品。

奏圣上立碑记把你旌表，旌表你替主死义仆芳名。

转回身尊一声屠申县令，把你的小儿子过继喜童。

我供他读诗书改名换姓，起名叫王积福顶立门庭。

屠县令听一言赶忙答应，继其父不能断王门之根。

那良玉祭奠喜童已毕，又与屠知县吩咐了过继儿郎的事，屠申满口答应。二人回衙盘桓了两天，良玉即起身回京。屠申直送到十里长亭，二人握手话别。良玉说："屠县令，你在此坐（做）官，总要公直清正，皇天自然默佑你。"屠申一一领受了，又送上一程才回。那良玉不多几日进京回衙，母子相见，就把屠申放了仪征县令，祭奠喜童并给过继孩子的话给母亲说了一遍，夫人大喜。那时节邱大人夫妻，周渔婆母女和云仙小姐一齐到京。邹爷夫妻、杏元、云英也到京城。都专候良玉返回，与他们完婚。杏元送回陈府，和春生、父母相见，自然悲喜各半。再说良玉到京，次日早晨上朝，参拜山呼已毕，就把朝外官绩民风，细细奏了一本。皇上听罢，龙心大喜。说道："如今天下太平，也全靠的是众爱卿的文治武功。"即传旨教钦天监择了黄道吉日，与梅、陈二贵人完婚。良玉即领旨谢恩下殿。不觉吉日已到，万岁又差了官员，钦赐良玉、春生朝冠玉带什物，又与杏元、云英、玉姐、云仙赐来凤冠霞帔，珠玉宝器。那天万岁亲到五凤楼前，看他两家完婚。合朝文武官俱来贺喜。正是：

钦命洞房花烛夜，御赐合家团圆时。

钦天监择就了吉日良辰，五凤楼看两家御赐完婚。

自古说积善人常有余庆，这句话应在了这段婚姻。

两家儿置妆品倾国之富，一件件都是那海瑰山珍。

悬灯笼搭彩棚铮亮光明，设喜筵只等候花轿临门。

五凤楼更有那一番美景，花锦簇鞭炮响金鼓齐鸣。

陈杏元邹云英莲开并蒂，周玉姐邱云仙色映芙蓉。

梅状元陈榜眼青年英俊，做新郎谢君恩插花披红。

万岁爷再传旨钦封诰命，众文武庆贺着郎才女英。

喜今日真正的珠联璧合，愿将来落得个百年长庆。

正是：

千里姻缘一线牵，悲欢离合苦变甜。

二度芳梅成佳话，留名后世万口传。

选自： 酒泉市肃州区文化馆编：《酒泉宝卷》（第二辑），甘肃文化出版社，2012年，第1版，第366—423页。

抄写者： 何成才
抄写时间： 缺
收藏者： 酒泉市肃州区文化馆
整理者： 刘大翔

3

狸猫换太子宝卷

诗曰：

丰茂宝卷才展开，各位神仙降临[1]来。

今日大众听宝卷，保佑大众求无灾。

却说此段故事出在宋朝年间，真宗[2]天子在位的时候，风调雨顺，国太（泰）民安，朝中有忠良将左承（丞）相吕蒙政（正）、狄仁杰，武将有文彦章、鲁伟、狄青等[3]忠臣，保定江山，所以外邦不敢进犯，人民生活安然、太平，这话不题。再说朝中有一奸臣，姓庞[4]，名洪，无恶不作，所生一女，现坐（做）正宫娘娘，这话不题。再说有一日，忽有大兵造反，攻战（占）数[5]城。一日，兵扎定州，将定州团团围定。定州守将王朝、百官朝见天子。忽有转本凑（奏）道："万岁，今有大兵造反，定攻（攻占）数城，现已围攻定州，望万岁早日发兵，解围定州。"

真宗听言大惊，忙问："哪位大臣前去征战？"忽有左丞相吕蒙政（正）上殿凑（奏）道："万岁，这大兵势力广大，要平定小敌，除非御[6]驾亲争（征）。"忽见下面又闪出一人，乃是国丈庞洪，大叫："万岁，不可听言。你乃是一国之主，何能前去亲征。"真宗听罢，只见殿内又闪出一人，怒气冲冲，召（招）讨使文彦章大叫："万岁，今乃国家为重，王驾应当亲征，万不可听信[7]太师之言。"又见殿上走出一个人，乃是太监郭槐，口程（称）："万岁，今有正宫娘娘［将］生下太子，望御驾不能亲征。"天子听言，正在作难，拿不定主意。只见文班中闪出一人，乃是开封府大黑包公，一声嚇（喝）退郭槐，叫万岁拿定主意，御驾亲征。真宗听言，主意拿定。次日，点[8]起十万大兵，有（由）路花王挂帅，吕蒙正、狄仁杰做参议，文彦章、鲁伟、狄青、石玉、张忠、李义做各路先锋，保定天子，日行夜宿，不几日来到定州城下十里之地，安下营盘。正是：

天子亲征出了城，忠臣良将齐保定。

朝中大权归庞洪，谁知后来起祸根。

路花王挂了帅御驾亲征，不几日来到了定州城中。

守城将那王朝号炮三声，接御驾平安地[9]进了城中。

那真宗亲征事暂且不表，再说那皇宫里娘娘正宫。

那正宫是庞后舌[10]尖口巧，说君王这几年不离朝邦[11]。

多亏那宋朝的忠臣良将，保住了宋江山外邦不反。

有一日那娘娘正然肚疼，生下了一女孩心中不乐。

实想[12]说养男孩顺利朝邦，又谁知生女孩实是丢人。

倘[13]若是宋天子一日回来，见女孩心内中定然不悦。

有娘娘正然想心中不悦，见宫娥走进来回禀娘娘。

叫娘娘今日个事情不好，那西宫刘娘娘生下太子。

[1]　临：抄本都作"灵"。
[2]　真宗：抄本都作"仁宋"或"仁宗"。
[3]　等：抄本都作"丬"。
[4]　庞：抄本都作"庬"。
[5]　数：抄本都作"畋"

[6]　御：抄本都作"玉"。
[7]　下文"信"抄本都作"伩"。
[8]　点：抄本都作"奌"。
[9]　地：结构助词"地"抄本都作"的"。
[10]　舌：抄本都作"舍"。
[11]　邦：抄本写作"帮"。
[12]　实想：抄本都作"是先"。实想说、想当年的"想"抄本都作"先"。
[13]　倘：抄本都作"尚"。

刘娘娘生太子今日午时，众文武都贺喜朝中院里。

庞娘娘[1]听一言大吃[2]一惊，这叫我今日个怎样活人？

倘若是宋天子一日回来，这件事倒[3]叫我作难之中。

有天子见太子喜之[4]不尽，终日里在西宫不来正宫。

到日后立朝廷[5]西宫太子，我正宫倒落个人后之人。

庞娘娘越思想更加伤心，不觉得[6]两眼中泪珠淋淋。

有娘娘正然愁心神[7]不定，忽然间记起了知[8]心之人。

这个人是〔太子〕太监郭槐，心毒恶在朝中害人不轻。

掌朝权众文武哪[9]个不怕，与庞后去来往心腹[10]之情。

有庞后忙唤来丫环你听，请郭槐说娘娘身中有病。

有郭槐走进来叩头问安，叫娘娘得何病与[11]臣快说。

庞后说心里病坐睡不安，这个病得传你盘算一番。

郭槐说请娘娘快说病情，有为[12]臣定然而百医百中[13]。

娘娘说就为的西宫刘后，生太子满朝中谁不知闻。

她若[14]是有一日天子回京，定然见悦[15]刘后对我埋怨[16]。

到日后继王位由[17]她[18]掌权，那时间我定然多丢人脸。

有郭槐听一言心中盘算，想一会定[19]个计害人不轻。

[1] 娘娘：抄本写作"太后"。
[2] 吃：抄本都作"吃"。
[3] 倒：副词"倒"抄本都作"到"。
[4] 喜之不尽的"之"除此外抄本都作"知"。
[5] 朝廷：抄本都作"朝庭"。
[6] 得：结构助词"得"及与"不觉得"的"得"用法相同的"得"抄本大都写作"的"，直接整理为"得"。
[7] 神：抄本写作"身"。
[8] 知：抄本写作"之"。
[9] 哪：抄本写作"那"。抄本"哪"有时写作"那"，直接整理为"哪"。
[10] 腹：抄本写作"复"。
[11] 与：抄本写作"于"。
[12] 为：抄本写作"位"。
[13] 中：抄本写作"准"。
[14] 若：抄本写作"佑"。抄本"若"有时写作"佑"，直接整理为"若"。
[15] 悦：抄本写作"说"。
[16] 埋怨：抄本写作"满原"。
[17] 由：抄本写作"有"。
[18] 她：抄本写作"他"。抄本"她"有时写作"他"，直接整理为"她"。
[19] 定：定计的"定"抄本都作"订"。

叫娘娘你不必愁坏心间，有一计定叫你直笑连天。

有郭槐忙附[20]耳娘娘听言，就这样生此计如此这般。

庞娘娘听心间直笑眼开，摆酒[21]席与郭槐畅[22]饮一番。

却说庞娘娘听了郭槐之计，心中大喜，忙摆酒席与郭槐畅饮，这话不题。再说西宫刘娘娘生下太子，甚是高兴，朝中众文武大臣都来贺喜，谁不说宋朝天子的红运！有报本御史，忙奉上表章，去定州报于真宗天子。再说这日刘后正然坐着[23]，忽有宫娥进来说："娘娘，今日正宫请你去赴宴[24]，要抱上太子。"刘娘娘听言，忙换了衣裳，怀抱太子，于（与）众宫娥彩女来到正宫房中，庞娘娘急忙相迎[25]说："妹妹，拱（恭）喜！"刘后说："姐姐，这是大家之喜。"庞后忙接着太子，亲了又亲。把太子递于郭槐，便说："把太子放于龙床上，今日我们姐妹俩畅饮一凡（番）。"刘后和庞娘娘饮酒到二更，不料郭槐把太子抱走了。刘后记起太子，便问："姐姐，太子在何处？"庞后说："已有郭槐抱到西宫睡了。"刘后忙起身告辞正宫，来到西宫，只见太子睡在龙床上，这话不题。再说庞后与郭槐见刘后走了，便是哈哈大笑。正是：

庞后心怀不良计，一心要害太子死。

庞皇后送刘后去了西宫，忙转身问郭槐太子之身，
郭槐说将狸猫送入西宫。刘太后见太子床上睡着，
庞后说忙将他送了残生，万不可叫人知漏了风声。
她若是今日个娘娘问[26]我，上刀山下火海我也不招[27]。

庞娘娘听一言心中大喜，忙取出那纹[28]银万两有余。
叫陈存这是那纹银万两，你收下当作[29]是赏你文钱。
今夜晚五更天你等宫中，将刘后那太子抱出宫门。

[20] 附：抄本写作"复"。
[21] 酒：抄本都作"氿"。
[22] 畅：抄本都作"常"。
[23] 着：抄本写作"者"。助词"着"抄本大都写作"者"，直接整理为"着"。
[24] 宴：抄本都作"晏"。
[25] 迎：抄本都作"迊"。
[26] 问：抄本写作"用"。
[27] 招：抄本写作"召"。
[28] 纹：纹银的"纹"抄本都作"文"。
[29] 作：抄本写作"做"。

抱到那御花池[1]要下无[2]情，小东西你将他丢入水中。

你若是做好了赏你金钱，若走了风声儿叫你难存。

有陈存听一言大吃一惊，庞皇后她全把天良丧[3]尽。

我若是不从[4]命性命难保，有了命倒叫我怎不狠心。

眼巴巴[5]我暂时从了她命，到那时想办法再作活命。

转过身叫娘娘你是听因，上刀山下火海我也应从。

有庞后听一言喜笑眼开，摆酒席忙招[6]待陈存家院。

不多时已到了三更时辰[7]，有陈存抱太子出了宫门。

正走着思想起眼泪纷纷[8]，不觉得来到了御花池边。

把太子放池边大哭几声，叫了声宋根苗你是听因。

你本是当今的真龙一条，落在了贼人手就要你命。

实想说大宋朝有了根苗，又谁知那奸臣这般狠毒。

那陈存走一步泪珠纷纷，不觉得来到了御花池中。

我今日领了命来害你身，霎时间你命就进入水中。

我陈存也是那娘养之人，害太子这件事万万不能。

我若是不害你我命难存，害了你我怎能对起宋君？

我将你放在这御花池边，你的身有老天保佑你命。

你若是到后来登了宝殿，□耳边忘了我救命之恩。

有陈存待[9]说罢跳入水中，有太子在池边叫哭连天。

却说陈存将太子放在池边，对天长叹一声，跳入水中，不题。再说宋朝任千岁狄太后，早晨起来听见孩子的哭声，大吃一惊。丁〔香〕忙忙走前一看，池边确实放着一个孩子。上前抱起，见这孩子目清面秀，甚是爱人。丁香说："这就怪了，哪来的娃娃，我先抱去，见了狄太后再作道理。"正是：

  王爷本是生了子，家人急[10]忙去报喜。

  满朝文武都来贺，宫内喜坏任五子。

有丁香抱孩童来到宫中，见了那狄太后诉说分明。

有太后见孩童喜之不尽，抱怀中不放松喜坏人心。

叫一声小丁香你是当听，我有言说与你应记心间。

这件事万不可对人而言，就是说我今日生下孩童。

你王爷他今年八十有零[11]，他足下还没有一个孩童。

今日个报与[12]他喜之[13]不尽，到日后我定要谢你之恩。

有丁香听一言喜笑盈盈，转面儿来到了王爷府中。

叫王爷忙叫声千岁你听，有喜事今日个降临[14]门庭[15]。

任千岁听一言忙问何因，快说来老王爷细听分明。

丁香说有狄后生下儿童，我宋朝这江山又有继承。

任王爷听一言喜之不尽，谁知道八十岁还有儿童？

实想说无儿童愁坏王身，谁知道我王爷又有红运。

今日个生下儿喜之不尽，这也是赵八王积[16]下阴功。

忙叫声众家人击[17]鼓登殿，传文武齐贺喜来到宫中。

众文武听狄后生下儿童，一个个来贺喜不敢皆[18]听。

且不表那文武齐把喜贺，再表那害人的正宫之人。

庞娘娘忙传来郭槐你听，这事情你做得不太周正。

他若是到日后真宗回朝，那西宫奏[19]一本也是不轻。

以我想要斩草就要除根，定巧计把西宫害到死处。

全宫内众宫娥都要杀尽，那时间我和你才得安身。

有郭槐听一言冷笑几声，叫娘娘这计划我早想定。

今夜晚五更天人都睡定，拿一把大火来烧了西宫。

叫刘后她死在火中归阴，众宫娥一齐儿火里丧生。

庞娘娘听一言喜之不尽，五更天你就去照计而行。

且不表庞娘娘定下毒计，再表那刘娘娘回到西宫。

进西宫上龙床太子睡定，带[20]酒色上了床糊

---

[1]　御花池：抄本都作"玉花池"。

[2]　无：抄本写作"如"。

[3]　丧：抄本写作"散"。

[4]　从：抄本写作"存"。抄本"从"有时写作"存"，直接整理为"从"。

[5]　巴巴：抄本写作"罢罢"。

[6]　招：抄本写作"召"。

[7]　辰：抄本都作"晨"。

[8]　纷纷：抄本都作"汾汾"。

[9]　待：刚。

[10]　急：抄本写作"记"。

[11]　零：抄本都作"另"。

[12]　与：抄本写作"于"。

[13]　之：抄本写作"知"。

[14]　临：抄本写作"灵"。

[15]　下文的"庭"除两处外抄本都作"廷"。

[16]　积：抄本写作"继"。

[17]　击：抄本写作"激"。

[18]　皆：表意不明。抄本写作"皆"。

[19]　奏：抄本写作"凑"。

[20]　下文的"带"抄本都作"代"。

涂[1]睡定。

　　正睡在五更天人声呐喊，惊动了刘娘娘翻下床来。

　　睁开了龙凤眼用目细看，见大火烧进了西宫院内。

　　吓得她刘皇后舌头齐干，那三魂早飞在九霄[2]天外。

　　忙揭开红罗帐去抱太子，见一只狸猫儿睡在床上。

　　刘娘娘见此情大叫一声，一口血吐在了龙床之中。

　　口又呆目又瞪吓坏她身，跌下床倒[3]在地气绝身亡。

　　且不表刘娘娘气倒床边，再表那大火焰[4]惊动神灵。

　　太白星那一日心血潮身，掐[5]指算刘皇后有了大难。

　　忙驾起那祥[6]云进了京城，见西宫起大火甚[7]是凶猛。

　　吹一口黑黄风天昏地暗，将刘后从火中吹到空中。

　　有刘后在风中吹到城外，落到了那荒山丛林之中。

　　太白星吹口气刘后还魂，睁开眼怎么在荒山睡定。

　　大火中有神灵将娘救出，不知道在哪里受大灾星。

　　庞娘娘心太狠惧害儿身，与郭槐定巧计请娘正宫。

　　将太子她害了狸猫送定，正想着害娘娘斩草除根。

　　五更天放大火烧了西宫，又不知哪位神救娘出城。

　　心想着将奴身烧在火中，又谁知过路神救了我身。

　　落在了荒山中丛林之中，刘娘娘思想着泪珠纷纷。

　　这荒山叫我来怎样活人，越思想这件事倒也不明。

　　却说刘娘娘哭声不断，只见冷风吹来，已在荒滩，大叫：“老天，怎样叫我活人？落在这荒郊野[8]外之中，叫我哪里行走？”见帖儿上写着：奸臣起歹心，忠臣虽（随）军征。刘后有大难，受难十五年。日后冤情明，须过黑脸人。刘后看罢，见是太白金星的灵音，忙起来叩头，答[9]谢神恩。谢过以后，顺着荒郊洒泪而行。正是：

　　　　金星降灵音，飞下红帖儿。

　　　　刘后看帖儿，才知有大难。

[1] 糊涂：抄本都作"湖涂"。
[2] 霄：抄本写作"肖"。
[3] 倒：抄本写作"到"。
[4] 焰：抄本写作"洋"。
[5] 掐：抄本写作"恰"。
[6] 祥：抄本写作"详"。
[7] 甚：抄本写作"盛"。
[8] 郊野：抄本都作"狡理"。下文"郊"除三处外抄本都作"狡"。
[9] 答：抄本都作"大"。

　　站起身谢罢[10]了过往神灵，再[11]告上老天爷[12]保佑我身。

　　转起身见荒郊冷气凄凄，衣又单身又冷寒冷难当。

　　走一步哭一声泪珠纷纷，走一日走得我双腿酸痛。

　　走两日出了那荒山地界，前面儿[13]出现了村庄人烟。

　　不表那刘娘娘走出荒郊，再提起这地方名叫丹县。

　　城北里十里地有个员外，名罗先他本是富[14]户人家。

　　老员外有牛羊和庄房田，无儿女半辈子愁坏心肝[15]。

　　又修桥又铺[16]路多行善事，到处里祭神灵但[17]求儿孙。

　　这几日罗员外忧[18]愁纳闷[19]，忽听得一[20]家人慌[21]忙跑来。

　　说员外不好了夫[22]人生产，生下来是妖精[23]把人吓坏。

　　老员外听这话魂飞天外，紧儿步来到了夫人门前。

　　走进门见夫人命送阴间，养下的确实是血球[24]一块。

　　实想说盼儿孙心血盼干，行好事总盼得老天睁眼。

　　又修桥又铺路多行好事，舍银钱散穷人救苦救难。

　　早上香晚敬神香烟不断，修庙宇舍钱文多行好事。

　　做好事却成了坏事之中，求儿孙却养下怪物成精。

　　叫老天我干了何等坏事，就这样你对我不留[25]情分？

　　有员外说罢话吐口鲜血，一口气上不来死在床前。

　　却说员外看见夫人吓死，养下的那个怪物是个肉求

[10] 罢：抄本写作"摆"。
[11] 再：抄本写作"在"。
[12] 天爷：抄本都作"天也"。
[13] 儿：抄本写作"而"。
[14] 富：抄本都作"实"。
[15] 肝：抄本写作"干"。
[16] 铺：抄本写作"朴"。抄本"铺"有一处写作"甫"，其他都作"朴"。
[17] 但：抄本写作"当"。
[18] 忧：抄本都作"犹"。
[19] 纳闷：抄本写作"呐梦"。
[20] 一：抄本写作"过"。
[21] 慌：抄本写作"荒"。
[22] 下文的"夫"除一处外抄本都作"妇"。
[23] 精：抄本写作"婧"。
[24] 球：抄本写作"求"。
[25] 留：抄本都作"㽞"。㽞同"留"。

（球），乱滚，气倒在地，一口气上不来气绝身亡。〔千里殿内〕相当（乡党）邻［居］见此情谁不流泪。这个说："罗先生干了一辈子好事，却怎落得这等的下场[1]！"那个说："也是他前世里造下的大罪，所以才得这样的报应。"各位人等，念[2]起罗先生行善啥（舍）银救人之情，大家将罗先生的家财变［卖］掉，买了棺财（材），请了三堂僧道，起（超）度念经，一日有零。丹县众百官一律戴[3]孝，有些人就在罗先生的坟上守灵作（坐）草，三日有零，才算完毕，这话不题。再说那个肉球在放光，一团鸟（乌）鸦棚[4]顶，万物不进前。再说这娘娘前行，只见光气一团，乌鸦棚顶，说："前面是什么东西？为何发光？"刘后走前一看，只见是一个肉球。刘后拾起，觉得很[5]重，忙取下头上的银叉（钗），对准肉球一划，只觉轻轻开了。刘后大惊，原来里面是一个小孩，长得目清眉秀。刘后取出小孩，又见左手写着一个罗字。刘后说："想[6]必是罗家孩子。"又见右手写着丰茂二字，刘后说："这孩子就叫罗丰茂。罢，罢，你是我拾来的。"便叫"丰茂呀"！便抱起丰茂行走。正是：

丰茂进入刘后怀，就当亲生[7]多疼爱。

刘皇后抱丰茂一路而行，就当是亲生的疼杀人心。

一路儿[8]讨要吃怀里不松，走几步歇一歇不敢消[9]停。

过大街过小巷讨要为生，叫奶奶叫爷爷甚是难行[10]。

穷众家和富户家家去问，那小姐和公子齐问原因。

小姐说这妇人甚是难行，抱那个小儿童真是爱人。

公子说这妇人长得清[11]俊，讨要吃倒叫人难舍难忍。

守家的在外的齐来观看，哪个人不说是妇人聪明。

老奶奶接娃娃又亲又问，这孩子长得好爱杀人心。

若长大念诗文功名成就，到后来必定是福[12]气之人。

有老汉见妇人泪珠纷纷，妇人家哪里讨哪里去问？

到晚来哪里去来把身安？冷风吹寒夜里怎样忍受？

刘太后听得问细说根苗，奴生在长安城府中之地。

因那年得天火无处报奔，才领着小儿童讨吃为生。

众人们听一言泪珠纷纷，一个个[13]舍银钱送于妇人。

刘太后抱孩子处处去行，再表那青州的恶人庞兴。

那庞兴在青州无恶不做，抢人财娶女人谁人敢问。

他本是庞太的亲生侄儿，仗[14]势力压青州压定众臣。

又招兵又买[15]马谋定江山，制龙袍和龙戴等机之用。

这一日领众将城处去行，不多时来到了大街之中。

众百姓见贼人纷纷逃走，怕的是被马匹踏死行人。

刘太后抱儿童正然前行，忽然间碰上了这伙贼人。

众百姓跑得快不见影[16]信，单[17]留下那刘后双腿难行。

有庞兴正行走猛然抬头，见妇人抱儿童跌倒街中。

勒[18]马头拿马蹄就下无情，见妇人抬起头人中之人。

那庞兴见此情喜怀心中，忙跳下赛[19]花马扶起妇人。

那娘娘见庞兴怒气冲天[20]，不由得恶火起大骂几声。

我和你不是亲又不相认，为什么扶起我留的何心？

有庞兴忙施礼[21]叫声妇人，我念你妇抱儿失从街中。

快起来上马去回上我府，到我家管[22]叫你要受大富。

刘娘娘见此情恶火冲冲，骂了声大胆的庞兴贼人。

我家穷我愿做穷中之人，决不能去你家受你福分[23]。

有庞兴听一言怒气冲冲，喝了声众家丁快下无情。

众家丁听一言起来绑[24]定，将刘后妇人家拉拉扯扯。

---

[1]　场：抄本都作"坊"。同"场"。

[2]　念：抄本写作"绘"。

[3]　戴：抄本都作"代"。

[4]　棚：覆盖。抄本都作"盆"。

[5]　很：抄本都作"恨"。

[6]　想：想必的"想"抄本都作"相"。

[7]　生：下文亲生、逃生、为生、残生的"生"抄本都作"身"。

[8]　儿：抄本写作"而"。

[9]　消：抄本写作"俏"。

[10]　难行：生活穷苦；处境艰苦。抄本又写作"难心"等。

[11]　清：抄本写作"青"。抄本"清"大都写作"青"，直接整理为"清"。

[12]　福：抄本写作"富"。

[13]　个：抄本写作"各"。

[14]　仗：抄本都作"站"。

[15]　买：抄本都作"居"。

[16]　影：抄本写作"彤"。

[17]　单：副词"单"抄本都作"当"。

[18]　勒：抄本写作"枥"。

[19]　赛：抄本都作"赛"。

[20]　天：抄本写作"光"。

[21]　施礼：抄本写作"失理"。下文"礼"抄本都作"理"。

[22]　管：抄本写作"官"。

[23]　福分：抄本写作"富分"。

[24]　绑：抄本都作"掷"。

把刘后抢[1]上马扬[2]鞭一声，一阵风将太后抢到府中。

却说庞兴见刘后长得票（漂）亮，就叫手下人把刘后抢回家来。那庞兴随后回来，忙忙换了衣服，叫人役快将那个妇人抬来。叫家丁将刘后推扯到庞兴房中，庞兴一见，忙来拉扯刘后。这时候刘后泪如泉涌，大骂不止。庞兴说："妇人啊，我想你得狠呀！今日到了我家，就做我的妻子，你有想（享）不尽的富贵，受不尽的容（荣）华[3]。"刘后听到此处，便骂道："你这无情的畜牲！霸人家的妇人，罪该难逃。"说着，庞兴早安（按）耐不住心头之火，一把将刘后抱住不放。叫刘后一口咬住耳朵，庞兴疼得大叫，八十几个家人一起拥来，将刘后拿住，庞兴的耳朵才被放开，冲冲大怒，叫人役："给我打！"众家丁五（如）狼四（似）虎将刘后怀中的孩子抢去，把刘后按倒在地就下无情。正是：

庞兴要打刘国母，半路有了神救应。

有庞兴怒冲冲就下无[4]情，叫家人快与[5]我毒打贼人。

有家人听一言如狼似虎，走上前将妇人按在地上。

庞兴说妇人你听我之言，你若是成了亲放你回生。

若不从半个鞭也不留情，这时间要叫你血水淋淋。

刘后说大胆的畜牲贼人，无良民欺奴女天理不容。

打死我是小事主意拿定，但怕的遇[6]清官要你残生。

那庞兴听一言又气又怒，叫人役快与我打死贼人。

有家人举鞭子就下无[7]情，惊动了天宫的太白金星。

太白星驾云头来至空中，使一个移疼法吹入[8]府中。

那家人打一鞭一齐下手，那妇人却不疼安然自在[9]。

那庞兴只觉得沟子[10]疼痛，打一下疼一下疼痛难忍[11]。

有家人无情地尽管[12]打来，有庞兴直疼得叫哭连天。

有家人见此情手忙住住[13]，见庞兴沟子上血水淋淋。

庞兴说众家人不人上抢[14]，打妇人却怎么我上胡行。

家人说叫老爷这事奇怪，打的她疼的你白怨[15]我们。

有庞兴疼得他被人扶走，众家人将[16]刘后关[17]在牢中。

刘后母子进狱中，想起前事泪纷纷。

母子两[18]个身靠身，月照牢中哭五更。

却说庞兴洪（浑）身被打得血水淋淋，被人抬入房中，不题。再说刘后被人役压（押）入牢中，自觉得冷风嗖嗖，寒气逼[19]人，抱着孩子坐在牢增（墙）根下。丰茂以（已）睡着，刘后望着丰茂，不觉泪似泉涌，泪水散（洒）在孩子的脸上，不觉得心里难着（过）。到了一更，月儿照进牢内，丰茂醒来，母子二人不觉哭起五更。

一更里月上东，想起朝中泪纷纷。夕（昔）日皇宫伴君王，如今却落地崔（埃）尘[20]。我的天爷，叫我这样多伤心。我的天爷！

二更里泪悲痛，想起真宗多伤心。妻在东来你在西，怎知你妻受难仗（心）。我的天爷！

三更里金鼓响，朝中奸臣多狠毒。害死太子害西宫，害得母子两分离。几时才见黑脸人，我的天爷！

四更里冷风吹，丰茂怀中随娘悲。娘哭一声他也哭，母子二人泪悲伤。我的天爷，未岁[21]孩子也受难。

五更里金鸡叫，庞后父子心太恨（狠）。压迫百姓欺良民，到处招兵谋龙位。我的天爷，这样的人等怎报应？我的天爷！

却说刘娘娘哭了一夜，不觉天气大亮，不题。再说那庞兴昨日被打得血水淋淋，说不出活（话）来，忙写了

---

[1] 抢：抄本写作"抡"。抄本"抡"有时写作"抢"，直接整理为"抢"。

[2] 扬：抄本写作"押"。

[3] 华：荣华的"华"抄本都作"花"。

[4] 无：抄本写作"如"。

[5] 与：本段韵文抄本都作"于"。

[6] 遇：抄本都作"喻"。

[7] 无：抄本写作"如"。

[8] 入：抄本写作"如"。

[9] 在：抄本写作"再"。

[10] 沟子：屁股。抄本都作"胸子"。

[11] 忍：抄本写作"认"。

[12] 管：抄本写作"广"。

[13] 住住：停住；停下。

[14] 不人上抢：抄本写作"不上人论"。

[15] 怨：抄本写作"原"。

[16] 将：抄本写作"见"。

[17] 关：抄本都作"装"。

[18] 两：抄本写作"俩"。

[19] 逼：抄本都作"被"。

[20] 地埃尘：地面上。

[21] 未岁：这里指不到一岁。

表章，叫人役叫来青州的鲁巡按[1]大人，这家伙是庞家死党，就把这事无（如）此这样地说与巡按大人。鲁巡按说："庞大公子，不必着气，这事保（包）在我身上就是了。这次不打这妇人，打那孩子比打夫人的好。哪个娘不疼儿呢？打急了她必定应承。"庞兴听言大喜，忙忙擂鼓生（升）堂。正是：

真龙要受奸臣刑，谁知半路有救星。

有庞兴请来了巡按大人，鲁巡按是庞兴心腹[2]之人。

打妇人定巧计计划狠[3]毒，打未岁小儿童来逼妇人。

急上堂擂了鼓传下人役，带妇人和小孩上堂审[4]问。

有娘娘抱丰茂来到堂中，到堂边跪下边口称大人。

鲁巡按见妇人跪在下边，一阵阵头疼得不得安生。

忙叫声那妇人站下听因，你跪下倒叫我头疼难忍[5]。

刘太后站起来双脚站定，鲁巡按头不疼才得安生。

有巡按叫了声妇人你听，我本是一品的巡按大人。

有件事你依了富贵之人，若不依要叫你母子归阴。

庞大人看上你要做夫妻，这件事也本是你的婚姻。

你若是依从了富贵不尽，若不依大刀下叫你受刑。

刘娘娘听一言怒气冲冲，骂一声狗养的如[6]此狠毒。

你本是庞家的走狗一名，贪财物害百姓[7]实不可忍[8]。

我本是贫家女愿[9]受贫穷，不受你无义[10]的家中之富。

灵芝草生在了高山之中，那好花却怎样粪上去栽[11]？

几句话骂得那巡按脸红，气得那庞兴贼就下无情。

有庞兴叫了声众位兵丁，将孩儿夺过[12]来用鞭拷打。

打儿童看他娘从也不从？儿挨打娘的心疼也不疼？

刘娘娘听一言魂飞天外，叫声天叫声地天地不应[13]。

[1]　巡按：抄本都作"巡安"。
[2]　腹：抄本写作"复"。
[3]　狠：抄本写作"恨"。
[4]　审：抄本写作"伸"。
[5]　忍：抄本写作"认"。
[6]　如：抄本写作"无"。
[7]　姓：抄本写作"性"。
[8]　忍：抄本写作"认"。
[9]　愿：抄本写作"原"。
[10]　义：抄本写作"意"。
[11]　栽：抄本写作"载"。
[12]　过：抄本写作"去"。
[13]　应：抄本写作"音"。

这样来比[14]杀娘还狠千万，先杀了为娘的再打儿童。

有人役一下子夺去小孩，刘娘娘在旁边哭断肝肠。

娘的儿你本是娘心之肉，今日个倒叫你怎样忍受？

你身上挨一鞭娘挨千鞭，打的你疼的娘娘心碎烂。

娘养你快一岁没有[15]容易，谁知道今日个送你残生。

有刘后直哭得肝肠裂[16]断，众兵丁将丰茂按在流平[17]。

打一鞭小丰茂不哭不喊，打十鞭这儿童分纹不动。

抱起来像刚[18]才笑脸盈盈，小丰茂被刘后一把抱定。

鲁按元见此情大吃一惊，吓得他坐不定站也不稳。

按道理打一鞭打成肉饼，打十鞭这孩儿一身不动。

那庞兴和按元正在心惊，只见那按元府来了一人。

这个人是家人前来报信，叫大人不好了大祸来临。

有太太抱公子正在玩耍[19]，不一时倒在地哭叫连天。

众家人听得哭都来去看，被何人一顿[20]鞭打成肉泥？

有按元听一言气倒在地，叫声天叫声地怎样活人。

平五十[21]只生下独生一子，今日个却怎么碰上灾星。

有按元哭声天又把地唤，早知道就不该去冤打好人。

却说按元和庞兴定计要打丰茂，谁知早有太白金星将移疼法移到鲁按元的公子身上，打了十鞭，丰茂却原[22]是原人，一点伤也没有。庞兴和按元大惊，只见按元府来人报信，按元听言大哭一场，便说："这件事办不成了，快把这妇人放了把（吧）。"庞兴听言大怒，说："不能那样容易地叫她去。"叫人役把妇人的两眼给剜了。人役听言，将娘娘的两眼给剜了，娘娘疼倒在地，血水淋淋。有当地的土神忙取来神药附（敷）在伤处，娘娘马上不疼，便抱上孩子朝府门摸着而行。正是：

[14]　比：抄本写作"此"。
[15]　有：抄本写作"费"。
[16]　裂：抄本写作"列"。
[17]　在流平：抄本写作"个峀平"。流平："地流平"之省。地面上。
[18]　刚：抄本写作"甘"之省
[19]　耍：抄本都作"要"。
[20]　顿：抄本写作"屯"。
[21]　平五十：刚五十。
[22]　原：依旧。

有庞兴将娘娘双眼剜了，赶出府母子们摸着而行。

在街上讨要吃顺路而行，刘娘娘抱孩儿泪珠纷纷。

走一步哭一声声声不断，叫爷爷叫奶奶处处[1]难行。

有老者舍银钱便问几声，问一声这妇人为何这等。

有娘娘听一言擦[2]了眼泪，叫奶奶和爷爷细听根原。

家住在皇城里东门西巷，奴丈夫去西征定州城中。

因那年得天年[3]寸草不生，领孩童才来在青州地界。

有一日在街上讨要为生，谁知道那大祸就要来临。

庞兴贼起谋心看上奴家，抢奴家他府里要配成亲。

奴本是节义女不从他身，被贼人剜去了两只眼睛。

赶出府抱儿童讨要为生，才摸着来到了大街之中。

有老者和小者听罢真情，一各各[4]流眼泪个个心寒。

众人们齐舍银救这妇人，没一个不说是真是难行。

有的说这庞兴心肝狠毒，害百姓[5]就这样天理不通。

也有怕庞兴贼不敢[6]言声，长出气短思想也是天运。

且不表刘娘娘抱儿前行，再表那东城里有个王荣。

这王荣他本是富中之人，家中富牛羊多田地无数。

他本是行善人远近知闻，常上香祭神灵答谢神恩。

老两口生一子三岁有零，起名字[7]叫春宝甚是爱人。

这一日老王荣做了一梦，梦见了太白星站在空中。

太白星叫了声王荣你听，你本是行善人天宫[8]知闻。

今日个有天龙去到你门，接御驾你该就忙待他们。

有金星开罢言一阵轻风，那王荣苏醒来才是一梦。

叫夫人快与我穿衣出门，接御驾万不可误了时辰。

众人说你今日胡言乱语，哪来的帝[9]王家能到你门？

王荣说是神仙太白金星，他托[10]梦在我家不假是真。

有夫人和员外领定春宝，一会儿走出了自己家门。

在门外不见那真龙之人，却[11]见了瞎妇人讨要为生。

怀抱着一孩童步步难行，见员外忙叫声爷爷你听。

有残茶和剩[12]饭舍一碗，到日后我定要报你恩情。

有员外听此言心中有数，未必是这孩童就是真龙。

忙上前叫妇人家中你去[13]，到我家且安身度过光阴。

刘娘娘娘娘听此言泪珠纷纷，开言道员外爷救命恩人。

老员外忙扶定娘娘之身，进家院换衣服当作亲生。

你就[14]是我妹妹王氏月英，小儿童是外甥疼爱人心。

从今后你再[15]不讨吃为生，养孩童在我家长大成人。

刘娘娘听一言泪珠纷纷，叫了声救命的员外你听。

我本是有难人离了家门，遇上你救命人多谢恩情。

他若是我的儿长大成人，到日后定报你救命之恩。

有王荣听一言叫声妹妹，快到家和家人相见之分。

刘太后和员外进了门庭，罗丰茂在王家苦读书文。

却说刘娘娘改名叫王月英，住在王荣家中，不觉几年光彤（景）。那罗丰茂已九岁，春宝已一十二岁。王员外叫来丰茂和春宝，丰茂进门跪在舅舅面前，拜见王荣。员外听言，忙扶起说："丰茂外甥，你今年已九岁了，明日我送你和春宝去南学读书，你看如何？"丰茂听言，与春宝答谢舅舅之恩。从此他二人终日就在学读书。一日先生不再（在），众学生都在玩耍。这学生中有一少爷，是庞兴之子，名叫庞仁虎。这少爷说："同学们，今天老师不在，我们玩个朝驾天子。有王春宝做仁宋（真宗）天子，以（坐）在上面，我当我爷爷庞国文，罗丰茂当狄家将军狄青，众学生都当满朝的文武大臣。"有王兵播鼓，春宝登殿，众大臣上朝。有春保（宝）见一人走来，见是庞仁虎，上朝口称："万岁，国文有本，今有大兵造反，谁人前去征战？"罗丰茂上前奏道："万岁，非有我狄青不可。"庞仁虎说："万岁，狄青去不成。"这一说激怒了狄青（罗丰茂），上前大叫："万岁，我狄青不去，再去何

[1] 处：抄本写作"出"。

[2] 擦：抄本都作"探"。

[3] 得天年：指年成不好。

[4] 各各：个个。

[5] 姓：抄本写作"性"。

[6] 敢：抄本写作"干"。

[7] 字：抄本写作"子"。

[8] 宫：抄本写作"中"。

[9] 帝：抄本写作"地"。

[10] 托：抄本写作"脱"。

[11] 却：抄本写作"缺"。

[12] 下文的"剩"抄本都作"盛"。

[13] 你去：抄本写作"去你"。

[14] 就：抄本写作"但"。

[15] 再：抄本写作"在"。

人？"转面将庞仁虎采[1]住，大骂几声："你这奸臣，还能容你！"不由仁宋（真宗）分说，三拳二脚将庞仁虎打死。众学生一见打死人了，大叫"不好了"，慌忙收拾书袍（包），逃回家去了。正是：

丰茂打死人，春宝吃一惊。

赶[2]忙逃回家，大祸就临身。

罗丰茂打死了庞家公子，我春宝大吃惊逃回家中。

且不表他二人回到家中，再表那众家人报于庞兴。

有庞兴听一言怒气冲冲，骂了声大胆的王荣贼人。

放凶犯打死了我的儿童，这件事太欺人理上不通。

哭一声我的儿死在学中，做父母谁一个不想亲生。

我若是杀不了杀人凶犯，枉[3]也是青州的官员一品。

忙叫声众兵丁去拿王荣，杀人的那凶手尽都绑定。

有兵丁喊来了千个有零，有家丁拿绳棍来到东门。

众兵丁将村庄团团围定，喊一声捉贼人要拿王荣。

王员外在庭堂正在闲转，忽听得有家院报入门庭。

叫员外不好了大祸临身，那两个小孩童打死别人。

他本是庞太师孩子之人，有庞兴排兵丁围住村庄。

王员外听一言大吃一惊，忙叫来小冤家细问分明。

有春宝和丰茂忙来前庭，见员外他二人胆战心惊。

员外说你两个惹下大祸，是哪个打死了庞家儿童。

有春宝听弟弟诉说原因，忙上前叫爹爹听我情由。

庞太后小孙子是我打死，别冤了小弟弟丰茂之身。

庞仁虎是我打叫我残生，望爹爹万不可胡做胡行。

罗丰茂见春宝心里不忍，我打死庞公子他去抵[4]命。

叫舅舅你不可忍舍春宝，叫他死天理上也是不通。

王员外听罢言泪珠纷纷，王月英走上前心里也明。

哭了声小冤家这等命运，闯下祸今日个谁去抵命。

老员外骂了声大胆春宝，叫春宝快快儿带上法绳。

有丰茂走上去自己绑定，那春宝走上前也拿法绳。

王员外见此情泪湿衣裳，王月英一旁里泪珠纷纷。

叫声儿不应该胡作胡行，打死了庞家儿犯[5]法不轻。

有心叫春宝儿去把命抵，那一旁王月英便不依从。

有心叫丰茂儿去赌他命，怕的是到后来天理不容。

太白星说的话记得很清，怎能叫当今的真龙残生？

王员外擦干泪思想一计，转面儿叫妹妹王氏月英。

他二人去抵命争夺不定，不如把纸球儿散在空中。

有神灵保佑着老天定命，谁拾去纸球儿谁去抵命。

王月英听一言主[6]意也定，先焚[7]香祝[8]告了过往神灵。

叫一声过往的神仙保定，万不能球落在春宝手中。

如若是将纸球春宝拾去，可怜那行善人无有儿童。

王员外扔纸球祝告神灵，叫一声过往的神仙你[9]听。

保佑着那纸球春宝拾定，万不可落到了丰茂手中。

带说罢将纸球扔入空中，他二人拾纸球各不相让。

罗丰茂力气小拥来碰命，有春宝走前边双手夺定。

众人们见春宝夺去纸球，一个个泪纷纷大哭连天。

王月英走上前叫声侄儿，两眼中泪纷纷哭倒埃尘[10]。

你今日顶丰茂去送残生，你妈妈再不能见儿之身。

他若是有一日丰茂成人，养你父养你母大报恩情。

罗丰茂走上前泣不成声，跪兄前哭了声姑表[11]弟兄。

你若是有意人替我去死，兄死了弟不能忘兄之恩。

老舅舅和舅母生身儿童，为的是到后来养老送终。

一家人齐上前大哭连天，又跺脚又拍胸大放悲声。

却说春宝抢去纸球，准备前去抵命，一家大小无不痛哭。罗丰茂走上前哭道："哥哥呀，你替我死，叫我活在人世上，真是情理不容。我一定好好养活两个双亲。"春宝回着（过）头来，对着丰茂，泪水纷纷地说："弟弟，我死后就怕那个庞贼也不饶[12]你，你快领着姑妈妈逃生罢

---

[1] 采：揪；抓。

[2] 赶：抄本写作"干"。

[3] 枉：抄本写作"王"。

[4] 抵：抄本写作"敌"。下文抵命的"抵"抄本都作"底"。

[5] 犯：犯法的"犯"抄本都作"放"。

[6] 主：抄本写作"住"。

[7] 焚：抄本写作"奉"。

[8] 祝：抄本写作"住"。

[9] 你：抄本写作"何"。

[10] 埃尘：地面上。埃：抄本写作"哀"。

[11] 表：抄本写作"婊"。

[12] 饶：抄本都作"挠"。

（吧），日后你能杀死庞贼，替朝廷除害，也落我心^[1]了。"
众人听罢，泪珠纷纷，好不伤心。只听外面庞贼要人，王
员外忙用法绳将春宝绑住，领着春宝来到门外。只见庞兴
骑在马上，大骂王荣："你这贼人，是谁打死我的儿子？"
吩咐手下人："快于我把那凶手和贼人拿定。"有人役上前
将王荣和春宝用铁锁锁定，装（关）在鲁按元的死牢里，
不题。再说王月英领着罗丰茂哭了一夜，只见王员外和
（的）夫人进来说："姑妈妈，你们母子两人快讨（逃）命
去吧。再迟了，怕庞贼再来拿你们。"王月英听言，忙叫
丰茂于（与）员外和（的）夫人叩头，答谢救命之恩，领
着丰茂从后门逃走，不题。再说母子二人一路逃（讨）要
为生，走了数日，一日来到朝州城中，城南有个窑洞，暂
且安身。罗丰茂终日出去讨要，养活自己、双目失明的母
亲。一日罗丰茂出门讨饭，讨了半天，眼看日落西山，不
觉心如乱箭来穿。正是：

> 母子二人出了门，朝州地界去安身。
>
> 今日踏破朝州城，为何手无分文银？

罗丰茂走遍^[2]了大街小巷，讨要吃为的是养活母亲。
走一步哭一声泪珠不断，叫爷爷叫奶奶实在可怜。
眼看着那红日就要西落，还没有讨要上半碗剩饭。
哭一声老天爷你是当听，罗丰茂为什么这等命运？
倘若是要不舍残茶剩饭，我回去怎样儿养活母亲？
走一步哭一声出了城门，不多时出了那朝州城门。
出了门往前行荒滩之中，坐荒滩眼流泪大放悲声。
正然哭忽听得大雁一声，抬头看一只雁落入身边。
罗丰茂见大雁喜之不尽，抬起头那只雁细看分明。
见这雁带翎^[3]箭死在旁边，好一个射雁人射得准确。
这只雁我拿去养活母亲，这雁肉也过他七头八顿^[4]。
且不说罗丰茂喜坏他身，再表那射雁的人中之人。
他本是朝州的胡家村人，狄青龙是他名谁不知闻？
他今年十七岁还要带零，他母亲已去世离开人间。

丢下他一个人射雁为生，学一身好武艺赛过^[5]岳云。
这一日他射雁来至荒^[6]郊，见一个雕翎^[7]雁飞在空中。
忙取出皮里箭嗖的一声，这大雁带翎^[8]箭落下荒^[9]滩。
狄青龙赶前来要拾大雁，见一人拾大雁要回家中。
狄青龙忙叫声大胆之人，抢我雁你为何不还我身？
罗丰茂见此人问话凶猛，一阵气往上升怒火万丈。
叫这人你为何不讲礼行？路上的野东西为何你问？
狄青龙听一言怒气冲^[10]冲，走上前喝一声要下
无^[11]情。
狄青龙举拳头照脸就打，一旁里吓坏了土地山神。
有山神照青龙拦脸^[12]一棍，有土地把青龙扔
在^[13]流平。
狄青龙翻起来叫声兄弟，这般的好武艺真是惊人。
罗丰茂走上前叫声仁兄，家住在何州中说个分明。
青龙说我家住朝州地界，胡家庄有家门不是虚言。
我名叫狄青龙生就一人，以射雁来养活自己本身。
罗丰茂听一言叫声仁兄，我名叫罗丰茂家住皇城。
自那年得天年母子逃^[14]生，因此上来到了朝州地界。
狄青龙听一言叫声小弟，我看你也是那人中之人。
我有心和小弟结拜兄弟，看小弟内心里从也不从。
他二人在荒郊结拜兄弟，拜过了过往^[15]的各位神灵。
却说狄青龙见罗丰茂人才聪明，武艺高强，便说：
"小弟，我有一言说出口去，不知仁兄从也不从？"罗丰
茂说："你说来我听。"狄青龙说："我有心和你结拜兄弟，
你看如何？"罗丰茂喜之不尽。二人忙忙跪下，对天发誓，
结生死八拜之交。狄青龙说："仁兄，你多大年级（纪）
了？"罗丰茂说："十一岁。"狄青龙说："我十七岁，我

[1] 落我心：这里指我的心落安然。
[2] 遍：抄本写作"边"。
[3] 翎：指雕翎。抄本写作"令"。
[4] 顿：抄本写作"忳"。

[5] 过：抄本写作"着"。
[6] 荒：抄本写作"慌"。
[7] 雕翎：指雕翎箭。抄本写作"吊令"。
[8] 翎：抄本写作"令"。
[9] 荒：抄本写作"慌"。
[10] 冲：抄本写作"空"。
[11] 无：抄本写作"如"。
[12] 拦脸：照脸；对着脸。拦：抄本写作"烂"。
[13] 在：抄本写作"个"。
[14] 逃：抄本写作"讨"。
[15] 往：抄本写作"住"。

该做你哥哥了。"罗丰茂上前拜过了哥哥，便叫："哥哥，我和你今日之交母亲不知闻。"狄青龙听言忙说："弟弟，你快带我去见你母。"罗丰茂拿上大雁，二人不多时来到寒窑。母亲王月英听言，叫声："孩儿，你讨饭一人回来，怎么是两个人的声音？"罗丰茂说："娘，是你不知，我今天在半路之中拜的仁兄。"狄青龙忙走上前去拜见兄母。月英说："孩子，你伯母双眼失明，看不见你呀，前来叫娘摸摸把（吧）。"青龙跪前，月英浑身摸了摸，才让青龙站起，不题。再说母子三人在寒窑里把雁煮上，吃了一饨（顿）。青龙说："母亲，我就回去了。"从身上取出十两银子交于丰茂，说："这点钱你拿去买些米面，恩养伯母吧。若要今后在（再）有困难，前来在（再）取。"丰茂谢了恩情，送回狄青龙，不题。正是：

> 二人情意拜兄弟，喜坏寒窑王月英。
>
> 无吃青龙兄送上，日月暂时且安身。

罗丰茂送走了青龙之兄，母子们在寒窑暂且安身。
十两银买小米一石二斗，过数日再[1] 去那胡家村中。[2]
问兄长再要上大钱几文，回家来度生活养活母亲。
就这样过了那一年有零，到三月又去那青龙家中。
狄青龙这一年生意不顺，出门去不见那雁的踪影[3]。
几十天无生意钱都用尽，在家中闲坐着倒也难行。
他心中正着急[4] 忧愁纳[5] 闷，忽又见罗丰茂进了门庭。
走上前施[6] 一礼叫声仁兄，这几天生意好身体安康！
狄青龙见小弟拉进家中，忙问声小弟弟家中之情。
丰茂说这几日没有米吃，向兄长张个嘴讨个分文。
狄青龙听一言心中大惊，叫一声小弟弟你是当[7] 听。
这几日我的那生意不顺，又无钱又无米送兄回程。
你自己现如今十三有零，也应该靠自己养活母亲。

城北里有员外他叫国仁，使伙计去给他做些活生[8]。
罗丰茂听一言喜之不尽，叫兄长怕的是不收我们。
狄青龙听一言叫声弟弟，周员外我认得有点面情[9]。
我打雁常卖与[10] 他的家中，周员外他待我一家人等。
今日个写书信你带它[11] 去，见员外就说是我的家兄。
罗丰茂接书信喜之不尽，走出门回家中叫声母亲。
不多时来到了寒窑之中，见母亲说明了今日之情。
王月英听一言喜之不尽，送孩童第二日城北而行。
罗丰茂来到了周家之中，见门官[12] 坐门上甚是威风。
走上前行一礼叫声门官，转报于员外爷有人要见。
有门官见来人忙去回音，罗丰茂忙进去去见员外。
员外说是哪里小小儿童，做活儿干不动吃饭是人。
罗丰茂见员外不肯收留，忙递上狄仁兄书信一封。
周员外见此信喜笑盈盈，叫家人忙端饭叫他而用。
吃过饭他就去花园之中，常浇花移树木不错分毫。
罗丰茂来花园浇花移树，且表那周家里起了祸根。
那一年三月三员外不在，罗丰茂浇花儿花园之中。
周员外有一女名叫凤姐，有凤姐和丫环楼上绣[13] 花。
凤姐说今日个员外不在，丫环说在楼上心慌意[14] 乱。
凤姐说今日个下楼游玩，丫环说花园里去散心焦[15]。
有凤姐和[16] 丫环走下绣楼，慢步儿来到了花园之中。

> 小姐见了罗丰茂，此人不比凡人同。
>
> 白玉巾上题诗文，定与丰茂许终身。

却说凤姐与丫环来到花园看花，关（观）见各样的花儿甚好。丫环说："姐姐，你来看，这一对甘（干）枝梅开得甚好。"小姐走上前，只见甘（干）枝梅下睡着一人，衣服甚破，只见有一条小龙钻入鼻内。小姐见此情说："此人日后必是大官，命运不小。"忙问丫环："他是何

---

[1] 再：抄本写作"在"。
[2] 此句后有两句"狄青龙这几年生意不顺，出门去不见那雁的踪影"与后文重复，删去。
[3] 踪影：抄本写作"宗彤"。
[4] 急：抄本写作"忽"。
[5] 纳：抄本写作"呐"。
[6] 施：抄本写作"失"。
[7] 当：抄本写作"但"。

[8] 活生：活计；活儿。
[9] 面情：情面。
[10] 与：抄本写作"于"。
[11] 它：抄本都作"他"。
[12] 官：抄本写作"关"。
[13] 绣：抄本都"秀"。
[14] 意：抄本写作"谋"。
[15] 焦：抄本写作"交"。
[16] 和：抄本写作"还"。

人？""他是给我家看花园的园童。"小姐听罢，把手中的白玉扇展开，取出一枝笔，写诗一首："凤姐浑寂寞，圆（园）中度相芳。但见梅下人，定把终身定。"凤姐写好诗，将白玉扇放于丰茂的头下，于（与）丫环上楼去了。再说罗丰茂睡之（至）午时方醒，抬头一看，日头头（通）红，忙忙翻起身来，只见头下放着一把白玉扇。拿起一看，上写诗四句："白玉宝扇把婚订，金鸡楼上对诗文。夜晚送去书和信，你我后来有深情。"

　　　　白玉宝扇把诗明，谁知大祸就临身。
　　罗丰茂观了白玉宝扇，喜得他坐不定站也不稳。
　　终日里想凤姐数日有零，但不知她的面何日相见。
　　有心赠白玉扇留下诗文，定终身花园里梅花树下。
　　你扇中题的诗写得分明，你为何不见人想坏人心。
　　若有那一日儿见了你面，难道说梅树下那是虚情？
　　有一日罗丰茂园中浇花，路过那金鸡楼用目观看。
　　见楼上有小姐观看风景，有丫环在一旁喜笑风生[1]。
　　姑娘说情中人几时相见，为什么不早些来见奴身？
　　有丫环叫小姐不必伤心，到后来我与你再做句[2]情。
　　罗丰茂听一言大吃一惊，这莫必她就是留诗之人。
　　随身儿坐墙[3]下口念诗句，那小姐明白是我的亲人。
　　却说罗丰茂日夜想念小姐，那一日他见小姐在楼门所站，便在楼下自语道[4]："花园梅树下，定把终身定。只见白玉扇，不见有情人。"小姐听到楼下念诗句，大吃一惊，心想莫必他就是情中之人吧。忙忙虽（随）口也和一首诗："月色五更，梅开后门。有心想见她，便是有情人。"罗丰茂听言大喜，心中早明白七八分。只见楼上姑娘与丫环走进楼去，丰茂望了一会，才各自走去，不题。再说那夜五更，小姐便于（与）丫环写了书信，拿了白银五十两，俏俏（悄悄）来到后门，等了半天。再说丰茂睡到五更，来到金鸡楼下，后门开着，凤姐走上前，满脸通红，叫声："丈夫！"丰茂剩（乘）月色观看，见小姐长得十分可爱。二人说了一会，凤姐忙取出包袱（袱）说："内有

纹银五十两，书信一封。"丰茂接过包袱，急忙离去，小姐于（与）丫环也上楼去了，不题。再说罗丰茂荒荒（慌慌）张张来到花园，打开包袱一看，只见纹银，不见书信，大吃一惊。不觉天气大亮，我也不去找了。

　　　　姑娘月下赠纹银，丰茂半路失书信。
　　　　二人心中甚高兴，谁知大祸就临身。
　　罗丰茂失书信大吃一惊，回过来天大亮哪里找寻？
　　急忙忙去浇花不错时辰，把活干心想着姑娘之身。
　　且不表罗丰茂吃惊不小，再[5]表那老员外拾去书信。
　　清早间老员外出门小便，带走着拾起了书信一封。
　　老员外展开看怒气冲天[6]，这奸人这事情败坏门风[7]。
　　忙回房喊来了凤姐之身，带[8]进门骂了声大胆奸人。
　　你干下丢人事有何目脸，干这事丢人脸还不知闻。
　　今日个你与[9]我自作残生，留下你到后来人脸丢尽。
　　忙取来那红缎[10]一匹有零，叫众人你给我勒死贱[11]人。
　　有凤姐未开言泪珠纷纷，叫爹爹先谢过养育之恩。
　　我这事本来是丢尽人脸，儿死后望爹爹埋了奴身。
　　转面儿又叫声丰茂亲人，你做事太慌张大祸临身。
　　你在那花园中担水浇花，却怎知小妹妹命就归阴？
　　你若是有心人记奴之身，到日后烧[12]个纸埋奴之身。
　　祝告罢[13]拿红缎一匹有零，吊死在堂口门一命归阴。
　　老员外见姑娘死了残生，叫家人将尸首送出郊外。
　　周姑娘那尸首送出荒郊，惊动了山上的李靖大神。
　　有大神吹口气小姐还魂，翻起身怎落在荒郊之中。
　　哭一声老天爷你是[14]听音，我凤姐谢神灵死又还魂。
　　哭一声我的父心肠[15]太狠，亲生女他不念骨肉之情。

[1]　生：抄本写作"声"。
[2]　句：此处指"诗"。
[3]　墙：抄本写作"垟"。
[4]　表示"说"的"道"除此处外抄本都作"到"。

[5]　再：抄本写作"在"。
[6]　天：抄本写作"光"。
[7]　风：抄本写作"分"。
[8]　带：刚。
[9]　与：抄本写作"于"。
[10]　缎：抄本写作"段"。
[11]　贱：抄本写作"奸"。
[12]　烧：抄本写作"压"。
[13]　罢：抄本写作"把"。
[14]　是：抄本写作"实"。
[15]　肠：抄本写作"常"。

逼死我送荒郊良心何在？叫老狼吃我身尸首不存。

再哭声我丈夫罗家官人，你怎知你的妻死后尸[1]身？

你若是到日后做[2]了大官，万不可忘记了奴的好心。

站起身谢罢了过往神灵，往前行半日辰双脚疼痛。

抬头看前面儿有座寺院，有和尚他担水泉口之中。

小凤姐走上前叫声师傅[3]，救一救我的命答报你恩。

老和尚抬起头叫声小姐，你怎么落在了荒山之中？

小姐说我家住朝[4]州之地，我名叫周凤姐逃难之人。

和尚说这寺是大佛寺院，小和尚和道童百个有零。

我心想收你个尼姑[5]为僧，看小姐你意下从也不从？

周小姐听一言喜之不尽，忙拜上我师傅救命之恩。

且不表周凤姐寺院为僧，再表那罗丰茂花园之中。

罗丰茂回转身正在浇花，见丫环跑上来大放悲声。

叫一声罗公子大祸临身，闯下祸你却在糊涂之中。

只因为你丢失书信一封，员外爷拾到了怒气上升。

他叫来周凤姐大骂不行，一根绳送残生荒郊之外。

罗丰茂听一言大吃一惊，放悲声哭几声凤姐你听。

你为我送走了青春一程，你为我今日个鸳鸯分离。

小丫环叫公子快逃性命[6]，再迟了怕的是大祸临身。

罗丰茂听一言泪珠纷纷，小妹妹我谢你一片好心。

翻上墙[7]从后门逃了性命，回家中见母亲再做道理。

　　　　丰茂闯祸根，丫环通了信。

　　　　跑出花园门，去见他母亲。

　　却说罗丰茂逃出周家花园，来到寒窑，见了母亲忙跪下说："娘啊，孩儿回来了。"王月英听了忙问："你给人家做活，为何回来？"丰茂两眼流泪，将前后之事于（与）母亲说了一遍。月英听言，于（与）孩儿抱头大哭了一场。再说母子二人靠凤姐赠给的五十两银子又过了数日。一天，丰茂说："娘啊，我们又没吃的米面了。"王月英泪水盈盈地从衣服内取出一个珠子。这珠子本是先王

留下的避[8]火珠，留在西宫，刘后娘娘存着。只因娘娘出了西宫常常带在身边，今日她取出这颗[9]宝珠对丰茂说："孩儿，这棵（颗）珠子你拿在大街上去卖些文钱，我们好度光阴。"丰茂说："娘啊，这颗珠子能卖几文钱？"月英说："多者能卖黄金千两，少者能卖白银万两。"丰茂听言说："娘啊，能当这么大的钱！"月英说："要是遇上识家[10]，卖于他，我们一辈子都吃用不完。"丰茂听言大喜，拿着宝珠街上去当。正是：

　　　　丰茂要当避火珠，谁知祸根又从起。

有丰茂拿定了避火宝珠，来到了大街市要当宝贝。

小当店他们都不识货物，无人问无人当无处之用。

丰茂想我母说宝中之宝，当金银千两多养活家中。

谁知道它是个无用之宝，十两银也未有买者一人。

走条街来到了百货当店，这个店势力大威风凛凛。

掌柜[11]的他本是庞家之人，名庞仁是那个国丈儿子。

使家丁千余个武艺精通，有势力杀气腾谁人不怕？

平日里欺百姓[12]无恶不作，压百官存银财谋[13]宋江山。

罗丰茂拿宝珠进了当店，见掌柜先叫声爷爷你听。

我有个宝珠子当于你店，舍银两望掌柜大报悲恩。

带说着忙呈上宝珠一颗，有庞仁接宝珠大吃一惊。

这是那皇王家避火宝珠，却[14]怎么落在了穷人手中。

忙叫声小哥哥该当几文，说于我好与你付给钱文。

丰茂说当黄金千两有零，最少者也得当白银万两。

那庞仁听一言冷笑几声，付给你十两银行也不行？

罗丰茂听一言叫声掌柜，少一文也不行原物归还。

那庞仁听一言怒气冲天[15]，忙喊声众家丁齐下无情。

有家丁来了那一百有零，将丰茂围中间送他残生。

打得那丰茂儿血水淋淋，抢走了那宝珠赶出店外。

[1] 尸：抄本写作"四"。
[2] 做：抄本写作"作"。
[3] 傅：师傅的"傅"抄本都作"传"。
[4] 朝：抄本写作"潮"。
[5] 尼姑：抄本都作"泥姑"。
[6] 命：抄本写作"名"。
[7] 墙：抄本写作"垟"。

[8] 避：抄本都作"被"。
[9] 颗：抄本都作"棵"。
[10] 识家：识货者。
[11] 柜：抄本写作"横"。
[12] 姓：抄本写作"性"。
[13] 谋：抄本写作"某"。
[14] 却：抄本写作"缺"。
[15] 天：抄本写作"光"。

有丰茂在街上疼痛难忍，哭声天哭声地泪水纷纷。

正然在伤心处来了一人，他本是狄青龙来在街中。

狄青龙卖大雁街中穿行，耳听得有个人哭得伤心。

走上前用目观大吃一惊，原来是我弟弟丰茂之人。

走上前叫弟弟为何伤心，浑身上为什么血水淋淋。

罗丰茂抬起头见了兄长，泪盈盈见长兄诉说真情。

只因为当宝珠庞仁店中，抢宝贝打坏人赶出店门。

狄青龙听一言怒气上升，骂了声大胆的庞家贼人。

无故地抢人物天理不容，打坏人这真是不善人伦[1]。

叫小弟你暂且莫[2]要伤心，待[3]为兄讨来宝贝之物。

　　恶霸[4]庞仁心不良，抢去宝贝下无情。

　　青龙前去说礼行，一场恶战起祸根。

　　却说狄青龙听言，怒气冲冲，说："弟弟没（莫）必伤心，这庞家是满朝的奸臣，谁不怕他？莫说你，就连宋天子也不敢说他。今日既然抢去宝珠，待我们前去讨还。"丰茂说："尽在哥哥的意下。"狄青龙放下大雁，来到当店内，只见庞仁坐在上边，见进来一人，忙问："你当何物？"狄青龙说："我不当何物，就为一件事情而来。"狄青龙说："庞老爷呀，你生在富中，有万贯的家财，却偏偏把一个穷人的东西抢来，是何道理？"庞仁听言，怒气上升，说："你这个不知好歹的！我作（做）事，你别管我。"狄青龙听言，还是忍耐着说："老爷呀，我劝你还是还给着为好。"庞仁听言，大喊一声，说："你这哪里来的野人？你可认得我是庞太师的少爷吗？"狄青龙听言，怒气上升，一把将庞仁的胸甫（脯）采住，照天庭[5]一拳，将庞仁打倒在地。只听里面大喊："少爷叫人打下了。"只见满街都是庞家的人首（手）[6]，将狄青龙围在店里。正是：

　　狄青龙将庞仁一把采住，怒气升骂了声大胆奸臣。

　　举起拳照天庭[7]就下无情，一拳头将贼人打倒在地。

有家丁见此情吓[8]坏他身，喊了声来了那打手一群。

店左右齐都是人役守定，大街上也尽是庞家兵丁。

狄青龙见此情大祸临身，飞起脚踏出了当店之门。

见门外有一个千斤石狮，用双手举起来就下无情。

一只脚飞起来人倒纷纷，一只脚飞起来踏倒店门。

左手起将石狮飞入空中，吓得那众家丁四处逃命。

右手起抽出了大梁一根，从房上抽下来就下无情。

左方打右方打人头落地，正杀得众打手无处[9]逃命。

朝前方杀开了一条血路，扶起了罗丰茂去逃性命[10]。

出了城来到了半路之中，见无人放下了丰茂之身。

叫小弟你快快去逃性命[11]，怕的是那贼人再来害你。

罗丰茂听一言泪流满面，谢过了狄青龙救命恩人。

狄青龙放下了丰茂之身，一阵风不见人去逃他身。

罗丰茂泪纷纷来到窑门，见了那王月英说此原[12]因。

月英说我的儿不必伤心，合该是我和你命中之定。

罗丰茂忙扶起月英之身，讨的吃要的喝得了活命。

走几日来到了陈州之地，到陈州与别处倒也不同。

大街上行人多吵吵闹闹[13]，骑马的坐轿的威风凛凛。

有清官做的那官家之人，喝酒的打拳的倒也欢乐。

大街上有穷人讨要为生，叫爷爷叫奶奶倒也难行。

且不说大街上人来人往，很热闹倒也好乱乱哄哄[14]。

　　却说母子二人来到城（陈）州，只见人来人往，很是热闹。丰茂牵[15]着母亲，沿路讨要，走街过巷。有很多的人跟在母子二人的后面便问："为何讨要为生？"罗丰茂听一言，大哭，便打起莲[16]花。正是：

　　打起莲花众人听，我名叫个罗丰茂。

　　背起母亲往前行，讨要为生在街中。

　　叫声爷爷和奶奶，爸爸婶婶你们听。

[1] 伦：抄本都作"论"。

[2] 莫：抄本写作"没"。

[3] 待：抄本写作"代"。

[4] 霸：抄本写作"霜"。

[5] 天庭：这里指额头。庭：抄本写作"品"。

[6] 人手：办事人员。

[7] 庭：抄本写作"品"。

[8] 吓：抄本写作"下"。

[9] 处：抄本写作"出"。

[10] 逃性命：抄本写作"讨姓名"。

[11] 性命：抄本写作"姓名"。

[12] 原：抄本写作"厡"。抄本"原"有时写作"厡"，直接整理为"原"。

[13] 闹闹：抄本都写作"啊"。

[14] 哄哄：抄本写作"洪洪"。

[15] 牵：抄本都作"扦"。

[16] 莲：抄本都作"连"。

我家住在长安城，北大街上有名声。

我的爹爹老实人，随军西征定州城。

到今未有音和信，迫使母子离皇城。

城里天干大荒灾，庄稼不长草不生。

母抱孩子去逃[1]难，定州城中有祸根。

庞兴本是贼奸臣，一心要害我母亲。

捉我母亲他府去，定要成亲不能容。

我母本是贞[2]烈女，不爱财富有烈心。

怒骂庞贼不断声，气得庞兴面色青。

庞兴设下毒狠[3]计，剜去我母双眼睛。

出门逃[4]在定州城，谁知碰上一善人。

他的名字叫王荣，当我母亲亲妹称。

送我南学读书文，谁知打死庞公子。

庞兴要杀我二人，春宝顶了我的命。

我背母亲逃出身，朝州地方遇一人。

他名叫个狄青龙，与我结拜为兄弟。

介给周家去做活，小小凤姐心里伶。

看我才学并非浅，白玉[5]扇上提婚证[6]。

半路送来信一封，谁知员外拾手中。

员外一看怒气生，定杀凤姐不留情。

一匹红缎[7]送她命，丫环通信送园中。

我听此言吃大惊，连夜回到寒窑中。

无法生活当宝珠，谁知大祸就临[8]身。

庞仁抢宝不给银，倒又打坏我的身。

多亏[9]我兄狄青龙，搭[10]救我才出火坑。

偕[11]母逃之陈州地，才来街上讨分文。

叫声爷爷和奶奶，爸爸婶婶你们听。

残茶剩饭舍一碗，母亲吃了好行路。

众位听了齐悲痛，又舍饭食与他们。

丰茂悲伤泪纷纷，观看人儿住前行。

却说罗丰茂牵着母亲讨了一天，众人见了谁不伤心？大家舍银又舍饭。母子二人讨了整[12]一天，只见天气渐渐黑了，月英说："孩子啊，眼看天气黑了，我们哪里去安身？"走着走着，不觉来到城隍[13]庙。只觉寒风逼人，母子二人便睡在莲台之上。正是：

母子来在陈州城，城隍古庙且安身。

半夜城内神点应[14]，感动城内一善人。

且不表母子们城内安身，再表那城内边有一善人。

陈家庄有一人人称善人，他行善满城人谁不知闻？

早上香晚叩头答谢神灵，修庙宇[15]舍布匹[16]大行此善。

又修桥又铺[17]路无所不干，舍银两与穷人来救苦民。

陈善人他本是无限善人，早有那天使官报于天庭[18]。

那一日陈善人大做一梦，见真龙睡在了城隍庙[19]中。

陈善人吃一惊南柯[20]一梦，清早间将梦情说于夫人。

夫人说我昨日也做此梦，想必是庙内中有了贵人。

老两[21]口忙鞴[22]上大马二匹，庙内去接那个梦中之人。

不多时陈善人来在庙中，进庙内砖地下睡着二人。

老善人问一声落难之人，古庙内冷杀了你们二人。

罗丰茂见善人双膝不跪，叫了声老爹爹细听心间。

我家住皇城里大街[23]之中，我的父平大兵定州城中。

自那年得天年寸草不生，母子[24]们讨要吃无处安身。

[1] 逃：抄本写作"讨"。
[2] 贞：抄本都作"真"。
[3] 狠：抄本写作"恨"。
[4] 逃：抄本写作"讨"。
[5] 玉：抄本写作"天"。
[6] 证：抄本写作"征"。
[7] 缎：抄本写作"段"。
[8] 临：抄本写作"灵"。
[9] 亏：抄本写作"巧"。
[10] 搭：抄本都作"大"。
[11] 偕：抄本写作"揩"。

[12] 整：抄本都作"正"。
[13] 隍：抄本都作"皇"。
[14] 点应：点化感应。
[15] 宇：抄本写作"狱"。
[16] 匹：抄本写作"礼"。
[17] 铺：抄本写作"甫"。
[18] 庭：抄本写作"亭"。
[19] 庙：抄本写作"皇"。
[20] 柯：抄本写作"河"。
[21] 两：抄本写作"二"。
[22] 鞴：抄本写作"备"。
[23] 街：抄本写作"丁"。
[24] 子：抄本写作"了"。

昨日个才来在陈州地界，无处去古庙里才把身安。

陈善人听一言泪水盈盈，这件事真可怜倒也难行。

你的母就当[1]我亲生姐姐，你就是我外甥苦读书文。

王月英忙叩头谢恩不尽，陈月英是我名回上府中。

罗丰茂谢过[2]了救命之情，母子们回陈家且过光阴。

且按[3]下他母子暂且莫表，再表那陈[4]州的恶徒贼人。

他名叫鲁奇郎无恶不作，霸[5]人财抢人女无所不为。

陈州地他杀人不眨[6]眼睛，千余条人的命死在他手。

他在那陈州地家财万贯，手下人有打手千条余名。

这一日他召[7]唤家丁数人，恶狠狠[8]来到了大街之中。

见一女她长得有些颜[9]色，喊家人跟上去盯[10]住那人。

却说这鲁奇郎带家人在大街所走，正走在十字丁（街），见一女人长得美貌清俊，忙叫家人王同，复（附）耳这般无（如）此地说了一遍，王同紧紧地跟在那妇人的后面。那妇人见后面跟上人，赶紧走到家中。王同跟来，见妇人进了门，就在付（附）近打听这妇人，名叫周桂英，丈夫名叫张英，做铁匠小生意来养活一家人等，这话不题。再说王同打听好之后，就走到张家，问谁叫张英，张英一见是鲁奇郎的手下人，忙说："老爷，小的就是。"王同说："你就是做铁匠活的那个张英吗？"张英说："就是的。"王同听言，忙说："我家老爷听你的铁匠活做得好，命我来叫你一日之辰在黄河上打坐（座）铁桥，明日验收。若你做得不好，要你的女人做顶替。"张英听言，跪到（倒）在地，叫声："老天，我一日之间怎能打坐（座）铁桥？望老爷饶了小人吧。"夫妻二人叩头谢恩，王同听言，冷笑一声，立马而去了。正是：

鲁奇郎看上张英妻，王同前来定毒计。

一日之间造铁桥，若不桂英做顶替。

有张英见王同上马而去，吓得他一阵阵魂不附[11]体。

转[12]回身叫贤妻泪水纷纷，叫声天叫声地怎样活人？

叫丈夫你不必这样伤心，妻有言说与你细听根原。

我和你结发妻自幼和好，我爱你你爱我深厚恩情。

实想说我和你白头到老，又谁知半路里两离分散。

哭声天哭声地声声不断，正哭得日落西又从东升。

一夜间两口子哭声不断，天亮了贼王同领定家丁。

一会儿来到了张英门前，进了门恶狠狠[13]用目细观。

见桂英和张英泪水淋淋，忙叫声张铁匠桥可造好。

造好桥鲁少爷去过铁桥，造不好快交妻不可耽搁[14]。

有张英听一言吓坏他身，和桂英跪到地老爷开恩。

望老爷饶了我夫妻之命，日后来答报过万般恩情。

有王同听一言冷笑几声，叫人役快拿人不可留情。

有人役把张英打倒在地，抢桂英回到了鲁府之中。

周桂英被抢去吊梁而死，送残生被压在井底之下。

且不表周桂英死去残生，再表那张铁匠去把冤伸。

那一日张铁匠写好状子，在街[15]上单等着青天大人。

鲁奇郎坐轿[16]子街上胡行，不多时来到了大街之中。

有张英他认为清官大人，顶状子跪在了轿前不动。

有人役喊一声笑[17]坏他身，前仇恨一时间涌[18]上心头。

喊一声大老爷快明冤情，消[19]了冤我不能望你恩情。

鲁奇郎听一言传上状子，见状子原是那桂英之夫。

忙叫声众人役拿了他身，到了府定要而斩草除根。

回府来鲁奇郎定计一定，叫人役将张英打死他身。

众人役听一言就下无情，一霎时将张英命送阴间。

[1]当：抄本写作"但"。

[2]过：抄本写作"着"。

[3]按：抄本写作"安"。

[4]陈：抄本写作"城"。

[5]霸：抄本写作"雹"。

[6]眨：抄本写作"乏"。

[7]召：抄本写作"绍"。

[8]狠狠：抄本写作"恨恨"。

[9]些颜：抄本写作"此彦"。

[10]盯：抄本写作"叮"。

[11]附：抄本写作"服"。

[12]转：抄本写作"传"。

[13]狠狠：抄本写作"恨恨"。

[14]耽搁：抄本写作"当个"。

[15]街：本段韵文"街"抄本都作"丁"。

[16]轿：抄本写作"骄"。

[17]笑：抄本写作"小"。

[18]涌：抄本写作"拥"。

[19]消：抄本写作"悄"。

张英一时冤伸错，霎时人命见阎[1]君。

却说张英将状子错告，被活活打死，王同打发家人将张英尸首抬在背京（静）处用黄采（菜）叶盖住，不题。再说仁宋（真宗）天子去西征，已胜利平安地平定判（叛）军回朝。御驾一死，仁宗（真宗）没有生下太子，有（由）八王爷、狄太后的太子继位，改名为真宗（仁宗）[2]。一日真宗（仁宗）登殿，两班文武拜见真宗（仁宗）已毕[3]，忽有承相吕文（蒙）正上前奏道："万岁爷，陈州地方造下天年，谁去陈州放粮[4]？"只见殿下闪出一人，乃是开封府包公，上前奏道："万岁爷，臣原（愿）前去。"真宗（仁宗）听言，忙取一道圣旨，有包公前去陈州放粮。

包公前去陈州地，大放荒粮万民喜。

包文正领圣旨陈州放粮，领兵丁三千整谁人不怕。

陈州地和府梁百姓都知，谁不说包青天开了皇恩。

这个说合[5]该是百姓有运，饿[6]不死又有了救命之人。

实想说这几年无法生活，又谁知有青天来救我们。

那个说这几年天年大旱，众百姓也无法死里逃生。

谁知道包青天搭救我们，放银两众百姓喜之不尽。

有包公离京城一路前行，不几日来到了陈州之地。

往前行进城门阴风挡[7]定，用目观见四人门板抬定。

门板上放菜叶遮[8]盖而行，慌张张出城门就往前行。

包大人见此情心中疑[9]生，叫王朝你与我四人叫定。

问一声你抬的是何物件，为什么慌张张哪里去行？

那王朝喊一声门板挡定，吓得他四个人胆战心惊[10]。

为头的说一声老爷你听，我老爷得个病爱吃菜叶。

叫你们抬我府不可胡行，赏你们十两银回去享用。

他四人听一言不敢胡行，胆战战抬进了包府之中。

有包公回到了自己府中，忙吩咐众人役抬上菜叶。

众人役不敢慢门板抬定，看底下菜里面死人一个。

众人役见此情大吃一惊，一个个吓得那目瞪[11]口呆。

包文正忙取出狼牙大板，对死者照一照让他还魂。

有张英耳听得人声呐喊，睁开眼却[12]在那大堂之中。

口称着大老爷冤屈小人，泪纷纷叫大人与[13]民伸冤。

包老爷在堂上叫声你听，未开言泪珠儿湿透衣裳。

叫老爷我家住陈州东门，名张英小生意铁匠为生。

我的妻周桂英聪明伶俐[14]，今二十和小生恩爱夫妻[15]。

有一日在街[16]上来往行走，碰上了鲁奇郎家人王同。

那王同抢我妻打排[17]定计，一日整造铁桥叫我完工。

因我妻贤良人不受[18]他欺，被抢去死在了鲁府之中。

我冤情顶状子周府去告，谁知道错告在鲁家门庭。

鲁奇郎心狠毒斩草除根，毒打我一霎时一命归阴。

又谁知半路里大人救命，死后了再又生世上少有。

叫老爷你救我要救到底，杀仇人到日后答谢你恩。

有包公听一言心中明白，鲁奇郎这贼人仗势欺人。

我若是不除害不回朝中，白吃了君王的皇粮一份[19]。

又想着鲁奇郎势力不小，他舅舅是国丈压定朝廷。

我若是杀了他惹祸不小，在朝中宋王爷降罪不轻。

前想着后思着主意拿定，为人民除了害万民欢喜。

如若是那朝中降下罪来，原回乡做农民勤[20]度生活[21]。

左思想右思想想出一计，写表章奏朝廷再[22]做处分。

包公为民要除害，但怕朝廷不容许。

鲁字改为鱼字头，朝廷圣旨斩鲁郎。

[1] 阎：抄本都作"闫"。
[2] 仁宗：抄本都作"真宗"。此以后的真宗都统一改为"仁宗"。
[3] 已毕：抄本都作"以毕"。
[4] 粮：抄本写作"朴"。
[5] 合：抄本写作"或"。
[6] 饿：抄本写作"我"。
[7] 挡：抄本都作"当"。
[8] 遮：抄本写作"庶"。
[9] 疑：抄本写作"已"。
[10] 惊：抄本写作"警"。
[11] 瞪：抄本写作"盯"。
[12] 却：抄本写作"缺"。
[13] 与：抄本写作"于"。
[14] 伶俐：抄本写作"玲利"。
[15] 妻：抄本写作"君"。
[16] 街：抄本写作"亍"。
[17] 打排：疑为"打盘"。谋划；盘算。
[18] 受：抄本写作"爱"。
[19] 份：抄本都作"封"。
[20] 勤：抄本写作"朌"。
[21] 活：抄本写作"君"。
[22] 再：抄本写作"在"。

却说包公听罢张英的冤情，知道这冤情甚重。这鲁奇郎是庞兴（洪）的外甥，要是杀了，怕朝廷不准。想来想去想了一计，忙写了表章，将鲁奇郎改为鱼奇郎，排（派）人送到朝廷。过了数日，朝廷将这鱼奇郎判为死行（刑）。包公一见，心中大喜，忙将圣旨上的鱼奇郎改为鲁奇郎。此日升堂，忙写了一封帖儿，要王朝前去请鲁奇郎。鲁奇郎接帖儿，观看已毕，便说："这包黑子诡计多端，是去好还是不去好？"王同说："老爷，还是去着为好。这包黑子是（实）在励（厉）害，他无朝廷的圣旨也是万（枉）然，不去还说你怕他了。"鲁奇郎听言，觉得有理，忙坐上八抬轿子，带上王同去到包府，包公迎接到大堂坐下。包公便说："少爷，今日有一案事，我想和你会中（审）。"鲁奇郎听言，忙说："也行，快带犯人来。"包公听言，嚇（喝）了一声，带上犯人。王朝、马汉、张龙、赵虎，一拥而上，将鲁奇郎与王同拿下堂来，不题。

正是：

　　包公不怕朝廷法，定斩鲁郎大恶人。

　　为民除害立大功，人人都把青天夸。

　　包文正喝[1]一声贼人拿定，那王朝和马汉不敢消[2]停。

　　用法绳拴住了鲁郎王同，鲁奇郎在下边大骂不停。

　　骂了声大胆的黑贼包公，为王的犯何法由[3]你胡行？

　　包公说你犯法内心明白，要证人他就在府中之内。

　　忙传声手下人带上张英，把原因说出来看他不认！

　　有张英走上前泣不成声，见仇人就似那恶火上升。

　　叫一声鲁奇郎你是当[4]听，你害了多少个善良百姓？

　　我的妻被你害井中之内，打死我送出城心中多狠[5]？

　　多亏了包青天来到陈州，为放粮拿住了你这贼人。

　　有张英哭一声泪满盈盈，恨一声这贼人也有报应。

　　包爷说鲁奇郎你是当听，你作[6]恶陈州地不可容你。

　　鲁奇郎在一旁骂声不绝[7]，骂了声包黑子胡做胡行。

[1]　喝：抄本写作"嚇"。
[2]　消：抄本写作"俏"。
[3]　由：抄本写作"有"。
[4]　是当：抄本写作"实但"。
[5]　狠：抄本写作"恨"。
[6]　作：抄本写作"放"。
[7]　绝：抄本写作"决"。

你拿我可有那天子圣旨？我与你进朝中去见君王。

　　有包公听一言怒气冲冲，取出了宋天子圣旨一道。

　　鲁奇郎见圣旨大吃一惊，吓得他一时间魂不附[8]体。

　　包文正喝一声抬着龙铡，将二人铡口里送他残生。

　　有包公他斩了两个恶人，满城中谁不说清官一品。

却说包公斩了鲁奇郎与王同两个恶人，满城的大小人谁不说包大人是青天公正，清官一品。此日包公打发三千兵丁各处放粮在陈州。正是：

　　百姓各个齐欢腾，又发粮来又发钱。

　　包公放粮在陈州，大小人儿叫青天。

　　陈州恶人鲁奇郎，收拾家丁千余名。

　　到处抢财又抢人，街[9]上东西抢一空。

　　杀人放火尽都干，人民到处不安生[10]。

　　他舅在朝是庞洪，势力压定满朝人。

　　他仗势力来胡行，多少民妇他残害。

　　多少穷人他害死，处处杀人来行凶。

　　那日抢去张英妻，害他夫妻两离分。

　　英妻本是贞节女，悬梁死于节一女。

　　她夫张英去告状，错告鲁府把命送。

　　家丁打死那张英，抬在门板送出城。

　　来了青天包大人，为民除害报冤仇。

　　不平案件齐平叛，有冤之人出牢门。

　　各路贼人投了案，人民日月安太平。

　　包公取出自己银，五十余两送张英。

　　回家好好过光阴，日后娶妻养儿童。

　　张英接了那纹银，死后也不忘包公。

却说包大人在陈州放粮，搭救万民，不题。再说罗丰茂在陈善人家过了几年，已十五岁了，在陈家读书也很用心。只因陈善人行善一辈子，将所有的家财都化（花）光了，又加上这几年天年大旱，寸草不生。一日，陈月英叫来丰茂，丰茂点头称是。从今日起，丰茂便每日上山打柴，上亍（街）去卖，从东亍（街）叫喊到西亍（街），

[8]　附：抄本写作"付"。
[9]　街：抄本写作"亍"。
[10]　生：抄本写作"身"。

无人来买，眼看日落西山，未得分文，不题。再说包公这一日坐在轿内，正走在十字丁（街）口，迎来了一股[1]恶风，将包公的纱帽[2]吹落在地。包公大吃一惊，忙问王朝、马汉："此风盛（甚）凶，这叫个什么风呢？"王朝说："此风吹落大人的帽子，就叫落风帽（帽风）吧。"包公听言，忙停住轿子，叫来王朝、马汉说："你说此风叫个落帽风，你二人满城找来个落帽风的人。若捉来此人，还则罢了，捉不来把你们二人共打四十。"王朝、马汉一听："这风叫个落风帽（帽风），就要捉个落风帽（帽风），真是哪里去捉？"包公听言大怒，叫人役把他二人拉下去共打四十，二人无耐（奈），就拿了法绳去捉拿人。正是：

　　　　包公要追落帽风[3]，谁知内中[4]早知道。

　　　　东寻西找捉不住，气死王朝和马汉。

　　有王朝和马汉领了而[5]命，四十棒打得他疼痛难忍。

　　走东街过西巷到处问人，问不着落帽风什么人等。

　　东家问西家说无有此人，问的人都说是你们胡行。

　　从早晨问到晚不见音信，他二人正跑得汗水淋淋。

　　王朝说我老爷胡作胡行，见此风他就找落帽之人。

　　我二人找黑了哪里去问？倒不如挨四十收回府中。

　　马汉说这件事莫[6]名其妙，我和你直跑得汗水淋淋。

　　限今日找不着棍打四十，这疼痛我和你怎样忍受？

　　王朝说我的脚疼痛难忍，马汉说我的腿又红又肿。

　　他二人正行走用目细分，又一股那黑风挡住去路。

　　王朝说这不是所捉之风，马汉说用法绳快拴怪风。

　　有王朝用法绳去拴怪风，这股风又吹去二人帽子。

　　他二人放脚步去赶帽风，赶上去将怪风赶之东门。

　　见一个卖柴的路中哭定，这怪风送帽子柴担之中。

　　有王朝和马汉上前去问，问兄弟将帽子还于我们。

　　罗丰茂将帽子还于二人，他二人快要问兄弟名姓。

丰茂说我姓罗名字[7]丰茂，在此[8]间卖担柴养活母亲。

　　有王朝和马汉连笑盈盈，将法绳忙戴之丰茂脖根。

　　罗丰茂见此情大吃一惊，叫老爷为什么胡拿好人。

　　王朝说为找你费了心情，走得我两腿疼实在难忍。

　　马汉说为找你挨了四十，打得我疼难忍血水淋淋。

　　众百姓见此情都来求情，叫老爷万不可错拿他人。

　　他本是落难人打柴为生，养母亲在城外谁人不明？

　　他尽干行善事不干坏事，望大人切不可错拿好人。

　　马汉说众位们你们请听，我老爷就捉的丰茂之人。

　　放了他是小事我们受疼，送官前你们去讲人之情。

　　众百姓听一言纷纷求情，齐前去包公前去说分明。

　　那王朝和马汉带走丰茂，众百姓在后面紧紧而行。

　　　　包公捉来罗丰茂，百姓纷纷不容情。

　　　　他是好人来逃难，包公赠银十五两。

　　却说王朝马汉捉住罗丰茂，带之大堂。丰茂跪下，口称："老爷，饶命。"包公说："你就是罗丰茂吗？"丰茂说："小人就是。"包公说："你干着什么坏事？"丰茂说："小人是落难之人，确实没干着坏事。"这时众百姓齐都拥进堂来求情，便说："他是好人，常常孝顺[9]母亲。母子二人，落难在此。"包公听言，忙叫罗丰茂站起来，说："今日众人说你是个孝子，本官赏[10]你十两银子，回家去罢（吧）。"丰茂听言，喜之不尽。正是：

　　　　刘后受难十五年，冤明须于黑脸人。

　　有包公见众人齐来求情，放丰茂回家中养活母亲。

　　忙取出十两银赏于丰茂，回家中养母亲过活光阴。

　　罗丰茂听一言喜之不尽，答谢了包老爷救命恩人。

　　罗丰茂回家来见了母亲，我的娘今日个有了红运。

　　陈月英听一言叫声儿童，何喜事快于我细说分明。

　　丰茂说今日个街[11]上卖柴，大街上碰[12]见了两个

---

[1] 股：抄本都作"珠"。
[2] 帽：抄本都作"耗"。
[3] 帽风：抄本写作"风耗"。
[4] 内中：心中。
[5] 而：无意。起凑足音节的作用。
[6] 莫：抄本写作"没"。

[7] 字：抄本写作"斗"。
[8] 此：抄本写作"些"。
[9] 顺：孝顺的"顺"抄本都作"奉"。
[10] 赏：抄本都作"惯"。
[11] 街：抄本写作"丁"。
[12] 碰：抄本写作"並"。

人役。

他言说有老爷要捉我身，倒吓得我心惊泪珠纷纷。

在中堂我见了大人之身，众百姓求人情说个分明。

那大人他说我孝顺母亲，赏给了十两银我回家中。

陈月英听一言心中盘算，忙问声我的儿细听根原。

这大人他长的什么形容？忙说来为娘的细听分明。

丰茂说那大人形容难看，脸上黑人又高身材胖大。

陈月英听一言喜之不尽，用手算我的儿十五有零。

明日个你前去陈州府中，见老爷你说声答谢你恩。

你说声我母亲念他情重，我母亲请大人去我家门。

丰茂说我母亲不懂[1]人伦，我和你家贫穷一无空空。

那老爷怎能来穷人家中？这不是欺了官犯罪不轻。

陈月英听一言喜笑盈盈，叫一声我的儿说于你听。

黑脸人他本是清官一品，他和那别的官不大相同。

他爱的尽都是穷苦人家，杀的那尽是些贪官坏人。

罗丰茂听一言心内高兴，莫必是我母亲有个原因。

第二日罗丰茂来到包府，见包爷把娘话细说分明。

却说第二日早晨罗丰茂来到包府，人役一见说："你这个人，昨日老爷念你孝顺母亲，赏了十两银子，今日又来做何事？"丰茂说："是你们不知。昨日领得老爷的银子，今日我要答谢老爷。"人役听言，忙报于包公。包公说："带他进来。"丰茂上堂叩头，说："老爷呀，昨日你赏我十两银子，今日我请你到我家，我母亲要你见面。"包公听言，心中好笑，哪有民妇请老爷的道理？又一转念：莫必这人的母亲有重大案件，须要本人前去？也罢，去他家一回。包公忙喊来王朝、马汉、张龙、赵虎，坐上八抬大轿，有人役前拥后护，不多一时，来到陈善人家门。包公问："你母亲呢？"丰茂说："大人，在家，代（待）我去问。"丰茂来到家中，见了母亲说："娘，老爷来了，请你去拜见。"陈月英说："孩子，你叫他手执狼牙板[跪]进来见我。"丰茂听言，吓得魂不付（附）体，叫："娘啊，莫必风（疯）了？"陈月英说："快去，你自转去，莫可怕他。"丰茂只得硬着头皮来到包公轿前叩头，说："大人啊，我母亲要你手执狼牙板跪着进去见面。"两边

的王朝、马汉听言，大喝一声说："你这狗头，明明欺官，还来胡行！"包公听言，喝住人役，想了想：莫必这婆婆有些什么原因？代（待）我进去跪她一跪，有何不可？便走下轿来，手执狼牙板，跪着进去见她。两边的王朝、马汉，也跟着进去。丰茂说："娘，老爷跪着进来了。"陈月英听言，走下杭（炕）来，泪流不止地说："可是我双目失明，不能见老爷面。"包公听言，忙取出狼牙板，在月英瞎眼睛处照了照，双目便向（像）以前一样。陈月英睁眼一看，只见前面跪着个黑脸人，忙走来抱住包公，大放悲声。正是：

包公来到[2]月英门，今日来把冤情明。

陈月英见包公细看分明，黑脸人他本是忠臣一品。

忙上前扶起了包公大人，叫大人我有冤细说分明。

我本是当今的国母一品，儿在朝为天子母受苦刑。

十五年我在朝西宫院中，伴[3]君王是真宗出去西征。

奴生下小太子未上一月，正宫的庞娘娘起了坏心。

她请奴正宫内吃酒作乐，得狸猫换太子心上何[4]忍！

害太子未有成狄后养生，用烈火烧西宫斩[5]草除根。

谁知道有神灵救我逃生，落了难十五年度过光阴。

多亏了我的儿丰茂之人，养母亲过光阴受着苦情。

包文正听一言大吃一惊，忙叫声刘国母细听分明。

自以前刘太后生下太子，那庞后她生下宫姑一名。

那一日西宫内起了大火，满朝的众文武谁不知闻。

都知道刘太后火里归阴，谁知道今日个却[6]在人间。

君和臣听一言泪珠纷纷，那刘后这冤情才得伸[7]明。

有包公拜罢了国母之身，坐轿子和人役回上府门。

第二日在陈州放粮已毕，回京去将此事告说明君。

有包公起了身[8]数日有余，才来在那皇城进了朝廷。

包公进朝廷，诉[9]说真冤情。

[1] 懂：抄本写作"准"。

[2] 到：抄本写作"道"。

[3] 伴：抄本写作"半"。

[4] 何：抄本写作"可"。

[5] 斩：抄本写作"长"。

[6] 却：抄本写作"缺"。

[7] 伸：抄本写作"申"。

[8] 身：抄本写作"声"。

[9] 诉：抄本写作"听"。

天子在朝中，国母受苦刑。

却说包公进了朝廷，仁宗天子宣[1]朝，宣两班文武登殿。包公上前，口称万岁，说："我陈州放粮，案件很多，小案件不记（计）共数，大案件倒有两件。"仁宗说："是哪两件？"包公说："一件是铡了鲁奇郎。"仁宗听言，忙说："乃是当今太师的外甥，就犯了国法，你也不可杀他。"包公说："有圣旨。"天子说："呈来我看。"包公将圣旨递于天子，天子一看罢，只是长叹一声。又问第二件的（是）什么。包公说："第二件是我告你天子不忠不孝，不仁不义。"天子说："我为何不仁不孝？"包公听言，大叫："天子你听。"正是：

你在朝中为天子，母在外边受难行。

宋天子听一言喊声包公，你告我为何事细说分明。

包公说就为你不仁不孝，为臣的陈州去才访[2]分明。

你本是刘太后所生天子，狄太后养你身才得成人。

昔[3]日间那大兵造反朝廷，路花王[4]挂了帅天子亲征。

在朝中刘娘娘所生太子，三个月没有上疼杀人心。

那庞后她本是正宫娘娘，生宫姑她怕的受人小看。

和郭槐来定计谋害太子，用狸猫换太子西宫院中。

放烈火点西宫烧坏西宫，刘娘娘有神灵救她逃生。

狄国母在一旁泪水纷纷，叫皇儿你本是拾来儿童。

因那年小佳人园中采花，你放在御花池倒也难行。

我念你金爷爷[5]无有儿童，才将你顶亲生别人不知。

带[6]说着一丫环跌倒在殿，翻起来叫万岁听我冤情。

我本是陈存女当年家人，顺庞后在正宫受尽富贵。

因那年庞太后想害你身，用狸猫换下你就下无情。

叫奴家怀[7]抱你御花池边，到池边要叫你一命归阴。

因我念你本是天子之人，要下那无毒手太坏良心。

放你身在池边我跳水中，今日个天子前细说分明。

那家人伸[8]罢冤原回原地，醒过来是好人不错分文。

有天子听一言泪流纷纷，原来是这等情气杀人心。

庞国母她为何这等狠心，贼奸臣我不杀不平我心。

叫包公我的母她在何处？在人世在阴间说来我听。

有包公叫万岁不可胡行，怕的是奸臣知害她性命[9]。

先除奸再[10]帮母主意拿宝（定），万不可听信人胡做[11]胡行。

宋天子听一言点头称赞，忙传来路花王大将一名。

叫皇伯你领兵二万有零，拿庞洪和庞家三千家眷[12]。

又叫来正殿将狄青之人，领大兵二万整青州去行。

青州地庞兴贼齐都拿定，鲁按元也不可留他之情。

使大将出门去捉拿奸臣，去朝州捉庞仁及[13]他家丁。

又叫来文彦章老将你听，你领兵正宫内郭槐拿定。

众将军领了兵不可消停[14]，将奸臣一个个不能留情。

各将领兵去拿人，奸臣终来有报应。

却说众将领了兵丁、人役马上前行，不题。再说此日仁宗天子有（由）付（副）招史（使）鲁伟保驾，包公做军议，三千人马前行，到陈州去请国母。走了几日，来到陈州，包公领着仁宗天子来到陈善人家。陈州大小官员都前来接驾，陈善人一家大小好不高兴。天子到了门首，早有人役出去报于国母。刘后听言，领着丰茂来见天子。仁宗见了母亲，叫声："娘啊，为何这个莫（模）样？"刘后见了仁宗，不觉放声大哭。

天子见了亲生母，回朝再论朝中事。

母子二人齐团圆[15]，奸臣害人真好苦。

刘后见真天子泪珠纷纷，叫了声是皇儿细听分明。

你的娘受大难十五年整，在人间受尽了无有之罪。

自那年那大兵造反叛乱，你父王去亲征定州城中。

你的母生下你一月有零，庞娘娘起坏心要害你身。

[1] 宣：抄本都作"选"。
[2] 访：抄本写作"防"。
[3] 昔：抄本写作"苦"。
[4] 王：抄本写作"龙"。
[5] 金爷爷：所指不明。
[6] 带：抄本写作"待"。
[7] 怀：抄本写作"坏"。
[8] 伸：抄本写作"审"。
[9] 性命：抄本写作"姓名"。
[10] 再：抄本写作"在"。
[11] 做：抄本写作"作"。
[12] 眷：抄本都作"卷"。
[13] 及：抄本写作"既"。
[14] 消停：抄本写作"肖亭"。
[15] 圆：抄本都作"园"。

她假意邀[1]请我正宫之中，抱太子在怀中疼杀人心。

在正宫你的娘不知是计，那郭槐抱你身起了歹心。

大约[2]在二更天娘疼儿身，到西宫不见了儿的真身。

揭龙帐才是那狸猫一只，吓坏了你的母魂不附[3]体。

霎时间那郭槐烧了西宫，有神灵救你母才得逃生。

多亏了拾小儿丰茂之人，养活母十五年他有孝心。

刘后母开罢言泪珠纷纷，宋天子心疼得泪水盈盈。

叫母亲你受尽人间之苦，这也是你的难该遭[4]此时。

国母说多亏了包公青天，救了我母子们才得团圆。

宋天子听一言龙心大喜，叫母亲我与你大报深仇。

庞太师他一家全都拿住，那奸臣一个个全部除清。

有国母忙叫声丰茂之人，忙见着你兄长天子之身。

有丰茂走上前拜见皇兄，口[5]称着万岁爷答报你恩。

宋天子忙扶起弟兄之身，叫皇弟你受尽苦难之情。

从今后你与我同吃同住，宋江山有一半[6]罗家之分。

罗丰茂忙谢罢天子之恩，陈善人也前来拜见万岁。

万岁爷见了他双手扶起，你本是一品的行善之人。

我分你陈州地巡按大人，一家人受富贵年年不尽。

陈善人谢罢了天子之恩，回家去和夫[7]人就去上任。

宋天子搬国母起身进京，众人役不怠[8]慢前呼[9]后拥。

有包公坐大轿后头跟行，罗丰茂龙凤[10]帐好不威风。

头队里宋天子搬母进京，后队里罗丰茂半路之中。

走一时天气晚去找站处，三千兵到哪里何处安身？

正着急见前面寺院一座[11]，众和尚迎万岁不敢消停[12]。

有和尚排香桌十里长亭，把清水洒寺院迎接万岁。

罗丰茂走下轿进入寺院，众和尚跪两边叩头相迎。

[1] 邀：抄本写作"要"。
[2] 约：抄本写作"药"。
[3] 附：抄本写作"付"。
[4] 遭：抄本写作"造"。
[5] 口：抄本写作"只"。
[6] 半：抄本写作"般"。
[7] 夫：抄本写作"大"。
[8] 怠：抄本写作"带"。
[9] 呼：抄本写作"护"。
[10] 凤：抄本写作"风"。
[11] 座：抄本写作"坐"。
[12] 消停：抄本写作"俏亭"。

月下丰茂听诗声，不知我妻在人间。

却说罗丰茂走进寺院，众僧一齐跪定，口称万岁。丰茂忙扶起众僧，来到相（厢）房，这话不题。再说寺中尼姑周凤姐那日前来迎接当今天子，只见他目清面秀，是一表的人才，好像是当年的罗丰茂。当（但）又不敢言语，只得牢记在心间。只听老和尚说："今天天子在寺，今晚你前去天子面前奉香。"凤姐听言，好不高兴。单等夜晚，便来香房，口称万岁。见丰茂忙拿一柱（炷）香上入香炉，虽（随）口念道："当年一日，白玉宝扇定终身，两人离别分散，今天两人又见面，你高我低倒不同，怎知你妻在眼前？"丰茂听尼姑之言，忽然想起前景，不觉大吃一惊，忙说："这位小尼姑，你前来，为王看你。"罗丰茂见是周凤姐，高兴得跳了起来，一把将凤姐抱住，大放悲声。正是：

罗丰茂见凤姐大放悲声，叫了声我贤妻你听分明。

自那年梅树下相爱之情，提媒证白玉扇带在身中。

你赠银与书信情中之人，谁知道丢书信闯下大祸。

你父亲他的心人中之狠，要害你不留情今[13]时之中。

实想说你死后有个灵应[14]，又谁知今日个碰在寺中。

周凤姐听一言泪珠纷纷，叫丈夫你听我细对你明。

自那年奴的父有了恨心，一匹缎[15]勒[16]死在荒[17]郊之中。

多亏了过往神救了我命，在寺院做尼姑苦情之中。

众僧人听此言齐都来看，才知道周凤姐王后之人。

虽寺院众僧人喜之不尽，摆香头正二月答谢神灵。

周凤姐忙换了王后衣裳，好一个龙凤女才见亲人。

此一日罗丰茂起身回京，众僧人都欢送千里之远。

却说此日早晨罗丰茂与凤姐上了八抬大轿，带领了三千人马，号炮三声，一路回京。寺内众僧人齐来拜见罗丰茂，送到十里长亭。丰茂下轿，回过头来扶起众僧，众僧难舍难分。丰茂说："诸位起来，为王回朝，自批一万

[13] 今：抄本写作"令"。
[14] 应：抄本写作"音"。
[15] 缎：抄本写作"段"。
[16] 勒：抄本写作"烈"。
[17] 荒：抄本写作"慌"。

两黄金与你们重建[1]寺院。"罗丰茂这才起身。正是：

回朝一日建寺院，众僧谢恩才回寺。

此一日罗丰茂离了寺院，众僧人送到了十里长亭。

罗丰茂坐在了龙凤轿内，红罗帐好似那一条长龙。

周凤姐她坐在八抬轿内，走路人摇声喊好不威风。

这一天来到了黑风山前，扎大营众人役不敢消停[2]。

这深山恶森森阴恶可怕，众人役一个个实在担[3]心。

刚扎营见山上走下一人，领大兵三千多挡住去路。

有人役忙报来万岁知闻，罗丰茂听一言大吃一惊。

走上前忙问声哪位好汉，挡去路为哪般说个分明。

那好汉听一言叫声宋将，你过路忙留下买路金钱。

罗丰茂见[4]那汉面目很熟，一时间想起了兄弟之人。

忙上去问长兄家住何处，为什么在山上抢人为生。

那将军见此人声音好熟，莫必是罗丰茂生在富地？

忙叫声小将军细听我言，我家住朝州地城外十里。

上无父下无母独生一人，学武艺为逃[5]身养活我身。

自那年闯下祸逃出家中，在此地招兵丁要杀奸臣。

狄青龙本是我小民[6]之名，问小将你姓名家住何处？

罗丰茂叫一声我的哥哥，今日个才碰你深山之中。

我本是罗丰茂身登王位，要回去领人马路过山中。

弟兄俩[7]见了面泪珠纷纷，抱住头哭一场好不伤心。

罗丰茂叫哥哥收拾山寨[8]，和弟弟一同儿回去受封。

狄青龙放了火烧了山寨，和弟弟领众兄同回京城。

当日弟兄难中生，闯祸逃难显英雄。

今日相碰深山中，同回朝去受皇封。

却说兄弟二人山中相见，抱头相哭了一场，好不伤心。丰茂说："哥哥，你再不必深山为王了，该跟为弟回朝吧。"狄青龙听言，喜之不尽，忙点起一把烈火烧了山寨，收拾些东西，跨一匹烈马，三声号炮，一同进京。走

[1] 建：抄本都作"跕"。
[2] 消停：抄本写作"俏亭"。
[3] 担：抄本写作"胆"。
[4] 见：抄本写作"将"。
[5] 逃：抄本写作"讨"。
[6] 民：抄本写作"名"。
[7] 俩：抄本写作"两"。下文"俩"除一处写作"二"外抄本都作"两"。
[8] 寨：抄本都作"窄"。

了数日，来到京城，早有朝中大小官员接驾，迎接皇宫。正是：

昔[9]日受难在荒[10]山，今日成名多威风。

庞洪定[11]下不良计，期到报在自己身。

罗丰茂不几日回到东京，众官员十里路齐来相迎。

且不表罗丰茂进入京城，再表那狄青龙[12]捉拿庞贼。

狄青龙领大兵三千有零，不几日来到了青州城中。

忙吩咐众人役包围[13]庞府，拿庞兴众人役就下无情。

有庞兴在府内吃酒作乐，鲁按元也请来府中之内。

有丫环和彩女唱歌跳舞，又吃酒又跳舞好不快乐。

正吃着有衙役慌慌张张，叫大人皇城里发来大兵。

将我府围了个水泄[14]不通，言说是捉大人不留人情。

有庞兴听一言大吃一惊，叫声天叫声地入[15]地无门。

鲁按元吓得他魂不附[16]体，爬桌下起不来战战兢兢。

叫老爷快做主去逃性命[17]，进皇城我和你性命难保。

有庞兴战兢兢叫声人役，皇城里为什么发来大兵？

莫必是咱们事泄[18]了机密，宋天子知道了要捉我们？

鲁按元听一言叫声老爷，莫[19]必是庞太师也要难行。

事到今唯[20]有那至死抵[21]抗，发了兵杀宋朝重立朝廷。

那庞兴听一言忙传将令，他二人又定计死不改悔[22]。

忽听得有人役急忙来报，叫老命不好了宋兵杀进。

吓得他庞兴贼浑身打战，鲁按元一堆泥不能动弹[23]。

[9] 昔：抄本写作"晋"。
[10] 荒：抄本写作"慌"。
[11] 定：抄本写作"害"。
[12] 上文交代去青州捉拿庞贼的是狄青，此处又是狄青龙，前后矛盾。
[13] 包围：抄本写作"保违"。
[14] 泄：抄本写作"血"。
[15] 入：抄本写作"无"。
[16] 附：抄本写作"付"。
[17] 逃性命：抄本写作"讨姓名"。
[18] 泄：抄本写作"污"。
[19] 莫：抄本写作"没"。
[20] 唯：抄本写作"为"。
[21] 抵：抄本写作"敌"。
[22] 悔：抄本写作"回"。
[23] 弹：抄本写作"当"。

有青龙领大兵杀进堂来，众兵丁不心愿[1]尽都杀光。

到大堂捉住了庞兴贼人，鲁按元被兵丁送了残生。

庞兴贼被青龙法[2]绳绑定，押囚车送东京不可胡行。

将庞兴众兵丁尽都杀尽，七百口无一个活命之人。

狄将军传下令去搜庞府，众兵丁一个个不得消[3]停。

前庭内搜出了龙衣王帽，后宫内有三宫六院齐整[4]。

搜名单有庞家一家天下，又封王又许愿[5]大封奸臣。

有庞洪自封为天子一品，那庞兴是千岁压定朝廷。

有庞仁他封为南北王后，带大兵压三关好不威风。

鲁按元他封为一品丞相，在朝廷顺庞洪掌权不轻。

鲁奇郎是国舅谁人敢动，在朝中他有那权势三人。

有庞家大小人齐都封官，全天下姓庞的齐把官封。

狄将军见此情心中吃惊，奸臣心比狼狠恶毒十分。

又传令叫人役打开库房，庞家粮放穷人不剩分文。

又打开金银库金砖无数，金銮[6]殿也修在青州城中。

众百姓听罢言齐来看景，哪一个不说是天子明君？

狄将军吩咐人打开牢门，放出了众犯人答谢大恩。

那春宝和王英死牢之中，叫犯人出牢门搭救你们。

只见那众兵士打枷[7]开锁[8]，叫声天叫声地答谢神灵。

父抱子子抱父伤心痛[9]哭，出牢门来到了大堂之中。

狄将军见父子牢中之人，忙分粮又分钱安定光阴。

将军问你父子身受何罪？为什么被押[10]在庞家监中？

父子俩忙叩头叫声将军，我姓名叫王荣家住城东。

好行善将一份家财[11]用尽，积的善也有那神仙感[12]应。

[1] 愿：抄本写作"愿"。
[2] 法：抄本写作"发"。
[3] 消：抄本写作"俏"。
[4] 整：抄本写作"正"。
[5] 许愿：抄本写作"诗原"。
[6] 銮：抄本写作"罗"。
[7] 枷：抄本写作"架"。
[8] 锁：抄本写作"销"。
[9] 痛：抄本写作"疼"。
[10] 押：抄本写作"压"。
[11] 财：抄本写作"材"。
[12] 感：抄本写作"志"。

前几天在梦中太白金星，他言说有真龙路过家门。

我父子不代防[13]去接贵人，出门来等半天不见人影。

到下午才见了讨要二人，儿领娘走门前我去接迎。

在家中我与她兄妹相称，他的儿送南学去把书攻[14]。

狄将军听一言心中即[15]明，莫必是刘太后住他家院。

忙叫声父子俩[16]你是[17]当听，明日个你进京去认你亲。

他父子听罢言喜之不尽，答谢了狄将军救命之恩。

王荣父子去认亲，一时泪水涌[18]前情。

金星点化见真龙，谁知今日变成真。

却说狄将军领兵捉拿了庞家的三千口家眷，把庞家的全部家材（财）和粮食封（分）给了本城的穷人，不题。再说此日领兵起身进京，不几日来到京城。次日上殿奏道："万岁，有那青州府的王荣父子要见国母。"刘后听言，忙跑下堂来，将王荣一把抱住，大哭不止，各说苦情。正是：

王荣父子谢皇恩，宋朝天子封功臣。

刘太后见王荣大放悲声，叫哥哥你今日才得回程。

怎记得我在那大难之中，多亏你救了我你家安身。

在你家兄妹称就似亲生，你把我看待得好不贵重。

送我儿在南学去攻书文，天不知闯下祸连累你们。

春宝儿他本是伶俐[19]之人，替儿死世界上万古留名。

王荣说我妹妹今日重见，这也是我老汉命中之运。

在当时谁知你当今国母，在人间受尽了苦中之穷。

今日个我见了国母之身，先谢上太白星点化灵应。

兄妹们放开声抱头大哭，有仁宗上前来劝声老母。

今日个大团圆喜庆之日，万不可金殿上过分伤心。

走上前忙扶起皇舅王荣，有春宝和王兄弟兄之情。

今日个大团圆喜之不尽，在金殿你父子荣华富贵。

国母太子齐加封，清官个个升一品。

[13] 代防：意义不明。
[14] 攻：攻书、攻读的"攻"抄本都作"功"。
[15] 即：抄本写作"及"。
[16] 俩：抄本写作"二"。
[17] 是：抄本写作"实"。
[18] 涌：抄本写作"拥"。
[19] 俐：抄本写作"利"。

善人也有善人明，孝子贤孙显天灵。

有仁宗坐宝殿擂鼓三声，众文武坐两边齐声分明。

叫国母刘娘娘听儿分明，你本是贵[1]人的亲生母亲。

想当年先王在你在西宫，受王封伴君王荣华富贵。

又谁知那奸臣起了祸根，十五年在人间受尽苦难。

王封你一品的当今国母，碧玉宫王叫你富贵受尽。

宋天子又开言叫声丰茂，你本是贵[2]人的亲生皇兄。

我的母受苦难你尽[3]孝心，背母亲在朝州讨要为生。

在难中你与[4]她患[5]难之骨，共受尽人间的苦难之情。

王封你东北王在京享受，宋江山我和你二人之分。

上方[6]剑赏于你身边常[7]带[8]，打昏君压奸臣不可留情。

罗丰茂谢恩罢回上府去，在朝中谁不怕东北之王。

有仁宗开了言宣上包公，叫爱卿[9]你上殿听王加封。

你本是宋朝的栋梁之材，保江山你尽忠[10]谁人不知？

我国母你救她水火之中，直赛过为王的亲生兄长。

不是你贼奸臣作[11]乱朝廷，怕只怕宋江山丢人之中。

陈州地你放粮搭救万民，杀恶人你立下万古功程。

王封你在朝里首先一品，伴君王保朝廷立下大功。

刘国母开了言叫声包公，请你听国母言你就分明。

你救我也是那神仙之灵，你的功我母子承记心中。

我国母赐与[12]你缎罗一匹，披身上红滚滚八面威风。

金殿上你可以走来走去，下殿去杀奸臣不可留情。

包文正听一言喜之不尽，谢过了老国母天子之恩。

叫王朝和马汉你们当听，回上了南衙府保国尽忠。

宋天子又宣声王荣上殿，叫王荣[13]你本是青州善人。

我皇兄打死了庞家之人，你替他坐监牢好不苦情。

你养活我国母九年时间，这等功并非小国家功臣。

王封你九进宫国舅一品，受不尽人间的荣华富贵。

再[14]叫声那春宝你是当听，你本是才学人落在难中。

你和那罗皇兄[15]同把书攻，打死了庞家人事不容忍。

那庞兴来提人你去顶身，受尽了牢中的这等苦情。

王封你青州的春宝大人，明日个你前去就要上任。

又叫声狄青龙听王加封，你本是一英雄落在难中。

朝州地与王兄结拜之交，情恩重你养活母子二人。

那庞仁毒打那王兄之[16]身，是你救才逃去陈州城中。

王封你殿前将保定君王，三关镇赛过那杨家兄弟。

抄写者：　　　　代福周
抄写时间：　　　1983 年（阴历十一月二十五日）
收藏者：　　　　代福周、李贵生
整理校注者：　　李贵生

[1]　贵：抄本写作"佳"。
[2]　贵：抄本写作"桂"。
[3]　尽：抄本写作"进"。
[4]　与：抄本写作"于"。
[5]　患：抄本写作"串"。
[6]　方：抄本写作"凡"。
[7]　常：抄本写作"长"。
[8]　带：抄本写作"戴"。
[9]　卿：抄本写作"情"。
[10]　尽忠：抄本都作"尽功"。
[11]　作：抄本写作"坐"。
[12]　与：抄本写作"于"。
[13]　王荣：抄本写作"荣王"。
[14]　再：抄本写作"在"。
[15]　罗皇兄：抄本写作"皇罗兄"。
[16]　之：抄本写作"亡"。

4

吴彦能摆灯宝卷

摆灯宝卷才打开,诸佛菩萨降临来。

天龙八部神欢喜,保佑大家安无灾。

却说此一段因果宝卷出在宋仁宗年间,那时风调雨顺,国泰民安,刀枪入库,马放南山。皇帝三六九升朝,文武上殿议事,众臣中闪出包公:"吾皇万岁!朝中同乐太平,帘外荒乱,奸臣苦害百姓,陛下何不差人前去安民?"天子便问:"包爱卿,你如何知帘外之事?"包公道:"臣日断阳,夜断阴,才知陈州一带冤枉纷乱了一阵,他们说陈州的四家国舅胡作非为,私通知县,加税加利,米中加沙,逼得人无活路,为臣得知,不敢隐君。"宋皇听罢说满朝的富贵尽出在他们手中,心还不足,还要搅乱江山。便叫:"爱卿,朕差你去辖官安民,意下如何?"包公奏道:"小官小职,为臣前去难以安民。"天子说:"朕封你为武英侯,文华殿龙图阁大学士,外加太子太保。再赐你招讨大印、尚方宝剑,可以先斩后奏。"包公谢恩下殿,夸官三日,遂上陈州放粮去了。正是:

铜铡分得真,文武各分明。

再说宋天子那日三更作(做)了一梦,自思不妙,便

许下了灯山大愿,命吴彦能高挂皇榜,招天下能工巧匠制造灯山。皇榜挂出半月有余,并无一人揭榜,天子怒气冲天,这话不题。再说玉皇天尊,那日驾坐灵霄宝殿,只见杀气冲天,便问千里眼、顺风耳凡间有何大事,二臣观看一阵,奏与天尊:"宋王天子许下灯山大愿,世上无巧匠,因而怒气冲天。"玉祖听罢,便说:"太白金星,命你下凡。"金星接旨,忙驾起祥云来到汴梁(梁)城中,变成一白头老翁,走到皇榜前,便说:"我能造灯山。"有兵丁报与丞相吴彦能。彦能听言,心中大喜,忙让兵丁叫来,问道:"你会作(做)什么?"巧匠说:"上摆三十三天,中摆人间花鸟走兽,下摆地府、龙宫、海藏,样样精通。"正是:

我当巧匠不得闲,一座灯山摆半年。

灯山卷才展开诸佛下界,李太白把灯山普渡一遭。

头一层摆列上玉皇上帝,有三山和五岳四大金刚。

斗牛宫蟠桃会件件齐备,儒释出九流佛云露皆生。

再摆上众神仙都来赴会,牛郎星织女星天河两岸。

天宫灯摆完了灯光普照,又摆起人间的飞禽走兽。

百鸟灯摆起来凤凰为头,孔雀灯当中师三朝通云。

鹦鹉灯汉献帝封了丞相,斑鸠灯哀声哭夜至五更。

海鸥灯能腾空飞云驾雾,老鹞灯身体重不敢腾空。

白马灯驮三藏西天取经,黄鹤灯来往飞半跃空中。

喜鹊灯连声叫喜通人间,鸢子灯爱富贵不入贫门。

家鸡灯到五更报晓时辰,野鸡灯光顾头不顾其身。

鸭子灯在水面成双配对,鸳鸯灯并双飞不能胡行。

百鸟灯摆全了分解明白,走兽灯又摆起麒麟为首。

哮吼灯它[1]为长观音示现,青龙灯并白虎两边排定。

狮子灯文殊坐真火不侵,自豪灯并站立真是好看。

白猿灯告梅鹿偷桃祝寿,狼虫灯和虎豹注意山中。

牛马灯在人间田地耕种,猪羊灯天生下祭神肉菜。

龙宫灯五百条翻江倒海,龙田灯龟丞相龙子龙孙。

飞鱼灯鳌鱼灯无期无数,畔鱼灯在水底不敢翻身。

牛鱼灯青龙灯共有三百,人鱼灯走昆仑四足如风。

大鱼灯登上岸鱼骨盖寺,圆鱼灯回头转算命神通。

[1] 它:原本作"他"。

各样灯全摆上分毫不错，菩萨来金钩勾[1]跳出龙门。

天堂灯地狱灯摆得明白，巧工匠世上无大显神通。

却说工匠摆完灯山，请丞相观看。吴彦能上前一看，大喜不尽，便叫人快拿来金银等物酬谢，并说等候灯山点完，奏本圣上，还有重赏。吩咐完毕，吴彦能上殿缴旨说：“启奏吾主，臣造灯已完。”天子闻听，心中喜悦，便说：“爱卿造灯有功，朕当庭赐宴，等正月十五再晓谕天下各造花灯。”再说军民知正月十五放灯，又听圣上传旨全国庆贺，更是高兴，不题。再说汴粱（梁）城西门竹杆巷内，有一人姓田名仲祥[2]，夫人罗氏凤英[3]，所生一男一女，男的叫玉孙儿，女的叫金银儿。此人富贵无比，人称田半城。一日闲坐在家，家童告知今有皇命挂出榜文，让人都去看灯，若违命俱（举）家不留。仲祥不信，来到市街观看，果然不假。回家与妻商议，让妻同孩儿前去观灯。罗凤英便说：“员外同孩儿去吧，奴家青春年少，不去便好。古人有言：‘女不看灯，男不看卷。’”仲祥说：“夫人差矣！如今荒乱不定，盗贼蜂起，若丢了家产，如何是好？”罗氏听罢，心想说的也是，便说：“你我都不要去了吧。”仲祥说：“皇上圣旨，谁敢不遵。”凤英听说，只得同孩儿前去。正是：

凤英听说不观灯，仲祥立逼催出门。

宋王爷挂皇榜晓谕天下，不论那男女人都来观灯。

有十口出八口观灯玩月，七口人出五口谁能不听。

哪一家犯圣旨里正查访，满家人都该斩一个不剩。

汴粱[4]城西门里竹杆巷内，有一个田半城广有金银。

千石地万石粮大有名声，有骡马有羊牛满栏成群。

他妻子罗凤英二十有三，心血通好看经美貌夫人。

皇圣旨不敢违前去观灯，带领着两孩儿玉孙金银。

二家人他名叫陈虎张山，紧跟着夫人身左右不离。

却说罗凤英同儿女及家人来到灯山之下，果然好看。观灯之人乱拥混挤，罗凤英叫：“陈虎、张山，找一个空

闲地方，你二人不可远离。”这话不题。且说吴彦能拜完灯山，坐在中间，吩咐下面男女人等不必避我，只管看灯。吴彦能新近死了夫人，未曾再娶，观看灯山之下美貌女子很多，便起了坏心，让左右与他看准一美貌女子：“回去后让你帘外作（做）官。”手下人一听，越发胡行乱动，偷看妇人。众奴才用心细看一遍，见东南角下有一妇人如花似玉，忙报与丞相。吴彦能一听，喜得就象（像）棉花见了火星一样，便对家人说：“此人若不从，就说撞了我的马头，将她围住起哄，乘势把她拿住。”且说罗凤英正在观灯，只见一队兵马齐声呐喊拿人，凤英心慌不定，不知发生何事。看身边儿女都在，刚想躲避，兵马已将她围住。吴彦能说：“你这妇人，不避我的驾，犯罪不轻。”叫人役将她拿往府中，罗凤英一听魂飞天外，便叫：“老爷在上，听我诉来。”正是：

吴贼定计抢民女，灯花留月月留人。

我今闯进天罗网，不知吉来不知凶。

大老爷在上边听奴细说，西门里竹杆巷有我家门。

我丈夫田仲祥富户员外，汴粱[5]城有名头半城财东。

那一日奉圣旨观灯玩月，我母子三个人前来观灯。

小女子在闺中知识浅见，一时间无躲避碰撞大人。

大老爷开天恩放奴回家，说丈夫他前来与你赔罪。

丞相说小夫人莫要推辞，我把你只当作非凡之人。

我本是左丞相朝班压定，吴彦能失了家新死夫人。

你与我到府中鸾凤[6]交配，做[7]一个我妻儿一品夫人。

凤英说小民女怎配官人，乡人多笑老爷抢夺民女。

又且说丈夫恩重如山海，哪有个男在世妇跟别人。

吴彦能说夫人舍贱随贵，田仲祥他别娶与他金银。

自古说白屋中也出公卿，你孩儿到朝中也做[8]大官。

岂不知忠孝臣不事二主，烈妇人永不嫁两个男人。

玉叶人怎配我残花败柳，普天下多少的美貌女人。

任你说多少的巧言细语，难躲我生死的铁石心肠。

若不从叫左右乱马踏死，那时节要依从万万不能。

[1] 勾：原本作“钩”。

[2] 田仲祥，原本下文有时又写作“田仲样”，直接改为“田仲祥”。

[3] 凤英：原本作“凤英”。原本下文有时作“凤英”，有时作“凤英”，统一改为“凤英”。

[4] 粱：原本作“粱”。

[5] 粱：原本作“粱”。

[6] 凤：原本作“凤”。

[7] 做：原本作“作”。

[8] 做：原本作“作”。

罗凤英她听得[1]兵马踏死，不由人心胆寒魄散魂飞。

学一个孟姜女投河自尽，不学那失贞女背夫跟人。

丢不下一双儿难割难舍，母子们话离别恩情难忍。

吴彦能失官体纲常不顾，抢民女当夫妻天理难顺。

却说罗凤英说："丞相，你朝中坐相，天下缺少一个你娶的美貌女子么？你为何不顾朝纲人伦，抢夺民女？岂不惹朝中大臣耻笑？"彦能不听，好话说了万千，仍逼着罗氏起身，罗氏立意不肯。吴彦能想这妇人性如烈火，即让手下人进来："将这女人与我拿到府里，交与梅香。等我放落花灯，缴了圣旨，那时节不怕她不从。"再说玉孙儿、金银儿服（伏）望母亲被人抢去，又不知什么官员兵马阻住，又不能到娘的跟前。玉孙儿高声大骂，口称去包衙告状。吴彦能一听心中害怕，吩咐乱军将孩儿踏死。众乡人一见，起了怜心，大声责骂，这话不题。再说陈虎、张山，看主人不见了，吓得不敢回去。再说罗凤英被抢到府中，不知如何。正是：

思想丈夫心里痛，儿女失散正伤情。

罗凤英骂奸贼狼心狗肺，好心劝不肯依叼[2]到府中。

有梅香并使女紧紧跟随，就是我会腾云也难飞走。

叫一声我丈夫怎能知道，盼望我不得见两下难分。

到今日吴奸贼将我抢来，你如今后悔迟埋怨何人。

思想起倒不如寻个自尽，昧下了我的心两个交谈。

叫梅香和丫环听我吩咐，自幼儿好清闲不用人侍。

讨方便便回避各自睡觉，我等候老爷来便要成亲。

哄得她一个个尽都睡去，白绫带解下来拴于梁[3]上。

哭一声我丈夫难见妻面，又难舍一对儿娘舍你去。

若不死贼人来定难轻放，无奈何不如我一命归阴。

自幼儿好行善佛心未定，又不知哪世里造下这孽。

拜神灵保佑我一男一女，又拜过我丈夫一段恩情。

这一会闷得我心神不定，猛听得[4]谯楼上鼓打三更。

无奈何用手[5]帕将脸遮住，不如我早死了免受他欺。

[1] 得：原本作"的"。
[2] 叼：抢。
[3] 梁：原本作"樑"。
[4] 得：原本作"的"。
[5] 手：原本作"人"。

善哉善哉枯树临崖，吾今不救再等谁来。

却说罗凤英寻死上吊，有本方土地神搭救，说妇人兔（免）死，将她的真魂收入房中。罗凤英掉在地上，只听有人叫道："还阳。你的阳寿未尽，日后夫妻还要团圆，儿女还要相逢，何必早死。妇人速醒，吾神去也。"梅香正在煎药，听得上房响亮（动），想必是老爷来了，待我上前看看："奶奶为何坐在地上？"一看罗凤英，真（直）吓得魂飞天外。拉住罗氏，便叫奶奶："你若死去，丢下员外、孩儿，你心里怎能过去？便死了，你也不会甘心。"罗氏昏迷半晌，苏醒过来，又见梅香在一边说话，罗氏怒道："你如何打搅我？"梅香说："我劝奶奶好好安歇，等老爷回来成亲。那时节，你的孩儿还能与你见面。"话未说完，吴贼来了。吴彦能见夫人低头不语，便说："老爷与夫人见礼，不必害羞。"罗氏说："谁是你夫人？"吴彦能说："你既到我府中，就是我的夫人了。"又劝道："你这妇人，难道不想我是当今丞相？你今做了一品夫人，还不好吗？"罗氏骂道："你居一人之下万人之上，难道要不下一个女子？我是民妇，让你抢来成何人伦？"说得他无言可答。吴彦能乃色中淫徒，便又说："罗氏，任你说下多少坏话，我也不听。快上床成亲。"叫梅香拉她上床。罗氏心中思量，这奸贼没有放我的意思，死不掉被他欺。无奈何，只得与别人填占（房）成亲。再说金星奉玉帝救令，救她儿女一回。正是：

洞察人间善和恶，金童玉女身有难。

吾在终南云端生，捧来旨意走一遍。

罗凤英在吴府贼人强占，意想死死不掉被他欺凌。

我丈夫他得知必定告状，要告在包大人明公案下。

包大人他本是铁面无私，若告下吴[6]贼人有命难存。

罗凤英身受欺权且不表，再提起有大难金童玉女。

玉孙儿金银女兵马踏死，屈死鬼无处去怨气冲天。

千里眼顺风耳忙奏玉帝，左金童右玉女身遭大难。

玉祖爷坐云端忙传圣旨，太白星奉旨去不敢消停。

见一双小男女气绝身死，灵丹药放在口便还真魂。

玉孙儿金银儿死而复生，睁眼看无一人鼓打三更。

[6] 吴：原本作"昊"。

明明地[1]叫奸[2]贼乱马踏死，却怎么未得死又可还阳？

想必是不该死神灵搭救，到家中见父亲细说缘由。

有陈虎并张山寻了一夜，正行走才看见两个主人。

玉孙儿骂一声欺心胆大，真乃是无义人狼狗所生。

我母子逢大难你去何处？骂得他不敢言胆颤心惊。

他二人开言说你莫生气，灯山下人太多无计可生。

你快说大奶奶何处去了，因何情你二人独自孤身。

我的娘吴彦能抢入府中，把我们两个人兵马踏死。

亏神灵搭救我才能还魂，有陈虎和张山大吃一惊。

二人说小主人回家报信，与你父说分明好救夫人。

这件事倒叫我进退两难，找不到女主人怎能回程？

想回家又害怕员外拷打，不回家背主人不得荣增。

无奈何领孩儿回家去吧，见员外听他言见机而行。

却说众人回到家中，已是半夜三更。再说员外正在家中看守门户，睡到半夜做了一梦，见宝镜两片，鸳鸯成单。心想怪得厉害，不知夫人同孩儿如何。正在思想，只见二家人同二孩儿来到面前。员外说："你母亲哪里去了？"家人忙说："小人不敢回答。"田仲祥一听不好，忙问两儿："你母干了何事？快快讲来。"正是：

今晚做梦很是凶，梦见宝镜鸳鸯分。

房上跑马又失散，黑驴戴着红缰绳。

玉孙儿未开言放声大哭，叫爹爹听孩儿细说分明。

昨日个要观灯我母不去，身为你做爹的逼着出门。

只说走闹元宵观灯赏月，谁知道天降下大祸临身。

有贼人吴彦能将娘抢去，又差了中军官踏死孩儿。

亏神灵救下了我俩性命，险些儿父子们不能团圆。

田仲祥听得[3]说魂飞天外，哭一声贤妻儿将我丢下。

怨只怨自己错逼你出门，也是我运气低时运不济。

我的妻贼抢去心神不定，气得我无主意跌脚捶胸。

我有心开封府告他一状，儿女小丢不下难住我身。

猛想起老管家和他商议，把家事托与他我去告状。

一双儿托老刘好好照看，有陈虎和张山回家务农。

安排下家中事要去告状，一心心南衙门要见包公。

叫孩儿你拿来文房笔砚，手提笔细思量愤写情由。

告状人田仲祥三十二岁，告奸贼吴彦能抢占民妇。

那一天奉圣旨前去观灯，我的妻罗凤英观望花灯。

吴彦能失纪纲将妻叼去，还把我两个儿乱马踏死。

这样子我的儿死得可怜，多亏了上天神保住他身。

包大人要作主清查细问，倘虚假并不敢妄告大臣。

写完了告吴状深情不退，这一去和奸贼见个高低。

却说二家人见了主人，将灯山之事说了一遍。田仲祥听罢，直气得跌脚捶胸。思想了一会，将儿女托与老管家，心想告不倒奸贼，誓不为人！便叫孩儿："你请来老管家，我有话说。"老刘来到面前便问："员外找我何事？"员外便说："老哥，我夫人前去观灯，被吴彦能抢去。我现在要去告状，把家托与你照看。"老刘说："员外只管前去，家我好生管看。"再说吴彦能心中有鬼，便想：包公上陈州放粮去了，人都不知，我装作包公形象，上街私访一回，看田仲祥告不告状，他若告状，必在我前，到那时事情便好办了。说完将銮驾改过，上街去了。正是：

身居宰相如雷鸣，心中常恨事不平。

吴彦能坐相府自思自想，我做下伤天事好不担心。

从那天灯山下抢来民妇，这几日心中慌不得安宁。

田仲祥失了妻必不罢休，包丞相奉圣旨放粮陈州。

我过去人上街前呼[4]后拥，倘若有告状的必禀我知。

田仲祥正行走看见大驾，还当是包大人口喊青天。

忙上前来跪倒口喊冤屈，口称着老大人大开天恩。

且问你有何冤口说无凭，民有状头上顶大人查清。

吴彦能接状子从头细看，果然是田告状件件历数。

我的妻去观灯被人叼去，非是我放纵妻任意胡行。

抢民妇做妻妾已为不可，马踏死两个儿天理难容。

包明臣仁恩主天高地厚，开大恩作民主断个分明。

却说吴彦能扮作包公，被田仲祥碰到，呈上状子。吴彦能看了一遍说："哎哟，好大的口气，倒也惊人。若到包公手里，这还了得？"便叫人役将原告带往府中。心想

［1］地：原本作"的"。
［2］奸：原本作"好"。
［3］得：原本作"的"。
［4］呼：原本作"护"。

我要判他个诬陷官长，将他打死。田仲祥上堂跪下，吴彦能说："你告丞相，分明有假。当今丞相位到三台，焉有抢民妇之理？你犯罪不小！"大喊："拉下去重打四个（十）。"人役刚打了四十，急忙回禀："相爷，田仲祥气绝身亡。"吴彦能暗想四十大板怎么就死了，便让人役将他的尸体扔进了护城河，这话不题。却说当地土地说："天曹官有难，遭在狗狡星手里，阳寿未满，后还有大富大贵。我且看守，让众神来救。"那四个值日功曹奏知玉帝，玉皇便派泾河龙君搭救。玉旨下来，老龙君使小鬼、夜叉将天曹官送上河来。老龙君将圣丹送入他的口中，让天曹官苏醒。田仲祥还魂，四看无人，知是神灵相救，往空中叩头谢恩。心想此官不是包明公，定是贼人吴彦能。心中不甘，二次告状。再说吴彦能心中思想：我打死田仲祥总不放心，不免我二次上街访上一回。忙吩咐人役照前此（次）一样上街。却说田仲祥二次上街，一见假包公，急忙跪下口称明公。左右告相爷，吴彦能接上状子，大吃一惊：田仲祥被我打死，怎么又活了，莫非本相作（做）事欺天，活见鬼魂了么？又命人将他拿进府中。正是：

　　　天堂有路你不走，地狱无门闯着行。

　　吴彦能装包公上街私访，又碰着田仲祥好不吃惊。

　　莫非是神灵救又来告状，造就的又遇到我的手中。

　　叫人役用黄蜡浑身都浇，棉花裹香油烧倒点天灯。

　　把尸首燃成灰无影无踪，就是他会登云难以腾空。

　　作恶事人未见天早知道，玉皇爷又差了风雷二神。

　　风雷神领了旨不敢怠慢，下凡间救天曹屈枉之人。

　　二神灵在天中用手相招，一霎[1]时救天曹大显神通。

　　呼噜噜起黄风天昏地暗，刮风沙并走石神惊鬼怕。

　　云雾散黄风止闪出太阳，一时间不见了仲祥尸首。

　　使了个缩地法迷人不晓，就把他送到了高丽国中。

　　叫一声田仲祥听我细说，高丽国莫回家此处安身。

　　三年后文曲星陈州回[2]转，那时节去告状才能分明。

　　有风雷二神灵腾云去了，只留下田仲祥慢慢回程。

　　猛然间睁眼看天转地晕，心中迷又不知东西南北。

　　黄昏睡耳听韵有人说话，他叫我在此处莫要回家。

　　神灵救忙拜谢往空祷告，一家人再相逢必报神恩。

　　前无庄后无店人烟稀少，叫一声老天爷哪里安身。

　　却说吴彦能二次拿住田仲祥，想将他火烧成灰，谁知黄风刮得厉害，这话不题。再说田仲祥睁眼观看荒郊野外，便走来走去，走到一座城池，见城上写着"高丽国"三个大字。心想：到此处有八千里路程，若不是神灵救我，怎能到来？但此处无亲无友，不如进城打个莲花落，要口饭吃。正是：

　　　离家三里远，别是异乡人。

　　　人到房檐下，怎能不低头？

　　田仲祥打莲花落，乞讨住庙在他乡。

　　离了家乡好孤凄，莲花内中诉苦根。

　　提起家乡泪满腮，哀告一街两巷人。

　　我住东京汴梁城，姓田仲祥是我名。

　　广有金银家受害，黄风刮我到高丽。

　　仁宗天子挂皇榜，晓谕天下去观灯。

　　不敢违背皇王旨，母子三人出家门。

　　左班丞相吴彦能，叼我妻子罗凤英。

　　一双儿女马踏死，假装包公访我身。

　　不知真假去告状，活活打得我丧命。

　　尸首扔进护城河，神灵[3]救我还了魂。

　　心中不平又去告，二次拿我更毒狠。

　　油蜡浇灌点天灯，风雷二神救我命。

　　二神送我高丽国，哀告众位救我命。

　　一日到了本郡里，报答你们众善人。

　　却说田仲祥打完莲花落，大街上的众老知道是个逃难之人，说不可难为他，叫他到西门古佛大寺安身去。寺中寒冷，肚中饥饿，一夜未眠，直哭到五更。正是：

　　一更里泪纷纷，想起儿女好伤心。妻子儿女三不见，几时才得到家中。我的天呀，几时才得到家中。

　　二更里好凄孤，铺着一块破苇席。身上寒冷睡不着，眼看冻死我的命。我的天呀，眼看冻死我的命。

　　三更里好难熬，千思万想无主张。我今流落高丽国，万贯家财无下落。我的天呀，万贯家财无下落。

四更里睡蒙眬，昏昏沉沉到家中。妻子拉住叫几声，醒来〔一〕不见心里疼。我的天呀，醒来不见心里疼。

五更里盼天明，饥饿难忍活不成。我家离这几千里，无处来的无处去。我的天呀，无处来的无处去。

却说田仲祥在古寺，不题。再说田家管家老刘的老婆王氏，心肠毒辣，一心想谋田员外的家财，害死两个孩子。她对自己说："自从那一天田仲祥前去告状，吴彦能将他拿住活活打死，尸首丢到河内无影无踪。他的夫人叫吴老爷抢去，料也不能回来。小小冤家每日哭啼不止，将他们害死，这家产岂不是我们的？"与老刘商议，老刘说："忘恩负义之事莫要做。"王婆便说："你一天铡草喂马，难道不该得此产？"王婆咋说，老刘总不听，出庄去了。王婆一见，心想不能迟疑，除掉这两个孩儿才是。

王婆子起了个心生巧计，害儿女谋家产斩草除根。
叫老汉来商议一同谋害，谁知道那老刘硬是不肯。
他今日不在家正好行事，与他个说不出怒气吞声。
到前庭叫了声姑娘少爷，王妈妈有好事说与你听。
玉孙儿金银儿忧闷加悲，忽听得[1]王婆子[2]叫了一声。
想必是我父亲有了音讯，莫非是我父母转回家门。
我看你这几日面黄肌瘦，倒叫我老婆子心里不宁。
既如此王妈妈将门开了，咱三人进花园散散闷心。
到花园满园红青枝绿叶，你二人用心看但放宽心。
你的父不几日即能回家，包明公断分明一家团聚。
有牡丹并芍药朵朵开放，二主人进前来观[3]看分明。
这花儿为何叫湿死干活，你听我说明白好不惊人。
这个花在湿处只活几个，它若是到干处水活皆生。
这半会闷得人心神不定，寒蝉叫铁马鸣暗自伤心。
哗拉拉柳叶落石榴摇定，不由人胆颤惊吓掉三魂。
叫王妈领我们快回家门，叫姑娘和少爷大放宽心。
这几天你二人容颜不好，瘦如柴全不像[4]半个人形。
你不信爬角井日上照影，王婆子提住脚双推入井。

[1] 得：原本作"的"。
[2] 子：原本作"予"。
[3] 观：原本作"纳"。
[4] 像：原本作"象"。

取一块扇子石盖住井口，两杂种我已经斩草除根。

却说老刘在外心慌眼跳，心想我那泼妇心狠手坏，恐怕要害二主人。急忙回来，不见二主人，便问妇人，妇人说上花园去了。老刘说并无一人，王婆说："这孩子不听我话，到井上照影跌在了水中。我想救他，但不敢下去。"老刘大骂，气昏在地，不题。再说千里眼、顺风耳观见一股恶气冲天，拨开云头往下一看，金童玉女身有大难，急忙回奏玉帝。玉帝听罢，差泾河老龙君前去搭救。龙君领旨，急忙来到花园，救出尸首到郊外，用灵丹救醒。兄妹二人见四处无人，痛哭伤心。二人正行之间，看见前面有一破庙，倒也清静，住下，不题。再说老刘醒来，哭啼不止，来到庄园井边，不见了二人，大吃一惊。正是：

龙君奉旨下天台，搭救田家二童孩。

叫一声玉孙儿我的主人，我老汉又不知你在哪里。
贼泼妇确是个狼心狗肺，把一双小主人害死深井。
我今日捞尸首入土下墓，井水溢无人影痛杀人心。
害你们全都是王婆贼人，哭一声小主人哪里去了。
你若是没有死神灵救你，到日后再相逢诉说真情。
我有心把贼人性命除了，到日后主人来没有凭证。
不表那老家人痛哭伤心，再说那二主人破窑藏身。
荒郊外无人烟难以安心，叫妹妹莫啼哭慢慢前行。
到前边遇村庄要些饭吃，在此处若饿死不能冤伸。

却说玉孙儿、金银儿正行之间，忽听锣鼓喧天，二人不知什么官员过来了，急忙避在大桥之下。来人正是吴彦能，刚到桥下，马不前走，吴彦能便说："我的宝马有三不行，遇贵人、财宝、仇人不行。"吩咐人快去查看。人役来到桥下，见一男一女，便带到面前。吴彦能问："谁家孩子？为何躲在此处？"玉孙儿言道："我家住竹杆巷，父叫田仲祥，因观灯全家遭难。"便将自己的遭遇说了一遍，说完求老爷可怜。吴彦能一听，几乎跌倒，心想这就奇了，他二人被我害死，为何又出来了？思虑了一会，叫大将王明进来，赏与十两白银，要他把两个孩子带到远处杀了，刀上带血回来查验。王明见钱眼开，拉两个孩子到了无人之处，举刀要砍，兄妹一见魂飞天外，口称大人饶命！王明一看孩子可怜，倒也有了怜悯之心。

二孩子跪在地痛哭不止，你留我二性命大开神恩。

可怜我无娘儿无人照看，自古说饶一命寿活十春。

你杀我不过是一席之地，与你的后辈人积点阴德。

有王明细听说举刀犹豫，饶你们我的命交与何人？

金银女说老爷将奴杀了，留哥哥一条命为父祭坟。

玉孙说杀妹妹留我何用，倒不如杀了我妹妹留存。

告老爷将奴杀兄长饶命，你杀他不要紧我的心痛。

杀男的女孩儿将他抱住，杀女的男孩儿将她[1]抱定。

有王明见孩儿着实可怜，我便是铁有心也软三分。

恻隐心人皆有舍人不过，这[2]一个侠义汉放了无辜。

舍着命放二人疏财仗义，十两银送与你快逃性命。

若迟慢倘若是让人看见，放了你我的命不能保定。

二孩儿听此言赶快跪倒，谢爷爷舍我们恩[3]如泰山。

从此看王明是人中君子，发慈悲留活命名扬天下。

合[4]该是二孩儿命该不亡，有王明好心肠刀下留人。

饶活命还与他白银十两，见丞相我有计与他周旋[5]。

却说王明见孩儿哭得伤心，起了恻隐之心，反赠白银，让二人远走逃命。二人给王明叩头后赶快走了。王明看二人走了，心中大喜，打下自己的鼻血，抹在刀上，与相爷回命。吴彦能看罢大悦，又赏他银子二十两，不题。再说兄妹二人慌不择路，又到了破窑，对坐痛哭，又到五更。

一更里好伤心，想起亲娘泪纷纷。我娘死活不见面，闪下儿女无人问。我的娘呀，闪下儿女无人问。

二更里睡蒙眬，无娘儿女冷清清。一夜宿在古窑洞，冻饿饥寒无人问。我的娘呀，冻饿饥寒无人问。

三更里哭不止，想起亲娘如刀割。儿女死了两三遭，娘在哪里岂能知。我的娘呀，娘在哪里岂能知。

四更里好凄惶，兄妹二人哭断肠。一家几时得团圆，哭得兄妹无指望。我的娘呀，哭得兄妹无指望。

五更里天渐明，父母二人无指望。一夜宿在古窑洞，无处来的无处去。我的娘呀，无处来的无处去。

却说两个孩子哭到天明，讨饭去了。再说罗凤英受辱

三年，死活不能。听说两个孩子在街上讨饭，便装作上寺化缘想去看看。她问梅香何处有寺，梅香说城外童庄有个白音寺。罗凤英便叫预备前去白音寺，晓谕贫民屹（吃）斋。正是：

白音寺里来降香，罗氏设计见儿郎。

白音寺去舍饭贫民来到，盼望着儿和女前去吃饭。

有吴贼他欺我三年有余，有一日云消散闪出光明。

我听得[6]小冤家沿门讨饭，不由人好心痛泪流满脸。

安排下前后事不可怠慢，有梅香和王明哪敢不听？

你今日中秋计休当还愿，分明是与孩儿早把信通。

不久时包文正陈州回京，我儿女细思谋快把冤伸。

这一来到寺中百拜千叩，天保佑我母子见上一面。

正思想又听见梅香来报，她说是众僧人拜见夫人。

却说罗凤英来到寺中，烧香一番，坐在大厅上吩咐尼僧斋房设斋，每日散饭三次，不准叫闲杂人等扰乱。却说贫苦人等一齐来自（白）音寺吃斋，有人告知玉孙儿、金银儿也都来到。两个孩子这几天米未沾口，饥饿难忍，大哭不止。夫人让他俩吃饭，仔细端详，不象（像）自己的儿女。见他二人吃了饭还不走，便问："你二人为何不离去？"二人一听，大放悲声。正是：

国正天心顺，官清民自安。

妻贤夫祸少，子孝父心宽。

二孩儿未开口放声大哭，叫奶奶细听我给你说来。

家住在汴梁[7]城祖居本处，西门里竹杆巷有我家门。

父亲叫田仲祥富户员外，母亲叫罗凤英貌美妇人。

那年间奉圣旨前去观灯，吴彦能把我母抢拿府中。

把我们两个人乱马踏死，有神人搭救我来到家中。

我父亲气冲天伸冤告状，假包公送掉了他的性命。

舍我们在家中刘老照应，谁知道王婆贼又害我身。

多亏了神仙救放身野外，无处去在破窑暂且安身。

眼望着日西落饥饿难忍，兄妹俩在这里大放悲声。

罗凤英听一声心如刀割，吞着声忍着气更加伤心。

[1] 她：原本作"他"。

[2] 这：原本作"字"。

[3] 恩：原本作"思"。

[4] 合：原本作"活"。

[5] 旋：原本作"承"。

[6] 得：原本作"的"。

[7] 梁：原本作"粱"。

拉住了小[1]冤家玉孙银女，我就是你们娘罗氏夫人。

娘儿们见了面抱头相哭，娘拉儿儿拉娘难舍难分。

正哭着又想起儿女饥饿，含着泪把梅香叫了几声。

你与我忙送来茶水与饭，与我儿吃一顿救他性命。

有梅香听一言急忙送饭，也只得暗暗儿嗟叹几声。

吴丞相做此事狠心歹毒，就是我梅香女也不甘心。

却说罗氏问了一遍，原来是自己的儿女，一把拉住，大放悲声。一会儿罗氏住了哭声，说："娘有几句话儿你们要记住，再与你们银子十两。我听了消息，不久包公就要回京，你便去南衙告状，包太（大）人铁面无私。"她一言未尽，梅香送来饭菜，二人吃罢，快快走了，不再提说。再说田仲祥在高丽国三年有余，一日梦见神人叫他回京告状，梦中言说包明公陈州放粮回京了。但他想到（道）：路途遥远，如何是好？我不如慢慢走吧。正是：

至今三年未回家，自离中原到东辽。

田仲祥高丽国乞食三年，我梦见神仙说让我回家。

包明公陈州地三年回转，我前去见明公要把冤伸。

在古庙忙叩谢祷告神灵，保佑我田仲祥走回家中。

肚中饥身乏困一时昏[2]睡，海又深路又[3]远如何前行？

太白星看见他江边睡着，我前去摇身变帮他功成。

却说太白金星变一艄公前来搭救。"田仲祥在此地离东京八千多里，不免我使法将他渡过去吧。"来到田仲祥面前，叫声："君子休睡！"田仲祥睁眼一看，有个艄公驾一小舟，便问："老者，你去哪里？"艄公说："我往东京去哩，我们一同去吧。"船到岸边不见了。田仲祥思想我这是神仙保佑吧，向空中拜了几拜，急忙赶路。不多几日，到了汴粱（梁）。一日，来到一个破窑处，见天已黑了，打算进去安身。刚一进去，见是一男一女两个儿童，赶快退出。心想也是落难之人吧，我且问问。

玉孙儿叫伯父听我细说，提起那苦难事痛煞人心。

家住在西门里竹杆巷内，万贯财无下落别人受用。

我的父田仲祥名高富大，我的母罗凤英年轻之人。

去观灯惹下了齐天大祸，吴彦能这贼人将娘抢去。

我的父去告状贼装包公，打死父丢在了护城河中。

家丢下我二人王婆暗害，送枯井龙王救又[4]到人间。

吴彦能大路桥将我抓住，差王明要杀我兄妹二人。

多亏了那王明好心之人，不杀我还与我十两白银。

无处去无奈何破窑安身，又讨饭又提防度过光明。

田仲祥听得[5]话心如刀搅，我就是你的父路过此处。

二孩子听是父凄楚悲声，你如何不顾我兄妹二人。

父子们到一处伤心痛哭，哭的哭说的说直到三更。

却说田仲祥父子相见，俱各伤心。玉孙儿说："爹爹不必伤心，昨日母亲与我十两银子，她说包公快要到来了，叫我们等侯（候）此地，状告吴〔赋〕贼。"单表包公奉旨上陈州放粮三年，一日驾起回京。次日清晨，洗脸之时铜铡响了三声。心想我放粮三年，想必京城又有人欺君害民。让王朝将放告牌挂起。一会儿就有人叫冤，传人进来，包公便问："你告何人？"田仲祥说："我告丞相抢夺民女。"包公叫把状子呈上。正是：

仲祥终遇明公断，冤屈定能辨端详。

上写着田仲祥三十五岁，住本城西门里竹杆巷内。

告的是吴彦能倚官抢人，把我妻罗凤英抢入府中。

心太狠把儿女乱马踏死，多亏了神人救死而复生。

我仲祥心不平前去告状，谁知道吴老[6]贼装扮明公。

不问真不问假把我打死，把尸首扔在了护城河内。

神仙教我还魂又去伸冤，吩咐了手下人将我拿住。

黄蜡浇香油烧倒点天灯，多亏了神仙救送往高丽。

丢孩子在家中王婆暗害，又投在花园的枯井之中。

多亏了龙王救保他性命，不凑巧在桥下又遇奸贼。

差王明荒野外要杀他们，好心人发慈悲放了二人。

我状子真实情一字不假，恳求你老大人断个分明。

却说包公听完，心想吴彦能太可恶了。叫田家父子避在后堂，明日听审。但吴贼官高，须设计将他哄到府中再

[1] 小：原本作"巾"。

[2] 昏：原本作"顿"。

[3] 又：原本作"叉"。

[4] 又：原本作"叉"。

[5] 得：原本作"的"。

[6] 老：原本作"好"。

做道理。便让王朝、马汉二人去请丞相夫妻，我有事与他商取（议）。二人来到相府，吴彦能见了，二人投上请贴（帖），吴彦能便说："二位先行，我随后就到。"叫梅香去请罗氏。罗氏见了，吴贼便说包爷有请，二人同到南府，包公早在门口迎接。迎进堂，分宾主落坐（座），将罗氏请入后堂。包公命人看酒。正是：

　　包明公他二人说些闲事，取小杯拿大盏叙前说后。

　　因闲空昨夜晚看了古篇，有一则古怪事倒也惊人。

　　当年的小霸王倚势抢妇，也是他倚官大欺压百姓。

　　抢民女请问你该当何罪，吴彦能忘记了回言答对。

　　我昨日府门上接一状子，和霸王那故事一模一样。

　　本小官才学浅难以识辨，请大人才学高断个分明。

　　叫左右拿状子递与丞相，吴彦能不明白接状细看。

　　确朗朗田仲祥将我告下，这件事倒叫我心惊胆颤。

　　我与你当朝官官相护，这件事你与我做个人情。

　　吴彦能叫明公这案有假，田仲祥屈告官就拿铜铡。

　　却说吴彦能把状子看了一遍，大吃一惊，又壮着胆急忙狡辩。包公叫出田仲祥一家，便叫罗氏："田仲祥告你是他的妻子，却怎么又在吴府，赶快招来。"罗氏口称："大人，听我说来。"便将前后情由说了一遍。包公便问吴彦能还有何话说，吴贼低头不语，包公便命抬来铜铡。吴贼一见，忙说："我官居一品，该与你上朝争论。"包公大声责骂说："我有先斩后奏的上方宝剑。"吩咐手下将他铡了。包公又问罗氏："你还有什么冤枉之事？"罗凤英说："还有王婆害我孩儿。"包公命人带来王婆，将她埋在土里，放狗咬身。正是：

　　田仲祥一家人出了南衙，回到了自己家痛哭不止。

　　想儿女如同是三魂不在，到如今整整的三年光景。

　　罗凤英见丈夫面容憔悴[1]，不由得[2]眼流泪痛放哀声。

　　我做了失节妇败坏田门，玷污了我丈夫先祖门户。

　　罗凤英落污泪自羞自叹，倒不如寻[3]无常免遭耻笑。

　　耳听得[4]鼓楼上更打三下，扭回头又看得绳口高悬。

无奈何用衣衫将脸遮住，手拉着绳扣儿头放其中。

　　却说罗凤英上吊，诚心感动了黑虎老爷，屈指一算，掌扇夫人有难。"我记得掌扇夫人与天曹有一段姻缘，吾主玉帝将（降）下凡为之完婚。有天狗星在南门顿（盹）睡，他二人路过时惊醒了他。便随他下凡，贬作吴彦能，把她占了三年。又降下金童、玉女和破败星下凡。破败星化作王婆，大败田氏家产。有文曲星收了众星，一齐归天。"黑虎老爷急忙来到田家，将罗凤英救下，又托梦田仲祥。田仲祥醒来，一见妻子上吊，泪流不止，惊动邻舍，都来劝解，不题。再说包大人在灯下修了表章，次日上朝奏明圣上。正是：

　　包爷为民除了害，田家团圆报大恩。

　　一报天地盖载恩，二报日月照临恩。

　　三报皇王水土恩[5]，四报父母养育恩。

　　五报师祖传法恩，六报包爷断了明。

　　七报菩萨保佑恩，八报八方施主恩。

　　九报玉祖升天界，十报[6]众魂早超生。

　　这一部灯山卷古今少见，东也请西也请都很稀罕。

　　很多人请此卷诚心诵念，念完卷功德大善心感天。

　　娶贤妻生贵子名登皇榜，序状元入朝阁日见君王。

　　接佛人用心接莫讲闲话，念卷人功德大养好儿孙。

　　听卷的闲余人莫走莫睡，照此卷行好事养儿送终。

　　劝男女孝父母恭敬天地，劝女子顺婆婆妯娌和睦。

选自：　王吉孝搜集整理：《宝卷选萃》（三），2009 年编印本［准印证号：甘出准 063 字总 642 号（2009）027 号］，第 28—50 页。

[1] 悴：原本作"悼"。

[2] 得：原本作"地"。

[3] 寻：原本作"行"。

[4] 得：原本作"的"。

[5] 恩：原本作"思"。

[6] 报：原本作"撇"。

5

丁郎寻父宝卷

天堂地狱门对门，专等阳间造罪人。

有缘躲过轮回苦，定做[1]南山一仙人。

因果宝卷才展开，诸佛菩萨降临来。

天龙八部生欢喜，男女宣卷永无灾。

莫要交头并接耳，要你存心[2]仔细听。

正月新年上元日，看经念佛免灾星。

一炷[3]明香敬天地，请与[4]家宅众神灵。

却说这一本因果宝卷出在明朝嘉靖年间，风调雨顺，国泰民安，不题。朝内有一个阁老严嵩，官大势重，甚是利害。他的管家名叫年七，横行霸道，谁人敢惹？再说又有一人，名叫高仲举，山东历城县人氏。他的父亲做过户部尚书，告老回家，早亡升天。丢下高仲举[5]在学攻书，是个秀才。他妻子是全（余）尚书之女，名叫月英。自从移居北京，锦衣衙街前草帽胡同[6]居住。余（余）小姐便说："今日听得街上锣鸣鼓响，这等惹（热）闹，作（做）何事情？"仲举听［了］说："今日是三月二十八日，东岳天齐圣诞，男女上庙［焚］香，保佑阖家平安，四季安宁。"小姐说："我们夫妻二人上庙也降香一回。我们一来降香，二来保佑金榜题名。"仲举说："也罢。"随[7]到街上买了些油蜡香表。夫妻二人换了衣服，街上雇了小轿，坐上同妻上庙一回。

夫妻二人去降香，祝告神灵保安宁。

上祝告神灵感天齐尊神，在庙上把香焚有感有灵。

一保佑夫妻们白头到老，二保佑夫妻们金榜题名。

我许下宰猪羊神前供献，挂袍幡并宝盖大谢神灵。

咱二人在庙上发下大愿，众神灵保佑我一家安康。

夫妻敬香心谓正，二人拆散锦鸳鸯。

前世冤业还未满，今日相逢冤报冤。

却说二人降香一毕，出的（得）庙门，观见男女无数，甚是惹（热）闹。观见有一人，跟着[8]几个家人，在人伙里横闯。看见余氏生得风流，上下看了一遍，说："好肉不到我口里，我若得这女子为妻，也不忘（枉）活一场人。"余氏听说，便叫丈夫："快回家走吧！庙上有一人言语不对，口说枉（妄）言，看他不是好人的形容。快回走吧！"正是：

庙上有一人，看他不非轻。

余氏不由心中恼，叫声丈夫快回程。

夫妻二人上毕香，观见庙上闹哄哄[9]。

小姐站在人伙里，显出容貌赛世人。

年七一见心欢喜，走了□[10]儿快回程。

---

[1] 做：抄本写作"坐"。做官、做某个职位或某类人的"做"抄本大都作"坐"，有两处写作"作"，有几处写作"做"，写作"坐"时直接整理为"做"。

[2] 存心：专心；用心着意。

[3] 炷：抄本写作"柱"。

[4] 与：给；给与。

[5] 高仲举：抄本写作"高仲筚"。"高仲举"抄本有时书写规范，但大都写作"高仲筚"，有一处写作"高仲筚"，直接整理为"高仲举"。还有别的写法，文中作了标注。除人名中的"举"字外，其他"举"抄本都作"筚"。

[6] 胡同：抄本都作"湖洞"。

[7] 随：随即；马上。

[8] 着：助词"着"抄本都作"者"。

[9] 哄哄：抄本写作"昏昏"。

[10] □：此字难以辨认。疑似"魂"。

心想谋定余小姐，这个女子好音容。

旦[1]得与我成婚配，就死黄泉也甘心。

小姐不由心烦恼，此人说话理不通。

有心庙上站一会，招是惹非不安宁。

余氏心中自思想，再不出门远烧香。

人人都说上庙好，我今上庙惹祸端。

若人有了诚心意，在家烧香也一般。

却说余小姐惹下是非，回到家中，再不出门了。再说年七在庙上见余氏人才出众，便叫家人刘保："你跟这妇人去认她的门户在于何处？姓甚名谁？哪里居住？早禀我知。"刘保听说，走了。跟到小姐的门首，访问明白，不题。这余氏不知后边有人跟来。再说年七回到府下，思想余氏不能到手。只见刘保回来说："七爷，小人打听明白。那妇人名叫余月英，她丈夫名叫高仲举，是个秀才，山东人氏，上京考试，识着一笔好字。"年七心生一计，便叫刘保前去请他，就说："我们有寿轴来写。"刘保听言，去到高仲举的家中下了请帖，说："高先生，我七爷请你去写轴文。"仲举听说，满心欢喜，说："你前边走，我后边就到。"

刘保就是勾命鬼，仲举哪里得知闻？

自说[2]请我写寿轴，谁知假意暗害人。

仲举说年七他行凶可恶，平白[3]地贪美色谋害良民。

你府里有多少官宦人等，岂无个会写的文墨先生？

年七请高仲举来写寿轴，假意儿做圈套那是真情。

定下个牢龙[4]计神鬼难明，合该[5]是仲举的罪业相逢。

有年七将仲举让在家中，高仲举见年七喜笑盈盈[6]。

忙跪下叫七爷受我一礼，年七说问高兄贵慕仁兄。

写寿轴劳翰墨谢银八两，全当[7]作文墨资还有薄情。

有年七心欢喜治酒相[8]待，手拿着琉璃[9]杯叫声仁兄。

我问你有父母弟兄几位，因何事到北京所为何情？

仲举说我父母早亡去世，上无兄下无弟独自一人。

我在学作秀才上京考试，只[10]亲的夫妻们同过光阴。

年七说你的命和我一样，有弟兄靠不着[11]也是前生。

有句话对你说将酒斟上，我年七平白地尽爱斯文。

看先生文墨好说话忠[12]厚，我一心要和你结拜弟兄。

你为兄我为弟也不玷[13]辱，要做[14]官也不难在我手中。

说毕话后房里叫出夫人[15]，十八房[16]都出来拜过高兄。

取白银一百两当面放下，叫仁兄你拿去且过光阴。

取几匹粗绸缎莫嫌[17]粗糙[18]，拿到家与嫂嫂做件衣裳。

改一日我也到你兄府上，拜一拜我嫂嫂才见人心。

高仲举心中喜并不参想[19]，贪人财爱人物闯入网中。

说年七定下计神鬼难明，哪一日余小姐才到怀中？

却说高仲举被年七花言巧语哄着拜了弟兄，直吃得伶醒（酩酊）大醉。回到家中见了妻子，余氏问："你今何处吃酒？"仲举不言。到了次日言说："我结拜下一位朋友，名叫年七，他是阁老严嵩的管家。此人广有金银，家毫（豪）大富，势力皆大，日后我的功名必在那人提拔。"余氏听说，便叫丈夫："此人素不相识，又未来往行走。你昨日去写轴文，他与你些纸墨钱文，为何与你拜了弟兄？又与你许多的绸缎？其中必有原故[20]。丈夫，你再思再想，无名之财贪它何用？将原物送回，指（止）住他不要上门，免得日后招是惹非，岂不是好？"正是：

[1] 旦：如果。抄本写作"但"。"旦"抄本也作"当"，写作"当"时直接整理为"旦"。

[2] 自说：自认为。

[3] 平白："平白无故"之省。白：抄本写作"别"。

[4] 牢龙："打凤牢龙"之省。喻安排圈套使强有力的对手中计。抄本写作"老龙"。

[5] 合该：表示事情注定如此，不可避免。合：抄本写作"何"。

[6] 盈盈：两个"盈"抄本都写作"噁"。

[7] 当：抄本写作"但"。

[8] 相：抄本写作"先"。

[9] 琉璃：抄本写作"伶俐"。

[10] 只：这么。表示程度。

[11] 着：用在动词后，表示已经达到目的或有了结果。抄本写作"过"。

[12] 忠：抄本写作"中"。

[13] 玷：抄本写作"踮"。

[14] 做：抄本写作"作"。

[15] 夫人：抄本都作"妇人"。

[16] 房：抄本写作"双"。

[17] 嫌：抄本都作"想"。

[18] 糙：抄本写作"草"。

[19] 参想：琢磨；细想。

[20] 原故：缘故，原因。

仲举闻言叫月英，听我与你说分明。

年七见我文墨好，他才和我拜弟兄。

高仲举叫妻子听我细说，有年七昨日个[1]请写轴文。

他见我是秀才甚是恭敬，又见我写得好文墨聪明。

到后来他提拔高官得做，他家主现如今阁老为尊。

也是我时运来今该发富，想做官如同是掌股[2]之中。

余氏听丈夫说心中不悦，结拜的必定是庙遇之人。

叫丈夫我不说你怎知道，说出口又恐怕不信奴身。

三月里二十八咱去上庙，见一人在庙上看见我身。

偷眼儿把奴家观了几遍，他道说好女子配了贫人。

我听他这此话其中有意，他和你拜弟兄有些此情。

昨日个使家人请写轴字，必定他想奸心谋害你身。

为什么[3]又送你金银彩缎，他就该补你些笔墨之情。

你听我把银两送与他去，早些儿止住他不要上门。

为何与许多银拜为弟兄？你是个文墨人何不思忖？

高仲举听妻言双眉所皱[4]，妇人家胡疑己不是贤人。

他[5]家的美貌妻无有大数[6]，哪一个不比[7]你赛过十分？

从今后再不可胡言乱语，人听见都说是不是贤人。

却说余氏说毕。再说这年七和高公斧（仲举）拜了弟兄，每日思想小姐。过了几日，买办一双厚礼，要往高公斧（仲举）的家中见一见余氏小姐。那一日来到门首，高仲举迎接到家中，将礼摆上。二人行礼以（一）毕，要请余氏相见。小姐听说，忙揭起门帘往厨房里去了。年七一见，说："想必是衣服不整不好见我，不免我到厨房问候。"年七来到厨房，深深作揖问安。余氏小姐背着身子，也不揪采[8]他。年七开言便叫："嫂嫂，小叔这里有礼。"余小姐也一言不发，也不与他还礼，羞得年七满面通红。

今日结下冤仇[9]恨，要害仲举丧残生[10]。

小姐看破奸贼计，年七羞得满面红。

有年七辞仲举扳[11]鞍上马，面带[12]羞谢不说出了门庭。

骑上马不一时到了家中，恨只恨狗贱人好不欺人。

咬着牙长出气好个余氏，我为你花[13]费了多少金银？

实[14]想说我和你恩爱一处，谁知道这样恨当面羞人。

先把你男子汉性命害了，操点心定把你娶到家中。

我不怕余尚书势力皆大，凭着我有金银强霸[15]你身。

神不知鬼不晓有谁知道，凭银子娶你来当作奴身。

每日家[16]长出气指猪骂狗，睡不安坐不定怒气冲冲。

大夫人面前来开言便骂，哪一个狗奴才不称我心！

二娘子问一声伸手就打，好像[17]是风魔鬼鬼迷人等。

三娘子到跟前又打又骂，打丫嬛[18]骂家人恨地怨天。

行的是欺天事不怕王法，久日后业贯满报应分明。

善恶事到头来终有报应，好和歹传后世万古留名。

却说年七心中暗想余小姐不能到手。正然思想，看见李虎进来，口称："七爷，小人叩头。"年七说："李虎，为何施礼？"李虎说："小人多日未来与七爷问安，今日来在七爷面前借几两银使用，日后好过，加利还来。"年七叫李虎："我与你说，我有一件心腹之事，你若与我做成，我重重谢你。"李虎说："有何事情？"年七说："如今草帽胡同居住一人，名叫高仲举，是个秀才，他妻子余月英生得人才出众。从前东岳庙里相见，昨日请他丈夫结拜弟兄，图其来往行走。谁知那贱人不容见面，是（使）我恼怒心中。我想把她丈夫害到死处，不怕她不嫁我。若是娶来，我多谢你几两银子；想要做官，放你个高官得做。

---

[1] 昨日个：昨天。

[2] 掌股：抄本写作"掌月"。

[3] 什么：抄本都作"甚莫"。

[4] 皱：抄本写作"踪"。

[5] 他：抄本写作"你"。

[6] 无有大数：这里指不计其数。

[7] 比：抄本写作"必"。

[8] 揪采：理睬。

[9] 仇：抄本都作"仉"。

[10] 残生：抄本都作"残身"。

[11] 扳：抄本写作"搬"。

[12] 带：抄本都作"代"。

[13] 花：抄本写作"化"。

[14] 实：抄本写作"是"。

[15] 霸：抄本写作"罢"。

[16] 每日家：每日。

[17] 像：抄本写作"想"。

[18] 丫嬛：丫鬟。丫：抄本都作"亏"。

你可情愿去？"李虎听［了］说："这也不难，恐怕后来事犯连累与（于）我。"年七说："若是连累与（于）你，我年七刀下做鬼！"李虎听［了］说："七爷作主，小人情愿前去。"年七与了李虎五两银子，李虎拿上说："七爷，三天你见信儿。"说罢，出门走了。那李虎等到夜晚，有一布客，寻他要布钱。李虎把布客领到高仲举的后门上。等到黄昏时候，李虎定计，黑夜之间把布客杀害[1]，立[2]在高仲举的后门上。那李虎藏在背处等候，不题。高仲举清早起来，往南学会课[3]，余氏一把拉住，便说："我今夜晚上做梦不祥，你今天不必上学去！"仲举言说："你做的什么梦？我与你圆[4]解。"正是：

余氏叫丈夫，与你说分明。

不必上学去，家中念旧文。

余氏开言叫夫君，我实说来你是听。

今夜做梦多奇怪，惊醒鼓楼打三更。

吓得浑身汗淋淋，心惊胆战不安宁。

咱家住房平塌[5]了，坏了中梁柱一条。

院内井里无有水，一对玉簪落埃尘[6]。

天塌地崩星辰落，石砸[7]孤松太是[8]凶。

对对鸳鸯河边走，艄公[9]打得两离分。

白马驮[10]的肥羊肉，黑驴拉的血缰绳。

见你望我哈哈笑，我穿白来你穿红。

双双燕子扑火内，苍蝇[11]落在鳔[12]胶盆。

肥猪跳在汤锅里，病人又见鬼出门。

我今做梦多不好，吉者少来多者凶[13]。

劝夫不必上学去，且在家中免灾星。

［1］杀害：抄本都作"杀坏"。

［2］立：使站立。

［3］会课：研习功课。课：抄本都作"稞"。

［4］圆梦：解说梦中事，以预测吉凶。

［5］塌：本段韵文抄本都作"榻"。

［6］埃尘：地面上。

［7］砸：抄本写作"咋"。

［8］是：抄本写作"山"。

［9］艄公：抄本写作"稍弓"。

［10］驮：抄本写作"驼"。

［11］苍：抄本写作"蟠"。蝇：抄本写作"蚏"。

［12］鳔：抄本写作"脿"。

［13］多者凶：凶者多。倒文以叶韵。

仲举言说无妨碍，梦从心起不为真。

一寸光阴一寸金，寸金难买寸光阴。

我今不往学里去，十年寒窗枉费心。

我今学里看课去，任那祸从何处生？

余氏再三留不住，撒手佯常[14]出了门。

丈夫不听奴的话，必有是非祸临身。

倘若有个好和歹，丢下奴家靠何人？

合[15]该冤业避不过，也是命里有灾星。

却说小姐再三留不住，仲举一定要去，说："我不惹人，哪有是非？我从后门里出去，祸从何来？"走到后门，把门开开，见一个死人倒在怀中，吓得魂不付（附）体。有心说与余氏知道，恐怕她也害怕。心中思想：把他拉到别处，岂不是好？往前拉了几步，有这李虎一声喊住，说："你把人杀死，往哪里送去？人命观（关）天观（关）地。"就喊叫地方上人等，不用（容）分说，把高仲举押送着宛平县里去了。有人早报年七知道，又使刘保拿上银子一百两送与县官，叫他把高仲举问成图财害命的死罪。李虎禀明，官府升堂，把高仲举带上堂去，双膝跪下。老爷便问："你为什么将人杀害？"李虎上前回禀："那高仲举不知该[16]那布客的多少钱，布客问他要钱，他把布客杀害在后门，往别处移送。小人将他拿住，实实[17]！"仲举说："杀人之事，生员一字不知，望大人作主吧。"

老爷坐在公堂上，审问仲举犯法人。

开言叫声高仲举，因何招事杀客人？

程知县听一言一声大叫，问手下犯罪的他是何人。

高仲举往上跪口称[18]县主，生员名高仲举在学廪生。

早起来往学中一定会课，开了门见尸首[19]倒在怀中。

小的自当[20]醉汉往前移送，有地方这李虎说是死人。

他就把我拴住赖我杀人，不由我分说话拉在堂中。

［14］佯常：扬长，大模大样地离开的样子。佯：抄本都作"洋"。

［15］合：抄本写作"何"。

［16］该：欠。

［17］实实：副词重叠，加强语气。这里指（说的）都属实。

［18］称：抄本写作"呈"。

［19］首：抄本写作"手"。

［20］自当：自认为。

这就是真心话不敢说谎[1]，你问我杀死人生员不明。

程知县在堂上微微冷笑，你为何杀死人移送尸灵？

赶实[2]说免你的皮开肉绽，不招承人命事怎肯饶人。

高仲举在堂上心中思想，这件事[3]明明地年七屈冤。

望大人听我诉[4]真情实话，生员是山东人移居北京。

这三月二十八东岳大会，我夫妻两口儿去把[5]香焚。

在庙上撞年七也把香焚，见我妻容貌好起了奸心。

他请我写寿轴都是假意，与我结[6]拜弟兄不是真情。

到我家要见妻不容见面，羞得他年七贼满面通红。

怀仇恨必定他将人杀害，移送在生员的后门之中。

大老爷提他来当面对说，这人命必是他送我后门。

老爷说你是个儒流秀才，把文章你不读大胆胡行。

这布客你该他多少布钱，逼着你要布钱你就杀人？

杀了人把钢[7]刀藏在哪里？你把你杀人话赶实[8]招承。

年七爷他怎敢做这此事？你莫要胡拉扯诬[9]赖好人。

依[10]秀才放大胆将人杀害，犯王法不管你什么功名。

叫皂役拉下去非刑[11]拷打，不动刑你怎肯赶实招承。

一上手三百板皮开肉绽，两腿上打得他血水淋淋。

夹棍[12]夹杠子压[13]受刑不过，软肉皮直打得血水红通。

高仲举无奈何开言便叫，叫老爷免刑法赶实招承。

见布客拿白银把他杀害，这就是[14]实情话不敢哄人。

老爷说收了刑当堂画字，作文书送府里定罪量[15]刑。

你图财害人命谁人替你，拉下去下南牢丢在监中。

[1] 谎：抄本写作"慌"。
[2] 赶实：按实。抄本写作"干是"。下文"赶实"的"赶"抄本都作"敢"。
[3] 事：抄本写作"是"。
[4] 诉：抄本写作"诉"。
[5] 把：抄本写作"罢"。
[6] 结：抄本写作"金"。
[7] 钢：抄本都作"刚"。
[8] 赶实：按实。抄本写作"敢是"。
[9] 诬：抄本都作"辱"。
[10] 依：依仗。
[11] 非刑：在法律规定之外施行的残酷的肉体刑法。
[12] 夹棍：旧时残酷刑具。两根木棍做成，行刑时夹人腿部。夹：本句两个"夹"抄本都作"挟"。
[13] 杠子压：抄本写作"杆子押"。
[14] 是：抄本写作"实"。
[15] 量：抄本写作"是"。

却说知县受了贿赂，苦打承（成）招，下在监中。有人报知年七知道，满心欢喜，不题。再说有衙门中的两个人，是快班衙役，言说："高仲举下在监中，我们思想明明是屈冤之事，神鬼难明。他的妻子容貌出众，惹下是非。不免我们前去与她报信，也是我们的一点好心。"说罢，二人去了，来到余氏面前。小姐正然思想丈夫清早出门，这到夜晚还不回来。心中慌忙不定，忽听门外有人叫门，余氏出门一看，才是两个公差。便问："二位大爷，到此有何贵言？"二人便说："你丈夫早起杀害人命，被地方的李虎告在宛平县里，问成死罪。你还不知！"余氏听说，吓得战战兢兢，放声大哭。

余氏听见这句话，热身下在冷水盆。

哎哟一声不知道，昏迷在地又还魂。

余月英苏[16]醒来嚎[17]啕痛哭，哭一声奴丈夫大放悲声。

再三地劝着你不听妻言，无义[18]财使着它可以[19]伤人。

细思想这件事祸从天降，必定是年七贼谋害残生。

坐监中受刑法谁人替你，又无亲又无故又无恩人。

叫丈夫难为你无人救你，又无亲又无故又无恩人。

早知道不上香安然稳坐，怎惹下这场祸后悔不能。

天又高地又厚无处告诉，官不清吏不正大胆欺人。

旦[20]有个知己人朝中去诉，拿年七碎剐[21]了才称[22]我心。

他为我把丈夫性命害了，旦听了我的话怎到监中？

罢罢罢寻一个无常自尽，旦若是落贼手玷[23]辱家门。

我死了把丈夫无人送饭，饿死在监牢中骂我不仁。

告龙天保佑我丈夫一命，吃长斋不动荤[24]牢记心中。

[16] 苏：抄本都作"酥"。
[17] 嚎：抄本都写作"嗄"。
[18] 义：抄本写作"益"。
[19] 以：抄本写作"已"。
[20] 旦：本段韵文抄本都作"但"。
[21] 剐：抄本写作"刮"。
[22] 称：抄本写作"成"。
[23] 玷：抄本写作"跕"。
[24] 荤：抄本写作"晕"。

前世里造下业今世又遇，悔不尽叫不应地哑天聋。

却说余小姐哭了一夜，到了天明，思想丈夫这几日不知见饭也无有。急忙做了些饭，更换衣服，手提饭罐，上得[1]街来，不知监门，只得问人。便问："大爷，那宛平县的监门在哪里？"那人言说："你问着为何？"余氏就把丈夫得下人命，前来送饭的话说了一遍。那人说："那扎酸刺[2]的就是的。"余氏来到监门上，开言便叫："大爷，我与丈夫送饭。"监禁子说："这不是你的皂（灶）火门，由你所走！别处去问，这里无有。"余小姐忙取出大钱三百文递与监禁子："二位大爷，吃酒不醉，吃饭不饱，但（当）作一杯茶钱使用去吧。"二人接钱在手，便说："小姐，他不能出来，你把饭罐与我，我与你送进去。"小姐又取出大钱二百，连饭罐递与监禁子。二人接在手中，拿到监中。仲举吃了，提出空罐，说："小姐，你丈夫说的：'在（再）送饭来，多拿些银钱监中使用。'"余氏应声走了。来到家中，梳洗一毕，雇了顶轿子坐上，来到余尚书的府里。见了父亲，双膝下跪，叫声："爹爹，与孩儿作主。"余老爷便问："为的何事？你望（给）我说。"小姐把那事细说一遍[3]，父亲听［了］说："现今我和严嵩不睦[4]，他还（和）我常常作对。我奏了一本，皇上不准本。你为何这等苦难？"小姐又把上香的话说了一遍，父亲听言，心中大怒："你是尚书之女，秀才妻子，为是莫（什么）上庙降香，惹下是非？你惹下别人还则犹可，你惹下严年二人，现如今里压天子，外压群臣，谁人敢惹？就是我老尚书［也］常常恭敬。你今来照住（顾）[5]老父送命不成？你快快去吧。"带说着往里面去了。小姐站起来说："父无慈心，子无孝心，我今一去，再不上你的门来了。"双眼流泪，回家去了。每日与丈夫三顿家[6]送饭，都着[7]年七使人抢着去了。仲举在监，三天未见饭，饿得头昏眼花，怨恨妻子不念夫妻之情：连饭也不与我送

了。牢头言说："你妻子每日与你三顿家送饭，叫年七的人役夺着去了，你错怨恨你的妻子。你不用着[8]气，等一等，官饭来了你吃上些吧。我看你的之（这）事，屈枉之事，身受王法。"仲举便叫："大爷，小人死在这下（里）也不忘大爷的深恩。"

仲举南牢身受苦，埋[9]怨妻子余月英。

三日不送一顿饭，不念夫妻一点情。

高仲举在监中抱[10]怨妻子，不念我夫妻的一点人情。

官不正不容我诉说一句，想活人除非是再世为人。

匣床[11]匣[12]受不住疼痛难忍，纸棺材将人装害我残生。

我仲举旦[13]有个三兄四弟，也与我诉冤枉辩[14]个分明。

怨妻子不与我监中送饭，狠[15]心的你把我饿死不成。

就是你恼恨我身现受罪，怀仇恨见一面死也甘心。

夫妻们谁像你这样心狠，前来送一碗饭略表人心。

老天爷保佑我若得活命，你一恩我报你十重深恩。

却说高仲举在监受罪，不题。再说知县受了年七的贿赂，把高仲举苦打承（成）招，审问明白，送到顺天府定罪。年七知道，就使刘保拿上银子三百两，叫他把高仲举问成死罪。刘保领命，去到府里。班上有一人，名叫王英，他是快手头儿。刘保见了王英，禀知府里，收了白银三百两，改日定罪。刘保回来禀知年七。再说这老爷将仲举满口应承，并未审出杀人的军器，难以定罪。那高仲举原来山东历城县人氏。有一人（个）道德真人，名叫济小堂，受了神人的点化，得了黄炼大道，度得四位神仙，在山东卖挂（卦），积下银钱，答救贫人。这高仲举与济小堂管过账目。济小堂使一枝梅苗庆到北京城里，才知仲举

[1] 得：抄本写作"的"。
[2] 扎酸刺：墙壁上插上酸刺。酸刺，一种带刺的树，果实酸，故名。
[3] 一遍：除此处和另外一处外抄本都作"一边"。
[4] 不睦：不和。
[5] 照顾：此处用作反语。
[6] 家：表示依照某种方式。
[7] 着：让；被。

[8] 着：着气、找着、对着的"着"抄本都作"果"。
[9] 埋：抄本写作"满"。
[10] 抱：抄本写作"暴"。
[11] 匣床：旧时牢狱中使用的一种刑具，形如木床，命囚犯仰卧其上，将手脚紧紧夹住，全身不能转动，痛苦异常。匣，抄本写作"柙"。
[12] 匣：动词。使犯人睡匣床。匣，抄本写作"柙"。
[13] 旦：抄本写作"但"。
[14] 辩：抄本写作"辨"。
[15] 狠：本段韵文抄本都作"恨"。

有难，在监受罪，要救他一个活命。不一时，来到余氏家中商议。余小姐含眼吊泪，对苗庆说了一遍。苗庆说："你不必说了，我既知道此事，要救他命，还得五六百两银子。"余月英说："奴的手拾（头）不过百两，哪有那些？"苗庆说："你父在朝做官，难道不帮你些银钱？"小姐说："〔因为〕我丈夫下在监中，我就去求过他，他怕严年利（厉）害，不敢出头作对，将我赶出门来。我对天发愿，再不上他的门去。"苗庆说："这样可恨！我今夜晚要偷他的资财。"到了夜至三更时候，苗庆走到院内，无有动静。观一个妇人把一个老汉送出门来，黑影子里[1]又见一个年青的进的（得）房门去了。苗庆看他二人做什么事情。那妇人送出去的是后嫁了的本夫，名叫代长邦，挣[2]下千两银子，娶下一个夫人，老少不通；她接进来的是个奸夫。二人进房，闭门上床。那妇人说："还是长头夫妻[3]好，短头夫妻好？"那奸夫说："总[4]是长头夫妻好。"那妇人说："我跟上你去作个长头夫妻。"奸夫说："我无有银子。"妇人说："不用你的银子。有我昨日放下的八九百两银子，还有头面首饰[5]二百，是勾[6]我们两口子受用他一辈子。"苗庆听言说："放着现钟[7]我不打，跑着云南敲磬儿去哩[8]！"一撒脚跳上房去，听他二人房事以（一）毕，二人交头接耳睡热（熟）。苗庆下房，进的（得）房来，见他二人扯呼[9]，苗庆抽出钢刀一把，要叫他二人丧命。正是：

　　本夫赶出门外庭，奸夫还比本夫亲。
　　他二人在床上蒙眬扯呼，怎知道门外边有人听声。
　　苗庆说可恨你淫妇无耻，迎奸夫送本夫败坏人伦。
　　我今日送你在阳关大道，任凭你作善恶投胎转生。
　　有苗庆抽出了钢刀一把，牛儿刀明朗朗快利如风。

[1]　黑影子里：黑暗中。
[2]　挣：挣钱意义的"挣"抄本都作"振"。
[3]　长头夫妻：长久夫妻。
[4]　总：总归；毕竟。
[5]　首饰：抄本都作"手拾"。
[6]　勾：够。
[7]　钟：乐器。抄本写作"鍾"，当作"鐘"。
[8]　哩：抄本都作"里"。
[9]　扯呼：打呼噜。

越望着那二人心中越[10]火，扬起刀举空中就下无情。
也是他二人的冤业相对，可怜把他二人闯入幽冥。
一个图取快乐丧了性命，一个图骗银子丧了残生。
有苗庆将钢刀藏在腰内，翻开箱揭开柜找寻金银。
取出来白银子八九百两，又搜出首饰银三百有零。
装入在褡包[11]里倘常走去，一直儿来到了余氏家中。

却说一枝梅杀了淫妇奸夫，得财回来，到了余氏家中，天色未明。等了一时，天明，余氏说："恩公，你回来了。"苗庆说："你不必忧愁，我答救仲举一个活命。"小姐说："全要恩翁答救。"苗庆说："明日你见信儿。"出门走了，来到于司公的门首。此人是顺天府的刑房，一切人命盗案俱在他手里所过，苗庆思想他能救个活命。见了于司公，见礼一毕，于司公说："苗爷到此，有何相干？"苗庆说："只因答救高仲举的事情。明知是屈冤之事，接（借）你于爷的面子答救一个活命，与你老人家拿来酒礼。"说话之间取出褡包，倒下了千两银子。于司公一见吃一惊，收了也不好，不收也不好。正然思想，苗庆说："总要你周全此事，你成（承）情[12]也在你，不成（承）情也在你。"于司公无奈，收了银子说："苗爷，明天他（你）见信儿。虽然招承（成）死罪，并未审出杀人的军器，难以定罪。"于司公来到年七的府里，说："七爷，小人有话商议。那高仲举，你就把他问成死罪，他妻子也不得安闲，莫若[13]将他妻子留在家中，把仲举充一名军罪。那时节再打发二媒婆去说少年，岂不是好？七爷再思再想。"年七又拿了一分（份）帖儿去到衙门，叫把高仲举充一名军罪，不要带家小。那〔尹〕程经见（将）年七的文疏看了一遍，将礼物收了，急忙发与刑房，明日就要起解走。

再说苗庆听见信息，与余氏说知，好收拾行李。小姐听说丈夫出外，得了活命，心才放宽，两泪纷纷。苗庆说："娘子不必痛哭，我兄该有大难。济小堂说过你夫妻离别之苦，十七年才相逢。"小姐听罢，急忙收拾行

[10]　越：抄本写作"起"。
[11]　包：抄本写作"宝"。
[12]　承情：领情办事。
[13]　莫若：不如。

李。再说于司公保揽官司，贪财受贿，不知屈死了多少好人，后来事犯。再说苗庆自从杀害淫妇奸夫，那时代长班（邦）回来，箱柜子里的金银一齐丢了，告到官前。到后来于司公的妇人戴[1]的头面、首饰叫人役看见，把于司公问成图财害命的死罪。再说余小姐收拾行李，眼看夫妻离别，哭得难割难舍。正是：

苗庆机密见识[2]高，年七定下枉龙牢[3]。

不是小堂神机妙，仲举怎肯出南牢？

余小姐在房中两眼落泪，急慌忙整[4]行李[5]送我夫君。

明日在长亭上[6]见他一面，又不知我夫主几[7]时回程[8]。

眼时下夫妻们离别失散，闻听得[9]我夫君出了监门。

只怕的到路上身上寒冷，将旧的脱下来拆洗换新。

多带上几双鞋路上防备，旦若是[10]穿破了谁人敕[11]缝？

把银两包[12]了那二十余两，路途上缺盘费谁是亲人？

却说治办行李，不题。再说程知县见了年七的文疏，把高仲举充陕西庄郎的一名军罪，就罢（把）王英的名字[13]呈上，王英领了文疏就要起身。那于司公把王英拉到僻静[14]之地，说："年七使人与你送银二百两，叫你到路上把高仲举杀了，回来还有重赏！"王英接银在手，辞别刑房，来到家中，也要收拾行李。把银子放在桌子上，叫妇人收去。刘氏一见银子便问："这是做什么的？"王英说："年七与我的银子，叫我到路上杀了高仲举，还有

重赏。"刘素贞听得此言，双眼落泪。

王英图银害人命，刘氏听得吃一惊。

刘素贞听一言两眼流泪，吓坏了那[15]三从四德之人。

上前来把丈夫一把拉住，你听我为妻的细说你听。

谋想做屈枉事青天有眼，人不见云端里却有神明。

未起意贪图财谋害人命，只怕的到后来天必不容。

那年七他本是贪图贼汉，霸良女占人妻色迷之人。

可怜那高仲举儒流秀才，他又是离家乡在外之人。

我劝[16]你把仲举将他饶了，行阴功积厚德留与儿孙。

行了凶作了恶青天有眼，暗中骗明中谋神灵皆明。

贪图使这银子无终无益，世上人福禄寿随着自身。

贪荣华受富贵死生有命，瞒着天昧着地天理不容。

你若是不听我做了此事，伤了天害了地丧了良心。

劝夫主你莫要做这此事，哄了你瞒了我难以哄神。

王英只怨妻糊涂，挣来银钱倒[17]怨人。

却说王英说："你这妇人，我站了半背（辈）子衙门，还未当过这个差使。住公门的，旦说存其良心，十口子就罢（把）九口子饿死了。这些银子，我们两口子过他一背（辈）子，但（旦）把银子送与年七，另差别人解送，难道人家就不害他？我说你妇人家，不知道我们的事情。当衙役的不昧良心，谁与你个钱哩？傍[18]人家的老婆，只恨挣不得钱来，我今拿来白花花的银子，你倒瞒（埋）怨我，你怎么[19]这样糊涂！你还说你是伶俐人！"

王英说罢将出门，刘氏身后不脱身。

刘素贞听丈夫这样糊涂，低下头不言语自己思忖[20]。

我丈夫身贪财瞒心昧己，只怕的到后来苍天不容。

有王英背过身就往外走，刘素贞拉丈夫不能放身。

双膝跪地流平[21]苦苦哀告，口儿[22]里不住地叫劝夫君。

[1] 戴：抄本都作"代"。
[2] 识：抄本写作"事"。
[3] 龙牢：牢龙。倒文以叶韵。龙：抄本写作"笼"。
[4] 整：抄本写作"正"。
[5] 行李：抄本写作"行里"。除此处外抄本都作"行礼"。
[6] 亭上：抄本写作"上亭"。
[7] 几：抄本写作"即"。
[8] 程：抄本写作"呈"。
[9] 得：抄本写作"的"。
[10] 是：抄本写作"时"。
[11] 敕：缝。抄本写作"撩"。
[12] 包：抄本写作"抱"。
[13] 名字：抄本都作"名子"。
[14] 僻静：抄本写作"避净"。下文有一处写作"避静"，其他都作"避净"。

[15] 那：抄本写作"和"。
[16] 劝：抄本写作"还"。
[17] 倒：反倒意义的"倒"抄本都作"道"。
[18] 傍：同"旁"。
[19] 怎么：抄本都作"怎莫"。
[20] 忖：抄本写作"存"。
[21] 地流平：地面上。
[22] 儿：抄本写作"而"。

损傍人利自己终然无用，害了命撑[1]起家丧了良心。

胎瘦[2]马无草料焉[3]能得肥？这横财怎服你命贫之人？

做了好又落个贤良二字，奸贼人又落个奸贼名声。

世上人要占住七个大字，近在儿远在孙报在自身。

你做的屈冤事虽无人见，半空中有神明鉴察分明。

命里有受荣华终须自得，咱命穷[4]强求福惹祸临身。

世间人若做[5]下公平之事，皇天爷也不怨好心之人。

或富贵或功名子孙广有，善的善恶的恶报应分明。

劝丈夫你莫受年七贿赂，无义[6]财使着它中何而用[7]？

刘素贞直哭得如同酒醉，有王英听此言怒气冲冲。

手指着刘氏女百般叫骂，你真是无福的贫贱之人。

我今日挣来钱你还不喜，你倒说我不好坏了良心。

手拿了一锭[8]银佯常走了，上长街买行李就要起身。

刘素贞无[9]奈何前思后想，到后来事犯了必不饶[10]人。

不如我寻一个脱身之计，谁是贤谁是非显不分明。

上得[11]炕[12]抱起来孩子一个，亲生子抱在怀满肚皆疼。

实[13]想说长成人防备到老，谁知道[14]今日个[15]事不由人。

你的父贪图财杀人害命，到后来必不饶母子二人。

奴有心把孩子留下为后，又恐怕长成人又受灾星。

小哥哥鬼门关等等你母，娘儿们[16]手扎[17]手到了幽冥。

忍着心把孩子往下又掼[18]，掼得那小孩子脑花头崩。

刘氏女把身上衣服换了，针线柜取出了白绫一根。

把白绫紧拴[19]在中梁以上，可怜把刘氏女一命归阴。

这王英为贪财不大要紧，未起身先逼死母子二人。

王英到街上去买办行李，一时间来到了自己家中。

拿行李到家中房门紧闭，连叫了数十声不能应声。

不由得[20]一阵阵心中起火，踏开门不见他母子二人。

抬头看我妻子悬梁高吊，地上躺[21]小孩子脑花头崩。

上前去见妻子急忙折[22]下，舌吐着半胸膛倒也惊人。

早知道我的妻寻[23]得自尽，悔不该上长街去买行程。

我的妻寻自尽不为别事，她为那高仲举丧了残生。

我若是到路上不把他害，不害他高仲举誓[24]不为人。

却说王英又到了衙门，禀了知县，差了地方乡长、约甲买来棺材，葬埋以（一）毕。王英将家中的器物变卖清净[25]，收拾起身。来到房里，领了批文。牢头把仲举提出监来，过堂以（一）毕，押高仲举出的（得）衙门。有余小姐听说充军，在外等候，要与丈夫送行。正是：

仲举出衙见小姐，拿着行李泪纷纷。

余小姐见丈夫出衙前走，手戴铐[26]脚戴镣[27]甚是难心[28]。

走一步点一步实实[29]难受，黑瘦得好像是有病之人。

上前来忙拉住大放悲声，叫一声苦命的丈夫郎君。

奴自说夫妻们不能得见，天保佑今日个又却相逢。

[1] 撑：抄本写作“成”。
[2] 胎瘦：先天瘦弱。瘦：抄本写作“腴”。
[3] 焉：抄本写作“马”。
[4] 穷：抄本写作“穹”。
[5] 做：抄本写作“作”。
[6] 义：抄本写作“益”。
[7] 中何用：有什么用。何：抄本写作“合”。
[8] 锭：抄本写作“顶”。
[9] 无：抄本写作“如”。
[10] 饶：抄本写作“挠”。
[11] 得：抄本写作“的”。
[12] 炕：抄本写作“杭”。
[13] 实：抄本写作“是”。
[14] 道：抄本写作“到”。
[15] 今日个：今天。
[16] 娘儿们：母子。
[17] 扎：牵着（小孩的手）。
[18] 掼：摔。抄本都作“贯”。
[19] 拴：抄本写作“紧”。
[20] 不由得：抄本都作“不由的”。
[21] 躺：抄本写作“傏”。
[22] 折：放下。
[23] 寻：抄本写作“行”。
[24] 誓：抄本写作“是”。
[25] 清净：干净；尽光。
[26] 铐：抄本写作“肘”。“肘”字意义不明，为了阅读方便，整理为“铐”字。
[27] 镣：抄本写作“蹽”。“蹽”字意义不明，为了阅读方便，整理为“镣”字。
[28] 难心：心酸。
[29] 实实：确实。抄本写作“是是”。

问丈夫为什么遭这此事，我怎么一字儿不得知闻？

你就做这件事夫妻商议，忍一忍耐一耐不可胡行。

你是个明理人儒流秀才，非理事不敢做怎敢害人。

自己身治不了空看文字，你还想中皇榜治国安民？

高仲举叫贤妻莫要抱[1]怨，这件事提起来神也难明。

这人命不知是何人杀害，把尸首移送在我的家门。

推开门将尸首倒在怀内，摸一把是死人吓掉三魂。

我有[2]心与你说恐怕害怕，惊动了四邻居事不非轻。

我自说暗暗地移送别处，谁知道被地方拿住我身。

不用我回家来与你送信，一根绳拴住我拉在衙门。

实[3]想说到堂上还有分辩[4]，贼年七送白银偏问[5]此情。

有县官不容说非刑拷打，才知道年七贼使人害人。

我也把上庙事说了一遍，官受了贼贿赂不问真情。

叫衙役拉下去重打四十，夹[6]棍夹杠子压[7]尽[8]是非刑。

自小儿[9]未受过这样苦打，实实地疼难忍只[10]得招承。

招承了戴上铐[11]送到监内，到监里未见饭五日光阴。

饿得我[12]无奈何眼看就死，亏牢头与饭吃活到如今。

今日个出监来见见你面，如同是两世人死里相逢。

这件事我不说你怎知道，贼年七为谋你害我残生。

我与你作夫妻这样恩爱，来与我送碗饭也是你心。

余月英听此言心如刀割，叫丈夫我的苦你怎知闻？

奴一日三顿饭时辰不错，到今日你怎么还怨我身？

我为你睡不着茶饭懒吃，恨不得隔监门提出夫君。

叫夫君今日个分别之后，又不知到几时才得相逢。

今日个你一去夫南妻北，谁是你知己的厚爱亲朋？

仲举说夫妻们恩爱割断，你莫想我和你鸳鸯[13]之情。

小姐说你出门身上单薄，怎么着[14]受那个冷冻之寒。

这是奴缝下的一件衣裳，到路上与夫主遮冷挡[15]寒。

我还拿一杯酒与夫见面，叫丈夫你暂且吃上一钟。

这一去到西边不知远近，谁知冷谁知热谁是亲人！

余小姐斟[16]上酒双手恭敬，高仲举接在手大放悲声。

手端起酒杯子口上一对，酸疼得咽不下吐在埃尘。

叫贤妻将杯子拿着去吧，尝一尝酒的味敬你恩情。

余氏说夫妻们白头到老，谁知道半路里丢下妻身。

虽然你充军去是个活命，又不知到几时才得相逢。

你身上又单薄又有疾病，两腿上打下伤怎往前行？

这一去到陕西庄郎地界，路径有三千里怎么登程。

走千山渡万水过河渡水，到晚来站下店要你小心。

叫大夫你到了庄郎地界，有顺人[17]与奴家带个书信。

你若是到外边身体安康，就是奴死黄泉也落甘心。

天保佑你灾满得了活命，夫妻们讨要吃落个安稳。

仲举说我若到庄郎一去，十有九到外边不能回程。

袖儿里取出了离书一封，又恐怕耽误[18]了少年青春。

情愿写离婚字与作主，叫妻子行方便另嫁别人。

余小姐双手接离婚字样，怎么着不像那同共之人。

到你家虽无有生男养女，也受过千般苦万般苦辛[19]。

小姐一见离婚字，难割难舍恩爱情。

双眼流泪不撒手，疼烂肝肠气杀人！

却说小姐正然说话，有李虎、刘保奉年七之命，拿着二十两银子，叫刘英到了半路途中把高仲举杀了，回来还有重赏。密言咕（嘱）咐，走了。再说苗庆来到仲举的面前，将离书接在手中，拆（扯）为两分（份），半张递与小姐，半张递与仲举，说："你夫妻好好收存，日后就

[1] 抱：抄本写作"暴"。

[2] 有：抄本写作"又"。

[3] 实：抄本写作"是"。

[4] 辩：抄本写作"变"。

[5] 偏问：审问时偏袒一方。

[6] 夹：本句两个"夹"抄本都作"梜"。

[7] 杠子压：抄本写作"杆子押"。

[8] 尽：全。

[9] 自小儿：从小到大。自：抄本写作"只"。

[10] 只：抄本写作"自"。

[11] 铐：抄本写作"肘"。

[12] 我：抄本写作"饿"。

[13] 鸯：抄本写作"凤"。

[14] 着：助词。无义。

[15] 挡：抄本写作"当"。

[16] 斟：斟；倒。抄本写作"起"。

[17] 顺人：这里指顺便带信之人。

[18] 误：抄本写作"悮"。

[19] 辛：抄本写作"心"。

为对证。"他夫妻二人将离书收了。余小姐想起怀孕之事，低声咐（附）耳，口尊丈夫："你今一去，我身怀有孕六个多月，不知是男是女。丈夫亲口留个乳名，日后成人长大，好去找寻你。"

余氏想起怀孕事，羞羞惭惭[1]问夫君。

你今要走庄郎地，指肚留个小乳名。

高仲举听一言双眼落泪，叫贤妻你听我说个分明。

生下个男孩子叫个丁郎，起官名就叫个高氏再兴。

余小姐听丈夫把话说毕，又取出一件物二人收存。

袖儿[2]里取出了文花大镜，照住那镜当中一破两分。

这半个我丈夫收为表记，这半个余氏女自带自身。

叫丈夫我有话与你细说，你将这半个镜牢牢收存。

到后来见此物答查[3]对号，对着了破镜儿再好相逢。

高仲举叫贤妻听我细说，你日后防年七辱害你身。

年七贼爱我的花眉凤眼，你丈夫说此话总不放心。

告丈夫你恐怕奴有外意，我情愿剜左眼把我[4]心明。

怀儿里掏出来剪子一把，硬着心将眼珠剜在埃尘。

眼珠子跌[5]在地血流满面，把小姐疼昏迷不晓西东。

高仲举见小姐昏迷在地，又拍胸又踏地痛哭几声。

我今日一句话参想不到，亏负[6]了妻的心剜下眼睛。

却说小姐苏醒过来，疼得昏迷在地，有高仲举心中就如刀挽（剜）。那苗庆在一傍哭声不住，叫高仲举："你妻为你这样的贞节贤良，你在监中怎得知道？今日离别，你又说出此话，小姐无奈，当你〔面〕挽（剜）下眼睛，皆因你贝（负）了她的心了。"苗庆说了几句话，仲举闭口不言。小姐苏醒过来说："丈夫，你实实亏了妻的心了。"

小姐疼得趴在地，半晌[7]无语才黄昏。

余小姐爬起来方才苏醒，血淋淋流胸前染得衣红。

浑身上战兢兢开言便叫，叫夫君你听我诉[8]说真情。

今日个把我的左眼剜下，你夫主到路上也须放心。

路途上你顾[9]你饥寒二字，你莫要挂念我受了难心。

我一心与丈夫立志守节，任凭他年七贼怎样胡行[10]。

我也读圣贤书知道礼义，我岂肯负[11]丈夫丧[12]了名声。

为妻的有些儿[13]歪斜不正，发下的誓犯[14]了难以哄神。

高仲举站起来躬身施礼，莫怨我想不到亏了妻心。

却说苗庆开言便叫："娘子，你送君千里，终有一别，不必远送。你回去吧，我还有话咕（嘱）咐高兄。"又有王英、李虎、刘保三人走到跟前，也说："娘子，你回去吧，我们就要起身，不了[15]误（悞）了行程。"小姐听言，忙忙走到丈夫跟前，叫一声丈夫："你去吧。"有苗庆便叫："高兄台，你走，我送你一程。"王英就打发李虎、刘保二人回去。行走不多一时，到了十里亭。苗庆把解子王英请到了酒铺坐下。起（沏）了一杯酒，递与王英，便叫："王班尊，不成个敬意，略表人心。高相公前去，全要你老仁兄照应。"

苗庆斟起酒，递与王班尊。

有苗庆斟起了一杯水酒，双手儿[16]递与那解子王英。

这杯酒你吃了不为别事，叫仁兄也不过略表人心。

我说的这件事明明屈冤，尽都是年七贼定计害人。

今得命充了军去走远路，全要你老仁兄挂念他身。

你若是行好事虽无人见，半空中有神灵照报分明。

小的把宽心话细说与你，你走过十数天我赶你身。

却说苗庆拉住王英，把高仲举这事交与王英。王英听罢，一口应承，又说："苗老兄台，高仲举路上有我照应，老兄不必叮咛。"苗庆又说："你若受了年七的贿赂路上害了仲举，我后边赶你，那时节得罪老兄台莫要法（反）

[1] 惭惭：抄本写作"惨惨"。
[2] 儿：抄本写作"而"。
[3] 答查：抄本写作"打碴"。
[4] 我：抄本写作"你"。
[5] 跌：抄本写作"迭"。
[6] 负：抄本写作"付"。
[7] 晌：抄本写作"响"。
[8] 诉：抄本写作"诉"。
[9] 顾：抄本写作"隹"。"隹"当是"住"之误。
[10] 行：抄本写作"心"。
[11] 负：抄本写作"贝"。
[12] 丧：抄本写作"散"。
[13] 儿：抄本写作"而"。
[14] 犯：违背。
[15] 不了：不要。
[16] 儿：抄本写作"而"。

悔。"王英便说："这事苗老兄台多心了。你想，我和高仲举无冤无仇，我马（焉）能害他？"王英说罢，苗庆说："王班尊，小弟方才说了几句闲言，莫要在心。"二人说毕，将酒钱与了，三人同出铺来，各自走了。苗庆回上北京去了。再说余月英回到家中，孤恓恓过其光阴，每日思想丈夫，哭得身成大病，不能动身，素日[1]的容貌也无有了。再说年七闻听小姐送丈夫把一个眼睛抏（剜[2]）掉了，终日害（咳[2]）声不断："我费了若干的银子，操了许多的心情，也是前世无缘，这也是枉然。等她的病好再作料理。"不题。再表王英把高仲举解到黄河渡口，走了半月有余，傍边有一松林僻静之地，王英就要害仲举。

　　　　王英谋害高仲举，又[3]怕苗庆在后跟。

　　　　今天杀他不要紧，恐怕苗爷损我身。

　　高仲举直解到黄河渡口，竟走到陕西的大路之中。

　　六月里三伏天天气又热，见开的石[4]榴花到处皆红。

　　直热得浑身上汗如水点，戴上镣[5]直疼得寸步难行。

　　前是村后是店盼望不到，两丈路这作住[6]一丈所行。

　　走得漫[7]有王英后边追赶，不住声骂仲举尽[8]往前行。

　　高仲举受不住双膝跪下，苦苦告王班尊暂且容情。

　　套手铐[9]戴脚镣[10]难以快走，两只[11]腿足够有四十余斤。

　　口又渴肚又饥难以动行，头又疼眼又黑似[12]火烧身。

　　叫王爷你容我歇息一会，九泉下不昧[13]你山海之恩。

　　有王英听此言心中大怒，骂一声高仲举大胆贼人，

　　你怎么贪钱财将人杀害，才知道受王法寸步难行。

　　却说王英走到松林之下，心想把高仲举杀了，自己脱

[1] 素日：平时。
[2] 咳：叹息声。
[3] 又：抄本写作"有"。
[4] 石：抄本写作"柘"。
[5] 镣：抄本写作"膀"。
[6] 作住：这里指当作。
[7] 漫：慢。
[8] 尽：一直。
[9] 铐：抄本写作"肘"。
[10] 镣：抄本写作"缭"。
[11] 只：抄本写作"支"。
[12] 似：抄本写作"四"。
[13] 昧：这里指忘记。抄本写作"昧"。

身回家。又思想一会：高仲举被年七谋他的妻子，受这屈冤。况且我妻子昨日劝我不要杀仲举，我不依从，我妻子和孩子一死，干了一场何事？再者，苗庆并他的师兄济小堂神通广大，杀他不大要紧，我命难存。叫这些人算着赶上，焉得活命？不如我寻个方便，放了他吧，我落个安然走吧。仲举便叫："王爷，我们到松林之下歇息歇息再走吧。"二人进了松林歇下，王英便叫："高仲举，今日就是你的日子到了，打发你回去吧。"手举钢刀，望着仲举就下无情。仲举忙忙跪倒，口尊王爷："饶我性命吧。自此以后，我就把你当作我的父亲。"王英见仲举苦苦哀告，便叫："高相公，今日之事你莫怨我，你听我与你说明吧。"正是：

　　　　今日王英放仲举，后来一命救一命。

　　有王英叫相公听我细说，你听我对你说前后原因。

　　贼年七他一心谋你妻子，送金银买官吏送你残生。

　　他叫我到路上把你杀害，又与我五十两雪花白银。

　　你死在九泉下莫要怨我，冤有头债有主另找别人。

　　高仲举听此言魂不附[14]体，忙跪倒叫王爷饶我残生。

　　有年七他在世我躲几日，你回去就说是杀害我身。

　　高仲举苦苦地再三哀告，有王英叫相公你是听言[15]。

　　我若是害你命漫说[16]一个，你就是三五个不在我心。

　　你听我将原因细说一遍，我放你逃性命不可忘恩。

　　我为你把一家性命丧了，妻悬梁子摐地二命归阴。

　　我知道明是那年七害你，我不能屈杀你损[17]你残生。

　　你莫要再回上北京城去，普天下都是土何不留人？

　　有王英说着话泪如雨下，高仲举又施礼拜谢恩公。

　　问王爷家住在何方贵地？我日后得活命好报你恩。

　　王英说我家在真定府里，阴河县阳火楼有我家门。

　　我如今不进京直回家去，到处里是我家埋[18]姓藏名。

　　却说二人说话，泪如雨下。王英取出银子十两，说："这是我起身的时节年七打发李虎、刘保送来的银子，叫

[14] 附：抄本写作"付"。
[15] 言：抄本写作"音"。
[16] 漫说：不要说。
[17] 损：抄本写作"捐"。
[18] 埋：抄本写作"卖"。

我到路上僻静之地将你杀害，还有重赏。我今与你些路资盘费，莫要嫌少。"仲举接银在手，打了架（枷）锁、手肘（铐），一头叩谢。王英辞别走了，丢下仲举。不觉半月天气，走到北京。等着天黑下晚，心中思想：我今苍天保佑，得了活命，不免与妻说知，再走别处，隐姓藏名。急忙将衣服翻穿上进了城，顺住[1]贝（背）巷到了家门，悄悄叫门。有余氏在房中，听的（得）是丈夫之声，又想：我丈夫出门一月多光景，又不知到了何处地界，不由得一正（阵）心酸。

  小姐猛然想丈夫，不由一阵[2]好心酸。

  余小姐在房中月影高照，满庭上照银灯独坐黄昏。

  想丈夫哭五更何日得见，孤枕上昼夜间冷冷清清。

  坐黄昏在暖阁听见人叫，急忙忙到门上来问一声。

  开了门见郎君站立门首，夫拉妻头对头大放悲声。

  莫非是到五更梦里相见，你怎么半黑夜又在门前？

  高仲举叫贤妻你怎知道，我得命浪淘沙来见你身。

  有王英他放我松林之下，不住走连夜子[3]来回家中。

  小姐说奴怀孕七个多月，不知男不知女难辨[4]分明。

  生下个一朵花也不中用，天保佑生男子终成我心。

  长成人到后来找爹认父，不免说我受了一世苦心。

  却说夫妻二人一夜未睡，哭到五更时候，仲举便叫贤妻："天色大亮，你快收拾行李，打发我起身，若是迟了，走漏消息，有命难逃。"余氏说："路上要你小心。"忍着心送出门去了。即（急）如陋（漏）网之鱼、脱笼之鸟的一般奔到城外，竟往胡（湖）广武昌府走。不觉偶得大病，倒在路上，不由心如刀搅（绞）。到了次日，又无半文钱使用，无奈上街，口打莲花一（以）度光阴，要几文铜板。正是：

    打起莲花落，惊动街坊人。

   莲花起时满天红，莲花落了闭柴门。

   不打莲花无度用，打起莲花众人听。

   春夏秋冬四季天，四时八节不一样。

少年子弟不觉老，风花[5]雪月过光阴。

人人皆叹光阴快，光阴一去再不来。

别的闲言不可讲，我把古人表一番[6]。

太公当年时不正，渭水河边钓鱼竿。

时来登台拜过相，兵进五关把名扬。

战国子胥[7]多少汉[8]，临潼岭上把名扬。

时来挂过明府印，运去吹箫在丹阳。

韩信乞食槐阴下，时来也遇汉高皇。

登坛封过齐王职，运去斩首在未央。

宋朝有个吕蒙正，破瓦窑里把身安。

野寺院里赶斋去，一举[9]成名宰相官。

六出祁[10]山诸葛亮，妙算难免五丈原。

古来多少英雄汉，都为时来运不祥。

小子无奈把饭讨，爷爷奶奶听根苗。

说我家来家不远，提起我名也有名。

家住山东昆海地，历城县里有家门。

我父受过皇王职，我母也是受命人。

天不假[11]年早去世，单单留下我孤身。

我名叫个高仲举，妻子名叫余月英。

夫妻二人把京上，居住北京要求官。

夫妻来到北京地，住在草帽胡同里。

三月有个二十八，东岳庙里把香焚。

撞见年七奸贼汉，一心爱我妻子容。

定计请我写寿轴，结拜弟兄要上门。

金银买转[12]我心事，一日上门拜妻身。

我妻识破奸贼计，羞得年七面发红。

定计杀人谋赖我，送到宛平问此情。

苦打成[13]招下在狱，多亏恩公叫苗庆。

[1] 顺住：顺着；沿着。
[2] 阵：抄本写作"正"。
[3] 连夜子：连夜。
[4] 辨：抄本写作"变"。

[5] 花：抄本写作"火"。
[6] 番：抄本写作"方"。
[7] 胥：抄本写作"婿"。
[8] 汉：除本段韵文的几个"汉"为规范字形外，抄本都作"汗"。
[9] 举：抄本写作"笔"。
[10] 祁：抄本写作"岐"。
[11] 假：借。抄本写作"暇"。
[12] 转：本段韵文抄本都作"贯"。
[13] 成：抄本写作"承"。

买转刑房减[1]了罪，那时得命往前行。

充军发在庄郎去，我同王英一路行。

买了解子害我命，路途我又遇灾星。

苦求解子放了我，到处闲游几月零。

信步[2]胡走到这里，天降大病走不成。

残茶剩饭莫喂狗，舍与贫人救饥困。

若能救饥救命人，辈辈子孙进朝门。

打罢[3]莲花收了尾，人人闻听疼伤心。

却说高仲举打罢莲花，众人舍了几文铜钱，方才买了些笔墨纸张，上街买（卖）文去了。那一日正在街上行走，有吏部胡老爷——只因无子，告老回家，〔自〕从张老爷府里饮晏（宴）回来，街上见仲举买（卖）文。胡老爷一见，言说："写的（得）好！"就把仲举叫到跟前，便问："这字条是你写的不是？"仲举听言，便说："老爷，不嫌粗草（糙），与你写几句。"胡老爷言说："我问你哪里人氏，为何到此卖文？"仲举就把从前事一一对胡老爷说了一遍。胡老爷听罢，叫声："仲举，是你不知，你父在此做过刑厅[4]，和我八拜结交。多年不见，不知你父去世。"便叫人役与相公看坐（座），高仲举连忙下拜。行礼以（一）毕，胡老爷说："不必行礼。"便叫相公："你今到我家把（吧），相公拜为我子，不知相公意下如何？"仲举忙忙又拜老父称："焉有不从之礼？"妇（夫）人问，胡老爷说："就这是高仁兄的儿子，名叫仲举。他父去世，留（流）落到此，今日把他收作一（义）子，脱（托）令[5]成人，后来你我二人有靠。"妇（夫）人听言，喜之不尽。府下的人役急忙安摆[6]酒席庆贺，地方上的人等都来贺喜，张老爷也来庆贺。胡老爷就同张老爷和地方上的人等把高仲举改了胡仲举。张老爷说："胡年兄，你今新得贵子，我有一女儿，不嫌足大面丑，与公子结亲。你看如何？"胡老爷听说，满心欢喜，便叫："年兄台（抬）

爱了。就择良辰吉日摆了席，过[7]把张小姐娶过门来。"完婚以（一）毕，仲举每日思想：我得安然，不知月英小姐几时相逢。恐怕张小姐知道，暗中掉泪，此话不表。

再说余小姐在家苦受贫穷，朝（终）日痛哭，身得大病，夏凉之时睡到秋收之日方才好了。那日十月满足，腹内疼痛，生下一个孩童，小姐心中欢喜，这话不表。再说年七思想高仲举充军，几月天气不见王英回来，便叫刘保："你去叫二媒婆前去打听余小姐的病好也未好，好说亲事。"不一时，二媒婆去到余氏家内，小姐心中暗想，这二人到来必有原故。

小姐一见媒婆到，心中思想不容情。

余小姐在家中半忧半喜，忽然间又来了二位妇人。

上前来问万福深深拜过，我二人到你家通说信音。

媒婆说咱听见相公出外，路途上得疾病丧了残生。

我们来奉劝你出门改嫁，也恐怕耽误[8]了你的青春。

趁你的嫩容貌另嫁夫主，得荣华受富贵快乐一生[9]。

使丫嬛共奴婢无其大数[10]，冬穿绫夏挂纱[11]任你所行。

门又当户又大富贵无比，比你的高相公还赛十分。

不久的出任去做[12]了高官，你就是有福的诰命夫人。

余小姐听此言心中暗想，必定是年七贼差媒说亲。

小姐说什么人使你来说？你听我告诉你是说你听。

我父亲做尚书谁人不晓，我丈夫是秀才文学之人。

生下我小女子名叫月英，十八上配与了高氏相公。

我丈夫被年七奸贼谋害，为谋我作妾妇夫妻离分。

我的父现在世谁敢胡说？是谁人使你来叫我出门。

他想说[13]娘生得十分美貌，不知贼他爱娘哪些引[14]人？

二媒婆生巧计开言答应，他爱你杨柳身美貌双容。

小姐说二媒婆听我言论，你二人急回去免我起身。

[1] 减：抄本写作"灭"。

[2] 信步：抄本写作"行步"。

[3] 罢：抄本写作"把"。

[4] 厅：抄本写作"亭"。

[5] 托令：这里指拜托神灵使其（成人）。

[6] 安摆：安排摆设。

[7] 过："给我"的合音字。

[8] 误：抄本写作"悮"。

[9] 生：抄本写作"身"。

[10] 无其大数：这里指不计其数。

[11] 纱：抄本写作"沙"。

[12] 做：抄本写作"作"。

[13] 说：找对象。

[14] 引：抄本写作"迎"。

我就是饿死了不能改嫁，他若是再硬娶命定归阴。

他就有丫嬛女无其大数，我不愿事奉他害人贼根。

虽然他做官宦门当大户，奴也不失贞节受他荣华。

你劝他丢开手再莫挂我，想坏了他的命难得娘身。

他若是行凶道定来娶我，那时节我破命送他残生。

却说二媒婆回来，把小姐说了的话对年七说了一遍，媒婆各自回家去了。年七思想：难道把我的心情白用了，银钱枉费了不成？等到明天，我带一伙人役将这贱人抢夺着来，饱饱打她一顿，放在奴才伙里，叫丫嬛拷打折磨她。若不能回心转意，那时节将她作灭（践）[1]死，谁敢问我要人？便是这个主意。不题。再说高仲举的拜弟一枝梅苗庆，因此（为）救仲举出监充军，他回上北京。不觉八月十五日，打开锦囊一看，就知有人谋害小姐，往草帽胡同打听余小姐的消息。苗庆来到大街，见一铺前拥着数十个人，衣帽正（整）齐，求写状子[2]。有官大夫便问："你们写状子为何？"众人便说："我们写状子。我们是一伙客商[3]，这京城里有我们的十座清器铺，都叫严阁老的当家官年七霸占着去了。我们想在嘉靖爷面前叩婚（阍[4]），就是[5]争不下铺店，出一出冤气也就勾了。这就是此情。你写一张状子，你就要〔一〕八百两［银］子，我们与你。"官大夫听说，魂飞天外，说："爷们，不了照住（顾）我了。"带说着推出铺来，把门闭了，把这些客商气得踏脚无奈。苗庆在傍边听见，上前便问："众人的屈气出去[6]不难。"众人言说："老兄，你能出得我们的屈气，恩有重报。"苗庆说："忙（漫）说出气，就开本铺，有何难哉！"众人就把苗庆请在酒楼吃酒，苗庆说："酒不可多吃，你们到铺前看着，我叫他开不成铺店，转（管）叫他性命不存。"众人听罢，都在铺前闲游，苗庆随后跟着，这话不题。

再表年七那一日从严府治事回来，领着几个家人就要抢夺余氏去哩。走到清器铺前，天气炎热，避暑伙计接七爷乘凉。年七见天色尚早，就下马入铺乘凉，便问："这几日卖买（买卖）如此（何）？"伙计言说："生意茂盛。"有苗庆远远望见年七在铺内吃酒，腰中抽下两根手巾，用手一指，变成一双兔子，一个白似雪，一个黑似墨，俱是一双玛瑙眼睛。抱在怀中，从店门所过，被年七看见，越看越爱，便说："这兔子是你卖的么？"苗庆说："不卖。"年七听［了］说："你抱到街上，怎么不卖？"苗庆说："我这兔子，有人所爱，奉送与他。"年七说："我倒爱它，你若送我，重重有赏。"苗庆说："有赏不送。"年七听说，欢喜十分，接兔子在手，越看越好。心想：把这兔子送与严府，岂不是好？苗庆回来到众人伙里，言说："你们细看，叫他十座清器铺等一时要成破物，一文钱也不值。"一言未罢，年七抱的兔子往下一跳，门边拴着一支（只）大狗，看见兔子，掷（挣）断绳索。狗赶兔子，把兔子赶急，跳入架板，把架板塌（踏）翻，打得家俱叮当响亮。这铺打完，跳入那铺铺内，各有一支（只）大狗赶撵兔子。年七看着不好，叫人拿棍打兔子。几十人拿棍打那兔子，把十座清器铺的家俱打尽，分文不值。那兔子也不见了。有苗庆站到店门往里观看。有年七哎哟一声跌下椅子，眼睛邪（斜）瞪，鼻口俱歪，口流酸水，不省人世。人役抬回家去，不题。

再说众客商见〔这〕此事，喜之不尽，街坊上的人等都说："这个事怪，这兔子不知往何处去了。"众客商把苗庆拉在酒楼吃酒，顺谢银子一千两。苗庆不收，再三奉敬，只收银二百两。辞别众客商就到余氏家中，便叫："嫂［嫂］，你放宽心。那年七今日领着一伙人役要来抢夺嫂嫂，被我把他治在死处，大约他得八九年不能动转。我奉师兄之命，为你夫妻北京站了多少年代。我今要走山东，娘子不必忧愁，好好恩养孩子成人。"说话一毕，又留下一百两银子。小姐说："恩公太多心了。"苗爷告辞，回上山东。再说年七得下气滞风症，求医吃药不应，过了八九年方才动转。

再说余小姐打发二媒回去，再无人打搅。不觉光阴似剪（箭），日月如梭，丁郎也够了九岁了，送在学中读书，起名叫个高再兴。丁郎一夜做梦，梦见一位红脸爷爷叫他

[1] 作践：糟蹋；摧残。

[2] 状子：抄本写作"状字"。

[3] 客商：抄本都作"客商"。

[4] 叩阍：吏民因冤屈等直接向朝廷申诉。

[5] 就是：即使。

[6] 去：这里相当于"的话"。

寻父，口叫丁郎："你不找寻你父，还等几时？"丁郎惊醒，却是一梦。便问母亲："我父往何处去了？今夜晚梦见一位红脸爷爷叫我寻父亲去哩。孩儿问你，你自使（只是）信口哄我。就是做些生意，也来探家。你把父亲名讳与我说来，孩儿去找；你若不说实话，孩儿也不活了。"小姐听说，就把年七苦害的话细细对丁郎说了一遍。丁郎听说，气倒在地，小姐抱住，放声大哭。

　　　　余氏小姐抱丁郎，嚎啕痛哭怨苍天。

　　丁郎儿苏醒来叫声我母，儿当住[1]父在外贸易为生。

　　几次家儿问你信口瞒昧[2]，儿今日才知道父受灾星。

　　我出去游天涯各处找寻，找不着[3]我父亲死不回程。

　　余小姐听此言双手抱住，我的儿你怎么不顾娘身？

　　非是娘拦挡你不叫你去，我怕你年纪小不知路径。

　　娘养你费心情不是一日，你一去到外边谁是亲人？

　　独自个在荒滩谁人做伴？到晚来小冤家哪里安身？

　　白日里游庄村忍饥挨[4]饿，黑夜间土地下卧雪寒冰。

　　丁郎说昼夜间自有料理，逢着人就问信探父亲。

　　余氏听小孩子或像[5]知道，眼流泪叫冤家娘说你听[6]。

　　娘今日再三地留不住你，你要去娘的话你记心中。

　　到路上年老的你称祖父，年青的叫叔叔义礼为人。

　　常言道出门人三辈作小，昼夜间全要你自己小心。

　　到路上有桥梁先把客让，上舟船渡河水莫要先行。

　　这个是半个镜可为表记，还有件破汗衫仔[7]细收存。

　　倘若是见本人答查对号，对着号那就是你的父亲。

　　若找着你的父父子相认，早些儿回家来莫忘娘身。

　　他问你年七贼逼[8]娘改嫁，你就说寻自尽至[9]死不从。

　　就是你寻不着[10]也早回程，免得下为娘的昼夜操心。

　　却说小姐叮咛以（一）毕，将破镜、汗衫就与丁郎

[1] 当住：认为。
[2] 瞒昧：欺瞒。
[3] 着：抄本写作"过"。
[4] 挨：抄本写作"埃"。
[5] 或像：好像。抄本写作"和相"。
[6] 娘说你听：抄本写作"听说娘听"。
[7] 仔：抄本写作"自"。
[8] 逼：抄本写作"被"。
[9] 至：抄本写作"只"。
[10] 着：抄本写作"过"。

救[11]在衣裳以内，收拾盘费，打发击（出）门去了，余氏回家。丁郎出了京城，逢人便问父亲的信息，偏偏遇过（着）年七的家人。刘保上前问过："你是谁家的孩子？"丁郎言说："我父名叫高仲举。"刘保言说："我当是何人，原是仇人的孩子就好。我把他哄在避（僻）静之地害了，年七必定重赏与我，岂不是好？"便叫孩子："你父亲与人家佣工，你跟我老汉来，就见你父亲。"把孩子哄过（着）大树之下，用了一根绳子拴在丁郎的脖子上，抱起挂在树上，一时气绝身亡。

　　　　丁郎遇灾难，神灵救他身。

　　丁郎的冤枉事冲天不散，惊动了玉皇爷坐不安宁。

　　玉皇差太白星急速搭[12]救，李太白领敕旨不敢消停。

　　收云头化作个推车老翁，到树下把孩子放在埃尘。

　　将灵丹一妙药度[13]在口内，这孩子几刻间惊醒还魂[14]。

　　爬[15]起来见老翁倒身下拜，谢爷爷发慈悲救我残生。

　　我如今寻父亲不知正路，望爷爷指点我去路来踪。

　　太白星叫孩子坐在车上，我送你一程路寻你父亲。

　　丁郎儿上了车前走几步，睡着在车子里扯呼几声。

　　霎时间到武昌云头落地，丁郎儿睡醒来睁开眼睛。

　　叫孩子下车来找寻你父，小丁郎忙下车拜谢老翁。

　　必定是神人救送到这里，向空中忙叩头谢过神灵。

　　往前走不知是何方地界，见几个人说话言语不通。

　　无奈何往前走寻个站处，想父亲盼母亲两泪纷纷。

　　肚子饥走下动天色又晚，信步走又进了一座庙中。

　　进庙中四下里柴无一把，叫苍天眼流泪好不伤心。

　　丁郎儿一天整未见汤饭，就睡在供桌下一夜伤情。

　　却说丁郎一夜未曾[16]睡□[17]，清早来到街上寻问父亲，人人都说不知道。又过了十数余天，又到街上问信。那日胡仲举无事，正在街上闲游，看见孩子是北京人的打

[11] 救：缝。
[12] 搭：抄本写作"大"。
[13] 度：口对口喂食。抄本写作"渡"。
[14] 魂：抄本写作"昏"。
[15] 爬：抄本写作"趴"。
[16] 曾：抄本都作"怎"。
[17] □：此字难以辨认。

扮，上前便问："这孩子，哪里人士？到此为何？"丁郎言说："大爷，小的是北京人士，为找父亲来到这里。"仲举说："你父亲名叫什么？"丁郎说："我父姓高，外边避灾躲难。"仲举说："姓高的极多，你恐怕说出名字，有人谋害，是也不是？这些[1]无人，你说我听。"丁郎就把家中之事细细对仲举说了一遍，又把神人指了路径的话说了一遍。仲举听说，暗叫苍天：谁知是我的孩子千山万水找到这里来了！我有心父子相认，我对胡老爷说过我无有前妻，才把张小姐配我为婚。若是认了孩子，胡老爷必然发怒。二则张小姐知道，谋害我的孩子，如何是好？说："哇哇（娃娃），这里无有，你到别处找去吧。"丁郎听[了]说："谢过大爷。"高仲举转身过来说："眼睁睁父子不能相逢，好不疼杀也。"

　　　　仲举流痛泪，心内自思忖。

　　　　放下亲生子，却又不相逢。

　　高仲举见孩子心如刀绞[2]，不由得心参[3]想两泪纷纷。

　　前世里害了人今世报冤，眼望着亲生子不得相逢。

　　千也难万也难难得无奈，却要认不[4]相认时不相逢。

　　好夫妻不到头半路离分，一会儿想起来想杀人身。

　　我倒[5]是不见儿还则犹可，一见了小冤家摘[6]胆剜[7]心。

　　我今日父子们见了一面，再相逢除非是一梦之中。

　　回家下想孩子眼流痛泪，谁知道张小姐来问原因。

　　却说高仲举回来，坐在房中，心中思想，眼中流泪，也不敢往张小姐房中去了。小姐等着用饭，不见回来，就到小房料（瞭）望[8]。进的（得）门来，见丈夫流泪，上前便问："丈夫，伤心为何？相（想）必是和人治（置）了气[9]了？你与为妻说，妻与你解忧愁。"仲举说："并未

[1] 这些：这儿。
[2] 绞：抄本写作"搅"。
[3] 参：抄本写作"惨"。
[4] 不：抄本写作"下"。
[5] 倒：抄本写作"到"。
[6] 摘：抄本写作"拆"。
[7] 剜：抄本写作"挽"。
[8] 瞭望：看望。
[9] 置气：怄气。

治（置）气，我的这眼睛见风有泪。"张小姐说："泪从心上起，若不伤心，泪从何处来？"小姐正要细问，有家人来到书房说："请大爷。太老爷在花院（园）里请你谪（商）议话哩。"高仲举被小姐问得无言可答，趁此机会就往花院（园）里去了。胡老爷便说："此处修一座凉庭（亭），天气炎热避暑。"仲举听罢，就使家人买木植[10]砖瓦，叫土工去了。明天日子好，就要修造，不题。

　　再说丁郎又找了几日，那日进庙，抬头一看，坐着一位红脸爷爷。丁郎急忙跪下叩头，便叫："爷爷，先（想）当初你与我脱（托）梦，你叫我到这里找寻父亲。我到这里几日，纱（渺）无音信，你就不管了。"带说话着就睡着了。到了三更，神圣叫丁郎："明天胡府里修工，我交（教）与些夯歌，你去佣工，定见你父亲。"丁郎梦里说："我年青力薄，怎么佣工？"神圣又说："我交（教）与你夯歌，众人佣工，你打板，口内叫号，内藏十二月名，必须于（与）你父相见。"丁郎惊醒，才是一梦，就见（将）夯歌记在心中。第[11]二[天]早起，出庙到了街上，见一伙人都说做土工去哩。丁郎伙[12]在人内，到了胡家花院（园），胡定看见，叫孩子："你提不动夯，拿不动杵，到此为何？"丁郎便说："大爷，虽然提不动夯，拿不动杵，却能叫号。"胡定说："也罢了，你叫号，我们与你添工钱。"丁郎说："叫众位一句一板，听号用工。"正是：

　　　　我今叫起号，你们好用工。

　　正月元旦过新年，满斗焚香谢龙天。

　　我父姓高名仲举，因为避难到此间。

　　二月读书去游春，遍地发芽草又新。

　　我母本是余月英，生得美貌又聪明。

　　三月桃花满园开，惹得蜜蜂探花来。

　　东岳庙里把香降，撞见年七谋我娘。

　　四月提篮去采桑，年七有妻十八房。

　　他的妻妾都不爱，一心要爱我的娘。

　　五月端阳艾叶青，家家小姐打扮新。

[10] 木植：木柱；木材。
[11] 第：抄本都作"弟"。
[12] 伙：加入人群中。

定计请父写寿轴，结拜弟兄要上门。

六月三伏热难当，双双燕子绕梁间。

他见我母在厨房，羞得年七面发黄。

七月初七渡双星，牛郎织女配成婚。

定计杀人赖我父，宛平县里苦招承。

八月十五月儿圆，我父充军在庄郎。

月儿圆来人未圆，年七使媒说我娘。

九月初九到重阳，菊花开得满园香。

三番两次逼我娘，至[1]死不从寻[2]无常。

十月姜女送寒衣，哭倒长城十万里。

多亏神圣[3]把梦托[4]，因为寻父辞家乡。

十一数[5]九冷难禁，点水落地冻成冰。

我今到此有半月，不见我的老父亲。

腊月梅花似粉妆，撇下老母在外边。

若是不见我父面，就是饿死不回乡。

旦若有些不好事，三不团圆在眼前。

丁郎哭得如酒醉，人人闻听泪不干。

打墙众人听此言，各各眼中泪汪汪。

却说张小姐听的（得）丁郎叫号，同丫嬛拿的针指[6]来到花园亭上坐下，带做针线听的[7]叫号，内藏许多的情由。听毕，回到绣房，小姐就使丫嬛把丁郎叫到跟前。丁郎身（深）施一礼，便叫："奶奶，叫小人来有何教训？"小姐说："孩子，今年几岁了？到此为何叫号？你为何因？你父在也不在？姓甚名谁？你与我实实说来。"丁郎听的（得）奶奶问起原因，就把家中年七谋害的话说了一遍，又把仲举出门躲灾、母亲使我（他）寻父的话细细说了一遍。小姐说："你寻父可有对证也未有？"丁郎说："我出门的时节，我母亲与了我半个镜儿、半件汗衫，不知就是对证不是？"小姐说："取出来我看。"丁郎取物，小姐一见此物，记起从前丈夫交与我（她）的此物。

[1] 至：抄本写作"只"。

[2] 寻：抄本写作"行"。

[3] 圣：抄本写作"神"。

[4] 托：抄本写作"脱"。

[5] 数：抄本写作"伏"。

[6] 针指：针线活。

[7] 的：这里相当于"的是"。

揭开皮箱，拿出对证，对上查（碴）头[8]，分毫不错。便叫："丁郎，查（碴）头对号不错，即是你父。"丁郎便说："奶奶，此物在此，想来奶奶知道，周转我父子相见，死不忘奶奶深恩。"小姐听罢，放声大哭，叫一声："孩子，千山万水，难为你了！"便叫丫嬛："请你大爷来。"一言未罢，公（仲）举进来。小姐说："你可认得这个孩子？"仲举故意说："我认不得。"小姐又把破镜、汗衫递到手里："你看查（碴）头对也不对？"仲举一见此物，也不怕小姐了，放声大哭，小姐也痛哭。小姐便说："你为人心如蛇蝎的一般，既有孩子，为何不早说？"仲举双膝下跪，叫声："娘子，我实实瞒昧不过你了。"就从头至尾把年七图谋妻子、杀害人命赖与他身、送到监中苦打承（成）招，把前后的话细细说了一遍，小姐听说，到（倒）也伤心。

仲举说离家时未生孩子，指肚皮起乳名我才出门。

提着笔卖诗文流落贵地，胡老爷收了我与你配婚。

这些事我怎敢叫你知道？我自说[9]漫漫[10]地与你说明。

昨日个在街上我见孩子，说原因不敢认我又辞分。

谁知道到今日来到这里，你怎么就认得我的儿童？

张氏说他打板高声叫号，我听见他的话甚是伤心。

我叫他问原因拿出对证，那时节奴才知是我儿童。

高仲举听此言又往上跪，叫贤妻超升我父子二人。

丁郎儿上前来叫声我母，听父子我今日报你深恩。

张小姐听此言将口扣住，叫丈夫你怎么这样尊人。

你的子岂不是我的儿子？今相逢这也是前世缘人。

高仲举听此言嗷嗬痛哭，张小姐抱孩子大放悲声。

三口子直哭得同酒醉，惊动了胡老爷又问原因。

却说胡老爷忙问丫嬛："这事（是）何意？"丫嬛说："是大叔的儿子到了，相认之间，因此痛哭。"胡老爷就把仲举叫来察问，张小姐随后跟着到门外。仲举见了胡老爷，双膝跪下，胡老爷便问："你这不孝的畜生，先

[8] 碴头：器物上的破口。

[9] 自说：私下想。

[10] 漫漫：慢慢。

（想）当日你与我说明，使人搬来媳妇，岂不是好？你今做下这事，怎样与张老爷回答？人家的女儿岂肯与你做偏房？是何道理？"张小姐在门外听见，叫声："爹爹，不必敖（埋）怨了。你想，余氏姐姐乃是尚书之女，这样贞节贤良，必须万古留名，就是我做偏房，也不占（玷）辱。就是我爹爹知道，一面有我。"胡老爷听［了］说："好一个贤德媳妇，世上少有！既然如此，择了良辰吉日搬大媳妇到来，与你做伴。"择定日子，就打发胡定、张平随仲举搬余氏去了。张小姐生下一个孩子，年方八岁。两个孩子送在学中读书，就把名字改了，一个叫个胡氏（士）来，一个叫个胡氏去。张小姐都是一样的看承，不题。高仲举、胡定、张平三人一路急去，到了余氏家中。这余氏正然思想丁郎寻父不见音信，忽听门外有人悄悄叫门，余氏说："是谁叫门？"仲举："你把门开开。"仲举同胡张二人进来，余氏一见，夫妻离别整整十年，就像日落怀中的一般，眼泪纷纷。胡张二人上前问安，余氏说："烦劳二位哥哥了。"

小姐一见丈夫到，不由两眼泪纷纷。

余小姐正思想无影无踪，忽然间夫主到进了房门。

这几年在外边不见音信，到哪里成家计不念妻身？

手里无一文钱难过日月，丢下我娘儿们何不挂心？

有年七使媒人再三逼嫁，气得我寻无常死里逃生。

高仲举听此言双膝下跪，余小姐忙忙地拉起夫君。

仲举说妻的恩杀生难报，恨年七千刀刮不称[1]我心。

这几年在外边不得见面，今日个你听我细说原因。

手里无一文钱难过日月，无奈何沿门化提笔卖文。

信步儿到武昌遇着[2]恩人，胡老爷和我父结拜宾朋。

因为他五十岁缺了后代，他把我收到家当作亲生。

有吏部张老爷听见贺喜，将他女张小姐许我为婚。

我要来又恐怕怪我不是，见得我无终身背[3]意忘恩。

终日家我心里暗里思想，那一日见孩子我问原因。

那时节瞒不过张氏小姐，取表记对碴[4]号父子相认。

却说仲举夫妻二人各将苦难说了一遍，仲举说："今日恩父命人来搬你。"小姐说："既然如此，这个地方君子小人不同就站不得。"急忙起身，不题。再说地方上的李虎，黑夜之间从高门所过，站在门外细听高仲举说话。李虎急忙禀明年七知道，年七又写了一张帖儿送在郭玉的府里。再说仲举一夜未曾安眠，等到天明就要起身，不知郭玉命了四个衙役早到高家门上等着。仲举出门，衙役不用（容）分说用绳子拴住，拉到衙门里去了。郭玉升堂，把仲举带上堂来，便说："你是杀人的凶犯，路上杀死解子，你逃回来。是也不是？"仲举回禀大人："我并不敢杀解子。原来到半路中，王英将我放了，小人在外几年，今才回来了。这是实情。"郭玉便说："大胆的犯人，明明是你杀害王英，你还不招，叫人役抬挟（夹）棍，与我挟（夹）起。"仲举听说，怕了刑法，便说："原是小人到半路僻静之处，三手肘（铐）打死，小人回来，这是真情。"大人听说，供官画字，送到刑部监中，不题。再说胡张二人见仲举被郭玉送到刑部监中，急忙回来与小姐送信。二人进的（得）门来，把话说了一遍，小姐放声大哭，叫声："丈夫，你活杀我了。"正是：

余氏听得[5]来人说，半天无语似木人。

有胡定和张平说知消息，把余氏直气得跌倒埃尘。

手拍胸长出气两眼流泪，怨苍天你怎么不睁眼睛！

余小姐睁开眼自怨苦命，前世里造下业报在今生。

叫一声苦命夫谁替你身，夫在监儿在外奴怎安宁？

你想说夫妻们相守[6]到老，谁知道今日个祸又临身。

你就该使别人前来搬我，免得下这如今惹祸烧身。

余小姐直哭得肝肠裂[7]断，有胡定和张平他也伤心。

叫一声大奶奶少要[8]痛哭，我二人急回去忙把信通。

老太爷差人来搭救大叔，必定要把大叔救出监中。

余小姐住了泪开言便说，你回去拜姐姐看顾儿童。

你说我余小姐若见她面，一重恩定要报十重深恩。

开行李取出了银子三两，做盘费你二人一路小心。

[1]　称：抄本写作"成"。

[2]　着：抄本写作"过"。

[3]　背：抄本写作"贝"。

[4]　碴：抄本写作"查"。

[5]　得：抄本写作"的"。

[6]　守：抄本写作"寿"。

[7]　裂：抄本写作"列"。

[8]　少要：不要。

却说余氏打发胡定、张平走了，小姐每日与丈夫送饭，不题。再说胡定、张平二人连夜奔上武昌府与胡老爷禀知，就把年七拿高仲举情由说了一遍，又说余氏拜付（托）老爷、夫人快些打发人到北京救大叔出监。胡老爷闻听，就使人请张老爷谪（商）议。不一时张老爷来到，胡老爷将此情说了一遍。张老爷听知，泪珠纷纷，告辞回家，修书一封，胡老爷也修书一封，打发胡定、张平连夜进京，将书下在锦衣衙督都徐清的府下。徐清见张老爷的书字（子）[1]叫搭救仲举个活命，即写帖儿送到刑部王进的衙门。王进一见，冲冲大怒，骂声："大胆的匹夫，买贯（惯）人情，是何道理？"次日就参了一本——徐清卖贯（惯）人情，天子准本，批与严嵩，把徐清割（革）职为民。有陆陋也拿帖儿拜见王进，王进也要本。这陆陋是严嵩的干子，传请二人在严府解和，各自回府去了。与胡定、张平说知，就说不能搭救仲举。胡张二人报知余小姐，又奔上武昌府走了。余氏每日与丈夫送饭，不觉三年光景，将家业变卖尽了，只有一间小房居住，家无度用，自（只）得讨化[2]与丈夫送饭。

小姐出乎无计奈，只[3]得讨化养残生。
余小姐眼流泪心中自思，我丈夫遭刑法家业费尽。
千思想万思想无计无奈，少不下沿门化讨要为生[4]。
忽记起我的儿年纪又小，又好似把钢刀扎在心中。
离了家划着筭[5]已然五载，怎知道你一去不见回程。
你的父现受罪命也难保，你贪富受荣华不想回程。
算起来今十六也该长大，忘娘恩背[6]娘义不挂娘身。
一会儿[7]不思想还则犹可，思想起不由得好不伤心。
秀才妻尚书女沿门讨化，娘的苦儿在外怎得知闻。
寻一碗留半碗与夫救命，现有父我不好上他门庭。
我今日沿门化出乎无奈，告爷爷叫奶奶发点慈心。

[1] 书子：书信。
[2] 讨化：乞讨。
[3] 只：抄本写作"自"。
[4] 生：抄本写作"身"。
[5] 筭：算。
[6] 背：抄本写作"贝"。
[7] 儿：抄本写作"而"。

余小姐直哭得肝肠裂[8]断，哪一个听此言莫不伤心？
却说余小姐与丈夫送饭，不题。再说胡老爷闻听不能搭救仲举，忙把孩子攻（供）养着念书。过了几年，收拾盘费上京应试。望着孩子得中皇榜，好搭救你（他）父。两个孩子辞别胡老爷和张氏母亲，那日起身，不觉到了北京城中，又遇过（着）金花县的一个举子李春芳，醒（泾）阳县的一个举子邹应龙。四位居住一处，拜了生死弟兄。终日同吃同喝，甚是和睦。那一日街上闲游，打听母亲的下落。这余氏那一日讨饭到了府下，端想（详）一会，便说："看此光景，这里住着会试的举子，不免我到里面化些饭用。"小姐正往里走，有人挡住不叫进去。二人正然炒（吵）闹，大相公在前庭闲游，听见便问："嚷闹为何？"把门人说："是个贫婆，要吃的，直往里跑，将她挡住，她就嚷闹。"胡相公听[了]说："不必挡她，叫她进来。"余氏到了里面，大相公一见形像（象）：好像是我母亲。开言便问，说："这位老妈妈，我看你不是贫婆的样子，何不与人家做针指，到此为何讨要？"余氏听说，就把年七图谋、苦害丈夫，灭（减）罪充军的话说了一遍，又把丈夫与胡老爷为了儿子二次搬家，被年七又下在监中，前后的言语对举子细细说了一遍。胡士来、胡士去一见母亲，不敢相认，一则功名未成，二则恐怕走陋（漏）消息，便叫厨下人："将我们吃了的那饭与这贫妇人些吃。"厨下人急忙端了一盘，余氏吃了一饱，又与饱（包）子一盘，大钱二千，银子五十两："叫你丈夫使用去吧。"余氏心中暗想：与了许多的吃的也就够了，又与大钱、银子，这是何意？疑或（惑）不定。胡相公说："你回去，到了监中对你丈夫说，就说我们姓胡，是武昌府的两个举子，上京考试，若得皇榜，定要监中看望你来。"余氏听说，心中暗想：从前胡定言说我儿和二相公在学读书，害（恐）怕就是我儿和二相公。又不敢问，说："相公定中首名状元。"说毕，不一时来到监中将饭和银钱交与丈夫，望（给）仲举细细说了一遍。仲举听说，取（去）了愁容换喜心，叫声："妻子，相（想）必是二位孩子吧。再漫漫打探，不可走漏消息。"不题。

[8] 裂：抄本写作"列"。

再说胡士来弟兄二人那日进场以（一）毕，吏部门首挂了皇榜：首名状元胡士来，二名榜眼邹应龙，三名探花胡士去，二十四名巡抚李春芳。皇上御酒待毕，众元谢罢，各出午门。邹应龙便说："众位年兄，今日不可都散，且在监中看望年兄的父亲便是，不可贝（负）了我们年兄的情了。"众元应声，三百六十举子来到刑部监中门首。牢头听言，吓得魂不在身，即刻把高仲举请出监来。胡士来一见父亲戴的手肘（铐）脚蹽（镣），三分不像人形，不由泪珠滚在胸前。不顾旁人耻笑，上前抱头，父子痛哭。众元俱各掉泪，上前问安，俱称："伯父，你放宽心。"

仲举一见孩儿到，就像[1]云中拨出星。

二孩儿忙上前双膝跪倒，叫一声我的父少要伤心。

儿今日升荣华得中皇榜，托来着众年兄搭救你身。

一齐儿去奏本参那严嵩，再奏那年七贼欺害良民。

高仲举叫孩子听说分明，要奏本参严嵩还有别人。

头一个奏年七家奴胆大，第二个参李虎地方行凶。

第三个年七家有个刘保，第四个参程经私受金银。

第五个奏程良宛平知县，假问真发派[2]着庄郎充军。

第六个参郭玉城中衙役，受金银并彩缎欺辱朝廷。

第七个参王进刑部尚书，受贿赂就把我下在监中。

第八个奏严嵩横行霸道，依势力起奸心苦害良民。

在傍边听怒了进士一个，叫伯父少忧愁你放宽心。

咱众位明日个一齐上殿，奏万岁拿年七碎剐[3]他身。

同众年辞伯父出了狱牢，议论定早朝候齐把本升[4]。

却说二位相公和年兄辞别父亲，回来就把本章修上。次日早朝，见驾已毕，有胡状元和众位进士头顶本章，奏严嵩的家人年七杀人诬赖良民。一言未罢，有荣城县的杨吉生出班齐奏严嵩卖官贪财，里压天子，外压群臣，欺上灭国，罪有千条。嘉靖主子听罢，心中暗想。有严嵩出班跪倒，口称："万岁，臣有本章，奏杨吉生私通外国，有反心之意，若不除绝，后来必有刀兵之乱。"将杨吉生杀在市口。杨吉生屈死，尸首不倒，冤气冲天。有内臣启奏

天子，才知是屈死。"封你雷部大将军，后来扶君护国。"尸首方才倒了。又有三百六十同年一起上殿奏本，〔启〕奏严嵩、年七、程良、程经、郭玉、王进、李虎、刘保等。主子看罢，将本批与锦衣卫陆炳审问。陆炳领旨下殿，把一千（干）犯人和高仲举提出监来。陆炳坐了大堂，把一千（干）犯人点到别处，把高仲举提到堂上，便问："是莫（什么）人害你？赶实说来。"高仲举听说，便叫："大老爷，你听。"

仲举听得[5]问，从头说原因。

仲举说我今日得见青天，听小人从实说这个原因。

十七年三月里二十八日，夫妻们东岳庙去把香焚。

有年七在庙上看见妻子，暗使人从后边认我家门。

请小人到他家去写寿轴，送银子哄着我拜为弟兄。

再三地到我家见我妻子，厨房中拿[6]礼见妻不容情。

识破那奸贼意羞回他去，怀仇恨暗杀人立我后门。

清早间上学去作文会课，一开门见尸首倒在怀中。

背[7]地里藏李虎将我拿住，送县官苦拷打只[8]得招承。

年七贼送县官银子千两，那时节受了贿一假成真。

程知县不敢问将我解送，送到了顺天府问成罪名。

有程良受银子三千余两，买解子叫王英害我残生。

亏王英心良善[9]将我放了，隐名姓逃外边整整十年。

回家来搬妻子李虎看见，写状子又到了御史衙门。

有郭玉受金银不问真假，昧着心用非刑苦打招承。

就将[10]我下在了刑部监中，直受了万般苦死里逃生。

我今天见青天云中拨月，这屈冤望青天解办分明。

却说仲举诉了真情，陆炳便叫："年七，你与程知县三千两银子，可曾实（是）实？赶实招承。你看上面现有圣旨听审，其中旦有假意，绝不容情。"年七说："小人是严府的一卒，哪有那些银子与他？二则谁是对证？青天大人细想，他说这些话，尽都是奸人诬赖小的，望大人察

[1] 像：抄本写作"相"。
[2] 派：抄本写作"排"。
[3] 剐：抄本写作"刮"。
[4] 升：抄本写作"生"。

[5] 得：抄本写作"的"。
[6] 拿：抄本写作"那"。
[7] 背：抄本写作"贝"。
[8] 只：抄本写作"自"。
[9] 善：抄本写作"上"。
[10] 将：抄本写作"见"。

情，与小人做主。"陆爷说："年七，你下去。"又问一千（干）犯人，犯人都不知道。陆俩将高仲举叫上堂来，便问："年七与知县银子可有对证？"仲举说："王英件件知道。"陆爷大怒："前次知县审你，你说王英叫你三手肘（铐）打死。你今把死人拉为对证，岂不是虚情！"仲举说："大老爷，王英并未打死，他把小人半路放了，他对小人言说，他是真定府阳火楼人氏。这到如今，不知他往哪里去了。"正审之间，傍边有一提名巡案（按），名叫马琰，便叫："陆大人，限小的一两月就将王英拿进京来。"陆爷说："这有何难，就限你几月。"这马琰回到府里，吩咐人役，不防（分）星夜，走到真定府，就发了四个衙役，拿上批文前去访查。王英（马琰）限了日期，日期不到，定斩不饶。二补（捕）役领命走了，各处访查、问信，回来报知马爷。马爷大怒，每人打了四十大板，又发人役访查去了。马琰心中不悦，在公馆纳梦（闷），闷闷不乐。梦见一〔人〕头戴乌纱帽，身穿大红袍的人进来，深深作揖，便叫："马爷，我儿高仲举官司不明，烦劳大人巡查。王英放了我儿，打伤人命。限（现）在通州监里受罪。"马爷惊醒，却是一梦，急忙发了文符（书），就提通州府的一千（干）犯人。有通州的知府一见文书，急忙差人解送察院。马爷升堂，将犯人一一点名。点到九名上，果有王英的名字。马爷便叫："王英，为何打下人命？赶实说来。"王英说："大老爷在上，小的因为探亲，手中无钱，〔所〕以在张〔家〕弯（湾）李儿寺耍拳，失手将人打死，这是实情。"马爷便说："大胆的奴才，相（想）必那人身上有疾，呆呆痴痴，将人拥住不开，踏坏也是有的。一拳把人就能打下？赶实招来，免动刑法。"王英是住了公门的人，一听老爷之言，随口应道，便说："大老爷，原是那人有病，人[1]正耍拳，拥住不开，将人踏下。看拳人都散，有一老汉把我拉住，与他儿子对[2]命。小人受不住五刑，自（只）得招承。这就是实情，大老爷与小人做主。"马爷听〔了〕说："这就是了。"便叫老汉过来："你的儿子叫人踏死，诬赖王英。"老汉说："王英打

死我儿实（是）实。"马爷大怒，把老汉打了四十个嘴把（巴）："你儿众人踏死，赖与一人不成！本院断你三十两银子，拿上养老去吧。"老汉说："他当日与我几两银子也就是了。"又叫老汉写了一张领子。马爷与了老汉三十两银子，老汉拿上回去。马爷把犯人放了，把王英叫到堂上，便问："当日你站过顺天府的衙门，解高仲举充军？"王英便说："大老爷，小人不为解高仲举，怎么把一家失散，流落这地方，失下人命？老爷在上，听小的说来你听。"正是：

王英听得[3]老爷问，提起仲举甚伤心。

有王英叫老爷听我细说，你问我高仲举倒也伤心。

我为他把妻子丧了性命，一家人三口子母子归阴。

妻悬梁子掼地皆为仲举，因小的私放他不敢回程。

有年七爱他妻定计谋害，送府县三千两雪花白银。

程经受他的银百八十[4]两，赏小人二百两要杀书生。

临行时把仲举重打四十，充在那陕西省庄郎充军。

有年七与小的银二[5]十两，他叫我半路里杀害他身。

小的念高仲举儒流秀才，明屈冤杀了他天理不容。

将银子十两整送他盘费，打枷[6]锁开手铐[7]放他逃生[8]。

因放他我不敢回上京地，无奈何逃外边埋[9]姓藏名。

我算着到如今一十七年，我因此张家湾去投亲人。

到那个李儿寺将人打坏，通州城在监中十年光景。

这就是真情话对你细说，不敢诉一句假瞒昧大人。

却说马老爷便叫："王英，我今放你，你到京里与高仲举做个对证。仲举出监，万古留名，后来还有好事。"马老爷把高仲举的情由说了一遍，王英明白了，谢过大人救命之恩，就写一封文书，差了两个公差，将王英送到北京陆爷的府下。陆俩见了王英，问了原因，打发差人走了，就坐大堂，将犯人都拿到堂上。陆爷便叫："郭玉，此人

[1] 人：指自己。
[2] 对：抵偿。

[3] 得：抄本写作"的"。
[4] 百八十：抄本写作"二十八"。
[5] 二：抄本写作"子"。
[6] 枷：抄本写作"架"。
[7] 铐：抄本写作"肘"。
[8] 生：抄本写作"身"。
[9] 埋：抄本写作"卖"。

你可认得？你审着高仲举，三手肘（铐）打死王英，却怎么还在哩？"郭玉低头不语。陆炳又叫："程经、程良，你的对证到了。"程经吓得说年七把他害了，口称："大人，看其（在）我们一朝奉君，我们赶实招了。"把受了年七的贿赂的话说了一遍。陆炳听说，既然如此，不可动刑。又叫："李虎、刘保，你当日怎么苦害仲举，赶实说来。"李虎口里胡吱噢（支吾），陆爷大怒："将这二人梜（夹）起来。"打了三千大板，打得昏迷不醒，醒来将这事推在年七的身上。陆爷又将年七叫上堂来便问，年七不招，又把年七梜（夹）着起来。年七受刑不过，件件招承，就下在监中。陆炳回奏皇上，又有那胡家状元也拿本奏，严嵩的家人年七、刘保、李虎〔的〕等情奏了一遍。又有那邹应龙、李春芳同众年兄各有本奏，请旨定罪。天子批与陆炳，陆炳和六部议论定罪。陆炳领旨下殿，和六部议论：严嵩纵放家奴，灭（减）了罚捧（俸），家卷（眷）充军；年七、李虎、刘保都定碎剐之罪；王进、郭玉、程经、程良受了银子，尽都追回，舍了贫人。把这犯罪官押送监中，把高仲举放回家去。再说嘉靖天子又传圣旨，除（处）斩犯官。正是：

嘉靖天子传圣旨，陆炳领旨除罪人。

有年七和李虎刘保三人，都来到十字口与众知闻。
刽子手拿钢刀凶神一样，监斩官穿红袍好似阎[1]君。
巡捕[2]官吹号头惊天动地，奉圣旨候午时斩首奸臣。
正候着耳听得[3]圣旨来到，刽子手举钢刀就下无情。
一个个都叫他零剐[4]碎死，三个贼问国法定了乾坤。
众犯官追出银充到外边，严阁老众家眷[5]充到云南。
陆老爷发派[6]毕奏知圣上，嘉靖爷看批文喜在心中。
好一个陆爱卿忠心保国，我赐你玉蟒袍尽点忠心。
赐金银和御酒聊表忠正，你儿孙辈辈地不离朝门。
胡士来胡士去口称万岁，除奸党谢皇恩无事清平。

我父子今日个一家团圆[7]，嘉靖[8]年我高门不忘皇恩。
嘉靖爷叫仲举我今封你，封你个上大夫在朝奉君。
余夫人守节义听我封你，封你个一品的贞烈夫[9]人。
那张氏我封她二品贤德，到家中选金匾万古留名。
叫王英封你个统总都督，你妻子刘氏女建立牌坊。
胡老爷封他个站班御史，保江山入朝阁不离朝纲[10]。
今日个团圆[11]后在朝奉君，掌山河管万民治国安民。
这一本丁郎卷也不非轻，留在了后世上劝化人心。
行好事长保佑旺财发福，无灾难无祸福日日清平。
切[12]莫要欺贫民依势压重，害傍人害自己天理不容。
劝世上男共女心都公平，万[13]不可学年七色迷之人。
听在了两耳内记在心中，又不可使奸心反害好人。

　　奉劝世人听格言，有有无无总在天。
　　自有自无莫叹息，家贫家富守纪纲[14]。
　　占[15]人房屋夺人田，富贵荣华有几年？
　　莫说眼前无报应，分明报在子孙边。
　　人若骂我莫着气，会打官司也要钱。
　　遇见贫人莫要欺，莫笑贫人穿破衣。
　　深山树木有长短，荷花出水有高低。
　　也有十年贫又富，也有十年富又贫。
　　先贫后富犹[16]则可，先富后贫难杀[17]人。
　　天地相和万物生，两国相和不动兵。
　　亲戚相知常来往，朋友相知意气深。
　　父子相和家不退，弟兄相和家不分。
　　妯[18]娌相和情意好，夫妻相和家道成。
　　千两黄金和为贵，荣华富贵过几春。

[1] 阎：抄本写作"闫"。
[2] 捕：抄本写作"补"。
[3] 得：抄本写作"的"。
[4] 剐：抄本写作"刮"。
[5] 眷：抄本写作"卷"。
[6] 派：抄本写作"排"。

[7] 圆：抄本写作"园"。
[8] 嘉靖：抄本写作"万历"。
[9] 贞烈夫：抄本写作"真列妇"。
[10] 纲：抄本写作"刚"。
[11] 圆：抄本写作"园"。
[12] 切：抄本写作"且"。
[13] 万：抄本写作"枉"。
[14] 纲：抄本写作"刚"。
[15] 占：抄本写作"站"。
[16] 犹：抄本写作"有"。
[17] 杀：副词。用在谓语后面，表示程度之深。
[18] 妯：抄本写作"姑"。

这是几句表明[1]话，莫当闲言耳边风。

闲言淡语便是书，可恨到底没[2]工夫！

抄写者： 代天恩

抄写时间： 1932 年 5 月（阴历）

收藏者： 甘肃省张掖市甘州区花寨乡河西宝卷国家
级传承人代兴位

收录于张天佑、任积泉主编：

《丝路稀见抄本宝卷集成》（第二册），天
津古籍出版社，2019 年，第 249—351 页。

标点校注者：李贵生

6

三搜索府宝卷

施公宝卷才展开，诸佛菩萨降临来。

天龙八部神欢喜，男女大众永无灾。

今天念卷大家听，莫当闲言耳边风。

男坐左来女坐右，莫要喧哗仔细听。

却说这部宝卷出在清朝康熙年间，那时候风调雨顺，国泰民安。朝廷中有一个奸臣名叫索三，官居显位，蛮横奸诈，上欺天子，下压黎民百姓，文武大臣个个恨之入骨，敢怒而不敢言。再说北京城里有一财东，名叫马三分，此人家豪大富，骡马成群，牛羊满圈，财源滚滚，富得流油。那日，马三分吩咐家丁备有珠宝金银和稀世之宝珊瑚树，他要到京城给索三献宝，买个官做。正是：

有家人听此言不敢怠慢，忙鞴马又拿上路上盘缠。

吩咐完出了门就要起身，将家事交待给两个夫人。

马三分进京城仔细观看，北京城这地方名不虚传。

带上那珊瑚宝往前而行，再把那朝廷的索三说明。

三分进京来求官，手拿珊瑚敬索三。

却说索三在府里自言自语道："都说我索国舅上欺天

[1] 明：抄本写作"名"。

[2] 没：抄本写作"莫"。

子，下压文武百臣，唯有那吏部天官施不全不服老臣，这可是我的一块心病啊，我要设法把他除掉。"这时，府人禀报："索大人，门外马三分求见。"索三说："有请，有请。"马三分进了索府，磕头叩拜以（已）毕，那索三问道："这位先生姓甚名谁？哪里人士？找我有何贵干？"马三分一听，急忙回答道："小人家住城外廉关，名叫马三分，小的是前来为大人敬献宝贝的！"索太公问道："是什么宝贝？"马三分说："是珊瑚树呀，这是一件珍贵的宝物！"索三说："我以为是什么样的宝贝！那东西我家中有的是。我要你珊瑚树有何用？"马三分忙解释说："大人的珊瑚树才三尺三寸，而我的珊瑚树要七尺二寸哩。"索三一听是七尺二寸的珊瑚树，即刻拿来看看，说："果然是件稀世珍宝！那就收了吧！"索太公想：我看这马三分人还不错，有心眼儿。我何不将他收为干儿子？日后与我共同对付那个施不全，岂不更好吗？想到这里，索三就说："你敬宝有功，老爷我将你收为干儿子，你看如何？"马三分求之不得，口呼干爹，跪倒就拜，忙说："老爷高抬我了！我哪有不从之理！"正是：

那索三收下宝心生念头，我索三在朝中一人之下。

文武官要行事看我脸色，唯有那施不全与我对抗。

我现在把三分收为义子，到头来也有个相互照应。

想到这叫一声我的儿郎，提起那朝中事叫人伤感。

康熙帝坐江山老夫功高，可现在压得我心神不宁。

要想坐康熙的锦绣江山，除非是害死那吏部天官。

朝中的文武官都能制服，唯有那施不全眼中之钉。

天子封施不全吏部天官，走廉关坐总部去把任上。

我让你马三分回到廉关，施不全吱呀鬼时时要防。

你到家择地方修个水牢，施不全上了任骗到府中。

若害死施不全吏部天官，坐江山可以说易如反掌。

马三分听此言喜之不尽，用计策要害死吏部天官。

说干父你不必放在心上，为儿我自然有害人妙方。

索三说只要你才高志大，害死那施不全升官不难。

马三分听此言就要动身，要回到廉关城去把事做。

那索三说我儿不必慌忙，听干父把话儿细说清楚。

施不全吱呀鬼难惹之人，要惹下我的儿命见阎王。

忙吩咐安三太莫要怠慢，快鞴[1]好千里马送他回乡。

马三分来到了廉关城中，不多时回到了自己家中。

且按[2]下马三分权且不表，再把那李同妻简单说明。

胡氏出门去散心，谁知惹下牢狱灾。

却说廉关城有一员外，名叫李伏品，其子李同娶妻胡氏。那一日，胡氏心慌意乱，坐立不安，由丫环陪同到街上散心，这话不题。再说那马三分从北京城回来路过此地，见胡氏生得美貌俊俏，心想：这位女子窈窕美貌，若能与我同床共眠，也不冤（枉）我马三分人世上来了一趟。便问随从差人："这一女子是谁家的？"随从回答："这是李同的妻子。老爷问这有何贵干？"马三分又说："这位夫人长得这么美貌，你们谁有好办法给我娶回来做我的老婆？"差人说："这有何难？我有一计，老爷你看行不行？"差人把嘴凑到马三分耳朵边说了一会，马三分连连点头称赞："好计！好计！"正是：

三分定下牢[3]龙计，要害李同命归阴。

马三分听此言喜上眉梢，叫一声老家人你听我说。

拿帖子快快去请回李同，备酒水和好菜有事商量。

老家人听此言不敢怠慢，不一会就来到李同门前。

叫人役与你主通报分明，就说是马三府有人来请。

李府人拿请帖来见主人，说门外马府人送帖请人。

有李同听此言心中纳闷，马家府来人请有何贵干？

让家人把来人请进客厅，马府人进客厅以礼相见。

有李同回一礼忙让他坐，马府的那来人开口便说。

我主子要请你家中作客，麻烦你走一趟有事相商。

有胡氏在绣房听到此言，忙上前到房间把夫拦挡。

请夫君今日个不要出门，听为妻把话儿给你说明。

昨夜间作一梦甚是吓人，请丈夫要三思把握吉凶。

李同说我的妻不要多虑，我就是到马府也不碍事。

辞别了父和妻出门前行，不多时来到了马家府中。

那家人把李同让到客厅，马三分见李同满脸笑容。

他两人互问好各就各位，用茶间两人谈家长里短。

马三分闲谈间常常发笑，忙吩咐众家人听我根苗。

李先生来我家再无招待，就是比平常时多饮几杯。

马三分让家人拿来好酒，与李同边喧谎[1]边把酒喝。

不多时那李同酩酊大醉，马三分拿出绳勒死李同。

　　三分起了不良心，勒死李同命归阴。

却说马三分把李同勒死后，将尸首[2]连夜送到李同府门上，做了一个因吃酒过量阴死[3]的现场假相。正是：

李员外在家中等儿回家，忽听得[4]府门外有人哭叫。

他感到这哭声实在不妙，走出门他发现尸首一具。

仔细看才认出自己儿郎，霎时间李员外晕倒在地。

这时候全家人都到门外，一个个直哭得死去活来。

父母亲疼儿郎肝肠寸断，一个个腮边泪湿透衣衫。

人都说娘养儿养老送终，谁知道今日个儿郎短命。

那胡氏见丈夫命丧黄泉，哭一阵昏一时泪如泉涌。

实想[5]说你与我白头到老，谁知道你今日不辞而去。

哭一声我丈夫死得冤屈，丢下奴今日个空坐绣房。

爹和娘年事高无人侍奉，夫别妻就像是晴天霹雳。

哭一声奴哥哥难得见面，要见面你等在鬼门关上。

　　全家人哭泪涟涟，胡氏夫人寻短见。

却说李员外全家看到李同的尸首，一个个哭得死去活来。那胡氏一边哭泣，一边细心查看丈夫的尸首，她发现丈夫的脖颈上有一道绳子勒过的痕迹，就对公爹说："爹爹您看，我丈夫是被绳子勒死的，他死得不明呀！"全家人一看，果然李同的脖颈有一道深深的绳勒痕迹，这话不题。再说那马三分，天一亮就来李同家提亲抢婚，说是李同死了，要娶胡氏做他的妻子。李员外一听，早已火冒三丈，大声叫骂："害人鬼！你把我儿子害死还未说个分明，你还想抢我的儿媳！我要告你去！"马三分闻听李员外大骂，自知理亏，也就没有大打出手。他喝令手下抢了胡氏，丢下些银两，扬长而去，这话不题。再说那施不全清官上任，坐着大红轿子，前呼后拥，甚是威风。正在往前行走，忽听前面有人喊冤告状，施公便叫人役将喊冤之人带上前来，问道："你这老头叫什么名字？有何冤屈之事，从实说来！"李员外一听老爷问话，急忙跪倒在地磕头，战战兢兢地说："小的名叫李伏品，小的实在是冤枉呀！小的的冤枉事都写在状纸[6]上。"说着将一份状纸递给了施公。正是：

李伏品跪轿前心惊胆战，叫一声大老爷实在冤枉。

马三分欺压人害死我儿，他抢去我儿媳天理难容。

有小的无奈何伸冤告状，告了状府衙内也是枉然。

因为那马三分他有后墙，他仗[7]势乱杀人胡作非为。

我今天听大人前来上任，因此上等在此告状喊冤。

施不全听此言怒气冲冲，背地里骂了声索三奸贼。

在朝中你蛮横欺压群臣，在朝外收义子仗[8]势欺人。

忙吩咐李伏品察院等候，等总督上了任断个分明。

却说施不全让李伏品在察院等候，施公说："你先不要着急，等我上了任再断个分明。"说罢，施不全吩咐手下一人役扮作老爷到察院去上任，他自己扮作索府家人微服私访。他来到马三分府中，与马三分互相问好，喝茶吃饭以（已）毕，两人唠叨起来。马三分自豪地说："我干父让我修下了一个水牢，是专门对付施不全的。等施不全一上任，我便设计害死他。"施大人想这也是个狗杂种！就说："你若害死施公，我会提拔你做大官。"马三分十分高兴，他把施不全领到书房去看书，自己便回内宅去了。

施公想：嗨，这个马三分他怎么知道我要来上任？之后，施公便顺手提笔，写下了四句诗。诗曰：

半阴半阳不是天，小字头上顶块砖。

要知我的名和姓，羊去角尾人骑上。

有施公提起笔写诗四句，就觉得心发闷睡在椅上。

在这时马三分又到书房，观看见那客人睡在椅上。

他走近书案旁仔细观看，笔砚下纸张上写得[9]分明。

将纸张拿在手仔细端详，马三分看诗句破解机关。

说半阴和半阳总不是天，放他这本是那施家不全。

---

[1] 喧谎：聊天。谎：原本作"唤"。
[2] 尸首：原本都作"死首"。
[3] 阴死：酒后受冷冻而死。
[4] 得：原本作"的"。
[5] 实想：原本作"事先"。
[6] 状纸：状子。
[7] 仗：原本作"占"。
[8] 仗：原本作"占"。
[9] 得：原本作"的"。

铲除奸佞故事宝卷

忽然间记起了干父言语，施不全和此人相貌一样。

这时候施不全睁眼观看，马三分和家人站在一旁。

马三分把诗文递给不全，说你看是谁人写下诗文。

施不全接过纸知道不妙，笑盈盈说三爷细听根苗。

这是我随意儿写的纸单，一边说一边把纸单撕毁。

马三分说这人就是施公，好一个施不全自投罗网。

马三分叫家人捉拿施公，将施公捆绑住打入水牢。

施不全不服输冲出水牢，马三分用砖头把他打倒。

一砖头打烂了施公额头，疼得那施不全昏倒过去。

马三分和家人回到内宅，再说那施不全苏醒过来。

思想着我今日真算倒霉，悔不该扮家人外出私访。

到如今被贼人打入水牢，想出去逃活命实在万难。

龙渴了想饮那苦水江中，人到了难中了苦思冥想。

一想起父和儿不得见面，二想起养育人[1]我的母亲。

三想起康熙王我的皇兄，四想起公主侯文武大臣。

五想起我的妻独守孤灯，六想起黄天霸结拜兄弟。

骂一声马三分不是东西，害钦差欺圣命不得好死！

在水牢呛得我五脏发痛，你休想要我命去见阎君！

且不说施不全受苦叫骂，再把那胡氏女细表一番。

却说李同妻子胡氏被马三分抢去逼她成亲以（已）毕，成天愁眉不展，苦思冥想寻机杀死马三分，为丈夫报仇。这天晚上，胡氏独自一人坐在屋子里正思念丈夫李同，马三分从后花园回来，走进了屋子，他见胡氏愁眉苦脸，就对胡氏说："你不要成天价发愁，你看我今天把施不全给抓住了，打入了水牢。等我给干父一禀报，干父肯定会提拔我做大官，到时候你有享不尽的荣华富贵。"胡氏一听，心生一计，故意装作高兴，问马三分："夫君，你真的捉住了施不全吗？那就太好了！我们何不喝几盅美酒庆贺一下？"那马三分一听，马上吩咐人役准备酒菜，与夫人开怀畅饮。正是：

人役们听此言不敢怠慢，上好酒端好菜两人吃用。

三杯酒入肚后三分开言，叫人役你给我大杯伺候。

马三分用大杯胡氏小杯，胡氏斟三分喝开怀畅饮。

不多时马三分醉成肉泥，那胡氏一见是三分大醉。

[1] 人：原本作"官"。

拿绳子赶快到花园大门，用手摸门锁着无法进去。

急得那胡氏女直转圈圈，突然间一条计转上心来。

忙上前找砖头砸掉锁子，开了门走进园四处观看。

找不到那水牢修在哪边，仔细找认真查找到水牢。

水牢中施大人正在熟睡，叫一声施大人你快醒来。

施不全正然在梦境神游，忽听得[2]有人喊睡梦惊醒。

揉揉眼松松骨打个呵欠，一边瞅一边瞧开言便说。

我本是施不全前来私访，为的是李伏品半路告状。

他告的马三分害人不浅，我不慎私访时落入他手。

有胡氏听此言心中慌张，急忙忙施公为夫伸冤。

那施公不知情高声大骂，胡氏说施大人你别生气。

我乃是李同妻你不知情，马三分害死夫又把我抢。

施不全听此言又赔不是，说胡氏想办法赶快救我。

胡氏说我就是前来救你，那三分我用酒将他灌醉。

只见那胡氏女拿出绳子，将绳子撒水牢用力上提。

嘴咬绳手拉绳双腿发抖，用力气拼着命救出施公。

施不全出水牢用目观看，见胡氏两只手血肉模糊。

心里疼说了声感激之言，那胡氏说施公快快逃跑。

在此处少说话不能久留，我扪[3]你扒墙头快逃性命。

施不全翻过墙暂且不表，再把那马三分细表一番。

马三分酒醒来用目观看，怎不见胡氏女她到何方？

与家人忙来到花园门上，见门锁已被砸吓掉三魂。

进花园仔细瞧用目观看，见胡氏披着发筛糠抖战。

马三分问胡氏花园何事，那胡氏听得[4]问胆战心惊。

有胡氏战兢兢开言回答，我心闷到花园来把心散。

却说马三分走进花园看到了胡氏一副胆小鬼的样子，就急忙到水牢旁一看，施不全不见了，一下子惊呆了，便问胡氏："施不全到哪里去了？"胡氏女回答道："我不知道。"那马三分气急败坏，大声吼叫着："你这个泼妇，竟然撒脱了施不全！人役们给我拿下！"便命令手下人役要捉拿胡氏，胡氏性情刚烈，说："别动我，你祖奶奶会自行了断。"说着便从人役手中抢过钢刀，自缢（杀）身亡，

[2] 得：原本作"的"。

[3] 扪：chōu。往上托起。原本作"抽"。

[4] 得：原本作"的"。

一命归阴。马三分回到自家内宅后，气得直跺脚，说："今天放脱了施不全这个狗官，我马三分有命难逃。"便吩咐人役将干父索三给的千里马备（鞴）好，连夜进京去找干父索三再作打算。正是：

马三分自觉得大事不好，骑上了千里马飞奔北京。

事先说害施公功劳很大，谁知道施公逃埋下祸根。

这荣华和富贵变成泡影，事到此我如今只怪自己，

急忙忙骑着马去找干父。马三分去逃命暂且不表，

再把那施不全细说分明。逃出后自言道洪福过天，

多亏了李同妻救我活命，不多时来到了一个村庄。

猛然间抬起头用目观看，黄天霸来到了他的面前。

黄天霸问兄弟遭了啥殃？施公说此地方不能久留。

叫一声黄兄弟快马回还，到察院有大事咱们商量。

施不全黄天霸来到察院，众人役齐跪在大人面前。

施不全坐堂上吩咐黄兄，马三分要害咱欺下犯上。

我私访被关[1]在他家水牢，多亏了李同妻将我救出。

这杂种不是人祸国殃民，你快去到他府抄家捉人。

黄天霸听吩咐雷厉风行，众人役在后面紧紧跟随。

不多时来到了马府门前，进了门问家人要找三分。

家人说马三分早已逃走，黄天霸听此言气如（冲）斗牛。

这杂种犯了法畏罪潜逃，扑了空抄了家回转前行。

见施公说一声大事不好，马三分因犯罪逃往北京。

却说施不全在察院等候黄天霸的消息，结果黄天霸扑了空。施公听了禀报后，急忙令黄天霸备（鞴）马，直奔北京告知天子。正是：

马犯骑马上北京，施公追赶在后头。

施不全差人役快鞴[2]好马，一定要将马犯捉拿归案。

有施公骑快骑前面行走，黄天霸在后面紧紧跟上。

不多日来到了五花门前，到次日又赶到六柱桥头。

正前面碰到了马家逃犯，施大人命天霸紧追不舍。

说时迟那时快闪眼功夫，亲眼见那马犯进了索府。

施不全他急忙来到索府，找见了索府的主人索三。

［1］　关：原本作"装"。

［2］　鞴：原本都作"备"。

问一声索大人多有打扰，你府中进来了马家逃犯。

那索三听这话反倒上劲，说施公太不仁栽赃陷害。

那索三发了誓没见来人，施公说若有人我要告你。

索三说我府中任你来搜，搜不出我将你告到朝廷。

有施公和天霸搜遍索府，也没有搜出那马家贼人。

前宫房后厨房房房相连，查遍了全索府也无踪迹。

施不全和天霸准备出门，有索三挡他俩别想前行。

那索三说施公你且慢走，我索府是何地想搜就搜？

今日个我算是留你脸面，告诉你我府中并无犯人。

施不全听此言哑口无言，给索三认了错赔礼不是。

有施公和黄兄急忙回朝，沉思着这件事非常蹊跷。

明明儿进索府却找不到，难道说我眼睛真的看错！

不觉得来到了金銮[3]殿前，施不全给天子告了御状。

呼一声万岁爷请你细听，你臣子施不全有冤告状。

康熙爷忙开言问声不全，我让你廉关城去做总督。

前三天就派你去把任上，到今日你为何复回朝班。

施不全听此言忙把本奏，呼万岁我今天要告索三。

因前天奉[4]圣旨去把任上，谁知道索大人把我拦挡。

在途中李伏品喊冤告状，他告那马三分欺压百姓。

害了人抢了亲罪恶难赦，把状纸递到了为臣手中。

臣破案缺证据微服私访，谁知道落到了三分水牢。

马三分他本是索三义子，早早地[5]定下了害臣之计。

在他家修下了三丈水牢，他把那修牢人杀了无数。

那一日我私访到他府中，他认出我就是施家不全。

叫家丁将为臣打入水牢，多亏了胡氏女把我搭救。

我出了马家的水牢大狱，立即去马府里捉拿犯人。

马三分已骑马逃往北京，我鞴马急追赶追到京城。

明看见那马犯走进索府，到索府去查找两手空空。

却说康熙皇帝一听大怒，说："这还了得！传我旨，继续到索府搜人，看他马三分往哪里走！"这话不题。再说索三见自己干儿子马三分来到他家，知道后边有人追赶，便急忙将马三分藏了起来。马三分没有被施不全的人役搜

［3］　銮：原本作"鸾"。

［4］　奉：原本作"顺"。

［5］　地：原本作"的"。

到，索三和马三分很是得意，他们万万也没有想到施不全会第二次来搜府。今日，索三忽听有家人禀报，说是施不全又来到了索府门前。他便把丫环使唤到楼上，心想：若施不全真来搜府抓人，我就将这个丫环推下楼去甩（摔）死，将罪名强加到施不全头上，我看你施不全还能怎么样？正是：

施不全奉圣命不敢怠慢，带人役急忙忙来到索府。
黄天霸听命令封锁索府，领人役到内宅细搜细查。
前宅房后宅院房房相连，左书房右客房细查细看。
搜遍了索府的旮旯拐角，搜不到马三分一根毫毛。
施不全又来到后院绣楼，正准备到楼上再查再看。
忽然间一丫环坠落楼下，可怜那小丫环命见阎王。
有索三这时候拉下脸面，骂一声施不全你好大胆。
你领人搜我府乱行坏事，害我家小丫环命丧黄泉。
黄天霸听此言走出门庭，忙上前给施公细说因原。
施不全听此言怒火攻心，你索三害了人栽赃别人。

却说施不全大人在索府中没有搜到马三分，且被索三设计栽赃陷害，非常生气。他来到朝廷将事情的前因后果奏明康熙皇帝。正是：

索三定下害人计，害得施公无主意。
施不全来到了康熙面前，禀天子搜索府惹下祸端。
臣领旨来到了索三府中，搜遍了索府的前前后后。
前宫房后楼房细查细看，左书房右客[1]房用目观看。
正在那后楼上细查分明，有索三定下计谋害我身。
将丫环推下楼命见阎君，吓得我施不全魂飞九霄。
没搜出马三分又出人命，那索三栽赃臣实在气愤。
因此上臣进朝奏明万岁，望万岁对此事明断是非。
这事情康熙爷心知肚明，有探子将此事早已奏明。
康熙爷已知道事实真相，对施公所奏事早有主张。
叫一声施不全传我旨意，你继续到索府搜查人犯。
施不全无奈之中，张木匠雪中送炭。

却说施不全领旨退出金殿，心想：我亲眼看到马三分进了索府，又在索府周围布兵日夜监视，就是连苍蝇蚊子也难跑掉，难道这个马三分长翅膀飞出了索府！究竟索三

[1] 客：原本作"茶"。

把马犯藏到了什么地方？正在施不全为捉拿马三分之事愁眉不展时，忽听人役禀报，有人求见施大人。施不全让人役将来人请进客厅。来人名叫张忠，是个木匠，人都叫他张木匠，他是施不全儿时的好友。他听到施不全两次搜索府也没有把马三分搜出的消息后，就急急忙忙赶到了施大人府上来。木匠张忠见到施不全，行礼问安以（已）毕，开言说道："听说哥哥两次搜查索府都没有搜出马三分，因此我特来给你献计，也许能够捉拿到马犯。"施公忙问："什么计？快快说来！"木匠张忠说："在半个月前，索三找了三百六十个木匠，为他家秘密修建了三道夹墙。夹墙修建结束时，索三欲将木匠全部杀尽，小的我得知消息后逃出索府，才保住了这条小命。后来，我才知道其余的三百五十九个木匠无一生还，全部被索家杀害。我想索三一定把马三分藏到了修好的夹墙内。"施公说："这条线索非常重要。既然如此，那你就随我走一趟，去搜索府。"这话不题。再说施不全将这一消息奏明康熙，康熙帝十分震惊，传旨施不全立即再搜索府。正是：

三道夹墙木匠做，索三哪知自己错。
今日不除索三贼，江山难保祸无穷。
有康熙听施公奏明原因，忙吩咐施不全查抄索府。
施不全出金殿急忙前行，黄天霸在后面紧紧跟随。
周富贵也带领兵马三千，王复同也带兵急忙前行。
康熙帝亲临驾前去搜查，文状元武状元不敢怠慢。
不多时来到了索家府门，围定了索家的前宅后院。
那索三见此情胆战心惊，出了门见天子面如土色。
忙上前拜皇上问明因原，为什么围我府水泄不通？
有康熙开龙口金玉直言，你把那马三分留到府中？
有索三听此言开言说道，我没见马三分究竟何人？
康熙帝听此言传旨搜府，施不全黄天霸不得消停。
那索三骂施公好大胆量，你这次搜不出再与你论。
你两次搜我府都无查到，你今天奏圣上又查我府。
查不出马三分休得走人！到时候我看你如何收场？

却说康熙帝一听索三的问话，便说："如果在你府中查不出马三分，那施不全就别想回朝！"索三一听，无言可答，只好让施不全第三次搜府。施不全在木匠张忠的引领下走进了索家夹墙。正是：

施公本来是清官，天随人愿进夹墙。

施不全张木匠走进夹墙，刀和剑放两旁一片明朗。

张忠说这就是刀剑枪弹，施大人忙吩咐往里前行。

搜完了索府的头道夹墙，又来到索府的二道夹墙。

施公说这地方好生奇怪，无灯照为什么明明朗朗。

张忠说这里有龙衣王帽，赭黄袍[1]和龙床全在里面。

施不全走上前用目观看，有龙衣和王帽放在龙床。

普天下只坐着一个皇上，今日个发现了另一帝王。

施不全命人役再往前走，来到了索三的三道夹墙。

施不全进了那三道夹墙，一看是没有那马家三分。

心里面很着急有些慌张，那张忠开言说大人别急。

他领着施大人继续前行，来到了夹墙的地暗六门。

有张忠先进去大人随后，路也窄门又矮黑暗难行。

慢慢地走进了夹墙深处，一边下一边走深入地窖。

施不全走到头又问张忠，怎不见马三分这个杂种？

张忠说在前边还有小门，有一根绳子上拴着串铃。

拉绳子里边响马犯听见，到时候有没有便能知晓。

施公说我的天这还了得！进里边就像是到了天堂。

有明刀和暗剑处处设防，左面枪右面炮围定小房。

还说是我施公无法找到，就遇给天神爷也难寻找。

再说那马三分里面久等，怎不见我干父来把饭送。

在里边他着急怨赖干父，哪知道今日个他要倒霉。

再说那施大人拉响串铃，果然那马三分走出小门。

马三分只当是干父送饭，忙开言问干父为何来迟？

我以为施瘌子又上府门，你干父被耽误才来送饭。

施不全听他说马上还言，忙装作索三腔答应一声。

我的儿莫害怕不要吃惊，施瘌子没搜着离了府门。

你稍等我进去给你送饭，只怕那施瘌子再来搜府。

马三分说干父快进快出，这地方万不能走漏风声。

施公说这是个保险地方，到这里什么人也不[2]知晓。

马三分听这话心中高兴，施不全和人役离了夹墙。

忙吩咐黄天霸听我命令，领人役进夹墙捉拿马犯。

黄天霸听吩咐不敢急慢，领人役迅速地进了夹墙。

马三分只当是干父送饭，悄悄地开了门来到面前。

黄天霸猛一镖打中马犯，一下子将马犯捉拿归案。

施不全见手下拿住马犯，高兴得那瘸脚点了几下。

他看到那马犯即刻就擒，喊了声马三分你还上天！

恨不得将马犯千刀万剐[3]，急忙忙来到了康熙面前。

康熙爷一看是人赃俱全，传圣旨捉拿那索三贼人。

这时候索府内有人抗旨，施不全问张忠他是何人？

张忠说安三太害人不浅，索府里做坏事他是头人。

索三贼安三太一并拿住，马三分早已经押送午门。

这时候康熙帝登了金殿，施不全黄天霸跪拜奏本。

臣奉旨搜索府不大方便，多亏了张木匠索府导航。

上房里搜出了三道夹墙，那刀枪和宝物足有千万。

又搜出金龙床龙衣王帽，那珍珠和金银样样俱全。

要论罪就应该千刀万剐，念索三与万岁创业一场。

把索三死罪免活罪难免，革了职赶出朝永不为官。

那马犯罪孽深逼死李同，杀人者要偿命立斩午门。

安三太两手上沾满血迹，就把他点天灯五马分尸。

查索三抄索府张忠有功，请万岁给张忠敕封官职。

康熙爷听了奏哈哈大笑，知我者施不全非你莫属！

你奏本合朕意朕准你奏，施不全黄天霸谢主龙恩。

此宝卷已念完送神归天，听卷人听了卷多行善事。

选自：　宋进林、唐国增主编：《甘州宝卷》，中国
　　　　书画出版社，2008年，第209—219页。

抄写者：　张文杰

抄写时间：　缺

收藏者：　张兆贵

---

[1]　赭黄袍：天子所穿的袍服。因颜色赭黄，故称。

[2]　不：原本作"别"。

[3]　剐：本段韵文原本都作"刮"。

惩治罪犯故事宝卷

河西宝卷中的惩治罪犯故事宝卷主要取材于公案故事。民众尤其喜欢包公断案的故事，在他们的心目中，包公是清正廉明法官的化身。惩治罪犯故事宝卷寄托了民众盼望执法公正廉明的美好愿望。

1

包公宝卷

诗曰：

> 包公宝卷才展开，众位神灵下天台。
>
> 天龙神圣心欢喜，保佑众生永无灾。
>
> 人生只有两条路，善恶二字分清楚。
>
> 为人做事凭天良，不可暗中行[1]短见。
>
> 祸福无门自己招，善恶到头终有报。
>
> 奉劝世人听真情，消灾免罪福寿根。
>
> 念卷之人细心念，一字一句念清楚。
>
> 听卷之人仔细听，不可过了耳边风。

话说此一段因果报应，出在大宋仁宗年间，乃是包公错断严察山三下阴曹、王恩害石义红葫芦告状的两段奇事。当时四帝仁宗在位，真是有道明君，风调雨顺，国泰民安，文有丞相王颜林、包拯，武有狄青等大将保定江山，天下太平，众百姓安居乐业。仁宗天子龙颜大喜，传旨大放花灯，又大闹（开）科场，考取天下英才，此话不题。再说那山东曹州府南化县有一员外，家大富豪，金银广积。所

生三子：长子取名石宝，在家务农；次子取名石化，做买卖生意；三子在南学读书，取名石义，年方一十九岁，生得人才出众，面貌超群，真正是一表人才。员外闻听皇王爷大开科场，满心欢喜，急忙唤来石义，要他上东京考试一回，又命石义的表兄王恩收好行李，服侍石义上京考课，备白银三百两，毛驴两头，急速起身，此话不表。

再说正月十五元宵佳节，东京城里大放花灯。当时当朝有一位吏部尚书柳天官，所生一女，名叫柳金婵，年方一十六岁，生的（得）花容月貌，十分好看，尚未许配于人。那一日同了丫环、院子[2]前去观灯，真是三门不出，两户未进的贵女子，哪里见过人山人海的阵势？当时宋王天子在五凤楼上高挂黄幡青卷，灯光结彩，真正好看，照耀着大街小巷，如同白日。宋王传旨万不能阻拦百姓，都叫前来观灯，真正热闹。有诗为证：

> 宋王传旨放花灯，君民同乐暖人心。
>
> 或三五或成群大街而行，男和女乱纷纷都往前行。
>
> 东街灯照的是东吴招亲，走大街穿小巷赶着前行。
>
> 南街灯龙盘山金鸡翻身，或来车或步行东走西奔。
>
> 宋王爷传圣旨君民同乐，众百姓一同儿前来观灯。
>
> 西街灯照的[3]是三战吕布，有农民有商人一起观灯。
>
> 北街灯照的是天下太平，有大官有小官乘轿而行。
>
> 四街上观灯的人山人海，你挤我我挤你同看奇景。
>
> 正看时突然间刮起狂风，一时间京城里天暗地昏。
>
> 人撞人忽听得天崩地裂，子叫父父叫子喊天叫地。

却说正月十五大放花灯，灯台内供奉着天地君亲师，上从玉皇大帝，下止十殿阎君，三百六十正神都有神位，单单清风洞的风神没有设供奉。姐妹三人心中大怒，走出清风洞，驾云一直向东京而来。

> 清风大姐头里走，黄风二姐随后跟。
>
> 黑风三姐性子怪，腰里缠着个风皮袋。
>
> 一挤一捏风出来，一阵黑风太[4]是凶。

却说一阵黑风，刮的（得）大（太）是凶猛，刮散了

---

[1] 行：原本作"寻"。

[2] 院子：仆役。

[3] 的：原本作"得"。

[4] 太：原本作"大"。

灯场，刮的（得）小伙子栽跟头，刮的（得）娃娃们满天飞，刮的（得）白杨树倒栽葱，把京城里刮的（得）乱咕咚咚的。霎时间，将那柳金婵刮到城外的黑松林里，金婵昏迷不醒。风过之后，睁眼观看，黑暗迷昏，不知东南西北，真是吓杀人也。诗曰：

> 金婵刮在深林中，谁人搭救女孩童。

柳金婵在林中昏昏沉沉，爬起来辨不清南北西东。
荒郊外无方向无人来往，直[1]吓得女孩儿失了三魂。
金莲小难行走跌倒爬起，且听得深林里怪声乱叫。
人人说野狐子它不吃人，我怎么见狐子衔着死人。
在家中怎受过这样光景，孔雀叫乌鸦鸣胆战心惊。
哭一声二爹娘不能相见，有丫环和院子怎得知闻？
娘养儿十六岁挪干就湿，为儿的报不上娘的深恩。
哭一声生身母你怎知闻，一阵风刮得我无影无踪。
哭多时并没有亲人来救，我今日也合该死在林中。
柳金婵直[2]哭得昏迷不醒，来了个催命鬼不良之人。

却说那一阵黑风将柳金婵小姐刮在黑松林中，东走西撞，叫苦不止。再说那城南门外寒窑中有一人名叫卜子虫，风过之后出城回家，走在黑松林中，突然见前面放光，仔细一看，原来是一位女子爬（趴）在林中，满身放光。上前便问："你是谁家女子？说来我听。"诗曰：

> 金婵听得有人问，哭哭啼啼说原因。

柳金婵未开言泪流满面，叫大爷听小女细说分明。
家住在京城内古楼洞中，大十字天官府是我家门。
我的父在朝中官高位显，他本是柳天官人人都知。
今日里元宵节大放花灯，同丫环和使女去把灯观。
过大街走小巷灯光照明，观不尽花灯景人势太重。
正观灯大街走不便提防，忽然间老天爷狂风大起。
刮得[3]那大街上黑暗昏迷，刮得[4]奴和树叶飘落林中。
猛醒来吓得[5]奴胆战心惊，昏沉沉辨不清南北西东。
吓得我女孩子战战兢兢，无处来无处去大放悲声。

[1] 直：原本作"只"。
[2] 直：原本作"只"。
[3] 得：原本作"的"。
[4] 得：原本作"的"。
[5] 得：原本作"的"。

这就是小女子真情实言，望大爷发慈悲送我还家。
倘若是你把我送到家中，永不忘大爷的救命之恩。
正是：

> 金婵诉罢冤枉苦，恶人低头想毒计。

却说那卜子虫看见她身上穿的珍珠汗衫放光，又是满头首饰珠翠，价值百两银子，心生一计，不免哄她到我家里来一个图财害命。便开言说道："姑娘，你跟随我到我家中暂且宿一夜，明日送你回府。"金婵听罢，心中欢喜，信以为实，跟随卜子虫来到寒窑门首。卜子虫心内暗喜，今日财金送上门来，怎能不让我满心欢喜。诗曰：

> 恶人心中生毒计，一心要害金婵女。

卜子虫见姑娘珍珠汗衫，见了财起了意要害姑娘。
也合该前世里欠下命债，今日里遇着了不良之人。
今夜晚荒郊外无人搭救，但不知到他家好歹难存。
正行走抬头见有一窑洞，卜子虫走上前先进窑门。
进门来说夫人金婵到手，看门外那女子你当何人。
对她说你就是她的嫂子，哄着她图财宝暗害她命。
那金婵进门来姑嫂见礼，把姑娘让到了窑房坐定。
用花言和巧语笑脸相迎，忙递茶下毒药咽下口内。
那贼人见姑娘跌倒在地，用麻绳勒死她一命归阴。

却说卜子虫夫妇二人用药茶毒昏金婵，用麻绳将柳金婵活活勒死，将浑身上下衣服脱了个一干二净，将头上的金银首饰也一起取光。卜子虫便把尸首背到白水江边，两手一松，把尸首甩在江中就回去了，此话不表。再说那白水江的龙君早知此事，忙打发了水鬼夜叉前去护定尸首，将明珠一粒放在金婵口中，等日后还阳，使她母女团圆，此话按下不表。

再说王恩和石义自从那日出门，走了一月天气，王恩心想要害掉石义，将他的银子、驴一应得到手。一路而来，人多不能下手。一日，走到张家湾，看来人烟稀少，天气又热，二人就在树下乘凉。王恩便说道："兄弟，你看前面有水无有，如若有水，我们前去饮驴后再上路。"石义信以为真，上前一看，便说道："小哥，前边有一口井。"王恩急忙拉了驴来到井边。王恩又说："兄弟，你看井中有水没有？"石义把头伸到井沿往下看，不提防就被王恩一把推到井中。又将他三百两银子，一头驴一起收去了。再说那张家湾有一张善人，正在纳凉，不觉得心急眼跳，不知何事，便叫了家童道："随我去散散心。"正走之间，忽听有人叫喊，四下一观，并无一人，仔细一听，却在井中叫喊救命。张善人走到井边观看分明，忙命家童取绳子吊了上来，一看，原来是一个少年书生。张善人便问："你因何事跳到井里？说来我听。"诗曰：

老翁前来问石义，哭哭啼啼说来历。

有石义泪纷纷泪流满面，叫老伯听我言细说根原。
我家住山东省南化县中，南门外五里地有我家门。
我的父石天祯有钱之人，我的母只生我兄弟三人。
我大哥名石宝二哥石化，我学生名石义南学读书。
皆因是宋王爷开了科场，我的父打发我考取功名。
同行的我表兄名叫王恩，不提防他把我推到井中。
把金银和毛驴一起拐去，险些儿叫小人一命归阴。
多亏了老伯父救我一命，到后来永不忘伯父大恩。
这就是小学生真情实言，并无有半点儿虚情假语。
张善人听此言暗自嗟叹，我与他赠盘费上京求官。

却说张善人口中不言，心中嗟叹了一回，说道："我与你赠白银五十两当作路费，一路上要小心，待考取功名，求得一官半职回来，再报恩不迟。"石义听了，急忙叩头谢恩，接过了白银上京赴试，不题。

再说那卜子虫害死柳金婵，将尸首抛在白水江中，柳金婵冤魂不散，一心要去打搅卜子虫一回。诗曰：

三魂渺渺归地府，七魄悠悠寻仇人。

柳金婵身死后阴魂不散，一心寻卜子虫报仇雪冤。
魂灵儿飘荡荡来到窑前，叫了声卜子虫我心不甘。
害死我柳金婵冤魂不散，我和你鬼门关去把冤喊。
行开步来到了窑门跟前，有门神和户煞来挡前面。
柳金婵忙跪倒哀告神灵，就是这卜子虫害了我命。
有门神一听说玉女有难，就把那柳金婵放入里边。
冤报冤仇报仇大显神通，要叫他二贼人不得安宁。
柳金婵进门来神哭鬼嚎，吓得那卜子虫胆寒心惊。
只想说害死她欢天喜地，有谁知半夜里来了祸事。
满屋里到处响飞沙走石，口口声说的是还来我命。
二贼人听此言胆战心惊，好像是失魂魄翻不起来。
他二人商议着将衣送去，且免得冤屈鬼缠搅我们。

却说那卜子虫夫妻二人被冤魂缠搅了一夜，他们二人商议要把柳金婵的衣服送到门外。到五更天明，卜子虫背了包袱送到六坡桥下，回家，不题。再说京城内有一官宦人家，官居户部尚书，姓严名大维，家大富豪。妇（夫）人柳氏，圣上封他乃当朝的一品夫人。所生一子，取名叫严察山，也是黉门中的秀才。严尚书病故后留下她母子二人，严察山为了高盼功名，仍在南学读书。那天早上起得很早，来到了六坡桥下。那柳金婵冤魂不散，就在她衣服跟前守着，见严察山过来，就将他绊倒在地。严察山碰上包袱，拾起一看，原来是表妹金婵的衣服首饰，大吃一惊，心想拿回家中，又恐耽误路程。这里离舅父家不远，不免送到他家为好，就背上包袱一直来到天官家府门。有门官往里传报："严公子要见大人。"天官吩咐叫他进来。严察山进了府门，来到书房，见过了礼。柳天官忙问道："你这么早从何而来？你背的是什么？"严察山就将南学读书，从六坡桥下经过拾到包袱之事说了一遍。天官闻听大吃一惊，说道："自从正月十五失去了金婵女之后，东找西寻，并无下落。"今日一见衣服首饰，全家大小大放悲声。柳天官便问道："此物从何而来？为什么又送到我家，是何原因？你说来我听。"严察山又将话重说一遍，天官大怒，骂道："我把你个小畜生，这明明是你娘儿们见财起意，心生毒计，害死我女儿。昨日我到你家中寻找，你母说并没有见过，今日你又说包袱是拾的，前来哄我是也不是？"严察山一听此言，双膝跪在地上，叫声："舅父，屈死我也！"诗曰：

关着门儿安静坐，偏从天上掉下祸。

柳夫人见衣服心中大怒，哭了声我的儿摘胆挖心。
为娘的见衣服不见女儿，忍不住伤心地雨泪悲啼。
实想说娘养儿如金之贵，谁知道半路里抛下娘身。
娘怀你十个月提心吊胆，有一日临盆了才离娘身。
左面个尿湿了右面个挪，右面子尿湿了胸前来驮。
娘抓你三年整[1]才离娘身，到今日无指望劳而无功。
哭一声娘的儿不能相见，手捶胸脚跌地大放悲声。
手指着严察山恨了几声，我今日定不饶你这畜生。

[1] 整：原本作"正"。

柳天官忙写了状子一封，使差役送到了南衙[1]府中。

有差人将公子绳捆锁绑，拉的拉打的打送到南衙。

可惜那严察山人事不省，冤枉了小小的年轻书生。

包大人坐公案拍案大怒，叫了声严察山为何害人？

你来在我南衙从实招承，如不然动大刑有命难存。

严察山到公堂双膝跪下，尊一声包大人容我细禀。

谁不知包大人清廉明正，我给你包大人细说分明。

我的父在朝中官拜户部，难道说你大人不知底细？

又有金又有银粮食满库，把一件旧衣服有多稀奇？

又说我读圣贤不知礼义，说我是图了财害他女儿。

包大人你本是清水明镜，你与我把冤事细察分明。

我和她柳金婵又无冤仇，我怎能见财物害她性命。

包大人听此言低头暗想，看起来这件案大有文章。

说家庭也本是宦门之子，论本人也是个幼年书生。

今日里把这案暂且不审，严察山先押在牢狱之中。

且不说严察山押在狱中，再表那家中的严老夫人。

老夫人在家中心忙意乱，心又急眼又跳坐卧[2]不安。

眼看着天色晚日落黄昏，怎不见我的儿转回家院。

自说是我的儿去把书念，耳听得半路里起了祸端。

老夫人一夜晚未曾睡觉，等不到东方亮金鸡报晓。

清早起同丫环出了府门，一路上哭啼啼往前而行。

思想起不由人酸心流泪，好像是刀割胆万箭穿心。

老夫人来到了天官门首，同丫环往前行到了里头。

骂了声我哥哥心肠太狠，你是儿亲舅父要害外甥。

我和你一母生同胞姊妹，就不念骨肉情害他幼生。

把我儿告到了开封府中，到公堂我与你辨个分明。

却说严老夫人哭哭啼啼来到了天官家中，柳夫人一见，气冲冲地说道："我正要差人请你，今日你来得正好，你母子二人将我女儿害死，把尸首隐藏在哪里？从实说来。"严夫人一听此言，气得三嗔声（三尸神）暴跳，七窍内生烟，骂声："你这奴才，你的女儿死了与我何干，你说我儿害死你女儿，有何凭证？你捏造事实，诬告公堂，好不气杀人也。"诗曰：

女儿本是心上肉，谁的儿女谁心疼。

严夫人听此言肝胆气坏，骂了声老娼妇心肠太坏。

我严家说财势不弱于你，见些破衣服见财起意？

我的儿又不是五浑之人，他哪能起歹心来害人命？

手扯着柳天官骂了几声，你为何无故地[3]血口喷人？

骨肉亲你不认反而为仇，你比那蛇蝎毒更甚[4]十分。

我的儿他和你又无冤仇，为舅的你为何诬告外甥？

我和你同胞生并无冤仇，你为啥与我家要作对头？

带骂着[5]拿龙杖乱打其身，柳天官也不言丝毫没动。

且不言严夫人柳府打搅，再说那包大人又把案审。

却说包公自从柳府把严察山送到南衙府，看了状子、衣物、首饰，想到（道）：严察山论起家道和人品也不像是见财起意、图财害命之人，我想严察山乃是一个青春少年，莫若是见色起了淫心，柳金婵不从，将她害死也是有的，不免将他提上堂来，严刑拷打，审问一番再作理会。诗曰：

任你包公上刑法，不做恶事不招认。

有包公坐大堂威风凛凛，站班的排两边杀气腾腾。

包大人坐公堂大发雷霆，叫了声严察山你可招承。

状子上写的是一贯分明，且不可巧言语来把人哄。

赶[6]实说诉真情免得受刑，如不然动大刑有命难存。

严公子战兢兢跪在大堂，尊了声包大人听我细禀。

止不住冤枉泪泪湿衣襟，冤枉事我招承屈死小生。

我本是黉门中一位秀才，怎敢做丧天事自伤本身。

清早晨出门来上学读书，六坡桥拾包袱件件是实。

将包袱送在了舅父家中，有谁知我舅父反而为仇。

若说是要首饰图财害命，我为啥将包袱送到他家。

我舅父不察情诬告公堂，望大人细揣情仔细访查。

倘若是害她命青天在上，定把我严察山五雷劈[7]身。

有包公坐大堂拍案大怒，骂了声严察山泼皮大胆。

我叫你说的是图财害命，你今日不招承赌咒发誓。

[1] 南衙：原本都作"南阳"。

[2] 卧：原本作"身"。

[3] 地：原本作"的"。

[4] 甚：原本作"深"。

[5] 着：原本作"者"。

[6] 赶：按照。原本作"敢"。

[7] 劈：原本作"霹"。

叫人役你与我用刑拷打，我看你今日个招也不招。

却说包公动起了大刑招问，只见严察山浑身鲜血淋淋，面不改色，句句说是真情实言，包公看了难以判断，吩咐人役："将严察山暂时收在监中，待我过阴在阎王那里生死簿上查看明白，再来定罪。"此话不表。再说那严老夫人走出天官府，一心要到南衙府辨（辩）个分明。诗曰：

闻听孩儿身受罪，刀割心肠满腹痛。

严夫人走出了天官府门，一心儿到南衙来见包公。

万岁爷赐给我龙头拐杖，上谏君下责臣哪[1]个不尊？

今我去那包公若有偏向，我叫他包文拯试试拐杖。

严夫人只为儿疼烂心肠，走一步哭一声泪湿衣衫。

实想说娘养儿贵如黄金，谁知道今日里我儿受屈。

正行走来到了南衙府门，叫过来把门官听我来说。

把门官见夫人急忙禀报，我老爷五更起见君未回。

请夫人今日里暂回家中，到明天来告状搭救儿童。

有夫人听罢话暗自嗟叹，那包公若不在难见儿面。

莫若了转回头回上家门，想我儿何日里才得见面。

却说严夫人回家之后，昼夜思念孩儿，不题。再说那严察山在狱中昼夜啼哭，口口声声喊冤枉。有牢头骂道："你这死囚，进狱来不给一文铜钱，就连油钱也没有，还说把你冤枉了。我今日把你上了匣床，看你冤枉不冤枉。"自从上了枷（匣）床[2]，严察山疼痛难忍，不由得一夜大哭五更。正是：

有钱使得鬼推磨，无钱受罪实难过。

一更里来放悲声，想起娘亲疼烂心。儿在监里受罪行，你在家中怎知闻？我的天呀，活活疼杀儿的身。

二更里来泪纷纷，恨声舅父太狠心。害得外甥受罪行，不知何日把冤伸？我的天呀，怨声苍天没眼睛。

三更里来睡梦中，梦见老母诉冤情。扯住母亲放悲声，醒来还在枷（匣）床中。我的天呀，不由两眼泪纷纷。

四更里来好伤心，爹爹生我一根苗。但（旦）若此冤辨不明，活活冤死小学生。我的天呀，丢下母亲谁待奉。

五更里来天渐明，金鸡报晓太阳升。浑身疼痛实难忍，尊声监爷饶我命。我的天呀，永不忘你大恩情。

严察山在监受罪，暂且按下不表。再说那王恩得了银子三百两、黑驴一头来到东京城里，每日吃酒赌钱，不上一月，把银子、驴输的（得）一干二净。无有一文铜钱，无法过活生活，每日就在大街讨饭为生，夜晚爬（趴）在破窑洞中。这日清早起来，饥饿难忍，来到大街十字里，双膝跪地打起了莲花落。诗曰：

救人自然真有益，害人到头终害己。

王恩跪在大街上，高叫四街八巷人。

叫声爷爷奶奶听，穷人街上诉原因。

说起家来也有家，提起名来也有名。

家住山东曹州府，南化县里有家园[3]。

爹爹人称王员外，母亲吃斋念佛人。

上无兄来下无弟，生我一人名王恩。

因为上京去贸易，路上遇着不良人。

金银财帛全抢尽，险些害了我的命。

无处来的无处去，流落此地来讨饭。

这都是我真情话，并无虚言来哄人。

善爷善奶行方便，怜我穷人真可怜。

或是米来或是面，给与穷人把命养。

或是生来或是熟，给与贫人充饥寒。

残汤剩饭休喂狗，给与贫穷叫街人。

能[4]给饥人给一口，莫给饱人给一斗。

王恩叫喊多半天，无个人儿到跟前。

早上要到天色晚，没有要上一口饭。

王恩要了三天整，汤点没见一丁丁。

饿得头昏眼又花，浑身无力难挣扎。

却说王恩正在大街上高声叫喊，忽然石义走到跟前，开言说道："表哥，你为何在此地变成这样光景？"王恩一见石义，大吃一惊，头速噜噜地变大了，好像鬼拔毛一般。他假意笑了几声，说道："真是一言难尽，自从你那驴子驮了银子跑了以后，我紧赶慢赶赶它不上，东找西寻

---

[1] 哪：原本作"那"。

[2] 匣床：旧时牢狱中使用的一种刑具，形如木床，命囚犯仰卧其上，将手脚紧紧夹住，全身不能转动，痛苦异常。

[3] 园：原本作"院"。

[4] 能：宁可。方言音 nèng。

寻它不见，害得我无处来的无处去，只得在这里讨饭。不想今天又遇着了贤弟，真是不相见的又相见，不团圆的又团圆，真是可喜之事。"王恩用花言巧语把石义哄了一顿。石义本是个读书之人，忠厚老实，也不计较，随口说道："表哥，不大要紧，我身边有二三两银子，我们二人买上扁担绳索，每天在大街上卖柴为生，如何？"此话不表。

再说那包公左思右想，无可奈何，明知严察山受屈，又不知何人害死柳金婵，也不知尸首在何处，叫他难以查明。想了一夜，次日清早起来，到大堂上便叫："王朝、马汉，抬来过阴床，待我下阴曹察看一回。"说罢就上了过阴床过阴去了。再说那阴曹地府有一判官，名叫张洪，在阎王殿上执掌生死簿子，记录人间的福禄寿喜、善恶报应等事，看到外甥卜子虫害死了柳金婵，就将卜子虫的名字用人皮贴掉，上面写了"仁宗四年正月十五大放花灯，严察山害死柳金婵"。诗曰：

生死簿上改名姓，包公虽清断不明。

有包公下阴曹来查冤案，一路上阴森森杀气腾腾。
有城隍和土地前来迎接，阴司里众鬼神躲避隐藏。
正行走抬头看阴城不远，又只见众鬼卒叫苦连天。
在阳间不行善咒骂天地，打在那阴山后永不超生。
毁僧道谤经文堕[1]落地狱，说人长道人短割了舌头。
骂爹娘顺妻妾割舌扒肚，隐人善扬人恶变了畜生。
调唆人打官司油锅地狱，使大斗用小秤悬梁抽筋。
有继母害后儿抽筋换肚，破婚姻坏名节锯骨分身。
撒五谷踏字纸[2]剁手剜眼，骗人财淫人妻炮烙地狱。
劝世人要回心改过向善，切[3]不可做恶事堕[4]落地狱。
把这些地狱苦亲眼观看，眼看看森罗殿就在面前。
有包公来到了十王宝殿，有阎王率鬼卒前来迎接。
把包公请到了十王殿上，有阎王和包公以礼相见。
行罢礼都坐在森罗殿上，那牛头和马面排列两边。

却说包公来到阴曹地府，十殿阎王迎接到森罗殿上坐下。阎君问道："文曲星官不在阳间管理事务，为何来

[1] 堕：原本作"坠"。
[2] 字纸：原本作"纸字"。
[3] 切：原本作"且"。
[4] 堕：原本作"坠"。

到地府？有何贵干？"包公将严察山之事说了一遍，道："我要在生死簿子上查个清楚，看个明白。"阎君忙叫判官张洪将生死簿拿来递与包公。包大人将生死簿子从头至尾看了一遍，果然是严察山害死柳金婵是实。当时包公辞别了阎君转身回府，不一时来到了府中，魂附原身，便叫王朝、马汉将严察山提上堂来。严察山上堂双膝跪下，包公便骂道："你这害人凶手，害死柳金婵将尸首放在何处？从实招来，免动大刑，如其不然，叫你有命难存。"严察山往前跪了几步，说道："大人，实在冤枉，我拾包袱是实，并未害人。"包公见他不招，喝令手下人役："与我动起大刑，看他招是不招。"诗曰：

阳世三间人捣人，阴曹地府鬼捣鬼。

包大人坐大堂怒气冲冲，骂了声严察山害人凶手。
明明那柳金婵是你害死，用花言和巧语把我来哄。
我原来善问你你不招供，喝人役拉下去着实用刑。
一手上三十板皮破肉烂，夹棍夹拶子拶血水淋淋。
把一个严察山活活致死，用凉水喷醒来仍然拷问。
死了活活了死决不招供，严秀才苏醒来只是啼哭。
有包公细察情不像凶手，叫人役住了手暂收监中。
我若是冤枉他他有老母，莫若了我再去二下阴曹。

却说包公吩咐人役将严察山暂且收在监内，待我二下阴曹查看，此话不题。再说那柳金婵死后冤魂不散，思想：母女不能相见，又报不上娘的养育之恩，又恨卜子虫将我害死，冤仇未报，不免到地府阎王那里告他一状，把那个贼子提来千刀万剐，报此血海深仇。想毕，驾阵阴风往鬼门关去了。诗曰：

三魂渺渺归地府，七魄悠悠到阴曹。

柳金婵受冤屈阴魂不散，一心儿阴曹府去把冤喊。
鬼魂灵飘荡荡往前而行，霎时间来到了幽冥地府。
鬼门关那恶鬼青脸红发，手拿着铁茨锤把着关门。
恶狗桥那恶狗太是凶猛，咬得那作恶人头破血流。
孽镜台照善恶分毫不差，照得你透心凉哑口无言。
脱衣树在前面阴风吹摇，望乡台千丈高莫敢胡瞭。
正然间往前行不敢停站，又见那奈河[5]桥就在前面。

[5] 河：原本作"何"。

行善人过金桥黄幡宝盖，作恶人来过桥打在奈河。

水又大淹得人半死不活，蛇蝎们扑上来又把人吞。

柳金婵战兢兢往前所行，却无有一个人前来阻挡。

我若到森罗殿告状诉冤，要叫那害人贼有命难存。

把贼人提回来当堂对案，恨不得把贼人剥[1]皮抽筋。

带哭着往前走抬头观看，阴司[2]城已不远就在面前。

来到了城门前刚要进门，偏偏儿又来了判官张洪。

有张洪拦挡住不能前行，柳金婵见判官跪到埃尘。

上前去哭哀告老爷听禀，卜子虫害死我要把冤伸。

望老爷发慈悲放我进去，森罗殿告一状细说冤情。

有张洪听此言大吃一惊，这件事原来是告我外甥。

倘若是阎君爷查明此事，到时我这判官有命难存。

那张洪低着头心内细思，倒[3]不如先下手送到阴山。

叫牛头和马面听我吩咐，把此魂打到阴山永不超升。

却说柳金婵对判官诉说了冤枉之事，张洪暗想：我已将生死簿子改过。昨日包公来到森罗殿查看，没查出来，今日若放她进去，告知阎君此事，怎肯罢休？不免将她暗暗压在阴山，永世不能超升。牛头马面便将柳金婵鬼魂打入阴山受罪，不题。再说包公对严察山此事想了三天三夜，次日早晨升堂，便叫："王朝、马汉，听我吩咐，你等将严察山好好看待，我要二下阴曹，去查明此案。"诗曰：

　　善恶到头终有报，不等早来或是迟。

包大人坐大堂低头暗想，严察山这一案好不伤心。

这一案断不明誓[4]不为人，再一次下阴曹查个分明。

此一去下森罗细查细看，倘若是查出来定不留情。

旦[5]若是查不出真赃[6]实犯，严察山他的命不能保留。

吩咐毕忙睡在过阴床上，不多时来到了幽冥地府。

前来到鬼门关众鬼迎接，叫鬼卒前引路要见阎罗。

且不说包大人地府查案，再表那孽龙洞有一妖魔。

却说包公二下阴曹查看严察山，此事不表。

[1] 剥：原本作"拨"。
[2] 司：原本作"尸"。
[3] 倒：原本作"到"。
[4] 誓：原本作"实"。
[5] 旦：原本作"但"。
[6] 赃：原本作"脏"。

再说孽龙洞中有一妖龙，每日在此地呼风唤雨，下冰雹冷蛋，打得田苗不能收成，害苦了黎民，百姓受饥受饿。玉皇大帝查（察）知此事，大发雷霆，命黄忠（巾）力士将孽龙压在孽龙洞中，永不超升。当时东海龙王闻听此事，便命三太子收拾了些山珍海味前去看望妖龙。三太子驾起了祥云一直来到孽龙洞中，看见洞中阴风飘飘，寒气逼人，却不见叔父之面，便高声叫道："叔父，你在何处？"孽龙答应道："我在这儿。孩儿，快来救我，我在后洞里受罪。实在受不住了！"诗曰：

　　一见太子泪纷纷，哭哭啼啼诉原因。

有孽龙未开言珠泪[7]纷纷，叫一声三太子细听原因。

因为我在此地存心不善，糟得那众百姓受饥受寒。

又呼风又唤雨冰雹冷蛋，糟得他那田苗不得收成。

玉皇爷龙心怒将我拿住，押在了斩仙台要问斩刑。

多亏了太白星奏上一本，才将我压在了孽龙洞中。

在洞中受罪行三年已[8]整，到今日才得见你这亲人。

叫侄儿上前来将我搭救，表一表你我的父子之情。

尊叔父叫为儿怎么来救，说出来为儿的才好下手。

却说孽龙对三太子哭诉了一番，三太子说道："叔父，不必啼哭，我来救你，但不知是怎么的救法？"孽龙开言道："孩儿，你将我头上的灵符扯了我就起来了。"三太子动手扯了灵符，那孽龙存心不良，起身的时候便将灵符贴在了三太子的头上，可怜把三太子压在洞中，替他受罪。那孽龙走出洞来化阵黑风而去。再说当时宋王天子有一百花公主，此日正在花园游玩。孽龙从此经过，看见公主，便刮起了一阵黑风，把公主刮在孽龙洞中，要抢占成亲。再说风过之后，不见了公主，人役急忙报知宋王天子。宋王闻听大吃一惊，忙命人各处寻找。诗曰：

　　妖龙刮去公主身，满朝文武不安宁。

清早晨那公主花园散心，谁知道霎时间起了怪风。

风过后花园里不见公主，又不知将公主刮在何处。

有使女忙禀知宋王天子，皇王爷吃一惊忙下旨意。

[7] 珠泪：原本都作"注泪"。
[8] 已：原本作"一"。

满朝的众文武不敢消停，即[1]点了三千兵各处找寻。

城内外寻找了一月有零，找不见公主身无踪无影。

宋王爷坐金殿忙把旨传，普天下各州县张贴榜文。

倘若是有谁人来报音信，一个个添官爵又加封赠。

有宋王吩咐毕回到宫中，哭坏了当朝的正宫娘娘。

寻公主这件事暂且不表，再说那包大人还在阴曹。

却说包大人二下阴曹，来到鬼门关，有牛头马面报知阎君，十王迎接到殿上坐下，便问道："文曲星官前来有何贵干？"包公说道："因为严察山这一案件看来有些冤枉，我特来再查看一次。"阎君便命判官张洪将生死簿子拿来递给包公。包公从头至尾查看了一遍，仍然是严察山害死柳金婵。包公看罢，无话可说，便告辞了阎君，即速起身回府还阳。到了大堂，便叫王朝、马汉快提严察山。严察山来到大堂，双膝跪下，那包公一见严察山，暴跳如雷，大喝道："我把你个背上牛头不认脏（赃）的杀人凶徒，你害死柳金婵，还不如实招来？"这一下把个严察山吓得魂飞魄散，魂魄早飞向九霄云外了。诗曰：

有口难辩[2]冤枉事，无头官司何日明。

有包公坐大堂怒发冲冠，骂了声严察山大胆混账[3]。

柳金婵明明地[4]是你害死，你偏要无[5]赖着不给承当。

今日里若无赖不给承当，我叫你严察山试我手段。

严察山开言道青天在上，包大人你不知儒家规矩。

读五经念四书知文达礼，戴[6]儒巾穿蓝[7]衫懂得法度。

有包公听此言心中大怒，你做了非礼事蛮[8]有道理。

叫人役拉下去着实用刑，我看他今日里招不招承。

夹杆夹绳子扯鲜血淋淋，绳子松楔子插失了三魂。

严察山受不过严刑拷打，无奈何昧着心招了口供。

哭了声老母亲不得相逢，要相逢除非是南柯[9]梦中。

有包公听招承忙把字画，命人役押下去要赴斩刑。

却说严察山挨苦打受刑不过，只得招承。包公见招了口供，忙命画字，定了斩刑，押赴刑场三绞而亡，尸首不倒。包公一见，大吃一惊，想必错断此案，忙命王朝、马汉、张龙、赵虎、朱清、黄忠、刘主、崔脚等人抬上狗头铜铡要三下阴曹再断此案，此话不表。再说那严察山三绞而亡，阴魂不散，一心要与母亲托梦一回。诗曰：

一见母亲放悲声，刀割心肠满腹疼。

严察山冤屈鬼阴魂不散，一心儿与母亲去把梦托。

那阴魂飘荡荡往前而行，霎时间来到了自己家门。

进门来将母亲双手抱定，叫了声我的娘你怎知闻。

实想说娘养我终身有靠，谁料想儿今日命归阴曹。

你的儿冤屈死冤魂不散，亲自儿给母亲来把梦托。

我今日身死后不大要紧，抛下你老母亲依靠何人。

娘儿们正哭得如同酒醉，时间到再不敢久留时辰。

我的儿死得[10]苦阴魂不散，娘去到南衙府辩[11]个分明。

正说间忽听得金鸡报晓，惊动了冤屈魂不得安宁。

临走时床头上拍了一把，化清风离开娘无影无踪。

把这个托梦事暂且不谈，再表那太白星大显手段。

严察山死得[12]屈冤气冲天，惊动了太白星心血潮反。

手筒着那八卦掐指一算，早知道东斗星身遭大难。

随带上灵丹药忙下天庭，驾祥云来到了南衙城中。

忙叫了东斗星你听我讲，你今日虽然死日后还阳。

我将你肉体上灵丹放定，到后来你还阳两世为人。

万不可胡乱行失了本性，你去到城隍庙守住尸首。

太白星吩咐毕回上天庭，再表那严夫人梦中惊醒。

严夫人惊醒来好不悲伤，我的儿在梦中曾对我讲。

怎么起怎么落怎么受刑，怎么家把我儿丧了性命。

我的儿屈枉死冤魂不散，昨夜晚与为娘来把梦托。

细细儿等不到东方大亮，陪上我一同儿来上南衙。

却说严夫人从梦中惊醒，却是南柯一梦，放声大哭

[1] 即：原本作"既"。

[2] 辩：原本作"辨"。

[3] 账：原本作"胀"。

[4] 地：原本作"的"。

[5] 无：原本作"误"。

[6] 戴：原本作"带"。

[7] 蓝：原本作"兰"。

[8] 蛮：原本作"满"。

[9] 南柯：原本作"奈何"。

[10] 得：原本作"的"。

[11] 辩：原本作"辨"。

[12] 得：原本作"的"。

了一场。便叫丫环："拿了我的龙头拐杖来，与我同上南衙。"此时包公正坐早堂，手下人役报到（道）："严夫人来到。"包公听说，急忙下堂，迎接到大堂，分宾主坐下。严夫人问道："包大人，我的儿现在何处？"包公说道："我错断了你的孩子。"那严夫人道："人人说你包公是包青天，从此案看来，你做官不清，断事不明，冤屈死好人，难道就罢了不成？"带说着顺手拿起龙头拐杖便打包公。包公急忙陪（赔）情道："夫人且息雷霆之怒，你在我府中等候，待我三下阴曹察明此事再作去处。"叫手下人役待候老夫人到城隍庙去看儿子，不题。包公便带了一班人役一起去下阴曹。

有包公过了阴头里行走，那王朝和马汉随后紧跟。
有张龙和赵虎铜锏抬定，那黄忠和朱清不敢消停。
有刘主和崔脚前后护卫，九个人在阴曹好不威风。
包大人前面走威风凛凛，有城隍和土地前来迎送。
走金桥过银桥光明大道，有些人来过桥打到奈河。
水又淹蛇又咬赤身裸体，牛头打小鬼骂疼痛难忍。
望乡台观家乡后悔已迟，孽镜台照善恶分毫不差。
有雪山冷飕飕神哭鬼嚎，那刀山和血海割胆剜心。
在阳间不敬天骂风咒雨，那恶狗咬得他皮破血流。
在阳间顺妻子不孝父母，死了后上刀山粉身碎骨。
在阳间贪酒色淫人妻女，到阴曹打在那炮烙地狱。
骨肉亲不相认仇视兄弟，到阴间踩手足粉身碎骨。
妇女们不干净冲了天地，死了后打在那血池地狱。
阳世上谋财利害人性命，身死后阴曹府锯骨分身。
在阳间打公婆又骂丈夫，到阴间割舌头又挖眼睛。
妯娌们不和气吵嘴打架，到阴曹挖舌根难以说话。
走东家串西家捣弄是非，到阴间剁[1]了脚扒掉舌头。
这些人罪受完阎王判刑，或变猪或变狗难得人身。
包大人往前行仔细观看，十八层地狱苦一言难尽。
有城隍和土地前来告禀，请星官到阴曹细看分明。
正行走见一山阴气沉沉，忽听得山脚下叫哭连天。
也合该柳金婵灾难受满，到今日遇着了包公青天。
有包公上前去细问根原，那女子你为何这样悲伤。

柳金婵忙跪到包公面前，禀大人听小女细说原因。
我父亲柳天官在朝做[2]官，我是他亲生女名叫金婵。
皆因是元宵夜奴去观灯，梦不着老天爷刮起怪风。
将奴才刮到了荒郊野外，遇着了卜子虫他把我害。
我前来阎王前要去伸冤，谁知道碰上了判官张洪。
小女子对判官说了实话，他将我压在这阴山脚下。
我只想到此地永不超生，谁知道今日里见了大人。
这就是小女子真情实言，并没有虚言语来禀大人。
望大人发慈悲将我怜念，替小女阎君前诉屈伸冤。
有包公叫小女暂等片时，我去到森罗殿查个清楚。

却说包公三下阴曹，从十八层地狱一直来到了阴山脚下，只见一个女子叫哭连天。包公便问："你是谁家的女子？为何啼哭？"柳金婵说道："我是柳天官的女儿柳金婵，被卜子虫害死，我前来阎王爷前告状伸冤，又叫判官张洪压在阴山脚下不能出身。"包公说道："既是这样，你在此等候，待我到阎君那里查看一回。"说罢，带了人役向地府而去。

再说那个宋王天子寻公主数日，有一天王恩和石义正在山上打柴，石义拾了一只花鞋，自觉是奇怪事情，就将小鞋挂在柴上，挑起担子下山。进了城门，被巡查街头的兵丁看见了，报给丞相王颜林。王相爷差人把他们叫来问这鞋的来历。诗曰：

　　　听着丞相问，细细说原因。

王相爷坐公堂吩咐人役，叫上来他二人细问来历。
有石义和王恩上前跪倒，尊了声老大人细听根苗。
我二人家住在山东地界，曹州府南化县有我家园。
我姓石他姓王王恩石义，我二人是亲戚姑表兄弟。
皆因是宋王爷大开科场，普天下众举子都上考场。
来到了东京城时运不通，无盘费每日里打柴为生。
今早起上山岗去把柴打，拾一只绣花鞋把祸闯下。
这就是我二人真情实言，禀与你老大人细听分明。

却说王丞相听了二人之言，急忙带上花绣鞋上殿奏知宋王天子。宋王一见绣花鞋，双眼流泪道："这正是我女儿的花鞋，但不知从何而来？"王丞相说道："这绣花鞋是打柴的二人从荒郊野外拾来的。”宋王闻听此言，说道：“将他二人宣上殿来问个明白。”诗曰：

时来天助力，运到自有灵。

宋王爷见绣鞋满心欢喜，将二人宣上殿问个清楚。

有石义和王恩来到金殿，低下头跪在了九龙口前。

宋王爷在龙位细问其详，这绣鞋在何处到你手上。

怎么起怎么落怎么拾上，一样样一件件实对我讲。

有石义和王恩上前来禀，尊了声万岁爷容我细禀。

我家住曹州府南化县地，我石义他王恩姑表兄弟。

因为是宋王爷大开科场，我二人来东京考取功名。

到东京遭不幸身染重病，无盘费我只得打柴为生。

昨日里出门去上山打柴，见一棵枯树上挂着小鞋。

拾绣鞋进城来未曾告禀，被军丁锁拿住要见圣君。

宋王爷听说毕忙传圣旨，赐给你五百兵前去找寻。

却说宋王天子封石义为元帅，王恩为先锋，赐了五百兵丁，叫他们急速起身。二人率兵来到荒郊野外扎下了大营，每日派人各处找寻。一日，王恩坐在大营，心生一计：不免将他的帅印哄到我手，慢慢再害他。正在盘算时，石义来到大营。王恩便叫道：“兄弟，我们二人找寻了数日，找不到公主的下落，我想你把帅印暂且叫我执掌，你去寻找，公主自当会有下落。”石义信以为实，说道：“小哥每天辛苦，不免将帅印换与你掌管。”王恩心中大喜，接了印，每日在营中安坐。过了几日，王恩命石义前去寻找公主。石义寻了一日，未曾找到，王恩命人役将石义重打了四十军棍，打得石义两腿流血，双眼流泪。王恩骂道：“若在两天内找不到公主，定斩不饶。”到了次日，石义又去寻找，看看天色已晚，来到一家门首，便对门公说道：“请你行个方便，在你贵府住宿一晚。”门公即开门，报知员外。员外因为心中有事，将客人请进来坐下。石义见老公公愁眉不展，便问道：“老公公为何事发愁？”员处（外）说道：“客人你听我说。”正是：

员外听得客人问，哭哭啼啼说原因。

陈员外未开言珠泪纷纷，叫客人你听我细说原因。

我名叫陈念义人称员外，土地广牲畜多钱财不缺。

我夫妻老两口年过四旬，所生下七岁的一个孩童。

因为我这地方出一妖龙，糟得我这地方不得安宁。

本村人修盖下龙王庙堂，每月里献童男童女一双。

有乡约和地方昨日安排，到每天献贡物由我承担。

我家中金银广万亩良田，买不上童男女替我儿郎。

白银子三百两谁肯来卖，我孩子去献贡怎能舍得。

倘若是将我儿献了祭礼，我二人到老来依靠何人。

若不献童男女惹怒妖龙，一年的那庄稼不得收成。

左也难右也难无有主张，千眼泪万眼泪好不心伤。

陈员外直[1]哭得如同酒醉，有石义上前来劝了几声。

却说陈员外啼哭不止，石义上前劝道：“员外不必啼哭，等到明日我与你替孩子献礼。”说话之间，天色已晚，员外一听，满心喜欢，急忙备了酒席款待石义。一夜无话，到了天明早起，众庄邻一起来到员外家中抬了祭礼，石义陪同了童男童女随了众庄邻来到龙王庙，设了香案，献上猪羊。童男童女烧香叩头，祝告龙神已毕，众人就出庙回家去了。再说那石义等众人走后，跳上供桌藏身在泥塑的龙王身后。霎时间空中刮起了一阵妖风，风内闪出一个九头妖龙，十分凶恶。石义搭好弓箭，照妖龙的眼睛射了一箭。那妖龙大叫一声，带箭而逃。石义在神像后出来，跳下供桌，将陈员外的孩子领回家中，说明了原因。陈员外夫妻二人听了，连忙叩头谢恩，感恩不尽。石义辞别了员外，跟着血滴紧赶妖龙。赶到擘龙山脚下，见一女子在山下提水，石义上前问道：“你是谁家的女子？因何一人在此山中？”正是：

踏破铁鞋无觅处，得来全不费工夫。

那女子未开言珠泪纷纷，叫客人你听我细说原因。

我的父他本是当今皇帝，我的母是皇后[2]执掌三宫。

我本是宋王爷亲生之女，我名字叫作个百花公主。

三月三我在那花园游玩，猛然间刮起了一阵妖风。

霎时间它[3]将我刮到洞中，那妖龙力逼我与它成亲。

多亏了观音母赐我宝衣，那妖龙它与我不能沾[4]身。

昨日里那妖龙去把礼收，被一箭射它眼不能动身。

今日里在洞中缓伤养病，打发我来提水去洗血痕。

[1] 直：原本作“只”。
[2] 是皇后：原本作“皇太后”。
[3] 它：本段韵文原本都作“他”。
[4] 沾：原本作“粘”。

请客人你与我送上一信，回朝去奏父王升官封赠。

却说那石义上前说道："我不是别人，我是你父王差来找寻你的。昨日我在龙王庙中将那妖龙射了一箭，今日里我跟血迹来到此地，不意遇着了公主，实为万福。"公主开言道："那孽龙实是厉害，你孤身一人怎能敌〔抵〕得过他？"石义说道："不防（妨），那妖龙眼中一箭，分辨不清。你领我进洞，我藏在你身后，将妖龙一剑结果了性命。"当时公主就领了石义来到孽龙洞中，那洞中黑暗昏迷，石义紧跟公主到妖龙床前。妖龙开言问道："水提来了没有？快给我洗伤。"石义上前一步，用力一剑将孽龙斩为两段，那孽龙大吼一声，气绝身亡。石义背了公主来到了大营。王恩一见，满心喜欢，便问石义道："兄弟，你将公主何处救来？"石义就将孽龙洞中之事从头至尾说了一遍。王恩低头暗想，心生一计，说道："兄弟，那孽龙洞中定有金银宝珠，未曾取来，不免你带领十个老兵同本帅一同前去取宝一回。"石义领命，带领十个老兵同了王恩来到了孽龙洞前。王恩命石义："你先进里面看，我们随后进来。"石义为人忠厚老实，也不知是诡计，就先进洞中。那王恩等石义进洞，叫兵丁抬来大石块将洞门塞住，外面又垒了许多石头，就带领了小兵回到大营，抬上公主回朝缴旨去了。再说石义进洞，等了半天，不见有人进来，又来到洞门口一看，大石块垒满了洞门。搬又搬不动，越思越想好不酸心，放声大哭一场。眼看天色又晚，肚中饥饿难忍，思想起家中父母，不由一夜哭起了五更。

一更里来好伤心，可恨王恩心太毒。把我圈在孽龙洞，连饿带冻命难存。我的天呀，活活要了我的命。

二更里来泪悲伤，想起爹娘泪不干。实想上京盼功名，谁知今日命难存。我的天呀，丢下父母靠何人。

三更里来发了梦，魂灵来到我家中。见了爹娘好伤心，抱住爹娘放悲声。我的天呀，醒来才是一场空。

四更里来好难心，思想王恩太可恨。上次把我丢井中，今日圈在孽龙洞。我的天呀，合该我的命难存。

五更里来天渐明，金鸡报晓乌金（金乌）升。上天无路地无门，想出洞门塞了个硬。我的天呀，连冻带饿就丧命。

却说那石义在孽龙洞中哭了一夜，到了天明时候也是无法出洞，只得就在洞中忍受饥饿，酸心流泪，不表。

再说那包公带着人役三下阴曹，一直来到了森罗宝殿。阎君说道："好一个文曲星官，我这森罗殿又不是你的锅夹帐（道）[1]，终日里常来打搅，是何道理？"包公说道："只因为严察山三绞而亡，尸首不倒，其中必有冤枉。我今日特来三下阴曹，再次查个明白。"阎君开言道："今日来查，比往日不同，我要你出掌打赌，说个明白，弄个清楚。一面抬定铜铡，一面支起油锅。如果查出来，我赴你铜铡；若是查不出来，你赴我油锅。"包公点头答应，命王朝、马汉在左面抬定铜铡。阎君命牛头、马面在右面支起油锅，命判官抬过生死簿。包公接过，从头至尾细查了一遍，仍然是严察山害死柳金婵一案，件件是实。当时包公怒从心上起，恶向胆旁生，将生死簿子甩在地上，用脚搓了一顿，扑上去要赴油锅。有四郎崔脚急忙上前拦住，说道："大人且息雷霆之怒，待我查看一遍。"没想到包公将生死簿甩在地上掼得太厉害，崔脚拾起生死簿一看，有个疤儿扎起来。崔脚忙将生死簿递给包公，包公扯了那人皮帖儿一看，下面写着："仁宗四年正月十五大放花灯，卜子虫害死柳金婵图财害命。"包公看后，喳声暴跳，气（七）窍生烟，骂道："这明明是你们君臣同作鬼笔！"大叫一声，提起张洪，一铡两段。又叫道："王朝、马汉，与我把十殿阎君一起拿来。"那十殿阎王一听，吓得胆战心惊，苦苦哀求，要包公留情。包公本是文曲星君，铁面无私，若要留情，不知屈死多少冤魂。

有包公扯了帖细细观看，气得那太阳穴冒出火星。
我自知阴曹府铁面无情，谁知道阴司里胡乱捣鬼。
你执掌生死簿关系不小，又不知冤枉了多少鬼魂。
叫王朝和马汉抬过铜铡，把张洪先铡了再铡阎君。
阎罗王战兢兢上前告禀，这事情都是那判官张洪。
有包公听此言大发雷霆，你莫要用巧言来把我哄。
这明是你君臣同作鬼笔，到今日都赖在张洪身上。
难道说他捣鬼你们不知，你坐到森罗殿干甚何事？
今日里若不把你们斩除，阴曹府众鬼魂有冤难鸣。
有牛头和马面见势不好，急忙到东岳殿去请天尊。

---

[1] 锅夹道：锅台边的走道。意思是常走之道。

忙了忙了谁忙了，忙了牛头马面了。

牛头马面着了忙，东岳殿上请天尊。

飘飘荡荡往前转，霎时来到东岳殿。

牛头马面双膝跪，禀告天尊你细听。

判官张洪捣了鬼，连累阎君命难存。

天尊一听吃一惊，玉帝无旨谁斩人。

禀告天尊听我言，包公错断严察山。

三绞而亡魂不散，三下阴曹来查案。

查得阎君怒气生，破口叫骂文曲星。

今日你我打个赌，油锅铜铡排两边。

如若查不出来鬼，你赴油锅不容情。

包公听罢阎君话，拿起簿子细观察。

从头至尾查一遍，察山害死柳金婵。

气得包公发了火，甩掉簿子跳油锅。

崔脚那里着了忙，上前来把包公挡。

叫声大人莫要急，生死簿上有鬼笔。

包公接过仔细观，见个帖儿在上面。

包公扯了人皮疤，卜子虫害柳金婵。

包公当时怒气生，铡了判官那张洪。

十殿阎君也要铡，小鬼个个不留情。

阎君一听吓掉魂，命我前来请天尊。

天尊一听忙起身，森罗殿上来说情。

却说包公将判官张洪一铡两段，又要铡阎君，阎君苦苦哀求。牛头、马面见势不好，忙去请东岳大帝，又请了地藏王菩萨一起来到森罗殿上。二位天尊言道："文曲星官因何事大发雷霆？"包公将三下阴曹查明案情之事从头至尾说了一遍。天尊言道："文曲星官，此事无有阎君干系，都是那判官张洪一人所为，但是阎君也不能完全推卸责任，今日你看我二人之面，饶了阎君之罪。"包公说道："既是二位天尊说情，为臣怎敢不听，今日饶了他们，以后干事要多加小心。"说备（毕），辞了二位天尊，命人役抬上铜铡要还阳回府，此时却不见崔脚。再说那房官崔脚跑了一天，肚中饥饿，来到大街上，见了羊肉包子，顺便买了一顿吃上。此时包公正要回府，不见崔脚，便命人找寻。崔脚来到殿前，包公问道："半天不见，你到哪里去了？"崔脚答道："小人肚中饥饿难忍，去吃了些羊肉

包子充饥。"包公骂道："今日你吃了阴间饭食，想回阳间难上加难。"崔脚一听，大哭一场，说道："小人父母妻子无人照管，望大人做主。"包公说道："你的家小由我照管。"又对东岳大帝、地藏王菩萨说道："臣过阴时带来了房官崔脚，今天吃了阴曹食物不能还阳，望二位天尊大发慈悲。"地藏王菩萨说道："既然如此，判官张洪死后无人掌管生死簿子，就叫崔脚管理地府之事，你看如何？"包公说道："那就感恩不尽。"又命崔脚谢了二位天尊提拔之恩。诗曰：

阴是阴来阳是阳，阴阳相隔纸一张。

今日吃了阴间饭，每早不离鬼门关。

有菩萨上前来叫声星君，你今日到阴曹立了大功。

把张洪铡两段实在不亏，谁叫他在阴曹捣弄是非。

偷改那生死簿罪恶不轻，你阎君虽铁面还不知闻。

若不是文曲星来下阴曹，像这样冤屈事有谁知道？

今日里看我面饶了阎君，从今后要警惕时刻小心。

地藏王安当罢腾空而去，随后来又辞了东岳大帝。

有包公忙叩头急忙送行，回头来见十王笑脸相迎。

为这事受惊恐莫可误会，到后来要谨慎多加小心。

叫崔脚上前来见过阎君，你君臣要和气莫可胡行。

嘱咐毕那包公急忙起身，众人役抬铜铡后面紧跟。

过金桥来到了阴山脚下，柳金婵正然在叫哭连天。

将阴魂筒在了袍袖之内，来到了过阴床个个起身。

有包公还阳来忙坐大堂，发了票去捉拿害人凶手。

却说包公还阳回来，忙坐大堂，命人役去捉那卜子虫，不题。

再说那石义被王恩圈到孽龙洞中，眼看三天，食水未见。正在饥饿难忍，忽听得后洞中有呻吟之声，便上前问道："你是什么人？在此作甚？"那人答道："我是水晶宫龙王的三太子，我叫孽龙把我压在此间不能起身，我说你听。"诗曰：

太子听得有人问，哭哭啼啼说原因。

三太子未开言珠泪纷纷，叫恩人我与你细说原因。

那孽龙在世间不行人道，下冰雹放冷蛋光糟田苗。

玉皇爷发了怒降下罪过，命黄巾[1]压住他不得超升。
我父亲在东海执掌大事，他命我到此地看望叔父。
谁知道我叔父心肠太狠，一见我为侄的就起杀心。
他叫我扯符帖救他性命，他反而将灵符贴在我身。
在洞中我受罪三年之整，到今日才见了一个亲人。
倘若是你今日救我性命，到日后永不忘你的大恩。

却说三太子哭诉了一遍，石义说道："我来救你，但不知如何救法？"三太子说道："你把我头上的灵符扯掉，我就起来了。"石义上前来扯了灵符，那三太（子）即刻起身，叩头谢了石义。二人来到洞口，三太子吹口仙气，那洞门大开，二人走出了洞门。三太子又领石义来到水晶宫。三太子先见了老龙王，说了石义如何救了他的性命之事。老龙王听了心中大喜，忙命水鬼夜叉请来救命恩人以礼相见。正是：

石义来到水晶宫，要与龙王结成亲。

有石义见龙王急忙下跪，老龙王忙离位以礼相见。
将石义让在了客厅[2]之上，又装烟又倒茶又把筵摆。
问恩公家住在何省何地，因何事来到了孽龙洞里。
有石义听得[3]问急忙对答，尊了声龙王爷容我细禀。
我家住山东省曹州地界，南化县五里远有我家门。
我的父石天祯人称员外，我母亲所生我兄弟三人。
我大哥名石宝在家务农，我二哥叫石化出外贸易。
唯有我年纪小名叫石义，我父亲送我到南学读书。
宋王爷出皇榜大开科场，一家人打发我去把京上。
我父亲命表兄送我上京，谁知道那王恩心肠太狠。
行走到中途路起了歹心，他将人不防备推入井中。
多亏了张善人救我性命，又与我赠盘费去求功名。
到京城又遇着狠心王恩，无营生在大街讨饭为生。
无奈何又和他打柴为生，到荒山去打柴拾了绣鞋。
进城来被哨兵前来挡住，带到那午朝门要见圣主。
有道的宋王爷问明来历，给了我五百兵去寻公主。
孽龙洞斩妖龙救回公主，谁知道那王恩又生巧计。

他将我哄进了孽龙洞中，用石头塞洞门要害我身。
在洞中已圈了将近三天，耳听得后洞中有人呻唤[4]。
走上前见太子痛哭伤心，扯灵符才救得太子性命。
三太子同了我走出洞门，一直儿来到了水晶宫中。
我说的都是些真情实言，无半句虚言语来哄龙君。

却说石义对龙王说了一遍事情经过，龙王听了喜之不尽，说道："我看你是命大之人，日后还有一品之位，但是你的灾星未满，在我龙宫多住几日，我派人协助你伸冤报仇。"石义听罢，急忙叩头谢恩，又和三太子结拜为兄弟，十分相好。石义就在龙宫东游西逛，玩耍了月余天气。一日，三太子说道："明日我要送你回去，倘若父王给你赏金送银，你一概不要收取，单要后宫内的红葫芦一个，日后大有用处，你要牢记在心。"到了次日，龙王大摆了酒筵酬谢石义。在酒席中间，龙王抬过一桌金一桌银作为酬谢之礼。石义推辞，一概不要，单要后宫内的红葫芦儿。龙王说道："很好，我也正想送你。"忙命人取了红葫芦递与石义。石义将葫芦揣在怀里，叩头谢恩，辞别了龙王。龙王命三太子把石义送出水晶宫，二人洒泪而别。石义走了半日，来到中途，路上无有人烟，只觉肚中饥饿难忍，心中烦恼，心想放着金银不要，要上一个红葫芦有何用处？说着从怀里取出红葫芦仔细的（地）看了一遍，又放在身边，不觉懒洋洋的（地）睡去。一觉睡醒，一看前面摆着一桌酒席。石义高兴地饱食了一顿，拿了葫芦继续前行，每日如此。有一天，石义假装睡着，观见红葫芦内走出一个十分美丽的女子，摆下酒席后又要进葫芦，石义大喝一声："你是谁家的女子？说来我听。"诗曰：

有缘千里来相逢，无缘对面不相认。

三公主摆好席将[5]进葫芦，被石义喝一声未来得及。
走上前叫恩公听我所言，一样样一件件细听分明。
我本是龙王的亲生之女，我母亲生下我姐妹三人。
在龙宫生长了一十九岁，我父母并没有把我许人。
今日里我父王为了报恩，打发我扶持你送你上京。
到京城南衙府去把状告，将王恩提上堂对面审问。

[1] 巾：原本作"忠"。
[2] 厅：原本作"庭"。
[3] 得：原本作"的"。

[4] 呻唤：呻吟。
[5] 将：刚要。

叫恩公莫嫌我足大脸丑，我情愿扶持你伸冤报仇。

有石义听此言满心喜欢，这也是神感应天地良缘。

却说石义听罢，满心喜欢道："既然如此，你仍然藏在葫芦内同我行走。"走到晚，同枕安眠，不表。再说王恩将石义圈到孽龙洞中，来到大营，带领兵丁抬上公主回到朝中，对宋王天子奏了斩妖龙救公主之事，说了个天花乱坠，把个宋王天子听得龙心大喜，将王恩封为驸马。满朝文武都来朝贺恭喜，唯有丞相王颜林、包文拯二人出班奏道："万岁，从前接（揭）皇榜者乃是二人，今日只来一人，此事必有原故。莫若[1]主人先将公主宣上殿来问明此事，再招驸马也不迟。"于是宋王宣来公主，公主一看，对父王奏道："斩了妖龙的乃是一位白面书生，此人不太像斩妖之人。"王颜林奏道："以臣遇（愚）见，莫若给他封官加职，暂住驿馆，等过了百日之后无事再招驸马。"宋王准奏，辞（退）朝回宫，文武百官退朝回府。王恩回到驿馆，带领了人马在大街上夸官三日。有一日来到东街，石义刚进城门，不及回避，被王恩看见。王恩吩咐人役："将这汉子拿住。"那些如狼似虎的七八个差人扑上去将石义推到府中。王恩来到大堂，吩咐人役请来石义。王恩让石义坐下，急忙下堂跪下，说道："兄弟，莫要计较，是我的不是，千不是万不是是我当哥的不是了，请兄弟宽宏大量。"石义本是个心实之人，叫王恩花言巧语说得心软，急忙上前双手扶起王恩。王恩吩咐人役大摆酒宴，将石义让在上席，王恩坐在下席斟酒。一时之间，石义吐血而亡。王恩大喜，忙命人役将尸首抬到后花园，丢到琉璃井中，便与人役每人赏了银子五两。心中暗想，这下就可平安无事了。诗曰：

　　白日害人人不从，夜晚杀人天不容。

　　善恶到头终有报，害人还是害自己。

有王恩用药酒毒死石义，叫人役听老爷与你吩咐。

将尸首抛在那琉璃井中，万不可在外面走漏消息。

倘若叫包黑子查明此事，一个个赴铜铡决不留情。

包文拯断官司铁面无私，满朝的文武官谁人不尊。

不论你各地的州城府县，也不论朝中的公侯[2]将相。

不管是太师爷驸马朝郎，也不管皇王的皇亲国戚。

哪[3]一个若犯在他的手上，一个个赴铡刀毫不留情。

我与你每个人赏银五两，决不可在外面胡言乱语。

有王恩吩咐毕退堂歇缓，再表那红葫芦前去伸冤。

却说王恩吩咐已毕，每人赏了银子五两，将石义尸首抬到后花园的琉璃进边，刚往井中丢的时候，从石义怀中滚出一个红葫芦儿。红葫芦在地上乱滚乱跳，那些人役丢了尸首，你追我赶来捉葫芦，捉了半天拿捉不住。葫芦一直滚出大门，滚向南衙府里去了。此时包公正坐大堂，有王朝、马汉禀道："卜子虫夫妇二人带到了。"包公说道："你与我将这两个害人虫带上堂来。"诗曰：

　　拍手问贼贼不招，拿棍叫犬犬不来。

有包公坐大堂怒气冲冲，骂了声害人贼还不招认。

你害死柳金婵尸首何处，一样样一件件说个清楚。

今日里善问你你不招承，叫人役拉下去动起大刑。

一上手三十板皮开肉烂，夹杆夹拶子拶血水淋淋。

卜子虫受不过严刑拷打，禀大人饶了命小人招承。

柳金婵实实儿是我害死，把尸首抛在了白水江里。

包大人见招供命他画字，叫人役将恶徒押在监里。

白日里头戴[4]枷手铐脚镣，到晚上上匣[5]床莫可放松。

叫张龙和赵虎前来细听，你二人白水江打捞尸首。

包大人坐大堂正然吩咐，见大堂红葫芦滚来滚去。

却说包公正然吩咐张龙、赵虎前去白水江打捞尸首，出门之时，见府门里滚进一个红葫芦，一直滚到大堂，在堂上滚来滚去。包公见了说道："奇怪。"便又大声叫道："红葫芦，你若有冤，就左转三转，右转三转，我好与你伸冤。"果然那红葫芦按次序左转三转，右转三转。包公即命王朝、马汉跟定红葫芦。红葫芦一直滚到王恩府中，滚进后花园的琉璃井边，乱滚一阵，在进（井）边上转了一圈，化成一道金光就不见了。于是一人守住井口，一人前去报知包公。包公一听，急忙前来查看。不一时来到井

[1]　莫若：不如；要不。

[2]　侯：原本作"候"。

[3]　哪：原本作"那"。

[4]　戴：原本作"带"。

[5]　匣：原本作"柙"。

边，吩咐人役将掩盖的浮土般掉，命人下井观看。人役报道："井内有一死人。"包公又命人役将死人吊上来，仔细一看，好像活人一般，又命人将死人抬回府中，放在过阴床上。包公拿了狼牙棒、照魂镜绕了三绕，照了三照，霎时间那人悠悠然苏醒过来，翻起身来，将包公抱住要他偿命。王朝、马汉说道："你这人好无道理，知恩不报，反而为仇，包大人将你救活，你有多大冤屈何不在包大人面前审诉？"石义一听，恍然大悟，方才明白，急忙下床跪到堂前，尊声大人："有深仇大冤，望大人做主。"包公说道："你有多大冤仇，说来我听。"

有石义未开言泪流满面，尊了声包大人容我细禀。

我家住山东省曹州府地，南化县五里地有我家园。

我的父石天祯广有金银，我母亲所生我兄弟三人。

我二哥去贸易大哥务农，我的名叫石义在学读书。

只因为皇王爷大开科场，我的父打发我来上考场。

命王恩姑表兄送我上京，随带了毛驴子三百纹[1]银。

行走在路途中起了歹心，他将我推在了张家井[2]中。

将银子和毛驴一应拿走，多亏那张善人来把我救。

发慈悲又与我赠金送银，因此上我才能来到东京。

进京城遇王恩讨街要饭，用花言和巧语把我说转。

买扁担置绳索卖柴为生，荒郊外去打柴拾双绣鞋。

进城来被兵丁前来挡住，拿我们去见了当今天子。

宋王爷当殿上问明来历，派给了五百兵去找公主。

在庙中献祭礼箭射妖龙，跟血迹寻找到孽龙山下。

遇公主来提水问明底细，随公主进了洞斩了妖龙。

救公主得活命回了大营，谁知道那王恩又把计生。

他哄我到洞中取宝使用，命兵丁用石头洞门塞硬。

老龙王三太子洞中受罪，我与他扯灵符救他性命。

三太子领我到水晶宫，龙王爷赐葫芦报仇雪恨。

刚进城在大街遇着王恩，叫人役他把我推进府中。

在王府设酒筵十分敬重，用药酒毒死我一命归阴。

猛醒来老大人将我细问，又不知怎么到南衙府中。

今日里包大人救了我命，说起来我石义命大难深。

[1] 纹：原本作"文"。
[2] 井：原本作"进"。

这是我前后的经过实情，并没有虚言语欺哄大人。

包大人听此言怒气顿生，就是那铁石人也要心动。

恨了声王恩贼实实可恶，我将他拿回来定赴铜铡。

叫王朝和马汉你听我说，切[3]莫要漏消息去拿王恩。

且不表他二人捉拿王恩，再说那二差人去捞尸首。

却说包公吩咐王朝、马汉去拿王恩，千万莫可走漏消息，此话不表。再说那张龙、赵虎奉了包公命令来到白水江边，只见江水茫茫，波浪滔滔，不知尸首在何处。二人又不会游水，想来想去无法下手，二人便回府禀明包公。包公一听，大怒骂道："我把你两个无用的东西，今日捞不着尸首，先吃四十板子，赶出府门。"又说："限三日之内若捞不到，就要割下你二人首级使用。"张龙、赵虎走出衙门，无奈之中又来到白水江边，看见江水一片白茫茫的，宽不见边，深浅不能估量，左思右想无有主张，不由一阵心酸，在江岸上大哭一场。正是：

有头官司容易办，无头尸首何处寻。

有张龙和赵虎挨打一顿，第二次又来到白水江边。

见江水白茫茫波浪滔天，哪[4]一个敢下水去捞尸首。

一个心溜之乎逃之夭夭，又思想舍不得这一碗饭。

千思想万思想无有主张，左也难右也难好不心伤。

越思想越难心大放悲声，这件事我二人实在难明。

我二人无头案办了不少，并未见有尸首实在难寻。

倘若是找不着惹怒大人，把我们活打死决不容情。

叫了声柳金婵冤魂听见，你尸首在何处显显手段。

倘若是你冤魂有灵有验，我二人修庙宇[5]塑装金身。

祝告毕他二人回到馆中，再表那金婵魂去走南衙。

却说当日夜晚包公睡到夜之（至）三更，忽见一女子前来诉冤，言说死的（得）冤枉，要捞我尸首非得有一下大海之人。说罢，化阵清风而去。到了清晨，包公忙吩咐王朝、马汉下去到四乡六区找寻下大海之人，找到急速回禀。二人领命，来到了城里城外各处找寻。找寻了数日，并无有个下大海之人，便来到堂前回禀老爷。包公大怒，

[3] 切：原本作"且"。
[4] 哪：原本作"那"。
[5] 宇：原本作"宙"。

将二人重打四十，喝道："再限你们三日，倘若找不到者（着），定要你们狗腿子使用。"于是将二人赶出府门。二人无可奈何，只得各处找寻。一日来到一个饭馆，正然饮酒，忽听有人喊下大海的名字，二人便问道："谁叫个下大海？"有个跑堂的小二答应道："小人便是下大海。"王朝、马汉说道："包大人差我们二人找寻你，快快跟我们去见包大人。"那下大海也没问青红皂白，有何事干，便跟随了王朝、马汉来到大堂，急忙跪下。包公问道："你就是下大海吗？"下大海答道："小人便是。"包公说道："今日叫你来不为别事，要你到白水江里打捞柳金婵的尸首一回。"下大海道："老爷，小人虽叫下大海，其实真的不会下大海。"包公将刑（醒）木一刻（拍），喝道："管你会不会下大海，赶快跟随王朝、马汉前去下江捞柳金婵的尸首。"诗曰：

江水滔滔连江岸，何日找到柳金婵。

下大海无奈何跟随二差，一霎时来到了白水江边。
见江水波浪滔绵连天边，吓得那下大海胆战心寒。
双膝跪江河岸苦苦哀告，祝告声龙王爷细听根苗。
你执掌水晶宫神通广大，施恻隐发慈悲怜念小人。
下大海捞尸首实在害怕，丢不下家里的婆娘娃娃。
若不来捞尸首违反王法，惹怒了包大人定赴铜铡。
哀哭了多半天无有人救，眼看着我的命要见阎君。
罢罢罢我今日把心一横，生死路有天定并不由人。

却说下大海哭了半天，无人搭救，正在进退两难之际，有王朝、马汉大叫一声："快下江去。"带说着顺手一把将他推入江中，此话不表。再说那白水江的龙王正坐在宫中，忽然心血潮反，早知其意，忙吩咐水鬼夜叉："今日下大海来寻找柳金婵尸首，此人命不该绝，日后还有大富大贵，你们赶快将柳金婵和下大海的尸首送出水面。"再说那王朝、马汉将下大海推入江中，等了一天无有动静，二人只说白白送了下大海的性命。忽见水面上露出两个人的尸首，便手执长杆将尸首捞上岸来观看，却是一位女子和下大海的尸首。王朝、马汉背了尸首一直来到大堂，包公一见满心喜欢，急忙拿了狼牙棒、照魂镜绕了三绕，照了三照，霎时间下大海悠然苏醒。包公问明原因，给下大海赏了白银三十两，下大海叩头谢恩回家，不题。再说包

公又吩咐王朝、马汉从城隍庙里抬来严察山的尸首，和柳金婵放在过阴床上，包公又用狼牙棒绕了三绕，照魂镜照了三照，拨了三拨，叫严妇人、柳天官各在各的孩子口内吹了一口气。不一时，严察山、柳金婵二人悠悠苏醒，还上气来。二人睁眼观看，如梦初醒，都不觉失声大哭起来。正是：

人生在世如做梦，今日又得复还魂。

严察山爬起来放声大哭，柳金婵惊醒来叫哭连天。
我只说兄妹们不能相见，谁知道今日个又得相逢。
兄妹们上前来抱头相哭，又来了柳天官严氏夫人。
一见了儿和女摘胆剜心，母子们忍不住两眼流泪。
儿扯母父扯女重见天日，父母们得见面两世为人。
严夫人来到了包公堂上，两家人聚一处痛哭伤情。
若不是包大人清廉正直，这件事断不明屈死好人。
包公说你两家原是姑舅，严察山柳金婵姑表情深。
包大人做媒证一言为定，严察山柳金婵结为良婚。
严察山听此言忙把礼行，叩谢过包大人山海之恩。
严察山柳金婵心中欢喜，从此后我一定答报神恩。
严察山柳金婵满心惭愧，低下头心内里各自思想。
想从前灵言语果然不谬，到今日重相逢不错分毫。
且不说严公子配了婚姻，再表那王恩[1]贼一段情由。

却说严公子、柳金婵因包公把他们救活，见了天日，两世为人，包公当堂为媒许配成夫妻，二人叩头谢恩。柳天官夫妇二人又上前叩谢了包大人，包公将三下阴曹、张洪改了生死簿的情由细说了一遍，柳严二人感恩不尽，各自领了儿女回家，不题。

再说王朝马汉将王恩提上堂来，王恩立而不跪。包公大怒，骂道："你这害人贼，见我为何不跪？"王恩说道："吾乃当朝驸马，岂能与你下跪？"包公便叫："王朝、马汉，拉下去与我重打四十板，看他跪也不跪？"王恩闻听，吓得胆肝俱裂，急忙跪下，大哭起来。正是：

善恶到头终有报，恶人到底天不容。

包大人坐大堂冲冲大怒，骂一声害人贼实实欺人。
你害那石义事从实招来，若不然动大刑性命难存。

[1]　恩：原本作"思"。

有王恩叫大人细听我表，提起来石义事亏烂人心。

我的家居住在山东省界，与石义并无有半点交情。

包大人见王恩不肯招承，将石义喊出来断定分明。

有石义来到了包公堂上，一见了王恩贼怒气冲冲。

头一次你把我推入井中，第二次找公主假充军功。

第三次斩妖龙你无哥心，第四次你哄我孽龙洞中。

第五次用药酒毒死我身，你把我埋在了琉璃井中。

今日个包大人救了我命，又使我重见了阳世天日。

包大人听说毕怒气冲冲，我这是善问你你不招承。

叫人役拉下去着实拷打，与石义去偿命不是别人。

夹棍夹皮鞭打血水淋淋，那王恩受不过酷刑拷打。

包大人见招承画了口供，命人役押下去与他定刑。

却说包爷问实口供，命人役押王恩在监。次日五更上朝，宋王仁宗天子驾坐金銮宝殿，文武大臣朝贺一毕，包公当殿将王恩害了石义之事细说了一遍。天子听奏大怒，即命速将王恩押赴铜铡处斩，又传旨宣石义上殿见驾。石义上殿，双膝跪下，口称："万岁在上，小臣石义见驾。"宋王说道："你将王恩害你之事奏来我听。"正是：

时去黄金便失色，运来石头也成金。

有石义未开言泪珠纷纷，万岁爷龙位里细听原因。

念小人家住在山东省城，只因为上东京去考功名。

同去的姑表兄名叫王恩，一路上扶持我要上京城。

行走到张家湾心肠太狠，不料想他把我推到井中。

多亏了张善人救我性命，他与我赠盘费去上京城。

到京城和王恩打柴为生，荒郊外拾绣鞋起了祸星。

领圣旨带军[1]兵大营扎定，王恩贼定巧计兑换先行。

每日里打四十痛苦难忍，他要我奔山岭各处去寻。

陈家庄住一夜得了音信，射妖龙跟血滴找到洞中。

山脚下得实靠见了公主，斩妖龙背公主来到大营。

有王恩生毒计哄我进洞，垒住了洞门口斩草除根。

龙王爷三太子救了我身，他送我红葫芦去把冤伸。

回来到东京城见了王恩，假意儿请到府认罪赔情。

用药酒毒死我埋在井中，包大人救了我得了残生。

把这些冤枉事一一奏明，气坏了有道的四帝仁宗。

却说石义把事情经过奏了一遍，宋王天子龙心大喜，将石义封为驸马，石义叩头谢恩。包文拯又奏明柳天官诬告严察山、三下阴曹断明此事一案，宋王听奏，说道："柳天官察事不明，诬告好人，有（由）包公处理。"包公回府，将王朝、马汉叫来，吩咐道："将卜子虫、王恩押赴当街大十字，赴铜铡铡为三段示众。"又命人从张家湾请来张善人，叫石义上前谢恩。石义将张善人请到安乐宫享受荣华，不表。再说柳天官、严夫人各自领了儿女回到家中，乡亲邻舍都来贺喜，两家各办酒席宽（款）待。严夫人选定吉日良辰，与严察山成婚。正是：

时来风送金玉兰，运到黄土变成金。

严夫人在家里喜之不尽，手又忙脚又乱不得消停。

即[2]便叫严察山去请包公，路过到柳家门去把信通。

严察山来到了南衙府中，双膝跪请大人到我家中。

包大人听说毕大轿起身，来到了严家门客厅[3]坐定。

今日个正是那良辰吉日，我前来你两家成就婚姻。

严夫人听得说满心欢喜，我今日请大人就为这事。

柳天官和夫人急忙答应，花红礼备现成送女成亲。

严夫人开箱柜取出缎疋[4]，又取那珍珠宝三斗有零。

严察山双膝跪行礼端定，敬一点薄礼行活命之恩。

包公说这些礼我全不收，岂难道我做官图财害民？

严夫人忙治酒款[5]待包公，包大人饮酒毕回了府中。

且不说包大人回了府中，再说那柳天官送女成亲。

花花轿抬金婵送上严府，有亲朋和邻居前来贺喜。

入洞房做夫妻鸾凤相配，再表那石义的富贵功名。

不说严公子与柳金婵成婚，再说宋王传旨开了科场，考取天下才子。严秀才为了高盼功名，大显文华，中了首名状元，全家大喜，答报神恩。石义也与百花公主在九龙口拜堂成亲，招了东床驸马，在那东京城里夸官三日，然后上奏宋王说要回乡祭祖。宋王准奏，赐给黄金白银，纱罗绸缎，又赐人马三千，即日起程，满朝文武都来送行，好不威风。诗曰：

[1] 军：原本作"老"。

[2] 即：原本作"既"。

[3] 厅：原本作"庭"。

[4] 疋：匹。

[5] 款：原本作"宽"。

夫荣妻有贵，四德要遵行。

一门全忠孝，留与后人听。

有石义出京城八面威风，许多的人和马队队相跟。

肃静牌回避牌上写大字，五方旗五地旗队队相迎。

大炮响连三声惊天动地，打铜锣吹锁呐[1]入耳中听。

有州县和地方前来迎接，有乡党和邻居不敢消停。

不多时来到了山东地界，众官员来迎接毕恭毕敬。

见父母全家人又喜又悲，全家人得团圆答报神灵。

却说石义带领人马回家探亲，到了山东，早有官员等候，迎接之家中。石义与父母相见，如同死而复生，一家大小欢喜不尽，请了僧道答报神恩。诗曰：

种富须平心上地，无边福禄自然来。

一报天二报地三报神灵，四报祖五报亲六报邻友。

七报君八报臣九报日月，十报答孤魂鬼早得超生。

男女们听善言回心改过，识字人念宝卷也有功德。

宝卷完祥云散回家向善，全家人行善事记在心中。

人念宝卷神喜欢，大家早些把心转。

听了此卷传达意，积下阴德后来看。

我说这话你不信，包公宝卷看清楚。

此地念了包公卷，无头案件不出现。

众人听了包公卷，以后干事想着干。

人活一世如一梦，不论干啥要凭心。

万万莫学王恩贼，当街示众赴斩刑。

大家莫学卜子虫，害得包公查不清。

包爷三次下阴曹，连累地府十阎君。

只要人人心向善，荣华富贵万万年。

选自： 赵旭峰主编，陈亚琴、张学峻副主编：《凉州宝卷精选》，敦煌文艺出版社，2019年，第86—138页。

2

皮箱记宝卷

皮箱宝卷才展开，诸位菩萨降临来。

皮箱宝卷要细听，打开皮箱乱婚姻。

花烛之夜不团圆，可怜秀女动苦刑。

一场官[2]司怎得证，可恨小偷倒栽[3]人。

来了救星包青天，重审小姐断冤情。

却说这段因事（果）发生在大宋年间，山东省济南府南门外三十里之地有个王家庄，有一员外姓王名世成，家大富豪，银钱万贯，人皆称王百万。家有三口人，老妇（夫）人张氏生下一子名叫王金龙，年满一十六岁，聪明过人，五经四书无一不通，因此请媒人说刘家寨刘太公三女子为婚。正是：

女大要指终身路，男大要娶[4]贤良妻。

刘员外满寿禄[5]六旬有余，生下了三个女一个长子。

[1] 锁呐：唢呐。

[2] 官：抄本写作"宫"。
[3] 栽：栽赃陷害。
[4] 娶：抄本写作"居"。
[5] 禄：抄本写作"绿"。

二个女嫁于人长男为妻，唯有那三女儿清秀伶俐[1]。

有王家来说亲婚事已成，刘太公答[2]应下择日抬人。

却说刘太公把三女儿许于王家，择了良日八月十六娶亲，又下了请帖，亲戚朋友都于八月十五来了。正是：

　　亲朋欢度中秋节，请下小姐来陪客。

有刘家请四友亲朋也到，择十六大喜日王家抬人。

此今日中秋节八月十五，全家人都高兴喜气临门。

亲戚们来观月共居花园，叫丫环上绣楼去请小姐。

有丫环不怠慢上楼去请，请小姐快下楼拜见亲朋。

有小姐问一声去见何人，又大叫又大喊吵闹何事。

却说丫环上楼高叫一声："请小姐快下楼走吧，花园里姑姨们正等待。"小姐问道："等我何事？"丫环带[3]笑地[4]说道："今天是八月十五中秋节，观花赏月也只能和你是最后一次了，明天你就要到婆家去，到那时你可能早已忘记我们了。"小姐连笑带地骂道："死丫头，不害羞，在（再）不要巧嘴了，快拿钥匙[5]打开皮箱，取出我的衣服来，梳妆梳妆下楼走吧。"正是：

　　女子无夫身落空，男子无妻财无主。

【淋淋降香调】

　　梳妆梳妆快梳妆，打发丫环开皮箱。

　　头梳荷花水面上，牡丹菊花梳两边。

　　打扮十样飞凤[6]凰，孔雀[7]把牡丹也戏[8]上。

　　搽上胭脂掸[9]上粉，青[10]黛眉毛红嘴唇。

　　打扮打扮实打扮，身穿上绿绸绣汗衫。

　　草绿色裙子扫脚面，二龙戏珠一串串。

　　腰系丝带十样锦，凤[11]凰飞来金鹿奔。

三寸金莲[12]绣花鞋，狮子绣球滚着来。

　　坐下好像[13]活娘娘，走起路来风摆柳。

　　前走两步叮当响，后退两步响叮当。

　　喷鼻儿的香草哪[14]里来，好像天仙女下凡来。

正是：

　　小姐梳妆像嫦[15]娥，相离寒宫到人间。

有小姐和丫环到了花园，有姑婆和姨妹前来迎接。

姨妹们见了面各自谈心，一家人聚[16]明月语重心长。

有的来论针工又论裁剪，有的来论恩德又论茶饭。

有嫂子论孝心孝敬公婆，要顺从[17]丈夫言道贤为量。

你一言我一语家常齐谈，有小姐心中记羞笑难言。

一家人明月里高兴论谈，夜深了才进屋各自休息。

有小姐和丫环拜别回楼，上楼房门大开心烦意乱。

一进门见皮箱也没锁上，骂了声死丫头事不留心。

门大开箱没锁叫人担心，若要是来盗贼谁人照管[18]。

却说姑娘下楼后，来了一个小偷，到了绣楼，一看无人，便进去盗窃。仔细一看，有一皮箱无有上锁，便偷了陪房[19]就溜。正巧小姐和丫环上楼来了，吓得[20]小偷胆战心惊，无法审逃，急忙钻进了皮箱，打算等人走后再跑。谁知小姐和丫环一看皮箱未锁，就说不留心，顺手将皮箱锁住，丫环和小姐到隔间屋睡觉去了。诗曰：

　　姑娘下楼房，小偷盗陪房。

　　喜从两家来[21]，祸从乐中生。

不说那小偷被锁进皮箱，再说那八月十六日王家来娶人。正是：

　　有刘家大小人喜气洋洋，西客[22]们运送来无不欢喜。

[1] 伶俐：抄本写作"灵利"。
[2] 答：抄本写作"签"。
[3] 带：抄本写作"代"。这一意义的"带"抄本都作"代"。
[4] 地：结构助词"地"抄本都作"的"。
[5] 匙：抄本都作"鍉"。
[6] 凤：抄本写作"风"。
[7] 雀：抄本写作"省"。
[8] 戏：抄本都作"吸"。
[9] 掸：涂抹。抄本写作"蛋"。
[10] 青：抄本写作"熏"。
[11] 凤：抄本写作"风"。

[12] 莲：抄本写作"连"。
[13] 像：抄本写作"家"。其他"像"抄本都作"象"。
[14] 哪：抄本都作"那"。
[15] 嫦：抄本写作"常"。
[16] 聚：抄本写作"居"。
[17] 从：抄本写作"存"。
[18] 管：抄本写作"关"。
[19] 陪房：嫁妆。"陪房"的"陪"抄本都作"配"。
[20] 得：结构助词"得"抄本都作"的"。
[21] 来：抄本写作"中"。
[22] 西客：女子出嫁时送女到男方家去的亲朋好友。抄本写作"喜客"。

有王家来娶亲花轿抬人，忙坏了当东的[1]前来照应。

迎亲的领小姐上了花轿，羞答答[2]不敢言女到婆家。

出了寨送亲人十里亭外，有小姐坐花轿外观伤情。

正是：

> 父母不知儿心意，儿离家乡想父母。

【送亲人调】

送亲人送在了一里亭，一里亭上花儿多，花儿多来谁栽培，谁栽培不如松柏青。

送亲人送在了二里亭，二里亭上鱼娃儿多，鱼娃儿多来水不清，水不清不如乱（刮）东风。

送亲人送在了三里亭，三里亭上风云多，风云多来月不明，月不明不如把雨淋。

送亲人送在了四里亭，四里亭上买卖多，买卖多来心不公，心不公不如平斗称。

送亲人送在了五里亭，五里亭上泉水清，泉水清来鱼成双，鱼成双不如闹端阳。

送亲人送在了六里亭，六里亭上牡丹花，牡丹花来真好看，真好看不如寒风卷。

送亲人送在了七里亭，七里亭上织女星，织女星来画满墙，画满墙不如河岸上。

送亲人送在了八里亭，八里亭上月儿明，月儿明来西瓜园（圆），西瓜园（圆）不如刀切烂。

送亲人送在了九里亭，九里亭上银灯马，银灯马来下四川，下四川不如过江南。

送亲人送在了十里亭，十里亭前坟墓多，坟墓多[来]烧黄钱，烧黄钱不如送寒衫。

送亲人送在了王家门，王家门上客人多，客人多来[都]迎亲，都迎亲不如坐席中。

诗曰：

> 喜气芳芳把喜恭，姑娘低头泪纷纷[3]。
>
> 往日高兴一日消，要吃官司坏名风。

有王家鞭[4]炮响都来迎亲，爷爷们都恭喜迎亲待客。

有新娘拜天地又拜四方，拜公婆拜妯娌全家和气。

拜亲戚拜邻居众人抬举，拜神灵拜祠堂老人德行。

拜天地入洞房明灯蜡[5]烛，全家人忙碌碌[6]欢天喜地。

却说刘玉花到了王家，王家亲朋一见小姐，心中都很高兴。新娘美貌机俊，有羞花盖日之貌，沉鱼落雁之容，只是不知针工如何，于是就把皮箱抬到客厅，梅香问丫环（小姐）要了钥匙，打开皮箱要见陪房，让众人观看。皮箱一开，把个丫环给吓坏了，哪来的人呢？这时王金龙的舅舅抓住小偷的领和（豁）[7]，连打带问："你是何人？怎么钻到皮箱里来了？"正是：

> 人急了倒上身，狗急了横跳门。

有小偷吓破胆双膝跪地，叫饶命我来说众人细听。

我姓[8]张名小三家住刘寨，和刘家房连房也曾往来。

因小时同小姐一块玩耍，从小儿[9]自配的天生婚缘。

今日里有小姐来到王家，我二人难分离因而定计。

锁皮箱来王家来作主张，这就是我实言一句不假。

若不信问小姐皮箱见证，我死了也甘心夫妻一场。

却说小偷一说，气死了公公王世成，气坏了丈夫王金龙，叫人把小偷捆（绑）住先送到衙门，又把刘家的西客辱骂一顿。王金龙怒气冲冲，将刘玉花痛打一顿，还写了休书一封，送给刘家。

【梁山佰（伯）调】

> 一休奴才没家教，父母不知把我找。
>
> 二休父母也不孝，父母名誉也不要。
>
> 三休刘家门不小，万古臭名落下了。
>
> 四休姑娘长铁心，父母不忍把人跟。
>
> 五休能忘丈夫恩，定计害人把奸通。
>
> 六休心大胆子重，气坏公婆肝和心。
>
> 七休早安心不善，为何从人把我骗。
>
> 八休淫女娼妓院，别想王家出丑名。
>
> 九休贼胆说不完，和人交通十几年。

---

[1] 当东的：红白喜事请来帮忙的左邻右舍。东：抄本写作"车"。

[2] 答：抄本写作"达达"。

[3] 纷纷：抄本写作"汾汾"。

[4] 鞭：抄本都作"便"。

[5] 蜡：抄本写作"焟"。

[6] 碌碌：抄本写作"录录"。

[7] 领豁：领口。

[8] 姓：抄本写作"性"。

[9] 从小儿：从小。

十休贞节你不干，死了臭名千千万。

却说王金龙写休书与刘家还不算，又写了一封状子，送刘玉花到衙门动起官司来了。此县官姓赵名百庆，此人从来不公正，百姓给他起了外号叫赵不清。正是：

假是假来真是真，真假二字真难分。

一日能卖几个假，三日难买一个真。

赵老爷坐大堂气势汹汹[1]，叫一声人役们听我吩咐。

把贼人张小三拿来拷[2]问，首先打五十棍再问原因。

有衙役不怠慢就来动刑，五十棍打得他叫苦连天。

打得那张小三皮开肉烂，叫一声赵老爷我细招承。

赵大人喊一声拍案大骂，你要是不实招挑断狗筋。

张小三假惺惺[3]诉说原因，我姓张名小三家住刘寨。

和刘家房连房也曾来往，和小姐从小儿玩耍长大。

我二人天配的自找婚缘，到刘家去求婚几次未成。

她父亲嫌我穷另许别人，我二人感情深怎能离分。

因定计锁皮箱带我紧跟，没想到今日个遭下祸乱。

这就是我实言一句不假，若虚言挖眼睛割断舌根。

却说招了张小三口供，叫衙役压（押）下去，又令提小姐升[4]堂，小姐一到正堂口，叫冤枉大哭不止。有赵老爷大骂一声："贼奸人喊什么冤枉，人从你皮箱里出来，还不实招供。"令衙役拉下去重打一百鞭，看她[5]招也不招。正是：

衙役一听不怠慢，屈打成招断冤案。

赵老爷喝一声与他拿下，铁心人也要知本官刑法。

重打她四十鞭看她怎样，就是她钢铸的也要招承。

有衙役不敢犟[6]拉下小姐，脱掉了身上衣就动苦刑。

打得那刘小姐叫哭连天，五十鞭昏过去喷水又打。

浑身上血淋淋皮开肉绽，皮鞭似风摆柳怎样饶情。

有衙役不留情力尽汗干[7]，一百鞭打完了暂[8]报老爷。

却说一百鞭打完，将小姐打得昏迷不醒，用凉水喷激，又来十指穿扦，因小姐疼痛难忍，屈打招承落了口供，令衙役押送小姐到监狱受罪，不题。

小姐牢里哭五更[9]，南柯一梦见笑容。

一更里来月未明，疼得我小姐痛难忍。想起爹娘善良人，怎能报你养育恩。我的天呀，儿死了给你托呀托个梦。

二更里来月儿起，小姐我是受委屈。不知何时到阴司，阎[10]罗殿上才得知。我的天呀，黄泉路上留呀留寒意。

三更里来月正中，哭得小姐泪汾汾（纷纷）。有屈有冤无处诉，冤死好人笑死贼。我的天呀，送我官司受呀受苦刑。

四更里来鸡娃儿叫，浑身疼得更难忍。心思丈夫不知明，何写婚书不成婚。我的天呀，死了也要见呀见阎王。

五更里来天渐明，东方送出太阳星。太阳本是暖人心，怎使我监受苦刑。我的天呀，怎驱乌云见呀见青天。

却说刘玉花在牢中哭五更，忽然梦见一位身穿青丝绸袍的菩萨在她面前。正是：

【弥陀佛调】

观音菩萨降临来，搭救苦难放慈悲。

左手提的净水瓶，右手拿的杨柳枝。

杨柳蘸[11]了甘露水，洒在小姐烂伤口。

口中念经用袖甩，叫声玉花快醒来。

小姐一时梦中醒，抬[12]头不见观世音。

腿也不酸腰不疼，精神良好头也清。

南柯一梦做[13]得真，观音招花指得明。

却说观音菩萨甘露水救活了刘玉花，等后让玉花和金龙完婚，还说："你不必再哭了，到天明有救星为你除冤解仇，往后你和金龙成婚必有大富大贵。"刘小姐不由大哭一声，忽然吓醒，原是一梦。正是：

【淋淋调】

慈悲观音救苦命，来了救星铁包公。

[1] 汹汹：抄本写作"凶凶"。
[2] 拷：抄本写作"烤"。
[3] 惺惺：抄本写作"星星"。
[4] 升：抄本都作"审"。
[5] 她：抄本写作"他"。"她"抄本大都写作"他"，直接整理为"她"。
[6] 犟：抄本写作"强"。
[7] 力尽汗干：精疲力竭。
[8] 暂：抄本写作"斩"。

[9] 更：抄本写作"梗"。
[10] 阎：抄本都作"闫"。
[11] 蘸：抄本写作"醮"。
[12] 抬：抄本写作"招"。
[13] 做：抄本写作"作"。

小姐痛疼给谁说，贼人手下受[1]折磨。

纱[2]帽戴[3]在狗头上，蟒[4]衣穿在驴身上。

枉[5]受皇恩俸禄心，冤人害人不公正。

一身苦难谁来问，监牢做场南柯梦。

来了观音救苦命，浑身上下不疼痛。

谢天谢地不冤人，望着南柯拜神灵。

想起父母为儿事，又担心来又想泣。

今[6]朝不知哪时死，死了难承父母意。

有小姐南柯梦切记心中，有菩萨救苦命浑身痛疼。

腿和腰都很好往日一样，受苦刑和折磨如做一梦。

我若是能回家重见父母，去见他二老人不必担心。

我若是要回去相见丈夫，我与他讲分明诉说原因。

人在世活到老路子不平，穷与富不一样各有难处。

女要嫁穷和富聪明之人，男要娶巧与伶[7]贤良之妻。

却说刘小姐正在思念父母之时，班头官开了牢门，把小姐提到了公堂，县堂传下令件（箭）判处死刑。正是：

　　　　望天天不明，呼地地不语。

赵老爷传令箭[8]要杀小姐，吓坏了刘玉花魂飞魄散。

浑身儿如浇水不知人事，眼前黑神思乱已落埃尘。

监斩官下号令因车招人，众衙役前后围密密层层。

过三遭游六市来到十字，节级官提钢刀杀气腾腾。

提小姐在杀场如提死鸡，等时间炮一响就要杀人。

忽然间南衙上锣鸣鼓响，一将官跑来喊刀下留人。

却说包公来山东巡察，来到榆中县（济南府），进门便听到有人叫冤，侧耳细闻，今日十字路上杀罪犯一命。包爷令停下轿（轿）来，叫王朝前去观看打听，若要斩处（处斩），就说刀下留人，我马上就到，细察此案。再说刘玉花昏迷不醒，不知人事，观音菩萨在嘴里暗放一颗定神丸，喊醒小姐，对耳说到（道）："包青天来了，快喊冤

枉。"王朝令监斩官刀下留人，等一时再斩不迟。包爷在后摧（催）轿快行，到县堂细察（查）此案。正是：

　　　　包公来了百姓喜，查明此案除冤屈。

有张龙在前引喝喝大骂，有赵虎压后阵催轿前行。

包大人坐轿中威风凛凛[9]，令马汉快到那县衙传令。

济南府[10]老百姓个个高兴，有冤的有屈的都来申[11]诉。

包大人在行走连收冤状，不一时来到了济南府[12]堂。

却说县老爷赵不清在堂等侯（候）杀人回令，有马汉早已拿着令牌传令："包公道（到）！"赵不清一听开封包公到来，吓了一跳，急忙进后堂换了衣服，领了各事小官役，出门外前行迎接。正是：

　　　　鼠小胆子小，见猫怎么好。

包大人来到了县衙门上，惊动了县衙里大小官吏。

都出来等待那铁面包公，一个个心[13]中怕难见天尊[14]。

包大人下了轿人役紧跟，有王朝和马汉前呼[15]后拥。

有张龙打前阵赵虎压后，有朱武站门前杨文察看。

包大人在县堂询问县官，十字口斩何人此犯何名[16]。

有县官神思乱结结巴巴，急忙忙拿出了王家诉状。

包大人接过状细细观看，叫马汉去杀场提来小姐。

却说包公看了王金龙的状子，令马汉拿了县衙令箭去提回刘玉花，又令赵不清下堂，王朝击鼓，包大人升堂。正是：

　　　　包公坐堂审冤案，重审姑娘诉冤情。

包大人坐大堂威风凛凛[17]，文武的将官们气势汹汹[18]。

有马汉提小姐来到公堂，包大人手拍案大喊一声。

[1]　受：抄本写作"作"。
[2]　纱：抄本写作"砂"。
[3]　戴：抄本写作"代"。
[4]　蟒：抄本写作"莽"。
[5]　枉：抄本写作"狂"。
[6]　今：抄本写作"这"。
[7]　伶：抄本写作"玲"。
[8]　箭：抄本写作"剪"。

[9]　凛凛：抄本写作"凌凌"。
[10]　济南府：抄本写作"榆中县"。
[11]　申：抄本写作"审"。
[12]　济南府：抄本写作"榆中县"。
[13]　心：抄本写作"必"。
[14]　尊：抄本写作"遵"。
[15]　呼：抄本写作"护"。
[16]　此犯何名：抄本写作"此名何犯"。
[17]　凛凛：抄本写作"凌凌"。
[18]　汹汹：抄本写作"凶凶"。

贼奸人做啥事快来供承，避[1]免得受王法又受苦刑。

有小姐跪在地大喊冤枉，叫一声大老爷小人细招。

我在家守闺阁未曾[2]出门，从小儿娘养大不下绣楼。

十五日下绣楼欣[3]赏明月，皮箱开未上锁门也大开。

到花园和亲邻夜深三更，才别了亲戚们上了绣楼。

上楼房把锁按也未细看，到十六去王家才入洞房。

有丫环要钥匙去开皮箱，看陪房[4]才知箱中有人。

有贼人在皮箱我实不知，怎认得张小三他何模样。

却说包公听了刘玉花的口供，就令提下去压（押）牢中，又令将张小三审堂，包大人一见张小三就骂："贼人，实招口供，兔（免）得棍打受刑。"正是：

刑法不饶人，弄清假和真。

包大人坐公堂要审张三，张小三跪在地招供原因。

因小姐从小儿与我许亲，因后来她父亲嫌我贫穷。

不给我翻了供[5]从许别人，有小姐已和我来往知情。

女要大她要嫁她也无法，暗找我到绣楼做了主张。

把小人锁皮箱带到王家，见机着[6]来行事共逃别处。

谁知道有小姐到了王家，见王家财势大胜我百倍。

因此上她变心害我张三，这就是不贞节害人害己。

却说包公一听，就问："你和刘玉花谈了几次话来？"小三问（答）道："从小玩大，哪有次数！"包公取下口供，就叫押下去，传令赵大人上堂来，吓得赵大人魂飞魄散，来到大堂，急忙拜见。包公叫赵不清左侧坐下，就问："赵大人，你看这案如何判处？"赵大人答到（道）："这案有张小三口供和王金龙状子一封（份），包大人细思。"包大人一听，就冷笑一声："哪有通上别人献自己的道理？[7]这事不可能。皮箱作证不说话，我看这案有冤。我现在有了主张，要你办三件事情，〔按〕第七日上午完成，违令者皆按法令斩首。第一件，要选来和刘玉花相像的六个秀女；第二件，要裁缝做一样大小衣服七套，那上身为红袄，下身为绿裤子，一样的绣花鞋七双；第三件，到第七日那天，把刘王两家大小人和亲朋一律招来。"县官赵不清听后急忙照办。正是：

包公令做三件事，断清小姐受冤屈。

有包公下了令县官照办，贴告示在大街停坐公堂。

三件事令[8]衙役去做周全，若要是谁误了死罪难逃。

有衙役领了令急忙去办，按七日来交令一律完成。

选来了六绣女一样相像，做衣服七套整[9]一样不错。

花绣鞋七双整大小一样，绣孔雀[10]戏牡丹粉红夹色。

第七日刘王家一起都来，有亲朋和四邻都来县堂。

有包公坐大堂令箭一下，有张龙领出了绣女七人。

穿红袄绿裤子粉红绣鞋，手拿扇各坐了椅子一把。

又提来张小三升堂对案，吓得那贼人心惊胆[11]战。

腿又酸腰又软浑身无力，双膝盖跪在了大人面前。

包大人喝一声贼人对案，哪个是你从小结义夫[12]妻。

你要是领出来与你成婚，若要是有差错要你狗命。

却说包大人要张小三认领刘小姐对案，就叫这七个女子背过身子坐下，叫张小三认领出来成婚，领不出来就要他的狗命。张小三一听，吓得魂飞天外，魄散九屑（霄）。张小三想到，刘小姐我连个影儿都没有见过，怎能领出来呢？还是把口供老实招了为好。正是：

假是假来真是真，从今真假要分清。

张小三看七女一模一样，好像是姊妹们一胎所生。

我到今没见过小姐一面，倒不如与大人老实招承。

叫一声包大人我来招承，有小人张小三来招口供。

十五日中秋节我到刘家，一家人在花园我上楼上。

进楼房皮箱开我就偷找，谁知道这不好楼下来人。

吓得我钻皮箱要躲性命[13]，没想到有人来把锁按住。

到来日有他们抬[14]到王家，吓得我倒栽人又冤小姐。

无故地动了官惹下祸乱，这就是我小三口供实言。

[1] 避：抄本写作"辟"。
[2] 曾：抄本写作"从"。
[3] 欣：抄本写作"兴"。
[4] 房：抄本写作"方"。
[5] 翻了供：抄本写作"反了攻"。
[6] 着：抄本写作"者"。
[7] 这句话意思是"哪里有暗中跟别人相通却把自己暴露出来的道理"。

[8] 令：抄本写作"会"。
[9] 整：本段韵文两个"整"抄本都作"正"。
[10] 雀：抄本写作"省"。
[11] 胆：抄本写作"担"。
[12] 夫：抄本写作"妇"。
[13] 躲性命：抄本写作"夺牲命"。
[14] 抬：抄本写作"招"。

包大人听口供拍案大骂，害别人利自己强言栽人。

挖眼睛割舌头也得动刑，挑狗筋[1]割耳朵受罪不轻。

叫王朝拉下去快快上刑，骑木驴扎老筋大街示众。

却说包公一听张小三口供，气得暴跳如雷，就叫王朝快上刑法，拉到大街示众，当场断清此案，写了公判，原复夫妻之恩。正是：

【弥陀佛调】

金龙玉花才是婚，一世婚姻便来争。

金龙一时没弄清，冤得玉花受苦刑。

今古本官才察清，小偷弄假成了真。

刘王二家重结婚，皮箱一案留古今。

男婚女嫁是良缘，良宵月夜非偶然。

诗曰：

母鸟若得雄鸟配，世间雄鸟哪里来。

包大人断冤案人人惊喜，一个个拜包公云中青[2]天。

有刘家和王家拜谢包公，从今后永好了两家之亲。

有金龙和玉花谢恩包公，感谢了救残命复又新生。

我夫妻又团圆更得恩爱，男勤劳女持家富度日月。

众亲朋和邻居都拜包公，有冤人分是非断案如神。

要报朝不伤肉好了一体，使[3]众人也光彩地方安宁。

却不题[4]包大人在堂断案，有王家轿抬人又待[5]西客。

（原卷卷尾残缺）

抄写者： 佚名

抄写时间： 缺（约20世纪80年代前后）

收藏者： 安文荣、李贵生

整理校注者：李贵生

3

忠孝宝卷

因果宝卷才展开，诸佛[6]菩萨降临来。

天龙八部生喜欢，宣卷之人永无灾。

世上男女用心听，莫要闲谈[7]耳边风。

宝卷念终记在心，诸神天堂临争光。

此卷出在包公案，忠孝廉节俱[8]各全。

奉劝[9]世上男共女，莫交和尚莫爱钱。

若人真破此宝卷，到底荣华[10]万万年。

却说此本宝卷出在宋朝年代，福建省宁州府安县有一员外，姓章，所生二子。长子名叫章达道，入学生员，爱读诗书，聚（娶）妻黄家之女黄葱娘为妻，未曾生男，所生一女，名叫玉兰。二子取名章达德，天生聪明，读书未成，聚（娶）妻陈家之女，名叫陈凤娥（峨）〔为妻〕，

[1] 筋：本段韵文两个"筋"抄本都作"筯"。
[2] 青：抄本写作"清"。
[3] 使：抄本写作"是"。
[4] 题：抄本写作"提"。
[5] 待：抄本写作"代"。

[6] 佛：抄本写作"弗"。
[7] 谈：抄本写作"讥"。
[8] 俱：抄本写作"但"。
[9] 劝：抄本写作"卿"。
[10] 华：抄本写作"花"。

贞[1]洁美貌，为此虽未生养，思（恩）爱共重。父亲临死与他们二人按两份遗产写书单，粮账也分为两份，作（使）他死后无所争闹。达道心中思想：父亲去世，那时后（候）我达道时遇不通，家道渐渐贫穷，维（唯）有兄弟务农，庄稼成熟，卖买（买卖）茂盛，家业逐渐得[2]好，不已成岁不死，富活幸余岁[3]。谁知达德身生疾病，不能劳动，便叫贤妻凤峨在床前，苦苦爱（哀）告，夫妻二人眼泪不干，便说："贤妻，听我叮嘱几句话吧。"

达德说得肝肠烂，贤妻把言听心间。

章达德来开言泪流满面，叫贤妻不久日我命难存。

实想说我[4]夫妻白头到老，谁知道[5]今日个半路离了。

论年纪我年方二十三岁，正才是活人的天不容我。

既[6]不让保佑[7]我再活几年，夫妻们生下个后代儿郎。

贤良妻你今年刚才十九，上无天下无地何人你伴？

旦[8]若是天不允死了我郎，请僧道[9]发送郎莫借银钱。

你念我你丈夫过了百天，嫁一个好男子英俊少年。

到他家虽然间比我身强，莫忘了我夫妻恩情长远。

送清明送寒食烧我纸钱，鬼魂见不忘你妻的恩情。

陈家女听一言泪如雨泉，夫妻们放悲声眼泪不干。

我的夫病若是稍微[10]好转，奴不能再改嫁恩爱百年。

现有那使唤的家童丫环，典庄房卖田地葬[11]埋你身。

有心和你丈夫双双到老，好夫妻天不允也是枉然。

陈氏女说几句伤心之话，章达德望着妻不言到底[12]。

一口气上不来去见阎[13]王，哭坏了陈凤峨少年孤单。

哭一声叫一声夫死可怜，昏一阵迷一阵无数[14]悲伤。

夫死后哭坏了陈氏美女，有家童和丫环拉她站起。

却说章达德死后，贤妻陈氏痛哭不止，有家童和丫环叫："主母，不用哭了，人在世上有生有死，哭也无益，请佰（伯）父料律（理）事情才好。"陈氏无奈，不哭，带着家童，请来大佰（伯）。章达道也都去了，料律（理）已备（毕），维（唯）有那兄长陈大方留下。次日和章达道同坐饮酒之间，达道待（带）醉，便叫："陈兄，你看，你妹夫一死，家中无人。有心和我一起过，我也无子。依我主意，你好言相劝她改嫁了吧。"陈大方听吧（罢），便叫："章兄你听，我妹子虽是个女娃，但人性贞洁，待我过问便知她心为何。"便到妹子房中，不敢直说，远远提起改嫁之话，不但不嫁，反而惹下妹子的一场[15]痛哭，好不伤心也。

陈氏贞洁比雪梅，兄长无知去调言。

陈大方听章言不管[16]好歹，舍着脸往妹子房中走来。

未进门赔[17]脸笑行礼一遍[18]，叫一声我的妹好不孤单。

妹夫活那时节欢天喜地，就是我来往时倒[19]也喜欢。

今日我见你面愁眉不展[20]，难道说我兄弟不在心上。

清早时谁与你同言同话？到晚来谁与你同床安眠？

你的心虽然间贞洁不变，这光阴你难着身受熬煎。

陈凤峨听哥哥胡言相劝，忙[21]开口听得你说话不良。

你听的谁的话来此胡讲，难道说你不知妹子心肠？

你的心莫非是听人坏言，全不说古今的烈女贤良。

人常[22]说好骏[23]马不鞴双鞍，贞烈女不嫁那两个丈夫。

我要学古今的宝钏[24]孟女，就死了不改嫁败坏名誉。

[1] 贞：抄本都作"真"。
[2] 抄本结构助词"的""得""地"使用混乱，其他意义的"得"也往往写作"的"，直接将其整理为规范用字。
[3] 抄本错别字多，有些字句意义不明。
[4] 我：抄本写作"你"。
[5] 道：抄本写作"辺"。
[6] 既：抄本都作"即"。
[7] 佑：抄本写作"右"。
[8] 旦：抄本写作"当"。
[9] 道：抄本写作"辺"。
[10] 稍微：抄本写作"少维"。
[11] 葬：抄本写作"芷"。
[12] 底：抄本写作"地"。
[13] 阎：抄本写作"闫"。

[14] 数：抄本写作"敀"。
[15] 场：抄本写作"坊"。
[16] 管：抄本都作"菅"。
[17] 赔：抄本写作"倍"。
[18] 遍：抄本写作"便"。
[19] 倒：抄本写作"到"。
[20] 展：抄本写作"张"。
[21] 忙：抄本写作"满"。
[22] 常：抄本写作"长"。
[23] 骏：抄本写作"俊"。
[24] 宝钏：指王宝钏。抄本写作"包川"。

边说着[1]不觉得心中大怒，叫哥哥你说话太无理由。

想必是怕我穷借你米面，总然间去讨饭与你无干。

陈大方听此言不敢[2]再言，低着头红着脸去回家园[3]。

却说陈大方叫妹子改嫁，但未曾说成，反而受到妹子的刺激。但陈大方为了谋取妹夫死后的家产，总不干（甘）心，时常拖（托）别人劝说陈凤峨改嫁，但凤峨守丈夫产业真心不变，毫无一点改嫁之心。想到丈夫，终日比（憋）气，便请本地方的和尚念经记碑（祭奠）。不觉又过一年，到了丈夫的生日，清早起来，自己料理家务，便叫家童去请三宝殿的和尚去吧（了）。

真心念经守夫心，谁知惹出祸一个。

有家童听罢言来到寺院，身施礼请师傅念经还愿[4]。

一清贼听一言心中大怒，常[5]请我莫非是爱我和尚。

心想着忽然间生起一计，叫家童他先去且莫[6]过急。

将经担你挑上前面回转，我后边就去在你的家中。

有家童挑经担急急忙忙，不觉得挑到了主人上房。

陈氏女在客厅[7]等候[8]盼望，专等着师傅[9]来超度夫郎。

有家童将经担放在堂前，说师傅在后边来也不远。

陈氏女听罢言仍然等望，叫家童在里面有事再办。

一清贼思想着来到她家，进得门再无人陈氏望他。

低声说小姑娘屡次请我，莫非是爱小僧青春少年。

我无妻你[10]无夫配成姻缘[11]，咱两[12]个少年人好不风光。

陈氏女听此言闭着眼睛，羞得我满脸红叫骂几声。

骂贼秃你快走莫要胡行，惹下我陈家女要把脸丢。

一时间喊叫起邻[13]居乡党[14]，拿住你秃和尚问个根源。

问得那秃和尚不敢胡言，手拿刀照陈氏要下无[15]情。

举起刀呀呀着照头来砍，不觉得把陈氏杀在堂前。

将人头割下来血水去干，塞[16]在那经包里塞在经担。

战兢兢四下看不见一人，急忙忙出了门来到外边[17]。

心慌张仍然出站在门前，叫几声言说是来到此间。

却说一清杀了陈氏后，走出门外，假装念经。家童听见，走出来说："师傅（傅），你少（稍）等后（候），我报知主母。"家童走到主母房中，见主母被人杀死却无头了。家童喊叫四邻时，章达道正在房中看书，忽听人喊，急忙出门细听。家童言道："主母被人杀死了。"达道走来一看，见和尚在家，大（达）道便说："师传（傅），我家有了祸了，你回去吧。"有和尚假装不知，〔说〕将经担挑起，〔说〕："我回去。"家童挑出经担，和尚走了。有达道叫家童请来陈氏的歌（哥）陈大方来看。"清早哪[18]有外人敢来杀人？必是章秀才为了谋取兄弟家业，叫我妹子改嫁，但我妹子贞洁不嫁，将她杀了。"陈大方便报到县里，将章达道提到县里去了。

无端祸数从天降，任凭巧说是枉然。

众差人听说是人命一案，进得门问一遍[19]只只根源。

有差人将达道用绳拴住，管你的真和假公堂审讯[20]。

章秀才在堂中胆战心寒，上坐的老太爷怒气冲冲。

忙上前打口茬[21]口呼生员，问师傅[22]全无体安也不安。

知县说章秀才你好大胆，读四书杀人命此为哪般？

从早儿招成[23]了全个体面，若不然加上刑[24]莫怨

[1] 边说着：抄本写作"便说者"。
[2] 敢：抄本写作"干"。
[3] 园：抄本写作"原"。
[4] 愿：抄本写作"原"。
[5] 常：抄本写作"长"。
[6] 莫：抄本写作"没"。
[7] 厅：抄本写作"庭"。
[8] 候：抄本写作"后"。
[9] 傅：抄本写作"夫"。
[10] 你：抄本写作"也"。
[11] 缘：抄本写作"嫁"。
[12] 两：抄本写作"俩"。
[13] 邻：抄本都作"怜"。
[14] 党：抄本写作"堂"。
[15] 无：抄本写作"武"。
[16] 塞：抄本写作"色"。
[17] 边：抄本写作"也"。
[18] 哪：抄本都作"那"。
[19] 遍：抄本写作"边"。
[20] 讯：抄本写作"训"。
[21] 打口茬：接话茬。茬：抄本写作"茶"。
[22] 傅：抄本写作"传"。
[23] 招成：招承。
[24] 刑：抄本写作"型"。

本县。

　　章达道听一言忙跪堂前，请[1]父师叫生员说个根源。

　　我父亲生下我兄弟一双，自那年又临死各分一院。

　　他虽然家道[2]好命又不长，有妻儿陈氏女守节真坚。

　　我家贫没与她交接来往，她[3]东院我西院各有家院。

　　这人命不知是何人杀害[4]，我生员知礼义不敢欺天。

　　望父师开天恩细细判断，真是真假是假没屈生员。

　　知县官[5]没开口娘上公辩，让她哥[6]陈大方细说一遍[7]。

　　从早儿妹夫死谋下家产，然后来杀妹子天理[8]不容。

　　老太爷你不言问他多富，叫邻居便问那达道行冠。

　　叫知县直听得真假难辨[9]，众[10]邻居调改嫁倒不虚传。

　　这就是我们的真心实言，望大爷用心地仔细判断。

　　尹知县听一言神色大变，骂秀才杀人命好狠[11]心肠。

　　叫人役忙把那官[12]衣取了，扯下去上大刑[13]不能轻饶。

　　夹[14]棍夹板子打皮开肉绽[15]，浑身上直打得血水淋淋。

　　章秀才受不住非刑[16]拷[17]打，忙招承杀弟妻要谋她家。

　　知县问既杀人头在哪里，快取来我与你定罪实事。

　　章秀才听一言魂飞魄散，往上跪忙叩头叫哭连天。

　　说杀人我生员被迫情愿，要人头打死我不敢承担。

　　尹知县听一言心中大怒，骂一声奸诈[18]徒公堂乱奏[19]。

　　叫人役与我打扯到堂前，再打他四十棍定要真事。

　　人役说老太爷不能打了，不慎[20]重打死了情理难找。

　　你暂且把此人放在监中，三日上[21]不怕他不说实话。

　　却说知县把章秀才有（又）压（押）在监中，三日后要人头，这且不题。再说章秀才之妻和女听到丈夫定为死罪，放声大哭，来监中看丈夫去了。

　　母女好比失群鹅，欲想一处得团圆[22]。

　　有黄氏领玉兰出离门外，哭着走走着哭快要到来。

　　走得快不觉得来到禁[23]监，叫一声差役人你与我传。

　　就说是来了他妻和令[24]爱，看一看问一问为何坐[25]监。

　　差役说你丈夫杀人受刑[26]，由你去由你进由你胡行？

　　往后站莫多言叫人打嘴[27]，你丈夫是罪人谁敢有言？

　　黄家女听得说不能见面，明知道要银钱可怜穷[28]汉。

　　家中穷又无钱哪来银钱，拿主意卖衣服得看夫郎。

　　哭啼啼叫女儿脱下布衫，论值[29]钱也能值二百二三。

　　叫差役没嫌[30]轻权[31]当茶钱，念起我母女们独产独单。

　　你若是让我们三口见面，到日后不忘你差役好汉。

　　有差役见布衫心中喜欢，你且慢我叫来你们见面。

　　章秀才在监中正在盼望，见妻子来相见泪流纷纷[32]。

[1]　请：抄本写作"听"。

[2]　道：抄本写作"到"。

[3]　她：抄本写作"他"。抄本"她"有时写作"他"，直接整理为"她"。

[4]　害：杀害意义的"害"抄本都作"坏"。

[5]　官：抄本写作"营"。

[6]　哥：抄本写作"歌"。

[7]　遍：抄本写作"边"。

[8]　理：抄本写作"礼"。

[9]　辨：抄本写作"辩"。

[10]　众：抄本写作"共"。

[11]　狠：抄本都作"恨"。

[12]　官：抄本写作"营"。

[13]　刑：抄本写作"型"。

[14]　夹：本句两个"夹"抄本都作"枷"。

[15]　绽：抄本写作"定"。

[16]　刑：抄本写作"型"。

[17]　拷：抄本都作"烤"。

[18]　诈：抄本写作"做"。

[19]　奏：抄本写作"凑"。

[20]　慎：抄本写作"省"。

[21]　上：抄本写作"比"。

[22]　圆：抄本写作"园"。

[23]　禁：抄本写作"焚"。

[24]　令：抄本写作"怜"。

[25]　坐：抄本写作"做"。

[26]　刑：抄本写作"型"。

[27]　嘴：抄本写作"咀"。

[28]　穷：抄本写作"群"。

[29]　值：本句两个"值"抄本都作"直"。

[30]　嫌：抄本写作"想"。

[31]　权：抄本写作"叔"。

[32]　纷纷：抄本写作"汾汾"。

黄氏妻未开言女儿问道[1]，我爹爹未犯罪为[2]何坐[3]牢？

达道说差役们未细详问，有邻居和娘家[4]我将假弄。

我不该央他们劝说改嫁，竟[5]赖我杀了人要谋家产。

公堂上受不住严刑[6]拷打，无奈何忙[7]招承假犯王法。

进得门上匣床受刑[8]百般，身痛疼难挣[9]扎好不可怜。

叫一声妻和子不必挂念，哭一声恩爱妻甚是记牢。

回家去切[10]莫要胡思乱想，这件事很冤枉再看时光。

黄氏说这冤案若能细断，也免得我沉心再好团圆[11]。

依我说顶夫罪替你出监，男子汉居[12]家园广有识[13]见。

玉兰儿全要你好好照管，长大了配与人是娘形象。

我说的这都是真心实话，总要你有主意[14]记在心中。

章秀才对妻儿未曾细讲，牢头说查监来不再多言。

娘儿们被牢头拉出监去，娘扯儿儿扯娘哭回家中。

却说母女二人来到家中，黄氏对玉兰说："你看你父冤枉在滥（监），我想我和你去上告，此地又无清官，谁（唯）有开封府包县（相）爷官清，只是离此地四百余里，我你不能前去。我想明日给你父送饭时，我就说你婶婶是我杀的，替你父顶罪。"玉兰又说："我女请（情）愿顶父的罪。"次日，黄氏说："我们送饭去，替你父顶罪在监。"牢头说："你丈夫提到县里去了。"差役说着，拉扯不止，〔好〕二人直奔堂上去了。

尹知县只问的人头下落，我丈夫直打得满口胡说。

同玉兰上前去用手抱紧，扶不起叫不应昏迷不醒。

骂一声杀人的知县不明，恨一声太老爷做[15]官不清。

公堂上不与明查清细问，你只是加刑[16]法理由不通。

拿刀来将我们一起杀掉，又何必知县官操心再[17]问。

尹知县审不出意在心中，听一言黄氏说怒气冲冲。

你夫妻谋家产将人杀害，隐藏[18]着陈氏头倒[19]怒本县。

上堂来想[20]必知真实[21]下落，叫人役用大拶[22]拶她一拶。

拶得她黄氏女疼在心上，玉兰儿在一边疼哭连天。

叫一声儿的娘自找[23]祸端，哭一声我的父不像[24]人样。

疼哭得公堂上欲寻[25]无常，两边的男和女谁不心伤？

差人役拦住了伤心玉兰，再看那受苦的夫妻二人。

章秀才浑身血染红衣裳，黄氏女直拶得血流水长。

这一边拷打得昏迷不醒，那一边受不住口呼青[26]天。

这人命不是我夫妻来杀，小女子怀恨心堂前来杀。

章秀才听妻儿情愿顶罪，又好似把钢刀割在心中。

忍着疼叫一声贤[27]良之妻，法庭上你岂说胡[28]言乱话。

将刑[29]法莫加[30]她加我身上，或是死或是生一人承担。

知县说不管你谁人承担，谁献出着头来把谁收[31]监。

[1] 道：抄本写作"到"。
[2] 为：抄本写作"未"。
[3] 坐：抄本写作"座"。
[4] 家：抄本写作"嫁"
[5] 竟：抄本写作"仅"。
[6] 刑：抄本写作"型"。
[7] 忙：抄本写作"满"。
[8] 刑：抄本写作"型"。
[9] 挣：抄本写作"争"。
[10] 切：抄本写作"且"。
[11] 圆：抄本写作"员"。
[12] 居：抄本写作"聚"。
[13] 识：抄本写作"世"。
[14] 意：抄本写作"义"。

[15] 做：抄本写作"坐"。
[16] 刑：抄本写作"型"。
[17] 再：抄本写作"在"。
[18] 隐藏：抄本写作"阴芷"。
[19] 倒：抄本写作"到"。
[20] 想：抄本写作"现"。
[21] 实：抄本写作"是"。
[22] 拶：抄本都写"赞"。
[23] 找：抄本写作"我"。
[24] 像：抄本写作"象"。
[25] 寻：抄本写作"行"。
[26] 青：抄本写作"清"。
[27] 贤：抄本写作"有"。
[28] 胡：抄本写作"葫"。
[29] 刑：抄本写作"型"。
[30] 加：抄本写作"开"。
[31] 收：抄本写作"守"。

既没[1]事既有事不可放松，两个人同收监再来分断。

却说尹知县把夫妻二人收监，争论顶罪，略有凝（疑）心。有差役说："老爷你看，这生员打得半死半活，未曾向（问）获，请老爷到开封府，包大人当面领孝（教）人，与你出个主意，可以辩护。"尹知县才退堂了。次日，来包县（相）爷面前说了一双（番）。包县（相）爷说："你莫动刑，慢慢查问。"知县依存（从）了，[这]且不表。再说母女二人把家俱等器物卖尽后还难给丈夫送饭，和女儿商量，将女卖了给丈夫送饭。

黄氏无奈卖玉兰，铁打心肠也会酸。

玉兰儿听母言泪流满面，叫母亲你说的儿不情[2]愿。

我的父现在上牢中受难，老母亲卖女儿独自凄凉[3]。

总然间女嫁[4]汉自图饱饭，怎舍得养儿的双方爹娘。

卖些钱不多日也会使完，婶娘头寻不见也是枉然。

那时节到人家由人此管，再难以救父亲一处团圆[5]。

老母再不必说此事离肠，娘儿们讨要饭救父回转[6]。

有黄氏听女儿不敢改嫁，大哀哀哭几声知礼冤家。

今日个现没有一文铜钱，拿什么与你父监中送饭。

说着哭哭着说心如刀割，女抱娘娘抱女泪如水河。

黄氏女直哭得昏迷不醒，玉兰儿扯扶走叫声亲娘。

老母亲醒过来听我细说，儿有那贴[7]心物与他卖了。

耳朵上取下来银坠一对，叫母来拿上街换与人家。

换儿文铜钱儿暂且使用，它[8]非是世上的出物宝用。

黄氏女把耳环拿到街上，银匠到少换钱忙拿回转。

母女儿到饭店买上几碗，送在监与丈夫充充饥饿。

却说母女二人送饭到监，三人痛哭连天。由（有）丈夫说："再不必痛哭，你们回去。能设法找来人头，我才能出监，若未（没）头，你母女再要送饭，我就死在监中也无救星了。"说罢，眼中流泪，往后去了。母亲、女儿

只得含泪来到家中，又无烧吃，无奈只得讨饭。

讨饭虽是世上事，落得母女甚孤恓。

自幼儿未走过三门四户，到如今杀得我其事不通。

过大街游小巷满面羞愧，女扯娘娘扯女泪如水流。

叫一声老爷爷大发慈善，念起我丈夫是儒[9]学生员。

残茶饭给几碗送监保养，边和你爷爷们功德商量。

叫一声众[10]奶奶大施方便，念起我母女们女妇饥肠[11]。

不要多不要少给些米面，你看看哭父母教养玉兰。

从早间直到了巳牌[12]以往，惊动了满街上信女善男。

舍米的送面的又是柴炭，母女们拿回家过活几天。

却说母女讨饭为生，终来有些不便。玉兰叫母亲："等我睡着，把我杀了，把我的头当作婶娘的头，其（岂）不是好了？人活一世，落个贤孝名声也就行了。"玉兰将此话说与母亲商议，母亲说："儿有什么话，你说我听。"正是：

玉兰想下救父意，百主至今女中稀。

玉兰在母亲面来说根源，眼流泪心刀割无数[13]盘算。

伤心母你讨饭何日得安，孤单父受苦难几时申[14]冤。

放悲声叫母亲听我细讲，将有那心肠话与娘商量[15]。

早晚间儿睡着将儿杀害，把我头拿着[16]去救父回来。

假若是救出父父母团圆[17]，鬼魂见阴间里心也安定。

母亲你现如今身怀有孕，或是男或是女兴[18]许生产。

生下男顶门户比儿胜强，生下女过几年玉兰一样。

古言说自有那重生儿郎，哪里有再[19]生的父母爹娘？

[9] 儒：抄本写作"仅"。
[10] 众：抄本写作"共"。
[11] 饥肠：抄本写作"级娼"。
[12] 巳牌：上午九时至十一时。巳：抄本写作"四"。
[13] 数：抄本写作"敢"。
[14] 申：抄本写作"审"。
[15] 量：抄本写作"另"。
[16] 着：抄本写作"者"。
[17] 圆：抄本写作"员"。
[18] 兴：抄本写作"心"。
[19] 再：抄本写作"在"。

[1] 没：抄本写作"来"。
[2] 情：抄本写作"请"。
[3] 凉：抄本写作"谅"。
[4] 嫁：抄本写作"家"。
[5] 圆：抄本写作"员"。
[6] 转：抄本写作"传"。
[7] 贴：抄本写作"帖"。
[8] 它：抄本都作"他"。

这就是你的儿真情实话，老母亲忍[1]住心把头割下。

黄氏女听儿言刀刺心尖，忙抱儿哭一声泪洒胸膛。

叫一声玉兰儿娘的心肝，非容易娘养你岁大生长。

还想望你亲友父母增[2]光，谁料到小冤[3]家有此心肠。

从今后母面前再莫胡言，三口儿死一处娘才心甘[4]。

玉兰儿听母亲不容救父，泪汪汪低下头自作主意。

却说黄氏听到女儿割头救父的话后，时常提仿（防），恰巧富户人家舍收玉兰，玉兰说："母亲，你去讨来些饭给父亲送。"黄氏说："我你二人前去。"玉兰："我衣服烂得不好前去。"结果黄氏一人出去。走后，玉兰思来想去要救父亲，从腰中改（解）下带子，扎死在床前，自死（尽）了。

可惜贤良章玉兰，为救父亲自己亡。

念卷先生口儿干，听卷主人茶端上。

喝了糖[5]茶往下念，不喝糖茶就不念。

吃袋[6]水烟往下念，卷念完了吃圆盘[7]。

这个闲话莫要淡[8]，再[9]把黄氏表一番[10]。

玉兰儿自己死床边以上，黄氏女讨上饭转回家园[11]。

进得门不见我亲生儿郎，叫几声却不见娘发心慌。

急忙忙开房门往里一看，床边上勒死了我的心肝。

上前去忙扶起抱在怀里，叫不应揉[12]不动大放悲声。

恨一声杀人贼你在何方，哭一声我的儿死得可怜。

黄氏女直哭得昏迷不醒，谁是她着急人来到眼前？

一霎时醒过来千思万想，我女儿枉[13]死了不能还阳。

狠着心手拿刀将头割下，拿着[14]去救丈夫再也无法。

到厨房拿刀来硬心割下，见冤家泪汪汪更是心酸。

拿起刀不砍她痛哭连天，救不出丈夫来死也枉[15]然。

到佛堂忙叩头香炉上香，告神灵狠心娘要杀儿郎。

鬼魂儿[16]九泉下莫怒爹娘，来世里我夫妇报你冤枉。

叩毕头忙起来将眼闭上，举起刀砍下头胆战心寒。

砍数[17]刀砍不动睁眼一看，见冤家死尸首血流满面。

吓得那亲生母往后一站，眼又翻腿又战心神不安。

狠一下扑上前连砍九刀，上前去拿起来包在布包。

却说黄氏女将头拿到监里，丈夫问："人头从何找见？"黄氏说："夜间杀人贼送上门。"又问："玉兰怎样（么）未来？"黄氏说："她到舅舅家去了。"丈夫说："舅舅家穷，很快领来，与你作伴。"黄氏将头送来在县里，回家去了。再说包爷路过此地，问尹知县此案怎做处理，尹知县将头拿来一看，便说："这人头是新杀的。"便把章达道提来问道："你为何又杀了人头？"章秀才说："头是妻拿来的。"当时色（包）爷差役提那黄氏去吧（了）。

黄氏家中正纳闷[18]，忽然进入众[19]差人。

有黄氏在家中正想玉兰，众[20]差人进门来拿绳拴住。

我丈夫受苦难现在禁监，你拿我到县堂又为哪般？

差役说包老爷提你上堂，问我们也不知罪在何方。

黄氏女进衙来心中胆战，上坐着包老爷杀气冲天。

叫黄婆上前来叫我细问，你丈夫杀人命自找苦难。

你就该在家中安守本分，为什么又杀人头送衙门？

黄氏女听此言心中慌乱，想要说说不出只是悲伤。

包大人见夫人形容大变，必然是杀人命不敢多言。

叫人役把穷妇拶她一拶，再不招加刑法不能容让。

黄氏女拶一拶泪如涌泉，急忙说这人头必有根源。

叫人役莫[21]动刑容她细思，说出来我与你好伸冤枉。

黄家女未开言口叫青天，望老爷莫动刑听我细言。

[1] 忍：抄本写作"认"。
[2] 增：抄本写作"曾"。
[3] 冤：抄本写作"枉"。
[4] 甘：抄本写作"肝"。
[5] 糖：抄本都作"扩"。
[6] 袋：抄本写作"代"。
[7] 圆盘：这里指盘中的油馃子等食物。圆：抄本写作"元"。
[8] 淡：闲谈。抄本写作"担"。
[9] 再：抄本写作"在"。
[10] 番：抄本写作"方"。
[11] 园：抄本写作"原"。
[12] 揉：抄本写作"散"。
[13] 枉：抄本写作"亡"。
[14] 着：抄本写作"者"。
[15] 枉：抄本写作"汪"。
[16] 儿：抄本写作"见"。
[17] 数：抄本写作"畋"。
[18] 纳闷：抄本写作"那梦"。
[19] 入众：抄本写作"人共"。
[20] 众：抄本写作"共"。
[21] 莫：抄本写作"要"。

我女儿又[1]已死要救父亲，奴[2]狠心割下头要作对证[3]。

包大人听妇[4]言拿头再[5]看，果然是死后割并[6]无血疮。

你不信差人役家中去看，儿尸[7]首现在那锅灶[8]以前。

章达道在一边听儿死了，撞儿头放开声不能活人。

公堂上夫妻们哭地叫天，包大人也心酸眼泪不干。

他家中现有这孝顺[9]儿郎，哪里有狠心的杀人爹娘？

陈氏女不知是何人来害，冤枉了章秀才受刑在监。

我今天不与他细细检点，错问了此人命大坏肝肠。

却说包大人把达道收监，给他妻子赏钱两串，放到家中。包爷把这一无踪案放在心中。不觉过了七天，忽然夜做一梦，见一位美貌佳人，抱一个西瓜，又想吃，又不想吃。警（惊）醒后是一梦。项（那）日正是七月十五日，包爷心想城皇（隍）庙降香，走到衙上，见一和尚，便说是本处三宝殿和尚。包爷说："我命你二人到内，叫一妇人，领在桥下，等那和尚来到的时后（候），你们问出杀人真情，立即拿来，莫屈了好人。小心去，把事完成有赏。"

包爷用计提一清，桥下设鬼计必成。

有一清化毕缘[10]正然二更，收拾起一心上要回寺中。

正行走不觉得来到桥庭，忽听得桥底下有了鬼声。

心害怕不敢走侧耳细听，口儿里只叫的都是一清。

坐桥梁念的是阿弥[11]陀佛，又念的二鬼伴一妇人提。

只骂的一清贼杀了奴子，小女子告阎王要女命来。

快些儿将人头送到衙门，小女人到法庭不敢失念。

若不然来狱里殿上一等，你认的三宝佛难儿人情。

有一清只听得神哮鬼问，战兢兢坐桥梁口念经文。

旦[12]若是女善人暂且回去，我到寺上表敬超度亡魂。

今世里杀了你没有活成，度化你来世里逍遥也行。

有王朝和马汉[13]听他声言，自找出杀人的一片真心。

急忙忙上桥来将他拿住，杀人贼心太狠送到衙门。

包大人为这事费[14]尽心情，只听得犯人到忙坐大堂。

叫声贼为什么杀了人命，快来招我定罪免得动刑。

有一清一个个报出实情，包老爷吱着牙连打几顿[15]。

却说包老爷设计拿住杀人之贼，百般拷打，问出实情，下〔死〕在死牢。急忙有（又）命王朝、马汗（汉）从监中提出章达道。章达〔道〕说："从小（小人）不敢。若不是包老爷，我命难活。"包老爷说："我收你一个门子，可情愿么？"达道说："小人情愿。"有包老爷扶持达道上京。再说黄氏在家，一胎生下两子。包爷闻听此事，欢喜不尽，常使人役〔送〕照管是也。

黄氏一胎生两男，两男不出本家乡。

包老爷明听得生下两男，常[16]使人送银钱好好照管。

头一胎所生的何人一转？那就是救父的伤心玉兰。

前世里救父亲割头尽孝，到来世转为儿富贵儿郎。

第二胎所生的是谁一转？他就是守节的陈氏美娘[17]。

在前[18]世全了节少年永生[19]，今世里转男子四海名[20]扬。

他二人虽贤孝曾落一刀，也合该五百年有此灾难。

这都是包明公来往神监，日断阳夜断阴至[21]今流传。

论起来章家门应该绝断，出了这贤孝女增福才年。

章秀才受尽苦好脱蓝[22]裳，不大应子大真圣人遗言。

---

[1] 又：抄本写作"有"。
[2] 奴：抄本写作"怒"。
[3] 证：抄本写作"正"。
[4] 妇：抄本写作"夫"。
[5] 再：抄本写作"在"。
[6] 并：抄本写作"站"。
[7] 尸：抄本写作"死"。
[8] 锅灶：抄本写作"祸皂"。
[9] 顺：抄本写作"奉"。
[10] 缘：抄本写作"嫁"。
[11] 弥：抄本写作"泥"。

[12] 旦：抄本写作"且"。
[13] 汉：抄本写作"汗"。
[14] 费：抄本写作"弗"。
[15] 顿：抄本写作"吨"。
[16] 常：抄本写作"长"。
[17] 娘：抄本写作"郎"。
[18] 前：抄本写作"全"。
[19] 生：抄本写作"身"。
[20] 名：抄本写作"各"。
[21] 至：抄本写作"报"。
[22] 蓝：抄本写作"兰"。

且按下父子们两世莫表，再表起章秀才出京名[1]扬。

却说达道被包爷扶持进京，正是八月场期，连进三回家，要见包大人恩师一回了。

昔日受苦无人见，今日成名天下扬。

章大人出京城天摇地动，两边的农民们胆战心惊[2]。

刀斧手提钢刀明明朗朗[3]，吹鼓手撑喇叭上上当当。

轿前的剑子手凶如豺狼，轿后的众多人皆如[4]群羊。

过大桥走小巷真[5]是好看，前不拥后不让赛过神仙。

一声声觉得到人声呐喊，接马的迎风[6]的慌慌[7]忙忙。

说昔日在监中多受苦刑[8]，谁知道今日个富贵千岁。

不觉得来到了本处地方，叫人役先到那恩师堂上。

却说章秀才贵人先到包爷衙门，亲自送来忠孝廉节一块匾〔额〕。大贵人说："我们为何当得起四字？"包爷说："你为官，日后赤心保回（国），其（岂）〔因〕不为忠？你女玉兰割头救父，其（岂）不为孝？你妻讨饭为生，不爱叔叔家财，其（岂）不为廉？你弟妻宁死不从人，其（岂）不为命（节）？你家出于（了）这两个孝郎，天肠（赐）了你两个贤孝儿童，大子起名章存，二子起名章节，与你兄弟顶门主（立）户，日后二人必有大富大财。"包爷分（吩）咐毕，巡天下去了。

善有善报，恶有恶报。

不是不报，时辰[9]未到。

玉兰儿尽[10]了孝起名章存，还为[11]你章达道顶天立门。

他二人到后来官职大小，弟兄们做[12]大官百世其昌。

这就是为善的善有善报，来世里未报完再[13]世成全。

为善的报到底官高位显，作恶的到后来命更令亡。

世上的男和女都要作善，遇[14]事情真和假不敢[15]胡言。

做事情不要学糊涂知县，莫屈了善良的好人清官。

章达道若不是清官来断，受折磨也就会性命不全。

一清贼包爷断一头割下，受地动压在那阴山背下。

这就是假事情立场站稳，真事情迟与早终究[16]会明。

知县官错问了这件冤案，服毒药自己尽天理昭[17]彰。

章达道先受难后做[18]大官，一家人享[19]受着荣华[20]富贵。

此宝卷因时间未圣里强，有学问[21]识见了再加检点。

这本宝卷念完了，听卷众人记在心。

做[22]事要学包文正，不要学那尹知县。

这本宝卷没抄好，念卷先生莫[23]耻笑。

写下别字真作难，特请先生慢慢认。

百忙之中抽时间，工夫花[24]了二三天。

白纸费了几大张，纸墨笔砚水尽干。

至[25]于闲[26]话没有提，就到这里各回家。

抄写者：　　　代福周
抄写时间：　　1979年（阴历二月十六日）
收藏者：　　　代福周、李贵生
整理校注者：李贵生

[1] 名：抄本写作"成"。
[2] 惊：抄本写作"警"。
[3] 朗朗：抄本写作"郎郎"。
[4] 如：抄本写作"无"。
[5] 真：抄本写作"共"。
[6] 风：抄本写作"凤"。
[7] 慌慌：抄本写作"荒荒"。
[8] 刑：抄本写作"型"。
[9] 辰：抄本写作"审"。
[10] 尽：抄本写作"警"。
[11] 为：抄本写作"每"。
[12] 做：抄本写作"作"。
[13] 再：抄本写作"在"。
[14] 遇：抄本写作"与"。
[15] 敢：抄本写作"干"。
[16] 终究：抄本写作"九九"。
[17] 昭：抄本写作"招"。
[18] 做：抄本写作"坐"。
[19] 享：抄本写作"亨"。
[20] 华：抄本写作"化"。
[21] 问：抄本写作"文"。
[22] 做：抄本写作"作"。
[23] 莫：抄本写作"未"。
[24] 花：抄本写作"化"。
[25] 至：抄本写作"只"。
[26] 闲：抄本写作"贤"。

4

武松杀嫂

却说这段故事发生在宋朝仁宗在位二十三年间，在山东省清河县赵家村，有户贫寒人家，姓武，名朝生，娶妻王氏，所生二子，长子名叫武大郎，面容很丑，身材矮小，头脑可笑，当地人给他起了个外号叫三寸钉谷树皮。次子名叫武二郎，字松，此人身高八尺，力大惊人，相貌堂堂，学有一身好武艺。这武朝生夫妻二人不幸于早年先后去世，丢下武大和武二相依为命。正是：

兄弟二人是同胞，一个矮来一个高。

一个老实面容丑，一个貌美逞[1]英豪。

武大郎武二郎兄弟二人，父母亲都去世孤苦伶仃。

吃和穿花和用全靠个人，白日里没饱饭夜晚受冻。

兄弟俩好伤心眼泪不干，叫爹爹喊妈妈天地不应。

饥一顿饱一顿凑合度日，就这样度过了数年光景。

兄爱弟弟爱兄互敬互让，兄弟俩心相印传为佳话。

武大郎卖炊饼维持生计，武二郎学武艺十分用心。

不觉得又过了两年之整，武大郎二十三年龄不轻。

武二郎二十一武艺高强，性格直动不动就要打人。

有一天抱不平打下一人，他以为人已死出门逃跑。

那官府来捉人武大去顶，岂不知那原告没把命丧。

武大郎被释放回到家中，仍上街卖炊饼维持光阴。

武二郎逃出门杳无音信，武大郎常思念心中不安。

暂不说武家的兄弟两人，再表那姓张的财主之人。

清河县一财东名叫张伦，他家中侍女多人人知闻。

侍女中有一人小名英英，她就是潘金莲面相美容。

潘金莲生得俏长得聪明，五端身柳叶眉樱桃小嘴。

那张伦暗地里要缠她身，准备着要娶她作个二房。

却说清河县的一家财东名叫张伦，他看到家中的侍女潘金莲长得如花似玉，美貌天仙，多次暗地里与潘金莲勾搭，要潘金莲作他的小老婆，可潘金莲不但不从，而且还把这件事悄悄地告诉给了张伦的老婆。张伦的老婆与张伦闹起了家庭纠纷，弄得张伦一肚子闷气，最后，张伦干脆把潘金莲嫁给了家徒四壁的武大郎。心中暗想：你不从我，还告我的状，我也让你这朵好花儿插在狗屎上！正是：

张伦行事短，勾搭潘金莲。

金莲不顺从，送给武大郎。

有张伦叫金莲要作二房，潘金莲暗地里却把底翻。

大老婆知道了非常不满，和张伦闹纠纷家庭不安。

那张伦太气愤恼恼羞成怒，立即把潘金莲弄出家园[2]。

心中想潘金莲不做二房，我叫你好花儿插上狗屎。

正愁着潘金莲如何处置，猛然间想起了武家大郎。

武大郎长得丑身材矮小，把金莲送给他去作老婆。

拿金银几十两财物数件，把金莲和银两送给武大。

武大郎见此情感激不尽，老天爷掉馅饼有了婆娘。

潘金莲见武大如此模样，背地里流着泪有苦难言。

不怨天不怨地不怨爹娘，只能怨是自己没做二房。

羞答答抹着泪不好言传，就只好跟大郎入了洞房。

武大郎见金莲如此漂亮，别说那内心里有多舒坦。

且不表武大郎心花怒放，潘金莲进了门倒添麻烦。

到武家没几天情况大变，有几个街流子时常捣乱。

乘武大卖炊饼来找金莲，暗地里和金莲通奸同床。

---

[1] 逞：原本作"呈"。

[2] 家园：家庭；家乡。原本都作"家院"。

偷汉子是金莲一贯嗜好，来一个想两个不怕麻烦。

时间长这丑事满城风雨，武大郎虽老实心知肚明。

若不管人笑话丢了脸面，若要管只惹得家中不安。

有那些嫖头鬼沾沾自喜，背地里骂武大囊包怂[1]汉。

那嫖客刚开始偷偷摸摸，到后来干脆是明目张胆。

把武大欺负得[2]无处伸冤，背地里流着泪盼着武松。

潘金莲作风坏不顾脸面，对武大不理睬卖淫嫖娟。

武大郎人虽丑也有心计，决心定要搬家背井离乡。

有一天卖炊饼遇到老乡，老乡说阳谷县有他家园。

家园在紫石街有座楼房，楼房中有闲房租于大郎。

那地方卖炊饼能赚大钱，你快去与妻子商量搬家。

武大郎听此言心花怒放，回到家与老婆商量搬家。

潘金莲听此言心中暗想，由乡村搬城市天大好事。

搬就搬进了城享享清福，叫夫君忙卖房只留家当。

却说清河县的那些嫖客二流子，把武大郎欺负的（得）立不住脚了，立逼着武大郎从清河县搬到了阳谷县紫石街。正是：

武大软弱把家搬，为了避事到他乡。

把家安到阳谷县，究竟安全不安全？

武大郎为避事撤离家乡，阳谷县紫石街安了家园。

虽说是家里穷搬家也难，驴儿驮车子拉也挺麻烦。

且不说两口子搬家忙碌，再表那武二郎他把家还。

武二郎逃出家一年有余，思想起他哥哥心中不安。

从沧州柴进家起程回家，为赶路在途中日夜兼程。

那一日来到了阳谷境内，景阳冈打了虎名不虚传。

打死了吃人虎人人称赞，轰动了阳谷县上上下下。

阳谷县张知县一手遮天，给武松封了个都头官职。

那武松封了官夸官三日，正想着要回家去见哥哥。

这一日他上街正在闲逛，忽听到身背后有人喊他。

武二郎回过头细细观看，他看到武大郎挑担追赶。

武二郎见大哥有些疑惑，我大哥怎能到阳谷街头？

迎上前忙跪倒谢过哥哥，从武大肩头上接过扁担。

叫哥哥你为啥阳谷来逛，咱家中卖炊饼是否赔钱？

武大郎听得[3]问便把话讲，卖炊饼没赔钱只是搬家。

生意好挣了钱娶了你嫂，武二郎听此言又问端详。

你一人缺银两怎样成家？武大郎听得[4]问便来开言。

叫一声好兄弟我说你听，咱县的张财东有个丫鬟。

她名叫潘金莲生得漂亮，那张伦想叫她要做二房。

潘金莲不同意告了色状，惹恼了张财东暴跳如雷。

把金莲和财物送咱家园，目的是让金莲受些熬煎。

武二郎听此言心中暗想，这类人怕日后惹出祸端。

兄弟俩一边走一边说话，不觉得就来到武大家园。

却说兄弟俩来到家中，有武大接（揭）起门帘喊道："金莲，你还不快出来迎接我的兄弟你家叔叔！"只见潘金莲走出屋内，来到了门口。武二郎忙上前躬身施礼，见过嫂嫂。正是：

武松英雄是好汉，对待嫂嫂以礼见。

金莲一见武松面，心中邪念暗盘算。

武大郎领兄弟进了家园，喊出了潘金莲以礼相见。

潘金莲走上前便来开言，问叔叔在外边万福金[5]安。

那武松见嫂嫂如此礼见，忙上前施一礼嫂子安康。

潘金莲见武松问寒问暖，你叔叔一路上受苦受难。

问候罢进了门就把楼上，请叔叔坐上边奴家陪伴。

潘金莲对丈夫开言说道，你上街去买酒取些好肉。

设水酒把叔叔招呼一番，也算是给叔叔接风洗尘。

武大郎听此言不敢怠慢，下了楼去买菜还把酒灌。

潘金莲在楼上语言殷勤[6]，叔叔你打死虎我们知晓。

奴家想去看看说在嘴上，行动上太迟缓没有前往。

有武松便开言来把话讲，在外边一年多想念家乡。

回家中要经过景阳山冈，遇上了打虎事未有回转。

阳谷县张知县能说能干，他给我都头职全县武官。

今日个出衙门街上游逛，没想到碰到了自己哥哥。

潘金莲忙插话又把话讲，一提起你哥哥让人笑话。

做事情没打算面目难看，三分人七分鬼很不像样。

武二郎听此言急忙开言，我哥哥老实人你莫嫌拒。

[1] 囊包怂：懦弱的人。怂：原本作"松"。

[2] 得：原本作"的"。

[3] 得：原本作"的"。

[4] 得：原本作"的"。

[5] 金：原本作"全"。

[6] 殷勤：原本作"盈情"。

人生下都不能一样长短，家中事全要靠你来承担。

潘金莲点点头话锋回转，你叔叔说的话理所当然。

却说潘金莲把武大郎使唤到街上灌酒买肉，自己和武二郎拉拉家常。心中暗想：叔叔这聪明漂亮，奴家如果嫁了他这样的人，那该多好！想到这里，便向武松问道："叔叔今年多大年纪了？"武松答道："我今年二十五岁了。"潘金莲笑着说："叔叔比奴家大三岁。叔叔在哪里住？"武松答道："我在县衙里住。"潘金莲又问："是婶婶伺候还是士兵伺候？"武松有些不耐烦，很严肃地回答："我不娶妻，是由士兵伺候我。"潘金莲一听武松尚未娶妻，暗自高兴。正是：

潘金莲叫叔叔请你细听，奴有话一件件要说分明。

那士兵伺候你太不卫生，做茶饭不合口会伤胃口。

你搬来在家住由奴操心，早晚间端茶水伺候[1]你身。

武松听这些话倒也高兴，叫嫂嫂你对我十分关心。

他二人正说话武大进门，买来了酒和肉蔬菜水果。

潘金莲陪武松不能脱身，叫武大请来了隔壁王婆。

有王婆下伙房不能消停，不多时饭菜好招待武松。

吃过饭有武松告别而行，去县衙搬来了行李用品。

武二郎住楼下行走方便，武大郎住楼上制做炊饼。

有武松对哥嫂把话说明，卖炊饼要少卖早些回家。

倘若是银两钱不够使用，由[2]我来付银两你们放心。

那武大听此言照办而行，每日里卖炊饼少蒸几笼。

走得[3]迟来得早照管家庭，到晚上早关门保全安宁。

从此后武二郎常住家中，天天儿去县衙执行公务。

有一天早饭后武松回家，潘金莲这一天十分高兴。

天气冷飘着雪刮着寒风，潘金莲把暖炉烧得通红。

又炒菜又斟酒招待武松，把武松让上座让菜敬酒。

武松说等哥来一同吃用，为何事咱二人先把酒饮。

潘金莲开言说叔叔你听，你哥哥去上街还未回来。

咱二人喝三杯慢慢再等，他回来有饭吃你就放心。

说罢话忙斟酒递给武松，请叔叔放宽心多把酒饮。

[1] 候：原本作"侯"。

[2] 由：原本作"有"。

[3] 得：本句两个"得"原本都作"的"。

有武松接过酒一饮而尽，潘金莲把鱼肉夹给武松。

忙斟上第二杯递给武松，请叔叔喝三杯奴家欢欣。

武松说你嫂嫂对我关心，这就是偏向了哥哥一人。

潘金莲见武松饮酒痛快，内心里想邪事坐立不宁。

不吃饭不喝酒两眼发直，对武松细观看如痴如醉[4]。

潘金莲如做梦想入非非，不由得用右手去摸武松。

却说那潘金莲招待武松是假，调戏武松是真，她两眼直勾勾地看着武松，把个武松看得不好意思抬头。她还借起身斟酒之际，把武松的肩膀上捏了一把。那武松一见嫂嫂这等行为，心中早有几分恼火。而那潘金莲却又改口说道："叔叔你穿得这么单薄，小心着凉啊！"武松没有理睬，也没有吭声，只是低头用火尖（剪）[5]拨火。那潘金莲心动难忍，色气大作，索性把上衣纽扣解开，扔出两个奶头来挑逗武松，嬉皮笑脸地从武松手中顺势夺去火尖（剪），便说："叔叔你不会弄火，还是我来搞吧！"这样一来，武松就有八分的恼火。而这无耻的潘金莲却又斟了一杯酒，自己喝了半杯，把留下的半杯递给武松，便说："叔叔你如果有心的话，把这半杯酒喝了！"这时候，打虎英雄武松再也忍耐不下去了！怒从心中起，恶向胆边生，一把夺过酒杯，摔在地上，双目圆睁，大声吼叫。正是：

泼贱操心太不良，贪淫无耻坏纲常。

席间尚且求云雨，反被武松骂一场。

有武松怒气生双眼大睁，把酒杯摔地上开言便论。

叫嫂嫂你做事眼中无人，你把我武二郎当作何人！

你嫁给我哥哥受我尊敬，我把你当嫂嫂处处抬举。

做事情你没有分毫人情，不害羞没仁道败坏门庭。

我武松也是个顶天英雄，不是那无耻的好色之徒。

你今后再若是如此行动，我武松决不会轻饶你身。

我眼睛认得你嫂嫂之人，我拳头却不认你是何人。

打一拳就要你鲜血直喷，打两拳就要你一命归阴。

潘金莲被武松劝骂一顿，把两耳红到了耳岔之根。

羞答答低着头实为难堪，收碗筷进厨房眼泪纷纷。

且不说潘金莲又把事生，再把那武二郎表说分明。

[4] 如痴如醉：原本作"人痴人情"。

[5] 火剪：火钳。

他看到潘金莲不是好人，一动怒原搬到县衙安身。

气冲冲带铺盖走出家门，武大郎迎到门莫名其妙。

叫兄弟你这是要走何处，那武松不啃声[1]气冲[2]斗牛。

武大郎见此情不知所措，一进门潘金莲两眼嚎红。

那贱人见武大忙把计生，给武大诉说着越发伤心。

叫一声好夫君请你细听，我伤心还是你软弱无能。

别人来欺负我还可罢论，你兄弟欺负我是啥原因。

武大郎听此言闹不清楚，我兄弟他怎样欺负你身。

这贱人不害臊厚颜无耻，叫丈夫我说来请你细听。

天气阴大雪飞家中寒冷，他回家我生火暖和他身。

炒上肉斟上酒由他吃用，岂不知他起了不良[3]之心。

说情话调戏奴不大要紧，摸奶头又亲嘴真是欺人。

那武大听她说全然不信，我兄弟他不是下流之人。

能顶天能立地打虎英雄，他怎能调戏你我全不信。

潘金莲听武大一阵言辞，越发里大声哭不够满意。

又是哭又是骂嚎天哭地，骂武大囊跟头[4]不像男人。

武大郎一听骂好好劝说，说金莲不懂事血口喷人。

咱兄弟耿直人仁义之君，你不能无故地[5]怨赖好人。

你要把这谣言传出家门，我宁可休了你打了光棍。

却说潘金莲勾搭武二郎不成，恼羞成怒，而她却反咬一口，说是武二郎调戏了她，被武大郎劝说了一顿，这话不题。再说阳谷县张知县，自从他上任几年来，也赚了不少银两，他准备派人把金银财宝送往东京的老家去，可就是没有一个合适的心腹人选给他做保镖。他思来想去，忽然想起了都头武松，要请武松为他完成这项任务。正是：

知县有金银，要送东京城。

请了武都头，为他作保镖。

张知县差人役来请武松，武都头急忙忙见了知县。

张知县见武松忙忙让坐，说武松我请你有件要事。

我现在要让你走回东京，给家中送银两万贯之多。

现选择好军汉已有四人，差你去作保镖送到东京。

[1] 啃声：出声；说话。
[2] 冲：原本作"如"。
[3] 不良：原本作"恻隐"。
[4] 囊跟头：软弱的人。
[5] 地：原本作"的"。

武二郎听此言没有推辞，叫大人你放心包在我身。

我武松当都头是你提拔，为报答你恩情万死不辞。

张知县听此言非常高兴，斟美酒敬都头送行起程。

却说武松接受了张知县的差事后，在街上买了一些酒肉蔬菜之类，回到家中向兄嫂告别辞行。潘金莲一见武二郎回到了家中，心中暗自高兴，以为是武二郎回心转意。正是：

妖妇邪气重生，二次调戏武松。

岂知武松告别，臊得妖妇脸红。

潘金莲见武松二次来临，她就在暗地里心在乐活。

急忙忙上楼去穿衣搽粉，照着镜仔细地[6]打扮一番。

梳好头更好衣下楼而行，来到了大门外迎接武松。

叫叔叔啥时候得罪你身，好多天没回家奴好想你。

好几次使你哥去到衙门，去找你认个错都没见你。

这都是奴不对你勿留心，从今后你还是来住家中。

有武松听此言以礼而行，叫嫂嫂别客气你听我言。

我今日见哥嫂是来辞行，咱全家吃顿饭叙叙团圆。

有兵士端酒菜放在桌上，武大郎潘金莲坐在上席。

有武松坐一旁来把酒斟，酒三巡菜五味武松开言。

叫哥嫂我有话你们细听，张知县要派我走趟东京。

我走后家中事哥嫂照料，请哥哥卖炊饼早些回家。

倘若是要有人欺负你身，等我来再处理也不要紧。

叫嫂嫂我有话要对你说，我哥哥老实人你要照看。

万不可欺负他冷落他身，对我兄照看好武松知情。

从今后你应该更加操心，古人言篱笆牢犬不入门。

潘金莲听此言心中恼恨，拍桌子翻眼睛大发雷霆。

手指着武大郎破口骂人，老杂种你在外拨弄是非。

你怎能背是非诬赖我身，说什么篱笆牢犬不入门。

你老娘是一个正派之人，叮[7]当响亮堂堂女中豪杰。

到武家我没有拉过他人，前后门没有走和尚道童。

拳头上站住人风摇不动，胳膊上能跑马不打嫩嫩[8]。

这风波从何来我要证人，没证人你老娘死给你看。

[6] 地：原本作"的"。
[7] 叮：原本作"丁"。
[8] 打嫩嫩：婴孩学站立。当作"打能能"。

有武松听此言哭笑不得，叫嫂嫂你听话有些偏差。

讲的理是直理武松爱听，说的话没大小太不知趣。

来来来这杯酒请你饮下，为今后当贞节立下保证。

却说武松打算通过喝酒，要给潘金莲做做思想工作。喝酒间武松以古语道破："篱笆牢犬不入"，潘金莲听了此言非常吃醋，她以贞节的口气大发牢骚："我是一个不戴头巾的男子汉！自从嫁给武大，我前门里没走道士，后门里没溜和尚，有什么篱笆不牢野犬钻得进来呢？"武松陪（赔）笑着说道："嫂嫂这样说话我还是同意的，但愿嫂嫂说话做事言行一致。请喝下这杯酒吧！"那潘金莲一看目的达不到，把酒杯一推，甩了袖头子下楼而去，临走时还说了一些不堪入耳之言。武家兄弟二人见潘金莲走了，二人一边喝酒，一边叙旧，武松敬酒辞别。正是：

且不说潘金莲下楼而去，再把那兄弟俩细说分明。

兄弟俩喝着酒互敬互让，武二郎敬完酒起身告别。

临走时对哥哥一再叮嘱，我嫂嫂作风坏这是实情。

请哥哥卖炊饼早出早归，我走后家中事你要操心。

武大郎听此言眼泪纷纷，掉[1]着泪点着头又把酒敬。

武二郎见哥哥如此伤心，喝了酒心也寒告别出门。

下了楼回过头又把话喊，我的话请哥哥一定记清。

没花费不要紧有我供应，最好是不外出看好家园。

武大郎含着泪答应一声，你的话我一定记在心里。

武二郎告了别衙门而去，张知县备水酒为他饯行。

饯完行那武松就要起程，张知县把信箱递给武松。

一辆车五个人早已等候，上了路去东京这话不题。

再表那潘金莲大闹武大，武大郎听武松安排而行。

每天儿少卖饼早早回家，回家后放窗帘关掉大门。

潘金莲见不得这样去做，手指着武大郎骂声不断。

骂一声糊涂虫做事欺人，你自己没本事听人做事。

听上那贼二郎早早关门，开门迟关门早谁人像你？

老娘我就像是关进监狱，又是骂又是啐哭天骂地。

把武大臭骂了三天有余，武大郎装聋子只好忍耐。

每天儿早关门放下窗帘，潘金莲骂是骂照做不误。

却说潘金莲把武大郎骂了几天，也就没有了什么

面（气）味儿。每天照常把窗帘早早放下，把门早早一关，时间长了也就习以为常了。一天，武大郎卖炊饼来的（得）迟了些，潘金莲往下放窗帘时，一不小心把撑窗帘的杈子给掉在了楼下，正巧打在了楼下一过路人的头上。这人名叫西门庆，是县城里有名的大户人家。西门庆本来要大发雷霆，但头抬起向楼上一看，是一位貌似天仙的女子，正爬（扒）在窗户口向下看，顿时，被杈子打过的疼痛一下子消逝了，他的身上一下子酥麻了半截子。那楼上的潘金莲忙躬身道歉。正是：

门庆见了潘金莲，浑身酥麻疼消逝。

见过美女千千万，这个女人赛天仙。

先不说潘金莲关门做饭，再把那老王婆细说端详。

武大郎隔壁子有座茶馆，是王婆王月娥卖茶门面。

这王婆是寡妇有一儿郎，母子俩以卖茶度日生活。

王婆子这个人能说会道，说大媒扯皮条挺有手段。

年轻时偷汉子最她能干，到老来专说媒增加收入。

破良婚扯皮条是她绝招，为挣钱昧[2]良心拆散鸳鸯。

能说白能道黑是她特长，阳谷县紫石街臭名远扬。

这一天老王婆正在茶馆，西门庆来喝茶说是办事。

阳谷县紫石街人人知晓，西门庆在县城家产万贯。

开药铺好几处这还不算，西门庆在县衙还有公干。

又有钱又有势没有威望，县城人都叫他西门大人。

西门庆作风坏挺有名堂，爱拈[3]花爱惹草最爱嫖赌。

包婆姨嫖婆姨歪门邪道，人见了心里怒脸上作笑。

那一日他无事上街胡逛，正碰上潘金莲窗杈打头。

他一见潘金莲美貌天仙，浑身儿全酥麻垂涎三尺。

进茶馆找王婆说是办事，实际上要王婆替他勾奸。

却说西门庆挨了一窗杈后，本想大发雷霆，但抬头一见是一位美丽佳人，挨了打的头顿时疼痛消逝。这时，他想起了他的干娘王婆，于是就走进了王婆的茶馆，说是有事要找王干娘帮忙。王婆一听是找她帮忙，笑着说道："吆——西门大官人！我东门不出，西门不进，找我能给你做点啥事？"西门庆说道："我是特意找干娘到隔壁去

[1] 掉：原本作"吊"。

[2] 昧：原本作"寐"。

[3] 拈：原本作"沽"。

说说那个美人儿。"王婆笑道："我早就猜到你是为隔壁的那个妇人来的！"西门庆一听，不谋而合，自语道："还真有缘分啊！"正是：

西门庆太好色，见女人不放过。

老王婆老骚[1]货，牵淫线害金莲。

有王婆叫官人请你细听，你干娘干这事非常行当。

说婚姻拆家庭小小伎俩，拉皮条促嫖娼拐卖他[2]人。

抱脖子搂情人我能撮合，色公子偷嘴女认我为娘。

又送金又送银皆大欢喜，大官人有钱人不会礼薄。

有了钱咱办事比较顺当，没有钱套白狼万万不能。

西门庆听此言开言便道，王干娘你办事花消由我。

先给你一份子棺材银两，只要是办成事重重有赏。

拆散他[3]武大郎那个烂家，潘金莲全天候有我包下。

是美人弄到手不惜代价，求求你跑跑腿积积大德。

这件事明日个能否办妥，若办成今日个就有重赏。

那王婆听这话慢条斯理，大官人莫要急从长计议。

办事情总得有许多过程，也或许三个月才能办成。

西门庆听此言心慌意乱，三个月时间长无法等待。

那王婆听此言偷偷发笑，大官人你别急你听我说。

办此事除非是依[4]计而行，我这里有一计将她骗回。

你给我丝绸缎二至三匹，我请她来我家做件衣裳。

到时候你就来骚性缠她，我干娘睁一眼闭上一眼。

西门庆听此言拍手称赞，立即把好绸缎送到王家。

那王婆见绸缎心中高兴，叫一声大官人请你放心。

却说西门庆为了使王婆早日把潘金莲勾搭成奸，他给王婆送去了绸缎和银两。王婆得到这些绸缎和银两之后，对西门庆说："一切以（依）计而行，她若肯来我家做衣裳，这事就有两分把握。你可以到第三日来我家，她若不回避你，这事就有四分把握了。你要是问啥她就答啥，这事就有六分把握了。我弄些酒菜，她要是与你喝酒吃饭，这事就有八分把握了。你在吃饭当中，若能把她的小脚捏一下，摸一下，这事就成了！"王婆这么一说，把个西门

[1] 骚：原本作"臊"。
[2] 他：原本作"她"。
[3] 他：原本作"她"。
[4] 依：原本作"以"。

庆搞得眉飞色舞的。正是：

王婆她把办法想，西门官人很苟同。

二人定下勾引计，同流合污来害人。

王婆开言叫一声，西门官人耐心听。

今天这事要保密，千万不要泄了密。

要花功夫和银两，三心二意办不成。

门庆听言忙答应，叫声干娘你细听。

有你帮忙我放心，花钱花物我支撑。

你说咋办就咋办，一切由你作安排。

不题门庆回家转，再把王婆表分明。

当晚她就到武家，武大见了以礼待。

王婆上楼金莲迎，问声王妈可安宁。

王妈来到咱的家，无事不登三宝殿。

王婆听问把话讲，有家财东大善人，

舍给老身绸缎等，做好老衣等丧命。

去请裁缝没请成，人家忙得不脱身。

听说你的针线好，特来请你做老衣。

做完老衣不亏你，工钱白银兑现你。

有个要求我提出，做衣请到我家中。

一来我家有人看，二来用料也方便。

王婆把话刚说完，武大旁边把话插。

王妈与我是邻居，相互帮忙理应当。

金莲就到你家中，隔壁邻舍[5]互照应。

不提工钱兑白银，帮做老衣敬孝心。

金莲听了挺高兴，王婆听了暗思忖。

看来此人也好弄，头炮打响已两分。

大郎又把话说清，贤妻王家做衣襟。

吃了王妈饭菜等，伙食样样要算清。

王婆一听哼一声，大郎说话不公平。

大嫂要到我的家，吃喝拉撒由我花。

不题王婆拉家常，再把门庆表一番。

次日早早到茶馆，寻问王婆事咋样。

一听头炮已打响，直夸干娘是亲娘。

掏出白银整五两，干娘收下作茶钱。

[5] 舍：原本作"山"。

门庆高兴回家转，王婆收拾小茶店。

正然忙着擦茶碗，金莲敲门把话喊。

王婆开门忙相迎，叫声大嫂内屋请。

手拉手儿到房间，王婆用目细观看。

只见金莲俏打扮，窈窕妇女赛天仙。

王婆沏茶让金莲，唠叨几句取绸缎。

金莲接过丝绸缎，量体裁衣放在前。

尺子量来剪刀剪，不大功（工）夫就裁完。

王婆夸奖真能干，盛情款待潘金莲。

手工缝衣进度慢，不觉已到第三天。

却说第三天早饭后，潘金莲早早到了王婆家，那王婆先给潘金莲浓浓的（地）泡了一杯茶，就拿过缝衣服的活生。再说那个西门庆早就等得发了疯。这天一大早，梳洗打扮一番后，按照王婆的吩咐就来到了茶馆。进门先干咳了几声，随后高声喊道："王干娘在家吗？"那王婆随声应道："在！在！在！我当是谁来了，才是西门大官人呀！"王婆忙忙让座后，说道："大官人来得真巧！这就是你赊给我的那套衣料，我正好请这位武嫂缝制老衣呢。这位武大嫂一手好针线啊！"那西门庆忙忙扑上前去看缝制的衣裳针线，连声称赞道："不错！不错！针线活做得真不错！"那潘金莲一点也没回避，只是微微一笑。正是：

王婆开言把话讲，武家大嫂细听言。

门庆大人太有钱，中药店铺遍全县。

有钱有势有威望，家有瓦房数百间。

为人忠厚长得帅，满城男女人人爱。

金莲听了不开腔，只是一笑心暗想。

我今嫁给武大郎，真是叫奴受熬煎。

如果嫁给这个汉，不亏在世活一场。

门庆一旁开了言，对着王婆把话讲。

这位大嫂好针线，她是谁家的美娘？

丈夫何人干何事，家住哪里说端详。

王婆听问便答言，口叫官人细听言。

她的丈夫武大郎，专卖炊饼肩挑担。

这位大嫂潘金莲，好个人才好心肠。

她与我家是隔壁，真是我的好邻居。

门庆听说插了言，好花插在狗屎上。

王婆门庆唱又和[1]，设法引诱潘金莲。

苍蝇见肉怎不缠，金莲自然把钩上。

王婆假装把街上，留下门庆潘金莲。

金莲一见王婆走，也不回避做针线。

门庆一见王婆走，靠近金莲把话讲。

娘子今年岁几何？武大这人太老棒。

金莲听了把话讲，奴家今年二十三。

门庆忙忙搭了腔，在下比你大五岁。

两人越喧越投缘，腿压腿来脸挨脸。

两人刚刚投了缘，王婆忽然回家转。

却说王婆不大一会儿从街上买上了肉食蔬菜等物，准备好了酒菜，三人就坐在一起喝酒吃饭。潘金莲也不打推辞，与西门庆对坐吃菜举杯。那西门庆先斟了一杯酒递给潘金莲，说道："娘子为我干娘缝制老衣辛苦了，我敬娘子一杯！"潘金莲接过酒杯说道："奴家多谢大官人赏光！"说着就举杯一饮而尽。正是：

有王婆设家宴招待客人，西门庆潘金莲嬉皮笑脸。

吃饭间两个人眼神传情，喝酒时两个人暗送秋波。

那王婆在中间拉马扯皮，拨弄着两个人淫气色情。

那王婆见此情心中高兴，趁热儿来打铁又把计生。

对门庆和金莲又把话说，你两人慢慢聊我还有事。

且不说那王婆故意避开，再表那西门庆金莲二人。

饮酒时西门庆便要探试，故意把那筷子丢在地下。

他推故[2]拾筷子腰往下躬，捏住了潘金莲那只小脚。

潘金莲没反对满面笑容，对门庆柔柔地[3]叫声官人。

你有心我有意情投意合，你何必捏奴脚试探奴心。

西门庆满脸笑双膝跪定，叫娘子允许我好事成双。

那金莲急忙忙搀起门庆，两个人嘴对嘴亲个不停。

解上衣脱下衣色气冲心，不顾羞不顾耻云雨一阵。

两个人正搞得[4]如胶如漆，那王婆从街上走进屋中。

见他俩慌张张提裤下床，潘金莲羞答答脸红耳赤。

[1] 和：原本作"合"。
[2] 推故：借故。故：原本作"住"。
[3] 地：原本作"的"。
[4] 得：原本作"的"。

那王婆见此情心知肚明，放下那鬼脸子又把计生。
指着那淫男女开口大骂，男没男女没女偷情通奸。
你两人要害人远处去害，在我这扫我兴太不够人！
我把你请回家是做老衣，你倒好不干活勾引男人。
这件事我要去告诉武大，也免得到后来连累我身。
说罢话那王婆扭头出门，潘金莲西门庆扯住衣襟。
他两人跪在地苦苦求饶，求王婆开开恩别找武大。
潘金莲跪在地两眼落泪，西门庆跪在地内心高兴。
那王婆假惺惺又喊又骂，西门庆掏出了白银十两。
那王婆见白银满脸堆笑，立刻间表现得[1]和蔼可亲。
叫一声你二人给我听着，我今天给你俩留个人情。
你两个必须得应我条件，从今起你二人常来我家。
该干啥就干啥顾个眉目，到头来多给些银两就是。
西门庆潘金莲满口答应，我们俩就依你要求而行。
那王婆听此言点头嬉笑，忙斟酒三个人举杯畅饮。
就这样淫男女常来常往，在茶馆同床睡大闹色情。
武大郎卖炊饼天天出门，潘金莲勾奸夫贪图色情。
搞得[2]那阳谷县满城风雨，武大郎蒙在鼓全不知闻。
且不说他两人热闹昏昏，再表那姓乔的一个学生。
他名叫乔运哥一十六岁，他家住紫石街父子二人。
老父亲年事高八十有余，乔运哥靠卖梨赡养父亲。
他的梨全供应有钱之人，西门庆就是那买主之一。
他那日出了门上街卖梨，多半天没卖梨心慌不宁。
篮中的雪梨儿又大又嫩，去找那西门庆卖些白银。
小运哥提雪梨找到茶馆，进茶馆到内屋去找门庆。
急坏了在门外盯梢[3]王婆，那王婆拉运哥不让进门。
那运哥硬是要看个究竟，那王婆接篮子扔到街心。
把雪梨全倒地惹恼运哥，骂一声贼婆子不是好人。
你扯皮你害人由你胡行，把别人弄你家嫖娼胡搞。
且不说乔运哥大骂王婆，再表那西门庆金莲二人。
今日个他两个正在嫖娼，忽听得[4]茶馆内有人嚷仗。
急忙忙穿上衣提起裤子，西门庆悄悄地溜出茶馆。

[1] 得：原本作"的"。
[2] 得：原本作"的"。
[3] 梢：原本作"哨"。
[4] 得：原本作"的"。

却说那运哥被王婆斯打了一顿，拒之门外，他一边骂王婆，一边拾梨子，把撞烂的梨子狠劲地扔进王婆的茶馆。有好心人悄悄的（地）叫过运哥，将西门庆和潘金莲之事说给运哥，这时运哥才恍然大悟。小运哥自认倒霉，提着一篮子梨在县城到处叫卖。在阳谷县的另一条街上碰着了正在卖炊饼的武大郎，把潘金莲偷汉子之事一五一十地给武大郎说了个清楚。武大郎一听，气炸了肺，拉着运哥要去茶馆看个究竟。运哥说："今天恐怕不行了，俗话说'抓贼要抓赃，捉奸要捉双'，我们明天再作打算。"
正是：

运哥说风情，武大才知闻。
要捉那奸夫，王婆当护身。
武大他把运哥请，去到酒馆说真情。
酒店买了酒和肉，便请运哥把酒饮。
武大随即把话问，叫声小弟你细听。
我妻何时把汉偷，什么地方什么人？
运哥喝酒心纳闷，心里考虑全过程。
叫声武哥你细听，小弟向你说分明。
那天卖梨找门庆，大街小巷不见人。
找到王婆茶馆中，门庆金莲正偷情。
街坊邻里都议论，奸夫淫妇常勾引。
王婆茶馆是窝点，紫石街上人皆知。
武大一听怒气冲，决心要捉西门庆。
运哥劝说武大郎，单独行动会扑空。
你我两人要联手，明天我去把梨卖。
我到茶馆去找人，你挑担儿紧跟上。
我把王婆缠住身，你可趁势进了门。
王婆套屋去捉奸，奸夫淫妇难逃身。
武大一听很赞同，约定明天去捉人。
不说运哥回家转，单把武大表分明。
这天回家很纳闷，用心琢磨潘金莲。
以前几乎不搽粉，为何最近粉搽浓？
细细琢磨变了人，看来偷汉有可能。
思来想去心不宁，不觉东方天气明。
搭起蒸笼做炊饼，十层蒸笼用五层。
炊饼做好欲出门，金莲旁边问一声。

今天为啥早出门，炊饼为何少五层？

武大听问答一声，早出早归保安宁。

大郎挑担卖炊饼，遍街去把运哥寻。

找到运哥去茶馆，按计而行抓色鬼。

却说运哥与武大郎两人按照既定的办法直奔王婆茶馆去捉奸。运哥手提梨篮走在前面，武大郎躲躲闪闪走在后边。运哥大步流星走进王婆的茶馆，他一见王婆就放声大骂："你这个老狗！昨天我进你家的套屋找人，你为啥不让我进去？你还打我一顿。莫非是你家套屋里藏了野男人〔是吧〕？"那王婆一听，气急败坏，破口大骂道："你这个小猢狲，老娘和你各不相干，你却来到我这里捣乱，你看老娘怎么收拾你！"运哥一听，气如（冲）斗牛，把梨篮子往当街一扔，一下子就扭住了王婆的胳膊，用头狠劲地顶住了王婆的胸坎（腔）子，两人厮打在一起。那武大郎一见运哥扔出了梨篮子，立刻扔下担子，趁势进了王婆的茶馆。那王婆一见武大进了门，想去拦住，却被运哥紧紧拽住。王婆见势不好，就大声叫喊："武大来了！武大来了……"那套间里的潘金莲和西门庆一听武大来了，就慌了手脚，西门庆提起裤子急忙钻到了床下，那淫妇提着裤子，即刻插住了门闩，武大在门外用力推门。正是：

运哥王婆死纠缠，武大单身去捉奸。

淫妇挑衅西门庆，色鬼伤下武大郎。

且不说那运哥王婆纠缠，单把那潘金莲骚[1]货来说。

她急忙把门闩插住顶牢，指着那西门庆破口大骂。

你平时弄刀枪武艺高强，可今天你成了缩头乌龟。

西门庆听此言脸红耳赤，从床下爬出来勒紧腰带。

这时候那武大用力推门，那奸夫猛开门飞起一脚。

正踢在武大郎胸口心窝，武大郎被踢出一丈有余。

吐鲜血好几口脸色发黄，挣扎着往起爬不断呻吟。

可怜那武大郎蜷成一团，西门庆打伤人悄悄溜走。

小运哥见此情十分着急，推开那老妖婆去救武大。

那王婆也知道惹下大祸，和运哥扶武大送回家里。

那淫妇潘金莲良心败坏，在茶馆不露面心在乐活。

武大郎抬进家已经休克，昏沉沉躺在床死人一般。

有王婆给武大灌进茶水，武大郎这时才清醒过来。

那淫妇潘金莲回到家中，见武大躺床上呻吟不断。

心中想没踢死算你走运，我偷汉你要管这算教训。

武大郎胸口疼实在难忍，潘金莲天天儿茶馆寻欢。

要看病要茶水无人照管，可怜的武大郎躺了几天。

茶没进饭没吃奄奄一息，昏一阵迷一阵眼泪汪汪。

这一天潘金莲进屋观看，武大郎流着泪使劲叫喊。

叫一声潘金莲请你听清，我和你夫妻俩也有几年。

我病倒卧床头茶饭未进，没人管没人看躺了几天。

你要是请大夫把我病看，武二来我不说你的长短。

那淫妇听此言没有主意，把这话说给那茶馆王婆。

那王婆西门庆听了此言，三个人一合计又把计生。

西门庆很担心把话来讲，打武大是小事武二不满。

那武松打老虎名不虚传，倘若是他回来肯定不饶。

有王婆忙插言把话来讲，大官人你说话太没主见。

你贪色勾引人胆大包天，出了事又害怕哪算好汉！

做[2]夫妻有两种相处形式，一种是短夫妻来往偷情。

这一种不大道遭人啐骂，一种是长夫妻同床共眠。

既寻欢又作乐光明正大，你就看你两人究竟咋办？

短夫妻长夫妻自己选择，做啥事都有个长远打算。

一不作二不休斩草除根，我建议趁武大卧床不起，

害死他你二人去把亲成。这事情办得[3]快与谁都好，

办得慢武二来难逃干系。西门庆听此言心花怒放。

那王婆低声说你们细听，大官人中药铺砒霜就行。

煎中药下砒霜办法可行，杀死他连根除以后安宁。

西门庆听此言连连点头，好主意好计策连声称赞。

潘金莲听此言心中纳闷，思了前想了后主意已定。

有门庆拿砒霜快快行动，有王婆对淫妇细作叮咛。

你抓药拿砒霜回到家中，见大郎伤心哭可怜他身。

骂门庆不正经逼你通奸，从今后你决心痛改前非。

潘金莲听此言点头答应，说话间西门庆拿来砒霜。

却说淫妇潘金莲听了王婆的主意后，说道："王干娘，这下药害人的事儿，我胆小手抖不敢下手。"王婆厉声

[1]　骚：原本作"臊"。

[2]　做：原本作"作"。

[3]　得：原本作"的"。

说道："这么一点小事你都下不了手！你怎么有胆子偷汉子？你若害不死武大，他就会告诉给武二，到时候我看你怎么收场！"西门庆在一旁附和道："啊呀，我的娘子！你就放心大胆的（地）去做吧，钱我可以花，天大的乱子还有我撑着！你与王干娘按计行事，我明天五更天来见话。"正是：

王婆定计要害人，要让武大命归阴。

害人通奸埋祸根，不久就会把命送。

且不说西门庆他回家中，再说那害人的王婆金莲。

有王婆定下计要害大郎，让淫妇潘金莲去回家中。

潘金莲回到家去见大郎，那大郎卧床上无人过问。

那淫妇见大郎假装伤心，哭啼啼坐床头眼泪纷纷。

武大郎见此情便问一声，我被打你作乐为何伤心？

那淫妇一听问计上心来，西门庆把你踢奴心难忍。

思在前想在后后悔不尽，悔不该做此事教你受疼。

那色狼糟踏我还把我打，这怎能不教我伤心落泪。

那武大太老实又被她骗，说好话去安慰淫妇金莲。

你如果可怜我给我看病，看好病我与你好好度日。

西门庆糟踏你就此作罢，我兄弟他回家再不提起。

我心疼你给我买药治病，花了钱借了账由我承担。

潘金莲假惺惺又把话说，我本来去买药怕你疑心。

怕人说我买了毒药害你，奴落个害丈夫身败名裂。

武大郎听此言又把话说，我信你别瞎想快去买药。

那淫妇拿上钱走出家门，有王婆早已经买回中药。

潘金莲拿回药武大看清，武大问大夫他怎么叮咛？

潘金莲要害人编了鬼话，大夫说三更天服药最好。

武大郎不知情信以为真，叫金莲又劳你多多操心。

那淫妇听言后暗自高兴，到厨房去煎药备好毛巾。

煎好药把砒霜放到药中，这时候忽听到鼓打三更。

那王婆没回家暗中指示，她让那潘金莲赶快行动。

潘金莲端药碗走上楼梯，两腿软手发抖战战兢兢。

进房门把武大喊醒叫应，已三更快醒来把药服用。

武大说你今天伺候我身，病好后我马上去卖炊饼。

话说那害人的淫妇潘金莲一手端着放有毒药砒霜的药碗，一手端着开水碗来到楼上，唤醒武大郎让其服药。武大郎仰面躺着，那淫妇将大郎搂起，把一半药灌进大郎嘴

里。武大郎问道："这药怎么这么难喝？"潘金莲颤抖着嘴唇说："大夫说这药就是有些难喝，喝了药要盖严被子出一身汗，病就会好的。"说着就将喝剩下的一半药强制灌进了武大郎口中，并将武大郎按倒在床上，用被子蒙得严严实实。被子里的武大郎肚子疼得厉害，挣扎着，叫喊着，可恶的淫妇却骑在武大郎的身上，不让大郎动弹。可怜的武大郎有命难逃。正是：

武大受伤卧床睡，胸口疼痛受熬煎。

五六天来没吃饭，没人问来没人管。

虽然有妻潘金莲，同床异梦心不良。

趁着武松不在家，就与门庆去鬼混。

王婆家中把事发，挑衅门庆伤武大。

三人定计害武大，淫妇三更毒手下。

中药汤中下砒霜，硬让大郎喝下肚。

大郎哪知中了计？服药之后肚内疼。

疼痛难忍叫苍天，淫妇手段更毒辣。

被子蒙严武大郎，大郎挣扎没多久。

喊声叫声全没有，带着冤魂命归天。

淫妇揭开被子看，武大睁眼不动弹。

上下嘴唇全咬烂，七窍流血染红脸。

淫妇一看吓破胆，两腿颤抖心发慌。

慌忙拍墙把人唤，隔壁王婆走进房。

问声淫妇怎么样？淫妇回答已了断。

王婆掀开被子看，忙把武大血脸洗。

擦洗武大七窍血，二人把尸抬下床。

天亮急忙设灵堂，淫妇烧纸哭一场。

左邻右舍都听见，纷纷议论潘金莲。

为啥武大把命丧？为啥哭中有笑声？

为啥几天没人管？为啥王婆把忙帮？

街头巷尾都议论，男女老少有疑问。

天亮王婆手脚忙，疯疯癫癫把信传。

门庆一听武大死，暗暗高兴又惊慌。

忙拿白银整十两，交给王婆买棺房。

王婆拿银把话讲，棺房我买你莫管。

何九叔家走一趟，不然就要出麻烦。

门庆一听把话言，九叔家中我打[1]点。

说罢即刻离茶馆，不大功夫到何家。

话说地方上管人的头儿名叫何九叔，只要地方上死了人都得经他验尸后才能入殓葬埋。西门庆见了何九叔，忙上前施礼道："何先生近日身体可好？"何九叔一看西门庆来到他家，急忙还礼道："大官人光临寒舍有何贵干？"西门庆答道："此处不是说话之地，请跟我来。"何九叔被西门庆领到了一个酒店里，在一间比较避（僻）静的房间里坐下。西门庆向酒保要了一盘肉和一壶酒宴请何九叔。何九叔暗自思忖：西门庆这家伙平时财大气粗的，吝啬的（得）像个铁公鸡一毛不拔，可今日个又请我吃喝，其中必有缘由。这时，西门庆又从怀里掏出十两白银放在桌子上，开言道："九叔先生，这十两银子请你收下！就算是我的一点心意。对于紫石街武大郎的死亡，请你多多关照，网开一面。"饭后，西门庆急急忙忙告别而去。何九叔听了西门庆的话，有些纳闷，莫非武大郎的死与西门庆有关？何九叔正在思索，突然他的伙计来找他，说是紫石街王婆差人来请何九叔，为武大郎去安葬。何九叔回到家中拿了应用之物，向紫石街武大郎家中走去。正是：

九叔心暗想，门庆给银两。

武大必有冤，我去看端详。

何九叔见门庆给了银两，暗想道武大郎死有怨恨。

急忙忙来到了紫石街上，街上人都议论武大归阴。

他们说自那日门庆行凶，把武大猛一脚踢到街心。

那武大躺床上无人过问，西门庆潘金莲茶馆偷情。

说不定武大死他们知情，被暗杀被毒死很有可能。

何九叔听此言心中思忖，走进了武大门就要验尸。

何九叔给死者奠纸已毕，揭开了武大郎身上盖单。

见武大七窍内留有血迹，脸色青皮肤肿气味呛人。

暗判定武大是服毒归阴，这死人不能葬应报官府。

但一想西门庆仗[2]势欺人，惹不起躲得起同意下葬。

想办法取证据也算尽责，等武二来报仇有个交待。

想到这内心中生了一计，猛然间摔一跤昏迷不醒。

周围人见此情大吃一惊，把九叔扶起来叫不应声。

只见他昏沉沉脸面发黄，又见他嘴角边血水淋淋。

有王婆端凉水脸上来喷，灌茶水搓耳朵九叔苏醒。

人都说何先生着了恶心，快送到家中去暂且安身。

何九叔他贤妻一见此情，吓得她打哆嗦声泪俱下。

何九叔见伙计走出家门，低声喊你别哭我是装病。

我方才到武家去看武大，见死者脸发青七窍流血。

我一见这情况有些吃惊，这武大分明是被害归阴。

本来是我有权替他伸冤，可想到西门庆仗[3]势欺人。

他有钱又有势谁不知晓，又拈花又惹草欺压他人。

今日个武大死不大要紧，惹下那打虎的都头武松。

倘若是他回来知道此情，定要给武大郎去把冤伸。

想到此我怕是干系难逃，因此上生巧计假装恶心。

九叔妻听此言心中踏实，叫丈夫你听我细说分明。

西门庆给白银要害咱们，武二郎来报仇无法脱身。

那白银不能使你要保存，把经过写清楚要作证明。

何九叔听此言很是赞成，夸贤妻有心机想得周全。

说话间那伙计又来看他，何九叔对伙计又作叮咛。

你去到武大家细问分明，问他们到几日葬埋死人。

那伙计不多时走个来回，回来说到明天三日发殡。

发殡日何九叔早早起身，拿纸钱和香表来到武家。

有王婆见九叔以礼相待，问一声何先生身体安康。

何九叔一听问马上还礼，我今天病已好来把殡发。

说话间见亲朋都来送葬，有左邻和右舍忙不消停。

只见那潘金莲假哭伤心，两眼中不见泪干嚎几声。

何九叔细观看那个淫妇，左眼哭右眼笑妖里妖气。

发殡时何九叔又把计生，向王婆和淫妇又作叮咛。

你人少抬灵柩不要去人，伙计们替你们去把殡送。

那淫妇听言后心中思索，何九叔说这话倒也在理。

何九叔领伙计抬出灵柩，到城外用火化已葬安宁。

火化时何九叔手疾眼快，偷取了武大郎一块骨头。

且不说何九叔火葬已毕，再把那西门庆淫妇来表。

把武大送出门他们开怀，西门庆把武家变成自家。

成天价他两人不离房间，那淫妇不戴孝穿红挂绿。

[1] 打：原本作"安"。

[2] 仗：原本作"占"。

[3] 仗：原本作"占"。

搽上粉抹胭脂画眉揝唇，和西门[1]常鬼混如胶如漆。

暂不题潘金莲西门鬼混，再表那打虎的英雄武松。

他给那张知府保送金银，一路上很顺利到达东京。

事办完换手续稍微休息，急忙忙就起身往家返回。

他领着四士兵昼夜兼程，两眼跳预料到家中出事。

从东京到阳谷千里之遥，不几日就到了家乡阳谷。

到阳谷他先到县衙交差，张知府见到他款待洗尘。

有武松把手续交给知府，张知府赏白银武松收用。

那武松更了衣往家回转，一路上所见人非常反常。

有男女有老少窃窃私语，有街坊有邻里议论纷纷。

一边走一边想正在纳闷，不觉得来到了自己家中。

武二郎进了门细看分明，见屋内供牌位大吃一惊。

走上前细细看写得[2]很清，上面写武大郎供奉之灵。

那武松看罢后心中纳闷，怪道来一路上我心不宁。

猛然间向楼上大喊一声，叫嫂嫂我武二今日回程。

他这么大声叫不大要紧，吓坏了西门庆淫妇二人。

他两人在楼上男嫖女娼，猛然间武二喊神魂颠倒。

西门庆忙穿衣后门逃跑，潘金莲穿孝服哭哭啼啼。

忙下楼向武松问安施礼，有武松开言道把话来问。

你快说我哥哥何时归阴，请嫂嫂把死因给我说明。

那淫妇一听问伤心泪下，叫叔叔你细听奴说真情。

自从你出差后他就害病，茶不思饭不进服药不应。

去求神也不灵难煞奴心，心窝疼看不好一命归阴。

那武松听她[3]言根本不信，叫嫂嫂我哥哥不害这病。

潘金莲忙插言又把话明，他就是心口疼死于非命。

那武松很怀疑又把话问，我哥哥病倒后何人照应？

谁看病吃啥药怎样服用？他死后几天了是谁送葬？

那淫妇听得[4]问胆战心惊，假伤心说谎言瞒哄武松。

她说是张太医请来看病，号了脉抓了药吃上不应。

在病中是奴家时刻操心，昼夜价伺候他没有离身。

他吃啥奴给啥茶水供应，大小便都有奴送出房门。

到今天他死去整整五天，他死后把奴家忙个不停。

隔壁的王干娘来帮奴身，买棺房办丧事费了心情。

武二郎听此言心中疑惑，一边思一边想走出家门。

急忙忙到县衙换上孝服，又叫上一士兵走出衙门。

买上纸买上香买上供品，带士兵急忙忙回到家中。

在武大牌位前点起明灯，烧了纸上了香大哭一场。

有淫妇见武二这般行动，她不知是为啥上楼而去。

武二郎跪灵前心中思忖，我哥哥他死得[5]实在不明。

想到这泪汪汪心神不宁，烧了纸拨亮灯有些疲惫。

自语道哥你死我心难受，倘若是你有冤托个睡梦。

兄弟我定给你要把冤伸，昏沉沉凄惨惨神情恍惚。

跪在地靠在椅似睡半睡，猛然间灵堂前刮起怪风。

阴森森纸钱飞灯光不明，那股风盘旋转透骨寒冷。

武二郎昏睡中浑身颤抖，只觉得那头发呲呲倒立。

隐约间有人哭声声凄凉，突然间从床下爬出一人。

勾着腰光着脚披头散发，定眼看分明是大郎哥哥。

只听得[6]他言道兄弟你听，我死得[7]好惨啊给我伸冤。

那武松惊吓醒冷汗一身，看床下黑洞洞哪有人影！

这时候只听到鼓打三更，越思想越明白这件事情。

思在前想在后不能安宁，没合眼熬到了五更天亮。

叫醒了那士兵细作叮咛，烧点茶煮些饭一起进餐。

吃完饭已经是太阳出山，潘金莲这时才梳洗打扮。

却说那潘金莲走下楼梯，对武二郎说道："叔叔昨晚一夜没睡，奴家实在有些过意不去。"武松问道："嫂嫂，我哥哥究竟得了什么病？"潘金莲有些不耐烦地回答："昨天我不是向叔叔说过了吗！他害的是心疼病死了。"武松又问："是谁抬出去葬埋的？"淫妇答道："是何九叔他们帮忙葬埋的。"武二郎听了此言，心中自有主张，便领着士兵直奔狮子街去找何九叔。何九叔一见是武都头找他，吓得魂飞天外，连忙把他写下的那份材料及西门庆给他的十两白银交给武松，并将火化武大郎时取下的那块骨头也交给了武松。武松开言道："今天我来主要是请九叔先生，麻烦跟我走一趟。"何九叔不敢推辞。正是：

[1] 西门：本段韵文原本都作"门庆"。
[2] 得：原本作"的"。
[3] 她：原本作"他"。
[4] 得：原本作"的"。

[5] 得：原本作"的"。
[6] 得：原本作"的"。
[7] 得：原本作"的"。

九叔一听都头找，心中吓得不得了。

忙把物证献武松，武松又把运哥找。

何九叔跟武松出了家门，心窝里怦怦跳十分不安。

出了门跟武松往前而行，走到了一酒店二人坐定。

有酒保上酒菜忙不消停，两角酒两盘肉放在桌心。

武二郎斟上酒敬给九叔，倒吓得何九叔坐卧不宁。

何九叔想开口要说事情，那武松斟满酒又把酒敬。

连敬了何九叔三杯水酒，又让吃又敬酒满脸笑容。

搞得[1]那何九叔很难琢磨，不知道武都头是卖啥药。

酒喝五巡情况变，武松突然翻了脸。

一把短刀插桌上，叫声九叔你听言。

我兄怎样把命丧？我兄尸[2]首谁埋葬？

我兄死得太冤枉，你要细细说端详。

九叔一见心胆战，战战兢兢把话讲。

叫声都头你听言，此事小人说一番。

那是正月二十三，小人正在家里忙。

忽然来人把我喊，叫我去把武大葬。

小人听了不敢慢，紫石街前走一番。

正往紫石街上走，门庆他来把我挡。

他领我到一酒店，请我吃酒把话言。

他说武大命归天，他说叫我去送葬。

他说叫我把事办，他说不要给人讲。

叫我遮盖莫外言，叫我隐瞒看着办。

给我白银整十两，叫我拿去当茶钱。

他走之后我在想，大郎死得有名堂。

为啥门庆给我钱？为啥他来把话讲？

小人你家走一趟，去把大郎细观看。

揭开盖头看一遍，只见大郎紫面色。

七窍流血嘴唇烂，说明死者服毒亡。

本来我要去伸冤，只因门庆恶势狂。

思来想去没办法，只好装病回了家。

三日那天我送葬，暗偷骨头作证件。

武松一听心明亮，忙把证件又观看。

从头至尾看一遍，看完证件又开腔。

你的做法我满意，还有谁能来作证。

九叔听问把话言，卖梨运哥能作证。

话说武松听了何九叔的言语之后，称赞何九叔是个细心人。他对何九叔说："我找你主要是想摸清我哥哥死去时前前后后的经过，你今天给我提供的这些证据十分重要，武松我非常感激。"紧接着，武松又问："我哥哥得病之前，究竟是和谁发生了纠缠？"何九叔一听武松要寻根问底，就让武松去找紫石街上卖梨的乔运哥。正是：

何九叔领武松出了店门，直奔那紫石街去找运哥。

他二人走得[3]快不得消停，霎时间就到了运哥家中。

正巧那小运哥卖梨回家，何九叔忙上前便问一声。

问运哥你认得这是何人，那运哥开口答打虎英雄。

小运哥说着话胆战心惊，向武松施一礼开言叩禀。

我跟你吃官司不大要紧，丢下那老父亲无人侍奉。

他吃饭他穿衣全都靠我，我卖梨养活父相依为命。

那武松听他话很是感动，好兄弟好样的我说你听。

我有银五两整给你使用，拿回去侍奉你父亲大人。

乔运哥见白银喜出望外，拿白银忙跪倒磕头谢恩。

有武松忙把那运哥扶起，让运哥跟他走有话要问。

说罢话他三人一同而行，走进了一酒店喝酒问话。

那武松让酒保端来酒菜，一壶酒三盘肉三人共用。

吃饭间武二郎忙把酒斟，向运哥敬杯酒兄弟你听。

我刚才发现你是个好人，对父亲有孝道我很敬佩。

在今后你要是缺少银两，你就来把我找我会给你。

今天来是找你问个问题，你对我要忠诚实话实说。

你怎么知道了我嫂偷人？你怎么和我哥去捉奸情？

知多少说多少不能瞒哄，若撒谎我武松拳不认人。

有运哥听这话吓掉三魂，对武松忙行礼便把言开。

请都头莫要躁听我道来，对此事我一定把话说清。

西门庆最爱吃我家脆梨，有一天我卖梨去找西门[4]。

上下街都找遍不见踪影，听人说西门庆茶馆作乐。

我就去到茶馆寻找西门，才知道潘金莲西门偷情。

[1] 得：原本作"的"。

[2] 尸：原本作"死"。

[3] 得：原本作"的"。

[4] 西门：本段韵文都作"门庆"。

那王婆扯皮条提供场所，我找人她拦我动手打人。

第二天我领了你哥捉人，那老狗把住门不让进门。

我把那老王婆死死纠缠，由武大趁势儿进了茶馆。

那王婆见武大要进套间，大声喊大声叫武大来了。

这时候只见那套屋门开，走出来那嫖客西门大人。

他一见武大郎冲着进门，猛一脚踢到了武大心窝。

把武大踢倒在大街街心，武大郎倒在地口吐鲜血。

从此后武大郎卧床不起，没几天武大郎一命归天。

武二郎听言后非常气愤，对运哥何九叔又把话说。

你二人说的话都是实情，请二位到公堂给我作证。

武松领了二证人，手拿证件进衙门。

进了衙门上公堂，知县面前把冤伸。

知县坐堂问一声，都头你要告何人。

武松听问把话禀，我要告他西门庆。

他和我嫂把奸通，投毒害死我长兄。

知县听言问一声，告状必须有证人。

武松听问把话讲，证人堂外等你传。

知县堂上下传令，九叔运哥堂上跪。

知县一拍惊堂木，厉问堂下是何人。

九叔跪堂开言道，叫声大人你细听。

小人姓何名叫公，字叫九叔本地人。

职务团头管死人，武大死得有冤情。

详细过程有说明，大人细看便知情。

知县接过证据后，展开材料看分明。

看罢物证喝一声，堂下小孩是何人？

运哥听问战兢兢，不敢抬头把话明[1]。

小人运哥乔家人，专卖梨儿养父身。

门庆金莲通了奸，我与武大去捉奸。

门庆踢伤武大郎，全部经过我作证。

九叔运哥道真情，知县听了很纳闷。

都头状告有证人，看来告的也合情。

知县又把话锋转，叫声都头听我讲。

状告证件不铁证，你要考虑在心中。

有句古语说得[2]好，捉贼一定要抓赃。

捉奸必须要捉双，判罪证件要齐全。

武松一听又叩禀，叫声老爷你细听。

九叔运哥来作证，又有骨头有白银。

人证物证还不行，再有啥证才定刑。

知县一听难为情，都头请你莫着急。

话说张知县听了武松的告禀说道："武都头，请你领上何九叔和乔运哥暂时退堂回家去，等我与衙里官吏门（们）商量商量再作道理。明天你再到县衙好吗？"武松听了，也只好作罢。正是：

不表知县退了堂，且把奸夫说一番。

他听武松来告状，拿出白银几百两。

连夜送给张知县，分给官吏作盘缠。

那些官吏见银两，都替门庆把话言。

时间已到第二天，武松县衙来催状。

知县把案推人办，狱吏升堂把话讲。

都头你别听外言，不能立逼捉奸犯。

有人挑拨又离间，别和门庆有私见。

武松听言把话讲，既然老爷不准状。

我乃心中有主张，以礼叩拜退公堂。

叫声九叔听我言，你把物证全收藏。

你俩就住在我房，士兵会把吃喝管。

说罢忙把人役喊，跟我上街有事办。

文房四宝都备全，又买猪头和酒菜。

购好物品回家转，准备酒席待客忙。

不说武松士兵忙，且把淫妇说一番。

门庆向她把话言，武松告状没人管。

只因我家有银钱，官吏贿赂在身旁。

王婆淫妇听此言，拍手叫好心舒畅。

武松回家摆席宴，宴请方当和地邻[3]。

淫妇见了武松面，叫声叔叔你听言。

为啥又把酒席办？为啥又要请客忙？

武松听问忙答言，哥哥死后邻居忙。

[1] 明：原本作"鸣"。

[2] 得：原本作"的"。

[3] 方当地邻：地方上的本家和邻居。

他们帮你丧事办，今天哥死整七天。

招待邻居理应当，还要请你坐上边。

却说武松吩咐士兵摆了酒席后，他让潘金莲在家招呼客人，自己去请左邻右舍，请来了茶馆的王婆，又请来了开银铺的姚二郎姚文卿，开纸铺的赵四郎赵中铭，开酒馆的胡正卿，王婆隔壁的张公，共四位高邻。潘金莲坐主席位，王婆对席落坐（座），四位高邻一边两人对席而坐。吩咐两个公差把守住了前门和后门。正是：

都头请客有来头，把住前门和后门。

各位高邻不知情，不由内心战兢兢。

有士兵忙斟酒不敢消停，武都头敬酒前开言说道。

我今天请你们各位高邻，为纪念我哥哥头七来临。

饮水酒吃点菜略表我心，请大家尽情吃开怀畅饮。

众邻居听此言心中纳闷，既然是招待人为何把门？

酒饮到整七巡菜过五味，胡正卿要告辞回他家中。

那武松开言道又把话说，来我家所有人不能出门。

若要是有谁敢硬要出门，我这刀不认人送你归西。

所有人听此言胆战心惊，一个个不敢走只把酒饮。

突然间那武松开言叫道，让士兵忙收掉酒菜餐具。

却说那武松叫士兵立即收掉席桌上的酒菜等物，擦净桌子，拿过笔砚墨汁，铺开纸张，对众邻问道："你们当中谁会写字？"姚二郎急忙答道："胡正卿老兄字写的（得）不错。"士兵马上将纸笔砚递给胡正卿，胡正卿接过笔砚，两手颤抖，两眼发直。只见武松站起身来，将一把短刀狠劲地插在桌子上。正是：

武松手提一短刀，怒气冲冲站起来。

一把短刀插桌上，两手叉腰把话言。

各位高邻莫要怕，只要你们说真话。

冤有头来债有主，只让你们来作证。

今天不提别事情，就是给兄把冤伸。

邻居一听心内惊，淫妇王婆挺放心。

因为门庆通了信，武松告状没告中[1]。

淫妇正在得意中，武松猛地抓住身。

几个邻居战兢兢，目瞪口呆汗淋淋。

武松见状说一声，你们高邻莫惊恐。

冤报冤来不认人，仇报仇来要雪恨。

左手采[2]着潘金莲，右手握刀指王婆。

老狗王婆你细听，我哥死在你手中。

等我问明潘金莲，回过头来再算账[3]。

喝问淫妇听分明，我哥为啥命归阴。

老实招来饶你命，若不实说你小心。

淫妇听问暗自信，他去告状没有中[4]。

我偏不说没相干，看能把我怎么样。

思来想去主意定，叫声叔叔请你听。

你哥他害心疼病，奴家昼夜都操心。

名医看病药不应，求神不灵命归阴。

如果叔叔你不信，王家干娘作对证。

武松一听怒火生，手指王婆问一声。

实话招了饶你命，假言来哄你小心。

王婆依仗西门庆，也以假言骗武松。

叫声都头请你听，你兄病死命归阴。

害病期间我知情，服药求神都不应。

今天你来把我问，老身不能把你哄。

武松一听怒冲冲，踢倒桌子在地心。

一脚踩倒潘金莲，刀指王婆喝一声。

老狗你还不招承，淫妇杀后把你问。

一手提刀闪金光，一手采着淫妇辫。

钢刀架在脖颈上，淫妇这时吐真言。

武松一听她招承，放松淫妇头发辫。

士兵一见忙行动，武大牌位把香焚。

王婆淫妇跪在前，害人过程全招承。

话说王婆和潘金莲跪在武大郎牌位前，武松向胡正卿说道："请你给我作记录，她们说一句，你就给我写一句。"胡正卿战战兢兢点头称是。武松手提钢刀向潘金莲喝斥道："赶快说！"那淫妇浑身发抖，哭丧着脸。正是：

[1]　中：原本作"准"。

[2]　采：撕；扯。
[3]　账：原本作"帐"。
[4]　中：原本作"准"。

淫妇以为有西门[1]，抗着后墙不招承。

哪[2]知武松动真格，为兄报仇要雪恨。

有淫妇战兢兢眼泪纷纷，跪在地叫叔叔请你细听。

那一日取窗帘西门路过，他见我容貌美记在心中。

王干娘西门庆暗把计定，叫奴家到茶馆去缝老衣。

西门庆给干娘绸缎金银，王干娘替门庆勾搭奴身。

缝衣中西门庆来缠我身，王干娘受贿赂出谋划策。

指示奴与西门同床异梦，她提供套间屋我俩作乐。

那一天乔运哥来找西门，与王婆为进屋发生争执。

第二天我丈夫运哥两人，来茶馆进套间闹出事端。

西门庆把丈夫踢出街心，我丈夫心口疼昏迷不醒。

丈夫病卧床上我没操心，有王婆定了计要送他命。

叫西门拿砒霜送到家中，叫奴家放药中丈夫服用。

三更天喝药后用被捂身，奴骑在丈夫身强行压制。

我丈夫肚子疼挣扎喊叫，不一会命归阴七窍流血。

他死后我一人不敢抬人，叫来了王干娘帮忙发丧。

这就是丈夫死全部经过，望叔叔和众邻饶了奴身。

武二郎听罢言大喝一声，老骚[3]婆你还不从实招来。

那王婆听淫妇一一招承，直[4]吓得浑身软胆战心惊。

叫一声武二郎老奴认罪，都怪我贪钱财鬼迷心窍。

你嫂嫂她说的都是实情，从今后害人事再也不干。

那武松听此言又把话讲，请正卿把供词再念一遍。

胡正卿放下笔宣读供词，那王婆潘金莲盖上指印。

有武松让高邻签字画[5]押，签完字画完押武松翻脸。

那武松手握刀大喊一声，潘金莲你害人心肠够毒。

我哥哥死在了你的手里，这血债也要用血来偿还。

说话间采起了淫妇金莲，我要你今天去见了阎王。

为我哥报寒冤报仇雪恨，杀死你不怨谁罪有应得。

那武松气炸肺按倒淫妇，把淫妇前衣襟扯成两片。

用两脚踩住了淫妇胳膊，用钢刀划破了淫妇胸膛。

那淫妇直疼得[6]鬼哭狼嚎，在场人全吓得目瞪口呆。

只见那武二郎钢刀含口，用双手伸进了淫妇胸腔。

那淫妇疼昏迷眼泪汪汪，武二郎掏出了淫妇心脏。

把心脏献给了武家大郎，掏了心还不算又把头割。

吓得那老王婆浑身发软，吓得那众高邻尿惊裤裆。

却说武松杀死淫妇潘金莲后，吩咐士兵给武大郎牌位烧香点蜡，将潘金莲的心脏献上供桌，以祭亡灵。然后，让士兵到楼上取下被单将潘金莲的人头包裹起来。正是：

武松杀死潘金莲，搬尸洗刀又洗手。

只听武松把话言，谨请各位把楼上。

士兵快去把菜端，诸位饮酒不能散。

我去街上有事办，等我回来把话讲。

不表武松把街上，单把四邻说一番。

武松走后把楼上，浑身发抖腿发软。

十层楼台不好上，慢慢挪动汗流淌。

其他高邻还可以，唯有王婆上不去。

士兵押着王婆上，王婆两腿不能站。

两个士兵拖着上，连拉带拖到楼上。

不说他们在楼上，再把武松说一番。

提着钢刀走出门，怀揣人头找西门[7]。

来到西门大药店，找来主管[8]问分明。

方知西门已出门，狮子楼上去饮酒。

武松听言忙起身，急忙来到狮子楼。

见了酒保问一声，楼上是否有西门。

酒保听问说真情，西门楼上正饮酒。

武松听言上了楼，定眼看见西门庆。

一个箭步冲进门，手提人头打西门。

西门看见是武松，知道大祸要来临。

刚想准备逃出楼，武松钢刀不留情。

奸夫一看刀砍来，飞起一脚踢武松。

只因武松用力猛，钢刀被踢飞窗外。

奸夫一见心安宁，又飞一脚踢武松。

[1] 西门：本段韵文原本都作"门庆"。

[2] 哪：原本作"那"。

[3] 骚：原本作"臊"。

[4] 直：原本作"只"。

[5] 画：本句与下句两个"画"原本都作"划"。

[6] 得：原本作"的"。

[7] 西门：本段韵文原本都作"门庆"。

[8] 管：原本作"营"。

武松丢刀不要紧，就势一把抓西门。

左手抓住他脖颈，右手捉住一条腿。

双手举起西门庆，用力从窗扔下楼。

奸夫落楼翻眼睛，吓得行人吃一惊。

武松手提淫妇头，飞身跳楼落街心。

钢刀对准西门庆，手起刀落人头滚。

街上行人见此情，胆战心惊四处奔。

不题行人都吃惊，单表武松这英雄。

两个人头提手中，拿上钢刀回家走。

到了家中喊士兵，武大牌位点亮灯。

烧纸焚香备齐全，两个人头都供上。

武松跪在牌位前，叫声哥哥听我言。

哥哥含冤离人间，为弟今日把冤伸。

说罢叫声士兵听，快请高邻走下楼。

众人走下楼梯后，王婆高邻全吓呆。

武松叫声众高邻，我有一言大家听。

奸夫淫妇命归阴，我给哥哥把冤伸。

本人已经犯了罪，是死是活不一定。

敬[1]请诸位莫惊恐，还请大家去作证。

我家现有实物等，你们给我兑白银。

清点实物又叮咛，大家上堂走一程。

武松提头前边走，邻居士兵随后跟。

这一举动不要紧，惊动全城老百姓。

三五成群都议论，都说武松是英雄。

武松走进县衙中，九叔运哥跟后头。

武松击鼓把冤伸，惊动衙内张知县。

报子报到县官前，县官立即把堂升。

却说那武松一手提着杀人钢刀，一手提着两个血淋淋的人头，领着四家邻居和何九叔、乔运哥等人，押着五花大绑的老王婆进了县衙。武松连连击鼓喊冤，张知县立即升堂。武松跪在左边，九叔、运哥及四家邻居跪在右边，王婆跪在中间。但见武松从怀中取出胡正卿写下的口供，说道："老爷在上，小人武松前来投案自首，今天我杀了潘金莲和西门庆，为家兄伸冤雪恨。请大老爷高抬贵

手，以理公断。"说着就向张知县呈递上潘金莲和王婆的口供。正是：

武松呈口供，知县看分明。

好个英雄汉，投案把冤伸。

有武松为哥哥报仇雪恨，拿口供来投案跪在堂前。

张知县坐公堂大喝一声，众衙役立两边好不威风。

知县官接口供细看分明，口供上害人罪一目了然。

张知县看完后大喝一声，令王婆往前跪开始审问。

吓得那老王婆魂飞魄散，跪公堂浑身抖说话哆嗦。

那王婆听得[2]问屁滚尿流，叙说了害人的全部过程。

张知县听此言暗自思忖，有人证有物证此案合情。

喊一声衙役们给我细听，给王婆戴上枷打入大牢。

把武松送狱中暂且管教，乔运哥何九叔监外等候。

却说张知县看完了证词、证据后，又审讯了人证。同时又差人去狮子街和紫石街上对西门庆和潘金莲的尸首进行了一番监（检）验之后，便吩咐衙役将王婆打入大牢，把武松装（关）进监狱，这话不题。且说县官退堂之后，思念武松是一个英雄好汉，有心放了武松，但是，武松杀人也确实犯下了大罪。此案该怎么结案，这可难住了张知县。正是：

知县爱武松，重罪要改轻。

官吏写奏文，笔下留了情。

县官官吏爱武松，重罪一定要减轻。

要将死罪判活罪，知县没权来做主。

县官召集众官吏，商量对策拿主意。

官吏提笔在手中，上报材料加了工。

奏文上面写分明，武松斗殴误杀人。

写好材料派差人，监狱提出犯罪人。

武松出狱邻居迎，家产兑换成白银。

所有家产全卖尽，共卖白银五十整。

武松接过家产钱，叫声运哥小兄弟。

给你白银二十两，侍候[3]你父行孝道。

运哥拿银太感激，躬身下拜谢武松。

[1] 敬：原本作"谨"。

[2] 得：原本作"的"。

[3] 候：原本作"侯"。

有些士兵和百姓，都给武松送白银。

不说百姓爱武松，单表县官作叮咛。

吩咐官吏要细心，样样证据要弄清。

拿上九叔骨头证，拿上犯人的口供。

凶器人头拿齐全，押送王婆到东平。

官吏衙役听命令，立即行动不消停。

带上证人和奏文，东平府中走一程。

前边走的是武松，身戴刑枷自由行。

中间王婆兵押送，两腿发软走不动。

四邻证人在后跟，直奔东平进府门。

有县吏押犯人来到东平，东平府陈大人忙把堂升。

众衙役拿刀枪两边站定，一个个恶狠狠横眉冷对。

那县吏把奏文呈递上去，陈知府接手中细看分明。

上写着贼王婆定计害人，武大郎被毒害一命归阴。

潘金莲西门庆通奸害人，证明人何九叔运哥知情。

武二郎因斗殴误杀二人，现已捕送公堂以理公断。

陈大人看完了县吏奏文，喝一声老贼婆胆大胡行。

你怎样用毒计害死良民，你怎样扯皮条引诱他人。

你今天要老实说来我听，你若要欺骗我小心狗命。

那王婆听审问胆战心惊，害人事交待得^[1]一清二楚。

陈大人听罢言大喝一声，老贼婆谋害人国法难容。

命衙役换重枷押下公堂，去关进死囚牢严加看管。

那知府回过头叫声武松，你误杀两人命犯罪不轻。

那武松听此言跪堂叩拜，请大人以明断小人受刑。

陈大人将此案认真审定，把案宗递到了省院衙门。

不几日省院里批文下转，刑部的省院官最后裁决。

判武松是活罪充军而行，那武松听判决笑容满脸。

判王婆为死刑立即执行，刽子手把王婆提到街心。

那王婆在街心双腿跪定，吓得她如泥塑不省人事。

有知府陈大人担任监斩，众衙役执刀枪前后护定。

那知府陈大人手执批文，把省院那批文念给百姓。

批文说贼王婆不守本分，引诱人来通奸谋害人命。

潘金莲西门庆受她指使，下毒药害死了武家大郎。

这样人在世上祸国殃民，因此上判死刑立即执行。

陈大人刚念完批示内容，刽子手立即让王婆领刑。

木驴子王婆骑万民解恨，顷刻间那王婆一命归阴。

众百姓在法场议论纷纷，说王婆死得该除了祸根。

劝世人从今后要做好人，做坏事坏良心国法难容。

武松卷已念完到此结束，众乡亲听完卷有何感想。

为人的做好事善有善报，心不良做坏事遗臭万年。

这本卷宋文轩编写两月，是根据《水浒传》评书改编。

宋文轩甘州人廿里堡乡，家住在十号村六社农民。

常评书常念卷民间艺人，其事迹已收入曲艺志书。

选自： 宋进林、唐国增主编：《甘州宝卷》，中国
书画出版社，2008年，第21—53页。

抄写者： 宋文轩

抄写时间： 缺

收藏者： 宋文轩

---

[1] 得：原本作"的"。

5

六月雪

却说这段故事出在大明年间。山东林平县有个穷秀才，姓窦名天章，妻子早故。丢下一女，名唤窦娥，至今已一十二岁。父女二人相依为命。当地有一寡妇，人称蔡妈妈。家中略有钱财，丈夫早逝，所生一子，名叫蔡中元，年方十一，母子二人放债赢得些薄利，以此为生。窦秀才亦是借债人之一。

一日，窦秀才正街上行走，观见许多人围在一起看什么东西，他挤入人群去看，原来是皇榜，宣天下举子上京科考。窦秀才一见，心中高兴，想上京应试。但苦于手中没钱，怎样上京？于是闷闷不乐，回到家中。女儿窦娥见父亲愁眉不展，遂问道："父亲因何发愁？"正是：

有[1]窦娥问父亲街上去游，却因何转回来愁上心头？
你莫非在街头与人争吵，是不是蔡妈妈来问债由。
窦秀才叹口气开言说道，这件事真叫我心中发愁。
一不是在街头和人争吵，二并非蔡妈妈讨债之由。
只因为皇王爷皇榜召宣，召天下众举子上京科考。

我有心上京去求取功名，无银钱做盘缠愁在心头。
我若是不上京错过机会，我父女受贫穷何日出头。
我家中一没房二没田产，苦日子到何时才算到头。
窦娥女听得说嗟叹不尽，不由得泪满腮痛哭[2]伤心。
我家中无米面吃饭尚难，拿什么做盘缠去上京城。
林平县离京城千里之遥，没银两没盘费怎得前行。
叫父亲你莫若向人借债，上京去得高中再还他人。
窦秀才叫我儿你是当听，我何尝不曾想借钱上京。
只因为这几年家中贫困，有钱人谁愿意借我钱银。
窦娥说蔡妈妈宽厚仁义，这件事她必然能以答应。
秀才说在以前借了不少，未曾还再去借难以启齿。
父女俩[3]为银两在家发愁，却不料蔡妈妈来到门首。
窦秀才见蔡妈来到家中，自觉得欠她债心不安宁。
将蔡妈让到了家中坐定，问蔡妈来我家却为何情？
蔡妈说我只是闲来游转，顺便儿来向你说件事情。
秀才说你莫非前来讨债，蔡妈妈听一言大笑起来。
你且莫[4]为钱事时刻操心，那点钱还不还无关紧要。
我听说皇王爷出榜开科，召天下众举子考取功名。
你多年苦用功学业有成，也应该上京去求个功名。
窦秀才听一言长嘘短叹，你看我这样人怎样上京。
现家中无米面性命难存，哪[5]有钱做盘缠奔赴京城。
借下你几十两雪花白银，到如今无法还心中难情。
一见你我就觉如坐针毡，不由得内心中愧疚伤心。
蔡妈妈听一言哈哈大笑，叫秀才你不必太过[6]自责。
有的人借我银十年开外，到如今他还是分文未还。
这是件小事情无需挂怀，你就说上京事怎样打算？
你如果有心思上京科考，我情愿借给你路资盘缠。
窦秀才听一言赶紧谢恩，蔡妈妈这恩情恩比泰山。
再叫声蔡妈妈你听我说，我家中难事多对你细言。
我走后家丢下小女窦娥，年纪小一个人由谁照管？
蔡妈说窦娥她一十二岁，托给个好人家你放心宽。

[1] 有：原本作"由"。

[2] 哭：原本作"苦"。
[3] 俩：原本作"两"。
[4] 莫：原本作"没"。
[5] 哪：原本作"那"。
[6] 过：原本作"得"。

窦秀才听此言潸然泪下，我该把小窦娥托付谁家？

蔡妈妈听一言笑着言道，叫一声窦秀才莫要愁煞。

你若还不嫌我老朽无能，你就将小窦娥留在我家。

我将她像[1]亲女一样看待，绝不会将窦娥指责打骂。

窦秀才听得说上前谢恩，蔡妈妈对小生恩比海深。

蔡妈说不必谢你听我言，不知你上京要多少金银。

蔡妈说我给你五十两银，不知道够不够你自思忖。

窦秀才急忙说足足有余，兑了银我当日就要起身。

　　却说蔡妈来到窦秀才家中，窦秀才父女二人与蔡妈商量了半日，解决了窦秀才上京的所有困难，窦秀才喜在心中。临出门，蔡妈说："窦秀才，事不宜迟，你就打点早些上路吧！"正是：

蔡妈妈说罢话急忙去了，不一会将银两送来家中。

这纹[2]银五十两你做盘费，一路上全要你自己小心。

早站店迟起身阳关前进，切[3]莫可上了当害了自身。

到京城几千里路程遥远，比不得在家中那样安静。

窦秀才接银子千恩万谢，你的话我全部铭记在心。

到路上找伙伴结伴同行，一路上我都要处处小心。

蔡妈妈叫窦娥收拾家门，你跟我去我家暂度光阴。

转面来叫秀才你多保重，到京城你时时记得家中。

有功名无功名及早回程，莫[4]漂流在外边让人操心。

你家中只有此小女一人，切[5]不可丢下她失去亲人。

小窦娥在一旁珠泪滚滚，叫父亲此一去何日回程。

窦秀才见女儿哭得[6]伤心，不由得泪珠儿洒湿衣襟。

叫我儿跟蔡妈暂度光阴，为父我到京城绝不留停。

有功名无功名我定回来，你跟着蔡妈妈且放宽心。

早起身晚睡觉勤快做[7]人，切[8]不可耍赖皮冲撞老人。

清早起你就应洒扫庭除，到晚来关门户小心熄灯。

你是个小孩子多做[9]事情，也免得蔡妈妈为你操心。

为父我此一去三到五年，你好生[10]蔡妈家等我回来。

蔡妈妈叫秀才莫要伤心，窦娥女就如我自己亲生。

穿和戴自有我一齐照应，吃和喝更莫要挂在心中。

你一心上京去求取功名，再不需为令爱多费心情。

窦娥女人虽小倒也聪明，勿需你详嘱咐自然玲珑。

窦秀才辞别了上路前行，蔡妈妈领窦娥送出门庭。

窦秀才走一步回头一望，窦娥女不由得泪洒衣襟。

蔡妈妈与窦娥回到家中，但说那窦秀才千里之行。

每日里走上个七八十里，到晚间住客店小心谨慎。

一连儿走了那十日有余，那一日来到了一个市镇。

这城市人众多繁华无比，人挤人只觉得乱乱纷纷。

窦秀才来到了城市中心，见众人在那里观看一人。

见那人手提笔写字卖文，仿[11]宋字确写得有力苍劲。

看此人尚不过而立之年，看文字他必定学而有成。

窦秀才走上前打躬施礼，叫公子你在此所为何事？

那个人抬起头细观分明，见一位斯文人前面询问。

那个人名贾涛开口说话，问先生从何来到我县中？

窦秀才应声道先生你听，我名叫窦天章家住山东。

只因为皇王爷开科选人，学生我上京去求取功名。

冒昧地问先生高姓大名，却因何在此间提笔卖文。

贾涛说我家住平安县里，名贾涛自幼儿攻读诗文。

因赶考要上京没有钱钞，因此上[12]在此地提笔卖文。

窦秀才听一言心中思忖，身边有五十两雪花纹银。

我二人上京去应考功名，足够我两[13]个人花费使用。

想到此向前来叫声贾兄，我与你一块儿结伴同行。

用银子我这里虽然不多，但足以[14]够我俩[15]一路使用。

那贾涛听一言心中高兴，叫窦兄你说的可是真情？

[1] 像：原本作"象"。

[2] 纹：原本作"文"。

[3] 切：原本作"且"。

[4] 莫：原本作"没"。

[5] 切：原本作"且"。

[6] 得：原本作"的"。

[7] 做：原本作"作"。

[8] 切：原本作"且"。

[9] 做：原本作"作"。

[10] 生：原本作"甚"。

[11] 仿：原本作"方"。

[12] 上：原本作"尚"。

[13] 两：原本作"二"。

[14] 以：原本作"矣"。

[15] 俩：原本作"两"。

倘[1]若是你肯借我不卖文，我二人尽快地[2]赶赴京城。

那贾涛转面来再叫窦兄，我心中有句话说于你听。

我有意和仁兄义结金兰，不知道仁兄你从也不从？

窦秀才听一言喜在心中，拜弟兄结金兰焉有不从？

他二人手拉手来到店中，设香案拜兄弟先论年庚。

窦秀才摆上香一边跪定，叫一声空中的过往神灵。

我名叫窦天章孤身一人，今日里与贾涛结拜弟兄。

到日后若有那半点疑心，临死时让神灵五雷劈[3]身。

那贾涛化罢表跪在尘埃，我贾涛无兄弟只身一人。

中途路与天章义[4]结金兰，从今后我二人便是亲生。

我若是在今后忘恩负义，临死时双目瞎舌头掉尽。

他二人发罢誓各[5]表年龄，谁年长谁岁小有个分明。

贾涛说三十岁正月所生，窦秀才三十一五月吉辰。

窦为兄贾为弟贾涛跪定，叫兄长转上边小弟拜您。

窦秀才叫贤弟不必再拜，咱二人快收拾赶路要紧。

兄弟俩[6]肩并肩上路登程，一路上往前赶不得消[7]停。

那一日来到了东京附近，有贾涛将秀才请到家中。

叫仁兄咱二人歇缓几日，等几日我与你同去京城。

窦秀才说这话倒也在理，歇几日上京城亦不为迟。

贾涛母见儿子回得家来，急忙忙迎出门喜笑满面。

窦秀才见贾母甚是贤良，走上前施一礼道声安康。

那贾母见秀才人才出众，问贾涛这书生他是何人？

有贾涛上前来叫声母亲，他是我结拜的金兰之兄。

他家住山东省林平县中，他名叫窦天章科考上京。

窦天章拜过了义母大人，贾母说少行礼让他坐定。

忙倒茶忙做饭殷勤款待，贾母问窦秀才家中何人。

窦秀才不由得伤心泪掉，说父母早年间已过幽冥。

家丢下窦天章孤身一人，娶妻子[8]康氏女只有三春。

生一女产后血一命归阴，丢下我父女俩[9]相依为命。

那一日皇王爷挂出榜文，众邻居都劝我应试上京。

无奈何将小女托于人养，今在此想女儿心不安宁。

贾氏母听一言泪珠滚滚，可怜我贾氏门一样穷人。

我的儿他也是黉门秀才，心想着上京去却无分文。

无奈何到别处提笔卖文，凑点钱作盘缠去求功名。

自此后在贾家住了八日，第九天收拾了上了路程。

有贾母送出门两泪纷纷，一再地[10]叫孩儿要加小心。

能不能中皇榜早日回来，也免得为娘的挂记在心。

窦秀才叫母亲你且放心，我兄弟并非是浪荡小人。

贾涛说我的娘不必伤心，为儿的将母训牢记在心。

会不会得高中早日回程，绝不能让母亲苦受艰辛。

辞别了老母亲二人上路，老夫[11]人泪巴巴回到家中。

他二人上了路急急前行，日行走夜投宿不敢消[12]停。

整整儿又走了十日路程，那一日来到了东京城中。

汴梁城人众多甚是繁华，大街上人熙攘车水马龙。

挑葱的卖蒜的两边站立，卖布的卖吃的喝声不停。

前米行后面店人来人往，南酒楼北肉铺喜气洋洋。

又有鸡又有鸭担担挑筐，又有马又有[13]牛川流不息。

讨吃的要饭的称爷道奶，骑马的坐轿的威风八面。

大商号小店铺大门敞[14]开，先生教学生念书声不断。

把这些繁华景无心观看，他二人来到了兴隆客店。

店小二一见了喜笑满面，又倒茶又倒水好不勤快。

问客人吃甚饭早做安排，一路上受辛苦早些歇缓。

贾涛说只做些随便饭菜，不要酒不要肉只求清淡。

不说他兄弟俩[15]住在店中，再把那蔡妈妈表个分明。

蔡妈妈在家中苦度时光，南学的蔡中元来到家中。

进门来问母亲身体可好，这几日老人家可否顺心。

蔡妈妈叫我儿少礼坐下，因何你今日里回到家门？

家中事自有娘细心料理，你回家却为的是何原因？

[1] 倘：原本作"尚"。

[2] 地：原本作"的"。

[3] 劈：原本作"辟"。

[4] 义：原本作"以"。

[5] 各：原本作"名"。

[6] 俩：原本作"两"。

[7] 消：原本作"稍"。

[8] 子：原本作"了"。

[9] 俩：原本作"两"。

[10] 地：原本作"的"。

[11] 夫：原本作"妇"。

[12] 消：原本作"稍"。

[13] 又有：原本作"有又"。

[14] 敞：原本作"畅"。

[15] 俩：原本作"两"。

蔡中元叫母亲听我细说，这几日总觉得身上疼痛。

茶不思饭不想浑身乏困，在南学受不住因而回程。

蔡妈妈见儿子身体不适，急忙要请医生为儿瞧病。

小窦娥做好饭端上客厅[1]，叫公子先用饭以壮精神。

蔡妈妈催儿子快快用饭，蔡中元只觉得心中恶心。

叫母亲先让我睡上一觉，茶和饭待醒后慢慢再用。

蔡妈妈见儿子这般情景，不由得在心中怕了三分。

叫我儿你睡下我去请人，请来个好医生与你看病。

蔡妈妈叫窦娥看管中元，她自己出门来去找医生。

出门来走几步心中思忖，我庄上没医生哪里去寻。

走几步问几个庄上邻居，都说是医生在十里邻村。

尚不知黄医生在家与否，天已晚你去了他也不来。

蔡妈妈无奈何又回家中，蔡中元睡炕上昏迷不醒。

蔡妈妈见儿子病情严重，不由得心胆颤泪珠滚滚。

小窦娥见公子不省人事，直吓得[2]在一旁不敢作声。

蔡妈妈叫我儿你且醒来，哪些痛你与娘说个分明。

蔡中元目不睁只是不醒，直挺挺躺炕上动也不能。

急坏了蔡妈妈放声大哭，直到了半夜里一命归阴。

蔡妈妈见儿子命丧黄泉，又碰头又顿足哭得伤惨。

哭我儿娘养你费尽心情，你死去丢下娘依靠何人？

哭我儿娘要你养老送终，你先去娘死后何人照应？

哭我儿娘和你相依为命，你去了娘一人怎过光阴？

我的儿鬼门关等娘一等，娘儿们一同去面见阎君。

从半夜直[3]哭到红日东升，泪已干声已哑神志昏沉。

窦娥女含着泪叫声妈妈，再莫哭想办法埋葬相公。

事已此你再哭也是无用，从今后我养你送你终生。

且不说蔡妈妈母女伤心，惊动了众邻间来到家中。

这个说那个劝蔡妈住声，忍着痛埋尸首才是要紧。

叫窦娥莫要哭去请木匠，蔡妈妈你还要料理事情。

小窦娥请来了木匠师傅，为公子做棺木不可稍等。

选择了黄道日良辰吉时，到那日众邻间都来送殡。

将公子埋在了荒野山中，蔡妈妈哭儿子不能起身。

每日里哭啼啼茶饭不进，神昏迷形[4]憔悴三分人形[5]。

窦娥女也哭得面黄肌瘦，就好像这些天害了大病。

有亲戚和邻居前来解劝，人已死再痛哭岂能复生？

还是你多化解保养身体，哭坏了你身子何人照应？

蔡妈妈只觉得双目昏昏，走路时只感到晕晕沉沉。

无奈何也只能强打精神，哭哀哀再起身料理光阴。

那一日叫窦娥在家看门，我前去有点账[6]催他还清。

窦娥说不知你要去哪里？但不知你此去何日回程？

妈妈说你在家看好门户，早点起晚些睡小心就是。

离此地三十里分阳关上，散吕义在那里开个药铺。

前三年曾借我纹银百两，到如今尚未还我去催要。

现如今我们家老幼度日，要回来也好用花费支销。

窦娥说你放心前去讨账[7]，家中事切莫要放在心上。

边[8]说着转身儿来到圈中，牵出了黑骡子鞴鞍停[9]当。

将骡子拉在了院门以外，蔡妈妈接过骡泪洒衣裳。

哭孩子想丈夫心中堪伤，害得[10]我老婆子出门讨账。

低头走抬着看用目观看，见镇上人挨人闹闹嚷嚷[11]。

蔡妈妈下骡子拉着前进，不一阵来到了吕义铺中。

散吕义见蔡妈来到铺门，在心中把蔡妈怨恨几声。

蔡妈妈进药铺问声伙计，铺中的散掌柜可在家中。

小伙计叫妈妈里面请坐，我掌柜在里面尚未睡醒。

蔡妈妈进屋来拿眼一看，散吕义一个人躺在床上。

叫一声散掌柜生意兴隆，这几年未见你身体安宁？

散吕义慢悠悠翻身坐起，叫蔡妈你坐下何劳挂心。

散吕义叫伙计快快上茶，与蔡妈拾馍馍莫可消[12]停。

蔡妈说我不饿也不喝茶，我来此为的是索我债银。

这些年我家中无人前来，害得我老婆子实实难行。

有心来只觉得行走不便，若不来手头紧无法支用。

［1］ 客厅：原本都作"客庭"。

［2］ 直吓得：原本作"只吓的"。

［3］ 直：原本作"只"。

［4］ 形：原本作"行"。

［5］ 形：原本作"行"。

［6］ 账：原本作"帐"。

［7］ 账：原本作"帐"。

［8］ 边：原本作"便"。

［9］ 停：原本作"亭"。

［10］ 得：原本作"的"。

［11］ 嚷嚷：原本作"攘攘"。

［12］ 消：原本作"道"。

我家中若有个男儿顶门，也不由老婆子前来索银。

散吕义听一言开口便问，蔡妈妈说的话我怎不懂。

你家的小孩儿名唤中元，他今年已到了志学之年。

过几年家中事他就可管，你在家歇着身何必牵连。

蔡妈妈听一言伤心垂泪，叫吕义你莫要提我中元。

他得病只一天一命归阴，丢下我老婆子实在难心。

散吕义听得说心中思忖，老家伙小儿子一命归阴。

不若我今晚上将她[1]殉命，不还钱还能得骡子一尊。

假意儿劝蔡妈不必伤心，生和死这本是上天有定。

哭坏了你身子也是无用，死不了你还得自己活人。

今夜晚你就住我的家中，到明日我为你凑够债银。

中元死你家中再无别人，我不敢再欠你那笔债银。

若是我早知道你儿丧命，我早就将银子送你家中。

蔡妈妈听得说心中高兴，散吕义你真是仁义之人。

你若念老身我福[2]薄命穷，早些儿凑银子我好回程。

不觉得就到了黄昏时分，散吕义忽然间计上心中。

叫蔡妈你就在此间安歇，明早晨兑银子不误起身。

蔡妈妈说骡子尚在门外，散吕义叫伙计拉进院中。

蔡妈妈刚准备解衣睡觉，忽然间闯进来一个女人。

这妇人本来是吕义嫂嫂，在家中淘了气来到此间。

那妇人掉着泪叫声叔叔，我家中那王八太过[3]气人。

我孩儿去游玩没有回来，他一天就将我打了三遍。

散吕义听一言气满胸中，谁管你那些个小小事情。

恨嘟嘟说了声你快回去，我这里房子少没处安身。

妇人说今夜晚在此一宿，到明日我再去找我孩童。

散吕义气恨恨没有言声，出门去睡到了自己房中。

蔡妈妈吕义嫂一炕睡下，她[4]二人互诉了心中苦情。

一夜过又到了红日东升，她[5]二人急忙忙穿戴起身。

吕义嫂起身后出门走了，蔡妈妈一个人等待分晓。

散吕义恨嫂子不该来到，搅了我昨晚的好事一桩。

这一嘴肥羊肉一定吃上，不能让蔡婆子活到世上。

[1] 她：原本作"他"。
[2] 福：原本作"富"。
[3] 过：原本作"得"。
[4] 她：原本作"他"。
[5] 她：原本作"他"。

又思想用甚计将其杀害，怕白天做[6]凶事被人看见。

思着来想着去有了主张，不由得一阵儿喜在心上。

趁早儿没有人送她归天，再迟了怕有人前来瞧见。

急忙将蔡妈妈叫到厨房，将蔡妈绑在了柱子以上。

将弓弦搭在了脖子当中，正要勒忽然间来了一人。

此人叫张驴儿前来讨饭，信步儿来到了药铺门前。

在门口站半日不见有人，抬高脚进院中四处搜寻。

忽听得那屋里传出声音，忽啦啦唶哧哧尽是怪声。

张驴儿上前去推开房门，散吕义拉绳子就要害人。

他一见张驴儿两眼大瞪，手拿着弓弦绳呆立不动。

张驴儿问一声你想干啥，大白天你竟敢杀害好人？

散吕义忙放下手中弓弦，陪着笑叫张哥我说你听。

张驴儿将蔡妈解下柱子，取掉她嘴里的一块手巾。

蔡妈妈得了命大放悲声，先谢过张驴儿救命恩人。

张驴儿问夫人尊姓大名，他因何要害你说来我听。

蔡妈妈将前情细说分明，叫恩人你是谁前来救人。

张驴儿叫蔡妈你是当听，提起来我家事实在丢人。

我名叫张驴儿家境贫困，每日里在大街讨饭为生。

我家中还有那老娘一个，饱一顿饥一顿苦度光阴。

张驴儿叫蔡妈你听我言，到县衙去告状去把冤伸。

散吕义欠你银反害你命，这样人黑心肝情理难容。

蔡妈妈张驴儿正在说话，散吕义请来了八个乡邻。

将蔡妈请在了房中坐下，张驴儿和众人一齐坐定。

叫蔡妈你今日不必担心，欠你银我今日如数还清。

今天事只怪我心术不正，我认错你切莫仇恨在心。

众乡邻都开口好言相劝，劝蔡妈你千万莫记心中。

他本是粗鲁人做事荒唐，将老人惊吓了极不应当，

你银子他今日分文不欠，叫吕义你快把银子拿来。

散吕义急忙将银子奉上，众乡邻帮蔡妈装到身上。

张驴儿在一旁端坐不动，见众人将蔡妈个个奉承。

散吕义转面来叫声张哥，我送你一串钱拿去使用。

过两日你再来称点米面，拿回家娘儿们暂度光阴。

我和你本来是哥儿弟兄，你手头没钱花言传一声。

散吕义将钱儿交于驴儿，蔡妈妈心着急就要起身。

[6] 做：原本作"作"。

散吕义急忙去拉来骡子，众乡邻送蔡妈出了大门。

张驴儿随众人亦出门来，散吕义众乡亲各自回程。

出门来蔡妈妈叫住驴儿，叫恩人我有话说于你听。

我看你母子们家无度用，莫若你住我家暂度光阴。

我家中无儿女老伴归阴，只有我一个人孤苦伶仃。

你母子到我家勤劳勤耕，我将你收螟蛉当作亲生。

张驴儿听一言满心欢喜，叫干妈你真是仁义之人。

到日后你若是百日归天，我母子就将你送到坟院[1]。

请僧道念经文超度亡灵，定叫你魂灵儿早登蓬瀛。

张驴儿去旁边唤来母亲，张妈妈骑在了骡子鞍心。

不一阵来到了蔡家门庭，窦娥女迎三人进了客厅。

黑骡子拉进院拴到槽上，饮了水添了草又回房中。

蔡妈妈将张妈让到座上，张驴儿在一旁亦坐椅上。

先是茶后是酒美味款待，拿来了新衣服二人换上。

人是马衣是鞍自古名言，张驴儿换新衣大不一般。

头戴[2]上公子巾身穿长衫，散花裤长筒靴甚是威严。

张妈妈换新衣大不相同，宛[3]然是富贵家太太尊容。

上身穿八团花褂子一领，下身着蓝绸裤细软铿明。

脚穿上压眉的绣花苏鞋，看上去年轻了十岁光景。

小窦娥急忙把饭菜端上，七个碟八个碗满室溢香。

请妈妈你三位快来用饭，他三人坐桌旁便把饭用。

吃饭毕窦娥问二位何人，却为何刚来时那样褴褛。

蔡妈妈未开言泪珠纷纷，便哭着把前情细说分明。

窦娥女听得说双目落泪，心感谢张驴儿救命之恩。

张妈妈问窦娥年方几春，你是这蔡家的什么亲人？

小窦娥听一言泪流满面，叫张妈听我的贫苦艰难。

我父亲娶我娘未过三载，生下我产后血一命归天。

丢下我父女俩[4]好不凄惨，又缺吃又少穿好不为难。

幸喜得那一年皇王开选，我父亲上京把功名求盼。

家丢下我一人无法立站，因此上托蔡妈将我照管。

张妈妈听得说泪流不断，张驴儿在一旁喜笑颜开。

先不说蔡妈家祸事连连，再表表上京的二位秀才。

窦秀才和贾涛住在客店，每日里用功夫不敢闲怠。

自古道识人面不识人心，谁料想那贾涛要骗银钱。

那一日贼贾涛装得斯文，假意儿把兄长叫了一声。

多日来咱两人刻苦攻读，今日里喝几盅愉悦心情。

窦秀才并不知奸人施计，遂同那贾涛弟开怀畅饮。

窦秀才直[5]喝得醺醺[6]大醉，那贾涛趁此机拿了银子。

叫小二你与我快开店门，我现在出门有重要事情。

店小二开了门贾涛出走，顺着个背巷子逃去无踪。

一趟到城外的十里店中，一个人在店中悄悄安身。

窦秀才酒醒了不见贾涛，心想着这贾弟哪里去了。

莫非见我醉了心情不好，上大街去买饭为我操劳。

窦秀才翻起身四下观看，却怎么不见了装银钱包。

急忙忙在屋里四处寻找，找不到想是否贾涛拿了。

出门来店门前碰上小二，问小二你可曾见了贾涛。

小二说他刚才开门上街，他手中提着个行李大包。

窦秀才听一言两眼大瞪，痴呆呆愣在了店门之中。

店小二问客官是何因情，难道说那人他不回店中？

窦秀才听一言心中思忖，这银子三十两俱已拿尽。

窦秀才回房中伤心啼[7]哭，店小二劝客官不必放声。

在街头慢慢找慢慢访问，找不到你哭死也是无用。

窦秀才只觉得落到难中，想起了小窦娥越发伤心。

不知道蔡妈妈怎样待她，她如今好与坏全不知情。

眼看着到仲秋科场就开，无银两却叫我怎样得行。

如若是不应试回家等待，错过了这一场又得三年。

没有钱买饭吃更没店钱，更没钱买用的笔墨纸砚。

窦秀才直哭得[8]泪流不断，店小二上前来将他相劝。

叫举子莫[9]要哭听我一言，你再哭难道能哭出钱来。

今日里我将你店钱算清，你是住还是走自己安排。

窦秀才叫小二你听我言，我手中无分文怎么安排？

实可恨贾涛贼坏了良心，灌醉我将银两全部偷尽。

[1] 院：原本作"苑"。

[2] 戴：原本作"带"。

[3] 宛：原本作"婉"。

[4] 俩：原本作"两"。

[5] 直：原本作"只"。

[6] 得醺醺：三字原本作"的凶凶"。

[7] 啼：原本作"涕"。

[8] 直哭得：原本作"只哭的"。

[9] 莫：原本作"没"。

店小二见窦公哭得[1]可怜，忙说道钱的事不必挂心。

到日后你有了钱再来还，我只是先把账[2]与你算清。

店小二将店账急忙拿来，一字字一项项记得分明。

你二人住店中二月有零，算银子总共是二两三分。

贾涛的住店银不用你管，也算是对你的一片诚心。

只要你在科场一举高中，我不怕你欠我几两店银。

窦秀才算了账走出店门，不知道今夜晚何处安身。

无奈何走在了土地庙中，一个人进庙中暂作栖身。

肚子饿心又烦泪如泉涌，到晚来卧地上冷冷清清。

却说窦秀才自从贾涛将银子骗去，每日啼哭不止。那日去街上转了一圈，没有讨上点吃的，腹中饥饿，回到庙中，抱头而睡，半夜来了位白发老爷爷，将窦秀才叫醒，说："你不要哭了，哭也无宜（益），你就在此地打莲花落度日，等仲秋皇王开科，你就得中，好好去吧！"正是：

老土地托罢梦忽尔去了，窦秀才惊醒来双目昏昏。

一思想眼前的光阴难熬，到哪[3]里去要饭哪里安身？

恨贾涛这个贼太过[4]无理，怎忍心将银两全部偷尽。

到今日有功名无法求取，有家乡无盘缠难以回程。

那点钱亦是那蔡妈周济，你不该全偷去遗害我身。

拿银子三十两本是小事，你只是害得我有命难存。

你等着皇榜上有了我名，那时节三千两给你也行。

窦秀才又哭到红日西坠，孤伶伶一个人睡在庙中。

心一酸又想起小女窦娥，不由得唱了曲十二离情。

【十二离情曲】

正月十五闹花灯呀！有王孙和公子乱乱纷纷，他们是逍遥自在睡起身呀，都来闹红灯。可怜我这书生，可怜我这书生呀，身在苦难中。

二月百草才发芽呀！农户人都收拾牛具犁铧，见那些买卖[5]客商倒潇[6]洒呀，他也有个家。我受这等孤单，我受这等孤单呀，眼中把泪洒。

[1] 得：原本作"的"。
[2] 账：原本都作"帐"。
[3] 哪：本句两个"哪"原本都作"那"。
[4] 过：原本作"得"。
[5] 买卖：原本作"卖买"。
[6] 潇：原本作"箫"。

三月清明乱上坟呀！不论他在乡间还是城中，家家人提纸去把祖先敬呀，偏我无孝心。暗地里的伤心，暗地里的伤心呀，何日转回程。

四月初八佛生诞呀！男女老少一个个去朝山，眼看着穿红挂绿女裙[7]钗呀，亚赛过天仙，我珠泪儿汪汪呀，珠泪儿汪汪呀，放下心头想。

五月端阳闹龙舟呀！家家人祭屈原又插杨柳，见人家夫妻双双多高兴呀，我心好难受。想起我的女儿，想起我的女儿呀！泪珠儿交流。

六月炎天热难当呀！哀怨的心思儿无人知道，盼的是皇王科场得高中呀，愁苦全没了。想起我的前程，想起我的前程呀，泪珠儿往下掉。

七月秋风阵阵凉呀！半途中结金兰将我害了，贾涛贼不该偷银子害我呀，无法上考场。再等下次开科，再等下次开科呀，好机会错过了。

八月仲秋月儿圆呀！我上京全凭的蔡妈相助，帮银子五十两我作盘缠呀，路上花费少。其余被贼窃去，其余被贼窃去呀，让人怒气满胸。

九月初九是重阳呀！想小女在家中不得相见，我只盼早些回乡得团圆呀，父女重相逢。尽享天伦之乐，尽享天伦之乐呀，我心才得安康。

十月孟姜送寒衣呀！窦天章直[8]哭得两泪悲痛。想父母想妻子思情难尽呀，她早入幽冥。想起我的妻子，想起我的妻子呀，何日才心安呀。

十一月梅花开放早呀！含冤的心思儿无人知道，但愿得进科场皇榜中了呀，心事就完了。我要抓住贼人，我要抓住贼人呀，这口恶气才消。

却说窦秀才哭了一夜，到了天明，起身出庙，不由泪洒胸襟，心想：我要到哪里去要饭呢？忽然想起白头老翁叫我去街上打莲花落，我羞羞惭惭，怎样开口。不觉来到街上，人来人往，好不热闹。于是他就跑到街上，羞得满面通红，开口唱道：

[7] 裙：原本作"裾"。
[8] 直：原本作"只"。

【莲花落调】

　　一街两巷善男女，叔叔婶婶并姑娘。

　　众位爷台[1]听我言，或钱或面给一点。

　　菜汤剩饭休喂狗，舍于穷人充饥寒。

　　众位父老听我言，我把身[2]事说一遍[3]。

　　应考来到京城中，住在客店倒安静。

　　谁知银子被人盗，无钱度用实难行。

　　身上衣服全卖尽，更无办法考功名。

　　身上无衣冷清清，肚里无食活不成。

　　众位父老发善心，给点米面不忘恩。

　　窦秀才土地庙受难三年，哪知道贾涛贼中了状元。

　　合该他到如今时来运转，这几日街上人另眼相看。

　　街坊人见花子哭得[4]可怜，给米的给面的络绎不断。

　　端菜的端汤的给于穷人，送饭的送馍的接踵而来。

　　每日里在街上唱歌讨饭，过几月攒下了几串铜钱。

　　窦秀才心儿里默默盘算，拿这钱买一点纸墨笔砚。

　　去街上卖文字换点盘缠，也胜过去街上唱莲花落。

　　主意定拿了钱大街去转，把纸墨和笔砚一应买全。

　　到次日去大街提笔卖文，街上人一见了围了一群。

　　这个说写得[5]好真乃绝笔，那个说这花子深通文字。

　　这个说你给我写封书信，那个说你给我写个财神。

　　这个说我请你到我家中，你与我写对联挂在客厅。

　　那一日来了个刘府家人，将秀才请到了他的府中。

　　窦秀才来在了刘家府中，有家人让在了客厅之中。

　　喝毕茶有家人禀与老爷，在街头请来了斯文之人。

　　刘老爷听一言心中欢喜，急忙叫窦秀才来到书房。

　　窦秀才来到了书房之中，见一位老太爷坐在上边。

　　走上前称老爷忙施一礼，问老爷叫小的有何指点。

　　刘老爷用双目观看分明，这书生他长得倒也聪明。

　　刘老爷思想他貌才虽好，但不知这书生文才多深。

　　刘老爷叫秀才一旁坐定，请你来要为我写篇轴文。

　　有家人将酒菜忙忙端上，窦秀才谢老爷坐到席上。

　　左三杯右四杯杯杯饮尽，窦秀才喝醉了昏昏沉沉。

　　刘老爷见秀才[6]喝酒醉了，叫家人扶着他好好睡觉。

　　睡一觉惊醒来大吃一惊，我如何睡在了此庭之中。

　　急忙忙起了身来到客厅，叫老爷原谅我一时失礼。

　　刘老爷说学生不必害怕，睡一阵酒醒了再去作文。

　　窦秀才听一言感激不尽，说大人我这就去写轴文。

　　有家人将笔砚摆上文案，窦秀才上前来提笔写文。

　　一会儿将轴文书写完毕，刘老爷一见了喜在心中。

　　叫公子你家住哪州哪县，甚名讳你与我说个分明。

　　窦秀才叫大人你且请听，我身世[7]说起来不堪听闻。

　　家住在山东省林平小县，我名叫窦天章孤身一人。

　　上无父下无母又无兄弟，妻早丧家只有窦娥小女。

　　皇王爷开科选贴出榜文，我一心进京来求取功名。

　　家贫穷无盘缠向人求借，借了银五十两来上京城。

　　半路上遇一人名唤贾涛，他也是黉门中一位书生。

　　我和他甚相宜结为金兰，到京城同住在客店之中。

　　谁知那贾涛贼良心丧尽，将银子全盗去不留分文。

　　害得[8]我窦天章没有度用，每日里在街上讨饭为生。

　　自那日在街头提笔卖文，贵府的家人们将我叫来。

　　刘老爷他本是朝廷天官，听一言不觉得心中欢喜。

　　叫家人在客厅摆上酒筵，我要同窦公子仔细交谈。

　　酒筵上刘天官有心提问，他要试窦秀才学问深浅。

　　讲五经论四书天文地理，窦秀才无一不滔滔而言。

　　刘天官见秀才对答如流，不由得老大人心中喜爱。

　　刘大人有一女年方二八，名银平在绣[9]楼尚未许人。

　　刘大人见秀才才华出众，有心把银平女许配他身。

　　因不知老夫人从与不从，因此上去上房将话说明。

　　夫人见刘老爷回到上房，问老爷你来此有何事情。

　　老爷说客厅中有位秀才，人品好相貌端颇有学问。

　　他与我写轴文一挥而就，论学识讲诗文才华出众。

　　像这等饱学者人才难得，我欲将银平女许他成婚。

[1] 台：原本作"太"。

[2] 身：原本作"生"。

[3] 遍：原本作"边"。

[4] 得：原本作"的"。

[5] 得：原本作"的"。

[6] 秀才：原本作"窦人"。

[7] 身世：原本作"生事"。

[8] 得：原本作"的"。

[9] 绣：原本作"秀"。

刘夫人听一言自然高兴，叫老爷你说行我即[1]放心。

刘老爷叫夫人前去客厅，你看看那公子行也不行。

老两口来到了客厅之中，窦秀才忙站立深鞠一躬。

刘夫人坐在了客厅当中，叫相公你坐下莫[2]要打躬。

刘老爷坐一旁开言说道，窦相公你坐下我有事情。

我家中有一女年方二八，名银平到如今尚未许人。

我有意将女儿许配与你，不知你对此事从也不从。

窦秀才听一言心中暗喜，口却说这件事不能应允。

只因为我家中一贫如洗，怎能叫小姐她[3]跟我受贫。

刘太太叫相公莫要推辞，你说的那句话没有道理。

我不嫌你贫穷家如水洗，就看你男子汉有无志气。

宦官家公子们纨绔子弟，贪玩耍不用功少有学识。

刘老爷叫公子你听我说，为人的谁没个七贫七富[4]。

富里生富里长养成任性，有志者受贫苦方能成器。

把亲事你暂且应允在身，到仲秋科考毕再完花烛。

现在起在我家攻读诗书，争取你上科场高中第一。

窦秀才听二老说得[5]实在，于是将婚姻事应在身边。

走上前双膝跪口头称谢，谢岳父谢岳母恩重如山。

刘老爷见公子允了亲事，叫家人快摆酒摆筵贺喜。

有家童和小子个个高兴，小丫环和梅香人人欢喜。

一家人陪秀才开怀畅饮，到半夜席方散各自安眠。

到次日窦秀才清早起身，梳洗毕去书房攻读诗文。

小丫环来到了绣[6]楼之中，我有言叫姑娘你是当听。

昨日里客厅里来个相公，会咏诗会作赋文才出众。

人品好相貌端甚是聪明，我老爷将小姐许配他身。

银平女听一言半疑半信，叫奴才你不要胡言乱语。

丫环说这件事确然当真，我怎敢[7]说胡话欺骗与你。

姑娘问那公子高名上[8]姓，在哪州并哪县哪庄哪村？

丫环说他家住山东之地，林平县分阳村有他家门。

他名叫窦天章上京科考，客店中让贼人银两偷尽。

无奈何在大街提笔卖文，我家人看见了请到家中。

客厅中写轴文一挥而成，同老爷论文章通达分明。

老爷是爱才人心中喜欢，急忙忙请太太去看相公。

老太太见相公喜在心中，老两口同商议许了婚姻。

银平女听得说心中思忖，好与坏我亲自看个分明。

小丫环看透了姑娘心事，今夜晚我领你去看郎君。

黄昏时她[9]二人走下楼庭，不声张悄悄地来到院中。

客厅中灯光亮满室生辉，她[10]二人在窗前悄悄立定。

银平女将室内细细观看，见一位美公子傍坐书案。

头戴[11]上公子巾身穿蓝衫，天庭满地阁圆鼻如悬胆。

这个人非吕布便是潘安，银平女不觉得[12]呆在窗外。

小丫环见姑娘如痴如呆，急忙忙催姑娘回上楼来。

暂放下窦秀才刘府攻书，回头将蔡妈妈再表一番。

蔡妈妈张妈妈倒也相安，只是那张驴儿心怀祸端。

那一日窦娥在厨房做[13]饭，张驴儿来到了厨房中间。

窦娥女目不斜行正立端，张驴儿见窦娥嬉皮笑脸。

叫一声窦小姐你听我言，我与你结一个美好姻缘。

小窦娥听一言怒气满面，骂一声张驴儿满口胡言。

你本是到蔡家逃难之人，大白天欺弱女太没德行。

只盼得我父亲一日高中，那时节老人家自然回程。

你与我快出去这里少来，从今后不准你死皮赖[14]脸。

张驴儿碰了钉急忙走开，这丫头嘴巴硬好不厉害。

叫丫头不要忙走着再看，你慢慢就知道我的手段。

张驴儿气咻咻回到房中，成天里没事干想坏主意。

这几日蔡妈妈身患重病，只觉得心发呕目眩头晕。

卧床上不起身茶饭不进，整日里昏沉沉两眼不睁。

小窦娥见蔡妈妈身染重病，直吓得[15]战兢兢泪珠滚滚。

叫妈妈你若有三长两短，丢下我小窦娥怎样活人。

哭爹爹上京去三年有整，不曾见书和信带回家中。

[1] 即：原本作"既"。
[2] 莫：原本作"没"。
[3] 她：原本作"他"。
[4] 七贫七富：原本作"七平七伏"。
[5] 得：原本作"的"。
[6] 绣：原本作"秀"。
[7] 敢：原本作"该"。
[8] 上：原本作"尚"。

[9] 她：原本作"他"。
[10] 她：原本作"他"。
[11] 戴：原本作"带"。
[12] 得：原本作"地"。
[13] 做：原本作"作"。
[14] 赖：原本作"烂"。
[15] 直吓得：原本作"只吓的"。

盼爹爹早一日回到家门，领着我小窦娥离开蔡门。

正哭着蔡妈妈醒了过来，见窦娥在身边泪流满面。

蔡妈妈叫窦娥不必啼[1]哭，我一心想喝点羊头肉汤。

张妈妈叫驴儿上街一趟，到街上买一些羊头肉汤。

张驴儿听一言来到街上，不由在心目中自己思量。

我今日把毒药下在肉中，把这个老东西送了性命。

她家中有金银由我使用，到那时不怕她[2]窦娥嘴硬。

思想着这毒药哪[3]里去找，我不免走一趟吕义家中。

张驴儿快步走用目观望，不一时来到了药铺门上。

张驴儿进药房用目观看，散吕义在炕上忙翻起来。

问张哥你不在家中享乐，你来在我药铺为的何情？

张驴儿叫吕义你是当听，今日里来找你有个事情。

我问你买一点砒霜要用，特请你帮个忙不忘你恩。

散吕义抬起头骂声坏种，你找那毒品药要害何人？

那时节我想把蔡婆送命，你把我狠狠地教训一顿。

今日你找毒药要害人命，我和你官府中说个分明。

张驴儿听一言急忙跪定，叫一声散老板你开天恩。

我也是谋害的蔡氏寡妇，她[4]家中有的是财产金银。

害死她那金银由我使用，到那时我和你三七分成。

先给你五两银你且使用，事成了我绝不亏待老兄。

散吕义见银子早已动心，叫张哥快起来慢慢商量。

我给你找砒霜拿去使用，事成后切[5]不可忘了交情。

张驴儿拿毒药来到大街，买了碗羊头汤急急回程。

张妈妈将肉汤接在手中，一进门蔡妈妈就觉头痛。

张妈妈将肉汤递给蔡妈，一股儿怪味道恶心头痛。

张妈妈叫蔡妈慢慢食用，多用些强身体病好起身。

病好了也免得全家操心，我母子也托你蔡妈福分[6]。

蔡妈说这肉汤我不能用，快将它端出去倒在院中。

张妈妈听一言心中思忖，这肉汤要倒掉实在可惜。

说蔡妈这肉汤不能倒掉，你不喝你让我将它喝了。

蔡妈说你想喝你就喝了，张妈妈端起碗将汤喝掉。

张驴儿见妈妈喝了肉汤，在一旁直[7]叫苦不敢言声。

不一阵张妈妈头晕目眩，口流血眼崩裂一命归天。

蔡妈妈见张妈死得[8]突然，问驴儿这肉汤哪里买来？

你母亲喝了汤一刻送命，这里面究竟是是何原因？

驴儿说这肉汤街上买来，不知道我妈妈得的啥病。

蔡妈妈和窦娥正在啼哭，张驴儿忽然间巧计上心。

我不免到衙门告她[9]一状，状告她蔡妈妈害我母亲。

主意定忙转身去到衙门，二差役衙门口两边站定。

走上前施一礼二位请听，我有冤要告状去见大人。

这锭银五两整二人使用，到日后事成了多谢你们。

二差人得银子叫声相公，跟我来到大堂去见大人。

张驴儿跟差人来到大堂，大老爷坐在了大堂之中。

张驴儿走上前双膝跪倒，叫老爷我有冤前来告状。

王老爷将来人仔细观看，告状人怎生得贼眉鼠眼。

张驴儿将银子急忙献上，大老爷为小人伸断冤枉。

我母亲在蔡家住了几日，忽然间今日里一命归阴。

我母亲在蔡家死得[10]不明，望老爷将此案断个分明。

王老爷叫人役听我命令，速快去提蔡氏前来审问。

二差役听命令即刻起身，不一阵来到了蔡氏门中。

叫蔡氏跟我走老爷有命，你害死张妈妈罪责难容。

蔡妈妈听一言吓走三魂，叫二位大老爷多多饶命。

叫二位大老爷你们想情，我一个妇人家怎能害人？

我丈夫去世早儿子丧命，丢下我一个人好不难心。

二差人喝一声闲话少说，谁管你丈夫死儿子丧命。

我只是听老爷奉命行事，去迟了老爷要责怪我们。

边[11]说着将蔡氏拉出门来，一个推一个拉来到衙门。

王老爷坐大堂大喝一声，你家住何地方什么姓名？

因何事害人命快快招认，也免得本老爷怒动大刑。

蔡妈妈跪大堂叫声大人，小女子在蔡门寡居一人。

家住在本县的分阳关中，小民我实不敢谋害人命。

---

[1] 啼：原本作"涕"。

[2] 她：原本作"他"。

[3] 哪：原本作"那"。

[4] 她：本句和下句两个"她"原本都作"他"。

[5] 切：原本作"且"。

[6] 福分：原本作"富份"。

[7] 直：原本作"只"。

[8] 得：原本作"的"。

[9] 她：本句和下句两个"她"原本都作"他"。

[10] 得：原本作"的"。

[11] 边：原本作"便"。

只因我近几日身体不适，想喝点羊头汤以解身困。

张驴儿上街去买来肉汤，我一闻发恶心不想食用。

我命他将肉汤倒在外边，又谁知张妈妈她[1]要食用。

张妈妈喝肉汤七窍流血，不一阵倒地上一命归阴。

这就是真实情老爷明断，小民我并没有一句虚言。

王老爷坐大堂一声喝断，不动刑贼婆子料你不招。

叫人役拿大板与我狠打，我看你贼婆子招也不招。

人役们将蔡妈拉倒在地，八十板打得她鲜血淋沥。

人役们叫老爷不能再打，这婆子已昏迷快要死了。

王老爷叫人役凉水喷上，醒过来定叫她画押招供。

有人役将水泼蔡妈身上，蔡妈妈醒过来痛苦难忍。

叫一声大老爷青天在上，害人事小民我一字不知。

王老爷因受贿不肯明断，叫人役动大刑逼她招供。

人役们将蔡妈打翻在地，双手上戴[2]拶子用力拉动。

指甲缝钉竹签疼痛难忍，直[3]痛得蔡妈妈满地打滚。

女人家受不过非刑拷打，再一次昏倒地人事不省[4]。

有人役禀老爷不能再打，若还打这婆子必死无疑。

王老爷听得说心中思忖，这婆子骨头硬不肯招认。

叫人役你将她暂且收监，过几日再审问让她招供。

人役们将蔡妈送入监牢，监禁子看一眼锁了牢门。

蔡妈妈在牢房半夜苏醒，浑身痛不能动大放悲声。

哭丈夫你怎知我受冤屈，哭我儿为娘的好不难心。

你父子有灵验来把我领，你领我到阴间去见阎君。

且不说蔡妈妈痛哭伤心，小窦娥在家中焦急痛心。

张驴儿来在了客厅以上，小窦娥上前来要问分明。

蔡妈妈去县衙一天有余，哪里住哪里吃何人照顾？

张驴儿把窦娥瞧了一眼，哪[5]管她[6]那些事与你何干？

蔡妈走我娘死再无别人，家留下我和她男女二人。

今夜晚我将她搂在怀中，我看她[7]这女子从也不从。

张驴儿自打着如意算盘，小窦娥早将他诡计看穿。

窦娥女做好饭提了一罐，悄悄儿出了门要去送饭。

不一阵来到了监门之外，叫一声监老爷你把门开。

监禁子听一言用目观看，见一个小女子跪在面前。

问丫头你来此有何事情，这地方是非地快快离开。

小窦娥叫爷爷我来送饭，请爷爷你开门放我进来。

监禁子听一言把眼一翻，叫丫头快离开莫要纠缠。

小窦娥听一言掏出银子，叫爷爷莫嫌少你把门开。

监禁子见银子心中欢喜，收银子将监门急忙打开。

窦娥女来在了监牢之中，监里面黑沉沉不见人影。

上前来喊一声妈妈何在，蔡妈妈尚昏迷无人答应。

窦娥女听声音摸索向前，跪着行来到了妈妈跟前。

把妈妈浑身儿摸了一遍，浑身上都是血皮开肉绽。

急忙忙把妈妈抱在怀里，叫一声亲妈妈你快醒来。

蔡妈妈昏迷中慢慢苏醒，问一声抱我的你是何人？

窦娥女哭啼啼泪流满面，叫妈妈小窦娥前来送饭。

蔡妈妈叫一声我的心肝，将窦娥紧紧地搂在怀中。

张妈妈突然死是何原因，大老爷动大刑逼我招供。

八十板打得我皮开肉绽，十指尖插竹签疼痛难忍。

我一时昏过去人事不省[8]，又不知甚原因送到牢中。

她[9]二人直哭得[10]血泪纷纷，铁石人一见了也会伤心。

窦娥女叫妈妈我有一言，我替你坐监牢受这酷刑。

蔡妈妈听一言心肠痛烂，叫我儿这件事万万不行。

窦娥说我年轻不懂事情，大老爷断此案我看分明。

你若是不招供他必不依，这案子就由我揽下招认。

她[11]二人正然间相互争论，监禁子催窦娥快出牢门。

窦娥女出监门心下思忖，到明日大堂上我去招供。

衙门口直[12]待到红日东升，大堂口击堂鼓咚咚连声。

王老爷传人役急忙升堂，有[13]人役击鼓人提上大堂。

窦娥女上堂来双膝跪定，叫老爷小女子要诉冤情。

[1] 她：原本作"他"。
[2] 戴：原本作"带"。
[3] 直：原本作"只"。
[4] 省：原本作"醒"。
[5] 哪：原本作"那"。
[6] 她：原本作"他"。
[7] 她：原本作"他"。

[8] 省：原本作"醒"。
[9] 她：原本作"他"。
[10] 直哭得：原本作"只哭的"。
[11] 她：原本作"他"。
[12] 直：原本作"只"。
[13] 有：原本作"由"。

王老爷问女子家住那里，姓什么叫什么有何冤情。

小窦娥哭一声老爷容禀，我的名叫窦娥分阳关人。

自幼儿娘去世家庭贫困，父上京我寄居蔡妈家中。

蔡妈家还住着两个闲人，他便是张驴儿和他母亲。

那一日蔡妈妈有了疾病，想喝点羊头汤以宽心神。

张驴儿上街去买来肉汤，蔡妈妈一见了头痛恶心。

蔡妈妈她[1]不喝张妈要喝，我一见张妈喝毒下碗中。

张妈妈喝肉汤七窍流血，不一时生气绝一命归阴。

窦娥女招罢供一旁跪定，叫老爷这便是事实真情。

王老爷听一言喜在心中，叫女子画了押收入监中。

人役们听吩咐不敢消[2]停，将手铐和脚镣与她戴[3]定。

将窦娥押在了监牢之中，蔡妈妈赶出门让她[4]回程。

蔡妈妈见窦娥进了监门，不由得肝肠裂大放悲声。

哭孩子年纪小怎受苦刑，冤枉案你为何随意招供。

监禁子叫婆子快快走开，这地方再没你任何相干。

窦娥女叫妈妈你回家中，这案子就由我一人担承。

这件事本来是冤案不明，我父回你向他细说分明。

叫我父告大状去把冤伸，定要把这案情落实归真。

我若等父亲回冤案得申，我就是命归阴也觉安心。

倘若是我父亲不能回来，也只好含冤屈无法了然。

我死后你将我尸首掩埋，父回来你与他指个地点。

窦娥女直哭得[5]泪洒衣衫，蔡妈妈只觉得心痛箭穿。

她[6]二人直哭得[7]难舍难分，监禁子催窦娥进了监门。

窦娥女进监牢天昏地暗，想父亲哭母亲实在可怜。

白天哭黑夜哭声声不断，直[8]哭得老天爷天昏地暗。

怨母亲你不该将儿生下，你怎知你的儿受这酷刑。

怨父亲你不该上京应试，你怎知你的儿进了火坑。

我若是有一个前兄后弟，他见我落难中会把冤申。

到如今谁与我送茶送饭，又有谁来搭救我的性命。

我的父能早来父女见面，来迟了相隔在阴阳之间。

不说这小窦娥哭得[9]伤心，现表那蔡妈妈回到家中。

蔡妈妈进门来仔细观看，大箱子小柜子俱各大开。

张妈妈死尸体还在房间，并不见张驴儿他在那边。

邻居们见蔡妈来到家院，一个个上前来看望问安。

蔡妈妈见邻居前来看望，不由得心肝碎悲声大放。

且不言蔡妈妈哭得[10]悲伤，再说那窦秀才怎上科场。

窦秀才刘府中苦攻诗文，仲秋节皇王爷开了科门。

大主考赵大人来到科场，九龙口竖[11]起了黄罗宝伞。

众举子一个个进场作文，赵大人命人役收来试卷。

窦秀才交了卷回到刘府，只盼着皇榜上标上名字。

直到那第三天红日东升，众举子去午门观看榜文。

三声炮响过后金榜高悬，午门上众举子争着观看。

第一名窦天章状元及第，第二名榜眼者太湖刘成。

第三名探花郎江南黄仁，二甲榜赐进士七十二名。

圣[12]天子降圣旨宫中传旨，三贵人宣进了京殿之中。

三贵人上金殿叩头谢恩，皇王爷将三位细观分明。

见三人貌堂堂气度不凡，问你们何籍贯是何姓名，

在家中有何人一一说清，为王的为你们好加封赠。

窦秀才跪金殿口称万岁，为臣我将家事说个分明。

家住在山东省林平小县，父母亲早年已病亡丧生。

娶[13]妻子康氏女三年丧命，家丢下小窦娥父女为命。

那一年万岁爷开了科场，为臣我想上京却无分文。

蔡妈家借纹银五十两整，小窦娥托蔡妈扶养照应。

在路上遇了个贾涛兄弟，谁知道这个人坏了良心。

客店中他将我银子偷去，害得[14]我无度用讨饭为生。

那一天在街上提笔卖文，刘天官请为臣书写轴文。

刘大人他将我留在府中，将他的小女儿许我为婚。

刘天官听一言急忙跪定，臣已将小女许状元为婚。

皇王爷听一言龙颜大悦，三日后即刻为状元完婚。

[1] 她：原本作"他"。
[2] 消：原本作"稍"。
[3] 她戴：原本作"他带"。
[4] 她：原本作"他"。
[5] 直哭得：原本作"只哭的"。
[6] 她：原本作"他"。
[7] 直哭得：原本作"只哭的"。
[8] 直：原本作"只"。

[9] 得：原本作"的"。
[10] 得：原本作"的"。
[11] 竖：原本作"树"。
[12] 圣：原本作"呈"。
[13] 娶：原本作"举"。
[14] 得：原本作"的"。

窦秀才叩一头谢主龙恩，有刘成和黄仁再报姓名。

圣天子听完后龙心大喜，从今起你三人夸官三日。

窦天章朕赐你朱红大轿，刘成绿黄仁蓝轿色不同。

每个人赐八面龙凤旌旗，有金瓜和斧钺朝[1]天宫灯。

他三人叩了头谢了龙恩，出金殿去夸官好不威风。

三顶轿红绿蓝前后排定，有人役和伴当[2]两边紧跟。

打旗的撑伞的一字摆开，啊欧[3]的喊道的前呼后拥。

大街上众百姓个个让路，放炮的打鼓的庆贺新喜。

且不说窦秀才京城夸官，再提起窦娥女南牢监中。

却说窦娥承当官司，划（画）了供状，押在狱中，每日啼哭不止。王知县早将公文呈送刑部，如今刑部公文已批，定于八月十五日处斩。蔡妈妈听说，连跪带爬来到刑场。只（直）哭的（得）死去活来，昏昏迷迷，等着处斩后领尸回去掩埋，不题。且说王大人受了张驴儿的贿赂，心想即早将窦娥处斩，[才]得死无对证，永不翻案。那日将窦娥提上堂来，验明正身，押赴刑场。窦娥说道："我有冤枉，不能处斩。"王知县说："你将毒药下在肉汤之中，害死人命，说你冤枉，难道人家就不冤枉吗？"窦娥说："我并未下毒害人。"王知县说："你已招认划（画）供，害死张妈妈是实，难道你要翻案不成？"窦娥说："人命大案，你不察实情，却行刑逼供。那时我见蔡妈妈受不了你的酷刑，才假意招供，代蔡妈妈受刑，换蔡妈妈出监，谁知你只信口供，铸成冤案……"王知县明知此案有冤，但又不能变更，只好大声说道："你满口胡言。"窦娥言道："大老爷不信，我发三件誓愿！第一件，在刑场挂起三丈白绫，杀我以后，血不下落而是血溅白绫。第二件，今天是六月六日，你若将我杀了，立即天降大雪，掩埋我的尸体。第三件，林平县大旱三年，庄稼枯死，颗粒不收。"王知县一听冲冲大怒，〔大〕叫人役将他（她）押上台来处斩。正是：

有人役将窦娥押上刑场，窦娥女昏沉沉不辨东西。

刽子手手持刀两边站定，等午时三刻到就要杀人。

蔡妈妈来到了刑场以内，哭哀哀来到了窦娥身边。

将祭物和烧纸摆在场内，哭我儿你死得[4]实在太冤。

有亲戚和邻居场外站立，男和女一个个泪流不断。

不觉得就到了午时三刻，监斩说时间到赶快处斩。

刽子手将钢刀往下一砍，轱辘辘头落地血往上翻。

这股血往上冲三丈多高，直冲到白绫上染红一片。

小窦娥头落地尸体不倒，王知县直吓得[5]目瞪口呆。

众乡邻进刑场慢慢祈祷，窦娥身缓缓地倒在尘埃。

忽然间天空中黑云滚滚，狂风吹大雪飘雷声隆隆。

一霎时将窦娥尸体覆盖，王知县直吓得[6]抖衣所颤[7]。

窦娥女临死前三桩誓愿，血溅绫六月雪三年大旱。

血溅绫六月雪两件应验，王知县心内怕不敢明言。

蔡妈妈拿来了芦席一张，众乡亲抬窦娥前去掩埋。

且不说窦娥女死得[8]奇冤，再把那窦秀才说上一番。

三贵人夸罢官来到金殿，万岁爷叫他们后宫游玩。

皇娘娘出宫来手托金花，将金花插在了三人头上。

三贵人谢了恩来到金殿，万岁说你三人细听我言。

窦状元明日里即可完婚，完婚后回家乡祭奠祖宗。

祭罢祖你三人速速回京，那时节与你等受职封官。

窦状元跪金殿口称万岁，叩一首称万岁臣有一言。

那贾涛盗去了我的银两，我将他访着了以律惩办。

万岁说窦状元朕准你本，这件事就由你自己查[9]办。

窦状元出金殿回到刘府，刘府的众人等迎出府来。

刘天官见状元回到府中，不由得笑在脸喜在心间。

叫家人急忙把院落打扫，各庭房满院落张灯结彩。

赵丞相王御史前来贺喜，李太师严尚书送来贺礼。

不一阵众公卿个个都到，新状元拜喜事人人皆喜。

行罢了拜堂礼进入洞房，众客人一个个让到席上。

有山珍有海味金鼓玉馔，金樽飞玉箸响美酒飘香。

猜拳的行令的笑声不断，丫环来院子去热闹非常。

[4] 得：原本作"的"。

[5] 直吓得：原本作"只吓的"。

[6] 直吓得：原本作"只吓的"。

[7] 抖衣所颤：发抖；颤抖。

[8] 得：原本作"的"。

[9] 查：原本作"察"。

[1] 朝：原本作"超"。

[2] 伴当：同伴；伙伴。原本作"班当"。

[3] 啊欧：呼喊；叫喊。欧：原文写作"嘔"。

结罢亲待罢客诸事安静，窦状元要寻找贾涛贼人。

有家人刘富说状元你听，前一科新状元名叫贾涛。

官封为布政使[1]云南上任，这个人状元你可曾知晓。

这个人这几日正在京城，你将他请过来便有分晓。

窦状元听一言心中思忖，遂吩咐人役们去将他请。

若不是我与他联络情意，要是那贾涛贼我不容情。

当时就写了个红色请帖[2]，叫刘富就烦你亲自去请。

那刘富拿请帖不敢消[3]停，不一阵来到了贾府前门。

见一个小老头门前站立，上前来叫老人向里传禀。

我本是刘天官府中之人，窦状元差我来请你主人。

小老儿进府中将话禀告，贾老爷听一言出门相迎。

有刘富将请帖呈于桌上，那贾涛看一眼胆颤心惊。

那贾涛拿请帖心中思忖，是不是拜弟兄那个窦生。

他手中拿请帖心中不定，那刘富催大人快点动身。

那贾涛见刘富催得[4]要紧，硬着心放开胆起身而行。

命人役抬轿子我去刘府，前有拥后有围甚是威风。

不一阵来到了刘府门上，窦状元命人役让在客厅。

窦状元来到了客厅之中，那贾涛一见面心不安宁。

窦状元说这人哪里见过，那贾涛听一言浑身激灵。

急忙忙跪倒地口称大人，望兄长宽恕我不义不仁。

那时节我不该偷你银钱，今日里我为你道歉赔情。

窦状元听一言怒气填胸，骂了声无义的贾涛贼人。

贾涛说念兄弟结拜之情，你饶我这一次永不忘恩。

窦生说有什么兄弟之情，你把我坑害得[5]险些丧命。

这件事我已经奏明皇上，怎处置我和你当殿面君。

当时下和贾涛来到金殿，请万岁降圣旨惩治此人。

皇王爷见金殿前科状元，问爱卿你访着何人偷银？

那贾涛跪金殿连连叩头，偷银人是罪臣万岁留情。

皇王爷听一言勃[6]然大怒，骂贾涛太无耻天良丧尽。

我若是不念你状元出身，今日个问你个大辟[7]之刑。

叫常随写圣旨传与[8]丞相，由丞相按律条问罪定刑。

赵相爷接圣旨山呼万岁，却原来要查处前科状元。

赵相爷将贾涛叫上堂来，怒冲冲将贾涛大骂一番。

我有心将你罪处以斩刑，你家中有老母无人照管。

也只好留你命革[9]职为民，撤掉你布政使[10]回家务农。

赵相爷办完案金殿交旨，窦状元回刘府料理回乡。

那贾涛哭啼啼来到府中，搬母亲回老家自去耕种。

且不讲窦状元料理回乡，再表表窦娥女死在刑场。

窦娥女归阴司冤魂不散，魂灵儿想父亲不能相见。

阴灵儿荡悠悠四处游转，她一心找父亲替她申冤。

驾阴风来到了东京城中，进不了刘府门街上游转。

那一日来到了城隍庙中，与城隍诉冤情请求申冤。

城隍爷命小鬼领着她去，刘府门有门神不敢近[11]前。

窦娥女向门神苦诉冤情，那门神才放开窦娥进门。

窦状元与夫[12]人床上安睡，梦见一小女子进入室内。

进门来双膝跪讲述冤情，只见她浑身上鲜血淋淋。

叫父亲我并非妖魔鬼怪，我是你窦娥女前来诉冤。

自从你上京城三年有余，蔡妈妈中元儿命丧黄泉。

窦娥女哭泣泣细说冤情，一句句一字字血泪纷纷。

叫父亲我说的都是真情，望父亲你与我报仇雪恨。

父亲你身荣贵儿今丧命，这冤仇若不申儿不甘心。

诉罢冤出门去一股轻风，窦状元惊醒来一场恶梦。

窦状元哭孩子死得可怜，银平女一听说也觉伤心。

实想说我高中同享富贵，谁知她含着冤一命归阴。

有家童和人役不知情由，状元哭一个个不敢言声。

急忙忙来到了上房之中，禀老爷和太太二位请听。

窦状元和姑娘大动哭声，不知道他们哭所为何情。

刘天官和太太急忙起身，来到了小房中问个原因。

问二人为何事这样伤心，是不是小两[13]口闹了纠纷。

窦状元叫老爷我说你听，我女儿被人害丧了性命。

［1］ 使：原本作"史"。
［2］ 请帖：原本都作"请贴"。
［3］ 消：原本作"道"。
［4］ 得：原本作"的"。
［5］ 得：原本作"的"。
［6］ 勃：原本作"悖"。
［7］ 辟：原本作"劈"。

［8］ 与：原本作"于"。
［9］ 革：原本作"割"。
［10］ 使：原本作"史"。
［11］ 近：原本作"进"。
［12］ 夫：原本作"妇"。
［13］ 两：原本作"俩"。

适才间阴魂来与我托梦，我妻子在床睡也听分明。

刘天官听一言嗟叹几声，叫贤婿快跟我上殿奏本。

他父婿来到了金銮殿门，将金钟和玉磬敲击三通。

天子闻金钟响急忙登殿，众文武朝拜毕两边站定。

刘天官父婿俩上前奏本，林平县王知县诬害人命。

通贼人受贿赂制造冤案，无故地将窦娥判了斩刑。

皇天子叫一声窦氏状元，这件事就由你查[1]办执行。

我将权交与你依律行事，布政司按[2]察司一并协同[3]。

有王法和律条条条看清，切不可违律法枉杀好人。

刘天官父婿俩[4]叩头谢恩，回府中窦状元急忙起身。

一路上急忙忙晓行夜宿，那一日来到了林平县城。

啊欧的喝道的前呼后拥，骑马的坐轿的居中而行。

百姓们不知道哪[5]方大官，王知县也不知来了何人。

卫兵们进了城四门把定，进出的一个个盘查细问。

旦[6]若是衙中人尽皆扣留，散吕义张驴儿不准放行。

窦状元来到了知县衙门，将知县绑柱上等待审问。

命人役乡间去抓张驴儿，再去抓散吕义不可消[7]停。

人役们来到了分阳关镇，散吕义还在他药铺之中。

四人役进门来问了姓名，就将那散吕义用绳绑定。

吕义说你们来为何绑人，我犯的什么罪说个分明。

差役说绑了你去见大人，到时节你自然不问自明。

张驴儿找在了酒店之中，人役们上前去绳加脖颈[8]。

张驴儿问人役为何抓我，人役说你的事何必问人。

众人役将二贼押回府衙，禀老爷二贼到请你问审。

窦状元听一言坐于大堂，气恨恨喝一声带上犯人。

人役将王知县提上堂来，王知县不服气反来发问。

叫大人我本是七品县令，你绑我为的是什么事情？

窦状元听一言气冲斗牛，骂狗官死临头敢来反问。

窦娥女小孩子身犯何法，我问你为什么问她斩刑？

王知县听一言巧言诡辩，这案子有供状又有对证。

张驴儿状告他母亲丧命，是窦娥下毒药害他母亲。

将窦娥提上堂审问一遍，窦娥她没推托招了口供。

供状上画[9]了押刑部批准，八月的仲秋节已[10]赴斩刑。

这案子本县我审得[11]分明，叫大人你绑我于理不通。

窦状元听一言怒气满胸，叫狗官你不必自作聪明。

张驴儿母亲死喝了肉汤，究竟谁把毒药放在碗中？

为什么他给你五百纹[12]银？他叫你杀蔡妈是何用心？

你身为父母官为民除害，为什么不查个后果前因？

你每年拿俸[13]银九百余两，你为何贪贿赂诬害人命？

直[14]问得王知县无言答对，低下头跪在了大堂之中。

求大人你就饶下官一命，从今后再不敢贪贿害命。

状元说死到头还想做官，你做官众百姓遭了涂炭。

叫人役将狗官押在下面，再将那张驴儿提上堂来。

张驴儿上堂来吓掉三魂，战兢兢立一旁不敢出声。

窦状元问驴儿为啥害人，为什么送知县五百白银？

你母亲怎样死如实招供，肉汤中你下的什么毒品？

你若是说实话不动大刑，若有那半句假法不容情。

张驴儿叫老爷切莫动刑，送知县五百银这是实情。

肉汤内我放了砒霜五钱，蔡妈死将窦娥霸占成亲。

谁知那蔡妈她不喝肉汤，我的娘喝肉汤丧了性命。

窦状元叫驴儿将话说完，那砒霜是你从何处买来？

张驴儿叫老爷你是当听，那毒药买自散吕义铺中。

又讲了散吕义图财害命，欠银子不还账[15]要杀蔡妈。

我救了蔡妈命蔡妈感恩，她[16]将我母子俩收养家中。

窦状元听一言怒气不尽，骂一声张驴儿良心丧尽。

叫人役押下去听候再审，散吕义押上堂问个分明。

散吕义上堂来急忙跪定，心想着抓我来有何事情。

---

[1] 查：原本作"察"。
[2] 按：原本作"安"。
[3] 同：原本作"通"。
[4] 俩：原本作"两"。
[5] 哪：原本作"那"。
[6] 旦：原本作"但"。
[7] 消：原本作"稍"。
[8] 颈：原本作"胫"。

[9] 画：原本作"划"。
[10] 已：原本作"以"。
[11] 得：原本作"的"。
[12] 纹：原本作"文"。
[13] 俸：原本作"奉"。
[14] 直：原本作"只"。
[15] 账：原本作"帐"。
[16] 她：原本作"他"。

窦状元叫吕义你是当听，为什么害蔡妈赶[1]实招供。

你为何给驴儿铜钱一串？张驴儿他买过什么药品？

散吕义听得问心中思忖，这件事干系大不能招认。

蔡妈妈到我家讨账是真，我如数还了银未害她命。

我又见张驴儿穷得[2]可怜，给铜钱为救他母子性命。

窦状元骂贼人你不招供，割了舌还要挖你的眼睛。

叫人役你与我大刑侍候，不动刑这贼人不肯招承。

大堂口栽上了柱子一根，将贼[3]人绑在了柱子以上。

将铁锨烧红了踩在脚下，将犁铧烧红了戴在头顶。

将铁绳烧红了缠在腰里，我看你这贼[4]人招不招供。

散吕义听一言吓掉三魂，叫老爷勿动刑我愿招供。

蔡妈妈那一日来要银子，骑着个黑骡子甚是攒[5]劲。

我一见黑骡子见财起意，就将那蔡妈妈绑在房中。

正然间拿绳勒送她性命，谁知道张驴儿偏巧来临。

我一见有人来不敢再动，放回了蔡妈妈还了金银。

到后来张驴儿前来找我，他说是找毒药自己有用。

当时下给了我五两白银，我给他砒霜石剧[6]毒药品。

窦状元命人役供状画[7]押，将犯人全关在监牢之中。

却说窦状元将案审明，问布案（按）二司大人该如何处置？二大人言道："按大明律法王知县该骑木驴处死，张驴儿游街后斩首，散吕义杀头了事。窦状元以（依）律照办，当晚写好了亡命旗子，又写了告示。次日升堂判罪，将三个人犯押解街头游行。正是：

王知县骑木驴来到街心，敲破锣打破鼓慢慢走动。

这就是贪金银卖法害人，真然是人容情天不容人。

心善人见贪官大瞪眼睛，心歹人割一刀血水淋淋。

张驴儿拉在了大街以上，游四街串八巷来在街心。

散吕义也押在街心当中，刽子手鬼头刀等候命令。

监斩官喝一声时刻已到，张驴儿散吕义一命归阴。

将案犯处斩毕状元回府，众百姓设香案跪在埃尘。

都说是皇王爷有道之君，又感谢新状元除了奸佞。

窦状元带人役来到蔡门，蔡妈妈直[8]吓得战战兢兢。

窦状元下轿来深鞠一躬，叫妈妈你莫怕我是窦生。

蔡妈妈听得说呆了半天，她不是不敢认两眼大瞪。

窦状元走上前扶定老人，说我是窦秀才今日回程。

蔡妈妈听得说秀才回来，不由得心伤惨泪珠滚滚。

叫我儿你为何今日才来，可怜把小窦娥一命归阴。

你若是早些来救她性命，也免得小冤家死入幽冥。

窦状元听一言大放悲声，我怎知家中出此等事情。

他二人直哭得[9]地暗[10]天昏，人役们上前来解劝二人。

事已完窦状元打点起身，他要带蔡妈妈一同进京。

蔡妈妈听得说自然高兴，收拾好跟状元一并同行。

窦状元那一日来到京城，众文武在城外迎接贵人。

到次日早朝时天子登殿，满朝的文武臣前来朝拜。

窦状元上前来叩头交旨，天子将查案事问得仔细。

状元说将案情一一查明，将三个犯罪人均问斩刑。

林平县众百姓个个高兴，摆香案遥拜你有道明君。

万岁爷听一言龙颜大悦，今日个我为你状元加封。

朕封你内阁的翰林学士，翰林院你与朕著书作文。

赐白银五千两建立家庭，再赐你宫娥女一十二人。

蔡陈氏封她个贤德夫人，能济贫能帮人良民百姓。

朕赐她[11]两千银自己使用，再赐她十二人供她使用。

窦娥女死得[12]屈冤鬼孤魂，朕封她为一品贤德夫人。

赐金银一千两掩埋所用，她坟前立牌坊勿断香灯。

窦状元蔡妈妈叩头谢恩，皇天子退了朝文武散尽。

这就是窦娥冤故事一段，又名叫六月雪古今奇冤。

选自： 何登焕主编：《永昌宝卷》（下），永昌县文化局 2003 年编印本［准印证号：甘出准 016 字总 0156 号（2003）015 号］，第 876—908 页。

---

[1] 赶：原本作"该"。

[2] 得：原本作"的"。

[3] 贼：原本作"贱"。

[4] 贼：原本作"贱"。

[5] 攒：原本作"在"。

[6] 剧：原本作"巨"。

[7] 画：原本作"划"。

[8] 直：原本作"只"。

[9] 直哭得：原本作"只哭的"。

[10] 暗：原本作"哀"。

[11] 她：原本作"他"。

[12] 得：原本作"的"。

6

汗
衫
宝
卷

汗衫宝卷才展开，观音菩萨表名来。

天龙八部生欢喜，念卷之人永无灾。

正月元旦是新年，风调雨顺国泰[1]安。

太平天子朝元日，龙天八部众神欢。

善男信女坐两边，不可交头都喧谎。

小心佛[2]灯仔细念，一字一行是真传。

却说这一本因果宝卷出在嘉庆年间，南京城马巷口有一员外，姓张，名叫张金，号名叫个金狮子。夫人[3]刘氏，所生一子名叫张孝英，娶妻李鹅玉。有个丫鬟[4]名叫珍儿，有个家人名叫兴儿。家财万贯[5]，张员外夫妻二人好善念佛。一日来在门外闲游，天气寒冷，大雪纷纷，忽然间来了一个贫人，身上的衣服褴褛[6]，员外望着[7]甚是

[1] 泰：抄本写作"太"。
[2] "佛"字抄本空缺，根据河西宝卷活态念卷情况订补。
[3] 夫人：抄本都作"妇人"。
[4] 丫鬟：抄本都作"妖"。
[5] 贯：抄本都作"广"。
[6] 褴褛：抄本写作"烂累"。
[7] 着：助词"着"抄本都作"者"。

可怜。正是：

　　善人遇着[8]一恶人，不知后来有灾星。

　　张员外在门前行步前游，十一月数九[9]天大雪纷纷。

　　东北上见一个贫人游浪[10]，身无衣冻得他浑身打战。

　　见员外走上前深[11]施一礼，叫爷爷可怜见救我残生[12]。

　　张员外开言问家住哪里，姓什么[13]叫何名说来我听。

　　有父母无父母弟兄几个？为什么冷天气来在此中。

　　陈虎说我的家安山居住，无父母无兄弟独自一人。

　　我家中无有那度用[14]米面，我来在大街上讨饭为生[15]。

　　员外说你讨要不是好事，我有话不知你从[16]也不从？

　　若不然到我家与[17]儿做[18]伴，书房内学一个小小书童。

　　有陈虎听一言叩头礼拜，我情愿与相公磨墨为生。

　　张孝英一见他喜之不尽，叫父母儿和他八拜弟兄。

　　张员外听得[19]说忙忙拉起，领进府换衣服书房安身。

　　员外说拜弟兄世上常理[20]，你二人拈香拜我才放心。

　　他二人在堂前焚香礼拜，跪埃尘陈虎他又把誓明。

　　陈虎说我若是有了假意，到后来钢[21]刀下送我残生。

　　张孝英叫陈虎不可胡说，谁叫你今日个[22]又把誓明？

　　他二人拜弟兄欢天喜地，兄爱弟弟爱兄就如亲生。

[8] 遇着：遇到。着：zhuó。遇上。遇着、着气的"着"抄本都作"过"。
[9] 数九：抄本都作"伏九"。
[10] 游浪：闲游；闲逛。
[11] 深：抄本写作"身"。
[12] 残生：抄本都作"残身"。
[13] 什么：抄本都作"甚莫"。
[14] 度用：生活所需。
[15] 生：抄本写作"身"。
[16] 从：本句两个"从"抄本都作"存"。
[17] 与：给；给与。
[18] 做：抄本写作"作"。
[19] 得：听得、不由得的"得"抄本都作"的"。
[20] 理：抄本写作"礼"。
[21] 钢：抄本都作"刚"。
[22] 今日个：今天。

家中的大小人一齐拜过，陈虎说我要拜嫂嫂之身。

这陈虎一见那鹅玉小姐，赛天仙又聪明好个佳人。

我若得此女子作了夫妻，也不枉[1]活一场世上之人。

陈贼起了不良心，看上小姐害孝英。

倘若害死他一家，金银万贯有我份[2]。

却说陈虎见鹅玉小姐，行礼一毕，谋占小姐的心思一定了，这时且不必忙，等后日[3]再作料理[4]，不题。张员外自从收下陈虎，一家人口甚是欢心，那陈虎常怀不良之心。不觉又到夏也天气[5]，张员外父子们在门外乘凉，看见一人枷锁缠身，有两个公差押送过来，遇着员外。张员外心中自思天气炎热，说："此人代（戴）着刑法怎么[6]行走？"上前便问："这汉子身犯何罪，受这王法[7]？你望[8]我说。"尚义抬头观看，高声大叫："说起我的罪来，你也害怕。你听我说。"

人若作善心，王法怎临身？

这罪人开言说员外你听，我的名叫尚义好打不[9]平。

那一日从一家门前所过，见一人行的事甚是[10]欺人。

见人家一女子生得美貌，他就要起奸心霸占女身。

那女子是烈女心如铁石，他举[11]刀杀女子一命归阴。

我见了不平事将他打死，有公差拿住我送到堂中。

二人命问到了我的身上，问了罪就把我发落充军。

张员外听得说心中嗟叹，此人的这件事甚是亏心。

员外说你这人世上少有，我送你五十两雪花白银。

一锭[12]银忙递于[13]尚义手中，到那里罪满了莫要胡行。

[1] 枉：抄本写作"说"。
[2] 份：抄本写作"分"。
[3] 后日：日后。
[4] 料理：安排；处理。
[5] 夏也天气：夏天。
[6] 怎么：抄本都作"怎莫"。
[7] 王法：刑法。
[8] 望：向。
[9] 不：抄本写作"步"。
[10] 是：抄本写作"事"。
[11] 举：抄本写作"筌"。
[12] 锭：抄本写作"顶"。
[13] 于：抄本写作"与"。

叫兴儿把罪人枷锁抬[14]住，张孝英也抬住歇歇他身。

尚义说老员外高名上姓[15]？我若是得活命好报你恩。

员外说这也是你的好心，有何恩你来报我无名姓。

尚义说无名财我也不要，我的心好不好是我自行。

有兴儿上前来叫声尚义，这是我主人的一点好心。

我主人金狮子人人都知，张员外说兴儿无志家人。

又听打[16]高楼上大娘便叫，叫兴儿你前来听我原因。

这金钗你拿去送与尚义，我听得他言语是个好人。

有兴儿把金钗递与尚义，这是我大娘送随带[17]你身。

尚义说你大娘名叫什么？问下名我日后好谢她恩。

兴儿说大娘叫鹅玉小姐，这就是我大叔名叫孝英。

兴儿把一家人细说一遍[18]，有尚义听分明牢记心中。

有员外叫兴儿胡言乱语，那兴儿与尚义说个分明。

有陈虎上前来怒气冲冲，把尚义一锭[19]银夺在手中。

我家里这银子也不容易，为什么白白地就与他人。

有兴儿上前来夺将过来，张员外说陈虎大胆欺人，

在我家你怎么不尊上下！陈虎说我也有霸家之心。

有兴儿把原银递与尚义，叫尚义他本是一个家人，

他的名叫陈虎你莫见怪，是主人收下的一个儿童。

有尚义抬起头用目观看，我有命不杀你誓[20]不为人！

有陈虎在一傍[21]长咽[22]短气，尚义说好人遇不良之人。

心思想扭回头往前所走，张员外和兴儿转回家中。

却说员外一家都说尚义是个好人，尚义也念员外一家的好处，怎么遇着这个贼子？陈虎贼子面带凶形，张员外一家日后定散[23]在陈虎手中，不题。尚义走在中途，路上两个公差便说："尚义，你是一个好人，我们放你逃命

[14] 抬：抄本写作"胎"。
[15] 上姓：问人姓氏的敬词，犹言贵姓。上：抄本写作"善"。
[16] 打：从。抄本写作"达"。
[17] 带：抄本都作"代"。
[18] 一遍：抄本都作"一边"。
[19] 锭：抄本写作"顶"。
[20] 誓：抄本写作"是"。
[21] 傍：同"旁"。
[22] 咽：抄本写作"叶"。
[23] 散：失散。

去吧，我二人也不回家去了。"尚义听说，急忙叩拜，辞别公差，落荒归山，来朱嘴山招兵聚将去了。再说张孝英的妻子身怀有孕，一十三月不能生养，张孝英每日忧愁。那日陈虎在书房，见孝英口不能言，说："哥哥，我今和你外边闲游一回。"张孝英说："你游去吧，你不必缠我。"陈虎说："相（想）来[1]是我吃的你的饭多了，你今烦恼与（于）我。你叫我走，我就走，有什么丢不下的？"张孝英笑着说："陈弟，我今心上有事，你怎么说出这些话来了？"陈虎听说，心中大喜，说："哥哥有何事情，怎么不与我说？"张孝英说："你家嫂嫂身怀有孕，一十三月不能生养，叫我无有主意。今将老弟得罪，千万莫怪。"陈虎听说："既有这事，何不早说？"便叫哥哥："安山有座神庙，甚是灵应，若是家嫂前去焚香，就生下了。"张孝英听说："既然如此，我说与父母知道。"陈虎说："这是个还愿事，与父母无干。那神说破就不灵了。我说你夫妻前去，几日就回来了。"孝英听说："既然如此，我与小姐说知，好收拾油蜡香表。"领了兴儿、珍儿，吉日起身就走了。正是：

夫妻上了陈虎当[2]，不知何日才团圆。

张孝英夫妻们安山还愿，领兴儿说珍儿就要前行。
这陈虎领他们来到江岸，上了船还未曾[3]开船起程。
张员外也来到江岸以上，叫一声张孝英哪里所行？
张孝英与父母一一说明，儿还愿迟几日就回家中。
有陈虎上前来告诉员外，我保他夫妻们无事回程。
张员外叫陈虎听我吩咐，我儿媳全要你好好照应。
若回家把你当亲生之子，这家财到后来有你半份[4]。
又叫声张孝英我儿你听，一路上好好儿你要小心。
过桥梁并站店莫要向前，切[5]莫可在人前逞[6]你英雄。
有陈虎那个人你要恭敬，到那里还了愿快快回程。
父子们说毕话各行各路，有陈虎拨开船尽[7]往前行。

[1] 想来：想必。
[2] 当：抄本写作"胆"。
[3] 曾：抄本写作"怎"。
[4] 份：抄本写作"分"。
[5] 切：抄本写作"且"。
[6] 逞：抄本写作"称"。
[7] 尽：一直。

张员外抬头看不见儿媳，转回头急忙忙来到家中。
且不说老员外回到家中，再表那张孝英陈虎二人。
不一时[8]船行到无人之处，陈虎贼起了心要害孝英。
手执着那钢刀上前要杀，吓得那张孝英魂不在身。
有珍儿和兴儿哀哀苦告，叫了声陈叔叔饶了我身。
我家主素日个[9]待你不薄，为什么今日你下这无情？
你念我父母的一点人情，回到家我们报你的深恩。

却说鹅玉小姐和珍儿哀哀苦告，陈虎再三不听，一心要害张相公，心想和鹅玉小姐成亲。那鹅玉和珍儿劝陈虎多时，放下钢刀。这贼心生一计，便说："小姐，既然饶他，你且退后，我到船头观看一回。"贼人走出船来，便叫张孝英："我念你是一个书生人，叫你落个囫囵尸去吧。"用手把孝英推下船去，鹅玉小姐大放悲声，也要扑江一死，陈虎上前挡住，手拿钢刀要杀丫鬟。鹅玉说："你既为我，你把丫鬟留下。丫鬟若死，我也不活。"陈虎说："既然如此，见（将）丫鬟留下。"小姐说："你杀我一家，为的何事？"陈虎说："我不为别事，自（只）为你的美貌身子。你快快梳妆起来，和我成亲。"小姐说："既然如此，我和你就是夫妻了。今夜晚上摆起酒晏（宴），我们饮上几杯，那时节再成亲也不迟。"陈虎听说，喜之不尽，斟上酒来。不多一时，把陈虎嚯（灌）醉，倒在床上，叫着不醒，昏迷不醒，不题。

再说，太白李金星在天宫，忽然心血一潮[10]，划指一算，便知端的[11]，说："李鹅玉前世和我有缘，她今有难，不免我前去救她一回。"说罢，驾起祥云来到江边，在空中叫声："鹅玉小姐，今夜晚上快快逃命去吧，若到明天有命难逃。"说："小姐，此处离计山不远有一个尼姑[12]寺，你去到那里安身去吧。日后张相公不死，好来相逢。"李鹅玉听得空中神人说话，叫她逃命，望空礼拜，忽然肚内疼痛："莫非降生之日到了？"说罢，不一时生下孩子，眉清目秀。心中思想：将儿留下，恐怕贼人加害，

[8] 不一时：不一会儿。
[9] 素日个：平日。
[10] 心血一潮：心有感应。
[11] 端的：始末；底细。
[12] 尼姑：抄本都作"泥姑"。

我焉能逃命？左思右想，无计可生。不免将小儿与[1]丫鬟留下，叫她恩养[2]成人，后来好与他父亲报仇；若是将儿带上，恐怕贼人赶在中途路上，母子二人都是一死。小姐便叫："珍儿，你看，今夜晚上神人叫我逃命，把儿与你留下，你好好恩养，日后成人，好与先人[3]报仇。"珍儿说："你既逃命，贼人醒来，怎作料理？"小姐说："你妆作我的样子，你就说丫鬟扑江一（已）死。小儿与你留下，就说是你养下的。"珍儿说："小儿日后成人长大，可拿什么认你？"小姐思想一会，将身上穿的汗衫脱下来，扯成两半，半片递与珍儿，半片随带自身，日后就为对证[4]。上前拜过，说："珍儿，先谢你替我之身，后拜你养儿之恩。"二人拜罢，说了几句知心的话，抱头痛哭。

二人哭到伤心处，难割难舍难离分。
珍儿叫我主母[5]不必痛哭，眼看看[6]东方亮天色已明。
你痛哭莫要叫贼人知道，他若是酒醒了你命难逃。
叫主母快换衣急忙登程，李鹅玉抱孩子痛杀[7]娘心。
为娘的叫一声苦命哥哥，生下你母子们就要离分。
两眼中流痛泪如雨洒胸，又好似快钢刀割自心疼。
有珍儿在一傍眼泪不断，叫主母你不必掉泪伤心。
你快快去逃命避灾躲难，小孩子你留下且放宽心。
老天爷保佑儿若有性命，小丫鬟喂养他长大成人。
此一去你不可挂念在心，到后来儿成人母子相逢。
李鹅玉叫珍儿你听分明，小冤家当亲生恩养成人。
到后来母子们大报你恩，有珍儿叫主母不必叮咛。
说毕话李鹅玉前去逃命，在荒郊又不知南北西东。
又不知尼姑寺在于何处，黑夜间哭啼啼往前所行。
正走着东方明天色大亮，自觉得浑身上骨麻酸疼。
有一棵[8]重阳树又在面前，李鹅玉坐树下心中思忖。
想丈夫和兴儿不能见面，有珍儿和孩子不能相逢。

李鹅玉伤心事这且不表，好心的小兴儿明得一明。

却说珍儿去送小姐回来，自己思想：贼人醒来，我怎样顺配与他？正然思想，陈虎醒来，不分真假，也不问丫鬟，便叫："娘子，与我成亲。"珍儿无奈，舍了身子，和陈虎过夜成亲。到了次日，回安山去了，不题。再说金山有一位渔翁，姓刘名清，父女二人正在江边打鱼为身（生），忽见水面上飘（漂）来一个死人，父女捞出江来："此人还有救星，救他活命。"问了原因，才是张金之子，名叫张孝英。父女把他请在家内，吃了茶饭，又把陈虎所害之事说了一遍。渔翁听言，心中长叹。张孝英辞谢渔翁就要回家，渔翁说："你看，日落西山，往哪里去里（哩）？你不想（嫌）我家毛兰草色，宿上一夜，等到明天，你去也不迟。"孝英自（只）得站[9]下。眼望[10]一更一（以）后，渔翁说："女儿，你看房子窄便[11]，叫相公怎么睡里（哩）？"女儿说："我和相公床上睡，爹爹你地下睡。"爹爹说："使不得。"女儿说："敬客如敬佛，何说使不得？"渔翁说："自古说：'君臣有义，夫妇有别。'你未过门的女儿，不能与客睡。"女儿说："既然如此，我还（和）爹爹地下睡。"不觉次日天明，清早吃饭一毕，渔翁说："张相公，你千万不可回家，你的妻子叫贼人跕（占）了，你若二次过江，贼人挡住，有命难逃。此处有个金山寺，不若[12]你到那里，学个道哥，日后打听贼人的下落，那时节回家不迟。"孝英谢了。渔翁走了，不题。

再说常州府有一个兵部大人，年过四十余岁，无有男儿，只生一女。那日回家，从江所过，见水面上飘（漂）来一个死人，有水手捞出江来，大人便问人役："此人有救无救？"人役说："有救。"大人取出灵丹妙药，嘡（灌）在口中。兴儿酥（苏）醒过来，抬头观看，坐着一位大人，不敢多言。老爷便问，兴儿就把陈虎所害之事说了一遍。大人听说，就把兴儿救下，领回府中，一家欢喜，当作亲生之子送在南学读书。兴儿思想张员外一家人等，不由心酸，直哭五更。

[1] 与：给。
[2] 恩养：爱护养育。
[3] 先人：父亲。
[4] 对证：核对证实的证物。
[5] 主母：婢妾、仆役对女主人之称。
[6] 眼看看：眼看着。
[7] 杀：副词。用在谓语后面，表示程度之深。
[8] 棵：抄本写作"科"。

[9] 站：住。
[10] 眼望：眼看着。
[11] 窄便：不宽敞。便：抄本写作"边"。
[12] "不若"本在上句"此处有个金山寺"之首。

一更里好心酸，想起员外泪涟涟。你的年高岁又大，有谁侍奉你归天？

二更里泪涟涟，想起孝英在江边。狼心狗肺是陈虎，主人临死不得见。

三更里泪汪汪，想起大娘在何方？陈虎贼人把命伤，珍儿也在刀下亡。

四更里好心焦[1]，想起大娘哭嚎[2]嗷。你不死了还在世，好与相公把仇报。

五更里金鸡鸣，想起员外泪纷纷。我今在此你不知，祝告苍天把眼睁。

却说兴儿哭罢，不题。再说陈虎同珍儿来到安山一月有余，心中思想：这孩子面目非凡，旦[3]若日后成人长大，那时节知道此事，必定报仇。不如趁早和他母亲谪（商）议，将孩子害死，岂不是一绝后患？不知夫人意下如何？一日，对夫人言说害儿的话，珍儿言说："你占我的身子，又害我的儿子，不如把我母子都害了。你旦害我儿子，我也不活。"带着着大放悲声，骂了声："根（狠）心的贼人，天理何容！良心何在！"又哭又骂。

珍儿听得陈虎说，不由两眼泪纷纷。

指着贼人破口骂，心中怒气往上升[4]。

有珍儿把孩子抱在怀中，不由得心疼酸泪珠[5]纷纷。

我养这小孩子不非容易[6]，久日后凭着他养老送终。

叫贼人这孩子与你何干！使狠[7]心你害他为的何因？

珍儿说他那时还在肚中，不知道你我的那些事情。

你不说我不言他怎知道？那丫鬟死后了无人走风。

他本是你我的一个后代，谁岂肯把钢刀下在你身？

陈虎听夫人说心才放宽，他夫妻又移在计山之中。

到那里他夫妻改名换姓，因计山起着名权[8]且安身。

从今后改名姓度过光阴，父计虎儿计中真名假姓。

[1] 焦：抄本写作"交"。
[2] 嚎：抄本写作"嗥"。
[3] 旦：如果。抄本都作"当"。
[4] 升：抄本写作"生"。
[5] 珠：泪珠意义的"珠"抄本都作"洙"。
[6] 不非易：非常不容易。
[7] 狠：抄本写作"恨"。
[8] 权：抄本写作"全"。

若有人问着姓随口应姓，万[9]不可你说出一片真姓。

却说珍儿便说："陈虎，你我好怎（生）[10]看顾儿童成人长大，顶立门庭，侍奉你我。"这话不题。再说鹅玉小姐走到天明，两脚疼痛，寸步难行，来在重阳树下坐着，又不知尼姑寺在于何方，坐下睡着。有太白星拨云观看，李鹅玉睡着，便叫土神："将她身上汗衫取来，我送与张员外，后来以为相认。"土神不敢急忙（慢），来到小姐跟前，取出汗衫递与金星，那金星驾云走了。再说张员外不见儿子媳妇，终日落泪，不觉十年有零。夫妻二人年老，时运不通，家财尽被火焚，无有度用，讨饭为生。沿门讨化了一天，日落西山，夫妻二人回家，思想儿子媳妇，不由心中纳梦（闷）。忽听神人空中高叫说："张狮子，你的儿子、媳妇失散，这是汗衫半件，你拿上去到安山找着儿子，好来相逢。"金星说罢走了。张员外惊[醒]，却是一梦。抬头观看，见汗衫半件在那傍放着。一见此物，心中酸疼，夫妻二人大放悲声。老夫人便说："员外，哭着无益。自古说：'天有秋来旱，人有老来难。'你我眼前受这苦难，这时趁早将汗衫拿上，找寻儿子、媳妇的下落走吧。"员外听说，急忙收拾起身，手拿两条棍，随带磁（瓷）碗破砖（罐），说："老伴儿，你也主（拄）上一条长棍，随我出门，找寻儿子、媳妇便了。"

夫妻二人上了路，不知何日才相逢。

夫妻们出了门大放悲声，今日去又不知何日相逢。

员外说张孝英你在何处，哭一声李鹅玉哪里安身？

谁知道我今日受这苦难，有家财并房屋尽都火焚。

无粮麦无衣服终日难过，有儿媳都在外你西我东。

走一步哭一声声声不断，想一会又一会痛哭伤情。

忽一日来到了安山[11]之地，寻不着我的儿大放悲声。

临行时我与你吩咐叮咛，到今日你怎么背[12]义忘恩。

想必你倒好处独自受富，丢下我老夫妻受这难心。

张员外夫妻们这话不表，再把那珍儿话明得一明。

有珍儿叫孩儿我说你听，你外爷张狮子居住南京。

[9] 万：抄本写作"忘"。
[10] 好生：用心。
[11] 山：抄本写作"上"。
[12] 背：抄本都作"贝"。

他的名叫张金人称员外，自从我生下你未上他门。
到如今我算得一十九春，也不知你外爷死活存生。
又取出那汗衫递与儿童，你把这半件物牢牢收存。
无此物你认他他也不认，你拿上这汗衫好去相逢。
此一去南京城若要相认，你就说小珍儿问候安宁。
有计中叫一声我的母亲，有外爷你为何早不言明？
瞒哄我小儿童直到如今，娘养儿整整的一十九春。
今日个对孩儿说有外爷，若不说儿活老不得知闻。
小计中一心儿要走南京，上前来双膝跪辞别母亲。
叫母亲你在家候着音信，儿若是见外爷早带书信。
说罢话辞了母上路登程，走南京又好似一阵狂风。
一路上看不尽春光美景，不几日来到了南京城中。
每日间寻外爷无音无信，那地方并无有一个亲人。
走大街过小巷东问西寻，人都说张员外家着[1]火焚。
夫妻们出了门渺[2]无音信，有计中听一言泪珠纷纷。
有孩儿寻外爷无有音信，不多日就来在自己家中。
问母亲儿一心投军吃粮，那计中又来到兵部衙门。
李侍郎见计中聪明端方[3]，我问你哪里人你说我听。
有计中闻言叫大人你听，我的名叫计中吃粮投军。
家住在计山顶打虎为生[4]，有父母无妻子一十九春。
这就是真情话再无虚言，老大人开天恩小人投军。
李侍郎听一言心中欢喜，叫计中我看你本是英雄。
我有个玉女儿与你为妻，又不知你心中从也不从？
计中说老大人女儿贵重，我本是野山中陋[5]巷之人。
李侍郎说相公与我为婿，你做[6]官也不难在我手中。
计中说老大人既然提拔，我情愿为女婿沾[7]恩不尽。
却说李侍郎招下女婿，领到府下，大小人等行礼一毕。
兴儿一见，心中自思说："此人的面目好像是张孝英的一般，须（许）是大娘生下的儿子，算来也有十八九岁，却有（又）姓计，叫人难明。"这话不题。再说嘉庆天子听

见呵哩王达子下来一统（通）战表，要夺江山，文武上殿谪（商）议。天子说："李侍郎，挂[8]你军中为帅，领兵去平达子。"侍郎说："主人，为臣年迈苍苍：耳背，听不见战鼓；眼花，看不见刁令（雕翎）。臣就不敢为帅。"天子说："你身在朝中，军中大略你必知道。"急忙递了御酒三杯，领旨下殿。侍郎来在自己府中，心中忧愁。兴儿上前便问父亲："素日[9]上朝回来，欢天喜地；今日上朝回来，为何愁眉不展？"李侍郎说："我儿不知，天子挂我为帅，去平达子。你看，我年迈苍苍，恐怕悮（误）了军中大事，因此我心不乐。"兴儿说："爹爹不必忧虑，孩儿有个朋友，名叫尚义，现在朱嘴山招兵聚将，招够了万千的人马，也是盖世的英雄。孩儿前去将他搬下山来，与我父子助力，也是有的。"侍郎言说："你和计中急速搬请，老父点兵起身。"兴儿和计中急忙写久（就）张员外的书信，带在身边，二人前去搬朋友去了。

兴儿想起昔日情，要与侍郎显威名。
有兴儿和计中往前所行，眼望着[10]朱嘴山不敢消停。
前也山后也山山山不断，千年松万年柏冬夏常青[11]。
正走着忽听得铜锣一响，往前看众多人来拦路径。
有兴儿上前来忙忙施礼，叫众位莫胡行听我原因。
我本是你大王一个朋友，望仁兄领我们去看他人[12]。
有喽啰急忙忙禀与大王，山下来两个人是你亲朋。
尚义听人役说心中思忖，素日家未活[13]下知己厚朋。
忽想起张员外救命恩人，再无有[14]合心的知己亲人。
叫二人进门来细问分明，有兴儿和计中施礼躬身。
有尚义见兴儿忙忙拉住，小恩人我未见好有几春，
谁料想你来在朱嘴山中，把二人让上面细问原因。
问员外老夫妻福寿康宁，张孝英李鹅玉齐都安稳？
问兴儿这位儿[15]姓甚名谁？是员外什么人你说我听。

兴儿说他本是员外外孙，他的名叫计中一十九春。

尚义听兴儿说哈哈大笑，员外的这外孙甚是聪明。

有计中忙呈上一封[1]书信，望大人念员外昔日恩情，

因此上地界上达子造反，打搅我主人的江山不安。

我二人来请你人马下山，与国家尽[2]忠心受王封赠[3]。

有尚义听一言满[4]心欢喜，我情愿与国家去定刀兵。

把兵丁点一傍喜之不尽，一各各[5]都情愿去会贼兵。

有兴儿和计中跪在帐中，请大人坐帐中传道箭令。

尚义说你二人你且平身，晓喻[6]了众兵将站西勒东。

你们都听本帅一道箭令，哪一个违了令有命难存。

叫计中我封你马前先行，叫兴儿与侍郎前去通信。

你就说我的兵明天起身，人和马就离了朱嘴山中。

叫侍郎也点兵速快登程，两家兵合一家马踏番营。

叫兴儿中途路你要小心，耽误[7]了军中事犯罪不轻。

传毕令那兴儿头里通信，众兵将到次日下了山中。

通信的小兴儿按下莫表，表尚义到番营下寨安营。

却说尚义点起大兵，来到番地，与（于）达子对面安营，宿了一夜。"明天就是黄道吉日，与达子交兵。"计中回元帅："众兵走得人困马走（乏），多谢（歇）几日。"尚义说："先行，不可，停兵一日，费国家的斗金，趁早把会战牌挂在营门，晓喻达子交兵。"不题。小达子报知达王："天朝的兵将到来，要与达王交兵。"呵哩王子听得此言，怒气冲冲，忙传一道箭令晓喻众达子，快快上马出阵。正是：

生在外国长在番，只准[8]养马不种田。

眼前聚兵百十万，杀红天朝半个天。

呵哩王听一言怒气冲冲，会一会天朝的上将兵丁。

出营门催动马往前所走，到阵前和他兵打战交兵。

有尚义和计中领兵出阵，此一去和达子见个输赢。

两家兵来交兵各显各能，尚义败收了兵回到营中。

有尚义坐营中自思自想，思着想可拿个什么主张？

打一战我的兵败回营来，生一个妙计儿杀这贼人。

贼达子得胜战心怀不平，怕的是今夜晚来偷我营。

急忙忙坐宝帐忙传箭令，有本帅霎时间点起大兵。

叫先行你近前[9]听我一令，营门外四下里埋伏兵丁。

各各儿都小心等那贼人，贼兵到你们莫胆战心惊[10]。

若不来到天明收兵回营，他若来我放火你们来迎。

再叫声计先行你是听言[11]，你领兵在贼营后面听声。

他若是领兵来偷我营傍，你听着我放火你偷他营。

此一去你还要好好小心，万[12]不可他知道暗地藏兵。

且不可放脱了呵哩达王，达子他一个个有命难存。

我营中无火炮你莫动手，且无信到天明救兵回营。

传毕令兵丁们各各都走，把干柴运[13]在了自己营中。

却说呵哩达王得了胜战，心中欢喜，说："天朝兵将败回营去，必定人困马乏，我们今夜晚上去偷他营，叫他难明。且若杀坏他兵，天朝江山就到我们手里了。"说罢，忙传箭令，说："众达子今夜晚上前去偷营，旦若偷乱，叫他人不住衣，马不住鞍，自杀自去吧。"不题。再说尚义大坐[14]宝帐，有三更以后，忽听营门外有了动惊（静）：贼人前来偷营，乱叫乱喊。尚义点炮放火，里外的兵丁一齐都到，执枪端刀，撒野[15]就杀，把那达子杀死了大半。再说计中见火放起，大炮响连（连响），急忙领兵来到达子营中，乱喊乱叫说："天朝的兵将偷你的营来了。"那些达子觉事不好，胡抓枪，乱拿刀，自杀自兵。计中便说："兵将放心杀，放心战。"那呵哩王子散代逍遥，拿了一根长枪，照住计中刺来。有计中用刀卜（拨）去，那呵哩王子说："不好。"回头就跑。有计中打倒、拿主（住）达王〔的兵丁〕，又把达子尽行[16]杀完，收兵回

[1] 封：抄本写作"分"。

[2] 尽：抄本写作"敬"。

[3] 赠：抄本写作"增"。

[4] 满：抄本写作"忙"。

[5] 各各：个个，每一个。

[6] 晓喻：告知。喻：抄本都作"与"。

[7] 误：抄本写作"愩"。

[8] 只准：抄本写作"自中"。

[9] 近前：走上前。近：抄本写作"进"。

[10] 惊：抄本写作"兢"。

[11] 言：抄本写作"音"。

[12] 万：抄本写作"枉"。

[13] 运：抄本写作"用"。

[14] 大坐：盘腿正坐。

[15] 撒野：放开手脚。

[16] 尽行：全部。

上自己营中。走到半路，又遇着逃命的达子，计中挡住，又杀了十数余个。正杀之间，东方大亮，观见未死的一个达子，跪在面前哀告、叩头，言说："大人饶命吧，我再不敢遭（造）反。"计中听言，将他饶了，带上达王元帅面前交令。正是：

杀人砍[1]头如瓜滚，血染黄草一划红[2]。
有计中进营来用目观看，我营中死达兵堆堆瀼瀼[3]。
急忙忙进宝帐去交令箭，见元帅施一礼细说一番。
多亏了尚大人妙计当先，今日个大功成查看兵将。
尚义说计先行你去查看，前后营你查看伤损几员？
计中查伤损了十数余兵，尽都是无力的老弱残兵。
查罢兵将达王拿进帐中，呵哩王进宝帐跪在埃尘[4]。
望大人施洪恩饶了我命，饶我从今后再不起心。
尚大人听一言怒气冲冲，骂贼人你为何起了反心？
无故的你造[5]反起了祸端，为什么又谋坐主人江山？
我叫你今日个一命归阴，叫人役杀贼子头送北京。
有计中忙上前讲说人情，看我的目面[6]上饶了他人。
念起他外国主一王为尊，今日个问他要投降表文。
呵哩王听一言随口满应[7]，我情愿写降表年年进贡。
上告天下告地改邪归正，从今后再不敢作乱胡行。
尚大人松刑法递酒三钟[8]，呵哩王叩谢头回上他营。
尚大人说兵丁都来领赏，牛一只[9]羊五只清酒一坛。
想吃肉杀牛羊大家都用，平达子有了功宽饮几钟。
叫众兵我与你大家加粮，进了京九龙口再受封赠[10]。
尚大人和计中二人饮酒，计先行与大人先沏[11]一钟。
人和马歇三天点兵起身，一各各随本帅都进北京。
且按下尚义的人马起身，再表那李侍郎兵走番营。

[1] 砍：抄本写作"刊"。
[2] 一划红：一片通红。划：抄本写作"场"。
[3] 瀼瀼：淤积成堆。抄本写作"难难"。
[4] 埃尘：地面上。
[5] 造：抄本写作"遭"。
[6] 目面：脸面。
[7] 随口满应：满口答应。
[8] 钟：杯。
[9] 只：本句两个"只"抄本都作"支"。
[10] 赠：抄本写作"增"。
[11] 沏：倒；斟。抄本写作"起"。

却说兴儿来与侍郎说，就把尚义领兵下山平贼的话说了一遍。李侍郎听言，也领兵出京，就把兴儿封了马前先行。走了几日，侍郎心中思想：尚义和计中在番地和达子交兵，胜败难分，老夫心中好不心焦，恨不得一步到了番地。正然思想，忽听小兵来报，说："大人，计将军来在中途路上。"李侍郎说："你说的哪个计将军？"小兵说："就是老爷的门婿。"侍郎听言，大吃一惊，说："叫我门婿急忙上前，我问个去路来踪[12]。"计中上前便叫："兵（岳）父大人，小人施礼。"侍郎便问："我婿，军中之事如何？"计中说："尚义大人下山，杀退达兵，又拿住呵哩王，定要除（处）斩，孩儿说情，投了我主，年年进贡。那尚大人领兵进京。"李侍郎听言，喜之不尽："既然如此，他是有功之人，老父前去远迎一程。"计中说："不远，我在头里来了，他在后头，也不过三里多路。"话未落地，尚义兵马来到跟前，侍郎上前接迎，说："大人恭喜，你在番地，多受风寒之苦。"尚义说："为国家的大事，何说那话！"二人行礼一毕，两兵一路同行，进京交旨。

两兵合一来进京，文武两班都接迎。
李侍郎和尚义一路同行，前又呼[13]后又拥好不威风。
有兴儿和计中乘马所行，众将官一各各都来进京。
不觉得[14]来到了十里长亭，文武官急忙忙接驾迎风。
一齐儿接到了京城之中，李侍郎上金殿交旨奏本。
嘉庆爷揭开本细看分明，这尚义也替你平定贼人。
这功劳也不小重如泰山，这些人都有功盖世英雄。
嘉庆爷坐金殿龙心大喜，把他们宣[15]上殿各各加封。
叫尚义平定贼功劳甚大，我封你统军帅护国之臣。
叫兴儿我封你兵部司马，当殿上又赐你一颗[16]大印。
有计中军阵上你为先行，年纪青才学大甚是聪明。
我封你万国侯[17]与主保驾，你们都是英雄各受封赠。
皇城里去夸官走马上任，有旗帜和伞扇一划[18]皆明。

[12] 去路来踪：来龙去脉。
[13] 呼：本段韵文抄本都作"护"。
[14] 得：抄本写作"的"。
[15] 宣：宣召意义的"宣"抄本都作"选"。
[16] 颗：抄本写作"科"。
[17] 侯：抄本都作"候"。
[18] 划：抄本写作"场"。

走大街游小巷谁人不尊，有马步和兵丁前呼后拥。

夸官毕来到了侍郎府中，设香案拜罢神坐在客厅[1]。

就把那尚大人让在上面，先斟酒后摆宴[2]不敢消停。

侍郎说新贵人莫要计较，叫家人斟上酒多饮几钟。

有尚义吃着酒开言便问，问兴儿张员外夫妻二人。

却说尚义便问兴儿："你搬我下山的时节，拿着员外的书信，我们大功成久（就），怎么不见员外的信息？"

有（又）说："司马都都（督），先（想）当年你在南京马巷口，如今人在京地，人[3]与侍郎为子，此事叫我好不明白。"□□□□先年员外收下陈虎，哄鹅玉夫妻安山还愿的话说了一遍；又把陈虎把小人推在船下，沿（淹）在海中，侍郎把我救下，收了儿童，把前后之事对尚义说了一遍。尚义听言，眼中流泪。有计中便说："大人不知，因为我投军吃粮的时节，我母言说张员外是我外爷，我出门找寻，渺无音信。听人言说员外家财尽被火焚，找寻不见，我来投军。"尚义听说："员外无有女子，哪里的外孙？"心中自思：这计中的面目和张孝英一似[4]，不错，我心自有主意。

兴儿对着尚义说，倒[5]叫计中不分明。

尚义听兴儿说心中可叹，那兴儿坐席上眼泪纷纷。

恨贼人那陈虎起心太甚，又不知他今日何处安身。

有尚义和兴儿端详[6]计中，张员外无女儿哪有外孙？

想必是那娘子生下一子，却怎么他可[7]又姓计名中？

再不是[8]那贼人指山为姓，父计虎儿计中瞒哄别人。

有尚义叫侯爷听我原因，计山顶我去看你的父亲。

又不知你心上怎样理论？计中说不敢当烦劳大人。

有尚义说侯爷何出此言？我和你是年兄同朝做官。

我今日身荣贵拜见他身，你的父岂不是我的父亲？

却说尚义一心要走计山，再无退心。〔若〕到计山见

[1] 厅：抄本写作"庭"。
[2] 宴：抄本写作"晏"。
[3] 人：指听话人。
[4] 一似：很像。
[5] 倒：抄本写作"道"。
[6] 详：抄本写作"像"。
[7] 可：却。
[8] 再不是：再不就是。

他父母：若不是陈虎，拜敬与他；若是陈虎，我有个主意。

计中与尚大人送行，尚义说："不敢烦劳侯爷起脚[9]。"急忙起身，不题。再说张员外夫妻二人找寻儿子、媳妇，不见音信，来在花子院里安身，无有度用。次日又来在大街市上，口打金钱莲花落，讨饭为身（生）。正是：

莲花起时满天红，莲花落了闭柴门。

春夏秋冬四季天，四时八节[10]不一般。

说我家来家不远，提起名来也有名。

家住南京本姓张，马家巷里有家乡。

我名张金都好善，家豪大富有金银。

我儿名叫张孝英，媳妇鹅玉甚聪明。

还有收来一儿童，名叫兴儿如亲生。

腊月数九天气冷，雪中来了一个人。

问起名姓是陈虎，收在家中为儿童。

媳妇鹅玉身怀孕，一十三月不能生。

我儿与贼说真情，不能生养许愿心。

陈虎跟他夫妻们，一心安山还愿心。

丫鬟珍儿也跟去，兴儿孩子也前行。

至今一去十九春，渺无音信不回程。

万贯家财天火焚，破草房里去安身。

度用米面无半升，想起儿媳泪纷纷。

夜晚梦见过往神，叫我安山找儿童。

夫妻来在安山地，花子院里又安身。

安山京地都寻遍[11]，不见我儿媳妇面。

肚中无食打冷战，身上无衣怨天寒。

先年人人称员外，到今讨化叫长街。

君子无食把头低，落架凤凰不如鸡。

两眼珠泪往下流，谁知今日把人求。

当日不该收陈虎，人到难中后悔迟。

今日街上讨茶饭，冻得筛[12]糠又抖战。

早起哭到晌午后，并无[13]一个行善人。

[9] 起脚：起步；出发。
[10] "四时八节"四字抄本模糊不清，根据《苦节图宝卷》订补。
[11] 遍：抄本写作"便"。
[12] 筛：抄本写作"晒"。
[13] 无：抄本写作"未"。

夫妻二人泪满面，惊动侯爷叫家人。

忙使家人你去看，街上喊叫什么人？

你去问他为何事，姓甚名谁哪里人？

急忙来在大街上，观见二人泪纷纷。

却说夫妻二人叫化长街，肚中又饥又渴，身上寒冷，叫哭连天。正哭之间，来了一人，便问老汗（汉）："你因为何事这等难心？你说我听。"张员外就把家乡住座（坐）[1]、找寻儿子的话说了一遍。那人说："既是如此，你少[2]等一时，我去拿来些茶饭你二人吃。"说罢，来到衙门回禀："侯爷，小人去问那人，他说他居住南京马巷口，姓张名金。他是夫妻二人。"侯爷听说，心中暗想：我母亲对我言说南京马巷口有儿的外爷，名叫张金；临行之时母亲又与我半件汗衫；今天街上叫化之人同名同姓，不错分毫。其中必有原故。忙叫人役："把他夫妻二人请进府来，老爷问他来路根由。"家人急忙来到街上，说："老汗（汉），我家老爷叫你二人去衙下吃饭，怕是老爷有赏。"张员外夫妻跟家人来在二堂。说："你二人站一站，我传禀大人。"家人来与侯爷说知，侯爷说："叫在三堂之中。"员外夫妻二人上堂，双膝下跪，口称："老爷在上，贫人叩头，救小人性命吧。"侯爷知道他身上寒冷，坐卧不安，吩咐人役与二老打坐（座）："他是年大之人，不可跪地，坐立[一]傍。我问你夫妻，因为何事在此讨饭为生？"员外听问，说："老爷，听我容禀。"

夫妻听得老爷问，从头至尾说原因。

夫妻们听侯爷细问原因，不由得两眼中珠泪纷纷。

我家住在南京背街小巷，马家巷有我的养育家门。

我名叫张狮子人称员外，老夫人生一子名叫孝英。

他夫妻安山寺去还愿心，有兴儿和珍儿他们都行。

一各各自去后不见回程，划着算整整[3]的一十九春。

有家财和房屋尽被火焚，找儿子和媳妇讨饭为生[4]。

计侯爷听一言泪珠洒胸，他家乡和名姓不错毫分。

他不是我外爷却是何人？当堂上取表记对证[5]分明。

有侯爷把汗衫放在堂上，叫二老把此物细看一番[6]。

张员外拿在手自己端详[7]，说老爷是我家珍珠汗衫，却怎么得到了你的手中？带说着就揣在自己怀中。

侯爷说是我的半件汗衫，为什么不言语你就拿上？

员外说是我物自得收存，我不拿你叫我送与何人？

侯爷说把我的放在堂上，你取你那半件我再观看。

张员外说侯爷真是你的，和我的却怎么一模一样？

把你的破汗衫放在中案，夫妻们着了忙细找一番。

一[8]时儿又找出[9]半件汗衫，忙忙地又递在侯爷面前。

两半片放公案对成一件，破汗衫对囫囵不错毫分[10]。

张员外夫妻们大放悲声，是我物怎得到你的手中？

就是你害死我儿子媳妇，若不是你害死有物为证。

有侯爷听一言忙下中案，叫二老你听我细说分明。

我本是你外孙姓计名中，现如今计山顶有我家门。

张员外听言说怒气冲冲，我无有养下女哪有外孙？

带说着他就要撒死重命[11]，撒着死重着命要下儿童。

老夫人在一傍撞头撒赖，挖着脸撞着头大放悲声。

把侯爷与了个里黑不明，这件事倒[12]糊涂不得分明。

上前去又把那二人奉劝，你不必在堂上这样胡行。

把我当你的儿事奉你身，冬穿绫夏穿纱养老送终。

员外说但不怕你不侍奉，侍奉得不好些还不依从[13]。

吃你饭穿你衣还要告你，告着你要我的媳妇儿童。

把二老请内宅好好伺候，哪一个得罪了有命难存。

夫妻们进内宅长咽[14]短叹，有海参和百味吃着不香。

想儿子和媳妇不得相见，有珍儿和兴儿不能团圆。

且按下张员外不可细表，再把那张孝英明[15]得一番。

[1] 住坐：指居住地。坐：住。

[2] 少：稍。

[3] 整整：抄本写作"正正"。

[4] 生：抄本写作"身"。

[5] 证：抄本写作"正"。

[6] 一番：除此处外抄本都作"一方"。

[7] 详：抄本写作"想"。

[8] 一：抄本写作"但"。

[9] 出：抄本写作"去"。

[10] 分：抄本写作"光"。

[11] 撒死重命：当作"撒死派命"。撒死派命是以寻死觅活威胁他人的意思。

[12] 倒：抄本写作"道"。

[13] 从：抄本写作"存"。

[14] 咽：抄本写作"叶"。

[15] 明：抄本写作"名"。

孝英独坐在寺院，心恨陈虎心不良。

害我一家不想见，父母妻子都离散。

不该听他把愿还，到今肝肠都悔烂。

想起父母夜不安，盼妻盼得两眼酸。

家人院子[1]都不见，日每[2]心上加熬煎。

想得肌瘦[3]面又黄，今天一心出寺院。

手拿简[4]板叮当[5]响，口内念的子平[6]言。

道家生来不非凡，修炼真性养金丹。

急忙走出那寺院，不由泪洒掉胸前。

我在金山落安然，思想前后事一番。

只因腊月数九天，陈虎上门讨茶饭。

我父收他为义[7]子，不拿恩报坏天良。

把我哄来撒[8]河边，多亏渔[9]翁救命限[10]。

家中父母受煎熬，我在外边遭大难。

我今旦见贼人面，杀害[11]他身我才安。

张孝英出寺院访问[12]贼人，想母亲盼妻子泪珠纷纷。

我父母在家中年纪高迈，又无儿又无女谁是亲人？

我今日到安山找寻贼人，又听得他改了别的姓名[13]。

又不知我妻子可曾[14]在世，只怕的被贼人害了性命。

我今天访一个清正官员，把贼人去告下辩[15]个分明。

正行走见一座尼姑寺院，天气热凉一凉再往前行。

问尼姑化些茶我且解渴，见里面走出来一个老僧。

好像是在哪里见过一面，问一声女师傅上[16]姓高名？

[1] 院子：仆役。
[2] 日每：每日。
[3] 肌瘦：抄本写作"饥腹"。
[4] 简：抄本写作"剪"。
[5] 当：抄本写作"咛"。
[6] 子平：北宋徐子平，精于星命之学。子：抄本写作"字"。
[7] 义：抄本写作"一"。
[8] 撒：扔弃。
[9] 渔：抄本写作"鱼"。
[10] 命限：寿数。这里指性命。
[11] 害：抄本都作"坏"。
[12] 问：抄本写作"闻"。
[13] 姓名：抄本写作"性命"。
[14] 曾：抄本写作"怎"。
[15] 辩：抄本写作"变"。
[16] 上：抄本写作"善"。

尼姑说莫问我我且问你，你是那何处人来在庙中？

张孝英听得问开言便说，叫一声老尼姑你是听因。

我家住南京城马家巷口，我名叫张孝英父叫张金。

自那年夫妻们安山还愿，陈虎贼他害我丢在水中。

有渔[17]翁救出我金山学道，我今日到安山访问[18]妻身。

李鹅玉听得说两眼流泪，叫一声苦命夫你认我身。

那贼人要成亲珍儿替我，生下个小孩子交由他人。

现如今在计山成人长大，昨日个珍儿来与我说明。

小珍儿不几日她必来到，这冤屈何一日才得分明？

却说夫妻相认，抱头痛哭。哭罢，又喜又忧。喜的是夫妻在世，忧的是父母存亡。小姐说："你站在寺院，不久几日，珍儿她就来了。"这话不表。尚义来在计山，有人报知陈虎："你的儿子做出官来了，有人搬你来了。"陈虎听说，满心欢喜："他做大官，我就不怕死了。"正说之间，尚义走进来，陈虎一见，便说："不好了。"尚义说："你认得我也认不得？你当日的好处，我今日酬谢你来了。"便叫手下人："将贼与我拿住。"人役就把陈虎拴住。尚义说："你把张相公害得好不苦难。娘子生下一个儿子，你当是你的儿子，我今日带你走，和你变（辩）个分明。"尚义看见娘子，上前行礼说："你当日在楼上与我金钗，正就是你？"珍儿说："不是我，我是丫鬟。我出一计，妆作大娘，我面目和大娘相同。"尚义说："既然如此，收拾车马、轿子。"同珍儿去到寺院，孝英夫妻迎接尚义进去，孝英行礼一毕，痛哭不止。尚义劝他夫妻说："上天保佑你夫妻在世，又不知员外夫妻在于何处？"说〔罢〕："同你们回京。"吩咐人役前行。那报子早报侯爷知道，吩咐人役前去，远迎侯爷。来到十里长亭，观见尚义搬来了无数的人等："却怎么是尼姑、道哥，叫我好不明白！"

我今官位大，怎么接贫人。

父亲带刑法，不知是何情？

[17] 渔：抄本写作"鱼"。
[18] 问：抄本写作"闻"。

日后团圆[1]了，我再问分明。

有侯爷在长亭迎接父母，这尚义搬来了道哥尼姑。

我只[2]得上前去躬身迎接，进了府我问他才得分明。

头一个是尼姑躬身迎接，第[3]二个是道哥我也躬身。

第三个是我母躬身施礼，第四个是我父枷锁缠身。

叫一声尚大人这就不是，他犯了何等罪你念我身。

他就犯杀人罪看我薄面，当时间奏朝廷救他性命。

尚义说假计中你莫问我，进了府你再问你的母亲。

有计中到府里急忙下[4]跪，叫母亲父犯罪为的何因？

就是他得罪了皇亲国舅，我情愿丢了官救他性命。

有珍儿叫我儿听我细说，从头儿我说来你听原因。

我不是你的母他非你父，他本是害你父陈虎贼人。

你的母怀了你一十三月，这贼人哄我们去还愿心。

到江中害你父要占[5]你母，是我替你的母顺配贼人。

你的母她出家才去修心，这贼人移计山改名换姓。

这就是你的母那是你父，我本是小丫鬟恩养你身。

有计中忙跪下大放悲声，叫一声我母亲儿无孝心。

这冤屈到今日才得知道，这个仇若不报还等来生？

说一声哭一声泪流满面，不孝子今落下万代骂名。

生儿母舍身体养我成人，父遭难儿受苦也为我身。

有兴儿叫主母我也不孝，尚大人这还是你的恩人。

计中说祖父母也在府下，撒死命问我要媳妇儿童。

张孝英与父母叩头礼拜，这屈冤对父母细说分明。

张员外夫妻们才得知道，一家人齐上前叫骂贼人。

有兴儿骂陈虎大胆贼人，我当日扶持你也费心情。

早端水晚敬茶小心用意，到[6]后来谢劳[7]我丢在水中。

那鹅玉骂陈虎瞎眼贼人，是丫鬟是大娘你认我身。

那时节生下个小小孩童，丫鬟姐养成人直到如今。

那时节你占我丫鬟替我，我今日谢一谢你的深恩！

叫相公把贼人一刀两断，报当日害你父血恨之仇[8]。

有计中听一言冲冲大怒，举[9]钢刀望陈虎就下无情。

有兴儿忙上前急忙挡住，叫侯爷你不可使你威风。

这兴儿骂贼人害人不轻，把贼人让与我送他残生。

那兴儿上前去手拿钢刀，有尚义说兴儿你莫先争。

我当日许下他在我手中，你把他让与我送他残生。

游大街串小巷众人知晓，尚大人穿红袍好似阎[10]君。

追魂炮响三声人头落地，上下割浑身剐[11]叫着狗吞。

斩毕贼一家人又拿本奏，当殿上奏与了嘉庆明君。

皇王爷见本章龙心大喜，就宣他一家人听朕加封。

张员外夫妻们宣上金殿，封你在养老院自在安身。

张孝英封你个巡按[12]之位，李鹅玉我封你贞烈夫人。

有珍儿养了他大大有功，我封你一品的忠[13]心妇人。

封赠毕一家人下了金殿，受皇恩吃俸[14]禄保国安民。

一家人谢皇恩打[15]醮讽经[16]，谢天地谢三元各位神灵。

这本卷今日个团圆[17]聚会，留[18]在了后[19]世上劝化人心。

听在了两耳内记在心中，万[20]不可当闲言耳边之风。

这本宝卷又念完，听念之人莫笑言。

劝人谨记三件事，戒酒除色莫赌钱。

人若骂我莫着气，会打官司也要钱。

遇见贫人莫要欺，莫笑贫人穿破衣。

深山树木有长短，荷[21]花出水有高低。

万丈楼台从地起，十年兴败几多人？

也有十年贫又富，也有十年富又贫。

[8] 仇：抄本写作"情"。除此处外，抄本都作"仇"。
[9] 举：抄本写作"拏"。
[10] 阎：抄本写作"闫"。
[11] 剐：抄本写作"刮"。
[12] 按：抄本写作"安"。
[13] 忠：抄本写作"公"。
[14] 俸：抄本写作"封"。
[15] 打：抄本写作"答"。
[16] 讽经：念经。
[17] 圆：抄本写作"园"。
[18] 留：抄本写作"刘"。
[19] 后：抄本写作"右"。
[20] 万：抄本写作"忘"。
[21] 荷：抄本写作"河"。

[1] 圆：抄本写作"园"。
[2] 只：抄本写作"自"。
[3] 第：抄本都作"弟"。
[4] 下：抄本写作"上"。
[5] 占：抄本写作"跕"。
[6] 到：抄本写作"道"。
[7] 谢劳：感谢。

先贫后富犹自可，先富后贫难杀人。

这是几句表明话，莫当闲言耳边风。

抄写者：　　　戴天恩

抄写时间：　　1939 年（正月初六）

收藏者：　　　甘肃省张掖市甘州区花寨乡河西宝卷国家
级传承人代兴位

收录于张天佑、任积泉主编：

《丝路稀见抄本宝卷集成》（第五册），天
津古籍出版社，2019 年，第一版，第
215—265 页。

标点校注者：李贵生

7

老鼠宝卷

老鼠宝卷才展开，诸位菩萨降临[1]来。

老鼠生来心太毒，田苗器物都损坏。

降下狸猫降妖怪，保护黎民永无灾。

为人做事凭天良，不可暗中行[2]短见。

祸福无门自己找，善恶到头终有报。

奉劝世人听真情，消灾免罪福寿根。

　　话说这部老鼠宝卷出在大宋年间，老鼠逞凶，苦害百姓，狸猫要吃它们，老鼠们逃得快躲在洞内藏身。狸猫日夜守着洞口，时间一长，老鼠饿得发慌，在洞内打转转。小老鼠向大母老鼠说："奶奶，这狸猫为何这般与我们过不去？"大母老鼠见问，长叹一声说："孙娃，说来话长啊。相（想）当年我们的老祖先有五只玉鼠，大闹东京城，它们神通广大，能穿透金木之板，不怕五刑和雷劈，还能变化多端。一时儿变作仁宗帝，一时儿变作丞相众臣。有时还能变作老皇后，真有那百灵百巧之能。包公也无奈何，

[1]　临：原本作"灵"。

[2]　行：原本作"寻"。

只得奏上天庭。上神各处查看，原来是我们的祖先偷吃了宴会蟠桃，触犯了天条，惹怒了天佛爷，发落它们下凡，使它们受苦。谁知它们来到凡间变作妖魔，更是各显神通，闹得京城人心惶惶，鸡犬不宁。五鼠闹东京的神威谁人不知？这些列祖列宗为我们家争了多么大的威风。但是骚扰百姓，震动天庭，天佛爷就派遣狸猫下凡来，对付我们的老祖先玉鼠。玉鼠不服，要和狸猫打官司，官司尚未分输赢，玉鼠被狸猫就害死了。从此我们见了狸猫就想和它打官司，小狸猫见我们就想吃，代代相传，这也是祖先给我们留下的祸根。"小老鼠听说罢，先是高兴，后是伤心，饥饿难当，更是苦情流泪。小老鼠对大母老鼠说："奶奶，你老人家在洞中待着，孩儿们出去找些口粮给你吃。"大母老鼠说："孙娃，不可去，怕那狸猫看见伤害性命。"小老鼠说："奶奶放心，孙儿出洞自会格外小心。"大母老鼠说："那你趁狸猫吃饭离开洞时出去一回，快去快回。"小老鼠答应。正是：

> 小老鼠在洞门观看分明，四下里并没有狸猫之身。
>
> 到家中肠中饥剩饭填食，谁知道投毒药洒在饭中。
>
> 小老鼠不择食药饭占用，从口中流鲜血一命呜呼。
>
> 有小鼠它虽然命丧黄泉，魂灵儿却[1]不散情牵祖母。
>
> 恨就恨这家人心肠歹毒，剩饭中用毒药夺我性命。
>
> 我穴中今丢下年高祖母，八十六难走动依靠何人？

却说小老鼠阴魂不散，想着自己现今在外边被毒药丧命，洞中自己的妻子、儿女谁来抚养？八十六岁的老祖母谁来侍奉？想来想去万分后悔不该出洞门，但后悔已来不及了。洞中一家人仍在翘着脖子，盼望它回去报个音讯。小老鼠两眼泪流纷纷，灵魂儿回到了洞中，高声叫道："老奶奶，孙儿回来了。"老母鼠光听见声音，未见面，说："怎么不见你？"小老鼠哭着说："孙儿不听祖母言要出洞打食，谁知道遇了不良之人，他们在饭中下了毒药，害了我的性命。我今天这是灵魂儿和你们相见，从今天起丢下了你老祖母、妻儿老少。特别是我心疼的那七岁的兰娃儿、四岁的拉谷儿，三岁的偷油姐和怀中的偷面儿，现在我和你们要永远分离了。"大老鼠和小老鼠听了，都仿佛在做梦一般。当它们知道不是梦时，全家嚎啕大哭，小老鼠的奶奶和妻子更是悲声大作，奶奶、孙媳两个好不凄惶痛然。正是：

> 鼠奶听说很悲伤，小鼠魂灵泪汪汪。
>
> 孩儿喂食无有面，一穴大小哭断肠。

哭一声贤孙儿不能相见，不听劝出了洞见了阎君。

若不是我孩儿前世命苦，怎带来一穴的上下凄惶。

小老鼠叫大家把它尸埋，叫妻子孝祖母养育儿女。

它妻子好伤心拍胸跌脚，哭一声奴丈夫何处不防。

为我们把你的性命先丧，又不知你尸首在于何方。

婆媳们直[2]哭得声儿不断，小鼠儿也伤情细问根源。

却说兰姐儿们见奶奶、妈妈哭得伤情，就问爸爸它到哪里去了。那母老鼠又将五鼠闹东京的家史夸赞了一番，又将它们父亲的不幸从头至尾细细述说了一遍，一洞穴大小老鼠哭得无可奈何。小孙孙兰娃儿、拉谷儿愤慨万分，摩拳擦掌，发誓要找到父亲的尸首，要为父亲打赢这场官司。鼠奶奶擦了擦泪说："有你们兄弟两个出门寻找你父的尸首，实叫我高兴。我们好设灵堂祭奠它的魂灵，然后再去打官司。"兄弟两（俩）点头称说"是"。

老母鼠在穴中反复叮咛，叫一声小孙孙细听我言。

出洞去各处找小心在意，格外地防备着狸猫之身。

你两个出洞去常停人穴，吃茶饭尝果肉谨防毒品。

或是有或是无早回穴门，倘若是来迟了家人心慌。

鼠母说祖宗话牢记心头，到外面万不可乱跑乱溜。

这一去为娘的心惊胆颤，天保佑万不可遇见狸猫。

却说那两个小鼠听了祖奶奶、妈妈的千叮咛万嘱咐，就立即出洞去寻找父亲的尸首。它们奔到人家附近，四处寻找，都无父亲尸首的踪迹。兰娃儿说："我们且回洞中回告奶奶，到明天再来寻找。"它两个将要走，只见大大的一只狸猫，把定洞门，眼如铜铃。小老鼠在洞中夸下的海口，早已不知去向。见着狸猫已吓得魂不附体，慌慌张张躲在一边，想避过狸猫耳目，不料想那狸猫早已看见，跑上前来将他（它）们两个一起按住，连毛带皮吞进腹中。狸猫吃饱肚子，回它的安乐窝，此话暂且不题。再说那兰

---

[1] 却：原本作"缺"。

[2] 直：原本作"只"。

娃儿、拉谷儿弟兄两个阴魂不散，怀恨狸猫，决心要到十帝阎君面前告狸猫的罪状。正是：

小老鼠死得苦要把冤伸，阎王殿告狸猫状写分明。
它害了我的父我们寻找，又吃了我们俩是何原因？
告那[1]个恶狸猫欺人太甚，一而再再而三残害我们。
我祖奶八十六谁来侍奉，我寡娘小弟妹谁来扶承。
好端端遭祸殃家破人亡，害得我一穴鼠有命难存。
那判官看罢状怒气冲冲，骂一声狸猫贼大胆欺人。
这老鼠它和你有甚仇恨，你为何吃得它血水淋淋。
它和你又不敢当面相争，那老鼠见你面眼都紧闭。
直[2]吓得浑身抖胆颤心惊，这世上只你们独霸一方。
今日个还害了它的性命，阴判官发完怒抱打不平，
忙告诉小老鼠快把冤伸。小老鼠有人助奋急前行，
登上了阎罗殿跪在当地。有老鼠声吱吱头顶状禀，
口儿里不住说冤枉屈情。阎王爷说毛团有甚冤情，
在殿上你说清状告何人。老鼠说告狸猫欺人太甚，
害得我一穴鼠好不孤零。阎王爷接状子细细观看，
狸猫罪那状子件件分明。说老鼠你现在暂且稍息，
骂一声小狸猫做事不端。忙吩咐鬼使们速拿铁绳，
快快地[3]去阳间寻找狸猫，拘捕住小狸猫到堂听审。

却说阎王爷出了金牌，差了鬼使去拿狸猫。有鬼使来到了屋里，见狸猫在锅台上呼呼大睡，就上前去把它拿住。那狸猫惊醒便问："你是何人？为何抓我？"二鬼使便说："你是不知，你随我们下阴曹对案你就知道了。"狸猫一听大怒："可恨鼠贼竟然告我，等我前去理你听。我若不〔去〕叫它死无葬身之地誓不为狸猫。"又说："二公差稍候，待我写上一张诉纸。"说罢，忙来到街上，走到先生铺里，便叫写状子的先生："你与我写一张诉状。"先生说："你把前后的事说来我与你写。"狸猫把经过说了一遍，那先生写就了状子，递与狸猫。狸猫掏了掏袋子说："我未带钱，等我告状回来再谢先生。"先生说："等官司打赢再谢不迟。"那狸猫辞别了先生，来到庄上，请二位

[1] 那：原本作"哪"。
[2] 直：原本作"只"。
[3] 地：原本作"的"。

公差一同下了阴曹。二鬼使先禀知阎君，阎君说将狸猫和老鼠一起提上堂来。不一会都带到，阎君坐在高堂上，惊堂木一拍，说："小老鼠，你状告何人？细细道来。"小老鼠觉得判官对它仗义，阎王又偏袒它，它就有些得意地开口说道。正是：

我老鼠在世上小心谨慎，守规矩万不敢任意胡行。
穴处在荒郊外崖旁地里，勤觅食并没有损害良民。
我祖爷是黄鼠甚有仙根，我祖奶是青鼠贤慧妇人。
我的父雪怜鼠常行孝敬，我的母有善行念佛诵经。
我名叫兰娃儿从不害人，我弟是拉谷儿不是鼠害。
小妹子偷油姐心安行正，杂妹妹偷面儿还在学行。
我祖爷早仙逝祖奶仍存，一穴鼠全靠着我的父亲。
那一日我穴中无有度用，我的父要打粮出了洞门。
刚出洞被狸猫伤身害命，魂不散回洞中禀报凶情。
我奶奶差我们寻找父尸，抬回洞设香案奠祭幽灵。
正寻着恶狸猫堵住洞门，我兄弟急忙忙洞边藏身。
有狸猫抓住了兄弟二人，它依大压着小不分理论。
咬一口哼一声又抓又嚼，我兄弟被咬得血水淋淋。
我老鼠又不敢与它发狠，我老鼠又不曾害它性命。
白日里受饥饿不敢出洞，到夜里颤兢兢[4]刨吃草根。
大地间生万物谁无生命，它吃我小老鼠为的何因？
况且你人家养不愁吃用，每日里饭不吃还偷鱼腥。
这就是小老鼠天大冤情，阎王爷请与我断个分明。

却说老鼠诉说了一遍自己的冤情，阎王爷十分同情老鼠的不幸，把惊堂木拍得更响，开口厉声骂狸猫："狸猫，那老鼠不曾加害于你，你为什么要加害于它，还要吃了它们，以大压小？从实招来。"那狸猫见阎君发怒，大吃一惊，心想我狸猫处处是好处，怎么反被训斥。想到这里，狸猫理直气壮地申辩："老鼠它们为我们的腹中食，这是天佛爷的旨意。当年谁叫它们大闹汴京搅得黎民不宁，使得包公上奏天庭，惹得天佛爷生气，下旨让我们狸猫吃鼠精。"阎王说："听你〔说〕还是为民除害了。"阎王又说："狸猫，你将老鼠之害，与我细说来我听。"正是：

有狸猫跪当地从头细说，口称着阎王爷你听我说。

[4] 兢兢：原本作"惊惊"。

我家在天佛爷观音寺院，包丞相领我祖来到此间。

祖来时众鼠妖大造祸端，那五鼠凭道术东京造反。

黄老鼠装皇后真假难辨[1]，白老鼠变大臣无人敢攀。

红老鼠青老鼠各站朝班，害得那宋王爷眼花缭乱。

平鼠妖安黎民祖施法术，金銮殿平五鼠无一逃脱。

我猫祖降完妖本该缴旨，天佛爷不叫回代传代接。

五鼠死其子孙还在人间，成夫妻结同党代代繁息。

拉关系套近乎称兄道弟，今日吃明日喝穷享宴食。

在地上把埂子打得破烂，害得那种田人水漏禾枯。

春天里把种子咬啮不停，秋天里嗑田禾昼夜起劲。

把穷汉坑害得[2]无吃无穿，卖房屋卖内院纳税出粮。

买卖人他变货经商营利，实指望银生银合家欢喜。

把货物嗑烂了谁肯经营，亏了本浪在外不敢回程。

上供点吃供养欺神不惊，坏饭锅嚼供品嗑泡红卷。

学堂里嗑碎了四书五经，害得那学生们不成功名。

父母责师傅打东逃西奔，都说是在学堂自不小心。

过绣房把针线嗑烂伤损，害得那女儿们汪汪两泪。

有父母知道了毒打姑娘，撒昧着他不敢方娘日陪。

庄稼户粉面墙它去打穿，衣皮箱嗑烂了后面底上。

穷汉家帮旁人干活用功，挣下些米面粉养活儿孙。

它吃了反而还撒上尿粪，害得那一家人饥食难忍。

妖老鼠损伤人此是点滴，要说完它的害实实难尽。

白日里它睡觉夜晚胡行，主人怪我狸猫还未尽心。

阎王爷却听信老鼠胡言，今日个倒叫我无处安身。

叫阎君还祖愿把我护送，到天上去缴旨不再结根。

狸猫儿双膝跪细说原因，阎王爷听说罢顿生怒气。

却说阎君听狸猫诉说了一遍，更是怒气冲冲，大声骂道："贼老鼠，你大胆胡为，闹了宋王东京城，损害百姓，反倒恶人先告状。"吩咐鬼使："将老鼠棍打四十，送阳间与狸猫作食。将狸猫送回阳间，好好结交百姓，不辞辛苦，除尽鼠害。"说完下殿去了。正是：

有狸猫回阳间细细思想，阎王爷他吩咐语短心长。

为百姓除老鼠不怕辛苦，何一日才能把老鼠吃完？

鼠先告是恶人阎王清楚，我吃它一个个还嫌太慢。

受冤屈被它告别自艾怨，阎王爷初听鼠一时糊涂。

却说狸猫被小老鼠告了一状，阎王爷先听一面之词，对狸猫发怒。后听了狸猫的实情，判小老鼠为恶者先告状（状告）狸猫，这狸猫它应该吃尽老鼠，为民除害。阎王爷还把狸猫宠了宠，宣判老鼠该是狸猫的口中食。这场官司狸猫获得全胜，兰娃儿、拉谷儿垂头丧气，灵魂儿钻进洞门对奶奶、妈妈说："真是气杀我也。"正是：

老鼠回穴自思忖，今日告状自倒霉。

狸猫当殿得了胜，日后见我必成灾。

有老鼠在洞中自思自想，倒是我祖先们惹下大祸。

想当年不该在东京造反，贼狸猫它如何来到此间。

咱祖先不大闹黎民不安，怎么会给儿孙带来祸端？

今日个阎王爷有此偏断，我们是狸猫的饥食面饭。

当殿上怕受刑不敢再辩，回阳间怕再把狸猫惹翻。

它两个在洞中自思自想，鼠祖奶鼠妈妈边哭边叹。

又怪天又怪地心神不安，悔不该冒失失先行告状。

想不到凄惨惨这副下场。

却说小老鼠告状失败，一家都非常哀伤。想从前容易后悔就难了，再也是恶人不敢先告状了，也不能无理不饶人了。

选自：　王吉孝：《宝卷》（第五册），2013 年编印本［准印证号：甘出准 063 字总 780 号（2013）015 号］，第 570—573 页。

[1]　辨：原本作"辩"。

[2]　得：原本作"的"。

附录

一

河西宝卷传承人小传[1]

---

[1] 《河西宝卷传承人小传》主要依据2018年本卷主编一行对河西宝卷国家级、省级传承人的调研写成。

0487

说唱·甘肃卷·宝卷分卷（二）
附　录

河西宝卷国家级传承人3人，省级传承人7人，他们为河西宝卷的传承保护做出了重要的贡献，培养了一批市县级河西宝卷传承人。

1. 代兴位

代兴位，汉族，1954年出生，小学三年级文化程度，家住甘肃省张掖市甘州区花寨乡，务农。代兴位2008年被确立为河西宝卷省级传承人，2017年被确立为河西宝卷国家级传承人。

河西宝卷国家级传承人代兴位

代氏三代传承人合影

代兴位家是河西宝卷传承世家。代氏第一代念卷人是代兴位的祖父代登科，官名代天恩，考中秀才，但因家中贫困，无钱送礼，降为童生。代登科在高台、临泽一带教过书，在老家花寨堡教书时间最长。代登科假期回家，空闲时就抄卷，常被人请去念唱宝卷。代登科一次到一个张姓人家念卷，因张家特别喜欢宝卷，于是当场将女儿许配给他的儿子代进寿。代登科1941年去世。代氏第二代念卷人是代进寿，他继承了父亲的衣钵，也经常为乡民念卷。因代进寿当过国民党的司务长，1962年他成了教育改造对象。代进寿生怕家传的宝卷遭到牵连，于是想让他的大哥、二哥把父亲传下的宝卷藏在他们家里，但二人都不敢藏，于是代进寿和儿子代兴位把一半宝卷用牛皮纸包裹严实后放进一口大缸中，埋到自家的坟院里，另一半留下上缴以掩人耳目。三天后，代兴位的母亲在埋宝卷的地方发现有人的脚印，于是一家人觉得不安，又连夜将宝卷挖出，在自家的板炕（活动的炕面）下面掘坑埋下，谁也不会想到在烧火的炕洞下面还会埋什么东西，这些宝卷因此幸免于难。1966年，他们把宝卷取出来放在箱子里，不料老天

下大雨发了洪水，水进屋淹上炕，收藏宝卷的箱子漂在泥水中。第二天一家人把宝卷抬到屋顶上去一页一页晾晒，花费了很大的功夫，但幸好宝卷完好无损。

代兴位是代氏第三代传承人，他三年级（1966年）辍学放羊，每天出门时怀里揣上一本卷念给放羊的人听，遇到不认识的字，就用铅笔写下，回家后请教父亲，他的文化知识也主要是从父亲那儿学来的。一天夜里他在家里念《三搜索府宝卷》，查夜的人听到后来到家里搜查，十二岁的代兴位把藏在屁股下面的宝卷悄悄放到板炕下面，使宝卷躲过一劫。1977年后社会环境宽松了，代兴位又借别人家的宝卷抄写，如《红灯记》《二度梅》《侯美英反朝》《包爷错断颜查散》《烙碗记》《放饭宝卷》等，以弥补1964年遗失的宝卷。

近年来，为了传承好河西宝卷，代兴位不间断地抄写河西宝卷，并先后收郭海蛟、靳天红、窦永君、张霞、濮芳、曹晓梅、刘立胜、丁葵德等为徒弟，定期教唱【十里亭】【浪淘沙】【金字经】【清江引】【永寿庵】【傍妆台】【和佛调】【五点红】【观音调】【兰桥担水】等河西宝卷曲牌曲调。

谈到宝卷的收藏保护，代兴位说："我对宝卷（保护）细微得很。"正是由于代兴位对宝卷细致入微的呵护，他家才收藏了七十多部宝卷，是目前河西走廊收藏宝卷最多的传承人。

2. 代继生

代继生，男，汉族，1976年出生，高中文化程度（高一），家住甘肃省张掖市甘州区花寨乡，务农。代继生是代兴位的儿子，是代氏宝卷第四代传承人，2008年被确立为河西宝卷省级传承人。他会唱的宝卷曲牌曲调有【四字符】【五字符】【十字符】（两种调）、【七字符】（三种调）、【浪淘沙】【观音调】【哭五更】【打夯调】【清江引】【金字经】【十里亭】【莲花落】【淋淋落】【和佛调】【请佛调】【绣荷包】【十道河调】【贫和尚】等20多种。

河西宝卷省级传承人代继生

代继生向学者介绍代氏收藏的宝卷

河西宝卷国家级传承人乔玉安

代继生继承了代氏的念卷传统，是目前最活跃的河西宝卷传承人，经常参加各种宝卷念唱展演活动。代继生还给自己的两个孩子教唱河西宝卷，他的女儿代仟仟、儿子代核现已学会了一些河西宝卷曲牌曲调，成了代氏第五代宝卷传承人。

代氏一家抄写宝卷始于清光绪三十三年 (1907)，这一年代登科抄写了《熊子贵休妻》《张青贵割肉奉亲》两部宝卷。之后代进寿、代兴位、代继生代代相传，传抄至今。四代人口手相传，书写了一个河西宝卷的百年传奇。截至 2006 年，代氏一家共收藏宝卷约 80 部，其中 10部抄于清代，50 多部抄于民国时期，新中国成立后抄写 10 部，还有几部年代不详。代氏所收藏宝卷时间跨度自清乾隆年间至今约 300 年。2008 年代兴位、代继生父子被确立为河西宝卷传承人后，继续继承家族的抄卷传统，新抄宝卷近 100 部，其中代继生抄写 17 部。除了抄写宝卷外，代继生继续收藏宝卷，近年来从旧书网或朋友处购买清代、民国宝卷近 100 余部。

2021 年，代氏扩建了河西宝卷传习所，建筑面积 100 多平方米，内有台式展示柜、墙壁展示柜、直播音箱、平板电脑等设施。代氏传习所分内间、外间，内间为休息室，外间为河西宝卷展演室。代氏原来收藏的宝卷、新抄的宝卷、后来购买的宝卷，以及学者研究宝卷的著作、论文期刊等全部陈列在展示柜内。

代氏河西宝卷传习所扩建后作了一个三年传承发展规划：购置复印机，给宝卷传承人扫描、复印宝卷资料；筹建宝卷博物馆，不仅收藏宝卷文本资料，还收藏传承人的个人资料（包括音视频资料），同时进行河西宝卷数据库建设；配合学者给每位传承人写传记，用美图等方式宣传；组织有情怀的传承人进校园、进社区，利用宝卷的劝善功能教育大众、服务社会。

3. 乔玉安

乔玉安，男，汉族，1944 年 1 月 16 日出生，小学毕业，酒泉市肃州区上坝镇人，务农。乔玉安家也是宝卷世家，他的太爷、堂爷爷、父亲、叔父都会念卷。他在家族的熏陶下学会了念唱河西宝卷，但是他正式念卷是从 1987 年开始的。

课题组成员采访乔玉安

乔玉安抄写、收藏的宝卷比较多，有《佛说拖天神图真经三品》《三清佛宝三教圣人真经》《曹三杀回郎宝卷》《女儿宝卷》《训女孝歌宝卷》《方四姐宝卷》《忠烈宝卷》《红罗宝卷》《小老鼠告状宝卷》《蜜蜂宝卷》《熊子贵休妻宝卷》《黑骡子告状宝卷》《黄马宝卷》《黄婆宝卷》《张三姐大闹贯州》《严查山宝卷》《张四姐大闹东京》《鹦鸽宝卷》《达摩宝传》《韩湘祖宝传》等宝卷 30 多部。其中《达摩宝传》《韩湘祖宝传》为铅印本。

乔玉安会唱的曲牌曲调 20 多个，是河西宝卷传承人中演唱曲牌曲调最多的人之一，他会唱的曲牌曲调有：【八瞧词】【禅坐调】【吃斋词】【道情】【灯盏词】【花音十字佛】【平音七字佛】【平音十字佛】【叫号】【浪淘沙】【炉香赞】【耍孩儿】【十报娘恩】【洒净词】【皂罗袍】【山坡羊】【哭五更】【莲花落】【十二把扇子】【十二月修行】【十朵莲花】【葫芦词】【淋淋落】【虐婆婆】【十二炷香】【十劝人】等。

宝卷研究者与乔玉安一家人合影留念

2019 年，乔玉安在家病逝，享年 76 岁。

4. 李作柄

李作柄，男，汉族，1930 年 6 月 13 日出生，8 岁上私塾，就读 6 年，家住甘肃省武威市凉州区张义镇，务农，国家级非物质文化遗产项目（河西宝卷）代表性传承人。李作柄老先生现已耄耋，但身体健朗，耳聪目明，言谈举止间常常露出慈祥的微笑，是个十分和善的老人。

李作柄抄卷、念卷是从祖上传下来的，他的祖父李在泾是举人，人称李孝廉。李在泾不愿为官，只想和家人在一起过平静的生活，他考取功名只是为了达到"扬名声，显父母"的目的而已。李作柄的父亲李忠培，读过书，是阴阳先生。李作柄小时候就听爷爷、父母亲念唱宝卷，并跟着和佛，经过多年的熏陶，他学会了念唱宝卷，二十岁左右便开始独立念卷了。那时每逢冬季农闲他就念卷，听卷人主要是老人。李作柄念卷前的仪式很简单，洗手，上香，然后把宝卷"请"到干净的炕桌上。这一仪式表现了他对待宝卷的虔诚心理，他常说："宝卷就是劝人的，教人干好事，学做好人。"

河西宝卷国家级传承人李作柄

李作柄的河西宝卷国家级代表性传承人证书

1966 年，宝卷被查抄，李作柄把家藏的大部分宝卷烧毁了，只将五本最喜爱的宝卷连同"小五经"刻印本砌在墙壁中藏起来。1976 年，李作柄把砌在墙壁中的宝卷和"小五经"取了出来，使它们重见光明。1978 年以后，农村又兴起了念卷、听卷的高潮，于是，李老先生又开始念卷、抄卷。李作柄砌在墙壁中保存下来的宝卷是《方四姐

宝卷》《二度梅宝卷》《包公宝卷》《红罗宝卷》《白马宝卷》，主题分别是鞭挞虐待儿媳妇的婆婆、铲除朝中奸佞、歌颂包公秉公执法、谴责庶母虐待嫡生子、鞭笞丈夫的无端休妻行为等，都是民间津津乐道的好宝卷。除了这五部宝卷外，李老先生再没有念过别的宝卷。目前，他家里现存的宝卷就是以"墙壁中砌过"的宝卷为底本抄写的，原卷被别人借去传抄早已不知所踪。

李作柄老先生现在年事已高，已经好多年没念唱宝卷了，只有在各大媒体、河西宝卷研究者、爱好者等前来采访时才念唱一小段，凉州宝卷的传承则由他的徒弟赵旭峰和李卫善接续。

李作柄老先生收藏下来的宝卷少，会唱的宝卷曲牌曲调也很少，只有【十字调】【七字调】【莲花落】【哭五更】等最常见的几种。

宝卷研究者采访李作柄及其徒弟赵旭峰、李卫善

河西宝卷国家级代表性传承人李作柄和他的徒弟赵旭峰、李卫善

5. 李卫善

李卫善，男，汉族，1962 年 2 月 12 日出生，初中毕业，家住甘肃省武威市凉州区张义镇，务农。李卫善是河西宝卷国家级代表性传承人李作柄的儿子，河西宝卷省级传承人。

李卫善念唱宝卷是从他的父亲那里学来的，他们家留传下来的五部宝卷和"小五经"均由他收藏。除了他父亲会唱的几种曲调外，李卫善还跟他父亲的徒弟赵旭峰一起向他人请教学会了【贫和尚】【熬茶】【白鹤词】【渡世船】【三藏五更修行】【十二上香】【十二月念佛】【十盏灯】【五个茶碗】【五更拜佛】【逍遥词】等十余种宝卷曲牌曲调。

2011 年以后，李卫善和赵旭峰一道组织凉州宝卷演唱活动。2015 年 11 月李卫善被确立为河西宝卷省级传承人，2016 年他收牛月兰为徒传承河西宝卷。此后李卫善与赵旭峰组团保护传承河西宝卷，接受各大媒体、团体、个人的调研采访，并参与有关凉州宝卷的专题片、纪录片的摄制，尽职尽责地履行着河西宝卷传承人的职责。

河西宝卷省级传承人李卫善

调研者在李卫善家看宝卷和"小五经"

6. 赵旭峰

赵旭峰，男，汉族，1964 年 11 月出生，大专学历，家住甘肃省武威市凉州区张义镇，曾在小学任教，现供职于武威天梯山石窟管理处，河西宝卷省级传承人。赵旭峰是河西宝卷国家级代表性传承人李作柄的徒弟，他 1978 年开始跟着李作柄老先生学习念卷，16 岁高中毕业时就开始独立念唱宝卷了。

赵旭峰是文化程度较高的河西宝卷传承人，是唯一有公职的传承人，也是唯一研究整理河西宝卷的传承人。他 1982 年 3 月参加工作，任代课教师，1985 年转为民办教师，1990 年转为公办教师，2003 年 8 月调入武威天梯山石窟管理处工作至今。赵旭峰先生多才多艺，自幼酷爱文学与绘画，现为甘肃省作家协会会员、甘肃省美术家协会会员。

河西宝卷省级传承人赵旭峰

课题组成员采访赵旭峰

赵旭峰 1994 年开始搜集整理凉州宝卷和民歌。2003 年，《西凉文学》3—4 期合刊印行他搜集整理的"凉州宝卷与民歌"；2007 年，他和王奎搜集整理的《凉州宝卷》（一）由武威天梯山石窟管理处编印；2010 年，他和李武莲合编的《凉州小宝卷》由中国文联出版社出版；2014 年，他主编的非物质文化遗产读本《凉州宝卷》由甘肃人民美术出版社出版；2019 年，他主编的《凉州宝卷精选》由敦煌文艺出版社出版。

赵旭峰整理刊印的凉州宝卷

赵旭峰是个自觉的河西宝卷传承人，他很早就意识到凉州宝卷和民歌的生存困境，并于 1992 年开始多方拜师学习演唱宝卷的曲牌曲调，前后共学会了【七字佛】【十字佛】【哭五更】【莲花落】【贫和尚】【熬茶】【白鹤词】【渡世船】【三藏五更修行】【十二上香】【十二月念佛】【十盏灯】【五个茶碗】【五更拜佛】【逍遥词】等十余种宝卷曲牌曲调。2011 年，他号召爱好宝卷的村民自发筹集资金 6000 多元作为活动经费，发展亲戚朋友和爱好宝卷的村民参加凉州宝卷演唱队，会员达到 20 余人，演唱队邀请宝卷传承人李作柄先生教唱宝卷，同年，赵旭峰和李卫善正式成为李作柄先生的弟子。此后赵旭峰和李卫善成为凉州宝卷传承的黄金搭档，每年坚持定期举办凉州宝卷传承演唱活动。2015 年 11 月赵旭峰和李卫善两人同时被确立为河西宝卷省级传承人。2016 年元月赵旭峰正式收严兰庆、李春莲、李桂芳为徒，后来又陆续收李荣善、赵旭忠、李生梅为徒。

2018 年 11 月赵旭峰开始负责筹建凉州宝卷传习所，2019 年 6 月竣工并投入使用。凉州宝卷传习所地处凉州区张义镇灯山村，仿照典型的农家四合院结构建造，保持了宝卷演唱环境的古朴风貌。在凉州宝卷传习所，赵旭峰及其搭档李卫善和他们的徒弟们为各大媒体、团体展演凉州宝卷若干场次。

自 2011 年赵旭峰组织凉州宝卷演唱队至今，组织凉州宝卷演唱活动若干场次，先后参与拍摄有关凉州宝卷的专题片、纪录片十余部，接受各大媒体、研究所、高校、企事业单位调研考察组及宝卷研究者个人的调研、采访上百次，同时他也到外地参加全国性、地方性的非遗展演活动，为凉州宝卷的传承保护、宣传推广作出了应有的贡献。

赵旭峰特别重视河西宝卷的教化功能。他说："宝卷是古代的教材，正统的教材是四书五经，家族的教材是宝卷，子孙后代必须听。"

7. 范积忠

范积忠，男，汉族，1948 年 6 月 22 日出生，小学毕业，家住甘肃省永昌县新城子镇，务农，河西宝卷省级传承人。范积忠 15 岁听别人念卷，18 岁开始抄卷并独立念唱宝卷。念卷给年轻的范积忠在找对象这件事上帮了大忙，他第一次去未来丈母娘家里念卷，喜欢听卷的丈母娘主动将女儿许配给他。

河西宝卷省级传承人范积忠的农家小院

调研者采访河西宝卷省级传承人范积忠

范积忠先生性格开朗豪爽，极为好客，与采访者交谈始终充满着他那爽朗的笑声，没有丝毫的拘谨。他收藏的宝卷包在老伴的红包袱里。2018 年，他收藏有 25 部宝卷，后来他空闲时坚持抄卷，2020 年，他收藏的宝卷达到 50 多部。

范积忠曾有一段"偷"宝卷的故事。20 世纪 60 年代，范积忠所在的人民公社把收缴来的宝卷搁置在后夹屋。大约 1971 年的一天，他正在家里脱土块（用模具制作土坯），和他同一个生产队的小伙子们说要去公社拆后夹屋。听到这个消息，他立马停下手中的活儿赶到公社，在即将拆毁的后夹屋里翻腾起来，果不其然，他找到了收缴的宝卷，挑选了三十多部。狂喜之余他又极其恐惧，为了防止被人发现，他脱下衬衣，将宝卷包裹起来，用袖子扎紧，不敢走大路，借助山沟山崖的掩护潜行回家，用牛皮纸袋装好宝卷后藏在不烧火的一个炕洞里（土炕一般有两个炕洞，一般都烧火，有时候其中一个不烧火）。可惜范积忠的爱人和他的母亲怕招来灾祸，于是两人一起把宝卷取出来，把插图多的宝卷全部烧毁，仅剩下《白玉楼挂画宝卷》《方四姐宝卷》《韩湘子修行宝卷》《蜜蜂计宝卷》《鲁达骂灶宝卷》等几部。后来范积忠的爱人把这几部宝卷放在盛粮食的柜里，又怕被虫蛀，于是索性用自己的陪嫁包袱包起来收藏。

2018 年范积忠先生收藏的 25 部宝卷分别是：《白玉楼挂画宝卷》、《方四姐宝卷》、《韩湘子修行宝卷》、《蜜蜂计宝卷》、《鲁达骂灶宝卷》、《烙碗记宝卷》（两部）、《唐王游地狱宝卷》（两部）、《丁郎寻父宝卷》、《侯美英反朝宝卷》、《刘全进瓜宝卷》、《小老鼠告状宝卷》、《窦娥冤宝卷》、《江流儿宝卷》、《救劫宝卷》、《白马宝卷》、《劈山救母宝卷》、《卖妙郎宝卷》、《天仙配宝卷》、《小鹦哥盗桃宝卷》、《紫荆宝卷》、《昭君和番宝卷》、《四神姑下凡宝卷》、《仙姑宝卷》。从公社偷来的《韩湘子修行宝卷》被人借去没有还回来，范先生后来又借别人的抄了一本。以上宝卷除了《白玉楼挂画宝卷》《方四姐宝卷》《蜜蜂计宝卷》《鲁达骂灶宝卷》《烙碗记宝卷》是别人抄写的外，其他宝卷都是范先生自己抄写的。

除了收藏、抄写传统宝卷外，2017 年范积忠还自编了一部宣传党的十九大有关"三农"精神和劝导民众遵纪守法的宝卷《十九大报告精神与法律选段新编宝卷》，并配合县镇两级政府的工作到各村巡回念唱、宣传，得到了政府和民众的好评。他说："念十九大报告听的人少，编成卷听的人就多了，大家愿意听唱的。"

范积忠先生会唱的曲调有【佛调】【绣香袋调】【莲花落】【淋淋落】【哭五更】【催工夯歌调】【摆船调】【太平歌】【尼姑调】【浪淘沙】【茉莉花】【离情调】【哎哟调】等13个。

范积忠夫妇十分好客，采访者到他家去采访，如果是六七月份，总能品尝到范奶奶的美食"艾面"。

范积忠的老伴范执爱做的"艾面"

8. 刘银花

刘银花，女，汉族，1947年11月10日出生，小学五年级文化程度，家住甘肃省张掖市高台县城关镇，自由职业者，河西宝卷省级传承人。刘银花的老伴孙吉善，男，汉族，1944年7月15日出生，退休干部，退休前就职于高台县公安局。刘银花念唱宝卷时，老伴孙吉善常为她和佛。

河西宝卷省级传承人刘银花

课题组成员采访刘银花夫妇

刘银花念唱宝卷是跟叔父刘天均学的。刘天均在青海当过兵，喜欢讲故事，在青海学会了念卷，回到家乡后，只要借上卷他就会念。刘银花的奶奶和父亲特别喜欢听卷，她十三四岁时开始给父亲念卷，自己慢慢地也就喜欢上宝卷了。刘银花1963年结婚，以前娘家收藏的宝卷她也不知道去向了。她1966年至1976年期间再没念过卷，1982年又开始念卷。她常说："念卷是好事，人要干好事，不能干坏事。"刘银花1986年进城，总体感觉是乡里听卷的人多，城里人上班忙，听卷的人自然少，现在城里听卷的老人大都是乡里搬迁来的。

刘银花收藏有《鹦鸽宝卷》《乌鸦宝卷》《苦节图宝卷》《回郎宝卷》《刘全进瓜宝卷》《孟姜女哭长城宝卷》《包爷错断颜查散宝卷》《白马宝卷》《康熙宝卷》《紫荆宝卷》《牡丹宝卷》等11种宝卷，这些宝卷都是刘银花的老伴孙吉善抄写的。

刘银花会唱的河西宝卷曲牌不多，有【阿弥陀佛调】【十字佛】【七字佛】【哭五更】【十劝人】等。

受刘银花的影响，她的大儿媳妇、二儿子、三丫头、四丫头都喜欢宝卷，会念唱宝卷，成了她的接班人。目前，刘银花除了定期到传习所念卷外，也常到广场、旅游景点念唱宝卷，有时文化局非遗办公室也组织念卷活动让学生听。

9. 张成舜

张成舜，男，汉族，1941年出生，初中毕业，家住甘肃省张掖市民乐县民联镇，务农，河西宝卷省级传承人。张成舜的太爷张连璧、爷爷张吉官都会念卷。爷爷上了年纪后，左邻右舍还到他家来听卷，一听就是一晚上。后来老人厌烦了，就叫孙子张成舜念卷，那时张成舜十六岁了，有些字不认识，爷爷就给他教。爷爷教张成舜念卷，要求像说书一样字句通顺，表达清楚。张成舜的父亲兰州大学毕业后在武威师范教书，后来得了急病，36岁就去世了。

河西宝卷省级传承人张成舜

河西宝卷省级传承人张成舜迎接调研者

张成舜回忆他念《方四姐宝卷》《绣红罗宝卷》时的情景，悲伤的情节常常使听卷的妇女们泪流满面。他念过的宝卷还有《征东宝卷》《征西宝卷》《陈杏元和番宝卷》《昭君和番宝卷》《包公错断阎查三宝卷》《康熙私访山东宝卷》。张成舜的伯父非常喜欢听卷，1964年他的伯父病重，想听他念卷，他给伯父念《卖苗郎宝卷》，不料被一个路过的大队干部听到了，宝卷被没收了，从那以后他再也没念过卷。

1968年张成舜家收藏的宝卷和一些书籍全部被没收，他说："一些村干部偷着藏下了一部分宝卷，否则就失传了。"张成舜现在手头没有宝卷留存。

2015年，张成舜成为河西宝卷省级传承人，村干部请他出来教村民念卷。他念唱宝卷声音宏厚，咬字清楚，会唱的河西宝卷曲牌曲调有【十字句】【七字句】【哭五更】等。他说："念卷要字句清晰，语句通顺，让人能听懂。"

张成舜的祖上十分富足，"骡马成群，牛羊满圈"。他的父亲才学出众却英年早逝，如今的张成舜老人儿孙都在外打工，他孤身一人留守家园。

10. 陈多祝

陈多祝，男，汉族，1943年7月26日出生，高中毕业，河西宝卷省级传承人。

陈多祝念唱宝卷也是祖上传下来的。他的祖父陈福德会念卷，然而识字不多，不认识的字常请教别人。陈福德将宝卷传给儿子陈鼎诗，陈鼎诗文化程度比父亲高，完小毕业，人称先生，他的父亲念卷时不认识的字还常请教他。陈鼎诗一边行医，一边念卷，还喜好书法，又是大傧先生，常常为乡里主持丧仪。陈鼎诗把宝卷传给大儿子陈多儒，后来因自己事务繁忙，很少念卷。陈多儒"过目不忘"，记忆力超强，他继承了父亲的医术和宝卷。陈多儒念卷声音高亢，吐字清楚。陈多儒1959年去了新疆阿克苏行医，直到1970年祖母去世后回家一趟，待了42天，村民争相请他去念卷，连续念了39天。

陈多祝念唱宝卷是他的兄长陈多儒传授的，他1950年开始接触宝卷，跟着哥哥走村转户，初学和佛，兄弟俩一念一接，唱和和谐。陈多祝15岁开始独立念卷，他还记得第一次在家中念《天仙配宝卷》（又称《七神姑下凡宝卷》）时的情形，村里人听说他在家念卷，来了不少人，都被悲伤的故事感动得哭了。1966年，陈多祝先生停止念卷，直到1971年后又开始偷着念。

河西宝卷省级传承人陈多祝迎接调研者

河西宝卷省级传承人陈多祝和采访者一起在他家吃饭

陈多祝是目前老一代河西宝卷国家级、省级传承人中文化程度较高的传承人，他念卷吐字清楚，特别关注听卷人的理解接受力，因而他念卷的特点是一边念一边讲解，以保证听卷人听懂宝卷的内容。

现在陈多祝念卷时的和佛人是他的老伴吕会英，吕会英不识字，只会接卷和佛。陈先生说念卷人是接卷人的师傅，谈到自己的老伴是自己念卷时的接卷人时，陈老先生风趣地说："跟上做官的当娘子，跟上杀猪的翻肠子，跟上念卷的和佛子。"

调研者采访河西宝卷省级传承人陈多祝

陈多祝在宝卷传习所与调研者合影留念

陈多祝对宝卷内容有独到的理解，他认为宝卷中的诗句有很强的概括力，而且还认识到宝卷源于生活，所以他念唱《乌鸦宝卷》念到王小泉外出经商时用"来也空，去也空，来去都是一场空；挣下银子一千两，还叫淫妇送了命"来概括下文内容：王小泉出门经商，妻子在家与人通奸；王小泉挣了银子回家，当晚被妻子害死。陈多祝还很重视宝卷的娱乐性，他在念卷时也会更改或增加一些内容，给念卷活动增添一些情趣。如念到卷末口渴了，他就临时增加唱词"接卷之人口干燥，想喝糖茶不好要"，听卷人开心欢笑，主人也连忙端上茶水。

陈多祝祖上传有十几本宝卷，20世纪60年代家传宝卷基本上被烧毁了，有几本宝卷放在贫下中农家藏起来，但后来却被当作字纸卖掉了。现在他念的宝卷都是他根据《山丹宝卷》抄的。除了传统的宝卷曲目外，他也新编了一部时事宝卷《说唱新农村》。他会唱的曲牌曲调有【十字符】【七字符】【打莲花】【哭五更】【淋淋落】【浪淘沙】【害相思】等。

陈多祝老先生有很深的文学素养，说话妙语连珠，这得益于宝卷对他的熏陶。提到传抄宝卷，他说自己将"写到生命的尽头"。他的继承人是他的儿子，但由于儿子工作忙，所以念卷的次数也不多。

河西宝卷国家级、省级传承人热爱宝卷，因而河西宝卷才得以在当下活态传承，许多宝卷文本才得以保存。同时，他们也培养了河西宝卷的下一代传承人。在他们的引领和带动下，河西走廊各市县不断涌现出市级传承人、县区级传承人，为河西宝卷的活态传承注入了新的活力。

二

河西宝卷目[1]

（一）已出版刊印的河西宝卷目

说明：本目依据目前已经整理出版或编印的河西宝卷刊本，同卷异名的宝卷用"又名"注明，每个宝卷所在刊印本在卷名后括号内用简称标注。笔者所阅已经整理出版或编印的河西宝卷刊本如下：

1. 段平整理：《河西宝卷选》，兰州大学出版社，1988年版。共收录8部河西宝卷。简称"河西兰"。

2. 段平纂集：《河西宝卷选》（上、下），新文丰出版公司，1992年版。共收录13部河西宝卷。简称"河西新"。

3. 方步和编著：《河西宝卷真本校注研究》，兰州大学出版社，1992年版。共收录10部河西宝卷。简称"河西真"。

4. 何登焕编辑：《永昌宝卷》（上、下册），永昌县文化局2003年印。准印号：甘出准016字总0156号（2003）015号。共收录32部河西宝卷。简称"永昌"。

5. 《凉州宝卷·民歌》，《西凉文学》2003年3—4合刊。共收录8部河西宝卷。简称"凉州"。

6. 王奎、赵旭峰搜集整理：《凉州宝卷》（一），武威天梯山石窟管理处2007年6月编印。准印号：甘出准063字总561号（2007）014号。共收录6部河西宝卷。简称"凉州一"。[1]

7. 赵旭峰：《凉州宝卷》，甘肃人民美术出版社，2014年版。共收录6部宝卷。简称"凉州二"。

8. 赵旭峰：《凉州宝卷精选》，敦煌文艺出版社，2019年版。共收录9部宝卷。简称"凉州三"。

9. 程耀禄、韩起祥主编：《临泽宝卷》，中国人民政治协商会议甘肃省临泽县委员会2006年编印。准印号：甘出准059字总1067号（2006）1号。共收录25部河西宝卷。简称"临泽"。

10. 张旭主编：《山丹宝卷》（上、下册），甘肃文化出版社，2007年版。共收录43部河西宝卷。简称"山丹"。

11. 徐永成、崔德斌编：《金张掖民间宝卷》（一、二、三），甘肃文化出版社，2007年8月版。共收录51部河西宝卷。简称"张掖"。

12. 徐永成、王立泰、崔德斌编：《金张掖民间宝卷》（四、五），2009年编印。准印号：甘出准059字总1296号（2009）2号。共收录30部河西宝卷。简称"张掖"。

13. 宋进林、唐国增整理编集：《甘州宝卷》，中国书画出版社，2008年版。共收录23部河西宝卷。简称"甘州"。

14. 李中锋、王学斌主编：《民乐宝卷精选》（上、下），中国人民政治协商会议甘肃省民乐县委员会2009年编印。准印号：甘出准059字总1327号（2009）33号。共收录34部河西宝卷。简称"民乐"。

15. 韩延琪主编，王山、赵英、杨明、钱增儒副主编：《民乐宝卷》（一、二、三）（民乐文史资料第十五辑），中国人民政治协商会议甘肃省民乐县委员会2016年编印。准印证号：甘出准159字总1002号（2016）012号。共收录64部宝卷。简称"民乐"。

16. 王吉孝搜集整理：《宝卷选萃》（共五册），2009年编印。准印证号：甘出准063字总642号（2009）027号。共收录40部37种河西宝卷。简称"选萃"。

17. 王吉孝：《宝卷》（共九册），2013年编印。准印（制）证号：甘出准063字总780号（2013）015号。共收录81部72种河西宝卷。简称"古浪"。[2]

18. 王学斌纂集：《河西宝卷集粹》（上、下），中国人民大学出版社，2010年版。共收录18部河西宝卷。简称"河西集"。

19. 高德祥：《敦煌民歌·宝卷·曲子戏》，中国图书出版社，2011年版。共收录2部河西宝卷。简称"敦煌"。

20. 何国宁、李爱文、单永生主编：《酒泉宝卷》（第一辑、第二辑、第三辑），甘肃文化出版社，2012年版。何国宁、李爱文、单永生编：《酒泉宝卷》（第四辑），甘肃文化出版社，2011年5月版。何国宁、李爱文、单永生编：《酒泉宝卷》（第五辑），甘肃文化出版社，2011年11月版。共收录52部河西宝卷。张建品、单永生编：《酒泉宝卷》（第六辑），酒泉市肃州区文化馆2020年编印。准印证：（甘）2020Y0600008号。共收录35部[3]河西宝卷。简称"酒泉"。

21. 桂发荣：《民间宝卷》（《金塔非物质文化遗产集萃》第九辑），甘肃文化出版社，2014年版。共收录40部宝卷。简称"金塔"。

22. 张天佑、任积泉主编：《丝路稀见刻本宝卷集成》（全十册），天津古籍出版社，2019年版。有10部宝卷在河西走廊流传。简称"丝路刻本"。

23. 张天佑、任积泉主编：《丝路稀见抄本宝卷集成》（全十册），天津古籍出版社，2019年版。共收录15部[4]河西宝卷。简称"丝路抄本"。

段平纂集的《河西宝卷续选》，由台湾新文丰出版公司出版，笔者没有找到此书，车锡伦的《中国宝卷研究》一书附有"甘肃河西地区流传抄本民间宝卷目"，这个河西宝卷目中收录《河西宝卷续选》一书18部河西宝卷[5]，这18部河西宝卷除了《土地宝卷》《张浩求子宝卷》外，其他宝卷均包括在以上所列河西宝卷刊印本范围之内。《土地宝卷》《张浩求子宝卷》直接列入此目。

我们编撰此河西宝卷目坚持"眼见为实"的原则，对以上卷本的内容都亲自过目，以避免将同卷异名者当作不同种类的宝卷而重复著录，或将同名异卷视为同种宝卷。

[1] 赵旭峰搜集整理的《凉州小宝卷》由中国文联出版社于2010年出版，收录50个小宝卷，另外还收录了《康熙宝卷》（康熙私访山东）。此《河西宝卷目》中不收录小宝卷。

[2] 王吉孝先生的《宝卷》收录的河西宝卷是甘肃省武威市古浪县搜集的手抄本。

[3] 《酒泉宝卷》（第六辑）收录了15个简短的纯韵文的宝卷，我们认为是小宝卷，不收录于《河西宝卷目》。

[4] 《丝路稀见抄本宝卷集成》题解中明确指出收藏于河西走廊地区的宝卷16部，其中《曲牌本》（手抄本原题为《排本子》）是曲牌的汇集，不算为宝卷的一种。

[5] 《河西宝卷续选》一书18部河西宝卷是：《包公宝卷》《白玉楼宝卷》《白长生逃难宝卷》《丁郎寻父宝卷》《二度梅宝卷》《黄马宝卷》《红灯记宝卷》《洪江宝卷》《金龙宝卷》《康熙宝卷》《烙碗记宝卷》《土地宝卷》《武松祭灵宝卷》《湘子度林英宝卷》《小儿祭财神宝卷》《杨金花夺印宝卷》《紫荆宝卷》《张浩求子宝卷》。

001 《白长胜逃难宝卷》（张掖二、临泽），又名《白长生逃难宝卷》（河西集下、民乐下）。

002 《白虎宝卷》（张掖二、酒泉三、民乐二、金塔）。

003 《白马宝卷》（张掖一、酒泉二、临泽、凉州一、凉州三、选萃四、古浪四、民乐二、金塔），又名《金定宝卷》（山丹下）。

004 《白蛇传宝卷》（河西新上），又名《白蛇传》（张掖四），又名《白蛇宝卷》（山丹上、民乐三），又名《雷峰宝卷》（古浪五、民乐一），又名《盗灵芝宝卷》（凉州三）。

005 《白兔宝卷》（选萃五、古浪三）。

006 《白玉楼宝卷》（河西集下、民乐上、河西兰、古浪六），又名《白玉楼挂画宝卷》（选萃三），又名《张彦休妻宝卷》（甘州、山丹下），又名《苦节图宝卷》（张掖二、临泽、民乐二、丝路抄本），又名《苦节宝卷》（酒泉三、金塔）。

007 《包公宝卷》[1]（凉州、凉州一、凉州三、选萃一），又名《包爷三下阴曹》（永昌上）。

008 《包公错断闫查三宝卷》（甘州），又名《包公错断彦查散》（张掖三），又名《闫又三宝卷》（山丹上），又名《包公错断颜查散宝卷》（民乐二），又名《花灯宝卷》（酒泉三、临泽、金塔），又名《包公宝卷》（古浪一）。

009 《曹福登仙宝卷》（古浪七）。

010 《达摩宝卷》（酒泉四），又名《达摩宝传》（丝路刻本）。

011 《丁郎寻父宝卷》（酒泉五、甘州、山丹上、民乐上、河西兰、丝路抄本），又名《丁郎寻父》（张掖二、永昌下、金塔），又名《仲举宝卷》（酒泉一、选萃三、古浪八），又名《对镜宝卷》（选萃三、古浪三）。

012 《洞宾买药宝卷》（酒泉五）。

013 《二度梅宝卷》（张掖二、酒泉二、山丹上、民乐上、临泽、凉州、凉州二、河西兰、选萃二、古浪二、金塔），又名《二度梅》（永昌上）。

014 《方四姐宝卷》（张掖二、甘州、民乐下、河西新下、敦煌、选萃三、古浪三、酒泉六），又名《芳四姐宝卷》（凉州三），又名《房四姐宝卷》（山丹上），又名《方四姐》（永昌下），又名《四姐宝卷》（凉州一），又名《余郎宝卷》（酒泉二、金塔），又名《于郎宝卷》（临泽）。

015 《放饭宝卷》（河西集下、民乐下、河西新下），又名《放饭遇亲宝卷》（张掖四），又名《牧羊宝卷》（酒泉一、选萃一、古浪一、金塔），又名《朱春登征西》（永昌上）。

016 《风雨会宝卷》（张掖三、河西集下、民乐下、酒泉六）。

017 《佛说福德当方土地真经卷》[2]（丝路抄本）。

018 《佛说孔雀明王真经》（丝路抄本）。

019 《佛说穰星灯科九值十化十二押运经》（丝路抄本）。

020 《佛说销释报恩经》[3]（丝路抄本）。

021 《伏魔大帝伏魔宝卷》（酒泉六）。

022 《古庙咒媳》（酒泉三、金塔）。

023 《桂花桥》（酒泉三、金塔）。

024 《汗衫宝卷》（丝路抄本）。

025 《何仙姑宝卷》（张掖一、酒泉四、临泽、河西新下、民乐一），又名《何仙宝传》《何仙修真度世宝传》（丝路刻本）。

026 《和家论宝卷》（张掖二、山丹下、凉州、凉州一、凉州三、民乐二、选萃四），又名《和家宝卷》（古浪四）。

027 《红灯记宝卷》（山丹下），又名《红灯记》（张掖四），又名《红灯计宝卷》（酒泉五、河西兰、古浪九），又名《红灯计》（永昌下），又名《红灯宝卷》（酒泉二、金塔）。

028 《红葫芦宝卷》（古浪七）。

029 《红楼镜宝卷》（河西新下）。

030 《红匣记》（张掖一），又名《忠孝节义洪江宝卷》（酒泉三），又名《红江记宝卷》（河西集下、民乐上），又名《红江匣宝卷》（临泽），又名《对趾宝卷》（选萃三、古浪三），又名《洪江宝卷》（金塔）。

031 《侯美英反朝宝卷》（甘州、山丹上、永昌下、民乐二、选萃四），又名《侯美英反朝》（张掖一），又名《侯美英宝卷》（临泽、古浪四）。

032 《呼延家宝卷》（民乐三）。

033 《胡玉翠骗婚宝卷》（甘州）。

034 《沪城奇案宝卷》（山丹上、民乐二），又名《沪城宝卷》（张掖四）。

035 《护国佑民伏魔宝卷》（张掖三、临泽、丝路刻本），又名《护国佑民宝卷》（民乐一）。

036 《花名宝卷》（民乐三、金塔）。

037 《还乡宝卷》（张掖三、临泽、民乐一）。

038 《黄桂英宝卷》（古浪六）。

039 《黄马宝卷》（张掖四、河西集下、民乐下）。

040 《黄氏女宝卷》（张掖四、酒泉三、民乐下、河西新下），又名《黄氏宝卷》（民乐一），又名《黄氏公案真经》（金塔），又名《黄氏宝传》（丝路刻本）。

041 《回郎宝卷》（张掖三、民乐二），又名《回郎中举宝卷》（山丹下），又名《状元宝卷》（古浪七），又名《徊郎宝卷》（酒泉六）。

042 《活人变牛》（酒泉三、金塔）。

043 《稽山赏贫》（酒泉三、金塔）。

044 《继母狠宝卷》（张掖二、河西真、民乐二、选萃四），又名《继母宝卷》（古浪四），又名《继母狠》（永昌下），又名《李玉英伸冤宝卷》（山丹下）。

045 《教子成名》（张掖五），又名《教子成名宝卷》（民乐三）。

046 《金凤宝卷》（酒泉四、山丹上、民乐上、永昌下），又名《金凤凰宝卷》（甘州），又名《鸳鸯宝卷》（张掖二、民乐一），又名《夏桂英宝卷》（古浪九）。

[1] 这个宝卷交错讲述"包公错断严察山"和"王恩害石义"两个故事，二者的故事情节没有任何瓜葛，唯一的联系是两个案件都是包公明断的。《宝卷》中收录了《包公宝卷》和《红葫芦宝卷》，前者讲包公错断严察山的故事，后者讲王恩害石义的故事。

[2] 手抄本原题为《佛说当方土地福德真经卷》。

[3] 手抄本原题为《佛说释销报恩经卷》。

047《金龙宝卷》(酒泉二、山丹上、凉州、选萃一、古浪一、民乐三、凉州二)，又名《朝山宝卷》(张掖二、民乐二)，又名《团圆宝卷》(金塔)。

048《金沙滩宝卷》(民乐三)。

049《金善菩萨宝诰宝卷》(凉州三)。

050《金腰带》(酒泉三、金塔)。

051《锦囊计宝卷》(酒泉六)。

052《精忠宝卷》(张掖五、河西集上、民乐上、河西新上)。

053《救劫宝卷》(张掖二、山丹下、永昌下、河西真、河西兰、河西新下、选萃二、古浪一、民乐二)。

054《开宗宝卷》(河西新下)。

055《康熙访江宁宝卷》(河西集上、民乐上)，又名《康熙访江宁》(张掖三、酒泉五、金塔)。

056《康熙私访山东宝卷》(张掖三、甘州、临泽、丝路抄本)，又名《康熙访山东宝卷》(民乐上)，又名《康熙宝卷》(酒泉一、永昌上、凉州二、金塔、选萃五、古浪五)，又名《康熙帝私访山东宝卷》(山丹上)。

057《苦功悟道宝卷》(丝路抄本)。

058《葵花宝卷》(张掖一、河西集下、选萃二、古浪二、酒泉六)，又名《割肉奉亲宝卷》(山丹下)，又名《葵花镜宝卷》(民乐二)。

059《老母捎书宝卷》(酒泉六)。

060《老鼠宝卷》(张掖一、河西集下、山丹下、民乐上、河西真、选萃二、古浪五、金塔)，又名《小老鼠告状宝卷》(酒泉五)，又名《小老鼠告状》(永昌下)。

061《烙碗计宝卷》(河西集下、民乐下)，又名《烙碗计》(永昌下)，又名《落碗宝卷》(张掖二、酒泉五、民乐二)，又名《仁义宝卷》(山丹上)，又名《兄弟宝卷》(古浪二)。

062《雷打花狗》(酒泉三、金塔)。

063《刘金定受难宝卷》(张掖四)，又名《张聪还魂宝卷》(甘州)，又名《骷髅宝卷》(古浪七)，又名《庄子宝卷》(民乐一)。

064《刘全进瓜宝卷》(张掖三、酒泉五、山丹下、民乐下、河西真、凉州三)，又名《刘全进瓜》(永昌上)，又名《积善宝卷》(古浪九)。

065《六月雪》(永昌下)。

066《龙凤宝卷》(古浪五)。

067《鲁和平骂灶》(永昌下)。

068《罗通扫北宝卷》(河西集上、甘州、民乐三)。

069《麻爱莲宝卷》(古浪九)。

070《马乾龙游国宝卷》(张掖四)，又名《马钱龙游国宝卷》(山丹下、民乐二)，又名《太子宝卷》(古浪八)，又名《马乾隆游国宝卷》(丝路抄本)。

071《卖妙郎宝卷》(山丹下、民乐二)，又名《卖妙郎》(张掖二)，又名《女中孝》(永昌下)，又名《女忠孝宝卷》(甘州)，又名《忠孝宝卷》(酒泉三、金塔)，又名《孝忠宝卷》(古浪六)。

072《卖身葬父》(张掖五)，又名《卖身葬父宝卷》(民乐三)。

073《孟姜女哭长城宝卷》(张掖三、民乐下、临泽、河西兰、河西新上)，又名《长城宝卷》(酒泉三、选萃二、古浪六)，又名《绣龙袍宝卷》(酒泉二、金塔)。

074《蜜蜂宝卷》(张掖二、酒泉三、酒泉五、民乐二、金塔)，又名《蜜蜂计宝卷》(河西集下、山丹下、古浪一)，又名《蜜蜂计》(永昌上、丝路抄本)。

075《鸣钟诉冤》(酒泉三、金塔)。

076《牡丹宝卷》(张掖一、民乐二、酒泉六)，又名《牧牛宝卷》(酒泉四)，又名《黑蜜蜂宝卷》(临泽)。

077《目连救母幽冥宝卷》(酒泉三)，又名《目连救母幽冥宝传》(敦煌)，又名《目连宝卷》(古浪七)，又名《萝葡宝卷》(古浪八)，又名《目连救母升天》(金塔)。

078《目连三世宝卷》(张掖四、民乐下、河西新下)，又名《目连三世救母宝卷》(丝路刻本)。

079《穆桂英大破天门阵宝卷》(甘州)。

080《潘公免灾救难宝卷》(丝路刻本)。

081《劈山救母宝卷》(张掖一、山丹上、临泽、民乐一、选萃五)，又名《沉香宝卷》(酒泉一、民乐下、选萃四、古浪四、金塔)，又名《华山宝卷》(古浪二)，又名《神湘子劈山救母宝卷》(甘州)，又名《劈山救母》(永昌上)。

082《贫和尚出家宝卷》(酒泉四、甘州)。

083《菩萨宝卷》(古浪二)。

084《七真天仙宝传》(丝路刻本)。

085《乾隆宝卷》(张掖四、酒泉二、民乐三、金塔)。

086《乾隆私访白却寺宝卷》(甘州)，又名《乾隆宝卷》(丝路抄本)。

087《琼瑶宝卷》(古浪六)。

088《如意宝卷》(酒泉二、金塔)。

089《三娘教子宝卷》(古浪三)。

090《三神姑下凡宝卷》(张掖一、民乐一)，又名《佛说三神姑下凡宝卷》(临泽)，又名《张三姐大闹贯州城宝卷》(酒泉六)。

091《三搜索府宝卷》(甘州)，又名《施公宝卷》(民乐二)。

092《生身宝卷》(酒泉五)。

093《十二圆觉》(张掖五，丝路刻本)，又名《十二圆觉宝卷》(民乐三)。

094《十王宝卷》(古浪七)。

095《手巾宝卷》(河西集下、选萃五、古浪七、民乐三)。

096《数珠宝卷》(酒泉六)。

097《双受诰封》(张掖五)，又名《双受诰封宝卷》(民乐三)。

098《双喜宝卷》(张掖二、酒泉一、永昌下、选萃四、古浪四、民乐二、金塔)。

099《双玉杯》(永昌下)。

100《宋朝宝卷》(一、二)(选萃二)，又名《宋王宝卷》(古浪二)，又名《南唐宝卷》(古浪二)。

101《苏三宝卷》(古浪八)。

102《太子宝卷》[1] (丝路刻本)。

[1] 又名《雪山太子宝卷》，讲唱释迦牟尼成佛的故事。

103 《唐王游地狱宝卷》（张掖三、甘州[1]、民乐下、河西真），又名
《唐天子游地狱宝卷》（山丹上），又名《唐王游地狱》（永昌上），
又名《地狱宝卷》（酒泉三、金塔），又名《唐王宝卷》（古浪
六），又名《唐王游地狱和刘全进瓜宝卷》[2]（选萃四）。

104 《天仙配宝卷》（张掖一、酒泉五、甘州、山丹下、民乐下、临泽、
河西真、选萃四、古浪四），又名《天仙配》（永昌上）。

105 《天眼难瞒》（张掖五），又名《天眼难瞒宝卷》（民乐三）。

106 《土地宝卷》（《河西宝卷续选》）。

107 《土地宝卷》[3]（酒泉六）。

108 《土神受鞭》（酒泉三）。

109 《王母娘娘透天玄机救劫宝卷》（酒泉六）。

110 《魏阄宝卷》（古浪九）。

111 《乌鸦宝卷》（张掖一、酒泉三、临泽、永昌下、民乐二、金塔），
又名《黑骡子告状宝卷》（甘州、民乐下、丝路抄本），又名
《哑巴告状宝卷》（山丹上），又名《毒蛇宝卷》（古浪七）。

112 《无生老母敕旨钦降收缘船救劫宝卷》（酒泉六）。

113 《无生老母救世血书宝卷》（酒泉四）。

114 《无生老母临凡普度众生宝卷》（酒泉四）。

115 《吴江渡宝卷》（张掖四），又名《乌江渡宝卷》（山丹下、民乐
二），又名《渡乌江宝卷》（古浪四）。

116 《吴彦能摆灯宝卷》（张掖一、酒泉五、山丹下、河西真、选萃
三），又名《吴彦能摆灯》（永昌上），又名《灯山宝卷》（古浪
三），又名《摆灯宝卷》（民乐二）。

117 《五女兴唐宝卷》（张掖四、民乐二），又名《五女兴唐传宝卷》
（山丹下），又名《五女宝卷》（古浪六）。

118 《五菩萨纺织传道宝卷》（酒泉六）。

119 《五子哭坟》（张掖五），又名《五子哭坟宝卷》（民乐三）。

120 《武公问道志公禅师》（丝路抄本）。

121 《武圣帝君灵宝心印宝卷》（酒泉六）。

122 《武松杀嫂宝卷》（张掖三、河西集上、甘州、民乐上）。

123 《仙姑宝卷》（张掖一、山丹上、永昌上、河西真、选萃一、古浪
一、民乐一），又名《敕封平天仙姑宝卷》（临泽），又名《神姑
宝卷》（古浪七），又名《娘娘宝卷》（古浪八）。

124 《贤良宝卷》（酒泉六）。

125 《香保宝卷》（古浪九）。

126 《香山宝卷》（酒泉一、永昌上、凉州、选萃五、古浪五、丝路
刻本），又名《观音宝卷》（张掖三、选萃二、古浪二、民乐一、
凉州二），又名《观音济度宝卷》（山丹上），又名《庄王宝卷》
（古浪八）。

127 《湘子宝卷》（张掖三、凉州、民乐一、凉州二），又名《湘子度
林英宝卷》（民乐下），又名《三度韩愈宝卷》（山丹下），又名
《韩湘子宝卷》（选萃一、古浪一），又名《韩愈宝卷》（古浪六）。

128 《小儿祭财神宝卷》（张掖四、河西集下、民乐下），又名《祭财

神宝卷》（酒泉四）。

129 《孝感宝卷》（金塔）。

130 《孝郎宝卷》（选萃五、古浪九）。

131 《孝亲宝卷》（古浪九）。

132 《孝心宝卷》（古浪八）。

133 《新镌韩祖成仙宝卷》（酒泉二、金塔）。

134 《新刻岳山宝卷》（张掖三、凉州、凉州一、凉州三、民乐二、选
萃五），又名《岳山宝卷》（酒泉四、古浪五），又名《李救度母
宝卷》（山丹上）。

135 《杏花宝卷》（民乐三）。

136 《绣红灯宝卷》（张掖二、山丹上、临泽、民乐一），又名《灯笼
宝卷》（古浪九）。

137 《绣红罗宝卷》（张掖一、甘州、山丹上、民乐下、临泽、河西
新下、酒泉六），又名《红罗宝卷》（凉州一、凉州三、选萃一、
古浪三）。

138 《薛仁贵征东宝卷》（张掖五、甘州、山丹下、民乐一），又名
《薛仁贵宝卷》（古浪三）。

139 《训教子孙》（张掖五），又名《训教子孙宝卷》（民乐一）。

140 《燕山五桂》（张掖五），又名《燕山五桂宝卷》（民乐三）。

141 《闫小娃拉金笆》（永昌下）。

142 《杨金花夺印宝卷》（张掖五、酒泉五、民乐上、河西兰）。

143 《野猪林宝卷》（张掖三、山丹下、民乐一），又名《林冲宝卷》
（古浪八）。

144 《医恶妇》（酒泉三、金塔）。

145 《异方教子》（张掖五），又名《异方教子宝卷》（民乐三）。

146 《阴功宝卷》（古浪二）。

147 《阴骘宝卷》（古浪五）。

148 《鹦哥宝卷》（民乐上、临泽、河西兰、河西新下），又名《鹦哥
盗桃》（永昌下），又名《鹦鸽宝卷》（张掖一、酒泉二、凉州、
凉州二），又名《小莺鸽吊孝宝卷》（甘州），又名《莺鸽盗梨宝
卷》（山丹下），又名《莺鸽宝卷》（选萃三、古浪三、金塔）。

149 《鱼篮宝卷》（民乐一、酒泉六）。

150 《玉皇宝卷》（民乐一）。

151 《玉皇救劫保生忏悔宝卷》（酒泉六）。

152 《袁崇焕宝卷》（张掖五、河西集上、民乐上）。

153 《岳雷扫北宝卷》（张掖五、民乐三）。

154 《灶君宝卷》[4]（张掖五、民乐上）。

155 《灶君宝卷》[5]（金塔）。

156 《铡美案》（张掖四），又名《铡美案宝卷》（民乐三），又名《秦

[1] 《甘州宝卷》收录的《唐王游地狱宝卷》情节包括唐僧出世、唐太宗游地狱、刘全
进瓜。

[2] 《唐王游地狱和刘全进瓜宝卷》情节包括唐太宗游地狱、刘全进瓜。

[3] 与《河西宝卷续选》收录的《土地宝卷》属于同名异卷。

[4] 《金张掖民间宝卷》《民乐宝卷》收录的《灶君宝卷》内容为：五帝时，人事繁杂，
善恶纷呈，天神地祇，查察难周，于是玉帝封昆仑山修真得道之人张军为灶君。
灶君变化无穷，变作各家众姓灶君，拟十二条禁约以治理世人，家家焚香立愿，
改恶从善。

[5] 《金塔非物质文化遗产集萃》第九辑《民间宝卷》收录的《灶君宝卷》内容为：八
败星君投胎转世为张大刚，财帛星君投胎转世为刘丁香，二人结为夫妻。张大
刚请算命先生算命后，休了刘丁香。张大刚遭报应，家财被火烧光，乞讨为生，
死后封为九龄灶君。

香莲宝卷》（古浪一）。

157　《张浩求子宝卷》（《河西宝卷续选》）。

158　《张梅英宝卷》（古浪四）。

159　《张青贵救母宝卷》（临泽），又名《张青贵救母》（张掖三），又名《忠孝宝卷》（选萃三、古浪五），又名《割肉宝卷》（民乐二）。

160　《张四姐大闹东京宝卷》（张掖一、酒泉一、山丹上、临泽、河西真、选萃一），《张四姐宝卷》（民乐下、古浪八），又名《张四姐大闹东京》（永昌上、金塔）。

161　《昭君和北蕃宝卷》（张掖三、河西真），又名《昭君和蕃宝卷》（酒泉四），又名《昭君和番宝卷》（民乐上），又名《昭君和番王宝卷》（选萃五），又名《昭君和番》（永昌上），又名《昭君出塞宝卷》（山丹上），又名《昭君宝卷》（古浪五），又名《双凤旗》[1]（丝路抄本）。

162　《赵五娘卖发宝卷》（张掖一、山丹上、民乐一），又名《赵五娘宝卷》（古浪六）。

163　《真一问道宝卷》（酒泉六）。

164　《蜘蛛宝卷》（张掖四、民乐三）。

165　《坠楼全节》（酒泉三）。

166　《紫荆宝卷》（张掖二、酒泉一、河西集下、民乐下、临泽、永昌下、选萃一、古浪一、金塔）。

[1]　双凤指昭君与其妹赛昭君。

（二）甘州代氏收藏河西宝卷目[1]

序号	宝卷名称	抄写年代	抄卷人	版本	备注
1	修真宝传	乾隆	不详	木刻本	完好
2	潘公免灾救难宝卷上中下	同治庚午年	不详	木刻本	完好
3	刘香宝卷	同治九年	不详	木刻本	完好
4	十二圆觉	光绪辛巳年	不详	木刻本	完好
5	目连救母宝卷	光绪二十四年	不详	木刻本	完好
6	修真宝传原本	光绪甲辰年	不详	木刻本	完好
7	白马宝卷，张青贵割肉救母宝卷	光绪三十三年	戴登科[2]	手抄大开本	完好，二本合一
8	轮回转变实录	清代	不详	木刻本	完好
9	蜜蜂计宝卷	宣统元年	戴登科	手抄大开本	完好
10	康熙私访山东宝卷	宣统元年	戴登科	手抄大开本	完好
11	朱子宝训（含灶王真经）	民国元年	代登科	小开本	完好
12	双花宝卷	民国二年	不详	石印本	上下合集
13	马乾隆游国宝卷	民国五年	戴登科	手抄大开本	完好
14	佛说天福宝忏卷之一本	民国十一年	代登科	手抄经折本	完好
15	佛说沪国佑民伏魔经（上下）	民国十七年	代登科	手抄经折本	完好
16	曲牌本一册	民国十七年	戴登科	小开本	完好
17	高兰休妻宝卷	民国十七年	戴登科	小开本	残（严重）
18	佛说龙虎经小愿文灶王经合订本	民国十八年	代登科	手抄经折本	讲唱频繁
19	佛说大乘通玄法华真经（五卷）	民国十八年	代登科	手抄经折本	完好
20	佛说能解八十一劫法华宝忏（五卷）	民国十八年	代登科	手抄经折本	完好
21	佛说泰山幽冥地藏十王真经（上下卷）	民国十九年	代登科	手抄经折本	完好
22	佛说上元一品天官赐福真经	民国十九年	代登科	手抄经折本	完好

[1]　本目由河西宝卷省级传承人代继生2020年提供。

[2]　戴登科、代登科实为同一个人，抄本中署名时有时写作戴登科，有时写作代登科。

序号	宝卷名称	抄写年代	抄卷人	版本	备注
23	佛说中元地官赦罪真经	民国十九年	代登科	手抄经折本	完好
24	佛说下元水官解厄真经	民国十九年	代登科	手抄经折本	完好
25	佛说孔雀明王真经（上中下）	民国十九年	代登科	手抄经折本	讲唱频繁
26	佛说皇极金丹九莲正信皈宗还乡宝卷（上下）	民国十九年	代登科	手抄经折本	上册微残下册完好
27	佛说命之观音修行宝卷	民国十九年	代登科	手抄经折本	完好
28	佛说护国佑民伏魔经上卷	民国十九年	代登科	手抄经折本	缺下卷
29	大乘教皇极收愿问答卷	民国二十年	代登科	手抄经折本	完好
30	佛说西来大意开放破狱经	民国二十年	代登科	手抄经折本	内含渡桥经1册
31	小食科	民国二十年	代登科	手抄经折本	
32	佛说太上救苦妙经	民国二十年	代登科	手抄经折本	完好
33	乾隆私访白鹊寺宝卷	民国二十一年	戴登科	手抄大开本	完好
34	丁郎寻父宝卷	民国二十一年	戴登科	手抄大开本	完好
35	黑骡子告状宝卷	民国二十二年	戴登科	大开本	完好
36	丹凤图宝卷	民国二十三年	戴登科	手抄大开本	完好
37	老鼠告状宝卷	民国二十三年	戴登科	小开本	完好
38	佛说对金刚、法华神咒合装本	民国二十四年	代登科	手抄经折本	微残
39	女忠孝宝卷	民国二十五年	戴登科	小开本	残缺严重
40	汗裳宝卷	民国二十六年	戴登科	手抄大开本	完好
41	诸品杂经（太阳太阴贫和尚心经）	民国二十六年	代登科	小开本	讲唱频繁
42	苦节图宝卷	民国二十七年	戴登科	手抄大开本	完好
43	九天应元雷声普化天尊宝经	民国三十年	代登科	经折本	无封面
44	仙姑宝卷	民国三十年	戴登科	小开本	第一品最后一品残
45	佛说寿生经	民国三十八年	吕堃廷	手抄经折本	微残
46	绣红灯宝卷	民国	戴登科	手抄大开本	残
47	佛说十献供诸神宝赞灵文经	民国	代登科	手抄经折本	完好

0506

序号	宝卷名称	抄写年代	抄卷人	版本	备注
48	佛说幽冥教主超度灵魂食科	民国	代登科	手抄经折本	完好
49	佛说释销报恩经卷（上下卷）	民国	代登科	手抄经折本	一页残缺
50	佛说禳星灯科九值十化十二押运经	民国	代登科	手抄经折本	完好，唱念频繁
51	佛说西来大意接引升天经	民国	代登科	手抄经折本	完好
52	佛说请神众卷之一本	民国	代登科	手抄经折本	腊月三十日必念
53	佛说当方土地真经宝卷	民国	代登科	手抄经折本	完好
54	张四姐大闹东京宝卷	民国	戴登科	手抄大开本	部分残缺
55	绣红灯宝卷	民国	戴登科	手抄大开本	部分残缺
56	绘图十美图宝卷	民国	不详	石印	完好
57	九郎宫请神宝卷	民国	不详	石印	完好
58	杏花宝卷	民国	不详	石印本	完好
59	武梁王问道志公禅师宝卷	民国	不详	手抄小开本	完好
60	双蝴蝶宝卷	民国	不详	石印本	完好
61	南雁圣传仙姑修行宝卷	民国	不详	影音	完好
62	王氏女宝卷	1966 年	不详	印刷本	完好
63	三搜索府宝卷	1979 年	戴进寿	大开本	完好
64	洗衣记宝卷	1979 年	代进寿	大开本	完好
65	香山宝卷	约为 70 年代	不详	手抄大开本	完好
66	无生老母救世血书宝卷	70—80 年代	不详	印刷本	完好
67	薛礼征东宝卷	1981 年	代兴位	大开本	完好
68	包公错断颜查三宝卷	1982 年	代兴位	大开本	完好
69	太上四恩宝卷	80 年代	不详	手抄大开本	完好
70	侯美英反朝宝卷	1999 年	代兴位	大开本	完好
71	佛说当方土地真经宝卷	2010 年	代继生	经折手抄	上中下
72	护国佑民伏魔宝卷（上下）	年代不详	不详	木刻本	完好
73	三搜索府宝卷	不详	不详	大开本	残（严重）

0507

序号	宝卷名称	抄写年代	抄卷人	版本	备注
74	说唱本《钉缸》	不详	不详	小开本	残缺
75	罗通扫北宝卷	不详	代兴位	大开本	完好
76	仁义宝卷	不详	代兴位	大开本	完好

本目中《已出版刊印的河西宝卷目》没有的宝卷有39种（由于本人没有亲阅宝卷内容，也许本目内部、本目与已出版刊印的河西宝卷目存在同卷异名现象）：《修真宝传》《刘香宝卷》《轮回转变实录》《朱子宝训》《皂王真经》《双花宝卷》《佛说天福宝忏卷》《高兰休妻宝卷》《佛说龙虎经》《小愿文》《灶王经》《佛说大乘通玄法华真经》《佛说能解八十一劫法华宝忏》《佛说上元一品天官赐福真经卷》《佛说中元地官救罪真经》《佛说下元水官解厄真经》《大乘教皇极收愿问答卷》《佛说西来大意开放破狱经》《小食科》《佛说太上救苦妙经》《丹凤图宝卷》《佛说对金刚》《法华神咒》《诸品杂经（太阳太阴贫和尚心经）》《九天应元雷声普化天尊宝经》《佛说寿生经》《佛说十献供诸神宝赞灵文经》《佛说幽冥教主超度灵魂食科》《佛说西来大意接引升天经》《佛说请神众卷》《绘图十美图宝卷》《九郎宫请神宝卷》《双蝴蝶宝卷》《南雁圣传仙姑修行宝卷》《王氏女宝卷》《洗衣记宝卷》《太上四恩宝卷》《仁义宝卷》《佛说泰山幽冥地藏十王真经》（上下卷）。

（三）张掖市文化馆收藏河西宝卷目[1]

序号	宝卷名称	年代	版本	传抄人	卷本品相	卷本使用状况
1	韩湘子宝卷	大清同治十一年	刻本	文昌宫内□□霖书馆	微残	一般
2	十二圆觉宝卷	光绪辛巳年	刻本	未知	残缺	一般
3	达摩宝卷	光绪甲辰年	刻本	未知	完整	一般
4	修真传宝卷	光绪甲辰年	刻本	未知	基本完整	一般
5	双花宝卷	民国二年	刻本	上海文益书局	完整	一般
6	针心宝卷	民国己未	刻本	上海宏大善书总发行所	完整	一般
7	玉英宝卷	民国二十年	刻本	上海文益书局	微残	一般
8	南雁圣传	民国庚午岁	刻本	未知	完整	一般
9	玉蜻蜓宝卷，又名大明嘉靖江苏苏州府瑞珠宝卷、绘图玉蜻蜓宝卷	民国三十年	刻本	上海文益书局、杭州聚元堂书庄	基本完整	一般
10	双凤旗宝卷，又名王昭君和北番	民国三十五年	抄本	未详	基本完整	一般
11	昭君出塞	1962年	手抄	未详	基本完整	一般
12	二度梅	1962年	抄本	陈得伦	残缺	频繁
13	丁郎寻父	1962年	手抄	未知	完整	频繁
14	绣龙灯宝卷	1963年	抄本	未知	完整	频繁
15	房四姐	1963年	抄本	陈得伦	残缺	频繁
16	乾隆宝卷（晋乾宝卷）	1963年	抄本	陈得伦	基本完整	频繁
17	王氏女宝卷	1966年	复印	上海翼化堂	完整	一般
18	宝同宝卷	1964年	抄本	陈得伦	严重残缺	一般
19	徐子健双蝴蝶宝卷	1976年	刻本	上海文益书局	基本完整	一般

[1]   本目由张掖市文化馆2020年提供。

序号	宝卷名称	年代	版本	传抄人	卷本品相	卷本使用状况
20	卖妙郎	1978 年	钢笔抄本	未知	基本完整	一般
21	丁郎寻父	1978 年	钢笔抄本	未知	残缺	一般
22	双凤宝卷	1978 年	钢笔抄本	未知	完整	频繁
23	乌鸦度，又名黑骡子告状	1979 年	抄本	陈记	微残	频繁
24	马乾隆游园	1979 年	抄本	陈多祝	基本完整	频繁
25	丁郎寻父	1979 年	钢笔抄本	张学祯	完整	一般
26	绣红罗	1979 年	钢笔抄本	芦学智	完整	一般
27	王昭君和北番	1979 年	抄本	未知	完整	频繁
28	轮回转变宝录	己未年	刻本	未知	完整	一般
29	修真因果传	庚申年	刻本	未知	完整	一般
30	华山宝卷	1981 年	钢笔抄本	贵保	基本完整	频繁
31	观音济度本愿经	民国壬戌年	刻本	未知	基本完整	一般
32	小红灯，又名包公之下阴	1982 年	钢笔抄本	未知	完整	频繁
33	十二花名宝卷	当代	抄本	未详	完整	一般
34	梅花戒宝卷，又名绘图梅花戒宝卷（上下）	未知	刻本	未详	基本完整	一般
35	秦雪梅三元记	未知	刻本	未详	微残	一般
36	顾鼎臣宝卷	未知	手抄	未知	基本完整	一般
37	赵氏五娘琵琶宝卷	未知	刻本	上海文益书局	完整	一般
38	绘图合同计宝卷（上）	未知	刻本	上海惜阴书印行	基本完整	一般
39	碧玉针宝卷，又名绣像秀英宝卷	未知	刻本	未知	微残	一般
40	绘图胡必松九美图	铅印本	刻本	未知	微残	一般
41	圣贤宝卷	未知	刻本	未知	基本完整	一般

序号	宝卷名称	年代	版本	传抄人	卷本品相	卷本使用状况
42	猛将宝卷	当代	复印件	未知	完整	一般
43	李翠莲拾金钗大转皇宫	未知	刻本	未知	完整	一般
44	武梁王问道志公禅师	未知	抄本	未知	基本完整	一般
45	后八仙图	未知	刻本	未知	基本完整	一般
46	指迷引真宝卷	未知	刻本	益久印刷社	完整	一般
47	包公案乌盆记全传	未知	刻本	上海槐荫山房书庄	基本完整	一般
48	香山宝卷	未知	抄本	未知	好	一般
49	九郎官请神	未知	刻本	上海槐荫山房书庄	完整	一般
50	无生老母救世血书宝卷	当代	复印	未知	完整	一般
51	宝同宝卷	1964 年	抄本	陈得伦	严重残缺	一般
52	薛礼征东	未知	抄本	未知	微残	频繁
53	忠孝宝卷	未知	抄本	未知	完整	频繁
54	绣红灯	未知	钢笔抄本	当代	完整	一般
55	三搜索府	当代	钢笔抄本	未知	完整	频繁
56	乌江渡	当代	钢笔抄本	未知	完整	频繁
57	四郎宝卷	当代	钢笔抄本	未知	完整	一般
58	包公错断颜查散	当代	钢笔抄本	未知	完整	频繁
59	白马宝卷	当代	钢笔抄本	未知	完整	频繁
60	紫荆宝卷	当代	钢笔抄本	未知	完整	一般
61	乌鸦宝卷	当代	钢笔抄本	未知	完整	一般
62	苦节图宝卷	当代	钢笔抄本	未知	完整	一般

本目中前两个目没有的宝卷有17种（由于本人没有亲阅宝卷内容，也许本目内部、本目与前两个目存在同卷异名现象）：《针心宝卷》、《玉蜻蜓宝卷》、《宝同宝卷》、《双凤宝卷》、《梅花戒宝卷》、《秦雪梅三元记全部卷》、《顾鼎臣宝卷》、《绘图合同计宝卷》（上）、《碧玉针宝卷》（又名《绣像秀英宝卷》）、《绘图胡必松九美图》、《圣贤宝卷》、《猛将宝卷》、《后八仙图》、《指迷引真宝卷》、《包公案乌盆记全传》、《九郎官请神》、《四郎宝卷》。

《已出版刊印的河西宝卷卷目》《甘州代氏收藏河西宝卷目》《张掖市文化馆收藏河西宝卷目》三目所收河西宝卷目去其重复共222种。

此外，笔者收藏的不见于以上三目的河西宝卷还有12种：山丹县普世秀老先生赠送的《佛说父母恩重难报经》[1]《杜十娘怒沉百宝箱宝卷》[2]；甘州区代福周老先生赠送的《忠孝宝卷》[3]《三请樊梨花宝卷》《狸猫换太子宝卷》《梁山伯祝英台宝卷》《红西路军西征宝卷》[4]《马家军残害红西路军被俘、伤病、失散人员宝卷》[5]；古浪县安文荣老先生赠送的《皮箱记宝卷》[6]《世登宝卷》[7]《团圆宝卷》[8]；高台县周永吉老先生赠送的《安安宝卷》。

另外，还有民乐县发现的《五猪娃儿救母宝卷》[9]。

总之，现存河西宝卷至少235种。

随着河西宝卷传承与保护的深入，会不断有河西宝卷问世，所以河西宝卷总目的编撰是个动态的过程，我们期待有更多的河西宝卷经过搜集整理而面世，以便研究者编写出更为详尽的河西宝卷总目。

李贵生

---

[1]　山丹县霍城镇普世秀2005年抄本。
[2]　普世秀2006年抄本（根据话本小说改编）。
[3]　张掖市甘州区安阳乡代福周1979年手抄本，根据《龙图公案》第三十一回《三宝殿》改编。
[4]　张掖市甘州区安阳乡代福周2008年根据《红西路军史料》（第五辑）改编，其续集为《马家军残害红西路军被俘、伤病、失散人员宝卷》。
[5]　张掖市甘州区安阳乡代福周2009年根据《红西路军史料》（第五辑）改编，是《红西路军西征宝卷》（一）的续集。
[6]　安文荣手抄本，无抄卷时间信息。
[7]　安文荣1980年手抄本。
[8]　安文荣1982年手抄本。
[9]　此卷现由任积泉先生收藏。

三

河西宝卷曲牌曲调选

（一）牛登举所谱河西宝卷曲牌曲调

皂罗袍

1=F 2/4

谱曲：牛登举

（2 5 217 | 1. 21）| 5 555 | i i 6 i | 6. 5 54 | 5. 65 | 5. 4 22 |
　　　　　　　　　　　保根妻 杨桃花，忧愁得 病啊， 阿弥陀

1　 1 5 | 1 125 5 | i 65 4. 5 | 65　5 | 2176 5 | 25 217 | 1. 21 ‖
佛啊， 各医院 作检查， 病情严重啊， 阿弥陀 佛啊。

哭五更

1=D 2/4

谱曲：牛登举

（1 2　5. 5 | 4 32 1 71 | 2　 5 2 | 176 5）| 1 12 5. 5 | 4 321 |
　　　　　　　　　　　　　一更里 天黑尽，

5 55 25 | 2176 5 | 1 12 65 | 55 654 | 2 125 |
桃花 依窗 泪纷纷， 丈夫 贷款 为人情， 妻子忧

1. 3 2176 | 5　0 | 5　42 | 1 71 | 5. 2176 | 5　0 ‖
愁 得了病。 哎呦！ 丈夫不 该 动真情。

花千调

1=C 2/4

谱曲：牛登举

（6 3　321 | 6 16 5）| 3532 3 | 2 16 1 | 6 3　321 |
　　　　　　　　　　这事儿 惊动了 远近亲

6 16 5 | 6 3　321 | 6 16 5 | 1 16 1 | 3 321 |
邻啊， 阿弥陀 佛啊， 都觉得 她年轻

6 1　1. 6 | 5 56 653 | 5. 6 | 6 3　321 | 6 16 5 ‖
不能误 身， 南无佛 啊， 阿弥陀 佛啊。

莲花落

1=F 2/4

谱曲：牛登举

（2 55 2　5 | 2176 5）| 5 5 | 2 2i | 2176 5 |
　　　　　　　　　杨桃花 得的病
　　　　　　　　　茶不思 饭不想

i 65 i 65 | 2432 1 | 2171 2171 | 2432 15 | 1 125 5 |
忧愁过 分啊， 南无阿弥陀 佛 心里疼。
病情加 重啊， 南无阿弥陀 佛 去医院。

i 65 4. 5 | 65　5 | 2176 5 | 25 217 | 1. 21 ‖

孟姜女

1=D 2/4

谱曲：牛登举

（6123 1216 | 5356 1 1 | 2321 6561 | 5　- ）| 1 16 1. 2 |
　　　　　　　　　　　　　　　　　杨得财

3532 3 | 5 6i 6535 | 2　- | 5 5 5 32 | 1. 2 3 53 |
要赌博 债墙高垒， 想还债 没有钱

2321 6561 | 5　- | 6156 11 | 2321 33 | 2. 3 765 |
力不从 心， 心不足 请担保 姐夫哄

银丝调

1=F 2/4

谱曲：牛登举

（i 6 i 2 | 2 65 | i. 765 | 42 5）| i i2 i6 | 565 42 |
　　　　　　　　　　　　　　杨桃花 亲弟弟

i 76 52 | 5　- | i 5 | 4 | 2 52 1 | 22 17 1 |
名叫 得财， 三朋 友四弟兄 赌博往

5　- | 5 25 | 25 54 | 2 222 6 | 1. 21 5 |
来， 他整天 在赌场 输钱太 多啊，

0515

新 阴 调

谱曲：牛登举

1=E 2/4

（杨得财 坏良心 骗钱害人啊，阿弥陀佛啊，他心里 只装的年利图润，南无 阿弥陀佛啊。）

新 阳 调

谱曲：牛登举

1=D 2/4

（吴保根 被拘留押在监所啊，阿弥陀佛啊，我如年又似月 实难熬过，南无 阿弥陀佛啊。）

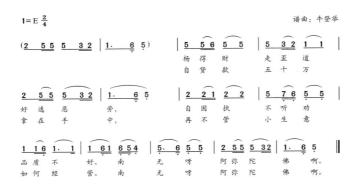

清 源 调

谱曲：牛登举

1=E 2/4

杨得财 走歪道 好逸恶劳，自国执 不听劝 品质不好。南无 呀阿弥陀佛啊。
自货款 五十万 拿在手中，再不管 小生意 如何经营。南无 呀阿弥陀佛啊。

杨得财七哭离别情

谱曲：牛登举

1=E 4/4

一哭 我的爹爹呀，可怜你去世早，儿的孝心没敬到啊，你千辛万苦 创家业 把心操劳，我的老天爷呀，

杏 花 香

谱曲：牛登举

1=F 2/4

（人之初 性本善 先天生就，好与坏 善与恶 后世形成。阿弥陀佛啊。）

（二）《酒泉宝卷》所附河西宝卷曲牌曲调

平音七字符
选自《仲举宝卷》

1=G 2/4

仲举 宝卷　　才 展开（哇），弥陀 佛（哇），诸佛 菩萨
天龙 八部　　常 拥护（哇），弥陀 佛（哇），大众 念佛

降临　来南无 佛（哇）　啊，　阿弥陀佛（哇）　弥陀 佛。
永无　灾南无 佛（哇）　啊，　阿弥陀佛（哇）　弥陀 佛。

苦音七字符
选自《王祥宝卷》

1=G 2/4
稍慢

檀香 种瓜 一（哎）更 里 哎，　瓜秧（儿）　才 打
土　（哎）　土 呀么土 里 生　哎，　我的 娘　吧，

瓜秧儿　才 打 哟土　哎　土 呀么土 里 生　哎。

花音七字符
选自《王祥宝卷》

1=G 2/4

儿郎 啊　取 名 叫 王 祥，

女儿 啊　名 字 叫 檀 香 啊。

平音十字符
选自《仲举宝卷》

1=C 2/4

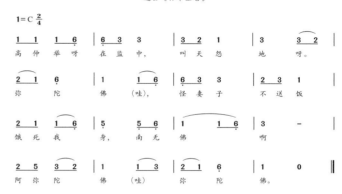

高 仲举 呀　在 监中，叫 天 怨 地 呀。

弥 陀 佛　（哇），怪妻子 不 送饭

饿死 我 身，南 无 佛 啊

阿弥 陀 佛　（哇）　弥 陀 佛。

花音十字符
选自《康熙宝卷》

1=C 2/4

康熙 王　他 二 人 离了 京 城，

出奉 天 一心 儿 要奔 山 东。

洒净词儿
选自《梁祝宝卷》

1=G 2/4

一拜 二拜 土门 开，　三拜 四拜 木门 开，

魂灵 儿 进来，南无佛 哎，魂灵 儿 进来。

浪 淘 沙

选自《黄氏女宝卷》

1=G 2/4 3/4

5 2 |3/4 4 2 1 1 7 |2/4 2 1 6 |5 - |1 1 2 |
黄 氏 女   上 高 台   泪流 (着)

5 5 6 |5 4 2 1 |5 - |5 5 |6 5 4 2 |
满(哎) 面,   观 见 儿

3/4 4 2 1 1 7 |2/4 2 5 1 |2 - |2 5 5 |5 1 5 5 |
女 哭 哀 哉, 实想说 做夫妻

5 4 3 2 |3/4 4 2 1 1 7 |2/4 1 7 1 |2 2 5 |2 1 7 6 |
同(哎) 到 老, 谁 料想半 路 里 分

5 - |1 7 1 |2 2 5 |2 1 7 6 |5 - ||
开, (众和)   南 无 佛 半 路 里 分 开。

灯 盏 词 儿

选自《红灯宝卷》

1=D 2/4

6 6 6 5 |6 5 3 |5 6 6 5 |6 5 3 V|1 3 2 1 |
数九 寒天 雪 下, 苦命婆婆 冻 然, 哪世造下

2 3 2 V|6 5 6 6 |5 1 6 5 |2 3 1 2 |3 2 1 |
冤 孽, 南无阿弥 陀 佛, 今生报应 她

6 - V|1 2 3 2 |3 3 2 |1 3 2 1 |6 - V|
家。 灯盏 花儿 快 落, 南 无 佛,

1 2 3 2 |3 3 2 |1 3 2 1 |6 - ||
受 不 尽 的 冤 孽 灯盏 花儿 落。

韩湘子哭五更

选自《韩祖修仙宝传》

1=C 2/4
稍慢

5 5 5 6 4 3 |2 1 2 5 2 |5 5 6 5 4 3 |2 1 2 5 2 |
一更 里 呀 好 恓 惶, 想起 娇儿 泪 汪 汪,

5 2 5 5 6 6 |6 6 5 5 4 |1 2 2 1 7 6 |5 - |
年 方 九岁 离 了 娘啊, 一心 寻 父

1. 2 5 5 4 |2 1 2 |1 2 |1. 6 5 |1 2 2 1 7 6 |
走 他 乡(啊), 我的 儿 呀, 一心 寻

5 - |1. 2 5 5 4 |2 1 2 |1 2 |1. 6 5 ||
父   走 他 乡(啊), 我的 天 呀。

耍 孩 儿

选自《方四姐宝卷》

1=D 3/4

1 1 1 2 |1 6 5 |1 6 1 |6 5 3 |
娘养 我 一 岁 呀 并 两儿 岁,

1 1 1 1 |6 5 3 |3 2 3 |1 6. 5 |
娘养 我 三岁 呀 并 四儿 岁,

1 1 1 1 |3 2 3 |3 2 3 |1 6. 5 ||
淋淋 儿 落 来 落 落 儿 塞。

达 摩 佛

选自《韩祖修仙宝传》

1=C 2/4
中速

6 3 3 3 3 2 |2 1 6 5 3 3 3 |2 1 6 5 1 1 |6 3 3 3 2 1 1 |
我叫 你修来就 你 不修 啊, 弥陀 佛哇, 变上 个鱼儿在
我叫 你修来就 你 不修 啊, 弥陀 佛哇, 变上 个老牛

1 2 1 6 5 5 6 6 |3 2 5 3 2 |1 1 3 2 1 6 5 |1 0 ||
水 面上 流啊,南无 阿 弥 陀 佛哇, 弥陀 佛。
拴 格 头啊,南无 阿 弥 陀 佛哇, 弥陀 佛。

莲 花 落

选自《红灯宝卷》

1=D 2/4

1 6 1 1 |7 6 1 |5 5 6 5 |6 5 4 5 |
千 金 小 姐 泪 纷 纷, 佛留莲花 莲花 落,

7 7 6 7 6 7 |5 7 7 6 |5 5 6 5 |6 5 4 5 |
可恨 郎君 运 不 通哪, 佛留莲花 莲花 落,

7 7 7 5 |1 1 6 7 6 |5 5 6 5 |6 5 5 |
只 说 跳 出 天罗 网呀, 佛留莲花 莲花 落,

6 6 7 7 |6 7 1 6 |5 5 6 5 |6 4 5 ||
谁 知 又 进 是非 坑呀, 佛留莲花 莲花 落。

山 坡 羊

选自《韩祖修仙宝传》

1=D 3/8 2/4

3	3	6	2/4 3.	6	5.	6	3/8 3 2 3

初 三 的　十　三　呐　二　哎　　十

3 6 5 | 6 6 3 | 2 3 6 5 | 6 5 3 |

三，　　　燕 娃 儿　来 到 了　三 月 哎

2/4 2 3 5. | 3/8 3 3 6 5 | 2/4 3. | 6 5. | 6 3 3/8 6 5 5 3 |

三，　不 吃 你 的 糜 子　不　吃 你 的 谷

2/4 3　5 | 3/8 3 6 6 3 | 2 3 6 5 | 6 5 3 | 2/4 6 5. ‖

子，　单 借 你　中 梁 上　抱 一 窝　儿 子。

（三）《河西宝卷音乐集成》[1] 收录的河西宝卷曲牌曲调

1.凉州宝卷曲牌曲调

七 字 佛

选自《红罗宝卷》

演唱：赵旭峰
接佛：严兰庆 牛月兰
记谱：汪 雪

1=D 2/4

♩=72

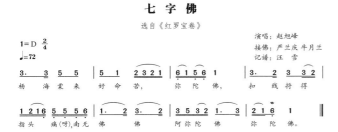

十 字 佛

选自《红罗宝卷》

演唱：李卫善
接佛：严兰庆 牛月兰
记谱：汪 雪

1=♭A 2/4

♩=72

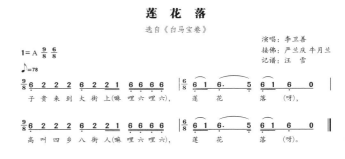

哭 五 更

选自《红罗宝卷》

演唱：赵旭峰
接佛：严兰庆 牛月兰
记谱：汪 雪

1=C 3/8

♪=100

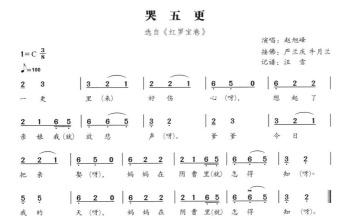

莲 花 落

选自《白马宝卷》

演唱：李卫善
接佛：严兰庆 牛月兰
记谱：汪 雪

1=A 9/8 6/8

♪=78

[1]　《河西宝卷音乐集成》是兰州财经大学汪雪博士的甘肃省高等学校科研项目最终成果（未正式发表）。

熬 茶

演唱：李卫善
接佛：牛月兰 严兰庆
记谱：汪雪

1=C 2/4 3/4　♩=72

有儿女 领赤子 去对合同(呀)，南无 阿弥陀佛，

谁捎书 谁传法 谁是引进(呀)。南无 阿弥陀佛。

白 鹤 词

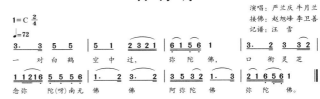

演唱：严兰庆 牛月兰
接佛：赵旭峰 李卫善
记谱：汪雪

1=C 2/4　♩=72

一对白鹤 空中过，弥陀佛，口衔灵芝

念弥 陀(呀)南无佛 佛 阿弥陀佛 弥陀佛。

渡 世 船

演唱：严兰庆 牛月兰
接佛：赵旭峰 李卫善
记谱：汪雪

1=D 2/4　♩=82

混沌嘛初分(着)有世界(嘛哎嗨哟)，

二位菩萨造(呀)法船(嘛哎嗨哟)。(哎呀哎嗨

哟)，二位菩萨造(呀)法船(嘛哎嗨哟)。

贫 和 尚

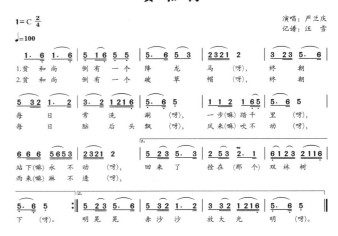

演唱：严兰庆
记谱：汪雪

1=C 2/4　♩=100

1.贫和尚 倒有一个 降龙马(呀)，终朝
2.贫和尚 倒有一个 破草帽(呀)，终朝

每日常洗涮(呀)，一步(嘛)踏千里(呀)，
每日脑后头飘(呀)，风来嘛吹不动(呀)，

站下(嘛)永不动(呀)，回来了拴在(那个)双林树
雨来(嘛)淋不透(呀)，

下(呀)。明晃晃 赤沙沙 放大光明(呀)。

三藏五更修行

演唱：严兰庆 牛月兰
记谱：汪雪

1=G 2/4　♩=72

一更里修行上蒲团，

孙悟空压到了五行山，女妖精把身缠。手拿上

金箍棒打妖精，降了妖精取真经，

一路保平安。阿弥陀佛 一路保平安。

十二上香

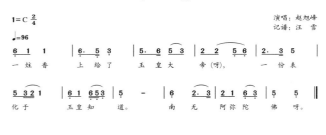

演唱：赵旭峰
记谱：汪雪

1=C 2/4　♩=96

一炷香 上给了 玉皇大帝(呀)，一份表

化子 玉皇知道。南无 阿弥陀佛呀。

0 5 2 0

十二月念佛

1=♯F 2/4

演唱：牛月兰 严兰庆
记谱：汪雪

♩=80

1.正月(嘛)念佛(哟 哟)，是(呀)新春，地藏王菩萨
2.二月里念佛(嘛哟哟)，龙(呀)抬头，妙善公主

传法 令(呀)，十八罗汉 来说法(呀)，遍地里开的是
要苦 修(呀)，满朝的文武 留不下(呀)，

金莲花(呀)。念一声佛来 弥陀佛(呀)，遍地里开的是

金莲花(呀)。白雀寺里要出家(呀)，

念一声佛(来)弥陀佛(呀)，白雀寺里要出家(呀)。

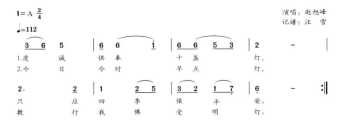

十盏灯

1=A 2/4

演唱：赵旭峰
记谱：汪雪

♩=112

1.虔诚供奉 十盏灯，
2.今日今时早点灯，

2.只应四季保平安。
教行我佛受明灯。

五个茶碗

1=C 3/4

演唱：牛月兰 严兰庆
记谱：汪雪

♩=120

一个茶碗一朵花(呀)，

吃斋念佛把根扎(呀)。(啊)

南无佛(哎)把根扎(呀)。

五更拜佛

1=C 2/4

演唱：严兰庆
记谱：汪雪

♩=72

一更里拜佛月儿(哎)东，我就拜佛(着)念经，先拜上南海的

观世音(呀),我就再拜(上个)世尊。(哎哟)我就再拜(上个)世尊。

逍遥词

1=C 2/4

演唱：牛月兰
记谱：汪雪

♩=80

一二三来三二一，一二三四五六七，八九不离十，

十九八七五，颠来倒倒来颠，万法归一。

这山看着那山高，那山上长着个好香桃，青的爱熬人

红的无价宝。师父们吃一个，长生永不老。

2. 古浪宝卷曲牌曲调

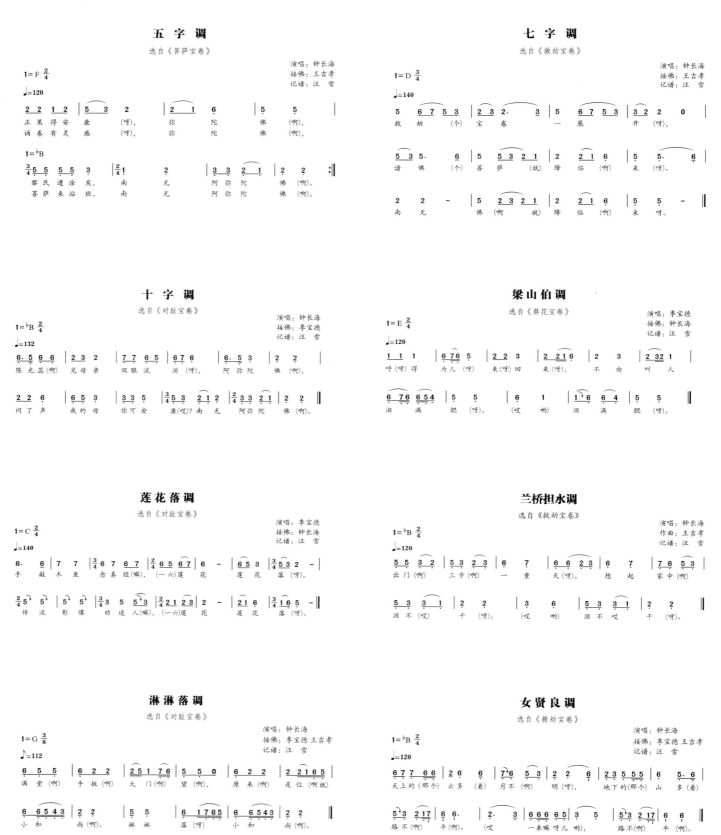

女寡妇上坟调
选自《白兔宝卷》
演唱：钟长海
接佛：王吉孝
记谱：汪雪

男寡妇上坟调
选自《红罗宝卷》
演唱：季宝德
记谱：汪雪

太平年调
选自《对趾宝卷》
演唱：钟长海
接佛：季宝德
记谱：汪雪

哭五更调
选自《救劫宝卷》
演唱：钟长海
接佛：季宝德
记谱：汪雪

五更词调
选自《救劫宝卷》
演唱：钟长海
接佛：王吉孝
记谱：汪雪

五点点红调
选自《白兔宝卷》
演唱：钟长海
接佛：王吉孝 季宝德
记谱：汪雪

降香调
选自《葵花宝卷》
演唱：钟长海
接佛：季宝德
记谱：汪雪

过江调
选自《红罗宝卷》
演唱：钟长海
接佛：王吉孝 季宝德
记谱：汪雪

0523

难 离 调

选自《救劫宝卷》

演唱：季宝德
记谱：汪 雪

1=♭B 2/4

♩=90

中华民国的 十八 年(哪)，地 动 山 摇 遭(呀)荒 寒，(哎哟 哎 哟 啊)，

把黎民(哪) 饿死 千 万。 走的走(来) 站 的 站(哪)，前站 就 到

鬼(呀) 门 关(哪)，(哎哟 哎 哟 啊)，两腿 走着 打 颤。

3. 永昌宝卷曲牌曲调

哎 哟 调

选自《破镜宝卷》

演唱：范积忠
接佛：赵执爱
记谱：汪 雪

1=♯C 2/4

♩=90

夫妻(啊) 二人(啊) 上庙(啊)堂(啊)，看(呀)见了 庙上的

好风 光(啊)。(哎哟) 好风 光(啊)。 人声(啊)

热闹(啊) 多好(啊) 看(呀)，茶(呀)馆 酒 坊(呀) 都齐(呀)

全(呀)。(哎哟) 都齐(呀) 全(呀)。前有(呀) 骑马(呀)

坐轿 的人(啊)，后(啊)有 挑 担(呀)步行 的 人(啊)。

(哎哟) 步行 的人(啊)。锣鸣的那个 鼓响(啊) 不住(啊)

声(啊)，各(呀)种 乐器 更好 听(啊)。(哎哟)

更好 听(啊)。夫妻(啊) 走到(啊) 庙堂(啊) 中(啊)，

祝(啊)音 东岳的大帝(呀)神(啊)。(哎哟) 大帝(呀) 神(啊)。

佛 调

选自《破镜宝卷》

演唱：范积忠
接佛：赵执爱
记谱：汪 雪

1=♯C 4/4

♩=76

1.年七(呀)贼(呀)实想 下(呀)余氏月(呀)英 (啊)，假意儿请(啊)高中 举(啊)
2.把中(啊)举(啊)让到 了(啊)酒席桌(呀)上 (啊)，问(啊)中举(呀)来到 京(啊)

来写个轴 文(啊)。南 无 阿弥陀 佛 (啊)
为何的事 情(啊)。南 无 阿弥陀 佛 (啊)

摆 船 调

选自《方四姐宝卷》

演唱：范积忠
接佛：赵执爱
记谱：汪 雪

1=♭A 2/4

♩=72

(咪嗨呀 咪咪么 咪嗨呀 咪呀) 弥 陀 佛(啊)，家住(呀) 南海的

弥(呀)陀 山(呀)，南无 佛 佛 阿弥陀 佛(呀) 弥 陀 佛。

催 工 夯 歌

选自《丁郎寻父宝卷》

演唱：范积忠
接佛：赵执爱
记谱：汪 雪

1=♯F 2/4

♩=76

正月的个 十五(嘛)夯 嗨， 闹(呀)元 宵(呀么) 夯 嗨，

丁郎(嘛)寻父(嘛) 夯(啊哎嗨夯(啊)，本呀姓高(么么) 夯 嗨!

哭 五 更

选自《丁郎寻父宝卷》

演唱：范积忠
接佛：赵执爱
记谱：汪 雪

1=♯F 2/4

♩=60

一 更 里呀 我好 孤单， 想起我的 娃 娃我 泪涟 涟，

年(呀)方十岁就 离 娘身， 一心儿要去 寻找父亲(啊)，我的儿

好伤心。 不知道你父亲 在何处(啊)，我的天， 好伤心。

浪淘沙

选自《蜜蜂计宝卷》

演唱：范积忠
接佛：赵执爱
记谱：汪　雪

1=F 2/4
♩=72

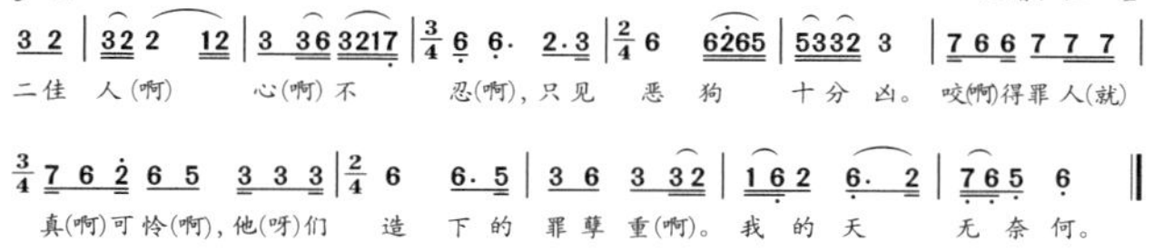

莲花落调

选自《丁郎寻父宝卷》

演唱：范积忠
接佛：赵执爱
记谱：汪　雪

1=♭D 2/4
♩=76

淋淋落

选自《破镜宝卷》

演唱：范积忠
接佛：赵执爱
记谱：汪　雪

1=♭A 2/4
♩=110

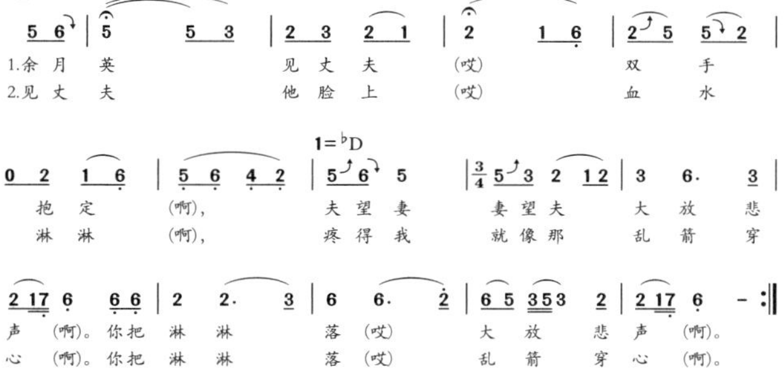

麦犁花调

选自《鲁达骂灶宝卷》

演唱：范积忠
记谱：汪　雪

1=E 4/4
♩=72

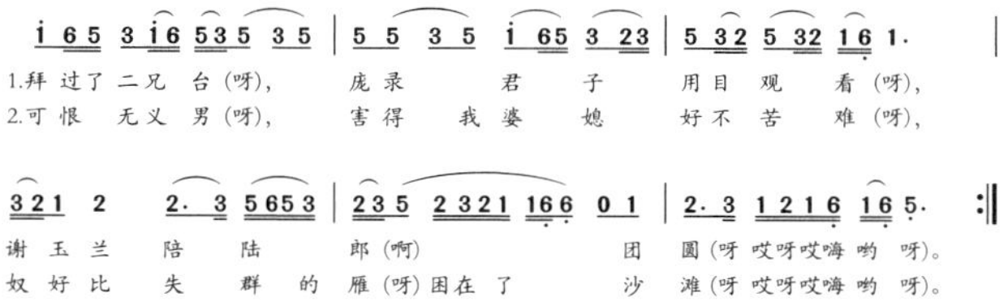

尼姑调

选自《蜜蜂计宝卷》

演唱：范积忠
接佛：赵执爱
记谱：汪　雪

1=♯F 2/4
♩=60

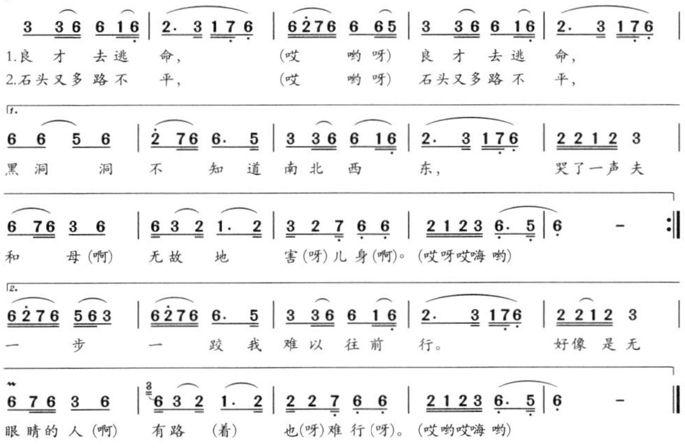

太平调

选自《鲁达骂灶宝卷》

演唱：范积忠
接佛：赵执爱
记谱：汪　雪

1=♭D 2/4
♩=72

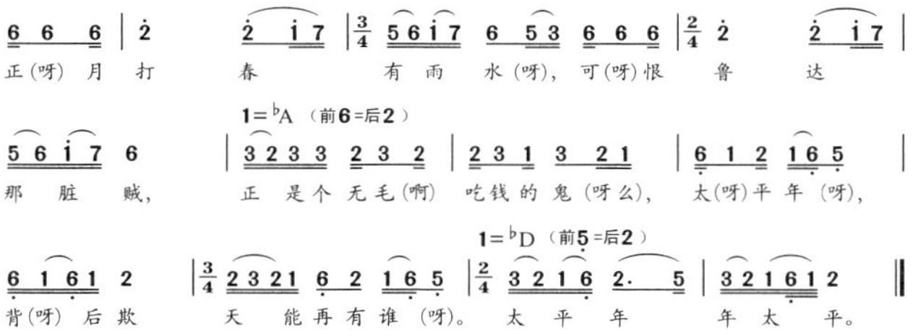

4.甘州宝卷曲牌曲调

浪 淘 沙
选自《护国佑民伏魔宝卷》

演唱：代继生
接佛：代仟仟代 核
记谱：汪 雪

1=F 2/4　♩=90

伏魔爷（呀）显神通（啊），放大（呀）光啊明，发心开（呀）板造真经，功圆果满成就了（啊）福禄无穷。南无佛，福禄无穷。

四 字 符
选自《护国佑民伏魔宝卷》

演唱：代继生
接佛：代仟仟代 核
记谱：汪 雪

1=F 2/4　♩=100

合堂大众啊，仔细听言啊，贫富贵贱啊听命由天。阎浮男女（啊），万万千（啊）千（啊）。南无佛，阿弥陀（哎）佛（啊）。

莲 花 落
选自《护国佑民伏魔宝卷》

演唱：代继生
接佛：代仟仟代 核
记谱：汪 雪

1=♭B 2/4　♩=120

几家有财缺儿女（呀），（佛了）莲花，莲花落。几家有子少吃穿（呀）。莲花，莲花落。

十 里 亭
选自《护国佑民伏魔宝卷》

演唱：代继生
记谱：汪 雪

1=F 2/4　♩=100

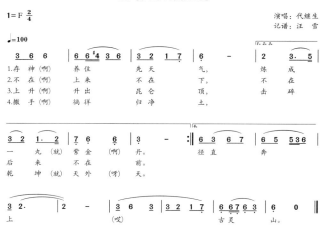

1.存神（啊）养住先天气，炼成一九（就）紫金（啊）升。径直奔
2.不在（啊）上来不在下，不在后来不在前。
3.上升（啊）升出昆仑顶，击碎乾坤（就）天外（呀）天。
4.撒手（啊）逍遥归净土，

上（哎）古灵山。

十 字 符
选自《护国佑民伏魔宝卷》

演唱：代继生
接佛：代仟仟代 核
记谱：汪 雪

1=♯F 2/4　♩=100

1.伏魔爷的立意深别当非轻，初开板（啊）新造卷道教兴隆（呀）南无（呀）。阿弥陀佛（呀）。
2.一副板留京都传遍天下（呀），只为的能普度大地众生（呀）南无（呀）。阿弥陀佛（呀）。

若有人讲真经家中供献（呀），满宅内（啊）祥见光瑞气腾腾（啊）南无（呀）。阿弥陀佛（啊）。

和 佛 调
选自《护国佑民伏魔宝卷》

演唱：代继生
接佛：代仟仟代 核
记谱：汪 雪

1=♭B 2/4　♩=120

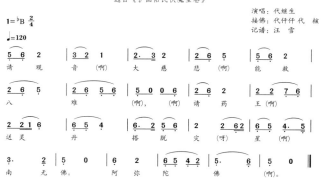

请观音（啊）大慈悲（啊）能救八难（啊），（啊）请药王（啊）送灵丹搭脱灾（呀）星（啊）南无佛。阿弥陀佛（啊）。

五字符

选自《护国佑民伏魔宝卷》

演唱：代继生
记谱：汪雪

1=ᵇE 2/4　♩=90

诸佛（嘛）来拥护（啊），　万神紧随跟（呀）。

同宣（那个）伏魔卷，　同共受香烟（呀）。

金字经

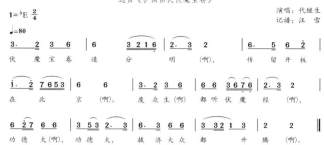

选自《护国佑民伏魔宝卷》

演唱：代继生
记谱：汪雪

1=ᵇE 2/4　♩=80

伏魔宝卷造分明（啊），　传留开板

在北京（啊）。度众生（啊）都听伏魔经（啊）。

功德大（啊），功德大，拔济大众都升腾（啊）。

贫和尚

选自《贫和尚宝卷》

演唱：代继生
记谱：汪雪

1=C 2/4　♩=120

贫和尚这一顶烂草帽，　冬冬夏夏

脑后飘，风来了刮不掉，雨来了不漏

掉，红落落圆坨坨明光所照。

清江引

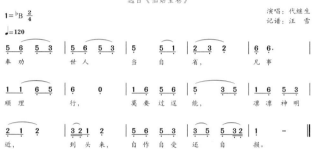

选自《仙姑宝卷》

演唱：代继生
记谱：汪雪

1=ᵇB 2/4　♩=120

奉劝世人当自省，　凡事

顺理行，莫要过逞能，漂漂神明

近，到头来，自作自受还自损。

5.临泽宝卷曲牌曲调

开经赞

选自《仙姑宝卷》

演唱：郭云海
和佛：吴玉郎 马建英
记谱：汪雪

1=ᵇB 2/4　♩=120

1.仙姑（啊）宝卷（呀就）才展开（呀），佛留莲
2.天龙（啊）八部（呀就）神欢喜（呀），佛留莲

花　莲花落（呀），诸佛菩萨降临
花　莲花落（呀），大众宣赞永无

来，南无佛阿弥陀佛弥陀佛（啊）。
灾，南无佛阿弥陀佛弥陀佛（啊）。

孟姜女调

选自《仙姑宝卷》

演唱：郭云海 吴玉郎
记谱：汪雪

1=F 2/4　♩=80

1.这善愿我不发谁人来发？这桥梁
2.我在此苦修行无有钱钞，我一人
3.有一日桥梁成不怕水患，千人行

我不修指靠何人。这桥梁（啊）造不成
独自儿孤掌难鸣。愿众生（啊）齐发心。
万人走（啊）方送我心。东家化（啊）西家化

难成善果，这桥梁造不出怎算修行？
共成善事，成就了这功德共结良因。
不分远近，今日化明日化不歇消停。

送王哥调

选自《仙姑宝卷》

演唱：郭云海
和佛：吴玉郎 马建英
记谱：汪雪

1=F 3/4 ♩=100

```
2 3 6   6  | 2/4 2 7 6 | 3/4 6 5 3  5.3 | 2 2 1 7 6 | 2 3 6 6 5 |
仙姑原是    汉时人，      合黎山上  苦修行。    功行圆满

6 3 3 2 | 3/4 1 2 3  5.3 | 2 2 1 7 6 | 2/4 2 2 1 | 3/4 1 2 3  5.3 | 2 2 1 7 6 ‖
升天界，    威灵感应    度众生。    莲花落，    威灵感应    度众生。
```

皂罗袍

选自《仙姑宝卷》

演唱：郭云海
和佛：吴玉郎 马建英
记谱：汪雪

1=F 2/4 ♩=100

```
5 5 2.1 | 2 7 6 5 | 1 1  1 6 5 | 4 3 2 1 | 2 1 7 1 2 1 7 1 | 2 4 3 2 1 |
1.化人工  化米粮   山中砍  木，      南无南无  弥陀佛，
2.操尽心  费尽力   不辞劳  苦，      南无南无  弥陀佛，
3.工程大  木材少   难以够  用，      南无南无  弥陀佛，
4.叫水普  并夜叉   神转鬼  用，      南无南无  弥陀佛，
5.有仙姑  看见了   满心欢  喜，      南无南无  弥陀佛，
6.鳌我心  发慈悲   诚心一  点，      南无南无  弥陀佛，
7.从前事  众生们   自造水  厄，      南无南无  弥陀佛，

1.2 5 5 | 1 6 5 4 | 5 5 5 5 | 2 1 7 6 5 | 2 5  2 1 7 6 | 1.2 1 ‖
1.整化了(啊)  一年零  两月工(啊)夫。    南无阿弥  陀佛。
2.不顾寒(啊)  不顾热  舍了己(啊)身。    南无阿弥  陀佛。
3.感动了(啊)  黑河里  掌管龙(啊)神。    南无阿弥  陀佛。
4.一夜晚(啊)  送来了  大木百(啊)根。    南无阿弥  陀佛。
5.忙举手(啊)  谢苍天  天地神(啊)明。    南无阿弥  陀佛。
6.成就了(啊)  这一段  救世功(啊)行。    南无阿弥  陀佛。
7.您看来(啊)  到底是  上帝好(啊)生。    南无阿弥  陀佛。
```

绣荷包调

选自《仙姑宝卷》

演唱：郭云海
和佛：吴玉郎 马建英
记谱：汪雪

1=♭E 2/4 ♩=90

```
6 6 6 | 2 2 7 | 6  6  5  3 | 6  6 7 6 5 3 | 2  2 |
黑河嘛水汹  涌(啊)，      创建一飞  虹(呀)。

‖: 2 3 | 6 6 1 | 6  6  1.2 | 3 3 2 1 7 | 6  6 :‖
至今  其地上，    名字叫板  桥(呀)。
```

阴调

选自《仙姑宝卷》

演唱：王学有 郭云海
和佛：牛登举 吴玉郎 马建英
记谱：汪雪

1=#F 2/4 ♩=80

```
5 5 5 5 | 1 1 6 1 1 | 1 6 5 5 4 | 5 1 6 5 | 5.4 2 | 1.2 1 |
1.有仙姑(啊)  见世人(啊)  多行不(啊)善   (呀)，   阿弥陀  佛(呀)，
2.爱贪财(啊)  爱贪利(啊)  大斗小(啊)秤   (呀)，   阿弥陀  佛(呀)，

5 2 5 5 | 4 3 2 1 1 | 2 2 5 5 | 3/4 2 2  1.7 1 | 2/4 2 5 2 1 7 | 1.2 1 :‖
或为奸(啊)  或为盗(啊)  或为邪(呀)  淫(啊)，南无  阿弥陀  佛(呀)，
生嗔怒(啊)  惯欺人(啊)  狗肺狼(啊)  心(啊)，南无  阿弥陀  佛(呀)。
```

哭五更

选自《仙姑宝卷》

演唱：王学有 牛登举
记谱：汪雪

1=♭E 2/4 ♩=72

```
1 1 2 5 5 5 | 4 3 2 1.2 | 5 5 2 5 | 2 1 7 6 5 | 1 1 2 6 5 | 5 5 6 5 4 3 |
一更里呀么好伤  心，      将军独坐  在营中。    河宽水大  隔住人，

2  2 5 | 1.3 2 1 7 6 | 6  5 | 4 3 2 1 7 1 | 5  2 | 1 7 6 5 ‖
十万兵  丁无吃用。(哎    哟)  十万兵丁  无吃用。
```

阳调

选自《仙姑宝卷》

演唱：王学有 牛登举
记谱：汪雪

1=♭E 2/4 ♩=80

```
1 1 6 1 | 6 1 6 | 3 3  5 3 2 | 1.2 3 | 2.3 5.6 | 1  1 |
欺人寡(呀)  凌人孤   全然不  顾(呀)，  阿弥陀  佛(呀)，

5 5 3 3 3 | 1 2 1 6 1 | 3/4 6 5 6 1 1 6 5 | 2/4 2 3 | 3 5 2 | 1  1 |
弟不恭(呀)  子不孝   背逆五  伦(啊)，  南无  阿弥陀  佛(啊)，

1 1 6 1 | 6 1 6 | 3 3  5 3 2 | 1.2 3 | 2.3 5.6 | 1  1 |
女不善(啊)  蛇蝎心   十分厉  毒(呀)，  阿弥陀  佛(呀)，

5 5 3 3 3 | 2 3 1 6 1 | 3/4 6 5 6 1 1 6 5 | 2/4 3.2 3 | 3 5 2 | 1  1 ‖
不敬公(呀)  不敬婆   抽烟生  心(呀)，  南无  阿弥陀  佛(啊)。
```

阴 调

选自《仙姑宝卷》

演唱：郭云海
和佛：吴玉郎 马建英
记谱：汪雪

1=♯F 2/4

♩=100

| 3 6 | 6 6 6 | 6 3 2 2 3 | 6 6 6 3 | 2 1 7 6 | 2 2 3 3 | ³6 7 6 |

1.哄 丈 夫(那个) 背 男 孩(那个) 白 捏 黑 呀 说， 折 人 儿(呀) 磨 人 女
2.这 样 人(啊) 阳 世 间(那个) 多 行 不 善， 到 阴 司(啊) 孽 镜 台
3.有 一 日(呀) 无 常 到(那个) 谁 人 看 你(呀 啊)? 地 狱 里(呀) 难 逃 脱
4.有 仙 姑(呀) 看 破 了(那个) 浮 生 若 梦， 躲 三 途(呀) 离 八 难
5.菩 提 心(啊) 一 味 地(那个) 广 行 方 便， 尘 世 上(啊) 虚 华 界

| 2 2 7 2 2 | 2 1 2 7 6 5 | 6 | 6 | 3 6 | 6 3 2 | 2 1 7 6 | :||

1.不 知 心 疼(啊)。 南 无 (呀) 阿 弥 陀 佛 (呀)。
2.照 得 分 明(啊)。 南 无 (呀) 阿 弥 陀 佛 (呀)。
3.十 八 层 地 呀 狱(呀)。 南 无 (呀) 阿 弥 陀 佛 (呀)。
4.只 惟 修 行(呀)。 南 无 (呀) 阿 弥 陀 佛 (呀)。
5.全 不 挂 分(呀)。 南 无 (呀) 阿 弥 陀 佛 (呀)。

莲 花 落

选自《仙姑宝卷》

演唱：郭云海
和佛：吴玉郎 马建英
记谱：汪雪

1=B 2/4

♩=100

| 2 5 | 6 | 2 3 2 1 6 | 5 2 2 6 | 5 4 5 | 2 5 | 6 | 2 3 2 1 6 |

1.有 仙 姑 正 修 行 盘 膝 打 坐， 忽 听 得 何 处 来
2.有 仙 姑 抬 起 头 用 目 观 看， 只 见 那 黑 河 里
3.整 流 了 五 十 天 不 曾 消 歇， 两 岸 上 隔 住 了

| 5 2 2 6 | 5 54 5 | 5 5 3 2 1 | 2 2 6 5 | 6 1 1 3 | 2 | — |

雷 吼 之 声? 这 声 音 好 一 似(呀) 千 军 万 马。
水 势 汹 涌。 白 茫 茫 无 边 岸(呀) 翻 天 覆 地。
多 少 行 人。 这 壁 厢 父 呼 儿(呀) 何 日 得 过?

1=E（前5=后2）

| :|| 2 21 2 2 | 6 1 7 6 | 3 6 2 3 | 6 6 5 3 | 2 3 3 2 1 | 2 | 2 | :||

这 声 音(啊) 好 一 似 地 裂 天 崩(啊)， (佛 了) 莲 花 (呀)。
好 一 似(啊) 千 堆 雪 卷 在 虚 空(啊)， (佛 了) 莲 花 (呀)。
那 壁 厢(啊) 兄 唤 弟 水 大 难 行(啊)， (佛 了) 莲 花 (呀)。

阳 调

选自《仙姑宝卷》

演唱：郭云海
和佛：吴玉郎 马建英
记谱：汪雪

1=♯F 2/4

♩=100

| 5 | 1 6 5 5 | ⁶1 1 6 5 5 | 2 5 | 1 2 | 5 6 7 5 |

1.有 几 个(呀) 胆 大 的(呀) 自 夸 会 水 (呀)，
2.只 见 得(呀) 几 个 人(呀) 将 手 乱 扎 (呀)，
3.他 原 说(呀) 渡 过 河(呀) 回 他 家 去 (呀)，
4.有 仙 姑(呀) 一 见 了(呀) 心 中 不 忍 (呀)，
5.虽 然 是(呀) 这 众 生(呀) 遭 下 水 厄 (呀)，
6.若 能 在(呀) 河 面 上(呀) 搭 桥 一 座 (呀)，

| 5. 3 2 | 1. 2 1 | 5 2 5 5 | 4 3 2 1 1 | 2 5 | 2 1 7 6 |

1.阿 弥 陀 佛 (呀)， 脱 衣 服(呀) 入 了 水(呀) 才 到 当
2.阿 弥 陀 佛 (呀)， 又 见 得(呀) 浪 头 大(呀) 打 在 河
3.阿 弥 陀 佛 (呀)， 谁 料 到(呀) 霎 时 间(呀) 一 命 归
4.阿 弥 陀 佛 (呀)， 禁 不 住(呀) 心 发 酸(呀) 两 泪 纷
5.阿 弥 陀 佛 (呀)， 难 道 说(呀) 就 没 人(呀) 发 个 善
6.阿 弥 陀 佛 (呀)， 任 凭 它(呀) 水 大 小(呀) 安 步 当

| 5 5 5 5 | 1 1 7 1 | 2 | 5 | 1 2 | 2 1 7 6 | 1. 2 1 | :||

1.中(呀)。 南 无 佛(呀) 南 无 阿 弥 陀 佛 (呀)。
2.心(呀)。 南 无 佛(呀) 南 无 阿 弥 陀 佛 (呀)。
3.阴(呀)。 南 无 佛(呀) 南 无 阿 弥 陀 佛 (呀)。
4.纷(呀)。 南 无 佛(呀) 南 无 阿 弥 陀 佛 (呀)。
5.心(呀)。 南 无 佛(呀) 南 无 阿 弥 陀 佛 (呀)。
6.车(呀)。 南 无 佛(呀) 南 无 阿 弥 陀 佛 (呀)。

6.山丹宝卷曲牌曲调

打 莲 花
选自《侯美英反朝宝卷》

演唱：陈多祝
接佛：吕会英
记谱：汪 雪

1=A 2/4　♩=150

媒婆（啊）出门（个）笑盈盈（啊），佛了莲花 莲花落（呀），要去侯营（个）说婚姻,(呀呵呵)，莲花落（啊）。

浪 淘 沙
选自《卖苗郎宝卷》

演唱：陈多祝
接佛：吕会英
记谱：汪 雪

1=♭E 2/4　♩=90

泪汪汪（啊）坐不安，想起此事礼不端，心中就如个刀子剜（啊），好不凄惨（啊）南无佛（啊）好不凄惨（啊）。

七 字 符
选自《侯美英反朝宝卷》

演唱：陈多祝
接佛：吕会英
记谱：汪 雪

1=A 2/4　♩=150

媒婆（啊）出门个笑盈盈（啊），阿弥陀佛（呀），要去侯营（个）说婚姻（呀）南无 阿弥陀佛（啊）。

十 字 符
选自《侯美英反朝宝卷》

演唱：陈多祝
接佛：吕会英
记谱：汪 雪

1=G 2/4　♩=112

王员外 见媒婆 怒气冲冲（啊），阿弥陀佛（啊）恨不得（呀）割舌头（啊）挖了眼睛（呀）南无，阿弥陀佛（啊）。

五 更 调
选自《侯美英反朝宝卷》

演唱：陈多祝
接佛：吕会英
记谱：汪 雪

1=D 2/4　♩=112

一更里来好心酸（呀），丫鬟独坐绣楼中（啊），姑娘你就哪里去（呀），挨冷受冻（个）真难心（呀）。哎呀我的天（呀），无亲无故靠何人（啊）。

小寡妇上坟

演唱：陈多祝
接佛：吕会英
记谱：汪 雪

1=A 3/8　♩=100

四月里来四月八（呀），牡丹那个佛手都开花（呀）。淋淋的落（呀）都开花（呀）。

7.民乐宝卷曲牌曲调

哭 五 更
选自《张四姐大闹东京宝卷》

演唱：张 龙
接佛：张秀琴
记谱：汪 雪

一更里(来)好心痛，文瑞独
往在破窑洞。娘在西(来)儿在
东(啊)，一日光阴无度用。我的
天哪! 今日五更好难行。

莲 花 落
选自《张四姐大闹东京宝卷》

演唱：张 龙
接佛：张秀琴
记谱：汪 雪

田孝郎中状元天下扬名(呀)，(佛了)莲
花，莲花落(呀)。穿紫罗坐八抬
威凤飒飒(呵 呵)莲花落(呀)。

七 字 符
选自《女忠孝宝卷》

演唱：张 龙
接佛：张秀琴
记谱：汪 雪

一家团圆谢龙天(啊)，阿弥陀佛(啊)，
紫金炉内封宝卷。南无阿弥陀佛(啊)。

十 字 符
选自《张四姐大闹东京宝卷》

演唱：张 龙
接佛：张秀琴
记谱：汪 雪

张四姐叫母亲细听分明(啊)，阿弥陀(哎)佛(啊)
并不是女儿我不想孝顺(哎)，南无阿弥陀佛(啊)。

8.酒泉宝卷曲牌曲调

八 瞧 词
选自

演唱：乔玉安
记谱：汪 雪

1.往上(哎)瞧，往上(哎)瞧，八洞神仙
2.通过金桥，通过金桥，王母娘娘
过来(呀)了。头里渔鼓响，后头简板闹。
赴蟠(呀)桃。吃杯长寿茶，大家同乐道。

禅 坐 调
选自《五更禅坐宝卷》

演唱：乔玉安
接佛：田金兰
记谱：汪 雪

1.一更里禅坐好古今，合掌儿安息，是否传予我
2.一呼一吸上三玄，细细儿点捡，灵牛吸水
妙消息,(那么)自己(儿)寻思。南无佛(哎)，自己(儿)寻思。
过玄关,(那么)珍珠帘儿倒卷。南无佛(哎)，珍珠帘儿倒卷。

0531

吃斋词

选自《吃斋宝卷》

演唱：乔玉安
接佛：田金兰
记谱：汪雪

1=G 2/4 ♩=120

吃斋的人儿 就是好(啊)，我把生死躲过了(啊)。不吃不杀它，不走死生道，吃了它，杀了它(呀)一还又一报(呀)。

道 情

选自《韩祖修仙宝传》

演唱：乔玉安
记谱：汪雪

1=C 2/4 ♩=120

初三的十三(呀)二十三，燕儿子未到了三(啊)月三，不吃你糜子，不吃你谷子，单借你中梁抱一窝儿子。

灯盏词

选自《红灯宝卷》

演唱：乔玉安
接佛：田金兰
记谱：汪雪

1=G 2/4 ♩=112

数九寒天雪下，苦命婆婆冻然，哪时造下冤孽，南无阿弥陀佛，今生报应他家。

花音十字佛

选自《黑骡子告状宝卷》

演唱：乔玉安
接佛：田金兰
记谱：汪雪

1=F 2/4 ♩=102

刘玉莲叫哥哥你说我听(呀)，我为你亲丈夫命丧黄泉(呀)。

叫 号

选自《丁郎寻父宝卷》

演唱：乔玉安
记谱：汪雪

1=B 2/4 ♩=120

正月十五闹元宵(啊)，(哼嗨个)紧加工(啊)，丁郎寻父本姓高(啊)，(哼嗨个)紧加工(啊)。

浪淘沙

选自《贫和尚宝卷》

演唱：乔玉安
接佛：田金兰
记谱：汪雪

1=C 2/4 ♩=60

点石儿(去)成金，海底里捞针，什篮儿打水(呀)，一场空，纸糊的船儿就难(呀)过水(呀)，南无佛虚度着光阴。南无佛虚度着光阴。

莲 花 落

选自《丁郎寻父宝卷》

演唱：乔玉安
接佛：田金兰
记谱：汪雪

1=C 2/4 ♩=72

未曾开言羞红脸(哎)，(佛了)莲花莲花落(呀)，爷爷奶奶行方便(呀)，(佛了)莲花莲花落(呀)。

炉 香 赞

选自《仙姑宝卷》

演唱：乔玉安
记谱：汪雪

1=♭B 2/4 ♩=112

炉香乍爇，法界蒙熏(啊)，诸佛海会悉遥闻(啊)。南无随处结祥云，诚意方般(啊)，诸佛显(呀)金身(啊)。南无

0532

中国民间文学大系 7-62

平音七字佛

选自《黑骡子告状宝卷》

演唱：乔玉安
接佛：田金兰
记谱：汪　雪

1=♭E $\frac{2}{4}$

♩=130

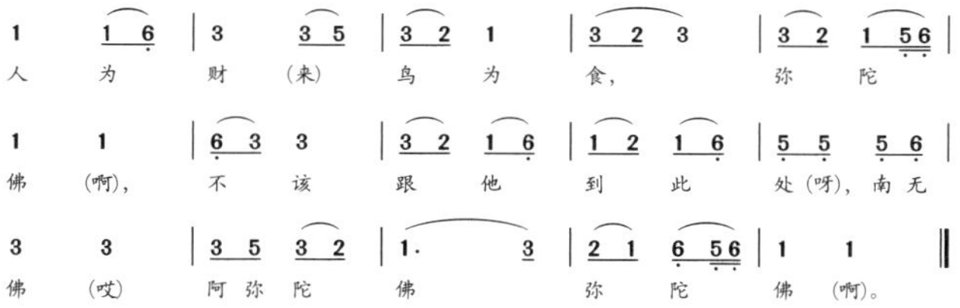

平音十字佛

选自《黑骡子告状宝卷》

演唱：乔玉安
接佛：田金兰
记谱：汪　雪

1=♭E $\frac{2}{4}$

♩=125

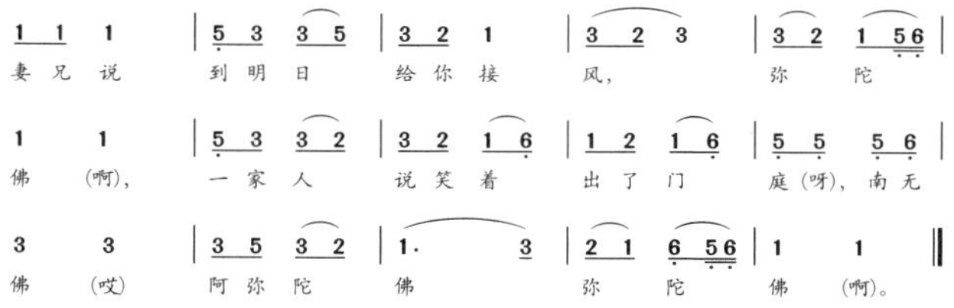

洒净词

选自《梁祝宝卷》

演唱：乔玉安
接佛：田金兰
记谱：汪　雪

1=C $\frac{2}{4}$

♩=90

十报娘恩

选自《生身宝卷》

演唱：乔玉安
接佛：田金兰
记谱：汪　雪

1=E $\frac{4}{4}$

♩=90

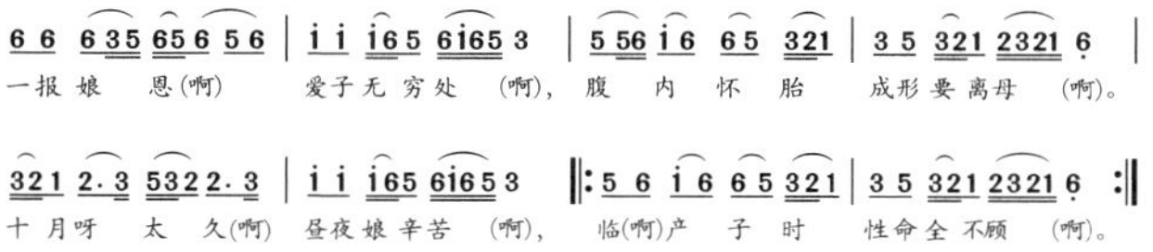

十劝人

演唱：乔玉安
记谱：汪　雪

1=C $\frac{2}{4}$

♩=120

耍孩儿

选自《方四姐宝卷》

演唱：乔玉安
接佛：田金兰
记谱：汪　雪

1=#F $\frac{7}{8}$

♩=80

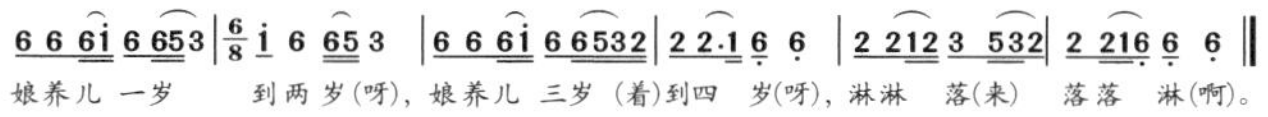

耍孩儿

演唱：乔玉安
接佛：田金兰
记谱：汪　雪

1=D $\frac{3}{8}$

♩=70

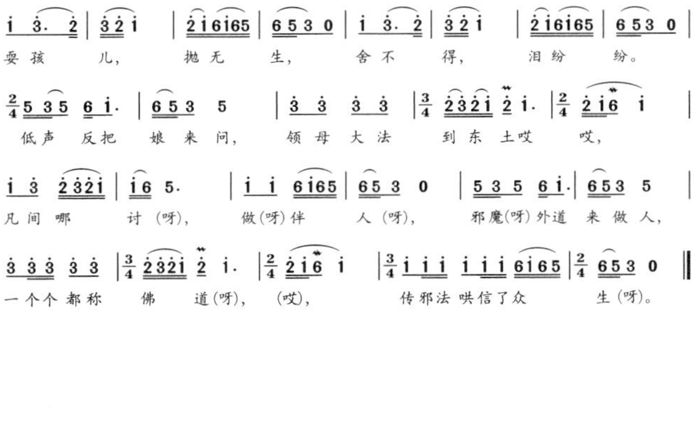

（四）普世秀、高虎、安文荣、何珠德演唱宝卷的曲牌曲调

普世秀，1940年生，男，张掖市山丹县霍城镇人，小学毕业，务农。普世秀老人曾念唱过宝卷，2000年以后闲暇无事，抄写了《昭君和番》《侯美英反朝宝卷》《丁郎寻父》《继母狠宝卷》《乌鸦宝卷》《天仙配宝卷》等十多部宝卷。普先生还创编了《佛说父母恩重难报经》《杜十娘怒沉百宝箱宝卷》。

高虎，1962年生，男，张掖市民乐县新天镇人，高中毕业，务农。高虎1979年开始念唱宝卷，他抄写的宝卷有《莺鸽宝卷》《苦节宝卷》《征东宝卷》《黑骡子告状》《罗通扫北宝卷》。高虎2003年后忙于生计很少念唱宝卷，他念唱宝卷字正腔圆，精神饱满，发音洪亮，表达流畅，特别能吸引人。

安文荣，1942年生，男，武威市古浪县大靖镇人，初中文化水平，务农。安先生1963年开始念唱宝卷，他收藏有14部宝卷，大部分是他本人抄写的。

何珠德，1931年生，男，张掖市山丹县大马营镇人，小学毕业，务农。何老先生16岁开始念唱宝卷，曾念唱过《刘全进瓜》《莺鸽宝卷》《乾隆私访白雀寺》《侯美英反朝》等，其中《侯美英反朝》特别熟悉，念唱时几乎可以不看卷本。在何珠德老人的记忆中，民国时期念唱宝卷十分盛行。他说《马乾龙游国》是好卷，民众特别喜欢听："要要红火，《马乾龙游国》；要要好听，《薛仁贵征东》。"何老先生曾自编过《解放宝卷》，后来遗失了。

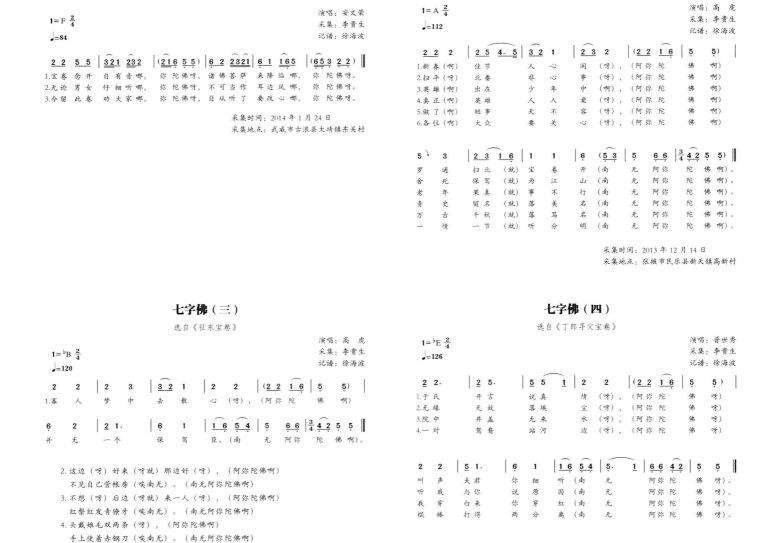

七字佛（五）

选自《刘全进瓜宝卷》

演唱：何珠德
采集：李贵生
记谱：徐海波

1=A 2/4　♩=120

1.唐王　圣旨　胸前　挂（啊），（阿弥陀　佛　呀）
2.千山　万水　不辞　劳（啊），（阿弥陀　佛　呀）
3.来到　曹州　城中　过（啊），（阿弥陀　佛　呀）
4.刘全　妻子　李翠莲（啊），（阿弥陀　佛　呀）

雷音寺中　取真经（南无　阿弥陀　佛　呀）。
走州过县　度化人（南无　阿弥陀　佛　呀）。
转步又到　芦花村（南无　阿弥陀　佛　呀）。
本是仙女　下凡尘（南无　阿弥陀　佛　呀）。

采集时间：2012年1月21日
采集地点：河西学院3号家属楼

十字佛（一）

选自《方四姐宝卷》

演唱：安文荣
采集：李贵生
记谱：徐海波

1=G 2/4　♩=112 热烈地

1.方员外　对媒公　将亲应　承（呀），（阿弥陀　佛　呀）请来了
2.有李虎　接婚书　即便要　行（哪），（阿弥陀　佛　呀）方员外
3.方员外　转回来　告知夫　人（哪），（阿弥陀　佛　呀）说于家
4.我们和　那家　门当户　对（呀），（阿弥陀　佛　呀）我做主

一先生　写下婚　书（南无　阿弥陀　佛　呀）。
将李虎　送出门　庭（南无　阿弥陀　佛　呀）。
请媒公　来说四　姐（南无　阿弥陀　佛　呀）。
把四姐　许给于　门（南无　阿弥陀　佛　呀）。

采集时间：2014年1月24日
采集地点：武威市古浪县大靖镇东关村

十字佛（二）

选自《罗通扫北》

演唱：高虎
采集：李贵生
记谱：徐海波

1=♭B 2/4　♩=88

1.秦叔宝　领圣旨（就）不敢怠　慢（呀），（阿弥陀　佛　啊）
2.在校场　练三军　暂且不　题（呀），（阿弥陀　佛　啊）
3.北番的　军将们　骁勇无　比（呀），（阿弥陀　佛　啊）
4.太宗说　北番地　原属我　管（呀），（阿弥陀　佛　啊）

练三军　半月后　就要起　程（南无　阿弥陀　佛　啊）。
徐茂公　对太宗　细说分　明（南无　阿弥陀　佛　啊）。
要平服　必须你　御驾亲　征（南无　阿弥陀　佛　啊）。
此番狗　太无礼　下来战　书（南无　阿弥陀　佛　啊）。

采集时间：2013年12月14日
采集地点：张掖市民乐县新天镇高新村

十字佛（三）

选自《罗通扫北》

演唱：高虎
采集：李贵生
记谱：徐海波

1=C 2/4　♩=116

1.定国公　段志贤　他为后　应（呀），（阿弥陀　佛　啊）
2.秦元帅　领了命　下殿去　了（呀），（阿弥陀　佛　啊）
3.选一个　良辰日　祭旗点　兵（呀），（阿弥陀　佛　啊）
4.掐指算　明日是　良辰吉　日（呀），（阿弥陀　佛　啊）

再点上　精强将　二十万　整（唉南无　阿弥陀　佛　啊）。
徐茂公　对太宗　说个分　明（唉南无　阿弥陀　佛　啊）。
这一次　平北番　不太容　易（唉南无　阿弥陀　佛　啊）。
秦元帅　到校场　点兵祭　旗（唉南无　阿弥陀　佛　啊）。

采集时间：2013年12月14日
采集地点：张掖市民乐县新天镇高新村

十字佛（四）

选自《罗通扫北》

演唱：高虎
采集：李贵生
记谱：徐海波

1=♭B 2/4　♩=88

1.刘国镇　忙吩咐　众将们　听（唉南无　阿弥陀　佛　啊）
2.若有那　唐将到　关前讨　战（唉南无　阿弥陀　佛　啊）
3.他这个　白狼关　按下莫　表（唉南无　阿弥陀　佛　啊）
4.他出了　雁门关　走得甚　快（唉南无　阿弥陀　佛　啊）

城头上　多加些　弓箭石　头（唉南无　阿弥陀　佛　啊）。
那时候　你急忙　报我知　道（唉南无　阿弥陀　佛　啊）。
再说那　程咬金　前部先　锋（唉南无　阿弥陀　佛　啊）。
不觉得　来到了　白狼关　前（唉南无　阿弥陀　佛　啊）。

采集时间：2013年12月14日
采集地点：张掖市民乐县新天镇高新村

十字佛（五）

选自《丁郎寻父宝卷》

演唱：普世秀
采集：李贵生
记谱：徐海波

1=D 2/4　♩=88

1.高仲举　听此言　欢天喜　地（啊），（阿弥陀　佛　啊）
2.保佑我　上京去　皇榜得　中（啊），（阿弥陀　佛　啊）
3.陪昊香　出庙门　闲游闲　转（啊），（阿弥陀　佛　啊）
4.人都说　这个人　不是好　人（啊），（阿弥陀　佛　啊）

急忙忙　同夫人　去把香　降（啊 南无　阿弥陀　佛　啊）。
夫妻俩　到后来　大报神　恩（啊 南无　阿弥陀　佛　啊）。
抬起头　见一人　五官不　正（啊 南无　阿弥陀　佛　啊）。
这个人　说于氏　生得聪　明（啊 南无　阿弥陀　佛　啊）。

采集时间：2014年1月4日
采集地点：河西学院3号家属楼

十字佛（六）

选自《丁郎寻父宝卷》

演唱：昔世秀
采集：李贵生
记谱：徐海波

1=D 2/4
♩=100

```
2 2 2 | 2 5 5 | 5 4 2 1 | 2   2 | 2 2 1 6 | 5   5 |
```
1.这 年 七　勢 力 大　胡 作 非 为（呀）,（阿 弥 陀　佛 呀）
2.他 手 下　有 许 多　书 童 家 人（呀）,（阿 弥 陀　佛 呀）
3.今 日 请　先 生 来　书 写 寿 文（呀）,（阿 弥 陀　佛 呀）
4.没 动 笔　先 送 了　黄 金 白 银（呀）,（阿 弥 陀　佛 呀）

```
2 2 2 | 5 2 1. 6 | 1 6 1 | 3/4 1 6 6 5 6 | 2/4 6 3 3 23 | 1 6 5 ‖
```
他 凭 的　严 阔 老　首 相 一　品（啊南 无 阿 弥 陀　佛 呀）。
一 个 个　非 良 善　仗 势 欺　人（啊南 无 阿 弥 陀　佛 呀）。
特 意 儿　设 圈 套　仲 举 上　门（啊南 无 阿 弥 陀　佛 呀）。
权 当 作　润 笔 礼　暂 且 收　存（啊南 无 阿 弥 陀　佛 呀）。

采集时间：2014 年 1 月 4 日
采集地点：河西学院 3 号家属楼

十字佛（七）

选自《丁郎寻父宝卷》

演唱：高 虎
采集：李贵生
记谱：徐海波

1=D 2/4
♩=88

```
2 5 4 | 2 5 2 | 5 2 1 | 2   2 | 2 2 1 6 | 5   5 ‖
```
1.高 仲 举　跪 堂 前　口 称 大 人（呀）,（阿 弥 陀　佛 呀）
2.你 既 然　生 黄 门　必 知 礼 仪（呀）,（阿 弥 陀　佛 呀）
3.这 不 是　你 和 他　有 何 冤 仇（啊）,（阿 弥 陀　佛 呀）
4.高 仲 举　听 此 言　口 称 青 天（呀）,（阿 弥 陀　佛 呀）

```
2 2 2 5 | 2 2 1 6 | 1 6 1 | 3/4 1 6 5 4 5 | 2/4 6 6 5 4 | 2   2 ‖
```
我 本 是　在 学 的　一 个 书 生（南 无 阿 弥 陀　佛 呀）。
你 就 知　大 法 律　不 能 违 犯（南 无 阿 弥 陀　佛 呀）。
你 为 何　要 杀 他　如 实 招 承（南 无 阿 弥 陀　佛 呀）。
杀 人 事　你 老 爷　细 查 分 明（南 无 阿 弥 陀　佛 呀）。

采集时间：2013 年 12 月 14 日
采集地点：张掖市民乐县新天镇高新村

哭五更（一）

选自《丁郎寻父宝卷》

演唱：昔世秀
采集：李贵生
记谱：徐海波

1=bE 2/4
♩=76

```
2 2 1 2 | 5   1 | 2   2 | 6 6 6 2 | 2   4 | 5   5 |
```
1.一 更 里 来　好 恓 惶（啊）,　想 起 我 儿　泪 悲 伤（呀）
2.二 更 里 来　好 伤 心（啊）,　儿 今 一 去 好 担 心（啊）
3.三 更 里 来　将 睡 着（啊）,　梦 见 我 儿 回 家 中（啊）

```
2 2 1 2 | 5   1 | 2   2 | 6 6 6 2 | 2   4 | 5   5 |
```
年 方 九 岁　离 了 娘（啊）,　一 心 寻 父 离 家 乡（啊）
千 山 万 水　路 不 通（啊）,　有 好 有 坏 怎 知 闻（啊）
他 说 父 亲　找 不 见（啊）,　碰 见 凡 人 就 访 问（啊）

```
2 1 2 | 1 - | 2 1 2 | 6 5 6 | 2   2 | 6 5 4 | 5   5 ‖
```
我 的 儿　呀,　不 知　你 父　在 呀　在 何　方 啊。
我 的 天　呀,　丢 下　你 娘　一 呀　一 个　人 啊。
我 的 儿　呀,　不 知　何 日　才 呀　才 回　程 啊。

采集时间：2014 年 1 月 4 日
采集地点：河西学院 3 号家属楼

哭五更（二）

选自《刘全进瓜宝卷》

演唱：何珠德
采集：李贵生
记谱：徐海波

1=E 2/4
♩=102

```
2 2 2 5 | 5   1 | 2   2 | 6 6 6 2 | 6 6   4 |
```
1.一 更 里 来　好 伤 心（啊）,　怀 抱 娇 儿 坐 房
2.二 更 里 来　好 伤 心（啊）,　一 双 儿 女 怎 抚

```
5   5 | 2 2 2 5 | 5   1 | 2   2 | 6 6 6 2 |
```
中（啊）.　你 娘 一 命 归 阴 去（啊）,　丢 下 父 子
养（啊）。　挪 干 就 湿 谁 关 照（啊）,　小 小 孩 童

```
6 6   4 | 5 - | 2 1 2 3 | 1 6 1. | 2 2 3 2 1 | 6 6 5 4 5 |
```
泪 纷　纷。　我 的 天　呀,　丢 下　父 子
失 亲　娘。　我 的 天　呀,　小 小　孩 童

```
2   2 | 6 6   4 | 5   2 | 6 6 2 | 5   5 ‖
```
泪 呀　泪 纷　纷　（泪 呀　泪 纷　纷）。
失 亲　娘　　（失 亲　娘）。

采集时间：2014 年 1 月 4 日
采集地点：武威市古浪县大靖镇东关村

五 更 词

选自《方四姐宝卷》

演唱：安文荣
采集：李贵生
记谱：徐海波

1=D 2/4
♩=88

6 6 5 3 3 5 | 6 i | 5 | i 6. | 5 6 i i 5 | 3 5 3 | 2 |

1.一 更 里 上 了(着) 望 乡 (呀)台 (呀)叫 我 难 忍 心 哭 坏。
2.二 更 里 到 了(着) 鬼 门 (唉)关 (哪)叫 我 珠 泪 儿 涟 涟。
3.三 更 里 到 了(着) 阴 司 (呀)城 (哪)叫 我 珠 泪 儿 滚 滚。

‖: 5 5 5 6 6 | 5 6 3 2 1 | 5 6 3 2 1 | 2 6. :‖

阴 司 讨 债 不 离 身(哪)， 叫 我 再 不 能 回 身。
生 死 路 上 人 不 断(哪)， 叫 我 怎 么 脱 险。
神 嚎 鬼 哭 怪 难 行(哪)， 乃 是 阴 间 的 罪 人。

采集时间：2014 年 1 月 24 日
采集地点：武威市古浪县大靖镇东关村

打莲花（一）

选自《张四姐大闹东京宝卷》

演唱：高 虎
采集：李贵生
记谱：徐海波

1=C 2/4
♩=108

2 2 2 | 2 5 4 5 | 3 2 i | 2 2 | i i 2 3 |

1.奴 家 (呀) 说 来 (呀) 老 母 听 (佛留莲
2.父 是 (呀) 有 钱 (呀) 家 百 万 (佛留莲
3.生 下 (呀) 姐 妹 (呀) 九 个 人 (呀) 佛留莲
4.年 荒 (呀) 岁 乱 (呀) 人 逃 难 (呀) 佛留莲
5.也 是 (呀) 天 缘 (呀) 未 凑 对 (呀) 佛留莲

2. 3 | 2 i 6 | 5 - | 6 | i | 2 2 | i |

花)， (莲 花 落) 家 住 蓬 莱 (就)
花)， (莲 花 落) 母 亲 王 氏 (就)
花)， (莲 花 落) 我 自 排 行 (就)
花)， (莲 花 落) 留 下 奴 家 (就)
花)， (莲 花 落) 今 朝 还 配 (就)

6 i | i 6 5 | 5 5 | i | 6 5 4 | 5 - ‖

大 海 深 (呀) 嗬 嗬 呀 儿 莲 花 落)。
老 安 人 (呀) 嗬 嗬 呀 儿 莲 花 落)。
算 四 位 (呀) 嗬 嗬 呀 儿 莲 花 落)。
独 一 个 (呀) 嗬 嗬 呀 儿 莲 花 落)。
与 书 生 (呀) 嗬 嗬 呀 儿 莲 花 落)。

采集时间：2013 年 12 月 14 日
采集地点：张掖市民乐县新天镇高新村

打莲花（二）

选自《丁郎寻父宝卷》
（领唱、合唱）

演唱：普世秀
采集：李贵生
记谱：徐海波

1=D 2/4
♩=92 热烈地

2 2 2 | 2 5. | 5 5 1 | 5 2 | 2 2 2 3 |

1.上 街 (呀) 未 曾 开 了 口 (啊)， (佛留莲
2.春 夏 (呀) 秋 冬 为 四 季 (啊)， (佛留莲
3.日 月 (呀) 不 催 人 自 老 (啊)， (佛留莲
4.人 生 (呀) 贫 穷 古 来 有 (啊)， (佛留莲

2. | 3 | 2 1 6 | 5 - | 2 | 2 | 5 | 1 |

花 呀 莲 花 落) 低 头 含 泪 月
花 呀 莲 花 落) 凤 花 雪 了 古
花 呀 莲 花 落) 转 眼 白 人
花 呀 莲 花 落) 要 把

6 1 | 1 6 5 | 5 | 5 1 | 6 5 3 | 2 - ‖

又 害 羞 (啊) 嗬 嗬 呀 莲 花 落)。
都 是 节 梢 (啊) 嗬 嗬 呀 莲 花 落)。
头 发 明 一 番 (啊) 嗬 嗬 呀 莲 花 落)。

采集时间：2014 年 1 月 4 日
采集地点：河西学院 3 号家属楼

金钱莲花落

选自《刘全进瓜宝卷》

演唱：何德珠
采集：李贵生
记谱：徐海波

1=♭B 2/4
♩=108

2 2. | 2 3. | 3 3 1 | 2 2 | 1 2 3 |

1.刘 全 街 头 双 膝 跪 (呀)， (佛留莲
2.说 起 家 来 家 不 远 (呀)， (佛留莲
3.家 住 曹 州 曹 花 县 (呀)， (佛留莲
4.我 也 本 是 富 豪 子 (呀)， (佛留莲

2. | 3 | 2 1 6 | 5. - | 2 | 2 | 2 5 1. |

花 呀 莲 花 落) 哀 告 爷 们
花 呀 莲 花 落) 提 起 名 来 庄
花 呀 莲 花 落) 芦 花 有 田 上 有 地

6 1 | 1 6 5 | 5. 1 | 6 5 3 | 2 - ‖

发 慈 悲 (呀) 嗬 嗬 莲 花 落)。
也 有 家 名 (呀) 嗬 嗬 莲 花 落)。
有 骡 马 (呀) 嗬 嗬 莲 花 落)。

采集时间：2014 年 1 月 4 日
采集地点：河西学院 3 号家属楼

淋淋落调（一）

选自《方四姐宝卷》

演唱：安文荣
采集：李贵生
记谱：徐海波

1=A 3/4　♩=138

1.三 月（呀）里 来 三 清 明（哪），
2.小 小（呀）闺 中 莫 出 门（哪），
3.闺 中（呀）女 来 一 十 六（哪），
4.身 子（呀）又 小 骨 又 嫩（哪），
5.腿 又（呀）酸 来 腰 又 软（哪），
6.桶 子（呀）又 重 路 不 平（哪），

家 家（呀）户 户 都 耕（唉）种（哪）。
谁 知（呀）四 姐 挑 水（唉）桶（哪）。
出 门（呀）不 知 东 和（唉）西（哪）。
三 寸（的）金 莲 走 不（唉）动（哪）。
路 途（呀）又 远 难 上（唉）难（哪）。
叫 声（哪）爹 娘 怎 知（唉）闻（哪）。

（淋 淋 落 呀 都 耕 唉 种 哪）。
（淋 淋 落 呀 挑 水 唉 桶 哪）。
（淋 淋 落 呀 东 和 唉 西 呀）。
（淋 淋 落 呀 走 不 唉 动 哪）。
（淋 淋 落 呀 难 上 唉 难 哪）。
（淋 淋 落 呀 怎 知 唉 闻 哪）。

采集时间：2014 年 1 月 4 日
采集地点：武威市古浪县大靖镇东关村

淋淋落调（二）

选自《绣红罗宝卷》

演唱：普世秀
采集：李贵生
记谱：徐海波

1=♭E 3/4　♩=138

1.穷 人 跑 到 大 街 上（啊），祷 告（那个）
2.救 我 性 命 出 罗 网（啊），家 中（那个）
3.惊 动 一 街 两 巷 人（啊），我 名（那个）

神 灵 （就）搭 救 我（呀）。
继 母 （就）害 我 命（呀）。
就 叫 （个）花 仙 哥（呀）。

（淋 淋 淋 淋 落 呀 就 搭 救 我 呀）。
（淋 淋 淋 淋 落 呀 就 害 我 命 呀）。
（淋 淋 淋 淋 落 呀 叫 花 仙 哥 呀）。

采集时间：2014 年 1 月 4 日
采集地点：河西学院 3 号家属楼

梁 山 伯 调

选自《方四姐宝卷》

演唱：安文荣
采集：李贵生
记谱：徐海波

1=C 2/4　♩=120

1.聘 婚（呀）银 子（呀）四 百（呀）两（呀），珍 珠
2.绫 罗（呀）绸 缎（呀）七 八（呀）对（呀），样 样
3.有 礼（呀）有 亲（哪）婚 可（呀）定（哪），无 礼
4.媒 公（哪）听 罢（哪）这 句（呀）话（呀），辞 别
5.急 忙（呀）来 到（了）于 家（的）门（哪），把 话

玛 瑙 斗 五（呀）升（哪）。（哎 哟 斗 五 呀 升 哪）。
不 差 半 分（哪）毫（哪）。（哎 哟 半 分 哪 毫 呀）。
拿 来 我 婚（哪）单（哪）。（哎 哟 我 婚 哪 单 哪）。
方 公 就 起（呀）身（哪）。（哎 哟 就 起 呀 身 哪）。
说 与 于 公（哪）听（哪）。（哎 哟 于 公 哪 听 哪）。

采集时间：2014 年 1 月 24 日
采集地点：武威市古浪县大靖镇东关村

0538

后记

民间说唱又称"民间曲艺"或"曲艺"，是指以说的形式、唱的形式或是有说有唱的形式来演绎故事、刻画人物、抒情说理、写景状物的传统表演艺术。

中国宝卷产生于宋元时期，是宣讲的底本，宣卷或是"念卷"属于民间说唱范畴。念卷这种民间说唱形式至今仍在甘肃省河西走廊五地市活态传承，研究者将流传于河西走廊一带的宝卷称为"河西宝卷"。河西宝卷是当地人念卷的底本，其文本形态主要是散韵相间，宣念时散文部分用来讲说（即"念"），韵文部分采用不同的曲调演唱，说说唱唱，一直到终了。河西宝卷中只唱不说的韵文体、只说不唱的散文体极少，仅限于一些篇幅较短的文本。河西宝卷中有一种所谓"小宝卷"，这种宝卷篇幅极短，只唱不说，大都是从说唱类宝卷中摘取出来的韵文部分，闲暇时直接用来演唱以娱乐。河西宝卷中只说不唱的卷本几乎没有。

宝卷至迟明末就在河西走廊流传，是农闲时（特别是腊月、正月）最受民众欢迎的娱乐方式。通过念卷活动，明清时期的一些曲牌曲调流传到了今天，如【哭五更】【莲花落】【浪淘沙】【金字经】【清江引】等。同时，民众也获得了不少历史文化知识，许多民间传说、神话故事等得以在他们中间传播开来。几百年来，河西宝卷宣讲活动成了普通百姓了解自身历史的重要窗口。

河西走廊的念卷民俗活动几百年间在民众中发挥着不可低估的教化作用。河西宝卷故事中塑造了很多鲜活的孝子贤孙、孝媳烈妇、忠臣清官、侠客义士的形象，并以这些形象的孝悌、仁慈、友善、公平、忠勇、仗义、廉洁等优秀品质深深地影响着一方民众的思想言行、善恶标准，对他们正确的人生观、价值观的养成发挥了积极的作用。河西宝卷同时也塑造了一些无恶不作、心肠狠毒的反面形象，其可耻的下场对民众也起到了怵然心惊、引以为戒的作用。河西宝卷在对民众的教化方面所起的重要作用，是任何抽象的说教都无法与之相比的。

宝卷是"劝善书"，它除了以鲜活的形象感化人、教育人外，还旗帜鲜明地点明其教化主旨。河西宝卷的结尾往往结合正文所讲唱的故事内容、人物形象，有针对性地劝诫人们行善积德，不做恶事，不损人利己，内容涉及民众生活中的方方面面，如孝敬父母公婆、兄弟和睦、妯娌和好、邻里和谐、继母要善待前生子、丈夫娶继室要慎重，等等，无不与人们的家庭生活息息相关。

社会的发展仅有经济推动是远远不够的，还需要有强大的精神力量做支撑。民族精神以及优秀的传统道德，是推动社会发展的积极动力，也是维系社会秩序的重要手段。在过去一个相当长的历史时期，"念卷先生"充当着基层民众精神与传统道德的"教化者"。

目前已经刊印的河西宝卷整理本共收录宝卷 160 多种，加上代氏藏本、张掖市文化馆的藏本，以及笔者收藏的抄本，去其重复至少 235 种（参见"附录二"）。根据民间文学大系出版工程优中选优、代表性、原生性等原则，《中国民间文学大系·说唱·甘肃卷·宝卷分卷（二)》收录了 24 种忠义故事宝卷，包括明君故事宝卷、精忠报国故事宝卷、铲除奸佞故事宝卷和惩治罪犯故事宝卷，都是进行忠义教化的精品。

《康熙私访山东》《乾隆私访白鹊寺宝卷》《双凤旗》《马乾龙游国宝卷》《丁郎寻父宝卷》《汗衫宝卷》6 部抄本收录于张天佑、任积泉主编的影印本《丝路稀见抄本宝卷集成》，我们在卷末注明每个卷本在影印本中的页码，以方便学者对照研究。

主编李贵生为河西学院文学院教授，给汉语言文学专业的本科生讲授文字学课程，因而吸纳河西学院汉语言文学专业 19 级 1 班的部分同学和汉语言文学专业 20 级 2 班的全体同学参与了宝卷的初步整理，作为文字学理论课的课外实践环节，使他们得到了有效的锻炼。同时，我们教学生利用手机扫描全能王扫描需要整理的宝卷文本，使学生掌握了一项新的技能。

本卷选编的抄本宝卷文字使用现象比较复杂：既有繁体字，又有简化字；既有异体字，又有通假字；还有新造字，大量的错别字。另外，抄本中还有一些因受方言读音影响而误写的字。如：甘州方言 zh、ch、sh 和合口呼韵母（不包含 u）相拼时变成 g、k、h，导致"众""共"同音，抄本中常把"众"写成"共"。再如甘州方言韵母 ang、an 不分，导致"嫌""想"同音，抄本中常把"嫌"写成"想"。为了很好地解决这些问题，本卷的校注工作由主编一人承担。

河西宝卷中保留了中华优秀传统文化基因，编纂出版河西宝卷的目的是为我们的后代留下重要的历史文献，能够帮助他们了解学校教育不发达、不普及的时代中华优秀传统文化特别是道德文化是如何在民众底层宣扬、传播并指导人们的言行的。

本卷编委会

执笔人：李贵生

2022 年 10 月于甘肃张掖